BASTEI
LÜBBE

Alessandro Manzoni

Die Verlobten

Aus dem Italienischen von
Caesar Rymarowicz

BASTEI
LÜBBE

BASTEI-LÜBBE-TASCHENBUCH
Band 11336

Lizenzausgabe: Gustav Lübbe Verlag GmbH, Bergisch Gladbach
Printed in West Germany, November 1988
Einbandgestaltung: Klaus Blumenberg
Titelfoto aus der Fernsehserie DIE VERLOBTEN, einer 1988 entstandenen Gemeinschaftsproduktion von: RAI 1, Rom; Bayerischer Rundfunk, München; Hermes Film, München; Gevest Holding, Rotterdam; Pool Cine-Production, Jugoslawien.
Herstellung: Ebner Ulm
ISBN 3-404-11336-5

Vorrede

„Die Geschichte kann fürwahr ein rühmlicher Krieg gegen die Zeit genannt werden, denn sie entwindet ihren Händen die Jahre, ihre Gefangenen, die eigentlich schon Leichname geworden sind, ruft sie ins Leben zurück, hält eine Musterung ab und stellt sie aufs neue in Schlachtordnung auf. Freilich erfassen die vortrefflichen Chronisten, die auf dieser Walstatt Messen des Sieges und des Ruhms abhalten, allein die prunkvollsten, glänzendsten Beutestücke, indem sie mit ihren Tinten lediglich die Unternehmungen der Fürsten, Mächtigen und Standespersonen einbalsamieren und mit den feinsten Nadeln ihres Geistes aus Fäden von Gold und Seide ein unvergängliches Gewebe glorreicher Taten sticken. Meiner Unzulänglichkeit steht es jedoch nicht an, sich zu solchen Belangen und so gefährlichen Höhen aufzuschwingen und unter dem Widerhall der Kriegstrompeten in den Labyrinthen politischer Machenschaften umherzuschweifen. Da mir indes denkwürdige Begebenheiten, wenngleich nur einfache Leute geringen Standes betreffend, zur Kenntnis gelangten, schicke ich mich an, diese dem Gedächtnis der Nachwelt in lauterer und aufrichtiger Weise als Erzählung oder vielmehr Bericht zu überliefern. Darin werden auf bescheidener Bühne grausige Tragödien und Schauspiele von grandioser Ruchlosigkeit zu sehen sein mit Zwischenspielen tugendsamer Taten und engelhafter Güte, im Gegensatz zu den teuflischen Aktionen. Und wahrlich, eingedenk dessen, daß unser Land unter dem Schutz des katholischen Königs steht, unseres Herrn, der die Sonne ist, die nie untergeht, und daß über diesem Lande mit zurückgestrahltem Licht, einem nie abnehmenden Monde gleich, der Held aus edlem Geschlecht glänzt, der *pro tempore* des Königs Stelle einnimmt, und neben ihm die gewichtigen Senatoren, Fixsternen gleich, und die anderen ansehnlichen Staatsbeamten, wandelnden Planeten ähnlich, ihr Licht überallhin ausstrahlen und also einen gar edlen Himmel bilden, so läßt sich kein anderer Grund erkennen, diesen in ein Inferno ruchloser Taten, Bosheiten und Grausamkeiten verwandelt zu sehen, welche von vermessenen Menschen in steigendem Maße verübt werden, als daß solches durch teuflische Künste und Listen geschehe, da menschliche Bosheit allein nicht vermöchte, so vielen Helden zu trotzen, die mit Argusaugen und Briareusarmen für die öffentliche Wohlfahrt einstehen. Wenn ich aber nun diese Begebenheiten aus dem Frühling meines Lebens beschreibe, werde ich, obschon die meisten der hier handelnden Personen inzwischen von der Bühne des Lebens abgetreten sind und den Parzen ihren Tribut zahlen, doch aus schuldigem Respekt ihre Namen, das heißt die Namen ihrer Familien, verschweigen, ebenso die der Ortschaften und nur die Gegend allgemein angeben. Niemand wird sagen, daß dies eine Unvollkommenheit der Erzählung und eine Entstellung dieses meines so unfertigen Werkes ist, es sei denn, ein solcher Kritiker wäre zumindest eine Person bar jeglicher Philosophie. Die Menschen nämlich, die in der Philosophie bewandert sind, werden sehr wohl sehen, daß dem Gehalt selbiger Erzählung nichts fehlt, zumal es eine ersichtliche, unangefochtene Tatsache ist, daß Namen nichts anderes sind als reinste Zufälligkeiten ...“

Doch wenn ich wirklich die heroischen Mühen des Übertragens der Geschichte aus jener verblichenen, abgegriffenen Handschrift überstehe und sie, wie man zu sagen pflegt, ans Licht bringe, wird sich dann wohl jemand finden, der sich der Mühe unterwirft, sie zu lesen?

Diese zwiespältigen Erwägungen, die sich mir bei der

mühseligen Entzifferung eines unleserlichen Gekritzels nach „Zufälligkeiten“ aufdrängten, bewogen mich, die Abschrift zu unterbrechen und allen Ernstes darüber nachzudenken, was hier zu tun sei. Zwar ist es wahr, so sagte ich mir beim Durchblättern der Handschrift, daß dieser Hagel von Einfällen und Bildern nicht über das ganze Werk andauert. Der brave Verfasser aus dem 17. Jahrhundert hat eben gleich am Anfang seine Fähigkeiten zeigen wollen; dann jedoch, im Verlauf der Erzählung, über lange Abschnitte hinweg, wird der Stil natürlicher und gemächlicher. Aber wie gewöhnlich ist er! wie plump! wie fehlerhaft! Lombardismen in Hülle und Fülle, falsch angebrachte Redewendungen, eine willkürliche Grammatik, ein ungefüger Satzbau. Dann wieder verstreut elegante spanische Phrasen, und was noch schlimmer ist: an den schrecklichsten oder an den rührendsten Stellen der Geschichte, bei jeder Gelegenheit, die angetan ist, Verwunderung oder Nachdenklichkeit zu erwecken, kurz, an allen jenen Stellen, wo ein wenig Redeweise – wohlgemerkt: taktvolle, abgewogene, geschmackvolle Redeweise – erforderlich ist, verfehlt er nie, seine in der Vorrede angewandte Rhetorik wieder aufzugreifen. Und während er bisweilen mit bewundernswerter Geschicklichkeit die gegensätzlichsten Eigenschaften vereinigt, bringt er es auch zuwege, auf ein und derselben Seite, in ein und demselben Satz, ja oft in einem einzigen Wort plump und zugleich geziert zu sein. Man sehe, welch schwülstige Ergüsse, zusammengesetzt aus gemeinen Sprachfehlern, und überall die ruhmsüchtige Einfalt, welche der Wesenszug der Schriften jenes Jahrhunderts in diesem Lande ist. In der Tat ist es nichts, was man den Lesern heute vorsetzen könnte, den sie sind dieser Art von Verschrobenheiten überdrüssig. Ein Glück, daß ich schon zu Beginn dieser Arbeit auf diesen Gedanken gekommen bin: ich wasche meine Hände also in Unschuld.

Als ich jedoch im Begriff war, die alte Scharteke zuzuklappen und wegzulegen, tat es mir leid, daß eine so schöne

Geschichte für immer unbekannt bleiben sollte; denn was diese Geschichte angeht – mag sie den Leser anders anmuten, mir jedenfalls erschien sie schön, wie gesagt, sehr schön. Warum, so dachte ich, soll man nicht den Ablauf der Geschehnisse aus dieser Handschrift herausnehmen und nur die Schreibweise erneuern? Da sich dem kein vernünftiger Einwand entgegenstellte, nahm ich mein Vorhaben alsbald in Angriff. Und dies ist der Ursprung des vorliegenden Buches, den ich mit dem Freimut bekenne, welcher der Bedeutung des Buches angemessen ist.

Einige der von unserem Autor geschilderten Vorkommnisse und Gebräuche kamen uns recht neu und seltsam vor, um nichts Schlimmeres zu sagen, so daß wir andere Zeugen befragen wollten, bevor wir ihnen Glauben schenkten. Wir haben uns also darangesetzt, Aufzeichnungen aus jenen Zeiten zu durchstöbern, um klarzustellen, ob es damals auf der Welt wirklich so zugegangen ist. Diese Nachforschungen zerstörten alle unsere Zweifel, auf Schritt und Tritt stießen wir auf ähnliche oder noch schlimmere Begebenheiten und fanden dabei, was uns ausschlaggebend erschien, einige Persönlichkeiten, über deren wirkliche Existenz wir im Zweifel gewesen waren, da wir, außer in unserer Handschrift, von ihnen nirgends Kenntnis hatten. Und im Notfall werden wir einige dieser Zeugnisse anführen, um den Dingen Glauben zu verschaffen, den der Leser ihnen in Anbetracht ihrer Seltsamkeit zu versagen geneigt wäre.

Da wir nun die Ausdrucksweise unseres Autors als unannehmbar verwarfen, was für eine Ausdrucksweise haben wir also an ihre Stelle gesetzt? Darauf kommt es an.

Jeder, der sich ungebeten damit befaßt, das Werk eines anderen umzuarbeiten, läuft Gefahr, darüber Rechenschaft ablegen zu müssen, ja er übernimmt in gewisser Weise die Verpflichtung: das ist Brauch nach Fug und Recht, und wir erheben keinen Anspruch, uns ihm zu entziehen. Im Gegenteil, wir haben beschlossen, um ihm weitgehend gerecht zu werden, die von uns gebrauchte Schreibweise aufs genaueste zu verantworten. Zu diesem Zweck haben wir uns während der ganzen Dauer der Arbeit alle möglichen und berechtigten Kritiken vorzustellen versucht, in der Absicht, ihnen von vornherein zu begegnen. Und hierin hätte auch keine Schwierigkeit bestanden, denn (um der Wahrheit die Ehre zu geben) nicht eine einzige Kritik fiel uns ein, ohne daß nicht zugleich eine triumphale Antwort sich eingestellt hätte, eine von den Antworten, die, ich will nicht sagen, die Fragen lösen, aber sie abändern. Oft auch spielten wir zwei Kritiken gegeneinander aus und ließen die eine von der anderen besiegen, oder es gelang uns, nach gründlicher Prüfung und gewissenhaftem Vergleich zu entdecken und zu beweisen, daß die scheinbar so gegensätzlichen doch von gleicher Art waren, beide aus der Nichtbeachtung der Tatsachen und Grundsätze geboren, auf die jedes Urteil gegründet sein muß. Und indem wir solche zu ihrer nicht gelinden Überraschung zusammenstellten, schickten wir sie gemeinsam ihrer Wege. Es wird wohl kaum einen anderen Autor gegeben haben, der so klar und deutlich bewiesen hätte, daß er richtig gehandelt hat. Doch ach! als wir dabei waren, die besagten Einwendungen und Entgegnungen zusammenzusuchen, um sie ein wenig zu ordnen, barmherziger Himmel, da hätten sie für ein ganzes Buch gereicht. In Anbetracht dessen nehmen wir Abstand von unserem Vorhaben, und dies aus zweierlei Gründen, die der Leser sicherlich gutheißen wird: erstens, weil ein Buch, das nur dazu geschrieben, ein anderes oder den Stil eines anderen zu rechtfertigen, eine lächerliche Angelegenheit sein dürfte, und zweitens, weil bei Büchern eins auf einmal genügt, wenn nicht gar schon dieses überflüssig ist.

1. Kapitel

Jener Arm des Comer Sees, der sich zwischen zwei ununterbrochenen Bergketten südwärts wendet und, ihrem Vorspringen oder Zurückweichen folgend, lauter Busen und Buchten bildet, verengt sich fast plötzlich und nimmt zwischen einem Vorgebirge zur Rechten und einem ausgedehnten Gestade zur Linken Lauf und Gestalt eines Flusses an. Die Brücke, die dort die beiden Ufer verbindet, scheint dem Auge diese Verwandlung noch sichtbarer zu machen und genau die Stelle zu kennzeichnen, wo der See aufhört und die Adda wieder beginnt; diese jedoch wird erneut ein See, wo sich ihre Ufer wieder voneinander entfernen, so daß sich das Wasser ausbreiten und in neuen Buchten und Busen seinen Lauf verlangsamen kann. Das Uferland, das aus den Ablagerungen dreier mächtiger Wildbäche entstanden ist, senkt sich etwas und lehnt sich an zwei angrenzende Berge an, von denen einer San Martino, der andere, in lombardischer Mundart, il Resegone, die „große Säge", genannt wird, nach seinen vielen in einer Reihe aufragenden Gipfeln, die ihm tatsächlich die Ähnlichkeit mit einer Säge verleihen: jeder vermag ihn wohl gleich, sofern er ihm gegenübersteht, zum Beispiel an der nördlichen Stadtmauer Mailands, auf den ersten Blick an diesem Kennzeichen von den anderen Bergen mit weniger bekannten Namen und von gewöhnlicherer Form in jener langen, ausgedehnten Bergkette zu unterscheiden. Das Ufergelände steigt eine weite Strecke stetig und sanft an, dann zerbröckelt es in Hügel und kleine Täler, in steile Anhöhen und in ebene Almen, entsprechend dem

Gefüge der beiden Berge und dem stetigen Wirken der Gewässer. Der äußerste, von den Mündungen der Wildbäche zerschnittene Rand besteht fast ganz aus Kies und Geröll, der übrige Teil aus Feldern und Weinbergen, in die Ländereien, Gehöfte, kleine Weiler eingestreut sind, hin und wieder auch Gehölze, die sich bis hinauf ins Gebirge erstrekken. Lecco, der Hauptflecken dieser Gegend, der dem Gebiet auch den Namen gibt, liegt etwas entfernt von der Brücke, am Ufer des Sees, zum Teil sogar im See selbst, wenn dieser anschwillt. Es ist heute schon eine große Ortschaft und auf dem Wege, eine Stadt zu werden. Zu der Zeit, da sich die Geschehnisse abspielten, die wir erzählen wollen, war dieser schon ansehnliche Flecken auch befestigt und hatte darum die Ehre, einen Kommandanten zu beherbergen, sowie den Vorteil, eine ständige Garnison spanischer Soldaten zu besitzen, welche die Mädchen und die Frauen des Ortes Bescheidenheit lehrten, von Zeit zu Zeit manchem Ehemann oder Vater den Rücken streichelten und zum Ende des Sommers nie verfehlten, sich in den Weingärten zu zerstreuen, um die Trauben zu lichten und so den Bauern die Mühen der Weinlese zu erleichtern. Von einem dieser Orte zum andern, von den Höhen hinab zum Ufer, von einem Hügel zum anderen liefen und laufen noch heute mehr oder weniger steile oder ebene Straßen und Wege, die zuweilen so zwischen zwei Mauern versunken und begraben sind, daß man, hebt man den Blick, nichts weiter als ein Stück Himmel oder eine Bergspitze sieht. Zuweilen auch führen sie hoch über einen aufgeworfenen Erdwall, und von da öffnen sich dem Blick mehr oder weniger ausgedehnte, jedoch stets reiche und immer neue Aussichten, je nachdem, wie man Einblick in die weite Szenerie gewinnt und dieser oder jener Teil hervortritt oder zurückweicht, vorspringt oder verschwindet. Dort sieht man ein Stück, da ein anderes und hier wieder einen langen Abschnitt dieses weiten, so abwechslungsreichen Wasserspiegels; hier ist er See, tief eingeschlossen oder vielmehr verloren inmitten einer Berggruppe und ihrer vielen Irrgänge, doch nach und nach verbreitert er sich zwischen anderen Bergen, die sich nacheinander vor dem Blick entfalten und die mitsamt den kleinen Dörfern an den Ufern vom Wasser widergespiegelt werden. Drüben ist er Flußarm, dann See, dann wieder Fluß, der sich in glänzender Schlangenlinie zwischen den ihn begleitenden Bergen verliert, die allmählich schrumpfen und am Horizont ebenfalls fast verschwinden. Der Ort selber, von dem Ihr dieses mannigfaltige Schauspiel betrachtet, bietet von jeder Seite einen reizvollen Anblick. Der Berg, über dessen Hänge Ihr schreitet, zeigt oben ringsherum seine Gipfel und Steilwände, die sich deutlich abheben und fast bei jedem Schritt ihre Form wechseln. Was vorher eine einzige Bergspitze schien, verwandelt er in eine Bergkette und läßt als Gipfel erscheinen, was sich kurz zuvor noch auf dem Hang darbot. Das Anmutige, Anheimelnde dieser Abhänge mildert angenehm die Wildheit und verleiht der Pracht der übrigen Landschaft einen um so höheren Reiz.

Auf einem dieser Pfade kehrte am Abend des 7. November 1628 Don Abbondio, der Pfarrer einer der oben erwähnten Ortschaften, von einem gemächlichen Spaziergang nach Hause zurück. Der Name der Ortschaft und Zuname des Pfarrers finden sich nicht in der Handschrift, weder an dieser Stelle noch anderswo. Er betete geruhsam sein Brevier und schloß zuweilen, zwischen einem Psalm und dem anderen, das Gebetbuch, wobei er den Zeigefinger der Rechten als Merkzeichen darin beließ, legte diese dann auf dem Rücken in die andere Hand und setzte seinen Weg fort, während er zur Erde blickte und die Steine, die ihn auf dem Pfad behinderten, mit dem Fuß zur Mauer stieß. Dann hob er das Gesicht, ließ den Blick müßig in die Runde schweifen und heftete ihn auf den Teil eines Berges, wo das Licht der Sonne bereits verschwunden war, entschlüpft durch die Spalten des gegenüberliegenden Berges, und nur noch da und dort auf den vorspringenden Felsmassen in breiten, ungleichmäßigen Purpurstreifen erglühte. Nachdem er das Brevier wieder aufgeschlagen und einen anderen Abschnitt gebetet hatte, gelangte er an eine Biegung des Weges, an der er stets vom Buch aufzuschauen und vor sich hin zu blicken pflegte. So tat er es denn auch an diesem Tage. Hinter der Biegung lief die Straße etwa sechzig Schritt geradeaus und teilte sich dann in Gestalt eines Ypsilons in zwei Pfade; der rechte stieg den Berg hinan und führte zum Pfarrhaus, der andere verlief abwärts ins Tal bis zu einem Wildbach, und hier reichte die Mauer dem Wanderer nur bis zu den Hüften. Die inneren Mauern der beiden Pfade vereinigten sich nicht in einem Winkel, sondern endeten in einem Tabernakel, das mit langen, sich schlängelnden, spitz auslaufenden Figuren bemalt war, die nach Absicht des Künstlers und in den Augen der benachbarten Bewohner Flammen darstellen sollten. Sie wechselten mit anderen schwerlich zu beschreibenden Figuren, die wohl Seelen im Fegefeuer sein wollten. Seelen und Flammen hatten die Farbe von Ziegeln und waren auf grauem, verwittertem Grund gemalt, von dem hier und da schon etwas Tünche abbröckelte. Als der Pfarrer um die Ecke bog und, wie gewohnt, den Blick zum Tabernakel wandte, sah er etwas, was er nicht erwartet und lieber nicht gesehen hätte. Zwei Männer standen sich sozusagen am Zusammenfluß der beiden Pfade gegenüber: der eine rittlings auf der niedrigen Mauer, indem er das eine Bein nach außen baumeln ließ und den anderen Fuß auf den Pfad stützte. Sein Gefährte lehnte stehend an der Mauer und hatte die Arme auf der Brust verschränkt. Kleidung, Haltung und alles, was man von der Stelle, wo sich der Pfarrer befand, von ihrem Äußeren erkennen konnte, ließen keinen Zweifel an ihrem Stand aufkommen. Beide trugen um den Kopf ein grünes, mit einer großen Troddel endendes Netz, das auf die linke Schulter herabfiel und aus dem auf der Stirn ein gewaltiger Haarschopf herausquoll; einen langen, an den Spitzen gezwirbelten Schnurrbart; einen glänzenden Ledergürtel, in dem zwei Pistolen staken; ein kleines, mit Pulver gefülltes Horn, das wie eine Halskette auf der Brust herunterhing; ein Messer, dessen Griff aus der Tasche der weiten Pluderhose hervorsah; einen langen Degen, dessen durchbrochener Korb aus polierten, glänzenden Messingblättchen bestand, die sich gleichsam zu einer Geheimschrift zusammenfügten: es war auf den ersten Blick zu erkennen, daß die beiden zur Gattung der Bravi gehörten.

Diese Sorte Menschen, die jetzt gänzlich verschwunden ist, florierte damals in der Lombardei aufs beste und war als Gilde schon sehr alt. Für den, der sich von ihr keine Vorstellung machen kann, führe ich einige verbürgte Angaben an, die hinreichend Aufschluß geben über ihre wichtigsten Eigenschaften, über die Anstrengungen, die man machte, um sie auszurotten, und über ihre zähe, ja überschäumende Lebenskraft.

Am 8. April 1583 erläßt der Durchlauchtige und Erhabene Herr Don Carlos von Aragón, Fürst von Castelvetrano, Herzog von Terranuova, Marchese von Avola, Graf von Burgeto, Großadmiral und Großkonnetabel von Sizilien, Statthalter von Mailand und Oberbefehlshaber Seiner Katholischen Majestät in Italien, *genau unterrichtet über das unerträgliche Elend, in dem die Stadt Mailand wegen der Bravi und Vagabunden lebt und gelebt hat*, eine Verfügung gegen sie. Er erklärt und bestimmt darin, daß *alle diejenigen in die Ächtung eingeschlossen und als Bravi und Landstreicher angesehen werden sollen... die, ob fremd oder einheimisch, kein Gewerbe treiben oder es, wenn sie es haben, nicht ausüben... sondern sich mit oder ohne Sold irgendeinem Ritter oder Edelmann, Beamten oder Kaufmann anschließen... um ihm Beistand zu leisten oder, wie man es wohl annehmen kann, um in Wirklichkeit anderen Fallen zu stellen*... Allen diesen befiehlt er, binnen sechs Tagen das Land zu verlassen, kündigt den Widerspenstigen die Galeerenstrafe an und gibt allen Beamten der Gerichtsbarkeit erstaunlich weite und unbegrenzte Vollmachten zum Vollzug dieses Befehls. Im folgenden Jahr erläßt der besagte Herr am 12. April, da er entdeckt, daß *diese Stadt des weiteren voll der genannten Bravi ist ... die wieder ein Leben wie zuvor führen und weder ihre Sitten geändert noch ihre Zahl verringert haben*, einen neuen, noch schärferen und nachdrücklicheren Aufruf, in dem er unter anderen Verfügungen anordnet:

daß *jedermann, sowohl aus dieser Stadt als auch ein Fremder, der nach der Aussage zweier Zeugen als Bravo gilt und allgemein in diesem Rufe steht und diesen Namen hat, selbst wenn man ihn keines Verbrechens überführt ... allein wegen dieses Rufes eines Bravo, ohne andere Beweise, vor die genannten Richter gebracht und von jedem von ihnen zum Zwecke der Wahrheitsfindung auf die Folter gespannt werden kann ... und, auch ohne ein Verbrechen gestanden zu haben, zu dreijähriger Galeerenstrafe verurteilt werden soll, nur wegen des Rufs und Namens eines Bravo, wie oben.* All dies – und noch viel mehr, was ich hier übergehe –, weil *Seine Exzellenz entschlossen ist, von jedermann Gehorsam zu erzwingen.*

Wer diese starken, selbstbewußten, von so strengen Befehlen begleiteten Worte eines so mächtigen Herrn vernimmt, ist geneigt zu glauben, schon ihr bloßer Widerhall habe alle Bravi für immer verschwinden lassen. Aber das Zeugnis eines nicht weniger angesehenen und an Titeln reichen Herrn zwingt uns, das Gegenteil zu glauben. Es ist dies der Durchlauchtige und Erhabene Herr Juan Fernández de Velasco, Konnetabel von Kastilien, Oberkammerherr Seiner Majestät, Herzog der Stadt Frias, Graf von Haro und Castelnuovo, Herr des Hauses von Velasco und jenes der sieben Infanten von Lara, Statthalter des Staates von Mailand usw. Am 5. Juni 1593 kündigt er ihnen, ebenfalls genau unterrichtet *über den schädlichen und verderblichen Einfluß ... der Bravi und Landstreicher und die schlechten Wirkungen einer solchen Art von Menschen auf das öffentliche Wohl sowie aus Enttäuschung über das Gerichtswesen*, von neuem an, daß sie binnen sechs Tagen das

Land zu räumen haben, und wiederholt annähernd die gleichen Vorschriften und Drohungen seines Vorgängers. Am 23. Mai 1598 muß er *zum nicht geringen Verdruß seines Herzens* erfahren, daß ... *die Zahl dieser Leute* (der Bravi und Landstreicher) *in der Stadt und im Staate täglich zunimmt und daß man von ihnen Tag und Nacht nichts anderes hört, als daß sie Verbrechen aller Art verüben, Mord, Raub und hinterhältige Verwundungen, und sie sich diesem Treiben um so leichter hingeben können, als sie dabei von ihren Anführern und Gönnern unterstützt werden* ..., und schreibt erneut die gleichen Heilmittel vor, wobei er die Dosis verstärkt, wie man das bei hartnäckigen Krankheiten zu tun pflegt. *Jedermann*, so schließt er, *vermeide also gänzlich, diesem Erlaß in irgendeinem Punkte zuwiderzuhandeln, denn er würde statt der Milde die Strenge und den Zorn Seiner Exzellenz zu spüren bekommen ... da sie fest entschlossen und gewillt ist, daß dies die letzte und endgültige Warnung sei.*

Doch nicht der gleichen Meinung war der Durchlauchtige und Erhabene Herr Signor Don Pietro Enríquez von Acevedo, Graf von Fuentes, Hauptmann und Statthalter des Staates von Mailand. Er war nicht dieser Meinung, und das aus gutem Grund. *Genau unterrichtet über das Elend, in dem Stadt und Staat ob der großen Zahl der Bravi leben ... ist er entschlossen, diese so verderbliche Brut vollends auszurotten*, und erläßt am 5. Dezember 1600 einen neuen Aufruf, wieder mit den strengsten Drohungen und *mit dem festen Vorsatz, daß sie mit aller Strenge und ohne Hoffnung auf Nachsicht in die Tat umgesetzt werden.*

Man muß jedoch annehmen, daß er darauf nicht so viel guten Willen verwandte wie auf das Ränkespiel und auf die Ermunterung von Widersachern gegen seinen großen Feind Heinrich IV. Denn hierin bezeugt die Geschichte, wie es ihm gelang, gegen diesen König den Herzog von Savoyen auszurüsten, der durch ihn mehr als eine Stadt verlor; und wie er es fertigbrachte, den Herzog von Biron in eine Verschwörung zu verwickeln, die diesen den Kopf kostete. Was jedoch diese so verderbliche Brut der Bravi betrifft, so steht es fest, daß sie sich bis zum 22. September des Jahres 1612 immer noch weiter vermehrte. An jenem Tag nämlich dachte der Durchlauchtige und Erhabene Herr Don Juan de Mendoza, Markgraf von Hynojosa, Ritter usw., Statthalter usw., ernsthaft daran, sie auszurotten. Zu diesem Zweck sandte er an die königlichen Drucker Pandolfo und Marco Tullio Malatesti den üblichen korrigierten und erweiterten Aufruf, damit sie ihn zur Vernichtung der Bravi druckten. Doch diese lebten noch weiter, um am 24. Dezember 1618 die gleichen und noch wuchtigeren Schläge vom Durchlauchtigen und Erhabenen Herrn Don Gómez Suárez de Figueroa, Herzog von Feria usw., Statthalter usw., zu empfangen. Da jene aber auch davon nicht zugrunde gingen, sah sich der Durchlauchtige und Erhabene Herr Gonzalo Fernández de Córdoba, unter dessen Regierung sich der Spaziergang Don Abbondios zutrug, gezwungen, den gewohnten Aufruf gegen die Bravi erneut zu korrigieren und zu veröffentlichen, und zwar am 5. Oktober 1627, also ein Jahr, einen Monat und zwei Tage vor diesem denkwürdigen Ereignis.

Aber auch dies war nicht der letzte Erlaß, doch glauben wir die folgenden nicht mehr erwähnen zu müssen, weil sie über den Zeitraum unserer Geschichte hinausgehen. Wir verweisen nur noch auf jenen vom 13. Februar des Jahres 1632, in dem uns der Durchlauchtige und Erhabene Herr Herzog von Feria, zum zweitenmal Statthalter, mitteilt, daß *die ärgsten Missetaten von jenen ausgehen, die man Bravi nennt.* Dies mag genügen, um uns zu vergewissern, daß es in der Zeit, die wir schildern, noch immer Bravi gab.

Daß die beiden oben Beschriebenen dort standen, um jemanden zu erwarten, war nur zu augenscheinlich. Was jedoch Don Abbondio am meisten mißfiel, war, daß er aus gewissen Gebärden schließen mußte, selber der Erwartete zu sein. Denn bei seinem Erscheinen hatten beide sich angeschaut und den Kopf mit einer Bewegung gehoben, aus der man folgern konnte, daß sie beide gleichzeitig „er ist es" gesagt hatten. Der eine, der rittlings gesessen hatte, war aufgestanden und hatte sein Bein von der Mauer gezogen; der andere war von der Mauer abgerückt, und nun kamen ihm beide entgegen. Er hielt unablässig das aufgeschlagene Brevier vor sich, so als läse er darin, blickte aber darüber hinweg, um die Bewegungen der beiden zu beobachten. Als er sie nun wirklich auf sich zukommen sah, stürmten plötzlich tausend Gedanken auf ihn ein. Er fragte sich flugs, ob da nicht zwischen ihm und den Bravi rechts oder links ein Weg abzweige, erinnerte sich aber gleich, daß es keinen gab. Dann erwog er rasch, ob er sich gegen einen Mächtigen, einen Rachsüchtigen vergangen habe; jedoch der tröstliche Zeuge des Gewissens vermochte ihn selbst in dieser mißlichen Lage ein wenig zu beruhigen. Indes, die Bravi kamen näher und ließen ihn nicht aus den Augen. Er steckte den Zeige- und den Mittelfinger der Linken in den Halskragen, wie um ihn zurechtzurücken. Und während er mit den beiden Fingern um den Hals herumfuhr, wandte er das Gesicht nach hinten, den Mund krampfhaft verziehend, und schielte, so weit er konnte, um zu sehen, ob nicht jemand des Weges kam, aber er sah niemanden. Er warf einen Blick über die niedrige Mauer auf die Felder: keine Menschenseele; einen zweiten, etwas schüchternen auf die Straße vor sich – niemand außer den beiden Bravi. Was tun? Umkehren? Dazu war keine Zeit. Und davonlaufen bedeutete soviel wie sagen: Verfolgt mich, oder noch Schlimmeres. Da er der Gefahr nicht mehr ausweichen konnte, lief er ihr entgegen, denn die Augenblicke der Ungewißheit waren jetzt so qualvoll für ihn, daß er nichts sehnlicher wünschte, als sie abzukürzen. Er beschleunigte den Schritt, betete einen Bibelvers mit lauter Stimme, legte so viel Ruhe und Heiterkeit wie nur möglich in sein Gesicht und bemühte sich, ein Lächeln vorzubereiten. Als er sich vor den beiden Ehrenmännern befand, sagte er bei sich: Da wären wir, und blieb unvermittelt stehen. „Herr Pfarrer“, versetzte der eine von den beiden und bohrte ihm die Augen ins Gesicht.

„Was begehren Sie?“ erwiderte Don Abbondio sogleich und schaute von seinem Buch auf, das in seinen Händen wie auf einem Lesepult aufgeschlagen blieb.

„Sie haben die Absicht“, fuhr jener mit drohender und zorniger Gebärde fort, als habe er mit einem Untergebenen wegen eines Spitzbubenstreiches abzurechnen, „Sie haben die Absicht, morgen Renzo Tramaglino und Lucia Mondella zu trauen!“

„So ist es“, antwortete Don Abbondio mit zitternder Stimme. „So ist es. Die Herren sind Männer von Welt und wissen genau, wie dergleichen vor sich geht. Der arme Priester hat wenig damit zu schaffen. Die Leute machen ihre Sachen unter sich ab, und dann ... und dann kommen sie zu unsereinem, als handelte es sich darum, zu einer Wechselbank zu laufen, um ein Pfand einzulösen. Wir aber ... wir sind nur die Diener der Gemeinde.“

„Nun gut“, sagte der Bravo gedämpfter, aber in feierlichem Befehlston, „diese Trauung findet nicht statt, weder morgen noch sonst.“

„Aber meine Herren“, erwiderte Don Abbondio mit der sanften, höflichen Stimme eines Mannes, der einen Ungeduldigen zu überzeugen sucht. „Aber meine Herren, geruhen Sie nur, sich in meine Lage zu versetzen. Wenn die Sache von mir abhinge, Sie wissen doch, daß dabei nichts für meine Tasche abfällt ...“

„Wohlan“, unterbrach ihn der Bravo. „Wenn die Sache mit Geschwätz zu entscheiden wäre, würden Sie uns in die Tasche stecken. Davon verstehen wir nichts und wollen auch nichts davon wissen. Sie sind gewarnt ... Sie verstehen uns.“

„Aber die Herren sind zu gerecht, zu vernünftig ...“

„Also“, unterbrach ihn der andere Kumpan, der bisher noch nichts gesagt hatte, „also die Trauung findet nicht statt, oder ...“ Und hier folgte ein derber Fluch. „Oder derjenige, der sie vollzieht, wird sie nicht lange bereuen können, weil ihm keine Zeit dazu bleiben wird und ..." Ein weiterer Fluch folgte.

„Ruhig, ruhig", hob der erste Sprecher wieder an. „Der Herr Pfarrer ist ein Mann, der den Lauf der Welt kennt; und wir sind Ehrenmänner, die ihm nichts Böses antun wollen, sofern er sich einsichtig zeigt. Herr Pfarrer, der ehrenwerte Don Rodrigo, unser Gebieter, verehrt Sie überaus."

Dieser Name wirkte auf Don Abbondio wie ein Blitz in einem heftigen nächtlichen Gewitter, der sekundenschnell alle Gegenstände gespenstisch erhellt und das Entsetzen steigert. Der Pfarrer machte unwillkürlich eine tiefe Verbeugung und erwiderte: „Wenn Sie mir nur erklären möchten ..."

„Oh, wozu erklären, wenn Sie doch Latein verstehen!" unterbrach ihn erneut der Bravo, der in ein wildes, unflätiges Gelächter ausbrach. „Das ist Ihre Sache. Doch vor allem, lassen Sie kein Sterbenswörtchen über diesen Hinweis verlauten, den wir Ihnen zu Ihrem Besten gegeben haben! Andernfalls ... hm ... wäre es dasselbe, als ob Sie diese Trauung vollzögen. Also los, was sollen wir in Ihrem Namen dem ehrenwerten Don Rodrigo mitteilen?"

„Meine Ergebenheit!"

„Erklären Sie sich deutlicher!"

„... daß ich bereit bin, daß ich bereit bin, immer zu gehorchen." Und während er diese Worte sprach, wußte er selber nicht, ob dies eine Zusage war oder ein Kompliment. Die Bravi entschieden sich für die ernsthaftere Bedeutung oder stellten sich wenigstens so, als täten sie es.

„In Ordnung, und gute Nacht, mein Herr", sagte der eine von ihnen und schickte sich an, sich mit seinem Kumpan zu entfernen. Don Abbondio, der wenige Minuten vorher ein Auge geopfert hätte, um diesen Kerlen zu entwischen, hätte jetzt am liebsten die Unterhaltung und die Verhandlungen mit ihnen fortgesetzt. „Meine Herren ...", begann er und klappte mit beiden Händen sein Buch zu. Aber jene gingen, ohne auf ihn zu hören, den Weg hinunter, den er heraufgekommen war, und entfernten sich mit einem garstigen Lied, das ich besser nicht wiederholen werde. Der arme Don Abbondio stand ein Weilchen mit offenem Mund wie verhext da, dann schlug er jenen der beiden Pfade ein, der zu seinem Haus führte, wobei er so schwerfällig einen Fuß vor den anderen setzte, als seien sie steif geworden. Was in seinem Inneren vorging, werden wir besser verstehen, wenn wir ein paar Worte über seinen Charakter gesagt haben und über die Zeiten, in denen er zu leben gezwungen war.

Wie der Leser bereits bemerkt haben wird, war Don Abbondio nicht mit dem Mut eines Löwen auf die Welt gekommen. Doch er hatte von Jugend auf lernen müssen, daß zu seiner Zeit ein Tier ohne Krallen und Zähne, zumal wenn es kein Verlangen verspürte, sich verschlingen zu lassen, übel dran war. Die Kraft der Gesetze bot keinen Schutz für einen ruhigen, friedlichen Menschen, der keine Möglichkeit hatte, anderen Furcht einzujagen. Nicht, daß es etwa an Gesetzen und Strafen gegen eigenmächtige Gewalttäter gefehlt hätte. Im Gegenteil, eine wahre Sintflut an Gesetzen überschwemmte das Land. Die Straftaten waren darin aufgezählt und bis in die kleinsten Einzelheiten beschrieben. Die Strafen waren übertrieben hart und konnten nach Gutdünken des Gesetzgebers und zahlreicher Vollstrecker, wenn sie nicht ausreichten, beliebig erhöht werden. Die Verfahren waren einzig darauf angelegt, den Richter von allem zu befreien, was ihn bei der Verkündung eines Urteils behindern könnte. Die von uns zitierten Stellen aus den Gesetzen gegen die Bravi legen dafür ein unerhebliches, aber getreues Zeugnis ab. Trotz alledem oder gerade deswegen taugten diese Erlasse, die von jeder Regierung neu veröffentlicht und verschärft wurden, zu nichts anderem, als die Machtlosigkeit ihrer Verfasser schwülstig zu bestätigen, und wenn sie überhaupt eine sofortige Wirkung erzielten, so war es höchstens die, daß die Schikanen zunahmen, unter denen die Friedfertigen und die Schwachen bereits von ihren Bedrükkern zu leiden hatten, deren Gewalttätigkeit und Verschlagenheit nur noch gestärkt wurde. Die Straffreiheit war organisiert und hatte Wurzeln, die in den Erlassen nicht einmal berührt, geschweige denn beseitigt wurden. Das gleiche galt von den Zufluchtsstätten und von den Privilegien gewisser Stände, die teilweise von der gesetzlichen Macht anerkannt, teilweise mit grollendem Schweigen geduldet oder mit eitlen Protesten angefochten wurden. Aber diese Vorrechte wurden von jenen Ständen mit der Hingabe des Eigennutzes und dem Eifer der Ehrsucht aufrechterhalten. Jetzt, wo diese Straffreiheit durch die Erlasse bedroht und gegeißelt, jedoch nicht aufgehoben war, mußten natürlich nach jeder Drohung und jedem Angriff neue Anstrengungen und neue Spitzfindigkeiten aufgewendet werden, um sie zu erhalten. Und das geschah denn auch in der Tat. Nach jedem Erscheinen solcher Erlasse, die darauf zielten, die Gewalttätigen niederzuhalten, suchten diese in ihrer tatsächlichen Macht nach neuen geeigneten Mitteln, um darin fortzufahren, was die Erlasse verbieten wollten. Wohl vermochten diese auf Schritt und Tritt harmlose Bürger zu behindern und zu belästigen, die ohne eigene Macht und ohne Schutz waren, denn um alle Menschen in die Hand zu bekommen und jedem Verbrechen vorzubeugen oder es zu bestrafen, unterstellten die Gesetze jede Bewegung des Privatmannes der Willkür von Vollstreckern aller Art. Wer hingegen, bevor er ein Verbrechen begangen, seine Maßnahmen getroffen hatte, um sich rechtzeitig in ein Kloster oder in einen Palast zu flüchten, wohin kein Häscher seinen Fuß zu setzen wagte; wer ohne andere Vorsicht eine Livree trug, die ihn dazu verpflichtete, die Eitelkeit und den Eigennutz einer mächtigen Familie oder eines ganzen Standes zu verteidigen, der war frei in seinen Handlungen und konnte über das Getöse der Anordnungen hohnlachen. Selbst von denen, die mit dem Vollzug der Verfügungen betraut waren, gehörten manche ihrer Geburt nach zum privilegierten Teil, und andere waren als Schutzbedürftige von ihm abhängig. Die einen wie die anderen hatten sich gemäß Erziehung, Vorteil und Gewohnheit und aus Nachahmung die Grundsätze der Privilegierten zu eigen gemacht und hätten sich wohl gehütet, diese wegen eines Fetzens Papier, der an den Straßenecken angeschlagen war, zu verletzen. Doch selbst wenn die mit der unmittelbaren Vollstreckung Beauftragten unternehmend wie Helden, gehorsam wie Mönche und opferbereit wie Märtyrer gewesen wären, hätten sie doch niemals damit zu Rande kommen können, da sie an Zahl denen, die sie zu unterwerfen hatten, unterlegen waren und zudem noch mit aller Wahrscheinlichkeit damit rechnen mußten, von denen im Stich gelassen zu werden, die ihnen in Abwesenheit, sozusagen in der Theorie, zu handeln befahlen. Überdies jedoch gehörten jene im allgemeinen zu den verworfensten und ruchlosesten Menschen ihrer Zeit, deren Amt sogar von denen verachtet wurde, die allen Grund hatten, es zu fürchten, und ihr Titel galt als eine Schande. So war es denn ganz natürlich, daß diese, statt ihr Leben aufs Spiel zu setzen und es gar in einer verzweifelten Unternehmung zu verlieren, ihre Untätigkeit oder ihr Einvernehmen den Mächtigen verkauften und es sich vorbehielten, ihr verabscheuungswürdiges Amt und die Macht, die ihnen ja zukam, bei den Gelegenheiten auszuüben, wo keine Gefahr drohte, nämlich bei der Unterdrückung und Peinigung friedfertiger, wehrloser Menschen.

Wer angreifen will oder wer jeden Augenblick fürchtet, angegriffen zu werden, der sucht sich natürlich Verbündete und Gefährten. Folglich war in jener Zeit die Neigung des einzelnen groß, sich nach Ständen zusammenzutun, von solchen immer neue zu bilden und demjenigen, der ihnen angehörte, den weitestgehenden Einfluß zu verschaffen. Der Klerus war darauf bedacht, seine Unverletzlichkeit zu wahren und zu erweitern, der Adel wachte über seine Vorrechte, der Kriegsmann über seine Sonderrechte. Die Kaufleute und die Handwerker waren in Zünften und in Bruderschaften eingeschrieben. Rechtsgelehrte bildeten einen Bund, ja selbst die Ärzte gründeten eine Körperschaft. Jede dieser kleinen Oligarchien besaß ihre besondere und eigene Macht; in jeder fand der einzelne Vorteile, die er nach Maßgabe seines Ansehens und seiner Geschicklichkeit aus der vereinten Kraft vieler für sich nutzen konnte. Die Redlichen nahmen diesen Vorteil nur zu Verteidigungszwecken wahr; die Gerissenen und die Ruchlosen bedienten sich seiner für Schurkereien, zu denen die eigenen Mittel nicht ausgereicht hätten, und um sich Straffreiheit zu sichern. Der Einfluß dieser so verschiedenen Bünde war jedoch sehr ungleich; und vor allem auf dem Lande übte der von einer Schar von Bravi umgebene reiche, gewalttätige Edelmann inmitten einer Bevölkerung von Bauern, die durch Familienüberlieferung aus Eigennutz oder durch Zwang gewohnt waren, sich gewissermaßen als Untertanen und als Soldaten zu betrachten, eine Macht aus, der schwerlich eine andere Vereinigung hätte widerstehen können.

Unser Abbondio, weder adlig noch reich und schon gar nicht beherzt, hatte also, noch bevor er ins reife Mannesalter kam, erfahren, daß er sich in dieser Gesellschaft wie ein irdenes Gefäß inmitten vieler eiserner Töpfe verhalten müsse. Er hatte sich daher ziemlich willig seinen Eltern gefügt, die aus ihm einen Priester machen wollten. Um die Wahrheit zu sagen, hatte er sich nicht vielen Gedanken über die Pflichten und die edlen Ziele des Amtes hingegeben, dem er sich widmete. Sich ein Leben in einiger Bequemlichkeit zu sichern und einem angesehenen, einflußreichen Stande anzugehören waren die beiden Gründe, die eine solche Wahl hinreichend rechtfertigten. Doch schützte und sicherte ein Stand den einzelnen nur bis zu einem gewissen Grade, keiner enthob ihn der Notwendigkeit, sich sein eigenes System zu schaffen. Don Abbondio, der beständig von dem Wunsch nach Ruhe im Leben erfüllt war, kümmerte sich wenig um jene Vorteile, die er unter großen Anstrengungen und mit einem gewissen Wagemut hätte erlangen können. Sein System bestand hauptsächlich darin, allen Streitfragen auszuweichen und nachzugeben, wenn er dies nicht umgehen konnte. Er wahrte in allen den Kriegen, die rings um ihn entbrannten, unbewaffnete Neutralität, sowohl bei den sehr häufigen Streitigkeiten zwischen dem Klerus und der weltlichen Macht als auch bei den Händeln, die zwischen Soldaten und Bürgern ausgetragen wurden, oder bei den Fehden des Adels bis hin zu den Zwistigkeiten zwischen zwei Bauern, die, aus einem Wort geboren, mit Fäusten oder mit dem Messer entschieden wurden. Wenn er nicht umhinkonnte, zwischen zwei Streitenden Partei zu ergreifen, hielt er es stets mit dem Stärkeren, jedoch immer in der Nachhut und indem er dem anderen zu verstehen gab, daß er nicht freiwillig sein Gegner sei; er schien ihm sagen zu wollen: Warum habt Ihr es denn nicht verstanden, der Stärkere zu sein, damit ich mich auf Eure Seite stellen könnte? Indem er sich von den Gewalttätigen fernhielt und sich den Anschein gab, daß er ihre wechselnden und willkürlichen Übergriffe und Anmaßungen nicht bemerke; indem er mit Unterwürfigkeit solchen begegnete, die aus einer ernsteren, wohlüberlegten Absicht entstanden waren; indem er durch Verbeugungen und jovialen Respekt selbst den Griesgrämigsten und den Unwilligsten ein Lächeln abrang, wenn sie ihm auf der Straße begegneten, war es dem Ärmsten gelungen, ohne nennenswerte Stürme die Sechzig zu überschreiten.

Damit soll nicht gesagt sein, daß er nicht auch etwas Galle im Leibe gehabt hätte. Diese fortwährenden Geduldübungen, dieses ständige Nachgeben, die vielen schweigend hinuntergeschluckten Brocken hatten ihn so verbittert, daß – hätte er nicht hin und wieder Gelegenheit gefunden, sich etwas Erleichterung zu verschaffen – seine Gesundheit gewiß darunter gelitten hätte. Aber da es schließlich in der Welt wie in seiner nächsten Umgebung Personen gab, von denen er genau wußte, daß sie nicht fähig waren, Böses zu tun, so konnte er an diesen manchmal seine schlechte Laune, die er lange unterdrückt hatte, auslassen und sich auch ein wenig austoben, indem er sie zu Unrecht ausschimpfte. Für

Menschen, die sich nicht wie er verhielten, war er ein strenger Richter, freilich jedoch nur dann, wenn die Verwarnung ohne jede, auch die leiseste Gefahr erfolgen konnte. Der Geschlagene war zumindest ein unvorsichtiger, der Ermordete stets ein wirrköpfiger Mensch gewesen. Und wer sein Recht gegen einen Mächtigen durchzusetzen versuchte und wem dabei der Kopf zerschunden wurde, an dem hatte Don Abbondio ständig etwas auszusetzen, was nicht schwierig ist, zumal sich Recht und Unrecht nie durch einen so klaren Schnitt trennen lassen, daß jede Partei nur das eine oder das andere haben könnte. Vor allem aber zog er gegen jene seiner Amtsbrüder zu Felde, die auf eigene Gefahr hin die Partei eines unterdrückten Schwachen gegen einen mächtigen Übeltäter ergriffen. Ein solches Vorgehen nannte er: sich Ungelegenheiten mit barem Geld erkaufen, den Hunden die Beine geradebiegen wollen. Er behauptete auch allen Ernstes, daß dies ein Einmischen in weltliche Dinge sei – zum Schaden des heiligen Amtes. Und er predigte gegen diese, jedoch stets unter vier Augen oder in einem kleinen Personenkreis, mit um so mehr Eifer, als er letztere als Menschen kannte, die persönliche Angelegenheiten nicht übelnahmen. Er hatte eine Lieblingsredensart, mit der er alle Gespräche darüber zu besiegeln pflegte, nämlich: Einem Ehrenmann, der auf sich achtgibt, widerfahren keine Unannehmlichkeiten.

Meine fünfundzwanzig Leser mögen sich nun vorstellen, welchen Eindruck das Geschilderte auf die Seele des Ärmsten machen mußte. Der Schreck über jene Visagen und über die Flüche, die Drohung eines Herrn, der dafür bekannt war, daß er nicht vergebens drohte, sein mit soviel Jahren Fleiß und Geduld aufgebautes System des ruhigen Lebens, das mit einemmal ins Wanken gekommen war, und das Empfinden, in eine Sackgasse geraten zu sein, aus der es keinen Ausweg zu geben schien: all das schwirrte wild in Don Abbondios gesenktem Kopf durcheinander. Wenn Renzo sich mit einem glatten Nein einfach abspeisen ließe, warum nicht; aber er wird eine Erklärung verlangen, und was kann ich ihm um Himmels willen antworten? Und ach, ach, ich kenne ja seinen Dickschädel: ein Lamm, wenn niemand ihm etwas tut, aber wehe, wenn einer ihm zu widersprechen wagt ... Ja und dann, dann ist er völlig vernarrt in diese Lucia, verliebt wie ein ... Burschen, die, weil sie nicht wissen, was sie anfangen sollen, sich verlieben, möchten heiraten und denken an anderes nicht. Sie machen sich keine Sorgen um die Unannehmlichkeiten, in die sie einen bedauernswerten Ehrenmann verwickeln. Ach, ich Unglücklicher. Sagt, mußten sich diese beiden Strolche ausgerechnet mir in den Weg stellen und sich mit mir anlegen! Was habe ich damit zu tun? Bin ich es etwa, der heiraten will? Warum sprechen sie nicht lieber mit ... Ach, sieh einer an: es ist doch wirklich Schicksal, daß mir die richtigen Dinge immer einen Augenblick zu spät einfallen. Hätte ich daran gedacht, ihnen einzureden, daß sie ihre Botschaft gleich weitergeben sollen an ... Aber in diesem Moment fiel ihm ein, daß es denn doch zu abscheulich war, noch zu bereuen, zu der Ruchlosigkeit nicht mit Rat und Tat beigetragen zu haben. Und er wandte seine zornigen Gedanken jenem zu, der ihm so seine Ruhe geraubt hatte. Er kannte Don Rodrigo nur vom Sehen und vom Hörensagen und hatte nie mit ihm zu tun gehabt, nur daß er die wenigen Male, die er ihm auf der Straße begegnet war, die Brust mit dem Kinn und die Erde mit der Spitze seines Hutes berührt hatte. Mehr als einmal hatte er Gelegenheit gehabt, den Ruf dieses Herrn gegen jene zu verteidigen, die, leise seufzend und die Augen zum Himmel erhoben, irgendeine seiner Missetaten verfluchten: er aber hatte hundertmal erklärt, daß dieser ein ehrenwerter Edelmann sei. In diesem Augenblick jedoch bedachte er ihn in seinem Herzen mit all den Verwünschungen, wie er sie aus dem Munde anderer niemals gehört hatte, ohne mit einem mäßigenden „Pfui“ dazwischenzufahren. Nachdem er mit diesem Durcheinander von Gedanken vor der Tür seines Hauses angelangt war, das am Ende des Dörfchens stand, steckte er hastig den Schlüssel, den er schon in der Hand hielt, ins Schloß. Er öffnete, trat ein, schloß sorgfältig ab. Unverzüglich rief er, begierig auf die vertraute Gesellschaft: „Perpetua! Perpetua!“ und ging dabei auf das Wohnzimmer zu, wo jene sich mit Sicherheit aufhalten mußte, um den Tisch für das Abendessen zu decken. Wie jeder bemerkt haben wird, war Perpetua die Dienerin Don Abbondios: eine anhängliche und treue Dienerin, die es verstand, je nach Gelegenheit zu gehorchen und zu befehlen. Sie ertrug zu gegebener Zeit das Gemurre und die Launen des Gebieters und ließ ihn zeitweilig die eigenen erdulden, die von Tag zu Tag häufiger wurden, seitdem sie das kanonische Alter, die Vierzig, überschritten hatte und ledig geblieben war, weil sie alle Partien ausgeschlagen hatte, die sich ihr boten, wie sie behauptete, oder weil, wie ihre Freundinnen sagten, sich kein Hund gefunden hätte, der sie haben wollte.

„Ich komme schon“, erwiderte sie, während sie auf den Tisch an den gewohnten Platz die Flasche Lieblingswein Don Abbondios stellte, und sie setzte sich langsam in Bewegung. Aber sie hatte noch nicht die Schwelle des Wohnzimmers erreicht, als er mit so schlurfenden Schritten und mit einem so umwölkten Blick hereinkam, daß es nicht einmal der kundigen Augen Perpetuas bedurft hätte, um sofort aus dem so verzerrten Gesicht abzulesen, daß ihm etwas ganz Außergewöhnliches zugestoßen sein mußte.

„Barmherziger Himmel! was haben Sie, Herr?“

„Nichts, gar nichts“, erwiderte Don Abbondio und ließ sich atemlos in seinen Lehnstuhl fallen.

„Wieso nichts? Das wollen Sie mir weismachen? So wie Sie aussehen? Da muß etwas Entsetzliches geschehen sein.“

„Um Himmels willen, nein! Wenn ich sage nichts, so ist es entweder nichts oder etwas, was ich nicht sagen kann.“

„Nicht einmal mir können Sie es sagen? Wer wird sich um Ihre Gesundheit kümmern, wer wird Ihnen einen Rat erteilen? ...“

„Ach! Schweigt und tragt nichts weiter auf; gebt mir ein Glas von meinem Wein.“

„Und Sie wollen mir weismachen, daß Sie nichts haben!" sagte Perpetua, während sie das Glas füllte. Und dann hielt sie es in der Hand, als wollte sie es ihm nur als Belohnung für die vertrauliche Mitteilung hergeben, auf die sie so lange warten mußte.

„Gebt her, gebt her", sagte Don Abbondio, indem er ihr das Glas mit zitternder Hand wegnahm und es eilig leerte, als sei es eine Medizin.

„Sie wollen also, daß ich notgedrungen hier und da herumfrage, was meinem Herrn zugestoßen ist?" sagte Perpetua. Sie stand aufrecht vor ihm, die Hände in die Seiten gestemmt, mit den Ellenbogen nach vorn, und musterte ihn streng, als wollte sie ihm das Geheimnis aus den Augen saugen.

„Um Himmels willen! Schwatzt nur nicht herum und schnattert nicht! Es gilt ... es gilt das Leben!"

„Das Leben!"

„Das Leben."

„Sie wissen genau, daß ich noch niemals, wenn Sie mir etwas im Vertrauen erzählt haben ..."

„Vortrefflich! Und damals ..."

Perpetua merkte, daß sie eine falsche Taste angeschlagen hatte; sie änderte daher sofort die Tonart und fuhr mit bewegter und rührender Stimme fort: „Herr, ich war Ihnen stets ergeben, und wenn ich jetzt wissen will, was los ist, so geschieht das aus Sorge, weil ich Ihnen mit einem guten Rat beistehen und Ihnen Mut machen möchte ..."

Tatsache ist, daß Don Abbondios Verlangen, sein schmerzliches Geheimnis loszuwerden, wahrscheinlich ebenso groß war wie Perpetuas Wunsch, es zu erfahren, so daß er, nachdem er ihre fortwährenden, an Eindringlichkeit zunehmenden Angriffe immer schwächer zurückgewiesen, nachdem er sie mehrmals schwören ließ, daß sie nichts ausplaudern werde, ihr schließlich mit Pausen, mit vielem Ach und Weh das beklagenswerte Erlebnis erzählte. Als er in der Schilderung zum schrecklichen Namen des Auftraggebers kam, mußte Perpetua einen neuen, noch feierlicheren Eid ablegen; und Don Abbondio warf sich, nachdem er jenen Namen ausgesprochen hatte, mit einem tiefen Seufzer gegen die Lehne des Sessels, wobei er die Hände zugleich beschwörend wie flehend erhob und sagte: „Um Himmels willen!"

„Sieht ihm ähnlich!" rief Perpetua aus. „Oh, welch ein Schurke! Welch ein Missetäter! Welch ein gottloser Mensch!"

„Schweigt! Oder wollt Ihr mich vollends zugrunde richten?"

„Ach, wir sind hier allein, uns hört keiner. Aber was werdet Ihr tun, armer Herr?"

„Seht nur", sagte Don Abbondio ärgerlich. „Seht nur, welche Ratschläge sie mir zu geben weiß. Sie fragt mich, was ich tun werde, was ich tun werde; als säße sie in der Falle und als läge es an mir, sie daraus zu befreien."

„Oh! Ich hätte schon meine armselige Meinung; aber schließlich ..."

„Aber was, laßt hören."

„Meine Meinung wäre ... die Leute erzählen sich doch, unser Erzbischof sei ein heiliger und beherzter Mann, der sich vor niemandem fürchtet, und es bereite ihm Vergnügen, wenn er einem dieser übermächtigen Herren den Kopf zurechtsetzen kann, um einem Pfarrer beizustehen; ich würde Ihnen raten, ihm einen schönen Brief zu schreiben und ihn davon zu unterrichten, wie ..."

„Wollt Ihr aufhören, wollt Ihr aufhören! Sind das Ratschläge, die man einem Unglücklichen geben kann? Wenn ich einen Flintenschuß in den Rücken bekomme, Gott steh mir bei, würde dann der Erzbischof mir ihn etwa aus dem Leibe entfernen?"

„Ach was! die Flintenschüsse werden nicht so oft verteilt wie Konfetti. Wehe, wenn alle Hunde jedesmal, wenn sie bellen, auch beißen würden. Ich habe immer gesehen, daß derjenige, welcher die Zähne zu zeigen versteht und sich

Achtung verschafft, respektiert wird; eben weil Sie nie Ihr Recht behaupten wollen, ist es so weit gekommen, daß alle, mit Verlaub zu sagen, uns ..."

„Wollt Ihr schweigen!"

„Ich bin gleich still, aber es ist doch wahr; wenn die Leute merken, daß einem immer, bei jeder Begegnung, das Herz in die Hose rutscht ..."

„Wollt Ihr endlich schweigen? Ist es jetzt an der Zeit, solchen Unsinn zu reden?"

„Gut, Sie werden es sich diese Nacht überlegen; doch inzwischen fangen Sie nicht noch an, sich selbst zu schaden und Ihre Gesundheit zu untergraben; essen Sie einen Happen."

„Ich werde es mir überlegen", antwortete Don Abbondio brummend. „Ganz gewiß werde ich es mir überlegen, ich muß es tun." Und er erhob sich, während er fortfuhr: „Ich will nichts essen, nichts, mir steht der Sinn nach anderem; auch ich weiß, daß ich zu überlegen habe. Aber daß das ausgerechnet mir passieren mußte!"

„Trinken Sie wenigstens noch diesen Tropfen", sagte Perpetua und schenkte ein. „Sie wissen doch, daß der Wein Ihrem Magen guttut."

„Ach, da brauchte ich schon etwas anderes, etwas ganz anderes."

Mit diesen Worten nahm er die Kerze und schickte sich an, zum Schlafzimmer hinaufzusteigen, während er vor sich hin brummte: „Eine schöne Bescherung! Und das einem Ehrenmann wie mir! Aber was wird morgen sein?" Mit diesen und ähnlichen Klagen erreichte er die Schwelle, wo er sich noch einmal zu Perpetua umdrehte, den Finger an den Mund hielt und langsam und feierlich sagte: „Um Himmels willen!" Dann verschwand er.

Es wird berichtet, daß der Prinz von Condé in der Nacht vor Rocroi tief geschlafen hat: aber zum ersten war er sehr erschöpft; zum zweiten hatte er bereits alle notwendigen Anordnungen getroffen und festgelegt, was am Morgen zu tun sei. Don Abbondio hingegen wußte nur, daß der nächste Tag ein Tag des Kampfes sein werde; daher verbrachte er einen großen Teil der Nacht mit ängstlichen Überlegungen. Den ruchlosen Befehl und die Drohungen überhaupt nicht zu beachten und die Trauung vorzunehmen war ein Vorsatz, den er nicht einmal in Erwägung ziehen wollte. Renzo das Geschehene anzuvertrauen und mit ihm nach einem Ausweg zu suchen... Gottbewahre! „Kein Sterbenswörtchen darüber... andernfalls... hm!" hatte einer der Bravi gesagt. Als dieses Hm ihm wieder durch den Kopf dröhnte, bereute Don Abbondio, der nicht daran dachte, einem solchen Gesetz zuwiderzuhandeln, daß er Perpetua ins Vertrauen gezogen hatte. Fliehen? Wohin? Und dann? Wie viele Verwicklungen! Und wie oft wäre Rechenschaft abzulegen! Bei jedem Vorsatz, den er verwarf, wälzte sich der Ärmste im Bett herum. Was ihm auf jeden Fall am besten oder am wenigsten gefährlich schien, war, Zeit zu gewinnen und Renzo hinzuhalten. Im rechten Augenblick fiel ihm ein, daß in wenigen Tagen die Zeit begann, da Heiraten verboten war. Ach, wenn ich diesen Burschen nur die wenigen Tage hinhalten könnte, dann habe ich eine Frist von zwei Monaten gewonnen, und in zwei Monaten kann allerlei geschehen. Er erwog Vorwände, die er ins Feld führen könnte, und obschon sie ihm selbst ein wenig durchsichtig erschienen, beruhigte er sich mit dem Gedanken, daß seine Autorität ihnen schon das nötige Gewicht verleihen und daß seine langjährige Erfahrung ihm einen großen Vorteil gegenüber einem unwissenden Jüngling geben würde. Wir werden sehen, dachte er bei sich: er denkt an seine Liebste, ich aber an meine Haut. Ich bin am meisten betroffen, aber ich bin auch der Klügere. Mein lieber Sohn, wenn du vor Liebe vergehst, kann ich dir nicht helfen, aber ich will nicht dafür herhalten. Nachdem er in seinem Innern einem Entschluß nähergekommen war, konnte er endlich die Augen schließen. Doch was für ein Schlaf war das! Was für Träume! Die Bravi, Don Rodrigo, Renzo, enge Pfade, Felsen, Fluchten, Verfolgungen, Schreie und Flintenschüsse.

Das erste Erwachen nach einem Unglück und in Bedrängnis ist ein sehr bitterer Augenblick. Kaum zu sich selbst gekommen, wendet sich der Geist den gewohnten Gedanken des vorherigen ruhigen Lebens zu, jedoch drängt sich der neue Stand der Dinge unfreundlich auf, und das Mißbehagen darüber ist bei dem sich sofort einstellenden Vergleich um so größer. Nachdem Don Abbondio diesen Moment schmerzlich ausgekostet hatte, überdachte er sogleich die Pläne, die er in der Nacht erwogen hatte, bestärkte sich darin, ordnete sie besser, stand auf und erwartete Renzo voller Furcht und gleichzeitig voller Ungeduld.

Lorenzo oder Renzo, wie alle sagten, ließ nicht lange auf sich warten. Kaum schien ihm die Zeit gekommen, den Pfarrer aufsuchen zu können, ohne zudringlich zu sein, begab er sich zu ihm mit dem frohen Ungestüm eines Zwanzigjährigen, der an dem Tag jene ehelichen will, die er liebt. Er hatte im Jünglingsalter seine Eltern verloren und übte das Gewerbe eines Seidenspinners aus, das in seiner Familie sozusagen erblich war. Dieser Beruf war in den zurückliegenden Jahren ziemlich einträglich gewesen. Gegenwärtig befand er sich im Verfall, jedoch nicht so sehr, daß ein geschickter Arbeiter nicht sein ehrliches Auskommen hätte haben können. Die Aufträge gingen von Tag zu Tag zurück, aber die ständige Auswanderung von Arbeitern, die durch Versprechungen, durch Privilegien und hohe Entlohnung in die benachbarten Staaten gelockt wurden, brachte es mit sich, daß es denen noch nicht an Arbeit fehlte, die im Lande geblieben waren. Außerdem besaß Renzo ein kleines Anwesen, das er bestellen ließ und das er selbst bestellte, wenn das Spinnrad stillstand. So konnte er für seinen Stand als wohlhabend gelten. Und obschon dieses Jahr die Ernte kärglicher ausgefallen war als in den zurückliegenden und sich bereits eine erhebliche Teuerung spürbar machte, war doch unser Jüngling, der sparsam geworden war, seit er ein Auge auf Lucia geworfen hatte, mit allem Nötigen versehen, so daß er nicht dem Hunger ausgeliefert war. Er erschien in festlichem Aufzug bei Don Abbondio, bunte Federn am Hut, seinen Dolch mit dem schönen Griff in der Hosentasche, mit einer feierlichen und zugleich herausfordernden Miene, wie sie damals auch die Friedfertigen zur Schau trugen. Der unsichere, heimlichtuerische Empfang, den Don Abbondio ihm bereitete, bildete einen einzigartigen Kontrast zu dem freundlichen, resoluten Auftreten des jungen Mannes.

Er muß irgendwelche Hintergedanken haben, überlegte Renzo und sagte dann: „Ich bin gekommen, Herr Pfarrer, um von Ihnen zu erfahren, wann es Ihnen beliebt, daß wir uns in der Kirche einfinden."

„Von welchem Tage sprecht Ihr?"

„Wie denn, von welchem Tage? Erinnern Sie sich nicht, daß er auf heute festgesetzt ist?"

„Heute?" erwiderte Don Abbondio, als vernähme er davon zum ersten Male. „Heute, heute... habt Geduld, aber heute kann ich nicht."

„Sie können heute nicht! Was ist geschehen?"

„Vor allem fühle ich mich, wie Ihr seht, nicht wohl."

„Es tut mir leid. Aber für das, was Sie zu tun haben, brauchen Sie nicht viel Zeit, und es kostet nur wenig Mühe..."

„Und dann, und dann, und dann..."

„Und dann was?"

„Und dann gibt es noch einige Schwierigkeiten."

„Schwierigkeiten? Was für Schwierigkeiten können das denn sein?"

„Ihr müßtet schon in meiner Haut stecken, um zu begreifen, was für Verwicklungen auf diesem Gebiet entstehen können, worüber man da alles Rechenschaft ablegen muß. Ich habe ein zu weiches Herz und bin nur darauf bedacht, Hindernisse aus dem Weg zu räumen, alles zu erleichtern und zu tun, was andere sich wünschen, und dabei vernachlässige ich meine Pflichten. Und dann muß ich Tadel und noch Schlimmeres über mich ergehen lassen."

„Aber um Himmels willen, spannen Sie mich nicht so auf die Folter und sagen Sie mir klipp und klar, um was es sich handelt."

„Wißt Ihr, wie viele Formalitäten wir zu erledigen haben, um eine Ehe nach Vorschrift zu schließen?"

„Ich weiß ein Lied davon zu singen", sagte Renzo erregt, „denn Sie haben mir in den letzten Tagen damit genug zu schaffen gemacht. Aber war denn nicht alles schon erledigt? Hatten wir nicht alles getan, was zu tun war?"

„Alles, alles, das glaubt Ihr! Habt Geduld, der Esel bin wieder ich, der ich meine Pflicht verletze, nur um den Leuten nicht Kummer zu machen. Aber jetzt genug... Ich weiß, was ich sage. Wir armen Pfarrer sind zwischen Hammer und Amboß. Ihr seid ungeduldig! Ihr tut mir leid, armer junger Mann. Und die Vorgesetzten... nun, man kann nicht alles sagen. Wir Pfarrer jedenfalls haben darunter zu leiden."

„Aber erklären Sie mir doch, was es denn mit dieser anderen Formalität auf sich hat, die zu erledigen ist, wie Sie sagen. Es wird sofort geschehen."

„Wißt Ihr denn, wie viele Ehehindernisse es gibt?"

„Woher soll ich die Ehehindernisse kennen?"

„Error, conditio, votum, cognatio, crimen, cultus disparitas, vis, ordo, ligamen, honestas, si sis affinis...“, begann Don Abbondio an den Fingern abzuzählen.

„Machen Sie sich lustig über mich?" unterbrach ihn der Jüngling. „Was soll ich mit Ihrem Latinorum anfangen?"

„Na also, wenn Ihr die Dinge nicht kennt, dann habt Geduld und fügt Euch dem, der sich darin auskennt."

„Also denn! ..."

„Gemach, mein lieber Renzo, erregt Euch nicht, ich bin bereit, alles zu tun, was von mir abhängt. Ich, ich möchte Euch zufrieden sehen, denn ich habe Euch gern. Ach, wenn ich bedenke, wie gut es Euch ergangen ist. Was hat Euch gefehlt? Jetzt habt Ihr Euch die Grille in den Kopf gesetzt, heiraten zu wollen ..."

„Was sollen diese Reden, mein Herr?" platzte Renzo heraus, mit einer Miene, die Erstaunen und Zorn ausdrückte.

„Ich sage das nur so, habt Geduld, ich sage das nur so. Ich möchte Euch zufrieden sehen."

„Also kurz ..."

„Also kurz, mein lieber Sohn, es ist nicht meine Schuld; das Gesetz habe nicht ich gemacht. Und wir sind wirklich verpflichtet, bevor wir eine Trauung vollziehen, viele, sehr viele Nachforschungen anzustellen, um uns zu vergewissern, daß keine Ehehindernisse bestehen."

„Aber sagen Sie mir doch endlich, was für ein Hindernis aufgetaucht ist!"

„Geduldet Euch, das sind Dinge, die man nicht so stehenden Fußes erklären kann. Es wird, wie ich hoffe, nichts daran sein; aber wir müssen trotzdem diese Nachforschungen betreiben. Der Text ist klar und eindeutig: *antequam matrimonium denunciet* ..."

„Ich habe Ihnen schon gesagt, daß ich kein Latein hören will."

„Aber ich muß Euch doch erklären ..."

„Haben Sie denn diese Nachprüfungen nicht schon erledigt?"

„Nicht alle so, wie ich es hätte tun sollen."

„Warum haben Sie es nicht rechtzeitig getan? Warum sagten Sie mir dann, daß alles erledigt sei? Warum soll ich warten? ..."

„Da seht Ihr! Ihr tadelt meine übermäßige Güte. Ich habe alles in die Wege geleitet, um Euch eher zufriedenzustellen, aber ... aber jetzt ist mir eingefallen ... kurz, ich weiß jetzt."

„Und was soll ich Ihrer Meinung nach tun?"

„Ihr sollt Euch ein paar Tage gedulden. Mein lieber Sohn, ein paar Tage, das ist schließlich nicht die Ewigkeit. Habt also Geduld."

„Wie lange noch?"

Das hätten wir geschafft, überlegte Don Abbondio, und zuvorkommender denn je sagte er: „In vierzehn Tagen will ich versuchen ... mich bemühen ..."

„Vierzehn Tage! Oh, das ist mir eine schöne Neuigkeit! Alles, was Sie wollten, haben wir getan. Wir haben den Tag festgesetzt. Nun ist der Tag gekommen, und jetzt erklären Sie mir, ich soll vierzehn Tage warten! Vierzehn ...", wiederholte er mit aufgebrachter, zorniger Stimme, indem er den Arm ausstreckte und mit der Faust durch die Luft schlug. Wer weiß, welche Verwünschungen er diesem Ausruf hinzugefügt hätte, wäre Don Abbondio, der mit zaghafter, eifriger Freundlichkeit seine Hand ergriff, ihm nicht ins Wort gefallen: „Aber, aber, regt Euch um Himmels willen nicht auf. Ich will sehen, ich werde versuchen, ob schon in einer Woche ..."

„Und was soll ich Lucia sagen?"

„Daß ich einen Fehler gemacht habe."

„Und das Gerede der Leute?"

„Sagt allen, daß ich einen Fehler gemacht habe aus zu großer Eile, weil ich ein zu gutes Herz habe! Schiebt alle Schuld auf mich. Kann ich Euch noch Besseres vorschlagen? Also in einer Woche denn."

„Und dann, wird es nicht wieder Hindernisse geben?"

„Wenn ich Euch sage ..."

„Nun gut, eine Woche will ich mich gedulden. Aber Sie sollen wissen, wenn diese vorüber ist, werde ich mich nicht mehr mit Reden abspeisen lassen. Bis dahin empfehle ich mich." Und nachdem er dies gesagt, entfernte er sich, wobei er Don Abbondio eine weniger tiefe Verbeugung machte als sonst und ihn mit einem vielsagenden, wenig ehrerbietigen Blick bedachte.

Nachdem Renzo den Pfarrer verlassen hatte und sich zum erstenmal voller Unlust zum Hause seiner Verlobten begab, ließ er sich trotz seines Ärgers die Unterredung noch einmal durch den Kopf gehen, und er fand sie immer merkwürdiger. Der kühle und verlegene Empfang durch Don Abbondio, dieses gequälte und zugleich unduldsame Gerede, diese grauen Augen, die, während er sprach, immer hierhin und dorthin auswichen, als hätten sie Angst, den Worten zu begegnen, die aus seinem Munde kamen, dieses Gebaren, als sei ihm die ausdrücklich vereinbarte Trauung etwas Neues, und vor allen Dingen diese ständigen Anspielungen auf irgendeine gewichtige Sache, ohne sich je klar auszudrücken – alle diese Umstände zusammen brachten Renzo auf den Gedanken, daß dahinter ein anderes Geheimnis steckte als das, was Don Abbondio ihn hatte glauben machen. Der junge Mann überlegte einen Augenblick, ob er nicht umkehren und ihn in die Enge treiben und zwingen sollte, sich klarer auszudrücken; aber als er aufschaute, erblickte er Perpetua, die vor ihm ging und nun einen kleinen Garten wenige Schritte vom Hause entfernt betrat. Er rief sie an, während sie die Pforte öffnete, beschleunigte seinen Schritt, erreichte sie und hielt sie am Eingang zurück. Mit dem Entschluß, etwas Genaueres aus ihr herauszuholen, blieb er stehen und begann ein Gespräch mit ihr.

„Guten Tag, Perpetua. Ich hatte gehofft, daß wir heute zusammen vergnügt sein würden."

„Ach, wie es Gott gefällt, mein armer Renzo."

„Tut mir einen Gefallen. Euer feiner Herr Pfarrer hat mir da allerlei aufgebunden, was ich nicht richtig verstehen konnte. Erklärt es mir besser, warum er uns heute nicht trauen kann oder will."

„Oh, Ihr glaubt wohl, ich kennte die Geheimnisse meines Herrn?"

Ich habe es doch gesagt, daß ein Geheimnis dahintersteckt, dachte Renzo, und um es ans Tageslicht zu zerren, fuhr er fort: „Los, Perpetua, wir sind doch Freunde. Sagt mir, was Ihr wißt, helft einem armen Kerl."

„Es ist übel, arm geboren zu werden, mein lieber Renzo."

„Das stimmt", pflichtete ihr Renzo bei, immer mehr in seinem Verdacht bestärkt. Und da er der Frage auf den Grund gehen wollte, fügte er hinzu: „Das ist wahr, aber steht es den Priestern zu, die Armen schlecht zu behandeln?"

„Hört, Renzo, ich kann nichts sagen, weil ... ich nichts weiß. Aber was ich Euch versichern kann, ist, daß mein Herr weder Euch noch anderen Menschen ein Unrecht antun will. Und es ist nicht seine Schuld."

„Wessen Schuld ist es dann?" fragte Renzo lässig, aber mit Spannung im Herzen und mit gespitzten Ohren.

„Wenn ich Euch doch sage, daß ich nichts weiß ... Um meinen Herrn zu verteidigen, kann ich reden, denn es tut mir weh, zu hören, daß man ihm zur Last legt, er wolle jemandem Unbill bereiten. Der Ärmste, wenn er sündigt, dann aus zu großer Güte. Es gibt auf dieser Welt eine Menge Schurken, Gewalttätige, Menschen ohne Gottesfurcht ..."

Gewalttätige, Schurken! überlegte Renzo, es sind also nicht die Vorgesetzten. „Nur zu", sagte er dann, mühsam die wachsende Erregung verbergend, „nur zu, sagt mir, wer es ist."

„Ach! Ihr möchtet mich zum Reden bringen. Ich kann aber nicht reden, weil ... ich nichts weiß. Wenn ich nichts weiß, dann ist es so, als hätte ich geschworen zu schweigen. Ihr könntet mich auf die Folter spannen, Ihr würdet doch nichts aus meinem Munde vernehmen. Lebt wohl, es ist verlorene Zeit für uns beide." Mit diesen Worten betrat sie eilig den Garten und schloß die Pforte hinter sich. Renzo erwiderte ihren Gruß und kehrte verstohlen zurück, damit sie nicht merkte, welchen Weg er einschlug. Als er jedoch außer Hörweite der braven Frau war, beschleunigte er seinen Schritt. Im Nu war er vor der Haustür Don Abbondios. Er trat ein, ging schnurstracks in das Zimmer, in dem er ihn zurückgelassen hatte, fand ihn dort und lief mit flackernden Blicken dreist auf ihn zu.

„Wie denn, was soll das heißen?" fragte Don Abbondio.

„Wer ist jener Gewalttätige?" fragte Renzo mit der Stimme eines Mannes, der entschlossen ist, eine genaue Antwort zu erhalten. „Wer ist jener Gewalttätige, der nicht wünscht, daß ich Lucia heirate?"

„Was? Was? Was?" stammelte der Ärmste überrascht, mit einem Gesicht, das auf einmal weiß und schlaff wie ein Lumpen war, der aus der Wäsche kommt. Dann sprang er murrend mit einem Satz von seinem Sessel auf, um zur Tür zu eilen. Aber Renzo, der dies erwartet hatte und auf der Hut war, sprang noch schneller zur Tür, drehte den Schlüssel herum und steckte ihn in die Tasche.

„Also, Herr Pfarrer, werden Sie jetzt reden? Alle wissen über meine Angelegenheit Bescheid, nur ich nicht. Zum Teufel, jetzt will ich auch wissen, was los ist. Wie heißt jener Mann?"

„Renzo, Renzo! Um Gottes willen, achtet auf das, was Ihr tut; denkt an Eure Seele."

„Ich denke, daß ich es jetzt auf der Stelle wissen will." Und bei diesen Worten legte er, vielleicht ohne es zu merken, die Hand an den Griff des Dolches, der aus seiner Tasche ragte.

„Barmherzigkeit!" rief Don Abbondio mit schwacher Stimme.

„Ich will es wissen."

„Wer hat es Euch gesagt..."

„Nein, nein! Keine Flausen mehr. Reden Sie, und zwar sofort."

„Ihr wollt meinen Tod!"

„Ich will wissen, was zu wissen ich das Recht habe."

„Aber wenn ich spreche, bin ich des Todes. Soll mir mein Leben nicht am Herzen liegen?"

„Also reden Sie."

Dieses „Also" wurde mit solcher Entschlossenheit vorgebracht, und Renzos Miene wirkte so bedrohlich, daß Don Abbondio nicht einmal mehr die Möglichkeit erwog, ihm nicht zu gehorchen.

„Versprecht Ihr mir, schwört Ihr mir", sagte er, „mit niemandem darüber zu sprechen, nie ein Wort davon zu sagen . . .?"

„Ich verspreche, daß ich eine Unbesonnenheit begehen werde, wenn Sie mir nicht gleich den Namen jenes Mannes sagen."

Auf diese neuerliche Drohung hin stammelte Don Abbondio mit einem Ausdruck und dem Blick eines Menschen, der die Zange eines Zahnbrechers im Munde fühlt: „Don . . ."

„Don?" wiederholte Renzo, als wollte er einem Patienten helfen, auch noch den Rest aus sich herauszuspucken; und er stand vornübergeneigt da, das Ohr am Munde des Pfarrers, mit verkrampften Armen und geballten Fäusten im Rücken.

„Don Rodrigo!" rief der Bezwungene, die wenigen Silben überstürzend und über die Konsonanten gleitend, teils aus Verwirrung, teils weil er das bißchen Vorsicht, das ihm verblieben war, darauf verwandte, einen Vergleich zwischen den beiden Ängsten anzustellen, und diesen Namen in demselben Augenblick, da er gezwungen war, ihn auszusprechen, zurückzunehmen und verschwinden zu lassen wünschte.

„Oh, dieser Hund!" schrie Renzo. „Und wie hat er das getan? Was hat er Ihnen gesagt, damit Sie . . ."

„Wie? Was?" entgegnete Don Abbondio fast verächtlich, der sich nun nach einem so großen Opfer in gewisser Weise als Gläubiger vorkam. „Wie? Ich wünschte, Euch wäre dasselbe widerfahren wie mir, der ich damit doch nichts zu tun habe. Dann hättet Ihr sicher nicht so viele Grillen im Kopf." Und hier begann er die unangenehme Begegnung in schrecklichen Farben zu malen und wurde sich beim Erzählen der heftigen Wut immer mehr bewußt, die er im Leibe hatte und die bis dahin in der Angst verborgen und darin eingehüllt war. Als er nun sah, daß Renzo, zwischen Wut und Verwirrung schwankend, unbeweglich mit gesenktem Kopf dastand, fuhr er ermuntert fort: „Ja, da habt Ihr etwas Schönes vollbracht! Ihr habt mir einen schönen Dienst erwiesen! Einen solchen Streich einem Ehrenmann, Eurem Pfarrer zu spielen, in seinem eigenen Haus, an geweihter Stätte! Wirklich, eine feine Heldentat! Um mir mein Unglück, Euer Unglück zu entreißen, was ich aus Vorsicht zu Eurem Wohl Euch zu verheimlichen trachtete! Und was nun, da Ihr es wißt? Ich möchte sehen, was Ihr mir jetzt antut...! Um Himmels willen! Damit scherzt man nicht. Es handelt sich weder um Unrecht noch um Recht; es handelt sich um Gewalt. Und als ich Euch heute morgen einen guten Rat erteile... da geratet Ihr gleich in Raserei. Ich hatte Verstand genug für uns beide, aber so ist das eben. Öffnet wenigstens und gebt mir den Schlüssel."

„Ich mag falsch gehandelt haben", sagte Renzo sanft zu Don Abbondio, aber in seiner Stimme schwang die Wut gegen den entdeckten Feind mit, „ich mag falsch gehandelt haben, aber, Hand aufs Herz, versetzen Sie sich in meine Lage..."

Mit diesen Worten zog er den Schlüssel aus der Tasche und ging öffnen. Don Abbondio folgte ihm, und während jener den Schlüssel im Schloß herumdrehte, näherte er sich ihm und sagte mit ernstem und ängstlichem Gesicht, wobei er ihm die drei ersten Finger der rechten Hand vor die Augen hielt, als wollte er ihm beim Schwur helfen: „Schwört wenigstens..."

„Ich mag falsch gehandelt haben. Ich bitte um Entschuldigung", antwortete Renzo und öffnete die Tür, um hinauszugehen.

„Schwört...", erwiderte Don Abbondio und ergriff mit zitternder Hand Renzos Arm.

„Ich mag falsch gehandelt haben", wiederholte Renzo, indem er sich befreite. Dann eilte er wütend von dannen, so den Streit abbrechend, der wie eine Streitfrage in der Literatur oder in der Philosophie oder dergleichen hätte dauern können, weil jede der beiden Parteien nichts anderes tat, als ihr eigenes Argument zu wiederholen.

„Perpetua! Perpetua!" rief Don Abbondio, nachdem er vergebens den Fliehenden zurückgerufen hatte. Perpetua antwortete nicht. Don Abbondio wußte nicht mehr, in welcher Welt er lebte.

Auch Personen von weit höherem Rang als Don Abbondio haben sich mehr als einmal in einer solchen Bedrängnis, in solcher Unschlüssigkeit befunden, daß sie es für den besten Ausweg hielten, sich mit Fieber ins Bett zu legen. Diesen Ausweg brauchte er erst gar nicht zu suchen, denn er bot sich von selbst an. Die Angst vor dem kommenden Tag, die durchwachte Nacht, der Schreck in diesem Moment, die Sorge um die Zukunft zeitigten ihre Wirkung. Bekümmert und betäubt setzte er sich in seinen Sessel und fühlte ein Frösteln in seinen Gliedern, betrachtete seufzend seine Fingernägel und rief von Zeit zu Zeit mit zitternder und zorniger Stimme: „Perpetua!" Endlich kam sie, mit einem großen Kohlkopf unterm Arm und mit einer harmlosen Miene, als ob nichts gewesen wäre. Ich erspare dem Leser die Klagen und Mitleidsbezeigungen, die Anwürfe und Rechtfertigungen, dieses „nur Ihr allein könnt gesprochen haben" und das „ich habe nichts gesagt", kurz, all das wirre Zeug dieser Unterredung. Es genügt, wenn ich sage, daß Don Abbondio Perpetua befahl, die Haustür zu verriegeln und in keinem Fall mehr zu öffnen und, wenn jemand klopfen sollte, vom Fenster aus zu antworten, daß der Pfarrer mit Fieber zu Bett gegangen sei. Dann stieg er langsam die Treppe hinauf, wobei er alle drei Stufen stöhnte: „Ich bin am Ende." Und er legte sich tatsächlich ins Bett, wo wir ihn liegen lassen wollen.

Renzo eilte indes mit wütenden Schritten heimwärts, ohne entschieden zu haben, was er unternehmen würde. Er hatte aber ein großes Verlangen, etwas Seltsames und Schreckliches zu tun. Die Aufwiegler und die Gewalttäter, alle diejenigen, die in irgendeiner Weise anderen Unrecht zufügen, sind nicht nur der Missetaten schuldig, die sie begehen, sondern auch dessen, daß sie die Seelen ihrer Opfer verheeren. Renzo war ein friedfertiger, keineswegs blutrünstiger junger Mann, ein offenherziger Jüngling, ein Feind jeglicher Heimtücke. Jedoch lechzte in diesen Augenblicken sein Herz nach Mord, und sein Geist war nur damit beschäftigt, eine Tücke auszuhecken. Er wäre am liebsten zu Don Rodrigo gelaufen, hätte ihn am Hals gepackt und ... aber da fiel ihm ein, daß dessen Haus wie eine Festung war, innen von Bravi besetzt und auch außen bewacht, und daß nur wohlbekannte Freunde und Diener ungehindert hineinkamen, ohne von Kopf bis Fuß gemustert zu werden. Ein unbekannter Handwerker würde nicht ohne eine Prüfung passieren können, und er vor allem ... er wäre dort vielleicht zu bekannt. Dann malte er sich aus, wie er seine Flinte nahm, sich hinter einer Hecke versteckte und wartete, bis jener möglicherweise allein vorüberkäme. Und während er sich mit grausamer Befriedigung in jene Vorstellung hineinversetzte, glaubte er schon Schritte zu vernehmen, jene bewußten Fußtritte, und er reckte sacht den Kopf, erkannte den Unseligen, legte an, zielte, schoß, sah ihn fallen und die letzten Atemzüge aushauchen, schleuderte ihm einen Fluch hinterher und eilte dann auf dem nächsten Wege davon, um sich in Sicherheit zu bringen. Und Lucia? Kaum tauchte dieser Name in seinen trotzigen Phantasien auf, drängten sich ihm die besten Gedanken auf, deren sein Gemüt fähig war. Ihm fielen die letzten Erinnerungen an seine Eltern ein, er dachte an Gott, an die Madonna und die Heiligen, dachte an den Trost, den er so oft im Bewußtsein eines Lebenswandels ohne Verbrechen fand, dachte an das Entsetzen, das er so oft bei der Schilderung eines Mordes empfunden hatte, und er erwachte aus diesem blutrünstigen Traum mit Schrecken und mit Reue und zugleich auch voller Freude, daß das alles nur

Einbildung gewesen war. Aber der Gedanke an Lucia beschwor viele andere Gedanken herauf. So viele Hoffnungen, so viele Verheißungen, eine so ungestüm ersehnte Zukunft, deren er so sicher gewesen, und diesen lang ersehnten Tag! Wie und mit welchen Worten sollte er ihr jetzt eine solche Neuigkeit mitteilen? Und schließlich, wofür sollte er sich entscheiden? Wie konnte sie ungeachtet der Gewalt jenes tückischen mächtigen Mannes die Seine werden? Und zusammen mit alledem kam ihm zwar kein ausgeprägter Verdacht, jedoch eine qualvolle Ahnung in den Sinn. Diese Anmaßung Don Rodrigos konnte nur von einer brutalen Leidenschaft für Lucia ausgelöst worden sein. Und Lucia? Renzo glaubte keinen einzigen Augenblick, daß sie jenem das geringste Zugeständnis, die leiseste Hoffnung gemacht habe. Aber wußte sie Bescheid? Konnte jener von dieser schändlichen Leidenschaft entbrannt sein, ohne daß sie es bemerkt hätte? Würde er die Dinge so weit getrieben haben, bevor er es nicht auf andere Weise versucht hätte? Und Lucia hatte ihm, ihrem Verlobten, nicht ein einziges Sterbenswörtchen davon erzählt!

Von solchen Gedanken bewegt, ging er an seinem Haus vorüber, das mitten im Dorf stand, und begab sich, nachdem er den Ort durchquert hatte, zum Hause Lucias, das am Ende, ja schon ein wenig außerhalb des Dorfes lag. Dieses Häuschen war durch einen kleinen, von einer niedrigen Mauer eingefaßten Vorhof von der Straße getrennt. Renzo betrat den Hof und vernahm ein verworrenes lang anhaltendes Gemurmel aus einem Zimmer des Obergeschosses. Er vermutete, es seien Freundinnen und Gevatterinnen, die gekommen waren, um Lucias Hochzeitszug zu bilden. Und er wollte sich nicht mit dieser Neuigkeit, die auf seinem Gesicht abzulesen war, auf jenem Markt zeigen. Ein kleines Mädchen, das auf dem Hof war, rannte ihm entgegen und rief: „Der Bräutigam! Der Bräutigam!"

„Still, Bettina, sei ruhig", sagte Renzo. „Komm einmal her. Lauf hinauf zu Lucia, nimm sie beiseite und sag ihr ins

Ohr... aber so, daß es niemand hört und niemand Verdacht schöpft... sag ihr, daß ich mit ihr etwas zu besprechen habe. Ich warte unten im Zimmer, sie soll sofort kommen." Das Mädchen stieg eilig die Treppe hinauf, voller Stolz und Freude, daß sie eine geheime Botschaft zu überbringen hatte.

Lucia kam gerade heraus, von ihrer Mutter herausgeputzt. Die Freundinnen entführten sie und zwangen sie, sich bewundern zu lassen. Sie aber wehrte sich mit jener etwas derben Verschämtheit der Bäuerinnen, indem sie die Ellenbogen wie einen Schild vors Gesicht hob und den Kopf senkte. Dabei zog sie die langen schwarzen Augenbrauen zusammen, während ihr Mund sich zu einem Lächeln öffnete. Das schwarze seidige Haar, über der Stirn zierlich gescheitelt, wand sich hinter dem Kopf in vielfachen Flechten zu einem Kranz, mit langen Silbernadeln befestigt, die sich wie die Strahlen eines Heiligenscheins ringsherum verteilten, wie es noch heute die Bäuerinnen im Mailändischen zu tragen pflegen. Um den Hals hatte sie eine Kette aus Granaten und Goldfiligrankugeln. Sie trug ein sehr schönes geblümtes Brokatmieder, dessen Ärmel geteilt und mit schönen Bändern geschnürt waren; dazu einen kurzen Rock aus Florettseide, der eng gefältelt war, rote Strümpfe und bestickte Seidenpantoffeln. Neben all diesem hochzeitlichen Schmuck besaß Lucia auch jenen alltäglichen einer bescheidenen Schönheit, die an diesem Tage noch erhöht und betont wurde durch die sich auf ihrem Gesicht widerspiegelnde Leidenschaft: Freude, gemäßigt durch leise Unruhe, und dazu jene sanfte Melancholie, die sich hin und wieder auf dem Gesicht einer Braut zeigt und dieser, ohne ihre Schönheit zu beeinträchtigen, einen besonderen Charakter verleiht. Die kleine Bettina drängte sich in den Kreis, näherte sich Lucia, gab ihr vorsichtig zu verstehen, daß sie ihr etwas mitzuteilen habe, und flüsterte ihr die Botschaft ins Ohr.

„Ich muß für einen Augenblick weg und komme gleich

wieder", sagte Lucia zu den Frauen und stieg eilends die Treppe hinunter. Als sie Renzos verändertes Gesicht und sein unruhiges Verhalten bemerkte, rief sie im Vorgefühl einer schlimmen Nachricht: „Was ist geschehen?"

„Lucia!" antwortete Renzo, „für heute ist alles ins Wasser gefallen, und Gott allein weiß, wann wir Mann und Frau sein werden."

„Was?" sagte Lucia ganz fassungslos. Renzo erzählte ihr kurz, was sich an diesem Morgen zugetragen hatte. Sie lauschte ängstlich, und als sie den Namen Don Rodrigos vernahm, rief sie errötend und zitternd: „Ach, so weit hat er es getrieben!"

„Ihr wußtet also ...?" fragte Renzo.

„Leider", erwiderte Lucia, „aber daß er es so weit zu treiben wagt!"

„Was wußtet Ihr?"

„Zwingt mich jetzt nicht, zu reden und zu weinen. Ich will meine Mutter rufen und die Frauen wegschicken. Wir müssen unter uns sein."

Als sie davoneilen wollte, murmelte Renzo: „Ihr habt mir nie davon erzählt ..."

„Ach, Renzo!" entgegnete Lucia und wandte sich, ohne stehenzubleiben, nach ihm um. Renzo verstand, daß sein Name, in diesem Augenblick in so liebevollem Ton ausgesprochen, nichts weiter besagen sollte als: Könnt Ihr etwa zweifeln, daß ich aus anderen als aus notwendigen, reinen Beweggründen geschwiegen habe?

Unterdessen war die gute Agnese, Lucias Mutter, voller Argwohn und Neugier, was es mit der zugeflüsterten Botschaft und dem Verschwinden ihrer Tochter auf sich hatte, heruntergekommen, um zu sehen, was es Neues gebe. Die Tochter ließ sie mit Renzo allein und kehrte zu den Frauen zurück. Gesicht und Stimme so gut wie möglich zügelnd, sagte sie zu ihnen: „Der Herr Pfarrer ist krank. Aus der Trauung wird heute nichts." Nach diesen Worten grüßte sie alle eilig und stieg erneut hinunter.

Die Frauen gingen fort und zerstreuten sich, um das Geschehene zu erzählen. Zwei oder drei von ihnen begaben sich sogar an die Haustür des Pfarrers, um sich zu vergewissern, ob er wirklich erkrankt war.

„Ein böses Fieber", rief Perpetua aus dem Fenster. Dieser traurige Bescheid wurde weitergetragen und erstickte im Keime die Mutmaßungen, die bereits in den Hirnen der Frauen zu wimmeln und in vagen geheimnisvollen Anspielungen in ihren Gesprächen aufzutauchen begannen.

3. Kapitel

Lucia betrat das Zimmer im Erdgeschoß, wo Renzo bekümmert die ängstlich lauschende Agnese unterrichtete. Beide wandten sich ihr zu, die mehr wußte als sie und von der sie eine Erklärung erwarteten, die nicht anders als schmerzlich sein konnte. Beide ließen trotz ihrer verschieden gearteten Liebe zu Lucia in aller Betrübnis ihren ebenfalls verschieden gearteten Ärger darüber durchblicken, daß sie ihnen etwas verschwiegen hatte und noch dazu eine Angelegenheit von solcher Wichtigkeit. Obwohl Agnese begierig war, ihre Tochter sprechen zu hören, konnte sie es nicht unterlassen, ihr einen Vorwurf zu machen: „Daß du nicht einmal deiner Mutter davon erzählt hast!"

„Ich will Euch jetzt alles sagen", antwortete Lucia und trocknete sich die Augen mit der Schürze.

„Sprich, sprich! – Sprecht, sprecht!" riefen wie aus einem Munde Mutter und Verlobter.

„Heilige Jungfrau!" klagte Lucia, „wer hätte gedacht, daß es so weit kommen würde!" Und mit tränenerstickter Stimme erzählte sie, daß vor wenigen Tagen, als sie von der Spinnerei nach Hause ging und ein wenig hinter ihren Gefährtinnen zurückblieb, Don Rodrigo in Begleitung eines anderen Herrn ihr begegnet sei. Ersterer habe versucht, sie mit Redensarten aufzuhalten, die, wie sie sagte, gar nicht schön gewesen seien. Sie aber habe, ohne ihn anzuhören, ihre Schritte beschleunigt und ihre Gefährtinnen eingeholt. Dabei habe sie gehört, wie der andere Herr laut gelacht habe, Don Rodrigo jedoch habe zu jenem gesagt: Wetten wir? Einen Tag später habe sie die beiden wieder auf der Straße getroffen, aber diesmal habe sie sich mitten unter den Gefährtinnen befunden und habe nicht aufgeblickt. Der andere Herr habe wieder laut gelacht, während Don Rodrigo gesagt habe: Wir werden ja sehen! Wir werden ja sehen! „Gott sei Dank", fuhr Lucia fort, „war das der letzte Tag des Spinnens. Ich erzählte das sofort . . ."

„Wem hast du es erzählt?" fragte Agnese unwillig, jedoch begierig, den Namen des bevorzugten Vertrauten zu erfahren.

„Pater Cristoforo in der Beichte, Mama", erwiderte Lucia sanft in entschuldigendem Ton. „Ich erzählte ihm alles das letzte Mal, als wir zur Klosterkirche gingen. Erinnert Ihr Euch, daß ich mir an jenem Morgen mit diesem und jenem so lange zu schaffen machte, bis andere Leute aus dem Dorf vorbeikamen, in deren Begleitung ich den Weg zurücklegen konnte. Denn seit jener Begegnung hatte ich Angst, auf die Straße zu gehen . . ."

Als Agnese den verehrten Namen des Paters Cristoforo vernahm, besänftigte sich ihr Ärger. „Das hast du gut gemacht", sagte sie, „aber warum hast du nicht auch deiner Mutter alles erzählt?"

Lucia hatte dafür zwei Gründe gehabt. Einmal hatte sie ihre Mutter weder betrüben noch erschrecken wollen, zumal ihr diese doch nicht hätte helfen können. Der andere Grund war, daß sie es nicht hatte riskieren wollen, eine Geschichte in der Leute Mund zu bringen, die sie insgeheim wünschte begraben zu sehen. Um so mehr, als sie gehofft hatte, daß ihre Heirat jene abscheuliche Verfolgung im Keime erstikken würde. Sie nannte aber von diesen beiden Gründen nur den ersten.

„Und zu Euch", wandte sie sich daraufhin an Renzo mit jenem Ton, der einen Freund zu der Einsicht bringen möchte, daß er unrecht gehabt hat, „und zu Euch hätte ich von diesen Dingen sprechen sollen? Es tut mir leid, daß Ihr sie jetzt erfahren habt!"

„Und was hat der Pater dir geraten?" fragte Agnese.

„Er riet mir, ich solle die Trauung so bald wie möglich vollziehen lassen und mich unterdessen nicht aus dem Hause rühren; und ich sollte inständig zum Herrn beten. Und er hoffte auch, daß jener Mann, wenn er mich nicht mehr sah, sich nicht mehr um mich kümmern würde. Und so kam es", fuhr sie fort, sich mit Erröten wieder an Renzo wendend, ohne ihn jedoch anzuschauen, „so kam es, daß ich die Dreistigkeit beging, Euch zu bitten, Ihr solltet danach trachten, daß die Trauung noch vor dem vereinbarten Termin vollzogen werden könnte. Was mögt Ihr damals von mir gedacht haben? Aber ich tat es reinen Herzens, und es war mir geraten worden, und ich glaubte mit Sicherheit... und noch heute morgen habe ich nicht im entferntesten daran gedacht..." Hier erstickte ein heftiger Tränenausbruch ihre Worte.

„Oh, dieser Schuft! Dieser Halunke! Dieser Mörder!" schrie Renzo und lief in der Stube auf und ab, wobei er von Zeit zu Zeit den Griff seines Dolches umklammerte.

„Um Gottes willen, welche Verwirrung!" rief Agnese aus. Der junge Mann blieb plötzlich vor der weinenden Lucia stehen. Er sah sie mit einem Blick voll trauriger und zugleich zorniger Zärtlichkeit an und sagte: „Das ist das letzte, was sich dieser Mörder geleistet hat."

„Um Himmels willen! Nein, nein!" schrie Lucia. „Nein, um Himmels willen, nein! Es gibt auch einen Gott für die Armen; wie wollt Ihr, daß er uns beisteht, wenn wir Böses tun?"

„Nein, nein, um Himmels willen!" wiederholte Agnese.

„Renzo", sagte Lucia etwas ruhiger mit hoffnungsvollem, entschlossenem Gesicht, „Ihr habt ein Gewerbe, und ich kann auch arbeiten. Gehen wir fort von hier. So weit, daß jener nie wieder etwas von uns hört."

„Ach, Lucia, und dann? Wir sind noch nicht Mann und Frau. Wird der Pfarrer uns das Ledigkeitszeugnis ausstellen wollen? Ein Mann wie der? Ja, wenn wir verheiratet wären . . . !“

Lucia begann wieder zu weinen, und alle drei versanken in Schweigen und tiefe Niedergeschlagenheit, die einen seltsamen Kontrast zum festlichen Pomp ihrer Kleidung bildete.

„Hört, Kinder, hört auf mich“, sagte nach einer Weile Agnese. „Ich bin länger auf der Welt als ihr, und ich kenne die Welt etwas. Wir brauchen nicht soviel Angst zu haben. Kein Teufel ist so schlimm, wie man ihn malt. Uns Einfältigen scheinen die Dinge stets verwickelt, weil wir sie nicht zu durchschauen vermögen. Doch oft kann ein Rat, ein Wörtchen eines Studierten . . . also ich weiß schon, was ich sage. Hört auf mich, Renzo, geht nach Lecco, sucht den Doktor Rechtsverdreher auf, erzählt ihm . . . Aber nennt ihn um Himmels willen nicht so, es ist ein Spitzname . . . Er heißt Doktor . . . Ja wie heißt er doch gleich? Nanu, ich weiß seinen richtigen Namen nicht mehr, alle Leute nennen ihn so. Nun gut, sucht nach dem langen, dürren, glatzköpfigen Doktor mit der roten Nase und einem roten Muttermal auf der Wange.“

„Ich kenne ihn vom Sehen“, sagte Renzo.

„Gut“, fuhr Agnese fort, „er ist ein äußerst tüchtiger Mann. Ich habe mehr als einen gesehen, der hilfloser war als ein Vögelchen im Nest und nicht mehr ein noch aus wußte, aber nachdem er mit dem Doktor Rechtsverdreher (gebt acht, daß Ihr ihn ja nicht so nennt!) eine Stunde unter vier Augen verhandelt hatte, habe ich ihn lachen sehen, das sage ich Euch. Nehmt die vier Kapaune, denen ich eigentlich für den Festschmaus am Sonntag die Hälse umdrehen wollte, und bringt sie ihm. Zu solchen Herren darf man nämlich nie mit leeren Händen kommen. Erzählt ihm, was geschehen ist. Ihr werdet sehen, er wird Euch stehenden Fußes Ratschläge geben, die uns nie einfallen würden, selbst wenn wir ein ganzes Jahr lang darüber nachdenken wollten."

Renzo nahm diesen Rat erfreut entgegen, und auch Lucia billigte ihn. Agnese, die stolz war, ihn gegeben zu haben, holte die armen Tiere eins nach dem anderen aus dem Hühnerkäfig, legte ihre acht Füße zusammen wie einen Blumenstrauß, umschnürte sie mit einem Bindfaden und überreichte sie Renzo, der sich nach einem ermunternden Gespräch durch den Garten davonmachte, um nicht von den Kindern gesehen zu werden, die ihm mit dem Ruf: Der Bräutigam! Der Bräutigam! nachlaufen würden. Er eilte über enge Pfade durch die Felder oder, wie man dort zu sagen pflegt, die Äcker, dachte zornerfüllt an sein Unglück und überlegte, was er dem Doktor Rechtsverdreher sagen sollte. Ich überlasse es dem Leser, sich auszumalen, wie sich die armen Tiere bei dieser Reise fühlen mußten, an den Füßen zusammengebunden und gehalten, mit dem Kopf nach unten, in der Hand eines aufgewühlten Mannes, der mit Gesten die Gedanken begleitete, die ihm durch den Kopf jagten. Bald streckte er zornig den Arm aus, bald hob er ihn verzweifelt oder drohend zum Himmel, und bei jeder Bewegung schüttelte er die vier baumelnden Köpfe wild durcheinander. Dabei begannen die armen Kreaturen einander zu picken, wie das unter Unglücksgefährten gar zu oft geschieht.

Im Ort angelangt, erkundigte sich Renzo nach der Wohnung des Doktors, und nachdem sie ihm bezeichnet worden war, begab er sich dorthin. Beim Eintreten überkam ihn jene Befangenheit, die arme, ungebildete Menschen in Gegenwart eines Herrn oder eines Studierten spüren; er vergaß all die Reden, die er sich zurechtgelegt hatte, und erst ein Blick auf die Kapaune ließ ihn wieder Mut fassen. Er trat in die Küche und fragte die Magd, ob er den Herrn Doktor sprechen könne. Sie musterte die Tiere aufmerksam und griff, an ähnliche Geschenke gewöhnt, nach ihnen, obwohl Renzo versuchte, sie in der Hand zu behalten; der Doktor sollte sehen und erfahren, daß er etwas mitgebracht hatte.

Indes kam jener gerade herein, als die Frau sagte: „Gebt her und geht hinein." Renzo machte eine tiefe Verbeugung. Der Doktor empfing ihn freundlich mit den Worten „Kommt herein, mein Sohn" und ließ ihn in sein Arbeitszimmer. Das war ein riesiger Raum, wo an drei Wänden die Bilder der zwölf Cäsaren hingen, die vierte war von einem großen Schrank mit alten, verstaubten Büchern verdeckt. In der Mitte des Raumes stand ein Tisch, auf dem sich Urkunden, Gesuche, Klagen und Verordnungen stapelten. Drei oder vier Stühle um ihn herum und an der einen Seite ein großer Armsessel mit einer hohen quadratischen Lehne, deren Ecken hörnerartig emporragende Holzschnitzereien aufwiesen. Der Sessel war mit Rindsleder bezogen und mit großen Beschlägen versehen, die zum Teil, vom Zahn der Zeit angenagt, abgefallen waren und den Bezug freigaben, so daß er sich hier und da aufzurollen begann. Der Doktor war im Hausgewand, das heißt, er trug eine bereits abgetragene Toga, die ihm vor vielen Jahren, als er noch nach Mailand fuhr, gedient haben mochte, gewichtige Streitfälle vor Gericht zu verteidigen. Er schloß die Tür und machte dem jungen Mann Mut, indem er sagte: „Mein Sohn, schildert mir Euren Fall."

„Ich möchte im Vertrauen mit Ihnen sprechen."

„Ich höre", antwortete der Doktor, „redet." Und er machte es sich im Sessel bequem. Renzo stand aufrecht vor dem Tisch, die eine Hand in seinem Hut, den er mit der anderen im Kreise drehte, und begann: „Ich möchte von Ihnen als stüdiertem Mann wissen ..."

„Tragt mir den Fall vor, so wie er ist", unterbrach ihn der Doktor.

„Entschuldigen Sie, wir armen Leute verstehen uns nicht aufs Reden. Ich möchte also wissen ..."

„Ihr törichten Leute! Ihr seid alle so. Anstatt den Fall vorzutragen, wollt Ihr Fragen stellen, weil Ihr bereits Eure Pläne im Kopf habt."

„Entschuldigen Sie mich, Herr Doktor. Ich möchte wissen, ob ... einem Pfarrer drohen, damit er eine Trauung nicht vollzieht, strafbar ist."

„Ich verstehe", sagte der Doktor bei sich, der in Wirklichkeit nichts begriffen hatte. „Ich verstehe." Er wurde auf der Stelle ernst, doch war dies ein Ernst, der Mitleid und Eifer vereinte; er preßte fest die Lippen zusammen und stieß dabei einen unartikulierten Laut aus, der ein Gefühl andeuten sollte, das er dann auch in seinen ersten Worten klar zutage treten ließ. „Ein ernster Fall, mein Sohn, aber das Gesetz sieht ihn vor. Ihr habt recht getan, daß Ihr damit zu mir gekommen seid. Ein ganz eindeutiger Fall, in hundert Erlassen vorgesehen und ganz besonders in einem vom vorigen Jahr, den der gegenwärtig regierende Herr Statthalter verkündete. Ich werde Euch die Verordnung gleich zeigen und in die Hand geben."

Mit diesen Worten erhob er sich von seinem Sessel, fuhr mit den Händen in das Durcheinander von Papieren, wühlte das Unterste nach oben, als ob er Korn in einen Scheffel füllte.

„Wo steckt sie jetzt? Komm heraus, komm heraus. Man muß immer alles bei der Hand haben. Aber hier muß die Verordnung ganz bestimmt sein, denn sie ist ganz wichtig. Ach, da haben wir sie." Er nahm sie, entfaltete sie, warf einen Blick auf das Datum und rief mit noch ernsterer Miene aus: „Den 15. Oktober 1627! Richtig, sie ist aus dem vorigen Jahr. Also eine neue Bestimmung, vor solchen ist die Angst um so größer. Könnt Ihr lesen, mein Sohn?"

„Ein bißchen, Herr Doktor."

„Gut, so folgt mir mit den Augen, da werdet Ihr sehen."

Er hielt den Erlaß ausgebreitet in der Luft und begann zu lesen, wobei er je nach Bedarf einige Abschnitte hastig vor sich hin murmelte, bei anderen hingegen ausführlich und mit großem Nachdruck verweilte:

„Obwohl durch den auf Anordnung des Herrn Herzogs von Feria am 14. Dezember 1620 veröffentlichten und vom Durchlauchtigen und Erhabenen Herrn Don Gonzalo Fer-

nández de Córdoba usw. bestätigten Erlaß außerordentlich strenge Maßnahmen angekündigt wurden gegen jegliche Unterdrückung, Erpressung und Gewalttat, die sich einige gegen die getreuen Untertanen Seiner Majestät zuschulden kommen lassen sollten, hat sich die Zahl der Ausschreitungen und Verbrechen so vermehrt usw., daß sich Seine Exzellenz genötigt sieht usw. Folglich, in Übereinstimmung mit der Meinung des Senats und seines Gerichtshofes usw., hat sie beschlossen, diese Verfügung zu erlassen.

Angefangen von den Gewaltakten, lehrt die Erfahrung, daß in diesem Staate sowohl in den Städten als auch in den Dörfern ... hört Ihr? *viele Menschen Erpressungen ausüben und die Schwächeren auf vielerlei Art unterdrücken, indem sie sie durch Zwang veranlassen, Kauf- und Pachtverträge abzuschließen usw.:* Wo ist es? Ah, hier, nun hört: *Eben zu vollziehen oder nicht zu vollziehen.* Nun?"

„Das ist mein Fall", sagte Renzo.

„Hört, hört weiter, es kommt noch besser; und dann werden wir die Strafe nachsehen. *Man bezeuge oder bezeuge nicht ... daß einer seinen Wohnort verläßt usw.; daß einer seine Schuld nicht bezahlt; daß keiner einem zu nahe treten darf, daß einer nach seiner Mühle geht ...* All das hat mit unserm Fall nichts zu tun. Ach, da wären wir: *daß jeder Pfarrer, der nicht tut, wozu er durch sein Amt verpflichtet ist, oder Dinge treibt, die ihm nicht zustehen ...* Ha!"

„Es scheint, als wäre dieses Gesetz eigens für mich gemacht."

„Ha, nicht wahr? Aber hört weiter: *sowie weitere Gewaltakte, die von den Lehnsherren, dem Adel, dem Mittelstand, dem gemeinen Volk und dem Pöbel begangen werden.* Da bleibt keiner verschont. Da sind alle versammelt wie im Tal Josaphat. Doch nun vernehmt die Strafe. *Obwohl diese und ähnliche Missetaten verboten sind, ist eine strengere Handhabung geboten, so daß Seine Exzellenz mit dem Vorliegenden, ohne Früheres aufzuheben usw., befiehlt und anordnet, daß gegen jeden, der einem der genannten oder einem ähnlichen Fall zuwiderhandelt, von allen ordentlichen Richtern dieses Staates mit Geld- und Leibesstrafen vorgegangen wird, desgleichen mit Verbannung oder Galeere und sogar mit dem Tod ...* Eine Kleinigkeit! *Je nach dem Ermessen Seiner Exzellenz oder des Senats und nach der Beschaffenheit der Fälle, Personen und Umstände. Und dies un-wi-der-ruf-lich und mit aller Strenge usw.* Das ist allerhand, nicht wahr? Und schaut Euch die Unterschriften an: *Gonzalo Fernández de Córdoba.* Und weiter unten: *Platonus,* und außerdem noch hier: *Vidit Ferrer.* Da fehlt nichts dran."

Während der Doktor las, folgte ihm Renzo langsam mit den Augen, bemüht, den Sinn des Textes zu erfassen und jene heiligen Worte zu betrachten, die ihm Hilfe zu verheißen schienen. Als der Doktor merkte, daß sein neuer Kunde eher aufmerksam denn niedergeschlagen war, wunderte er sich. Das muß ein Erzschelm sein, dachte er bei sich und rief dann: „Ach so, Ihr habt Euch schon den Schopf abschneiden lassen. Da habt Ihr klug gehandelt, aber wenn Ihr Euch in meine Hände begeben wolltet, hättet Ihr das nicht zu tun brauchen. Der Fall ist ernst, aber Ihr wißt gar nicht, wozu ich fähig bin, wenn es darauf ankommt."

Um diese Äußerung des Doktors zu verstehen, muß man wissen oder sich erinnern, daß zu jenen Zeiten die gewerbsmäßigen Bravi und die Verbrecher jeder Art lange Haarschöpfe zu tragen pflegten, die sie sich bei einem Überfall wie ein Visier vors Gesicht zogen, wenn sie es für notwendig hielten, sich zu vermummen, und wenn die Unternehmung von der Art war, daß sie zugleich Kraft und Vorsicht erforderte. Die Erlasse haben diese Moden nicht mit Stillschweigen übergangen. *Seine Exzellenz der Markgraf von Hynojosa befiehlt, daß derjenige, der das Haar so lang trägt, daß es die Stirn bis zu den Augenbrauen bedeckt, oder es in Flechten vor oder hinter den Ohren trägt, eine Strafe von dreihundert Scudi zu zahlen hat, im Falle der Zahlungsunfähigkeit einer dreijährigen Galeerenstrafe beim ersten Mal verfällt und für das zweite Mal außer der obengenannten noch eine größere Geld- oder Leibesstrafe nach dem Ermessen Seiner Exzellenz zu gewärtigen hat.*

Seine Exzellenz gestattet jedoch einem jeden, der einen kahlen Kopf oder einen anderen ausreichenden Grund wie ein Zeichen oder eine Wunde hat, das Haar so lang zu tragen, wie es zur besseren Zierde oder aus Gesundheitsgründen und zur Verdeckung ähnlicher Mängel notwendig ist, jedoch nicht länger. Dabei warnt Seine Exzellenz, das Gebührende und Notwendige zu überschreiten, damit niemand der Strafe verfalle, die den Zuwiderhandelnden auferlegt wird.

Gleichermaßen befiehlt Seine Exzellenz den Barbieren bei Strafe von hundert Scudi oder dreimaligem öffentlichem Aufziehen mit dem Folterseil oder noch härterer Körperstrafe nach Ermessen, siehe oben, daß sie keinem, den sie scheren, Flechten, Schöpfe oder Haarbüschel länger als gewöhnlich lassen, weder auf der Stirn noch an den Seiten und hinter den Ohren, sondern daß jedem das Haar gleich lang zu schneiden ist, ausgenommen, wie oben vermerkt, Glatzköpfigen oder mit anderen Mängeln Behafteten. Der Haarschopf war also gewissermaßen ein Bestandteil der Ausrüstung und ein Kennzeichen der Raufbolde und der Zügellosen, die deswegen dann gemeinhin Schöpfe genannt wurden. Dieser Ausdruck ist geblieben und ist noch heute im Dialekt, wenn auch mit abgeschwächter Bedeutung, erhalten, und es wird wohl kaum einen unter meinen mailändischen Lesern geben, der sich nicht erinnerte, in seiner Kindheit von den Eltern oder Lehrern oder von irgendwelchen Freunden oder von den Bedienten des Hauses gehört zu haben: Der ist ein Schopf, er ist ein Schöpfchen.

„So wahr ich ein armer Bursche bin", erwiderte Renzo, „ich habe in meinem ganzen Leben keinen Schopf getragen."

„Aber so kommen wir nicht weiter", antwortete der Doktor und schüttelte den Kopf, mit einem Lächeln, das boshaft und ungeduldig war. „Wenn Ihr kein Vertrauen zu mir habt, kommen wir nicht weiter. Seht, mein Sohn, wer dem Doktor Lügen auftischt, ist ein Narr, der dem Richter die Wahrheit sagen wird. Dem Advokaten muß man die Dinge klar berichten, es ist dann unsere Sache, sie zu verwirren. Wenn Ihr wollt, daß ich Euch helfe, so müßt Ihr mir alles von A bis Z offenherzig schildern, wie Eurem Beichtiger. Ihr müßt mir die Person nennen, von der Ihr den Auftrag habt. Es ist natürlich eine Person von Rang. In diesem Fall werde ich zu dem Herrn hingehen und meine Pflicht tun. Ich werde ihm gewiß nicht sagen, daß ich es von Euch erfahren habe, daß er Euch den Auftrag gegeben hat: darauf könnt Ihr Euch verlassen. Ich werde ihm sagen, daß ich käme, um seinen Schutz zu erflehen für einen jungen Mann, der böswillig beschuldigt wird. Und ich werde mit ihm zusammen einen geeigneten Ausweg suchen, um die Angelegenheit zu einem löblichen Abschluß zu bringen. Indem er sich rettet, versteht Ihr, wird er Euch retten. Wenn aber der Streich Euch allein zur Last fiele, nun, so werde ich Euch auch nicht im Stich lassen. Ich habe anderen schon aus weit schlimmeren Verwicklungen herausgeholfen... Sofern Ihr keine Person von Rang beleidigt habt, verstehen wir uns recht, verpflichte ich mich, Euch aus der Patsche zu helfen: mit einigen Unkosten, versteht sich. Ihr müßt mir nun sagen, wer der Beleidigte ist, wie man so sagt. Je nach Stand, Beschaffenheit und Laune des Mannes wird man dann sehen, ob es besser ist, ihn sich durch Beistand vom Leibe zu halten oder ihn nach Möglichkeit selber gerichtlich anzugreifen und ihm einen Floh ins Ohr zu setzen. Denn seht, wenn man die Gesetze richtig zu handhaben versteht, ist niemand ein Verbrecher und niemand unschuldig. Was den Pfarrer betrifft, wird er sich still verhalten, wenn er verständig ist. Sollte er ein Dickkopf sein, gibt es auch ein Mittel gegen solche. Man kann aus jeder Intrige mit heiler Haut davonkommen, doch muß dazu der rechte Mann vorhanden sein. Und Euer Fall ist ernst; ernst, sage ich Euch, ernst. Das Gesetz ist ganz eindeutig. Und wenn sich die Sache zwischen

Euch und der Justiz entscheiden soll, sozusagen unter vier Augen, dann steht es schlimm. Ich spreche zu Euch als Freund. Man muß für seine Streiche bezahlen. Wenn Ihr heil davonkommen wollt, so braucht Ihr Geld und Aufrichtigkeit, müßt Euch auf den verlassen, der Euch wohlgesinnt ist, müßt gehorchen und all das tun, was Euch geraten wird."

Während der Doktor alle diese Worte vorbrachte, betrachtete ihn Renzo mit einer verzückten Aufmerksamkeit, wie ein Tölpel wohl auf dem Jahrmarkt die Gaukler anschaut, die, nachdem sie sich den Mund voll Werg gestopft haben, daraus Bänder über Bänder herausziehen, ohne Ende. Als er jedoch begriffen hatte, was der Doktor sagen wollte und daß er ihn mißverstanden hatte, zerriß er ihm das Band im Munde, indem er sagte: „Oh, Herr Doktor, was haben Sie verstanden? Es ist ja genau umgekehrt. Ich habe niemanden bedroht. Ich mache solche Sachen nicht. Sie können in der ganzen Gemeinde herumfragen, und Sie werden hören, daß ich noch nie etwas mit dem Gericht zu tun hatte. Den Schurkenstreich hat man mir gespielt, und ich komme zu Euch, um zu erfahren, was ich tun soll, um mir mein Recht zu verschaffen. Und ich bin sehr zufrieden, dieses Gesetz kennengelernt zu haben."

„Teufel!" rief der Doktor und riß die Augen auf. „Was für Geschichten erzählt Ihr mir da. Doch so ist es, so seid Ihr alle: könnt Ihr Euch denn nicht klarer ausdrükken?"

„Aber entschuldigen Sie, Sie haben mir nicht die Zeit dazu gelassen. Jetzt erzähle ich Ihnen, wie das war. Sie müssen wissen, daß ich heute ein Mädchen heiraten wollte", und hier wurde Renzos Stimme bewegter. „Ein Mädchen, mit dem ich seit dem Sommer versprochen bin. Und heute ist der mit dem Pfarrer vereinbarte Tag, alles war zur Hochzeit hergerichtet. Plötzlich macht der Pfarrer Ausflüchte. Kurz, um Sie nicht zu langweilen, ich habe ihn gezwungen, die Wahrheit zu sagen, wie es recht und billig war. Und er hat mir gestanden, daß man ihm bei Todesandrohung verboten habe, diese Ehe zu schließen. Dieser allgewaltige Don Rodrigo ..."

„Haltet ein!" unterbrach ihn der Doktor sogleich, runzelte die Stirn, zog seine rote Nase kraus und verzog den Mund. „Soll ich mir mit diesen Flausen den Kopf zerbrechen? Solch Geschwätz macht gefälligst untereinander ab, die Ihr nicht wißt die Worte abzuwägen. Aber kommt damit nicht zu einem Ehrenmann, der weiß, wieviel sie bedeuten. Geht, geht, Ihr wißt nicht, was Ihr sagt. Ich lasse mich nicht mit dummen Jungen ein. Ich will solche Reden nicht hören, die völlig aus der Luft gegriffen sind."

„Ich schwöre Ihnen ..."

„Geht, sage ich Euch. Was soll ich mit Euren Schwüren anfangen. Ich habe damit nichts zu tun. Ich wasche meine Hände in Unschuld." Und dabei begann er sich die Hände zu reiben, als wüsche er sie tatsächlich. „Lernt erst einmal, Euch richtig auszudrücken, man überrumpelt einen Ehrenmann nicht auf diese Weise."

„Aber hören Sie doch, hören Sie doch", wiederholte Renzo vergebens. Der Doktor, der immer noch schimpfte, drängte ihn mit den Händen zur Tür. Und als er ihn so weit hatte, riß er die Tür auf, rief die Magd und sagte zu ihr: „Gebt diesem Mann sofort wieder zurück, was er mitgebracht hat, ich will nichts, ich will gar nichts."

Einen ähnlichen Befehl hatte diese Frau wohl noch niemals ausgeführt, solange sie in diesem Hause diente. Aber er war mit solcher Entschiedenheit ausgesprochen, daß sie nicht zögerte zu gehorchen. Sie packte die vier armen Tiere und gab sie Renzo mit einem Blick voll verächtlichen Mitleids, mit dem sie zu sagen schien: Na, du mußt dich ja schön aufgeführt haben. Renzo wollte sich zieren, aber der Doktor war unerbittlich. Und so mußte der Jüngling, bestürzter und aufgebrachter denn je, die verschmähten Opfer an sich nehmen und ins Dorf zurückkehren, um den Frauen von dem glänzenden Erfolg seiner Unternehmung zu berichten.

Die Frauen hatten in seiner Abwesenheit, nachdem sie betrübt die Festkleidung ausgezogen und wieder die Alltagskleider angelegt hatten, aufs neue zu beratschlagen begonnen, Lucia schluchzend und Agnese seufzend. Als die letztere sich über die großen Hoffnungen ausgelassen hatte, die sie auf die Ratschläge des Doktors setzte, sagte Lucia, daß es am sichersten sei, sich auf allen möglichen Seiten nach Hilfe umzusehen, und daß Pater Cristoforo ein Mann sei, der nicht nur zu raten, sondern auch selber zu handeln wisse, wenn es darauf ankommt, armen Leuten beizustehen. Es würde sicherlich von Nutzen sein, ihn von dem Vorgefallenen zu unterrichten. „Sicherlich", meinte Agnese, und beide überlegten, wie es am besten zu bewerkstelligen sei. Zu dem zwei Meilen entfernten Kloster zu gehen, hatten sie beide an diesem Tage nicht den Mut, und sicherlich hätte ihnen kein vernünftiger Mensch dazu geraten. Doch während sie das Hin und Her erwogen, vernahmen sie ein Klopfen an der Haustür und im selben Augenblick ein verhaltenes, aber deutliches *„Deo gratias"*. Lucia, die vermutete, wer es sein könnte, lief, um zu öffnen, und herein trat mit einer kleinen vertraulichen Verbeugung ein Laienbruder der Kapuziner, einen Doppelsack auf der linken Schulter, dessen gewundenes oberes Ende er mit beiden Händen auf der Brust festhielt.

„Oh, Fra Galdino!" riefen die beiden Frauen.

„Der Herr sei mit Euch", sagte der Mönch. „Ich bin beim Nüssesammeln."

„Geh und hole die Nüsse für das Kloster", sagte Agnese. Lucia erhob sich. Bevor sie aber ins andere Zimmer ging, blieb sie hinter dem Rücken des Bruders stehen, der in unveränderter Haltung verharrte, und legte einen Finger an den Mund, um die Mutter mit einem zärtlich beschwörenden Blick eindringlich zu ermahnen, das Geheimnis zu wahren.

Der Nüssesammler blinzelte Agnese von weitem an und sagte: „Und die Hochzeit? Sollte sie nicht heute sein? Ich habe im Dorf eine gewisse Verwirrung bemerkt, als ob es eine Neuigkeit gäbe. Was ist geschehen?"

„Der Herr Pfarrer ist krank, und so mußte sie verschoben werden", antwortete die Frau hastig. Hätte ihr Lucia nicht jenes Zeichen gegeben, wäre die Antwort wahrscheinlich anders ausgefallen. „Und wie geht's denn mit dem Sammeln?" fügte sie dann hinzu, um das Thema zu wechseln.

„Ziemlich schlecht, gute Frau, ziemlich schlecht. Das ist alles hier." Mit diesen Worten hob er den Doppelsack von der Schulter und ließ ihn in den Händen tanzen. „Das ist alles hier, und um all diesen Reichtum zusammenzubringen, mußte ich an zehn Türen klopfen."

„Aber die Ernte ist mager, Fra Galdino. Und wenn man schon mit dem Brot sparen muß, kann man das übrige nicht mit vollen Händen weggeben."

„Aber welches Mittel gibt es denn, um die guten alten Zeiten zurückzurufen? Das Almosen. Ihr kennt doch das Wunder mit den Nüssen, das sich vor langer Zeit in einem unserer Klöster in der Romagna ereignet hat?"

„Nein, wahrhaftig nicht. Erzählt es mir."

„Nun, Ihr müßt wissen, daß in jenem Kloster einer unserer Väter lebte, der ein Heiliger war und sich Pater Macario nannte. Eines Tages, mitten im Winter, ging er einen Pfad entlang über das Feld eines unserer Wohltäter, eines ehrenwerten Mannes. Da sah der Pater Macario diesen Wohltäter bei einem großen Nußbaum stehen neben vier Landarbeitern, die ihre Hacken erhoben, um die Wurzeln des Baumes freizulegen. ‚Was habt Ihr mit dem Baum vor?' fragte Pater Macario. ‚Ach, Pater, der Baum trägt seit Jahren keine Nüsse mehr, deshalb will ich jetzt Holz aus ihm machen.' – ‚Laßt ihn stehen!' sagte der Pater, ‚und glaubt mir, dieses Jahr wird er mehr Nüsse als Blätter tragen.' Der Wohltäter, der wußte, wer solche Worte zu ihm sprach, befahl sofort den Arbeitern, die Wurzeln wieder mit Erde zuzuschütten. Dann rief er den Pater zurück, der seinen Weg fortsetzte. ‚Pater Macario', sagte er zu ihm, ‚die Hälfte der Nußernte soll dem Kloster gehören.' Das Gerücht von der Weissagung verbreitete sich schnell, und viele Leute liefen hin, um den Nußbaum zu sehen. Und dieser trug in der Tat im Frühling Blüten in Hülle und Fülle und, als die Zeit da war, ebenso viele Nüsse. Dem guten Wohltäter war es nicht mehr vergönnt, sie abzuschlagen, da er sich vor der Ernte aufmachte, die Belohnung für seine Barmherzigkeit in Empfang zu nehmen. Aber das Wunder war noch viel größer, wie Ihr gleich hören werdet. Dieser brave Mann hatte einen Sohn hinterlassen, der von ganz anderer Sinnesart war. Als dann zur Ernte der Einsammler hinging, um die Hälfte der Nüsse für das Kloster abzuholen, stellte jener Sohn sich unwissend und besaß die Unverschämtheit, zu sagen, daß er noch nie gehört habe, daß die Kapuziner sich darauf verständen, Nüsse wachsen zu lassen. Und wißt Ihr, was darauf geschah? Eines Tages, hört gut zu, lud jener zügellose Sohn Freunde von gleicher Gesinnung ein und erzählte ihnen beim Schmaus höhnisch die Geschichte vom Nußbaum und verlachte die Mönche. Diese jungen Männer überkam das Verlangen, den ungeheuren Haufen Nüsse zu sehen, und er führte sie in die Scheune. Und nun hört: er öffnet die Tür, geht auf den Winkel zu, wo der große Haufen Nüsse lag, und während er sagt ‚Seht her', sieht er selbst hin und erblickt... was? Einen schönen Haufen von trockenen Nußbaumblättern. War das nicht ein Exempel? Das Kloster aber hatte keinen Verlust, es gewann dadurch noch, denn nach diesem großen Ereignis brachte das Einsammeln so viel ein, daß einer unserer Wohltäter Mitleid mit dem armen Einsammler bekam und dem Kloster aus Barmherzigkeit einen Esel schenkte, damit dieser helfe, die Nüsse heimzutragen. Und man konnte so viel Öl aus den Nüssen gewinnen, daß sich jeder Arme nach Bedarf davon holen konnte. Denn wir sind wie das Meer, das von allen Seiten Wasser aufnimmt, um es wieder auf die Flüsse zu verteilen."

Hier nun erschien Lucia, die Schürze voller Nüsse, so daß

sie Mühe hatte, die Zipfel hochzuhalten, und die Arme weit auseinanderstrecken mußte. Während Fra Galdino seinen Doppelsack von der Schulter nahm, ihn absetzte und öffnete, um das reichliche Almosen aufzunehmen, schien die Mutter bestürzt und ärgerlich über Lucias Verschwendung zu sein. Lucia indes bedeutete ihr mit einem Blick: ich werde mich rechtfertigen. Fra Galdino wußte sich in Lobesbezeigungen, in Segenswünschen, in Versprechungen und Danksagungen nicht genugzutun, schwang sich den Doppelsack auf die Schulter und machte sich auf den Weg. Aber Lucia rief ihn zurück und sagte: „Ich bitte Euch um einen Dienst. Ich möchte, daß Ihr Pater Cristoforo bestellt, daß ich ihn dringend sprechen muß und daß er mir doch den Gefallen erweisen möchte, zu uns Armen zu kommen, und so schnell wie möglich, da wir nicht zur Kirche gehen können."

„Weiter nichts? In einer Stunde wird der Pater Cristoforo von Eurem Wunsch erfahren."

„Ich verlasse mich darauf."

„Zweifelt nicht." Mit diesen Worten ging er fort, etwas gebückter zwar, aber zufriedener, als er gekommen war.

Angesichts dessen, daß ein armes Mädchen mit solcher Zuversicht Pater Cristoforo zu sich bestellte und daß der Einsammler diesen Auftrag ohne Verwunderung und ohne Widerrede entgegennahm, darf niemand schließen, daß dieser Cristoforo ein Dutzendmönch war, den man willkürlich in Anspruch nehmen durfte. Er war im Gegenteil ein Mann von höchstem Ansehen bei den Seinen und in der ganzen Umgebung. Aber es war eine Gepflogenheit der Kapuziner, nichts als zu niedrig und nichts als zu hoch anzusehen, den Geringsten zu dienen und sich von den Mächtigen bedienen zu lassen, in die Paläste und in die Elendshütten mit gleicher Demut und Zuversicht einzutreten und in demselben Haus ein Gegenstand für den Zeitvertreib zu sein und gleichzeitig die Persönlichkeit, ohne die keine Entscheidung getroffen wird; für alle Zwecke Almosen zu erbitten und

Almosen auszuteilen an jedermann, der im Kloster darum bat. An all das war der Kapuziner gewöhnt. Während er seines Weges ging, konnte ihm ebenso zufällig widerfahren, daß er einem Fürsten begegnete, der demutsvoll das Ende seines Strickes küßte, als auch daß eine Bande von Gassenjungen ihm unter dem Vorwand einer Balgerei den Bart mit Straßenkot bespritzten. Das Wort „Mönch" wurde in jenen Zeiten mit großem Respekt oder mit tiefster Verachtung ausgesprochen. Und mehr noch als alle anderen Orden waren die Kapuziner Zielscheibe der unterschiedlichsten Gefühle und erfuhren die verschiedensten Schicksale. Denn da sie nichts besaßen und ein Gewand trugen, das von dem gewöhnlichen abstach und ihre Demut offener bekundete, waren sie mehr als andere der Verehrung und der Geringschätzung ausgesetzt, die solchen Dingen je nach der Gesinnung und Denkungsart der Menschen entgegengebracht werden kann.

Als Fra Galdino gegangen war, rief Agnese aus: „Die ganzen Nüsse aus diesem Jahr!"

„Mama, verzeiht mir", antwortete Lucia, „aber wenn wir ein so geringes Almosen wie die anderen gegeben hätten, hätte Fra Galdino Gott weiß wie lange noch umherziehen müssen, um seinen Sack zu füllen. Gott weiß, wann er dann ins Kloster zurückgekehrt wäre. Und wer weiß, ob er es nicht vorher vergessen hätte bei dem vielen Schwatzen und Anhören von Neuigkeiten ..."

„Du hast recht. Außerdem ist es aus Barmherzigkeit geschehen, und die trägt immer gute Früchte", sagte Agnese, die trotz ihrer Schwächen eine gute Frau war und, wie man so sagt, für ihre einzige Tochter, der sie ihre ganze Liebe zuwandte, durchs Feuer gegangen wäre.

In diesem Augenblick traf Renzo ein und warf beim Eintreten mit einem halb trotzigen, halb beschämten Ausdruck die Kapaune auf den Tisch, was die letzte Quälerei für die armen Tiere an diesem Tage war.

„Ihr habt mir da einen schönen Rat gegeben!" sagte er zu

Agnese. „Ihr habt mich zu einem tüchtigen Ehrenmann geschickt, der wahrhaft versteht, armen Leuten zu helfen!" Und er schilderte seine Unterredung mit dem Doktor. Verblüfft über diesen traurigen Ausgang, bemühte sich die brave Frau, ihm zu beweisen, daß ihr Rat doch gut gewesen sei und daß Renzo wohl nicht verstanden habe, die Sache richtig anzufangen. Lucia aber unterbrach diesen Streit, indem sie ankündigte, daß sie einen besseren Ausweg gefunden zu haben hoffte. Renzo klammerte sich auch an diese Hoffnung, wie das jeder tut, der in Unglück und Not geraten ist. „Aber wenn der Pater keine Lösung weiß", sagte er, „dann werde ich selbst so oder so eine finden."

Die Frauen rieten ihm, friedlich zu sein, Geduld und Vorsicht walten zu lassen. „Morgen kommt Pater Cristoforo bestimmt", sagte Lucia. „Ihr werdet sehen, daß er ein Mittel weiß, und zwar einen Ausweg, den wir armen Leute uns nicht einmal haben träumen lassen."

„Ich hoffe es", sagte Renzo. „In jedem Fall werde ich mir selbst Recht zu verschaffen wissen oder mir dazu verhelfen lassen. Es gibt schließlich noch Gerechtigkeit auf dieser Welt."

Unter betrübten Gesprächen und bei den verschiedenen Unternehmungen, von denen berichtet wurde, war dieser Tag vergangen, und es begann zu dämmern.

„Gute Nacht", sagte Lucia traurig zu Renzo, der sich nicht entschließen konnte zu gehen.

„Gute Nacht", erwiderte Renzo noch trauriger.

„Einer von den Heiligen wird uns helfen", entgegnete Lucia. „Übt Vorsicht und findet Euch ab."

Die Mutter fügte andere Ratschläge von der gleichen Art hinzu, und der Verlobte ging fort mit aufgewühltem Herzen, wobei er beständig die merkwürdigen Worte wiederholte: „Es gibt schließlich noch Gerechtigkeit auf dieser Welt!" Soviel steht fest: vom Schmerz überwältigt, wissen die Menschen nicht, was sie sagen.

Die Sonne war noch nicht ganz über dem Horizont aufgetaucht, als Pater Cristoforo sein Kloster in Pescarenico verließ, um zu dem Häuschen hinaufzusteigen, in dem er erwartet wurde. Pescarenico ist eine kleine Ortschaft am linken Ufer der Adda oder, besser gesagt, des Sees, nahe der Brücke; eine kleine Gruppe von Häusern nur, meist von Fischern bewohnt, die hier und da ihre Netze zum Trocknen aufgehängt haben. Das Kloster, dessen Gebäude noch heute steht, lag außerhalb am Eingang des Dorfes, auf halbem Wege zwischen Lecco und Bergamo. Der Himmel war ganz heiter, und während die Sonne hinter dem Berg emporstieg, sah man ihr Licht von den Gipfeln der gegenüberliegenden Berge herabgleiten und sich schnell über die Hänge und in das Tal ergießen. Ein leiser Herbstwind blies die welken Blätter von den Zweigen der Maulbeerbäume und trug sie ein Stückchen durch die Luft, um sie wenige Schritte von den Bäumen entfernt auf den Boden fallen zu lassen. Rechts und links in den Weingärten leuchtete das rötliche Laub an den noch gebundenen Rebschößlingen in verschiedenen Färbungen. Die frisch gepflügten Äcker stachen in tiefem Braun deutlich von den weiß schimmernden Stoppelfeldern ab, die im Morgentau glitzerten. Es war ein heiterer Schauplatz, doch jede menschliche Gestalt, die hier auftauchte, betrübte Augen und Gedanken. Ab und zu begegnete man hier zerlumpten, ausgemergelten Bettlern, die entweder in ihrem Gewerbe schon ergraut waren oder von der augenblicklichen Not gezwungen wurden, die Hand hinzuhalten. Sie gingen stumm an Pater Cristoforo vorbei und sahen ihn jammervoll an. Und obwohl sie von ihm nichts zu erhoffen hatten, da ein Kapuziner nie Geld berührte, machten sie ihm doch eine dankbare Verbeugung für das Almosen, das sie im Kloster empfangen hatten oder dort erbitten wollten. Das Schauspiel, das die auf den Feldern verstreuten Arbeiter boten, war noch trauriger. Einige waren dabei, ihre Sämereien unlustig auszustreuen, knapp und sparsam, wie Menschen, die etwas aufs Spiel setzen, das ihnen am Herzen liegt, andere schwangen den Spaten wie mit Widerwillen und brachen mißmutig die Erde um. Ein mageres kleines Mädchen zog eine klapperdürre Färse an einem Strick auf die Weide, und es blickte aufmerksam nach vorn und bückte sich eilends, um ihr irgendein Kraut zu stibitzen, das vielleicht für die Mahlzeit der Familie taugen könnte, denn der Hunger hatte gelehrt, daß auch die Menschen davon leben konnten. Ein solcher Anblick erhöhte auf Schritt und Tritt die Schwermut des Paters, der schon mit dem bösen Vorgefühl im Herzen einherging, daß er von einem Unheil Kunde erhalten würde.

Warum aber machte er sich so viel Gedanken um Lucia? Und weshalb hatte er sich so eilfertig auf den Weg zu ihr gemacht, als habe er eine Order des Paters Provinzial erhalten? Und wer war dieser Pater Cristoforo? Alle diese Fragen werden wir beantworten müssen.

Pater Cristoforo war der Sechzig näher als der Fünfzig. Er hob von Zeit zu Zeit den geschorenen, nach Kapuzinerbrauch nur von einem kleinen Haarkranz umrandeten Kopf mit einer Bewegung, die gleichermaßen etwas von Stolz und Ruhelosigkeit verriet. Doch er senkte ihn gleich wieder zu demütigen Betrachtungen. Sein langer weißer Bart, der Wangen und Kinn bedeckte, ließ die markanten Züge der oberen Gesichtshälfte noch mehr hervortreten, denen die seit langem zur Gewohnheit gewordene Enthaltsamkeit viel mehr an Würde hinzugefügt als an Ausdruck genommen hatte. Die tiefliegenden Augen hatte er meist zu Boden gesenkt, doch mitunter blitzten sie mit unvorhergesehener Lebhaftigkeit auf, wie zwei launische Pferde, die, von der Hand des Kutschers gelenkt, aus Erfahrung wohl wissend, daß sie jenen nicht bezwingen können, doch von Zeit zu Zeit einige wilde Sprünge wagen, die sie sogleich mit einem heftigen Ruck an ihrem Zaumzeug büßen müssen.

Pater Cristoforo war nicht immer so gewesen, und er war auch nicht immer Cristoforo: sein Taufname war Lodovico.

Er war der Sohn eines Kaufmanns aus *** (diese Sternchen sind auf die Vorsicht meines Anonymus zurückzuführen), der in seinen letzten Lebensjahren große Reichtümer erworben hatte und die Handelsgeschäfte niederlegte, um mit seinem einzigen Sohn das Leben eines Edelmannes zu führen.

In seiner neuen Mußezeit ergriff ihn eine tiefe Beschämung, daß er so viel Zeit damit verbracht habe, etwas in dieser Welt zu tun. Diesem Wahn verfallen, suchte er auf jede erdenkliche Weise vergessen zu machen, daß er Kaufmann gewesen war, und er hätte es am liebsten selbst vergessen. Jedoch der Tuchladen, die Stoffballen, das Hauptbuch und die Elle spukten weiter in seiner Erinnerung herum wie der Schatten Banquos in Macbeth' Geist und verließen ihn sogar im Pomp seiner Gastmähler und beim Lächeln seiner schmarotzenden Freunde nicht. Und unbeschreiblich war auch die Vorsicht dieser Ärmsten, jedes Wort zu vermeiden, das eine Anspielung auf den früheren Stand des Gastgebers bedeutet hätte. Nur ein solcher Fall sei erwähnt: Eines Tages, als wieder ein Gastmahl zu Ende ging, im Augenblick der lebhaftesten und fröhlichsten Ausgelassenheit, als nicht mehr festzustellen war, wer sich größeren Genusses erfreute, die Geladenen, die reinen Tisch machten, oder der Gastgeber, der ihn hatte decken lassen, geschah es, daß er mit freundschaftlicher Überlegenheit einen der Gäste als den tüchtigsten Esser der Welt hänselte. Um auf den Scherz einzugehen, erwiderte dieser, ohne den leisesten Schatten von Böswilligkeit, mit der Offenherzigkeit eines Kindes: „Oh, ich mache taube Kaufmannsohren." Sogleich erschrak er selbst über den Sinn des Wortes, das seinem Munde entfahren war, und sah mit unsicherem Blick den Gastgeber an, dessen Gesicht sich umwölkt hatte. Der eine wie der andere hätte seine bisherige unbefangene Miene wiedergewinnen wollen, aber es war unmöglich. Die anderen Gäste überlegten insgeheim, wie dieser kleine Skandal zu vertuschen und die Rede auf etwas anderes zu lenken sei, aber während sie nachdachten, entstand ein Schweigen, das den Skandal nur noch mehr offenbar werden ließ. Jeder vermied es, dem Blick des anderen zu begegnen, jeder spürte, daß alle mit ein und demselben Gedanken beschäftigt waren, den jeder verhehlen wollte. Für diesen Tag war die Freude verflogen, und der Unvorsichtige oder, um gerechter zu sein, der Unglückliche erhielt keine Einladung mehr. So verbrachte Lodovicos Vater seine letzten Jahre in fortwährender Besorgnis, da er ständig befürchtete, verspottet zu werden, ohne zu erwägen, daß verkaufen nicht lächerlicher ist als einkaufen und daß er diesen Beruf, dessen er sich jetzt schämte, jahrzehntelang in aller Öffentlichkeit ohne Bedenken ausgeübt hatte. Er ließ seinem Sohn, soweit es nach Gesetz und Herkommen möglich war, eine adelige Erziehung nach damaligem Brauch zuteil werden. Er gab ihm Lehrer für Wissenschaften und für ritterliche Übungen. Als er starb, ließ er ihn als einen reichen Jüngling zurück.

Lodovico hatte adelige Sitten angenommen, und die Schmeichler, unter denen er aufgewachsen war, hatten ihn daran gewöhnt, sich mit Achtung behandelt zu sehen. Doch als er sich unter die Vornehmsten der Stadt zu mischen versuchte, stieß er auf eine wesentlich andere Behandlung, als er gewohnt war, und er erkannte, daß er, um in ihre Gesellschaft aufgenommen zu werden, wie er es gewünscht hätte, harte Prüfungen an Geduld und Untertänigkeit durchzustehen haben würde, um letztlich immer der Unterste zu bleiben und jeden Augenblick neue Demütigungen in Kauf nehmen zu müssen. Eine solche Lebensweise war weder mit der genossenen Erziehung noch mit der Natur Lodovicos vereinbar. So zog er sich aus jenen Kreisen verbittert zurück. Aber dann erfüllte ihn die Trennung mit Bedauern, denn ihm schien, daß gerade jene seine Gefährten hätten sein sollen, nur hätte er sie sich umgänglicher gewünscht. In diesem Zwiespalt von Zuneigung und Groll konnte er keinen freundschaftlichen Verkehr mit jenen pflegen, doch da er auf irgendeine Weise mit ihnen zu tun haben wollte, begann er mit ihnen in Pracht und Aufwand zu wetteifern und setzte sich somit zahlreichen Anfeindungen, dem Neid und der Lächerlichkeit aus. In weit schwerwiegendere Händel verwickelte ihn mit der Zeit seine ehrliche, aber heftige Sinnesart. Er empfand natürlichen, ehrlichen Abscheu vor Gewalttätigkeit und Mißbräuchen aller Art, einen Abscheu, der durch das Wesen der Personen, die sich solches tagtäglich zuschulden kommen ließen, noch gesteigert wurde, weil es eben die waren, gegen die er aus mehr als diesem einen Grunde Groll empfand. Um alle diese Leidenschaften mit einem Schlage zu besänftigen oder vielmehr richtig anzufachen, ergriff er mit Vorliebe die Partei eines Schwachen, Unterdrückten, stellte sich dem Gewalttäter entgegen, mischte sich in Händel, die stets andere nach sich zogen, und brachte es mit der Zeit dahin, als Beschützer der Unterdrückten und Rächer des Unrechts zu gelten. Doch der Einsatz war gefährlich, und es steht außer Frage, daß der arme Lodovico Feinde, Verpflichtungen und Sorgen hatte. Abgesehen vom äußeren Kampf, war er fortwährend von innerem Zwiespalt geplagt; denn um sich bei einer Schwierigkeit durchzusetzen (ohne von denen zu reden, bei denen er unterlag), mußte auch er Ränke und Gewalt anwenden, die sein Gewissen nicht billigen konnte. Er mußte sich eine Menge Bravi halten und zu seiner eigenen Sicherheit und als tatkräftige Hilfe die verwegensten, das heißt die ruchlosesten Männer auswählen und aus Liebe zur Gerechtigkeit mit Schurken leben. Sei es nun aus Mutlosigkeit über einen Mißerfolg oder aus Sorge wegen einer drohenden Gefahr, aus Überdruß, weil er ständig auf der Hut sein mußte, angewidert von seiner Umgebung, aus Sorge über die Zukunft infolge der sich von Tag zu Tag verringernden Mittel, die sich durch die Wohltaten und Händel erschöpften, war ihm mehr als einmal der Gedanke gekommen, Mönch zu werden, was zu jenen Zeiten der verbreitetste Ausweg aus Schwierigkeiten war. Dieser Gedanke, der vielleicht nur sein Leben lang eine Phantasie geblieben wäre, wurde zur

Tat durch ein Ereignis, welches das ernsteste war, das ihm je zugestoßen.

Eines Tages ging er, gefolgt von zwei Bravi, durch die Straßen seiner Stadt, in Begleitung eines gewissen Cristoforo, der einst ein Ladenangestellter gewesen und nach Schließung des Geschäftes Haushofmeister geworden war. Es war ein Mann von etwa fünfzig Jahren, der Lodovico von Geburt an kannte und ihm herzlich zugetan war. Er lebte von dem Lohn und von den Geschenken Lodovicos, dessen Zuwendungen so groß waren, daß er eine zahlreiche Familie davon unterhalten konnte. Plötzlich sah Lodovico von fern einen Edelmann, der als hochmütiger professioneller Gewalttäter verrufen war, mit dem er nie in seinem Leben gesprochen hatte, doch hegte jener unverkennbar feindliche Gefühle gegen ihn, die dieser mit gleicher Heftigkeit erwiderte, ist es doch einer der Vorteile dieser Welt, einen Menschen hassen zu können und von ihm gehaßt zu werden, ohne daß man ihn kennt. Jener hatte vier Bravi bei sich und kam geradenwegs auf Lodovico zu, mit stolzem Schritt, den Kopf hoch erhoben, den Mund vor Überheblichkeit und Verachtung verzogen. Beide gingen dicht an der Mauer entlang, doch hatte Lodovico diese (wohlgemerkt) zur Rechten, wonach ihm das Recht zustand, von der besagten Mauer nicht auszuweichen (in welche Nebensächlichkeiten verstrickt sich zuweilen doch das Recht), um, wem es auch immer sei, den Weg freizugeben, worauf in jenen Zeiten viel Wert gelegt wurde. Der andere verlangte im Gegenteil, daß ihm als Edelmann das Recht zukäme und daß ihm Lodovico Platz machte, und das auf Grund eines anderen Brauches. Denn auch hier, wie in vielen anderen Fällen, standen sich zwei gegensätzliche Bräuche gegenüber, ohne daß je entschieden worden wäre, welcher von beiden den Vorrang habe. Was zu vielen Streitigkeiten Anlaß gab, jedesmal wenn ein dicker Schädel auf einen anderen von der gleichen Beschaffenheit stieß.

Diese beiden kamen also, jeder dicht an der Mauer, wie

zwei wandelnde Basrelieffiguren aufeinander zu. Als sie sich Aug in Auge gegenüberstanden, musterte jener Lodovico mit erhobenem Haupt und finsterem Gesicht und rief mit ärgerlicher Stimme: „Macht Platz!"

„Macht selber Platz!" erwiderte Lodovico. „Das Recht ist auf meiner Seite."

„Für Euresgleichen ist es immer auf meiner Seite."

„Ja, wenn der Hochmut von Euresgleichen für meinesgleichen als Gesetz gälte."

Die Bravi des einen wie des anderen waren hinter ihren Gebietern stehengeblieben und maßen sich mit grimmigen Blicken, die Hände am Dolch, zum Kampf bereit. Die Leute, die von hier und dort herankamen, hielten sich in gemessener Entfernung, um zuzuschauen, und eben die Anwesenheit dieser Zuschauer fachte den Trotz der beiden Widersacher immer mehr an.

„Zur Mitte, feiger gemeiner Krämer, oder ich werde dich lehren, wie man sich einem Edelmann gegenüber zu benehmen hat."

„Ihr lügt, ich bin nicht feige."

„Du lügst, wenn du behauptest, ich hätte gelogen." Diese Antwort gab den Ausschlag. „Wärest du ein Edelmann wie ich", fügte jener hinzu, „würde ich dir mit Degen und Mantel zeigen, daß du der Lügner bist."

„Ein guter Vorwand, sich davor zu drücken, die Unverschämtheit Eurer Worte mit Taten zu besiegeln."

„Werft diesen Schurken in den Dreck", rief der Edelmann seinen Bravi zu.

„Das wollen wir einmal sehen!" entgegnete Lodovico und sprang einen Schritt zurück, während seine Hand den Degen ergriff.

„Unverschämter!" schrie der andere und zog seinen Degen. „Ich werde diesen Degen zerbrechen, wenn er mit deinem feigen Blut besudelt ist."

Damit stürzten sie sich aufeinander. Die Diener beider Seiten eilten zur Verteidigung ihrer Herren. Der Kampf war ungleich, sowohl hinsichtlich der Zahl der Teilnehmer als auch deshalb, weil Lodovico darauf aus war, den Schlägen auszuweichen und den Gegner zu entwaffnen, nicht zu töten. Aber dieser wollte um jeden Preis seinen Tod. Lodovico hatte bereits am linken Arm den Dolchstich eines Bravo erhalten und eine leichte Schramme an der Wange, und der Hauptfeind stand im Begriff, sich auf ihn zu stürzen, um ihn zu töten, als Cristoforo, der seinen Herrn in äußerster Gefahr sah, den Edelmann mit einem Dolch anfiel. Dieser wandte darauf seinen ganzen Zorn ihm zu und jagte ihm den Degen in den Leib. Bei diesem Anblick bohrte Lodovico wie von Sinnen den seinen in den Bauch des Feindes, der fast im selben Augenblick wie der arme Cristoforo sterbend zu Boden fiel. Die Bravi des Edelmannes ergriffen, übel zugerichtet, die Flucht, als sie diesen Ausgang bemerkten, die Lodovicos, nicht weniger geschunden und mitgenommen, verschwanden nach der anderen Seite, da ihnen nichts mehr zu tun übriggeblieben war und sie nicht von der zusammenlaufenden Menge belästigt werden wollten. So fand sich Lodovico allein mit den beiden unglücklichen Männern zu seinen Füßen inmitten der Menge.

„Wie ist es ausgegangen?" – „Einer ist tot." – „Nein, zwei." – „Er hat ihm ein Loch in den Bauch gebohrt." – „Wer ist getötet worden?" – „Jener Missetäter." – „O heilige Maria, was für ein Gemetzel!" – „Wer sucht, der findet." – „Einmal rächt sich alles." – „Auch er ist hin." – „Was für ein Schlag!" – „Das kann eine ernste Sache werden." – „Und jener andere Unglückliche!" – „Erbarmen, was für ein Schauspiel!" – „Rettet ihn, rettet ihn." – „Der hat auch genug abbekommen." – „Seht Ihr, wie zugerichtet er ist! Er blutet überall." – „Fliehen Sie. Lassen Sie sich nicht verhaften."

Diese Worte, die unter vielen anderen in dem allgemeinen Durcheinander zu hören waren, brachten die allgemeine Stimmung zum Ausdruck, und mit dem Rat kam auch die

Hilfe. Die Tat hatte sich in der Nähe einer Kapuzinerkirche ereignet, eines Asyls, wie jeder weiß, das damals den Schergen nicht zugänglich war und ebensowenig der Gesamtheit an Einrichtungen und Personen, die sich die Gerichtsbarkeit nannte. Der verletzte Mörder wurde daher von der Menge dorthin geführt oder getragen, da er kaum noch bei Bewußtsein war, und die Mönche empfingen ihn aus den Händen des Volkes, das ihn jenen mit den Worten empfahl: „Es ist ein rechtschaffener Mann, der einen eitlen Schurken kaltgemacht hat. Er tat es aus Notwehr. Der Streit war an den Haaren herbeigezogen."

Lodovico hatte bis dahin nie Blut vergossen, und wenn auch ein Totschlag zu jener Zeit ein alltägliches Vorkommnis war, das die Ohren zu hören und die Augen zu sehen gewohnt waren, so war doch der Eindruck, den er angesichts des Mannes, der seinetwegen getötet worden war, und dessen, der durch seine Hand starb, neu und unbeschreiblich. Es war eine Entdeckung bisher unbekannter Gefühle. Das Fallen eines Feindes, die Veränderung jenes Gesichts, das in einem Augenblick von Drohung und Wut in die Entkräftung und feierliche Ruhe des Todes hinüberglitt, war ein Erlebnis, das auf einmal das Gemüt dessen, der ihn getötet hatte, verwandelte. Während man ihn ins Kloster schleppte, wußte er kaum, wo er sich befand und was vorging. Und als er zu sich kam, befand er sich in einem Bett der Krankenstube, in den Händen eines Klosterbruders, der Chirurg war (die Kapuziner hatten gewöhnlich einen in jedem ihrer Klöster) und der Scharpien und Binden über die beiden Wunden breitete, die er bei dem Streit davongetragen hatte. Ein Pater, dessen Aufgabe es war, den Sterbenden beizustehen, und der oft diesen Dienst auf der Straße verrichten mußte, wurde sogleich an den Ort des Kampfes gesandt. Als er wenige Minuten später wiederkam, betrat er die Krankenstube und näherte sich dem Bett, in dem Lodovico lag. Er sagte zu ihm: „Tröstet Euch. Er ist wenigstens in Frieden gestorben und hat mir aufgetragen, Eure Verzeihung zu erbitten und Euch die seine zu überbringen." Diese Worte ließen den armen Lodovico wieder zu sich kommen und erweckten lebhafter und klarer die Gefühle in ihm, die verworren sein Gemüt bedrängten: Schmerz um den Freund, Entsetzen und Reue über den Schlag, den seine Hand geführt hatte, und gleichzeitig auch beklommenes Mitleid mit dem Mann, den er getötet hatte.

„Und der andere?" fragte er den Pater bange.

„Der andere hatte schon seinen letzten Atemzug getan, als ich ankam."

Unterdessen hatte sich eine große Menge Neugieriger an den Toren und in der Umgebung des Klosters versammelt, aber als die Häscher ankamen, trieben sie die Menge auseinander und postierten sich in einer gewissen Entfernung von den Toren des Klosters, so daß niemand unbemerkt herauskommen konnte. Ein Bruder des Toten, zwei Vettern und ein alter Onkel erschienen ebenfalls mit einem großen Aufgebot an Bravi, bis an die Zähne bewaffnet. Sie machten die Runde um das Kloster und betrachteten mit drohenden Mienen und ärgerlichen Gebärden jene Neugierigen, die nicht zu sagen wagten: Es ist ihm recht geschehen, obwohl es in ihrem Gesicht zu lesen war.

Kaum hatte Lodovico seine Gedanken zu sammeln vermocht, rief er einen Beichtvater und bat ihn, Cristoforos Witwe aufzusuchen und sie in seinem Namen um Verzeihung zu bitten, da er, wenn auch ohne eigenes Verschulden, die Veranlassung zu ihrer tiefen Betrübnis gewesen sei, und ihr gleichzeitig zu versichern, daß er für das Wohl der Familie sorgen werde. Während er dann noch seine eigene Lage bedachte, erwachte in ihm wieder lebhaft und ernst jener Gedanke, Mönch zu werden, der ihn schon öfter beschäftigt hatte. Ihm schien, als habe ihn der Herrgott selber auf diesen Weg geführt und ihm ein Zeichen seines Willens gegeben, indem er ihn unter solchen Umständen in ein Kloster gelangen ließ. So war sein Entschluß gefaßt. Er ließ den Guardian rufen und offenbarte ihm seinen Wunsch. Er erhielt die Antwort, daß man sich vor überstürzten Entschlüssen hüten solle, daß jedoch, wenn er darauf bestehe, seine Bitte nicht abgewiesen würde. Dann diktierte Lodovico einem herbeigeeilten Notar eine Schenkung über alles, was ihm verblieben war (und dies war immerhin noch ein ansehnliches Vermögen), an die Familie des Cristoforo, bestimmte einen Teil des Geldes für die Witwe, gewissermaßen als Morgengabe, und den Rest für die acht Kinder, die Cristoforo hinterlassen hatte.

Der Entschluß Lodovicos, Mönch zu werden, kam seinen Gastgebern, die seinetwegen in ernste Verwicklungen geraten waren, sehr gelegen. Ihn aus dem Kloster fortzuschicken und damit der Justiz, also der Rache seiner Feinde auszuliefern war ein Gedanke, der nicht einmal erwogen werden durfte. Dies hätte bedeutet, auf alle eigenen Vorrechte zu verzichten, das Kloster beim Volk in Mißkredit zu bringen und sich dem Tadel der Kapuziner in aller Welt auszusetzen, weil damit das Recht aller verletzt und gegen die geistlichen Autoritäten verstoßen worden wäre, die sich als Schützer dieses Rechts betrachteten. Andererseits verlangte die Familie des Getöteten, die ebenso wie ihr Anhang über große Macht verfügte, nach Rache und hatte jeden, der sie daran zu hindern suchte, für ihren Feind erklärt. Die Geschichte berichtet nichts darüber, daß die Familie den Toten sehr beklagt hätte, und nicht einmal, daß die große Verwandtschaft eine einzige Träne seinetwegen vergossen hätte; sie berichtet lediglich, daß alle danach lechzten, den Mörder tot oder lebendig in ihre Hände zu bekommen. Zog nun dieser die Kutte der Kapuziner an, war alles geregelt. Er tat damit in gewisser Weise Abbitte, nahm eine Strafe auf sich, erklärte sich damit stillschweigend für schuldig, zog sich aus jedem Wettkampf zurück und war somit ein Feind geworden, der die Waffen streckte. Die Verwandten des Toten konnten, wenn es ihnen behagte, auch glauben und sich dessen rühmen, daß er aus Verzweiflung Mönch geworden war oder aus Angst vor ihrer Rache. Und auf jeden

Fall konnte es auch von dem eitelsten Beleidigten als ausreichende Bestrafung angesehen werden, einen Menschen so weit gebracht zu haben, daß er auf seine Habe verzichtete, sein Haar scheren ließ, mit bloßen Füßen umherlief, auf dem Strohsack schlief und von Almosen lebte.

Der Pater Guardian suchte in zwangloser Demut den Bruder des Toten auf und sprach nach vielen Versicherungen der Hochachtung für das vornehme Haus und der Beteuerung, der Familie alle erdenkliche Genugtuung leisten zu wollen, von Lodovicos Reue und von seinem Entschluß. Er ließ auf feine Art durchblicken, daß die Familie zufrieden sein könne, und flocht sanft und geschickt ein, daß die Sache auf diese Weise geregelt würde, ganz gleich, ob es nun ihren Beifall fände oder nicht. Der Bruder des Getöteten tobte vor Zorn, den der Kapuziner mit der Bemerkung, daß sein Schmerz nur allzu verständlich sei, verrauchen ließ. Jener wies darauf hin, daß die Familie sich auf jeden Fall Genugtuung verschaffen würde, und der Kapuziner stellte dies nicht in Abrede, was immer für Gedanken ihn bewegen mochten. Schließlich verlangte er, ja er machte es zur Bedingung, daß der Mörder seines Bruders die Stadt sogleich zu verlassen habe, und der Guardian, der denselben Beschluß schon vorher gefaßt hatte, versprach, seinem Wunsche zu willfahren, und ließ dem anderen nach seinem Belieben den Glauben, daß dies ein Akt des Gehorsams sei. Damit war die Angelegenheit erledigt. Die Familie war zufriedengestellt, daß sie ehrenvoll abschnitt; die Mönche waren zufrieden, daß sie einen Menschen und ihre Privilegien gerettet wußten, ohne sich einen neuen Feind zu verschaffen. Zufrieden waren auch die Freunde der Ritterschaft, die einen Ehrenhandel erfolgreich abgeschlossen sahen, und ebenso das Volk, das einen Mann, dem es wohlwollte und den es wegen seiner Bekehrung bewunderte, aus der Bedrängnis gerettet sah. Und zufrieden schließlich, mehr als alle anderen, war, trotz seiner Betrübnis, unser Lodovico, der ein Leben in Sühne und Demut begann, das ihm erlaubte, ein

Vergehen, wenn auch nicht gutzumachen, so doch zu bezahlen und den unerträglichen Stachel der Gewissensbisse abzustumpfen. Der Verdacht, daß sein Entschluß der Angst zugeschrieben werden könnte, betrübte ihn einen Augenblick, doch tröstete er sich gleich bei dem Gedanken, daß auch dieses ungerechte Urteil eine Strafe für ihn sein sollte, ein Teil seiner Sühne. So zog er mit dreißig Jahren das Bußgewand an, und weil er, der Regel folgend, seinen eigenen Namen ablegen und einen anderen annehmen mußte, wählte er einen, der ihn jeden Augenblick daran erinnerte, was er zu büßen hatte. Er nannte sich Fra Cristoforo.

Unmittelbar nach der Einkleidung verfügte der Guardian, daß er sein Noviziat in dem sechzig Meilen entfernten Ort *** zu absolvieren und sich am nächsten Tag dorthin zu begeben habe. Der Novize verbeugte sich tief und bat um eine Gnade. „Erlaubt mir, Vater", sagte er, „daß ich vor meinem Weggang aus dieser Stadt, in der ich das Blut eines Menschen vergossen und eine Familie aufs tiefste gekränkt zurücklasse, wenigstens die Schmach zu erleichtern suche, indem ich meine Reue beweise und meinen Kummer darüber zeige, daß ich den Verlust nicht wiedergutmachen kann, und den Bruder des Getöteten um Verzeihung bitte, um so, wenn Gott meine Absicht segnet, den Groll aus seinem Herzen zu verbannen." Der Guardian erkannte, daß ein solcher an sich schon guter Schritt noch mehr dazu beitragen könnte, die Familie mit dem Kloster auszusöhnen, und er ging schleunigst zu dem Bruder des Getöteten, um ihm Fra Cristoforos Bitte vorzubringen. Bei einer so unerwarteten Bitte fühlte jener neben seiner Verwunderung Zorn in sich auflodern, jedoch nicht ohne ein gewisses Wohlgefallen. Nachdem er eine Weile überlegt hatte, sagte er: „Mag er morgen kommen" und setzte den Zeitpunkt fest. Der Guardian kehrte zurück, um dem Novizen die erwünschte Zusage zu übermitteln.

Der Edelmann überlegte sogleich: je feierlicher und auffälliger diese Genugtuung wäre, desto mehr würde sich sein eigenes und der Familie Ansehen in den Augen der Öffentlichkeit und der Verwandtschaft heben, ja die Szene würde, um es mit zeitgemäßer Eleganz zu formulieren, eine schöne Seite in der Geschichte der Familie abgeben. Er ließ daher in Eile alle Verwandten benachrichtigen, daß sie um die Mittagsstunde des folgenden Tages geruhen möchten (so pflegte man damals zu sagen), bei ihm zu erscheinen, um eine allgemeine Genugtuung entgegenzunehmen. Am folgenden Mittag wimmelte der Palast von edlen Herrschaften jeglichen Alters und Geschlechts. Es war ein Kommen und Gehen, ein Durcheinander von weiten Mänteln, hohen Federn und herabhängenden Schwertern, ein bewegtes Schweben von gestärkten, gefältelten Halskrausen, ein Schleifen und Schleppen von verzierten langen Tuchgewändern. In den Vorzimmern, auf dem Hof und auf der Straße drängte sich ein Schwarm von Dienern, Pagen, Bravi und Neugierigen. Fra Cristoforo sah diese Vorbereitungen, erriet den Grund und fühlte eine leise Beklemmung, aber nach einer Weile sagte er sich: Es ist gut so. Ich habe jenen in aller Öffentlichkeit erschlagen, in Gegenwart so vieler seiner Feinde. Das war die Schmach, dies ist die Sühne. So trat er mit gesenktem Blick an der Seite des ihn begleitenden Paters durch das Tor jenes Hauses, überquerte den Hof, schritt durch die Menge, die ihn mit wenig feierlicher Neugier angaffte; stieg die Stufen empor und langte oben inmitten einer anderen, vornehmeren Menge, die ihn hindurchließ, von hundert Augen verfolgt, beim Herrn des Hauses an, der im Kreise seiner nächsten Verwandten versonnen mitten im Saal stand, das Kinn emporgereckt, die linke Hand auf dem Griff des Schwertes, während er mit der Rechten den Kragen seines Mantels auf der Brust zusammenhielt.

Zuweilen liegt im Antlitz und in der Haltung eines Menschen ein so unmittelbarer Ausdruck, man könnte sagen, ein Widerschein seines inneren Wesens, daß auch eine Menge von Zuschauern ein einhelliges Urteil über seine Gesinnung fällen wird. Fra Cristoforos Antlitz und Betragen gaben allen Anwesenden klar zu verstehen, daß er weder aus menschlicher Angst Mönch geworden war noch daß er hierherkam, um sich zu demütigen, und gerade das war es, was alle versöhnlich gegen ihn stimmte. Als er den Beleidigten sah, beschleunigte er seine Schritte, warf sich ihm zu Füßen auf die Knie, verschränkte die Arme über der Brust und sprach, während er das geschorene Haupt neigte, folgende Worte: „Ich bin der Mörder Ihres Bruders. Gott weiß, daß ich ihn Ihnen um den Preis meines Blutes zurückgeben möchte. Da ich jedoch nichts weiter vermag, als unnütze und späte Entschuldigungen vorzubringen, flehe ich Sie an, diese in Gottes Namen anzunehmen." Aller Augen ruhten bewegungslos auf dem Novizen und auf jenem Manne, mit dem er sprach, und aller Ohren lauschten gespannt. Als Fra Cristoforo schwieg, erhob sich ein Raunen des Mitleids und der Achtung im Saal. Der Edelmann, der in erzwungener Herablassung und mit unterdrücktem Zorn dagestanden hatte, schien von diesen Worten verwirrt. Er beugte sich zu dem Knienden nieder und sprach bewegt: „Erhebt Euch ... Die Beleidigung ... die Tat, wirklich ... jedoch das Kleid, das Ihr tragt ... nicht nur deshalb, auch um Euretwillen ... erheben Sie sich, Pater ... Mein Bruder, ich kann es nicht leugnen, war ein Edelmann, ein Mensch ... ein wenig ungestüm, ein wenig lebhaft. Doch alles geschieht, wie Gott es fügt. Sprechen wir nicht mehr davon ... Aber, Pater, Sie sollen nicht in dieser Stellung verharren." Damit ergriff er ihn bei den Armen und richtete ihn auf. Stehend, jedoch mit gesenktem Haupt antwortete Fra Cristoforo: „Ich darf also hoffen, daß Sie mir Ihre Vergebung gewähren! Und wenn ich sie von Ihnen erhalte, von wem dürfte ich sie nicht erhoffen? Oh, daß ich aus Ihrem Mund das Wort Verzeihung hören könnte."

„Verzeihung?" sagte der Edelmann. „Sie bedürfen ihrer nicht mehr. Aber wenn Sie sie begehren, so will ich Ihnen ganz gewiß verzeihen und ebenso alle ..."

„Alle, alle!" riefen wie aus einem Munde die Anwesenden. Das Gesicht des Mönches erhellte sich in dankbarer

Freude, unter der jedoch noch eine tiefe Reue über sein Vergehen durchschimmerte, von dem ihn menschliche Vergebung nicht freisprechen konnte. Der Edelmann, den dieser Anblick bewegte und den die allgemeine Rührung mitriß, warf ihm die Arme um den Hals und gab ihm einen Friedenskuß, den jener erwiderte.

„Bravo! So ist es recht!" schallte es aus allen Ecken des Saales. Alle eilten auf den Mönch zu und umringten ihn. Inzwischen erschienen die Diener mit einer großen Menge Erfrischungen. Der Edelmann näherte sich unserem Cristoforo, der Anstalten machte, sich zu verabschieden, und sagte zu ihm: „Pater, nehmen Sie eine Kleinigkeit zu sich. Gewähren Sie mir diesen Beweis der Freundschaft." Und er schickte sich an, ihn vor allen anderen zu bewirten. Dieser aber trat zurück und entgegnete mit freundlicher Ablehnung: „Solches gebührt mir nicht mehr. Aber glauben Sie nicht, daß ich Ihre Gaben zurückweise. Ich stehe im Begriff, eine Reise anzutreten. Wenn Sie geruhten, mir ein Brot bringen zu lassen, so werde ich sagen können, ich habe Ihre Barmherzigkeit genossen und habe Ihr Brot gegessen und damit ein Zeichen Ihrer Vergebung erhalten." Bewegt ordnete der Edelmann an, dem Wunsche des Paters zu willfahren, und sogleich erschien ein Diener in großer Galalivree, der ein Brot auf einer Silberplatte brachte, das er dem Pater anbot. Dieser nahm es, dankte für die Gabe und steckte es in seinen Beutel. Dann bat er, daß man ihn gehen lasse. Er umarmte nochmals den Herrn des Hauses und alle jene, die in seiner Nähe standen und seiner einen Augenblick habhaft werden konnten, und er befreite sich mit Mühe von ihnen. In den Vorzimmern hatte er seine Not, sich den Dienern und auch den Bravi zu entwinden, die den Saum seiner Kutte, den Strick und die Kapuze küssen wollten. Schließlich stand er auf der Straße und wurde im Triumph von einer Volksmenge bis an das Tor getragen, durch welches er die Stadt verließ, um die Fußwanderung nach dem Ort seines Noviziats zu beginnen.

Der Bruder des Getöteten und seine Verwandtschaft, die gehofft hatten, an jenem Tage die traurige Freude ihres Hochmuts zu genießen, sahen sich hingegen erfüllt von der heiteren Freude der Vergebung und des Wohlwollens und verweilten noch einige Zeit in ungewohnter Herzlichkeit und Gutmütigkeit, in Überlegungen, mit denen beim Kommen niemand gerechnet hatte. Und nicht die erhaltene Genugtuung, die gerächte Schmach und ohnmächtige Verpflichtungen, sondern das Lob des Novizen, die Versöhnung und die Friedfertigkeit waren Themen der Unterhaltung. Und einer, der zum fünfzigsten Male erzählt haben würde, wie der Graf Muzio, sein Vater, es verstanden hätte, bei jener berühmten Gelegenheit den Marchese Stanislao zurechtzuweisen, der ein Prahlhans gewesen sei, ließ sich statt dessen über die Buße und die bewundernswerte Geduld eines schon vor vielen Jahren gestorbenen Fra Simone aus. Der Herr des Hauses war, nachdem ihn die Gäste verlassen hatten, noch tief bewegt und überdachte mit Verwunderung, was er vernommen und was er selbst gesagt hatte. Dabei murmelte er durch die Zähne: „Ein Teufelskerl von einem Mönch!" (Wir können nicht umhin, seine genauen Worte wiederzugeben.) „Ein Teufelskerl von Mönch! Hätte er noch einen Augenblick länger so vor mir auf den Knien gelegen, hätte ich ihn selbst noch um Verzeihung gebeten, daß er meinen Bruder getötet hat." Unsere Geschichte verzeichnet ausdrücklich, daß dieser Herr seit jenem Tag sein Ungestüm mäßigte und umgänglicher wurde.

Unterdessen wanderte Pater Cristoforo, getrösteten Herzens wie noch nie seit jenem schrecklichen Tage, den zu büßen er sein ganzes Leben opfern wollte. Er wahrte das Schweigen, das den Novizen auferlegt ist, ohne es zu merken, so erfüllt war er von dem Gedanken an die Mühen, die Entbehrungen und Demütigungen, die er erleiden müsse, um sein Vergehen zu büßen. Um die Essenszeit kehrte er bei einem Wohltäter des Klosters ein und aß mit besonderer Wollust das Brot der Vergebung, von dem er ein Stück in den Beutel zurücklegte, um es als ewiges Andenken zu bewahren.

Sein Leben hinter den Klostermauern zu schildern ist nicht unsere Aufgabe. Wir wollen lediglich mitteilen, daß er den ihm gewöhnlich gestellten Aufgaben, zu predigen und Sterbenden Beistand zu leisten, stets bereitwillig und mit großer Sorgfalt nachkam und sich keine Gelegenheit entgehen ließ, noch zwei weitere auszuüben, die er sich selbst auferlegt hatte: Streitigkeiten zu schlichten und Unterdrückte zu beschützen. Diese Haltung rührte zu einem guten Teil, ohne daß er sich dessen bewußt geworden wäre, aus seiner alten Gewohnheit und einem kleinen Rest seiner kämpferischen Gesinnung her, die alle Demütigungen und Kasteiungen nicht voll und ganz auszulöschen vermochten. Seine Sprache war gewöhnlich demütig und gesetzt, handelte es sich jedoch um Gerechtigkeit oder unterdrückte Wahrheit, so erwachte mit einem Schlage seine alte Heftigkeit und verlieh, begleitet und gemildert von feierlicher Emphase, die ihm durch die Gewohnheit des Predigens eigen geworden war, seiner Redeweise ein einzigartiges Gepräge. Sein Betragen und seine Haltung kündeten von harten Kämpfen zwischen seiner aufbrausenden, leidenschaftlichen Natur und einem gegen sie aufgebotenen Willen, der, stets auf der Hut und von höheren Beweggründen und Eingebungen gelenkt, gewöhnlich siegreich blieb. Einer seiner Mitbrüder und Freunde, der ihn gut kannte, hatte ihn einmal mit jenen Wörtern verglichen, die in ihrer natürlichen Form zu sprühend sind, so daß die Menschen, auch die gebildeten, sie im Ausbruch der Leidenschaft nur verstümmelt, mit einigen veränderten Buchstaben aussprechen: Wörter, die selbst in solcher Verkleidung noch ihre ursprüngliche Kraft verraten.

Hätte ein unbekanntes Mädchen in derselben schlimmen Lage wie Lucia die Hilfe des Paters Cristoforo erbeten, wäre er ebenfalls sofort bei jener erschienen. Da es sich aber um Lucia handelte, beeilte er sich um so mehr, da er ihre

Unschuld kannte und bewunderte. Er war in großer Sorge um sie wegen der Gefahren und fühlte einen heiligen Zorn wegen der schändlichen Nachstellung, der sie ausgesetzt war. Außerdem fürchtete er jetzt, nachdem er ihr, um Schlimmeres zu vermeiden, geraten hatte, nichts unter die Leute zu bringen und sich ruhig zu verhalten, daß dieser Ratschlag schlimme Folgen gehabt haben könnte. So gesellte sich zum Eifer der Barmherzigkeit, die ihm wie angeboren war, in diesem Fall noch jene gewissenhafte Besorgnis, die oft die guten Menschen quält.

Doch während wir dabei waren, die Geschichte Pater Cristoforos zu erzählen, ist er angelangt und ins Haus getreten. Und die Frauen ließen den Griff des schnurrenden Haspels fahren und erhoben sich, indem sie wie aus einem Munde riefen: „Oh, Pater Cristoforo! Gesegnet seien Sie!"

5. Kapitel

Pater Cristoforo blieb auf der Schwelle stehen und mußte bereits beim ersten Blick auf die Frauen erkennen, daß ihn seine Ahnungen nicht getrogen hatten. Das bärtige Kinn hebend und den Kopf leicht nach hinten neigend, sagte er in jenem Frageton, mit dem man einer schlimmen Antwort gewärtig ist: „Nun?" Lucia brach in Tränen aus. Die Mutter begann sich zu entschuldigen, daß sie gewagt hätten... Aber der Mönch trat näher, setzte sich auf einen dreibeinigen Schemel und sagte, alle Komplimente zurückweisend, zu Lucia: „Beruhigt Euch, armes Kind. Und Ihr", hier wandte er sich an Agnese, „erzählt, was geschehen ist!" Während die brave Frau, so gut sie es vermochte, ihren traurigen Bericht vortrug, wechselte der Pater mehr als einmal die Farbe und richtete bald die Augen zum Himmel, bald stampfte er mit den Füßen auf. Als die Geschichte beendet war, bedeckte er sich das Gesicht mit den Händen, rief: „Oh, gerechter Gott! Wie weit..." und wandte sich dann, ohne den Satz beendet zu haben, wieder den Frauen zu. „Ihr Ärmsten!" sagte er. „Gott hat Euch heimgesucht. Arme Lucia!"

„Sie werden uns doch nicht im Stich lassen, Pater?" fragte diese schluchzend.

„Euch im Stich lassen!" erwiderte er. „Wie sollte ich mir von Gott etwas erbitten, wenn ich Euch im Stich ließe? In dieser Lage. Euch, die er mir anvertraut hat? Verliert nicht den Mut. Der Herr wird Euch beistehen: Er sieht alles. Er vermag sich auch eines so armseligen Menschen zu bedienen, wie ich es bin, um zuschanden zu machen, was ... Doch laßt uns sehen, laßt uns nachdenken, was hier getan werden könnte."

Mit diesen Worten stützte er den linken Ellenbogen auf das Knie, neigte das Gesicht über die Handfläche und strich mit der rechten über Bart und Kinn, als wollte er alle seine Geisteskräfte sammeln und anspannen. Aber alles Nachdenken führte zu nichts anderem als zu der Erkenntnis, wie dringend und verworren dieser Fall war und wie ungewiß, aussichtslos und gefährlich der Ausweg daraus. Sollte man Don Abbondio beschämen und ihn fühlen lassen, wie sehr er seine Pflicht vernachlässigt hatte? Scham und Pflicht sind für ihn ein Nichts, solange er Angst hat. Oder ihm Angst einjagen? Doch welche Mittel stünden mir schon zur Verfügung, daß ich ihn mehr einschüchtern könnte als ein Flintenschuß? Den Kardinal und Erzbischof über alles unterrichten und seine Autorität anrufen? Das kostete Zeit, und inzwischen? Und dann? Selbst wenn diese arme Unschuld verheiratet wäre, würde das ein Hindernis für jenen Mann sein? Wer weiß, wie weit er es noch treiben wird? ... Und ihm Trotz bieten? Wie? Ach, dachte der arme Pater, wenn ich doch meine hiesigen Brüder und jene aus Mailand hinzuziehen könnte. Aber das ist nicht so einfach, man würde mich im Stich lassen. Jener Mann gilt als Freund des Klosters, er gibt sich als Anhänger der Kapuziner aus, und mehr als einmal haben sich seine Bravi zu uns geflüchtet. Ich wäre allein in dieser Angelegenheit und würde mir nur den Ruf eines Unruhestifters, Kampfhahns und Händelsuchers zuziehen. Und was das Schlimmste wäre, ich würde mit meiner Tat zur Unzeit die Lage dieses armen Mädchens nur noch verschlimmern. Nachdem der Pater das Für und Wider des einen und des anderen Plans erwogen hatte, erschien es ihm als das Beste, zu Don Rodrigo zu gehen und den Versuch zu wagen, ihn von seinem schändlichen Vorhaben abzubringen, mit Bitten oder Drohungen für das Diesseits und das Jenseits, wenn es möglich wäre. Schlimmstenfalls könnte man auf diesem Wege zumindest erfahren, ob jener hartnäckig an seinem schmutzigen Plan hinge, könnte mehr von seinen Absichten ans Licht bringen und danach einen Entschluß fassen.

Während der Pater seine Überlegungen anstellte, war Renzo, der aus jedermann verständlichen Gründen diesem Haus nicht fernbleiben konnte, in der Haustür erschienen. Als er jedoch den Pater in Gedanken versunken sitzen sah und merkte, daß die Frauen ihm ein Zeichen gaben, ihn nicht zu stören, blieb er schweigend auf der Schwelle stehen. Als der Pater aufblickte, um den Frauen seinen Plan mitzuteilen, bemerkte er ihn und grüßte ihn auf eine Weise, die seine noch vom Mitleid gesteigerte Zuneigung erkennen ließ.

„Haben sie Ihnen erzählt, Pater?" fragte Renzo mit bewegter Stimme.

„Nur zu viel, und darum bin ich hier."

„Was sagen Sie zu diesem Schurken?"

„Was soll ich sagen? Er ist nicht da, meine Worte zu hören. Was würde also mein Reden nützen? Ich rate dir, Renzo, vertraue auf Gott, er wird dich nicht im Stich lassen."

„Ihre Worte seien gesegnet!" rief der Jüngling. „Sie gehören nicht zu denen, die stets den Armen unrecht geben. Aber der Herr Pfarrer und jener Herr Doktor der verlorenen Prozesse ..."

„Rühre die Dinge nicht wieder auf, die zu nichts anderem führen können, als dich unnötig zu beunruhigen. Ich bin ein armer Mönch, aber ich wiederhole dir, was ich diesen Frauen gesagt habe: Mit dem wenigen, was ich vermag, werde ich euch nicht im Stich lassen."

„Ach ja, Sie sind nicht wie die weltlichen Freunde, diese Schwätzer! Wer ihren Versicherungen geglaubt hätte, die sie mir in guten Zeiten gegeben haben! Ach! sie waren sogar bereit, ihr Blut für mich zu opfern, und wollten mir selbst gegen den Teufel beistehen. Hätte ich einen Feind gehabt, brauchte ich nur einen kleinen Wink zu geben, und schon hätte jener sein letztes Stündlein schlagen hören. Jetzt aber, Sie sollten nur sehen, wie sie kneifen ..." Hier blickte er den Pater an, bemerkte, daß sich dessen Gesicht umwölkt hatte, und wurde sich seiner Worte bewußt, die er besser hätte verschweigen sollen. Bei dem Versuch, seinen Fehler wiedergutzumachen, verwirrte und verhaspelte er sich noch mehr: „Ich wollte sagen ... ich hatte nicht die Absicht zu sagen ... das heißt, ich wollte sagen ..."

„Was wolltest du sagen? Was denn? Du hast also bereits versucht, mein Werk zu zerstören, bevor ich es begonnen habe. Gut für dich, daß du noch rechtzeitig enttäuscht wurdest. Du hast dich auf die Suche nach Freunden gemacht? Aber nach was für Freunden! Sie hätten dir nicht helfen können, auch nicht, wenn sie gewollt hätten. Und du versuchtest den einzigen zu verlieren, der dir helfen kann und dir helfen will! Weißt du nicht, daß Gott der Freund der Bedrängten ist, die auf ihn vertrauen? Weißt du nicht, daß es dem Schwachen nichts hilft, die Krallen zu zeigen? Und selbst wenn ..." Bei diesen Worten ergriff er kraftvoll Renzos Arm, und seine Miene drückte tiefe Zerknirschung aus, ohne darum an Würde zu verlieren. Dann senkte er die Augen und sagte langsam mit dumpfer Stimme: „Und selbst wenn ... es wäre ein schrecklicher Gewinn! Renzo! willst du mir vertrauen? ... Mir elendem Menschenkind, mir armseligem Klosterbruder? Willst du dem Herrn vertrauen?"

„O ja", erwiderte Renzo. „Er ist der wahrhaftige Gott."

„Nun gut, so versprich mir, niemanden anzugreifen, niemanden herauszufordern, sondern dich von mir leiten zu lassen."

„Ich verspreche es."

Lucia atmete erlöst auf, als ob ihr ein Stein vom Herzen gefallen wäre, und Agnese sagte: „So ist es recht, mein Sohn."

„Hört, Kinder", begann Fra Cristoforo, „ich gehe noch heute zu jenem Mann, um mit ihm zu sprechen. Wenn Gott sein Herz erweicht und meinen Worten Kraft verleiht, wird alles gut; wenn nicht, wird der Herr uns einen anderen Weg weisen. Ihr verhaltet Euch indessen ruhig und unauffällig, meidet das Schwatzen und laßt Euch bei niemandem blikken. Heute abend oder spätestens morgen früh werdet Ihr mich wiedersehen." Nach diesen Worten unterbrach er alle Dankesbezeigungen und Segenswünsche und ging fort. Er kehrte ins Kloster zurück, wo er rechtzeitig eintraf, um am Mittagsgebet teilzunehmen. Dann speiste er und machte sich anschließend auf den Weg in die Höhle des Löwen, den er zu zähmen versuchen wollte.

Don Rodrigos Palast ragte einsam, einer Bergfestung gleich, auf dem Gipfel eines jener Hügel auf, die über das Gestade des Sees verstreut sind. Dieser Angabe fügt der Anonymus hinzu, daß der Ort – dessen Namen er ruhig hätte nennen können – höher als das Dörfchen der Verlobten und von diesem vielleicht drei Meilen, vom Kloster vier Meilen entfernt lag. Am Fuße des Hügels, und zwar auf der zum See hin gelegenen Südseite, stand ein Häufchen von Hütten, in denen Don Rodrigos Bauern lebten. Dies war gewissermaßen die Hauptstadt seines kleinen Reiches. Man brauchte sie nur einmal zu durchqueren, um sich über die Lage und die Sitten des Dorfes klarzuwerden. Warf man durch eine zufällig geöffnete Tür einen Blick in die zu ebener Erde gelegenen Räume, so sah man an den Wänden Flinten, Trompeten, Hacken, Rechen, Strohhüte, Netze und

Pulverhörner in wirrem Durcheinander hängen. Die Leute, denen man hier begegnete, waren vierschrötige, finstere Männer mit langen struppigen Mähnen auf dem Kopf, um die Netze geschlungen waren; zahnlose Greise, die immer bereit schienen, beim geringsten Anlaß die Kiefer zu fletschen; Frauen mit männlichen Gesichtszügen und muskulösen Armen, die geeignet waren, der Zunge zu Hilfe zu eilen, wenn es nötig sein sollte; selbst das Aussehen und die Bewegungen der Kinder, die auf der Straße spielten, hatten etwas Unbändiges und Herausforderndes an sich.

Pater Cristoforo durchquerte das Dorf, stieg ein gewundenes Gäßchen hinan und gelangte auf einen kleinen freien Platz vor dem Palast. Das Tor war geschlossen, ein Zeichen, daß der Herr bei Tische saß und nicht gestört zu werden wünschte. Die wenigen kleinen Fenster, die zur Straße hinausgingen, waren mit brüchigen, von der Zeit mitgenommenen Läden verschlossen und mit starken Eisengittern geschützt, die im Erdgeschoß so hoch waren, daß kaum ein Mann auf den Schultern eines anderen die Spitzen hätte erreichen können. Es herrschte hier ein tiefes Schweigen, und ein Wanderer hätte glauben können, daß das Haus verlassen sei, wenn nicht außen vier Kreaturen, zwei lebende und zwei tote, in symmetrischer Anordnung auf Bewohner schließen ließen. An die Flügel des Tores waren zwei riesige Geier mit gespreizten Flügeln und baumelnden Köpfen angenagelt, der eine war schon völlig ohne Federn und vom Zahn der Zeit halb aufgezehrt, der andere hingegen noch heil und gefiedert. Zwei Bravi lagen ausgestreckt auf zwei Bänken zur Linken und zur Rechten des Tores und hielten Wache, in der Erwartung, gerufen zu werden, um die Reste vom Tisch ihres Herrn zu genießen. Der Pater blieb stehen wie jemand, der Anstalten macht zu warten, aber der eine der Bravi erhob sich und sagte zu ihm: „Pater, Pater, treten Sie ruhig näher: hier brauchen Kapuziner nicht zu warten, wir sind Freunde des Klosters, und ich bin selbst in gewissen Momenten dort gewesen, als draußen für mich kein guter Wind wehte. Hätte man mir das Tor nicht geöffnet, wäre es mir übel ergangen." Nachdem er dies gesagt, schlug er zweimal mit dem Hammer an das Tor. Sogleich erhob sich drinnen das Gebell und Gekläffe von Schäferhunden und kleinen Hündchen. Und kurz darauf kam brummend ein alter Diener an. Als er jedoch den Pater erblickte, machte er vor ihm eine tiefe Verbeugung, beruhigte die Tiere mit den Händen und durch Zurufe, ließ den Gast in einen engen Hof herein und schloß wieder das Tor. Dann geleitete er ihn in einen Salon und fragte, nachdem er ihn mit gewisser Verwunderung respektvoll betrachtet hatte: „Sind Sie nicht... Pater Cristoforo aus Pescarenico?"

„Der bin ich."

„Und Sie hier?"

„Wie Ihr seht, guter Mann."

„Sicherlich, um Gutes zu tun", murmelte jener durch die Zähne und ging weiter. „Gutes kann man überall tun." Nachdem sie zwei oder drei dunkle Zimmer durchquert hatten, gelangten sie zur Tür des Speisesaales. Ein lauter Lärm von klirrenden Gabeln, Messern, Gläsern und Tellern war vernehmbar, vor allem aber von streitenden Stimmen, die sich gegenseitig zu überschreien suchten. Der Pater wollte sich zurückziehen und unterhandelte vor der Tür mit dem Diener, um in einem Winkel des Hauses das Ende der Mahlzeit abzuwarten, als die Tür geöffnet wurde. Ein gewisser Graf Attilio, der ihr gegenübersaß (er war ein Vetter des Hausherrn, und wir haben ihn bereits erwähnt, ohne ihn mit Namen zu nennen), schrie beim Anblick des geschorenen Kopfes und der Kutte des Mönches, dessen bescheidenes Vorhaben er erkannte: „He, heda, reißen Sie nicht aus, verehrter Pater. Herein, nur herein!" Don Rodrigo hätte, obwohl er den Grund dieses Besuchs nicht im entferntesten ahnte, aus wer weiß was für unbehaglichen Vorgefühlen gern darauf verzichtet. Da nun aber der gedankenlose Attilio so laut gerufen hatte, schickte es sich nicht, diese Einladung zurückzunehmen. Er sagte daher: „Kommen Sie herein, Pater, kommen Sie herein." Der Mönch trat näher, verneigte sich vor dem Hausherrn und erwiderte mit beiden Händen die Begrüßungen der Tischgenossen.

Im allgemeinen pflegt man (ich sage nicht, alle) sich den Ehrenmann, der einem Bösewicht gegenübersteht, mit erhobener Stirn und sicherem Blick, in aufrechter Haltung und mit wohlüberlegter Rede vorzustellen. In Wirklichkeit aber bedarf es vieler Umstände, die nur selten zusammentreffen, um ihn diese Haltung einnehmen zu lassen. Darum wundert Euch nicht, daß Pater Cristoforo trotz seines guten Gewissens, im sicheren Gefühl der gerechten Sache, die er hier zu verfechten gedachte, und trotz einer zwischen Schrecken und Mitleid mit Don Rodrigo schwankenden Empfindung mit einer unterwürfig erscheinenden, respektvollen Miene vor ebendiesen Don Rodrigo trat, der hier zu Häupten der Tafel saß, in seinem Haus und seinem Reich, umgeben von Freunden und deren Huldigungen und vor so vielen Zeichen seiner Macht, dazu mit einer Miene, die jedem, wer es auch sei, ein Gebet auf den Lippen hätte ersterben lassen, geschweige denn einen Rat, eine Zurechtweisung oder etwa einen Tadel. Zu seiner Rechten saß jener Vetter Graf Attilio, der, wenn es noch gesagt werden muß, sein Kumpan in allen Ausschweifungen und Missetaten war; er war aus Mailand gekommen, um einige Tage bei ihm auf dem Lande zu verbringen. Zu seiner Linken, an der anderen Seite des Tisches, saß voller Respekt, der jedoch durch eine gewisse Selbstsicherheit und Besserwisserei abgeschwächt wurde, der Herr Stadtvogt, und zwar genau jener, der, wäre es mit rechten Dingen zugegangen, Renzo Tramaglino Gerechtigkeit verschaffen und Don Rodrigo zur Rechenschaft hätte ziehen müssen, wie wir zuvor erfahren haben. Gegenüber dem Stadtvogt saß voller reinster, innigster Ehrerbietung unser Doktor Rechtsverdreher, in schwarzer Jacke und mit einer Nase, die noch röter war als gewöhnlich. Den beiden Vettern gegenüber hatten zwei unbekannte Tischgenossen Platz gefunden, von denen unsere Geschichte nur berichtet, daß sie nichts anderes taten als essen, nicken, lächeln und alles gutheißen, was von den Tischgenossen vorgebracht wurde, wenn es nicht auf Gegenrede stieß.

„Einen Sitz für den Pater", sagte Don Rodrigo. Ein Diener brachte einen Stuhl, auf dem Pater Cristoforo Platz nahm, während er einige Entschuldigungen an den Herrn des Hauses richtete, weil er zu so ungelegner Zeit gekommen sei. „Ich wünschte sehnlichst, mit Ihnen wegen einer dringlichen Angelegenheit unter vier Augen zu sprechen, wenn es Ihnen beliebt", fügte er dann leiser hinzu, damit nur Don Rodrigo ihn verstand.

„Gut, gut, wir werden uns unterhalten", entgegnete dieser, „aber inzwischen bringe man dem Pater etwas zu trinken."

Der Pater wollte ablehnen, jedoch Don Rodrigo erhob seine Stimme in dem Lärm, der wieder aufgeflackert war, und schrie: „Nein, beim Bacchus! Das wollen Sie mir nicht antun. Kein Kapuziner soll je dieses Haus verlassen, ohne meinen Wein probiert zu haben! Ebensowenig ein unverschämter Gläubiger, ohne das Holz meiner Wälder gekostet zu haben." Diese Worte entfesselten ein allgemeines Gelächter und unterbrachen für einen Augenblick den Streit, der unter den Tischgenossen heiß entbrannt war. Ein Diener trug auf einem Tablett eine Flasche Wein und ein hohes Kelchglas herein und bot beides dem Pater an, der dieser nachdrücklichen Aufforderung des Mannes nicht widerstehen wollte, da er sein Wohlwollen so dringend brauchte, und so zögerte er nicht, sich den Wein einzuschenken und ihn langsam zu trinken.

„Tassos Autorität kann Ihrer Behauptung nichts nützen, verehrter Herr Stadtvogt. Im Gegenteil, sie widerlegt sie!" begann Graf Attilio von neuem zu brüllen. „Denn dieser gelehrte große Mann, der alle Regeln des Ritterstandes bis ins kleinste beherrschte, läßt zu, daß der Bote Argantes, bevor er sich entschloß, den christlichen Rittern die Herausforderung zu überbringen, den frommen Bouillon um Erlaubnis ersucht..."

„Aber das", erwiderte nicht weniger laut der Stadtvogt, „das ist erfunden, eine reine Erfindung, eine dichterische Ausschmückung, weil ein Abgesandter schon an und für sich und nach dem Völkerrecht, *jure gentium*, unverletzlich ist; und da gibt es nichts zu suchen, schon das Sprichwort sagt: Gesandte trifft keine Strafe. Und Sprichwörter, Herr Graf, sind die Weisheit der Menschheit. Und da der Abgesandte nicht in seinem eigenen Namen spricht, sondern nur die schriftliche Herausforderung überbringt ..."

„Aber wann wollen Sie endlich einsehen, daß dieser Bote ein verwegener Esel war, der nicht die einfachsten Regeln ...?"

„Mit Verlaub, Ihr Herren", unterbrach Don Rodrigo die beiden, der nicht wünschte, daß der Streit zu heftig würde, „wir wollen den Fall Pater Cristoforo vortragen. Seine Entscheidung mag gelten."

„Gut, sehr gut", sagte Graf Attilio, dem der Vorschlag, eine ritterliche Frage von einem Kapuziner entscheiden zu lassen, sehr gefiel, während der über diesen Fall sehr aufgebrachte Stadtvogt sich nur mit Mühe beruhigen konnte und eine Miene aufsetzte, die zu besagen schien: Was für Dummheiten.

„Soviel ich glaube verstanden zu haben", sagte der Pater, „handelt es sich hier um Dinge, die ich nicht zu beurteilen vermag."

„Die üblichen bescheidenen Ausflüchte von Euch Mönchen", versetzte Don Rodrigo. „Aber Sie sollen mir nicht entwischen! Ei! wir wissen sehr wohl, daß Sie nicht mit der Kapuze auf dem Kopf geboren wurden und daß Sie die Welt gekannt haben. Kurz, es handelt sich um die folgende Streitfrage."

„Der Fall ist der", schrie Graf Attilio dazwischen.

„Laßt es mich sagen, denn ich bin neutral, Vetter", fuhr Don Rodrigo fort. „Also die Geschichte ist die folgende: Ein spanischer Ritter übersendet einem Mailänder Ritter eine Herausforderung. Der Überbringer trifft den Herausgeforderten nicht zu Hause an und händigt das Kartell einem Bruder des Ritters aus. Der Bruder liest die Herausforderung und verabfolgt dem Überbringer als Antwort einige Stockhiebe. Es handelt sich ..."

„Das hat er gut getan, gut ausgeteilt", schrie Graf Attilio. „Eine vortreffliche Eingebung."

„Eine Eingebung des Teufels", fügte der Stadtvogt hinzu. „Einen Abgesandten zu schlagen! Eine unantastbare Person. Sagen Sie mir, Pater, ob das ein ritterliches Betragen war."

„Jawohl, das war ritterliches Betragen", schrie der Graf. „Lassen Sie es sich von mir sagen, der ich mich darauf verstehe, was einem Edelmann geziemt. Ja, wenn es Fausthiebe gewesen wären, verhielte sich die Sache anders. Der Stock aber macht niemand die Hände schmutzig. Ich verstehe nicht, warum Sie sich so wegen des Rückens eines Halunken aufregen."

„Wer hat denn vom Rücken gesprochen, lieber Herr Graf? Sie unterstellen mir Albernheiten, die mir nie in den Sinn gekommen wären. Ich habe von dem Amt gesprochen, nicht vom Rücken. Vor allem spreche ich vom allgemeinen Recht. Sagen Sie mir doch, mit Verlaub, ob die Boten, die die alten Römer aussandten, um anderen Völkern Herausforderungen zu überbringen, je um Erlaubnis gebeten haben, die Botschaft übermitteln zu dürfen. Und nennen Sie mir einen Schriftsteller, der erwähnt, daß ein Fetiale je geschlagen worden wäre."

„Was haben die Offizialen der alten Römer mit uns zu tun? Das waren einfache Leute, die in diesen Dingen meilenweit nachhinkten. Jedenfalls sage und behaupte ich, daß nach den Gesetzen der heutigen Ritterschaft, und die ist die einzig wahre, ein Bote, der sich erfrecht, einem Edelmann eine Herausforderung in die Hand zu drücken, ohne ihn vorher um Erlaubnis gefragt zu haben, ein anmaßender Halunke und somit verletzlich ist und Prügel verdient, je mehr, desto besser ..."

„Erläutern Sie mir diesen Syllogismus einmal."

„O nein, nicht nötig."

„Aber hören Sie doch, hören Sie doch nur. Einen Unbewaffneten zu schlagen ist eine verräterische Handlung. *Atqui* der Bote *de quo* war ohne Waffen, *ergo* . . ."

„Sachte, sachte, Herr Stadtvogt."

„Was sachte?"

„Sachte, sage ich Ihnen. Was sind denn das für Behauptungen? Eine verräterische Handlung wäre es, wenn man jemanden mit dem Schwert hinterrücks verwundete oder ihm einen Flintenschuß ins Kreuz jagte. Und selbst dabei können Fälle eintreten . . . aber bleiben wir bei der Streitfrage. Ich räume ein, daß man dies im allgemeinen als eine verräterische Handlung bezeichnen kann. Doch einem Lumpen ein paar Stockhiebe zu verabreichen . . . Das wäre ja nett, wenn man ihm vorher sagen müßte: Sieh dich vor, es setzt Hiebe. Wie man etwa einem Ehrenmann zurufen würde: Hand ans Schwert. Und Sie, verehrter Doktor, anstatt mir zuzuschmunzeln, um mir zu verstehen zu geben, daß Sie meiner Meinung sind, warum unterstützen Sie nicht meine Begründungen mit Ihrer gelehrten Zunge, um mir zu helfen, diesen Herrn zu überzeugen?"

„Ich . . .", erwiderte verdutzt der Doktor, „ich genieße diesen gelehrten Disput und danke dem Zufall, der mir Gelegenheit gibt, ein so anmutiges Wortgefecht großer Geister anzuhören. Außerdem kommt es mir nicht zu, das Urteil zu sprechen. Seine Gnaden haben bereits einen Richter aufgerufen . . . Hier, den Pater!"

„Das ist wahr", sagte Don Rodrigo, „aber wie soll ein Richter zu Worte kommen, wenn die Streitenden keine Ruhe geben?"

„Ich verstumme", sagte Don Attilio. Der Stadtvogt preßte die Lippen zusammen und hob die Hand, als wollte er sein Einverständnis geben.

„Dem Himmel sei Dank! Jetzt haben Sie das Wort, Pater!" rief Don Rodrigo halb ernst, halb spöttisch.

„Ich habe mich bereits entschuldigt und gesagt, daß ich

von solchen Dingen nichts verstehe", erwiderte Pater Cristoforo und gab einem Diener das Glas zurück.

„Eine dürftige Ausrede", schrien beide Vettern, „wir wollen Ihr Urteil hören."

„Wenn Sie darauf bestehen", hob der Pater an. „Meine unmaßgebliche Meinung wäre, daß es weder Herausforderungen noch Boten noch Stockschläge geben sollte."

Die Tischgenossen sahen sich verblüfft an.

„Oh, das ist stark!" sagte Graf Attilio. „Verzeihen Sie, Pater, aber das ist wirklich stark. Man sieht, daß Sie die Welt nicht kennen."

„Er?" rief Don Rodrigo. „Soll ich es nochmals betonen: er kennt sie, Vetter, ebenso gut wie Ihr! Nicht wahr, Pater? Gestehen Sie, gestehen Sie, daß auch Sie Ihre Dummheiten gemacht haben."

Anstatt auf diese liebenswürdige Frage zu antworten, sagte der Pater insgeheim zu sich selbst: Jetzt rücken sie dir auf den Leib. Aber erinnere dich, Bruder, du bist nicht deinetwegen hier. Alles, was dich selbst angeht, zählt nicht.

„Das mag sein", versetzte der Vetter, „aber der Pater, wie nennt er sich doch?"

„Pater Cristoforo."

„Also, hoch zu verehrender Pater Cristoforo, mit solchen Maximen würden Sie die ganze Welt auf den Kopf stellen. Ohne Herausforderungen! Ohne Stockschläge! Ade, Ritterehre! Straffreiheit für alle Schurken! Glücklicherweise ist dieser Vorschlag unmöglich."

„Mut, Doktor!" versetzte Don Rodrigo, der den Streit der beiden ersten Widersacher zu zerstreuen suchte. „Mut! Jetzt ist es an Euch! Ihr seid doch der Mann, der jedem recht zu geben weiß. Wir möchten sehen, wie Ihr jetzt dem Pater Cristoforo recht geben werdet."

„Wirklich!" erwiderte der Doktor, während er mit der Gabel in der Luft herumfuchtelte, und wandte sich dem Pater zu. „Wirklich, ich verstehe nicht, wie Pater Cristoforo, ein ebenso vollendeter Ordens- wie Weltmann, nicht bedenken konnte, daß sein Spruch, so gut, so ausgezeichnet und schwerwiegend er auch von der Kanzel herab sein mag, in einem Ehrenhandel, mit Verlaub zu sagen, völlig wertlos ist. Doch weiß der Pater besser als ich, daß jedes Ding nur an seinem rechten Platze seinen Wert hat. Ich glaube daher, daß er in diesem Fall mit einem Scherz um ein Urteil herumkommen wollte."

Was hätte man besagten Folgerungen aus einer so alten und immer wieder neuen Weisheit entgegnen können? Nichts. Und so schwieg auch unser Pater.

Don Rodrigo jedoch, der den Streit abbrechen wollte, wechselte zu einer anderen Frage über. „Übrigens", sagte er, „habe ich gehört, daß in Mailand Stimmen laut geworden sind, die von einem Vergleich sprechen."

Der Leser weiß, daß in jenem Jahr um die Erbfolge des Herzogtums Mantua gekämpft wurde, das nach dem Tode Vincenzo Gonzagas, der ohne legitime Erben verstarb, in den Besitz des Herzogs von Nevers, seines nächsten Verwandten, übergegangen war. Ludwig XIII., oder vielmehr der Kardinal Richelieu, unterstützte diesen Fürsten, seinen Günstling, einen naturalisierten Franzosen. Philipp IV., oder vielmehr der Graf von Olivárez, allgemein der Graf-Herzog genannt, wünschte jenen aus ebendenselben Gründen dort nicht zu sehen und hatte einen Krieg gegen ihn angezettelt. Da nun aber das Herzogtum Reichslehen war, bemühten sich beide Seiten mit Verhandlungen, Intrigen und Drohungen beim Kaiser Ferdinand II., damit dieser nach dem Wunsch des ersteren dem neuen Herzog die Belehnung gewährte, nach dem Wunsch des zweiten sie ihm verweigerte und obendrein dazu beitrüge, ihn aus dem Staate zu vertreiben.

„Ich bin der Ansicht", sagte Graf Attilio, „daß sich die Dinge regeln lassen. Ich habe da so gewisse Anzeichen . . ."

„Glauben Sie das nicht, Herr Graf, glauben Sie das nicht", unterbrach ihn der Stadtvogt. „Selbst ich in dem elenden Nest kann Sie über die Dinge aufklären, denn der spanische Kastellan, der mir sehr gnädig und wohlgesinnt ist und als Sohn eines gräflichen Günstlings über alles unterrichtet ist..."

„Ich sage Ihnen, daß ich in Mailand jeden Tag mit ganz anderen Persönlichkeiten darüber spreche. Ich weiß aus sicherer Quelle, daß der Papst, der am Frieden sehr interessiert ist, Vorschläge gemacht hat..."

„So muß es auch sein. Das ist ja ganz in der Ordnung. Seine Heiligkeit tut seine Pflicht. Ein Papst muß stets zwischen christlichen Fürsten vermitteln. Jedoch der Graf-Herzog hat seine eigene Politik und..."

„Und, und, und! Wissen Sie denn, mein Lieber, was der Kaiser in diesem Augenblick denkt? Glauben Sie etwa, außer Mantua gebe es nichts auf dieser Welt? Er muß an vielerlei denken, mein Lieber. Wissen Sie zum Beispiel, wie weit der Kaiser augenblicklich seinem Fürsten von Valdistano oder Vallistai, oder wie er sonst genannt werden mag, vertrauen kann? Und wenn..."

„Sein richtiger Name in deutscher Sprache ist Wallenstein", unterbrach ihn der Stadtvogt. „So habe ich ihn oft von unserem Herrn Kastellan aus Spanien gehört. Doch seien Sie nur guten Mutes..."

„Wollen Sie mich belehren...?" entgegnete der Graf. Don Rodrigo aber zwinkerte ihm zu, um ihm zu bedeuten, er möge ihm zuliebe den Widerspruch unterlassen. Der Graf schwieg, und der Stadtvogt eilte mit vollen Segeln wie ein Schiff, das gerade von einer Untiefe losgekommen ist, auf dem Strom seiner Beredsamkeit dahin. „Wallenstein soll mich wenig kümmern. Der Graf-Herzog hat seine Augen überall und auf jedem. Wenn es Wallenstein beliebt, den Großspurigen zu spielen, wird er ihn schon wieder zurechtstauchen, im Guten oder im Bösen. Er hat seine Augen überall, meine ich, und einen langen Arm. Und wenn er sich in den Kopf gesetzt hat, wie er es nun einmal hat, er, der große Politiker, daß der Herzog von Nevers in Mantua nicht Fuß fassen soll, so wird es dem Herzog auch nicht gelingen Und der Kardinal Richelieu wird eben danebenhauen. Ich muß lachen über diesen biederen Kardinal, der es mit einem Grafen-Herzog, mit einem Olivárez, aufnehmen will! Fürwahr, ich möchte heute in zweihundert Jahren noch einmal auf die Welt kommen, um zu hören, was die Nachwelt zu dieser kecken Anmaßung sagen wird. Dazu gehört ein bißchen mehr als Neid. Dazu gehört ein Kopf. Aber solche Köpfe wie den des Grafen-Herzogs gibt es eben nur einmal auf der Welt. Der Graf-Herzog, meine Herren", fuhr er fort, immer noch mit dem Wind achtern und ein wenig verwundert, auf keine Klippe zu stoßen, „der Graf-Herzog ist ein alter Fuchs, mit schuldigem Respekt zu sagen, der es versteht, jeden, wer es auch sein mag, von seiner Fährte zu bringen. Wenn er nach rechts deutet, kann man sicher sein, daß er nach links schlagen wird. Daher kann sich niemand brüsten, seine Pläne zu durchschauen. Und selbst jene Leute, die er mit der Durchführung beauftragt, jene, die die Meldungen schreiben, begreifen diese Pläne nicht. Ich kann mit einiger Sachkenntnis darüber sprechen, weil der gute Mensch, unser Kastellan, sich oft mit mir zu unterhalten geruht und mir Vertrauen schenkt. Der Graf-Herzog wiederum weiß genau, was in den Töpfen der anderen Höfe kocht. Kaum haben alle diese mächtigen Politiker (und daß es deren genug gibt, kann nicht bestritten werden) einen Plan ausgeheckt, so hat ihn der Graf-Herzog mit seinem Kopf, durch allerlei verdeckte Wege und feine Fäden, die er überall zu ziehen weiß, auch schon erraten. Der arme Kerl, dieser Kardinal Richelieu, kann es hier und dort versuchen, herumhorchen, schwitzen und sich abmühen, und wozu? Kaum ist es ihm gelungen, eine Mine zu legen, findet er die Gegenmine des Grafen-Herzogs bereits fertig . . ."

Der Himmel mag wissen, wann der Stadtvogt endlich an Land gegangen wäre. Don Rodrigo jedoch, veranlaßt auch von den Grimassen seines Vetters, wandte sich plötzlich, als sei ihm eben ein guter Einfall gekommen, an einen Diener und befahl ihm, eine bestimmte Flasche zu holen. „Herr Stadtvogt, meine Herren", sagte er. „Auf das Wohl des

Grafen-Herzogs! Und dann sollen Sie mir sagen, ob der Wein des hohen Herrn würdig ist." Der Stadtvogt antwortete mit einer Verbeugung, die eine ganz besondere Dankbarkeit durchblicken ließ, denn alles, was zu Ehren des Grafen-Herzogs geschah oder gesagt wurde, pflegte er zum Teil auf sich selbst zu beziehen.

„Tausend Jahre lebe Don Gaspar de Guzmán, Graf von Olivárez, Herzog von San Lucar, der große Privato Philipps des Großen, unseres Gebieters!" rief er aus und erhob sein Glas.

Wer es nicht wissen sollte, „Privato" war zu jenen Zeiten die übliche Bezeichnung für den Favoriten eines Fürsten.

„Er lebe tausend Jahre!" wiederholten alle.

„Bedient den Pater", sagte Don Rodrigo.

„Mich entschuldigen Sie bitte", antwortete der Pater. „Ich habe mir bereits einen Verstoß gegen die Regel zuschulden kommen lassen und könnte nicht..."

„Wie!" rief Don Rodrigo. „Es handelt sich um einen Trinkspruch auf den Grafen-Herzog. Sollen wir glauben, daß Sie es mit den Navarresern halten?"

So nannte man damals verächtlich die Franzosen, nach den Fürsten von Navarra, die seit Heinrich IV. angefangen hatten, über sie zu herrschen.

Auf eine solche Herausforderung hin mußte man trinken. Alle Tischgenossen brachen in Entzückensrufe und in Lobpreisungen des Weines aus, mit Ausnahme des Doktors, der mit erhobenem Kopf, mit starrem Blick und mit zusammengepreßten Lippen seine Bewunderung deutlicher ausdrückte, als er es hätte mit Worten tun können.

„Nun, was sagen Sie, Doktor?" fragte Don Rodrigo.

Der Doktor zog seine Nase, die in noch tieferem Rubin als der Wein funkelte, aus dem Glas und antwortete, indem er jede Silbe scharf betonte: „Ich sage, erkläre und urteile, daß dies der Olivárez der Weine ist: *censui, et in eam ivi sententiam*, daß sich ein solcher Tropfen in allen zweiundzwanzig Reichen unseres Herrn und Königs, den Gott beschützen möge, nicht noch einmal findet. Ich erkläre und behaupte, daß die Gastmahle des hochwohlgeborenen Herrn Don Rodrigo selbst die Tafel des Heliogabalus übertreffen und daß die Hungersnot für immer aus diesem Palast verbannt ist, in dem der Glanz wohnt und regiert."

„Gut gesprochen! Vortrefflich ausgedrückt!" schrien die Tischgenossen wie aus einem Munde. Doch bei dem Wort Hungersnot, das der Doktor zufällig erwähnt hatte, wendeten sich mit einem Schlage die Gedanken aller diesem argen Thema zu, und jeder begann nun von der Hungersnot zu reden. Hier waren sich, wenigstens im großen und ganzen, alle einig. Aber der Lärm war vielleicht noch größer, als wenn Uneinigkeit über dieses Thema geherrscht hätte. Alle sprachen zu gleicher Zeit. „Es gibt keine Hungersnot", sagte einer, „es liegt nur an den Aufkäufern ..."

„Und an den Bäckern", sagte ein anderer, „sie verbergen das Getreide. Aufhängen sollte man sie."

„Jawohl, aufhängen, ohne Erbarmen."

„Das gäbe einen schönen Prozeß", schrie der Stadtvogt.

„Ach was, Prozeß!" schrie Graf Attilio noch lauter. „Summarische Rechtsprechung. Drei, vier, fünf oder sechs von denen, die nach der öffentlichen Meinung als die reichsten und die tückischsten bekannt sind, an den Galgen!"

„Exempel, Exempel! Ohne Exempel ist nichts zu erreichen."

„Aufhängen, an den Galgen mit ihnen! Und sofort wird überall Getreide ans Licht kommen."

Wer je die Harmonien gehört hat, die eine Bänkelsängerkapelle auf einem Jahrmarkt zwischen zwei Musikstücken beim Stimmen ihrer Instrumente hervorbringt, wo jeder quietscht, was das Zeug hält, um in dem Getöse der anderen deutlich vernehmbar zu sein, der kann sich einen Begriff von der Harmonie der hier geführten Gespräche machen, wenn von solchen überhaupt die Rede sein kann. Unterdessen wurde immer wieder von dem besagten Wein eingeschenkt, und die Lobsprüche auf ihn vermischten sich mit den Sentenzen der ökonomischen Rechtswissenschaft; und so kam es, daß die Worte, die am häufigsten und am lautesten zu vernehmen waren, immer wieder lauteten: „Ambrosia!" und „An den Galgen!"

Don Rodrigo warf inzwischen manchen Blick auf den einzigen, der sich ruhig verhielt, und sah ihn jedesmal still, ohne Anzeichen von Ungeduld oder Eile, ohne den kleinsten Hinweis darauf, daß er noch immer wartete, doch mit einer Miene, die verriet, daß er nicht willens war zu gehen, bevor er nicht Gehör gefunden hatte. Don Rodrigo hätte ihn gern fortgeschickt und auf die Unterredung verzichtet, jedoch einen Kapuziner zu verabschieden, ohne ihn angehört zu haben, entsprach nicht den Grundsätzen seiner Politik. Und da er der lästigen Angelegenheit nicht ausweichen konnte, entschloß er sich, ihr sogleich entgegenzutreten und sich davon zu befreien. Er erhob sich daher von der Tafel und mit ihm die ganze vom Wein gerötete Gesellschaft, die jedoch ihr Lärmen nicht unterbrach. Dann bat er seine Gäste, ihn zu entschuldigen, und näherte sich würdevoll dem Mönch, der sofort mit den anderen aufgestanden war. Er sagte zu ihm: „Ich stehe Ihnen zur Verfügung!" Dann führte er ihn in einen anderen Raum.

6. Kapitel

„Womit kann ich Ihnen dienen?" versetzte Don Rodrigo und blieb mitten im Saal stehen. Der Klang der Worte war dementsprechend, aber die Art, wie sie vorgetragen wurden, gab deutlich zu verstehen: Denke daran, wen du vor dir hast, wäge deine Worte und beeile dich.

Doch gab es kein schneller und sicherer wirkendes Mittel, unserem Fra Cristoforo Mut zu machen, als ihm hochmütig zu begegnen. Er, der eben noch unentschlossen nach Worten gesucht und die Perlen seines Rosenkranzes, der am Gürtel hing, durch die Finger hatte gleiten lassen, als ob er in einer von ihnen den Anfang zu finden hoffte, spürte plötzlich bei diesem Betragen Don Rodrigos, daß sich ihm mehr Worte als nötig auf die Lippen drängten. Da er jedoch überlegte, wie wichtig es sei, sein Anliegen oder besser das Anliegen anderer Menschen nicht zu gefährden, verbesserte und mäßigte er die Sätze, die ihm in den Sinn kamen, und sagte behutsam und demütig: „Ich komme, um Ihnen einen Akt der Gerechtigkeit vorzuschlagen und eine Gnade von Ihnen zu erbitten. Gewisse Leute von schlechter Gesinnung haben den Namen Eurer Gnaden mißbraucht, um einem armen Pfarrer angst zu machen, ihn an der Ausübung seiner Pflicht zu hindern und zwei Menschen niederzuhalten, die unschuldig sind. Sie vermögen mit einem einzigen Wort jene zum Stillschweigen zu bringen, dem Recht wieder zu seiner Macht zu verhelfen und jene, denen so grausam Gewalt angetan wurde, wieder aufzurichten. Sie können es, und da Sie es können ... das Gewissen, die Ehre ..."

„Über mein Gewissen werden Sie mit mir sprechen, wenn ich zu Ihnen zur Beichte komme. Was meine Ehre betrifft, so nehmen Sie zur Kenntnis, daß ich allein ihr Hüter bin. Und daß ich jeden, der diese Sorge mit mir zu teilen versucht, als einen Vermessenen betrachte, der sie beleidigt."

Pater Cristoforo erkannte aus diesen Worten sehr wohl, daß jener Herr sich bemühte, seine Rede ins Schlechte zu verdrehen, um ihm keine Gelegenheit zu geben, ihn in die Enge zu treiben. Er zwang sich darum desto mehr zur Geduld, beschloß, alles, was der andere sagen würde, hinunterzuschlucken, und erwiderte unverzüglich in gelassenem Ton: „Wenn ich etwas gesagt habe, was Ihnen mißfällt, so ist es ganz gewiß gegen meine Absicht gewesen. Berichtigen Sie mich, machen Sie mir Vorwürfe, wenn ich nicht spreche, wie es sich gehört, aber geruhen Sie, mich anzuhören. Bei der Gnade des Himmels, bei jenem Gott, vor dem wir alle erscheinen müssen ..." Und mit diesen Worten hatte er den kleinen hölzernen Totenkopf, der an seinem Rosenkranz hing, in die Hand genommen und hielt ihn seinem finster blickenden Zuhörer vor Augen. „Bestehen Sie nicht darauf, eine so einfache Tat der Gerechtigkeit, die Sie den Armen schuldig sind, zu verweigern. Bedenken Sie, daß Gottes Auge stets auf jenen ruht und daß ihre Schreie und ihr Stöhnen dort oben gehört werden. Die Unschuld ist mächtig vor seinem ..."

„Also, Pater", unterbrach ihn Don Rodrigo brüsk. „Mein Respekt vor Ihrem Kleid ist groß. Wenn mich aber irgend etwas diesen Respekt vergessen machen könnte, so wäre es, daß ein Träger dieses Gewandes sich erkühnte, mein Haus als Spion zu betreten."

Diese Worte trieben dem Mönch flammende Röte ins Gesicht, doch er erwiderte mit der Miene eines Menschen, der eine bittere Medizin schlucken muß: „Sie werden nicht glauben, daß eine solche Bezeichnung mir zukäme. Sie fühlen in Ihrem Herzen, daß der Schritt, den ich hier wage, weder feige noch verächtlich ist. Hören Sie mich an, Herr Don Rodrigo, und der Himmel gebe, daß niemals der Tag kommt, an dem Sie bereuen, mir kein Gehör geschenkt zu haben. Setzen Sie nicht Ihren Ruhm ... Was ist denn Ruhm, Herr Don Rodrigo! Was ist Ruhm vor den Menschen! Und vor Gott! Sie vermögen vieles hier auf Erden, aber ..."

„Wissen Sie", unterbrach ihn Don Rodrigo erzürnt, aber nicht ohne einen Schauder, „wissen Sie, daß ich ebensogut wie jeder andere Mensch in die Kirche gehen kann, wenn mir der Sinn danach steht, eine Predigt hören zu wollen? Doch in meinem eigenen Haus! Ach", fuhr er dann mit einem gezwungenen höhnischen Lächeln fort, „Sie halten mich für mehr, als ich bin. Den Prediger im eigenen Haus, den haben nur die Fürsten."

„Und dieser Gott, der Rechenschaft verlangen wird von diesen Fürsten für das Wort, das er ihnen in die Paläste schickt, dieser Gott, der Ihnen als Zeichen seiner Gnade einen seiner Diener sendet, einen elenden, unwürdigen zwar, aber einen seiner Diener, um für eine Unschuldige zu bitten ..."

„Also kurz und gut, Pater", sagte Don Rodrigo und machte Anstalten, sich zu entfernen, „ich weiß nicht, was Sie eigentlich sagen wollen. Ich verstehe nichts anderes, als daß es sich um ein Mädchen handeln muß, das Ihnen sehr am Herzen liegt. Gehen Sie doch, Ihre Geständnisse dort zu machen, wo man Lust darauf hat, und erkühnen Sie sich nicht, einen Edelmann damit länger zu behelligen."

Als Don Rodrigo sich rührte, trat unser Mönchsbruder ihm ehrerbietig in den Weg und erwiderte ihm mit erhobenen Händen, als wollte er ihn beschwören und zugleich aufhalten: „Sie liegt mir am Herzen, es ist wahr. Doch nicht mehr als Sie selbst. Zwei Seelen sind es, und die eine wie die andere liegt mir mehr am Herzen als mein Leben. Don Rodrigo! ich kann nichts weiter für Sie tun als beten, das aber will ich von Herzen gern. Sagen Sie nicht nein. Belieben Sie nicht, eine arme Unschuldige in Angst und Schrekken zu halten. Ein Wort von Ihnen kann alles regeln."

„Nun gut", sagte Don Rodrigo, „da Sie glauben, ich könnte für diese Person viel tun, und da sie Ihnen so sehr am Herzen liegt..."

„Nun?" wiederholte bangend Pater Cristoforo, dem Haltung und Betragen Don Rodrigos nicht erlaubten, der Hoffnung, die seine Worte anzuzeigen schienen, zu trauen.

„Nun, so raten Sie ihr, herzukommen und sich unter meinen Schutz zu stellen. Es soll ihr hier nichts fehlen, und niemand wird wagen, sie zu beunruhigen, so wahr ich ein Ritter bin."

Bei diesem Vorschlag brach die bis dahin mühsam unterdrückte Entrüstung des Mönches aus ihm heraus. Alle guten Vorsätze, klug und geduldig zu sein, gingen in Rauch auf: der Mann, der er gewesen, fand sich eines Sinnes mit dem, der er jetzt war, und in diesen Fällen wog Pater Cristoforo in der Tat zwei Menschen auf. „Euren Schutz!" rief er aus und wich zwei Schritte zurück, stemmte heftig den rechten Fuß auf den Boden, stützte die rechte Hand auf die Hüfte, hob die Linke mit gestrecktem Zeigefinger gegen Don Rodrigo und richtete seine flammenden Augen fest auf ihn. „Euren Schutz! Oh, es ist gut, daß Ihr diese Worte gesprochen habt, daß Ihr mir einen solchen Vorschlag gemacht habt. Damit ist das Maß voll, und ich fürchte Euch nicht mehr."

„Wie sprichst du, Mönch?"

„Ich spreche, wie man zu einem von Gott Verlassenen spricht, der einem keine Furcht mehr einzuflößen vermag. Euren Schutz! Ich wußte wohl, daß jenes unschuldige Mädchen unter Gottes Schutz steht, Ihr aber, Ihr laßt mich jetzt mit Sicherheit erkennen, daß ich keiner Rücksicht mehr bedarf, um mit Euch zu sprechen. Lucia, sage ich, und Ihr seht, wie ich diesen Namen mit erhobener Stirn und mit festem Blick aussprechen kann."

„Wie! in diesem Hause!"

„Ich habe Mitleid mit diesem Hause: ein Fluch hängt über ihm. Gebt acht, ob die Gerechtigkeit Gottes vor diesen paar Mauern haltmachen und sich vor einer Handvoll Schergen scheuen wird. Ihr habt geglaubt, daß Gott eine Kreatur nach seinem Ebenbild geschaffen hat, damit Ihr Euch das Vergnügen machen könnt, sie zu quälen! Ihr habt angenommen, daß Gott sie nicht zu verteidigen wüßte! Ihr habt seine Warnung verschmäht! Ihr seid gerichtet. Das Herz des Pharao war verhärtet wie das Eure, doch Gott hat vermocht, es zu brechen. Lucia ist sicher vor Euch, das sage ich Euch, ich, ein armer Mönch. Und was Euch selber anlangt, so hört wohl, was ich Euch verkünde. Es wird der Tag kommen ..."

Don Rodrigo hatte bis dahin, zwischen Wut und Verwunderung schwankend, sprachlos dagestanden und keine Entgegnung gefunden. Als er aber die ersten Worte einer Prophezeiung vernahm, gesellte sich zu seinem Zorn ein ferner, geheimnisvoller Schrecken.

Er ergriff blitzschnell die drohende Hand in der Luft und schrie, um die Stimme des Unglückspropheten zu übertönen: „Aus meinen Augen, anmaßender Grobian, fauler Kapuzenträger!"

Diese eindeutigen Worte brachten Pater Cristoforo im Nu zur Vernunft. Mit dem Gedanken an Ungemach und Grobheit verband sich in seinem Gemüt seit langem der Gedanke des Duldens und des Schweigens so fest, daß ihn bei diesem Kompliment Zorn und Heftigkeit verließen und kein anderer Entschluß in ihm wach blieb, als ruhig anzuhören, was Don Rodrigo noch hinzufügen mochte. Nachdem er sanft die Hand aus den Krallen des Edelmannes zurückgezogen hatte, senkte er das Haupt und blieb reglos stehen, wie ein in der Härte des Unwetters zerzauster Baum, nachdem sich der Wind gelegt hat, seine Äste wieder aufrichtet und den Hagel über sich ergehen läßt, den der Himmel ihm sendet.

„Elender Emporkömmling!" fuhr Don Rodrigo fort. „Du behandelst mich wie deinesgleichen. Aber danke dem Kleide, das diese Schultern eines Halunken bedeckt und dich vor Liebkosungen bewahrt, die deinesgleichen gebühren, um euch das Sprechen zu lehren. Für diesmal mach, daß du fortkommst! Dann werden wir weitersehen."

Bei diesen Worten wies er ihm mit dem Finger gebieterisch und verächtlich die Tür, die jener gegenüberlag, durch die sie hereingekommen waren. Pater Cristoforo entfernte sich gesenkten Hauptes und verließ Don Rodrigo, der mit wütenden Schritten den Kampfplatz durchmaß.

Als der Mönch die Tür hinter sich geschlossen hatte, bemerkte er, daß in dem Zimmer, das er nun betreten hatte, ein Mann vorsichtig an der Wand entlangschlich, als wünschte er, von dem anstoßenden Raum aus nicht gesehen zu werden, und er erkannte den alten Diener, der gekommen war, ihn am Haustor zu empfangen. Dieser lebte schon an die vierzig Jahre in jenem Hause, das heißt, er war noch vor der Geburt Don Rodrigos bei dessen Vater, einem ganz anders gearteten Manne, in den Dienst getreten. Nach dem Tode seines Vaters hatte der junge Gebieter die gesamte Dienerschaft an die Luft gesetzt und sich neue Leute gesucht, hatte aber jenen Diener behalten, wohl weil er alt war, aber auch weil er, obschon seine Grundsätze und Gebräuche gänzlich von denen Don Rodrigos abwichen, diesen Mangel durch zwei Eigenschaften ausglich: durch eine hohe Meinung von der Würde des Hauses und durch seine große Erfahrung in allen Fragen der Etikette, die er besser als jeder andere aus ältesten Überlieferungen und in allen Einzelheiten beherrschte. Gegenüber seinem Herrn hätte der arme Alte nicht gewagt, auch nur anzudeuten, geschweige denn zu erklären, daß alles, was er den ganzen Tag zu sehen bekam, sein Mißfallen fand. Er getraute sich kaum, der Dienerschaft gegenüber einen Ausruf oder einen Vorwurf zwischen den Zähnen zu murmeln. Die anderen Diener lachten darüber und machten sich ein Vergnügen daraus, ihn so weit zu bringen, daß er mehr sagte, als er gewünscht hätte, und ein Loblied auf die früheren Lebensgewohnheiten in diesem Hause anstimmte. Seine Tadel gelangten nur in Begleitung des Gelächters, das sie erweckt hatten, Don Rodrigo zu Ohren und wurden auch für ihn dadurch zu einem Gegenstand des Spottes, der keinen Unwillen hervorrief. An den Tagen der Einladungen und Empfänge hingegen wurde er eine ernst zu nehmende und wichtige Person.

Pater Cristoforo sah ihn im Vorbeigehen an, grüßte und ging seines Weges, jedoch näherte sich der Alte ihm geheimnisvoll, legte den Finger an die Lippen und machte ihm dann mit dem Finger ein Zeichen, um ihm anzudeuten, er möge mit ihm in einen dunklen Flur kommen. Als sie dort anlangten, sagte er leise: „Pater, ich habe alles gehört und muß Sie dringend sprechen."

„Sprecht schnell, guter Mann."

„Hier nicht, wehe, wenn es der Herr bemerken sollte ... Doch ich weiß viele Dinge und werde morgen versuchen, ins Kloster zu kommen."

„Wird etwas im Schilde geführt?"

„Irgend etwas liegt ganz gewiß in der Luft, das habe ich schon gemerkt. Aber jetzt werde ich auf der Lauer liegen und hoffe, alles aufzudecken. Lassen Sie mich nur machen.

Ich muß hier Sachen mit ansehen und hören ...! Entsetzliche Dinge! Ich bin hier in einem Hause ...! Doch möchte ich meine Seele retten."

„Der Herr segne Euch!" Bei diesen mit leiser Stimme gesprochenen Worten legte der Pater dem alten Diener die Hand auf das Haupt, und dieser stand, obwohl er viel älter war als der Pater, in der Haltung eines Sohnes gebeugt vor ihm. „Der Herr wird es Euch vergelten", fuhr der Mönch fort, „vergeßt nicht, morgen zu kommen."

„Ich werde kommen", antwortete der Diener. „Sie aber müssen jetzt schnell fort, und erwähnen Sie mich um Himmels willen niemals." Mit diesen Worten ging er, vorsichtig um sich blickend, durch eine andere Tür des Flurs in einen Salon, der auf den Hof hinausführte, und rief, als er sah, daß die Luft rein war, den guten Pater hinaus, dessen Gesicht auf die letzten Worte deutlicher antwortete, als er es mit Versicherungen hätte tun können. Der Diener zeigte ihm den Ausgang, und der Mönch entfernte sich, ohne noch ein Wort zu sagen.

Dieser Mann hatte an der Tür seines Herrn gelauscht. Hatte er gut daran getan? Und handelte Pater Cristoforo recht, ihn dafür zu loben? Nach den allgemein üblichen, unbestrittenen Regeln ist es etwas sehr Häßliches. Aber konnte dieser Fall nicht als eine Ausnahme gelten? Und gibt es Ausnahmen bei allgemeingültigen, unbestrittenen Regeln? Das sind wichtige Fragen, die der Leser jedoch selbst entscheiden mag, wenn er dazu Lust hat. Wir beabsichtigen nicht, ein Urteil abzugeben: uns genügt es, daß wir Tatsachen zu erzählen haben.

Als Pater Cristoforo wieder draußen war und jenem üblen Haus den Rücken gekehrt hatte, atmete er freier und beeilte sich mit dem Abstieg. Sein Gesicht war gerötet, er war, wie jeder sich vorstellen kann, aufgewühlt und ganz durcheinander von allem, was er gehört und was er gesagt hatte. Doch bedeutete das unerwartete Anerbieten des Alten eine große Stärkung für ihn. Ihm schien, als habe der Himmel ihm ein sichtbares Zeichen seines Schutzes gegeben. Das ist ein Hoffnungsstrahl, dachte er, ein Hoffnungsstrahl, den die Vorsehung mir sendet. Und dazu in jenem Hause! Und ohne daß es mir im Traum eingefallen wäre, ihn zu suchen! Unter diesen Überlegungen hob er den Blick gen Westen, sah die sinkende Sonne, die fast schon den Gipfel des Berges berührte, und er merkte, daß sich der Tag seinem Ende zuneigte. Obwohl er nach den Strapazen dieses Tages eine große Müdigkeit in den Gliedern fühlte, beschleunigte er seine Schritte, um seinen Schützlingen Nachricht, wie immer sie auch beschaffen sein mochte, zu überbringen und noch vor Anbruch der Nacht im Kloster einzutreffen, denn dies war eine der strengsten und peinlichst befolgten Regeln der Kapuziner.

Inzwischen waren in Lucias Häuschen Pläne erwogen und besprochen worden, über die wir den Leser unterrichten müssen. Nachdem der Pater fortgegangen war, saßen die drei einige Zeit schweigend beieinander. Lucia bereitete traurig das Mittagessen. Renzo, immer nahe daran, jeden Augenblick fortzulaufen, um sich von ihrem so betrüblichen Anblick loszureißen, brachte es nicht über sich, zu gehen. Agnese schien ihre ganze Aufmerksamkeit der Haspel zuzuwenden. Aber in Wirklichkeit war sie damit beschäftigt, einen Plan zu überdenken, und als er ihr reif genug erschien, brach sie das Schweigen mit folgenden Worten:

„Hört, Kinder! Wenn ihr so beherzt und geschickt sein wollt, wie es nötig ist, und eurer Mutter vertraut", das Wort „eurer" ließ Lucia erbeben, „will ich es auf mich nehmen, euch aus dieser Geschichte herauszuhelfen, besser vielleicht und schneller als Pater Cristoforo, wie klug er auch sein mag." Lucia blickte erstaunt auf, doch ihr Gesicht drückte mehr Verwunderung als Vertrauen in ein so großartiges Versprechen aus; und Renzo rief sogleich: „Beherzt? Geschickt? Sagt doch, was man tun kann!"

„Ist es nicht an dem", fuhr Agnese fort, „daß wir ein gut Teil weiter wären, wenn eure Trauung schon stattgefunden hätte? Und daß für alles übrige leicht ein Ausweg zu finden wäre?"

„Wer wollte daran zweifeln?" sagte Renzo. „Wären wir verheiratet, könnten wir überall auf der Welt eine Heimat finden. Zwei Schritt von hier, im Bergamaskischen, wird jeder Seidenspinner mit offenen Armen aufgenommen. Ihr wißt, wie oft mein Vetter Bortolo mir zugeredet hat, hinzukommen und bei ihm zu bleiben, und daß ich dort mein Glück machen würde, wie er es getan hat. Wenn ich nie auf ihn gehört habe, so deshalb ... was hilft es? weil mein Herz hier war. Wären wir verheiratet, könnten wir zusammen fortgehen, dort einen Hausstand gründen und in Frieden leben, außerhalb der Krallen dieses Schurken und fern von jeder Versuchung, eine Dummheit zu begehen. Nicht wahr, Lucia?"

„Ja", sagte Lucia, „aber wie ..."

„Wie ich schon sagte", begann die Mutter von neuem. „Ihr müßt nur mutig und geschickt sein, dann ist es ein leichtes."

„Leicht!" riefen einstimmig die beiden, denen die Angelegenheit so sonderbar bedrückend und schwer erschien.

„Leicht, wenn man es richtig anzupacken versteht", erwiderte Agnese. „Hört mir gut zu, ich will versuchen, es euch zu erklären. Ich habe von Leuten, die Bescheid wissen, gehört und auch selber einmal einen solchen Fall erlebt, daß zur Heirat wohl die Anwesenheit eines Pfarrers nötig, seine Zustimmung jedoch nicht erforderlich ist; es genügt, daß er dabei ist."

„Wie geschieht denn das?" fragte Renzo.

„Hört zu, ihr sollt es gleich erfahren. Man braucht zwei Zeugen, die eingeweiht sind und schnell handeln können. Man geht zum Pfarrer, und nun kommt es darauf an, ihn zu überrumpeln, so daß ihm keine Zeit bleibt zu entwischen. Der Mann sagt: Herr Pfarrer, das ist meine Frau, die Frau sagt: Herr Pfarrer, dies ist mein Mann. Der Pfarrer muß diese Worte hören, und die Zeugen müssen es ebenfalls hören, und die Ehe gilt als geschlossen und ist so heilig, als hätte der Papst selbst die Trauung vollzogen. Wenn die Worte gesagt sind, mag der Pfarrer schreien und toben und fuchsteufelswild werden, es hilft ihm nicht: ihr seid Mann und Frau."

„Ist das möglich?" rief Lucia aus.

„Wie!" sagte Agnese, „glaubt ihr etwa, daß ich in den dreißig Jahren, die ich auf dieser Welt verbracht habe, bevor ihr geboren wurdet, nichts gelernt habe? Die Sache verhält sich genauso, wie ich sie euch schildere. Der Beweis? Eine meiner Freundinnen, die gegen den Willen ihrer Eltern heiraten wollte, hat es auf solche Weise versucht und ihr Ziel erreicht. Der Pfarrer, der Verdacht geschöpft hatte, war auf der Hut, aber die beiden Luchse wußten es so klug einzurichten, daß sie ihn im geeigneten Augenblick doch erwischten, diese Worte sagten und Mann und Frau wurden, was die Ärmste freilich drei Tage später bereute."

Agnese sprach die Wahrheit, sowohl was die Möglichkeit als auch was die Gefahr des Mißlingens betraf, denn da zu solchem Mittel nur Personen griffen, die auf dem gewöhnlichen Wege auf Hindernisse oder auf Ablehnung stießen, waren die Pfarrer sehr auf der Hut vor derart erzwungenen Mitwirkungen. Wurde doch einer von ihnen von einem Brautpaar in Zeugenbegleitung überrascht, so setzte er alles daran, sich ihnen zu entwinden, wie Proteus aus den Händen derer zu entfliehen versuchte, die ihn mit Gewalt zu Weissagungen zwingen wollten.

„Wenn das wahr wäre, Lucia!" sagte Renzo und sah das Mädchen erwartungsvoll und flehend an.

„Wenn das wahr wäre!" sagte Agnese. „Ihr meint wohl, daß es Hirngespinste sind? Ich mühe mich euretwegen ab, und man glaubt mir nicht einmal. Gut, gut, seht nur zu, wie ihr selber aus der Geschichte herauskommt. Ich lasse die Finger davon."

„Aber nein! Laßt uns nicht im Stich", sagte Renzo. „Ich habe nur so gesprochen, weil es mir zu schön erschien. Wir sind in Euren Händen. Ich vertraue Euch, als wäret Ihr meine eigene Mutter."

Diese Worte verjagten die kleine Verstimmung Agneses und ließen den nicht ernst gemeinten Vorsatz vergessen.

„Aber Mama", sagte Lucia in ihrer behutsamen Art, „warum ist denn Pater Cristoforo nicht auf diesen Gedanken gekommen?"

„Warum?" erwiderte Agnese. „Denkst du etwa, er wäre nicht darauf gekommen? Er hat nur nicht davon sprechen wollen."

„Und warum?" fragten die beiden jungen Leute gleichzeitig.

„Warum? Nun, wenn ihr es wissen wollt... Weil die Geistlichen meinen, daß es nicht recht sei."

„Wie kann es unrecht sein, wenn die Ehe gültig ist, nachdem sie so geschlossen wurde?" fragte Renzo.

„Woher soll ich es wissen?" antwortete Agnese. „Das Gesetz haben sie ja gemacht, wie es ihnen beliebte. Wir Armen können manches nicht verstehen. Und außerdem, wie viele Dinge... Seht, das ist wie ein Fausthieb, den man einem Menschen versetzt. Das ist freilich nicht recht, aber hat er ihn erst einmal weg, kann selbst der Papst ihn nicht ungeschehen machen."

„Wenn es kein guter Ausweg ist, soll man ihn nicht beschreiten."

„Was!" sagte Agnese, „würde ich dir einen Rat geben gegen die Gottesfurcht? Wäre es gegen den Willen deiner Eltern, um einen Galgenstrick zu heiraten... Aber ich bin zufrieden, und du sollst diesen Burschen hier nehmen. Alle die Schwierigkeiten hat nur ein Schurke heraufbeschworen. Und der Herr Pfarrer..."

„Das ist klar. Jeder müßte das einsehen", sagte Renzo.

„Pater Cristoforo darf man nichts davon sagen, bevor nicht alles vorüber ist", fuhr Agnese fort. „Aber ist es geschehen und gelungen, was glaubst du, was der Pater wohl sagen wird? Ach, Tochter, da habt Ihr mir einen schönen

Streich gespielt. Die Geistlichen müssen so reden. Aber glaub mir, in seinem Herzen wird auch er damit zufrieden sein."

Lucia schien, obwohl sie auf diese Überlegung nichts zu erwidern hatte, nicht sehr überzeugt. Renzo jedoch sagte, von neuem Mut beseelt: „Wenn es sich so verhält, ist die Sache abgemacht!"

„Langsam", sagte Agnese. „Und die Zeugen? Zwei müssen wir finden, und die müssen solange den Mund halten. Und dann heißt es, den Herrn Pfarrer zu stellen, der sich seit zwei Tagen zu Hause versteckt hält. Und ihn festzuhalten. Denn das kann ich euch sagen, so schwerfällig er von Natur ist, wenn er euch in dieser Eintracht kommen sieht, wird er behende wie ein Kater und reißt aus wie der Teufel vor dem Weihwasser!"

„Da wüßte ich schon einen Ausweg, ja, ich habe ihn gefunden", sagte Renzo und hieb mit der Faust auf den Tisch, daß die für das Mittagessen bereitgestellten Teller tanzten. Dann setzte er seinen Plan auseinander, den Agnese in allem billigte.

„Das ist alles so verzwickt", sagte Lucia. „Es sind keine redlichen Vorschläge. Bisher haben wir immer ehrlich gehandelt, laßt uns in Gottvertrauen so fortfahren, und der Herr wird uns helfen. Pater Cristoforo hat es gesagt. Laßt uns auf seinen Rat hören."

„Laß dich leiten von einem, der mehr davon versteht als du", sagte Agnese mit ernster Miene. „Wozu noch Rat einholen? Gott sagt: Hilf dir selbst, dann helfe auch ich. Dem Pater werden wir alles erzählen, wenn es vorbei ist."

„Lucia", sagte Renzo, „wollt Ihr mich jetzt im Stich lassen? Haben wir nicht alles geregelt, wie es sich für gute Christen geziemt? Sollten wir nicht bereits Mann und Frau sein? Hatte uns nicht der Pfarrer selbst schon Tag und Stunde genannt? Wer hat denn schuld daran, wenn wir uns mit einer kleinen List helfen müssen? Nein, Ihr dürft mich jetzt nicht im Stich lassen! Ich gehe jetzt und komme mit der Antwort zurück." Damit grüßte er Lucia mit bittender Gebärde und Agnese mit einem Blick des Einverständnisses und ging eilig fort.

Not schärft den Verstand, und Renzo, der auf seinem bislang so geraden und ebenen Lebensweg noch niemals Veranlassung gehabt hatte, den seinen sonderlich anzustrengen, war bei dieser Gelegenheit auf einen Gedanken gekommen, der einem Rechtsgelehrten Ehre gemacht hätte. Er ging, wie er es sich vorgenommen hatte, schnurstracks zu einem gewissen Tonio, der ganz in der Nähe wohnte. Und er traf ihn in der Küche an, wo er mit einem Knie auf der Stufe vor dem Herd hockte, in einer Hand den Rand eines in der heißen Asche stehenden Kochkessels hielt und dabei war, mit einem verbogenen Nudelholz ein bißchen schwärzliche Polenta aus Buchweizen umzurühren. Die Mutter, ein Bruder und die Frau des Tonio saßen am Tisch, drei oder vier Buben standen, die Augen starr auf den Topf gerichtet, neben dem Vater und erwarteten den Augenblick, da die Polenta aufgetischt würde. Von jener Fröhlichkeit aber, die der Anblick des wohlverdienten Essens in jedem Menschen erweckt, war hier nichts zu spüren, denn die Menge der Polenta richtete sich nach der schlechten Ernte und nicht nach der Zahl und dem Hunger der Esser. Jeder von ihnen schien, das gemeinsame Mahl mit scheelem, gierigem Blick messend, an den Hunger zu denken, der es überdauern würde. Während Renzo die Familie begrüßte, schüttete Tonio die Polenta in eine bereitstehende Mulde aus Buchenholz, wo sie nun einem kleinen Mond in einem weiten Dunstkreis zu gleichen schien. Trotzdem sagten die Frauen höflich zu Renzo: „Wollt Ihr zulangen?" Eine Höflichkeit, die kein Bauer aus der Lombardei und mancher anderen Gegend je unterläßt, wenn man ihn beim Essen antrifft, mag auch der Gast ein reicher, eben von der Tafel aufgestandener Prasser sein und er selber beim Verzehren seines letzten Bissens.

„Ich danke Euch", erwiderte Renzo. „Ich komme nur, um schnell ein Wörtchen mit Tonio zu reden. Wenn es dir recht ist, Tonio, können wir, um deine Frauen nicht zu stören, in die Schenke essen gehen und dort alles besprechen." Dieser Vorschlag war Tonio um so angenehmer, als er ihn nicht erwartet hatte. Und die Frauen und sogar die Kinder, die gerade auf diesem Gebiet früh zu Verstand kommen, sahen es gar nicht ungern, daß sich ein Konkurrent beim Polentaessen, und zwar der stärkste, zurückzog. Der Eingeladene fragte darum nicht lange und ging mit Renzo fort.

In der Dorfschenke angekommen, ließen sie sich als einzige Gäste ungeniert nieder, denn die Not hatte alle Besucher dieses Ortes der Freude entwöhnt. Nachdem das wenige, was vorhanden, aufgetragen war und sie ein Glas Wein dazu geleert hatten, sagte Renzo mit geheimnisvoller Miene zu Tonio: „Wenn du mir einen kleinen Dienst erweisen willst, werde ich dir einen großen erweisen."

„Sprich, sprich! Befiehl nur", antwortete Tonio einschenkend. „Heute würde ich für dich durchs Feuer gehen."

„Du hast eine Schuld von fünfundzwanzig Lire beim Herrn Pfarrer für die Pacht seines Ackers, den du vergangenes Jahr bestellt hast."

„Ach, Renzo, Renzo! Du verdirbst mir die Wohltat. Was für Dinge bringst du zur Sprache? Die gute Laune ist mir verflogen."

„Wenn ich von dieser Schuld spreche", sagte Renzo, „so nur deshalb, um dir, wenn du willst, das Mittel zu geben, sie zu begleichen."

„Ist das dein Ernst?"

„Mein voller Ernst. Na? Wärest du zufrieden?"

„Zufrieden? Beim Leibhaftigen! Und ob ich zufrieden wäre! Und wenn aus keinem anderen Grunde, so schon allein deswegen, um diesen Grimassen und diesen Gebärden zu entgehen, die mir der Herr Pfarrer nie erspart, wenn ich ihm begegne. Und ewig dieses ‚Tonio, denkt daran. Tonio, wann treffen wir uns wegen der Angelegenheit?'. Es ist so weit, daß ich, wenn er bei der Predigt den Blick auf mich richtet, Angst bekomme, er werde mir vor allen Leuten zurufen: Die fünfundzwanzig Lire! Außerdem müßte er mir dann die goldene Halskette meiner Frau wiedergeben, die ich in so viel Polenta vertauschen würde. Aber . . ."

„Aber, aber, wenn du mir einen kleinen Dienst erweisen willst, liegen die fünfundzwanzig Lire bereit."

„Los, sprich."

„Aber . . .", sagte Renzo und legte den Finger an die Lippen.

„Ist das nötig? Kennst du mich nicht?"

„Der Herr Pfarrer ist dabei, allerlei Gründe hervorzukramen, die nicht stichhaltig sind, um meine Trauung zu verzögern. Ich aber möchte diese schnell vollzogen sehen. Ich habe es als ganz sicher gehört, daß, wenn zwei Verlobte mit zwei Zeugen vor den Pfarrer hintreten und wenn ich sage: Das ist meine Frau, und Lucia sagt: Das ist mein Mann . . . die Trauung als vollzogen angesehen wird. Hast du mich verstanden?"

„Du willst, daß ich als Zeuge mitkomme?"

„Genau das."

„Und du würdest dann für mich die fünfundzwanzig Lire bezahlen?"

„Das würde ich."

„Ein Schelm, der da nicht einwilligte."

„Doch man muß noch einen zweiten Zeugen finden."

„Den habe ich gefunden. Gervaso, dieser Einfaltspinsel von einem Bruder, wird alles tun, was ich ihm sage. Würdest du etwas zu trinken für ihn bezahlen?"

„Und auch zu essen", erwiderte Renzo. „Wir werden ihn hierherführen, damit er mit uns zusammen fröhlich sein kann. Aber wird er es auch machen können?"

„Das werde ich ihm schon beibringen. Du weißt ja, daß ich seinen Anteil an Verstand mitbekommen habe."

„Morgen."

„Gut."

„Gegen Abend."

„Sehr schön."

„Aber . . .!" sagte Renzo und führte erneut den Finger an die Lippen.

„Oh!" erwiderte Tonio, neigte den Kopf auf die rechte Schulter und hob die linke Hand, mit einer Miene, die besagte: Du tust mir unrecht!

„Aber wenn deine Frau dich fragt, was sie zweifellos tun wird . . ."

„Ach, was Lügen anbelangt, so bin ich mächtig in der Schuld meiner Frau, so sehr, daß ich gar nicht weiß, wie ich sie je begleichen sollte. Irgendeinen Schwindel werde ich schon finden, um sie zu beruhigen."

„Morgen früh", sagte Renzo, „haben wir Zeit, alles in Ruhe zu besprechen und uns über alles zu einigen."

Mit diesen Worten verließen sie die Schenke, Tonio wandte sich auf den Weg nach Hause und überlegte, was er den Frauen für ein Märchen erzählen sollte, und Renzo eilte zurück, um über die getroffene Vereinbarung zu berichten.

Unterdessen hatte Agnese sich vergebens bemüht, die Tochter zu überreden. Lucia begegnete allen Worten der Mutter immer wieder mit denselben Einwendungen: entweder die Sache ist schlecht, dann darf man sie nicht tun, oder sie ist es nicht, und warum soll dann Pater Cristoforo nichts davon erfahren?

Renzo kehrte triumphierend zurück und erstattete Bericht, den er mit einem „Na?" schloß, einem Ausruf, der besagen sollte: Bin ich ein Mann oder nicht? Konnte es sich besser treffen? Wärt Ihr wohl darauf gekommen? Und ähnliche hundert Dinge.

Lucia schüttelte sanft den Kopf. Die beiden Übereifrigen indes beachteten sie wenig, wie man das bei einem Kinde zu tun pflegt, von dem man zwar nicht hoffen kann, daß es alle Beweggründe versteht, aber schließlich mit Bitten und mit Strenge erlangt, was man von ihm haben will.

„Sehr schön", sagte Agnese, „sehr schön, aber . . . alles habt Ihr doch nicht bedacht."

„Was fehlt denn noch?" erwiderte Renzo.

„Und Perpetua? Ihr habt nicht an Perpetua gedacht. Tonio und seinen Bruder wird sie hereinlassen, aber euch? euch beide? Bedenkt doch, sie wird Befehl bekommen haben, euch fernzuhalten, noch sorgsamer fernzuhalten als einen Jungen von einem Birnbaum, der reife Früchte trägt."

„Was machen wir da?" fragte Renzo etwas verdutzt.

„Nun, ich habe daran gedacht. Ich werde mit euch gehen. Ich kenne ein Geheimnis, das sie neugierig machen und sie ablenken wird, so daß sie euch beide gar nicht bemerkt und ihr eintreten könnt. Ich werde sie herausrufen und sie an etwas erinnern ... Ihr werdet schon sehen."

„Seid gesegnet!" rief Renzo. „Ich habe es immer gesagt, daß Ihr unsere Hilfe seid in allem."

„Aber alles ist zu nichts nütze", sagte Agnese, „wenn es uns nicht gelingt, diese da zu überreden, die sich sträubt und behauptet, es sei eine Sünde."

Renzo führte auch seine Beredsamkeit ins Feld, aber Lucia ließ sich nicht umstimmen.

„Ich weiß nicht, was ich auf alle eure Gründe sagen soll", erklärte sie, „aber ich sehe, daß es nicht ohne Ausflüchte, Lügen und Verstellungen gehen wird, wenn man alles, wie ihr es plant, in die Tat umsetzen will. Ach, Renzo, so haben wir nicht angefangen! Ich will Eure Frau werden", sie brachte es nicht über sich, dieses Wort und diesen Entschluß ohne Erröten auszusprechen. „Ich will Eure Frau werden, aber auf geradem Wege, in Gottesfurcht und vor dem Altar. Lassen wir ihn dort oben walten. Glaubt ihr nicht, daß er einen Ausweg zu finden weiß, um uns zu helfen, und einen besseren als wir mit all unseren Schlichen? Und warum diese Geheimnisse vor Pater Cristoforo?"

Der Wortwechsel ging weiter und schien noch lange nicht beendet zu sein, als ein eiliges Stapfen von Sandalen und das Geräusch eines hin und her schlagenden Mönchsgewandes, das dem Knattern eines schlaffen Segels im Winde glich, Pater Cristoforo ankündigten. Sie verstummten alle, und Agnese fand kaum noch Zeit, Lucia ins Ohr zu flüstern: „Hüte dich, ihm etwas zu sagen."

7. *Kapitel*

Pater Cristoforo traf in der Haltung eines wackeren Feldherrn ein, der ohne eigenes Verschulden eine wichtige Schlacht verloren hat und sich nun, bekümmert, aber nicht entmutigt, gedankenvoll, aber doch nicht kopflos, eiligst, doch ohne zu fliehen, dorthin begibt, wo man seiner bedarf, um bedrohte Stellungen zu sichern, die Truppen zu sammeln und neue Befehle zu erteilen.

„Der Friede sei mit Euch", sagte er beim Eintreten. „Von jenem Menschen haben wir nichts zu erhoffen. Desto fester wollen wir auf Gott vertrauen, und ich habe bereits einen Beweis, daß er uns helfen wird."

Obwohl keiner der drei auf diesen Versuch des Paters große Hoffnungen gesetzt hatte, weil kaum je zu hören gewesen war, daß ein Mächtiger ohne Zwang, nur auf die Bitten eines Wehrlosen hin eine Schandtat unterlassen hätte – traf die traurige Gewißheit alle wie ein Schlag. Die Frauen senkten den Kopf, doch in Renzos Gemüt überwand der Zorn die Niedergeschlagenheit. Diese Ankündigung traf ihn bereits erbittert ob der vielen betrüblichen Überraschungen und vergeblichen Hoffnungen. In diesem Augenblick aber war er obendrein aufgebracht über Lucias Weigerung.

„Ich möchte wissen", schrie er zähneknirschend und so laut wie noch nie in des Paters Gegenwart, „ich möchte wissen, was für Gründe jener Hund genannt hat, um darauf zu bestehen ... um darauf zu bestehen, daß meine Braut nicht meine Frau werden darf."

„Armer Renzo!" sagte der Pater mit ernster, teilnahmsvoller Stimme und einem Blick, der ihn liebevoll gemahnte, Ruhe zu bewahren, „wenn jeder Mächtige, der ein Unrecht begehen will, immer die Pflicht hätte, seine Gründe zu nennen, würde der Lauf der Dinge ein anderer sein."

„Hat dieser Hund vielleicht gesagt, daß er es nicht will, weil er es nicht will?"

„Nicht einmal das hat er gesagt, mein armer Renzo! Es wäre noch gut, wenn jeder, der eine Ungerechtigkeit begehen will, sie offen eingesteht."

„Aber irgend etwas muß er doch gesagt haben: was hat er gesagt, dieser Höllenhund?"

„Seine Worte habe ich vernommen, aber wiederholen könnte ich sie dir nicht. Die Worte des Ungerechten, der stark ist, sind Schall und Rauch. Er bringt es fertig, zu zürnen, weil du ihm Argwohn zeigst, und läßt dich im gleichen Augenblick erkennen, daß dein Verdacht berechtigt ist. Er kann dich beschimpfen und dabei den Beleidigten spielen, dich verhöhnen und dafür noch Rechenschaft von dir verlangen, dich in Schrecken versetzen und sich beschweren, unverschämt sein und untadelig erscheinen. Frage nicht weiter. Jener Mann hat weder den Namen dieses unschuldigen Mädchens noch den deinen genannt, hat nicht einmal durchblicken lassen, ob er euch kennt, noch zugegeben, daß er etwas im Schilde führt, aber ... aber trotzdem habe ich den Eindruck gewonnen, daß er sich nicht erweichen läßt. Dennoch wollen wir auf Gott vertrauen! Verliert nicht den Mut, ihr Armen! Und du, Renzo ... ach, glaube mir, daß ich mich in deine Lage hineinversetzen kann, daß ich verstehe, was in deinem Herzen vorgeht. Aber Geduld! Ein dürftiges Wort, ein bitteres Wort für jeden, der keinen Glauben hat. Du aber ... willst du nicht Gott ein, zwei Tage zugestehen? Die Zeit, die er benötigt, um die Gerechtigkeit triumphieren zu lassen? Die Zeit ist sein, und er hat uns vieles verheißen! Laß ihn walten, Renzo, und erfahre denn ... erfahrt alle, daß ich bereits einen Faden in der Hand halte, um euch zu helfen. Im Augenblick kann ich euch nicht mehr sagen. Morgen werde ich nicht heraufkommen, weil ich euretwegen den ganzen Tag im Kloster bleiben muß. Renzo, versuche, dorthin zu kommen, oder schicke, wenn es aus irgendeinem Grunde nicht möglich ist, einen Mann, dem man vertrauen kann, einen beschlagenen Jungen, durch den ich dir alles Nötige sagen kann. Aber es wird dunkel, ich muß ins Kloster zurück. Habt nur Mut und Vertrauen! Und nun lebt wohl."

Mit diesen Worten entfernte er sich schnell und lief fast in großen Sprüngen den gewundenen steinigen Pfad hinab, um nicht zu spät ins Kloster zu kommen und dafür einen strengen Verweis hinnehmen zu müssen oder, was noch schlimmer für ihn gewesen wäre, eine Buße, die ihn hätte hindern können, sich am nächsten Tage zum Wohl seiner Schützlinge bereit zu halten.

„Habt Ihr gehört, was er gesagt hat, von einem ... ich weiß nicht genau, von einem Faden, um uns zu helfen?" sagte Lucia. „Wir müssen ihm vertrauen, er ist ein Mann, der, wenn er etwas verspricht ..."

„Wenn's nichts anderes ist!" fiel ihr Agnese ins Wort. „Er hätte sich klarer ausdrücken oder wenigstens mir im Vertrauen sagen sollen, worum es sich handelt ..."

„Geschwätz! Ich werde der Sache selbst ein Ende machen. Ich werde es selber tun!" unterbrach diesmal Renzo sie, der in der Stube auf und ab lief, und der Ton seiner Stimme und seine Miene ließen keinen Zweifel über den Sinn seiner Worte offen.

„Ach, Renzo!" rief Lucia.

„Was wollt Ihr damit sagen?" rief Agnese.

„Wozu soll ich es noch erklären? Ich werde der Sache ein Ende machen. Und wenn er hundert, tausend Teufel im Leibe hätte, schließlich ist doch auch er aus Fleisch und Blut ..."

„Nein, nein, um Himmels willen!" begann Lucia, aber Tränen erstickten ihre Stimme.

„Das sind Reden, die man nicht einmal zum Scherz führen sollte", sagte Agnese.

„Zum Scherz?" schrie Renzo und blieb unmittelbar vor

Agnese stehen, die er mit rollenden Augen anstarrte. „Zum Scherz! Ihr werdet sehen, ob es Scherz ist."

„Oh, Renzo, so habe ich Euch noch nicht gesehen", rief Lucia schluchzend.

„Sprecht nicht von solchen Dingen, um Himmels willen", begann Agnese noch einmal hastig und senkte die Stimme. „Ihr habt wohl vergessen, wie viele Arme jenem zu Gebote stehen? Und selbst wenn ... Gott steh uns bei ... Gegen die armen Leute gibt es immer Gerechtigkeit."

„Für Gerechtigkeit werde ich sorgen! Es ist nunmehr an der Zeit. Die Sache ist nicht leicht, das weiß ich auch. Er weiß sich gut zu schützen, dieser Bluthund. Er weiß, woran er ist, aber das macht nichts. Entschlossenheit und Geduld ... und der Augenblick wird kommen. Jawohl, ich werde selber für Gerechtigkeit sorgen! Ich werde das Dorf befreien. Wie viele werden mich dafür segnen! Und dann in wenigen Sprüngen ..."

Das Entsetzen, das Lucia bei diesen deutlichen Worten empfand, ließ ihre Tränen versiegen und gab ihr Kraft zu sprechen. Sie nahm die Hände von ihrem tränennassen Antlitz und sagte mit betrübter, aber entschlossener Stimme zu Renzo: „Es liegt Euch also nichts mehr daran, mich zur Frau zu nehmen. Ich habe mich einem gottesfürchtigen Jüngling verlobt. Aber ein Mann, der ... Und wäre er sicher vor jedem Gericht und vor jeder Rache und wäre er selbst der Sohn des Königs ..."

„Also gut!" schrie Renzo mit verzerrtem Gesicht. „Ich werde Euch nicht bekommen. Aber er soll Euch auch nicht haben! Ich hier ohne Euch und er in der Hölle ..."

„Ach nein! Barmherzigkeit, sprecht nicht so, macht nicht solche Augen, nein, ich kann es nicht ertragen, Euch so zu sehen", rief Lucia weinend und beschwor ihn mit gefalteten Händen, während Agnese ein um das andere Mal den Namen des Jünglings rief und ihm Schultern, Arme und Hände klopfte, um ihn zu beruhigen. Er stand reglos und nachdenklich eine Weile da und betrachtete Lucias flehendes Gesicht, dann warf er ihr einen düsteren Blick zu, trat zurück, Arm und Zeigefinger nach ihr ausstreckend, und schrie: „Diese da! ja, die will er haben. Er muß sterben!"

„Und ich, was habe ich Euch Böses getan, daß Ihr meinen Tod wollt?" sagte Lucia und stürzte vor ihm auf die Knie.

„Ihr!" antwortete Renzo mit einer Stimme, die einen ganz anderen Zorn ausdrückte, aber immerhin war es Zorn. „Ihr? Wie lieb habt Ihr mich denn? Welchen Beweis Eurer Liebe habt Ihr mir denn gegeben? Habe ich Euch nicht darum gebeten und gebeten und gebeten? Aber Ihr? Nein und nein!"

„Ja, ja doch", rief Lucia überstürzt. „Ich werde zum Pfarrer mitkommen. Morgen, jetzt, wenn Ihr es wünscht. Seid nur wieder wie sonst, ich werde mitkommen."

„Ihr versprecht es mir also?" sagte Renzo, dessen Stimme und Gesicht mit einem Schlage wieder menschlicher wurden.

„Ich verspreche es Euch."

„Ihr habt es versprochen!"

„Herrgott, ich danke dir!" rief Agnese, in doppelter Hinsicht befriedigt.

Hatte Renzo in all seinem ungestümen Zorn überlegt, welchen Vorteil er aus Lucias Angst ziehen konnte? Hatte er es darauf angelegt, ihre Angst wissentlich zu vergrößern, um Nutzen daraus zu ziehen? Unser Autor versichert, nichts darüber zu wissen, und auch ich glaube, daß sich Renzo dessen kaum bewußt gewesen war. Tatsache ist, daß er wirklich über Don Rodrigo außer sich war und daß er glühend die Einwilligung Lucias erstrebte. Und wenn zwei heftige Leidenschaften im Herzen eines Menschen aufeinanderstoßen, kann auch der Geduldigste nicht immer klar die Stimme der einen von der anderen unterscheiden und mit Sicherheit sagen, welche von beiden überwiegt.

„Ich habe es Euch versprochen", antwortete Lucia mit schüchternem, liebevollem Vorwurf im Ton. „Aber auch Ihr hattet versprochen, keine Geschichten zu machen und Euch zu verlassen auf Pater ..."

„Ach! Wem zuliebe gerate ich denn so in Wut? Wollt Ihr jetzt Euer Versprechen rückgängig machen? Und mich zu einer Dummheit verleiten?“

„Nein, nein“, sagte Lucia und erschrak von neuem. „Ich habe versprochen und mache nichts rückgängig. Aber überlegt, wie Ihr mir mein Versprechen abgerungen habt. Gott möge verhüten ...“

„Warum etwas Schlechtes voraussagen, Lucia? Gott weiß, daß wir niemand ein Unrecht tun.“

„Dann versprecht mir wenigstens, daß dies das letzte sein soll.“

„Ich verspreche es, so wahr ich ein armer Kerl bin.“

„Aber für diesmal bleibt es dabei“, sagte Agnese.

Hier bekennt der Autor, etwas nicht zu wissen, nämlich ob Lucia wirklich unzufrieden war, daß sie so mit Gewalt zur Einwilligung gezwungen wurde. Wir lassen, wie er, diese Frage offen.

Renzo hätte diese Unterhaltung noch gern verlängert und Punkt für Punkt festgelegt, was man am nächsten Tage tun sollte. Doch es war bereits dunkel geworden, und die Frauen wünschten ihm eine gute Nacht, da es ihnen nicht schicklich erschien, daß er sich noch zu so später Stunde bei ihnen aufhielt.

Die Nacht war für alle drei so gut, wie sie nur sein kann, wenn sie auf einen Tag voller Aufregungen und Unheil folgt und dazu noch einem Tage vorangeht, der für wichtige Unternehmungen mit ungewissem Ausgang bestimmt ist. Renzo ließ sich schon zu früher Morgenstunde blicken und vereinbarte mit den Frauen, oder vielmehr mit Agnese, das Vorgehen für den Abend, wobei sie allerlei Schwierigkeiten voraussetzten, die sie gegenseitig ausmalten und lösten, um dann wieder einer nach dem anderen den ganzen Hergang zu beschreiben, wie man bereits geschehene Taten schildert. Lucia hörte zu und versprach, ihr Bestes zu tun, ohne mit Worten zu billigen, was sie in ihrem Herzen nicht gutheißen konnte.

„Werdet Ihr ins Kloster hinuntergehen, um mit Pater Cristoforo zu sprechen, wie er es Euch aufgetragen hat?" fragte Agnese Renzo.

„Ich bin doch kein Narr!" erwiderte dieser. „Ihr wißt doch, was der Pater für Augen hat. Er würde in meinem Gesicht wie in einem Buch lesen, daß etwas in der Luft liegt. Und wenn er mich auszufragen begänne, würde ich mich nicht herauswinden können. Und schließlich muß ich hierbleiben, um die Angelegenheit in die Wege zu leiten. Es wird besser sein, Ihr schickt jemanden."

„Ich werde Menico schicken."

„Gut", erwiderte Renzo. Und er brach auf, um, wie er sagte, die Angelegenheit in die Wege zu leiten.

Agnese begab sich in eines der Nachbarhäuser, um Menico zu suchen, einen etwa zwölfjährigen, aufgeweckten Jungen, der über allerlei Vettern und Schwäger so etwas wie ihr Neffe war. Sie bat ihn sich gewissermaßen leihweise für den ganzen Tag aus, „für einen bestimmten Dienst", wie sie sagte. Als sie ihn bekommen hatte, führte sie ihn in ihre Küche, setzte ihm ein Frühstück vor und sagte ihm, er solle nach Pescarenico gehen und sich beim Pater Cristoforo melden, der ihn zu gegebener Zeit mit einer Antwort zurückschicken würde. „Pater Cristoforo ist der schöne Alte mit dem weißen Bart, den sie den Heiligen nennen ..."

„Hab schon verstanden", sagte Menico. „Es ist jener, der uns Jungs immer übers Haar streicht und der uns hin und wieder ein Heiligenbildchen schenkt."

„Genau der, Menico. Und wenn er dir sagen wird, daß du ein wenig warten sollst in der Nähe des Klosters, dann laufe nicht davon. Und hüte dich, mit anderen Jungen an den See zu gehen, um beim Fischen zuzusehen oder dich mit den zum Trocknen aufgehängten Netzen zu vergnügen noch mit deinem anderen gewohnten Spiel ..."

Man muß nämlich wissen, daß Menico es ganz ausgezeichnet verstand, Steine übers Wasser springen zu lassen, und man weiß, daß wir alle, ob groß oder klein, gern die

Dinge tun, in denen wir Geschicklichkeit haben, und nicht nur die, behaupte ich.

„Ach, Tante, ich bin doch kein kleiner Junge mehr."

„Gut, sei also vernünftig, und wenn du mit der Antwort zurück bist, schau her, dann gehören diese beiden schönen neuen Münzen dir."

„Gebt sie mir jetzt, es bleibt sich doch gleich."

„Nein, nein, du würdest sie nur verlieren. Geh und mach's gut. Dann wirst du noch mehr bekommen."

Im Laufe dieses langen Vormittags traten verschiedene unerwartete Ereignisse ein, die die ohnehin verstörten Gemüter der beiden Frauen mit Argwohn erfüllten. Ein Bettler, der weder so heruntergekommen noch so zerlumpt aussah wie seinesgleichen, dafür aber etwas Finsteres und Unheilvolles in seinem Äußeren hatte, trat ein und bat um ein Almosen, wobei er wie ein Spion nach allen Seiten um sich spähte. Er bekam ein Stück Brot, das er mit einer schlecht verhehlten Gleichgültigkeit entgegennahm und einsteckte. Mit dreister Unverschämtheit hielt er sich dann noch länger auf und verweilte absichtlich zögernd, indem er viele Fragen stellte, auf die Agnese immer mit dem Gegenteil der Wahrheit Antwort gab. Als er sich zum Fortgehen schickte, tat er so, als verfehlte er die Tür, durchschritt jene, die zur Treppe führte, und spähte, so weit er konnte, auch dort umher. Als man ihm nachrief: „He! Wohin geht Ihr, wackerer Mann? Hier hinaus! Hier hinaus!", kehrte er um und ging durch jene Tür hinaus, die man ihm wies, während er sich mit gespielter Unterwürfigkeit und Demut entschuldigte, die sich mit Mühe in den harten Gesichtszügen widerspiegelte. Nach diesem Kerl ließen sich von Zeit zu Zeit andere seltsame Gestalten blicken. Was für eine Sorte Menschen das war, hätte niemand ohne weiteres sagen können, aber es war nicht anzunehmen, daß sie ehrliche Wanderer waren, wie sie vorgaben. Einer kam unter dem Vorwand, sich den Weg zeigen zu lassen, ins Haus, andere, die an der Haustür vorbeigingen, verlangsamten ihren Schritt und schielten über den Hof in die Stube, wie Leute, die sich orientieren wollen, ohne Verdacht zu erregen. Endlich, gegen Mittag, hatte diese lästige Prozession ihr Ende. Agnese stand alle Augenblicke auf, überquerte den Hof, ging zum Ausgang zur Straße, schaute nach rechts und nach links und kehrte mit der Auskunft zurück: „Niemand da." Ein Wort, das sie mit Vergnügen aussprach und das Lucia mit Freuden vernahm, ohne daß die eine wie die andere genau wußten, warum. Trotzdem blieb in beiden eine seltsame Unruhe zurück, die ihnen, vor allem der Tochter, einen großen Teil des Mutes raubte, den sie für den Abend gesammelt hatten.

Es ist nun nötig, daß der Leser etwas Näheres über jene geheimnisvollen Herumschwärmer erfahre. Und um ihn über alles zu unterrichten, müssen wir einen Schritt zurück tun und wieder Don Rodrigo begegnen, den wir gestern, als Pater Cristoforo fortging, allein in einem Saal seines Palastes zurückgelassen haben.

Don Rodrigo durchmaß, wie wir schon gesagt haben, mit langen Schritten den Saal, dessen Wände mit den Gemälden verschiedener Generationen seiner Familie geschmückt waren. Als er an der einen Wand angelangt war und sich umdrehte, blickte er gerade in das Antlitz eines kriegerischen Vorfahren, der der Schrecken seiner Feinde wie der seiner eigenen Soldaten gewesen war. Mit grimmigem Blick, mit kurzem, glattem Haar, mit spitzen, hochgezwirbelten Bartenden, die über die Wangen hinausreichten, mit schiefem Kinn stand dieser Held aufrecht vor ihm, mit Beinschienen, Schenkelschutz, Küraß, Armschutz und Handschuhen aus Eisen, die Rechte in die Seite gestemmt und die Linke im Korb seines Degens. Don Rodrigo blickte ihn an und sah, wenn er unter dem Gemälde angekommen war und sich umdrehte, einem anderen Vorfahren ins Gesicht, einem Gerichtsherrn, der der Schrecken aller streitenden Parteien und Advokaten gewesen war. Er saß auf einem großen, mit Samt überzogenen Sessel, gehüllt in einen weiten schwarzen Talar, ganz schwarz, bis auf die weiße Halskrause mit zwei breiten Beffchen und dem nach außen gekehrten Zobelpelz (Kennzeichen der Senatoren, der aber nur im Winter getragen wurde, weshalb von keinem Senator ein Bild im Sommergewand zu finden ist). Hager, mit gerunzelten Brauen, hielt er eine Bittschrift in der Hand und schien zu sagen: Nun, wir werden sehen. Hüben eine Matrone, der Schrecken ihrer Dienerinnen, drüben ein Abt, der Schrecken seiner Mönche. Kurz, alles Leute, die Schrecken verbreitet hatten und ihn noch von ihren Gemälden herab verbreiteten. Angesichts solcher Erinnerungen wuchs Don Rodrigos Ärger nur noch mehr; er schämte sich, konnte sich nicht beruhigen, daß ein Mönch gewagt hatte, ihm mit der Erhabenheit eines Nathan unter die Augen zu treten. Er sann über seinen Racheplan nach, verwarf diesen und überlegte, wie er sowohl seiner Leidenschaft als auch dem, was er Ehre nannte, Genüge tun könnte. Bisweilen aber (denkt nur) gellte ihm noch der Anfang jener Prophezeiung in den Ohren, und er fühlte, daß ihn, wie man so sagt, eine Gänsehaut überlief, und er war nahe daran, den Gedanken an die zweifache Befriedigung aufzugeben. Um irgend etwas zu tun, rief er schließlich einen Diener und befahl, ihn bei den Gästen unter dem Vorwand zu entschuldigen, daß er durch ein dringendes Geschäft aufgehalten werde. Als jener mit dem Bescheid zurückkehrte, daß die Herren fortgegangen seien und ihm ihre Empfehlungen übermitteln ließen, fragte er, noch immer auf und ab gehend: „Und Graf Attilio?"

„Er ist mit den Herren zusammen fortgegangen, gnädiger Herr."

„Nun gut, sechs Mann Gefolge für den Spaziergang, sofort. Den Degen, den Mantel, den Hut, schleunigst."

Der Diener antwortete mit einer Verbeugung und ging. Kurz darauf kehrte er wieder mit dem kostbaren Degen, den sich der Herr umgürtete, mit dem Mantel, den er sich über die Schultern warf, und mit dem Hut, welchen lange Federn schmückten und den er sich ungestüm auf den Kopf stülpte, ein Zeichen seiner schlechten Laune. Er entfernte sich und fand vor der Tür die sechs bewaffneten Schergen, die, nachdem sie ihn mit Verbeugungen begrüßt und eine Gasse gebildet hatten, sich ihm anschlossen. Don Rodrigo war noch mürrischer, hochfahrender und finsterer als gewöhnlich, wie er so nach Lecco einherschritt. Die Bauern und die Handwerker, die ihn kommen sahen, zogen sich dicht an die Mauern zurück, zogen eifrig die Hüte und machten tiefe Verbeugungen, auf die er nicht erwiderte. Als Geringere verbeugten sich vor Don Rodrigo auch jene, die von den Bauern als Herren angesehen wurden, denn in der ganzen Gegend gab es auf tausend Meilen weder einen, der es an Namen, Reichtum noch Anhängerschaft mit ihm hätte aufnehmen können, noch einen, der sich dessen mit solcher Lust zu bedienen gewußt hätte, um über den anderen zu stehen. Und diesen antwortete er mit würdevoller Herablassung. Wenn er, was an diesem Tag nicht der Fall war, dem spanischen Kastellan begegnete, war die Verbeugung auf beiden Seiten gleich tief, wie bei dem Zusammentreffen zweier Potentaten, die zwar nichts miteinander zu teilen haben, aber aus Höflichkeit dem Range des anderen Ehre bezeigen. Um die schlechte Laune ein wenig zu vertreiben und um dem Bild des Mönches, das noch immer seine Phantasie beschwerte, ganz andere Bilder entgegenzustellen, begab Don Rodrigo sich an jenem Tag in ein Haus, wo gewöhnlich viele Menschen anwesend waren und wo er mit jener geschäftigen und respektvollen Herzlichkeit empfangen wurde, die Männern dargebracht wird, die sehr beliebt oder sehr gefürchtet sind. Erst als es Nacht wurde, kehrte er in seinen Palast zurück. Graf Attilio war ebenfalls in diesem Augenblick nach Hause gekommen, und das Abendessen wurde aufgetragen, doch blieb Don Rodrigo während seines ganzen Verlaufs nachdenklich und einsilbig.

„Vetter, wann bezahlt Ihr die Wette?" sagte Graf Attilio böswillig mit spöttischem Ton, sobald die Tafel abgeräumt war und die Diener sich zurückgezogen hatten.

„Sankt Martin ist noch nicht vorbei."

„Ihr zahlt besser gleich, denn sämtliche Kalenderheiligen werden verstreichen, bevor ..."

„Das wird sich ja erst zeigen."

„Vetter, Ihr wollt wohl den Diplomaten spielen. Ich habe alles verstanden und bin so sicher, diese Wette gewonnen zu haben, daß ich schon zu einer zweiten bereit bin."

„Laßt hören."

„Daß der Pater ... der Pater ... was weiß ich? Nun, daß der Pater Euch bekehrt hat."

„Das ist wieder einer von Euren Scherzen."

„Bekehrt, sage ich. Vetter! Bekehrt! Ich meinerseits freue mich schon darauf. Wißt Ihr, es wird ein schönes Schauspiel sein, Euch reuevoll, mit niedergeschlagenen Augen zu sehen. Und welch ein Triumph für diesen Pater! Wie aufgeblasen und eitel wird er heimgegangen sein. Das ist kein alltäglicher Fisch, den man mit den üblichen Netzen fängt. Ihr könnt gewiß sein, daß er Euch immer als Exempel anführen wird, und wenn er in gewisser Entfernung von hier einen Gottesdienst durchführt, wird er von Eurem Fall sprechen. Mich deucht, ihn schon zu hören." Und hier fuhr er in nasalem Ton, seine Worte mit übertriebenen Gesten unterstreichend, salbungsvoll fort: „In einer Gegend dieser Welt, die ich aus respektvoller Rücksicht nicht nenne, lebte, meine teuersten Zuhörer, und lebt noch heute ein zügelloser Edelmann, der mehr den Weibern als den ehrenwerten Männern zugetan und der daran gewöhnt war, in Saus und Braus zu leben. Dieser hatte ein Auge auf ..."

„Genug, genug!" unterbrach Don Rodrigo ihn, halb ergötzt, halb gelangweilt. „Wenn Ihr die Wette verdoppeln wollt, bin ich dazu bereit."

„Teufel, so habt gar wohl Ihr den Pater bekehrt!"

„Sprecht mir nicht von jenem. Und was die Wette betrifft, so wird Sankt Martin die Entscheidung bringen."

Die Neugier des Grafen war erwacht, und er ließ es nicht an Fragen fehlen, doch verstand es Don Rodrigo, sie zu umgehen und sich stets hinter dem Tag der Entscheidung zu verschanzen, da er nicht gewillt war, von Plänen zu sprechen, die weder angebahnt noch genau festgelegt waren.

Am folgenden Tag erwachte Don Rodrigo wieder als Don Rodrigo. Die Angst, die ihm jenes „Es wird der Tag kommen" eingejagt hatte, war mit den Träumen der Nacht vollends gewichen. Einzig der Zorn war ihm verblieben und wurde von der Scham über seine vorübergehende Schwäche nur noch geschürt. Die frischeren Bilder seines triumphalen Spazierganges, die Verbeugungen, der höfliche Empfang und die Hänseleien des Vetters hatten nicht wenig dazu beigetragen, ihm den altgewohnten Übermut zurückzugeben. Kaum hatte er sich erhoben, ließ er den Grauen rufen. Ein großes Unterfangen, sagte sich der Diener, dem dieser Auftrag erteilt wurde. Denn der Mann, der diesen Namen trug, war kein Geringerer als der Häuptling der Bravi, jener Mann, dem die gewagtesten und ruchlosesten Aufträge anvertraut wurden. Er war der Vertraute seines Herrn, ihm aus Dankbarkeit und Eigennutz völlig ergeben. Nachdem er einen Menschen auf offener Straße ermordet hatte, war er zu Don Rodrigo gelaufen, um seinen Schutz zu erbitten, und dieser hatte ihn vor allen Nachstellungen der Justiz gesichert, indem er ihm seine Livree zu tragen gab. So hatte sich der Graue Straflosigkeit erkauft, indem er sich zu jeder Missetat verpflichtete, die ihm befohlen wurde. Für Don Rodrigo war dieser Handel von nicht geringer Bedeutung, denn der Graue war nicht nur der unvergleichlich tüchtigste aller seiner Bravi, sondern auch noch ein Beweis dafür, was sein Gebieter sich unangefochten gegen die Gesetze herausnehmen konnte. Wodurch seine Macht sowohl in Wirklichkeit als auch in der öffentlichen Meinung gesteigert wurde.

„Grauer", sagte Don Rodrigo, „bei dieser Gelegenheit wird sich deine Geschicklichkeit zeigen. Noch vor dem morgigen Tage muß diese Lucia in meinem Palast sein."

„Es soll niemand je sagen, daß der Graue einen Befehl seines erlauchten Herrn nicht ausgeführt habe."

„Nimm so viele Leute mit, wie du nötig hast, bestimme

und verfüge, wie es dir am besten erscheint. Nur daß die Sache gelingt und zum guten Ende kommt. Aber achte vor allem darauf, daß ihr kein Leid geschieht."

„Herr, ein bißchen Angst ist schon nötig, damit sie kein so großes Geschrei erhebt ... Das läßt sich nicht vermeiden."

„Ein bißchen Angst ... das verstehe ich ... ist unvermeidlich. Aber daß niemand ihr ein Haar krümmt und sie vor allem respektvoll behandelt wird. Hast du verstanden?"

„Herr, man kann keine Blume von einer Pflanze pflücken und sie Euch überbringen, ohne sie zu berühren. Aber es wird nicht mehr als unbedingt notwendig geschehen."

„Bei deiner eigenen Sicherheit. Und wie wirst du es anstellen?"

„Ich dachte gerade darüber nach, Herr. Es ist günstig, daß dieses Haus am Ende des Dorfes liegt. Wir brauchen einen Platz, wo wir uns auf die Lauer legen können. Zum Glück befindet sich nicht weit entfernt, inmitten der Felder, ein unbewohntes, allein stehendes Haus ... ein Haus ... Euer Gnaden wird nichts davon wissen ... Ein Haus, das vor ein paar Jahren ausgebrannt ist. Die Leute hatten kein Geld, es wieder instand zu setzen, und haben es verlassen. Jetzt sollen dort die Hexen hausen, aber es ist ja nicht Samstag, und ich nehme diesen Spuk nicht ernst. Die Bauern aber sind voller Aberglauben und würden für kein Geld in keiner Nacht der Woche hingehen. So können wir uns dort ungehindert aufhalten, und bestimmt wird niemand unser Vorhaben stören."

„Gut. Und dann?"

Darauf machte der Graue Vorschläge, und Don Rodrigo erwog sie, bis sie endlich einen Plan ersonnen hatten, sowohl über die Durchführung der Unternehmung, die keine Spuren hinterlassen durfte, als auch darüber, wie mit falschen Indizien etwaiger Verdacht auf andere zu lenken sei, wie der armen Agnese Stillschweigen aufzuerlegen und Renzo ein solcher Schreck einzujagen sei, daß er allen Schmerz vergäße und ihm ein für allemal die Lust vergehe, zum Gericht zu laufen und sich zu beklagen. Gleichzeitig wurden auch all die anderen Schurkereien erörtert, die zum Gelingen der Freveltat nötig waren. Wir unterlassen es, diese Unterredung eingehender zu beschreiben, weil es, wie der Leser bald sehen wird, zum Verständnis der Geschichte nicht notwendig ist, auch sind wir glücklich, daß wir nicht länger den Verhandlungen dieser beiden abscheulichen Schurken zuzuhören brauchen. Es möge genügen, daß Don Rodrigo den Grauen, der schon im Begriff war fortzugehen, um alles durchzuführen, nochmals zurückrief und ihm sagte: „Höre, wenn dir zufällig dieser unverschämte Tölpel heute abend in die Hände fallen sollte, wäre es nicht übel, ihn schon im voraus tüchtig durchzuprügeln, damit er das in Erinnerung behält. So wird der Befehl, den er morgen bekommen wird, sich still zu verhalten, noch mehr Eindruck machen. Doch geht nicht auf die Suche nach ihm, um nicht Wichtigeres zu gefährden. Du hast mich verstanden."

„Lassen Sie mich nur machen", erwiderte der Graue, verneigte sich ergeben und prahlerisch zugleich und verschwand. Der Morgen verstrich mit Streifzügen und Erkundungen im Dorf. Der falsche Bettler, der sich in der geschilderten Weise in das arme Häuschen einschlich, war niemand anders als der Graue, der gekommen war, das Gelände auszukundschaften. Die angeblichen Wanderer waren seine Banditen, für die eine oberflächliche Kenntnis des Ortes genügte, um seinem Befehl Folge zu leisten. Und nachdem sie diesen erkundet hatten, ließen sie sich nicht mehr blicken, um nicht zu viel Verdacht zu erwecken.

Als alle wieder in den Palast zurückgekehrt waren, erstattete der Graue Bericht und stellte den genauen Schlachtplan auf, verteilte die Rollen und gab seine Befehle. Alles dies konnte aber nicht geschehen, ohne daß der alte Diener, der alles aufmerksam beobachtete und lauschte, bemerkt hätte, daß eine große Sache vorbereitet wurde. Durch Aufmerksamkeit und vieles Fragen gelang es ihm, hier und dort Anspielungen aufzuschnappen, dunkle Hinweise zu enträtseln und das geheimnisvolle Hin und Her zu deuten, bis er über das, was in der folgenden Nacht geschehen sollte, Klarheit erlangt hatte. Doch als ihm dies gelungen war, brach die Nacht bald heran, und eine kleine Vorhut von Bravi war schon aufgebrochen, um sich in jenem verfallenen Haus auf die Lauer zu legen. Der arme Alte, der sich wohl bewußt war, daß er sich auf ein gewagtes Spiel einließ und daß seine Hilfe vielleicht schon zu spät käme, wollte trotzdem nichts unversucht lassen. Unter dem Vorwand, ein wenig frische Luft zu schöpfen, eilte er, so schnell er konnte, zum Kloster, um Pater Cristoforo die versprochene Nachricht zu überbringen. Kurz darauf zogen auch die anderen Bravi in kleinen Grüppchen aus, um nicht als eine Abteilung aufzufallen. Der Graue ging als letzter, und zurück blieb nur eine Sänfte, die erst am späten Abend in das verfallene Gebäude gebracht werden sollte, was auch geschah. Nachdem sich die Bravi an Ort und Stelle versammelt hatten, schickte der Graue drei von ihnen zur Schenke ins Dorf. Einer von ihnen sollte sich vor der Tür aufhalten und beobachten, was auf der Straße geschehe, und feststellen, wann alle Dorfbewohner schlafen gegangen seien. Die beiden andern sollten sich hinsetzen, Karten spielen und trinken, wie harmlose Gäste. Sie sollten aber ständig aufpassen, ob es irgend etwas auszuspähen gäbe. Er selber blieb mit der Mehrzahl der Truppe im Hinterhalt auf der Lauer.

Der arme Alte trottete noch dahin, die drei Kundschafter waren bereits auf ihrem Posten, und die Sonne war im Sinken, als Renzo bei den Frauen eintrat und sagte: „Tonio und Gervaso warten draußen, ich gehe mit ihnen in die Schenke, um einen Happen zu essen. Wenn das Ave geläutet wird, kommen wir, Euch abzuholen. Nur Mut, Lucia! Alles hängt von einem Augenblick ab."

Lucia seufzte und wiederholte „Mut", doch ihre Stimme strafte dieses Wort Lügen.

Als Renzo und seine beiden Gefährten bei der Schenke ankamen, trafen sie dort den Bravo bereits auf seinem

Wachtposten an. Mit dem Rücken an einen Pfosten gelehnt, die Arme auf der Brust verschränkt, füllte er fast die halbe Breite der Türöffnung und starrte abwechselnd nach rechts und nach links, wobei bald das Weiße, bald das Schwarze seiner wilden Augen aufblitzte. Eine flache Mütze aus karmesinfarbenem Samt saß ihm schief auf dem Kopf und bedeckte die Hälfte seines Schopfes, der, über der finsteren Stirn gescheitelt, auf beiden Seiten des Gesichts bis über die Ohren herabhing und in Zöpfen endete, die mit einem Kamm im Nacken zusammengehalten wurden. Er hielt einen dicken Knüppel in der Hand und hatte anscheinend keine weiteren Waffen bei sich, doch auch ein Kind wäre, hätte es sein Gesicht gesehen, auf den Gedanken gekommen, daß er unter der Kleidung so viele Waffen trug, wie dort nur unterzubringen waren. Als Renzo, der vor seinen Gefährten her ging, eintreten wollte, starrte jener Kerl ihn unverwandt an, ohne sich vom Fleck zu rühren. Aber der Jüngling war entschlossen, jeglichen Streit zu vermeiden, wie einer, der ein gewagtes Unternehmen vorhat. Er tat, als merke er das nicht, sagte nicht einmal: Geht ein bißchen aus dem Wege, sondern trat, den anderen Türpfosten leicht streifend, schräg, eine Schulter voran, durch die Öffnung, die jener Klotz frei ließ. Seine beiden Gefährten mußten die gleiche Schwenkung machen, wenn sie hineinwollten. Drinnen erblickten sie die anderen, deren Stimmen sie bereits gehört hatten. Sie saßen an einem Ende des Tisches und spielten Mora, beide laut schreiend, was in diesem Fall das Spiel verlangte; dabei schenkte bald der eine, bald der andere aus einer großen Flasche, die zwischen ihnen stand, zu trinken ein. Auch sie starrten die Eintretenden unverfroren an. Vor allem der eine der Spieler, der die Hand mit drei dikken gespreizten Fingern erhoben hatte und dessen Mund noch offenstand von der lauten „Sechs", die er in diesem Augenblick herausgeschrien hatte, musterte Renzo von Kopf bis Fuß. Dann zwinkerte er seinem Kumpan zu und auch dem an der Tür, der mit einem Nicken des Kopfes antwortete. Renzo wurde argwöhnisch und blickte unsicher auf seine beiden geladenen Gäste, als wollte er aus ihren Mienen eine Erklärung für all diese Erscheinungen suchen. Ihre Gesichter verrieten jedoch nichts anderes als einen gesunden Appetit. Der Wirt schaute ihn an, als erwarte er eine Bestellung, und Renzo ging mit ihm in einen Nebenraum und bestellte das Abendessen.

„Wer sind diese Fremden?“ fragte er ihn dann leise, als jener mit einem derben Tischtuch unterm Arm und mit einer Flasche Wein in der Hand zurückkehrte.

„Ich kenne sie nicht“, erwiderte der Wirt und breitete das Tischtuch aus.

„Wie denn? Keinen einzigen?“

„Ihr wißt doch“, antwortete der Wirt, während er das Tischtuch mit beiden Händen auf dem Tisch glattzupfte, „die erste Regel unseres Gewerbes ist, sich nicht um die Angelegenheiten der Gäste zu kümmern, so daß nicht einmal unsere Weiber neugierig sind. Das wäre ja auch unmöglich bei so vielen Leuten, die kommen und gehen. Eine Schenke ist wie ein Hafen, wenn die Ernten gut sind, meine ich. Doch laßt uns fröhlich sein, die guten Zeiten werden schon wiederkommen. Uns genügt es, wenn die Gäste anständige Menschen sind. Was sie sonst tun oder lassen, geht uns nichts an. Und jetzt werde ich Euch eine Schüssel Klöße bringen, wie Ihr sie noch nie gegessen habt.“

„Wie könnt Ihr wissen ...“, begann Renzo von neuem, aber der Wirt, der sich schon auf den Weg zur Küche gemacht hatte, verschwand. Während er dort nach dem Topf mit den erwähnten Klößen langte, näherte sich ihm ganz sacht der Schurke von Bravo, der unseren Jüngling so dreist gemustert hatte, und fragte leise: „Wer sind diese Ehrenmänner?“

„Anständige Leute hier aus dem Dorf“, antwortete der Wirt und füllte die Klöße in die Schüssel.

„In Ordnung. Und wie heißen sie? Wer sind sie?“ drängte jener schon etwas unhöflicher.

„Der eine heißt Renzo", antwortete der Wirt, jedoch leise; „ein ordentlicher junger Mensch, ein Seidenspinner, der sich auf sein Handwerk gut versteht. Der andere ist ein Bauer mit Namen Tonio, ein netter, lustiger Geselle. Leider hat er kein Geld, sonst würde er alles bei mir lassen. Der dritte ist ein einfältiger Mensch, er liebt es, gut zu essen, wenn ein anderer es bezahlt. Mit Verlaub."

Und mit einem Satz ging er zwischen Herd und Fragesteller hinaus, um die Schüssel dorthin zu tragen, wo sie hingehörte. „Wie könnt Ihr wissen", begann Renzo wieder, als er ihn kommen sah, „daß es Ehrenmänner sind, wenn Ihr sie nicht kennt?"

„Ihr Benehmen, mein Lieber. Die Menschen erkennt man an ihrem Benehmen. Jene, die den Wein trinken, ohne ihn zu kritisieren, die ihre Rechnung bezahlen, ohne zu feilschen, die keinen Streit mit anderen Gästen beginnen und die, wenn sie mit jemandem eine Messerstecherei auszutragen haben, diesen draußen vor der Schenke erwarten, so daß der arme Wirt nicht in die Geschichte verwickelt wird, das eben sind anständige Menschen. Besser freilich ist es noch, wenn man die Leute gut kennt, so wie wir uns untereinander kennen. Doch wieso zum Teufel habt Ihr plötzlich Lust, soviel zu fragen, wo Ihr doch Bräutigam seid und andere Dinge im Kopf haben müßtet? Und dazu noch vor diesen Klößen, die einen Toten zu neuem Leben erwecken würden?" Mit diesen Worten kehrte er in die Küche zurück.

Unser Autor bemerkt hier angesichts der unterschiedlichen Art und Weise, mit welcher der Wirt die Fragen beantwortete, daß jener Mann sich zwar seinen Worten nach als Freund der rechtschaffenen Menschen hinstellte, jedoch in Wirklichkeit mehr Wohlgefallen an Menschen hatte, die den Ruf oder das Aussehen von Schurken hatten. Ein eigenartiger Charakter, nicht wahr?

Das Mahl war nicht sehr fröhlich. Die beiden Geladenen hätten es gern in aller Behaglichkeit genossen, aber der Gastgeber, beschäftigt mit dem, was der Leser weiß, war mißmutig und auch etwas beunruhigt über das seltsame Verhalten der Unbekannten und konnte den Augenblick des Aufbruchs nicht erwarten. Man unterhielt sich wegen der Fremden leise, und es waren nur abgerissene, unlustige Worte.

„Wie schön", platzte Gervaso unversehens heraus, „daß Renzo heiraten will und es nötig hat ..." Renzo machte ein mürrisches Gesicht. „Willst du wohl still sein, du Esel!" sagte Tonio und begleitete das Schimpfwort mit einem Ellenbogenstoß. So wurde die Unterhaltung immer frostiger, bis zum Schluß. Renzo, der mit dem Essen und mit dem Trinken im Verzug war, achtete darauf, seinen beiden Zeugen nur so viel Wein einzuschenken, um ihnen ein bißchen Mut zu machen, aber nicht das Gehirn zu vernebeln. Nachdem abgeräumt war und die Zeche von dem bezahlt worden war, der am wenigsten gegessen hatte, mußten alle drei erneut an jenen Gesichtern vorübergehen, die wiederum Renzo anstarrten. Als dieser sich einige Schritte von der Schenke entfernt hatte, wandte er sich um und sah, daß die beiden, die bei seinem Fortgehen noch in der Küche gesessen hatten, ihm folgten. Er blieb daraufhin mit seinen Gefährten stehen, als wollte er sagen: Mal sehen, was die von uns wollen. Aber die beiden merkten, daß Renzo sie beobachtete, und blieben ebenfalls stehen, sprachen leise miteinander und kehrten um. Wäre Renzo so dicht bei ihnen gewesen, daß er ihre Worte vernommen hätte, wären ihm diese sehr merkwürdig vorgekommen. „Das wäre eine Ehre, ganz zu schweigen von der Belohnung", sagte einer der Bösewichte, „wenn wir bei der Rückkehr in den Palast sagen könnten, daß wir ihm auf die Schnelle den Buckel verbleut haben, und ganz von uns aus, ohne Mitwirkung des Herrn Grauen."

„Um damit womöglich die Hauptsache zu verderben!" entgegnete der andere. „Da haben wir's, er hat etwas gemerkt, er bleibt stehen und beobachtet uns. Ach, wenn es schon später wäre! Kehren wir um, damit wir keinen Verdacht erwecken. Sieh nur, von allen Seiten kommen Leute. Warten wir, bis alle im Bett sind.“

In der Tat hatte jenes Gewimmel und Gesumme begonnen, das man gegen Abend in jedem Dorf hören und sehen kann und das wenige Augenblicke später der feierlichen Ruhe der Nacht zu weichen pflegt. Die Frauen kehrten mit den Kindern auf dem Rücken von den Feldern heim, an der Hand die größeren Kinder, die sie das Abendgebet sprechen ließen. Dann folgten die Männer mit Spaten und Hacken auf den Schultern. Wenn die Haustüren geöffnet wurden, sah man hier und dort die für das kärgliche Abendessen entzündeten Herdfeuer glühen. Begrüßungen waren auf der Straße zu hören, auch wohl ein Wort über die spärliche Weinlese und die jämmerliche Ernte, und lauter noch als die Zurufe waren die gemessenen, wohlklingenden Glockenschläge, die das Ende des Tages verkündeten. Als Renzo sah, daß sich die beiden Kerle zurückzogen, setzte er seinen Weg bei zunehmender Dunkelheit fort und rief bald dem einen, bald dem anderen Dorfbewohner ein ermunterndes Wort zu. Es war schon Nacht, als sie an Lucias Häuschen ankamen.

Die Zeit zwischen dem ersten Entschluß zu einem furchtbaren Unternehmen und dessen Ausführung (hat ein einfallsreicher Barbar gesagt) ist ein Traum voller Hirngespinste und Ängste. Lucia befand sich seit vielen Stunden in den Schrecknissen eines solchen Alpdrucks, und Agnese, ja selbst Agnese, die Urheberin des Planes, war nachdenklich und fand kaum Worte, um ihre Tochter zu ermutigen. Doch im Augenblick des Aufbruchs, in jenem Moment, da Hand ans Werk gelegt werden soll, ist der Geist wie verwandelt. Auf Schrecken und Mut, die darin im Widerstreit lagen, folgt ein anderer Schrecken und ein anderer Mut, das Unternehmen zeigt sich dem Geist in anderem Licht; was vorher die meisten Ängste einflößte, scheint mit einem Schlage leicht geworden zu sein, und was man vorher kaum beachtet hatte, das wächst sich zu einem riesigen Hindernis aus. Die

Einbildungskraft weicht zurück, die Glieder scheinen ihren Dienst zu versagen, und das Herz wird den Versprechungen untreu, die es mit soviel Sicherheit gegeben hatte. Bei dem behutsamen Klopfen Renzos wurde Lucia von solchem Schrecken befallen, daß sie in diesem Augenblick beschloß, lieber alles zu ertragen und immer von ihm getrennt zu bleiben, als dieses Vorhaben durchzuführen. Doch nachdem er sich gezeigt und gesagt hatte: „Hier bin ich, gehen wir“ und alle sich bereit fanden, unverzüglich aufzubrechen, als wäre es eine feststehende, unumstößliche Sache, da hatte Lucia weder Zeit noch Kraft, Schwierigkeiten zu machen, und ergriff, wie unter Zwang, einen Arm ihrer Mutter und einen Arm ihres Bräutigams und ging mit der abenteuerlichen Gesellschaft los.

Ganz leise verließen sie bei völliger Dunkelheit mit vorsichtigen Schritten das Häuschen und nahmen den Weg zum Dorf hinaus. Der kürzeste Weg wäre der durchs Dorf gewesen, der direkt zum Hause Don Abbondios führte, aber sie wählten den anderen, um nicht gesehen zu werden. Auf schmalen Pfaden, durch die Gärten und Äcker näherten sie sich dem Pfarrhaus und trennten sich dann. Die beiden Verlobten versteckten sich hinter einer Hausecke und mit ihnen Agnese, die jedoch ein wenig weiter vor ging, um rechtzeitig Perpetua festhalten zu können und sie mit Beschlag zu belegen. Tonio und mit ihm der einfältige Gervaso, der von sich aus zu keiner Tat fähig war, ohne den man aber nichts machen konnte, traten mutig an die Tür und klopften.

„Wer kommt denn da um diese Zeit?“ rief eine Stimme aus dem Fenster, das im gleichen Augenblick geöffnet wurde. Es war Perpetua. „Kranke sind doch nicht im Dorf, soviel ich weiß. Ist vielleicht ein Unglück geschehen?“

„Ich bin es“, antwortete Tonio, „und mein Bruder. Wir müssen mit dem Herrn Pfarrer reden.“

„Ist das vielleicht eine Stunde für Christenmenschen?“ sagte Perpetua brüsk. „Was für eine Rücksichtslosigkeit? Kommt morgen wieder.“

„Hört zu: vielleicht komme ich wieder, vielleicht auch nicht. Ich habe etwas Geld eingenommen und bin gekommen, um meine elenden Schulden, die Ihr kennt, zu bezahlen. Ich habe hier fünfundzwanzig schöne neue Berlingen. Aber wenn ich sie nicht loswerden kann, Geduld, ich weiß, wie ich sie ausgeben werde, und komme dann, wenn ich wieder fünfundzwanzig beisammen habe."

„Wartet, wartet. Ich gehe hinein und bin sofort wieder da. Aber warum kommt Ihr zu so später Stunde?"

„Ich habe das Geld gerade erst bekommen, und ich habe mir überlegt, wie ich Euch gesagt habe: wenn ich damit schlafen gehe, weiß ich nicht, was ich morgen früh davon halte. Aber wenn Euch die Zeit nicht paßt, weiß ich auch nicht, was ich sagen soll. Ich bin jedenfalls hier, aber wenn Ihr mich nicht einlassen wollt, gehe ich wieder."

„Nein, nein, wartet einen Augenblick. Ich komme mit der Antwort gleich zurück."

Mit diesen Worten schloß sie das Fenster. Zur gleichen Zeit trennte sich Agnese von den Verlobten. Nachdem sie Lucia leise zugeflüstert hatte: „Mut! Es dauert nur einen Augenblick. Es ist, wie wenn man sich einen Zahn ziehen läßt", trat sie zu den beiden Brüdern an die Haustür, wo sie mit Tonio zu schwatzen begann, damit Perpetua, wenn sie öffnen käme, glauben sollte, daß sie zufällig vorbeigekommen sei und daß Tonio sie für einen Augenblick aufgehalten habe.

8. Kapitel

„Karneades! Wer war das doch?" grübelte Don Abbondio, der in seinem Sessel in einem Zimmer des oberen Stockwerks saß, mit einem aufgeschlagenen Büchlein vor sich, als Perpetua hereinkam, um ihm die Botschaft zu überbringen. „Karneades, mir scheint wirklich, als hätte ich den Namen schon gelesen oder gehört. Es muß ein weiser Mann gewesen sein, ein großer Gelehrter des Altertums, ja, das ist einer von diesen Namen. Aber wer zum Teufel ist Karneades gewesen?" Der Ärmste ahnte nicht im entferntesten, welch Unwetter sich über seinem Haupte zusammenzog.

Man muß nämlich wissen, daß Don Abbondio sein Vergnügen daran fand, täglich ein wenig zu lesen. Ein Pfarrer aus der Nachbarschaft, der eine Bibliothek besaß, lieh ihm die verschiedensten Bücher, wie sie ihm gerade in die Hände fielen. Jenes Buch, über das Don Abbondio in diesem Augenblick nachsann, von dem Schreckensfieber genesend, ja eigentlich schon erholter (was das Fieber betraf), als er gelten lassen wollte, war eine Lobrede zu Ehren des heiligen Karl, die vor zwei Jahren mit großer Eindringlichkeit im Mailänder Dom gehalten und mit großer Bewunderung aufgenommen worden war. Der Heilige wurde in dieser Rede wegen seiner Begeisterung für die Wissenschaft mit Archimedes verglichen. Bis hierher auch war Don Abbondio bei der Lektüre auf kein Hindernis gestoßen, da Archimedes so viel Außerordentliches vollbracht und so viel von sich reden gemacht hatte, daß keine sonderliche Bildung vonnöten war, um über ihn im Bilde zu sein. Nach Archimedes aber hatte der Redner auch Karneades zum Vergleich herangezogen, und eben hier war unser Leser steckengeblieben. In diesem Augenblick kam Perpetua herein, um Tonios Besuch anzukündigen.

„Zu dieser Stunde?" sagte natürlich auch Don Abbondio.

„Was wollen Sie? Diese Leute kennen keine Rücksicht. Doch wenn Sie ihn nicht gleich festhalten ..."

„Ja, wenn ich ihn nicht jetzt festhalte, wer weiß, wann ich ihn dann fassen kann! Laßt ihn kommen. Aber ... seid Ihr auch sicher, daß er es wirklich ist?"

„Teufel auch!" erwiderte Perpetua; sie stieg hinunter, öffnete die Tür und sagte: „Wo steckt Ihr?" Tonio trat näher, und gleichzeitig zeigte sich auch Agnese und grüßte Perpetua.

„Guten Abend, Agnese", sagte Perpetua. „Woher kommt Ihr zu dieser Stunde?"

„Ich komme aus ..." Und Agnese nannte ein Dorf aus der Nachbarschaft. „Und wenn Ihr wüßtet ...", fuhr sie dann fort, „ich habe mich dort nur Euretwegen so lange aufgehalten."

„Warum denn?" fragte Perpetua, und zu den beiden Brüdern sagte sie: „Tretet ein, ich komme gleich nach."

„Weil", entgegnete Agnese, „eins von diesen Weibern, die nichts genau wissen, aber über alles reden wollen – würdet Ihr es für möglich halten? –, sich darauf versteifte, zu behaupten, Ihr hättet Euch weder mit Beppe Suolavecchia noch mit Anselmo Lunghigna verheiraten können, weil diese Euch nicht hätten haben wollen. Ich aber bin dabei geblieben, daß Ihr den einen wie den anderen zurückgewiesen habt ..."

„Ganz gewiß. Diese Lügnerin! diese hinterhältige Lügnerin! Wer war es?"

„Fragt mich nicht danach, ich will keine Streitigkeiten heraufbeschwören."

„Aber Ihr müßt es mir sagen, Ihr müßt es mir sagen. Oh, diese Lügnerin!"

„Ach, genug davon ... Aber glaubt mir, es hat mich schrecklich gewurmt, daß ich die Geschichte nicht ganz genau kannte, um jene zu beschämen."

„Da seht an, was sich alles auf diese Weise erfinden läßt!" rief Perpetua von neuem und fuhr dann hastig fort: „Was Beppe angeht, so wissen ja alle Leute Bescheid, und jeder hat es sehen können ... He, Tonio! Lehnt die Tür an und geht schon hinauf, ich komme gleich." Tonio, der bereits drinnen war, versprach es, und Perpetua fuhr fort, die Geschichte ihrer Leidenschaften zu erzählen.

Gegenüber Don Abbondios Haustür war zwischen zwei ärmlichen Hütten ein enges Gäßchen, das hinter den Hütten in die Felder einbog. Dorthin wandte sich Agnese, als wollte sie ein bißchen beiseite gehen, um ungehinderter reden zu können, und Perpetua folgte ihr. Nachdem sie der Biegung gefolgt waren und sich an einer Stelle befanden, von wo aus man nicht mehr sehen konnte, was vor Don Abbondios Haus geschah, hustete Agnese laut. Das war das Zeichen, Renzo vernahm es und machte Lucia mit einem Druck seines Armes Mut. Darauf schlichen beide auf Zehenspitzen, dicht an der Mauer entlang, heran, erreichten die Haustür und öffneten sie vorsichtig. Dann betraten sie leise und gebückt den Flur, wo die beiden Brüder sie erwarteten. Renzo lehnte die Haustür behutsam wieder an, und alle vier huschten nun die Treppe hinauf, ohne auch nur das kleinste Geräusch zu machen. Im oberen Stockwerk angelangt, begaben sich die beiden Brüder an die Zimmertür, die sich neben der Treppe befand, während die Verlobten sich eng an die Wand drückten.

„*Deo gratias*", sagte Tonio mit klarer Stimme.

„Tonio? Kommt herein", klang Don Abbondios Stimme aus dem Zimmer.

Der Gerufene öffnete die Tür, doch nur so weit, daß er und sein Bruder nacheinander eintreten konnten. Der Lichtstreifen, der dabei unversehens in den Flur fiel und sich auf dem Fußboden des Obergeschosses abzeichnete, ließ Lucia erzittern, als ob sie entdeckt wäre. Nachdem die beiden Brüder eingetreten waren, zog Tonio die Tür hinter sich zu. Die Verlobten blieben reglos mit gespitzten Ohren und verhaltenem Atem in der Finsternis stehen. Das stärkste Geräusch war das Hämmern von Lucias armem Herzen.

Don Abbondio saß, wie wir bereits erwähnten, beim kümmerlichen Schein einer kleinen Lampe in einem alten Sessel. Er war in eine alte Soutane gehüllt und hatte eine alte Hausmütze auf dem Kopf, die sein Gesicht umrahmte. Zwei dicke Haarbüschel, die unter der Mütze hervorquollen, zwei buschige Augenbrauen, zwei dicke Schnurrbartenden und ein voller Spitzbart, alles schlohweiß und über das braune runzlige Gesicht verstreut, mochten schneebedecktem Buschwerk gleichen, das im Schimmer des Mondes an einem Abhang emporragt.

„Ah, ah!" lautete die Begrüßung, während er seine Brille abnahm und sie in sein Büchlein legte.

„Der Herr Pfarrer wird sagen, daß ich spät gekommen bin", sagte Tonio und verbeugte sich, und Gervaso tat es ihm nach, jedoch plumper.

„Sicherlich ist es spät. Spät in jeglicher Hinsicht. Ihr wißt, daß ich krank bin?"

„Oh, das tut mir leid."

„Ihr werdet davon gehört haben, ich bin krank und weiß noch nicht, wann ich mich wieder unter den Leuten blicken lassen kann ... Aber warum habt Ihr diesen ... diesen Jungen hier mitgebracht?"

„Als Gesellschaft, Herr Pfarrer."

„Nun gut, so laßt uns sehen."

„Es sind fünfundzwanzig neue Berlingen mit dem heiligen Ambrosius zu Pferde", sagte Tonio und zog ein kleines Päckchen aus der Tasche.

„Laßt uns sehen", erwiderte Don Abbondio, setzte die Brille auf, ergriff das Päckchen, öffnete es, nahm die Berlingen heraus, zählte sie, wendete sie hin und her und fand nichts an ihnen auszusetzen.

„Jetzt, Herr Pfarrer, müssen Sie mir aber auch die Kette meiner Tecla wiedergeben."

„Es ist recht", antwortete Don Abbondio, ging daraufhin zum Schrank und zog den Schlüssel aus der Tasche. Dabei blickte er um sich, als wollte er die Zuschauer fernhalten, öffnete einen Schrankflügel, verdeckte die Öffnung mit seinem Oberkörper, steckte den Kopf hinein, um zu sehen, und ließ einen Arm folgen, um die Kette hervorzuholen. Er nahm sie, schloß den Schrank zu und überreichte sie Tonio mit den Worten: „In Ordnung?"

„Nun haben Sie noch die Güte", sagte Tonio, „und geben Sie es mir schwarz auf weiß."

„Auch das noch!" sagte Don Abbondio. „Die wissen über alles Bescheid. Oh, wie mißtrauisch ist doch die Welt geworden. Habt Ihr kein Vertrauen zu mir?"

„Wie, Herr Pfarrer! ob ich Ihnen vertraue? Sie tun mir unrecht. Da aber mein Name in Ihrem Schuldbuch steht... da Sie sich schon einmal die Unbequemlichkeit gemacht haben, ihn aufzuschreiben ... und vom Leben zum Tode ..."

„Schon gut", unterbrach ihn Don Abbondio, zog brummend eine Schublade seines Tischchens heraus, entnahm ihr Papier, Feder und Tintenfaß und begann zu schreiben, wobei er die Worte, wie sie aus seiner Feder flossen, laut vor sich hin sprach. Unterdessen pflanzte sich Tonio und auf einen Wink von ihm auch Gervaso vor dem Tischchen auf, und zwar so, daß dem Schreibenden der Blick auf die Tür verstellt war, dabei scharrten sie wie aus Langeweile mit den Füßen auf dem Boden, um denen draußen das Zeichen zum Hereinkommen zu geben und gleichzeitig das Geräusch ihrer Schritte zu übertönen. Don Abbondio, der ganz in seine Schreiberei versunken war, achtete auf nichts sonst. Beim Scharren der Füße ergriff Renzo Lucias Arm, drückte ihn ermunternd und setzte sich in Bewegung, wobei er die Zitternde mit sich zog, da sie allein nicht imstande gewesen wäre zu gehen. Auf Zehenspitzen, mit angehaltenem Atem traten sie leise ein und versteckten sich hinter den beiden Brüdern. Inzwischen hatte Don Abbondio seine Schreiberei beendet, las aufmerksam, ohne von dem Papier aufzuschauen, faltete es zusammen und sprach: „Nun, seid Ihr zufrieden?" Dann nahm er mit einer Hand die Brille von der Nase, reichte mit der anderen Tonio das Papier und blickte auf. Tonio langte mit der Hand nach dem Papier und trat zur Seite, Gervaso tat es auf seinen Wink nach der anderen, worauf in der Mitte, als hätte sich der Vorhang einer Bühne geteilt, Renzo und Lucia zum Vorschein kamen. Don Abbondio maß sie anfangs mit verschwommenem, dann mit klarem Blick, erschrak, wunderte sich, geriet in Zorn, überlegte, faßte einen Entschluß, und all das in derselben Zeit, während der Renzo die Worte sprach: „Herr Pfarrer, in Gegenwart dieser Zeugen, diese hier ist meine Frau." Seine Lippen hatten sich noch nicht geschlossen, als

Don Abbondio das Papier zu Boden fallen ließ und bereits mit der Linken die Lampe ergriff und emporhob, mit der Rechten die Decke des Tischchens packte, sie zornig an sich riß, dabei Buch, Papier, Tintenfaß und Streusand zu Boden schleuderte und zwischen Sessel und Tischchen auf Lucia zusprang. Die Ärmste hatte mit ihrer lieblichen Stimme, am ganzen Leibe zitternd, kaum herausstoßen können: „Und das ist...", da hatte Don Abbondio ihr rücksichtslos die Tischdecke über Kopf und Gesicht geworfen, um zu verhindern, daß sie die vollständige Formel aussprach. Unmittelbar danach ließ er noch die Lampe fallen, die er in der anderen Hand hielt, und griff auch noch mit dieser zu, um Lucia in die Decke zu wickeln, so daß er sie fast erstickte. Dabei schrie er aus Leibeskräften: „Perpetua! Perpetua! Verrat! Hilfe!" Der Docht, der auf dem Fußboden langsam verlosch, warf seinen matten, zuckenden Schein auf Lucia, die, fassungslos, gar nicht versuchte, sich zu befreien, sondern wie eine Tonstatue dastand, über die der Künstler ein feuchtes Tuch geworfen hat. Nachdem das Licht erloschen war, ließ Don Abbondio von der Armen ab und tastete sich zu einer Tür, die in ein Nebenzimmer führte. Er fand sie, ging hindurch und schloß sich ein, wobei er unausgesetzt schrie: „Perpetua! Verrat! Hilfe! Raus aus diesem Haus! Raus aus diesem Haus!" Im ersten Zimmer herrschte ein Durcheinander: Renzo ruderte bei dem Versuch, den Pfarrer festzuhalten, mit den Händen in der Luft, als spielte er Blindekuh, erreichte die Tür und klopfte, während er rief: „Öffnen Sie, öffnen Sie. Machen Sie keinen Lärm." Lucia rief mit schwacher Stimme Renzo und flehte ihn an: „Gehen wir, gehen wir, um Himmels willen." Tonio kroch auf allen vieren und tastete den Fußboden mit den Händen ab, um seine Bestätigung ausfindig zu machen. Gervaso schrie und sprang wie besessen umher und suchte die Tür zur Treppe, um unbeschadet zu entkommen.

Inmitten dieses Gedränges können wir nicht umhin, einen Augenblick zu verweilen, um eine Betrachtung anzustellen.

Renzo, der nachts in einem fremden Haus, in das er heimlich eingedrungen, Lärm schlug und den Herrn des Hauses in einem Zimmer belagerte, erweckt hier ganz den Eindruck eines Bedrückers, und doch war er letztlich der Bedrückte. Don Abbondio, überrascht, erschreckt und in die Flucht gejagt, während er ruhig seinen Angelegenheiten nachging, scheint das Opfer zu sein, obwohl in Wirklichkeit er es war, der Gewalt übte. Doch so ist es eben oft auf der Welt... ich wollte sagen, so ging es im 17. Jahrhundert zu.

Als der Belagerte sah, daß der Feind keine Neigung zeigte, sich zurückzuziehen, öffnete er das Fenster, das auf den Kirchplatz hinausging, und schrie: „Hilfe! Hilfe!" Draußen war herrlicher klarer Mondschein. Der Schatten der Kirche und des langen spitzen Glockenturms lagen dunkel und scharf umrissen auf dem grasbewachsenen, schimmernden Platz. Man konnte jeden Gegenstand unterscheiden, fast wie am Tage. Jedoch war weit und breit kein lebendes Wesen zu sehen. Aber an der Längswand der Kirche, und zwar auf der dem Pfarrhaus zugewandten Seite, war eine kleine Hütte, ein Loch, in dem der Sakristan schlief. Dieser wurde durch das ungewöhnliche Geschrei aufgeschreckt, tat einen Sprung, verließ schnell sein Bett, öffnete das Guckloch seines Fensterchens, steckte den Kopf hinaus, die Augen noch voller Schlaf, und rief: „Was ist los?"

„Lauft, Ambrogio, Hilfe! Es sind Leute im Haus", schrie Don Abbondio zurück. „Ich komme gleich", erwiderte jener, zog den Kopf zurück, schloß sein Guckloch wieder und fand, obwohl er immer noch halb im Schlaf und noch recht verschreckt war, auf Anhieb das richtige Mittel, um mehr Hilfe zu geben, als gefordert worden war, ohne sich selber ins Handgemenge, oder was es sein mochte, zu begeben. Mit einem Griff klemmte er sich die Hose, die auf dem Bett lag, wie einen Galahut unter den Arm, stürmte in Sprüngen die hölzerne Stiege hinab, lief zum Glockenturm, ergriff den Strick der größeren der beiden Glocken und läutete Sturm.

„Dong, dong, dong, dong." Die Bauersleute fahren aus ihren Betten auf, und die jungen Burschen, die sich auf dem Heuboden ausgestreckt haben, spitzen die Ohren und erheben sich. „Was ist los? Was ist los? Sturmläuten? Feuer? Diebe? Banditen?" Viele Frauen beschwören ihre Männer, sich nicht zu rühren und die anderen hinlaufen zu lassen. Einige erheben sich und gehen ans Fenster. Die Faulpelze indes kriechen, als hörten sie auf die Bitten, wieder in die Betten. Die Neugierigen und die Beherzten rennen nach Heugabeln und Flinten, um dorthin zu laufen, wo der Lärm ist, andere stehen abwartend herum.

Doch bevor noch alle diese Leute sich besonnen hatten und gänzlich erwachten, war der Lärm anderen Personen zu Ohren gelangt, die gar nicht weit entfernt wach und angezogen und auf den Beinen waren: einerseits die Bravi, andererseits Perpetua und Agnese. Zuerst wollen wir kurz berichten, was sowohl die Bravi in dem verfallenen Haus als auch die drei in der Schenke von jenem Augenblick an getrieben haben, da wir sie allein gelassen hatten. Als die drei alle Türen verschlossen und die Straße verödet sahen, verließen sie eiligst die Schenke, als wäre ihnen die späte Stunde plötzlich zum Bewußtsein gekommen, und sagten, daß sie schnell heimkehren wollten, aber sie machten noch einen Rundgang durchs Dorf, um sicher zu sein, daß wirklich alle Leute zur Ruhe gegangen seien, und sie trafen in der Tat kein lebendes Wesen an und vernahmen kein verdächtiges Geräusch. Sie schlichen auch an unserem armseligen Häuschen vorüber, es war das ruhigste von allen, da sich niemand darin aufhielt. Dann eilten sie schnurstracks zu dem verfallenen Gehöft und erstatteten dem Grauen Bericht. Dieser stülpte sich unverzüglich einen Schlapphut auf den Kopf, warf einen bestickten Pilgermantel aus gewachstem Leinen über die Schultern, ergriff einen Pilgerstab und sagte: „Los denn, tapfere Bravi! Leise! Und achtet auf die Befehle!" Damit ging er als erster, und die anderen folgten ihm. Einen Augenblick später erreichten sie das Häuschen auf einem Wege, der entgegengesetzt zu jenem verlief, den unsere kleine Gesellschaft genommen hatte, als sie ihrerseits zu ihrem Unternehmen ausgezogen war. Der Graue ließ den Trupp in einiger Entfernung warten und ging allein als Kundschafter voraus. Als er merkte, daß um das Häuschen alles ruhig und leer war, winkte er zwei seiner Schergen herbei, gab ihnen den Befehl, vorsichtig über die Mauer zu steigen, die den kleinen Hof umschloß, und sich drinnen in der Ecke unter einem dichten Feigenbaum zu verstecken, den er am Vormittag entdeckt hatte. Nachdem dies geschehen, klopfte er ganz sachte an, in der Absicht, sich für einen verirrten Pilger auszugeben, der bis Tagesanbruch um Zuflucht bäte. Doch niemand antwortete ihm; er klopfte stärker, aber es wurde kein Laut hörbar. Darauf rief er einen dritten von seinen Bravi herbei, befahl ihm, gleich den anderen beiden in den Hof zu steigen und leise den Riegel zurückzuschieben, um sich freien Zutritt und Ausgang zu sichern. Alles geschah mit größter Vorsicht und bestem Erfolg. Sodann ging er die übrigen rufen, ließ sie eintreten und schickte sie zum Versteck der ersten. Nun lehnte er die Tür zur Straße geräuschlos an und stellte innen zwei Posten auf, selbst aber ging er zur Haustür. Dort klopfte er und wartete, und er mochte lange warten. Er entriegelte ganz sacht auch diese Tür, drinnen rief niemand: Wer ist da? Es ließ sich niemand hören. Besser konnte es nicht gehen. Vorwärts denn. „Pst", rief er denen unter dem Feigenbaum zu, betrat mit ihnen den Raum im Erdgeschoß, eben jenen, wo er am Morgen so ruchlos ein Stück Brot erbettelt hatte. Er zog Zunder, Stein, Feuerstahl und Schwefelhölzchen aus der Tasche, zündete eine Laterne an, begab sich in das hintere Zimmer, um sich zu vergewissern, ob dort niemand wäre: niemand war da. Er kehrte um, ging an die Tür neben der Treppe, schaute, legte das Ohr an: Stille und Leere. Er ließ zwei weitere Posten im Erdgeschoß zurück und bedeutete dem Finsteren, einem Bravo aus der Gegend von Bergamo, ihm zu folgen. Dieser sollte die Drohungen, Beschwichtigungen und Befehle übermitteln und der alleinige Sprecher sein, um Agnese durch seine Mundart glauben zu machen, daß die Unternehmung vom Bergamaskischen aus erfolge. Mit jenem an seiner Seite und die übrigen Bravi hinter sich, stieg also der Graue ganz leise nach oben, jede knarrende Stufe und jede geräuschvolle Bewegung seiner Spießgesellen verfluchend. Schließlich war er oben angelangt. Und da lag nun der Hase im Pfeffer. Er drückte leise gegen die Tür, die zum ersten Zimmer führte, sie gab nach und öffnete sich spaltbreit. Er warf einen Blick hinein, es war dunkel. Er lauschte, um zu hören, ob jemand schnarchte, atmete oder sich rührte: nichts. Vorwärts denn! Er hielt die Laterne vors Gesicht, um zu sehen, ohne gesehen zu werden, stieß die Tür auf, erblickte ein Bett, auf das er zustürzte. Das Bett war gemacht und glattgestrichen, die Decke unberührt und über das Kopfkissen gebreitet. Der Graue zuckte die Achseln, drehte sich zu seinen Spießgesellen um und gab ihnen durch Zeichen zu verstehen, daß er sich im anderen Zimmer umsehen wolle und daß sie ihm leise folgen sollten. Er betrat es nach den gleichen Vorsichtsmaßregeln und fand das gleiche wie im ersten Zimmer. „Was zum Teufel bedeutet dies?" sagte er dann. „Sollte irgendein verräterischer Hund am Werk gewesen sein?" Alle begannen nun mit geringerer Vorsicht zu wühlen, alle Winkel abzutasten und kehrten dabei im ganzen Haus das Unterste zuoberst. Während die Bravi das Haus durchsuchten, hörten die beiden, die an der Tür zur Straße Wache hielten, das Stapfen eiliger Schritte, die hastig näher kamen. In der Annahme, der Herankommende werde vorbeigehen, verhielten sie sich still und waren auf der Hut. In der Tat, das Stapfen endete genau vor der Tür. Es war Menico, der im Laufschritt von Pater Cristoforo zurückkehrte, um den beiden Frauen zu raten, daß sie um Himmels willen das Haus sofort verlassen und im Kloster Zuflucht suchen sollten, weil . . . Nun, das Weil ist unserem Leser bekannt. Menico langte nach dem Türklopfer und fühlte, wie dieser in seiner Hand wackelte, er war herausgerissen und zerbrochen. Was bedeutet das? denkt der Knabe und drückt angstvoll gegen die Tür. Sie öffnet sich. Menico betritt voller Argwohn den Hof und fühlt sich gleichzeitig an beiden Armen gepackt. Von rechts und links zischen ihm zwei drohende Stimmen zu: „Still! Oder du bist des Todes!“ Er aber stößt einen Schrei aus, worauf der eine der beiden Räuber ihm die Hand auf den Mund preßt, der andere zückt ein Messer, um ihm Angst einzujagen. Der Knabe zittert wie Espenlaub und versucht nicht einmal zu schreien. Dafür hört man auf einmal statt seiner einen ganz anderen Ton, und zwar den ersten Glokkenschlag, und danach ein wahres Sturmgeläut. Der Schuldige sieht überall Gespenster, sagt ein Mailänder Sprichwort. Und der eine wie der andere der Schurken glaubte aus dem Geläute seinen Namen, Zunamen und Decknamen herauszuhören. So ließen sie die Arme Menicos fahren, zogen die ihren eiligst zurück, sperrten Mund und Nase auf, starrten einander an und rannten ins Haus, wo sich die meisten ihrer Spießgesellen aufhielten. Menico aber nahm die Beine in die Hand und jagte zum Glockenturm hinunter, wo mit Sicherheit Leute sein mußten. Auf die übrigen Halunken, die noch das Haus vom Boden bis zum Keller durchstöberten, machte das dröhnende Geläute den gleichen Eindruck. Sie gerieten in Verwirrung, rannten einander über den Haufen, und jeder suchte auf kürzestem Wege zur Tür zu gelangen. Dabei waren alle diese Bravi erprobte Leute und gewohnt, die Zähne zu zeigen; einer unbekannten Gefahr aber, die man nicht einmal aus der Ferne hätte abschätzen können, ehe sie losbrach, konnten sie nicht entgegentreten. Es bedurfte daher der ganzen Autorität des Grauen, um sie beisammenzuhalten, damit es nur zu einem Rückzug, nicht zu einer Flucht kam. Wie ein Hund, der eine Herde Schweine bewacht und dabei bald hier, bald da einem fliehenden nachsetzt, eins an den Ohren packt und zurückjagt, das andere mit der Schnauze vorwärts schiebt und das dritte, das gerade aus der Reihe ausbricht, anbellt, so packte der Pilger einen von denen, die schon die Schwelle erreicht hatten, am Schopf und stieß ihn zurück und jagte mit seinem Pilgerstab einen zweiten und dritten, die von der anderen Seite herbeiliefen, wieder zurück. Er schrie die übrigen an, die hin und her liefen, ohne zu wissen, wohin, bis er sie schließlich alle mitten auf dem Hof zu einem Haufen zusammengetrieben hatte. „Schnell, schnell! Pistole in die Hand, Messer raus! Alle auf einmal und vorwärts. So schaffen wir es. Wer soll uns etwas anhaben, wenn wir zusammenbleiben, ihr Dummköpfe? Wenn wir uns jedoch einzeln erwischen lassen, werden auch die Bauern über uns herfallen. Auf! mir nach, und alle miteinander." Nach dieser kurzen Rede trat er an die Spitze des Zuges und verließ als erster den Hof. Das Haus lag, wie wir schon berichtet haben, am Ende des Dorfes. Der Graue schlug den Weg ein, der aus dem Dorf hinausführte, und seine Spießgesellen folgten ihm wohlgeordnet.

Wir wollen sie gehen lassen und einen Schritt zurück tun zu Agnese und Perpetua, die wir in einer Gasse verlassen haben. Agnese hatte dafür gesorgt, Perpetua so weit wie möglich von Don Abbondios Haus fortzuführen. Und bis zu einem bestimmten Moment war alles nach Wunsch gegangen. Doch plötzlich erinnerte sich die Dienerin der offenen Haustür und wollte zurückkehren. Dagegen gab es nichts einzuwenden. Agnese mußte, um keinen Verdacht bei Perpetua zu erwecken, mit ihr umkehren, suchte sie aber hinzuhalten, und zwar jedesmal dann, wenn diese sich bei ihrer Erzählung von den geplatzten Heiratsmöglichkeiten ereiferte. Agnese schien ganz Ohr zu sein und sagte, um ihre Aufmerksamkeit zu beweisen oder um das Geschwätz neu anzufachen, hin und wieder: „Sicher. Ah, jetzt verstehe ich. Ja, gewiß. Ich verstehe. Und dann? Und er? Und Ihr?" Doch zu gleicher Zeit führte sie mit sich selbst ein anderes Gespräch. Ob sie schon draußen sind? Oder ob sie noch im Pfarrhaus sind? Wie dumm von uns dreien, kein Zeichen zu verabreden, das mich benachrichtigen würde, wenn alles gut ausgegangen ist! Das war wirklich unbesonnen! Aber nun ist es nicht mehr zu ändern, jetzt kann ich nichts weiter tun, als diese hier so lange, wie ich vermag, festzuhalten. Im schlimmsten Falle verliere ich etwas Zeit. Indessen waren sie mit mehreren kleinen Anläufen und Pausen in die Nähe des Pfarrhauses zurückgekehrt, konnten es jedoch wegen einer Biegung nicht sehen. Perpetua, die gerade bei einem wichtigen Punkt ihrer Erzählung angelangt war, hatte sich nochmals ohne Widerstand anhalten lassen, ja ohne es überhaupt zu merken, als man plötzlich den lauten Hilfeschrei Don Abbondios von oben her durch die vollkommene Stille und die weite schweigende Nacht gellen hörte.

„Barmherzigkeit! was ist geschehen?" schrie Perpetua und wollte loslaufen.

„Was ist? Was ist?" sagte Agnese und hielt sie am Rock fest.

„Barmherzigkeit! habt Ihr denn nichts gehört?" entgegnete jene und riß sich los.

„Was ist? Was ist?" wiederholte Agnese und umklammerte Perpetuas Arm.

„Teuflisches Weib!" schrie diese, stieß sie zurück, um loszukommen, und eilte davon. In diesem Augenblick vernahm man von weit her, schriller und kürzer, den Schrei Menicos.

„Barmherzigkeit!" rief nun auch Agnese und lief im Galopp der anderen hinterher. Sie hatten indes kaum die Fersen gehoben, als die Glocke zu dröhnen begann, einmal, zweimal, dreimal, immer öfter. Dieses Geläute hätte wie Sporen auf beide gewirkt, wären solche noch vonnöten gewesen. Perpetua kommt kurz vor der anderen an. Als sie die Tür aufstoßen will, wird diese von innen aufgerissen, und auf der Schwelle erscheinen Tonio, Gervaso, Renzo und Lucia, die, nachdem sie die Treppe gefunden hatten, in großen Sätzen heruntergestürzt waren und nun bei dem schrecklichen Geläute davonliefen, um sich in Sicherheit zu bringen.

„Was gibt's? Was gibt's?" fragte Perpetua atemlos die Brüder, die sie zurückstießen, statt zu antworten, und davonrannten. „Und Ihr? Was macht Ihr hier?“ fragte sie das andere Paar, als sie es erkannt hatte. Doch auch die beiden liefen fort, ohne zu antworten. Um nun dorthin zu eilen, wo man ihrer am dringendsten bedurfte, fragte Perpetua nicht weiter, sondern lief in den Flur und dann im Dunkeln so schnell wie möglich zur Treppe.

Die beiden jungen Leute aber, die Verlobte geblieben waren, standen Agnese gegenüber, die bekümmert näher trat. „Ach, hier seid ihr!“ sagte sie, mühsam nach Worten suchend. „Wie ist es denn gegangen? Was soll das Glockengeläute? Mir schien, als ob ich gehört hätte ...“

„Nach Hause, nach Hause“, sagte Renzo, „bevor Leute kommen.“ Und sie machten sich auf den Weg, aber da kam Menico gelaufen, erkannte sie, hielt sie an und sagte, noch am ganzen Leibe zitternd, mit heiserer Stimme: „Wo wollt Ihr hin? Zurück, zurück! Hier entlang, ins Kloster!“

„Bist du es, der ...“, begann Agnese.

„Was ist denn sonst noch geschehen?“ fragte Renzo. Lucia war völlig fassungslos, sie zitterte und schwieg.

„Bei Euch ist der Teufel im Haus“, beteuerte Menico atemlos. „Ich habe sie gesehen. Sie wollten mich umbringen. Und Pater Cristoforo hat es auch gesagt! Und auch Ihr, Renzo, sollt sofort hinkommen. Und dann habe ich sie selbst gesehen. Die Vorsehung hat's gewollt, daß ich Euch hier alle treffe! Ich werde Euch alles erzählen, wenn wir aus dem Dorf heraus sind.“

Renzo, der von allen noch am ruhigsten war, überlegte, daß es so oder so am besten war, sofort zu verschwinden, ehe noch die Leute herbeikämen, und das sicherste war, zu tun, was Menico riet, ja was er mit der Überzeugungskraft eines erschrockenen Menschen befahl. Unterwegs, außerhalb der Gefahr, konnte man dann von dem Knaben genauere Erklärungen verlangen. „Geh voran“, sagte er zu ihm, und zu den Frauen: „Laßt uns mit ihm gehen!“ Sie kehrten um, liefen schnell auf die Kirche zu, überquerten den Platz, wo sich, gottlob, noch kein lebendes Wesen blicken ließ. Dann folgten sie einer Gasse, die zwischen Kirche und Pfarrhaus hindurchführte, und schlüpften durch das erste Loch, das sie in einem Zaun entdeckten, auf die Felder.

Sie mochten sich noch keine fünfzig Schritt entfernt haben, als auf dem Kirchplatz die ersten Leute erschienen, deren Zahl in jedem Augenblick zunahm. Sie schauten einander ins Gesicht. Jeder hatte Fragen zu stellen, niemand wußte eine Antwort. Die zuerst Gekommenen liefen an die Kirchentür. Sie war verschlossen. Dann eilten sie zum Glockenturm. Jemand schob den Mund in ein schießschartenartiges Turmfensterchen und schrie hinein: „Welcher Teufel ist hier am Werk?“ Als Ambrogio eine bekannte Stimme vernahm, ließ er den Strick los und erwiderte, von dem Gemurmel der vielen herbeigelaufenen Leute beruhigt: „Ich komme und öffne.“ Er bewaffnete sich nun eiligst mit dem Rüstzeug, das er unter dem Arm trug, lief aus dem Inneren der Kirche ans Portal und öffnete.

„Was bedeutet dieser Lärm? Was ist los? Wer ist es? Was ist es?“

„Was heißt wer?“ sagte Ambrogio, der mit einer Hand den Türflügel festhielt und mit der anderen einen Zipfel jenes Rüstzeugs, das er eben in Eile angelegt hatte. „Wie? Ihr wißt von nichts? Im Hause des Herrn Pfarrers sind fremde Leute! Mut, Brüder, Hilfe!“

Nun wandten sich alle dem Pfarrhaus zu und drängten in Scharen hinüber, sahen zu den Fenstern auf und spitzten die Ohren. Dort aber war alles ruhig. Andere liefen nach jener Seite des Hauses, wo sich die Tür befand. Sie war verschlossen und sah nicht so aus, als wäre sie berührt worden. Dann schauten auch sie zu den Fenstern empor. Nicht eins war geöffnet, und kein Laut war zu vernehmen.

„Wer ist dort drinnen? He, he! Herr Pfarrer! Herr Pfarrer!“

Don Abbondio hatte sich, als er die Flucht der Eindringlinge bemerkt hatte, vom Fenster zurückgezogen und es geschlossen. In diesem Augenblick war er dabei, sich mit

Perpetua leise zu zanken, weil sie ihn in solcher Bedrängnis allein gelassen hatte. Er mußte aber, als er das Volk rufen hörte, nochmals ans Fenster treten, und als er den zahlreichen Beistand sah, reute es ihn, gerufen zu haben.

„Was ist geschehen? Was hat man Ihnen getan? Wer sind diese Leute? Wo sind sie?“ schrien ihm wohl an die fünfzig Stimmen auf einmal entgegen.

„Jetzt ist niemand mehr hier. Ich danke Euch, geht jetzt wieder heim.“

„Aber wer ist es gewesen? Wohin sind sie gegangen? Was ist geschehen?“

„Schlechte Menschen. Solche, die sich nachts herumtreiben. Aber sie sind geflohen. Geht heim. Es ist niemand mehr hier. Ein anderes Mal, Kinder. Ich danke Euch für Euer gutes Herz.“ Und nachdem er dies gesagt, trat er zurück und schloß das Fenster. Hier begannen einige Leute zu murren, andere zu spotten und wieder andere zu fluchen. Einige zuckten die Achseln und gingen nach Hause, als plötzlich jemand keuchend angestürzt kam, kaum fähig, ein Wort hervorzubringen. Dieser Mann wohnte unseren Frauen fast gerade gegenüber. Auf den Lärm hin war er ans Fenster getreten und hatte auf dem Hof den Haufen Bravi entdeckt, als der Graue eben dabei war, sie zu sammeln. Wieder zu Atem gekommen, schrie Agneses Nachbar: „Was macht Ihr hier, Leute? Nicht hier ist der Teufel los, sondern am Ende des Dorfes! Im Hause der Agnese Mondella. Bewaffnete sind da drinnen! Es scheint, daß sie einen Pilger umbringen wollen. Wer weiß, was für eine Teufelei dort im Gange ist!“

„Was? Was? Was?“ Eine stürmische Beratung begann. „Man muß hingehen! Man muß nach dem Rechten sehen! Wie viele sind es? Wie viele sind wir? Wer sind die? Gemeindevorsteher! Gemeindevorsteher!“

„Hier bin ich!“ rief dieser aus der Menge. „Hier bin ich! Aber Ihr müßt mir beistehen und mir gehorchen. Schnell, wo ist der Sakristan? An die Glocke! An die Glocke! Schnell, einer soll nach Lecco laufen und Unterstützung herbeiholen! Kommt alle mit ..."

Viele liefen mit, manche entschlüpften aus der Menge und machten sich dünn. Der Tumult war groß, da kam noch einer angelaufen, der die Bravi hatte in Eile abziehen sehen. Er schrie: „Lauft, Leute. Diebe oder Räuber, die sich mit einem Pilger davonmachen. Sie sind schon außerhalb des Dorfes. Ihnen nach! Ihnen nach!" Bei dieser Botschaft kam Bewegung in die Masse, und ohne die Befehle ihres Anführers abzuwarten, rannten alle in wildem Durcheinander die Straße entlang. Während das Heer nachrückte, verlangsamte dieser oder jener aus der Vorhut den Schritt, ließ sich überholen und reihte sich dem Haupttroß ein. Die letzten aber drängten nach vorn, und schließlich langte ein unordentlicher Schwarm an seinem Ziel an. Hier waren die Spuren des Überfalls frisch und offenkundig: die Hoftür stand sperrangelweit offen, und das Schloß war herausgerissen. Aber die Eindringlinge waren verschwunden.

Die Dorfbewohner treten in den Hof und begeben sich an die Haustür, auch sie ist offen und erbrochen. Man beginnt zu rufen: „Agnese! Lucia! Pilger! Wo ist der Pilger? Von einem Pilger wird der Stefano nur geträumt haben!" – „Nein, nein, auch Carlandrea hat ihn gesehen. He, Pilger!" – „Agnese, Lucia!" Niemand antwortet. „Sie haben sie weggeschleppt! Sie haben sie weggeschleppt!" Nun forderten einige mit lauter Stimme, die Räuber zu verfolgen. Es sei eine Schmach für das ganze Dorf, wenn jeder Schurke ungehindert herkommen und Frauen verschleppen könne wie der Geier die Küken aus einer verlassenen Tenne. Erneute, weit stürmischere Beratung. Da rief einer (wer es war, hat man nie erfahren) in die Menge, daß Lucia und Agnese sich in irgendeinem Haus in Sicherheit gebracht hätten. Dieses Gerücht verbreitete sich rasch, fand überall Glauben, und bald sprach niemand mehr davon, auf die Flüchtigen Jagd zu machen. Die Menge löste sich auf, und jeder kehrte in sein Haus zurück. Doch es gab noch ein langes Flüstern, Lärmen und Pochen, Türenöffnen, Aufflammen und Erlöschen von Laternen, ein Fragen der Frauen aus den Fenstern, ein Antworten von der Straße. Und als diese wieder still und menschenleer dalag, wurden die Gespräche in den Häusern noch lange fortgesetzt, bis sie schließlich unter Gähnen erstarben, um am nächsten Morgen von neuem zu beginnen. Mehr ereignete sich jedoch nicht, nur daß am gleichen Vormittag noch, als der Gemeindevorsteher auf dem Acker stand, das Kinn in der Hand, den Ellenbogen auf den Griff des Spatens gestützt, der zur Hälfte in dem Boden stak, einen Fuß auf dem Spatenrand, ich wiederhole, daß also, während er so dastand und über die geheimnisvollen Vorgänge dieser Nacht nachdachte und überlegte, was er zu tun habe und was zu tun sich für ihn zieme, plötzlich zwei ziemlich verwegen aussehende Männer auf ihn zukamen, mit lang wallendem Haar wie zwei Frankenkönige aus dem edelsten Geschlecht. Sie waren im übrigen den beiden nicht unähnlich, die vor fünf Tagen Don Abbondio entgegengetreten waren, obschon es nicht dieselben zu sein schienen. Sie forderten den Gemeindevorsteher noch weit unverblümter auf, dem Stadtvogt über das Vorgefallene keine Anzeige zu erstatten und keine Auskünfte über den wahren Sachverhalt zu geben, falls er danach gefragt würde, auch nicht darüber zu schwatzen und das Geschwätz der Dorfbewohner zu schüren, sofern ihm die Hoffnung lieb sei, eines natürlichen Todes zu sterben.

Unsere Flüchtlinge hatten schweigend ein gutes Stück Weges zurückgelegt, wobei sich bald der eine, bald der andere umwandte, um zu sehen, ob niemand ihnen folge. Sie waren alle drei niedergedrückt, nicht nur über die anstrengende Flucht und die Angst und Ungewißheit, die sie ausgestanden hatten, sondern auch aus Enttäuschung über den unglücklichen Ausgang und aus Besorgnis über die neuen dunklen Gefahren. Ihre Unruhe wuchs bei dem anhaltenden Läuten der Glocke, das zwar matter und dumpfer wurde, je mehr sie sich entfernten, das aber dafür immer unheilvoller und grausiger klang. Endlich verstummte es. Die Flüchtlinge befanden sich nun auf freiem Felde und verlangsamten ihre Schritte, da ringsum kein Laut zu hören war. Als erste brach Agnese das Schweigen und fragte Renzo, wie es abgelaufen sei, und dann Menico, was es mit dem Teufel in ihrem Hause auf sich habe. Renzo erzählte kurz seine traurige Geschichte, dann wandten sich alle drei dem Knaben zu, der ihnen den Bescheid des Paters genau übermittelte und dann berichtete, was er selbst erlebt und gewagt hatte und was leider die Warnung des Paters bestätigte. Die Zuhörer begriffen mehr, als Menico ihnen sagen konnte. Entsetzen befiel sie, und alle drei blieben gleichzeitig stehen und starrten einander erschrocken an. Dann legten sie einmütig die Hände auf Kopf und Schulter des Knaben, wie um ihn zu liebkosen, und dankten ihm wortlos, daß er gewissermaßen ihr Schutzengel gewesen war. Sie bezeigten ihm ihr Mitleid für die Angst, die er ihretwegen ausgestanden hatte, und für die Gefahr, der er zu ihrer Rettung ausgesetzt war, und sie schienen ihn dafür um Entschuldigung zu bitten. „Jetzt geh heim, damit die Deinen nicht in Sorge um dich geraten", sagte Agnese zu ihm, nahm in Erinnerung an die versprochenen vier Geldstücke diese aus der Tasche und reichte sie ihm mit den Worten: „Alsdann, bete zu Gott, daß wir uns bald wiedersehen. Und dann ..." Renzo gab ihm eine neugeprägte Berlinga und legte ihm dringend ans Herz, nichts von dem Auftrag, den der Pater ihm erteilt hatte, zu erzählen. Lucia liebkoste ihn von neuem und verabschiedete sich niedergedrückt von ihm. Bewegt grüßte Menico sie alle und machte sich auf den Heimweg. Die drei anderen setzten gedankenvoll ihren Weg fort, die Frauen voran, Renzo hinterdrein als Wache. Lucia hängte sich an den Arm ihrer Mutter und lehnte sanft und geschickt die Hilfe ab, die der junge Mann ihr an den beschwerlichen Stellen dieser Wanderung abseits der Straße anbot. Selbst in dieser Wirrnis schämte sie sich, so lange mit ihm allein und so vertraut gewesen zu sein, indes sie darauf gewartet hatte, wenige Augenblicke später seine Frau zu werden. Nun, da dieser Traum auf so schmerzliche Weise zerronnen war, bereute sie, zu weit gegangen zu sein, und zitterte, neben allem anderen, das sie beben machte, auch noch aus einem Gefühl der Scham, das nicht aus der schlimmen Kenntnis des Bösen herrührt, sondern sich selbst nicht begreift, ähnlich der Angst eines Kindes, das im Dunkeln zittert, ohne zu wissen, warum.

„Und das Haus?“ sagte Agnese auf einmal. So wichtig diese Frage auch war, erwiderte keiner ein Wort, weil niemand auf befriedigende Weise zu antworten vermocht hätte. Sie setzten darum schweigend ihren Weg fort und kamen wenig später endlich auf dem kleinen Platz vor der Klosterkirche an.

Renzo trat ans Tor und stieß sachte dagegen. Es öffnete sich in der Tat. Und der Mondschein, der durch den Spalt hereinfiel, erhellte das blasse Antlitz und den silbernen Bart Pater Cristoforos, der hier in der Kirche auf sie gewartet hatte. Als er sah, daß niemand fehlte, rief er: „Gott sei gelobt!“ und bedeutete ihnen einzutreten. Neben ihm stand ein anderer Kapuziner, der Laiensakristan, den er mit Bitten und Vernunftgründen überredet hatte, aufzubleiben, das Tor angelehnt zu lassen und mit ihm zu wachen, um die armen Bedrohten aufzunehmen. Doch nur durch seine Autorität und durch seinen Ruf der Heiligkeit vermochte der Pater den Laienbruder zu einer so unbequemen, gefährlichen und regelwidrigen Nachgiebigkeit zu bewegen. Als sie eingetreten waren, zog Pater Cristoforo die Tür behutsam wieder zu. Jetzt aber konnte sich der Sakristan nicht länger zurückhalten. Er rief den Pater beiseite und flüsterte ihm ins Ohr: „Aber Pater! Pater! Nachts . in der Kirche ... mit Frauen ... Abschließen ... die Vorschrift ... aber Pater!“ Und er schüttelte den Kopf, während er diese Worte mürrisch hervorstieß. Seht an, wäre es ein verfolgter Räuber, würde Fra Fazio nicht die geringsten Bedenken von der Welt hegen, eine arme Unschuld aber, die eben den Klauen eines Wolfes entronnen ist ..., dachte Pater Cristoforo bei sich. *„Omnia mund a mundis“*, sagte er dann und wandte sich unversehens Fra Fazio zu, wobei er vergaß, daß dieser kein Latein verstand. Doch gerade diese Achtlosigkeit erzielte die nötige Wirkung. Hätte er versucht, vernünftige Gründe beizubringen, wäre Fra Fazio nicht um Gegengründe verlegen gewesen, und der Himmel mag wissen, wie die Sache ausgegangen wäre. Aber als Fra Fazio diese ernsten, geheimnisvollen Worte in so entschlossenem Tonfall vernahm, glaubte er, daß darin die Lösung aller seiner Zweifel verborgen sei. Er gab sich zufrieden und sagte: „Nun gut! Sie verstehen davon mehr als ich.“

„Vertraut mir nur“, antwortete Pater Cristoforo und näherte sich beim dämmerigen Schein der Lampe, die vor dem Altar brannte, den Zufluchtsuchenden, die voller Unruhe warteten, und sagte zu ihnen: „Danket dem Herrn, meine Kinder, daß er Euch aus einer so großen Gefahr errettet hat. Vielleicht in diesem Augenblick . . .!“ Und er berichtete, was er durch den kleinen Boten hatte andeuten lassen, denn er ahnte nicht, daß sie bereits mehr wußten als er selber, sondern nahm an, Menico habe sie ruhig in ihrem Haus angetroffen, bevor jene Schurken dort aufgetaucht waren. Niemand klärte ihn über seinen Irrtum auf, nicht einmal Lucia, die ob ihrer Verstellung gegen einen solchen Menschen von geheimer Reue gequält wurde. Doch es war nun einmal eine Nacht der Wirrnisse und der Winkelzüge.

„Nach alledem“, fuhr Pater Cristoforo fort, „werdet Ihr einsehen, Kinder, daß Ihr im Dorf jetzt nicht mehr sicher seid. Es ist Euer Dorf, Ihr seid dort geboren und habt niemandem unrecht getan, Gott aber will es so. Es ist eine Prüfung, meine Kinder. Ertragt sie mit Geduld, in Vertrauen und ohne Haß und seid sicher, daß eine Zeit kommen wird, in der Ihr über alles, was jetzt geschieht, glücklich sein werdet. Ich habe daran gedacht, Euch eine Unterkunft für die erste Zeit zu suchen. Ich hoffe, daß Ihr bald in Euer Haus werdet zurückkehren können. Auf jeden Fall wird Gott für Euer Wohlergehen sorgen, und ich werde keine Mühe scheuen, um mich der Gnade würdig zu erweisen, die er mir antut, indem er mich zu seinem Diener macht in der Sorge um Euch, seine armen Bedrängten." Dann wandte er sich an die beiden Frauen und fuhr fort: „Ihr könnt in *** bleiben. Dort seid Ihr weit genug von jeder Gefahr entfernt und gleichzeitig nicht gar zu weit von Eurem Haus. Begebt Euch dort in unser Kloster, laßt den Pater Guardian rufen und übergebt ihm diesen Brief. Er wird ein zweiter Pater Cristoforo für Euch werden. Und auch du, mein Renzo, auch du mußt dich in diesem Augenblick vor der Wut und Rache anderer in acht nehmen und auch vor deiner eigenen. Bringe diesen Brief zu Pater Bonaventura aus Lodi in unserem Kloster an der Porta Orientale in Mailand. Er wird dir ein Vater sein, wird dich beraten und Arbeit für dich finden, solange du nicht zurückkommen und hier ruhig leben kannst. Geht am Seeufer entlang bis zur Bionemündung." Der Bione ist ein Wildbach, wenige Schritte von Pescarenico entfernt. „Dort werdet Ihr einen Kahn liegen sehen. Sagt nur: Ein Boot. Und wenn Ihr gefragt werdet, für wen, so antwortet: Für den heiligen Franziskus. Dann wird der Kahn Euch aufnehmen und ans andere Ufer bringen, wo Ihr einen Karren vorfinden werdet, der Euch geradewegs nach *** bringen wird."

Sollte jemand fragen, woher Pater Cristoforo so schnell diese Fahrgelegenheiten zu Wasser und zu Lande beschaffen konnte, so bewiese diese Frage, daß er keine Vorstellung besitzt von der Macht eines Kapuziners, der im Rufe der Heiligkeit steht.

Es blieb nun noch die Aufsicht der Häuser zu überlegen. Der Pater erhielt von beiden die Schlüssel und übernahm es, sie den von Renzo und Agnese genannten Personen auszuhändigen. Agnese stieß, als sie den Schlüssel ihres Hauses aus der Tasche holte, einen tiefen Seufzer aus, da ihr einfiel, daß es zu dieser Stunde offen war und der Teufel in ihm sein Unwesen getrieben hatte. Wer weiß, ob überhaupt noch etwas zu verwahren geblieben war.

„Bevor Ihr fortgeht", sagte der Pater, „wollen wir zusammen zu Gott beten, daß er Euch begleite auf dieser Reise und immerdar und daß er Euch vor allem Kraft und Liebe schenke, zu wollen, was er für Euch ausersehen hat." Mit diesen Worten kniete er mitten in der Kirche nieder, und die drei taten wie er. Nachdem sie einige Augenblicke jeder für sich gebetet hatten, sprach der Pater mit leiser, aber klarer Stimme diese Worte: „Und wir beten auch für jenen Unseligen, der dieses über uns gebracht hat. Wir wären unwürdig deines Erbarmens, wenn wir dieses nicht auch aus vollem Herzen für ihn erbäten, er bedarf dessen so sehr. Wir in all unserer Betrübnis haben den Trost, daß wir uns auf dem Wege befinden, auf den du uns geführt hast. Wir können dir unser Leid darbringen, und es wird sich in Heil wandeln. Er aber! ... er ist dein Feind. Der Unselige! er wetteifert mit dir! Habe Erbarmen mit ihm, o Herr, rühre sein Herz, führe ihn zu dir zurück als deinen Freund und gewähre ihm alles Gute, was wir für uns selber erbitten."

Darauf erhob er sich, als hätte er Eile, und sagte: „Und nun fort, Kinder. Es ist keine Zeit zu verlieren. Gott behüte Euch, sein Engel begleite Euch: Geht, geht!" Und als die drei sich mit jener Rührung, die keine Worte findet, sondern sich schweigend offenbart, zum Gehen schickten, fügte der Pater mit bewegter Stimme hinzu: „Mein Herz sagt mir, daß wir uns in Kürze wiedersehen werden."

Gewiß, wer auf das Herz hört, der kann immer etwas über die Zukunft sagen. Was aber weiß es? Kaum etwas von dem, was bereits geschehen ist.

Ohne eine Antwort abzuwarten, ging Pater Cristoforo auf die Sakristei zu, und die Reisenden verließen die Kirche. Fra Fazio schloß das Tor und sagte ihnen, ebenfalls bewegt, Lebewohl. Die drei gingen stumm den bezeichneten Weg zum Seeufer hinab, fanden dort den Kahn vor und stiegen ein, nachdem die Losungsworte ausgetauscht waren. Der Schiffer stemmte ein Ruder gegen das Ufer und stieß ab, ergriff dann das andere und steuerte, mit beiden Armen rudernd, über den offenen See auf das gegenüberliegende Ufer zu. Kein Lüftchen rührte sich, der See lag blank und glatt und hätte gänzlich regungslos geschienen, wäre nicht das Flimmern und leichte Schaukeln des Mondes gewesen, der mitten am Himmel stand und sich im Wasser spiegelte. Man hörte nur ein träges Glucksen und das leise Brechen der Wellen auf dem Kies des Strandes, das Gurgeln des Wassers an den Pfeilern der fernen Brücke und den gleichmäßigen Schlag der beiden Ruder, die die blaue Fläche des Sees zerschnitten und triefend emportauchten und wieder verschwanden. Die vom Kahn zerteilte Flut schloß sich hinter dem Heck und hinterließ einen krausen Streifen, der sich zum Ufer hin verlor. Die schweigenden Reisenden blickten zurück auf die Berge und auf das vom Mond beschienene Land, in dem da und dort tiefe Schatten standen. Sie erkannten Dörfer, Häuser und Hütten. Der Palast Don Rodrigos mit seinem platten Turm, der sich über dem Häufchen elender Hütten an den Abhängen des Vorgebirges erhob, glich einem wilden Räuber, der inmitten einer Schar von Schlafenden im Dunkeln stand und auf einen Überfall sann. Lucia erblickte ihn und erschauerte, sie ließ das Auge bergab gleiten bis zu ihrem Dorf, schaute angestrengt nach dessen äußerstem Rande und erkannte ihr Häuschen, sah das dichte Laub des Feigenbaumes, der über die Hofmauer ragte, und entdeckte das Fenster ihres Zimmers. Da legte sie den Arm auf den Rand des Kahns, in dem sie hinten saß, lehnte wie zum Schlafen das Gesicht darauf und weinte heimlich.

Lebt wohl, ihr Berge über dem Wasser, die ihr zum Himmel emporstrebt; ihr gezackten Gipfel, dem vertraut, der unter euch aufgewachsen ist, eingeprägt in sein Herz wie der Anblick seiner Nächsten; ihr Sturzbäche, deren Rauschen er so gut zu unterscheiden vermag wie die Stimmen seiner Vertrauten; ihr verstreuten Dörfer, die ihr auf den Hängen weiß leuchtet wie die Herden der weidenden Schafe, lebt wohl! Wie trübselig sind die Schritte dessen, der, unter euch aufgewachsen, von euch scheiden muß! Selbst im Herzen dessen, der euch freiwillig verläßt, in der Hoffnung, anderswo sein Glück zu machen, verblassen in diesem Augenblick die Träume vom Reichtum. Er wundert sich über seinen Entschluß und würde gern zurückkehren, hoffte er nicht, daß er eines Tages als ein reicher Mann heimkehren wird. Je mehr er sich der Ebene nähert, desto öfter schweift sein Blick zurück, schon überdrüssig und müde der eintönigen Weite. Die Luft erscheint ihm drückend und starr. Niedergeschlagen und achtlos durchschreitet er das Gedränge der Städte, in denen ein Haus an das andere stößt, Straßen sich in Straßen verlieren und ihm den Atem benehmen. Und vor den Prachtbauten, die jeder Fremde bewundert, gedenkt er in ruheloser Sehnsucht des kleinen Ackers in seinem Heimatdorf und der bescheidenen Hütte, auf die er schon lange die Augen geworfen und die er kaufen wird, wenn er reich in seine Berge zurückkehrt.

Wen aber noch nie ein flüchtiger Wunsch aus seinen Bergen hinausgetrieben hat, wer alle Zukunftspläne in sie gesetzt hat und nur durch böse Gewalt in die Ferne verdrängt wird! Wer plötzlich herausgerissen aus lieber Gewohnheit und in seinen teuersten Hoffnungen gestört wird und seine Berge verlassen muß, um unbekannte Fernen aufzusuchen, die kennenzulernen er niemals begehrt hat und ohne in seinen Gedanken die leiseste Gewißheit zu haben, daß ihm der Tag der Heimkehr jemals winken wird! Lebe wohl, Vaterhaus, wo man mit heimlichem Bangen lernte, den Schritt des Liebsten von anderen zu unterscheiden! Lebe wohl, du noch fremdes Haus, auf dem oft im Vorübergehen und nicht ohne Erröten die flüchtigen Blicke weilten, in dem sich das Herz ein friedvolles, endgültiges Verweilen als Ehefrau ausmalte! Lebe wohl, Kirche, wo die Seele so oft getröstet wurde beim Gesang der Lieder zum Lobe des Herrn, wo die Trauung versprochen und vorbereitet wurde, wo das geheime Verlangen des Herzens feierlich gesegnet werden und die Liebe befohlen und geheiligt werden sollte, lebe wohl. Er, der euch soviel Freude schenkte, ist überall, und er zerstört nie das Glück seiner Kinder, es sei denn, um ihnen ein noch gewisseres und größeres zu bereiten.

Das etwa waren, wenn auch nicht ganz genau, Lucias Gedanken, und sie unterschieden sich wenig von denen der beiden anderen Reisenden, während der Kahn sie dem rechten Ufer der Adda näher brachte.

9. Kapitel

Als der Kahn knirschend auf den Strand lief, wurde Lucia aufgerüttelt. Sie trocknete verstohlen ihre Tränen und hob den Kopf, als sei sie gerade erwacht. Renzo sprang als erster an Land und reichte Agnese die Hand, die, nachdem sie ausgestiegen, ihrer Tochter die Hand hinhielt. Dann dankten alle drei traurig dem Schiffer. „Wofür?" erwiderte jener. „Sind wir nicht auf Erden, um einander zu helfen?" Fast mit Abscheu zog er die Hand zurück, so als mute man ihm einen Diebstahl zu, als Renzo versuchte, ihm einen Teil des Geldes aufzudrängen, das er noch vom Abend bei sich trug, in der Absicht, es Don Abbondio großzügig zum Geschenk zu machen, wenn dieser ihm, sei es auch unfreiwillig, zu Diensten gestanden hätte. Der Karren war bereits da, und der Fuhrmann grüßte die drei Erwarteten, ließ sie aufsteigen, trieb das Pferd durch Zuruf und Peitschenschlag an, und los ging es.

Unser Autor beschreibt diese nächtliche Reise nicht und verschweigt den Namen des Ortes, wohin Pater Cristoforo die beiden Frauen sandte, ja er betont sogar nachdrücklich, daß er ihn nicht nennen wolle. Aus dem Verlauf der Geschichte erfahren wir später den Grund dieser Zurückhaltung. Lucias Erlebnisse an diesem Ort sind verknüpft mit undurchsichtigen Intrigen einer Person, die, wie es scheint, einer zur Zeit, da der Autor schrieb, sehr mächtigen Familie angehörte. Um das seltsame Verhalten dieser Person in unserem besonderen Fall zu erklären, sah unser Autor sich genötigt, ihr früheres Leben in Kürze zu erzählen. Ihre Familie spielt darin, wie jeder sehen wird, der Lust haben sollte, die Geschichte zu lesen, eine eigenartige Rolle. Was indes die Vorsicht des armen Schreibers uns hat vorenthalten wollen, entdeckte unser Fleiß an anderem Orte. Ein mailändischer Geschichtsschreiber, der dieser nämlichen Person Erwähnung zu tun hatte, nennt freilich ebenfalls weder den Namen noch den Ort, aber von dem letzteren sagt er, daß er ein vornehmer alter Burgflecken war, dem zur Stadt weiter nichts als die Benennung gefehlt habe, und vermerkt an anderer Stelle, daß der Lambro dort vorbeifließt, und wieder anderswo, daß es dort einen Erzpriester gab. Aus dem Zusammentreffen dieser verschiedenen Angaben folgern wir ohne weiteres, daß es sich um Monza gehandelt hat. Der reiche Schatz gelehrter Schlußfolgerungen mag manche enthalten, die geistreicher sind, aber, wie ich glaube, keine zuverlässigeren. Wir könnten auf die begründete Mutmaßung hin den Namen der Familie nennen, doch obschon sie seit längerer Zeit erloschen ist, halten wir es für besser, ihn zu verschweigen, um auch den Toten nicht unrecht zu tun und um den Gelehrten noch etwas zum Nachforschen zu lassen.

Unsere Reisenden erreichten Monza bald nach Sonnenaufgang. Der Fuhrmann kehrte in einem Wirtshaus ein, ließ als Ortskundiger und Bekannter des Wirtes den Reisenden ein Zimmer zuweisen und führte sie selbst dorthin. Während sie ihm dankten, versuchte Renzo, ihm etwas Geld auszuhändigen, doch der hatte ebenso wie der Schiffer sein Augenmerk auf einen anderen Lohn ausgerichtet, der zwar noch weit entfernt, aber reicher war. Auch er zog die Hand zurück und flüchtete gleichsam aus dem Zimmer, um sein Pferd zu versorgen.

Nach dem beschriebenen Abend und einer Nacht, die, wie sich jeder vorstellen kann, in trüben Gedanken und beständiger Angst vor irgendwelchen schrecklichen Begegnungen bei mehr als herbstlichem Winde vergangen war, im fortwährenden Schütteln des unbequemen Karrens, das jeden der drei, dem die Augen zufallen wollten, wachrüttelte, erschien es ihnen kaum glaubhaft, wieder auf einer Bank zu sitzen, die fest war, und sich in einem Zimmer zu befinden, welcher Art dieses auch sein mochte. Sie frühstückten, so gut es die Teuerung und die in Anbetracht ihrer unsicheren Zukunft spärlichen Mittel sowie ihr geringer Appetit erlaubten. Alle drei mußten an das Festmahl denken, das sie vor zwei Tagen auszurichten gehofft hatten, und sie seufzten betrübt. Renzo hätte noch gern hier den Tag verbracht, um zu sehen, wie die Frauen unterkämen, und ihnen die nötigen ersten Dienste zu erweisen. Aber der Pater hatte den beiden Frauen geraten, Renzo sofort weiterzuschicken. Sie brachten daher diese Weisung vor und hundert andere Gründe, daß die Leute reden würden, daß die Trennung, je länger hinausgeschoben, desto schmerzlicher sein würde und daß er bald wiederkäme, um Neuigkeiten zu berichten und von ihnen zu hören, bis Renzo sich entschloß aufzubrechen. Sie verabredeten, sich so bald wie möglich wiederzusehen, und Lucia verbarg ihre Tränen nicht. Renzo bezwang mit Mühe die seinen und stammelte, während er Agnese kräftig die Hand drückte, mit erstickter Stimme: „Auf Wiedersehen!" Dann ging er fort.

Die Frauen würden nun in nicht geringe Verlegenheit geraten sein, wäre nicht der gute Fuhrmann gewesen, der den Auftrag hatte, sie ins Kloster der Kapuziner zu bringen und ihnen auch sonst in jeder Weise behilflich zu sein. Sie machten sich also mit ihm auf den Weg zum Kloster, das, wie jedermann weiß, wenige Schritte von Monza entfernt ist. Am Tor angelangt, zog der Fuhrmann die Glocke und ließ den Pater Guardian herbeirufen, der sogleich erschien und Pater Cristoforos Brief auf der Schwelle entgegennahm.

„Oh, Bruder Cristoforo!" sagte er, als er die Schriftzüge erkannte. Der Ton seiner Stimme und sein Gesichtsausdruck verrieten offen, daß er den Namen eines teuren Freundes aussprach. Es muß gesagt werden, daß unser guter Cristoforo in diesem Brief die beiden Frauen mit Wärme empfohlen und ihr Los mit herzlicher Anteilnahme geschildert hatte, denn der Guardian gab von Zeit zu Zeit Anzeichen der Überraschung und des Unwillens von sich und blickte, vom Briefe aufsehend, die Frauen mitleidig und aufmerksam an. Als er das Schreiben zu Ende gelesen hatte, sann er einen Augenblick nach und sagte dann: „Da bleibt niemand anders übrig als die Signora. Wenn die Signora sich der Sache annehmen wollte ..."

Er zog Agnese auf dem Platz vor dem Kloster beiseite und stellte ihr einige Fragen, auf die sie ihm Auskunft gab; dann wandte er sich wieder Lucia zu und sagte zu beiden: „Meine lieben Frauen, ich werde versuchen und hoffe, einen Unterschlupf für Euch zu finden, der mehr als sicher und sehr ehrenvoll ist, bis Gott auf bessere Weise für Euch sorgen wird. Wollt Ihr mit mir kommen?"

Die Frauen bejahten ehrerbietig, und der Mönch fuhr fort: „Gut, so werde ich Euch gleich zum Kloster der Signora geleiten. Haltet Euch jedoch einige Schritte hinter mir, denn die Leute reden gern Schlechtes. Gott weiß, was für ein hübscher Klatsch entstehen würde, wenn man den Pater Guardian auf der Straße in Begleitung eines schönen Mädchens sähe ... in Begleitung von Frauen, wollte ich sagen."

Mit diesen Worten schritt er ihnen voran. Lucia errötete, der Fuhrmann lächelte und blickte Agnese an, die ebenfalls ein Lächeln nicht unterdrücken konnte. Alle drei setzten sich in Bewegung, sobald der Mönch sich etwas entfernt hatte, und folgten ihm im Abstand von zehn Schritten. Da nun fragten die Frauen den Fuhrmann, wer die Signora sei, eine Frage, die sie dem Pater Guardian nicht zu stellen gewagt hatten.

„Die Signora", erwiderte der Fuhrmann, „ist eine Nonne, aber keine gewöhnliche wie alle anderen. Sie ist weder Äbtissin noch Priorin, sondern soll im Gegenteil, nach dem, was die Leute sagen, eine der jüngsten Nonnen sein, aber sie ist vom ältesten Adel, wohl von der Rippe Adams, und die Ihren waren von jeher einflußreiche Leute. Sie stammen aus Spanien, woher alle, die herrschen, gekommen sind. Man nennt sie die Signora, um zu bekunden, daß sie eine Dame von hoher Herkunft ist. Der ganze Ort kennt sie unter diesem Namen, und die Leute sagen, daß in diesem Kloster noch nie ihresgleichen war. Ihre Familie, drüben in Mailand, ist sehr angesehen und gehört zu denen, die immer recht bekommen. Und in Monza natürlich noch mehr als anderswo, denn ihr Vater ist, obwohl er nicht hier lebt, der Erste im Lande. So kann auch sie im Kloster tun, was ihr beliebt, und auch die Leute, die außerhalb des Klosters leben, bringen ihr größte Ehrerbietung entgegen. Wenn sie einen Vorsatz faßt, führt sie ihn durch. Wenn es daher diesem braven Mönch gelingt, Euch unter ihren Schutz zu stellen, und sie Euch aufnimmt, so kann ich Euch sagen, daß Ihr dort geborgen seid wie in Abrahams Schoß.“

Als der Guardian in der Nähe des Stadttores anlangte, dem damals noch ein halbverfallener alter Turm und eine Schloßruine zur Seite standen, an die sich freilich kaum zehn meiner Leser noch erinnern werden, blieb er stehen und wandte sich um, zu sehen, ob die anderen ihm folgten. Dann durchschritt er das Tor und näherte sich dem Kloster, auf dessen Schwelle er sein kleines Gefolge erwartete. Er bat den Fuhrmann, nach ein paar Stunden wieder zu ihm zu kommen, um die Antwort abzuholen. Dieser versprach es und verabschiedete sich von den Frauen, die ihm nicht genug Dank zu sagen wußten und ihn mit Bestellungen an den Pater Cristoforo überhäuften. Der Guardian ließ Mutter und Tochter in den ersten Hof des Klosters eintreten und brachte sie in die Räume der Schaffnerin. Dann ging er allein weiter, um seine Bitte vorzutragen. Nach einiger Zeit kehrte er vergnügt zurück und bat die Frauen, mit ihm zu kommen, gerade zur rechten Zeit, denn Mutter und Tochter wußten sich vor den neugierigen Fragen der Schaffnerin kaum noch zu retten. Nachdem sie nun einen zweiten Hof durchschritten hatten, gab der Guardian ihnen einige Anweisungen, wie sie sich der Signora gegenüber zu verhalten hätten. „Sie ist Euch wohlgesinnt", sagte er, „und sie kann Euch, wenn es ihr beliebt, viel Gutes tun. Seid bescheiden und ehrerbietig, beantwortet aufrichtig alle Fragen, die sie Euch zu stellen wünscht, und wenn Ihr nicht gefragt werdet, laßt es mich machen." Darauf betraten sie ein Zimmer zu ebener Erde, von dem aus man in das Sprechzimmer gelangte. Bevor der Guardian hier eintrat, wies er auf die Tür und sagte leise: „Hier ist sie", als wollte er ihnen nochmals alle seine Unterweisungen in Erinnerung bringen. Lucia, die noch nie in einem Kloster gewesen war, sah sich im Sprechzimmer nach der Signora um, vor der sie ihre Verneigung machen wollte, und da sie niemanden erblickte, blieb sie verwundert stehen. Als sie den Pater und Agnese in eine Ecke gehen sah, schaute sie dorthin und entdeckte ein Fenster von besonderer Beschaffenheit, mit zwei starken, dichten Eisengittern, deren Stäbe etwa eine Handbreit voneinander entfernt waren. Hinter diesen Gittern stand eine Nonne. Ihrem Äußeren nach konnte sie etwa fünfundzwanzig Jahre alt sein und schien auf den ersten Blick von großer Schönheit, jedoch von einer müden, verblühten und, fast möchte ich sagen, verfallenen Schönheit. Ein schwarzer Schleier war auf ihrem Kopf befestigt und fiel an beiden Seiten des Gesichtes in breiten Falten herab. Unter dem Schleier verhüllte ein blendendweißes leinenes Band eine Stirn von andersgeartetem, jedoch nicht weniger blendendem Weiß. Ein anderes, gefälteltes Band umgab das Gesicht und endete unter dem Kinn in einem Kragen, der sich auf der Brust verbreiterte und den Ausschnitt eines schwarzen Nonnengewandes verdeckte. Auf jener Stirn aber zeigten sich fast schmerzliche Falten, und dann zuckten die schwarzen Augenbrauen in jäher Bewegung und zogen sich zusammen. Zwei Augen, auch sie von tiefem Schwarz, musterten zuweilen mit stolzem Ausdruck die Gesichter der Fremden, um sich dann schnell zu senken, als wollten sie sich verbergen.

In gewissen Momenten hätte ein aufmerksamer Beobachter glauben können, daß diese Augen Zuneigung, Erwiderung der Gefühle und Mitleid suchten, zuweilen aber würde er annehmen, daß ein tief eingewurzelter, unterdrückter Haß und etwas unaussprechlich Drohendes und Wildes darin wohne. Wenn diese Augen ruhig und gleichgültig blickten, so hätte wohl mancher hochmütigen Überdruß in ihnen entdeckt, ein anderer hingegen hätte aus ihnen die Not quälender Gedanken herausgelesen, die diesem Gemüt schon vertraut und von stärkerer Nachhaltigkeit waren als die sie umgebenden Gegenstände. Die sehr blassen Wangen hatten zarte, liebliche Konturen, waren jedoch von schleichender Auszehrung eingefallen und entstellt. Die Lippen, obwohl sie kaum einen Anflug von Röte aufwiesen, hoben sich dennoch von jener Blässe ab. Ihre Bewegungen waren wie die der Augen jäh, lebhaft, sprechend und geheimnisvoll. Ihr wohlgestalter hoher Wuchs verschwand unter einer gewissen Nachlässigkeit der Haltung oder wurde beeinträchtigt durch plötzliche unausgeglichene, für eine Frau, geschweige denn für eine Nonne allzu resolute Bewegungen. Selbst in ihrer Kleidung war hier und da etwas Gesuchtes oder Nachlässiges, das auf Eigenwilligkeiten dieser Nonne deutete. Ihre Taille war mit weltlicher Sorgfalt gegürtet, und unter dem Stirnband fiel eine schwarze Locke auf ihre Schläfe herab, was eine Unachtsamkeit oder eine Nichtbeachtung der Regel bewies, die vorschrieb, daß das Haar, nachdem es bei der feierlichen Zeremonie der Einkleidung geschoren worden war, stets kurz zu tragen sei.

Alles dies machte auf die beiden Frauen keinen besonderen Eindruck, da sie nicht gewohnt waren, zwischen Nonne und Nonne einen Unterschied zu machen. Und der Pater Guardian, der die Signora nicht zum erstenmal sah, war ebenso wie alle anderen bereits an das Absonderliche in ihrer Erscheinung und ihrem Gebaren gewöhnt.

In jenem Augenblick stand sie, wie wir bereits berichteten, nahe am Sprechgitter, eine Hand lässig auf dieses gestützt, die schneeweißen Finger um das Eisen geschlungen, und musterte Lucia, die zögernd näher trat. „Ehrwürdige Mutter und erlauchte Signora", sagte der Guardian, der den Kopf gesenkt hielt und eine Hand auf die Brust gelegt hatte. „Dies hier ist das arme Mädchen, für die Sie mich auf Ihren mächtigen Schutz hoffen ließen, und dies ist ihre Mutter."

Die beiden Vorgestellten verbeugten sich tief. Die Signora bedeutete ihnen mit einer Handbewegung, daß sie es gut sein lassen sollten, und sagte, zum Pater gewandt: „Es ist mir eine Freude, unseren guten Freunden, den Kapuzinern, einen Gefallen erweisen zu können. Aber", fuhr sie fort, „schildert mir den Fall des jungen Mädchens ein wenig deutlicher, damit ich klarer sehe, was ich für sie tun kann."

Lucia errötete und senkte den Kopf.

„Sie müssen wissen, ehrwürdige Mutter...", begann Agnese, der Guardian aber unterbrach mit einem Blick ihre Rede und erwiderte: „Dieses Mädchen, erlauchte Signora, wurde mir, wie ich schon erwähnte, von einem Bruder empfohlen. Sie mußte in aller Heimlichkeit ihr Dorf verlassen, um ernsten Gefahren zu entfliehen, und hat für einige Zeit eine Unterkunft nötig, wo sie unerkannt leben kann und wo niemand es wagen könnte, sie zu behelligen, wenn auch..."

„Was für Gefahren?" unterbrach ihn die Signora. „Bitte, Pater Guardian, sprechen Sie nicht so rätselhaft über diesen Fall. Sie wissen, daß wir Nonnen gern alles ganz genau erfahren möchten."

„Es sind Gefahren", erwiderte der Guardian, „die vor den reinen Ohren der ehrwürdigen Mutter kaum andeutungsweise erwähnt werden dürfen..."

„Oh, ich verstehe", sagte die Signora hastig und errötete ein wenig. War es Scham? Wer den jähen Ausdruck von Verdruß beobachtet hätte, der diese Röte begleitete, würde es bezweifelt haben, um so mehr, wenn er sie verglichen hätte mit der Röte, die von Zeit zu Zeit die Wangen Lucias überzog.

„Es genügt, zu sagen", fuhr der Guardian fort, „daß ein gewalttätiger Ritter ... nicht alle Großen dieser Welt bedienen sich der Gaben Gottes zu seiner Ehre und zum Wohl des Nächsten wie Sie. Ein gewalttätiger Ritter, der dieses Mädchen schon eine Zeitlang mit unwürdigen Schmeicheleien verfolgt hatte, wagte es, als er sah, daß sie erfolglos blieben, sie mit offener Gewalt zu bedrohen, so daß die Ärmste sich schließlich gezwungen sah, aus ihrem Hause zu fliehen."

„Tretet näher, Mädchen", sagte die Signora zu Lucia und winkte ihr mit dem Finger. „Ich weiß, daß der Pater Guardian die lautere Wahrheit spricht, doch in dieser Angelegenheit kann niemand besser Bescheid wissen als Ihr selbst. Es ist Eure Sache, uns zu sagen, ob dieser Ritter ein verabscheuungswürdiger Verfolger ist." Was das Nähertreten betraf, folgte Lucia sogleich der Aufforderung, mit der Antwort war es jedoch eine andere Sache. Eine derartige Frage hätte sie, selbst wenn sie von einer Person ihresgleichen gestellt worden wäre, nicht wenig in Verlegenheit gebracht. Als aber diese Dame sie stellte, und noch gar mit einem gewissen boshaften Zweifel vorgebracht, nahm ihr das jeglichen Mut zu einer Erwiderung. „Signora ... Mutter ... Ehrwürdige ...", stammelte sie, und kein Anzeichen wies darauf hin, daß sie noch mehr zu sagen hatte. Hier hielt Agnese, die nach Lucia sicherlich am besten informiert war, sich für berechtigt, ihr zu Hilfe zu eilen. „Erlauchte Signora", sagte sie, „ich kann es bezeugen, daß meine Tochter jenen Ritter haßte wie der Teufel das Weihwasser. Ich will sagen, daß er der Teufel war. Aber Sie werden entschuldigen, wenn ich nur schlecht zu reden weiß, denn wir sind einfache Leute. Tatsache ist, daß dieses arme Mädchen mit einem gottesfürchtigen, wohlangesehenen jungen Mann aus unserem Stande versprochen war. Und wäre unser Herr Pfarrer dem ein wenig ähnlicher gewesen, was ich mir unter einem tüchtigen Mann vorstelle ... ich weiß, daß ich von einem Geistlichen spreche, doch Pater Cristoforo, ein

Freund des Paters Guardian hier, ist auch ein Geistlicher, aber ein Mann voller Barmherzigkeit, und wenn er hier wäre, könnte er bezeugen ..."

„Ihr habt eine flinke Zunge, ohne gefragt worden zu sein", unterbrach die Signora sie mit einer stolzen, zornigen Gebärde, die sie fast häßlich erscheinen ließ. „Schweigt still, ich weiß, daß die Eltern stets im Namen ihrer Kinder zu antworten bereit sind!"

Agnese warf gekränkt Lucia einen Blick zu, der besagen sollte: Siehst du, was ich einstecken muß, weil du so schüchtern bist. Auch der Guardian bedeutete dem Mädchen mit einem Blick und einem Kopfschütteln, daß dies der Augenblick sei, sich aufzuraffen und die arme Mutter nicht im Stich zu lassen.

„Ehrwürdige Signora", sagte Lucia, „was meine Mutter Ihnen sagte, ist die reine Wahrheit. Den jungen Mann, der um mich warb", und hier errötete sie tief, „wollte ich auf eigenen Wunsch zum Manne nehmen. Entschuldigen Sie, daß ich das so schamlos gestehe, doch es geschieht, damit Sie nicht so schlecht von meiner Mutter denken. Und was jenen Herrn anbetrifft (Gott möge ihm verzeihen), so wollte ich lieber sterben, als in seine Hände zu fallen. Und wenn Sie uns die Barmherzigkeit antun wollen, uns zu beschützen, da wir nun schon gezwungen sind, mit dieser Dreistigkeit um Zuflucht zu bitten, und guten Menschen zur Last fallen müssen – doch Gottes Wille geschehe! –, so seien Sie gewiß, Signora, daß niemand so von Herzen für Sie beten wird wie wir armen Frauen."

„Euch glaube ich", sagte die Signora in freundlicherem Ton. „Aber mir wäre lieb, mit Euch unter vier Augen zu sprechen. Nicht daß ich noch weitere Erklärungen oder Begründungen brauchte, um dem Ersuchen des Paters Guardian nachzukommen", fügte sie schnell hinzu, wobei sie sich ihm mit gesuchter Höflichkeit zuwandte. „Im Gegenteil, ich habe bereits darüber nachgedacht, und dies scheint mir für den Augenblick das beste zu sein: Die Schaffnerin des Klosters hat vor wenigen Tagen ihre letzte Tochter verheiratet. Diese Frauen können daher die Kammer, die das Mädchen verlassen hat, bewohnen und die wenigen kleinen Dienste übernehmen, die jene so lange verrichtete. Es ist wahr", hier gab sie dem Guardian einen Wink, daß er näher an das Gitter herantreten möge, und fuhr leise fort: „Es ist schon wahr, daß angesichts der zu erwartenden schlechten Ernte nicht daran gedacht war, für jenes Mädchen einen Ersatz zu suchen, doch ich werde mit der Mutter Äbtissin sprechen. Und ein Wort von mir ... und auf die Fürbitte des Paters Guardian ... kurz, ich halte die Sache für abgemacht."

Der Guardian begann ihr zu danken, jedoch die Signora unterbrach ihn: „Es bedarf keiner Umstände. Auch ich möchte, wenn eine Notwendigkeit vorliegt, auf die Hilfe der Kapuziner rechnen. Schließlich", fuhr sie fort mit einem Lächeln, hinter dem sich Ironie oder Bitterkeit verbarg, „schließlich sind wir ja Brüder und Schwestern."

Nach diesen Worten rief sie eine Laienschwester herbei (zwei solche waren ihr als besondere Auszeichnung zur persönlichen Verfügung gestellt) und trug ihr auf, die Äbtissin zu benachrichtigen und sodann die nötigen Vereinbarungen mit der Schaffnerin und mit Agnese zu treffen. Sie entließ diese, verabschiedete den Guardian und behielt Lucia zurück. Der Guardian begleitete Agnese zur Tür und gab ihr neue Verhaltensmaßregeln, dann entfernte er sich, um seinem Freund Cristoforo einen Brief über den Erfolg seiner Bemühungen zu schreiben. Was für ein eigenartiger Mensch ist doch diese Signora! dachte er bei sich, schon auf der Straße. Wirklich seltsam! Aber wer sie zu nehmen weiß, kann von ihr verlangen, was er will. Mein Cristoforo wird sich nicht träumen lassen, daß ich ihm so schnell und gut zu Diensten stehen konnte. Ein wackerer Mann! Dem ist auch nicht zu helfen! Er muß immer irgend etwas auf sich nehmen, doch er tut es um der guten Sache willen. Dieses Mal traf es sich gut, daß er einen Freund gefunden hat, der ohne viel Aufhebens, ohne Umstände und ohne viel Federlesens die Angelegenheit zu einem guten Ende bringen konnte, im Handumdrehen. Der brave Cristoforo wird zufrieden sein, und er wird merken, daß auch wir hier zu etwas nutze sind.

Die Signora, die in Gegenwart eines bejahrten Kapuziners ihr Verhalten und ihre Worte wohl erwogen hatte, dachte, nachdem sie mit einer unerfahrenen jungen Bäuerin allein geblieben war, nicht mehr daran, sich zurückzuhalten. Ihre Reden wurden nach und nach so seltsam, daß wir, anstatt ihre Worte zu wiederholen, es für angezeigt halten, die bisherige Lebensgeschichte dieser unglücklichen Frau in Kürze zu erzählen, nur so viel, wie genügt, um das Ungewöhnliche, Geheimnisvolle zu erklären, das wir an ihr bemerkt haben, und um die Gründe für ihr späteres Verhalten darzulegen.

Sie war die jüngste Tochter des Fürsten***, eines mächtigen mailändischen Edelmannes, der sich zu den wohlhabendsten Männern der Stadt zählen konnte. Jedoch die hohe Auffassung, die er von seinem hohen Range hatte, ließ ihn sein Vermögen kaum für ausreichend, nein, sogar für zu gering halten, um die Würde seines Standes zu wahren, und sein einziges Trachten war darauf gerichtet, dieses Vermögen, soweit es in seiner Macht lag, beisammenzuhalten. Wie viele Kinder er hatte, weiß die Geschichte nicht mit Bestimmtheit anzugeben, sie berichtet lediglich, daß er alle jüngeren Kinder beiderlei Geschlechts für das Kloster bestimmte, um das Vermögen ungeteilt dem Erstgeborenen zu hinterlassen, der ausersehen war, die Familie fortzusetzen, das heißt, Kinder zu zeugen, um sich und sie auf die gleiche Art zu quälen. Unsere Unglückliche war noch im Leib der Mutter geborgen, als ihr Schicksal schon unwiderruflich feststand. Zu entscheiden hatte sich nur noch, ob es ein Mönch oder eine Nonne werden würde, eine Entscheidung, die zwar nicht ihrer Zustimmung, aber ihrer Gegenwart bedurfte. Als sie zur Welt kam, wünschte ihr fürstlicher Vater ihr einen Namen zu geben, der sogleich die Vorstellung von einem Kloster erweckte und von einer hochgeborenen Heiligen bereits geführt worden war; er nannte sie Gertrude. Als Nonnen gekleidete Puppen waren das erste Spielzeug, das man ihr in die Hand gab, später kleine Heiligenfiguren, die Nonnen darstellten. Solche Geschenke waren stets begleitet von Ermahnungen, sie als kostbare Dinge gut in acht zu nehmen, sowie mit der Frage: „Schön, nicht wahr?“ Wenn der Fürst, die Fürstin oder der Erbprinz, der als einziger von allen Söhnen zu Hause erzogen wurde, die Schönheit des Mädchens loben wollten, schienen sie ihren Empfindungen nicht anders Ausdruck verleihen zu können als mit den Worten: „Was für eine Mutter Äbtissin!“ Niemand aber sagte eindeutig zu ihr: Du mußt Nonne werden. Es herrschte ein stillschweigendes Einverständnis. Wenn Gertrude sich zuweilen zu etwas hochfahrendem und herrischem Betragen hinreißen ließ, wozu ihre Natur sie leicht verleiten konnte, sagte man: „Du bist ein Mädchen, und dieses Benehmen schickt sich nicht für dich. Wenn du erst eine Äbtissin sein wirst, kannst du befehlen und tun, was du willst.“ Zuweilen, wenn der Fürst ihr allzu ungezwungenes, vertrauliches Betragen tadelte, zu dem sie sich mit gleicher Leichtigkeit verführen ließ, sagte er zu ihr: „Aber, aber! das ist kein Benehmen für deinesgleichen. Wenn du willst, daß man dir dereinst die gebührende Ehrfurcht bezeigen soll, lerne schon jetzt, dich im Zaume zu halten. Bedenke, daß du stets und in allem die Erste im Kloster sein mußt, denn wohin man auch geht, das Blut bleibt immer das gleiche.“

Reden solcher Art prägten in dem kleinen Mädchen den Gedanken, daß sie nun einmal Nonne werden müsse, doch jene, die aus dem Munde ihres Vaters kamen, beeinflußten sie mehr als alle anderen. Die Haltung des Fürsten war gewöhnlich die eines strengen Gebieters; handelte es sich jedoch um den zukünftigen Stand seiner Kinder, so sprach aus seinem Gesicht wie aus seinen Worten eine so mißtrauische Herrschsucht, daß sie das Gefühl einer unabänderlichen Notwendigkeit hervorriefen.

Mit sechs Jahren wurde Gertrude zur Erziehung oder vielmehr zur Vorbereitung auf die ihr aufgezwungene Berufung in das Kloster gebracht, in dem wir sie gesehen haben. Die Wahl dieses Klosters war nicht ohne Absicht geschehen. Der brave Fuhrmann hatte den beiden Frauen gesagt, daß der Vater der Signora der erste Mann in Monza war, und wenn wir dieses beliebige Zeugnis mit einigen anderen Hinweisen, die sich der Anonymus hier und dort entschlüpfen ließ, zusammenreimen, können wir ohne weiteres behaupten, daß er der Lehnsherr dieses Ortes gewesen sein muß. Doch wie dem auch sei, auf alle Fälle genoß er höchstes Ansehen und dachte deshalb, daß seine Tochter in diesem Kloster mehr als in jedem anderen auf Auszeichnung und Zuvorkommenheit rechnen konnte, die sie verlocken möchten, dieses Kloster zu ihrem ständigen Aufenthaltsort zu erwählen. Und er täuschte sich nicht. Die Äbtissin und einige andere geschäftige Nonnen, die sozusagen das Regiment führten, frohlockten, als sie sahen, daß ihnen das Unterpfand eines in jeder Hinsicht nützlichen und dabei gleichzeitig so ehrenvollen Schutzes angeboten wurde. Sie nahmen den Vorschlag des Fürsten mit Beteuerungen der Dankbarkeit an, und diese waren nicht übertrieben, so überschwenglich sie auch anmuten mochten. Nur zu gern entsprachen diese Nonnen den Absichten, die der Fürst hinsichtlich der bleibenden Unterbringung der Tochter im Kloster hatte durchblicken lassen, waren es doch Pläne, die mit ihren eigenen voll und ganz übereinstimmten. Gertrude wurde gleich nach ihrem Eintritt ins Kloster vorzugsweise Signorina genannt, erhielt einen bevorzugten Platz am Tisch und im Schlafsaal, und ihr Betragen wurde den übrigen Klosterschülerinnen als Vorbild vorgehalten. Es gab Näschereien und Liebkosungen ohne Ende, gewürzt mit jener ehrerbietigen Vertraulichkeit, die Kinder stets anziehend finden, wenn sie sie von Erwachsenen erfahren, die anderen Kindern gegenüber die gewohnte Überheblichkeit wahren. Nicht daß sich alle Nonnen verschworen hätten, die arme Kleine in der Schlinge zu fangen, es waren viele einfache Herzen unter ihnen, die an keine Intrigen dachten und von dem Gedanken, ein Kind eigennützigen Zwecken zu opfern, mit Abscheu erfüllt worden wären; jedoch von eigenen Obliegenheiten ganz erfüllt, bemerkten diese die Absichten der anderen gar nicht oder waren sich darüber nicht im klaren, wieviel Schlechtes in diesem Verhalten war. Teils vermieden sie auch, der Sache auf den Grund zu gehen, teils schwiegen sie, um keinen unnützen Wirbel heraufzubeschwören. Manch eine erinnerte sich auch wohl, selber mit ähnlichen Kunstgriffen zu einem Entschluß gebracht worden zu sein, den sie hinterher bereute, und fühlte Mitleid mit der armen kleinen Unschuld und begrub ihr eigenes Leid unter zärtlichen melancholischen Liebkosungen für die Kleine. Diese war indes weit entfernt, hinter allem ein Geheimnis zu vermuten, und so nahm die Geschichte ihren Fortgang. Sie wäre auch wohl zum guten Ende gelangt, wäre Gertrude das einzige Mädchen im Kloster gewesen. Doch waren unter den Zöglingen einige, die wußten, daß sie zur Ehe bestimmt waren. In den Vorstellungen ihrer Überlegenheit herangewachsen, schilderte die kleine Gertrude oft aufs prächtigste ihr zukünftiges Leben als Äbtissin und Klosterfürstin und wollte um jeden Preis von den anderen beneidet werden, doch mit Verwunderung und Mißfallen bemerkte sie, daß einige ihrer Gefährtinnen durchaus nicht von solchen Empfindungen betroffen wurden. Den erhabenen, aber scharf umrissenen und kalten Bildern von dem Vorrang in einem Kloster setzten die Gefährtinnen abwechslungsreiche, schillernde Darstellungen von Hochzeiten, Gastmählern, Unterhaltungen, Schäferspielen, wie man sie damals nannte, Sommeraufenthalten auf dem Lande, schönen Gewändern und Karossen entgegen. Und diese Vorstellungen riefen in Gertrudes Gemüt jene Erregung, jenes Durcheinander wach, die etwa ein Korb frisch geschnittener Blumen vor einem Bienenstock anrichten würde. Die Eltern und die Erzieherinnen hatten in ihr die natürliche Eitelkeit entfacht und geschürt, um ihr das Kloster begehrenswert zu machen; als nun diese Leidenschaft von Vorstellungen angestachelt wurde, die ihr so viel wesensnäher waren, wandte sie sich mit desto lebhafterem und freiwilligerem Verlangen den neuen Bildern zu. Um nicht hinter den Gefährtinnen zurückzustehen und um gleichzeitig ihrer neuen Neigung stattzugeben, erwiderte sie, daß letzten Endes niemand sie ohne ihre Einwilligung zwingen könne, den Schleier zu nehmen, daß sie ebenfalls heiraten, in einem Palast wohnen und die Welt genießen könne und besser noch als alle anderen. Ja, das könne sie, wenn sie nur wollte, und sie würde es wollen und wolle es. Und sie wollte es in der Tat. Der Gedanke, daß ihre Einwilligung notwendig sei, der bis dahin unbeachtet in einem Winkel ihrer Seele gekauert hatte, entfaltete und offenbarte sich jetzt mit aller Eindringlichkeit. Sie rief ihn alle Augenblicke zu Hilfe, um ungestört die Bilder einer ersehnten Zukunft zu genießen. Doch hinter diesem Gedanken erschien unentrinnbar ein anderer, und zwar, daß diese Einwilligung ihrem fürstlichen Vater verweigert werden mußte, der sie doch schon besaß oder wenigstens so tat, als habe er sie erhalten. Und bei dieser Überlegung war der Mut der Tochter weit von der Sicherheit entfernt, die ihre Worte zur Schau trugen. Sie verglich sich mit ihren Gefährtinnen, die auf eine ganz andere Art ihrer Sache sicher waren, und empfand schmerzlich den Neid, den sie anfangs den anderen hatte einflößen wollen. Und da sie sie beneidete, begann sie sie zu hassen. Mitunter machte sich dieser Haß in Bosheiten, in Unhöflichkeit und in verletzenden Worten Luft, mitunter aber lullten auch die gleichen Neigungen und Hoffnungen der Gefährtinnen sie ein, und sie schufen eine scheinbare und flüchtige Vertrautheit. Zuweilen wünschte sie, etwas Wirkliches und Gegenwärtiges zu genießen, und sie gefiel sich in der bevorzugten Behandlung, die ihr geboten wurde, und ließ die übrigen ihre Überlegenheit fühlen, dann wieder konnte sie die Einsamkeit ihrer Befürchtungen und Wünsche nicht mehr ertragen und näherte sich den anderen freundlich, als hoffe sie, bei ihnen Wohlwollen, Ratschläge und Ermutigung zu finden. Über solchen beklagenswerten Kämpfen gegen sich und andere war die Kindheit vergangen, und Gertrude kam in das kritische Alter, in dem sich eine geheimnisvolle Kraft des Geistes zu bemächtigen scheint, die alle Gedanken und Neigungen emporhebt, ausschmückt und mit neuer Kraft versieht, ja sie zuweilen wandelt oder in eine unvorhergesehene Richtung lenkt. Was Gertrude bisher in ihren Zukunftsträumen am meisten ersehnt hatte, war äußerer Glanz und Pracht; nun begann sich in ihr etwas Anschmiegsames, Liebevolles, das sich früher selten und unklar wie in einem Nebel geäußert hatte, zu regen und den ersten Platz in ihrer Vorstellungswelt einzunehmen. Im geheimsten Winkel ihrer Seele hatte sie sich eine Zufluchtsstätte geschaffen, in die sie sich vor ihrer Umgebung zurückzog, und dort empfing sie gewisse Gestalten, die bunt zusammengewürfelt waren aus verworrenen Kindheitserinnerungen und dem wenigen, was sie von der Außenwelt zu sehen bekam oder was sie aus den Gesprächen der Gefährtinnen aufgefangen hatte. Mit ihnen unterhielt sie sich, sprach mit ihnen und antwortete in deren Namen. Hier erteilte sie Befehle und nahm Huldigungen jeder Art entgegen. Von Zeit zu Zeit störten religiöse Gedanken diese glänzenden, so mühsam veranstalteten Feste. Doch die Religion, so wie sie dem armen Mädchen beigebracht und von ihr aufgenommen worden war, hatte ihren Stolz nicht zu brechen vermocht, sondern ihn vielmehr geheiligt und ihn ihr als Mittel zur Erlangung irdischen Glücks nahegelegt. So ihres eigentlichen Wesens beraubt, war die Religion nichts weiter als eine Maske unter vielen anderen. Solange diese Maske den ersten Platz in ihren Gedanken einnahm, stellte sich die Unglückliche – übermannt von verworrenen Schreckensbildern und unklarem Pflichtgefühl – vor, ihr Widerwille gegen das Kloster und der Widerstand gegen die Bevormundung durch ihre Vorgesetzten bei der Wahl ihres geistlichen Standes seien eine Sünde, und sie versprach in ihrem Herzen, sie zu büßen und sich aus freien Stücken im Kloster einzuschließen.

Nun gab es das Gesetz, daß kein Mädchen als Nonne aufgenommen werden durfte, das nicht vorher von einem Geistlichen, den man den Nonnenvikar nannte, oder auch von einem anderen ausersehenen Geistlichen geprüft worden war, damit man sicher sei, daß sie auf Grund eigener Entscheidung diese Wahl traf. Die Prüfung durfte jedoch nicht vor Ablauf eines Jahres stattfinden, nachdem sie dem Vikar ihren Wunsch in einer handschriftlichen Erklärung unterbreitet hatte. Die Nonnen, die die traurige Aufgabe übernommen hatten, Gertrude bei möglichst geringer Erkenntnis dessen, was sie tat, für immer zu verpflichten, wählten für ihr Vorhaben einen jener Momente, die wir soeben schilderten, und veranlaßten sie, dieses Ersuchen abzugeben und zu unterschreiben. Und um sie leichter dazu zu bringen, unterließen sie es nicht, zu betonen und zu versichern, daß dies schließlich nur eine reine Formsache sei, die – und das entsprach durchaus der Wahrheit – keinerlei Geltung haben würde ohne später erforderliche Schritte, die ganz von ihrem Willen abhängig wären. Trotz alledem hatte dieses Gesuch wohl noch nicht den Ort seiner Bestimmung erreicht, als Gertrude bereits bereute, es unterschrieben zu haben. Dann bereute sie, ihren Schritt bereut zu haben, und verbrachte Tage und Monate in einem unaufhörlichen Wechsel widerstreitender Gefühle. Lange Zeit hielt sie ihren Schritt vor den Gefährtinnen verborgen, einmal aus Furcht, einen guten Entschluß Widersprüchen auszusetzen, dann wieder aus Scham, eine begangene Dummheit einzugestehen. Endlich siegte jedoch das Verlangen, sich das Herz zu erleichtern und Rat und Ermutigung zu suchen. Es gab noch ein weiteres Gesetz, dem zufolge kein Mädchen zu dieser Prüfung zugelassen werden durfte, wenn sie nicht zuvor wenigstens einen Monat außerhalb des Klosters verbracht hatte, in dem sie erzogen war. Das Jahr nach Absendung dieses Gesuchs war nun bereits vergangen, und Gertrude wurde davon in

Kenntnis gesetzt, daß sie binnen kurzem das Kloster verlassen und in das väterliche Haus zurückkehren werde, um dort jenen Monat zu bleiben und alle nötigen Schritte zu tun, die zur Vollendung des begonnenen Werkes notwendig seien. Der Fürst und die übrige Familie hielten all das für so sicher, als sei es bereits geschehen, doch das Mädchen hatte ganz anderes im Sinn: Anstatt die weiteren Schritte zu tun, dachte sie über Möglichkeiten nach, den ersten ungeschehen zu machen. In ihrer Not beschloß sie endlich, sich einer ihrer Gefährtinnen anzuvertrauen, der freimütigsten, die stets bereit war, Ratschläge zu erteilen. Diese riet Gertrude, ihren Vater brieflich von ihrem Entschluß in Kenntnis zu setzen, da sie ja doch nicht den Mut aufbringen würde, ihm offen ins Gesicht zu sagen: Ich will nicht. Weil aber unentgeltliche Ratschläge auf dieser Welt sehr selten sind, ließ sich die Ratgeberin von Gertrude dadurch bezahlen, daß diese allerhand Hänseleien über ihre Zaghaftigkeit einstecken mußte. Der Brief wurde unter dem Beistand von vier oder fünf Vertrauten abgestimmt, heimlich geschrieben und auf äußerst ausgeklügelte Weise zugestellt. Unter großen Ängsten erwartete Gertrude eine Antwort, die aber niemals eintraf. Die Äbtissin bestellte sie lediglich einige Tage darauf zu sich in ihre Zelle und sprach mit geheimnistuerischer Zurückhaltung, Ärger und Mitleid in dunklen Andeutungen von einem heftigen Zorn des Fürsten und von einer Verfehlung, die Gertrude begangen haben müsse; sie gab ihr aber gleichzeitig zu verstehen, sie könne darauf hoffen, daß man ihr bei guter Führung verzeihen werde. Das Mädchen verstand und wagte nicht, Weiteres zu fragen.

Endlich kam der so gefürchtete und ersehnte Tag heran. Obwohl Gertrude sich darüber klar war, daß sie einem Kampf entgegenging, waren doch das Verlassen des Klosters, in dessen Mauern sie acht Jahre lang eingeschlossen war, die Wagenfahrt über das offene Land, das Wiedersehen der Stadt und des Elternhauses Erlebnisse voll stürmischer Freude. Was den Kampf anbetraf, so hatte die Ärmste nach Unterweisung ihrer Vertrauten bereits ihre Entschlüsse gefaßt und, wie man so sagt, ihren Plan parat. Entweder werden sie versuchen mich zu zwingen, dachte sie, und ich werde hart bleiben, werde zwar demütig und respektvoll sein, aber nicht einwilligen. Es handelt sich nur darum, kein weiteres Ja zu sagen, und ich werde es nicht sprechen. Oder aber sie werden es mit mir im guten versuchen, dann werde ich noch liebevoller sein als sie, werde weinen und flehen und ihr Mitleid erwecken. Schließlich verlange ich ja nur, nicht geopfert zu werden. Es geschah aber, wie so oft bei derartigen Vorstellungen, weder das eine noch das andere. Die Tage vergingen, ohne daß der Vater oder die übrigen die Erklärung oder deren Widerruf erwähnten und ohne daß ihr irgendwelche Vorschläge mit Schmeicheleien oder Drohungen gemacht wurden. Die Eltern waren ernst, traurig, mürrisch, ohne je den Grund dafür zu nennen. Man sah nur, daß sie als eine Schuldige, Unwürdige betrachtet wurde. Ein geheimnisvoller Fluch schien auf ihr zu lasten, der sie von der Familie trennte und nur soviel Verbindung bestehen ließ, als notwendig war, um sie ihre Abhängigkeit fühlen zu lassen. Selten und nur zu festgelegten Stunden wurde sie zur Gesellschaft der Eltern und des Erbprinzen zugelassen, unter denen eine herzliche Vertrautheit zu herrschen schien, so daß Gertrude die Einsamkeit, in der sie gelassen wurde, nur noch fühlbarer und schmerzlicher spürte. Niemand zog sie ins Gespräch, und wenn sie selbst schüchtern wagte, ein Wort zu sagen, das nicht unbedingt notwendig war, so wurde es nicht beachtet oder nur mit einem zerstreuten, verächtlichen oder strengen Blick beantwortet. Bemühte sie sich, unfähig, die bittere, demütigende Zurücksetzung noch länger zu ertragen, um Vertrauen und flehte um ein wenig Liebe, wurde sofort auf indirekte, aber unmißverständliche Weise die Taste der Wahl ihres geistlichen Standes angeschlagen, und man gab ihr auf versteckte Art zu verstehen, daß es ein Mittel gab, die Zuneigung der Familie zurückzugewinnen. Um diesen Preis wollte Gertrude sie aber nicht erkaufen, und so war sie gezwungen, sich zurückzuziehen und die ersten Anzeichen des Wohlwollens, die sie so ersehnt hatte, abzulehnen und von selbst auf ihren Platz einer Ausgeschlossenen zurückzukehren, auf dem sie noch dazu mit einem Anschein von eigenem Unrecht verharrte.

Diese Lage der Dinge widersprach auf schmerzliche Weise den heiteren Träumen, denen sich Gertrude so gern hingegeben hatte und denen sie jetzt noch insgeheim nachhing. Sie hatte gehofft, im glänzenden, gastfreundlichen Haus ihres Vaters wenigstens einen wirklichen Vorgeschmack der erträumten Freuden genießen zu können, sah sich darin aber bitter enttäuscht. Die Klausur war streng und vollständig wie im Kloster. Von einem Spaziergang war nicht einmal die Rede, und ein überdachter Chorgang, der vom Palast zu einer benachbarten Kirche führte, brachte sie um die einzige Möglichkeit, das Haus zu verlassen. Ihre Geselligkeit war kümmerlicher, spärlicher und noch reizloser als im Kloster. Wurde Besuch angekündigt, mußte Gertrude in den obersten Stock hinaufgehen und sich dort mit einigen alten Frauen aus der Dienerschaft einschließen, und dort aß sie auch, wenn Gäste geladen waren. Die Diener richteten sich in Betragen und Redeweise ganz nach Beispiel und Wünschen der Herrschaft, und Gertrude, die ihrer Neigung gemäß sie mit leutseliger Herablassung behandelt und in dem Zustand, in dem sie sich befand, auch den kleinsten Beweis der Zuneigung dankbar wie von ihresgleichen aufgenommen hätte und sich auch herabließ, darum zu betteln, mußte gedemütigt einsehen und mit Betrübnis erkennen, daß man ihr mit offenkundiger Geringschätzung begegnete, wenngleich der Anschein einer oberflächlichen Dienstbeflissenheit gewahrt wurde. Jedoch konnte es ihr nicht verborgen bleiben, daß ein Page, von anderer Art als die übrigen, ihr mit Respekt begegnete und besondere Teilnahme für sie empfand. Das Betragen dieses Burschen schien von allem, was Gertrude bisher gesehen hatte, der Haltung ihrer so oft heraufbeschworenen Phantasiegestalten noch am ähnlichsten zu sein. Nach und nach entdeckte man einen neuen Zug im Verhalten des Mädchens: ihre Ruhe oder Unrast äußerten sich anders als sonst, sie glich einem Menschen, der etwas gefunden hat, das ihm am Herzen liegt, das er immerzu anschauen und fremden Blicken entziehen möchte. Sie wurde daher eifriger denn je beobachtet und eines Morgens von einer Kammerfrau dabei überrascht, als sie verstohlen ein Papier zusammenfaltete, das sie lieber nicht hätte beschreiben sollen. Nach kurzem Hin und Her blieb das Papier in den Händen der Kammerfrau und gelangte in die Hand des Fürsten.

Das Entsetzen Gertrudes beim Geräusch seiner Schritte läßt sich weder beschreiben noch vorstellen: er war der Vater, er war erzürnt, und sie fühlte sich schuldig. Als sie ihn mit finsterem Gesicht eintreten sah, das Papier in der Hand, da wünschte sie sich hundert Klafter tief unter die Erde und sogar ins Kloster zurück. Viele Worte gab es nicht, doch waren die wenigen schrecklich genug. Die sofort angekündigte Strafe bestand einstweilen darin, daß sie unter der Aufsicht jener Frau, die die Entdeckung gemacht hatte, in ihr Zimmer eingeschlossen wurde. Doch war dies nur der Anfang, eine vorläufige Maßnahme; gleichzeitig wurde ihr in dunklen Andeutungen eine andere Strafe verheißen, die nicht näher bezeichnet und deshalb um so schrecklicher war.

Der Page wurde, wie es anders nicht sein konnte, sofort aus dem Hause gejagt, und auch ihm wurde Furchtbares angedroht, wenn er je wagen sollte, etwas über das Geschehene verlauten zu lassen. Während der Fürst ihm diese Ankündigung machte, versetzte er ihm zwei schallende Ohrfeigen, um ihm ein Andenken an dieses Abenteuer mitzugeben, das ihm jegliche Versuchung nehmen sollte, sich dessen zu rühmen. Ein Vorwand, die Entlassung eines Pagen zu verschleiern, war leicht gefunden; und von der Tochter hieß es, sie sei unpäßlich.

So blieb Gertrude denn mit ihrer Herzensangst, mit ihrer Scham und Reue und ihrem Schrecken vor der Zukunft in der alleinigen Gesellschaft jener Frau zurück, die sie als Zeugin ihrer Schuld und Urheberin ihres Unglücks haßte. Jene haßte wiederum Gertrude, um derentwillen sie auf ungewisse Zeit zum langweiligen Dasein einer Kerkermeisterin verurteilt und für immer die Hüterin eines gefährlichen Geheimnisses geworden war.

Allmählich legte sich der wilde Aufruhr der Gefühle, aber dann kehrten sie einzeln ins Gemüt zurück, wo sie sich aufbauschten und festsetzten, um es noch gründlicher und ungehinderter zu quälen. Was mochte jene in Rätseln angedeutete Strafe wohl sein? Die verschiedensten und seltsamsten tauchten in Gertrudes leidenschaftlicher und unerfahrener Phantasie auf. Die wahrscheinlichste war, wieder nach Monza ins Kloster gebracht zu werden, dort nicht mehr als die „Signorina", sondern als eine Schuldige zu erscheinen und auf wer weiß wie lange Zeit bei wer weiß welcher Behandlung wieder eingeschlossen zu werden. Was diese leidvolle Vorstellung für sie am allerschmerzlichsten machte, war die Furcht vor der Schande. Unaufhörlich gingen ihr die Sätze, Worte und Beistriche jenes unseligen Blattes durch den Kopf. Sie versuchte sich vorzustellen, wie sie von dem unvorhergesehenen Leser, der von ganz anderer Art war als jener, an den sie sie gerichtet hatte, geprüft und gewogen sein mochten. Sie malte sich aus, daß sie auch der Mutter, dem Bruder oder wer weiß wem sonst unter die Augen geraten konnten. Im Vergleich dazu erschien ihr alles übrige bedeutungslos. Das Bild dessen, der der Urheber des Ärgernisses gewesen war, trug ebenfalls dazu bei, die arme Gefangene oft zu plagen. Man bedenke, was für eine Rolle jenes Phantom unter den übrigen, von ihm so verschiedenen, ernsten, kalten und drohenden Gestalten spielen mochte! Aber gerade weil Gertrude nicht imstande war, es von den anderen zu trennen und nicht einmal für einen Augenblick zu jenen flüchtigen Freuden zurückzukehren, ohne daß sich sofort die gegenwärtigen Leiden als Folge davon aufdrängten, begann sie sich nach und nach immer seltener zurückzuwenden, die Erinnerung abzuweisen und sich ihrer zu entwöhnen. Nicht mehr lange, und nur ungern verweilte sie in den heiteren, glänzenden Träumen von einst, denn sie widersprachen zu sehr der Wirklichkeit und jeder künftigen Möglichkeit. Das einzige Schloß, das kein Luftschloß war und ihr als ruhige und ehrenvolle Zufluchtsstätte verblieb, war das Kloster, wenn sie sich entschlösse, dort für immer einzutreten. Ein solcher Entschluß (daran zweifelte sie nicht) hätte alles ins Lot gebracht, jede Schuld beglichen und ihre Lage augenblicklich verändert. Zwar begehrten ihre Lebensträume gegen einen solchen Vorsatz auf, aber die Zeiten hatten sich gewandelt, und in jenem Abgrund, in den Gertrude gestürzt war, und im Vergleich zu dem, was sie in gewissen Momenten befürchten konnte, erschien ihr das Dasein einer gefeierten, verehrten, gebietenden Nonne wie ein Geschenk des Himmels. Zwei überaus unterschiedliche Empfindungen trugen, wenn auch mit Unterbrechungen, ebenfalls dazu bei, ihre alte Abneigung gegen das Kloster zu mildern: einmal die Reue über ihr Vergehen und eine ungewöhnlich hingebungsvolle Frömmigkeit, zum anderen ihr Stolz, der durch das Betragen ihrer Kerkermeisterin gekränkt und gereizt war, die sich dadurch rächte, daß sie ihr vor der angedrohten Strafe angst machte oder sie wegen ihrer Verfehlung beschämte. (Um bei der Wahrheit zu bleiben, muß jedoch gesagt werden, daß sie oft von Gertrude herausgefordert wurde.) Wollte sie sich hingegen gütig zeigen, schlug sie den Tonfall einer Beschützerin an, der Gertrude noch verhaßter war als die Beleidigungen. Unter diesen Umständen wurde das Verlangen des Mädchens, den Klauen dieses Weibes zu entrinnen und in einem Zustand zu erscheinen, der ihrem Zorn und Mitleid überlegen war, so stark und unbezwinglich, daß ihr alles erstrebenswert dünkte, was Erlösung versprach.

Nach vier oder fünf endlosen Tagen der Gefangenschaft verkroch sich Gertrude eines Morgens, bis aufs äußerste gereizt und aufgebracht durch eine jener Bosheiten ihrer

Wächterin, in einen Winkel des Zimmers und verharrte dort, die Hände vors Gesicht geschlagen, längere Zeit, um ihre Wut zu bezähmen. Ein übermächtiges Verlangen nach anderen Gesichtern, anderen Worten und einer anderen Behandlung packte sie. Sie dachte an ihren Vater, an die Familie, und ihre Gedanken wichen erschrocken zurück. Aber dann fiel ihr ein, daß es nur von ihr abhinge, in ihnen Freunde zu finden, und sie empfand eine ungeahnte Freude, der auf dem Fuße Scham und Reue über ihr Vergehen und der heiße Wunsch folgten, es zu sühnen. Nicht etwa, daß ihr Wille bereits jenen Vorsatz gefaßt hätte, doch war sie diesem nie zuvor mit solcher Inbrunst nähergetreten. Sie stand auf und ging an einen kleinen Tisch, ergriff wiederum die verhängnisvolle Feder und schrieb einen von Schwärmerei und Niedergeschlagenheit, von Kummer und Hoffnung erfüllten Brief an ihren Vater, flehte um Verzeihung und erklärte sich zu allem bereit, was den, der ihr die Verzeihung gewähren sollte, erfreuen könnte.

10. Kapitel

Es gibt Augenblicke, in denen das Gemüt, zumal das junger Menschen, so beeinflußbar ist, daß es sich allem, was einen Anschein von Güte und Opfer hat, auf das geringste Drängen hin öffnet: wie eine kaum erblühte Blume, die sich auf zartem Stengel wiegt und bereit ist, beim ersten Windhauch, der sie leise umweht, ihre Düfte zu verströmen. Solche Augenblicke, die jedermann mit scheuem Respekt bewundern sollte, sind es gerade, die eigennützige List erspäht und im Fluge nutzt, um einen unachtsamen Willen zu fesseln.

Beim Lesen dieses Briefes erkannte der Fürst*** sogleich, daß sich eine neue Möglichkeit auftat, seine beständig verfolgten Ziele zu erreichen. Er ließ Gertrude rufen und beschloß, während er auf sie wartete, das Eisen zu schmieden, solange es heiß war. Gertrude erschien und warf sich, ohne den Blick zum Gesicht des Vaters zu erheben, vor ihm auf die Knie, kaum fähig, das Wort „Verzeihung" auszusprechen. Der Fürst bedeutete ihr aufzustehen, erklärte ihr aber dann mit einer Stimme, die wenig geeignet war, sie zu ermutigen, daß es nicht genüge, Verzeihung zu begehren und zu verlangen; das sei zu einfach und natürlich für einen, der für schuldig befunden worden ist und Strafe fürchtet. Kurzum, Verzeihung müsse man sich verdienen. Gertrude fragte unterwürfig und zitternd, was sie zu tun habe. Der Fürst (wir haben nicht das Herz, ihm in diesem Augenblick die Bezeichnung Vater zu geben) antwortete nicht direkt, sondern begann sich ausführlich über Gertrudes Vergehen auszulassen. Seine Worte brannten in der Seele der Ärmsten, als ob eine grobe Hand über eine Wunde fahre. Er selbst meinte des weiteren, daß, wenn er wirklich ... möglicherweise ... vorher die Absicht gehabt hätte, sie im weltlichen Leben anzusiedeln, sie selbst dem jetzt ein unüberwindliches Hindernis entgegengestellt habe, da nun einmal ein Edelmann von Ehre, der er sei, es niemals fertigbringen würde, einem anderen Edelmann ein Fräulein zur Frau zu geben, das eine solche Probe ihrer Tugend abgelegt habe. Die unglückliche Zuhörerin war völlig vernichtet. Hierauf fuhr der Fürst fort, langsam Stimme und Worte mildernd, daß es indessen für jedes Vergehen Abhilfe und Verzeihung gebe, daß das ihre zu jenen gehöre, für die die rechte Hilfe am deutlichsten erkennbar sei: sie müsse aus diesem schlimmen Vorfall als Warnung erkennen, daß das weltliche Leben zu viele Gefahren für sie mit sich brächte ...

„Ach ja!" rief Gertrude, von Angst geschüttelt und durch Scham dazu verleitet, und fühlte sich in diesem Augenblick von einer plötzlichen Zärtlichkeit ergriffen.

„Ach, Ihr seht das also selbst", rief der Fürst sogleich. „Nun gut, so soll von dem Vergangenen nicht mehr die Rede sein: alles ist vergessen. Ihr habt den einzigen ehrenvollen, schicklichen Entschluß gefaßt, der Euch noch anstand. Und da Ihr ihn aus freien Stücken und in geziemender Weise gefaßt habt, ist es nun an mir, ihn Euch so angenehm wie möglich zu machen und Euch alle Vorteile und Vorzüge desselben wiederzugewinnen. Ich nehme das auf mich." Bei diesen Worten schellte er eine Glocke, die auf dem Tisch stand, und sagte zum eintretenden Diener: „Die Fürstin und der Prinz, sogleich." Dann wandte er sich wieder Gertrude zu: „Ich will sie augenblicklich an meiner Freude teilhaben lassen und möchte, daß ab sofort Euch jedermann so behandelt, wie es sich gehört. Ihr habt eine Weile einen strengen Vater gehabt, von nun an sollt Ihr nur noch einen liebevollen finden."

Von diesen Worten war Gertrude wie betäubt. Nun grübelte sie darüber, wie nur dieses Ja, das ihr entschlüpft war, eine so große Bedeutung haben konnte, und suchte nach einer Möglichkeit, es zurückzunehmen oder wenigstens seinen Sinn einzuschränken. Doch die Überzeugung des Fürsten schien so vollkommen, seine Freude so eifersüchtig, das Wohlwollen so uneingeschränkt zu sein, daß Gertrude nicht wagte, ein Wort zu sagen, das seine Gefühle getrübt hätte.

Wenige Augenblicke später traten die beiden Gerufenen ein und blickten unsicher und erstaunt auf Gertrude, als sie ihrer dort ansichtig wurden. Aber der Fürst, dessen heiteres, liebevolles Benehmen ihnen ein ähnliches vorschrieb, sagte: „Da habt Ihr das verirrte Lämmchen! Und das sei das letzte Wort über diese traurige Erinnerung. Hier ist der Trost der Familie. Gertrude braucht keine Ratschläge mehr. Was wir zu ihrem Besten wünschten, hat sie aus freien Stükken begehrt. Sie ist entschlossen, das hat sie mir zu verstehen gegeben, sie hat sich entschlossen ..." An dieser Stelle blickte Gertrude ihren Vater erschrocken und flehend an, als wollte sie ihn beschwören innezuhalten. Er jedoch fuhr ohne Bedenken fort: „... sie hat sich entschlossen, den Schleier zu nehmen."

„Welche Freude!" riefen Mutter und Sohn wie aus einem Munde und umarmten Gertrude, die diesen Empfang unter

Tränen hinnahm, die als Freudentränen aufgefaßt wurden. Dann ließ sich der Fürst ausführlich darüber aus, wie er das Leben seiner Tochter heiter und glanzvoll zu gestalten beabsichtige. Er sprach von den Ehren, die sie im Kloster wie im Orte genießen werde, ja daß sie dort als Prinzessin und Repräsentantin der Familie leben werde. Daß sie, sobald ihr Alter es erlaubte, zu höchster Würde erhoben werden solle und bis dahin nur dem Namen nach Untergebene sein werde. Die Fürstin und der Prinz wiederholten alle Augenblicke ihre Glückwünsche und Belobigungen: Gertrude deuchte alles wie ein Traum.

„Dann wäre noch der Tag festzusetzen, um nach Monza zu fahren und der Äbtissin das Gesuch vorzutragen", sagte der Fürst. „Wie zufrieden sie sein wird! Ich sage Euch, das ganze Kloster wird die Ehre zu schätzen wissen, die Gertrude ihm antut. Übrigens, warum fahren wir nicht gleich heute hin? Gertrude wird gern etwas Luft schöpfen."

„Fahren wir also", sagte die Fürstin.

„Ich gehe es anordnen", fügte der Erbprinz hinzu.

„Aber...", stieß Gertrude mit leiser Stimme hervor.

„Langsam, langsam", rief der Fürst, „lassen wir sie selbst entscheiden. Vielleicht ist sie heute dazu nicht aufgelegt und möchte lieber bis morgen warten. Sagt: wünscht Ihr heute oder morgen zu fahren?"

„Morgen", erwiderte Gertrude matt, und es schien ihr schon viel erreicht, wenn sie ein wenig Zeit gewänne.

„Morgen", sagte der Fürst feierlich. „Sie hat beschlossen, daß morgen gefahren werden soll. Ich werde inzwischen den Nonnenvikar aufsuchen, um den Prüfungstag festzulegen." Gesagt, getan, der Fürst entfernte sich und ging wirklich (das war keine geringe Herablassung) zu dem besagten Vikar, und sie vereinbarten, daß jener in zwei Tagen kommen würde.

Gertrude fand den ganzen Tag über keine Minute Ruhe. Wohl hätte sie gewünscht, von den Gemütsbewegungen auszuruhen, ihre Gedanken zu klären, sich selbst Rechenschaft abzulegen über das, was geschehen war und was ihr zu tun übrigblieb; sie wäre sich gern klargeworden darüber, was sie eigentlich wollte, und hätte gern für einen Augenblick die Maschine angehalten, die, kaum angestoßen, so überstürzt in Gang geraten war. Doch es bot sich keine Gelegenheit. Die Beschäftigungen jagten einander ohne Unterlaß, waren miteinander verflochten. Gleich nach dem Aufbruch des Fürsten wurde Gertrude in das Gemach der Fürstin geführt und dort unter ihrer persönlichen Aufsicht von ihrer eigenen Kammerfrau frisiert und angekleidet. Die Toilette war noch nicht beendet, da wurde bereits gemeldet, daß sie an der Tafel erwartet würden. Gertrude schritt an der sich verbeugenden Dienerschaft vorüber, die sie zu ihrer Genesung zu beglückwünschen schien, und fand einige der nächsten Verwandten vor, die eilends ihr zu Ehren eingeladen worden waren, um die beiden frohen Ereignisse, die wiederhergestellte Gesundheit und die Bekanntgabe ihrer Entscheidung, zusammen mit ihr zu feiern.

Die Braut (so wurden alle zukünftigen Nonnen genannt, und auch Gertrude wurde bei ihrem Erscheinen von allen Anwesenden so begrüßt), die Braut war ganz in Anspruch genommen, die von allen Seiten ihr zuströmenden Komplimente zu beantworten. Sie fühlte sehr wohl, daß ihre Antworten einer Zustimmung und einer Bestätigung gleichkamen, aber wie sollte sie anders antworten? Bald nachdem man von der Tafel aufgestanden war, kam die Zeit der Spazierfahrt. Gertrude stieg mit ihrer Mutter und mit zwei Oheimen, die zum Essen gekommen waren, in die Karosse. Nach der üblichen Rundfahrt begab man sich auf die Strada Marina, die damals das Gelände des jetzigen öffentlichen Parks durchquerte und der Ort war, an dem sich in jener Zeit die Herrschaften in ihren Karossen von den Mühen des Tages zu erholen pflegten. Auch die Oheime unterhielten sich mit Gertrude, wie es der Anstand an diesem Tage verlangte, und der eine, der besser informiert schien über alle Welt, jeden Wagen und jede Livree als der andere, hatte jeden Augenblick etwas über diesen Herrn und jene Dame zu berichten. Plötzlich wandte er sich Gertrude zu und sagte: „Ja, Ihr kleine Schelmin! Ihr versetzt all diesem äußerlichen Tand einen Fußtritt und laßt als kluges Mädchen uns arme Weltkinder in dem Schlamassel sitzen. Ihr zieht Euch zu einem seligen Leben zurück und werdet in einer Karosse geradewegs ins Paradies fahren."

Erst zu später Stunde kehrte man nach Hause zurück, und die mit Fackeln herbeilaufenden Diener meldeten, daß bereits viele Gäste warteten. Die Nachricht hatte sich schnell verbreitet, und Verwandte und Freunde waren gekommen, ihre Pflicht zu erfüllen. Man eilte in den Empfangssaal. Die Braut war Idol, Spielzeug und Opfer. Jeder wollte sie für sich haben, dieser versprach ihr Süßigkeiten, jener Besuche. Einer erzählte von einer Nonne, die seine Verwandte sei, der andere von einer Nonne, die er gut kannte. Dieser lobte den Himmel von Monza, jener pries genießerisch die bedeutende Rolle, die sie dort spielen würde. Andere, die sich der belagerten Gertrude noch nicht hatten nähern können, warteten auf die Gelegenheit, sich vorzudrängen, und fühlten bereits Gewissensbisse, weil es ihnen bisher nicht gelungen war, ihre Schuldigkeit zu tun. Allmählich löste sich die Gesellschaft auf, und alle schieden ohne Schuldbewußtsein, während Gertrude mit ihren Eltern und dem Bruder allein zurückblieb.

„Endlich habe ich nun die Freude gehabt", sagte der Fürst, „meine Tochter so behandelt zu sehen, wie es ihr zukommt. Ich muß gestehen, daß auch sie sich außerordentlich gut geführt hat. Sie hat bewiesen, daß es ihr nicht schwerfallen wird, die erste Rolle zu spielen und die Würde der Familie zu wahren."

Dann speiste man in Eile und zog sich sogleich zurück, um am nächsten Morgen bereit zu sein.

In diesem Augenblick erinnerte sich Gertrude, so betrübt, verärgert und zugleich geschmeichelt von allen Komplimenten sie auch sein mochte, wie sehr sie unter ihrer Kerkermeisterin gelitten hatte, und da sie ihren Vater, außer in jenem einen Punkt, bereit wußte, ihr zu willfahren, beschloß sie, die Gunst des Augenblicks zu nutzen, um wenigstens ein Verlangen zu stillen, das sie quälte. Sie äußerte sich daher abfällig und voller Ekel über ihre Kammerfrau und beklagte sich heftig über deren Verhalten.

„Wie!" rief der Fürst, „hat sie es Euch gegenüber an Respekt fehlen lassen? Morgen, gleich morgen werde ich ihr gebührend den Kopf waschen. Überlaßt das getrost mir, ich werde sie lehren, wer sie ist und wer Ihr seid. Auf jeden Fall soll eine Tochter, die mich zufriedenstellt, niemanden um sich haben, der ihr mißfällt." Nachdem er dies gesagt hatte, ließ er eine andere Frau rufen und befahl ihr, Gertrude zu bedienen, die indes verwundert feststellte, wie wenig Befriedigung sie, gemessen an ihrem Verlangen, über die gewährte Genugtuung empfand. Was jedoch, auch gegen ihren Willen, ihr Gemüt mit Unbehagen erfüllte, war die Gewißheit, daß sie an diesem Tage auf dem Weg ins Kloster eine gute Strecke vorangeschritten war und daß der Wunsch, sich zurückzuziehen, nun viel mehr Kraft und Entschlossenheit kosten würde, als noch vor wenigen Tagen dazu nötig gewesen und dennoch von ihr nicht aufgebracht worden war.

Die Frau, die sie auf ihr Zimmer begleitete, war eine alte Angehörige des Hauses, die ehemalige Gouvernante des Prinzen, der, kaum den Windeln entwachsen, ihr überantwortet und bis ins Jünglingsalter von ihr aufgezogen worden war und in den sie ihre ganze Freude, ihre Hoffnungen und ihren Stolz setzte. Sie war über den Entschluß, den Gertrude an diesem Tage gefaßt hatte, so befriedigt, als handelte es sich dabei um ihr eigenes Glück. Und so mußte Gertrude als letztes Vergnügen des Tages die Gratulationen, Lobsprüche und Ratschläge der Alten dulden und ein Gespräch über gewisse Tanten ersten und zweiten Grades hinnehmen, die sich glücklich gepriesen hatten, Nonnen zu sein, da sie als Angehörige des Hauses stets höchste Ehren genossen und immer verstanden hatten, von ihrem Sprechzimmer aus auch draußen die Hände im Spiel zu behalten und Dinge zu erreichen, die manchen großen Damen von ihren Salons aus nicht gelungen waren. Sie sprach von den Besuchen, die sie empfangen würde: eines Tages werde schließlich auch der Herr Prinz mit seiner Braut kommen, die ganz gewiß eine große Dame sein würde, und dann würde nicht nur das Kloster, sondern der ganze Ort in Bewegung geraten. Die Alte schwatzte so, während sie Gertrude entkleidete, und auch noch, als diese bereits im Bett lag, und redete immer noch, als Gertrude schon schlief. Die Jugend und alle Mühen waren stärker als alle Gedanken. Der Schlaf war schwer, unruhig, erfüllt von quälenden Träumen. Trotzdem wurde er erst von der schrillen Stimme der Alten unterbrochen, die sie wecken kam, damit sie sich für die Fahrt nach Monza vorbereite.

„Auf, auf, Fräulein Braut, es ist heller Tag! Ehe Sie gekleidet und frisiert sind, vergeht wenigstens eine Stunde. Die Frau Fürstin zieht sich schon an und hat sich vier Stunden früher wecken lassen als sonst. Der Herr Prinz ist schon aus dem Stall zurückgekehrt und ist zur Abfahrt bereit, wann immer es beliebt. Ja, quicklebendig wie ein Hase ist er, der kleine Teufel. Und so war er schon von Kind auf. Ich weiß Bescheid, denn ich habe ihn auf den Armen getragen. Wenn er einmal bereit ist, darf man ihn nicht warten lassen, auch wenn er ein freundliches Gemüt hat, sonst wird er ungeduldig und beginnt Krach zu schlagen. Ach, der Ärmste! Man muß Nachsicht mit ihm üben, das ist seine Natur. Und in diesem Fall hat er auch etwas recht, weil er es Ihretwegen tut. Wehe, wenn ihm bei solcher Gelegenheit jemand in die Quere kommt! Da kennt er keine Rücksicht, außer bei dem Herrn Fürsten. Aber eines Tages wird er der Herr Fürst sein, je später, desto besser. Flink, flink, mein Fräulein! Warum schauen Sie mich so verträumt an? Um diese Zeit sollten Sie schon aus dem Bett sein."

Bei der Vorstellung des ungeduldigen Prinzen wurden die Gedanken, die Gertrudes erwachtes Bewußtsein bedrängten, sofort aufgescheucht – wie ein Spatzenschwarm von einem Habicht. Sie gehorchte, kleidete sich eiligst an, ließ sich frisieren und erschien im Saal, wo die Eltern und der Bruder bereits versammelt waren. Sie durfte in einem Armsessel Platz nehmen, und man ließ ihr eine Tasse Schokolade bringen, was in jenen Zeiten ebensoviel bedeutete wie einst bei den Römern die Überreichung der Toga.

Als man meldete, daß angespannt sei, zog der Fürst die Tochter beiseite und sagte zu ihr: „Nun, Gertrude, gestern habt Ihr Euch Ehre gemacht, heute müßt Ihr Euch aber selber übertreffen. Es handelt sich darum, im Kloster und im Ort, wo Ihr ausersehen seid, die erste Rolle zu spielen, in aller Feierlichkeit zu erscheinen. Man erwartet Euch dort..." Es erübrigt sich, zu erwähnen, daß der Fürst am vorhergehenden Tag die Äbtissin sogleich benachrichtigt hatte. „Man erwartet Euch dort, und aller Augen werden auf Euch gerichtet sein. Bewahrt Würde und Unbefangenheit. Die Äbtissin wird Euch nach Eurem Begehren fragen, eine reine Formsache. Ihr könnt erwidern, daß Ihr darum bittet, in diesem Kloster den Schleier zu nehmen, wo Ihr so liebevoll erzogen worden seid und so viele Gefälligkeiten empfangen habt, was die reine Wahrheit ist. Sprecht die wenigen Worte in ungezwungener Weise, damit niemand sagen kann, sie seien Euch in den Mund gelegt worden, weil Ihr selber nicht zu sprechen imstande wäret. Die guten Nonnen wissen nichts von dem, was vorgefallen ist, es ist ein Geheimnis und soll innerhalb der Familie begraben sein. Macht also kein betrübtes oder zweifelndes Gesicht, das Verdacht erwecken könnte. Laßt vielmehr durchblicken, von welchem Blute Ihr abstammt. Höflich und bescheiden, aber stets eingedenk dessen, daß an jenem Ort außer der Familie niemand über Euch stehen wird."

Ohne eine Antwort abzuwarten, brach der Fürst auf. Gertrude, die Fürstin und der Prinz folgten ihm. Sie schritten die Treppe hinab und bestiegen den Wagen. Während der Fahrt bildeten die Beschwerlichkeiten und Verdrießlichkeiten der Welt und das für die Töchter des Adels gesegnete Leben im Kloster das Thema der Unterhaltung. Gegen Ende der Fahrt wiederholte der Fürst seine Weisungen für die Tochter und schärfte ihr mehrmals die Formel der Antwort ein. Als man in Monza anlangte, fühlte Gertrude, wie sich ihr Herz zusammenkrampfte, doch wurde ihre Aufmerksamkeit für einen Augenblick von einigen Herren gefesselt, die den Wagen anhielten und irgendwelche Komplimente anbrachten. Die Fahrt wurde fortgesetzt, und man erreichte, fast im Schritt, unter den Blicken der Neugierigen, die von allen Seiten herbeiliefen, das Kloster. Als der Wagen vor seinen Mauern und der Pforte hielt, krampfte sich Gertrudes Herz noch mehr zusammen. Man stieg aus, während rechts und links sich die Leute drängten, die von der Dienerschaft zurückgehalten wurden. Aller Augen ruhten auf der Ärmsten und zwangen sie, beständig an ihr Auftreten zu denken. Doch mehr noch als die fremden Augen hielten die Augen des Vaters sie im Banne, die sie trotz ihrer großen Angst unablässig und wie unter Zwang suchte. Und diese Augen lenkten ihre Bewegungen und ihren Gesichtsausdruck wie mit unsichtbaren Zügeln. So durchschritten sie den ersten Hof und gelangten in den zweiten, wo sie das offenstehende, von Nonnen umlagerte Klostertor erblickten. In der ersten Reihe stand die Äbtissin, umgeben von älteren Nonnen, dahinter auf Zehenspitzen die übrigen in zwanglosem Durcheinander; zuletzt die Laienschwestern, auf kleinen Bänken stehend. Da und dort konnte man auch in halber Höhe ein paar blitzende Äuglein und junge Gesichter zwischen den Nonnengewändern auftauchen sehen: es waren die geschicktesten und mutigsten der Zöglinge, denen es gelungen war, zwischen den Nonnen durchzuschlüpfen und einen Spalt zu erwischen, um auch etwas zu sehen. Aus der Menge wurden Zurufe laut, und viele Arme reckten sich Gertrude zum Zeichen des freudigen Empfangs entgegen. Als sie das Tor erreichte, stand sie der Äbtissin gegenüber. Nach den ersten höflichen Worten fragte diese Gertrude in einem zwischen Freude und Feierlichkeit schwebenden Ton, was sie an diesem Orte begehre, wo niemand imstande wäre, ihr etwas zu verweigern.

„Ich bin hier...", hob Gertrude an. Als sie aber die Worte sprechen wollte, die ihr Schicksal fast unwiderruflich besiegelten, zögerte sie einen Augenblick und starrte auf die Menge vor ihr. In diesem Moment erblickte sie eine ihrer früheren Gefährtinnen, die halb mitleidig, halb spöttisch zu ihr herüberschaute und zu sagen schien: Aha, das brave Kind hat nachgegeben. Dieser Anblick rief in ihr wieder all die alten Gefühle wach und gab ihr ein wenig von ihrem früheren Mut zurück. Schon begann sie nach irgendeiner Antwort zu suchen, die anders als die vorgeschriebene lautete; als sie aber, gleichsam um ihre Kräfte zu messen, die Augen zum Gesicht ihres Vaters hob, gewahrte sie in jenem eine so düstere Beunruhigung, eine so drohende Ungeduld, daß sie, von Angst getrieben, mit der gleichen Entschlossenheit, mit der man vor etwas Schrecklichem die Flucht ergreift, zu sprechen anfing: „Ich bin gekommen, um zu bitten, hier in diesem Kloster, in dem ich so liebevoll erzogen wurde, den Schleier nehmen zu dürfen." Die Äbtissin erwiderte unverzüglich, daß sie es sehr bedauere, in einem solchen Fall keine unmittelbare Zusage aussprechen zu dürfen, weil die Regel es verbiete. Diese sei abhängig von der Zustimmung aller Nonnen und der vorher einzuholenden Genehmigung der Vorgesetzten. Doch könne Gertrude, die ja die Gefühle kenne, welche man ihr an diesem Ort entgegenbringe, im voraus über die Antwort beruhigt sein, und im übrigen verbiete keine Regel ihr, der Äbtissin, und den Nonnen, der Freude über diesen Entschluß Ausdruck zu verleihen. Darauf erhob sich ein Durcheinander von Glückwünschen und Zurufen. Große Schalen mit Süßigkeiten wurden herbeigetragen und zuerst der Braut und danach ihren Eltern angeboten. Während einige Nonnen sich Gertrudes bemächtigten, andere deren Mutter und den Prinzen beglückwünschten, ließ die Äbtissin den Fürsten ans Sprechgitter bitten, wo sie ihn erwartete. Sie befand sich in Begleitung von zwei älteren Nonnen, und als sie ihn kommen sah, sagte sie: „Durchlaucht, um der Regel zu entsprechen ... einer unumgänglichen Formalität Genüge zu tun ... obwohl in diesem Falle ... muß ich Ihnen doch sagen ... daß immer, wenn eine Tochter wünscht, den Schleier zu nehmen ... die Oberin, die ich unverdientermaßen bin, verpflichtet ist, die Eltern davon in Kenntnis zu setzen, daß, falls sie den Entschluß der Tochter erzwungen haben sollten, sie dem Kirchenbann verfallen. Sie werden mich entschuldigen ..."

„Ausgezeichnet, vortrefflich, ehrwürdige Mutter. Ich muß Ihr Pflichtbewußtsein loben. Ihre Worte sind nur zu berechtigt ... Aber Sie werden doch nicht bezweifeln wollen ..."

„Aber was denken Sie, mein Fürst ... ich habe nur meinen ausdrücklichen Vorschriften Genüge getan ... Im übrigen jedoch ..."

„Gewiß, gewiß, Mutter Äbtissin."

Nachdem sie diese wenigen Worte gewechselt hatten, verneigten sich die Gesprächspartner und trennten sich, als bedrücke es beide, noch länger Aug in Auge zu verweilen. Jeder suchte die Seinen auf, der Fürst außerhalb, die Äbtissin innerhalb der Klosterschwelle.

„Genug jetzt", sagte der Fürst, „Gertrude wird die Gesellschaft der Mütter bald in aller Ruhe genießen können. Für heute haben wir sie lange genug aufgehalten." Mit diesen Worten verneigte er sich, seine Familie brach mit ihm auf, die Höflichkeitsbezeigungen wurden erneuert, und man fuhr ab.

Auf dem Heimweg zeigte Gertrude wenig Lust zur Unterhaltung. Erschrocken über den Schritt, den sie getan, beschämt über ihre Schwäche und voller Erbitterung gegen die anderen und gegen sich selbst, dachte sie traurig über die Gelegenheiten nach, die ihr noch blieben, um nein zu sagen, und sie gelobte sich ermüdet und verwirrt, das nächste Mal gewandter und mutiger zu sein. Bei all diesen Vorsätzen aber war die Angst vor der finsteren Miene des Vaters nicht von ihr gewichen, so daß sie jetzt erleichtert und für einen Augenblick glücklich war, als sie nach einem Seitenblick auf seinem Gesicht keine Spur von Zorn, sondern deutliche Zufriedenheit mit ihr erkannte.

Gleich nach der Ankunft mußte man sich umkleiden und putzen, zu Tisch gehen, einige Besuche erledigen, dann Ausfahrt, Empfang und das Abendessen. Als dieses vorüber war, warf der Fürst eine neue Frage auf: die Wahl der Patin. So nannte man die Dame, die auf die Bitte der Eltern für die Zeit zwischen Gesuch und Eintritt ins Kloster die Betreuung und Begleitung einer zukünftigen jungen Nonne übernahm. Diese Zeit wurde damit verbracht, Kirchen und Paläste zu besichtigen, auf Empfängen und Landsitzen zu erscheinen und Heiligtümer aufzusuchen, kurz, alle bemerkenswerten Dinge der Stadt und der Umgebung zu sehen, damit jedes Mädchen vor Ablegen des unwiderruflichen Gelübdes klar erkannte, was sie verschmähte. „Man muß an eine Patin denken", sagte der Fürst, „denn morgen wird der Nonnenvikar kommen, um die Formalitäten für die Prüfung zu erledigen, und unmittelbar danach wird Gertrude im Kapitel den Nonnen zur Aufnahme vorgestellt."

Mit diesen Worten hatte er sich der Fürstin zugewandt, und diese entnahm daraus eine Aufforderung zu Vorschlägen und begann: „Da wäre . . ." Doch der Fürst unterbrach sie. „Nein, nein, Frau Fürstin, die Patin soll vor allen Dingen der Braut gefallen, und wenn auch der allgemeine Brauch den Eltern die Wahl überläßt, so besitzt Gertrude Verstand und Einsicht genug, daß sie eine Ausnahme verdient." Und hier wandte er sich an Gertrude und sagte mit der Miene eines Mannes, der eine hohe Gnade gewährt: „Jede der Damen, die gestern auf dem Empfang zugegen waren, besitzt die Eigenschaften, die man bei der Patin einer Tochter unseres Hauses voraussetzt. Ich glaube, jede würde sich durch die Wahl geehrt fühlen: wählt also selber."

Gertrude sah sehr wohl, daß sie mit dieser Wahl eine

neuerliche Zustimmung gab, doch der Vorschlag wurde mit solchem Nachdruck gemacht, daß eine Weigerung, und wäre sie noch so demütig, einer Geringschätzung oder wenigstens einer Laune oder Ziererei gleichgekommen wäre. Sie tat also auch diesen Schritt und nannte den Namen einer Dame, die ihr an diesem Abend am besten gefallen hatte. Es war jene, die sie am meisten umschmeichelt und gelobt hatte und ihr mit jener familiären, liebevollen Zuvorkommenheit begegnet war, die in den ersten Augenblicken einer Bekanntschaft eine alte Freundschaft vorzutäuschen vermag. „Eine ausgezeichnete Wahl", sagte der Fürst, der gerade diese Dame gewünscht und erhofft hatte. War es Absicht oder Zufall, es war gekommen, wie es kommt, wenn ein Gaukler vor aller Augen ein Kartenspiel auseinanderblättert, Euch auffordert, sich eine Karte zu merken, die er Euch hinterher nennen wird, dabei die Karten aber so geschickt entfaltet, daß Ihr nur eine einzige deutlich sehen könnt. Diese Dame war den ganzen Abend nicht von Gertrudes Seite gewichen und hatte sie so in Anspruch genommen, daß sie ihre Phantasie sehr hätte anstrengen müssen, um auf eine andere zu verfallen. Dieser übergroße Eifer hatte freilich auch seine Gründe: die Dame hatte seit langer Zeit ein Auge auf den Erbprinzen geworfen, den sie sich zum Schwiegersohn wünschte. Daher betrachtete sie alle Angelegenheiten dieses Hauses als ihre eigenen, und so war es natürlich, daß unsere liebe Gertrude ihr nicht weniger am Herzen lag als ihre nächsten Verwandten.

Am folgenden Tage erwachte Gertrude mit dem Gedanken an den Mönch, der kommen sollte, um sie zu prüfen. Während sie noch überlegte, ob und auf welche Weise sie diese so entscheidende Gelegenheit nutzen solle, um alles rückgängig zu machen, ließ der Fürst sie rufen. „Nun, Tochter, bis hierher habt Ihr Euch ausgezeichnet verhalten", sagte er zu ihr, „heute gilt es, das Werk zu krönen. Bisher geschah alles mit Eurer Einwilligung. Wenn in dieser Zeit irgendein Zweifel in Euch erwacht sein sollte, ein Gefühl der Reue, jugendliche Launen, hättet Ihr Euch erklären müssen. Aber so wie die Dinge jetzt gediehen sind, ist keine Zeit mehr für Kindereien. Der rechtschaffene Mann, der heute morgen kommen soll, wird Euch zahlreiche Fragen betreffs Eurer Berufung stellen: ob Ihr aus eigenem Antrieb Nonne werden wollt, warum, wieso und dergleichen mehr. Wenn Ihr beim Antworten zögert, wird er Euch lange mit Fragen quälen. Das wäre lästig, ja scheußlich für Euch, und außerdem könnte noch Schlimmeres daraus entstehen. Nach all den öffentlichen Erklärungen, die gemacht wurden, würde jede kleine Unentschlossenheit, die man Euch anmerkte, meine Ehre aufs Spiel setzen. Es würde heißen, ich hätte eine Unüberlegtheit von Euch als festen Entschluß angesehen und die Angelegenheit überstürzt, ja daß ich... wer weiß was sonst noch getan hätte. In diesem Falle wäre ich gezwungen, einen von zwei schmerzvollen Auswegen zu wählen: Entweder müßte ich zulassen, daß die Welt sich über mein Verhalten eine traurige Meinung bildet; das wäre eine Entscheidung, die sich keineswegs mit dem verträgt, was ich mir selber schulde. Oder ich müßte den wahren Grund Eures Entschlusses enthüllen und..." In diesem Augenblick sah er, daß Gertrude purpurrot geworden war, daß sich ihre Augen mit Tränen füllten und sich ihr Gesicht zusammenzog wie die Blütenblätter einer Blume in der Schwüle vor dem Sturm. Er brach daher seine Rede ab und fuhr mit heiterer Miene fort: „Nun, nun, alles hängt von Euch, von Eurer Verständigkeit ab. Ich weiß, daß Ihr ein kluges Mädchen seid, nicht eines von denen, die eine gute Sache noch zum Schluß verderben. Ich mußte aber für alle Fälle vorbeugen. Sprechen wir nicht mehr darüber. Wir sind uns also einig, daß Ihr freimütig antworten werdet, in einer Weise, die im Kopf des wackeren Mannes keine Zweifel entstehen läßt. So bringt Ihr es auch am schnellsten hinter Euch." Dann brachte er, nachdem er ihr noch einige Antworten auf mutmaßliche Fragen eingegeben hatte, das Gespräch wie üblich auf die Annehmlichkeiten und Genüsse, die Gertrude im Kloster erwarteten. Auf diese Weise unterhielt er sie, bis ein Diener erschien und den Vikar meldete. Der Fürst wiederholte hastig die wichtigsten Ermahnungen und ließ dann die Tochter allein mit dem Nonnenvikar, wie es die Vorschrift verlangte.

Der brave Mann war schon mit der vorgefaßten Meinung eingetroffen, daß Gertrude eine lebhafte Berufung für das Klosterleben in sich fühle, denn das hatte ihm der Fürst gesagt, als er gekommen war, um ihn einzuladen. Gewiß wußte der gute Priester, daß Mißtrauen eine der notwendigsten Tugenden in seinem Amt sei, und er hatte sich die Maxime zu eigen gemacht, solche Beteuerungen nur mit äußerster Vorsicht zu glauben und vor Voreingenommenheiten auf der Hut zu sein. Doch selten nur trifft es zu, daß bekräftigende, sicher vorgebrachte Worte einer angesehenen Person nicht auf den Zuhörer abfärben.

Nach den ersten Höflichkeitsbezeigungen sagte er: „Mein Fräulein, ich komme, um hier die Rolle des Teufels zu spielen, um in Zweifel zu ziehen, was Sie in Ihrem Gesuch als Gewißheit angegeben haben. Ich komme, um Ihnen die Schwierigkeiten vor Augen zu halten und mich zu vergewissern, daß Sie sie wohl erwogen haben. Erlauben Sie, daß ich Ihnen einige Fragen stelle."

„Sprechen Sie nur", erwiderte Gertrude.

Der gute Priester begann nun, sie in der von der Ordensregel vorgeschriebenen Form zu befragen. „Fühlen Sie in Ihrem Herzen den freien, spontanen Entschluß, Nonne zu werden? Wurden nicht Drohungen oder Schmeicheleien angewandt? Ist keine Nötigung erfolgt, um Sie dazu zu verleiten? Sprechen Sie offen und ohne jede Rücksicht zu einem Mann, dessen Pflicht es ist, Ihren wahren Willen zu kennen, um zu verhindern, daß Ihnen in irgendeiner Weise Gewalt angetan wird."

Die wahre Antwort auf eine solche Frage stand sogleich mit erschreckender Klarheit vor Gertrudes Augen. Um jedoch diese Antwort zu geben, war es erforderlich, eine Erklärung vorzutragen, zu sagen, daß sie bedroht worden sei, eine Geschichte zu erzählen. Vor diesem Gedanken wich die Unglückliche entsetzt zurück. Sie suchte eilig eine andere Antwort und fand nur eine, die sie sicher und schnell von dieser Qual erlösen konnte, und zwar eine, die der Wahrheit am wenigsten entsprach. „Ich will Nonne werden", sagte sie, ihre Verwirrung verbergend. „Ich möchte Nonne aus eigenem Willen und aus freien Stücken werden."

„Wie lange haben Sie diesen Wunsch schon?" fragte der brave Priester noch.

„Ich habe ihn schon immer gehabt", antwortete Gertrude, die nach diesem ersten Schritt ungezwungener daranging, gegen sich selbst zu lügen.

„Aber welches ist der Hauptgrund, der Sie veranlaßt, Nonne zu werden?"

Der gute Priester ahnte nicht, welch schreckliche Taste er anschlug, und Gertrude mußte sich großen Zwang antun, um mit keiner Miene die Wirkung zu verraten, die seine Worte in ihrem Gemüt hervorriefen.

„Der Hauptgrund ist mein Wunsch, Gott zu dienen und die Gefahren dieser Welt zu fliehen."

„Sollte nicht doch irgendein Verdruß vorliegen? Irgendeine ... verzeihen Sie ... Laune? Manchmal kann ein flüchtiger Anlaß als dauerhaft erscheinen. Wenn dieser Anlaß jedoch nicht mehr vorhanden ist und der Sinn sich ändert, dann ..."

„Nein, nein", erwiderte Gertrude hastig. „Der Grund ist der, den ich Ihnen genannt habe."

Mehr, um seiner Pflicht Genüge zu tun, als aus Überzeugung, daß es nötig sei, bestand der Vikar auf weiteren Fragen. Gertrude jedoch war entschlossen, ihn zu täuschen. Abgesehen von dem Widerwillen, den ihr der Gedanke verursachte, diesen ernsten und würdigen Mann, der so weit entfernt schien, etwas Derartiges in ihr zu vermuten, zum Mitwisser ihrer Schwäche zu machen, bedachte die Ärmste wohl, daß er zwar verhindern könne, daß sie Nonne würde;

damit aber würden seine Macht und sein Schutz erschöpft sein. Ging er fort, blieb sie mit dem Fürsten allein zurück. Und was sie dann in diesem Haus zu leiden hätte, würde der gute Priester nicht erfahren, und erführe er es doch, so würde er mit bestem Willen nichts anderes für sie tun können, als Mitleid zu haben, jenes Mitleid von ruhiger und gemessener Art, das man im allgemeinen höflichkeitshalber einem Menschen gewährt, der selbst Grund oder Anlaß zu der schlechten Behandlung gegeben hat, die ihm widerfährt. Der Prüfer wurde seiner Fragen eher müde als die Unglückliche ihrer Lügen. Da er immer gleichlautende Antworten vernahm und keinen Anlaß hatte, an ihrer Offenheit zu zweifeln, änderte er endlich die Redeweise. Er beglückwünschte Gertrude, bat sie gewissermaßen um Verzeihung, weil er dieser seiner Pflicht so ausführlich nachgekommen sei, fügte hinzu, was ihm am geeignetsten erschien, sie in ihrem guten Vorsatz zu bestärken, und verabschiedete sich dann.

Als er beim Fortgehen durch die Räume schritt, begegnete er dem Fürsten, der zufällig vorbeizugehen schien. Er beglückwünschte ihn ebenfalls zu der guten Gesinnung, in der er seine Tochter angetroffen habe. Der Fürst war bis dahin von quälender Unruhe gepeinigt. Bei dieser Nachricht atmete er auf und eilte, seine gewohnte Würde vergessend, fast laufend zu Gertrude, überschüttete sie mit Lob, Zärtlichkeiten und Versprechungen, mit herzlichem Jubel und mit Liebkosungen, die zum großen Teil ehrlich waren: so widerspruchsvoll ist das menschliche Herz.

Wir wollen Gertrude nicht durch die ununterbrochene Reihe von Festlichkeiten und Vergnügungen begleiten. Und wir werden auch nicht im einzelnen oder der Reihe nach die Gefühle ihres Herzens zu dieser Zeit schildern: es wäre eine Geschichte von Leid und innerer Unschlüssigkeit, zu eintönig und dem bereits Gesagten allzu ähnlich. Die Anmut der Gegend, die Vielfalt der Erlebnisse, die Freude an den Fahrten über das offene Land machten ihr den Ort, wo sie schließlich für immer absteigen sollte, immer verhaßter. Noch schmerzlicher waren für sie die Eindrücke, die sie auf Gesellschaften und Festlichkeiten empfing. Der Anblick der Bräute, die diesen Namen im gewöhnlichen, gebräuchlichen Sinne trugen, erfüllte sie mit Neid und nagendem Kummer; und manchmal ließ der Anblick anderer Mädchen sie glauben, es müsse der Gipfel der Seligkeit sein, sich Braut nennen zu hören. Zuweilen erweckten der Pomp der Paläste, der Glanz der Ausstattung, das fröhliche Gewimmel und die lärmenden Feste in ihr einen wahren Taumel und ein brennendes Verlangen nach einem solchen Leben in Heiterkeit, daß sie sich selbst schwor, zu widerrufen und lieber alles zu ertragen, als in den kalten und toten Schatten des Klosters zurückzukehren. Aber all diese Entschlüsse verflogen bei ruhiger Erwägung der Schwierigkeiten und nach einem einzigen Blick in das Gesicht des Fürsten. Bisweilen vergällte ihr der Gedanke, diese Genüsse für immer aufgeben zu müssen, auch jene kleine Kostprobe; wie der dürstende Kranke mit Wut und Verachtung den Löffel Wasser betrachtet und gar zurückstößt, den ihm der Arzt mit Müh und Not bewilligt hat. Indessen hatte der Nonnenvikar das notwendige Zeugnis ausgestellt, und die Erlaubnis traf ein, das Kapitel zur Aufnahme Gertrudes einzuberufen. Es wurde abgehalten und erbrachte, wie nicht anders zu erwarten, zwei Drittel der Stimmen in der nach Vorschrift geheimen Wahl. Gertrudes Gesuch war angenommen. Der langen Quälerei müde, war sie es nun selbst, die darum bat, so schnell wie möglich ins Kloster eintreten zu dürfen. Und es gab niemanden, der ihre Ungeduld hätte mäßigen wollen. Ihr Wille geschah, und nach einem glanzvollen Geleit zum Kloster nahm sie den Schleier. Nach zwölfmonatigem Noviziat, erfüllt von Bedauern und Reue über dieses Bedauern, kam der Tag des Gelübdes, der Augenblick, in dem es darauf ankam, entweder ein Nein auszusprechen, das jetzt befremdender, unerwarteter und aufsehenerregender denn je gewesen wäre, oder aber das Ja zu wiederholen, das sie schon so oft ausgesprochen hatte. Sie wiederholte es und wurde Nonne für immer.

Es ist eine einzigartige und unerklärliche Fähigkeit der christlichen Religion, jedem Menschen den Weg zu weisen und Trost zu spenden, in welcher Lage und Zeit auch immer er Zuflucht zu ihr nehmen sollte. Wenn es gegen Vergangenes ein Heilmittel gibt, so schreibt sie es vor, verabreicht es und verleiht Einsicht und Kraft, um es unter allen Umständen wirksam werden zu lassen. Gibt es dieses nicht, so zeigt sie den Weg, um wirklich, wie das Sprichwort sagt, aus der Not eine Tugend zu machen. Sie lehrt, in Weisheit fortzuführen, was Leichtsinn begann, und bewegt die Seele, gutwillig hinzunehmen, was ihr gewaltsam auferlegt wurde; sie schenkt der Wahl, die verwegen, aber unwiderruflich bleibt, die ganze Heiligkeit, die ganze Weisheit und, sagen wir es offen, die ganze Freude der Berufung. Ihre Wege sind so beschaffen, daß der Mensch, aus welchem Labyrinth und aus welchem Abgrund er auch kommen mag, vom ersten Schritt an zuversichtlich und guten Willens auf ihnen weiterwandern und guter Dinge ein frohes Ziel erreichen kann. Auf diesem Wege hätte Gertrude eine fromme, zufriedene Nonne sein können, wie immer sie es geworden sein mochte. Statt dessen bäumte sich die Unglückliche gegen das Joch auf und litt um so stärker unter dessen Last und Erschütterungen. Nie endende Klagen über die verlorene Freiheit, Abscheu vor dem gegenwärtigen Stand, verzehrende Gier nach unerfüllbaren Wünschen waren die Hauptbeschäftigungen ihrer Seele. Immer wieder wühlte sie die bittere Vergangenheit auf, durchdachte unaufhörlich die Umstände, die sie hierhergeführt hatten, und zerstörte in Gedanken tausendmal nutzlos, was sie durch ihre Entscheidung herbeigeführt hatte. Sie klagte sich selbst der Feigheit an und andere der Tyrannei und der Niedertracht und verzehrte sich so. In einem vergötterte und beweinte sie ihre Schönheit, beklagte ihre Jugend, die dazu bestimmt war, in langsamem Martyrium zu verderben, und beneidete in gewissen Augenblicken jede Frau, die, gleich, in welcher Lage und Gewissensverfassung, frei die Welt und ihre Freuden genießen konnte.

Der Anblick der Nonnen, die ihre Hand im Spiele gehabt hatten, sie ins Kloster zu ziehen, war ihr verhaßt. Sie erinnerte sich sehr wohl der Winkelzüge und der Ränke, die jene ins Werk gesetzt hatten, und zahlte sie ihnen nun heim mit vielen Unhöflichkeiten, Verächtlichkeiten und offenem Tadel. Meist war es an ihnen, die Kränkungen hinzunehmen und zu schweigen. Wohl hatte der Fürst den Eintritt seiner Tochter ins Kloster mit Gewalt erzwungen, aber er hätte doch, sobald sein Wunsch erfüllt war, nicht so leicht hingenommen, daß andere gegen sein Blut recht behielten. Und die geringste Klage, die geführt worden wäre, hätte Veranlassung geben können, seinen mächtigen Schutz zu verlieren oder den Beschützer gar in einen Feind zu verwandeln. Es wäre nun möglich gewesen, daß Gertrude für die übrigen Nonnen, die an jenen Ränken nicht beteiligt gewesen waren, eine gewisse Zuneigung hätte empfinden können und die Nonnen sie, auch wenn sie Gertrude nicht als Gefährtin empfanden, doch als Mitschwester liebten und ihr durch frommes, geschäftiges und heiteres Beispiel bewiesen, daß man im Kloster nicht nur leben, sondern sich auch wohl fühlen konnte. Doch auch diese waren ihr verhaßt, wenngleich aus anderen Gründen. Ihre frommen, zufriedenen Mienen wirkten auf sie wie ein Vorwurf gegenüber ihrer Ruhelosigkeit und ihrer launischen Haltung. Sie versäumte keine Gelegenheit, jene hinter ihrem Rücken als Betschwestern zu verhöhnen oder als Heuchlerinnen zu verunglimpfen. Vielleicht wäre sie ihnen weniger feindlich gesinnt gewesen, hätte sie gewußt oder geahnt, daß die wenigen schwarzen Kugeln in der Urne bei der Wahl, die über ihre Aufnahme entschied, gerade von ihnen hineingelegt worden waren.

Einen kleinen Trost glaubte sie mitunter im Befehlen zu finden, in den Huldigungen, mit denen man sie im Kloster umgab, und in den Höflichkeitsbesuchen von Personen von außerhalb, im Durchsetzen ihrer Verpflichtungen, in der Wahrnehmung ihrer Protektion und darin, sich „Signora" nennen zu hören. Doch was für ein Trost war das schon! Ihr von alledem so wenig erquicktes Herz hätte gern von Zeit zu Zeit auch nach den Tröstungen der Religion gegriffen, um neben jenen auch diese zu genießen. Die Tröstungen der Religion werden aber nur dem zuteil, der die weltlichen fahrenläßt, so wie ein Schiffbrüchiger, um den rettenden Balken zu umklammern, die Hände öffnen und die Wasserpflanze loslassen muß, nach der er in blinder Angst gegriffen hat.

Bald nach der Ablegung des Gelübdes wurde Gertrude als Oberaufseherin über die Klosterzöglinge eingesetzt. Man stelle sich vor, wie es den jungen Mädchen unter einer solchen Zuchtmeisterin ergehen mußte. Zwar hatten ihre früheren Gefährtinnen das Kloster verlassen, doch alle Leidenschaften jener Zeit waren noch lebendig in ihr, und ihre Zöglinge bekamen auf diese oder jene Weise die Folgen zu spüren. Wenn sie sich vergegenwärtigte, daß viele dieser Mädchen für ein Leben in jener Welt bestimmt waren, die ihr für immer verschlossen war, so verspürte sie gegen die Ärmsten Haß, fast einen Wunsch nach Rache. Dann unterdrückte und mißhandelte sie die Mädchen und ließ sie im voraus die Freuden bezahlen, die sie eines Tages genießen sollten. Wer in solchen Augenblicken vernommen hätte, mit welch herrischer Verachtung sie jene um Kleinigkeiten schalt, hätte sie für eine Frau von wilder, unbeherrschter Gemütsart gehalten. In anderen Augenblicken wieder machte sich der gleiche Abscheu vor dem Kloster, der Regel und dem Gehorsam in ganz entgegengesetzten Launen Luft. Dann duldete sie nicht nur die lärmende Vergnügtheit ihrer Zöglinge, sondern schürte sie; sie mischte sich in ihre Spiele und machte sie noch ausgelassener. Sie nahm an ihren Gesprächen teil und trieb sie in eine Richtung, die gar nicht in der Absicht der Mädchen gelegen hatte. Wagte eine ein Wörtchen über das Geschwätz der Mutter Äbtissin, so ahmte Gertrude es ausführlich nach und machte eine Posse daraus; sie ahmte auch die Miene der einen, die Art zu gehen der anderen Nonne nach und lachte dann ausgelassen. Doch es war ein Gelächter, das sie nicht fröhlicher stimmte, als sie vorher gewesen. So hatte sie einige Jahre gelebt, ohne daß sie die Möglichkeit noch die Gelegenheit gehabt hätte, mehr zu tun. Dann wollte es ihr Mißgeschick, daß sich eine Gelegenheit bot.

Außer den anderen Auszeichnungen und Vorrechten, die ihr als Entschädigung dafür, daß sie noch nicht Äbtissin sein konnte, zugestanden wurden, durfte sie auch in einer abgesonderten Wohnung leben. Diese Seite des Klosters stieß an ein Haus, das von einem ruchlosen jungen Mann bewohnt wurde. Er war einer der vielen, die in jenen Zeiten, umgeben von Raufbolden und im Bunde mit anderen Bösewichtern, bis zu einem gewissen Grade der öffentlichen Gewalt und den Gesetzen hohnlachen konnten. Unsere Handschrift nennt ihn Egidio, ohne seine Herkunft zu erwähnen. Dieser Egidio hatte von einem kleinen Fenster aus, das auf ein Höfchen des Klosters blickte, Gertrude zuweilen vorübergehen oder zum Zeitvertreib spazieren sehen und, von der Gefahr und der Ruchlosigkeit des Unternehmens eher angelockt denn abgeschreckt, eines Tages das Wort an sie zu richten gewagt. Die Unglückliche hatte geantwortet.

Zuerst hatte sie eine sicherlich nicht reine, aber lebhafte Freude empfunden. In die öde Leere ihres Gemüts hatte sich ein anhaltender Strom von Kraft, fast möchte ich sagen: ein mächtiges Lebensgefühl ergossen; doch glich diese Freude dem Stärkungstrank, den die erfinderische Grausamkeit der alten Römer den Verurteilten reichten, um ihre Kräfte für die Folterqualen zu stählen. Zur gleichen Zeit entdeckte man eine auffällige Wandlung in ihrem Betragen. Sie wurde mit einem Schlage ruhiger und maßvoller, unterließ Spöttereien und Murren, zeigte sich liebevoll und manierlich, so daß sich die Nonnen zu dem glücklichen Wandel beglückwünschten, wobei sie weit entfernt waren, den wahren Grund zu vermuten und zu begreifen, daß diese neue Tugendhaftigkeit nichts weiter war als eine den alten Fehlern hinzugefügte Heuchelei. Dieser Schein jedoch, diese, sagen wir, äußere Tünche war nicht von langer Dauer, zumindest nicht, was Beständigkeit und Gleichmäßigkeit betraf: sehr bald stellten sich die üblichen Bosheiten und Launen wieder ein, man hörte wieder die Verwünschungen und Verhöhnungen des klösterlichen Gefängnisses, zuweilen sogar in einer weder dem Ort noch ihr gemäßen Ausdrucksweise. Jedem derartigen Ausbruch folgte jedoch die Reue und der angestrengte Versuch, ihn durch Schmeicheleien und gute Worte vergessen zu machen. Die Nonnen ertrugen, so gut es ging, all dieses Auf und Ab und schrieben alles der launischen, wankelmütigen Natur der Signora zu.

Eine Zeitlang schien niemand darüber nachzudenken; eines Tages jedoch ließ sich die Signora, die um irgendeiner Klatscherei willen mit einer Laienschwester in einen Wortstreit geraten war, hinreißen, jene auf ungewöhnliche Weise zu quälen, und wußte sich darin nicht genugzutun. Der Laienschwester riß, nachdem sie alles hatte über sich ergehen lassen und sich auf die Lippen gebissen hatte, die Geduld, und sie ließ die Bemerkung fallen, daß ihr einiges bekannt sei und daß sie zu geeigneter Zeit und am richtigen Ort schon sprechen werde. Von diesem Augenblick an fand die Signora keine Ruhe mehr. Kurze Zeit später wurde die Laienschwester vergeblich zu ihren üblichen Diensten erwartet. Man sah in ihrer Zelle nach und fand sie nicht, man rief mit lauter Stimme nach ihr, und sie antwortete nicht, man suchte sie hier und suchte sie dort, rundherum, oben und unten; nirgends eine Spur von ihr. Und wer weiß, auf welche Vermutungen man noch gekommen wäre, wenn man nicht beim Suchen ein Loch in der Gartenmauer entdeckt hätte, bei dessen Anblick alle auf den Gedanken kamen, daß sie durch dieses Loch geflohen sei. Man stellte Nachforschungen an in Monza und in der Umgebung und vor allem in Meda, dem Heimatort dieser Laienschwester. Man sandte Briefe in alle möglichen Richtungen, erhielt jedoch nicht die kleinste Nachricht über sie. Vielleicht wäre es leichter gewesen, hätte man statt in der Ferne in der Nähe nach ihr gesucht. Nach allgemeiner Verwunderung, denn niemand hätte sie dessen für fähig gehalten, und nach endlosem Gerede kam man zu dem Schluß, daß sie weit, sehr weit fortgegangen sein müsse. Und da einmal einer Nonne die Worte entfahren waren: „Sie ist sicherlich nach Holland geflohen", griff man das sofort auf und hielt im Kloster wie auch außerhalb eine gute Weile daran fest, daß sie nach Holland geflohen sei. Die Signora allerdings schien diese Meinung nicht zu teilen. Nicht, daß sie tat, als glaube sie nicht daran, oder daß sie der allgemeinen Auffassung mit eigenen Gründen begegnet wäre, die sie wohl hatte, aber tunlichst verheimlichte. So gut sie konnte, vermied sie es, diese Geschichte aufzurühren, es gab nichts, woran ihr weniger gelegen hätte, als diesem Geheimnis auf den Grund zu gehen. Doch je weniger sie davon sprach, desto mehr mußte sie daran denken. Unzählige Male tauchte das Bild jener Frau vor ihrem Geist auf und setzte sich dort fest, als wollte es niemals wieder weichen. Wie oft hätte sie gewünscht, jene lebendig vor sich zu sehen, statt sie stets in Gedanken um sich zu haben und Tage und Nächte in Gesellschaft jener schrecklichen leblosen Gestalt zu verbringen! Wie oft hätte sie lieber die Stimme jener Frau gehört, was immer sie auch für Drohungen aussprechen mochte, als ständig dieses für andere unhörbare gespenstische Flüstern jener Stimme zu vernehmen und die mit unermüdlicher Beharrlichkeit und Hartnäckigkeit wiederholten Worte zu hören, die von keinem lebenden Wesen herrühren konnten!

Seit diesem Vorfall war ungefähr ein Jahr verflossen, als Lucia der Signora vorgestellt wurde und jene Unterredung mit ihr hatte, bei der wir in unserer Erzählung stehengeblieben sind. Die Signora überschüttete Lucia mit ihren Fragen über die Nachstellungen Don Rodrigos und ging mit einer

Unerschrockenheit auf Einzelheiten ein, die Lucia befremdete und befremden mußte, weil sie es nicht für möglich gehalten hätte, daß die Neugier der Nonnen sich auf solche Dinge richten könnte. Die Urteile, die die Signora ihren Fragen beimischte oder erkennen ließ, waren nicht weniger seltsam. Es schien fast, als lache sie über den Abscheu, den Lucia stets vor jenem Herrn empfunden hatte, und sie fragte, ob jener denn wirklich ein solches Ungeheuer sei, daß er soviel Angst verbreite. Fast schien es, als hielte sie den Widerwillen des Mädchens für unvernünftig und dumm, hätte diese nicht den Vorzug, den sie Renzo gab, als Grund angegeben. Auch über Renzo erging sich die Signora in Fragen, die Lucia erstaunen und erröten ließen. Als die Signora merkte, daß sie mit ihren Fragen den Ausschweifungen ihrer Phantasie zu sehr nachgegeben hatte, versuchte sie ihr Geschwätz zu berichtigen und verständlicher zu machen, konnte aber nicht verhindern, daß in Lucia eine unangenehme Bestürzung und eine unerklärliche Angst zurückblieben. Und kaum war diese wieder mit ihrer Mutter allein, eröffnete sie sich ihr, jedoch Agnese, die erfahrener war, wußte mit wenigen Worten ihre Zweifel zu zerstreuen und das ganze Geheimnis zu erklären. „Wundere dich nicht darüber", sagte sie, „wenn du die Welt erst so gut kennengelernt hast wie ich, wirst du sehen, daß dies keine Dinge sind, über die man sich zu wundern braucht. Die feinen Leute sind, der eine mehr, der andere weniger, der eine so, der andere so, alle ein wenig verrückt. Man muß sie reden lassen, besonders wenn man ihre Hilfe braucht; man muß sich stellen, als hörte man ihnen im Ernst zu und als sagten sie nur richtige Dinge. Hast du gemerkt, wie sie mir über den Mund gefahren ist, so als hätte ich etwas ganz Dummes geredet? Ich habe mir daraus nichts gemacht. Sie sind alle so. Und bei alledem, dem Himmel sei Dank, scheint es, als sei dir die Signora wohlgesinnt und will dir wirklich ihren Schutz gewähren. Übrigens, wenn du gut davonkommst, meine Tochter, und wieder einmal mit feinen Leuten zu tun haben solltest, wirst du es selbst merken, o ja, du wirst es selbst merken."

Der Wunsch, sich den Pater Guardian zu verpflichten, das Wohlgefallen daran, Schutz zu gewähren, das Bewußtsein des guten Eindrucks, den diese aus so frommen Gründen übernommene Protektion erwecken würde, eine gewisse Zuneigung für Lucia und auch eine Art Erleichterung bei der Gewißheit, einer unschuldigen Person Gutes anzutun und Unterdrückten Beistand und Trost zu leisten, bewogen die Signora in der Tat, sich das Schicksal der beiden Flüchtlinge zu Herzen zu nehmen. Auf ihre Fürsprache hin und aus Rücksicht auf sie wurden sie in der neben dem Kloster befindlichen Wohnung untergebracht und behandelt, als stünden sie im Dienste des Klosters. Mutter und Tochter freuten sich, so schnell eine so sichere und ehrbare Unterkunft gefunden zu haben. Am liebsten hätten sie sich ohne Wissen anderer dort aufgehalten, doch das war in einem Kloster nicht gut möglich, zumal es einen Mann gab, der sich eifrig um Nachricht über einen von ihnen bemühte und in dessen Seele sich zur Leidenschaft und zum Groll auch noch die Wut gesellte, daß man ihm zuvorgekommen war und ihn getäuscht hatte. So wollen wir die Frauen in ihrem Asyl lassen und zum Palast jenes Mannes zurückkehren, zu jener Stunde, als er den Ausgang seines verbrecherischen Unterfangens abwartete.

11. Kapitel

Wie eine Meute Jagdhunde, die vergeblich einen Hasen verfolgt hat und mit hängenden Köpfen und Schwänzen beschämt zu ihrem Herrn zurückkehrt, so kehrten in der Nacht der Wirrungen die Bravi in den Palast Don Rodrigos zurück. Dieser schritt in einer unbewohnten, auf die Ebene blickenden Kammer des Obergeschosses auf und ab. Hin und wieder blieb er stehen, spitzte die Ohren und spähte durch die Ritzen der wurmstichigen Fensterläden voller Ungeduld und nicht frei von Besorgnis, und das nicht nur wegen des unsicheren Ausgangs, sondern auch wegen der möglichen Folgen. Denn dies war das tollste und gewagteste Stück, bei dem der Mann bisher seine Hand im Spiel hatte. Er beruhigte sich jedoch bei dem Gedanken an die getroffenen Vorsichtsmaßregeln, die jegliches Indiz, wenn nicht gar jeglichen Verdacht zerstreuen mußten. Was Verdacht betrifft, sagte er sich, so lache ich einfach. Ich möchte wissen, wer Lust verspüren wird, hier heraufzukommen und zu sehen, ob ein Mädchen hier ist oder nicht. Soll er nur kommen, dieser Tölpel! Er wird gebührend empfangen werden. Soll der Mönch kommen, soll er kommen. Die Alte? Mag sie nach Bergamo gehen, die Alte. Und das Gericht? Haha, das Gericht! Der Stadtvogt ist kein dummer Junge und auch kein Narr. Und in Mailand? Wer in Mailand kümmert sich um solche Leute? Wer würde schon auf sie hören? Wer weiß etwas von ihnen? Sie zählen so gut wie nichts auf dieser Welt, haben nicht einmal einen Herrn, gehören zu niemandem. Ach was, keine Angst. Was wird Attilio morgen dazu sagen! Er wird sehen, ob ich nur schwätzen oder auch handeln kann. Und außerdem ... wenn ich je in Schwierigkeiten geraten sollte ... was weiß ich? wenn irgendein Feind diese Gelegenheit beim Schopf packt ... da wird Attilio schon Rat wissen, da die Ehre der ganzen Verwandtschaft auf dem Spiel steht. Der Gedanke jedoch, bei dem er sich am längsten aufhielt, weil er in ihm eine Beruhigung seiner Zweifel und zugleich neue Nahrung für seine Leidenschaft fand, war der Gedanke an die Schmeicheleien und Versprechungen, die er anwenden wollte, um Lucia willfährig zu stimmen. Sie wird große Angst haben, hier ganz allein zu sein unter diesem Volk, diesen Gesichtern ... das menschlichste habe ich noch hier, zum Teufel. So wird sie bei mir Zuflucht suchen, es wird an ihr sein, mich zu bitten. Und wenn sie bittet ...

Während er diese schönen Berechnungen anstellt, vernimmt er Getrappel von Schritten, eilt ans Fenster, öffnet es ein wenig und späht hinaus. Sie sind es. Und die Sänfte? Verdammt, wo ist die Sänfte? Drei, fünf, acht, alle Mann sind da, auch der Graue. Doch die Sänfte fehlt. Zum Teufel, verflixt! Ich werde den Grauen zur Rede stellen!

Als sie angelangt waren, lehnte der Graue in einem Zimmer des Erdgeschosses seinen Pilgerstab in einem Winkel an die Wand, legte Hut und Pilgermantel ab und stieg pflichtbewußt, in diesem Augenblick von niemandem beneidet, hinauf, um Don Rodrigo Bericht zu erstatten. Dieser erwartete ihn bereits oben an der Treppe und rief oder brüllte, als er die tölpelhafte, plumpe Erscheinung des enttäuschten Schurken sah: „Nun, Herr Prahlhans, Herr Hauptmann, Herr Lassen-Sie-mich-nur-machen?“

„Es ist bitter“, antwortete der Graue, den Fuß auf der obersten Stufe, „es ist bitter, Vorwürfe empfangen zu müssen, wenn man treu gearbeitet und seine Pflicht zu erfüllen versucht hat und dabei auch die eigene Haut riskierte.“

„Wie ist die Sache vor sich gegangen? Laß hören, laß hören“, sagte Don Rodrigo und schritt auf sein Zimmer zu, wohin der Graue ihm folgte, der sogleich Bericht erstattete über alles, was er angeordnet und getan, gesehen und nicht gesehen, gehört, befürchtet und verhütet hatte. Und er tat es auf seine Weise, mit jener Verwirrung, Ungewißheit und Bestürzung, die notgedrungen in seinen Gedanken herrschen mußten.

„Dich trifft keine Schuld, du hast dich gut verhalten“, sagte Don Rodrigo. „Hast getan, was du nur konntest, aber ... aber sollte unter diesem Dach ein Spion leben? Wenn er hier ist und ich ihn erwische, und wir werden ihn erwischen, wenn er hier ist, dann werde ich ihn übel zurichten. Das kann ich dir versichern, Grauer, ich werde ihn windelweich prügeln.“

„Auch mir, gnädiger Herr“, sagte der Graue, „ist ein solcher Verdacht gekommen. Und wenn das wahr wäre, wenn ein Schurke von dieser Sorte entdeckt würde, sollte der gnädige Herr ihn mir überantworten. Ein Kerl, der sich das Vergnügen gemacht hat, mir eine Nacht wie die heutige zu bereiten, soll es mir bezahlen. Allerlei Anzeichen scheinen mir jedoch zu verraten, daß hier etwas anderes dahinterstekken muß, worauf wir bis jetzt noch nicht gekommen sind. Morgen, gnädiger Herr, morgen werden wir Bescheid wissen."

„Seid ihr wenigstens von niemandem erkannt worden?"

Der Graue erwiderte, er hoffe es nicht, und so endete die Unterredung damit, daß Don Rodrigo ihm befahl, für den folgenden Tag drei Dinge zu erledigen, auf die der Graue wohl auch von sich aus verfallen wäre. Am Morgen des nächsten Tages zwei Männer zum Gemeindevorsteher zu schicken und ihm eine Mitteilung zu machen, was, wie wir gesehen haben, geschehen ist; ferner sollten zwei Leute von dem verlassenen Gehöft aus Rundgänge machen, um jeden Müßiggänger, der sich näherte, fernzuhalten und die Sänfte vor fremden Blicken zu schützen, bis man sie in der kommenden Nacht zurückholen könne, zumal es vorläufig nicht ratsam erschien, durch allzu vieles Hin und Her Verdacht zu erwecken. Schließlich sollten er und andere Männer, und zwar die unbefangensten und klügsten, sich unter die Leute mischen, um einiges über das Durcheinander dieser Nacht in Erfahrung zu bringen. Nachdem Don Rodrigo diese Befehle erteilt hatte, legte er sich schlafen und schickte auch den Grauen zur Ruhe, den er mit vielen Belobigungen entließ, aus denen deutlich die Absicht hervorging, ihn für die überstürzten Vorwürfe, mit denen er ihn empfangen hatte, zu entschädigen.

So gehe schlafen, armer Grauer, du wirst es nötig haben. Armer Grauer! Den ganzen Tag auf den Beinen, die halbe Nacht dazu, ganz zu schweigen von der Gefahr, den Bauern in die Krallen zu fallen oder dir einen Kopfpreis wegen „Raubes einer unbescholtenen Frau" zuzuziehen, bei alledem, was du schon auf dem Kerbholz hast. Und dann auf diese Weise empfangen zu werden! Aber das ist der Lohn, den die Menschen oft zahlen. Du hast dennoch unter diesen Umständen sehen können, daß einem zuweilen auch in dieser Welt früher oder später die Gerechtigkeit zuteil wird. Geh nun schlafen: eines Tages wirst du vielleicht einen anderen, weit bemerkenswerteren Beweis erbringen müssen.

Am nächsten Morgen, als Don Rodrigo sich erhob, war der Graue bereits an der Arbeit. Don Rodrigo suchte gleich den Grafen Attilio auf, der bei seinem Anblick mit spöttischer Miene und Gebärde ausrief: „Sankt Martin!"

„Ich weiß nicht, was ich Euch sagen soll", erwiderte Don Rodrigo und ging auf ihn zu. „Ich werde die Wette bezahlen, aber nicht das wurmt mich am meisten. Ich hatte Euch nichts erzählt, weil ich hoffte, ich gestehe es, Euch heute zu überraschen. Doch ... genug, jetzt will ich Euch alles berichten."

„In dieser Angelegenheit kann nur der Mönch die Hand im Spiel gehabt haben", sagte der Vetter, nachdem er aufmerksamer und ernster zugehört hatte, als von einem solchen Querkopf zu erwarten war. „Diesen Mönch", fuhr er dann fort, „halte ich trotz seines einfältigen Gehabes und seiner dummen Vorschläge für einen ganz schlauen Kerl und für einen Intriganten. Ihr aber habt mir nicht vertraut und mir niemals klar gesagt, warum er neulich gekommen war und was er Euch weismachen wollte."

Don Rodrigo wiederholte ihm die Unterredung. „Und Ihr habt soviel Geduld aufgebracht", rief der Graf Attilio aus, „und habt ihn ungeschoren gehen lassen?"

„Wollt Ihr, daß ich mir sämtliche Kapuziner Italiens auf den Hals hetze?"

„Ich weiß nicht", erwiderte Graf Attilio, „ob ich mich in jenem Augenblick daran erinnert hätte, daß es auf der Welt noch andere Kapuziner gibt außer diesem unverschämten Halunken. Doch genug! Fehlt es etwa bei aller Vorsicht an Möglichkeiten, sich auch von einem Kapuziner Genugtuung zu verschaffen? Man muß nur zur rechten Zeit die Gefälligkeiten für den ganzen Orden verdoppeln, dann kann man ungestraft einem Mitglied eine Tracht Prügel verabfolgen. Nun gut, er ist der verdienten Strafe entgangen, jetzt werde ich ihn unter meine Obhut nehmen und mir den Trost genehmigen, ihm beizubringen, wie er mit unsereinem zu sprechen hat."

„Verschlechtert mir nur die Sache nicht."

„Vertraut mir einmal, ich werde Euch als Verwandter und Freund zur Seite stehen."

„Was gedenkt Ihr zu tun?"

„Ich weiß es noch nicht. Aber sicherlich werde ich es dem Mönch heimzahlen. Ich will es überlegen und ... mein Onkel, der Graf, der im Geheimen Rat ist, soll mir dabei helfen. Der liebe Herr Onkel! Wie vergnügt es mich jedesmal, wenn ich ihn für meine Interessen einspannen kann, einen Politiker solchen Ranges! Übermorgen werde ich in Mailand sein, und so oder so wird der Mönch seinen Lohn bekommen."

Unterdessen wurde das Frühstück gebracht, das die Unterredung über eine so wichtige Angelegenheit nicht unterbrach. Graf Attilio sprach mit aller Unbefangenheit, und wenn er auch so viel Anteil nahm, als seine Freundschaft für den Vetter und die Ehre des gemeinsamen Namens, nach seiner Vorstellung von Freundschaft und Ehre, es erforderten, konnte er sich eines verstohlenen Schmunzelns über diesen schönen Ausgang nicht enthalten. Don Rodrigo hingegen, der in eigener Sache sprach, der geglaubt hatte, in aller Stille einen großen Schlag zu tun, und schmählich danebengehauen hatte, war von ernsteren Stimmungen bewegt und von sorgenvolleren Gedanken beunruhigt. „Das wird ein schönes Gerede unter dem Lumpengesindel in dieser Gegend geben!" sagte er. „Aber mir macht es nichts aus. Was die Gerichtsbarkeit anbelangt, so kann ich nur lachen. Beweise gibt es nicht. Und wenn welche da wären, würde ich genauso darüber lachen. Vorsichtshalber habe ich heute früh den Gemeindevorsteher davon in Kenntnis gesetzt, daß er sich hüten soll, von dem Vorfall Bericht zu erstatten. Es würde zwar kein Nachspiel geben, aber das Gerede stört mich, noch dazu, wenn es lange währt. Es genügt mir, daß ich auf so ungehobelte Weise hereingelegt wurde."

„Ihr habt richtig gehandelt", erwiderte Graf Attilio. „Euer Stadtvogt hier ... der Dickschädel, der Schwachkopf, dieser lästige Patron ... ist schließlich ein Ehrenmann, der seine Schuldigkeit kennt. Aber gerade wenn man es mit solchen Leuten zu tun hat, bedarf es besonderer Rücksichten, sie nicht in Schwierigkeiten zu bringen. Wenn solch ein Schafskopf eine Anzeige macht, muß der Stadtvogt, und wenn er noch so gutwillig ist, doch ..."

„Aber Ihr", unterbrach ihn Don Rodrigo leicht verstimmt, „Ihr fallt mir ja immer in den Rücken, wenn Ihr ihm widersprecht, ihm über den Mund fahrt und ihn bei Gelegenheit sogar verhöhnt. Soll doch, zum Teufel, der Stadtvogt ruhig ein hartnäckiger Esel sein, wenn er nur im übrigen ein Ehrenmann ist!"

„Wißt Ihr, Vetter", sagte der Graf Attilio, „wißt Ihr, daß ich langsam anfange zu glauben, Ihr hättet Angst. Wollt Ihr auch noch den Stadtvogt ernst nehmen ..."

„Ach was, habt Ihr nicht selbst gesagt, daß Vorsicht geboten sei?"

„Das habe ich allerdings. Und wenn es sich um eine ernste Angelegenheit handelt, werde ich Euch zeigen, daß ich kein dummer Junge bin. Wißt Ihr, was ich für Euch tun werde? Höchstpersönlich werde ich dem Herrn Stadtvogt einen Besuch abstatten. Nun, wird er glücklich sein über diese Ehre? Ich werde ihn eine halbe Stunde über den Grafen-Herzog schwatzen lassen und über unseren spanischen Herrn Kastellan und ihm in allem recht geben, auch wenn er den ärgsten Unsinn reden sollte. Ich werde dann ein Wörtchen über den gräflichen Onkel vom Geheimen Rat einflechten. Und Ihr wißt ja, welche Wirkung solche ins Ohr geflüsterten Wörtchen beim Herrn Stadtvogt erzielen. Schließlich hat er unsere Protektion nötiger als Ihr seine

Gefälligkeit. Ich werde mein Bestes tun und zu ihm gehen und werde ihn Euch geneigter stimmen als je zuvor."

Nach diesen und ähnlichen Worten entfernte sich der Graf, um auf die Jagd zu gehen. Don Rodrigo aber wartete ungeduldig auf die Rückkehr des Grauen. Endlich, um die Mittagszeit, traf dieser ein, um Bericht zu erstatten.

Das Durcheinander der letzten Nacht war so lärmend gewesen, das Verschwinden der drei Personen aus dem kleinen Dorf ein solches Ereignis, daß die Nachforschungen, teils aus Neugier und teils aus Anteilnahme, naturgemäß eifrig und beharrlich betrieben wurden. Andererseits wußten zu viele Menschen von dem Vorfall, um sich darüber einig zu sein und zu schweigen. Perpetua konnte sich nicht mehr vor der Haustür sehen lassen, ohne von diesem und jenem mit Fragen bestürmt zu werden, wer denn ihrem Herrn solchen Schrecken eingejagt habe; und Perpetua begriff, nachdem sie alle Umstände des Vorfalls nochmals erwog, daß sie von Agnese hinters Licht geführt worden war, und geriet ob dieser Falschheit in solche Wut, daß sie sich etwas Luft machen mußte. Nicht daß sie sich beim ersten besten über die Art und Weise beklagte, mit der man sie getäuscht hatte; darüber verlor sie kein Sterbenswörtchen. Den Streich aber, den man ihrem armen Herrn gespielt hatte, vermochte sie nicht stillschweigend hinzunehmen. Vor allem, daß ein solcher Streich von dem ehrbaren jungen Mann, der braven Witwe und dieser kleinen Heiligen geplant und durchgeführt worden war. Don Abbondio mochte noch so energisch befehlen und sie inständig bitten, den Mund zu halten; sie konnte ihm selbst noch so oft versichern, daß er nicht nötig habe, ihr eine so klare, selbstverständliche Sache nahezulegen: fest steht, daß das große Geheimnis im Herzen der braven Frau so gut aufgehoben war wie ein schäumender, brodelnder, wallender junger Wein in einem alten, schlecht bereiften Faß, der, wenn er nicht gar den Spund herausdrückt, ringsum durchsickert und mit Schaum zwischen Daube und Daube hervorträufelt, da und dort herabtröpfelt, so daß man ihn kosten und ungefähr feststellen kann, was für Wein es ist. Gervaso, der es kaum fassen konnte, einmal mehr als andere zu wissen, hielt die ausgestandene große Angst für keineswegs geringen Ruhm. Da er seine Hand bei einer Angelegenheit im Spiele gehabt hatte, die nach Verbrechen roch, meinte er ein Mann wie die anderen geworden zu sein und erstickte fast vor Verlangen, sich zu brüsten. Und obschon Tonio, der wohlweislich die Untersuchungen, die möglichen Prozesse und Verhöre erwog, ihm mit Faustschlägen einzubleuen suchte, niemand von der Sache ein Sterbenswörtchen zu erzählen, so war es doch nicht möglich, ihm jedes Wort zu verbieten. Abgesehen davon, vermochte Tonio selbst, da er in jener Nacht zu so ungewöhnlicher Stunde mit ganz ungewöhnlichen Schritten und ebensolcher Miene nach Hause gekommen war, zudem in einer Gemütsverfassung, die ihn zur Offenheit bestimmte, das Geschehene nicht vor seiner Frau zu verheimlichen. Sie aber war nicht stumm. Am wenigsten sprach Menico. Als er seinen Eltern die Geschichte und den Grund seines Botengangs erzählte, erschien diesen der Gedanke, einer ihrer Söhne sei daran beteiligt gewesen, ein Vorhaben Don Rodrigos zu durchkreuzen, so ungeheuerlich, daß sie beinahe dem Jungen nicht gestattet hätten, seinen Bericht zu beenden. Dann befahlen sie ihm gleich aufs strengste und eindringlichste, nirgends ein Wort über die Sache verlauten zu lassen, und am nächsten Morgen beschlossen sie, da sie sich noch nicht genügend gesichert glaubten, den Jungen für diesen Tag und die nächsten Tage im Haus einzuschließen. Doch was geschah? Als sie selbst im Geschwätz mit den Leuten aus dem Dorf auf den dunklen Punkt der Flucht unserer drei armen Freunde und auf das Wie, Warum und Wohin kamen, erwähnten sie selbst, ohne sich den Anschein zu geben, mehr als andere zu wissen, als etwas Bekanntes, daß jene nach Pescarenico geflüchtet seien. Und so gelangte auch dieser Umstand in das allgemeine Gerede.

Aus all diesen Bruchstücken von Nachrichten, die in üblicher Weise verknüpft, zusammengeflickt und dabei mit allerlei Fransen versehen wurden, ließ sich eine Geschichte von solcher Gewißheit und Klarheit zusammenreimen, daß selbst der kritischste Geist zufriedengestellt werden konnte. Aber das Auftauchen der Bravi – ein zu bedenkliches und geräuschvolles Ereignis, um übergangen zu werden – konnte sich niemand genau erklären, und es brachte die ganze Geschichte wieder durcheinander. Man munkelte etwas über Don Rodrigo, und in diesem Punkte waren sich alle einig, doch das Weitere blieb ungeklärt und unterlag verschiedensten Mutmaßungen. Man redete auch lang und breit über die beiden Bravi, die gegen Abend auf der Straße gesehen worden waren, und von dem anderen, der vor der Tür des Wirtshauses gestanden hatte. Welches Licht aber konnte man aus so dürftigen Tatsachen in die Geschichte bringen? Man befragte den Wirt ausführlich, wer am Vorabend bei ihm gewesen sei. Der Wirt jedoch, wenn man ihm glauben sollte, erinnerte sich nicht einmal mehr, an diesem Abend überhaupt jemand gesehen zu haben, und betonte, daß eine Schenke so etwas wie ein Hafen sei. Vor allem war es aber jener Pilger, der die Köpfe verwirrte und die Vermutungen durcheinanderbrachte, jener Pilger, den Stefano und Carlandrea gesehen hatten, den die Schurken anscheinend umbringen wollten und der schließlich mit ihnen gegangen oder den sie fortgeschleppt hatten. Zu welchem Zweck war er gekommen? War er eine arme Seele aus dem Fegefeuer? Erschienen, um den Frauen beizustehen? War er die verdammte Seele eines räuberischen, betrügerischen Pilgers, die nachts zu jenen Menschen stieß, die das trieben, was er in seinem Leben getrieben hatte? War er ein echter Pilger, den jene hatten töten wollen, weil sie fürchteten, daß er schreien und das Dorf aus dem Schlaf reißen würde? Oder war er gar selber (seht nur, auf was für Gedanken man verfiel) einer von den Schurken, der sich als Pilger verkleidet hatte? Er war dieser und jener und war soviel Verschiedenes, daß selbst die Gewitztheit und Erfahrung des Grauen nicht ausgereicht hätten, herauszubekommen, wer er war, falls der Graue etwa diesen Teil der Geschichte nach den Reden der Leute hätte klären wollen. Doch wie der Leser weiß, war gerade das, was die anderen verwirrte, für ihn ganz klar. Er bediente sich dessen, um die von ihm selbst und seinen Kundschaftern gesammelten Nachrichten auszulegen, und konnte aus allem zusammen einen einigermaßen sinnvollen Bericht zusammenstellen. Er schloß sich sogleich mit Don Rodrigo ein und setzte ihn von dem mißglückten Versuch des Brautpaares in Kenntnis, wodurch das leere Haus und das Sturmgeläute bestens erklärt würden und die Notwendigkeit entfiel, einen Verräter im Palast zu vermuten, was die beiden Ehrenmänner schon geglaubt hatten. Er benachrichtigte Don Rodrigo von der Flucht, und auch für diese ließ sich ein hinlänglicher Grund finden, und zwar die Angst der ertappten Verlobten oder das Anrücken der Bravi, das, nachdem es entdeckt worden war und im Dorf alles drunter und drüber ging, dem Brautpaar von irgend jemand gemeldet worden war. Schließlich sagte er, daß sich die Verlobten nach Pescarenico abgesetzt hätten, weiter aber reichte sein Wissen nicht. Don Rodrigo freute sich über die Gewißheit, daß niemand ihn verraten hatte und daß keine Spuren seiner Tat geblieben waren; doch war diese Freude nur von kurzer Dauer. „Zusammen geflohen!" schrie er. „Zusammen geflohen! Und dieser Schurke von einem Mönch. Dieser Mönch!" Das Wort entrang sich heiser seiner Kehle, verstümmelt durch die Zähne, die am Finger kauten. Sein Anblick war so häßlich wie seine Leidenschaften. „Dieser Mönch soll es mir büßen. Grauer! ich bin außer mir ... Ich will wissen, ich will herausbekommen ... noch heute abend will ich wissen, wo sie sind. Ich finde keine Ruhe. Los, auf nach Pescarenico, sofort. Wir müssen wissen, sehen, herausfinden ... Vier Scudi sofort und meinen Schutz für immer. Heute abend noch will ich es wissen. Und dieser Schurke ...! Dieser Mönch ...!"

Wiederum begab sich der Graue auf Erkundung; und

noch am Abend des gleichen Tages vermochte er seinem würdigen Herrn die gewünschte Nachricht zu überbringen. Man höre, auf welche Weise.

Eine der größten Tröstungen dieses Lebens ist die Freundschaft, und eine der Freuden der Freundschaft ist es, einen Menschen zu haben, dem man ein Geheimnis anvertrauen kann. Nun pflegen aber zwei Freunde nicht so zusammen zu leben wie zwei Eheleute. Ein jeder hat, insgesamt gesehen, mehr als einen Freund, was eine Kette bildet, deren Ende niemand absehen kann. Wenn also ein Freund sich die Freude verschafft, sein Geheimnis einem anderen anzuvertrauen, so weckt er gleichzeitig in jenem den Wunsch, sich den gleichen Trost zu verschaffen. Wohl bittet er ihn, es niemandem weiterzusagen. Und eine solche Bedingung, würde sie im strengsten Sinne des Wortes eingehalten, unterbände sofort ähnliche Tröstungen. Die allgemeine Gepflogenheit hat es aber mit sich gebracht, daß der Freund lediglich verpflichtet ist, das Geheimnis niemand anderem weiterzugeben als einem in gleicher Weise vertrauten Freund und unter den nämlichen Bedingungen. Und so wandert das Geheimnis von einem treuen Freund zum anderen treuen Freund und gelangt über eine endlose Kette schließlich auch zu Ohren dessen oder derer, die es nach Absicht des ersten niemals hätten erfahren sollen. Trotzdem wäre es lange unterwegs, wenn ein jeder nur zwei Freunde hätte, einen, der ihm das Geheimnis anvertraut, und einen anderen, an den er es weitergibt. Aber es gibt bevorzugte Menschen, die ihre Freunde nach Hunderten zählen, und wenn das Geheimnis solchen Menschen ausgeliefert ist, wird sein Umlauf derart beschleunigt und vervielfacht, daß es bald unmöglich ist, seine Spur zu verfolgen. Unser Autor hat sich nicht vergewissern können, durch wie vieler Menschen Mund das Geheimnis ging, das der Graue aufzudekken hatte. Tatsache ist, daß der wackere Mann, der die Frauen nach Monza gefahren hatte, auf dem Heimweg nach Pescarenico gegen dreiundzwanzig Uhr einem guten Freund begegnete, dem er unter dem Siegel der Verschwiegenheit berichtete, was für ein gutes Werk er getan und was alles damit verbunden gewesen. Und Tatsache ist auch, daß der Graue zwei oder drei Stunden später in den Palast zurückkehren und Don Rodrigo berichten konnte, Lucia und ihre Mutter hätten in einem Kloster in Monza Zuflucht gefunden und Renzo sei nach Mailand weitergewandert.

Die Nachricht von dieser Trennung erfüllte Don Rodrigo mit teuflischer Genugtuung, und er spürte ein wenig von jener ruchlosen Hoffnung, sein Ziel doch noch zu erreichen. Er verbrachte einen großen Teil der Nacht in Erwägungen, wie das zu bewerkstelligen sei. Und am frühen Morgen erhob er sich mit zwei Plänen, deren einer bereits fertig war, der andere nur in Umrissen ... Der erste war, den Grauen unverzüglich nach Monza zu schicken, um ausführlichere Nachricht über Lucia zu erlangen und in Erfahrung zu bringen, ob dort etwas zu unternehmen sei. Er ließ also seinen Getreuen rufen, drückte ihm die vier Scudi in die Hand, lobte erneut die Geschicklichkeit, mit der er sie verdient hatte, und gab ihm den erwähnten Befehl.

„Herr ...", sagte zögernd der Graue.

„Was ist? Habe ich mich nicht deutlich ausgedrückt?"

„Wenn Sie einen anderen schicken möchten ..."

„Wie?"

„Allergnädigster Herr, ich bin bereit, meine Haut für meinen Gebieter zu wagen, es ist meine Pflicht. Aber ich weiß auch, daß Sie nicht wünschen, das Leben Ihrer Untertanen aufs Spiel zu setzen."

„Wie?"

„Euer Gnaden wissen recht gut, welche Preise auf meinen Kopf gesetzt sind und ... Hier befinde ich mich unter Ihrer Protektion, und wir sind eine ganze Schar. Der Herr Stadtvogt ist ein Freund des Hauses. Die Schergen haben Respekt vor mir. Und auch ich ... es macht mir freilich wenig Ehre, aber um ruhig zu leben ... behandle ich sie wie Freunde. In Mailand ist die Livree Euer Gnaden wohlbekannt, in Monza jedoch ... kennt man statt dessen mich. Euer Gnaden müssen wissen – ich sage es nicht nur so dahin –, wer mich beim Gericht ausliefern könnte oder meinen Kopf hinbrächte, würde einen guten Fang machen. Hundert Scudi auf die Hand, dazu die Befugnis, zwei Banditen zu befreien."

„Was zum Teufel!" sagte Don Rodrigo. „Du kommst mir jetzt wie ein Kettenhund vor, der kaum den Mut hat, den Vorübergehenden an die Beine zu fahren, und der sich umblickt, ob die Hausbewohner ihm beistehen, und der sich nicht zu entfernen wagt!"

„Ich glaube, gnädiger Herr, daß ich schon bewiesen habe ..."

„Na also!"

„Also gut", fuhr der Graue gereizt, doch ungezwungen fort, „so mag denn Euer Gnaden annehmen, daß ich nichts gesagt habe: das Herz eines Löwen, die Beine eines Hasen, ich bin bereit zu gehen."

„Ich habe nicht gesagt, daß du allein gehen sollst. Nimm ein paar von den Tüchtigsten mit ... den Verschandelten und den Treffsicheren. Und geh guten Mutes ans Werk, sei der Graue, wie man ihn kennt! Zum Teufel! wenn drei solche Männer wie ihr daherkommen, wer, denkst du, wäre nicht froh, sie ihres Weges ziehn zu sehen? Die Schergen von Monza müßten lebensmüde sein, wollten sie um hundert Scudi ein so riskantes Spiel wagen. Und außerdem, außerdem glaube ich auch in jener Gegend nicht so unbekannt zu sein, daß das Ansehen meiner Diener dort gar nichts gelten sollte."

Nachdem er den Grauen auf solche Weise ein wenig beschämt hatte, gab er ihm weitere genaue Anweisungen. Der Graue rief die beiden Kumpane und zog mit ihnen los, mit lustiger Miene und guten Mutes, im Herzen jedoch verfluchte er Monza und die Kopfpreise und die Frauen und die Launen der Herren. Er trollte sich wie ein Wolf, der, vom Hunger getrieben, mit eingefallenem Bauch und hervorstehenden Rippen von seinen Bergen herabsteigt, wo es nichts anderes gibt als Schnee, und sich argwöhnisch der Ebene nähert, jeden Augenblick stehenbleibt, eine Pfote erhoben, den kahlen Schweif hin und her schlagend:

Er hebt die Schnauze, wittert den trügerischen Wind ...

Trägt dieser ihm den Geruch von Menschen oder Eisen zu, so stellt er die spitzen Ohren auf und läßt die blutunterlaufenen Augen rollen, in denen zugleich Beutegier und Angst vor der Jagd funkeln. Wer übrigens zu wissen begehrt, woher der schöne Vers stammt, mag erfahren, daß er aus einem noch ungedruckten Teufelszeug über die Kreuzzüge und die Lombarden stammt, das nicht mehr lange ungedruckt bleiben und rechtes Aufsehen erregen wird. Ich habe ihn angeführt, weil er mir eben gelegen kam, und sage, woher ich ihn genommen habe, um mich nicht mit fremden Federn zu schmücken. Es soll niemand denken, dies sei ein Kunstgriff von mir, um anzudeuten, ich sei gut Freund mit dem Autor dieses Teufelswerkes und könne nach Belieben in seinen Manuskripten stöbern.

Die zweite Angelegenheit, die Don Rodrigo am Herzen lag, war, einen Grund zu finden, der Renzo verböte, mit Lucia zurückzukehren und sich je wieder im Dorf blicken zu lassen. Zu diesem Zwecke gedachte er verschiedene Gerüchte und Drohungen ausstreuen zu lassen, die Renzo von einem Freunde hinterbracht werden und ihm die Lust zur Rückkehr nehmen sollten. Am sichersten schien ihm, Renzo nach Möglichkeit außer Landes weisen zu lassen, und dazu war, das begriff er, weniger die Gewalt als die Hilfe der Justiz erforderlich. Man könnte zum Beispiel Renzos Täuschungsversuch im Pfarrhaus etwas mehr Farbe verleihen und ihn als Überfall, als aufrührerische Handlung hinstellen und dann mit Hilfe des Advokaten dem Stadtvogt beibringen, daß dies ein ausreichender Grund sei, einen Haftbefehl gegen Renzo zu erlassen. Dabei kam er jedoch zu dem Schluß, daß es sich für ihn nicht schicke, sich die Hände mit solchen Dingen zu beschmutzen. Ohne sich weiter den Kopf zu zerbrechen, beschloß er, den Doktor Rechtsverdreher ins Vertrauen zu ziehen, wenigstens so weit, um ihm seinen Wunsch verständlich zu machen. Es gibt genügend Gesetze! überlegte er, und der Doktor ist kein Esel. Er wird schon etwas für meinen Fall finden, irgendeinen Kniff, der sich gegen diesen Lümmel anwenden ließe, oder ich ändere seinen Namen. Aber wie nun der Lauf der Welt es oftmals mit sich bringt: während Don Rodrigo noch an den Advokaten dachte und ihn für den fähigsten Mann hielt, der ihm helfen könnte, arbeitete schon ein anderer tüchtig daran, Don Rodrigo zufriedenzustellen, und zwar, niemand würde es für möglich halten, Renzo selbst, und auf weit sichrere und schnellere Weise, als es dem Doktor je hätte einfallen können.

Ich habe schon öfter einen liebenswürdigen Knaben beobachtet, der, um die Wahrheit zu sagen, aufgeweckter ist als üblich und allen Anzeichen nach ein tüchtiger Mann zu werden verspricht; ich habe ihn, wie gesagt, des öfteren abends damit beschäftigt gesehen, eine Herde Meerschweinchen unter Dach zu bringen, die er tagsüber in einem kleinen Garten frei herumlaufen ließ. Er wollte alle zusammen in den Käfig treiben, aber das war eine vergebliche Mühe. Das eine Tier brach nach rechts aus, und als der kleine Hirte ihm nachlief, um es zur Herde zu jagen, rannten zwei, drei andere nach links weg. Nachdem der Junge sich mit ihnen abgemüht hatte, fügte er sich ihren Launen und brachte zuerst die Tiere in den Käfig, die der Tür am nächsten waren, um danach die übrigen einzeln, zu zweit, zu dritt heranzuholen, wie es sich gerade fügte. Ein ähnliches Spiel müssen wir mit den Personen unserer Geschichte betreiben. Nachdem wir Lucia in Sicherheit gebracht hatten, begaben wir uns zu Don Rodrigo, und jetzt müssen wir ihn verlassen, um Renzo zu folgen, den wir aus den Augen verloren haben.

Nach der schmerzlichen Trennung, von der wir berichteten, wanderte Renzo in einer Verfassung, die sich jeder ohne weiteres vorstellen kann, von Monza nach Mailand. Das Haus zu verlassen, das Gewerbe aufzugeben und, schlimmer als das, von Lucia fortzugehen und auf Straßen umherzuirren, ohne zu wissen, wohin, und alles nur wegen jenes verdammten Schurken! Wenn seine Gedanken zu dem einen oder anderen der Vorfälle zurückkehrten, wurde er von Wut und Rachegelüsten überwältigt. Dann aber ging ihm wieder durch den Sinn, was er dem guten Pater in der Kirche von Pescarenico nachgebetet hatte, und Reue ergriff ihn, um bald abermals dem Zorn zu weichen. Als er aber ein Heiligenbild an einer Mauer sah, zog er den Hut und blieb stehen, um erneut zu beten. So kam es, daß er auf dieser Reise in seinem Herzen Don Rodrigo wohl zwanzigmal erschlug und ebenso viele Male ins Leben zurückrief. Die Straße lief zwischen zwei hohen Abhängen entlang und war schlammig, steinig und von tiefen Radspuren zerfurcht, in denen das Wasser nach einem Regen zu Bächen anschwoll. An einigen tiefer gelegenen Stellen war die Straße so überschwemmt, daß man mit einem Kahn hätte fahren können. Hier lief ein steiler Pfad stufenförmig den Abhang hinauf und zeigte an, daß andere Wanderer sich einen Weg durch die Felder gesucht hatten. Renzo kletterte über einen dieser Pfade zum höheren Gelände hinauf und sah von dort den mächtigen Dom aus der Ebene aufwachsen, als erhöbe er sich nicht mitten in einer Stadt, sondern über einer Wüste. Er blieb stehen, sein Unglück vergessend, um aus der Ferne dieses achte Weltwunder zu betrachten, von dem er schon als Kind so viel gehört hatte. Doch einige Augenblicke später, als er sich umwandte, gewahrte er am Horizont die gezackte Bergkette, erkannte darin mit aller Deutlichkeit seinen hoch aufragenden Resegone und fühlte, wie sein Blut in Aufruhr geriet. Eine Weile starrte er traurig hinüber, dann wandte er sich traurig ab und setzte seinen Weg fort. Nach und nach begann er Glockentürme, Kuppeln und Dächer der Stadt zu unterscheiden. Er kehrte auf die Straße zurück und wanderte noch eine Weile. Als er merkte, daß er nahe der Stadt war, ging er auf einen Wanderer zu, verneigte sich so höflich wie möglich und sagte: „Ist es erlaubt, mein Herr?"

„Was wünscht Ihr, wackerer Jüngling?"

„Könnten Sie mir den kürzesten Weg zum Kapuzinerkloster zeigen, wo Pater Bonaventura lebt?"

Der Mann, an den Renzo die Frage gerichtet hatte, war ein wohlhabender Bewohner aus der Umgebung, der am Vormittag in Geschäften nach Mailand gegangen war, von dort unverrichteterdinge eiligst zurückkehrte und gern auf diese Begegnung verzichtet hätte, weil er nicht schnell genug nach Hause kommen konnte. Trotzdem erwiderte er freundlich, ohne Anzeichen von Ungeduld: „Mein lieber Sohn, Klöster gibt es hier eine ganze Reihe, da müßtet Ihr mir schon genauer sagen, welches Ihr sucht." Renzo zog hierauf den Brief Pater Cristoforos aus der Brusttasche und zeigte ihn dem Herrn, der, als er „Porta Orientale" gelesen hatte, ihn zurückgab und ausrief: „Da habt Ihr Glück, braver Bursche. Das Kloster, das Ihr sucht, befindet sich nicht weit von hier. Nehmt diesen Pfad zur Linken, es ist der kürzeste. In wenigen Minuten werdet Ihr an ein langes, niedriges Gebäude gelangen, es ist das Spital. Geht am Graben entlang, der es umgibt, dann kommt Ihr zur Porta Orientale. Geht hindurch, und Ihr werdet nach einigen hundert Schritten einen kleinen Platz mit Ulmen vor Euch sehen. Dort ist das Kloster. Ihr könnt nicht fehlgehen. Gott stehe Euch bei, junger Mann." Die letzten Worte begleitete er mit einer freundlichen Handbewegung und entfernte sich. Renzo war erstaunt und nicht wenig erbaut von der Freundlichkeit der Städter gegenüber den Menschen vom Lande und ahnte nicht, daß dies ein außergewöhnlicher Tag war, ein Tag, an dem sich der Mantel vor dem Wams verneigte. Er ging den genannten Weg entlang und stand bald vor der Porta Orientale. Nun darf aber der Leser sich nicht den Vorstellungen hingeben, die heute mit diesem Namen verknüpft sind. Als Renzo durch dieses Tor trat, führte die Straße draußen nur am Spital entlang geradeaus, dann schlängelte sie sich zwischen zwei Hecken hindurch. Das Tor bestand aus zwei Pfeilern mit einem Wetterdach zum Schutze der Torflügel, daneben war eine Hütte für die Zöllner. Die Basteien fielen unregelmäßig in die Tiefe, der Boden war holprig und uneben von Gestein und Scherben, die achtlos dorthingeworfen waren. Die Straße, die sich dem durch das Tor Eintretenden darbot, ließe sich vielleicht mit jener vergleichen, die der Wanderer heute an der Porta Tosa vor sich sieht. Bis kurz vor das Tor lief in der Mitte des Weges ein Graben und teilte den Weg in zwei schmale Pfade, die je nach der Jahreszeit mit Schlamm oder Staub bedeckt waren. An der Stelle, an der sich, damals wie heute, das Gäßchen Borghetto befand, verlor sich der kleine Graben in einer Sickergrube. Dort stand eine Säule mit einem Kreuz darauf, genannt die Säule des heiligen Dionysius. Rechts und links lagen von Hecken umgebene Gärten und dazwischen in Abständen Hütten, die meist von Wäschern bewohnt waren. Renzo durchschritt, ohne von den Zöllnern beachtet zu werden, das Tor. Das erschien ihm eigenartig, da die wenigen aus seinem Dorf, die sich brüsten konnten, in Mailand gewesen zu sein, aufregende Berichte über Durchsuchungen und Verhöre gegeben hatten, denen jeder vom Lande Kommende ausgesetzt sein sollte. Die Straße war menschenleer. Hätte nicht ein fernes Summen auf lebhafte Bewegung gedeutet, hätte er geglaubt, eine unbewohnte Stadt zu betreten. Als er weiterging, sah er, ohne sich darüber klarzuwerden, was es sein mochte, auf der Erde viele weiße Streifen wie von Schnee. Doch Schnee konnte es nicht sein, denn er fällt weder in Streifen vom Himmel noch gewöhnlich zu dieser Jahreszeit. Renzo beugte sich über einen dieser Streifen, betrachtete ihn genau, berührte ihn und stellte fest, daß es Mehl war. Welch Überfluß muß hier in Mailand herrschen, dachte er bei sich, wenn man hier diese Gottesgabe so verschwendet. Und uns wollte man weismachen, daß überall Teuerung herrsche. Da sieht man, wie sie es treiben, um die armen Leute auf dem Lande still zu halten. Doch wenige Schritte weiter bemerkte er am Fuße der Säule etwas noch weit Seltsameres. Da lag, auf den kleinen Stufen des Sockels verstreut, etwas, das sicher nicht wie Kieselsteine aussah, und läge es auf dem Tisch eines Bäckers, hätte er es ohne Zögern für Brot gehalten. Aber Renzo wagte nicht so schnell seinen Augen zu trauen. Verflixt, das war doch hier kein Aufbewahrungsplatz für Brot! Wir wollen doch einmal sehen, was das heißen mag, dachte er bei sich, schritt auf die Säule zu, bückte sich und hob eins der Dinger auf. Es war wirklich Brot, rundes, schneeweißes Brot, von jener Sorte, die Renzo nur an Feiertagen zu essen gewohnt war. „Es ist tatsächlich Brot!" rief er vor Erstaunen aus. „Wird es hierzulande so ausgesät? In diesem Jahr? Und niemand macht sich die Mühe, es aufzusammeln, wenn es herumliegt? Ist hier etwa das Schlaraffenland?" Nach dem Zehnmeilenmarsch in frischer Morgenluft erweckte das Brot nicht nur seine Verwunderung, sondern auch seinen Appetit. Soll ich es nehmen? überlegte er. Pah, sie haben es hier liegenlassen zum Fraß für die Hunde. Warum soll sich nicht auch ein Christenmensch daran laben? Letzten Endes, wenn der Besitzer auftauchen sollte, werde ich es bezahlen. Mit dieser Erwägung steckte er das Brot, das er in der Hand hatte, in die Tasche, hob ein zweites auf, steckte es in die andere Tasche, ergriff dann ein drittes, das er sogleich zu verzehren begann. Dann setzte er seinen Weg fort, unsicherer denn je und begierig, zu erfahren, was es mit dieser Sache auf sich habe. Kaum hatte er sich in Bewegung gesetzt, sah er Leute aus dem Stadtinneren kommen. Aufmerksam starrte er die ersten an. Es waren ein Mann und eine Frau und wenige Schritte hinter ihnen ein junger Bursche. Alle drei waren so schwer beladen, daß die Last ihre Kräfte zu übersteigen schien, und alle drei boten einen seltsamen Anblick. Ihre Kleider oder vielmehr ihre Lumpen waren voller Mehl, auch ihre Gesichter, die obendrein verzerrt und erhitzt waren. Und sie gingen nicht der Last wegen gekrümmt, sondern auch vor Schmerzen, als wären ihnen alle Knochen im Leibe zerschlagen. Der Mann schleppte mühsam einen großen Mehlsack, der hier und da Löcher hatte und bei jedem kleinen Stoß, bei jeder Bewegung etwas Mehl ausstreute. Aber noch entstellter sah die Frau aus. Ein unmäßiger Bauch, von beiden Armen anscheinend nur mühsam gehalten, einem häßlichen Topf mit zwei Henkeln ähnlich. Die Beine unter dem Riesenleib, die schwankend vorwärts taumelten, waren bis zu den Knien nackt. Renzo schaute genauer hin und sah, daß der unförmige Leib der Unterrock der Frau war, den sie am Saum hielt und der mit Mehl gefüllt war, soviel nun eben hineinging und noch ein wenig darüber, so daß fast bei jedem ihrer Schritte ein Mehlwölkchen davonflog. Der Bursche hielt auf dem Kopf einen mit Broten gefüllten Korb. Da er jedoch kürzere Beine als seine Eltern hatte, blieb er nach und nach hinter ihnen zurück, legte von Zeit zu Zeit einen Schritt zu, um sie wieder einzuholen, dabei verlor der Korb das Gleichgewicht, und einige Brote fielen zu Boden.

„Wirf noch mehr weg, du Nichtsnutz", fuhr die Mutter den Burschen zähnefletschend an.

„Ich werfe sie nicht weg, sie fallen von allein. Was soll ich denn machen?" erwiderte er.

„Ha! du kannst dich freuen, daß ich keine Hand frei habe", begann die Frau von neuem und schüttelte die Fäuste, als wollte sie dem armen Jungen ein paar ordentliche Maulschellen versetzen, und jagte mit dieser Bewegung mehr Mehl in die Luft, als zum Backen der beiden Brote vonnöten gewesen wäre, die der Junge verloren hatte. „Vorwärts, vorwärts", sagte der Mann. „Wir werden zurückkommen und sie aufheben, oder es sammelt sie jemand anders auf. Wir haben lange genug gedarbt. Jetzt, wo ein bißchen Überfluß herrscht, wollen wir ihn in Frieden genießen."

Unterdessen kamen weitere Menschen vom Tor her, und einer trat auf die Frau zu und fragte sie: „Wohin muß man gehen, um Brot zu bekommen?"

„Weiter rauf“, antwortete jene und fügte, als sie zehn Schritte gegangen war, mürrisch hinzu: „Diese Spitzbuben vom Lande werden alle Bäckereien und Lagerhäuser ausplündern, und für uns wird nichts übrigbleiben.“

„Für jeden etwas, du Plagegeist“, sagte der Mann. „Es ist genug da.“

Aus diesen und ähnlichen Dingen, die Renzo sah und hörte, schloß er, daß er in einer Stadt angekommen, in der sich das Volk erhoben hatte, und daß dies ein Tag des Nehmens sei, das heißt, daß jeder nach Belieben und eigener Kraft an sich raffte und nur mit Schlägen bezahlte. Wie sehr wir auch wünschen, unseren armen Bergbewohner als einen Ehrenmann hinzustellen, gebietet uns die historische Glaubwürdigkeit, einzugestehen, daß Renzo zunächst freudige Genugtuung empfand. Er hatte so wenig Veranlassung, mit dem alltäglichen Gang der Dinge zufrieden zu sein, daß er geneigt war, zu billigen, was ihren Lauf irgendwie ändern könnte. Im übrigen war auch er, der sein Zeitalter keinesfalls überragte, der Auffassung oder der allgemein verbreiteten Überzeugung, daß der Brotmangel von den Aufkäufern und Bäckern verursacht worden sei. Und er war daher bereit, alles zu billigen, was jenen die Nahrung aus den Fängen reißen konnte, die sie der allgemeinen Auffassung zufolge dem hungernden Volk ohne Erbarmen vorenthielten. Dennoch entschied er sich, dem Tumult fernzubleiben, und war froh, an einen Kapuziner empfohlen zu sein, der ihm Obdach verschaffen und Vaterstelle einnehmen würde. Bei solchen Erwägungen, die neuen Eroberer vor Augen, die, mit Beute beladen, vorüberkamen, legte er den kurzen Weg zurück, der ihn vom Kloster trennte.

Dort, wo sich heute der prächtige Palast mit dem hohen Bogengang erhebt, befand sich damals und noch vor gar nicht langer Zeit ein kleiner Platz, an dessen Ende hinter vier großen Ulmen Kirche und Kloster der Kapuziner standen. Nicht ohne Neid beglückwünschen wir diejenigen unserer Leser, die die Dinge nicht in jenem Zustand gesehen haben, denn das besagt, daß sie noch jung sind und wenig Zeit hatten, Dummheiten zu begehen. Renzo ging geradewegs auf die Klosterpforte zu, steckte das halbe übriggebliebene Brot in die Brusttasche und zog seinen Brief hervor, den er in der Hand behielt, während er das Torglöckchen zog. Ein kleines vergittertes Fenster wurde geöffnet, und das Gesicht des Bruders Pförtner erschien, um zu fragen, wer gekommen sei.

„Einer vom Lande, der einen eiligen Brief vom Pater Cristoforo für den Pater Bonaventura bringt."

„Gebt her", sagte der Pförtner und steckte eine Hand durch das Gitter.

„Nein, nein", erwiderte Renzo, „ich soll ihn nur dem Pater selbst übergeben."

„Er ist nicht im Kloster."

„So laßt mich eintreten und warten."

„Folgt meinem Rat", erwiderte der Mönch, „erwartet ihn in der Kirche, wo Ihr unterdessen ein wenig beten könnt. In das Kloster darf jetzt niemand hinein." Mit diesen Worten schloß er das Fensterchen wieder. Renzo blieb mit seinem Brief in der Hand draußen. Er machte einige Schritte zur Kirchentür, um dem Rat des Pförtners zu folgen, als ihm einfiel, vorher noch ein Auge auf das Getümmel zu werfen. Er überquerte den Platz, blieb am Rande der Straße mit verschränkten Armen stehen und schaute nach links auf das Innere der Stadt, wo das Gewimmel dichter und geräuschvoller war. Der Strudel zog den Zuschauer mit sich. Wir wollen nur ein bißchen zusehen, beschloß er, zog sein halbes Brot hervor und setzte sich kauend in jene Richtung in Bewegung. Während er weitergeht, wollen wir so kurz wie nur möglich über Ursache und Beginn dieses Aufruhrs berichten.

12. Kapitel

Es war das zweite Jahr der Mißernte. Im vorausgegangenen hatten die verbliebenen Vorräte aus früheren Jahren bis zu einem gewissen Grade dem Mangel abgeholfen, und das Volk hatte, weder satt noch ausgehungert, jedoch bar jeglicher Vorräte, durchgehalten bis zur Ernte des Jahres 1628, in dem unsere Geschichte spielt. Nun aber war die ersehnte Ernte noch dürftiger ausgefallen als die letzte, zum Teil (und dies nicht nur im Mailändischen, sondern auch in weiten Gebieten der umliegenden Staaten) infolge der ungünstigen Witterungsverhältnisse, zum Teil durch Verschulden der Menschen selbst. Die Verheerungen und Zerstörungen des Krieges, eben jenes großartigen Krieges, den wir erwähnt hatten, waren derart, daß in den Teilen des Landes, die er streifte, viele Äcker noch schlechter als sonst bestellt und von den Bauern verlassen wurden, die, anstatt durch Arbeit Brot für sich und andere zu schaffen, gezwungen waren, betteln zu gehen. Ich habe gesagt „noch schlechter als sonst", denn die unerträglichen, maßlosen, von Gier und Torheit auferlegten Steuern, das auch im Frieden übliche Benehmen der im Lande stehenden Truppen, das nach den betrüblichen Dokumenten jener Zeit dem Verhalten eines einbrechenden Feindes glich, und weitere Ursachen, die an dieser Stelle nicht erwähnt werden sollen, hatten schon geraume Zeit dazu beigetragen, nach und nach jene traurigen Zustände im gesamten mailändischen Gebiet herbeizuführen. Die besonderen Umstände, von denen wir nun sprechen, waren die plötzliche Verschlimmerung eines chronischen Leidens. Die Ernte, wie immer sie auch beschaffen sein mochte, war noch nicht ganz eingebracht, als die Versorgung des Heeres und die damit stets verbundene Vergeudung ein solches Loch in die Vorräte riß, daß sich der Mangel sofort bemerkbar machte und mit ihm seine schmerzliche, ebenso heilsame wie unvermeidliche Folge, die Teuerung.

Wenn nun eine Teuerung einen gewissen Stand erreicht, entsteht immer wieder (wenigstens ist es bisher der Fall gewesen; und wenn dies nach so vielen Schriften bedeutender Männer noch heute gilt, dann bedenkt, wieviel mehr in jener Zeit!), entsteht in vielen Menschen der Glaube, daß nicht der Mangel die Ursache der Teuerung ist. Man vergißt, daß man ihn gefürchtet und vorausgesagt hat, und nimmt auf einmal an, es sei genug Korn vorhanden und die Not rühre nur daher, daß man nicht genug verkaufe. Mutmaßungen, die weder Hand noch Fuß haben, die aber gleicherweise dem Groll wie der Hoffnung schmeicheln. Den wirklichen oder angeblichen Aufkäufern von Korn, den Grundbesitzern, die ihre Ernte nicht an einem einzigen Tage verkauften, den Bäckern, die sie kauften, kurz, allen Leuten, die wenig oder viel Korn hatten oder im Rufe standen, etwas zu haben, gab man die Schuld an dem Mangel und an der Teuerung. Sie waren die Zielscheibe der allgemeinen Klagen, der Abscheu der schlecht oder gut gekleideten Menge. Man wußte mit Sicherheit, wo sich übervolle Lagerhäuser und überfüllte Scheuern befanden. Man nannte eine übertriebene Zahl von Säcken, sprach mit Bestimmtheit von der ungeheuren Kornmenge, die heimlich in andere Länder geschafft worden sei, in denen wahrscheinlich mit der gleichen Sicherheit und gleichen Entrüstung geschrien wurde, daß man das Getreide von dort nach Mailand gebracht habe. Man verlangte von der Obrigkeit Maßnahmen, die der Menge immer, oder wenigstens bis jetzt, einfach und gerecht erscheinen und die das, wie es hieß, versteckte, eingemauerte, vergrabene Korn wieder ans Tageslicht schaffen und den Überfluß zurückbringen sollten. Die Obrigkeit unternahm auch einiges, setzte Höchstpreise für einzelne Lebensmittel fest, drohte denen, die sich zu verkaufen weigerten, Strafen an und gab weitere Erlasse dieser Art heraus. Da jedoch alle Maßnahmen dieser Welt, und seien sie noch so nachdrücklich, nicht vermögen, den Bedarf an Nahrungsmitteln zu vermindern noch außer der Zeit Vorräte anzuhäufen, und da insbesondere die Vorkehrungen der Mailänder nicht dazu angetan waren, Lebensmittel aus den Gegenden heranzuschaffen, die noch Überfluß daran hatten, dauerte die Not an und nahm ständig zu. Die Menge aber schob die Schuld an der Teuerung den dürftigen, schwachen Maßnahmen zu, verlangte laut großzügigere und energischere Schritte und fand zu ihrem eigenen Unglück auch einen Mann nach ihrem Geschmack.

In Abwesenheit des Gouverneurs Don Gonzalo Fernández de Córdoba, der die Belagerung von Casale del Monferrato befehligte, vertrat der Großkanzler Antonio Ferrer, ebenfalls ein Spanier, seine Stelle in Mailand. Dieser sah ein – und wer hätte es nicht eingesehen? –, daß ein angemessener Brotpreis höchst wünschenswert sei, und glaubte – und hier irrte er –, daß ein von ihm erlassener Befehl ausreichen müßte, ihn herbeizuführen. Er setzte den amtlichen Höchstpreis (so wird hier der Tarif für Lebensmittel genannt) für Brot nach dem Werte fest, der seine Richtigkeit gehabt hätte, wenn das Korn allgemein zu dreiunddreißig Lire pro Scheffel verkauft worden wäre; man forderte aber dafür bis zu achtzig Lire. Er handelte also wie eine Frau, die jung gewesen war und sich wieder verjüngen möchte, indem sie den Taufschein fälscht.

Minder törichte und minder unbillige Anordnungen waren mehr als einmal unbefolgt geblieben durch den Widerstand der Dinge selbst. Aber über die Durchführung dieses Befehls wachte die Menge, die endlich ihr Verlangen in Gesetz verwandelt sah und nicht zulassen wollte, daß es nur zum Spaß sein sollte. Die Menschen eilten sofort zu den Bäckern, um Brot zum festgesetzten Preis zu fordern, und sie forderten es so entschlossen und drohend, wie nur Leidenschaft, Macht und Gesetz es vereint zuwege bringen. Ob die Bäcker klagten, danach fragte man nicht. Anrühren, kneten, in den Ofen schieben und herausholen, ohne Unterlaß; denn das Volk belagerte, in dem dunklen Gefühl, daß hier etwas vor sich ging, fortgesetzt die Bäckereien, um das

Schlaraffenland zu genießen, solange es währte. Sich abschinden, wiederhole ich, mehr denn gewöhnlich abhetzen, um Geld zuzusetzen – jeder wird verstehen, was für ein zweifelhaftes Vergnügen das war. Doch einerseits drohte die Obrigkeit mit Strafen, und andererseits wollte das Volk bedient werden, und beim leisesten Zögern eines Bäckers begann es zu drängen und mit jener Stimme zu murren und mit eigenen Maßnahmen zu drohen, die wohl das Schlimmste auf dieser Welt sind. Es gab keine Erlösung, es hieß weiter kneten, weiter in den Ofen schieben und herausholen und verkaufen. Um das Geschäft solcherart fortführen zu können, genügte weder der Befehl an die Bäcker noch deren Angst. Sie mußten vor allen Dingen dazu in der Lage sein, und hätte dieser Zustand noch ein wenig angedauert, so wären sie es nicht mehr gewesen. Sie ließen die Behörden die Ungerechtigkeit und Unerträglichkeit ihrer Last erkennen, protestierten, sie würden die Brotschaufeln in die Backöfen werfen und fortgehen, schlugen sich jedoch durch, so gut sie konnten, und hofften, daß der Großkanzler früher oder später zur Vernunft kommen werde. Antonio Ferrer, der das war, was man heute einen Mann von Charakter nennt, erwiderte jedoch, daß die Bäcker in der Vergangenheit mehr als genug verdient hätten und daß sie bei der Rückkehr besserer Zeiten und des Überflusses wieder viel verdienen würden; daß man sehen und vielleicht daran denken wolle, ihnen eine gewisse Entschädigung zu geben; daß sie bis dahin durchhalten müßten. Ob er von den Gründen, die er anführte, tatsächlich überzeugt war oder ob er die Unmöglichkeit, seinen Erlaß aufrechtzuerhalten, durchaus an dessen Auswirkungen erkannte, aber anderen die Unannehmlichkeit, ihn zu widerrufen, überlassen wollte? Wer vermag heute noch die Gedanken jenes Antonio Ferrer zu ergründen? Tatsache ist, daß er fest zu seinem Befehl stand. Schließlich setzten die Dekurionen (eine aus Adligen zusammengesetzte Stadtbehörde, die bis zum Jahre sechsundneunzig des vorigen Jahrhunderts bestand) den Gouverneur brieflich von dem Stand der Dinge in Kenntnis, damit er einen Ausweg suche, sie wieder in Ordnung zu bringen.

Don Gonzalo, der bis über die Ohren in Kriegsangelegenheiten steckte, tat, was der Leser sich sicherlich vorstellen kann: er ernannte eine Behörde, der er die Vollmacht übertrug, einen angemessenen Brotpreis festzusetzen, der sowohl der einen wie der anderen Seite gerecht wurde. Die Delegierten versammelten sich, oder wie man im damaligen spanischen Kanzleistil zu sagen pflegte: sie bildeten eine Junta. Nach zahllosen Begrüßungen, Komplimenten, Einleitungen, Stoßseufzern, Vorschlägen ohne Hand und Fuß, Unterbrechungen und Ausflüchten beschlossen sie, von einer fühlbaren Notwendigkeit dazu getrieben, wohl wissend, daß sie auf eine hohe Karte setzten, aber ebenso überzeugt, daß kein anderer Ausweg mehr offen war, den Brotpreis zu erhöhen. Die Bäcker atmeten auf, das Volk aber raste vor Zorn.

Am Vorabend des Tages, an dem Renzo in Mailand ankam, wimmelten Straßen und Plätze von Menschen, die, von gemeinsamer Wut getrieben und von gemeinsamen Hoffnungen erfüllt, einander bekannt oder fremd, fast ohne es selbst gewahr zu werden, zu Haufen zusammenliefen wie Tropfen auf abschüssiger Bahn. Bei jeder Rede wuchsen Überzeugung und Wut bei Hörern und Rednern in gleicher Weise. Doch befanden sich unter so vielen Erregten auch einige Kaltblütige, die mit Vergnügen beobachteten, wie sich das Wasser trübte. Und sie bemühten sich, es noch mehr zu trüben mit allerlei Argumenten und Geschichten, die nur Schurken zu ersinnen wissen und nur erhitzte Gemüter glauben können. Sie waren entschlossen, das Wasser nicht wieder klar werden zu lassen, ohne tüchtig darin gefischt zu haben. Tausende von Menschen gingen mit dem dunklen Gefühl zur Ruhe, daß etwas unternommen werden müsse und daß etwas geschehen werde. Schon im Morgengrauen wurden die Straßen erneut mit Menschenansammlungen übersät: Kinder, Frauen, Männer, Greise, Arbeiter und Arme standen wahllos beieinander. Hier hörte man das verworrene Gezischel vieler Stimmen, dort hielt einer eine Rede, und die anderen zollten ihm Beifall; dieser hier richtete an einen Nachbarn dieselbe Frage, die man soeben ihm gestellt hatte, jener wiederholte einen Ausruf, der gerade in seinem Ohr schallte. Allenthalben Klagen, Drohungen, Verwunderung. Wenig Worte gaben Anlaß zu zahllosen Gesprächen.

Es fehlte nur noch die rechte Gelegenheit, ein Anstoß, irgendein kleiner Anlaß, um aus Worten Taten werden zu lassen, und dieser ließ nicht lange auf sich warten. Bei Anbruch des Tages kamen die Lehrjungen aus den Bäckerläden und schickten sich an, in Körben das Brot zu ihren Kunden zu tragen. Das erste Auftauchen eines dieser unseligen Jungen wirkte auf den Menschenauflauf, als fiele ein brennender Feuerwerkskörper in ein Pulverfaß. „Da seht, es gibt Brot!" schrien hundert Stimmen auf einmal. „Ja, für die Tyrannen, die im Überfluß schwimmen und uns vor Hunger sterben lassen wollen!" ruft einer, nähert sich dem Jungen, hebt die Hand an den Rand des Korbes, zerrt ihn mit einem Ruck herunter und sagt: „Laß sehen." Der Junge wird rot, dann blaß, zittert und möchte sagen: Laßt mich doch gehen, aber die Worte bleiben ihm im Halse stecken. Er zieht die Arme an sich und sucht sie eilig von den Tragriemen zu befreien. „Her mit dem Korb", wird inzwischen geschrien. Viele Hände langen nach dem Korb, er liegt am Boden. Das Tuch, das ihn bedeckt, fliegt in die Höhe, und der warme Geruch verbreitet sich ringsum. „Wir sind auch Christenmenschen, wir wollen auch Brot essen", sagt der erste, packt ein rundes Brot, hebt es empor, zeigt es der Menge und beißt hinein. Und schon sind die Hände im Korb, die Brote fliegen durch die Luft, im Handumdrehen sind sie verschwunden. Diejenigen, die leer ausgegangen sind, begeben sich, gereizt durch den Gewinn der anderen und ermutigt durch die Leichtigkeit dieses Unterfangens, in Scharen auf die Suche anderer Brotkörbe, und so viele sie finden, so viele werden ausgeplündert. Und es war nicht einmal nötig, die Brotausträger anzugreifen. Alle, die unglücklicherweise unterwegs waren, erkannten die Gefahr, stellten freiwillig die Last nieder und nahmen Reißaus. Trotzdem blieb der weitaus größte Teil der Menge mit leeren Händen zurück. Auch die Eroberer waren mit der geringen Beute unzufrieden, und hinzu kamen, teils auf dieser, teils auf jener Seite, alle diejenigen, die ihre Hoffnung und ihre Pläne auf ein weit größeres Durcheinander gesetzt hatten. „Zum Backofen! Zum Backofen!" wurde geschrien.

In der Straße Corsia de'Servi gab es und gibt es noch heute eine Bäckerei, die den alten Namen beibehalten hat, einen Namen, der in der Toskaner Mundart „Krücken-Bäckerei" lautet und im Mailänder Dialekt aus so regelwidrigen, sonderbaren wilden Wörtern besteht, daß es dem Alphabet an Schriftzeichen fehlt, um seinen Klang wiederzugeben. Dorthin stürmte die Menge. Im Laden war man gerade dabei, den mit leeren Händen zurückgekehrten Burschen zu befragen, der, noch ganz bestürzt und verwirrt, sein trauriges Abenteuer stotternd berichtete, als plötzlich ein Trommeln und Schreien vernehmbar wurde. Es wurde immer lauter und kam immer näher. Schon erschienen die Vorläufer der Trupps.

„Schließ ab, schließ ab, schnell, schnell!" Einer läuft los, um den Stadthauptmann zu Hilfe zu rufen, die anderen schließen eilig den Laden ab und stützen von innen die Türen. Die Leute beginnen draußen zusammenzuströmen und zu schreien: „Brot! Brot! Macht auf, macht auf!"

Wenige Augenblicke später erscheint der Stadthauptmann mit einer Eskorte von Hellebardieren. „Platz, Platz, Kinder, nach Hause, nach Hause! Macht dem Stadthauptmann Platz!" rufen er und seine Hellebardiere. Die Leute, die hier noch nicht so eng stehen, weichen etwas zurück, so daß jene durchkommen und sich nebeneinander, wenn auch nicht in großer Ordnung, vor der Tür des Ladens aufstellen können.

„Aber Kinder", predigte von dort der Hauptmann, „was macht ihr hier? Nach Hause, nach Hause. Wo bleibt die Gottesfurcht? Was wird der König, unser Herr, dazu sagen? Wir wollen euch kein Leid antun, aber geht nach Hause, wie es sich für anständige Leute geziemt! Was rottet ihr euch hier zusammen? Dabei kommt nichts heraus, weder für die Seele noch für den Leib. Nach Hause, nach Hause."

Doch wenn auch jene, die das Gesicht des Redners sahen und seine Worte hörten, hätten gehorchen wollen, sagt, wie sie es hätten anstellen sollen, da sie eingekeilt waren und von hinten geschoben wurden, während die hinter ihnen Stehenden wiederum von anderen geschoben wurden, wie Wogen von Wogen, bis zum äußersten Ende der Menge, die ständig wuchs. Dem Hauptmann drohte die Luft auszugehen. „Treibt sie zurück, damit ich Luft holen kann", sagte er zu den Hellebardieren, „aber tut niemandem etwas an. Wir wollen versuchen, in den Laden zu gelangen. Klopft an und haltet die Menge zurück."

„Zurück, zurück!" schrien die Hellebardiere, warfen sich alle zugleich auf die Vordersten und trieben sie mit den Schäften der Hellebarden zurück. Diese brüllen, geben nach, soweit es ihnen möglich ist, stoßen dabei die hinter ihnen Stehenden mit dem Rücken in die Brust, mit den Ellenbogen in den Bauch, treten ihnen mit den Absätzen auf die Zehen. Ein Gedränge und Gewühle entsteht, daß jeder, der sich in der Menge befindet, viel darum geben würde, anderswo zu sein. Unterdessen war vor der Tür etwas Platz geworden, der Hauptmann klopft an, klopft ein zweites Mal an, brüllt, daß man ihm öffnen solle. Die drinnen schauen aus den Fenstern, kommen eilig herunter und öffnen. Der Hauptmann geht hinein, ruft die Hellebardiere, die einer nach dem anderen ebenfalls hineinschlüpfen, während die letzten die Menge mit der Hellebarde zurückhalten. Als alle im Haus sind, wird die Tür wieder mit Eisenstangen verrammelt. Der Hauptmann läuft nach oben und tritt an ein Fenster. Du lieber Himmel, welch eine Menschenmenge!

„Kinder", schreit er, und viele schauen auf. „Kinder, geht nach Hause. Generalpardon für jeden, der sofort heimkehrt!"

„Brot! Brot! Macht auf! Macht auf!" waren die Worte, die in dem Gebrüll der Menge am deutlichsten vernehmbar waren.

„Vernunft, Kinder! Nehmt euch in acht! Noch ist es Zeit! Fort, fort, kehrt heim. Ihr sollt Brot bekommen, aber nicht auf solche Weise. He, he! was macht ihr da unten! He, ihr an der Tür! Pfui! Ich sehe alles, ich sehe alles! Seid vernünftig! Nehmt euch in acht! Das ist ein schweres Vergehen. Wartet, ich komme. He! he! weg mit dem Eisen da, Hände weg! So eine Schande! Ihr Mailänder, deren Güte in der ganzen Welt gelobt wird! Hört, hört, ihr seid doch gute Menschen ... Ah, ihr Kanaillen!"

Diese plötzliche Stiländerung wurde durch einen Stein hervorgerufen, der, von einem jener guten Kinder geschleudert, dem Hauptmann an die Stirn flog, geradewegs auf die linksseitige Protuberanz des metaphysischen Tiefsinns. „Kanaillen! Ihr Kanaillen!" schrie er noch und schloß ganz schnell das Fenster, von dem er sich zurückzog. Doch obwohl er mit aller verfügbaren Kraft geschrien hatte, waren seine Worte, gute wie böse, in dem orkanartigen Lärm, der von unten heraufdrang, schon auf halbem Wege verhallt und untergegangen. Was er, wie er sagte, gesehen hatte, war ein emsiges Hantieren mit Steinen und Eisenstangen (und zwar mit den ersten besten, unterwegs gefundenen) an Tor und Fenstern, um gewaltsam einzubrechen und die Eisengitter herauszureißen. Und dieses Werk war schon weit vorangeschritten.

Unterdessen zeigten sich Eigentümer und Gesellen des Ladens (die wahrscheinlich einen ganzen Hof entpflastert hatten) mit einem Vorrat an Steinen an den Fenstern der oberen Stockwerke. Sie brüllten die unten Stehenden an und bedeuteten ihnen mit Grimassen, aufzuhören. Sie zeigten ihnen die Steine und taten, als wollten sie sie werfen. Als sie einsahen, daß alle Mühe vergebens war, begannen sie tatsächlich, die Steine herabzuschleudern. Nicht ein einziger traf fehl, denn das Gedränge war so groß, daß, wie man zu sagen pflegt, nicht eine Stecknadel hätte zu Boden fallen können.

„Ha, ihr Schurken, ihr Spitzbuben! Ist das das Brot, das ihr dem armen Volk gebt? Au! Auweh! Au! Wartet nur, wartet nur!“ wurde von unten gebrüllt. Mehr als einer wurde übel zugerichtet, zwei Burschen blieben tot auf dem Platz. Die Wut steigerte die Kräfte der Menge: die Tür wurde eingeschlagen, die Fenstergitter wurden herausgerissen, und der Menschenstrom drang durch alle Öffnungen hinein. Als die drinnen die Gefahr erkannten, flohen sie auf den Dachboden, und der Hauptmann, die Hellebardiere und ein paar Leute aus dem Hause versteckten sich dort in den Winkeln. Andere entkamen durch die Dachluken und liefen wie Katzen über die Dächer.

Der Anblick der Beute ließ die Sieger ihre blutigen Rachepläne vergessen. Sie fallen über die großen Brotkästen her und plündern sie. Einer läuft statt dessen zum Geldschrank, reißt das Schloß ab, packt die Geldschalen, greift mit beiden Händen hinein, stopft sich die Taschen voll und entfernt sich, beladen mit dem Geld, um dann zurückzukehren und ebenfalls Brot zu rauben, falls noch etwas vorhanden sein sollte. Die Menge dringt in die Vorratskammern ein. Man legt Hand an die Mehlsäcke, schleift sie heraus und wirft sie um. Einer nimmt einen Sack zwischen die Beine, knüpft ihn auf und schüttet einen Teil des Mehles aus, um das Gewicht so weit zu verringern, daß er den Sack tragen kann. Ein anderer schreit ihm zu: „Warte, warte“ und macht sich daran, mit Schürze, Taschentuch oder Hut diese Gottesgabe aufzufangen. Einer läuft zum Backtrog und packt einen Klumpen Brotteig, der länger wird und ihm nach allen Seiten entgleitet, ein anderer, der einen Mehlbeutel erbeutet hat, hält ihn hoch über dem Kopf und trägt ihn davon. Es ist ein Kommen und Gehen von Männern,

Frauen und Kindern, ein Drängen und Schieben und Schreien. Weißer Mehlstaub, der sich auf alles legt, überall aufschwebt und alles in Schleier und weißen Nebel hüllt. Draußen herrschte ein Gedränge von zwei aufeinanderstoßenden Menschenströmen, die sich gegenseitig durchdrangen und behinderten, die einen strömten beutebeladen heraus, die anderen wollten hinein, um ebenfalls Beute zu machen.

Während diese Bäckerei so verwüstet wurde, waren auch die übrigen Läden der Stadt weder ruhig noch ungefährdet. Doch vor keinem war das Volk so zahlreich zusammengelaufen, daß es hätte alles wagen können. In einigen hatten die Besitzer Hilfe herangeholt und waren abwehrbereit; anderenorts, wo man an Zahl geringer war, gelangte man zu einer Art Kompromiß, verteilte Brot an jene, die sich vor den Läden zu versammeln begannen, unter der Bedingung, daß sie gleich weitergingen. Und jene entfernten sich in der Tat, nicht weil sie zufriedengestellt worden wären, sondern weil die Hellebardiere und die Schergen sich zwar von jener entsetzlichen Krücken-Bäckerei fernhielten, anderswo jedoch in ausreichender Zahl sich sehen ließen, um die Meuterer in Schach zu halten, wenn diese nicht gerade eine Menge bildeten. So wurde das Getümmel um den unseligen ersten Bäkkerladen immer größer, denn alle, denen die Finger nach einem guten Fang juckten, eilten dorthin, wo die Freunde in der Überzahl waren und Straflosigkeit sicher schien.

So weit waren die Dinge gediehen, als Renzo, der sein Brot inzwischen verzehrt hatte, aus der Vorstadt der Porta Orientale daherkam und, ohne es zu ahnen, unmittelbar auf den Mittelpunkt des Tumults zusteuerte. Er schritt mal schnell, mal von der Menge aufgehalten dahin, blickte sich dabei nach allen Seiten um und spitzte die Ohren, um aus dem wirren Durcheinander der Reden ein klareres Bild vom Stand der Dinge zu erhalten. Und dies sind ungefähr die Worte, die er unterwegs vernahm.

„Jetzt ist der gemeine Betrug dieser Schurken aufgedeckt, die immer versicherten, es sei kein Brot, kein Mehl, kein

Korn vorhanden!" schrie einer. „Jetzt sieht man die Sache klar und deutlich, und niemand kann uns mehr etwas vormachen. Es lebe der Überfluß!"

„Ich sage euch, dies alles hilft uns gar nicht", rief ein anderer. „Es ist wie ein Loch ins Wasser. Es wird noch viel schlimmer kommen, wenn wir uns nicht Gerechtigkeit verschaffen! Das Brot wird billig werden, aber sie werden Gift hineintun, um die Armen umzubringen wie die Fliegen. Sie sagen ja schon, daß wir zu viele sind, in der Junta haben sie das gesagt. Ich weiß es ganz sicher, denn ich habe es mit meinen eigenen Ohren von einer Gevatterin gehört, die mit dem Verwandten eines Küchenjungen eines jener Herren befreundet ist."

Worte, die man nicht wiederholen kann, rief mit Schaum vor dem Mund ein anderer, der ein zerfetztes Schnupftuch auf sein zerrauftes, blutiges Haar preßte. Und jemand in seiner Nähe sprach sie ihm nach, als wollte er ihn trösten.

„Platz, Platz, Ihr Herren, seid so gut. Laßt einen armen Familienvater vorbei, der seinen fünf Kindern etwas zu essen bringen will." So sprach einer, der unter einem schweren Sack Mehl daherwankte, und jedermann bemühte sich, ihm ein wenig Platz zu machen.

„Ich", sagte ein anderer fast flüsternd zu einem seiner Gefährten, „ich sehe zu, daß ich fortkomme. Ich kenne mich aus und weiß, wie solche Dinge enden. Diese Einfaltspinsel, die jetzt soviel Lärm machen, werden morgen oder übermorgen ängstlich zu Hause hocken. Ich habe schon einige Visagen hier gesehen, einige dieser Herren, die hier herumschleichen und die Ahnungslosen spielen und sich genau merken, wer dabei ist und wer nicht. Und wenn dann alles vorüber ist, machen sie die Rechnung auf, und wen es trifft, den trifft es."

„Wer die Bäcker in Schutz nimmt", rief eine klangvolle Stimme, die Renzos Aufmerksamkeit auf sich zog, „das ist der Proviantverweser."

„Ach, alle sind Schurken", sagte sein Nachbar.

„Ja, aber der oberste ist er“, erwiderte der erstere.

Der Proviantverweser, jedes Jahr vom Gouverneur aus sechs vom Rat der Dekurionen vorgeschlagenen Edelleuten erwählt, war der Vorsitzende dieses Rates und zugleich des Provianthofes, der aus zwölf weiteren Edelleuten bestand und neben anderen Funktionen vornehmlich die Verwaltung der Lebensmittel zu verantworten hatte. Wer einen solchen Posten bekleidete, mußte in Zeiten des Hungers und der Unordnung notgedrungen als Urheber der Mißstände gelten, es sei denn, er tat, was Ferrer getan hatte; das aber lag nicht in seiner Macht, selbst wenn er es gewünscht hätte.

„Verbrecher!“ schrie ein anderer. „Kann es noch schlimmer kommen? Sie behaupten, der Großkanzler sei ein kindischer Greis, um ihm die Glaubwürdigkeit zu nehmen und das Kommando an sich zu reißen. Man sollte sie in einen großen Käfig sperren und mit Wicken und Unkraut ernähren, wie sie das mit uns tun möchten.“

„Brot, he?“ rief einer, der eiligst fortzugehen suchte. „Pfundschwere Steine. Steine von dieser Größe sind heruntergeprasselt wie die Hagelkörner. Und wie viele Rippen sind gebrochen! Ich mache, daß ich nach Hause komme.“

Bei solchen Reden, von denen ich nicht zu sagen vermag, ob sie ihn informierten oder bestürzt machten, und mancherlei Rippenstößen gelangte Renzo schließlich zur Bäckerei. Die Menge hatte sich hier schon gelichtet, so daß er das schreckliche, noch frische Durcheinander betrachten konnte. Die Mauern waren von Steinwürfen beschädigt und zersplittert, die Fenster aus den Angeln gehoben, die Tür eingeschlagen.

Das wiederum ist nicht schön, sagte sich Renzo. Wenn sie alle Bäckereien so zurichten, wo soll dann das Brot gebakken werden? In den Brunnen etwa?

Ab und zu kam jemand aus dem Laden, der ein Stück von einem Kasten oder einem Backtrog oder einen Mehlbeutel, ein Knetholz, eine Bank, einen Korb, ein Rechnungsbuch, kurz, irgend etwas aus der armen Bäckerei heraustrug und mit dem Ruf: „Platz! Platz!" durch die Menge davonging. Alle diese Leute verschwanden in der gleichen Richtung und begaben sich anscheinend an einen verabredeten Ort. Was mag das nun wieder bedeuten? dachte Renzo und folgte einem Manne, der mit einem Bündel zerkleinerter Bretter und Holzsplitter auf der Schulter wie alle übrigen die Straßc an der Nordseite des Doms entlangeilte, die ihren Namen den damals dort vorhandenen und erst kürzlich entfernten Stufen verdankte. Der Wunsch, die Ereignisse zu beobachten, hinderte unseren Bergbewohner nicht, angesichts des gewaltigen Bauwerks stehenzubleiben und es mit offenem Mund zu betrachten. Dann beschleunigte er den Schritt, um den einzuholen, den er sich als Führer ausgesucht hatte. Er bog um die Ecke, warf auch einen Blick auf die Fassade des Doms, die damals noch größtenteils unvollendet dastand, und folgte immer noch jenem, der auf die Mitte des Platzes zueilte. Die Menschenmenge wurde dichter, je weiter er vordrang, jedoch der Holzträger schuf sich Raum, er durchquerte das Gewoge des Volkes, und Renzo, der sich an seine Fersen geheftet hatte, drang mit ihm bis zum Mittelpunkt der Menge vor. Dort war ein freier Raum gelassen mit einem Haufen glühender Holzstücke, den Resten jener genannten Gerätschaften. Ringsherum Händeklatschen, Getrampel und ein Heidenlärm von tausendstimmigem Triumphgeschrei und Flüchen.

Der Mann warf das Bündel auf den Haufen, ein anderer schürte mit einem halbverkohlten Schaufelstumpf das Feuer. Der Rauch stieg auf und verdichtete sich, die Flamme loderte neu empor, und mit ihr nahmen auch die Schreie an Stärke zu. „Es lebe der Überfluß! Nieder mit den Aushungerern! Nieder mit der Teuerung! Hinweg mit dem Provianthof! Hinweg mit der Junta! Es lebe das Brot!"

Fürwahr, die Vernichtung der Mehlbeutel und der Backtröge, die Verwüstung der Bäckereien, die Mißhandlung der Bäcker sind keine geeigneten Mittel, um das Brot gedeihen zu lassen, doch das ist eine der metaphysischen Spitzfindigkeiten, die die Menge nicht verstehen wird. Solange ein Mensch dieser Frage jedoch unbefangen gegenübersteht, kommt er, ohne ein großer Metaphysiker zu sein, von selbst auf diesen Gedanken, und erst wenn er viel darüber spricht und andere darüber sprechen hört, verliert er die Fähigkeit, sie zu begreifen. Renzo war in der Tat dieser Gedanke gleich am Anfang gekommen, und er kam, wie wir gesehen haben, immer wieder darauf zurück. Er behielt ihn aber für sich, denn unter den vielen Gesichtern ringsum war nicht eins, das zu sagen schien: Bruder, wenn ich irre, berichtige mich, ich werde es dir danken.

Schon war die Flamme von neuem erloschen, niemand zeigte sich mehr mit frischem Brennstoff, und die Leute begannen sich zu langweilen, als plötzlich das Gerücht aufkam, daß auf dem Cordusio (einem nahe gelegenen kleinen Platz und einer Straßenkreuzung) eine Bäckerei gestürmt werde. Bei dergleichen Gelegenheiten ruft die Ankündigung die Tat selbst ins Leben, denn zugleich mit dem Gerücht verbreitete sich in der Menge der Wunsch hinzulaufen. „Ich gehe hin. Kommst du mit? Gehen wir.“ Man hörte diese Worte von allen Seiten. Haufenweise brach man sich Bahn, und daraus entstand eine Prozession. Renzo hielt sich zurück und rührte sich nur, wenn er von dem Menschenstrom mitgerissen wurde. Und er ging unterdessen in seinem Herzen mit sich zu Rate, ob er sich aus dem Gewühl zurückziehen und zum Kloster zurückkehren sollte, um Pater Bonaventura aufzusuchen, oder noch weiter mitziehen und sich das noch ansehen sollte. Erneut siegte in ihm die Neugier. Er beschloß jedoch, sich aus dem größten Gedränge herauszuhalten, um sich nicht die Knochen zerquetschen zu lassen oder noch Schlimmeres zu riskieren, sondern vielmehr in einiger Entfernung zu bleiben und zu beobachten. Und da es sich inzwischen um ihn herum etwas gelichtet hatte, holte er das zweite Brot aus der Tasche, biß kräftig hinein und schloß sich dann in der Nachhut dem aufrührerischen Heer an.

Dieses war schon vom Platz aus in die kurze, enge Straße

der Pescheria vecchia eingebogen und dort durch den Schrägbogen auf die Piazza de'Mercanti gelangt. Und hier waren es nur wenige, die, wenn sie an der Nische inmitten der Loggia des Gebäudes vorbeieilten, das damals das Doktorenkollegium genannt wurde, nicht einen Blick auf die dort thronende große Statue warfen, auf das strenge, griesgrämige, finstere – damit sage ich noch lange nicht genug! – Gesicht Don Philipps II., der auch in Marmor unerklärliche Ehrfurcht einflößte und mit seinem ausgestreckten Arm zu sagen schien: Warte, Gesindel, jetzt komme ich.

Durch einen seltsamen Zufall existiert heute dieses Denkmal nicht mehr. Etwa einhundertsiebzig Jahre nach den hier geschilderten Ereignissen wurde eines Tages der Kopf der Statue vertauscht, ihr das Zepter aus der Hand genommen und gegen einen Dolch ausgewechselt. Darauf wurde ihr der Name Marcus Brutus verliehen. Derart zurechtgestutzt, stand sie vielleicht noch einige Jahre da; doch eines Morgens warfen einige Leute, die für Marcus Brutus keine Sympathie hegten, ja vielmehr einen geheimen Haß auf ihn hatten, ihr ein Seil über, rissen sie herunter und stellten allerhand Schlimmes mit ihr an. Mit hervorquellenden Augen und heraushängenden Zungen schleiften sie die verstümmelte, in einen unförmigen Torso verwandelte Statue durch die Straßen, und nachdem sie dessen müde waren, rollten sie sie wer weiß wohin. Wer das Andrea Biffi gesagt hätte, als er sie schuf!

Von der Piazza de'Mercanti ergoß sich der Pöbel durch den anderen Bogen in die Via dei Fustagnai und zerstreute sich von dort auf den Cordusio, wo jeder beim Einbiegen gleich nach dem genannten Bäckerladen Ausschau hielt. Doch statt einer Menge von Freunden, die man dort bereits am Werk anzutreffen hoffte, sahen sie nur einige wenige zögernd in einiger Entfernung vom Laden herumlungern, der geschlossen war und an dessen Fenstern sich überdies bewaffnete Männer zeigten, die bereit waren, sich zu verteidigen. Bei diesem Anblick staunten manche, manche fluchten, und wieder andere lachten. Einige Leute wandten sich zurück, um die Nachkommenden zu unterrichten, manche blieben stehen, einige wollten umkehren, andere schrien: „Vorwärts! Vorwärts!" Das ergab ein Drängen und ein Schieben, ein Stocken und ein Zaudern, ein wirres Gesumme und Beratschlagen von Für und Wider. Mitten hinein gellte aus der Menge der verfluchte Ruf: „Hier in der Nähe ist das Haus des Proviantverwesers! Laßt uns hingehen, Gericht halten und plündern." Es schien, als erinnerte man sich allgemein an einen bereits gefaßten Entschluß und griffe nicht etwa einen neuen Vorschlag auf. „Zum Verweser! Zum Verweser!" Nur noch diesen Ruf konnte man hören. Und die Menge setzte sich in Bewegung in jene Richtung, wo sich das in diesem unseligen Augenblick genannte Haus befand.

13. Kapitel

Der unglückliche Verweser war gerade damit beschäftigt, nach einer lustlosen, ohne Appetit und ohne frisches Brot hinuntergekauten Mittagsmahlzeit seine trübselige, kümmerliche Siesta zu halten. Mit großer Spannung wartete er auf den Ausgang dieses Unwetters, weit jedoch entfernt, zu ahnen, daß es so entsetzlich über ihn hereinbrechen sollte. Einige Ehrenmänner liefen der Menge im Galopp voraus, um ihn von dem bevorstehenden Unheil in Kenntnis zu setzen. Die Diener, von dem Lärm vor die Tür gelockt, blickten entsetzt die Straße entlang in jene Richtung, aus der sich das Getöse näherte. Als sie die Warnung vernahmen, erblickten sie bereits den Vortrupp. Hals über Kopf wird die Nachricht dem Herrn überbracht, und während dieser noch überlegt, wie er fliehen soll, kommt ein anderer und schreit, daß zur Flucht keine Zeit mehr ist. Die Diener haben kaum noch Zeit, die Tür zu schließen. Sie verrammeln sie mit einer Eisenstange und stützen sie ab, beeilen sich, die Fenster zu schließen, als drohe ein schwarzer Gewittersturm, dessen Hagelschlag von einem Augenblick zum anderen erwartet wird. Das zunehmende Geheul, das wie Donner dröhnt, hallt im leeren Hof wider, jeder Winkel des Hauses ist davon erfüllt, und inmitten dieses ungeheuren wirren Getöses hört man heftige und häufige Steinschläge gegen die Tür prasseln.

„Den Verweser! Den Tyrannen! Den Aushungerer! Wir wollen ihn haben, tot oder lebendig!"

Der Unglückliche lief von einem Zimmer zum anderen, blaß, atemlos; händeringend befahl er sich Gott und beschwor seine Diener, sie sollten standhalten und einen Fluchtweg für ihn ausfindig machen. Aber wie fliehen und wohin? Er stieg auf den Dachboden, betrachtete von einer Luke aus sehnsüchtig die Straße und sah sie vollgestopft mit wütenden Menschen. Er hörte die Schreie, die seinen Tod forderten. Verwirrter denn je zog er sich zurück und suchte einen sichreren, verborgeneren Schlupfwinkel. Er verkroch sich darin und horchte, ob der unheilvolle Lärm nicht schwächer werde, ob der Aufruhr sich lege. Da er indessen das Geheul immer wilder und lauter werden und das Klopfen am Tor sich verdoppeln hörte, verstopfte er sich eilig, von neuer Angst geschüttelt, die Ohren. Dann begann er, ganz außer sich, mit den Zähnen zu knirschen und das Gesicht zu verzerren, streckte die Arme aus und ballte die Fäuste, als wollte er die Tür fest zuhalten ... Im übrigen kann niemand genau wissen, was er getan hat, da er allein war. Die Geschichte ist gezwungen, es zu erraten. Zum Glück ist sie solches gewohnt.

Renzo befand sich diesmal im dichtesten Gewühl, und zwar hatte er sich nicht vom Menschenstrom dahin tragen lassen, sondern sich aus freien Stücken hineinbegeben. Bei jenem ersten Schrei nach Blut hatte er gespürt, wie das seine in Aufruhr geriet. Was die Plünderung anlangt, so hätte er nicht zu sagen vermocht, ob es in diesem Fall gut oder schlecht sei; die Vorstellung des Mordes aber erfüllte ihn sofort mit echtem Abscheu. Doch obschon er auch infolge der unheilvollen Fügsamkeit leidenschaftlicher Gemüter gegenüber den leidenschaftlichen Versicherungen der Menge überzeugt war, daß der Verweser der Hauptschuldige an der Hungersnot sei, war er doch, als er bei der ersten Bewegung der Masse zufällig einige Worte auffing, die darauf hinausliefen, alles zu unternehmen, um den Verweser zu retten, sofort entschlossen, an diesem Werk mitzuhelfen, und hatte sich in dieser Absicht bis an jene Tür durchgekämpft, der die Menge nun auf so verschiedene Weise zu Leibe rückte. Einige schlugen mit Steinen auf die Nägel des Schlosses, um es herauszureißen; andere machten den Versuch, mit Brecheisen, Meißel und Hammer gründlicher zu Werke zu gehen. Wieder andere zerkratzten und zersplitterten mit Steinen, spitzen Messern, Nägeln, Knüppeln und, wenn nichts anderes zur Hand war, mit den Fingernägeln die Mauer und mühten sich ab, die Ziegel herauszuheben, um eine Bresche zu schlagen. Jene, die nicht helfen konnten, feuerten mit Geschrei die anderen an, doch behinderten sie zugleich durch ihr Drängen noch mehr die Arbeit, die schon durch den wilden Eifer der Arbeitenden behindert wurde. Denn Gott sei Dank trifft auch bei bösen Taten zu, was bei guten so häufig der Fall ist, daß deren glühendste Verfechter zum Hindernis werden.

Die Behörden, die als erste von dem Vorfall benachrichtigt wurden, wandten sich sogleich um Hilfe an den Kommandanten des Kastells, das damals das Kastell der Porta Giovia genannt wurde. Er schickte einige Soldaten. Doch zwischen Benachrichtigung und Befehl, Antreten, Abmarsch und Weg verging so viel Zeit, daß sie eintrafen, als das Haus bereits in weitem Umkreis belagert war. So machten sie in einiger Entfernung am Rande der Menge halt. Der Offizier, der sie befehligte, wußte nicht, was er tun sollte. Dort war nichts als eine, nun, sagen wir, bunt zusammengewürfelte Menge verschiedenen Alters und Geschlechts, die herumstand und gaffte. Seine Aufforderungen, sich zu zerstreuen und Platz zu machen, wurden mit einem lang anhaltenden dumpfen Gemurmel beantwortet. Niemand rührte sich von der Stelle. Auf diese Menge zu feuern schien dem Offizier nicht nur ein grausames, sondern auch ein recht gefährliches Unterfangen, da er, wenn er die weniger Gefährlichen verletzte, nur die vielen Gewalttätigen reizen würde, und überdies hatte er keinen derartigen Befehl erhalten. Die vordersten Reihen zu durchbrechen, sie links und rechts beiseite zu schieben und im Vorwärtsgehen jeden, der nicht weichen wollte, niederzuschlagen wäre das Beste gewesen; ob es indes gelingen würde, war fraglich. Wer konnte wissen, ob die Soldaten imstande sein würden, in Reih und Glied vorzurücken. Wie, wenn sie, statt die Menge zu durchbrechen, von dieser zersprengt würden und dadurch ihrer Willkür ausgesetzt wären, nachdem sie sie gereizt hatten? Die Unentschlossenheit des Kommandanten und die Unbeweglichkeit der Soldaten erweckte, ob zu Recht oder zu Unrecht, den Anschein von Angst. Die Leute in der Nähe begnügten sich damit, die Soldaten so herausfordernd anzustarren, als wollten sie sagen: Wir pfeifen auf euch. Jene, die weiter weg standen, konnten es nicht unterlassen, sie mit Grimassen und höhnischen Zurufen zu provozieren, noch weiter weg wußten die wenigsten von ihrer Anwesenheit und scherten sich nicht darum. Die Anführer fuhren fort, die Mauer zu beschädigen, und hatten nichts anderes im Sinn, als ihr Unterfangen schnell zu Ende zu führen, und die Zuschauer hörten nicht auf, sie durch Zurufe zu ermuntern.

Unter ihnen fiel, selbst ein Schauspiel bietend, ein heruntergekommener Greis auf, der seine tiefliegenden, entzündeten Augen weit aufriß, sein runzliges Gesicht zu einem Grinsen von teuflischer Befriedigung verzerrte und die Hände über seinem spärlichen grauen Haar emporreckte. Er fuchtelte mit einem Hammer, einem Strick und vier langen Nägeln in der Luft und schrie, er wolle damit den Verweser an seinen eigenen Torflügel nageln, wenn er umgebracht sei.

„Pfui! Wie schändlich!“ entfuhr es Renzo, der sich vor so

vielen Gesichtern, die solche Worte gutzuheißen schienen, über das Gerede entsetzte und doch wieder Mut faßte, als er auf anderen Gesichtern, obschon diese stumm waren, denselben Abscheu zu sehen glaubte, von dem er durchdrungen war. „Schande! Wollen wir etwa dem Henker ins Handwerk pfuschen? Einen Christen umbringen? Wie wollt ihr, daß Gott uns Brot gibt, wenn wir solche Greuel begehen? Blitze wird er uns senden, aber kein Brot!"

„Ha, du Hund! du Vaterlandsverräter!" schrie einer mit der Miene eines Besessenen, der in dem Getümmel diese frommen Worte gehört hatte. „Warte, warte! Der hier ist ein Diener des Verwesers, als Bauer verkleidet. Er ist ein Spion! Los, auf ihn, auf ihn!" Hundert Stimmen erhoben sich ringsum. „Was ist? Wo ist er? Wer ist er? Ein Diener des Verwesers. Ein Spion. Der Verweser, als Bauer verkleidet, auf der Flucht? Wo ist er? Wo ist er? Los, auf ihn, auf ihn!"

Renzo verstummt, wird kleiner und kleiner, möchte sich davonstehlen. Einige in seiner Nähe nehmen ihn in ihre Mitte und versuchen mit lauten, entgegengesetzten Rufen die feindlichen, mörderischen Stimmen zu übertönen. Doch mehr als alles andere half ihm der Ruf: „Platz! Platz!", der ganz in der Nähe erscholl. „Platz, hier kommt Abhilfe! Heda, Platz!"

Was bedeutete das? Eine lange Sprossenleiter wurde herbeigetragen; man wollte sie ans Haus lehnen und durch ein Fenster eindringen. Glücklicherweise jedoch war es nicht so einfach, dieses Vorhaben, das den Einstieg leicht gemacht hätte, ins Werk zu setzen. Die Männer, die das Gerät vorne, hinten und seitlich trugen, schwankten, wurden durch das Gedränge gestoßen, auseinandergesprengt, getrennt und kamen nur ruckweise vorwärts. Einer, den Kopf zwischen zwei Sprossen und die Leisten auf den Schultern, brüllte wie unter einem hin und her schwankenden Joch, ein anderer wurde durch einen Stoß von seiner Last befreit, und die losgelassene Leiter schlug anderen auf Schultern, Arme,

Rippen nieder. Man stelle sich vor, was die Betroffenen dazu gesagt haben mögen. Einige aber heben die zu Boden gestürzte Last empor, stellen sich darunter, beladen sich damit und schreien: „Mut! Vorwärts!“ Das verhängnisvolle Gerät kommt in Sprüngen und Windungen voran. Es traf zur rechten Zeit ein, um Renzos Widersacher von ihm abzulenken und auseinanderzutreiben; er nutzte die aus dem Wirrwarr geborene Verwirrung und entfernte sich, anfangs geduckt, dann nach Kräften die Ellenbogen gebrauchend, von diesem für ihn so gefährlichen Ort, mit der festen Absicht, so schnell wie möglich aus der aufrührerischen Menge zu verschwinden und nun wirklich Pater Bonaventura aufzusuchen oder zu erwarten.

Da pflanzt sich auf einmal eine ungewöhnliche Bewegung von einem Ende durch die Menge fort, ein Ruf erhebt sich und läuft von Mund zu Mund: „Ferrer! Ferrer!“ Und beim Klange dieses Namens brechen Staunen, Freude, Wut, Zuneigung und Abscheu hervor. Der eine schreit ihn laut, der andere wünscht ihn zu unterdrücken, einer stellt Behauptungen auf, ein anderer streitet sie ab, einige danken Gott, andere fluchen.

„Ferrer ist hier!“ – „Das ist nicht wahr, das ist nicht wahr!“ – „Ja, ja, es lebe Ferrer! Er hat den Brotpreis verbilligt!“ – „Nein, nein!“ – „Er ist hier, ist im Wagen gekommen.“ – „Was geht uns das an? Was will er hier? Wir wollen hier niemanden!“ – „Ferrer! Es lebe Ferrer! Der Freund des armen Volkes! Er kommt, um den Verweser ins Gefängnis zu stecken.“ – „Nein, nein. Wir selber wollen Gericht halten. Zurück, zurück!“ – „Ja, ja, Ferrer! Ferrer soll kommen! Ins Gefängnis mit dem Verweser!“

Alle stellen sich auf die Zehenspitzen und halten Ausschau in der Richtung, aus der die unerwartete Ankunft gemeldet wurde. Da sich aber alle zugleich auf die Zehenspitzen stellten, erblickten sie nicht mehr und nicht weniger, als wenn alle mit den Sohlen auf dem Boden geblieben wären; trotzdem reckten sich alle.

In der Tat war am Rande der Menge, gegenüber der Seite, wo die Soldaten standen, der Großkanzler Antonio Ferrer mit dem Wagen eingetroffen. Wahrscheinlich plagte ihn das Gewissen, daß er durch seine Unbesonnenheit und seine Halsstarrigkeit die Ursache oder zumindest den Anstoß zu diesem Aufruhr gegeben hatte, und so war er gekommen, die Leute zu beruhigen oder wenigstens die schrecklichsten, nicht wiedergutzumachenden Folgen zu verhindern. Er kam, seine übel erworbene Beliebtheit beim Volk zu einem guten Zwecke zu nutzen.

Bei Volksaufständen gibt es immer eine gewisse Anzahl Menschen, die entweder in der Hitze der Leidenschaft oder aus fanatischer Überzeugung oder gar aus verbrecherischer Absicht und einer fluchwürdigen Lust am Umsturz alles daransetzen, um die Dinge auf die Spitze zu treiben. Sie geben oder begünstigen die grausamsten Ratschläge und schüren das Feuer, wenn es am Erlöschen ist. Ihnen ist nichts zuviel, und sie wünschen, daß der Aufruhr weder Maß noch Ende habe. Doch als Gegengewicht gibt es auch immer eine Anzahl anderer Menschen, die mit gleicher Inbrunst und gleicher Beharrlichkeit das entgegengesetzte Ziel verfolgen, manche von Freundschaft oder Parteilichkeit für die bedrohten Personen getrieben, andere nur aus frommem und natürlichem Abscheu vor Blutvergießen und Greueltaten. Der Himmel segne sie. Bei jeder dieser beiden entgegengesetzten Parteien bringt die Gleichförmigkeit der Wünsche, auch wenn zuvor keine Verabredungen getroffen wurden, auf der Stelle Übereinstimmung in ihren Taten hervor. Was schließlich die Masse formt, gewissermaßen den Rohstoff des Aufruhrs, ist ein zufälliges Gemisch von Menschen, die in zahlreichen Abstufungen mehr oder weniger dem einen oder anderen Extrem zuneigen. Ein wenig erhitzt, ein wenig durchtrieben, ein wenig erpicht auf außergewöhnliche Ereignisse, bereit zu Grausamkeiten wie zum Erbarmen, bereit, zu verabscheuen und zu vergöttern und je nach Gelegenheit das eine oder andere Gefühl voll auszukosten; immer begierig, etwas Ungeheuerliches zu erfahren und zu glauben, begierig, zu schreien, jemandem zu applaudieren oder ihm Schimpfworte nachzubrüllen. „Es lebe" und „tötet ihn" sind die Worte, die sie am liebsten ausstoßen. Ist es jemandem gelungen, sie zu überzeugen, daß irgend jemand nicht verdient, gevierteilt zu werden, so braucht er nicht viele Worte zu verschwenden, um sie davon zu überzeugen, daß jener verdient, im Triumph getragen zu werden. Schauspieler, Zuschauer, Werkzeug, Hindernis, wie der Zufall es will; auch bereit, sich still zu verhalten, wenn es kein Geschrei mehr zu wiederholen gibt; den Aufruhr zu beenden, wenn Aufwiegler fehlen; auseinanderzulaufen, wenn viele Stimmen unwidersprochen dazu auffordern, und nach Hause zurückzukehren, einer den anderen fragend: Was war eigentlich los? Da nun die Masse die größte Macht besitzt und diese verleihen kann, wem sie will, pflegt jede der handelnden Parteien alles daranzusetzen, um sie auf ihre Seite zu ziehen und Einfluß auf sie zu nehmen. Sie sind gewissermaßen zwei feindliche Seelen, die darum kämpfen, in jenen Körper einzudringen und ihn in Bewegung zu bringen. Von Leuten, die sich darauf verstehen, lassen sie Gerüchte verbreiten, die geeignet sind, Leidenschaften zu entfesseln und die Bewegungen zugunsten dieser oder jener Absicht zu lenken; sie lassen Nachrichten erfinden, die Zorn entfachen oder abschwächen können, neue Hoffnungen oder Schrecknisse erwecken; sie lassen Geschrei erheben, das, von den meisten lauter wiederholt, gleichzeitig die Stimmung der Menge für die eine oder für die andere Partei bekundet, bestätigt und erweckt. Wir haben uns diese Abschweifung erlaubt, um berichten zu können, daß im Kampf zwischen den beiden Parteien um die Zustimmung der Menge, die vor dem Haus des Verwesers zusammengelaufen war, das Erscheinen Antonio Ferrers der sanftmütigen Partei auf einen Schlag einen großen Vorsprung verschaffte, die eben noch ganz offenbar am Unterliegen war und weder die Kraft noch den Mut aufgebracht hätte, weiterzukämpfen, wäre diese Hilfe etwas später eingetroffen. Der Großkanzler war bei der Menge beliebt, einmal wegen des von ihm eingeführten, für den Käufer so günstigen Brotpreises und zum anderen wegen seiner heroischen Halsstarrigkeit gegenüber allen Gegenargumenten. Ihm bereits geneigte Gemüter wurden jetzt noch mehr eingenommen durch die mutige Zuversicht des Greises, der ohne Schutzwachen, ohne besondere Vorkehrungen daherkam, um einer gereizten und stürmischen Menge entgegenzutreten ... Eine wunderbare Wirkung erzielte das Gerücht, daß er gekommen sei, um den Verweser ins Gefängnis zu bringen. Die Wut auf jenen, die sich maßlos gesteigert hätte, falls man ihr entgegenzutreten gewagt und keine Zugeständnisse eingeräumt hätte, besänftigte sich ein wenig dank der versprochenen Genugtuung durch diesen hingeworfenen Knochen und gab entgegengesetzten Gefühlen Raum, die sich in einem großen Teil der Gemüter ausbreiteten.

Die Anhänger des Friedens, die Atem geschöpft hatten, unterstützten Ferrer auf hundertfache Weise. Jene, die sich in seiner Nähe befanden, indem sie mit ihrem öffentlichen Beifall den Beifall der Menge entfachten und zugleich das Volk zurückzudrängen suchten, um dem Wagen einen Weg zu bahnen. Die anderen, indem sie seinen Worten applaudierten, sie wiederholten oder solche Worte als die seinigen weitergaben, die er nach ihrem Dafürhalten hätte sagen sollen. So fuhren sie den hartnäckig Wütenden übers Maul und lenkten die neuen Ausbrüche der Menge gegen sie. „Wer will nicht, daß man ruft ‚Es lebe Ferrer'? He, du wünschst wohl nicht, daß das Brot billiger wird? Nur Schurken wollen keine christliche Gerechtigkeit! Und es gibt genug, die nur deshalb lauter schreien als die anderen, weil sie den Verweser entwischen lassen wollen. Ins Gefängnis mit dem Verweser! Es lebe Ferrer! Platz für Ferrer!" Und während die Zahl der so Sprechenden immer größer wurde, nahm im gleichen Maße der Übermut der Gegenpartei ab, so daß die ersteren vom Predigen zu Handgreiflichkeiten gegen jene übergingen, die noch immer zerstören wollten, und sie zurücktrieben, um ihnen die Werkzeuge aus den Klauen zu reißen. Diese rasten, drohten auch und suchten aufs neue anzufangen, doch der Mordplan war ins Hintertreffen geraten. Ausrufe wie „Gefängnis, Gerechtigkeit, Ferrer" überwogen. Nach kurzem Handgemenge wurden die einen zurückgetrieben, und die anderen bemächtigten sich der Tür, um sie gegen neue Angriffe zu schützen und den Eingang für Ferrer frei zu machen. Und einer von ihnen rief ins Haus hinein (an Spalten fehlte es nicht), daß Hilfe käme und daß sie den Verweser bereithalten sollten, „um sofort abzurücken ... ins Gefängnis, he, habt ihr verstanden?"

„Ist das jener Ferrer, der hilft, die Gesetze zu machen?" fragte unser Renzo einen neuen Nachbarn und erinnerte sich des *vidit Ferrer*, das der Advokat ihm ins Ohr geschrien, nachdem er es ihm unter dem Gesetz gezeigt hatte.

„Jawohl, der Großkanzler!" erhielt er zur Antwort.

„Er ist ein Ehrenmann, nicht wahr?"

„Und ob er ein Ehrenmann ist! Er hat den Brotpreis herabgesetzt. Die anderen wollten es nicht. Und jetzt kommt er, um den Verweser ins Gefängnis zu stecken, denn der hat nicht recht getan."

Es erübrigt sich, zu sagen, daß Renzo gleich für Ferrer war. Er wollte geradewegs auf ihn zugehen, doch das war nicht einfach. Aber dem mit Püffen und Ellenbogenstößen vertrauten Alpenbewohner gelang es, sich Platz zu schaffen und in die erste Reihe, unmittelbar bis zum Wagen, vorzudringen.

Dieser war bereits etwas in die Menge hineingefahren. Und in diesem Augenblick stand er wegen eines jener häufigen Hindernisse still, die bei einer solchen Spazierfahrt unvermeidlich sind. Der alte Ferrer zeigte sich mal an dem einen, mal an dem anderen Wagenfenster mit überaus freundlichem, lachendem, liebevollem Gesicht, mit einer Miene, die er sonst nur in Gegenwart Don Philipps IV. aufzustecken pflegte. Er sah sich aber gezwungen, sie auch bei dieser Gelegenheit zu zeigen. Er sprach auch, jedoch der Lärm und das Summen der unzähligen Stimmen und die Hochrufe auf ihn selbst ließen nur wenigen einige Worte verständlich werden. So half er sich denn mit Gesten, legte die Spitzen der Finger auf die Lippen und drückte einen Kuß darauf, den die sich sogleich wieder trennenden Hände nach rechts und links als Dank für das allgemeine Wohlwollen verteilten. Dann hielt er die Hände aus dem Fenster, um durch langsames Spreizen der Finger etwas Platz oder durch anmutiges Senken der Handflächen etwas Ruhe zu erbitten. Als es etwas stiller geworden war, hörten die in der Nähe Stehenden seine Worte und wiederholten sie: „Brot, Überfluß. Ich komme, um Gerechtigkeit zu üben. Ein wenig Platz, seid so gut." Dann zog er sich, überwältigt und betäubt von dem Lärm so vieler Stimmen, vom Anblick so vieler dichtgedrängter Gesichter, so vieler auf ihn gerichteter Augen, für einen Moment ins Wageninnere zurück, blähte die Backen auf, stieß einen Seufzer aus und dachte bei sich: *Por mi vida, que de gente!*

„Es lebe Ferrer! Haben Sie keine Angst. Sie sind ein Ehrenmann. Brot, Brot!"

„Ja, Brot, Brot", antwortete Ferrer. „Brot in Mengen, ich verspreche es", und er legte eine Hand auf die Brust.

„Ein wenig Platz", fügte er dann schnell hinzu. „Ich komme, um ihn ins Gefängnis zu bringen. Um die gerechte Strafe über ihn zu verhängen, die er verdient." Und leise fügte er hinzu: *„Si es culpable."* Dann beugte er sich vor zu seinem Kutscher und sagte hastig: *„Adelante, Pedro, si puedes."*

Der Kutscher lächelte der Menge ebenfalls mit dem Ausdruck huldvoller Gnade zu, als wäre er eine hochgestellte Persönlichkeit. Und er schwenkte mit unbeschreiblicher Eleganz die Peitsche langsam nach rechts und nach links, um die nächsten, die im Wege standen, zu veranlassen, etwas zurückzutreten und Platz zu machen. „Bitte, meine Herren", sagte auch er, „ein wenig Platz, ein ganz klein wenig Platz! Nur so viel, daß ich durchfahren kann."

Inzwischen bemühten sich die eifrigsten der Wohlgesinnten, den so höflich erbetenen Platz zu schaffen. Einige, die vor den Pferden standen, ließen die Leute mit freundlichen Worten, mit Handauflegen und sanften Stößen zurücktreten: „Dort hinüber. Ein wenig Platz, Herrschaften!" Andere taten dasselbe zu beiden Seiten des Wagens, damit dieser durchkam, ohne Füße zu überfahren und Schnurrbärte in Unordnung zu bringen, was, abgesehen vom Schaden der Betroffenen, dem Ansehen Antonio Ferrers großen Abbruch getan hätte.

Renzo aber gab, nachdem er einige Augenblicke den würdevollen Greis beobachtet hatte, der von Besorgnis ein wenig verstört, von Erschöpfung ein wenig ermattet, doch von Eifer wieder belebt, sozusagen von der Hoffnung verschönt war, einen Mann aus Todesängsten zu befreien, Renzo also gab jeden Gedanken auf fortzugehen. Er beschloß, Ferrer zu helfen und ihn nicht zu verlassen, bevor er nicht sein Ziel erreicht hatte. Gesagt, getan, und schon mühte er sich mit den anderen ab, Platz zu schaffen, und war sicherlich nicht einer der weniger Rührigen. Und es wurde Platz geschaffen. „Kommt nur weiter!" sagte so manch einer zu dem Kutscher, während er zurückwich oder vorn etwas Raum schuf. *„Adelante, presto, con juicio"*, rief auch der Herr dem Kutscher zu. Und der Wagen setzte sich in Bewegung. Ferrer dankte neben allen Grüßen, die er dem Volke verschwenderisch entbot, mit besonderen Einzelheiten, einem Lächeln der Verbundenheit, auch jenen, die sich für ihn abmühten. Und mehr als einmal galt sein Lächeln Renzo, der es wahrlich verdiente und dem Großkanzler bessere Dienste leistete, als der tüchtigste seiner Sekretäre hätte tun können. Dem jungen Bergbewohner, der von soviel Huld hochbeglückt war, schien es fast, als habe er mit Antonio Ferrer Freundschaft geschlossen.

Der Wagen, einmal in Bewegung, setzte nun mehr oder

weniger langsam, wenn auch nicht ohne einige kurze Aufenthalte, seine Fahrt fort. Die Strecke war nicht länger als ein Flintenschuß, doch in Anbetracht der Zeit, die dazu benötigt wurde, wäre sie jedem anderen, auch wenn er nicht die Eile Ferrers gehabt hätte, wie eine kleine Reise vorgekommen. Die Menge umwogte den Wagen vorn und hinten, links und rechts wie die großen Wellen ein Schiff, das sich durch einen Sturm hindurchkämpft. Aber noch heftiger, noch mißtönender, noch betäubender als ein Unwetter war das Getöse. Ferrer, der bald nach der einen, bald nach der anderen Seite schaute und auf Haltung und Gesten achtete, bemühte sich, etwas von den Zurufen zu verstehen, um die Antworten darauf einzustellen. Er tat sein Bestes, um ein wenig Zwiesprache mit der Schar seiner Freunde zu halten, aber das war ein schwieriges Unterfangen, das schwierigste vielleicht, vor das er sich in den langen Jahren seiner Kanzlerschaft je gestellt sah. Hin und wieder jedoch war ein Wort, mitunter auch ein Satz, der während der Vorbeifahrt von einer Gruppe wiederholt wurde, verständlich, wie man ja in dem gewaltigen Geprassel eines Feuerwerks den lauteren Knall einer Rakete zu hören vermag. Und auch er sprach während der ganzen Fahrt, indem er sich bemühte, die Zurufe befriedigend zu beantworten oder auf gut Glück Worte einzuflechten, die er willkommen wußte oder die eine momentane Zwangslage zu erfordern schien. „Jawohl, Ihr Herren, Brot, Überfluß. Ich werde ihn ins Gefängnis bringen, er wird bestraft werden ... *si es culpable.* Ja, ja, ich werde es befehlen: das Brot wird billiger. *Así es ...* so ist es, will sagen: der König, unser Gebieter, will nicht, daß seine treuesten Untertanen Hunger leiden. Oh! oh! *guardaos:* tun Sie sich nicht weh, meine Herren. *Pedro, adelante con juicio.* Überfluß, Überfluß. Etwas Platz bitte, Brot, Brot. Ins Gefängnis, ins Gefängnis! Wie?" fragte er einen, der sich halb ins Wagenfenster geworfen hatte, um ihm einen Rat, eine Bitte oder seinen Beifall ins Ohr zu brüllen. Jener konnte aber nicht einmal dieses „Wie?" vernehmen, denn schon wurde er von einem zurückgerissen, der ihn in Gefahr sah, von einem Rad zerquetscht zu werden. So, mit Hieb und Gegenhieb, unter endlosen Beifallsrufen und auch einigen hier und dort laut werdenden Protestschreien der Gegner, die sogleich zum Schweigen gebracht wurden, gelangte Ferrer schließlich vor das Haus des Verwesers, hauptsächlich dank dem Beistand seiner guten Helfer.

Andere, die, wie wir schon erwähnten, ähnliche gute Absichten verfolgten, hatten dort bereits für etwas Platz gesorgt. Man bat, ermunterte, drohte, man stieß zurück, schob, drängte da und dort mit verdoppeltem Eifer und frischer Kraft, die angesichts der Nähe des ersehnten Ziels jeden überkommt. Endlich war es gelungen, die Menge in zwei Haufen zu teilen und so weit zurückzutreiben, daß zwischen der Tür und dem Wagen, der davor gehalten hatte, ein kleiner freier Raum entstand. Renzo, der sich bald als Vorreiter, bald als Eskorte betätigte, war zugleich mit der Kutsche angelangt und konnte sich in einer der beiden Reihen der Anhänger Ferrers aufstellen, die zugleich eine Ehrengasse für den Wagen und einen Damm gegen die andrängenden Volkswogen bildeten. Und da er mit seinen kräftigen Schultern half, eine der beiden Wogen zurückzuhalten, fand er auch einen guten Platz zum Zusehen.

Ferrer stieß einen tiefen Seufzer der Erleichterung aus, als er das kleine freie Plätzchen und die noch verschlossene Tür erblickte. Verschlossen bedeutet hier, daß sie noch nicht offen war, denn im übrigen waren die Angeln beinahe aus den Pfeilern herausgerissen. Die Türflügel waren zersplittert, eingedrückt, in der Mitte aufgespalten und ließen durch einen breiten Spalt ein Stück eines verbogenen, gelockerten und fast schon losgerissenen Eisenriegels erkennen, der, wenn wir so sagen wollen, sie noch zusammenhielt. Ein Ehrenmann eilte an diesen Spalt und rief, man möge öffnen, ein zweiter riß eilig die Wagentür auf. Der Greis steckte den Kopf heraus, erhob sich, ergriff mit der Rechten den Arm dieses Mannes, kam heraus und stieg auf das Trittbrett.

Zu beiden Seiten stellten sich die Leute auf die Zehenspitzen, um zu sehen, tausend Gesichter und tausend Bärte waren in die Luft gereckt. Die Neugier und die allgemeine Aufmerksamkeit schufen einen Augenblick völliger Stille. Ferrer blieb auf dem Trittbrett stehen, warf einen Blick in die Runde, grüßte mit einer Verbeugung die Menge wie von einem Rednerpult herab und rief, die Linke auf die Brust gedrückt: „Brot und Gerechtigkeit!" Dann stieg er freimütig, aufrecht in seiner Amtstoga herab, umtost vom Beifall, der bis zu den Sternen reichte.

Inzwischen hatten die Leute im Haus die Tür geöffnet, oder vielmehr: sie hatten sie vollends aufgemacht, indem sie den Eisenriegel mit den fast schon herausgerissenen Ringen wegzogen und den Spalt erweiterten, daß er eben breit genug war, den heißersehnten Gast durchzulassen. „Schnell, schnell!" sagte dieser. „Macht so weit auf, daß ich hindurch kann, und Ihr, wackere Männer, haltet die Leute zurück. Laßt sie mir um Himmels willen nicht auf den Hals rücken! Haltet mir den Platz noch etwas frei ... He, he! meine Herren, einen Augenblick", sagte er dann zu denen drinnen. „Vorsicht mit dem Türflügel hier, laßt mich durch. He, meine Rippen! Gebt acht auf meine Rippen. Macht jetzt zu. Nein, he, he! Der Mantel, der Mantel!" Dieser wäre tatsächlich zwischen die Türflügel geklemmt worden, hätte Ferrer nicht mit großer Schnelligkeit die Schleppe an sich gerissen, die nun wie der Schwanz einer verfolgten Schlange verschwand, die in ihr Loch schlüpft.

Nachdem die Türflügel wieder aneinandergelehnt waren, wurden sie, so gut es ging, verriegelt. Draußen arbeiteten mit Schultern, Armen und Geschrei jene Männer, die Ferrers Leibgarde gebildet hatten, um den Platz frei zu halten, und beteten dabei in ihrem Herzen zu Gott, daß Ferrer sich beeilen möge.

„Schnell, schnell", sagte Ferrer drinnen unter dem Bogengang zu den Bedienten, die ihm keuchend entgegenstürzten mit den Rufen: „Gott segne Sie, Exzellenz! Ach, Exzellenz! Oh, Exzellenz!"

„Schnell, schnell", wiederholte Ferrer, „wo ist der Unglückselige?"

Der Verweser stieg die Treppe hinunter, halb gezogen von seinen Dienern, halb getragen, weiß wie frisch gewaschene Leinwand. Als er seinen Retter erblickte, tat er einen tiefen Atemzug. Sein Blut begann wieder zu kreisen, ein wenig Kraft kehrte in seine Beine zurück und ein wenig Farbe auf seine Wangen, und er eilte, so schnell er konnte, auf Ferrer zu und sagte: „Ich bin in Gottes Hand und in den Händen Eurer Exzellenz. Doch wie soll man hier herauskommen? Überall sind Leute, die meinen Tod wollen."

„*Venga usted conmigo* und fassen Sie Mut. Draußen steht mein Wagen. Schnell, schnell." Er nahm ihn bei der Hand und führte ihn mit ermutigendem Zureden zur Tür. Bei sich aber dachte er: *Aquí está el busilis; Dios nos valga!*

Die Tür wird geöffnet, Ferrer tritt als erster heraus, der andere folgt ihm, gekrümmt, sich an die rettende Amtstracht klammernd wie ein Kind an den Rock der Mutter. Jene, die den Platz frei gehalten haben, heben jetzt Hände und Hüte wie ein Netz in die Höhe, wie eine Wolke, um den Verweser den gefährlichen Augen der Menge zu entziehen. Dieser besteigt als erster den Wagen und verkriecht sich in einer Ecke. Ferrer steigt dann ein, der Wagenschlag wird verschlossen. Die Menschenmenge sieht, begreift und errät nur unklar, was geschehen ist, und ein Geheul von Beifallsrufen und Verwünschungen bricht los.

Die Wegstrecke, die nun zurückzulegen war, konnte als die schwierigste und die gefährlichste erscheinen. Doch die Stimme des Volkes hatte ausreichend erklärt, daß der Verweser ins Gefängnis gebracht werden sollte. Und in der Zeit, da der Wagen hielt, hatten viele, die Ferrer die Anfahrt erleichtert hatten, sich bemüht, eine Durchfahrt mitten durch die Menge zu schaffen und offenzuhalten, so daß die

Kutsche beim zweiten Mal schneller und ohne Aufenthalt fahren konnte. Stück für Stück, wie sie vorankam, fluteten hinter ihr die zurückgedrängten Massen zu beiden Seiten wieder zusammen.

Kaum hatte Ferrer im Wagen Platz genommen, beugte er sich zum Verweser hinüber und ermahnte ihn, sich, so gut es ging, auf dem Hintersitz verborgen zu halten und sich um Himmels willen nicht sehen zu lassen, eine Mahnung, die überflüssig war. Er selbst hingegen mußte sich zeigen, um die Aufmerksamkeit der Menge zu fesseln und auf sich zu lenken. Und für die ganze Dauer dieser Fahrt hielt er, wie bei der Herfahrt, eine lange Rede an seine wankelmütigen Zuhörer. Es wurde zeitlich die längste, aber inhaltlich die zusammenhangloseste Rede, die man sich denken kann. Er unterbrach sie jedoch hin und wieder mit einem spanischen Brocken, den er hastig seinem Begleiter ins Ohr flüsterte. „Jawohl, meine Herren. Brot und Gerechtigkeit! Ins Kastell, ins Gefängnis, und unter meiner Aufsicht! Danke, danke, danke sehr. Nein, nein, er wird nicht entkommen! *Por ablandarlos.* Es ist nicht mehr als recht und billig. Man wird ihn verhören, man wird sehen ... Auch ich will Ihnen wohl, meine Herren. Eine strenge Bestrafung. *Esto lo digo por su bien.* Ein gerechter Preis, ein ehrlicher Preis, und Strafe für die Aushungerer! Treten Sie ein wenig beiseite, danke. Ja, ja, ich bin ein rechtschaffener Mann, ein Freund des Volkes. Er wird seine Strafe erhalten. Ja, es ist wahr, er ist ein Schurke, ein Verbrecher. *Perdone usted.* Es wird ihm übel bekommen, es wird ihm übel bekommen ... *si es culpable.* Ja, ja, wir werden den Bäckern beibringen, ihre Schuldigkeit zu tun. Es lebe der König und die guten Mailänder, seine getreuesten Vasallen! Es wird ihm schlecht bekommen, es wird ihm schlecht bekommen. *Animo, estamos ya casi fuera.*"

Sie hatten in der Tat das größte Gewühl hinter sich gelassen und waren nahe daran, wieder ins Freie zu gelangen. Da gewahrte Ferrer, der seiner Lunge etwas Ruhe zu gönnen begann, das Hilfskorps aus Pisa, die spanischen Soldaten, die schließlich doch nicht ganz unnütz gewesen waren, da sie nun, unterstützt und angeleitet von einigen Bürgern, mithalfen, einige Leute zur Ruhe zu bringen und das letzte Stück Weges für die Kutsche frei zu halten. Bei der Ankunft des Wagens bildeten sie Spalier und präsentierten das Gewehr vor dem Großkanzler, der auch hier nach rechts und links Grüße austeilte. Zu dem Offizier, der näher herantrat, um zu salutieren, sagte er mit einer Bewegung der Rechten: *„Beso a usted las manos“*, Worte, die der Offizier genauso auffaßte, wie sie gemeint waren, das heißt: Ihr habt mir großartig beigestanden! Jener grüßte zur Antwort noch einmal und zuckte die Achseln. Wahrlich, hier konnte man sagen: *Cedant arma togae.* Jedoch stand Ferrer in diesem Augenblick nicht der Sinn nach Zitaten. Und übrigens wären es in den Wind gesprochene Worte gewesen, denn der Offizier verstand kein Latein.

Pedro aber wurde wieder der alte, als er durch die Doppelreihe der spanischen Söldner mit den respektvoll erhobenen Musketen hindurchfuhr. Er hatte sich gänzlich von seiner Bestürzung erholt und erinnerte sich nun, wer er war und wen er fuhr. Ohne weitere Umschweife rief er den Leuten, die bei weitem nicht mehr so zahlreich waren, so daß er einen solchen Ton wagen konnte, ein „He, heda!“ zu, gab den Pferden die Peitsche und lenkte sie im Trab in Richtung des Kastells.

„Levántese, levántese; estamos ya fuera“, sagte Ferrer zum Verweser, der nach dem Verstummen der Schreie Mut faßte, sich bei der raschen Fahrt der Kutsche und den Worten Ferrers sammelte und aufrichtete und, als er sich etwas erholt hatte, seinem Befreier ein über das andere Mal dankte. Dieser sprach ihm wegen der überstandenen Gefahr sein Beileid aus und beglückwünschte ihn zu seiner Rettung. Dann schlug er sich mit der Hand auf seinen kahlen Kopf und rief: *„Ah, que dirà de esto su excelencia,* der schon sowieso in übler Laune ist, weil sich das verwünschte Casale

nicht ergeben will? *Que dirà el conde duque*, der schon von Mißtrauen erfüllt wird, sobald ein Blättchen lauter raschelt als gewöhnlich? *Que dirà el rey nuestro señor*, dem man doch einiges von diesem Aufruhr wird berichten müssen? Und ist denn dieser Aufruhr schon beendet? *Dios lo sabe.*"

„Ich meinerseits will damit nichts mehr zu schaffen haben", sagte der Verweser. „Ich halte mich da heraus. Ich lege mein Amt in die Hände Eurer Exzellenz und will fortan als Eremit in einer Grotte auf irgendeinem Berg leben, weit, weit weg von diesem bestialischen Volk."

„*Usted* werden tun, was notwendig ist, *por el servicio de su majestad*", antwortete der Großkanzler ernst.

„Seine Majestät wird nicht meinen Tod verlangen", erwiderte der Verweser. „In einer Grotte, in einer Grotte ... weit weg von denen!"

Was aus diesem Vorsatz des Verwesers später geworden ist, wird von unserem Autor nicht berichtet, der, nachdem er den armen Mann in das Kastell begleitet hat, sein Tun und Lassen nicht mehr erwähnt.

14. Kapitel

Die zurückgebliebene Menge begann sich zu verlaufen und nach rechts und links durch diese und jene Gasse zu verlieren. Der eine kehrte nach Hause zurück, um seine Angelegenheiten zu erledigen, der andere entfernte sich, um nach so vielen Stunden in großer Enge irgendwo im Freien Luft zu schöpfen, ein dritter wiederum suchte seine Freunde auf, um über die wichtigsten Ereignisse des Tages zu schwatzen. Auch das andere Ende der Straße leerte sich auf ähnliche Weise, und nur wenige Leute blieben zurück, so daß der kleine Trupp Spanier, ohne auf Widerstand zu stoßen, vorrücken und sich vor dem Haus des Verwesers postieren konnte. In seiner Nähe trieb sich noch sozusagen die Hefe des Aufruhrs herum, ein paar Strolche, die, unzufrieden mit dem lauen und unzureichenden Ausgang eines so groß begonnenen Werkes, zum Teil murrten und fluchten, zum Teil beratschlagten, um zu sehen, ob noch etwas zu unternehmen sei. Wie zur Probe rüttelten sie an jener armen Tür, die von neuem, so gut es ging, verrammelt worden war. Beim Anrücken des Fähnleins zerstreuten sich alle sofort lässig oder widerwillig nach der entgegengesetzten Seite und überließen den Soldaten das Feld, die es besetzten und zur Bewachung des Hauses und der Straße Stellung bezogen. Aber in der ganzen Gegend standen noch überall kleine Gruppen von Menschen auf den Straßen herum. Wo zwei oder drei Personen beisammen waren, gesellten sich drei, vier, ja zwanzig andere hinzu. Hier ging einer davon, dort bewegte sich eine ganze Schar zusammen weiter. Sie glichen dem Gewölk, das zuweilen nach einem Unwetter verstreut zurückbleibt, am blauen Himmel hin und her segelt und den Hinaufschauenden zu sagen veranlaßt: Das Wetter hat sich noch nicht beruhigt. Und man bedenke das babylonische Stimmengewirr! Da erzählte einer lautstark seine Erlebnisse, ein andrer schilderte seine eigenen Taten. Mancher freute sich über den guten Ausgang, lobte Ferrer und prophezeite dem Verweser ein schlimmes Ende; andere wieder grinsten und meinten: „Habt keine Sorge, den bringt niemand um! Kein Wolf frißt seinesgleichen!" Ein dritter knurrte zornig, daß es nicht nach Fug und Recht gegangen und daß es ein Betrug gewesen sei und daß es eine Narrheit wäre, zuerst soviel Lärm zu schlagen, um sich schließlich so zum Narren halten zu lassen.

Inzwischen war die Sonne untergegangen, und die Dinge nahmen alle eine Färbung an. Viele, die des Tages müde und des Schwatzens im Dunkeln überdrüssig waren, kehrten in ihre Häuser zurück. Unser junger Mann, der, solange es nötig gewesen war, geholfen hatte, der Kutsche einen Weg zu bahnen, und ihr dann durch das Spalier der Soldaten gefolgt war, freute sich, als er sie frei und ungefährdet fahren sah. Er ließ sich ein Stückchen von der Menge treiben und entwich an der ersten Straßenecke, um ebenfalls ein wenig Luft zu schöpfen. Als er einige Schritte gegangen war, überkam ihn trotz aller Gemütsbewegungen und trotz der verwirrenden Eindrücke ein großes Verlangen, zu essen und sich auszuruhen. Und er begann ringsum nach einem Wirtshausschild zu suchen, denn es war zu spät geworden, um zum Kloster zurückzukehren. Wie er so erhobenen Hauptes dahinwanderte, stieß er auf eine Menschenansammlung und hörte, als er stehenblieb, daß von Unternehmungen und von Plänen für den nächsten Tag gesprochen wurde. Als er eine Weile zugehört hatte, konnte er nicht umhin, auch seine Meinung zum besten zu geben, denn er glaubte, wer so viel geleistet hätte, dürfe wohl, ohne anmaßend zu erscheinen, auch etwas vorschlagen. Und da er nach den Erfahrungen dieses Tages überzeugt war, um eine Sache zum guten Ende zu bringen, sei nichts weiter nötig, als die Menschen auf der Straße zu gewinnen, begann er im Ton eines Redners: „Meine Herren, darf auch ich meine bescheidene Meinung äußern? Meine bescheidene Meinung ist die folgende: daß nicht allein mit dem Brot Spitzbübereien getrieben werden. Heute hat sich gezeigt, daß man erreicht, was billig ist, wenn man seine Stimme erhebt. Jetzt heißt es, in diesem Sinne weiterzumachen, bis auch gegen all die anderen Ungerechtigkeiten Abhilfe geschaffen ist, damit es auf der Welt ein klein wenig christlicher zugeht. Ist es nicht so, meine Herren, daß eine Handvoll Unterdrücker, die frech in allem den Zehn Geboten zuwiderhandeln, ruhigen Menschen, die sich nicht um sie kümmern, jedes erdenkliche Böse antun können und trotzdem immer recht bekommen? Ja, wenn sie eine besonders schlimme Schandtat ins Werk gesetzt haben, dann kommen sie mit erhobenem Haupte daher, als wäre man ihnen dafür noch etwas schuldig. Auch hier in Mailand wird es wohl genug solcher Herren geben."

„Nur zu viele", antwortete eine Stimme.

„Ich sagte es ja", fuhr Renzo fort, „auch bei uns werden Geschichten darüber erzählt. Und schließlich spricht die

Sache für sich. Nehmen wir einmal an, einer von jenen, die ich meine, lebe zeitweilig auf dem Lande, zeitweilig in Mailand. Wenn er dort ein Teufel ist, wird er, meine ich, hier kein Engel sein. Nun, so sagen Sie mir, meine Herren, ob Sie je einen von diesen hinter Gittern gesehen haben. Das schlimmste aber ist (und das kann ich mit Bestimmtheit sagen), daß es gedruckte Gesetze gibt, sie zu bestrafen. Und nicht etwa Gesetze ohne Sinn und Verstand, sondern ausgezeichnet ausgearbeitet, wie man sie sich nicht besser wünschen könnte. Darin sind alle Schurkereien, die es gibt, aufgezählt, und jede einzelne ist mit einer guten Strafe belegt. Es heißt, wer immer es sei, Niedrige und Geringe und was weiß ich. Aber geht einmal zu den Advokaten, Schriftgelehrten und Pharisäern und verlangt Euer Recht, wie das Gesetz es verheißt! Sie werden Euch weniger Gehör schenken als der Papst den Spitzbuben. Das sind Sachen, die jeden Ehrenmann um den Verstand bringen. Es ist klar und deutlich, daß der König und jene, die zu befehlen haben, die Schurken zu bestrafen wünschen, aber es geschieht nichts, weil es da eine Verschwörung gibt. Also muß man diese Verschwörung vernichten. Man muß gleich morgen früh zu Ferrer gehen, denn der ist ein Ehrenmann, ein Herr, mit dem man reden kann. Heute haben wir gesehen, wie gut es ihm unter den armen Leuten gefiel und wie er sich bemühte, die Gründe zu verstehen, die ihm zugerufen wurden, und freundlich zu beantworten. Man muß zu Ferrer gehen und ihm sagen, wie die Dinge stehen. Ich meinerseits kann ihm einige schöne Geschichten auftischen. Ich habe mit eigenen Augen ein Gesetz gesehen, mit vielen schönen Siegeln; es war von drei Männern gemacht, die etwas von der Sache verstehen, und der Name eines jeden stand klar und deutlich darunter gedruckt. Und einer davon war Ferrers Name. Ich selbst habe es gesehen, mit meinen eigenen Augen. Nun, dieses Gesetz sagte genau das, was für mich nötig ist. Der Advokat jedoch, den ich darum bat, er möge mir doch zu meinem Recht verhelfen, wie die drei Herren, unter ihnen auch Ferrer, es wünschten, dieser Advokat, der mir persönlich das Gesetz gezeigt hat, ja, nun kommt das Schönste, haha, er stellte sich plötzlich so, als verlangte ich etwas Wahnwitziges von ihm. Ich bin überzeugt, wenn der liebe alte Herr diese schönen Dinge hört – wissen kann er nicht alles, zumal nicht das, was außerhalb geschieht –, dann wird er nicht dulden, daß es so weitergeht, und Abhilfe schaffen. Schließlich wird sich jeder, der ein Gesetz herausgibt, freuen, wenn es befolgt wird. Es ist ja auch eine Schande, ein Hohn auf ihren Namen, wenn ihre Gesetze nichts gelten. Und wenn die Gewalttätigen sich nicht beugen wollen und verrückt spielen, so sind wir auch noch da, um Ferrer zu helfen, wie wir es heute getan haben. Ich sage ja nicht, daß Ferrer in seiner Kutsche herumfahren und alle Spitzbuben, Gewalthaber und Tyrannen selbst einfangen soll. Nein, dazu brauchte er die Arche Noahs. Er soll nur den Zuständigen Befehle erteilen, daß nicht nur in Mailand, sondern überall genau nach den Gesetzen verfahren wird, und er soll all denen, die Schurkereien begangen haben, einen schönen Prozeß aufbrummen. Und wo Gefängnis steht, auch Gefängnis verhängen, wo Galeere, da Galeere. Und er soll den Stadtvögten befehlen, tatsächlich durchzugreifen. Tun sie es nicht, dann weg mit ihnen und bessere an ihre Stelle gesetzt. Und schließlich sind ja auch wir noch da, um Hand anzulegen. Und er soll den Advokaten befehlen, daß sie auch armen Leuten Gehör schenken und die Vernunft in Schutz nehmen. Habe ich recht, meine Herren?“

Renzo hatte mit solcher Überzeugung gesprochen, daß schon von Anfang an viele der Versammelten ihre Gespräche aufgegeben und sich ihm zugewandt hatten. Und zu einem gewissen Zeitpunkt waren alle seine Zuhörer geworden. Ein verworrenes Beifallsgeschrei: „Bravo, sicher, er hat recht. So ist es leider“, war die Antwort. Aber es fehlten auch nicht die Kritiker. „Ach“, rief einer, „hört nur auf diese Bergbewohner! Die sind alle Advokaten“, und er ging weg. Ein anderer knurrte: „Jetzt will jeder Lump seine

Meinung zum besten geben. Bei allem Eifer, alles mögliche zu bessern, wird nicht einmal das Brot billiger werden. Und deswegen haben wir uns doch aufgemacht.“ Renzo jedoch hörte nur die Komplimente und ließ sich von dem einen die eine Hand, von dem anderen die andere drücken. „Auf Wiedersehen morgen.“ – „Wo?“ – „Auf dem Domplatz.“ – „In Ordnung.“ – „In Ordnung.“ – „Irgend etwas wird man schon erreichen.“ – „Ja, irgend etwas wird man erreichen.“

„Wer von den Herren könnte mir ein Wirtshaus zeigen, wo ich etwas zu essen und einen billigen Schlafplatz finde?“ fragte Renzo.

„Da kann ich Ihnen helfen, junger Mann“, erwiderte einer, der seine Rede aufmerksam angehört, aber bislang noch nichts gesagt hatte. „Ich kenne ein Wirtshaus, das für Euch gerade richtig ist. Ich werde Euch dem Wirt empfehlen. Er ist mein Freund und ein Ehrenmann.“

„Hier in der Nähe?“ fragte Renzo.

„Nur wenige Schritte entfernt“, antwortete jener.

Die Versammlung zerstreute sich. Nachdem Renzo vielen Unbekannten die Hand geschüttelt hatte, machte er sich mit dem Fremden auf den Weg und dankte ihm für seine Freundlichkeit.

„Aber wofür?“ sagte jener. „Eine Hand wäscht die andere, und alle beide waschen das Gesicht. Ist es nicht unsere Pflicht, unserem Nächsten einen Dienst zu erweisen?“ Dann richtete er im Gehen gesprächsweise bald diese, bald jene Frage an Renzo. „Nicht, um Eure Angelegenheiten zu erkunden, sondern weil Ihr mir sehr müde scheint: aus welchem Dorf kommt Ihr denn?“

„Ich komme aus Lecco“, erwiderte Renzo.

„Aus Lecco? Ihr seid aus Lecco?“

„Aus Lecco ... das heißt aus der Gegend von Lecco.“

„Ihr Ärmster, soweit ich aus Euren Worten verstehen konnte, hat man Euch dort übel mitgespielt.“

„Ach, mein Lieber! Ich mußte ja vorsichtig reden, um nicht vor aller Welt meine Angelegenheiten auszubreiten;

doch ... genug, eines Tages wird man alles erfahren, und dann ... Aber hier sehe ich ein Wirtshausschild. Und ich habe wirklich keine Lust, noch weiter zu gehen."

„Nein, nein, kommt nur mit, wohin ich gesagt habe. Es ist nicht mehr weit", sagte sein Führer. „Hier wäret Ihr nicht gut aufgehoben."

„Ach, doch", entgegnete Renzo. „Ich bin kein verwöhntes Herrchen, das gewohnt ist, in Watte gepackt zu werden. Etwas Einfaches für den Bauch und ein Strohsack genügt mir. Das einzige, was ich verlange, ist, beides möglichst schnell zu finden. Gott befohlen!" Und er trat durch eine alte Tür, über der ein Schild mit einem Vollmond hing.

„Gut. Weil Ihr es wünscht, werde ich Euch hineinbegleiten", sagte der Fremde und folgte ihm.

„Es ist nicht nötig, daß Ihr Euch noch länger bemüht", versetzte Renzo. „Aber wenn Ihr ein Glas mit mir trinken mögt, so macht mir die Freude", fügte er hinzu.

„Ich nehme Eure Einladung gern an", erwiderte jener und ging als Ortskundiger Renzo voraus über einen kleinen Hof, näherte sich einer Tür, die in die Küche führte, hob den Riegel an, öffnete und ging mit seinem Gefährten hinein. Drinnen waren zwei Handlaternen an zwei Stangen unter dem Deckenbalken aufgehängt und verbreiteten ein trübes Licht. Eine Menge Leute saßen, mit allem möglichen beschäftigt, auf zwei Bänken zu beiden Seiten eines langen schmalen Tisches, der fast die ganze Seite des Raumes einnahm. Hier war zum Essen gedeckt, dort wurden Karten gespielt und Würfel geworfen und eingesammelt. Überall standen Flaschen und Gläser herum. Man sah Berlingen, Realen und Parpagliolen über den Tisch rollen, die, hätten sie reden können, wahrscheinlich gesagt hätten: Heute morgen befanden wir uns noch in der Geldschale eines Bäckers oder in den Taschen eines Zuschauers im Aufruhr, der vor lauter Aufmerksamkeit für die öffentlichen Angelegenheiten vergaß, auf die eigenen zu achten. Der Lärm war groß. Ein Bursche lief gehetzt und geschäftig auf und ab, um Essende und Spielende zu bedienen. Der Wirt saß auf einer kleinen Bank unter dem Rauchfang, scheinbar damit beschäftigt, mit dem Feuerhaken Figuren in die Asche zu malen und wieder zu zerstören. In Wirklichkeit jedoch gab er auf alles acht, was um ihn herum geschah. Er erhob sich beim Klappern des Türriegels und ging den Eintretenden entgegen. Als er den Führer erblickte, sagte er bei sich: Verdammt, mußt du mir immer in die Quere kommen, wenn ich dich am wenigsten gebrauchen kann. Dann warf er flüchtig ein Auge auf Renzo und sagte bei sich: Dich kenne ich nicht, aber wenn ich dich mit diesem Jäger kommen sehe, mußt du entweder Hund oder Hase sein. Nun, nach ein paar Worten werde ich dich schon erkennen. Das Gesicht des Wirtes verriet jedoch nichts von diesen Gedanken, es blieb unbewegt wie ein Bild, ein rundes, glänzendes Gesicht mit dichtem rötlichem Bart und zwei scharfen, stechenden Äuglein.

„Was wünschen die Herren?“ sagte er laut.

„Vor allem eine gute Flasche Wein“, sagte Renzo, „und dann einen kräftigen Bissen.“ Mit diesen Worten ließ er sich auf eine Bank fallen, am oberen Tischende, und stieß ein lautes „Ah!“ aus, als wollte er sagen: Wie gut tut so eine Bank, wenn man so lange auf den Beinen gewesen ist. Aber dabei fiel ihm eine andere Bank ein und ein anderer Tisch, an dem er das letztemal mit Lucia und Agnese gesessen hatte, und er seufzte. Dann schüttelte er den Kopf, wie um diesen Gedanken zu verscheuchen, und er sah den Wirt mit dem Wein kommen. Sein Begleiter hatte sich ihm gegenübergesetzt. Renzo schenkte ihm sofort zu trinken ein. „Um die Lippen anzufeuchten“, sagte er. Dann füllte er auch das zweite Glas und leerte es in einem Zuge.

„Was habt Ihr mir zum Essen vorzusetzen?“ fragte er dann den Wirt.

„Ich habe Schmorbraten da. Wie wäre es damit?“ entgegnete dieser.

„Ja, gut, also Schmorbraten.“

„Ihr werdet gleich bedient", sagte der Wirt zu Renzo, und dem Burschen bedeutete er: „Bediene diesen Gast." Dann wandte er sich wieder zum Rauchfang. „Aber ...", sagte er und kehrte zu Renzo zurück: „Brot habe ich heute nicht da."

„An das Brot hat die Vorsehung gedacht!" rief Renzo lachend und zog das letzte der drei Brote, die er unter dem Kreuz des heiligen Dionysius aufgelesen hatte, aus der Tasche, hielt es hoch und rief: „Hier ist es, das Brot der Vorsehung!"

Bei dem Ausruf wandten sich viele um, und als sie die erhobene Beute erblickten, schrie einer: „Es lebe das billige Brot!"

„Das billige Brot?" sagte Renzo. *„Gratis et amore."*

„Um so besser, um so besser."

„Aber", fügte Renzo hinzu, „ich möchte nicht, daß die Herren etwas Schlimmes denken. Es ist nicht so, daß ich es, wie man so sagt, stibitzt habe. Ich habe es auf der Erde gefunden, und wenn ich auch seinen Besitzer fände, wäre ich bereit, es ihm zu bezahlen."

„Bravo, bravo!" schrien die Zechbrüder mit lautem Gelächter, von denen niemand auf den Gedanken kam, daß diese Worte der Wahrheit entsprechen könnten.

„Jene glauben, ich halte sie zum besten, aber es ist wirklich so", sagte Renzo zu seinem Begleiter und fügte hinzu, das Brot in der Hand hin und her wendend: „Seht, wie sie es zugerichtet haben, platt wie ein Fladen. Da war aber auch eine Menschenmenge! Wenn da welche mit zarten Knochen dazwischen waren, wird es ihnen übel ergangen sein." Danach biß er drei- oder viermal von dem Brot ab, goß ein zweites Glas Wein hinterher und fuhr fort: „Von selbst will das Brot nicht rutschen. Meine Kehle ist noch nie so trocken gewesen. Es hat aber auch ein großes Geschrei gegeben."

„Macht ein gutes Bett für diesen wackeren jungen Mann zurecht", sagte der Begleiter. „Er will hier übernachten."

„Wollt Ihr hier schlafen?" fragte der Wirt Renzo und näherte sich dem Tisch.

„Gewiß", antwortete Renzo, „es kann ein einfaches Lager sein, wenn nur die Bettücher frisch gewaschen sind. Ich bin ein armer Schlucker, aber an Sauberkeit gewöhnt."

„Oh, was das anbelangt!" sagte der Wirt, ging auf einen Tisch in der Küchenecke zu und kehrte mit Tintenfaß und Papier in der einen und mit Feder in der anderen Hand zurück.

„Was soll das heißen?" rief Renzo und schluckte ein großes Stück Braten hinunter, den der Bursche ihm vorgesetzt hatte. Dann fügte er mit verwundertem Lächeln hinzu: „Ist das etwa das frisch gewaschene Bettuch?"

Ohne die Frage zu beantworten, stellte der Wirt das Tintenfaß auf den Tisch und legte das Papier daneben, dann stützte er den linken Arm und den rechten Ellenbogen auf den Tisch, hielt die Feder empor und sagte, zu Renzo aufschauend: „Tut mir den Gefallen und sagt mir Euren Namen, Zunamen und Geburtsort."

„Wie?" sagte Renzo. „Was hat das mit dem Bett zu tun?"

„Ich tue nur meine Schuldigkeit", sagte der Wirt und blickte Renzos Begleiter an. „Wir sind verpflichtet, über jeden Gast, den wir beherbergen, Rechenschaft abzulegen. *Vorname, Zuname, Herkunft, welches Geschäft ihn herführt, ob er Waffen bei sich trägt, Dauer des Aufenthaltes in dieser Stadt* ... So lauten die gesetzlichen Vorschriften."

Bevor Renzo antwortete, leerte er ein weiteres Glas, es war das dritte, und ich fürchte, daß wir sie von nun an nicht mehr werden zählen können. Dann sagte er: „Aha! Ihr habt hier ein Gesetz. Nun gut, so werde ich mir einbilden, ein Doktor der Rechte zu sein. Dann weiß ich sogleich, wie ich mit Gesetzen umspringen muß."

„Ich spreche die Wahrheit", sagte der Wirt, der noch immer den stummen Begleiter Renzos ansah, ging wiederum zum Tisch, nahm ein großes Blatt aus der Schublade, ein

Exemplar ebendieses Gesetzes, und kam zurück, um es vor Renzos Augen zu entfalten.

„Ah? Sieh an!" rief dieser, hob mit einer Hand das frisch gefüllte Glas und leerte es sofort, zeigte dann mit dem erhobenen Zeigefinger der anderen Hand auf die Verordnung und rief: „Sieh an, was für ein schönes Meßbuchblatt. Darüber freue ich mich besonders. Das Wappen kenne ich und weiß, was das Ketzergesicht mit dem Strick um den Hals zu bedeuten hat." (Man setzte damals über jedes Gesetz das Wappen des Statthalters, und das Wappen des Don Gonzalo Fernández de Córdoba zeigte einen am Hals festgeketteten Mohrenkönig.) „Dieses Gesicht sagt: Befehle, wer kann, und gehorche, wer mag. Wenn dieses Gesicht erst den Herrn von ... genug, ich weiß, wen ich meine ... auf die Galeere geschickt haben wird, wie ein anderes Blatt des gleichen Meßbuches verspricht, wenn dieses Gesicht es zuwege gebracht hat, daß ein anständiger junger Mann ein unbescholtenes junges Mädchen heiraten kann, das ihn gerne heiraten will, dann werde ich diesem Gesicht auch meinen Namen verraten, und sogar mit Kußhand. Ich kann meine guten Gründe haben, meinen Namen zu verschweigen. Das wäre ja noch schöner! Und wenn ein Erzschuft, der einen Haufen anderer Halunken an der Hand hat, denn wäre er allein ..." Hier brach er seine Rede mit einer Handbewegung ab. „Wenn so ein Halunke wissen wollte, wo ich bin, um mir irgendeinen bösen Streich zu spielen, dann frage ich, ob jenes Gesicht sich rühren würde, um mir zu helfen. Ich soll meine Angelegenheiten hier bekanntgeben! Auch das ist neu. Nehmen wir an, ich bin nach Mailand gekommen, um zu beichten. Nun, sagen wir, ich will einem Kapuzinerpater beichten und nicht einem Gastwirt."

Der Wirt verhielt sich still und schaute unablässig Renzos Begleiter an, der keine Miene verzog. Renzo, wir bekennen es ungern, goß wieder ein Glas hinunter und fuhr fort: „Mein lieber Wirt, ich werde dir einen Grund nennen, der dich überzeugen wird. Wenn schon jene Gesetze, die zugunsten der guten Christen gemacht sind, nichts gelten, sollten jene, die zu ihrem Schaden sind, noch weniger Geltung haben. Darum bring den Schwindel hier fort und hol eine neue Flasche, die hier hat einen Sprung." Er klopfte leicht mit dem Knöchel an die Flasche und fügte hinzu: „Hörst du, Wirt, wie es klappert?"

Auch diesmal hatte Renzo nach und nach die Aufmerksamkeit der Anwesenden um sich herum erweckt, und wiederum spendeten die Zuhörer ihm Beifall.

„Was soll ich tun?" fragte der Wirt und sah den Unbekannten an, der ihm nicht unbekannt war.

„Weg, weg damit!" riefen viele der Versammelten. „Der junge Mann hat recht. Das sind nur Schindereien, Fallen, Scherereien! Ein neues Gesetz her, ein neues Gesetz."

Bei dem Lärm warf der Unbekannte dem Wirt einen tadelnden Blick zu wegen dieser zu offenen Befragung und sagte: „Laßt ihn einstweilen tun, was er will, macht kein Aufhebens."

„Ich habe meine Schuldigkeit getan", sagte der Wirt laut, und bei sich dachte er: Jetzt habe ich den Rücken gedeckt. Und er nahm das Papier, die Feder, das Tintenfaß, die Verordnung und die Weinflasche, die er dem Burschen reichte.

„Bringe von demselben!" rief Renzo. „Ich finde ihn ausgezeichnet, und wir werden ihn zur Ruhe schicken wie den ersten, ohne ihn nach Namen, Zunamen, Land, Zweck des Kommens zu fragen noch ob er ein Weilchen in der Stadt zu bleiben gedenkt."

„Von demselben", sagte der Wirt zu dem Burschen, gab ihm die Flasche und kehrte zu seiner Bank unter dem Rauchfang zurück. Und ob das ein Hase ist! dachte er bei sich und malte wieder in der Asche. In was für Hände bist du geraten, du Esel. Wenn du dich zugrunde richten willst, tu es. Aber der Wirt zum „Vollmond" will deiner Dummheit wegen nicht in die Sache hineingezogen werden.

Renzo dankte seinem Begleiter und den übrigen, die ihm beigestanden hatten. „Ihr seid wackere Freunde!" sagte er.

„Jetzt sehe ich wirklich, daß sich die anständigen Menschen die Hand reichen und einander beistehen." Dann reckte er die Rechte über den Tisch, nahm wiederum die Haltung eines Predigers ein und rief: „Eigenartig, alle, die die Welt regieren, sind sogleich mit Papier, Feder und Tintenfaß zur Hand! Immer die Feder bereit! Diese Herren sind davon besessen, die Feder zu gebrauchen!"

„He, Ihr Ehrenmann vom Lande! Wollt Ihr den Grund wissen?" rief einer der Spieler lachend, der gerade gewann.

„Laßt hören", erwiderte Renzo.

„Der Grund ist der", sagte jener, „weil diese Herren immer Gänsebraten essen. Daher haben sie so viele Federn, so viele Federn, daß sie irgend etwas damit anstellen müssen."

Alle, mit Ausnahme des Kumpans, der am Verlieren war, brachen in Gelächter aus.

„Hoho", sagte Renzo, „Ihr seid ein Poet. Es gibt also auch hier Poeten? Die trifft man auch überall. Auch ich habe eine poetische Ader und sage manchmal Ungereimtheiten ... aber nur, wenn alles zum besten steht."

Um dieses ungereimte Zeug des armen Renzo zu verstehen, muß man wissen, daß die Masse des Volkes in Mailand und noch mehr in der Umgebung mit dem Ausdruck Poet nicht wie gebildete Menschen ein heiliges Genie, einen Bewohner des Pindus, einen Schüler der Musen bezeichnet, sondern einen verschrobenen und etwas absonderlichen Kauz, der in Wort und Tat mehr Witz und Einbildung als Vernunft erkennen läßt. So fälscht der Pöbel dreist den Sinn der Worte und unterschiebt ihnen Bedeutungen, die von ihrer eigentlichen weit entfernt sind! Denn, so frage ich Euch, was hat ein Poet mit einem Sonderling gemein?

„Den wahren Grund will ich Euch sagen", fügte Renzo hinzu. „Es ist, weil sie die Feder in der Hand halten. Und so fliegen die Worte, die sie sagen, davon und verschwinden. Aber auf jedes, das ein Armer sagt, achten sie genau, holen es mit der Feder aus der Luft herunter und nageln es auf dem Papier fest, so daß sie zu gegebener Zeit und am entsprechenden Ort darauf zurückgreifen können. Übrigens haben sie noch andere Kniffe, wenn sie einen armen Burschen hereinlegen wollen, der nicht studiert hat und trotzdem ein bißchen ... ach, ich weiß schon, was ich meine ..." Dabei schlug er, um sich verständlich zu machen, mit der Spitze des Zeigefingers an die Stirn. „Merken sie aber, daß man beginnt, sie zu durchschauen, werfen sie, pardauz, ein paar lateinische Wörter ins Gespräch, damit man den Faden verliert und wirr im Kopfe wird. Genug damit! Man muß mit diesen Gewohnheiten Schluß machen! Heute wurde alles immerhin auf italienisch erledigt und ohne Papier, Feder und Tintenfaß. Und morgen wird es, wenn die Leute klug sind, noch besser gehen. Ohne daß jemand ein Haar gekrümmt wird, alles auf dem Wege der Gerechtigkeit."

Unterdessen hatten einige der Zechbrüder wieder zu spielen begonnen, andere aßen weiter, und viele lärmten durcheinander; einige gingen, andere Gäste kamen. Der Wirt gab auf die einen wie auf die anderen acht. Das alles sind jedoch Dinge, die mit unserer Geschichte nichts zu tun haben. Auch der unbekannte Begleiter Renzos konnte es kaum erwarten fortzugehen. Er hatte, wie es schien, an diesem Orte nichts zu suchen, wollte sich aber dennoch nicht entfernen, ohne vorher mit Renzo noch ein wenig geplaudert zu haben. Er wandte sich ihm zu und knüpfte das Gespräch vom Brot wieder an und rückte schließlich nach einigen Redensarten, wie sie seit einiger Zeit in aller Munde waren, mit seinem Plan heraus. „Nun, wenn ich zu befehlen hätte, so würde ich schon das Mittel finden, alles bestens zu regeln."

„Wie würdet Ihr es machen?" fragte Renzo, starrte ihn mit ungewöhnlich glänzenden Augen an und verzog dabei ein wenig den Mund, wie um besser hinzuhören.

„Wie ich es machen würde?" fragte jener. „Ich würde dafür sorgen, daß Brot für alle Menschen da ist, für die Armen wie für die Reichen."

„Ah, das ist recht", sagte Renzo.

„Seht, wie ich es machen würde: einen anständigen Preis, so daß alle leben könnten. Und dann das Brot nach der Anzahl der Münder verteilt, denn es gibt unmäßige Fresser, die alles für sich haben möchten und raffen und hamstern. Dann ist kein Brot für die Armen da. Also muß man das Brot verteilen. Und auf welche Weise? Seht Ihr: jede Familie bekommt, je nach der Zahl der Münder, eine Karte, um darauf das Brot vom Bäcker zu kaufen. Mir zum Beispiel müßten sie einen Schein in folgender Weise ausstellen: Ambrogio Fusella, Schwertfeger von Beruf, mit Frau und vier Kindern, alle in dem Alter, daß sie Brot essen, wohlgemerkt. Man erhält dann soundso viel Brot und zahlt dafür soundso viel Geld! Aber es muß gerecht zugehen, immer nach der Zahl der Münder. Euch zum Beispiel müßte man eine Karte ausstellen für ... Euer Name?"

„Lorenzo Tramaglino", sagte der Jüngling, der, begeistert von dem Plan, gar nicht beachtete, daß alles auf Papier, Feder und Tintenfaß begründet war und daß man, um ihn ins Werk zu setzen, vor allem die Namen der Personen ermitteln mußte.

„Sehr gut", sagte der Unbekannte. „Aber habt Ihr Frau und Kinder?"

„Ich sollte eigentlich ... nein, Kinder nicht ... das wäre zu früh ... aber eine Frau ... wenn es auf der Welt zuginge, wie es zugehen sollte ..."

„Ah, Ihr seid ledig! Also habt Geduld, da gibt es eine kleine Zuteilung."

„Das ist recht. Aber wenn ich bald, wie ich hoffe ... und mit Gottes Hilfe ... Genug, wenn ich auch eine Frau hätte?"

„Dann ändert man den Schein und erhöht die Zuteilung. Wie ich Euch gesagt habe. Immer nach der Zahl der Münder", sagte der Unbekannte und erhob sich.

„Das ist gut", rief Renzo und fuhr schreiend und mit der Faust auf den Tisch schlagend, fort: „Und warum machen sie nicht ein solches Gesetz?"

„Was soll ich Euch darauf sagen? Einstweilen wünsche ich Euch eine gute Nacht und gehe, denn ich denke, daß Frau und Kinder schon seit geraumer Zeit auf mich warten."

„Noch ein Tröpfchen, noch ein Tröpfchen", schrie Renzo und füllte eilig das Glas des Unbekannten. Dann sprang er auf, packte ihn am Wams und zog ihn mit Gewalt zurück, um ihn erneut zum Sitzen zu bewegen. „Noch ein Tröpfchen! Tut mir nicht diese Beleidigung an."

Aber der Freund riß sich mit einem Ruck los, beachtete Renzos Flut von Bitten und Vorwürfen nicht, sagte noch einmal „gute Nacht" und ging. Renzo predigte hinter ihm her, als jener schon längst auf der Straße war, dann fiel er schwer auf die Bank zurück. Er starrte auf das Glas, das er gefüllt hatte, und als der Bursche vorbeikam, winkte er ihn heran, als hätte er ihm etwas aufzutragen. Er deutete auf das Glas und sagte langsam und feierlich, die Worte auf ganz besondere Art betonend: „Da, ich hatte es für den braven Mann eingeschenkt, seht Ihr, gestrichen voll, wie es sich für einen Freund geziemt. Er aber wollte es nicht mehr haben. Manchmal haben die Leute wunderliche Einfälle. Ich bin nicht schuld, ich habe ihm mein gutes Herz gezeigt. Nun, da es einmal geschehen ist, soll es nicht verderben." Damit ergriff er das Glas und leerte es mit einem Zug.

„Ich habe es verstanden", antwortete der Bursche und ging weiter.

„Ah, Ihr habt es verstanden!" fuhr Renzo fort. „Nun, so muß es wahr sein. Wenn die Gründe richtig sind ..."

Hier nun bedarf es unserer ganzen Wahrheitsliebe, um getreulich in der Erzählung fortzufahren, die einer so wichtigen Person, man könnte fast sagen, dem ersten Helden unserer Geschichte, so wenig Ehre macht. Aus diesem gleichen Grunde der Unparteilichkeit müssen wir auch berichten, daß so etwas Renzo zum erstenmal passierte. Und gerade weil er an Ausschweifungen nicht gewöhnt war, ging es das erstemal so übel aus. Die wenigen Gläser, die er gegen seine Gewohnheit anfangs eins nach dem anderen hinuntergegossen hatte, teils wegen des Durstes, teils wegen einer gewissen Gemütserregung, die ihn nichts mit Maß tun ließ, stiegen ihm gleich zu Kopfe, während sie einem etwas geübten Trinker nur den Durst gestillt hätten. Unser Anonymus stellt hierüber eine Betrachtung an, die wir hier wiedergeben wollen, was sie auch wert sein mag. Maßvolle und ehrbare Sitten, sagt er, gewähren auch diesen Vorteil, daß sie den Menschen, je tiefer sie in ihm verwurzelt sind, desto leichter zur Besinnung bringen, sobald er sich nur etwas von ihnen entfernt hat, so daß er lange daran denkt und selbst ein Fehltritt ihm zur Lehre dient.

Wie dem auch sei, nachdem Renzo die ersten Dünste zu Kopf gestiegen waren, flossen Wein und Worte ohne Maß und Ziel in ihn hinein und aus ihm heraus. In dem Augenblick, in dem wir ihn verließen, konnte er sich kaum noch auf den Beinen halten. Er fühlte ein unwiderstehliches Verlangen zu reden, und es fehlte ihm nicht an Zuhörern oder an Anwesenden, bei denen er Gehör zu finden hoffte. Eine Zeitlang kamen ihm auch die Worte, ohne sich bitten zu lassen, und fügten sich in einen gewissen Zusammenhang. Aber nach und nach begann es ihm schwerzufallen, die Sätze zu Ende zu bringen. Der Gedanke, der eben erst kühn und lebendig in seinem Geist aufgetaucht war, verschwamm plötzlich wie im Nebel und verflüchtigte sich; und das Wort, das noch eine Weile hatte auf sich warten lassen, war schließlich doch nicht das richtige. In dieser Bedrängnis nahm er, einem jener falschen Instinkte folgend, die so oft die Menschen zugrunde richten, seine Zuflucht zur verwünschten Flasche. Aber was für Hilfe ihm die Flasche unter den gegebenen Umständen gewähren konnte, kann sich jeder selbst ausmalen, der ein wenig bei Verstand ist.

Wir wollen nur einige von den zahllosen Reden wiederholen, die er an jenem unglückseligen Abend führte. Die vielen übrigen, die wir verschweigen, würden nicht hierher passen, denn sie entbehren nicht nur irgendeines Sinnes, sondern geben sich nicht einmal den Anschein, einen Sinn zu haben, was in einem gedruckten Buche doch eine notwendige Bedingung ist.

„Ha, Wirt, Wirt!“ begann er von neuem und folgte jenem mit den Augen rund um den Tisch oder bis unter den Rauchfang, suchte ihn zuweilen da, wo er gar nicht war, und schrie einfach in den Lärm der Gäste hinein: „Du bist ein schöner Wirt! Ich kann ihn nicht verwinden... diesen Streich mit dem Namen, Zunamen und Gewerbe. Einem Burschen wie mir. Du hast dich nicht gut benommen. Was für ein Vergnügen ist das, was für ein Nutzen und Spaß... einen armen Burschen zu Papier zu bringen? Hab ich nicht recht, meine Herren? Die Wirte sollten zu den braven Leuten halten... Höre, höre, Wirt! Ich will dir ein Beispiel erzählen... und zwar aus dem Grunde... Sie lachen, he! Ich bin ein wenig lustig, ja... aber meine Gründe, die ich vorbringe, sind richtig. Sag mir einmal, wer bringt deine Schenke weiter? Die armen Kerle, nicht wahr? Habe ich nicht recht? Überlege einmal, ob die Herren von den Verordnungen jemals zu dir kommen, um ein Gläschen zu trinken?“

„Das sind lauter Leute, die Wasser trinken“, sagte einer von Renzos Nachbarn.

„Die wollen klaren Kopf behalten“, fügte ein anderer hinzu, „um gehörig lügen zu können.“

„Ha!“ schrie Renzo, „jetzt hat der Poet gesprochen. Also seht Ihr doch auch meine Gründe ein. Antworte mir also, Wirt: Ist Ferrer, der noch der Beste ist von allen, jemals hergekommen, um mit einem anderen anzustoßen und einen lumpigen Heller auszugeben? Und dieser niederträchtige Hund, der Don?... Ruhig, ich bin noch klar bei Verstand! Ferrer und der Pater Crrr... das weiß ich, das sind zwei Ehrenmänner, aber es gibt wenig Ehrenmänner. Die Alten sind schlechter als die Jungen, und die Jungen... schlechter als die Alten. Aber trotzdem... ich bin froh, daß kein Blut geflossen ist. Pfui! Solche Greuel soll man dem Henker überlassen. Brot, oh, das ja. Ich habe dafür ein paar ordentliche Püffe eingesteckt, aber ... ich habe auch welche ausgeteilt. Platz! Überfluß! Hoch! ... Und doch, auch Ferrer ... ein paar Wörtchen Latein ... *siés baraòs trapolorum* ... Verwünschtes Laster! Hoch! Gerechtigkeit! Brot! Ha, das sind die richtigen Worte! ... Da hätten wir diese wackeren Männer gebraucht ... als es losging mit diesem verwünschten ‚dong, dong, dong' und immer wieder ‚dong, dong, dong'. Dann wären wir nicht geflohen. Dann hätte ich ihn festgehalten, den Herrn Pfarrer ... Ich weiß schon, wen ich meine!"

Nach diesen Worten ließ er den Kopf hängen und verharrte eine Weile so, wie in Gedanken versunken. Dann stieß er einen tiefen Seufzer aus und hob das Gesicht mit den feuchten, glitzernden Augen, mit einer so weinerlichen, plumpen Betrübnis, daß es jammervoll gewesen wäre, hätten die, der sie galt, ihn einen Augenblick so sehen können. Diese Kerle aber, die schon begonnen hatten, sich über Renzos leidenschaftliche, verworrene Beredsamkeit lustig zu machen, waren jetzt über sein zerknirschtes Aussehen noch mehr ergötzt. Renzos Nachbarn sagten zu den übrigen: „Seht nur!" Und alle wandten sich ihm nun zu, so daß er zum Gespött der ganzen Gesellschaft wurde. Nicht, daß alle noch bei klarem Verstand oder wenigstens bei dem ihnen gewöhnlich zu Gebote stehenden Verstand gewesen wären, aber, um bei der Wahrheit zu bleiben, niemand war so betrunken wie der arme Renzo, und er war obendrein ein Bauer. Der Reihe nach begannen sie ihn mit plumpen und albernen Fragen und mit spöttischen Artigkeiten zu reizen. Renzo spielte bald den Beleidigten, bald nahm er die Sache von der lustigen Seite und sprach dann wieder, ohne sich um das Geschrei zu kümmern, von ganz anderen Dingen, antwortete und fragte, alles sprunghaft und ohne Zusammenhang. Zum Glück war ihm bei aller Faselei doch die instinktive Vorsicht verblieben, die Namen der Personen nicht zu nennen, so daß selbst jener, der am tiefsten in sein Bewußtsein eingegraben war, nicht ausgesprochen wurde.

Denn es hätte uns mißfallen, wäre jener Name, den auch wir mit ein wenig Liebe und Ehrerbietung nennen, durch jene Schandmäuler gezogen und hätte jenen Lästerzungen zur Belustigung gedient.

15. Kapitel

Als der Wirt merkte, daß sich der Spaß in die Länge zog, trat er zu Renzo, bat die anderen höflich, jenen in Ruhe zu lassen, rüttelte ihn am Arm und suchte ihn zu überreden, schlafen zu gehen. Aber Renzo begann immer wieder von Namen, Zunamen, Gesetz und wackeren Burschen zu faseln. Schließlich aber drangen die Worte „Bett" und „schlafen gehen", die ständig an seinem Ohr wiederholt wurden, etwas klarer in sein Bewußtsein, ließen ihn spüren, daß er das brauchte, was sie bedeuteten, und riefen einen lichten Moment herbei. Das bißchen Verstand, das ihm zurückkehrte, machte ihm in gewisser Weise klar, wieviel ihm abhanden gekommen war, wie wohl der letzte noch brennende Lichtstummel einer Festbeleuchtung die bereits erloschenen sichtbar macht. Er ermannte sich, streckte die Hände aus und stützte sich auf den Tisch, versuchte ein-, zweimal aufzustehen, seufzte, taumelte und richtete sich beim drittenmal, vom Wirt gestützt, wirklich auf. Dieser hielt ihn fest und schob ihn zwischen Tisch und Bank dem Ausgang zu, ergriff mit einer Hand ein Licht und führte und schob mit der anderen Renzo zur Treppentür. Dort wandte der sich auf die gegrölten Zurufe der anderen hin noch einmal hastig um, und wenn sein Helfer nicht geschickt genug gewesen wäre, ihn am Arm zu halten, hätte seine Kehrtwendung in einem Purzelbaum geendet. Nun, er wandte sich also um und beschrieb mit dem freien Arm in der Luft Grüße, die gleich einem salomonischen Knoten nicht leicht zu entziffern waren.

„Ins Bett, ins Bett!" rief der Wirt und zerrte ihn mit, zog ihn durch die Tür, dann mit wesentlich mehr Mühe die schmale Treppe hinauf und schließlich in die Kammer, die er für ihn bestimmt hatte. Als Renzo das Bett sah, das ihn erwartete, freute er sich, schaute den Wirt mit kleinen Augen, die mal stärker denn je glänzten, dann wieder wie zwei Glühwürmchen erloschen, liebevoll an und suchte sich dabei auf den Beinen zu halten. Er streckte die Hand nach dem Gesicht des Wirtes aus, um ihn zum Zeichen der Freundschaft und Dankbarkeit in die Wange zu kneifen, es gelang ihm aber nicht. „Brav, mein lieber Wirt", glückte es ihm endlich zu sagen, „jetzt sehe ich, daß du ein rechtschaffener Mann bist, das ist ein gutes Werk, einem braven Burschen ein Bett zu geben. Aber der Streich, den du mir mit Namen und Zunamen gespielt hast, der war nicht rechtschaffen. Zu meinem Glück bin auch ich schlau genug ..."

Der Wirt, der nicht geglaubt hatte, daß Renzo noch zusammenhängend reden könnte, und aus langjähriger Erfahrung wußte, daß die Menschen in diesem Zustand mehr als sonst einem Stimmungswandel ausgesetzt sind, wollte schnell diesen lichten Moment nutzen, um einen neuen Versuch zu machen. „Lieber Sohn", sagte er mit freundlicher Stimme und ebensolchem Gehabe, „ich tat es nicht, um Euch zu ärgern noch um Eure Angelegenheiten zu erfahren. Was wollt Ihr? Es ist Gesetz, und auch wir müssen gehorchen, sonst sind wir die ersten, die dafür bestraft werden. Es ist besser, man stellt sie zufrieden, und ... um was handelt es sich schließlich. Großer Gott! Zwei Worte zu sagen! Nicht ihretwegen, sondern um mir einen Gefallen zu tun. Los, hier unter uns, unter vier Augen machen wir die Sache ab. Ihr sagt mir Euren Namen und ... dann geht schlafen in aller Ruhe."

„Ha, du Schurke!" schrie Renzo. „Betrüger! Fängst du noch einmal an mit dieser Gemeinheit von Namen, Zunamen und Gewerbe!"

„Sei still, du Narr, geh schlafen!" sagte der Wirt.

Aber Renzo fuhr noch heftiger fort: „Ich habe es wohl verstanden. Du bist mit jenen im Bunde. Warte, warte, dir will ich es zeigen." Und er wandte den Kopf zur Treppe und begann noch lauter zu schreien: „Freunde, der Wirt gehört auch zu ..."

„Ich habe es nur aus Spaß gesagt", schrie dieser Renzo ins Gesicht und schob ihn zum Bett hin, „aus Spaß. Hast du nicht verstanden, daß ich das aus Spaß gesagt habe?"

„Aha, aus Spaß! Nun sprichst du vernünftig. Wenn du es aus Spaß gesagt hast... Ja, es sind wirklich spaßige Dinge." Und er fiel mit dem Gesicht aufs Bett.

„Los, schnell, zieht Euch aus", sagte der Wirt und fügte dem Rat gleich die Hilfe bei, denn diese war nötig. Als Renzo sich mit Mühe das Wams ausgezogen hatte, griff der Wirt sogleich danach und suchte die Taschen durch, um zu sehen, ob Geld darin sei. Er fand es. Und da er glaubte, daß sein Gast am nächsten Tage mit ganz anderen Leuten als mit ihm würde abzurechnen haben und daß das Geld höchstwahrscheinlich in Hände fallen werde, aus denen es ein Wirt nicht wieder herauskriegen könnte, wollte er versuchen, ob ihm nicht wenigstens dieses eine Geschäft gelänge.

„Ihr seid ein braver Bursche, ein Ehrenmann, nicht wahr?" sagte er.

„Braver Bursche, Ehrenmann", wiederholte Renzo und fingerte noch immer an den Knöpfen der Kleidungsstücke, die er noch nicht ausgezogen hatte.

„Gut, dann bezahlt mir also jetzt die kleine Rechnung. Morgen muß ich früh in Geschäften fort ..."

„Das ist recht und billig", sagte Renzo. „Ich bin schlau, aber ehrlich ... Aber wo ist das Geld? Da soll ich jetzt das Geld suchen!"

„Hier ist es ja", sagte der Wirt und setzte nun seine ganze Erfahrung, Geduld und Geschicklichkeit daran, bis es ihm schließlich gelang, mit Renzo abzurechnen und sich bezahlen zu lassen.

„Hilf mir ein bißchen, Wirt, damit ich mich fertig ausziehen kann", sagte Renzo. „Ich sehe es selbst, daß ich einen gehörigen Schlaf habe."

Der Wirt leistete ihm die gewünschte Hilfe, breitete auch noch die Decke über ihn und sagte ihm unwirsch „gute Nacht“, während Renzo schon schnarchte. Dann blieb er aus jener Neugier heraus, die uns zuweilen einen Gegenstand des Ärgers ebenso betrachten läßt wie etwas, das wir lieben, und die vielleicht nichts anderes ist als der Wunsch, zu erkennen, was unser Gemüt so stark bewegt, einen Augenblick neben diesem lästigen Gast stehen und hielt das Licht über das Gesicht des Schlafenden, ungefähr in jener Stellung, in der Psyche gemalt wird, wenn sie verstohlen die Gestalt ihres unbekannten Gatten betrachtet. Esel, sagte er bei sich zu dem armen Schlafenden, da hast du dir was Rechtes eingebrockt. Morgen wirst du mir schon sagen, wie es dir bekommen ist. Tölpel, wollt in die Welt ziehen und wißt nicht, wo die Sonne aufgeht, und so bringt ihr euch selbst und euren Nächsten ins Unglück.

Als er dies gesagt oder vielmehr gedacht hatte, wandte er sich mit der Kerze ab, verließ die Kammer, die er hinter sich verschloß. Auf dem Treppenabsatz rief er die Wirtin und sagte zu ihr, sie solle die Kinder in der Obhut einer Magd lassen und in die Küche gehen, um seine Stelle zu vertreten. „Ich muß fortgehen, eines Fremden wegen, der zu meinem Unglück, der Teufel mag wissen, wie, hier hereingeschneit ist“, fügte er hinzu. Und er schilderte ihr kurz den ärgerlichen Vorfall. Dann sagte er noch: „Hab ein Auge auf alles, und vor allem sei vorsichtig an diesem verwünschten Tag. Wir haben da unten eine Handvoll Galgenvögel sitzen, die beim Trinken und weil sie ohnehin schwatzhaft sind, allerlei dummes Zeug zusammenreden. Genug, wenn so ein verwegener Kerl ...“

„Aber ich bin doch kein Kind und weiß schon selber, was zu tun ist. Jedenfalls bis jetzt, glaube ich, kann niemand sagen ...“

„Gut, gut. Und achte darauf, daß sie zahlen, und bei den Reden, die sie über den Proviantverweser und den Statthalter und Ferrer und die Dekurionen, über Spanien und

Frankreich führen und über ähnliche Dummheiten, stelle dich, als ob du nichts hörst. Denn wenn man widerspricht, kann es einem auf der Stelle übel bekommen, und wenn man ihnen zustimmt, kann es einem in der Zukunft schlimm ergehen. Du weißt ja selbst, daß manchmal die, die am ärgsten schimpfen ... Doch genug. Wenn es gewisse Dinge zu hören gibt, den Kopf wenden und sagen: Ich komme schon, als ob von der anderen Seite jemand gerufen hätte. Ich will versuchen, daß ich so bald wie möglich wieder hier bin."

Nach diesen Worten ging er mit ihr in die Küche hinunter, warf einen Blick umher, um zu sehen, ob etwas Neues von Bedeutung vorläge, nahm Hut und Mantel von einem Holzpflock und aus einer Ecke einen Stock, erinnerte seine Frau nochmals mit einem Blick an die gegebenen Verhaltensmaßregeln und ging fort. Aber schon bei diesen Vorkehrungen hatte er im stillen den Faden der Betrachtung, die er an Renzos Bett begonnen hatte, wieder aufgenommen und spann ihn unterwegs auf der Straße weiter.

Du Dickschädel von einem Gebirgler! Denn sosehr Renzo auch bemüht war, zu verhehlen, was er war, so hatte sich diese Eigenschaft von selbst in den Worten, in der Aussprache, im Aussehen, in den Gebärden offenbart. Auch einen Tag wie diesen hätte ich mit Witz und Verstand hinter mich gebracht, und nun mußt du mir zu guter Letzt noch kommen, um mir eine Suppe einzubrocken. Fehlt es denn in Mailand an Wirtshäusern, daß du ausgerechnet in meins hereingeschneit bist? Wärst du wenigstens allein gekommen, dann hätte ich für diesen Abend ein Auge zugedrückt und dir morgen früh meine Meinung gesagt. Aber nein, mein Herr, in Gesellschaft kommst du daher, und noch dazu in Gesellschaft eines Spitzels!

Auf Schritt und Tritt begegnete der Wirt vereinzelten Wanderern oder Leuten, die sich zu zweit oder in Gruppen flüsternd herumtrieben. Als er eben an diesem Punkt seiner stummen Zwiesprache angelangt war, sah er die Soldatenstreife kommen. Er trat beiseite, um sie vorbeizulassen, schielte aus den Augenwinkeln zu ihnen hinüber und fuhr in seinem Selbstgespräch fort: Da sind sie, die Auspeitscher. Und du Esel, weil du einige Leute hast herumlaufen und Lärm schlagen sehen, hast du dir in den Kopf gesetzt, daß die Welt sich ändern müsse. Und mit diesem schönen Vorsatz hast du dich ins Verderben gestürzt und auch mich hineinreißen wollen. Das ist nicht recht. Ich tat alles, um dich zu retten. Du aber, du Schafskopf, was tatest du? Wenig fehlte, und du hättest mir dafür das ganze Wirtshaus in Aufruhr versetzt. Jetzt ist es deine Sache, dich aus der Klemme zu ziehen. Für mich sorge ich allein. Als ob ich deinen Namen aus Neugier wissen möchte! Was kümmert es mich, ob du Taddeo oder Bartolomeo heißt! Ich habe keine Freude daran, die Feder in die Hand zu nehmen! Aber ihr seid nicht die einzigen, die alles nach ihrem Sinne haben möchten. Das weiß ich auch, daß es Gesetze gibt, die nur auf dem Papier stehen. Eine schöne Neuigkeit, daß erst ein Gebirgler kommen muß, uns das zu sagen. Aber du weißt nicht, daß die Gesetze gegen die Wirte nicht nur auf dem Papier stehen. Und du willst in der Welt herumreisen und reden und weißt nicht, daß es für jeden, der auf eigene Art zu leben gedenkt und sich nicht um die Verordnungen scheren will, vor allem wichtig ist, mit großer Ehrfurcht davon zu reden. Und weißt du dummer Esel, was einem armen Wirt blühen würde, der nach deinem Sinn handelte und die Gäste, denen es einfällt, bei ihm einzukehren, nicht nach ihrem Namen fragte? *Für jeden Wirt, Tavernenbesitzer und so weiter, siehe oben, eine Strafe von dreihundert Scudi.* Ja, die haben wir so liegen, diese dreihundert Scudi, um sie so gut anzubringen; *zwei Drittel sollen der königlichen Kammer und der Rest dem Ankläger oder Angeber zufallen.* Diesem reizenden Kerl! *Und im Falle der Zahlungsunfähigkeit fünf Jahre Galeere und noch größere Geld- oder Leibesstrafen, nach dem Ermessen Seiner Exzellenz.* Sehr verbunden für seine Gnade!

Mit diesen Gedanken trat der Wirt über die Schwelle des Gerichtsgebäudes.

Dort herrschte, wie in allen anderen Ämtern, große Geschäftigkeit. Vor allem ging man daran, Befehle zu erteilen, die geeignet schienen, dem nächsten Tag zu begegnen; den Gemütern, die zu neuen Tumulten bereit waren, die Vorwände und die Kühnheit zu nehmen und die Macht jenen Händen zu sichern, die an ihren Gebrauch gewöhnt waren. Man verstärkte die Anzahl der Soldaten beim Hause des Verwesers. Die Straßenausgänge wurden mit Balken versperrt und mit Wagen verschanzt. Man befahl allen Bäkkern, ohne Unterlaß Brot zu backen; Eilboten wurden in die umliegenden Ortschaften mit dem Befehl entsandt, Korn in die Stadt zu schaffen. Zu jedem Backofen wurden Edelleute geschickt, die vom frühen Morgen an die Brotverteilung zu überwachen und die Unruhigen durch ihre Gegenwart und mit guten Worten im Zaum zu halten hatten. Um aber sozusagen dem einen und dem anderen recht zu geben und die Anordnungen durch einen kleinen Schrecken noch wirksamer zu machen, sann man darauf, Mittel und Wege zu finden, um einige Anführer am Kragen zu nehmen. Diese Aufgabe fiel vornehmlich dem Stadthauptmann zu, der, ein mit Wundwasser getränktes Tüchlein auf dem Organ der metaphysischen Unergründlichkeit, wenig Verständnis für den Aufstand und für die Rädelsführer hatte, wie jeder wohl ermessen kann. Seine Spürhunde waren seit Beginn der Empörung auf dem Platz, und der angebliche Ambrogio Fusella war, wie der Wirt gesagt hatte, ein verkappter Spitzel, der eben dazu ausgeschickt worden war, irgendeinen auf frischer Tat zu ertappen, den man hernach wiedererkennen, im Auge behalten, belauern und dann in stiller Nacht oder am Tage darauf packen könnte. Kaum hatte er ein paar Worte von Renzos Predigt gehört, so hatte er auch schon ein Auge auf ihn geworfen, da Renzo ihm der gegebene Sündenbock schien, gerade so, wie er ihn brauchte. Und da er dann entdeckt hatte, daß er in der Stadt ganz fremd war, hatte er den Meisterstreich versucht, ihn spornstreichs in das Gefängnis, die sicherste Herberge der Stadt, zu führen, doch das schlug fehl, wie wir gesehen haben. Er konnte jedoch neben allerlei Mutmaßungen genaue Angaben über Namen, Zunamen und Heimatort mit nach Hause nehmen, so daß, als der Wirt erschien, um zu berichten, was er von Renzo wußte, die anderen schon mehr wußten als er. Er trat in das gewohnte Zimmer und machte seine Aussage, daß ein Fremder bei ihm eingekehrt sei, der seinen Namen nicht habe angeben wollen.

„Ihr habt Eure Schuldigkeit getan, das Gericht davon in Kenntnis zu setzen", sagte ein Kriminalnotar und legte die Feder nieder, „aber wir wußten das bereits."

Hinter so ein Geheimnis zu kommen, braucht's nicht gerade viel, dachte der Wirt.

„Und wir kennen auch den werten Namen", sagte der Notar.

Teufel! den Namen, wie haben sie das angestellt? dachte der Wirt diesmal.

„Aber Ihr", begann der andere mit ernster Miene, „Ihr sagt nicht alles aufrichtig."

„Was soll ich noch mehr sagen?"

„Nun, nun, wir wissen sehr wohl, daß jener eine Menge gestohlenes, bei der Plünderung und beim Aufruhr geraubtes Brot in Eure Schenke mitgebracht hat."

„Wenn einer mit einem Brot in der Tasche kommt, wie soll ich dann wissen, wo er es hergenommen hat. Aber wenn es auch um Leben und Tod ginge, so kann ich nur sagen, daß ich nur ein einziges Brot bei ihm gesehen habe."

„Natürlich, immer entschuldigen, immer in Schutz nehmen. Wenn man Euresgleichen hört, so sind sie alle rechtschaffene Leute. Wie könnt Ihr beweisen, daß das Brot redlich erworben war?"

„Was habe ich zu beweisen? Mich geht es nichts an, ich bin der Wirt."

„Ihr könnt doch aber nicht leugnen, daß Euer Kunde verwegen genug war, beleidigende Worte gegen die Gesetze auszustoßen und das Wappen Seiner Exzellenz frech und schamlos anzugreifen."

„Erlauben mir Euer Gnaden: wie kann er denn mein Kunde sein, wenn ich ihn zum erstenmal sehe? Es ist der Teufel, mit Respekt zu sagen, der ihn mir ins Haus geschickt hat. Und wenn ich ihn gekannt hätte, das werden Euer Gnaden einsehen, hätte ich es nicht nötig gehabt, ihn nach seinem Namen zu fragen."

„Aber in Eurer Schenke und in Eurer Gegenwart sind gefährliche Worte gefallen, verwegene Reden, aufrührerische Vorschläge; es wurde geschrien, gemurrt, Klamauk gemacht."

„Wie wollen Euer Gnaden, daß ich auf das alberne Zeug achte, das so viele Schreihälse von sich geben, die alle auf einmal reden? Ich muß meinen Geschäften nachgehen, denn ich bin ein armer Mann. Und dann wissen Euer Gnaden sehr gut, daß, wer ein gutes Mundwerk hat, gewöhnlich auch flink mit der Hand ist, zumal wenn er mit einer ganzen Bande zusammen ist, und ..."

„Ja, ja, laßt sie tun und reden. Morgen, morgen werdet Ihr sehen, ob ihnen nicht der Übermut vergangen ist. Was meint Ihr?"

„Ich meine gar nichts."

„Daß das Gesindel Herr über Mailand geworden ist?"

„Gerechter Himmel!"

„Ihr werdet sehen, Ihr werdet sehen."

„Ich verstehe schon: der König wird immer der König sein, aber wer etwas eingebüßt hat, hat es eingebüßt, und natürlich hat ein armer Familienvater keine Lust, etwas einzubüßen. Die Herren haben die Macht, es ist Sache der Herren."

„Habt Ihr noch viele Leute im Hause?"

„Eine ganze Menge."

„Und Euer Kunde, was treibt er? Fährt er fort, zu lärmen, die Leute aufzuwiegeln, für morgen Tumulte anzuzetteln?"

„Jener Fremde, wollen Euer Gnaden sagen. Er ist zu Bett gegangen."

„Ihr habt also noch viele Leute ... Genug, gebt acht, daß er nicht entwischt!"

Muß ich denn den Schergen machen? dachte der Wirt, aber er sagte weder ja noch nein.

„Geht nur nach Hause und seid vernünftig", fuhr der Beamte fort.

„Ich bin immer vernünftig gewesen. Euer Gnaden können sagen, ob ich je mit dem Gericht etwas zu tun gehabt habe."

„Und glaubt nicht, daß das Gericht seine Macht verloren hätte."

„Ich? Um Himmels willen! Ich glaube gar nichts. Ich bemühe mich nur, ein guter Wirt zu sein."

„Das alte Lied: Ihr habt nie etwas anderes zu sagen."

„Was soll ich denn anderes sagen? Es gibt nur eine Wahrheit."

„Genug. Vorläufig halten wir uns an Eure Aussage. Wenn dann der Fall zur Sprache kommt, werdet Ihr dem Gericht genauere Auskunft über die Dinge geben, über die man Euch befragen wird."

„Was für eine Auskunft soll ich denn geben? Ich weiß nichts. Ich habe kaum meine eigenen Angelegenheiten im Kopf."

„Gebt acht, daß Ihr ihn nicht entwischen laßt!"

„Ich hoffe, daß der erlauchte Herr Hauptmann erfahren wird, daß ich gleich gekommen bin, um meine Schuldigkeit zu tun. Ich küsse Euer Gnaden die Hände."

Als der Tag anbrach, schnarchte Renzo seit etwa sieben Stunden, und der Ärmste lag noch im schönsten Schlummer, als ihn derbes Rütteln an den Armen und eine Stimme, die ihm vom Bettende „Lorenzo Tramaglino!" zurief, auffahren ließ. Er erwachte, zog die Arme zurück, öffnete mühsam die Augen und erblickte am Fußende des Bettes einen schwarz gekleideten Mann und sah rechts und links vom Kopfkissen zwei Bewaffnete stehen. Vor lauter Überraschung und weil er noch nicht recht munter war und weil ihm obendrein der Katzenjammer nach dem gestrigen Wein zusetzte, war er einen Augenblick wie benommen, glaubte zu träumen und bewegte sich, da ihm dieser Traum überhaupt nicht gefiel, hin und her, um richtig aufzuwachen.

„Ah, habt Ihr endlich gehört, Lorenzo Tramaglino?" sagte der Mann mit dem schwarzen Mantel, der Polizeibeamte vom Abend vorher. „Los also. Steht auf und kommt mit uns."

„Lorenzo Tramaglino!" sagte Renzo Tramaglino. „Was soll das heißen? Was wollt Ihr von mir? Wer hat Euch meinen Namen gesagt?"

„Weniger Geschwätz und macht schnell!" sagte einer von den Häschern, die beiseite standen, und packte ihn von neuem am Arm.

„Oho! was für Gewalttätigkeit ist das?" schrie Renzo, den Arm zurückziehend. „Wirt! Holla, Wirt!"

„Sollen wir ihn im Hemd wegschaffen?" fragte der Häscher den Beamten.

„Habt Ihr verstanden?" sagte dieser zu Renzo. „Man wird es so machen, wenn Ihr nicht unverzüglich aufsteht, um mit uns zu kommen."

„Und warum?" fragte Renzo.

„Das Warum werdet Ihr vom Herrn Gerichtshauptmann erfahren."

„Ich? Ich bin ein rechtschaffener Mensch. Ich habe nichts getan und wundere mich ..."

„Um so besser für Euch, um so besser für Euch, so werdet Ihr mit ein paar Worten abgefertigt sein und Euren Geschäften nachgehen können."

„Lassen Sie mich jetzt gehen", sagte Renzo, „ich habe mit dem Gericht nichts zu schaffen."

„Also vorwärts, machen wir ein Ende!" sagte der eine Häscher.

„Wollen wir ihn wirklich so fortschleppen?" sagte der andere.

„Lorenzo Tramaglino!" sagte der Beamte.

„Woher wissen Euer Gnaden meinen Namen?"

„Tut eure Pflicht!" sagte der Beamte zu den Häschern. Diese packten Renzo sogleich, um ihn aus dem Bett zu ziehen.

„He! bleibt einem Ehrenmann vom Leibe...! Ich kann mich allein anziehen."

„Zieht Euch also rasch an!" sagte der Beamte.

„Ich ziehe mich an", erwiderte Renzo und raffte in der Tat die Kleidungsstücke zusammen, die da und dort auf dem Bett verstreut lagen wie die Trümmer eines Schiffbruchs am Gestade. Und während er sich anzuziehen begann, redete er weiter: „Aber ich will nicht zum Gerichtshauptmann gehen. Ich habe mit ihm nichts zu schaffen. Da man mir diesen Schimpf zu Unrecht antut, will ich zu Ferrer gebracht werden, den kenne ich und weiß, daß er ein Ehrenmann ist, und er hat noch Verpflichtungen mir gegenüber."

„Ja, ja, mein Sohn, Ihr sollt zu Ferrer gebracht werden", erwiderte der Beamte. Unter anderen Umständen würde er über ein solches Verlangen laut gelacht haben, aber es war nicht der Augenblick zu lachen. Schon beim Kommen hatte er in den Straßen eine gewisse Bewegung gesehen, von der er nicht zu sagen wußte, ob sie das Ende eines noch nicht völlig niedergeschlagenen Aufruhrs oder den Anfang eines neuen darstellte. Überall kamen Leute aus den Häusern, rotteten sich zusammen, gingen in Haufen weiter und blieben in Gruppen plaudernd stehen. Ohne es sich anmerken zu lassen oder wenigstens bemüht, daß man es nicht merke, spitzte er die Ohren, und es wollte ihn dünken, als sei das Gesumme im Zunehmen begriffen. Er wünschte aus diesem Grunde, sich zu beeilen, und hätte gern Renzo ohne Aufsehen und ohne Aufhebens abgeführt, zumal er, wenn sie in einen offenen Kampf mit ihm geraten wären, nicht sicher sein konnte, daß sie sich auf der Straße drei gegen einen befinden würden. Darum gab er den Häschern mit den Augen den Wink, daß sie Geduld haben und den jungen Mann nicht erbittern sollten. Er selbst war bemüht, ihn mit guten Worten zu überreden. Renzo zog sich derweil langsam und gemächlich an und rief sich die Ereignisse des vorigen Tages, soweit er es konnte, ins Gedächtnis zurück und erriet so ziemlich, daß die Erlasse und die Sache mit dem Vor- und Zunamen wohl die Ursache hierzu sein mußten. Aber woher zum Teufel wußte der andere seinen Namen? Und was zum Teufel war in dieser Nacht vorgefallen, daß die Justiz beliebte, dreist einem der Burschen auf den Leib zu rücken, die tags zuvor noch so viel mitzureden hatten und die doch wohl nicht alle schlafen konnten, wie Renzo aus dem wachsenden Lärm auf der Straße zu vernehmen glaubte. Und als er dem Beamten ins Gesicht blickte, gewahrte er die leichte Unschlüssigkeit, die der andere erfolglos zu verbergen sich mühte. Darauf sagte Renzo, sowohl um über seine Vermutungen ins klare zu kommen und Näheres zu erkunden als auch um die Sache in die Länge zu ziehen und einen Versuch zu wagen: „Ich kann mir denken, aus welchem Grunde dies geschieht: es ist die Geschichte mit dem Vor- und Zunamen. Gestern abend war ich wohl ein bißchen lustig. Diese Wirte haben mitunter solche tückischen Weine, und manchmal weiß man ja, wie gesagt, daß der Wein, wenn er hinunter ist, aus einem redet. Wenn es sich um nichts anderes handelt, so bin ich jetzt bereit, Ihnen jede Auskunft zu geben. Und dann wissen Sie ja doch schon meinen Namen. Wer zum Teufel hat Ihnen den gesagt?"

„Brav, mein Sohn, brav!" erwiderte der Beamte sehr höflich. „Ich sehe, daß Ihr vernünftig seid, und glaubt mir, der ich vom Fache bin, daß Ihr viel pfiffiger seid als mancher andere. Es ist die beste Art, um rasch und gut herauszukommen. Bei diesem guten Willen seid Ihr mit ein paar Worten abgefertigt und freigelassen. Mir aber, mein Sohn, sind die Hände gebunden. Ich kann Euch nicht freilassen, wie ich möchte. Los, beeilt Euch und kommt nur ohne Furcht mit. Denn wenn sie sehen werden, wer Ihr seid, und wenn ich dann sagen werde ... Laßt mich nur machen ... Genug, beeilt Euch, mein Sohn!"

„Ah! Sie können nicht, ich verstehe", sagte Renzo, zog sich weiter an und wehrte die Häscher ab, die zugreifen wollten, um ihn zur Eile anzutreiben.

„Gehen wir über den Domplatz?" fragte er den Beamten.

„Wo Ihr wollt, auf dem kürzesten Wege, um Euch rascher in Freiheit zu setzen", sagte jener, sich im stillen ärgernd, daß er die mysteriöse Frage Renzos, die Anlaß zu hundert Fragen hätte geben können, fallenlassen mußte. Wenn einer schon das Pech hat! dachte er. Da fällt mir einer in die Hände, der, wie man sieht, nichts anderes möchte, als unverhohlen zu reden. Und wenn man etwas Ruhe hätte, so könnte man ihn ganz *extra formam*, ganz akademisch und in freundschaftlichem Gespräch, ohne Folter dazu bringen, daß er beichtete, was man wollte. Man könnte ihn ins Gefängnis bringen, fertig verhört, ohne daß er es selber merkt! Ein solcher Mann muß mir ausgerechnet in einem so bedenklichen Augenblick in die Hände fallen. Ja, da gibt es keinen Ausweg, fuhr er in Gedanken fort, spitzte die Ohren und hob den Kopf. Der heutige Tag scheint noch schlimmer zu werden als der gestrige. Was ihn auf diesen Gedanken brachte, war ein außergewöhnlicher Lärm, den man von der Straße hörte. Er konnte sich nicht verkneifen, das Fenster zu öffnen, um einen flüchtigen Blick hinunterzuwerfen. Er sah einen Haufen Menschen, die auf die Aufforderung einer Wache, auseinanderzugehen, zunächst mit bösen Worten geantwortet hatten und sich schließlich murrend zerstreuten. Daß die Soldaten bei diesem Vorfall mit größter Höflichkeit verfuhren, schien dem Notar ein böses Omen. Er schloß das Fenster und war einen Augenblick unschlüssig, ob er das Unternehmen zu Ende führen oder Renzo in der Obhut der beiden Häscher zurücklassen und selber zum Stadthauptmann eilen sollte, um ihm von dem, was geschah, Bericht zu erstatten. Aber, dachte er auch gleich, man wird sagen, daß ich unfähig und ein Feigling sei und daß ich die Befehle hätte durchführen sollen. Es ist Ball, da heißt es tanzen. Verdammte Eile! Verdammtes Handwerk!

Renzo hatte sich erhoben, und seine beiden Wächter standen zu seinen beiden Seiten. Der Beamte bedeutete ihnen nochmals, sie sollten nicht zu hart zupacken, und sagte zu ihm: „Brav, mein Sohn, kommt und beeilt Euch!"

Auch Renzo hörte, sah und dachte. Er war schon ganz angezogen bis auf das Wams, das er in der einen Hand hielt, während er mit der anderen die Taschen durchwühlte. „Oho!" sagte er, indem er den Beamten mit einem bedeutungsvollen Blick ansah: „Hier war Geld und ein Brief, mein Herr!"

„Es wird Euch alles pünktlich gegeben werden", sagte der Beamte, „nachdem die wenigen Formalitäten erledigt sind. Gehen wir, gehen wir."

„Nein, nein, nein", sagte Renzo, den Kopf schüttelnd. „So geht das nicht; ich will meine Sachen haben, mein Herr. Ich werde über meine Handlungen Rechenschaft geben, aber ich will meine Sachen."

„Ich will Euch zeigen, daß ich Euch vertraue: nehmt und macht schnell!" sagte der Beamte, zog die beschlagnahmten Gegenstände aus der Brusttasche und übergab sie Renzo mit einem Seufzer. Renzo murmelte, während er sie wieder einsteckte, zwischen den Zähnen: „Bleibt mir vom Halse! Ihr habt so viel mit Dieben zu schaffen, daß Ihr das Handwerk schon ein wenig erlernt habt." Die Häscher konnten kaum mehr an sich halten, der Beamte aber hielt sie mit Blicken im Zaum und sagte indessen bei sich: Wenn du nur erst einmal den Fuß über jene Schwelle gesetzt hast, dann sollst du es mir bezahlen, mit Wucherzins sollst du es mir bezahlen.

Während Renzo das Wams anzog und den Hut nahm, winkte der Beamte einem Häscher, auf der Treppe vorauszugehen, ließ den Gefangenen und dann den anderen

Freund folgen und beschloß als letzter den Zug. Als sie unten in der Küche waren, sagte Renzo: „Und dieser verdammte Wirt, wohin hat er sich verkrochen?“ Der Beamte gab den Häschern einen neuerlichen Wink. Diese packten, der eine die rechte, der andere die linke Hand des Jünglings und fesselten ihm hastig die Gelenke mit gewissen Werkzeugen, die damals mit heuchlerischem Euphemismus Manschetten genannt wurden. Diese bestanden (es tut uns leid, uns mit Einzelheiten abgeben zu müssen, die der geschichtlichen Würde nicht entsprechen, jedoch erfordert das die Klarheit), diese bestanden aus einem Strick, der etwas länger als der Umfang eines Handgelenks war und an beiden Enden zwei kleine Holzstückchen, kleine Stäbchen hatte. Die Stricke wurden dem Delinquenten um das Handgelenk geschlungen, und die Holzstäbchen verblieben zwischen dem Mittel- und Ringfinger der geschlossenen Faust des Häschers, so daß er durch eine Drehung den Druck der Fessel nach Belieben verstärken konnte und damit nicht nur ein Mittel besaß, sich der Beute zu versichern, sondern auch einen Widerspenstigen zu martern; und zu diesem Zweck waren in den Strick lauter Knoten geknüpft.

Renzo wand sich und schrie: „Was für eine Behandlung ist das? Einem Ehrenmann ...!“ Aber der Notar, der jede traurige Tat mit seinen guten Worten begleitete, sagte: „Habt Geduld! Sie tun ihre Pflicht. Was wollt Ihr? Das sind alles Förmlichkeiten. Wir können die Leute nicht so behandeln, wie wir möchten. Wenn wir nicht täten, was uns befohlen wird, so wären wir schlimm dran, schlimmer als Ihr! Habt Geduld!“

Während er sprach, drehten die beiden, die dazu da waren, zu handeln, die Hölzchen einmal herum. Renzo beruhigte sich wie ein störrisches Pferd, das die Kandare im Maul fühlt, und rief aus: „Geduld!“

„Brav, mein Sohn!“ sagte der Beamte. „Das ist die rechte Art, gut davonzukommen. Was wollt Ihr? Es ist eine lästige Geschichte, das sehe ich selbst, aber wenn Ihr Euch gut betragt, so werdet Ihr sie in einem Augenblick los sein. Und weil ich sehe, daß Ihr guten Willens seid, und weil ich mich geneigt fühle, Euch zu helfen, so will ich zu Eurem Besten noch einen weiteren Rat geben. Glaubt mir, ich habe Erfahrung! Geht nur immer geradeaus, ohne nach rechts und links zu schauen und ohne Euch bemerkbar zu machen. So wird niemand auf Euch achten, und niemand wird merken, was los ist. So rettet Ihr Eure Ehre. In einer Stunde seid Ihr in Freiheit. Es ist so viel zu tun, daß sie selbst Eile haben werden, Euch abzufertigen, und dann werde ich reden ... Ihr geht dann Euren Geschäften nach, und niemand wird wissen, daß Ihr in den Händen der Justiz gewesen seid. Und ihr", fuhr er fort und wandte sich mit ernster Miene an die Häscher, „paßt auf, daß ihr ihm nicht weh tut, denn er steht unter meinem Schutz. Eure Pflicht müßt ihr tun, aber denkt daran, daß er ein Ehrenmann ist, ein gesitteter Bursche, der binnen kurzem frei sein wird und dem an seiner Ehre gelegen sein muß. Geht so, daß niemand etwas merkt, als ob ihr drei anständige Leute wärt, die spazierengehen." Und er fügte in herrischem Ton und mit drohender Miene hinzu: „Habt ihr mich verstanden?" Dann wandte er sich mit geglätteter Stirn und mit plötzlich wieder lächelndem Gesicht an Renzo, als wollte er ihm sagen: Oh, wir sind gute Freunde! Und er flüsterte nochmals: „Seid vernünftig, tut, was ich Euch sage, geht ruhig und gesammelt, vertraut dem, der Euch wohlwill. Vorwärts denn!" Damit setzte sich der Zug in Bewegung.

Renzo glaubte indessen nicht ein einziges all der schönen Worte. Weder daß der Beamte ihm mehr zugetan sei als den Häschern noch daß er sich um seinen guten Ruf sorge und die Absicht habe, ihm zu helfen. Er begriff vielmehr, daß der gute Mann aus Furcht, es könne sich ihm unterwegs Gelegenheit bieten zu entkommen, diese schönen Gründe vorbrachte, um ihn davon abzuhalten, daß er danach Ausschau hielt und eine solche Gelegenheit nutzte. So bewirkten alle Ermahnungen des Beamten nichts anderes, als Renzo in seinem bereits gefaßten Vorhaben zu bestärken, von allem das Gegenteil zu tun.

Wer daraus schließen wollte, daß der Beamte in den Listen unerfahren und ein Neuling war, würde sich täuschen. Er war ein Erzschelm, sagt unser Geschichtsschreiber, der zu seinen Freunden gehört zu haben scheint; aber in diesem Augenblick war der Notar aufgeregt. Kalten Blutes, das kann ich Euch sagen, hätte er sich über jeden lustig gemacht, der bei dem Versuch, einen anderen zu einer bedenklichen Sache zu überreden, ihm diese ans Herz gelegt und warm empfohlen hätte unter der jämmerlichen Vorspiegelung, er rate ihm aus Uneigennützigkeit und Freundschaft. Es ist ein allgemeiner Hang der Menschen, wenn sie erregt und unruhig sind und sehen, was ein anderer tun könnte, um sie aus ihrer schwierigen Lage zu befreien, jenen inständig, wiederholt und unter allen möglichen Vorwänden darum zu bitten. Und auch die Schelme fallen, wenn sie erregt und nervös sind, unter dieses allgemeine Gesetz. Daher kommt es denn, daß sie unter solchen Umständen meist eine klägliche Figur machen. Setzen dagegen diese Meister der Erfahrung ihre Ränke, mit denen sie zu siegen gewohnt sind und die ihnen fast zur zweiten Natur wurden, im rechten Augenblick, mit ruhigem Blut und klarem Kopf ins Werk und gelangen ungehindert und in aller Stille ans Ziel, so werden sie nach dem Gelingen anerkannt und ernten allgemeinen Beifall. Werden die Bedauernswerten aber in die Enge getrieben, benutzen sie ihre Kniffe überstürzt und unüberlegt, ohne jedes Geschick und ohne jeden Anstand, so erregen die sonst so Schlauen bei jedem, der ihre Anstrengungen und Bemühungen sieht, nur Mitleid und Gespött; und jener, den sie zu hintergehen wähnen, durchschaut trotz seiner geringeren Schlauheit ihr ganzes Spiel und zieht aus ihren Kunstgriffen für sich selber Gewinn. Darum kann berufsmäßigen Schelmen nicht genug empfohlen werden, stets ihr kaltes Blut zu bewahren oder, was das Sicherste ist, immer die Stärkeren zu sein.

Kaum waren sie also auf der Straße, so begann Renzo nach allen Seiten Ausschau zu halten, sich nach rechts und links bemerkbar zu machen und die Ohren zu spitzen. Es herrschte indes kein ungewöhnliches Gedränge, und wenn man auch in mehr als einem Gesicht der Passanten etwas Aufrührerisches lesen konnte, so ging doch jeder seines Weges, und von einem eigentlichen Aufruhr war nichts zu bemerken.

„Seid vernünftig! Seid vernünftig!“ raunte ihm der Beamte hinter seinem Rücken zu. „Eure Ehre, die Ehre, mein Sohn!“ Als aber Renzo, der aufmerksam die erhitzten Gesichter von drei näher kommenden Männern betrachtet hatte, hörte, daß sie von einer Bäckerei sprachen, von verheimlichtem Mehl und von Gerechtigkeit, begann er ihnen Gesichter zu schneiden und in jener Weise zu husten, die etwas ganz anderes als eine Erkältung bedeutet. Diese schauten den kleinen Zug aufmerksamer an und blieben stehen und mit ihnen noch viele, die dazukamen. Andere, die bereits vorübergegangen waren, wandten sich bei dem Gemurmel um, kamen zurück und gesellten sich dazu.

„Seht Euch vor! Seid vernünftig, mein Sohn. Es wird schlimmer für Euch! Seht Ihr, verderbt Eure Sache nicht! Die Ehre, den Ruf!“ flüsterte der Beamte. Renzo trieb es noch ärger. Die Häscher berieten sich mit den Augen und zogen, in der Meinung, recht zu tun – irren ist menschlich –, die Manschetten fester an.

„Au! au! au!“ schrie der Gemarterte, und auf sein Geschrei hin blieben ringsum die Menschen stehen. Von allen Seiten eilten sie herbei, und der Zug wurde aufgehalten. „Es ist ein Taugenichts“, flüsterte der Beamte den Nächststehenden zu. „Ein Dieb, der auf frischer Tat ertappt worden ist. Gehen Sie zurück und lassen Sie die Gerechtigkeit hindurch!“ Aber Renzo, der den günstigen Augenblick wahrnahm und die Häscher weiß oder wenigstens blaß werden sah, dachte: Wenn ich mir jetzt nicht helfe, ist es mein Verderben. Und schnell erhob er die Stimme: „Leute, die wollen mich ins Gefängnis schleppen, weil ich gestern ‚Brot und Gerechtigkeit' gerufen habe. Ich habe nichts getan, ich bin ein Ehrenmann. Helft mir! Verlaßt mich nicht, Kinder!"

Ein beifälliges Gemurmel, Stimmen zu seinen Gunsten ertönten zur Antwort. Die Häscher befahlen erst, dann ersuchten und baten sie die Nächststehenden, wegzugehen und Platz zu machen. Die Menge aber trieb und drängte nur immer mehr. Als die Schergen die Gefährlichkeit der Lage erkannten, ließen sie die Manschetten fahren und kümmerten sich um nichts anderes mehr, als sich im Haufen zu verlieren, um unbeachtet zu entkommen. Der Notar wünschte nichts sehnlicher, als es ihnen gleichzutun, aber da hatte er seine Not wegen des schwarzen Mantels. Bleich und bestürzt duckte und krümmte sich der arme Mann, um sich aus der Menge fortzustehlen, aber er konnte seine Augen nicht erheben, ohne zwanzig andere auf sich gerichtet zu sehen. Er versuchte deshalb auf jede erdenkliche Art, den Fremden zu spielen, der zufällig dort des Weges kam und in das Gedränge geraten sei wie ein Strohhalm in das Eis. Und als er dabei an einen geriet, der ihn unverwandt und mit einer finstereren Miene als die anderen anstarrte, verzog er den Mund zu einem Lächeln und fragte mit einem albernen Gehabe: „Was ist denn passiert?"

„Ha, du Rabenaas!" erwiderte der andere. „Rabenaas! Rabenaas!" erscholl es rings im Kreise. Zu dem Geschrei gesellten sich derbe Stöße, so daß er in kurzer Zeit, teils durch die eigenen Beine, teils durch die fremden Ellenbogen, erreichte, woran ihm in diesem Augenblick am meisten lag, nämlich dem Gedränge zu entkommen.

16. Kapitel

„Lauf davon, lauf, guter Mann! Dort ist ein Kloster, drüben eine Kirche, dahin, dorthin!" schrie man Renzo von allen Seiten zu. Was das Davonlaufen betraf, so denkt nicht, daß es dazu der Ratschläge bedurfte. Vom ersten Augenblick an, da in ihm eine Hoffnung aufgeblitzt war, diesen Klauen zu entrinnen, hatte er seine Berechnungen gemacht und beschlossen, wenn ihm dies gelänge, unverzüglich fortzulaufen und nicht nur die Stadt, sondern das Herzogtum hinter sich zu lassen. Denn, überlegte er, meinen Namen haben sie nun einmal in ihren Schwarten, wie immer sie ihn auch erfahren haben mögen, und mit dem Vor- und Zunamen können sie mich packen, wann sie wollen. Was die Zufluchtsstätte anbetraf, so hätte er sich nur dann dort verkrochen, wenn die Häscher ihm auf den Fersen gewesen wären. Denn wenn ich Vogel im Walde sein kann, hatte er ferner gedacht, so will ich doch nicht in den Käfig wandern. Er hatte sich also als Zuflucht jenes Dorf im Gebiet von Bergamo auserkoren, in dem, wenn Ihr Euch erinnert, sein Vetter Bortolo wohnte, der ihn schon mehrmals eingeladen hatte hinzukommen. Aber es war nicht einfach, den Weg dorthin zu finden. In einem unbekannten Teil einer so gut wie unbekannten Stadt wußte Renzo nicht einmal, durch welches Tor man gehen mußte, um nach Bergamo zu gelangen; und hätte er es gewußt, so wußte er wiederum den Weg zum Tore nicht. Er war schon nahe daran, sich die Straße von einem seiner Befreier zeigen zu lassen, doch waren ihm in der kurzen Zeit, die ihm geblieben war, um über seinen Fall nachzudenken, gewisse Gedanken über jenen so außerordentlich freundlichen Schwertfeger, den Vater von vier Kindern, durch den Kopf gegangen, und darum wollte er seine Absichten nicht so aufs Geratewohl einer großen Menge Leute offenbaren, da sich darunter leicht ein anderer Mann jenes Schlages befinden konnte, und er beschloß, sich eiligst zu entfernen. Den Weg würde er sich schon anderswo zeigen lassen, wo niemand wußte, wer er war und warum er fragte. Er sagte zu seinen Befreiern: „Vielen Dank, Kinder! Seid gesegnet!" Dann durchquerte er die Menge, die ihm unverzüglich Platz machte, verschwand in einem engen Gäßchen und lief noch ein gutes

Stückchen weiter, ohne zu wissen, wohin. Als er sich weit genug entfernt zu haben glaubte, verlangsamte er den Schritt, um nicht Verdacht zu erregen, und begann Ausschau zu halten, um jemand zu finden, den er fragen konnte, jemand mit einem Gesicht, das Vertrauen erweckte. Aber auch das hatte seine Schwierigkeit. Die Frage war an sich verdächtig, die Zeit drängte, die Häscher mußten ohne Zweifel, nachdem sie sich des kleinen Hindernisses entledigt hatten, ihrem Flüchtling auf der Spur sein. Das Gerücht von seiner Flucht konnte bis hierher gedrungen sein, und in dieser Bedrängnis mußte Renzo vielleicht zehn physiognomische Urteile fällen, ehe er ein Gesicht fand, das ihm Vertrauen einflößte. Der dicke Kerl da, der breitbeinig auf der Schwelle seines Ladens stand, die Hände auf dem Rücken, den Bauch vorgestreckt, das Kinn, von dem ein feistes Doppelkinn herabhing, in der Luft, war anscheinend mit nichts anderem beschäftigt, als seine schwabbelnde Masse abwechselnd auf den Zehenspitzen zu wippen und sie dann auf die Hacken plumpsen zu lassen; dieser Dickwanst hatte das Gesicht eines neugierigen Schwätzers, so daß er, statt Antwort zu geben, sicher Fragen gestellt hätte. Und jener andere, der da mit stieren Augen und hängenden Lippen daherkam, schien nicht einmal den eigenen Weg zu kennen, geschweige denn, daß er einem anderen rasche und gute Auskunft zu geben verstand. Der Bursche da, der, um die Wahrheit zu sagen, einen aufgeweckten Eindruck machte, verriet jedoch, daß er auch boshaft war und daß er wahrscheinlich eine närrische Freude daran haben würde, einen armen Bauern auf seine Frage hin in die entgegengesetzte Richtung zu schicken. Jedenfalls steht fest, daß dem Bedrängten fast alles zu neuer Bedrängnis wird! Als er endlich jemanden sah, der in großer Eile daherkam, dachte er, daß dieser wahrscheinlich ein dringendes Geschäft habe und ihm sicher ohne überflüssiges Geschwätz wohl die rechte Antwort geben werde; und da er ihn mit sich selber sprechen hörte, hielt er ihn für einen aufrichtigen Mann. Er trat auf ihn zu und sagte: „Seien Sie so gütig, mein Herr, wo geht es nach Bergamo?“

„Nach Bergamo? Durch die Porta Orientale.“

„Vielen Dank. Und zur Porta Orientale?“

„Nehmt diese Straße zur Linken, die führt Euch zum Domplatz, und dann ...“

„Schon gut, Herr, das übrige weiß ich. Gott vergelte es Ihnen!“ Und unverzüglich begab er sich auf den Weg, der ihm gewiesen worden war. Der andere blickte ihm einen Augenblick nach und sagte dann zu sich, indem er in Gedanken diese Art des Gehens mit der Frage zusammenreimte: Der hat entweder jemandem einen Streich gespielt, oder ein anderer will ihm einen spielen.

Renzo gelangte auf den Domplatz, er überquerte ihn, kam dann an einem Haufen Asche und erloschenen Kohlen vorüber und erkannte die Überreste des Freudenfeuers, bei dem er tags zuvor Zuschauer gewesen war. Er ging an den Domstufen entlang, sah wieder die halb zerstörte und von Soldaten bewachte Krücken-Bäckerei und ging durch die Straße weiter, durch die er gestern mit der Menge gekommen war, gelangte zum Kapuzinerkloster, warf einen Blick auf den Platz und die Kirchentür und sagte seufzend zu sich selbst: Er hatte mir schon den rechten Rat gegeben, der Mönch von gestern, daß ich in der Kirche bleiben und warten und ein wenig beten sollte.

Als er hier einen Augenblick stillstand und aufmerksam zu dem Tor hinüberschaute, durch das er gehen sollte, sah er dort von weitem viele Leute, die es bewachten, und da sein Gemüt aufgewühlt war (man mußte Mitleid mit ihm haben, er hatte seine Gründe), empfand er ein gewisses Widerstreben, diesen Schritt zu wagen. Eine Zufluchtsstätte, wo er mit jenem Briefe gut empfohlen gewesen wäre, lag auf seinem Weg, daher war die Versuchung stark, dort unterzuschlüpfen. Aber gleich faßte er wieder Mut und dachte: Lieber ein Vogel im Walde, solange es geht. Wer kennt mich schon? Die Häscher werden sich ja doch nicht in

Stücke gerissen haben, um mir an allen Toren aufzulauern. Er wandte den Kopf, um zu sehen, ob sie nicht etwa aus dieser Richtung kämen. Er sah weder sie noch sonst jemanden, der auf ihn zu achten schien. So ging er weiter und verlangsamte den Schritt der verwünschten Beine, die immer laufen wollten, während es angebracht war zu gehen. Gemächlich, halblaut vor sich hin pfeifend, langte er am Tor an.

Hier stand wirklich beim Durchgang ein Haufen Zöllner mit einer Verstärkung von spanischen Soldaten. Aber alle hatten ihre Aufmerksamkeit nach außen gerichtet, um jene nicht hereinzulassen, die auf die Nachricht von einem Aufstand herbeieilen wie die Raben auf das Schlachtfeld, so daß Renzo mit gleichgültiger Miene, gesenktem Blick und der Gangart eines Wanderers oder eines Spaziergängers hinausging, ohne daß ihm jemand etwas gesagt hätte. Das Herz allerdings klopfte ihm bis zum Hals. Da er rechts einen Fußsteig entdeckte, schlug er ihn ein, um die Landstraße zu meiden, und er ging eine gute Strecke, ohne sich auch nur einmal umzudrehen.

Er wanderte immer weiter und weiter, traf auf Meiereien und Dörfer und ging weiter, ohne nach ihrem Namen zu fragen. Er wußte genau, daß er sich von Mailand entfernte, und hoffte, auf Bergamo zuzugehen, und das genügte ihm vorläufig. Von Zeit zu Zeit sah er sich um, warf hin und wieder einen Blick auf das eine, mal auf das andere Handgelenk und rieb sie. Sie waren beide noch ziemlich steif und rundherum mit einem roten Strich, dem Abdruck des Strikkes, gezeichnet. Seine Gedanken waren, wie sich jeder vorstellen kann, ein Gemisch von Reue, Unruhe, Zorn und Zärtlichkeit. Es war ein mühevolles Beginnen, sich an alles zu erinnern, was er am Vorabend gesagt und getan hatte; Licht in den unerklärlichen Teil seines traurigen Erlebnisses zu bringen und vor allem dahinterzukommen, wie man seinen Namen erfahren hatte. Sein Verdacht fiel selbstverständlich auf den Schwertfeger, dem er seinen Namen gesagt hatte. Daran erinnerte er sich deutlich. Und wenn er an die Art dachte, wie jener ihm den Namen gewissermaßen aus dem Munde gelockt hatte, und an dessen ganzes Betragen und an seine Anbiederungen, die immer darauf hinausliefen, daß er etwas wissen wollte, wurde sein Verdacht fast zur Gewißheit. Wenn er sich nur nicht auch dunkel erinnert hätte, daß er nach dem Weggang des Schwertfegers weiter geplaudert hatte, mit wem, das mochte der Teufel wissen, und worüber, das wußte das Gedächtnis, wie sehr er es auch prüfte, nicht zu sagen. Es konnte nur sagen, daß er sich zu diesem Zeitpunkt nicht zu Hause aufgehalten hatte. Der Ärmste verlor sich in diesen Nachforschungen und glich einem Mann, der viele weiße Bogen Papier unterschrieben und sie einem anvertraut hat, den er für die Krone der Ehrenmänner hielt, und der nun, da er in jenem einen Betrüger entdeckt hat, den Stand seiner eigenen Geschäfte kennen möchte. Doch was gibt es da zu wissen? Es ist ein Chaos. Eine andere mühsame Arbeit war es, Pläne für die Zukunft zu machen, die ihm zusagen würden, denn bis auf die Luftschlösser waren sie alle trübselig.

Sehr bald war jedoch die mühevollste Arbeit die, den Weg zu finden. Nachdem er ein Stück sozusagen aufs Geratewohl gewandert war, sah er, daß er sich von selbst nicht zurechtfinden würde, fühlte aber eine heftige Abneigung, jenes Wort Bergamo auszusprechen, als habe es etwas Verdächtiges, Schamloses an sich, aber es ließ sich nicht umgehen. Er beschloß also, wie er es in Mailand getan hatte, sich an den ersten Wanderer zu wenden, dessen Gesicht ihm gefiel, und so tat er.

„Ihr seid vom Wege abgekommen“, antwortete ihm dieser, und nachdem er ein wenig nachgedacht hatte, wies er ihm teils mit Worten, teils mit Gebärden den Weg, den er nehmen mußte, um auf die rechte Landstraße zu gelangen. Renzo bedankte sich und tat, als ob er sich daran hielte; er schlug auch wirklich diese Richtung ein, jedoch mit der Absicht, sich dieser verwünschten Landstraße zwar zu nähern, sie nicht aus den Augen zu verlieren und so lange wie möglich neben ihr herzugehen, nicht aber den Fuß darauf zu setzen. Dieser Vorsatz war leichter gefaßt als ausgeführt. Das Ergebnis war, daß unser Flüchtling nach rechts und nach links abschweifte und sozusagen im Zickzack ging, teils neuen Anweisungen folgend, die er da und dort zu erfragen wagte, teils diese nach eigenem Gutdünken berichtigend, sich teils auch von dem Weg leiten lassend, auf dem er eben schritt. Auf diese Weise hatte er bald zwölf Meilen zurückgelegt, ohne von Mailand mehr als sechs Meilen entfernt zu sein. Und was Bergamo betraf, so war es schon viel, daß er sich nicht immer mehr davon entfernte. Er fing an zu begreifen, daß er auf diese Weise nicht recht vorwärts kam, und sann über ein anderes Mittel nach. Dabei verfiel er auf den Gedanken, mit List den Namen eines nahe der Grenze gelegenen Dorfes ausfindig zu machen, zu dem man auf Feldwegen gelangen könnte. Wenn er sich nach diesem Dorf erkundigte, würde er sich seinen Weg zeigen lassen, ohne überall die Frage nach Bergamo auszustreuen, die ihm so sehr nach Flucht, Verbannung und Verbrechen zu riechen schien.

Als er noch darüber nachdachte, wie solche Auskünfte einzuholen seien, ohne Verdacht zu erregen, sah er an einer einsamen Hütte außerhalb eines Dörfchens ein Wirtshauszeichen hängen, und da er seit einiger Zeit das wachsende Bedürfnis fühlte, sich zu stärken, überlegte er, daß dies der Ort sei, ihm beide Dienste auf einmal zu leisten, und er trat ein. Er traf drinnen nur eine alte Frau an, die mit der Spindel in der Hand neben ihrem Spinnrocken saß. Er verlangte etwas zu essen, und es wurde ihm Käse und ein guter Wein angeboten. Er nahm den Käse an, aber für den Wein dankte er; der war ihm durch den dummen Streich vom Vorabend verhaßt. Dann setzte er sich nieder und bat die Alte, sich zu beeilen. Diese hatte im Handumdrehen den Käse auf den Tisch gebracht und begann gleich darauf, ihren Gast mit Fragen zu bestürmen, über seinen Stand und über die stürmischen Ereignisse in Mailand, von denen das Gerücht schon bis dahin gedrungen war. Renzo aber verstand es nicht nur, sich mit großer Geschicklichkeit der Fragen zu erwehren, sondern sogar die Neugier der alten Frau, die ihn nach seinem Reiseziel fragte, zu nutzen.

„Ich muß viele Orte besuchen“, erwiderte er. „Und wenn mir nur ein wenig Zeit übrigbleibt, möchte ich auch noch einen kurzen Abstecher in jenes große Dorf machen, an der Straße nach Bergamo, nahe der Grenze, aber noch im Mailändischen ... Wie heißt es doch gleich?“ Und bei sich dachte er: Irgendeins wird es dort wohl doch geben.

„Gorgonzola meint Ihr wohl?“ antwortete die Alte.

„Gorgonzola!“ wiederholte Renzo, gleichsam um sich das Wort besser einzuprägen. „Ist es sehr weit von hier?“ begann er noch einmal.

„Ich weiß es nicht genau, es können zehn, es können auch zwölf Meilen sein. Wäre einer von meinen Söhnen da, der könnte es Euch sagen.“

„Und was meint Ihr, kann man da auf diesen kleinen schönen Seitenwegen hinkommen, ohne die Landstraße einzuschlagen? Denn dort ist ein Staub! ein Staub! Es hat schon lange nicht mehr geregnet!“

„Ich glaube, ja. Ihr könnt in dem ersten Dorf fragen, auf das Ihr stoßt, wenn Ihr Euch rechts haltet.“ Und sie nannte es ihm.

„Gut“, sagte Renzo, stand auf und griff nach einem Stück Brot, das ihm von dem kargen Frühstück übriggeblieben war, ein Brot, das sehr verschieden war von dem, das er tags zuvor beim Kreuz des heiligen Dionysius gefunden hatte; er bezahlte die Zeche, ging hinaus und schlug den Weg zur Rechten ein. Und um Euch mit der Geschichte nicht zu langweilen, sage ich Euch, daß er mit dem Namen Gorgonzola im Munde von Dorf zu Dorf gelangte und eine Stunde vor Sonnenuntergang dort ankam.

Schon unterwegs hatte er beschlossen, hier eine weitere Rast zu machen, um ein etwas kräftigeres Mahl zu sich zu nehmen. Dem Körper wäre auch etwas Ruhe im Bett willkommen gewesen, aber ehe Renzo ihm diesen Wunsch erfüllt hätte, wäre er lieber auf der Straße zusammengebrochen. Sein Vorhaben war, sich im Wirtshaus nach der Entfernung bis zur Adda zu erkundigen und dabei auf verstohlene Weise zu ergründen, wo man sie überqueren könne, und gleich dahin aufzubrechen, sobald er sich gestärkt hatte. Da er sozusagen an der zweiten Quelle dieses Flusses geboren und aufgewachsen war, hatte er oftmals sagen hören, daß der Fluß an einer bestimmten Stelle und eine bestimmte Strecke lang die Grenze zwischen dem mailändischen und dem venezianischen Gebiet bilde, hatte aber weder von der Stelle noch von der Strecke eine genaue Vorstellung. Aber für den Augenblick war es das Dringendste, hinüberzugelangen, und zwar ganz gleich, wo. Und sollte ihm das an diesem Tage nicht mehr gelingen, so war er entschlossen, weiterzuwandern, solange Licht und Kraft es ihm gestatteten, und dann die Morgenröte zu erwarten im Freien, in einer Einöde, wo es Gott gefiele, nur nicht in einer Schenke.

Kaum hatte er in Gorgonzola einige Schritte getan, so entdeckte er ein Schild und trat ein. Bei dem Wirt, der ihm entgegenkam, bestellte er ein gutes Essen und einen Schoppen Wein, denn bei den zurückgelegten Meilen und der langen Zeit war ihm der übertriebene, überspannte Haß auf den Wein vergangen. „Ich bitte Euch, mich rasch zu bedienen", fügte er hinzu, „denn ich muß mich gleich wieder auf den Weg machen." Und das sagte er nicht nur, weil es der Wahrheit entsprach, sondern auch aus Angst, daß der Wirt, in der Meinung, er wolle dort übernachten, mit der Frage nach dem Vor- und Zunamen, Herkunft und Gewerbe herausrücken könnte ... Gott behüte!

Der Wirt versprach Renzo, ihn sogleich zu bedienen, und dieser setzte sich hinten an den Tisch, nahe bei der Tür, auf den Platz der Schüchternen.

In der Schenke befanden sich einige Müßiggänger aus dem Dorf, die, nachdem sie die aufregenden Neuigkeiten aus

Mailand vom vorigen Tage erörtert und besprochen hatten, darauf brannten, auch zu erfahren, wie es dort heute zugegangen sei, um so mehr, als diese ersten Nachrichten eher dazu angetan waren, die Neugier zu reizen, als sie zu befriedigen. Ein weder unterdrückter noch siegreicher Aufstand, durch die Nacht eher verschoben denn beendet, eine unfertige Angelegenheit, das Ende mehr eines Aktes denn eines Dramas. Einer von diesen Leuten löste sich von der Gesellschaft, näherte sich dem Ankömmling und fragte ihn, ob er von Mailand komme.

„Ich?" sagte Renzo überrascht, um Zeit zur Antwort zu gewinnen.

„Ja, Ihr, wenn Ihr die Frage gestattet."

Renzo schüttelte den Kopf, preßte die Lippen aufeinander und stieß einen unverständlichen Laut aus, dann sagte er: „Mailand soll nach dem, was ich gehört habe ... kein Ort sein, den man aufsuchen sollte, wenn es nicht gerade die größte Notwendigkeit erheischt."

„So dauert heute der Lärm noch an?" fragte der Neugierige zudringlicher.

„Man müßte dort sein, um es zu wissen", sagte Renzo.

„Ja kommt Ihr denn nicht von Mailand?"

„Ich komme von Liscate", antwortete rasch der Jüngling, der sich inzwischen die Antwort überlegt hatte. Er kam, genaugenommen, wirklich von dort, weil er durch den Ort gegangen war, und den Namen hatte er irgendwo unterwegs von einem Wanderer erfahren, der ihm jenes Dorf als das erste bezeichnet hatte, das er durchqueren müsse, um nach Gorgonzola zu gelangen.

„Oh", sagte jener in einem Ton, als wollte er sagen: Du tätest besser, von Mailand zu kommen, aber Geduld. „Und in Liscate", fügte er hinzu, „wußte man nichts von Mailand?"

„Es könnte wohl sein, daß der eine oder andere dort etwas wußte", erwiderte der Gebirgler. „Ich aber habe nichts gehört."

Diese Worte brachte er in einer so entschiedenen Weise vor, die zu besagen schien: Jetzt ist es genug. Der Neugierige kehrte auf seinen Platz zurück, und einen Augenblick später kam der Wirt, um aufzutragen.

„Wie weit ist es von hier bis zur Adda?" fragte Renzo ihn halblaut mit dem Gehabe eines Schläfrigen, das wir schon einmal an ihm beobachtet haben.

„Zur Adda, um hinüberzukommen?" sagte der Wirt.

„Das heißt, ja . . . zur Adda."

„Wollt Ihr über die Brücke von Cassano oder bei der Fähre von Canonica hinüber?"

„Wo ist es? . . . Ich frage nur so aus Neugier."

„Nun, ich meinte nur, weil das die Stellen sind, wo die ehrlichen Leute hinübergehen, die über sich Rechenschaft geben können."

„Gut, und wie weit ist es?"

„Ihr müßt rund sechs Meilen rechnen bis zu beiden Orten, vielleicht etwas mehr, vielleicht auch etwas weniger."

„Sechs Meilen! Ich dachte nicht, daß es so weit wäre", entgegnete Renzo. „Aber wenn", fuhr er mit einer übertrieben gleichgültigen Miene fort, „wenn nun einer den kürzesten Weg einschlagen müßte, gibt es da noch andere Stellen, wo man hinüber könnte?"

„Die wird es sicher geben", antwortete der Wirt und starrte ihn mit boshafter Neugier an. Das genügte, um dem Jüngling die anderen Fragen, die er bereithielt, auf den Lippen ersterben zu lassen. Er zog die Schüssel näher heran und sagte, indem er den Schoppen Wein betrachtete, den der Wirt gleichfalls auf den Tisch gestellt hatte: „Ist der Wein unverfälscht?"

„Echt wie Gold", sagte der Wirt. „Fragt nur alle Leute im Dorf und in der Umgebung, die etwas davon verstehen, und schließlich werdet Ihr es selber merken." Und mit diesen Worten kehrte er zu seinen Gästen zurück.

Diese verfluchten Wirte! rief Renzo bei sich aus. Je mehr ich ihrer kennenlerne, desto schlimmer finde ich sie. Trotzdem begann er mit großem Appetit zu essen, wobei er gleichzeitig, ohne daß man es ihm ansah, die Ohren spitzte, um alles auszukundschaften und zu erfahren, wie man hier über die große Begebenheit denke, woran auch er einen nicht geringen Anteil hatte, und um vor allem zu beobachten, ob sich unter den Redenden vielleicht ein Ehrenmann befand, den ein armer Bursche vertrauensvoll nach dem Weg fragen könnte, ohne befürchten zu müssen, dadurch in die Enge getrieben und zur Preisgabe seiner Angelegenheiten gezwungen zu werden.

„Aber", sagte der eine, „diesmal sieht es wirklich so aus, als hätten die Mailänder Ernst machen wollen. Genug, spätestens morgen wird man etwas erfahren."

„Ich bereue, daß ich nicht heute früh nach Mailand gegangen bin", sagte ein anderer.

„Wenn du morgen gehst, so komme ich auch mit", sagte ein dritter, dann noch einer und noch einer.

„Was ich wissen möchte", fing der erste wieder an, „ist, ob diese Herren in Mailand auch an die armen Leute auf dem Lande denken oder ob sie die Gesetze nur für sich machen werden. Wißt ihr, was das für Leute sind, he? Hochmütige Städter sind das, die alles nur für sich haben wollen. Als ob weiter niemand da wäre."

„Wir haben auch einen Mund, sei es nun zum Essen oder um unsere Meinung zu sagen", versetzte ein anderer mit einer Stimme, die in Anbetracht der kühnen Worte bescheiden klang, „und wenn die Sache im Gange ist..." Aber er hielt es für besser, den Satz nicht zu vollenden.

„Verstecktes Korn gibt es nicht nur in Mailand", fing ein anderer mit einer finsteren und boshaften Miene an. Da hörte man plötzlich ein Pferd nahen. Alle liefen zur Tür, und nachdem sie den Ankömmling erkannt hatten, gingen sie ihm entgegen. Es war ein Kaufmann aus Mailand, der, da er mehrmals im Jahre in Geschäften nach Bergamo reiste, in dieser Schenke zu übernachten pflegte, und da er dort fast immer die gleiche Gesellschaft antraf, kannte er sie alle. Sie umringten ihn, einer faßte die Zügel, ein anderer den Steigbügel. „Willkommen! Willkommen!"

„Seid gegrüßt!"

„Habt Ihr eine gute Reise gehabt?"

„Eine ausgezeichnete! Und Ihr, wie geht es Euch?"

„Gut, gut. Was für Neuigkeiten bringt Ihr uns aus Mailand mit?"

„Aha! Da sind schon die mit den Neuigkeiten", sagte der Kaufmann, indem er vom Pferd stieg und es einem Burschen überließ. „Um diese Stunde wißt Ihr jetzt schon mehr als ich", entgegnete er, mit der Gesellschaft eintretend.

„Nein, wirklich, wir wissen nichts", riefen mehrere, die Hand auf dem Herzen.

„Ist das möglich?" sagte der Kaufmann. „Ihr werdet also schöne Sachen hören ... oder garstige. He, Wirt, ist mein gewohntes Bett frei? Gut, ein Glas Wein und die übliche Mahlzeit, rasch, denn ich will zeitig schlafen gehen und morgen früh beizeiten aufbrechen, damit ich zur Mittagszeit in Bergamo bin. Und Ihr", fuhr er fort, indem er sich an das Renzo gegenüberliegende Tischende setzte, während jener still und aufmerksam auf seinem Platz saß, „Ihr wißt also nichts von den gestrigen Teufeleien?"

„Von den gestrigen ja."

„Na also", fuhr der Händler fort, „da wißt Ihr alle Neuigkeiten schon. Ich sage immer, wer hier so auf der Lauer liegt und jeden aushorcht, der vorübergeht ..."

„Aber heute, wie ist es heute zugegangen?"

„Ach heute. Von heute wißt Ihr noch nichts?"

„Nein, gar nichts. Es ist niemand vorbeigekommen."

„Also laßt mich erst die Lippen anfeuchten, und dann werde ich Euch die heutigen Ereignisse berichten. Ihr sollt alles erfahren." Er füllte das Glas, nahm es in die Hand, zwirbelte mit der anderen den Schnurrbart in die Höhe, strich sich über den Bart, trank und fuhr dann fort: „Heute, meine lieben Freunde, hätte nicht viel gefehlt, und es wäre ein ebenso stürmischer Tag wie gestern oder ein noch viel schlimmerer geworden. Und es scheint mir fast unglaublich, daß ich jetzt hier mit Euch sitze und schwatze, denn ich hatte schon jeden Gedanken an die Reise aufgegeben, um daheim zu bleiben und auf meinen kleinen Laden aufzupassen."

„Was zum Teufel war denn los?" sagte einer der Zuhörer.

„Ja, wirklich, der Teufel; Ihr werdet hören." Und während er die ihm vorgesetzte Speise zerkleinerte und dann aß, setzte er seine Erzählung fort. Die Anwesenden standen zu beiden Seiten des Tisches und hörten ihm mit offenem Munde zu. Renzo aber war, ohne es sich anmerken zu lassen, wohl der aufmerksamste Zuhörer, kaute jedoch mit betonter Gleichgültigkeit an seinen letzten Bissen.

„Also heute früh fanden sich die Schurken, die gestern den schrecklichen Lärm geschlagen hatten, auf den verabredeten Plätzen ein (es war natürlich im Einvernehmen und alles vorher abgekartet). Sie rotteten sich zusammen und begannen wieder das schöne Spiel, von einer Straße in die andere zu ziehen und durch Geschrei andere Leute anzulokken. Wißt Ihr, das ist, mit Verlaub zu sagen, nicht anders, als ob man das Haus auskehrt: der Kehrichthaufen wird immer größer, je weiter er gefegt wird. Als sie glaubten, genügend Volk beisammen zu haben, machten sie sich auf den Weg zum Hause des Verwesers, als ob sie an den Gewalttaten, die sie an ihm gestern verübt hatten, noch nicht genug hätten. An einem solchen Herrn! Diese Schurken! Und was sie alles gegen ihn vorbrachten! Lauter erfundenes Zeug: ein braver, gewissenhafter Herr. Ich kann das sagen, denn ich gehöre fast zum Hause und liefere den Stoff für die Livreen seiner Dienerschaft. Also, sie zogen zu seinem Haus. Man brauchte das Pack nur zu sehen, was für Gesichter! Stellt Euch vor, sie sind an meinem Laden vorübergezogen, Gesichter, die ... die Juden von Christi Kreuzesweg sind nichts dagegen. Und die Reden, die aus ihren Mäulern kamen! Man hätte sich die Ohren zustopfen mögen, wenn es nicht ratsamer gewesen wäre, unbemerkt zu bleiben. Sie trugen sich also mit der festen Absicht zu plündern, aber ...", und hier hob er die Linke, spreizte die Finger auseinander und führte den Daumen an die Nasenspitze.

„Aber?" schrien fast alle Zuhörer.

„Aber", fuhr der Kaufmann fort, „sie fanden die Straße mit Balken und Karren verrammelt und hinter diesen Barrikaden eine hübsche Reihe von Soldaten mit gespannten Musketen, um sie zu empfangen, wie sie es verdienten. Als sie diese Maßnahmen sahen ... was hättet Ihr da wohl getan?"

„Wir wären umgekehrt."

„Richtig, und das taten sie auch. Aber sagt doch selbst, muß es nicht der Satan gewesen sein, der sie antrieb? Da stehen sie denn auf dem Cordusio, sehen die Bäckerei, die sie schon gestern hatten plündern wollen, und was machte man eben in diesem Laden? Man verteilte das Brot an die Kunden. Es waren Edelleute da, die feinsten Edelleute, die aufpaßten, daß alles ordnungsgemäß verlief. Und die Kerle (sie hatten den Teufel im Leibe, sage ich Euch, und Aufwiegler waren auch da), die Kerle stürmen hinein wie Tollhäusler: Nimm dir was, so nehme ich mir auch was! In einem Augenblick war alles durcheinander: Edelleute, Bäkker, Kunden, Brote, Tische, Bänke, Tröge, Kästen, Säcke, Beutel, Kleie, Mehl und Teig."

„Und die Soldaten?"

„Die Soldaten hatten das Haus des Verwesers zu bewachen. Man kann nicht zwei Dinge auf einmal machen, singen und zugleich das Kreuz tragen. Und alles dauerte nur wenige Augenblicke, sage ich Euch. Alles, was zu irgend etwas gut war, wurde mitgenommen. Und dann kommt die schöne Erfindung von gestern wieder an die Reihe. Alles, was übrig war, auf den Platz zu tragen und ein Feuer anzuzünden. Und schon begannen die Halunken die Sachen herauszuschleppen, als einer, der ein noch größerer Halunke als die anderen war, mit einem ganz unglaublichen Vorschlag herauskam."

„Nun?“

„Im Laden alles auf einen Haufen zu werfen und den Haufen und das Haus in Brand zu stecken. Gesagt, getan ...“

„Haben sie es in Brand gesteckt?“

„Wartet! Ein rechtschaffener Mann in der Nachbarschaft hatte eine Eingebung des Himmels. Er lief in die Zimmer hinauf, suchte ein Kruzifix, fand es, hängte es an ein Fensterkreuz, nahm vom Kopfende eines Bettes zwei geweihte Kerzen, zündete sie an und stellte sie links und rechts vom Kruzifix auf das Fensterbrett. Die Leute sahen hinauf. Und man muß sagen, in den Mailändern steckt doch noch ein wenig Gottesfurcht, alle gingen in sich. Die meisten, will ich sagen. Es waren immerhin auch Teufel darunter, die, um zu stehlen, auch das Paradies in Brand gesteckt hätten, aber als sie sahen, daß das Volk nicht ihrer Meinung war, mußten sie es sein lassen und sich ruhig verhalten. Nun ratet einmal, wer unverhofft daherkam? Alle Domherren in feierlichem Zuge, das Kreuz voran, alle in Chorgewändern. Und der Erzbischof, Monsignore Mazenta, begann auf einer Seite zu predigen und der Beichtvater, Monsignore Settala, auf der anderen und die übrigen Priester auch: ‚Aber, gute Leute, was wollt Ihr tun? Ist dies das Beispiel, das Ihr Euren Kindern gebt? Geht doch nach Hause! Wißt Ihr denn nicht, daß das Brot billiger geworden ist, billiger als früher? Geht doch und seht, die Bekanntmachung ist an allen Straßenekken angeschlagen.‘“

„Sagten sie die Wahrheit?“

„Teufel, glaubt Ihr etwa, die Domherren wären in vollem Ornat erschienen, um Lügenmärchen zu erzählen?“

„Und was taten die Leute?“

„Sie zerstreuten sich nach und nach. Sie liefen an die Straßenecken, und wer lesen konnte, fand dort wirklich den Preis. Stellt Euch vor: ein Brot von acht Unzen für einen Soldo.“

„Das ist ein Glücksfall!“

„Die Sache ist schön, wenn sie nur auch von Dauer ist. Wißt Ihr, wieviel Mehl sie von gestern bis heute verwüstet haben? Zwei Monate lang hätte man damit das Herzogtum erhalten können."

„Und für die außerhalb Mailands ist kein gutes Gesetz gemacht worden?"

„Was für Mailand geschehen ist, geht alles auf Kosten der Stadt. Ich weiß nicht, was ich Euch sagen soll, für Euch wird geschehen, was Gott gefallen wird. Glücklicherweise ist die Unruhe zu Ende. Ich habe Euch aber noch nicht alles erzählt, das Gute kommt noch."

„Was gibt es denn noch?"

„Daß gestern abend oder heute früh eine Menge Leute festgenommen wurden, und man hat auch gleich erfahren, daß die Rädelsführer an den Galgen kommen. Kaum begann sich dieses Gerücht zu verbreiten, so machte jeder, daß er auf dem kürzesten Wege nach Hause kam, um nicht Gefahr zu laufen, dazugezählt zu werden. Als ich Mailand verließ, glich Mailand einem Mönchskloster."

„Wird man sie denn wirklich hängen?"

„Und ob! Auf der Stelle", erwiderte der Kaufmann.

„Und was wird das Volk tun?" fragte wieder der, der auch die frühere Frage gestellt hatte.

„Das Volk? Es wird zuschauen gehen", sagte der Kaufmann. „Sie hatten eine solche Lust, einen Christenmenschen unter freiem Himmel sterben zu sehen, diese Halunken, und wollten dem Herrn Proviantverweser den Garaus machen. An seiner Stelle werden sie jetzt vier Kerle haben, mit allem Drum und Dran, begleitet von Kapuzinern und der Bruderschaft des seligen Todes. Aber es sind Leute, die es nicht anders verdienen. Es ist eine Vorsichtsmaßnahme, wißt Ihr, es war notwendig. Sie fingen schon an, dreist in die Läden einzudringen und sich zu bedienen, ohne zu bezahlen. Hätte man sie gewähren lassen, so wäre nach dem Brot der Wein an die Reihe gekommen und so eins nach dem anderen ... Denkt Ihr etwa, sie würden auf solche Zustände aus freien

Stücken wieder verzichten? Ich kann Euch sagen, daß es für einen rechtschaffenen Menschen, der ein offenes Geschäft hat, kein erfreulicher Gedanke war."

„Gewiß", sagte einer der Zuhörer. „Gewiß", wiederholten einstimmig die anderen.

„Und", fuhr der Kaufmann fort, während er sich den Bart mit dem Tischtuch abwischte, „es war seit langem angezettelt. Es war eine Verschwörung, wißt Ihr?"

„Eine Verschwörung?"

„Jawohl, eine Verschwörung. Lauter Ränke, die die Navarresen angestiftet haben und dieser Kardinal von Frankreich, Ihr wißt, wen ich meine. Der mit dem halb türkischen Namen, der jeden Tag etwas Neues ersinnt, um der Krone Spaniens zu schaden. Vor allem möchte er Mailand eins auswischen, denn er weiß recht gut, der Schlaukopf, daß die Macht des Königs darauf beruht."

„Ja, ja."

„Wollt Ihr einen Beweis? Die den größten Lärm gemacht haben, waren Fremde. Es trieben sich Gestalten herum, die man in Mailand nie gesehen hatte. Aber da hätte ich beinahe eine Geschichte vergessen, die mir als sicher erzählt worden ist. Die vom Gericht hatten in einer Schenke einen erwischt ..." Renzo, dem nicht das geringste von diesem Gespräch entging, fühlte sein Blut erstarren, als diese Saite angeschlagen wurde, und machte eine unwillkürliche Bewegung, ehe er sich zusammenreißen konnte. Aber niemand bemerkte es, und der Sprecher fuhr ohne Unterbrechung in der Geschichte fort: „Einen, von dem man nicht recht weiß, woher er gekommen ist, wer ihn geschickt hat noch was für eine Art Mensch er eigentlich ist, aber jedenfalls war er einer von den Rädelsführern. Schon gestern hatte er sich im größten Getümmel wie der Teufel gebärdet, und damit noch nicht zufrieden, hatte er dann zu predigen begonnen und eine recht artige Sache vorgeschlagen, nämlich daß man alle Herren totschlagen solle. Der Schurke! Wovon sollten denn die armen Leute leben, wenn die Herren umgebracht wären? Das Gericht, das ihm nachgestellt hatte, packte ihn beim Kragen. Sie fanden ein ganzes Bündel Briefe bei ihm und führten ihn ins Gefängnis. Aber was? seine Spießgesellen, die vor dem Wirtshaus Wache hielten, kamen in großer Zahl und befreiten ihn, den Halunken."

„Und was ist aus ihm geworden?"

„Das weiß man nicht. Er wird geflohen sein, oder er hat sich in Mailand versteckt. Das sind Menschen, die kein Dach über dem Kopf haben. Die finden überall etwas, wo sie unterkommen und sich verkriechen können, aber nur, solange ihnen der Teufel helfen will und kann. Sie fallen dann herein, wenn sie es am wenigsten vermuten, denn wenn die Birne reif ist, muß sie zur Erde fallen. Einstweilen weiß man mit Sicherheit, daß die Briefe in den Händen der Gerechtigkeit geblieben sind und daß darin die ganze Verschwörung beschrieben ist, und man sagt, daß viele Leute darin verwickelt sind. Desto schlimmer für sie. Sie haben ja halb Mailand auf den Kopf gestellt und wollten noch Ärgeres tun. Sie sagen, daß die Bäcker Schurken sind. Das weiß ich auch, aber man muß sie auf dem Gerichtswege an den Galgen bringen. Es ist auch Korn versteckt. Wer weiß das nicht? Aber es ist Sache derer, die befehlen, gute Kundschafter zu halten und es ans Licht zu holen. Und dann Aufkäufer und Bäcker zusammen an den Galgen! Und wenn der, der zu befehlen hat, nichts unternimmt, so ist es Sache der Stadt, einzuschreiten und, wenn man beim erstenmal keinen Erfolg sieht, nochmals einzuschreiten. Denn durch das Einschreiten erreicht man etwas. Aber niemals kann man einen so ruchlosen Brauch anerkennen, daß jeder in die Geschäfte und Läden eindringen und ungestraft Waren forttragen darf."

Für Renzo hatte sich das wenige Essen in lauter Gift verwandelt. Es schien ihm eine Ewigkeit zu währen, ehe er draußen, fern von dem Wirtshaus und dem Dorf sein würde. Wohl an die zehnmal hatte er gedacht: Fort, fort! Aber die Angst, Argwohn zu erregen, die über alle Maßen zugenommen hatte und alle seine Gedanken beherrschte, hielt ihn immer wieder auf der Bank fest. In dieser Bestürzung dachte er, einmal müsse doch der Schwätzer aufhören, von ihm zu reden, und er beschloß, aufzubrechen, sobald er ihn ein anderes Gespräch anknüpfen hörte.

„Und darum", sagte einer aus der Gesellschaft, „weil ich weiß, wie es unter solchen Umständen zugeht und daß anständige Menschen bei einem solchen Aufruhr fehl am Platze sind, habe ich mich nicht von der Neugier hinreißen lassen und bin daheim geblieben."

„Und ich, habe ich mich etwa gerührt?" sagte ein anderer.

„Ich", fügte ein dritter hinzu, „wenn ich zufällig in Mailand gewesen wäre, so hätte ich jedes Geschäft im Stich gelassen und wäre schnell nach Hause zurückgekehrt. Ich habe Frau und Kinder, und außerdem, ehrlich gesagt, so ein Lärm gefällt mir nicht."

In diesem Augenblick ging der Wirt, der auch zugehört hatte, an das andere Tischende, um nach dem Fremden zu sehen. Renzo benutzte die Gelegenheit, winkte den Wirt heran, bat um die Rechnung, beglich sie, ohne etwas abzuziehen, obwohl Ebbe in seiner Börse war, und ging, ohne noch ein Wort zu sagen, geradewegs auf die Tür zu, überschritt die Schwelle und schlug, von der Vorsehung geleitet, die entgegengesetzte Richtung des Weges ein, den er gekommen war.

17. Kapitel

Oft genügt ein einziger Wunsch, um den inneren Frieden eines Menschen zu stören. Bedenkt, wie es sein mag, wenn es zwei sind und beide dazu miteinander im Widerstreit stehen. Der arme Renzo hatte, wie Ihr wißt, den Wunsch zu eilen und den, verborgen zu bleiben. Die unseligen Worte des Kaufmanns hatten den einen wie den anderen auf einen Schlag über alle Maßen gesteigert. Sein Abenteuer hatte also von sich reden gemacht, und man wollte ihn um jeden Preis wieder einfangen. Wer weiß, wie viele Häscher ihm auf den Fersen waren! Wer weiß, was für Befehle erlassen sein mochten, um ihn in den Dörfern, in den Schenken, auf der Straße aufzustöbern! Wohl dachte er, daß schließlich nur zwei Häscher ihn persönlich kannten und daß sein Name ihm ja nicht auf der Stirn geschrieben stand, aber da fielen ihm wieder verschiedene Geschichten ein, die er hatte erzählen hören, von Flüchtlingen, die durch eine seltsame Verkettung von Umständen gefaßt und entdeckt worden waren, die man am Gang, an ihrer verdächtigen Miene oder an anderen unvermuteten Zeichen erkannt hatte. Das alles umdüsterte sein Gemüt. Obwohl es in dem Augenblick, als er Gorgonzola verließ, vierundzwanzig Uhr schlug und die Dunkelheit diese Gefahren immer mehr verminderte, blieb er doch sehr ungern auf der Landstraße und beschloß, dem ersten Seitenweg zu folgen, der in jene Richtung zu führen schien, die einzuhalten ihm gelingen mußte. Anfangs begegnete er noch vereinzelten Wanderern, aber da seine Phantasie von düsteren Besorgnissen erfüllt war, hatte er nicht den Mut, nach dem Weg zu fragen. Er hat sechs Meilen gesagt, dachte er. Wenn man von der Landstraße abweicht, können es auch acht oder zehn werden. Nun, meine Beine, die die anderen zurückgelegt haben, werden auch diese noch bewältigen. Auf Mailand gehe ich ganz gewiß nicht zu, folglich gehe ich auf die Adda zu. Vorwärts, vorwärts, früher oder später werde ich schon ankommen. Die Adda hat eine laute Stimme, und wenn ich einmal in ihrer Nähe bin, brauche ich niemanden mehr zu fragen. Wenn es ein Boot zum Übersetzen gibt, so fahre ich gleich hinüber, sonst bleibe ich bis zum Morgen auf einem Felde oder wie die Spatzen auf einem Baum. Besser auf einem Baum als im Kerker.

Bald darauf sah er zur Linken einen schmalen Weg abzweigen und folgte ihm. Wäre ihm jetzt noch jemand begegnet, hätte er ohne weiteres um Auskunft gebeten. Doch kein lebendes Wesen war zu sehen oder zu hören. Er ging also der Straße nach und überließ sich seinen Gedanken.

Ich Teufeleien machen! Ich alle Herren erschlagen! Einen ganzen Stapel Briefe bei mir! Meine Spießgesellen, die meinetwegen Wache gestanden haben! Ich gäbe was darum, wenn ich jenseits der Adda (ach, wann werde ich diese verwünschte Adda hinter mir haben) diesem Kaufmann Aug in Auge gegenüberstehen, ihn stellen und mit aller Gemächlichkeit fragen könnte, wo er denn all diese schönen Nachrichten aufgefischt habe. Nehmt jetzt zur Kenntnis, mein lieber Herr, daß die Sache so und so zugegangen ist und daß die Teufelei, die ich begangen habe, darin bestanden hat, Ferrer zu helfen, als ob er mein Bruder gewesen wäre. Nehmt zur Kenntnis, daß mir diese Schufte, die nach Eurer Meinung meine Freunde waren, einen schlimmen Possen spielen wollten, weil ich in einem gewissen Augenblick ein Wort als guter Christ sprach. Nehmt zur Kenntnis, daß ich mir die Rippen zerquetschen ließ, um Euren Herrn Verweser zu retten, den ich nie gesehen und nie gekannt habe, während Ihr Euren Laden bewachtet. Ein andermal könnt Ihr lange warten, bis ich mich rühre, den Herren beizustehen ... Freilich soll man es um der Seele willen tun, auch sie sind ja unsere Nächsten. Und den großen Stapel Briefe, worin die ganze Verschwörung enthalten war und der jetzt, wie Ihr genau wißt, in den Händen der Justiz ist – wetten wir, daß ich ihn hier unverzüglich vor Euch erscheinen lasse, ohne Hilfe des Teufels? Wäret Ihr so neugierig, diesen Stapel sehen zu wollen? Hier ist er. Ein einziger Brief? Ja, Herr, ein einziger Brief, und diesen Brief hat, wenn Ihr es wissen wollt, ein Geistlicher geschrieben, der Euch zu jeder Zeit eine Lehre geben kann. Ein Geistlicher, von dem, ohne Euch unrecht zu tun, ein Barthaar mehr wert ist als Euer ganzer Bart. Und der Brief ist, wie Ihr seht, an einen anderen Geistlichen geschrieben, der auch ein Mann ist, der ... Seht Ihr jetzt, wer meine Freunde, die Bösewichter, sind? Und lernt ein andermal ein wenig besser reden, zumal wenn es sich um Eure Nächsten handelt!

Aber nach einiger Zeit hörten diese und ähnliche Gedanken auf, die gegenwärtigen Umstände nahmen alle Kräfte des armen Pilgers in Anspruch. Die Angst, verfolgt oder entdeckt zu werden, die ihm die Wanderung am hellichten Tage so verbittert hatte, beunruhigte ihn jetzt nicht mehr. Aber wieviel Dinge machten sie ihm jetzt noch viel lästiger! Die Finsternis, die Einsamkeit, die wachsende und nun schon schmerzende Ermüdung. Es blies ein sanftes, gleichmäßiges, dünnes Lüftchen, das einem Menschen nicht sehr zuträglich sein konnte, der sich noch immer in der Kleidung befand, die er angezogen hatte, um sich in aller Eile trauen zu lassen und dann gleich triumphierend in sein Haus zurückzukehren. Und was ihm alles noch beschwerlicher machte, war dieses Wandern aufs Geratewohl, dieses Umhertappen sozusagen, um einen Ort der Ruhe und der Sicherheit zu finden.

Wenn es sich traf, daß er durch irgendein Dorf mußte, so ging er ganz sachte, schaute sich aber dabei um, ob irgendwo noch eine offene Tür war. Doch er sah niemals ein anderes Zeichen, daß die Leute wach waren, als hier und da einen matten Lichtschimmer, der durch ein Fenster blinkte. Außerhalb der bewohnten Ortschaften blieb er öfter stehen und lauschte, ob er nicht die ersehnte Stimme der Adda höre, doch es war vergebens. Er hörte keinen anderen Laut als das Geheul von Hunden, das, kläglich und drohend zugleich, von irgendeinem einsamen Gehöft zu ihm drang. Kam er einem dieser Höfe näher, so verwandelte sich das Geheul in ein heftiges, wütendes Gebell, und wenn er am Tor vorbeikam, so hörte, ja sah er fast, wie das grimmige Tier, die Schnauze an den Torritzen, das Geheul verdoppelte, was ihm die Lust nahm, anzuklopfen und um ein Obdach zu bitten. Und vielleicht hätte er sich auch ohne die Hunde nicht dazu entschlossen. „Wer ist da? Was wollt Ihr zu dieser Stunde? Wie seid Ihr hierhergekommen? Gebt Euch zu erkennen. Gibt es keine Wirtshäuser zum Übernachten?“ So werden sie im besten Falle – dachte er – zu mir sagen, wenn ich anklopfe. Wenn nicht gar dort ein Hasenfuß schläft, der ohne weiteres zu schreien anfängt: „Hilfe! Ein Dieb!" Man muß gleich eine bestimmte Antwort bereit haben, und was für eine Antwort habe ich? Wer nachts ein Geräusch hört, dem kommt nichts anderes in den Sinn als Diebe, Verbrecher und Gaunereien; man denkt niemals, daß ein rechtschaffener Mensch in der Nacht unterwegs sein könnte, wenn es nicht gerade ein Edelmann im Wagen ist. Darum behielt er sich diesen Ausweg für den äußersten Notfall vor und ging weiter, in der Hoffnung, die Adda wenigstens in dieser Nacht noch zu entdecken, wenn schon nicht zu überqueren, und sie nicht am hellen Tag noch immer suchen zu müssen.

Er wanderte und wanderte, gelangte dorthin, wo sich das bebaute Land in eine spärlich mit Farnkräutern und Ginster bewachsene Heide verlor. Das schien ihm, wenn auch nicht ein sicheres Zeichen, so doch ein gewisser Beweis für die Nähe des Flusses, und er folgte dem Pfad, der die Heide durchquerte. Nach wenigen Schritten blieb er stehen, um zu horchen, aber wieder vergebens. Die Öde der Wanderung wurde durch die Unwirtlichkeit der Gegend noch gesteigert; man sah weder einen Maulbeerbaum noch einen Rebstock oder ein anderes Zeichen menschlichen Fleißes, wie sie ihm vorher fast ständig Begleiter gewesen waren. Trotzdem schritt er immer weiter. Und da sich gewisse Bilder und Erscheinungen zu regen begannen, die noch von den in der Kindheit gehörten Geschichten in seinem Kopf spukten, so sprach er, um sie zu verscheuchen oder zu beschwichtigen, im Gehen Gebete für die armen Seelen.

Nach und nach geriet er in immer höheres Gestrüpp von Schlehen, Zwergeichen und Hagedorn. Während er weiterging und mehr mit Ungeduld als mit Lust den Schritt beschleunigte, erblickte er nun ab und zu im Gestrüpp einen einzelnen Baum, und als er demselben Pfad immer weiter folgte, merkte er, daß er in einen Wald kam. Er empfand einen gewissen Schauder, dort einzudringen, doch überwand er ihn und ging wider Willen weiter; aber je tiefer er eindrang, desto mehr wuchs der Schauder, und desto mehr wurde ihm alles zum Überdruß. Die Bäume, die er in einiger Entfernung sah, stellten seltsame, mißgebildete, monströse Gestalten dar. Ihn störte der Schatten der leicht bewegten Wipfel, der auf dem da und dort vom Mond beschienenen Pfad zitterte; selbst das Rascheln der dürren Blätter, die sich unter seinen Tritten regten, hatte etwas seltsam Widerwärtiges für sein Ohr. Seine Beine empfanden eine Art Sucht, eine Art Trieb zu laufen, und zugleich schien es ihm, als hätten sie Mühe, seinen Leib zu tragen. Er fühlte, wie der Nachtwind schärfer und bösartiger über Stirn und Wangen strich. Er spürte, wie er durch die Kleider und die zusammenschrumpfende Haut blies und schneidender in die vor Müdigkeit zerschlagenen Knochen drang und dort den letzten Rest von Kraft vernichtete. Es kam der Augenblick, wo er von dieser Verdrießlichkeit, von diesem unaussprechlichen Entsetzen, mit dem seine Seele seit einiger Zeit kämpfte, übermannt zu werden schien. Er war nahe daran, zu verzagen, aber er erschrak mehr vor seinem Schrecken als vor allem anderen, rief alle Lebensgeister in sein Herz zurück und gebot ihnen auszuharren. Für einen Moment gestärkt, blieb er stehen, um zu überlegen, und er beschloß, den Ort auf dem schon zurückgelegten Wege unverzüglich zu verlassen und geradewegs in das Dorf zu gehen, durch welches er zuletzt gekommen war, sich wieder unter Menschen zu begeben und ein Obdach zu suchen, und wäre es selbst in einer Schenke. Während er aber so still stand und das Rascheln des Laubes unter seinen Füßen aufgehört hatte und rings um ihn alles schwieg, vernahm er mit einemmal ein Rauschen, ein Murmeln, ein Murmeln von fließendem Gewässer. Er spitzte die Ohren, es wurde ihm zur Gewißheit, er rief: „Das ist die Adda!" Es war wie das Wiederfinden eines Freundes, eines Bruders, eines Retters. Die Ermüdung schwand fast ganz dahin, der Pulsschlag kehrte wieder, er fühlte das Blut frei und warm durch die Adern strömen, fühlte seine Zuversicht wachsen und die Ungewißheit und Schwere der Dinge zum größten Teil sich verflüchtigen, und er zögerte nicht, dem freundlichen Rauschen folgend, in das Innerste des Waldes einzudringen.

In wenigen Minuten gelangte er an das Ende der Ebene, an den Rand eines hohen Ufers. Als er durch das Strauchwerk hinunterblickte, das es überall bedeckte, sah er das Wasser glänzen und fließen. Als er dann den Blick hob, sah er die weite Ebene des anderen Ufers, wo die Dörfchen hingestreut lagen, dahinter die Hügel und auf einem von diesen einen großen weißlichen Fleck, der ihm eine Stadt zu sein schien, sicherlich Bergamo. Er stieg ein wenig den Hang hinab, und indem er das Gesträuch mit den Händen und den Armen auseinanderbog, schaute er hinunter, ob sich ein Boot auf dem Fluß bewege, und lauschte, ob sich ein Ruderschlag vernehmen ließe, aber er sah und hörte nichts. Wenn es etwas Geringeres gewesen wäre als die Adda, so hätte Renzo gleich versucht, das Gewässer zu durchwaten, aber er wußte wohl, daß die Adda kein Fluß war, mit dem man so vertraulich hätte umgehen können.

Deshalb ging er kaltblütig mit sich zu Rate, wozu er sich entschließen solle. Auf einen Baum zu klettern und dort die Morgenröte zu erwarten, die vielleicht noch sechs Stunden auf sich warten lassen konnte, bei dieser kalten Brise und dem Tau, in dieser Kleidung, das war mehr, als zum richtigen Erfrieren nötig gewesen wäre. Die ganze Zeit auf und ab zu laufen hätte, abgesehen davon, daß es gegen die Kälte der klaren Nacht wenig wirksam gewesen wäre, seinen armen Beinen zuviel zugemutet, die schon mehr als ihre Pflicht getan hatten. Da fiel ihm ein, daß er auf einem an die Heide grenzenden Felde eine von jenen mit Stroh gedeckten, aus Stämmen und Zweigen gebauten und mit Lehm beworfenen Hütten gesehen hatte, in denen die Bauern im Mailändischen während des Sommers die Ernte aufbewahren und, um diese zu bewachen, die Nacht zubringen. In den anderen Jahreszeiten stehen diese Hütten leer. Er wählte sie sofort zu seiner Herberge. Er begab sich wieder auf den Pfad, ging erneut durch den Wald, durch das Gestrüpp und durch die Heide und schritt auf die Hütte zu. Eine wurmstichige, gelockerte Tür war ohne Schloß und Riegel angelehnt. Renzo öffnete sie und trat ein. Er sah an Bastseilen ein Geflecht aus Weiden nach Art einer Hängematte hängen, aber er dachte nicht daran, hinaufzusteigen. Er sah auf dem Boden etwas Stroh liegen und dachte, daß sich auch dort ein angenehmes Schläfchen halten ließe.

Bevor er sich aber auf dieses Bett legte, das ihm die Vorsehung bereitet hatte, kniete er nieder, um ihr für diese Wohltat zu danken und für all den Beistand, den er an diesem fürchterlichen Tage von ihr empfangen hatte. Dann sprach er sein gewohntes Gebet und bat überdies noch den Herrgott um Verzeihung, daß er es am Abend vorher nicht gesprochen hatte, sondern, um seine Worte zu gebrauchen, wie ein Hund oder noch ärger schlafen gegangen sei. Und darum – setzte er bei sich hinzu, während er die Hände auf das Stroh stützte und von der knienden Haltung in die liegende überging –, darum wurde mir am nächsten Morgen dieses schöne Erwachen zuteil. Dann raffte er alles Stroh zusammen, das noch um ihn herumlag, und machte sich daraus, so gut es ging, eine Art Decke, um die Kälte zu mildern, die auch in der Hütte recht fühlbar wurde. Er kroch darunter, mit der Absicht, einen erquickenden Schlaf zu tun, den er sich teurer als nötig erkauft zu haben glaubte.

Aber kaum hatte er die Augen geschlossen, begann in seinem Gedächtnis oder in seiner Phantasie (wo es genau war, vermag ich nicht zu sagen), so begann, sage ich, ein so gedrängtes und unablässiges Kommen und Gehen von Menschen, daß an Schlaf nicht zu denken war. Der Kaufmann, der Beamte, die Häscher, der Schwertfeger, der Wirt, Ferrer, der Verweser, die Gesellschaft im Wirtshaus, der ganze Schwarm auf der Straße, dann Don Abbondio, schließlich Don Rodrigo, lauter Leute, mit denen Renzo ein Wörtchen zu reden hatte.

Nur drei Bilder boten sich ihm dar, die nicht von bitteren

Erinnerungen begleitet, frei von Verdacht und durchaus liebenswürdig waren, und von diesen waren es vornehmlich zwei, die, obschon sehr verschieden voneinander, im Herzen des Jünglings eng verbunden waren: ein schwarzer Zopf und ein weißer Bart. Doch auch der Trost, den er empfand, wenn seine Gedanken bei diesen Bildern verweilten, war alles andere als ungetrübt. Dachte er an den guten Mönch, so fühlte er um so lebhafter die Schmach der eigenen Verwirrungen, der schändlichen Unmäßigkeit und der schnöden Nichtbeachtung seiner väterlichen Ratschläge. Und trat ihm Lucias Bild vor Augen, ersparen wir uns, zu sagen, was er fühlte, der Leser kennt die Umstände, er male sich das aus. Und diese arme Agnese, wie hätte er sie vergessen können? Diese Agnese, die ihn gewählt, die ihn schon eins mit ihrer einzigen Tochter gesehen hatte und die, noch ehe sie den Namen Mutter von ihm empfing, schon die Sprache und das Herz der Mutter angenommen und ihm ihr fürsorgliches Bemühen durch die Tat bewiesen hatte. Aber ein Schmerz mehr, und er stach keineswegs am wenigsten, war der Gedanke, daß eben zum Dank für so liebevolle Absichten, für soviel Liebe, die sie ihm entgegenbrachte, die arme Frau nun, vertrieben, fast flüchtig und der Zukunft ungewiß, Kummer und Drangsal eben von den Dingen erntete, von denen sie sich die Ruhe und Freude ihrer letzten Lebensjahre versprochen. Was für eine Nacht, armer Renzo! Sie hätte die fünfte seines Ehestandes sein sollen! Was für eine Kammer! Was für ein Hochzeitsbett! Und nach was für einem Tag! Und was wird der nächste Morgen bringen, und was für Tage werden ihm nun folgen! Wie Gott es will, antwortete er den Gedanken, die ihn am meisten quälten – wie es Gott will. Er weiß, was er tut. Er ist auch für uns da. Alles geschehe zur Tilgung meiner Sünden. Lucia ist so gut! Er wird sie doch nicht so lange, lange, lange leiden lassen!

Bei diesen Gedanken und an der Hoffnung verzweifelnd, Schlaf zu finden, zitterte und klapperte er mit den Zähnen, da sich die Kälte immer fühlbarer machte, und seufzte dem

Anbruch des Tages entgegen, wobei er mit Ungeduld den trägen Lauf der Stunden maß. Er maß ihn, sage ich, denn nach jeder halben Stunde hörte er in der weiten Stille die lauten Schläge einer Uhr widerhallen. Ich denke mir, daß es die von Trezzo gewesen sein muß. Als der Ton zum erstenmal so ganz unerwartet an sein Ohr schlug, ohne daß er ahnen konnte, woher er komme, machte er auf ihn einen geheimnisvollen, feierlichen Eindruck, wie eine Mahnung, die von einem ungesehenen Wesen mit einer unbekannten Stimme herrührt.

Als dieser Hammer endlich elfmal geschlagen hatte und die von Renzo für den Aufbruch bestimmte Stunde ankündigte, richtete er sich halb erstarrt auf, kniete nieder, sprach mit mehr Inbrunst als gewöhnlich sein Morgengebet, erhob sich, streckte und reckte sich, schüttelte den Rumpf und die Schultern, wie um sich die Glieder einzurenken, die alle voneinander getrennt zu sein schienen, hauchte in die eine Hand, dann in die andere, rieb sie, öffnete die Tür der Hütte und warf zuerst einen Blick umher, um zu sehen, ob jemand da sei. Und da er niemand sah, suchte er mit den Augen den Pfad vom vorigen Abend, erkannte ihn gleich wieder und schlug ihn ein.

Der Himmel versprach einen schönen Tag. Auf der einen Seite hob sich der Mond, obschon bleich und glanzlos, von dem unermeßlichen Gefilde grauer Himmelsbläue ab, die ganz drüben im Osten allmählich in ein rosenrotes Gelb überging. Tiefer unten am Horizont zogen sich in langen ungleichen Schichten etliche bräunlichblaue Wolken hin. Die tiefsten waren am unteren Rande mit einem fast purpurnen Streifen gesäumt, der immer heller und schärfer umrissen wurde. Im Süden leuchteten andere, zusammengeflossene Wölkchen, leicht und bauschig, in tausend namenlosen Farben. Es war der lombardische Himmel, so schön, wenn er schön ist, so prächtig, so friedlich. Wäre Renzo hier zu seinem Vergnügen gegangen, hätte er gewiß hinaufgeblickt und dieses Dämmern des Tages, so verschieden von dem, das er in seinen Bergen zu sehen gewohnt war, bewundert. Doch er achtete auf seinen Weg und ging mit eiligen Schritten, um sich zu erwärmen und bald anzukommen. Er schritt durch die Felder, durch die Heide, durch das Gestrüpp, er durchquerte den Wald, blickte dahin und dorthin und lachte und schämte sich zugleich der Angst, die er wenige Stunden vorher hier ausgestanden hatte. Er war am Damm des Flusses angelangt und blickte hinunter, und zwischen den Zweigen sah er ein Fischerboot, das dicht am Ufer langsam stromaufwärts fuhr. Er stieg gleich auf dem kürzesten Weg durch das Gesträuch hinunter, stand am Fluß und stieß einen leisen Ruf nach dem Fischer aus und winkte ihm anzulegen. Er wollte so tun, als verlange er einen geringfügigen Dienst, und merkte nicht, daß er ihn halb flehentlich bat. Der Fischer ließ seinen Blick das Ufer entlangschweifen, schaute aufmerksam dem Wasser entgegen, drehte sich um und blickte nach dem Wasser, das fortströmte, lenkte dann den Kiel auf Renzo zu und legte an. Renzo, der am äußersten Rand des Ufers mit einem Fuß schon fast im Wasser stand, erfaßte die Spitze des Bootes, sprang hinein und sagte: „Würdet Ihr mich gegen Bezahlung an das andere Ufer bringen?“ Der Fischer hatte es erraten und lenkte schon nach jener Seite hin. Renzo erblickte ein zweites Ruder im Boot auf dem Boden, bückte sich und ergriff es.

„Gemach, gemach“, sagte der Schiffer. Als er aber sah, wie geschickt der junge Mann das Ruder ergriff und wie er sich anschickte, es zu handhaben, sagte er: „Ah, Ihr seid vom Handwerk.“

„Ein bißchen“, erwiderte Renzo und machte sich mit einer Kraft und Geschicklichkeit ans Werk, die mehr als einen bloßen Laien verrieten. Und ohne im Eifer nachzulassen, warf er ab und zu einen scheuen Blick auf das Ufer, von dem sie sich entfernten, schaute dann ungeduldig auf das andere, dem sie zugewandt waren, und es verdroß ihn, daß sie die Überfahrt nicht schneller machen konnten, weil der Strom an dieser Stelle zu reißend war, um ihn geradewegs zu überqueren. Das Boot mußte, die Strömung teils brechend, teils ihr folgend, in schräger Fahrt hinüberzugelangen suchen. Wie es nun bei allen ein wenig verwickelten Angelegenheiten ist, daß sich die Schwierigkeiten erst im ganzen zeigen, bei der Ausführung aber dann einzeln zum Vorschein kommen, so war Renzo jetzt, als die Adda, kann man sagen, hinter ihm lag, verdrießlich, weil er nicht sicher wußte, ob sie hier die Grenze bildete oder ob ihm, nachdem er dieses Hindernis überwunden, noch ein anderes zu nehmen blieb. Er rief deshalb dem Fischer zu und deutete mit einer Bewegung des Kopfes auf den weißlichen Fleck, den er schon in der Nacht gesehen hatte und der sich jetzt viel deutlicher abzuheben schien, und sagte: „Ist dieser Ort da Bergamo?"

„Die Stadt Bergamo", antwortete der Fischer.

„Und ist das Ufer da bergamaskisch?"

„Gebiet von San Marco."

„Es lebe San Marco!" rief Renzo aus. Der Fischer sagte nichts.

Endlich stießen sie ans Ufer. Renzo sprang heraus, dankte Gott in seinem Herzen und dann dem Fährmann mit Worten, griff in die Tasche, zog eine Berlinga heraus, was in Anbetracht der Umstände für ihn kein geringes Opfer war, und reichte sie dem braven Mann. Dieser warf noch einen Blick auf das mailändische Ufer und auf den oberen und unteren Lauf des Flusses, streckte die Hand aus, nahm das Trinkgeld, steckte es ein, preßte dann die Lippen zusammen, legte überdies den Finger an den Mund, begleitete diese Gebärde mit einem ausdrucksvollen Blick und sagte: „Glückliche Reise!" und fuhr zurück.

Damit diese so bereitwillige und verschwiegene Dienstfertigkeit des Fischers gegenüber einem Unbekannten den Leser nicht allzusehr verwundere, müssen wir ihm mitteilen, daß dieser Mann öfter von Schmugglern und Banditen um einen solchen Dienst gebeten wurde und gewohnt war, ihn zu erweisen, nicht so sehr dem geringen und unsicheren Verdienst zuliebe als vielmehr, um sich unter diesen Leuten keine Feinde zu machen. Er tat es, sage ich, jedesmal, wenn er sicher sein konnte, weder von Zöllnern noch von Häschern oder Kundschaftern gesehen zu werden. Ohne so weder die ersten noch die zweiten zu bevorzugen, trachtete er, sie alle mit jener Unparteilichkeit zufriedenzustellen, die die gewöhnliche Gabe jener Menschen ist, die gezwungen sind, mit den einen umzugehen und den anderen Rechenschaft zu geben.

Renzo blieb einen kurzen Augenblick am Ufer stehen, um das gegenüberliegende zu betrachten, jenes Land, das ihm noch vor kurzem unter den Füßen brannte. Ah, jetzt bin ich wirklich draußen! war sein erster Gedanke. Fahr wohl, verwünschtes Land! war der zweite, der Abschiedsgruß an das Vaterland. Aber der dritte eilte zu denen, die er dort zurückließ. Nun kreuzte er die Arme auf der Brust, seufzte auf, senkte den Blick auf das Wasser, das zu seinen Füßen rauschte, und dachte: Es ist unter der Brücke durchgeflossen! Damit meinte er nach Art seiner Landsleute die von Lecco. Ha, betrügerische Welt! Doch genug, Gottes Wille geschehe!

Er kehrte diesen traurigen Dingen den Rücken und machte sich auf den Weg, wobei er den weißlichen Fleck auf dem Bergeshang als Ziel nahm, bis er jemanden finden würde, der ihm den richtigen Weg zeigen könnte. Und man muß gesehen haben, mit welcher Unbefangenheit er jetzt auf die Wanderer zuging und ohne viel Umschweife den Ort nannte, wo sein Vetter wohnte. Vom ersten, an den er sich wandte, erfuhr er, daß er noch neun Meilen zurückzulegen hatte.

Diese Wanderung war nicht froh. Ohne von dem Herzeleid zu sprechen, das Renzo in sich trug, wurde sein Blick immer wieder von den traurigen Gegenständen umdüstert, aus denen er entnehmen konnte, daß er in dem Lande, das er betrat, dieselbe Not finden würde, die er in seiner Heimat hinter sich gelassen hatte. Auf dem ganzen Wege und noch mehr in den Dörfern und Flecken begegnete er auf Schritt und Tritt Bettlern, die keine Berufsbettler waren und das Elend mehr im Gesicht als in der Kleidung zeigten: Bauern, Bergbewohner, Handwerker, ganze Familien, und ein verworrenes Gesumme von Bitten, Klagen und Gewimmer. Dieser Anblick versetzte ihn nicht nur in Mitleid und Schwermut, sondern auch in Gedanken über seine eigene Lage.

Wer weiß, überlegte er, ob ich dort mein Auskommen finde? Ob es dort Arbeit gibt wie in den vergangenen Jahren? Genug, Bortolo meinte es immer gut mit mir, er ist ein braver Bursche, er hat sich Geld gemacht, er hat mich so oft eingeladen, er wird mich nicht im Stich lassen. Und schließlich, die Vorsehung hat mir bis jetzt geholfen, sie wird mir auch in Zukunft weiterhelfen.

Inzwischen wuchs sein Hunger, den er schon seit einiger Zeit verspürte, von Meile zu Meile. Und obwohl Renzo fühlte, als er darauf zu achten begann, daß er die zwei oder drei Meilen, die ihm noch verblieben, ohne große Beschwerde würde aushalten können, dachte er andererseits, daß es nicht gerade schön wäre, wie ein Bettler vor dem Vetter zu erscheinen und ihm als erste Begrüßung zuzurufen: Gib mir zu essen. Er nahm seinen ganzen Reichtum aus der Tasche, ließ ihn über die Hand rollen und zählte ihn. Es war keine Summe, die große Rechenkunst erfordert hätte, aber es war doch genug da, um ein kleines Mahl einnehmen zu können. Er trat also in ein Wirtshaus, um sich zu stärken; und wirklich blieben ihm, als er bezahlt hatte, noch ein paar Soldi übrig.

Beim Herausgehen sah er neben der Tür, so daß er fast über sie gestolpert wäre, mehr auf dem Boden liegend als sitzend, zwei Frauen, die eine bejahrt, die andere jünger, mit einem kleinen Kind, das, nachdem es vergebens an beiden Brüsten gesogen hatte, weinte. Alle drei waren totenbleich, und neben ihnen stand ein Mann, an dessen Gesicht und Gliedern man noch die Spuren einstiger Kraft sehen konnte, die durch lange Not bezwungen und fast erloschen war. Alle drei streckten dem die Hand entgegen, der mit mutigem Schritt und mit neu belebtem Aussehen herauskam. Keiner sprach, was hätte auch eine Bitte noch mehr sagen können.

„Die Vorsehung hilft!“ sagte Renzo, fuhr mit der Hand in die Tasche, nahm die wenigen Soldi heraus, legte sie in die Hand, die ihm am nächsten war, und setzte seinen Weg fort.

Die Mahlzeit und das gute Werk (da wir nun einmal aus Seele und Leib bestehen) hatten alle seine Gedanken wieder ermutigt und froh gestimmt. Sicherlich gewann er dadurch, daß er sich seiner letzten Barschaft entäußert hatte, mehr Zuversicht in die Zukunft, als wenn er zehnmal soviel Geld gefunden hätte. Denn wenn die Vorsehung zur Unterstützung dieser Ärmsten, die hier am Wege zugrunde gingen, das letzte Geld eines Fremden vorbehalten hatte, eines Flüchtlings, der selbst nicht wußte, wovon er leben werde, wie sollte sie ihn verlassen, ihn, dessen sie sich dazu bedient hatte und dem sie ein so lebendiges, wirksames und entschiedenes Gefühl für ihre Gegenwart gegeben hatte? Das war ungefähr der Gedankengang des jungen Mannes, wenn auch nicht so klar, wie ich ihn hier auszudrücken vermochte. Während er im Verlauf der übrigen Wanderung seine Lage überdachte, glättete sich alles. Die Teuerung mußte einmal aufhören, man erntete doch jedes Jahr. Und inzwischen hatte er den Vetter Bortolo und seine eigene Geschicklichkeit. Er hatte überdies daheim ein wenig Geld, das er sich gleich schicken lassen würde. Damit würde er schlimmstenfalls sein Leben von einem Tag zum anderen fristen, bis die Zeit des Wohlstands wiederkäme. Wenn dann endlich der Wohlstand wieder da ist, fuhr Renzo fort in seinen Gedanken, erwacht die Arbeitslust wieder: Die Herren suchen um die Wette mailändische Arbeiter zu bekommen, die das Handwerk gut verstehen. Den mailändischen Arbeitern schwillt der Kamm. Wer geschickte Leute haben will, muß sie bezahlen. Man verdient, daß mehr als einer davon leben und daß man etwas auf die Seite legen kann, und man läßt den Frauen schreiben, daß sie kommen sollen... Und schließlich, warum so lange warten? Hätten wir nicht mit dem wenigen, das wir erspart haben, diesen Winter auch dort gelebt? So werden wir auch hier leben. Pfarrer gibt es überall. Die zwei lieben Frauen kommen, man errichtet einen Hausstand. Was für eine Freude, wenn wir dann alle miteinander auf dieser Straße spazierengehen! Bis zur Adda fahren wir in einem Wagen und nehmen dann am Ufer, gerade am Ufer, einen Imbiß ein. Dort zeige ich dann den Frauen die Stelle, wo ich übergefahren, das Gebüsch, durch das ich heruntergekommen bin, den Platz, auf dem ich gestanden habe, um zu schauen, ob ein Boot da sei.

Er kommt in dem Dorf des Vetters an. Beim Eintritt, ja noch ehe er einen Fuß hineingesetzt hat, fällt ihm ein hohes Haus auf mit mehreren Reihen ungewöhnlich langer Fenster. Er erkennt es als eine Spinnerei, geht hinein, erkundigt sich bei dem Getöse des treibenden Wassers und der Räder, ob hier ein gewisser Bortolo Castagneri wohne.

„Der Herr Bortolo? Dort ist er."

Herr? Ein gutes Zeichen, denkt Renzo. Er sieht den Vetter und läuft ihm entgegen. Der dreht sich um und erkennt den jungen Mann, der zu ihm sagt: „Hier bin ich." Ein Oh der Überraschung, Ausbreiten der Arme, gegenseitiges Umarmen. Nach diesem ersten herzlichen Empfang zieht Bortolo unseren Jüngling aus dem Bereich der surrenden Maschinen und der neugierigen Augen in einen anderen Raum und sagt zu ihm: „Ich freue mich, dich zu sehen, aber du bist ein sonderbarer Bursche. Ich hatte dich so oft eingeladen, und nie hast du kommen wollen! Jetzt kommst du gerade in einem etwas mißlichen Augenblick."

„Wenn ich es dir sagen soll, ich bin nicht freiwillig gekommen", versetzte Renzo und erzählte ihm in aller Kürze, jedoch nicht ohne tiefe Bewegung seine traurige Geschichte.

„Das ist freilich etwas anderes", sagte Bortolo. „Oh,

armer Renzo! Aber du hast auf mich gebaut, und ich werde dich nicht im Stich lassen. Freilich ist jetzt keine Nachfrage nach Arbeitern. Im Gegenteil, jeder hält nur mit knapper Not die seinen, um sie nicht zu verlieren und das Geschäft nicht ins Stocken geraten zu lassen. Aber mein Herr will mir wohl und ist reich. Und um es dir zu sagen, zum großen Teil verdankt er es auch mir, ohne daß ich mich rühmen möchte. Er hat das Kapital hergegeben und ich mein bißchen Geschicklichkeit. Ich bin der erste Arbeiter, weißt du? Und dann, um es dir zu sagen, bin ich das Faktotum. Arme Lucia Mondella! Ich erinnere mich ihrer, als ob es gestern gewesen wäre: ein braves Mädchen, immer die Andächtigste in der Kirche, und wenn man bei ihrem Häuschen vorbeikam... Mir ist, als sähe ich es vor mir, das Häuschen, draußen vor dem Dorf, mit dem schönen Feigenbaum, der über die Mauer ragte..."

„Nein, nein, sprechen wir nicht davon."

„Ich wollte nur sagen, daß man immer den Haspel sich drehen hörte, wenn man an dem Häuschen vorüberging. Und dieser Don Rodrigo! Schon zu meiner Zeit war er auf solchen Wegen, aber jetzt ist er ganz des Teufels, wie ich sehe – solange ihm Gott die Zügel locker läßt. Aber, wie ich schon sagte, auch hier leidet man ein wenig Hunger... aber da fällt mir ein, wie steht es mit dem Appetit?"

„Ich habe vor kurzem gegessen."

„Und mit dem Geld, wie stehen wir da?"

Renzo streckte eine Hand aus, führte sie zum Munde und blies leicht darüber.

„Macht nichts", sagte Bortolo, „ich habe schon etwas, und mach dir keine Sorgen, denn bald werden sich, so Gott will, die Dinge ändern. Dann wirst du es mir zurückgeben und auch für dich etwas erübrigen."

„Ich habe eine ganz kleine Barschaft zu Hause, die will ich mir schicken lassen."

„Gut, einstweilen kannst du auf mich zählen. Gott hat mir Hab und Gut gegeben, damit ich Gutes tue. Und wenn ich es nicht Verwandten und Freunden tue, wem dann sonst?"

„Ich habe es ja gesagt, daß es eine Vorsehung gibt!" rief Renzo aus, indem er dem Vetter herzlich die Hand drückte.

„Also", hob dieser von neuem an, „in Mailand haben sie einen solchen Lärm gemacht. Mir kommen sie alle ein bißchen närrisch vor. Natürlich ist das Gerücht auch hierhergedrungen, aber du mußt mir die Sache ausführlicher erzählen. Na, wir haben genug zu reden. Aber hier, siehst du, geht es ruhiger zu, und man macht alles mit mehr Vernunft. Die Stadt hat von einem Händler aus Venedig zweitausend Lasten Korn gekauft, Korn, das aus der Türkei kommt; aber wenn es sich ums Essen handelt, nimmt man es nicht so genau. Jetzt höre aber, was geschieht: Die Herren von Verona und Brescia sperren die Durchfahrt und sagen: Hier darf kein Korn durch. Was tun die aus Bergamo? Sie schikken Lorenzo Torre nach Venedig, einen Doktor, aber einer von denen, die zu reden verstehen. Er ist in Eile abgereist, ist vor den Dogen getreten und hat gefragt, was denn den Herren eingefallen sei. Das war eine Rede, eine Rede, sagen sie, daß man sie drucken lassen könnte. Was es doch heißt, einen Mann zu haben, der zu reden versteht! Unverzüglich kommt der Befehl, daß das Korn durchzulassen sei. Und die Herren müssen es nicht nur durchlassen, sie müssen sogar noch ein Geleit dazugeben, und es ist schon unterwegs. Und man hat auch an das Land gedacht. Giovanbatista Biava, Bergamos Gesandter in Venedig, auch der ein ausgezeichneter Mann, hat dem Senat begreiflich gemacht, daß auch die vom Lande Hunger leiden, und der Senat hat viertausend Scheffel Hirse bewilligt. Die wird jetzt auch zum Brot verwendet. Und dann, wenn du es wissen willst, wenn kein Brot mehr da ist, so essen wir eben Zuspeisen. Gott hat mir Hab und Gut gegeben, wie ich dir sagte. Jetzt werde ich dich zu meinem Herrn führen. Ich habe ihm oft von dir erzählt, und er wird dich freundlich aufnehmen. Er ist ein Bergamaske vom guten alten Schlag, ein Mann mit einem milden Herzen. Er erwartete dich jetzt freilich nicht, aber wenn er die Geschichte hören wird ... Und dann weiß er die Arbeiter zu schätzen, denn die Teuerung geht vorüber, aber der Handel bleibt bestehen. Doch vor allem muß ich dich auf etwas aufmerksam machen. Weißt du, wie sie uns Mailänder hier nennen?"

„Wie nennen sie uns?"

„Sie nennen uns Grünschnäbel."

„Das ist kein schöner Name."

„Es ist aber einmal so: wer im Mailändischen geboren ist und im Bergamaskischen leben will, der muß ihn sich ruhig gefallen lassen. Wenn diese Leute zu einem Mailänder Grünschnabel sagen, so ist es so, wie wenn sie zu einem Edelmann erlauchter Herr sagen."

„Sie werden es, denke ich mir, nur zu dem sagen, der es sich gefallen läßt."

„Mein lieber Junge, wenn du nicht bereit bist, den Grünschnabel bei jeder Gelegenheit einzustecken, so rechne nicht darauf, hier leben zu können. Da müßtest du immer das Messer bei der Hand haben, und nehmen wir an, du hättest zwei, drei oder vier niedergestochen, so würde schließlich doch der kommen, der dich niedersticht. Und was wäre es für ein schönes Vergnügen, mit drei oder vier Mordtaten auf dem Gewissen vor dem Richterstuhl Gottes zu erscheinen."

„Und ein Mailänder, der ein bißchen ..." Hier pochte er mit dem Finger an die Stirn, wie er es in dem Gasthaus zum „Vollmond" getan hatte. „Ich will sagen, einer, der sein Handwerk gut versteht?"

„Alles eins, hier ist auch er ein Grünschnabel. Weißt du, wie mein Herr sagt, wenn er mit seinen Freunden von mir spricht? ‚Der Grünschnabel war für mein Geschäft die Hand Gottes. Wenn ich den Grünschnabel nicht hätte, wäre ich übel dran.' Es ist einmal so Brauch."

„Das ist ein dummer Brauch. Und wenn sie sehen, was wir können (denn schließlich haben wir dieses Handwerk hergebracht, und wer es aufrechterhält, das sind auch wir), ist es denn möglich, daß sie sich da nicht gebessert haben?"

„Bis jetzt noch nicht, mit der Zeit könnte es vielleicht sein bei den Jungen, die heranwachsen. Bei den erwachsenen Männern hilft es nichts mehr. Sie haben nun einmal diese Untugend angenommen und lassen nicht mehr davon ab. Was liegt denn schließlich daran? Da waren die Artigkeiten, die dir unsere lieben Landsleute bezeigt haben, und gar die, die sie dir bezeigen wollten, doch etwas ganz anderes."

„Ja, das stimmt, wenn es nichts Schlimmeres gibt..."

„Nun, da du davon überzeugt bist, wird alles gut gehen. Komm zu meinem Herrn und sei guten Mutes."

Es ging auch wirklich alles gut und ganz so, wie es Bortolo verheißen hatte, so daß wir es für überflüssig halten, darüber noch besonders zu berichten. Und es waltete in der Tat die Vorsehung, denn inwieweit man auf die Sachen und das Geld, das Renzo daheim gelassen hatte, rechnen konnte, werden wir jetzt gleich sehen.

18. Kapitel

An demselben Tage, am 13. November, kommt ein Eilbote zu dem Herrn Vogt von Lecco und bringt ihm eine Depesche von dem Herrn Gerichtshauptmann, die den Befehl enthält, alle möglichen und zweckmäßigen Nachforschungen anzustellen, um zu ermitteln, ob ein gewisser junger Mann namens Lorenzo Tramaglino, Seidenspinner, der der Gewalt *praedicti egregii domini capitanei* entkommen, *palam vel clam* in sein Dorf, *ignotum* welches, *verum in territorio Leuci* zurückgekehrt sei; *quod si copertum fuerit sic esse,* sollte der besagte Herr Vogt trachten, ihn, *quanta maxima diligentia fieri poterit,* in seine Gewalt zu bekommen, und ihn gehörig gefesselt, *videlicet* mit guten Handschellen, in Anbetracht der erprobten Unzulänglichkeit der Manschetten bei dem genannten Subjekt, ins Gefängnis bringen lassen und ihn dort unter guter Bewachung festhalten, um ihn dann dem zu übergeben, den man schicken werde, ihn zu holen; und in jedem Falle, ob es gelinge oder nicht, *accedatis ad domum praedicti Laurentii Tramaliini; et, facta debita diligentia, quidquid ad rem repertum fuerit auferatis; et informationes de illius prava qualitate, vita, et complicibus sumatis*; und über das Gesagte und Getane, über das Gefundene und nicht Gefundene, das Genommene und Zurückgelassene *diligenter referatis.* Nachdem sich der Herr Vogt, soweit es in menschlichen Kräften lag, vergewissert hatte, ließ er den Schulzen des Dorfes zu sich rufen und ließ sich mit einem großen Stabe von Beamten und Häschern von ihm zu dem bezeichneten Hause führen. Das Haus war verschlossen. Wer die Schlüssel hatte, war nicht da oder ließ sich nicht blicken. Man brach die Tür ein; man ging pflichtgemäß zu Werke, das heißt, man verfuhr wie mit einer im Sturm eingenommenen Stadt. Das Gerücht von diesem Feldzug verbreitete sich wie ein Lauffeuer in der ganzen Umgebung. Es kam Pater Cristoforo zu Ohren, der nicht minder bestürzt als bekümmert diese und jene fragte, um über die Ursache eines so unerwarteten Vorfalles einige Klarheit zu gewinnen. Aber er erfuhr nichts als leere Vermutungen und schrieb sofort an Pater Bonaventura, von dem er genauere Nachrichten zu erhalten hoffte. Inzwischen wurden Renzos Verwandte und Freunde vorgeladen, um auszusagen, was sie von seiner verderbten Sinnesart wissen könnten: Tramaglino zu heißen ist ein Unglück, eine Schande, ein Verbrechen; das ganze Dorf ist in Aufruhr. Allmählich erfährt man, daß Renzo mitten in Mailand der Justiz entwischt und dann verschwunden ist. Es geht das Gerücht, er habe etwas Ungeheuerliches begangen, aber was, weiß man nicht, oder man erzählt es auf hunderterlei Weise. Je ärger es erzählt wird, desto weniger glaubt man es im Dorfe, wo Renzo als ein braver Bursche bekannt ist. Die meisten wähnen und flüstern sich gegenseitig zu, es sei eine von dem gewalttätigen Don Rodrigo angezettelte Machenschaft, um seinen armen Nebenbuhler ins Verderben zu stürzen. Soviel steht fest, daß man bei einem Urteil nach einzelnen Schlußfolgerungen, ohne die nötige Kenntnis der Tatsachen, manchmal auch den Schurken unrecht tut.

Wir aber können an Hand der Tatsachen, wie man zu sagen pflegt, bezeugen, daß Don Rodrigo, wenn er auch an Renzos Unglück keinen Teil hatte, sich doch darüber freute, als ob es sein Werk gewesen wäre, und mit seinen Vertrauten und besonders mit dem Grafen Attilio darüber frohlockte. Dieser hätte sich seinen früheren Plänen gemäß um diese Zeit schon in Mailand befinden müssen, aber auf die ersten Nachrichten hin von dem Aufruhr und von dem Gesindel, das durch die Straßen zog, jedoch nicht in der Haltung, in der man Stockschläge empfängt, hielt er es für ratsam, bis zur Wiederkehr der Ruhe auf dem Lande zu verweilen. Um so mehr, als er viele beleidigt und einigen Grund zu der Befürchtung hatte, es könnte einer von den vielen, die sich bisher nur aus Ohnmacht ruhig verhielten, infolge der Umstände Mut fassen und den Augenblick für günstig halten, für alles Rache zu üben. Dieser Aufschub war jedoch nicht von langer Dauer. Der von Mailand gekommene Befehl zum Strafverfahren gegen Renzo war schon ein Zeichen, daß die Dinge wieder ihren gewohnten Lauf genommen hatten, und fast gleichzeitig wurde ihm darüber zuverlässige Gewißheit. Graf Attilio reiste unverzüglich ab, und vorher ermunterte er noch den Vetter, in dem Unternehmen auszuharren und es durchzusetzen, indem er ihm seinerseits versprach, alles zu tun, um ihn von dem Mönch zu befreien, wobei der glückliche Zufall mit dem niederträchtigen Nebenbuhler ihm sehr zustatten kam. Kaum war Attilio abgereist, so kam der Graue wohlbehalten aus Monza zurück und berichtete seinem Herrn, was er hatte erkunden können, daß Lucia in dem und dem Kloster unter dem Schutze dieser gewissen Signora Zuflucht gefunden habe und daß sie dort ganz zurückgezogen lebe, als ob sie selber eine Nonne wäre; daß sie nie den Fuß vor die Tür setze und dem Gottesdienst hinter einem vergitterten Fensterchen beiwohne, was aber vielen gar sehr mißfalle, weil sie wer weiß was von ihren Abenteuern hatten reden hören und Wunderbares von ihrer Schönheit vernommen hatten, so daß sie sie gern ein bißchen gesehen hätten, um zu wissen, wie diese Schönheit eigentlich beschaffen war.

Dieser Bericht trieb Don Rodrigo den Teufel in den Leib, oder besser gesagt: er machte den, der schon in ihm war, noch bösartiger. Die vielen für seinen Plan günstigen Umstände entflammten seine Leidenschaft immer mehr, das heißt dieses Gemisch von Eitelkeit, Wut und niederträchtiger Laune, woraus sie zusammengesetzt war. Renzo abwesend, vertrieben, verbannt, so daß alles gegen ihn erlaubt war; und auch seine Braut konnte gewissermaßen als das Gut eines Empörers betrachtet werden. Der einzige Mensch auf der Welt, der für ihn hätte Partei ergreifen und einen Lärm schlagen können, der auch in der Ferne und von hohen Persönlichkeiten gehört worden wäre, war der wütende Mönch; der aber würde binnen kurzem auch außerstande sein, ihm zu schaden. Und nun sollte auf einmal ein neues Hindernis nicht nur allen diesen Vorteilen entgegenstehen, sondern sie sogar zunichte machen. Ein Kloster in Monza war, selbst wenn sich keine Fürstin dort befunden hätte, eine zu harte Nuß für Don Rodrigos Zähne, und sosehr seine Phantasie diese Zufluchtsstätte umschwärmte, vermochte er weder Mittel noch Wege zu finden, sie zu bezwingen, sei es durch Gewalt oder List. Er war nahe daran, das Unternehmen aufzugeben. Er war schon fast entschlossen, nach Mailand zu gehen und sogar einen Umweg zu nehmen, um nicht durch Monza zu müssen, und sich in Mailand mitten unter Freunde und in Vergnügungen zu stürzen, um mit fröhlichen Gedanken diesen nunmehr zur Qual gewordenen Gedanken zu verscheuchen. Aber, aber, aber die Freunde, nur gemach mit diesen Freunden! Anstatt Zerstreuung blühte ihm vielleicht in ihrer Gesellschaft neues Mißvergnügen, denn Attilio hatte gewiß schon in die Posaune gestoßen und alle in Erwartung versetzt. Von allen Seiten würde man ihn mit Fragen über die Gebirglerin bestürmen, und er würde Rechenschaft geben müssen. Er hatte sie begehrt, hatte alles versucht. Was hatte er erreicht? Er hatte eine Verpflichtung auf sich genommen, eine etwas unrühmliche Verpflichtung, um die Wahrheit zu sagen. Aber was, man ist nicht immer Herr seiner Launen. Sie zu befriedigen, darauf kommt es an. Aber wie kam er von dieser Verpflichtung los? Einem Bauern und einem Mönch nachgeben! Ha! Und auch als ein unerwartet günstiges Geschick ohne Dazutun des Nichtsnutzes den einen und ein geschickter Freund den anderen beseitigt hatte, da hatte der Tölpel die Gelegenheit nicht zu nutzen verstanden und sich feige von der ganzen Sache zurückgezogen. Das war mehr, als es bedurfte, den anderen Edelleuten nicht mehr ins Gesicht sehen zu können, es sei denn, man griffe jeden Augenblick zum Degen. Und wie hätte er dann wieder auf diesen Landsitz, in diese Gegend zurückkehren und hier verweilen können, wo er, abgesehen von den unaufhörlichen bohrenden Erinnerungen seiner Leidenschaft, die Schmach eines fehlgeschlagenen Streiches würde ertragen müssen? Wo zugleich der allgemeine Haß gegen ihn zunehmen und der Ruf seiner Macht schwinden würde? Wo man auf dem Gesicht eines jeden Lumpen, auch mitten unter seinen Verbeugungen, ein bitteres „Hast du es eingesteckt? Das freut mich!" lesen würde? Der Weg der Ruchlosigkeit ist breit, sagt hier die Chronik, aber damit ist nicht gesagt, daß er auch bequem sei. Er hat seine Hindernisse und seine holprigen Stellen, er hat seinen beschwerlichen Teil und ist ermüdend, obwohl er abwärts geht.

Don Rodrigo, der weder ihn verlassen noch zurückgehen noch stehenbleiben wollte und von selbst nicht vorwärts kommen konnte, fiel dennoch ein Mittel ein, das ihm helfen würde, nämlich die Hilfe von einem zu erbitten, dessen Hände oft weiter reichten als die Blicke der anderen und der ein Mensch oder ein Teufel war, für den in der Schwierigkeit einer Sache oft ein Antrieb lag, sie auf sich zu nehmen. Aber dieser Ausweg hatte auch seine Unannehmlichkeiten und seine Risiken, die um so bedenklicher waren, je weniger sie sich vorher berechnen ließen. Niemand konnte voraussehen, wie weit er würde gehen müssen, wenn er sich einmal mit diesem Mann eingelassen hatte, der gewiß ein mächtiger Helfer, aber nicht weniger ein schrankenloser und gefährlicher Condottiere war.

Solche Gedanken hielten Don Rodrigo mehrere Tage in der Unschlüssigkeit zwischen einem Ja und Nein, und eines wie das andere war überaus verdrießlich. Unterdessen kam ein Brief von dem Vetter, der berichtete, daß der Anschlag guten Fortgang nähme. Bald nach dem Blitz krachte auch der Donner, denn eines Morgens hörte man, daß Pater Cristoforo das Kloster von Pescarenico verlassen habe. Dieser so rasche Erfolg, der Brief Attilios, der anstachelte und mit gehörigem Spott drohte, machten Don Rodrigo für den gefährlichen Entschluß immer geneigter. Und was ihm den letzten Anstoß gab, war die unerwartete Nachricht, daß Agnese in ihr Haus zurückgekehrt sei: ein Hindernis weniger in der Nähe Lucias. Wir geben von diesen beiden Ereignissen Rechenschaft, indem wir bei dem letzteren beginnen.

Die beiden armen Frauen hatten sich kaum an ihrem Zufluchtsort niedergelassen, als sich in Monza und folglich auch im Kloster die Nachricht von den Unruhen in Mailand verbreitete. Und nach der großen Neuigkeit wurden zahllose Einzelheiten berichtet, die immerfort zunahmen und sich alle Augenblicke veränderten. Die Schaffnerin, die von ihrem Haus aus mit einem Ohr auf der Straße, mit dem anderen im Kloster lauschen konnte, trug Nachrichten von hier und Nachrichten von dort zusammen und teilte sie ihren Gästen mit. „Zwei, sechs, acht, vier, sieben hat man ins Gefängnis gesteckt. Sie werden sie hängen, die einen vor der Krücken-Bäckerei, die anderen oben an der Straße, wo das Haus des Proviantverwesers ist ... Oje! Oje! Hört

Euch das an! Einer ist ihnen entwischt, einer aus Lecco oder aus der Gegend. Den Namen weiß ich nicht, aber es wird schon einer kommen, der ihn mir sagen kann, damit wir sehen, ob Ihr ihn kennt."

Da Renzo gerade an dem verhängnisvollen Tage in Mailand angekommen war, stürzte diese Nachricht die beiden Frauen und besonders Lucia in Unruhe. Aber stellt Euch vor, wie ihnen zumute war, als die Schaffnerin kam und ihnen sagte: „Er ist wirklich aus Eurem Dorf, jener, der Reißaus genommen hat, um nicht gehängt zu werden, ein Seidenspinner, der sich Tramaglino nennt. Kennt Ihr ihn?"

Lucia, die dasaß und eben irgendein Tüchlein säumte, fiel die Arbeit aus der Hand. Sie erbleichte und verfärbte sich dermaßen, daß die Schaffnerin es gewiß bemerkt haben würde, wenn sie näher bei ihr gestanden hätte. Aber sie war mit Agnese auf der Schwelle. Agnese war zwar auch verstört, aber nicht in diesem Maße und konnte sich beherrschen. Um etwas zu erwidern, sagte sie, daß sich in einem kleinen Dorfe alle kennen und so kenne sie ihn auch, begreife aber nicht, wie ihm so etwas habe zustoßen können, weil er ein gesetzter junger Mann sei. Dann fragte sie, ob er auch wirklich entwischt sei und wohin.

„Entkommen, das sagen alle, wohin, das weiß man nicht. Kann sein, daß sie ihn nicht erwischen, kann sein, daß er in Sicherheit ist. Aber wenn er ihnen in die Klauen fällt, Euer gesetzter junger Mann ..."

Hier wurde die Schaffnerin zum Glück gerufen und ging. Stellt Euch vor, in welcher Stimmung Mutter und Tochter zurückblieben! Mehr als einen Tag mußten die arme Frau und das verzweifelte Mädchen in einer solchen Ungewißheit ausharren. Sie grübelten über das Wie, das Warum und die Folgen des traurigen Geschehnisses und versuchten jede für sich oder, wenn sie es nicht konnten, halblaut miteinander jene fürchterlichen Worte zu deuten.

An einem Donnerstag kam endlich ein Mann ins Kloster, der sich nach Agnese erkundigte. Es war ein Fischhändler aus Pescarenico, der wie gewöhnlich nach Mailand ging, um seine Ware abzusetzen. Der gute Pater Cristoforo hatte ihn gebeten, er solle, wenn er nach Monza komme, einen Sprung ins Kloster machen, die Frauen von ihm grüßen und ihnen erzählen, was man von Renzos traurigem Fall wußte, ihnen Geduld und Gottvertrauen empfehlen und ihnen sagen, er, der arme Mönchsbruder, werde sie gewiß nicht vergessen und die Gelegenheit erspähen, ihnen beizustehen, und unterdessen werde er nicht versäumen, ihnen auf diesem oder einem anderen Weg jede Woche Nachricht zu schicken. Von Renzo wußte der Bote nichts Neues und Bestimmtes zu sagen, als daß in seinem Haus eine Durchsuchung stattgefunden und daß man Nachforschungen angestellt habe, um seiner habhaft zu werden. Alles sei jedoch ergebnislos geblieben, und man habe die Gewißheit, daß er sich im Bergamaskischen in Sicherheit gebracht habe. Daß eine solche Gewißheit wahrer Balsam für Lucia war, braucht nicht erst gesagt zu werden. Von nun an flossen ihre Tränen leichter und sanfter. Sie empfand, wenn sie der Mutter heimlich ihr Herz ausschüttete, einen größeren Trost, und in alle ihre Gebete mischte sich ein Dankgefühl.

Gertrude ließ sie oft in ihr besonderes Sprechzimmer kommen und unterhielt sich zuweilen sehr lange mit ihr, weil sie an der Offenherzigkeit und Sanftmut der Ärmsten Gefallen fand und es gern hörte, wenn man ihr alle Augenblicke dankte und sie pries. Sie erzählte ihr auch im Vertrauen einen Teil (den reinen Teil) ihrer Geschichte, was sie gelitten hatte, um hier weiter zu leiden, und die erste mißtrauische Verwunderung Lucias verwandelte sich in Mitleid. Sie fand in dieser Geschichte mehr als hinlängliche Gründe, welche erklärten, was in dem Benehmen ihrer Wohltäterin ein bißchen seltsam war. Und Agneses Lehre über die Verrücktheiten der vornehmen Leute tat ein übriges dazu. Sosehr sie sich aber gedrängt fühlte, das Vertrauen, das ihr Gertrude bezeigte, zu erwidern, kam es ihr dennoch niemals in den Sinn, ihr von ihren neuen Sorgen, von ihrem neuen

Unglück zu erzählen, ihr zu sagen, wer dieser entflohene Seidenspinner war. Sie wollte nicht Gefahr laufen, eine so schmerzliche und schändliche Nachricht zu verbreiten. Soviel sie konnte, erwehrte sie sich auch der neugierigen Fragen über die Vorgeschichte der Verlobung, doch dazu bewogen sie nicht Vernunftgründe. Der armen Unschuldigen schien die Erzählung dieser Geschichte viel peinlicher und schwieriger als alle, die sie von der Signora gehört hatte oder hören zu können glaubte. In diesen kamen Unterdrükkung, Ränke und Leiden vor, häßliche und schmerzliche Dinge, die sich aber immerhin nennen ließen. In ihre Geschichte mischte sich überall ein Gefühl, ein Wort, das ihr, wenn sie von sich sprach, unaussprechlich schien und für das sie nie eine Umschreibung gefunden hätte, die ihr nicht schamlos erschienen wäre, das Wort Liebe.

Manchmal war Gertrude fast aufgebracht über diese Zurückhaltung, aber es schimmerte soviel Liebreiz, soviel Ehrfurcht, soviel Dankbarkeit und auch soviel Vertrauen daraus hervor! Vielleicht mißfiel ihr diese zarte und so scheue Schamhaftigkeit zuweilen aus bestimmten Gründen noch mehr, jedoch alles zerfloß in dem einen sanften Gedanken, der, wenn sie Lucia ansah, immer wiederkehrte: Diesem Mädchen will ich Gutes tun. Und das war auch so, denn außer der Geborgenheit waren auch diese Gespräche, diese vertraulichen Zärtlichkeiten kein geringer Trost für Lucia. Einen weiteren fand sie in der unablässigen Arbeit, und sie bat stets, man möge ihr etwas zu tun geben. Auch ins Sprechzimmer brachte sie immer irgendeine Arbeit mit, um die Hände zu beschäftigen. Aber wie sich doch die schmerzlichen Gedanken überall einschleichen! Während sie nähte und nähte, was für sie eine fast neue Tätigkeit war, kam ihr immer wieder ihr Haspel in den Sinn und mit ihm noch viele andere Dinge.

Am zweiten Donnerstag kam jener Fischhändler oder ein anderer Bote wieder mit Grüßen von Pater Cristoforo und mit der Bestätigung von Renzos geglückter Flucht. Genauere Nachrichten über sein Unglück brachte er nicht, denn wie wir dem Leser sagten, hoffte der Kapuziner sie von seinem Mitbruder in Mailand zu erhalten, dem er Renzo empfohlen hatte. Die Antwort aber lautete, daß er weder den jungen Mann noch den Brief gesehen habe. Es sei wohl einer vom Lande ins Kloster gekommen, um nach ihm zu fragen; da er ihn aber nicht getroffen habe, sei er fortgegangen und nicht wieder erschienen.

Am dritten Donnerstag ließ sich niemand blicken, und für die armen Frauen bedeutete das nicht nur die Entbehrung eines ersehnten und erhofften Trostes, sondern, wie es Leuten in bekümmerter und bedrängter Lage zu ergehen pflegt, einen Anlaß zur Besorgnis und zu unzähligen quälenden Befürchtungen. Schon früher hatte Agnese daran gedacht, einmal zu Hause nachzusehen. Das Ausbleiben des versprochenen Boten trieb sie zu dem Entschluß. Für Lucia war es etwas Außergewöhnliches, einmal von den Röcken der Mutter losgerissen zu werden, aber das Verlangen, etwas zu erfahren, und die Sicherheit, die sie an diesem so bewachten und heiligen Zufluchtsort fand, besiegten ihr Widerstreben. Und es wurde unter ihnen ausgemacht, daß Agnese am nächsten Tag an der Straße den Fischhändler, der dort auf seiner Rückfahrt aus Mailand vorbeikommen mußte, erwarten und ihn höflich bitten sollte, sie auf seinem Wagen in ihre Berge mitzunehmen. Sie traf ihn wirklich und fragte ihn, ob der Pater Cristoforo ihm keinen Auftrag an sie mitgegeben habe. Der Fischhändler war den ganzen Tag vor seiner Abfahrt auf Fischfang gewesen und hatte vom Pater nichts gehört. Die Frau brauchte nicht erst um die Gefälligkeit zu bitten, die sie ersehnte. Nicht ohne Tränen nahm sie Abschied von der Signora und von der Tochter und versprach, gleich Nachricht zu geben und bald zurückzukommen. Dann brach sie auf.

Während der Reise ereignete sich nichts Besonderes. Sie machten einen Teil der Nacht, wie es üblich war, in einem Wirtshaus Rast, brachen vor Tagesanbruch wieder auf und kamen schon früh in Pescarenico an. Agnese stieg auf dem kleinen Platz vor dem Kloster ab und ließ ihren Fuhrmann mit vielen „Vergelt's Gott" weiterziehen. Da sie nun einmal da war, wollte sie, ehe sie heimging, den guten Mönch, ihren Wohltäter, sehen. Sie zog das Glöckchen. Wer ihr öffnete, war Bruder Galdino, der mit den Nüssen.

„Oh, meine liebe Frau, was für ein Wind bringt denn Euch her?"

„Ich komme, um den Pater Cristoforo aufzusuchen."

„Den Pater Cristoforo? Der ist nicht hier."

„Oh! wird er lange wegbleiben?"

„Weiß ich's...?" sagte der Mönch achselzuckend und zog den Kopf in die Kapuze ein.

„Wohin ist er gegangen?"

„Nach Rimini."

„Nach?"

„Nach Rimini."

„Wo ist dieser Ort?"

„Eh!" antwortete der Mönch, indem er mit der ausgestreckten Hand durch die Luft fuhr, um eine große Entfernung anzudeuten.

„Oh, ich Ärmste! Aber warum ist er so plötzlich abgereist?"

„Weil es der Pater Provinzial so gewollt hat."

„Und warum hat man ihn weggeschickt? Er hat doch soviel Gutes hier getan? Ach Gott!"

„Wenn die Oberen Rechenschaft über die Befehle, die sie erteilen, geben müßten, wo bliebe da der Gehorsam, meine liebe Frau?"

„Ja, aber diesmal ist es mein Verderben."

„Wißt Ihr, was es sein wird? Sie werden in Rimini einen guten Prediger gebraucht haben (wir haben deren zwar überall, aber manchmal muß es gerade ein bestimmter sein). Der dortige Pater Provinzial wird dem hiesigen Pater Provinzial geschrieben haben, ob bei ihm nicht einer sei, der so und so beschaffen ist. Und der Pater Provinzial wird gesagt haben: Pater Cristoforo ist dazu der rechte Mann. Es muß wirklich so sein, seht Ihr?"

„Ach, wir Ärmsten! Wann ist er denn abgereist?"

„Vorgestern."

„Da hat man's. Wäre ich nur meiner Eingebung gefolgt und ein paar Tage früher gekommen! Und weiß man nicht, wann er zurückkommen kann? So ungefähr?"

„Ach, meine liebe Frau, das weiß nur der Pater Provinzial, wenn er es weiß. Wenn einer von unseren Predigern einmal ausgeflogen ist, kann man nicht voraussehen, auf welchem Zweig er sich wird niederlassen können. Sie werden überall verlangt, und wir haben Klöster in allen vier Weltteilen. Nehmt einmal an, daß Pater Cristoforo in Rimini mit seiner Fastenpredigt großes Aufsehen erregt, denn er predigt nicht immer aus dem Stegreif, wie er es hier vor den Fischern und Bauern tat. Für die Kanzeln in den Städten hat er seine schönen geschriebenen Predigten und die ganz auserlesenen. Nun verbreitet sich dort in der Gegend das Gerücht von diesem großen Prediger, und sie verlangen ihn von ... was weiß ich, von wo? Und dann muß man ihn natürlich hinschicken, denn wir leben von der Barmherzigkeit aller Welt, und so ist es nur billig, daß wir aller Welt dienen."

„Ach Herr! Ach Herr Gott!" rief Agnese von neuem, fast weinend. „Was soll ich ohne diesen Mann anfangen? Er hat für uns gesorgt wie ein Vater! Für uns ist das ein Unglück."

„Hört, gute Frau. Der Pater Cristoforo war wirklich ein Mann, aber wir haben noch andere, wißt Ihr? Barmherzige und Fähige, die mit den Vornehmen und den Armen gleich gut umgehen können. Wollt Ihr den Pater Atanasio? Wollt Ihr den Pater Girolamo? Wollt Ihr den Pater Zaccaria? Das ist ein tüchtiger Mann, der Pater Zaccaria, seht Ihr! Und stoßt Euch nicht daran wie gewisse Dummköpfe, daß er so klein und hager ist und ein so dünnes Stimmchen hat und ein so jammervolles Bärtchen. Ich rede ja nicht vom Predigen, denn jeder hat seine Gaben, aber um Ratschläge zu erteilen, da ist er der Mann dazu, wißt Ihr!"

„Um Gottes willen!" rief Agnese mit jenem Gemisch von Dankbarkeit und Ungeduld, das man bei einem Anerbieten empfindet, in dem man mehr den guten Willen des anderen als den eigenen Vorteil sieht. „Was liegt mir daran, ob ein anderer Mann so oder so ist, wenn dieser arme Mann, der nicht mehr da ist, eben der war, der unsere Angelegenheiten kannte und schon alles vorbereitet hatte, um uns zu helfen?"

„Nun, da heißt es eben Geduld haben."

„Das weiß ich", antwortete Agnese. „Entschuldigt die Belästigung."

„Was soll ich denn entschuldigen, gute Frau? Es tut mir um Euretwillen leid. Und wenn Ihr Euch entschließt, einen von unseren Vätern aufzusuchen, so ist das Kloster da und rührt sich nicht vom Fleck. Und ich werde mich dann bald sehen lassen, um Öl zu holen."

„Lebt wohl!" sagte Agnese und machte sich auf den Weg in ihr Dörfchen, verzweifelt, verwirrt und verstört, wie ein armer Blinder, der seinen Stock verloren hat.

Da wir etwas besser unterrichtet sind als Bruder Galdino, können wir sagen, wie sich die Sache wirklich verhielt. Attilio war kaum in Mailand angekommen, so ging er, wie er es Don Rodrigo versprochen hatte, zu ihrem gemeinsamen Oheim vom Geheimen Rat, um ihm einen Besuch abzustatten. (Dieser Geheime Rat bestand damals aus dreizehn Männern aus dem Rechts- und Kriegerstand, von denen sich der Statthalter Rat holte und die, wenn er starb oder wenn ein Wechsel stattfand, zeitweilig die Regierung übernahmen.) Der gräfliche Oheim aus dem Rechtsstand, einer der ältesten vom Rat, genoß dort ein gewisses Ansehen, aber in der Art, wie er es geltend machte und damit auf die anderen einwirkte, hatte er nicht seinesgleichen. Doppelsinnig reden, bedeutungsvoll schweigen, bei der halben Rede stehenbleiben, mit den Augen zwinkern, was soviel hieß wie „Ich darf nicht reden", schmeicheln, ohne zu versprechen, höflich drohen – alles diente diesem Zwecke, und alles schlug mehr oder weniger zu seinen Gunsten aus. Sagte er:

„In dieser Sache vermag ich nichts zu tun", so sprach er oft die lautere Wahrheit, aber er sagte sie in einem Ton, daß man ihm nicht glaubte. Doch selbst das trug dazu bei, die Vorstellung von seiner Macht und damit diese selbst zu erhöhen. Ähnlich wie jene Dosen, die man noch manchmal in den Spezereiläden sieht und worauf außen gewisse arabische Wörter stehen, obwohl sie innen leer sind; sie tragen dazu bei, das Ansehen des Ladens zu erhalten. Das des gräflichen Oheims, das seit langer Zeit nur langsam, kaum merklich wuchs, hatte zuletzt auf einmal, wie man so sagt, einen Riesensprung getan, und zwar bei einer außergewöhnlichen Gelegenheit, bei einer Reise nach Madrid, mit einer Sendung an den Hof. Was für ein Empfang ihm dort bereitet worden war, das sollte man ihn selbst erzählen hören. Um nur soviel zu sagen, der Graf-Herzog hatte ihn mit besonderem Wohlwollen behandelt und hatte ihn seines Vertrauens so weit gewürdigt, daß er ihn eines Tages, man kann sagen, in Gegenwart des halben Hofes, fragte, wie ihm Madrid gefalle, und ihm ein anderes Mal in einer Fensternische unter vier Augen sagte, der Dom von Mailand sei die größte Kirche in den königlichen Staaten.

Nachdem Attilio dem gräflichen Oheim seine Komplimente gemacht und die des Vetters überbracht hatte, sagte er mit einer gewissen ernsten Haltung, die er zur rechten Zeit anzunehmen verstand: „Ich glaube meine Pflicht zu tun, ohne Rodrigos Vertrauen zu mißbrauchen, wenn ich den Herrn Oheim von einer Angelegenheit unterrichte, die ernste Folgen haben kann, wenn Sie sie nicht in Ordnung bringen ..."

„Wieder einer von den üblichen Streichen, stelle ich mir vor."

„Der Gerechtigkeit halber muß ich sagen, daß das Unrecht nicht auf seiten meines Vetters ist. Aber er ist sehr entrüstet, und wie ich schon sagte, könnte niemand als der Herr Oheim ..."

„Wir wollen sehen, wir wollen sehen."

„Es ist dort in der Gegend ein Kapuziner, der es auf Rodrigo abgesehen hat, und die Sache ist so weit gekommen, daß ..."

„Wie oft habe ich euch gesagt, dem einen wie dem anderen, daß man die Mönche ruhig ihre Suppe kochen lassen soll! Sie machen dem genug zu schaffen, der gezwungen ist... dessen Sache es ist..." Und hier seufzte er. „Aber ihr, die ihr ihnen ausweichen könnt ..."

„Herr Oheim, es ist meine Pflicht, zu sagen, daß Rodrigo ihm ausgewichen wäre, wenn er es gekonnt hätte. Es ist der Mönch, der es auf ihn abgesehen hat, der es darauf anlegt, ihn auf jede Weise herauszufordern ..."

„Was zum Teufel hat denn dieser Mönch mit meinem Neffen?"

„Er ist vor allem ein unruhiger Kopf, als solcher bekannt, dessen Gewerbe es ist, mit Edelleuten anzubinden. Er beschützt oder leitet, was weiß ich, ein Bauernmädel von dort, und für dieses Geschöpf hat er eine Nächstenliebe, eine Nächstenliebe ... ich will nicht gerade sagen, eine verdächtige, aber eine sehr eifersüchtige, argwöhnische und empfindliche Nächstenliebe."

„Ich verstehe", sagte der gräfliche Oheim, und in seinem Gesicht, auf dem die Natur einen gewissen Untergrund von Tölpelhaftigkeit gemalt, den die Schlauheit dann mit einigen Farben überstrichen hatte, blitzte ein Zug von Bosheit auf, was einen wunderschönen Anblick bot.

„Seit einiger Zeit nun", fuhr Attilio fort, „hat sich dieser Mönch in den Kopf gesetzt, Rodrigo habe ich weiß nicht was für Absichten auf diese ..."

„Er hat sich's in den Kopf gesetzt, er hat sich's in den Kopf gesetzt: ich kenne ihn auch, diesen Herrn Rodrigo, da braucht es einen anderen Anwalt als Euer Gnaden, um seine Unschuld in diesem Punkte zu beweisen."

„Herr Oheim, daß Rodrigo vielleicht einmal einen Scherz mit dem Mädel gemacht haben mag, wenn er ihr auf der Straße begegnete, das möchte ich fast selber glauben: er ist jung und ist schließlich doch kein Kapuziner. Aber das sind Kleinigkeiten, mit denen ich den Herrn Oheim nicht aufhalten will. Das Ernste an der Sache ist, daß der Mönch angefangen hat, von Rodrigo zu sprechen, wie man von einem gemeinen Kerl spricht, und daß er das ganze Dorf gegen ihn aufzuhetzen trachtet ..."

„Und die anderen Mönche?"

„Die kümmern sich nicht darum, weil sie ihn als einen Hitzkopf kennen, und hegen alle Achtung vor Rodrigo, aber andererseits steht der Mönch in großem Ansehen bei den Bauern, weil er auch den Heiligen spielt, um ..."

„Ich denke mir, er wird nicht wissen, daß Rodrigo mein Neffe ist."

„Und ob der das weiß! Das ist es gerade, was ihn noch besessener macht."

„Wie? wie?"

„Weil es ihm, und das sagt er selber, eine besondere Freude macht, es Rodrigo einmal zu zeigen, gerade weil dieser einen natürlichen Gönner von solchem Einfluß wie Euer Gnaden hat und weil er über die Großen und die Staatsmänner lacht und weil der Strick des heiligen Franziskus auch die Degen gefesselt halte und weil ..."

„Oh, der verwegene Mönch! Wie heißt er?"

„Fra Cristoforo aus ***", sagte Attilio, und der Oheim nahm aus der Schublade seines Tischchens ein Merkbüchlein und schrieb, schnaufend und pustend, den armen Namen hinein. Inzwischen fuhr Attilio fort: „Er ist schon immer so gewesen, man kennt seinen Lebenslauf. Er war ein Mensch von niedriger Herkunft, der, weil er etwas Geld besaß, mit den Edelleuten in seinem Ort wetteifern wollte. Und aus Wut, weil er sie nicht alle übertreffen konnte, erstach er einen und wurde Mönch, um der Gewalt zu entrinnen."

„Aber sehr schön! sehr gut! Das wollen wir sehen, das wollen wir sehen", sagte der Oheim, während er weiter schnaubte.

„Gegenwärtig nun“, fuhr Attilio fort, „ist er wütender denn je, weil ihm ein Plan mißglückt ist, der ihm sehr am Herzen lag, und daraus wird der Herr Oheim sehen, was für ein Mann das ist. Er wollte dieses Mädchen verheiraten, sei es, um sie den Gefahren der Welt zu entziehen, Sie verstehen mich, oder aus irgendeinem anderen Grunde. Kurz, er wollte sie um jeden Preis verheiraten, und er hatte ihn auch schon gefunden, den ... den Mann, auch so ein Schützling von ihm, ein Subjekt, das auch der Herr Oheim vielleicht oder gar gewiß dem Namen nach kennen wird, denn ich halte es für sicher, daß sich der Geheime Rat mit diesem würdigen Subjekt hat befassen müssen.“

„Wer ist das?“

„Ein Seidenspinner, Lorenzo Tramaglino, derselbe, der ...“

„Lorenzo Tramaglino!“ rief der Oheim aus. „Aber gut, aber ausgezeichnet, Pater! Gewiß ... in der Tat ... er hatte einen Brief an einen ... schade, daß ... Aber es tut nichts, schon gut. Und warum sagt mir denn der Herr Don Rodrigo von alledem nichts? Warum läßt er die Dinge so weit kommen, und warum wendet er sich nicht an den, der ihn anleiten und ihm beistehen will und kann?“

„Ich werde auch hierin die Wahrheit sagen“, fuhr Attilio fort. „Einerseits hat er sich, weil er weiß, wieviel Sorgen, wieviel Dinge der Herr Oheim im Kopfe hat“ (schnaubend führte dieser die Hand zum Kopf, wie um die große Mühe anzudeuten, die es kostete, alle diese Dinge zu behalten), „ein Gewissen daraus gemacht, noch eine Sorge mehr hinzuzufügen. Und dann, ich werde alles sagen, ist er, soviel ich sehen konnte, so aufgebracht, so außer Rand und Band über die Grobheiten dieses Mönchs und ihrer so überdrüssig, daß er vielmehr Lust hat, sich selbst in einer summarischen Weise Gerechtigkeit zu verschaffen, als sie auf regelrechtem Wege durch die Klugheit und den Arm des Herrn Oheims zu erlangen. Ich hatte das Feuer zu dämpfen versucht, aber als ich sah, daß die Sache eine schlimme Wendung nahm, hielt ich es für meine Pflicht, den Herrn Oheim von allem zu unterrichten, der schließlich doch das Haupt und die Säule des Hauses ist ..."

„Du hättest besser getan, ein wenig früher zu reden."

„Das ist wahr, aber ich hoffte immer, daß sich die Sache von selbst lösen oder der Mönch endlich zur Vernunft kommen oder vielleicht einmal das Kloster verlassen würde, wie es ja bei diesen Mönchen, die heute da und morgen dort sind, zu geschehen pflegt. Dann hätte alles ein Ende gehabt. Aber ..."

„Jetzt ist es meine Sache, das wieder einzurenken."

„So habe ich auch gedacht. Ich sagte mir, der Herr Oheim wird mit seinem Scharfblick, mit seinem Einfluß einem Skandal vorzubeugen wissen und zugleich Rodrigos Ehre retten, die schließlich auch die seinige ist. Dieser Mönch, sagte ich mir, ist immer gleich mit dem Strick des heiligen Franziskus da. Aber um diesen Strick bei der richtigen Gelegenheit anzuwenden, braucht man ihn nicht um den Bauch zu tragen. Der Herr Oheim verfügt über hundert Mittel, die ich nicht kenne. Ich weiß, daß der Pater Provinzial, wie es sich gehört, große Achtung für ihn hegt. Und wenn der Herr Oheim glaubt, daß es in diesem Fall am besten wäre, dem Mönch eine kleine Luftveränderung zu verordnen, könnte er mit zwei Worten ..."

„Überlassen Sie die Sorge dem, dem sie zukommt", sagte der gräfliche Oheim ein wenig schroff.

„Ja, das ist wahr!" rief Attilio mit einer leichten Kopfbewegung und mit einem Lächeln des Mitleids mit sich selbst. „Bin ich der Mann, dem Herrn Oheim Ratschläge zu erteilen? Aber es ist der Eifer für den guten Ruf des Hauses, der mich zum Reden zwingt. Und ich habe Angst, ein anderes Übel angerichtet zu haben", fügte er mit nachdenklicher Miene hinzu. „Ich fürchte, Rodrigo in der Meinung des Herrn Oheims geschadet zu haben. Ich würde keine Ruhe finden, wenn ich schuld daran wäre, daß Sie denken, Rodrigo habe nicht dieses volle Vertrauen zu Ihnen und diese

Unterwürfigkeit, die sich geziemt. Glauben Sie, Herr Oheim, daß er in diesem Falle wirklich ..."

„Ach was! Wie solltet ihr einander schaden? Da ihr doch immer gute Freunde bleiben werdet, bis der eine einmal Vernunft annehmen wird. Ihr Leichtfüße, ihr Zügellosen, immer macht ihr tolle Streiche, die ich dann gutmachen soll. Ihr ... da hätte ich bald etwas Ungeschicktes gesagt ... Ihr zwei macht mir mehr Kopfzerbrechen als, als ...", und hier stelle man sich vor, wie er schnaufte, „als diese ganzen vermaledeiten Staatsgeschäfte."

Attilio brachte noch einige Entschuldigungen, Versprechungen und Höflichkeiten vor, dann verabschiedete er sich und ging, begleitet von einem „Und seid vernünftig!", was immer die Abschiedsformel des Oheims für seine Neffen war.

19. Kapitel

Wenn einer auf einem schlecht bestellten Feld ein Unkraut, zum Beispiel einen schönen Sauerampfer, sieht und genau wissen möchte, ob es aus einem auf diesem Acker gereiften Samen entstanden sei oder aus einem Körnchen, das der Wind hingetragen oder das ein Vogel dort habe fallen lassen, so würde er nie, und wenn er noch soviel darüber nachdächte, zu einem Schluß kommen. Genauso würden auch wir niemals sagen können, ob der Entschluß des Oheims, sich des Paters Provinzial zu bedienen, um auf die beste Art den verwickelten Knoten zu durchhauen, auf dem natürlichen Grunde seines Verstandes oder auf Attilios Einflüsterung hin gefaßt wurde. Soviel steht fest, daß Attilio nicht zufällig dieses Wort hingeworfen hatte. Und obwohl er erwarten mußte, daß sich der argwöhnische Hochmut des Oheims einer so unverhohlenen Einflüsterung widersetzen würde, so wollte er dennoch mit allen Mitteln den Gedanken an dieses Hilfsmittel vor ihm aufblitzen lassen und ihn auf den Weg drängen, den er nach seinem Wunsche gehen sollte. Andererseits war dieser Ausweg so sehr der Sinnesart des Oheims angemessen und so sehr von den Umständen vorgezeichnet, daß man wetten könnte, er wäre auch ohne Einflüsterung von irgendeiner Seite von selbst darauf gekommen. Es handelte sich darum, einen, der seinen Namen trug, einen seiner Neffen, in einem nur allzu offenen Kampf nicht unterliegen zu lassen: ein überaus wesentlicher Punkt für die Reputation seiner Macht, die ihm so sehr am Herzen lag. Die Genugtuung, die sich der Neffe selbst hätte verschaffen können, hätte das Übel nur verschlimmert und neues Unheil gesät. Sie mußte mit allen Mitteln und ohne Zeit zu verlieren, verhindert werden. Hätte man ihm befohlen, seinen Landsitz in diesem Augenblick zu verlassen, so würde er natürlich nicht gehorcht haben. Und hätte er es getan, so wäre es eine Räumung des Feldes, ein Rückzug der Familie vor dem Kloster. Befehle, gesetzliche Macht und Schrecknisse dieser Art vermochten nichts wider einen Gegner dieses Standes. Die weltliche und die Ordensgeistlichkeit waren gegen jede weltliche Rechtsprechung gefeit, und zwar nicht nur die Personen, sondern auch die von ihnen bewohnten Orte, was auch der wissen muß, der noch keine andere Geschichte als diese gelesen hätte, wobei er freilich übel dran wäre. Alles, was man gegen einen solchen Gegner vermochte, war, daß man trachtete, ihn zu entfernen. Und das Mittel dazu war der Pater Provinzial, von dessen Belieben das Gehen und das Bleiben des Mönches abhing.

Nun bestand zwischen dem Pater Provinzial und dem gräflichen Oheim eine alte Bekanntschaft. Sie waren sich selten begegnet, aber immer unter großen Freundschaftsbezeigungen und übertriebenem Anerbieten von Diensten. Und manchmal ist es besser, mit einem Mann zu tun zu haben, der über viele einzelne gebietet, als mit einem von diesen, der nichts sieht als seine Sache, nichts hört als seine Leidenschaft und sich um nichts kümmert als um seinen Zustand, während der andere zahllose Beziehungen, Dutzende Auswirkungen, Dutzende Vorteile, Dutzende zu vermeidende und Dutzende zu rettende Dinge auf einmal sieht und daher die Sache von vielen Seiten anzupacken vermag.

Nachdem der gräfliche Oheim alles erwogen hatte, lud er eines Tages den Pater Provinzial zum Mittagessen ein und ließ ihn einen mit feinstem Vorbedacht gewählten Kreis von Tischgenossen vorfinden: ein paar Verwandte mit den höchsten Titeln, andere, deren Familienname bereits ein hoher Titel war und die schon durch ihre Haltung, durch eine gewisse angeborene Sicherheit, durch eine vornehme Geringschätzung, mit der sie von großen Dingen in ganz gewöhnlichen Ausdrücken sprachen, in jedem Augenblick unwillkürlich den Begriff von ihrer Überlegenheit und Macht hervorzurufen und aufzufrischen verstanden; dann einige Schützlinge, die durch eine ererbte Abhängigkeit an das Haus und durch eine lebenslängliche Dienstbarkeit an den Herrn gebunden waren und bei der Suppe anfingen, mit dem Mund, mit den Augen, mit den Ohren, mit dem ganzen Kopf, mit dem ganzen Körper, mit der ganzen Seele ja zu sagen, so daß man bis zum Nachtisch dahin gebracht war, sich nicht mehr zu erinnern, wie man es eigentlich anstellte, nein zu sagen.

Bei Tisch lenkte der gräfliche Hausherr das Gespräch sehr bald auf das Thema Madrid. Nach Rom gelangt man auf mehreren Wegen; er gelangte auf allen nach Madrid. Er sprach vom Hofe, vom Grafen-Herzog, von den Ministern, von der Familie des Statthalters, von den Stierkämpfen, die er vortrefflich beschreiben konnte, da er sie von einem ausgezeichneten Platz aus gesehen hatte, von dem Escorial, von dem er auf das genaueste Rechenschaft geben konnte, weil ein Diener des Grafen-Herzogs ihn durch alle Winkel geführt hatte. Einige Zeit hörte die ganze Gesellschaft wie ein Auditorium nur ihm zu, dann teilte sie sich in einzelne Gesprächsgruppen, und nun fuhr er fort, andere schöne Dinge dieser Art wie im Vertrauen dem Pater Provinzial zu erzählen, der neben ihm saß und ihn reden, reden und immer weiter reden ließ. Endlich aber gab er dem Gespräch eine kleine Wendung, lenkte es von Madrid ab und von Hof zu Hof, von Würde zu Würde auf den Kardinal Barberini, der ein Kapuziner und ein Bruder des damaligen Papstes Urban VIII. war: nichts Geringeres als dies. Nun mußte der Oheim auch den anderen ein wenig reden lassen und zuhören und daran denken, daß auf dieser Welt die angesehenen Leute nicht nur für ihn allein da waren. Nachdem sie bald darauf von der Tafel aufgestanden waren, bat er den Pater Provinzial, mit ihm in ein anderes Zimmer zu kommen.

Zwei Mächtige, zwei Ergraute, zwei gereifte Erfahrungen standen einander gegenüber. Der vornehme Herr bat den hochwürdigen Pater, Platz zu nehmen, setzte sich auch und begann: „In Anbetracht der Freundschaft, die zwischen uns besteht, habe ich geglaubt, mit Euer Hochwürden ein Wort sprechen zu müssen über eine Angelegenheit, die uns gemeinsam angeht und die wir unter uns abmachen sollten, ohne andere Wege einzuschlagen, die vielleicht... Und deshalb werde ich Ihnen, ohne Umschweife und das Herz auf der Zunge, sagen, um was es sich handelt. Und ich bin sicher, daß wir nach zwei Worten miteinander einig sind. Sagen Sie mir: ist in Ihrem Kloster in Pescarenico ein Pater Cristoforo aus ***?"

Der Provinzial nickte bejahend.

„Sagen Sie mir, Hochwürden, einmal aufrichtig, als guter Freund... dieser Mensch... dieser Pater... persönlich kenne ich ihn nicht, obwohl ich sonst mehrere Kapuzinerpatres kenne: gediegene, eifrige, kluge, bescheidene Männer. Ich bin von Kind an ein Freund des Ordens gewesen... Aber in jeder zahlreichen Familie... ist immer ein einzelnes Glied, irgendein Kopf... Und von diesem Pater Cristoforo weiß ich aus gewissen Berichten, daß er ein Mann ist... ein bißchen streitsüchtig... der nicht die Klugheit und alle die Rücksichten kennt... Ich möchte wetten, daß er Euer Hochwürden schon mehr als einmal Kopfzerbrechen bereitet hat."

Ich habe verstanden: er hat sich auf etwas eingelassen, dachte inzwischen der Provinzial. Das ist meine Schuld, ich wußte doch, daß der gute Cristoforo ein Mensch ist, den man von Kanzel zu Kanzel schicken, aber nicht sechs Monate an einem Ort lassen kann, am wenigsten in einem Kloster auf dem Lande.

„Oh", sagte er dann, „es tut mir wirklich leid, zu hören, daß Euer Herrlichkeit von dem Pater Cristoforo eine solche Meinung haben, während er doch, soviel ich weiß, ein Ordensmann ist, der ... im Kloster beispielgebend wirkt und auch außerhalb die höchste Achtung genießt."

„Ich verstehe sehr wohl, Euer Hochwürden müssen ... Und doch, und doch möchte ich Sie als aufrichtiger Freund von einer Sache in Kenntnis setzen, die zu erfahren Ihnen nützlich sein wird; und sollten Sie auch schon davon unterrichtet sein, so kann ich doch, ohne meine Pflichten zu verletzen, auf gewisse Folgen aufmerksam machen, die ... im Bereich der Möglichkeiten liegen. Mehr sage ich nicht. Dieser Pater Cristoforo beschützte, wie wir wissen, einen Mann aus jener Gegend ... Euer Hochwürden werden schon von ihm gehört haben. Es ist derselbe, der sich unter soviel Aufsehen den Händen der Gerechtigkeit entzog, nachdem er an jenem schrecklichen Sankt-Martins-Tage Dinge verübt hatte ... Dinge ... Lorenzo Tramaglino!"

O weh! dachte der Provinzial, und er sagte: „Dieser Umstand ist mir neu, aber Euer Herrlichkeit wissen sehr wohl, daß unsere Pflicht eben zum Teil darin besteht, Verirrte aufzusuchen, um sie ..."

„Gut, aber der Schutz einer gewissen Gattung von Verirrten ...! Das sind mißliche Dinge, heikle Angelegenheiten ..." Und hier preßte er, anstatt die Wangen aufzublasen, um zu schnaufen, die Lippen zusammen und zog soviel Luft ein, wie er sonst pustend auszublasen pflegte. Und er hob von neuem an: „Ich habe es für ratsam gehalten, Ihnen einen Wink über diesen Umstand zu geben, denn wenn Seine Exzellenz jemals ... Es könnten Schritte in Rom getan werden ... ich weiß zwar nichts ... aber von Rom könnte Ihnen ..."

„Ich bin Euer Herrlichkeit für diese Nachricht sehr verbunden, indessen bin ich sicher, daß man bei einer Untersuchung dieser Sache finden wird, daß Pater Cristoforo mit dem Mann, von dem Sie sprechen, nur Umgang gehabt hat, um ihm den Kopf zurechtzusetzen. Den Pater Cristoforo kenne ich."

„Nun, so wissen Sie auch besser als ich, was für ein Mann er in der Welt gewesen ist, was für schöne Sachen er in seiner Jugend angerichtet hat."

„Das ist der Ruhm des Ordensgewandes, Herr Graf, daß ein Mann, der in der Welt von sich reden gemacht hat, ein anderer wird, sobald er es angelegt hat. Und seitdem Pater Cristoforo dieses Gewand trägt ..."

„Ich möchte es gern glauben, ich sage es aufrichtig: ich möchte es gern glauben, aber bisweilen, sagt das Sprichwort ... macht die Kutte nicht den Mönch."

Das Sprichwort war nicht ganz zutreffend, aber der Graf hatte es in der Eile statt eines anderen gesagt, das ihm auf der Zunge lag: Der Wolf ändert sein Fell, aber nicht seine Gier.

„Ich habe Beweise", fuhr er fort, „es sprechen Anzeichen dafür ..."

„Wenn Sie ganz bestimmt wissen", sagte der Provinzial, „daß dieser Ordensmann sich eines Vergehens schuldig gemacht hat (wir können alle fehlen), so werden Sie mir eine große Gefälligkeit erweisen, wenn Sie mich davon unterrichten. Ich bin ein Oberer unter den Ordensbrüdern, wenn auch unwürdigerweise. Aber ich bin es eben, um zu bessern, um zu helfen."

„Ich will es Ihnen sagen: Zu dem verdrießlichen Umstand der offenen Gönnerschaft des Paters für diesen Menschen, den ich Ihnen genannt habe, kommt eine andere ärgerliche Sache, und die könnte ... Aber unter uns werden wir schon alles in Ordnung bringen. Es kommt also, sage ich, dazu, daß dieser gleiche Pater Cristoforo mit meinem Neffen Don Rodrigo *** zu hadern angefangen hat."

„Oh! das ist mir unangenehm, das ist mir wahrhaftig unangenehm."

„Mein Neffe ist jung, lebhaft, seiner sicher und nicht gewohnt, herausgefordert zu werden ..."

„Es wird meine Pflicht sein, einen solchen Fall genau zu untersuchen. Wie ich Euer Herrlichkeit schon gesagt habe, und ich spreche ja mit einem Herrn, der ebenso gerecht wie welterfahren ist, wir sind alle aus Fleisch und Blut, dem Irrtum unterworfen ... auf die eine oder auf die andere Weise. Und wenn der Pater Cristoforo gefehlt hat ..."

„Sehen Euer Hochwürden selbst, das sind Dinge, die, wie ich Ihnen sagte, unter uns ausgetragen und hier begraben werden müssen, Dinge, die man nur schlimmer macht, wenn man sie zuviel aufrührt. Sie wissen, was darauf folgt: solche Zänkereien, solcher Ärger haben ihren Ursprung oft in einer Kleinigkeit und ziehen sich aber weiter hin, ziehen sich weiter hin ... Wollte man ihnen auf den Grund gehen, so käme man entweder nicht damit zu Rande, oder es kämen hundert andere Verwicklungen heraus. Beschwichtigen, dem Ganzen ein Ende machen, ehrwürdiger Pater: dem Ganzen ein Ende machen, beschwichtigen. Mein Neffe ist jung. Der Mönch hat nach dem, was ich höre, auch noch ganz das Gemüt ... die Neigungen eines Jünglings, und uns, die wir die Jahre haben, kommt es zu ... ja, leider, was, hochwürdiger Pater ...?"

Für einen Zuschauer wäre es nun ebenso gewesen, wie wenn sich mitten in einer ernsten Oper aus Versehen vorzeitig ein Vorhang hebt und man einen Sänger sieht, der in diesem Augenblick nicht daran denkt, daß es ein Publikum gibt, und sich mit seinen Kameraden in aller Ruhe unterhält. Gesicht, Haltung, Stimme des gräflichen Oheims, alles war natürlich, als er dieses „leider" sagte. Das war keine Verstellung, es stimmte wirklich, daß ihm seine Jahre lästig waren. Nicht, daß er den Zerstreuungen, dem Feuer, der

Anmut der Jugend nachgeweint hätte: das waren Nichtigkeiten, Torheiten, Armseligkeiten. Die Ursache seines Unmuts war weit ernster und wichtiger: er hoffte, eine höhere Stelle zu erlangen, wenn sie frei sein würde, und fürchtete, sie nicht mehr zu erlangen. Wenn er sie erhalten hätte, konnte man sicher sein, daß er sich um seine Jahre nicht mehr kümmern, daß er nichts andercs ersehnen und zufrieden sterben würde, wie alle jene stets zu tun versichern, sobald sie erlangt haben, was sie so glühend wünschten.

Aber um ihn selbst zu Wort kommen zu lassen: „An uns ist es“, fuhr er fort, „für die Jüngeren besonnen zu sein und ihre Fehler wiedergutzumachen. Zum Glück ist es noch Zeit, die Sache hat noch kein Aufhebens gemacht und ist noch mit einem *principiis obsta* zu beheben. Das Stroh muß vom Feuer entfernt werden. Zuweilen macht sich ein Mensch, der an einem Ort nicht guttut oder Anlaß zu Ungelegenheiten geben kann, anderwärts ausgezeichnet. Euer Hochwürden werden schon ein passendes Plätzchen für diesen Geistlichen zu finden wissen. Dann ist auch zugleich der andere Umstand berücksichtigt, daß er bei denen Argwohn erregt haben könnte, die ... es wünschen würden, daß man ihn fortschickte; und wenn Sie ihn an einen etwas entfernteren Ort versetzen, so treffen wir zwei Fliegen mit einem Schlag. Alles glättet sich von selbst, oder besser gesagt: es ist noch nichts verdorben.“

Diesen Schluß hatte der Pater Provinzial vom Anbeginn der Unterredung erwartet. Nun ja, dachte er, ich sehe schon, worauf du hinauswillst. Es ist die alte Geschichte. Wenn euch oder einem von euch ein armer Mönch lästig ist oder im Wege steht, so soll der Obere ihn sofort entfernen, ohne zu untersuchen, ob er recht oder unrecht hat.

Und als der Graf geendet und einen langen Schnaufer gemacht hatte, was einem Schlußpunkt gleichkam, sagte der Provinzial: „Ich verstehe sehr wohl, was der Herr Graf sagen will, aber ehe man Schritte tut ...“

„Es sind Schritte und keine Schritte, hochwürdiger Pater, es ist eine natürliche, gewöhnliche Sache. Und wenn man nicht zu diesem Ausweg schreitet und nicht sofort, so sehe ich einen Berg von Verwirrungen, eine Ilias von Unheil voraus. Einen dummen Streich ... von meinem Neffen glaube ich ja nicht ... dafür stehe ich ein ... Aber so weit, wie die Sache gediehen ist ... Wir müssen dem, ohne Zeit zu verlieren, mit einem wohlangebrachten Schlag ein Ende machen, sonst wird die Angelegenheit in ihrem Lauf nicht innehalten und der Welt nicht verborgen bleiben ... Und dann ist es nicht mehr mein Neffe allein ... Man würde in ein Wespennest stechen, hochwürdiger Pater. Sie sehen, wir sind eine Familie, wir haben eine Verwandtschaft ..."

„Eine sehr vornehme."

„Sie verstehen mich: alles Leute, die Blut in den Adern haben und die auf dieser Welt ... etwas darstellen. Es kommt die Ehrsucht hinzu, es wird eine gemeinsame Angelegenheit daraus, und dann, auch wenn man ein friedfertiger Mensch ist ... mir würde es das Herz brechen, müßte ich ... wäre ich gezwungen ... wo ich den Kapuzinerpatres immer so zugetan war ...! Die Väter brauchen, um Gutes zu üben, wie sie es zur Erbauung der Öffentlichkeit tun, Frieden. Sie dürfen keine Streitigkeiten haben und müssen in guter Eintracht mit denen leben, die ... Und dann haben sie auch Verwandte in der Welt ... Und wenn diese häßlichen Rangstreitigkeiten sich nur ein wenig in die Länge ziehen, breiten sie sich aus, verzweigen sich und ziehen ... die halbe Welt hinein. Ich habe dieses angenehme Amt, das mich verpflichtet, eine gewisse Würde aufrechtzuerhalten ... Seine Exzellenz ... meine Herren Kollegen ... alles wird gleich eine Angelegenheit der ganzen Körperschaft ... um so mehr wegen des anderen Umstandes ... Sie wissen, welchen Lauf diese Dinge nehmen."

„Gewiß", sagte der Pater Provinzial, „der Pater Cristoforo ist Prediger, und ich habe schon daran gedacht ... Gerade jetzt bittet man mich ... Aber in diesem Augenblick, unter solchen Umständen könnte es wie eine Strafe aussehen, und eine Strafe, bevor alles aufgeklärt ist..."

„Nicht Strafe, nein, eine kluge Vorsichtsmaßregel, ein dank gemeinsamer Übereinkunft vollzogener Schritt, um Widerwärtigkeiten zu verhindern, die vielleicht... Sie verstehen."

„Zwischen dem Herrn Grafen und mir braucht es freilich keiner weiteren Worte; ich verstehe. Aber wenn es sich so verhält, wie Eurer Herrlichkeit berichtet wurde, so scheint es mir unmöglich, daß in der Gegend nicht etwas durchgesickert wäre. Überall gibt es Aufwiegler, Unheilstifter oder wenigstens boshafte Neugierige, die eine närrische Freude daran haben, wenn sie sehen können, daß Adelige und Geistliche aneinandergeraten. Dann schnüffeln sie, deuten dies und jenes und schwätzen daher... Jeder hat sein Ansehen zu wahren, und ich, als Oberer (als unwürdiger), habe die ausdrückliche Pflicht... Die Ehre des Ordenskleides... ist nicht nur meine Angelegenheit... sie ist ein mir anvertrautes Gut, über das... Ihr Herr Neffe könnte, da er so aufgebracht ist, wie Euer Herrlichkeit sagen, die Sache als eine ihm zugestandene Genugtuung auffassen und... ich sage nicht, sich ihrer rühmen, darüber frohlocken, aber..."

„Meinen Sie, hochwürdiger Pater? Mein Neffe ist ein Edelmann, der in der Welt geachtet wird... nach seinem Rang und wie es ihm gebührt, aber mir gegenüber ist er ein Knabe, der nicht mehr und nicht weniger tun wird, als was ich ihm vorschreiben werde. Ich will Ihnen noch mehr sagen: mein Neffe soll nichts davon erfahren. Haben wir es denn nötig, Rechenschaft zu geben? Das sind Dinge, die wir unter uns abmachen, als gute Freunde, und unter uns sollen sie auch bleiben. Machen Sie sich darüber keine Sorgen! Ich muß doch gewohnt sein zu schweigen." Und er schnaufte. „Und was die Schwätzer anbelangt", fuhr er fort, „was können die wohl sagen? Ein Mönch, der an einen anderen Ort geschickt wird, um zu predigen, ist doch eine ganz gewöhnliche Sache. Und dann, wir, die wir alles sehen... wir, die wir voraussehen... wir, denen es zukommt... wir brauchen uns doch schließlich um das Geschwätz nicht zu kümmern."

„Immerhin wäre es, um dem Geschwätz zuvorzukommen, gut, wenn uns Ihr Herr Neffe bei dieser Gelegenheit irgendeinen Beweis, ein offenkundiges Zeichen seiner Freundschaft und Achtung gäbe... nicht uns, sondern dem Ordenskleid..."

„Gewiß, gewiß, das ist recht und billig... Doch ist es eigentlich nicht notwendig. Ich weiß, daß die Kapuziner von meinem Neffen immer empfangen werden, wie es sich gebührt. Er tut das aus Neigung, es ist ein angeborener Hang in der Familie, und dann weiß er, daß es mir angenehm ist. Übrigens, in diesem Fall... ist etwas Außergewöhnliches... nur zu gerecht. Überlassen Sie das nur mir, hochwürdiger Pater, ich werde meinem Neffen Befehl erteilen... Das heißt, man wird es ihm auf eine kluge Weise beibringen müssen, damit er nicht merkt, was zwischen uns vorgefallen ist. Denn ich möchte nicht, daß wir ein Pflaster auflegen, wo keine Wunde ist. Und je schneller das geschieht, was wir beschlossen haben, desto besser wird es sein. Und wenn sich ein entfernteres Plätzchen finden ließe... um wirklich jede Gelegenheit zu unterbinden..."

„Es wird gerade ein Prediger für Rimini verlangt, und vielleicht hätte ich auch ohne einen sonstigen Grund mein Augenmerk auf..."

„Das kommt nur zu gelegen, nur zu gelegen. Und wann...?"

„Da die Sache nun einmal gemacht werden muß, so wird sie bald gemacht."

„Bald, bald, hochwürdiger Pater: besser heute als morgen. Und", fuhr er dann fort, während er sich von seinem Sitz erhob, „wenn ich irgend etwas für unsere guten Kapuzinerpatres tun kann, ich sowohl als auch meine Familie, so..."

„Wir kennen die Güte des Hauses aus Erfahrung", sagte

der Pater Provinzial, indem er sich erhob und hinter seinem Besieger zur Tür schritt.

„Wir haben einen Funken gelöscht", sagte dieser und blieb stehen, „einen Funken, hochwürdiger Pater, der einen großen Brand hätte verursachen können. Unter guten Freunden bringt man große Dinge mit zwei Worten in Ordnung."

An der Tür angelangt, riß er sie weit auf und wollte durchaus, daß der Pater vorangehe. Sie traten in das andere Zimmer und schlossen sich der übrigen Gesellschaft an.

Viel Mühe und die Kunst großer Worte verwandte der Graf auf die Durchführung einer Angelegenheit, aber er erzielte dann auch dementsprechende Erfolge. Durch das Gespräch, das wir berichtet haben, gelang es ihm tatsächlich, Pater Cristoforo zu Fuß von Pescarenico nach Rimini zu schicken, was ein ganz hübscher Spaziergang ist.

Eines Abends kam in Pescarenico ein Kapuziner aus Mailand mit einem Stapel von Briefen für den Pater Guardian an. Darunter war der schriftliche Befehl für Fra Cristoforo, sich nach Rimini zu begeben, wo er die Fastenpredigten halten sollte. Der Brief an den Guardian enthielt die Weisung, dem besagten Bruder beizubringen, daß er jeden Gedanken an etwaige Angelegenheiten, mit denen er sich in dem Dorf, das er verlassen müsse, befaßt haben könnte, aufzugeben habe und mit niemandem dort einen Briefwechsel führen dürfe. Der Überbringer des Briefes sollte der Reisegefährte sein. Der Guardian sagte am Abend noch nichts; am Morgen ließ er Fra Cristoforo rufen, zeigte ihm den Befehl und sagte ihm, er solle Korb, Stock, Schweißtuch und Gürtel holen und sich mit dem Mönch, seinem Reisegefährten, den er ihm vorstellte, gleich auf die Wanderung begeben.

Ob es ein Schlag für unseren Pater war, das lasse ich Euch selbst bedenken. Renzo, Lucia und Agnese fielen ihm sofort ein, und er rief in seinem Inneren aus: O Gott, was werden die Armen anfangen, wenn ich nicht mehr hier sein werde! Dann aber hob er die Augen zum Himmel und klagte sich an, im Vertrauen gewankt und sich für unentbehrlich gehalten zu haben. Er kreuzte zum Zeichen des Gehorsams die Hände auf der Brust und neigte vor dem Pater Guardian das Haupt; dieser nahm ihn beiseite und erteilte ihm jene Warnung, die den Worten nach einen Rat, der Bedeutung nach aber eine Vorschrift darstellte. Fra Cristoforo ging in seine Zelle, nahm den Korb, legte das Brevier, seine Fastenpredigten und das Brot der Vergebung hinein, schnallte den Ledergürtel um die Kutte, verabschiedete sich von seinen Mitbrüdern, die im Kloster waren, ging zuletzt noch zum Guardian, um sich den Segen zu holen, und trat mit seinem Begleiter den Weg an, der ihm vorgeschrieben worden war.

Wir haben gesagt, daß Don Rodrigo, der sich hartnäckiger denn je in den Kopf gesetzt hatte, sein Unternehmen zu Ende zu führen, beschlossen hatte, die Hilfe eines schrecklichen Mannes zu erstreben. Von diesem können wir weder den Vornamen noch den Zunamen noch einen Titel und nicht einmal eine Vermutung über alles das angeben, was um so seltsamer ist, als wir diese Persönlichkeit in mehr als einem Buche jener Zeit (ich spreche von gedruckten Büchern) vermerkt finden. Daß es dieselbe Person ist, darüber läßt die Ähnlichkeit der Geschehnisse keinen Zweifel zu. Überall jedoch stößt man auf eine große Beflissenheit, den Namen zu vermeiden, fast als hätte das die Feder und die Hand des Schreibenden verbrennen müssen. Francesco Rivola, der in seiner Lebensbeschreibung des Kardinals Federigo Borromeo von diesem Mann sprechen muß, nennt ihn „einen durch Reichtum ebenso mächtigen wie durch Geburt edlen Herrn“ und läßt es damit bewenden. Giuseppe Ripamonti, der in dem fünften Buche der fünften Dekade seiner Vaterländischen Geschichte ausführliche Erwähnung von ihm macht, nennt ihn „einen“, „jenen“, „den“, „diesen Mann“, „diese Persönlichkeit“. „Ich berichte“, sagt er in seinem schönen Latein, das wir, so gut es uns gelingt, übertragen, „den Fall eines Mannes, der zu den Vornehmsten unter den

Großen der Stadt gehörte und seinen Wohnsitz auf einem an der Grenze gelegenen Landsitz errichtet hatte; sich dort durch verbrecherische Mittel schützend, erachtete er die Gesetze, die Richter, jede Behörde und die Obrigkeit für nichts. Er führte ein völlig unabhängiges Leben und nahm Verbannte auf, er, der einst selbst verbannt worden war und dann zurückkehrte, als ob nichts geschehen wäre ..." Diesem Schriftsteller werden wir noch einige andere Stellen entnehmen, die uns gelegen kommen, um die Erzählung unseres Anonymus zu bestätigen und zu erhellen; mit ihr wollen wir nun fortfahren.

Das zu tun, was von den Gesetzen verboten oder von irgendeiner Macht verhindert wurde, Schiedsrichter und Gebieter in fremden Angelegenheiten zu sein ohne einen anderen Anreiz als den der Freude am Befehlen, von allen gefürchtet zu sein, den Beistand jener zu haben, die gewohnt sind, ihn von anderen zu fordern, das waren zu jeder Zeit die hauptsächlichsten Leidenschaften dieses Mannes gewesen. Schon in seiner Jugend empfand er bei dem Schauspiel und dem Lärm so vieler Gewalttaten, so vieler Wettstreitigkeiten, beim Anblick so vieler Tyrannen ein gemischtes Gefühl von Unwillen und ungeduldigem Neid. Als er jung war und in der Stadt lebte, ließ er keine Gelegenheit vorübergehen, ja er suchte sie sogar, mit den Berüchtigtsten dieses Handwerks in Händel zu geraten, ihren Weg zu kreuzen, um sich mit ihnen zu messen oder sie zu zwingen, sich um seine Freundschaft zu bewerben. Den meisten an Reichtum und Gefolgschaft, vielleicht allen an Verwegenheit und Ausdauer überlegen, brachte er viele dahin, von einer Rivalität abzustehen; viele richtete er übel zu, viele machte er sich zu Freunden, freilich nicht zu ebenbürtigen, sondern, wie sie ihm eben nur gefallen konnten, zu abhängigen Freunden, die sich als Untergebene bekannten und ihm den Vorrang ließen. In der Tat kam es aber dennoch vor, daß er ihr Helfer, ihr Werkzeug wurde, sie versäumten nicht, bei ihren Unternehmungen die Taten eines solchen Helfers in Anspruch zu nehmen. Und hätte er sich zurückgezogen, so würde das für ihn eine Minderung seines Rufes und einen Bruch seiner Verpflichtungen bedeutet haben, so daß er auf diese Weise für sich und andere so viel Sträfliches verübte, daß weder sein Name noch seine Verwandtschaft noch die Freunde noch seine Kühnheit ausreichten, ihn gegen die öffentliche Verbannung und gegen den so mächtigen Haß zu schützen; er mußte weichen und den Staat verlassen. Ich glaube, daß sich ein merkwürdiger Zug, den Ripamonti schildert, auf diesen Umstand bezieht: „Als dieser einmal das Land verlassen mußte, stellte er die Heimlichkeit, die Ehrfurcht und die Schüchternheit so zur Schau: er zog zu Pferde, mit einem Troß von Hunden, unter Trompetenschall durch die Stadt, und als er am Palast des Hofes vorbeikam, hinterließ er bei der Wache eine Botschaft voller Beleidigungen für den Statthalter."

In seiner Abwesenheit stellte er die Händel keineswegs ein, noch gab er die Beziehungen zu seinen Freunden auf, die mit ihm, um aus dem Ripamonti wörtlich zu übersetzen, „in einem heimlichen Bunde gräßlicher Beschlüsse und unheilvoller Dinge" vereint blieben. Es scheint sogar, daß er sich damals mit hochgestellten Persönlichkeiten in gewisse neue furchtbare Händel eingelassen hat, wovon der erwähnte Geschichtsschreiber mit geheimnisvoller Kürze spricht. „Auch einige auswärtige Fürsten", sagt er, „nutzten mehrmals seine Hilfe zu irgendeiner wichtigen Mordtat und mußten ihm öfter von weit her Leute zur Verstärkung schikken, die unter seinen Befehlen dienten."

Endlich (man weiß nicht, nach wie langer Zeit), entweder weil durch irgendeine mächtige Vermittlung die Verbannung aufgehoben worden war oder weil die Kühnheit dieses Mannes ihm die Straffreiheit ersetzte – entschloß er sich, in die Heimat zurückzukehren, und tat es dann auch wirklich; jedoch nicht nach Mailand, sondern in eine Burg, die an das bergamaskische Gebiet grenzte, das damals, wie jeder weiß, unter venezianischer Herrschaft stand. „Dieses Haus", ich führe erneut Ripamonti an, „war gleichsam eine Werkstatt blutiger Befehle: Diener, auf deren Kopf ein Preis stand und deren Handwerk es war, Köpfe abzuschlagen. Weder dem Koch noch dem Küchenjungen war der Mord erlassen, und die Hände der Knaben waren blutbefleckt." Außer diesem schönen Hausgesinde hatte er, wie der gleiche Geschichtsschreiber versichert, andere ähnliche Untergebene, die in verschiedenen Orten der beiden Staaten, an deren Grenze er lebte, verteilt und untergebracht und stets seiner Befehle gewärtig waren.

Alle Tyrannen ringsumher hatten einmal bei dieser oder jener Gelegenheit zwischen der Freundschaft oder der Feindschaft zu wählen gehabt. Aber den ersten, die ihm Widerstand zu leisten versucht hatten, war es dabei so schlecht ergangen, daß keiner mehr Lust hatte, einen weiteren Versuch zu wagen. Und selbst wenn einer nur auf die eigenen Angelegenheiten achten und ruhig seines Weges gehen wollte, vermochte er nicht, sich von ihm unabhängig zu erhalten. Eines Tages erschien ein Bote und bedeutete ihm, daß er dieses und jenes Unternehmen aufzugeben habe, daß er diesen oder jenen Schuldner nicht mehr belästigen dürfe und ähnliches mehr: da galt es, ja oder nein zu sagen. Hatte eine Partei mit untertäniger Ehrerbietung irgendeine Angelegenheit in seine Hand gelegt, so blieb der anderen nur die schwere Wahl, sich seinem Urteilsspruch zu unterwerfen oder sich als seinen Feind zu erklären, was, wie man früher sagte, ebensoviel bedeutete wie die Schwindsucht dritten Grades zu haben. Viele, die unrecht hatten, nahmen ihre Zuflucht zu ihm, um in der Tat recht zu behalten. Und viele, die im Recht waren, taten es, um den so großen Schutzherrn für sich zu gewinnen und dem Gegner dadurch diesen Weg zu versperren: die einen und die anderen gerieten auf diese Weise in seine Abhängigkeit. Manchmal geschah es, daß sich ein schwacher Unterdrückter, der von einem Übermächtigen gequält wurde, an ihn wandte; dann zwang er, indem er die Partei des Schwächeren ergriff, den

Unterdrücker, von den Nachstellungen abzulassen, das Übel wiedergutzumachen und um Verzeihung zu bitten, oder wenn der nicht nachgeben wollte, bekämpfte er ihn derart, daß er ihn dadurch zwang, die von ihm heimgesuchten Orte zu verlassen, oder er ließ ihn auch durch eine raschere und schrecklichere Strafe dafür büßen. Und in solchen Fällen wurde der so gefürchtete und verabscheute Name für einen Augenblick gesegnet, denn in jenen Zeiten hätte man, ich sage nicht, diese Gerechtigkeit, aber dieses Mittel, diese Hilfe von keiner anderen Macht, weder von einer privaten noch einer öffentlichen, erwarten können. Öfter aber und gewöhnlich war seine Macht die Dienerin ruchloser Wünsche, grausamer Befriedigungen, hochmütiger Launen. Aber der so vielfältige Gebrauch dieser Macht erzeugte stets dieselbe Wirkung, indem sie den Gemütern eine beängstigende Vorstellung von dem einprägte, was er alles der Gerechtigkeit und der Ungerechtigkeit zum Trotz durchzusetzen vermochte, die beide dem Willen des Menschen soviel Hindernisse in den Weg legen und ihn deshalb oft zur Umkehr zwingen. Der Ruf der gewöhnlichen Tyrannen blieb meistens auf den kleinen Landstrich beschränkt, wo sie die Reichsten und die Mächtigsten waren. Jedes Gebiet hatte die seinigen, und sie glichen einander so sehr, daß die Leute keine Ursache hatten, sich mit jenen zu befassen, die sie nicht auf dem Halse hatten. Der Ruf des unsrigen aber war schon seit geraumer Zeit in jeden Winkel des mailändischen Gebiets gedrungen. Über sein Leben wurde im Volk viel erzählt; sein Name bedeutete etwas Unwiderstehliches, Seltsames, Märchenhaftes. Der Argwohn, daß er überall Verbündete und Meuchelmörder besaß, trug auch dazu bei, die Erinnerung an ihn lebendig zu erhalten. Es blieb aber immer nur beim Argwohn, denn wer würde sich offen zu einer solchen Abhängigkeit bekannt haben? Jedoch jeder Tyrann konnte sein Verbündeter, jeder Straßenräuber einer von seinen Leuten sein, und gerade durch diese Unsicherheit wurde diese Vorstellung noch mehr verbreitet und der

Schrecken noch finsterer. Und sooft man irgendwo unbekannte Bravigestalten oder scheußlichere als gewöhnlich auftauchen sah, sooft man den Urheber einer ungeheuerlichen Tat nicht sofort anzugeben oder zu erraten wußte, nannte, murmelte man den Namen des Mannes, den wir, dank der, um nichts anderes zu sagen, löblichen Vorsicht unserer Autoren, den Ungenannten zu nennen gezwungen sind.

Von der Festung dieses Mannes bis zu Don Rodrigos Burg waren es nicht mehr als sieben Meilen. Und dieser letztere war kaum Gebieter und Tyrann geworden, als er auch schon erkennen mußte, daß es bei der geringen Entfernung von einer solchen Persönlichkeit nicht möglich war, dieses Handwerk zu betreiben, ohne aneinanderzugeraten oder aber sich zu vertragen. Er hatte sich ihm deshalb als Freund angeboten und war es geworden, in dem Sinne wie alle anderen, versteht sich; er hatte ihm mehr als einen Dienst erwiesen – mehr sagt die Handschrift nicht – und hatte jedesmal Versprechungen der Gegenleistung und der Hilfe für alle etwaigen Fälle erhalten. Er war jedoch sorgfältig darauf bedacht, eine solche Freundschaft zu verheimlichen oder wenigstens nicht merken zu lassen, wie eng und von welcher Art sie sei. Don Rodrigo wollte zwar den Tyrannen, aber nicht den wilden Tyrannen spielen. Dieses Gewerbe war für ihn nur Mittel und nicht der Zweck: er wollte frei in der Stadt verweilen, die Bequemlichkeiten, die Belustigungen, die Ehren des zivilen Lebens genießen. Und deshalb war es nötig, gewisse Rücksichten zu nehmen, der Verwandten zu gedenken, die Freundschaft mit hochgestellten Persönlichkeiten zu pflegen, eine Hand an der Waage der Gerechtigkeit zu haben, um sie im Notfall auf seine Seite zu neigen oder um sie wegzurücken oder gegen den zu gebrauchen, der auf diese Weise leichter als mit der Waffe der privaten Gewalt zu besiegen war. Nun hätte ihm die innige Vertrautheit oder, sagen wir lieber, ein Bündnis mit einem Manne von dieser Art, mit einem unverhohlenen Feind der öffentlichen Macht, sicher das Spiel nicht leicht gemacht, besonders nicht bei dem gräflichen Oheim. Immerhin konnte das, was sich von einer solchen Freundschaft nicht verheimlichen ließ, als eine unerläßliche Beziehung zu einem Mann gelten, dessen Feindschaft zu gefährlich war, und konnte so durch die Notwendigkeit entschuldigt werden. Denn wer Vorsorge treffen soll und dazu keine Lust hat oder nicht die rechten Mittel dazu findet, der stimmt schließlich zu, daß der andere bis zu einem gewissen Grade für seine Angelegenheiten sorgt; und wenn er nicht ausdrücklich zustimmt, so drückt er ein Auge zu.

Eines Morgens ritt Don Rodrigo im Jagdaufzug aus, mit einem kleinen Geleit von Bravi zu Fuß, der Graue neben dem Steigbügel, vier Mann hinten, und schlug den Weg zur Burg des Ungenannten ein.

20. Kapitel

Die Burg des Ungenannten ragte hoch auf über einem engen, schattigen Tal, auf dem Gipfel einer Anhöhe, die aus einer wilden Bergkette vorspringt und durch eine Menge Felsklippen und Irrgänge von Klüften und Abgründen, die sich auch zu ihren beiden Seiten hinziehen, mit ihr verbunden oder, wenn man so will, von ihr getrennt ist. Die dem Tal zugekehrte Seite ist die einzig zugängliche, ein ziemlich steiler, aber gleichmäßiger und fortlaufender Hang, auf der Höhe Wiesen, auf den Berglehnen Felder mit hier und da verstreuten Hütten. Unten fließt in einem Bett von Kieselsteinen je nach der Jahreszeit ein Bächlein oder ein ungestümer Wildbach; damals bildete er die Grenze der beiden Staaten. Die gegenüberliegenden Gipfel, die sozusagen die andere Talwand ausmachen, haben gleichfalls am Fuße da und dort bebautes Land; der Rest ist Geröll und Gestein, jähe Abstürze, unwegsam und kahl bis auf einiges Gesträuch in den Rissen und auf den Erdwällen.

Von der Höhe dieser finsteren Feste beherrschte der wilde Herr, wie ein Adler von seinem blutigen Horst, ringsumher den weiten Raum, wo nur ein Mensch seinen Fuß hinsetzen konnte. Über sich und höher sah er niemand. Wenn er seinen Blick in die Runde schweifen ließ, durchflog er das ganze Gebiet, die Hänge, den Talgrund und die dort angelegten Straßen. Der Weg, der in Biegungen und Serpentinen zu dem furchtbaren Wohnsitz hinaufführte, lag vor dem Hinunterblickenden wie ein sich schlängelndes Band. Von den Fenstern, von den Schießscharten aus konnte der Herr gemächlich die Schritte eines jeden, der kam, zählen und ihn wohl hundertmal aufs Korn nehmen. Und selbst wenn ein großer Trupp angerückt wäre, hätte er mit der Besatzung von Bravi, die er sich da oben hielt, mehrere auf dem Fußpfad niederstrecken oder in die Tiefe stürzen lassen können, bevor auch nur ein einziger den Gipfel erreicht hätte. Übrigens wagte keiner, der bei dem Burgherrn nicht gern gesehen war, den Fuß ins Tal zu setzen, geschweige denn dort hinaufzusteigen. Der Häscher aber, der sich dort hätte blicken lassen, wäre wie ein feindlicher Spion behandelt worden, den man in einem Lager erwischt hat. Man erzählte sich traurige Geschichten von den letzten, die das Unternehmen hatten wagen wollen, aber das war lange her. Und von den Jüngeren erinnerte sich niemand, in dem Tal jemals einen von diesen, weder tot noch lebendig, gesehen zu haben.

Solcherart ist die Beschreibung, die der Anonymus von dem Ort gibt; über den Namen sagt er nichts. Im Gegenteil, um uns nicht auf die Spur zu bringen, sagt er auch nichts über Don Rodrigos Reise und versetzt ihn plötzlich mitten in das Tal, an den Fuß der Anhöhe, an die Mündung des steilen, krummen Pfades. Dort befand sich eine Schenke, die man aber ebensogut ein Wachthaus hätte nennen können. Auf einem alten, über dem Eingang hängenden Schild war auf beiden Seiten eine strahlende Sonne gemalt. Der Volksmund aber, der manchmal die Namen so nachspricht, wie sie ihn gelehrt werden, sie aber manchmal auf seine Weise umgestaltet, nannte diese Schenke nicht anders als die zur „Bösen Nacht“.

Bei dem Geräusch eines näher kommenden Reiters erschien auf der Schwelle ein junger Bursche, bewaffnet wie ein Sarazene, warf einen Blick in die Runde und ging wieder hinein, um drei Schergen zu verständigen, die mit schmierigen, wie Ziegel aufeinandergeschichteten Karten spielten. Jener, der ihr Oberhaupt zu sein schien, erhob sich und trat zur Tür, und als er einen Freund seines Gebieters erkannte, grüßte er ihn voller Respekt. Don Rodrigo erwiderte den Gruß sehr höflich und fragte, ob sich der Herr auf der Burg befände. Als der wilde Rottenführer ihm geantwortet hatte, daß er dies annehme, stieg er vom Pferde und warf den Zügel dem Treffer zu, einem Bravo aus seinem Gefolge. Hierauf nahm er die Flinte von der Schulter und übergab sie dem Bergbewohner, als wollte er sich von einer unnützen Last befreien, um schneller hinaufzukommen, in Wirklichkeit aber, weil er wohl wußte, daß es nicht erlaubt war, diese Anhöhe mit einer Büchse zu besteigen. Er holte dann einige Berlingen aus der Tasche hervor und gab sie dem Verschandelten, wobei er zu ihm sagte: „Ihr bleibt hier und erwartet mich, und unterdessen könnt ihr euch mit diesen wackeren Leuten ein wenig vergnügen.“ Er zog schließlich noch einige Goldscudi heraus, drückte sie dem Anführer in die Hand und bestimmte die eine Hälfte für ihn, die andere für seine Leute. Endlich machte er sich daran, mit dem Grauen, der ebenfalls die Flinte abgelegt hatte, den Weg hinaufzusteigen. Währenddessen blieben die drei besagten Bravi und dazu der Nachtschwärmer, der der vierte war (was für schöne Namen! sie verdienen es, mit solcher Sorgfalt aufbewahrt zu werden), mit den dreien des Ungenannten und mit dem für den Galgen erzogenen Burschen zurück, um zu spielen, zu zechen und sich gegenseitig ihre Heldentaten zu erzählen.

Ein anderer finsterer Bravo des Ungenannten, der hinauf,

stieg, holte kurz darauf Don Rodrigo ein. Er schaute ihn an, erkannte ihn, schloß sich ihm an und ersparte ihm so die Unannehmlichkeit, den anderen, denen er begegnen würde und die ihn nicht kannten, seinen Namen sagen und noch mehr Rechenschaft über sich geben zu müssen. Bei der Burg angelangt und hereingelassen (der Graue blieb indes am Tor zurück), mußte er durch ein Labyrinth von dunklen Gängen und durch verschiedene Säle, die mit Musketen, Säbeln und Partisanen behängt waren; in jedem davon stand irgendein Bravo Wache. Nachdem er eine Weile gewartet hatte, wurde er in den Saal geführt, in dem sich der Unbekannte befand.

Dieser ging ihm entgegen und erwiderte seinen Gruß, wobei er auf seine Hände und auf sein Gesicht sah, wie er es aus Gewohnheit nunmehr schon fast unwillkürlich bei jedem tat, der zu ihm kam, und wäre es der älteste und bewährteste Freund gewesen. Er war groß, braungebrannt, kahl; die wenigen Haare, die ihm geblieben, waren weiß, das Gesicht war runzlig. Auf den ersten Blick hätte man ihn auf über sechzig geschätzt, die er wirklich hatte. Aber seine Haltung, die Bewegungen, die auffallend harten Gesichtszüge, das unheilvolle, lebhafte Blitzen seiner Augen verrieten eine Kraft des Körpers und des Geistes, die auch bei einem Jüngling außerordentlich gewesen wäre.

Don Rodrigo sagte, er komme, um sich Rat und Hilfe zu holen. Da er in ein schwieriges Unternehmen verwickelt sei und seine Ehre ihm nicht gestatte, sich davon zurückzuziehen, habe er sich der Versprechungen jenes Mannes erinnert, der nie zuviel und niemals umsonst verspreche. Und nun ging er daran, seinen schändlichen Handel darzulegen. Der Ungenannte, der bereits etwas, wenn auch nur verworren, wußte, hörte aufmerksam zu, weil er begierig war, solche Geschichten zu erfahren, und außerdem, weil ein ihm bekannter und höchst verhaßter Name darin verwickelt war, der des Paters Cristoforo, der nicht allein in Worten, sondern, wo er es vermochte, auch in der Tat ein erklärter

Feind aller Tyrannen war. Don Rodrigo, der wußte, mit wem er sprach, ging nun daran, die Schwierigkeiten des Unternehmens zu übertreiben: die Entfernung des Ortes, das Kloster, die Signora! ... Bei diesem Wort unterbrach ihn der Ungenannte, als ob ein in seinem Herzen verborgener Dämon es ihm befohlen hätte, und sagte, er wolle das Unterfangen auf sich nehmen. Er merkte sich den Namen unserer armen Lucia und verabschiedete Don Rodrigo mit den Worten: „In Kürze will ich Euch berichten, was Ihr zu tun haben werdet.“

Wenn sich der Leser jenes unseligen Egidio erinnert, der neben dem Kloster wohnte, in das sich die arme Lucia geflüchtet hatte, so mag er nun erfahren, daß dieser einer der engsten und vertrautesten Komplizen war, die der Ungenannte hatte. Darum auch hatte er sich so prompt und so entschlossen sein Wort entschlüpfen lassen. Aber er war kaum allein, als er es zwar nicht gerade bereute, aber sich doch ärgerte, es gegeben zu haben. Schon seit einiger Zeit empfand er, wenn nicht Gewissensbisse wegen seiner Ruchlosigkeiten, so doch einen gewissen Überdruß. Die vielen Schandtaten, die sich zwar nicht in seinem Gewissen, aber wenigstens in seinem Gedächtnis angehäuft hatten, wurden bei jeder neuen, die er beging, in seinem Geist wieder wach und stellten sich ihm scheußlich und zu zahlreich dar. Es war wie das Wachsen und Wachsen einer ohnehin schon beschwerlichen Last. Ein gewisser Abscheu, wie er ihn bei seinen ersten Verbrechen empfunden, dann überwunden und fast gänzlich verloren hatte, kehrte nun wieder deutlich fühlbar zurück. Aber in jener ersten Zeit hatten das Bild einer langen, unbegrenzten Zukunft und das Gefühl einer ungestümen Lebenskraft den Geist mit sorgloser Zuversicht erfüllt; jetzt waren es hingegen die Gedanken an die Zukunft, die ihm die Vergangenheit noch abstoßender machten. Alt werden! sterben! und dann? Und wie bemerkenswert! die Vorstellung des Todes, die in einer nahen Gefahr, wenn er seinem Feind gegenüberstand, die Lebensgeister dieses Mannes zu verdoppeln und ihm einen muterfüllten Zorn einzuflößen pflegte, diese gleiche Vorstellung jagte ihm, wenn sie ihn in der Stille der Nacht, in der Sicherheit seiner Burg befiel, eine jähe Niedergeschlagenheit ein. Es war nicht der von einem gleichfalls sterblichen Gegner angedrohte Tod. Diese Niedergeschlagenheit war nicht mit besseren Waffen und mit einem gewandteren Arm abzuwehren. Sie kam allein, entstand im Inneren, war vielleicht noch fern, tat aber jeden Augenblick einen Schritt; und während der Geist noch den Gedanken an sie bekämpfte, nahte jene schon heran. In der ersten Zeit hatten ihn die so häufigen Beispiele, das sozusagen unablässige Schauspiel der Gewalttätigkeit, der Rache und des Mordes, mit einem wilden Wetteifer beseelt und ihm gleichsam eine Art von Machtbefugnis gegen sein Gewissen verliehen. Jetzt erwachte in seinem Geist nach und nach der verworrene, aber schreckliche Gedanke einer eigenständigen Urteilskraft, einer vom Beispiel unabhängigen Vernunft; und daß er jetzt aus dem gemeinen Haufen der Bösewichter hervorgetreten war, daß er sie alle überragte, das verursachte ihm manchmal das Gefühl einer gräßlichen Einsamkeit. Jenen Gott, von dem er hatte reden hören, den zu leugnen oder zu erkennen er sich aber schon seit langem nicht mehr bemühte, da er nur darauf bedacht war, so zu leben, als ob er gar nicht wäre, jenen Gott nun glaubte er in gewissen Augenblicken grundloser Niedergeschlagenheit und Furcht in seinem Innern rufen zu hören: Und doch bin ich. Im ersten Aufwallen der Leidenschaften war ihm das Gesetz, das er im Namen Gottes hatte verkündigen hören, nur hassenswert erschienen. Wenn es ihm aber jetzt plötzlich in den Sinn kam, so faßte es sein Verstand wider Willen als etwas auf, das seine Erfüllung findet. Er sagte aber niemandem etwas von dieser neuen Unruhe, verschloß sie vielmehr tief in seinem Innern und verhüllte sie unter dem Schein einer noch heftigeren Grausamkeit. Auf diese Weise suchte er sie auch vor sich selbst zu verbergen oder zu betäuben. Voll Neid gedachte er (da er sie nun einmal weder vernichten noch vergessen konnte) jener Zeiten, wo er seine Ruchlosigkeiten ohne Gewissensbisse und ohne einen anderen Gedanken als den an Erfolg zu verüben pflegte, und strebte mit aller Kraft danach, sie wiederkehren zu lassen, diesen einstigen prompten, stolzen, unverrückbaren Willen festzuhalten oder wiederzuerlangen, um sich selbst zu überzeugen, daß er noch derselbe sei.

Darum auch hatte er bei dieser Gelegenheit unverzüglich sein Wort verpfändet, um jedem Schwanken den Zugang zu verwehren. Aber kaum war jener fort, so fühlte er seine Entschlossenheit schwinden, die er sich selbst befohlen hatte, um sein Versprechen zu geben. Er spürte in seinem Geist nach und nach Gedanken aufsteigen, die ihn in Versuchung führten, sein Wort zu brechen, und die ihn dahin gebracht hätten, sich vor seinem Freund, einem untergeordneten Spießgesellen, eine Blöße zu geben. Um diesem peinlichen Widerstreit sogleich ein Ende zu bereiten, rief er den Geier, einen der geschicktesten und kühnsten Diener seiner Untaten, dessen er sich für den Verkehr mit Egidio zu bedienen pflegte. Und mit entschlossener Miene befahl er ihm, sofort ein Pferd zu besteigen, geradewegs nach Monza zu reiten, Egidio von der übernommenen Verpflichtung zu verständigen und seine Hilfe zur Durchführung anzufordern.

Der ruchlose Bote kehrte rascher, als sein Herr es erwartet hätte, mit Egidios Antwort zurück: das Unternehmen sei leicht und sicher. Man solle ihm sofort eine Kutsche mit zwei oder drei verkleideten Bravi schicken, und er werde die Sorge für alles übrige auf sich nehmen und die Sache leiten. Auf diese Nachricht hin gab der Ungenannte, wie immer es um sein Inneres bestellt sein mochte, dem Geier selbst eilig den Befehl, alles so anzuordnen, wie Egidio gesagt hatte, und sich mit zwei anderen, die er ihm bezeichnete, auf die Reise zu begeben.

Hätte Egidio nur auf seine gewöhnlichen Hilfsmittel zählen dürfen, um den scheußlichen Dienst zu leisten, der von ihm gefordert wurde, so würde er gewiß nicht so schnell ein so entschiedenes Versprechen gegeben haben. Aber an jener Zufluchtsstätte, wo sich ihm alles in den Weg hätte stellen sollen, hatte der grausame junge Mann ein nur ihm bekanntes Hilfsmittel, und was für andere die größte Schwierigkeit gewesen wäre, diente ihm als Werkzeug. Wir haben berichtet, wie die unglückliche Signora einst seinen Worten Gehör geschenkt hatte, und der Leser wird begriffen haben, daß dieses eine Mal nicht das letzte, daß es nur der erste Schritt auf einem Wege der Greuel und Untaten war. Dieselbe Stimme, der das Verbrechen Macht, ja, ich möchte fast sagen, entscheidende Gewalt über sie verliehen hatte, gebot ihr jetzt, die Unschuldige zu opfern, der sie ihren Schutz gewährte.

Der Vorschlag erfüllte Gertrude mit Entsetzen. Sie würde es schon als ein Unglück, als eine bittere Strafe angesehen haben, wenn sie Lucia durch einen unvorhergesehenen Zufall ohne ihre Schuld hätte verlieren müssen, und nun gebot man ihr, sich mit ruchloser Treulosigkeit des Mädchens zu berauben, ein Mittel der Sühne in eine neue Gewissensqual zu verwandeln. Die Unglückliche versuchte alle Wege, um sich dem schrecklichen Befehl zu entziehen, alle, nur den einzigen nicht, der sicher war und der ihr doch immer offenstand. Das Verbrechen ist ein strenger und unbeugsamer Herr, dem nur der widersteht, der sich mit aller Macht dagegen auflehnt. Dazu wollte sich Gertrude nicht entschließen, und so gehorchte sie.

Es war der festgesetzte Tag; die vereinbarte Stunde nahte. Gertrude, die sich mit Lucia in ihr besonderes Sprechzimmer zurückgezogen hatte, überhäufte sie mit mehr Liebkosungen als gewöhnlich, und Lucia nahm sie hin, indem sie sie mit steigender Zärtlichkeit erwiderte: so wie sich das Schaf unter der Hand des Hirten, die es streichelt und sanft fortzieht, furchtlos zitternd umwendet, um diese Hand zu lecken, und nicht weiß, daß vor dem Stall der

Schlächter wartet, dem es der Hirte einen Augenblick vorher verkauft hat.

„Ich bedarf einer großen Gefälligkeit, und Ihr allein könnt sie mir erweisen. Ich habe so viele Leute, die mir zu Gebote stehen, aber niemanden, dem ich vertraue. In einer Angelegenheit von großer Wichtigkeit, die ich Euch dann erzählen werde, muß ich so schnell wie möglich mit jenem Pater Guardian von den Kapuzinern sprechen, der Euch, meine arme Lucia, hierher zu mir geführt hat; es darf aber niemand erfahren, daß ich ihn habe holen lassen. Außer Euch habe ich niemanden, der diese Botschaft heimlich überbringen könnte."

Ein solches Verlangen entsetzte Lucia; und mit der ihr eigenen Befangenheit, ohne aber ihre große Verwunderung zu verhehlen, brachte sie, um sich aus der Verlegenheit zu helfen, sogleich die Gründe vor, die die Signora begreifen mußte und die sie hätte voraussehen können: ohne die Mutter, ohne Begleitung, auf einer einsamen Straße, in einem fremden Ort... Aber Gertrude, die in einer höllischen Schule unterwiesen worden war, zeigte sich ihrerseits sehr erstaunt und mißvergnügt, eine solche Widerspenstigkeit bei dem Mädchen zu finden, auf das sie sich am meisten verlassen zu können glaubte, und stellte sich, als fände sie diese Ausflüchte unbegründet. Am hellen Tage, ein paar Schritte, ein Weg, den Lucia erst vor wenigen Tagen gegangen war und den man, auch ohne ihn jemals gesehen zu haben, nicht verfehlen konnte, wenn er einem beschrieben wurde!... Sie redete so eindringlich, daß sich die Ärmste, gerührt und beschämt zugleich, das Wort entschlüpfen ließ: „Also gut, was habe ich zu tun?"

„Geht in das Kapuzinerkloster", und sie beschrieb ihr den Weg noch einmal. „Laßt den Pater Guardian holen, sagt ihm unter vier Augen, er möge so rasch wie möglich zu mir kommen; er dürfe aber niemandem sagen, daß ich nach ihm geschickt habe."

„Was soll ich aber der Schaffnerin sagen, die mich noch

nie hat ausgehen sehen und die mich fragen wird, wohin ich gehe?"

„Versucht vorbeizukommen, ohne gesehen zu werden, und wenn es Euch nicht gelingt, so sagt, Ihr ginget in eine gewisse Kirche, wo Ihr gelobt habt ein Gebet zu verrichten."

Eine neue Schwierigkeit für Lucia – zu lügen. Aber die Signora zeigte sich von neuem so betrübt über ihre Ablehnung und stellte es ihr als etwas so Häßliches dar, einen eitlen Skrupel der Dankbarkeit vorzuziehen, daß Lucia, mehr bestürzt als überzeugt und vor allem mehr denn je gerührt, erwiderte: „Nun gut, ich werde gehen. Gott steh mir bei!" Und sie ging.

Gertrude folgte ihr vom Gitter aus mit starrem, trübem Blick, und als sie Lucia den Fuß über die Schwelle setzen sah, öffnete sie, wie von einem unwiderstehlichen Gefühl übermannt, den Mund und sagte: „Hört, Lucia!"

Diese wandte sich um und kehrte zum Gitter zurück. Aber schon hatte ein anderer Gedanke, ein Gedanke, der gewohnt war vorzuherrschen, die Oberhand in Gertrudes unseligem Geist gewonnen. Sie tat so, als sei sie mit den erteilten Weisungen nicht zufrieden, erklärte Lucia erneut den Weg, an den sie sich halten müsse, und entließ sie mit den Worten: „Macht alles so, wie ich es Euch gesagt habe, und kehrt sogleich zurück!" Lucia entfernte sich.

Sie kam unbemerkt durch die Klostertür und schlug mit gesenktem Blick den Weg längs der Mauer ein. Entsprechend der erhaltenen Beschreibung und nach der eigenen Erinnerung fand sie das Tor des Fleckens, trat hinaus und ging, in sich gekehrt und ein wenig zitternd, auf der Landstraße, bis sie nach wenigen Augenblicken an den Weg gelangte, der zum Kloster führte, und sie erkannte ihn gleich wieder. Diese Straße war damals und ist noch heute wie ein Flußbett zwischen zwei hohen, von Sträuchern gesäumten Böschungen versenkt, deren Zweige so ineinanderranken, daß sie darüber eine Art Gewölbe bilden. Als Lucia sie betrat und sie so verlassen sah, fühlte sie ihre Angst wachsen und beschleunigte den Schritt. Bald darauf faßte sie wieder etwas Mut, da sie auf dem Wege eine Reisekutsche halten und neben ihr, vor dem offenen Schlag, zwei Reisende stehen sah, die umherblickten, als wären sie des Weges unkundig. Während sie weiterging, hörte sie, wie einer von den beiden sagte: „Da kommt ein braves Mädchen, das uns den Weg zeigen wird." Und wirklich wandte er sich, als sie bei der Kutsche angelangt war, höflicher, als sein Aussehen es erwarten ließ, an sie und fragte: „Liebes Mädchen, könnt Ihr uns vielleicht den Weg nach Monza zeigen?"

„Wenn Sie dorthin fahren, fahren Sie in verkehrter Richtung", antwortete die Arme. „Monza ist dort..." Und sie drehte sich um, weil sie mit dem Finger hindeuten wollte. Da faßte sie der andere Geselle (es war der Geier) plötzlich um die Taille und hob sie vom Boden auf. Lucia wandte erschrocken den Kopf zurück und stieß einen Schrei aus, aber der Räuber hob sie mit Gewalt in die Kutsche. Ein zweiter, der vorn saß, packte sie und drückte die Kreischende und sich Windende auf den Sitz gegenüber nieder, und ein anderer stopfte ihr ein Taschentuch in den Mund, um ihr Schreien in der Kehle zu ersticken. Unterdessen sprang der Geier rasch in die Kutsche, der Schlag wurde zugemacht, und der Wagen preschte davon. Jener, der die heimtückische Frage an sie gestellt hatte und auf der Straße geblieben war, schaute sich nach allen Seiten um, um zu sehen, ob auf Lucias Geschrei jemand herbeigelaufen sei. Es war niemand da. Sich am Gebüsch festhaltend, sprang er mit einem Satz auf die Böschung und verschwand. Es war einer von Egidios Raufbolden; er hatte an der Tür seines Herrn auf der Lauer gestanden, um zu sehen, wann Lucia das Kloster verließ. Er hatte sie genau beobachtet, um sie wiederzuerkennen, und war auf einem kürzeren Wege vorausgelaufen, um sie an dem verabredeten Ort zu erwarten.

Wer könnte den Schrecken, die Angst des Mädchens beschreiben oder ausdrücken, was in ihrer Seele vorging! Sie riß die entsetzten Augen weit auf, um ihre scheußliche Lage zu erkennen, und schloß sie gleich wieder voller Abscheu und Schrecken über diese Fratzen. Sie wand und krümmte sich, wurde aber von allen Seiten festgehalten. Sie nahm ihre ganze Kraft zusammen und versuchte, sich loszureißen, um sich gegen den Wagenschlag zu werfen. Aber zwei starke Arme hielten sie wie angenagelt auf dem Rücksitz der Kutsche fest, und vier andere Pranken halfen dabei. Sooft sie versuchte, einen Schrei auszustoßen, wurde er von dem Taschentuch erstickt. Unterdessen wiederholten die drei Höllenfratzen mit der menschlichsten Stimme, die ihnen zu Gebote stand, immer wieder: „Still, still, habt keine Angst! Wir wollen Euch nichts zuleide tun." Nach einigen Augenblicken dieses so angstvollen Kampfes schien sie sich zu beruhigen. Sie ließ die Arme sinken und den Kopf nach hinten fallen, hielt mit Mühe die Augenlider offen und starrte unbeweglich vor sich hin. Diese entsetzlichen Gesichter vor ihr schienen zu einer einzigen monströsen Fratze zu verschwimmen; aus ihrem Gesicht wich die Farbe, kalter Schweiß bedeckte es, sie brach zusammen und sank in Ohnmacht.

„Auf, auf, Mut!" sagte der Geier. „Mut, Mut!" wiederholten die beiden anderen Schurken. Aber der Verlust ihrer Sinne bewahrte Lucia in diesem Moment davor, sich die Trostworte dieser fürchterlichen Stimmen anzuhören.

„Teufel! sie scheint tot zu sein", sagte einer von ihnen. „Sollte sie wirklich tot sein?"

„Ach was, tot!" sagte der andere. „Es ist so eine Ohnmacht, wie sie die Frauen befällt. Ich weiß es aus Erfahrung, daß es etwas ganz anderes braucht, um jemand, Mann oder Frau, in die andere Welt zu schicken."

„Genug", sagte der Geier. „Tut eure Pflicht und kümmert euch um nichts weiter. Zieht die Büchsen unter dem Sitz hervor und haltet sie bereit. Denn in dem Wald, in den wir jetzt kommen, nisten immer Spitzbuben. Nicht so in der Hand, zum Teufel! Legt sie hinter euch, der Länge nach! Seht ihr denn nicht, daß die hier ein flaumweiches Küken ist, das wegen nichts in Ohnmacht fällt? Wenn sie Waffen sieht, ist sie imstande, wirklich zu sterben. Und wenn sie zu sich kommt, so hütet euch, ihr Angst einzujagen. Rührt sie nicht an, wenn ich euch nicht ein Zeichen gebe; festhalten kann ich sie allein. Und seid still, laßt nur mich reden."

Mittlerweile war die Kutsche in steter rascher Fahrt in den Wald gelangt.

Nach einiger Zeit kam Lucia wie aus einem tiefen, angstvollen Schlaf zu sich und schlug die Augen auf. Sie hatte einige Mühe, die fürchterlichen Gegenstände, die sie umgaben, zu erkennen und ihre Gedanken zu sammeln: endlich begriff sie von neuem ihre schreckliche Lage. Der erste Gebrauch, den sie von ihren wiedergewonnenen schwachen Kräften machte, war, daß sie sich von neuem gegen den Wagenschlag warf, um sich hinauszustürzen. Aber sie wurde zurückgehalten und vermochte nichts, als für einen Augenblick die wilde Einsamkeit der Gegend zu sehen, durch die sie fuhr. Sie stieß von neuem einen Schrei aus, aber der Geier hob die derbe Hand mit dem Taschentuch und sagte so sanft, wie er nur konnte: „Seid still, dann ist es besser für Euch! Wir wollen Euch nichts zuleide tun, aber wenn Ihr nicht still seid, werden wir Euch dazu zwingen."

„Laßt mich gehen! Wer seid Ihr? Wohin führt Ihr mich? Warum habt Ihr mich ergriffen? Laßt mich gehen! Laßt mich gehen!"

„Ich sage Euch, habt keine Angst. Ihr seid kein Kind und müßt doch begreifen, daß wir Euch nichts zuleide tun wollen. Seht Ihr denn nicht, daß wir Euch schon hundertmal hätten töten können, wenn wir schlechte Absichten hätten? Seid also ruhig!"

„Nein, nein, laßt mich meines Weges gehen, ich kenne Euch nicht."

„Aber wir kennen Euch."

„O Heilige Jungfrau! Wieso kennt Ihr mich? Laßt mich um Gottes willen gehen. Wer seid Ihr? Warum habt Ihr mich ergriffen?"

„Weil es uns befohlen wurde."

„Wer? Wer? Wer kann es Euch befohlen haben?"

„Still!" sagte mit strengem Gesicht der Geier. „An uns darf man keine solchen Fragen richten."

Lucia versuchte noch einmal, sich unvermittelt gegen den Wagenschlag zu werfen, aber da sie sah, daß es vergebens war, begann sie wieder zu bitten. Und mit gesenktem Haupt, mit tränenfeuchten Wangen, mit vom Weinen erstickter Stimme, die gefalteten Hände vor den Lippen, sagte sie: „Oh, um Gottes und der Heiligen Jungfrau willen, laßt mich gehen! Was habe ich Euch denn Böses zugefügt? Ich bin ein armes Geschöpf, das Euch nichts getan hat! Was Ihr mir getan habt, verzeihe ich Euch von Herzen, und ich werde Gott für Euch bitten. Wenn auch Ihr eine Tochter habt, ein Weib, eine Mutter, so denkt doch, was sie leiden würden, wenn sie in meiner Lage wären. Denkt daran, daß wir alle sterben müssen, daß Ihr eines Tages wünschen werdet, daß Gott Barmherzigkeit an Euch übe. Laßt mich gehen, laßt mich hier frei. Der Herr wird mich den Weg finden lassen."

„Wir können nicht."

„Ihr könnt nicht? O Gott! Warum könnt Ihr nicht? Wohin wollt Ihr mich führen? Warum?"

„Wir können nicht, es ist vergeblich. Habt keine Angst, wir wollen Euch nichts zuleide tun. Wenn Ihr ruhig seid, wird Euch niemand anrühren."

Als Lucia sah, daß ihre Worte keinen Eindruck machten, wurde sie immer mutloser, bekümmerter und bestürzter und wandte sich an den, der die Menschenherzen in seiner Hand hält und, wenn er will, auch die härtesten erweichen kann. Sie drückte sich so tief wie möglich in die Ecke, kreuzte die Arme über der Brust und betete eine Weile still im Geiste. Dann zog sie den Rosenkranz aus der Tasche und begann, ihn gläubiger und inbrünstiger zu beten, als sie es jemals in ihrem Leben getan hatte. Von Zeit zu Zeit wandte sie sich in der Hoffnung, daß ihr die erflehte Barmherzigkeit zuteil geworden sei, an die Männer, um erneut zu bitten, aber immer vergebens. Dann sank sie wieder bewußtlos zurück und kam wieder zu sich, um zu neuen Ängsten aufzuleben. Doch nun ist unser Herz nicht mehr stark genug, um dies noch weiter zu schildern. Ein allzu schmerzliches Mitleid treibt uns dem Ziel dieser Reise zu, die länger als vier Stunden dauerte und nach der wir noch weitere bange Stunden durchzumachen haben werden. Versetzen wir uns also in die Burg, wo die Unglückliche erwartet wurde.

Sie wurde von dem Ungenannten erwartet, mit einer ungewöhnlichen, gespannten Unruhe. Wie seltsam! dieser Mann, der so kaltblütig über so viele Leben verfügt hatte, der bei so vielen seiner Handlungen die von ihm verursachten Schmerzen gar nicht oder zuweilen nur deswegen beachtet hatte, um die wilde Wollust der Rache an ihnen auszukosten, fühlte jetzt, wo er daranging, sich an dieser Unbekannten, an diesem armen Bauernmädchen, zu vergreifen, eine Art Schauder, fast einen Schrecken, möchte ich sagen. Von einem hohen Fenster seiner Feste blickte er seit einer Weile zur Talmündung hin, und siehe, da zeigte sich die Kutsche und kam langsam näher, denn jenes erste Galoppieren hatte das Ungestüm der Pferde verbraucht und ihre Kräfte bezwungen. Und obwohl von dem Punkt aus, von wo aus er beobachtete, die Kutsche nicht größer schien als eines jener Wägelchen, die man den Kindern als Spielzeug gibt, erkannte er sie sogleich und fühlte, wie sein Herz stärker klopfte.

Wird sie drinnen sein? dachte er sogleich und fuhr bei sich fort: Wie lästig sie mir ist! Schaffen wir sie uns vom Halse!

Und er wollte einen seiner Mordbuben rufen und ihn sofort der Kutsche entgegenschicken, um dem Geier zu befehlen, daß er umkehren und das Mädchen in Don Rodrigos Burg bringen solle. Aber ein gebieterisches Nein, das in seiner Seele ertönte, vereitelte den Vorsatz. Gequält jedoch von dem inneren Bedürfnis, irgendeinen Befehl zu erteilen, und weil es ihm unerträglich schien, untätig auf diese Kutsche zu warten, die langsam wie ein Verrat, was weiß ich? wie eine Strafe näher kam, ließ er eine alte Dienerin rufen.

Diese war in der gleichen Burg als Tochter eines alten Wächters geboren und hatte ihr ganzes Leben dort verbracht. Was sie hier von Kindheit an gesehen und gehört hatte, prägte ihr eine großartige und schreckliche Vorstellung von der Macht ihrer Gebieter ein. Der wichtigste Grundsatz, den sie sich aus den Belehrungen und Beispielen angeeignet hatte, war, daß man ihnen in allen Dingen gehorchen müsse, weil sie viel Gutes und viel Böses tun konnten. Der wie ein Keim in das menschliche Herz gelegte Pflichtgedanke entwickelte sich und verschmolz in dem ihren mit den Gefühlen von Ehrerbietung, Angst und sklavischer Unterwürfigkeit. Als der Ungenannte Burgherr wurde und seine Macht so schrecklich zu gebrauchen begann, empfand sie anfangs einen gewissen Abscheu und zugleich ein noch tieferes Gefühl der Unterwürfigkeit. Mit der Zeit hatte sie sich an das gewöhnt, was sie den ganzen Tag sah und hörte: der mächtige und zügellose Wille eines so großen Herrn war für sie wie ein vom Schicksal verhängtes Gericht. Als erwachsenes Mädchen hatte sie einen Diener des Hauses geheiratet, der bald darauf bei einem waghalsigen Unternehmen seine Gebeine auf einer Straße und sie als Witwe in der Burg zurückließ. Die sofortige Rache ihres Herrn gab ihr einen grausamen Trost und steigerte ihren Stolz, sich unter einem solchen Schutz zu befinden. Von nun an setzte sie nur äußerst selten den Fuß vor die Burg, und allmählich behielt sie vom menschlichen Leben nur solche Vorstellungen, wie sie sie eben an diesem Ort empfing. Sie war keinem besonderen Dienst zugeteilt, aber in dieser Schar von Raubgesellen gab ihr bald der eine, bald der andere zu tun, und das war ihr heimlicher Kummer. Bald hatte sie Lumpen zu flicken, bald in Eile Essen zu bereiten für einen, der von einer Unternehmung heimkam, bald Verwundete zu pflegen. Und die Befehle dieser Leute, ihre

Vorwürfe und Danksagungen waren mit Spott- und Schimpfreden gewürzt: „Alte“ war ihr gewöhnlicher Rufname, und was ihm sonst noch beigefügt wurde, wechselte nach den Umständen und der Laune des Freundes. Und sie, in ihrer Faulheit gestört und zum Zorn gereizt, denn das waren ihre beiden vorherrschenden Leidenschaften, vergalt manchmal diese Komplimente mit Worten, in denen der Satan mehr von seinem Geist erkannt hätte als in denen der Herausforderer.

„Siehst du diese Kutsche da unten?“ fragte sie der Herr.

„Ich sehe sie“, antwortete die Alte, das spitze Kinn vorstreckend und die tiefliegenden Augen anstrengend, als wollte sie sie aus den Höhlen treten lassen.

„Laß sofort eine Sänfte bereitmachen, setz dich hinein und laß dich zur ‚Bösen Nacht‘ hinuntertragen. Schnell, schnell, damit du früher ankommst als die Kutsche, die wie ein Leichenwagen fährt. In dieser Kutsche ist ... soll ... ein junges Mädchen sein. Wenn sie drin ist, so sag dem Geier in meinem Auftrag, er solle sie in die Sänfte setzen und selbst gleich zu mir kommen. Du bleibst in der Sänfte bei diesem ... Mädchen. Und wenn ihr hier oben seid, führst du sie in dein Zimmer! Wenn sie dich fragt, wohin du sie bringst oder wem die Burg gehört, so hüte dich ...“

„Oh!“ sagte die Alte.

„Aber“, fuhr der Ungenannte fort, „mach ihr Mut.“

„Was soll ich ihr sagen?“

„Was du ihr sagen sollst? Mut sollst du ihr machen, sage ich dir. Du bist so alt geworden und weißt nicht, wie man einem solchen Geschöpf Mut zuspricht, wenn man es von dir verlangt! Hast du nie einen Herzenskummer gehabt? Hast du noch nie Angst gehabt? Weißt du nicht, welche Worte in solchen Augenblicken wohltun? Sag ihr solche Worte, erfinde sie, zum Teufel. Geh.“

Und als sie fort war, blieb er noch eine Weile am Fenster, das Auge starr auf die Kutsche gerichtet, die nun schon viel größer aussah. Dann hob er den Blick zur Sonne, die in diesem Augenblick hinter dem Gebirge verschwand, und betrachtete die am Himmel verstreuten Wolken, deren Braun sich fast plötzlich in flammendes Rot verwandelte. Er trat zurück, schloß das Fenster und begann mit dem Schritt eines eiligen Wanderers im Zimmer auf und ab zu gehen.

21. Kapitel

Die Alte lief, um zu gehorchen und mit der Autorität jenes Namens zu befehlen, der alles zur Eile antrieb, von wem er auch an diesem Ort ausgesprochen wurde, denn niemandem wäre es in den Sinn gekommen, daß sich jemand erkühnen könnte, sich fälschlich dieses Namens zu bedienen. Die Alte traf also wirklich etwas früher als die Kutsche bei der „Bösen Nacht" ein; und als sie sie kommen sah, stieg sie aus der Sänfte, gab dem Kutscher ein Zeichen, zu halten, und trat an den Wagenschlag. Dem Geier, der den Kopf herausstreckte, meldete sie leise den Befehl des Herrn.

Als die Kutsche hielt, fuhr Lucia zusammen und erwachte wie aus einer Art von Betäubung. Ihr Blut geriet von neuem in Aufruhr, sie riß Mund und Augen auf und schaute umher. Der Geier hatte sich zurückgezogen, und die Alte sagte, das Kinn über dem Wagenschlag, während sie Lucia betrachtete: „Kommt, liebes Kind, kommt, arme Kleine, kommt mit mir, ich bin beauftragt, Euch gut zu behandeln und Euch Mut zu machen."

Bei dem Klang einer weiblichen Stimme empfand die Ärmste sogleich Trost und Mut; aber im Nu erfaßte sie ein noch düstereres Entsetzen. „Wer seid Ihr?" sagte sie mit zitternder Stimme, den erstaunten Blick auf das Gesicht der Alten richtend.

„Kommt, kommt, armes Kind", wiederholte diese. Der Geier und die anderen zwei, die aus ihren Worten und der ungewöhnlich sanften Stimme folgern konnten, welcher Art die Absichten ihres Herrn sein mochten, bemühten sich, die

Bedrängte im guten zum Gehorsam zu überreden. Aber sie fuhr fort, hilfesuchend hinauszuschauen. Und obwohl der einsame, unbekannte Ort und ihre sichere Bewachung keine Hoffnung auf Hilfe zuließen, öffnete sie doch den Mund zum Schreien; aber als sie den Geier wild blicken und mit dem Taschentuch drohen sah, unterdrückte sie den Schrei, begann zu zittern, wand und krümmte sich, wurde gepackt und in die Sänfte gehoben. Danach stieg die Alte ein. Der Geier sagte den anderen zwei Halunken, sie sollten hinterhergehen, und unternahm selbst rasch den Aufstieg, um eilig die Befehle seines Herrn entgegenzunehmen.

„Wer seid Ihr?“ fragte Lucia ängstlich das unbekannte häßliche Gesicht. „Warum bin ich bei Euch? Wo bin ich? Wohin bringt Ihr mich?“

„Zu einem, der Euch Gutes tun will“, antwortete die Alte, „zu einem großen ... Glücklich sind die, denen er Gutes tun will! Das ist gut für Euch, gut für Euch. Habt keine Angst, seid lustig, denn er hat mir befohlen, Euch Mut zu machen. Ihr werdet es ihm doch sagen, he, daß ich Euch Mut zugesprochen habe?“

„Wer ist es? Warum? Was will er von mir? Ich gehöre ihm nicht. Sagt mir, wo bin ich? Laßt mich gehen! Sagt denen, daß sie mich gehen lassen und in irgendeine Kirche bringen sollen. Oh! Ihr seid ein Weib, im Namen der Jungfrau Maria ...“

Dieser heilige, liebliche Name, den sie einst in ihren ersten Jahren mit Verehrung wiederholt und dann lange nicht mehr angerufen, ja vielleicht nicht einmal aussprechen gehört hatte, machte auf das Gemüt der Unseligen, die ihn in diesem Augenblick vernahm, einen verworrenen, seltsamen, sanften Eindruck. Es war wie die Erinnerung an das Licht in einem seit der Kindheit erblindeten Greis.

Unterdessen stand der Ungenannte an dem Burgtor und schaute hinunter. Er sah die Sänfte Schritt für Schritt näher kommen wie vorher die Kutsche und vor ihr in einer jeden Augenblick wachsenden Entfernung den Geier hastig heraufsteigen. Als dieser oben angelangt war, winkte ihm der Herr, ihm zu folgen, und begab sich mit ihm in ein Zimmer der Burg.

„Nun?“ fragte er stehenbleibend.

„Alles genauestens ausgeführt“, antwortete der Geier und verneigte sich. „Die Nachricht zur rechten Zeit, das Mädchen zur rechten Zeit, niemand am Ort, ein einziger Schrei, niemand ließ sich blicken, der Kutscher bereit, die Pferde tüchtig, niemandem begegnet, aber ...“

„Aber was?“

„Aber ... ich sage ehrlich, daß es mir lieber gewesen wäre, der Befehl hätte gelautet, ihr eine Kugel in den Rükken zu schießen, ohne sie sprechen zu hören und in ihr Gesicht schauen zu müssen.“

„Wie? Was? Was willst du damit sagen?“

„Ich will damit sagen, daß ich die ganze Zeit, die ganze Zeit ... Ich hab zuviel Mitleid mit ihr gehabt.“

„Mitleid! Was weißt du von Mitleid? Was ist Mitleid?“

„Ich habe es nie so gut begriffen wie diesmal. Mit dem Mitleid ist es fast so eine Geschichte wie mit der Angst: läßt man sich davon ergreifen, so ist man kein Mann mehr.“

„Laß also hören, wie sie es angefangen hat, um dich zum Mitleid zu rühren.“

„O gnädigster Herr! Diese lange Zeit! ... Weinen, flehen, so gewisse Augen machen und bleich werden, bleich wie der Tod, und dann schluchzen und wieder bitten, und gewisse Worte ...“

Ich will sie nicht im Hause haben, dachte unterdessen der Ungenannte. Ich bin ein Tor gewesen, mich zu verpflichten, aber nun habe ich es einmal versprochen. Wenn sie weit fort sein wird ... Gebieterisch den Kopf hebend, sagte er zum Geier: „Jetzt laß das Mitleid beiseite, steig aufs Pferd, nimm einen Begleiter oder zwei, wenn du willst, und reite schnurstracks zu diesem Don Rodrigo, du weißt schon. Sag ihm, er solle jemanden schicken ... aber gleich, gleich, denn sonst ...“

Jedoch ein abermaliges inneres Nein, gebieterischer als das erste, hielt ihn ab, den Satz zu vollenden. „Nein", sagte er in entschlossenem Ton, wie um sich selbst den Befehl dieser geheimen Stimme deutlicher zu machen, „nein, geh und ruh dich aus, und morgen früh ... wirst du tun, was ich dir sagen werde!"

Irgendeinen Dämon hat sie an ihrer Seite, dachte er dann, als er wieder allein war und mit auf der Brust verschränkten Armen unbeweglich auf eine Stelle des Fußbodens starrte, wo der Mondstrahl, der durch ein hohes Fenster drang, ein Viereck von bleichem Licht zeichnete, das von dem starken Fenstergitter in schachbrettartige Felder geteilt und von den kleinen Butzenscheiben noch zierlicher zerschnitten wurde. Einen Dämon oder ... einen Engel, der sie beschützt ... Mitleid dem Geier einflößen! ... Morgen, morgen in aller Frühe fort mit ihr, ihrem Schicksal entgegen, und man spreche nicht mehr von ihr, und – fuhr er bei sich mit dem Mut fort, mit dem man einem unfolgsamen Knaben befiehlt, von dem man weiß, daß er nicht gehorchen wird – man denke nicht mehr an sie. Don Rodrigo, dieses Vieh, soll mir nur nicht kommen, um mir den Kopf mit seinen Danksagungen wirr zu machen. Denn ... ich will von ihr nicht mehr reden hören. Ich habe ihm geholfen, weil ... weil ich es versprochen hatte, und ich habe es versprochen, weil ... es mein Schicksal ist. Aber diesen Dienst soll er mir teuer bezahlen. Wir wollen einmal sehen ...

Und er wollte etwas recht Schwieriges ersinnen, was er als Entgelt und gewissermaßen zur Strafe hätte fordern können, aber immer wieder drängten sich ihm diese Worte in den Sinn: sie hat dem Geier Mitleid eingeflößt! Wie mag sie das angefangen haben? fuhr er fort, betroffen von diesem Gedanken. Ich will sie sehen ... Ach nein ... Doch, ich will sie sehen.

Aus einem Zimmer ins andere eilend, gelangte er zu einer schmalen Treppe, tastete sich hinauf, ging zu der Kammer der Alten und stieß mit dem Fuß an die Tür.

„Wer ist's?"

„Mach auf."

Beim Klange dieser Stimme tat die Alte drei Sprünge, und schon hörte man die Riegel durch die Ringe gleiten, und die Tür ging weit auf. Der Ungenannte warf von der Schwelle aus einen Blick umher, und beim Schein einer Lampe, die auf einem Tischchen brannte, sah er Lucia in dem von der Tür entferntesten Winkel auf dem Boden kauern.

„Wer hat dir gesagt, daß du sie wie einen Sack Lumpen dorthin werfen sollst, Unselige!" rief er mit zornigem Blick der Alten zu.

„Sie hat sich hingesetzt, wo es ihr behagte", antwortete die Alte demütig. „Ich habe alles getan, um ihr Mut zu machen. Sie kann es selbst bestätigen, aber es hat nichts geholfen."

„Steht auf!" sagte der Ungenannte zu Lucia, während er näher trat. Aber Lucia, der das Klopfen, das Öffnen, das Erscheinen dieses Mannes, seine Worte einen neuen Schrekken in das entsetzte Gemüt gejagt hatten, duckte sich in dem Winkel noch mehr, das Gesicht in den Händen verborgen, und regte sich nur insofern, als sie am ganzen Leibe zitterte.

„Steht auf, ich will Euch nichts Böses zufügen ... und kann Euch Gutes tun", wiederholte der Herr ... „Steht auf!" donnerte dann wieder diese Stimme, empört, weil sie zweimal vergeblich befohlen hatte.

Gleichsam neu gekräftigt durch den Schrecken, erhob sich die Unglückliche sofort auf die Knie. Die Hände faltend, als befände sie sich vor einem Heiligenbild, hob sie die Augen zu dem Gesicht des Ungenannten und sagte, ihre Augen gleich wieder senkend: „Hier bin ich. Bringen Sie mich um!"

„Ich habe Euch gesagt, daß ich Euch nichts Böses zufügen will", antwortete der Ungenannte milder, während er das von Kummer und Angst verstörte Gesicht betrachtete.

„Mut, Mut", sagte die Alte. „Wenn er es Euch doch selbst sagt, daß er Euch nichts Böses tun will ..."

„Und warum", begann Lucia mit einer Stimme, aus der man neben dem Zittern der Furcht auch eine gewisse Sicherheit verzweifelter Empörung heraushörte, „warum lassen Sie mich Höllenqualen leiden? Was habe ich Ihnen getan?"

„Haben sie Euch etwa mißhandelt? Sprecht!"

„Oh, mißhandelt! Sie haben mich heimtückisch ergriffen, mit Gewalt! Warum? Warum haben sie mich ergriffen? Warum bin ich hier? Wo bin ich? Ich bin ein armes Geschöpf. Was habe ich Ihnen getan? Im Namen Gottes ..."

„Gott, Gott", unterbrach sie der Ungenannte, „immer Gott. Die sich nicht selbst verteidigen können und keine Gewalt haben, die führen immer Gott ins Treffen, als ob sie mit ihm gesprochen hätten. Was wollt Ihr mit diesem Wort? Mir etwa ..." Und er brach mitten im Satz ab.

„O Herr, was ich will! Was kann ich Armselige denn anderes wollen, als daß Sie Erbarmen mit mir haben. Gott verzeiht so viel für ein Werk der Barmherzigkeit! Lassen Sie mich gehen, aus Barmherzigkeit lassen Sie mich gehen! Es bringt dem, der eines Tages sterben muß, keinen Gewinn, wenn er ein armes Geschöpf so viel leiden läßt. Oh! Sie, der Sie befehlen können, sagen Sie, daß man mich gehen lasse! Man hat mich mit Gewalt hierhergebracht. Schicken Sie mich mit dieser Frau nach ***, wo meine Mutter ist! O heiligste Jungfrau! Meine Mutter! Meine Mutter, Barmherzigkeit, meine Mutter! Vielleicht ist sie nicht weit von hier ... ich habe meine Berge gesehen! Warum lassen Sie mich leiden? Lassen Sie mich in eine Kirche bringen. Ich werde für Sie beten, mein ganzes Leben lang. Was kostet es Sie, ein Wort zu sagen? O ja, ich sehe, Sie sind zu Mitleid gerührt: sprechen Sie ein Wort, sprechen Sie es! Gott verzeiht unendlich viel für ein Wort der Barmherzigkeit!"

Ach, warum ist sie nicht die Tochter eines dieser Hunde, die mich verbannt haben! dachte der Ungenannte. Eines dieser Schurken, die meinen Tod wollen! Dann würde ich mich jetzt an ihrem Schreien weiden, anstatt ...

„Verscheuchen Sie nicht eine gute Eingebung!" fuhr Lucia inbrünstig fort, die wieder Mut schöpfte, als sie in dem Gesicht und in der Haltung des Tyrannen eine gewisse Unschlüssigkeit bemerkte. „Wenn Sie nicht Erbarmen mit mir haben, wird es Gott haben: er wird mich sterben lassen, und dann wird es für mich zu Ende sein, aber Sie ... Vielleicht werden eines Tages auch Sie ... Aber nein, nein, ich werde immer zu dem Herrn beten, daß er Sie vor allem Übel beschütze. Was kostet es Sie, ein Wort zu sagen? Wenn Sie diese Qualen dulden müßten ..."

„Geht, faßt Mut", unterbrach der Ungenannte sie mit einer Milde, über die sich die Alte nicht genug wundern konnte. „Habe ich Euch etwas Böses getan? Habe ich Euch bedroht?"

„O nein, ich sehe, daß Sie ein gutes Herz haben und daß Sie mit mir armem Geschöpf Mitleid fühlen. Wenn Sie wollten, könnten Sie mir mehr Furcht einjagen als die anderen, Sie könnten mich töten, und statt dessen haben Sie mir ... das Herz ein wenig erleichtert. Gott wird es Ihnen vergelten. Vollenden Sie das Werk der Barmherzigkeit: lassen Sie mich frei, lassen Sie mich frei."

„Morgen früh ..."

„O lassen Sie mich jetzt frei, gleich ..."

„Morgen früh werden wir uns wiedersehen, sage ich. Auf, faßt indessen Mut! Ruht Euch ein wenig aus! Ihr müßt das Bedürfnis zu essen haben. Man wird Euch gleich etwas bringen."

„Nein, nein, ich sterbe, wenn jemand hereinkommt, ich sterbe. Führen Sie mich in die Kirche ... Diese Schritte wird Gott Ihnen vergelten."

„Eine Frau wird kommen und Euch zu essen bringen", sagte der Ungenannte, und als er es gesagt, staunte er selbst, daß ihm ein solcher Ausweg eingefallen war und daß er das Bedürfnis empfunden hatte, ein gewöhnliches Frauenzimmer zu beruhigen.

„Und du", setzte er dann gleich hinzu, indem er sich an

die Alte wandte, „muntere sie zum Essen auf, laß sie in dem Bett da schlafen. Will sie dich bei sich haben, gut; sonst kannst du auch einmal eine Nacht auf dem Boden liegen. Sprich ihr Mut zu, sage ich dir, heitere sie auf! Und daß sie sich ja nicht über dich zu beklagen hat!"

Nachdem er das gesagt, schritt er rasch zur Tür. Lucia erhob sich und lief ihm nach, um ihn zurückzuhalten und ihre Bitte zu erneuern, aber er war verschwunden.

„Oh, ich Arme! Schließt, schließt gleich zu!" Und als sie die Türflügel zufallen und den Riegel knarren gehört hatte, kauerte sie sich wieder in ihren Winkel. „Oh, ich Arme!" rief sie von neuem schluchzend. „Wen werde ich jetzt bitten? Wo bin ich? Sagt mir, sagt mir um Himmels willen, wer ist dieser Herr ... der mit mir gesprochen hat?"

„Wer er ist, he? wer er ist? Ihr meint, ich solle es Euch sagen. Da kannst du lange warten, bis ich es sage. Weil er Euch beschützt, ist Euch schon der Kamm geschwollen, und da wollt Ihr nun eine Genugtuung haben und mich hereinlegen. Fragt ihn doch selbst. Wenn ich Euch darin nachgäbe, so würde ich nicht so freundliche Worte zu hören bekommen wie Ihr. Ich bin alt, alt", fuhr sie zwischen den Zähnen murmelnd fort. „Verwünscht seien die Jungen, die immer hübsch aussehen, ob sie lachen oder weinen, und die immer recht behalten." Da sie aber Lucia schluchzen hörte und da ihr der drohende Befehl ihres Herrn einfiel, beugte sie sich über die arme im Winkel Verkrochene und sagte mit besänftigter Stimme: „Nicht doch, ich habe nichts Böses gesagt, seid doch fröhlich. Fragt mich nicht nach diesen Dingen, die ich Euch nicht sagen kann, und im übrigen, seid guten Mutes. Oh, wenn Ihr wüßtet, wie viele Leute froh wären, ihn so sprechen zu hören, wie er mit Euch gesprochen hat: seid fröhlich, das Essen wird gleich kommen, und ich, ich verstehe das ... die Art, wie er mit Euch gesprochen hat, bedeutet Gutes. Und dann geht Ihr zu Bett und ... laßt auch mir ein Eckchen, hoffe ich", fügte sie mit einer wider Willen ärgerlichen Stimme hinzu.

„Ich will nicht essen, ich will nicht schlafen. Laßt mich hier sitzen. Kommt mir nicht nahe. Geht nicht fort!"

„Nein, nein, nicht doch", sagte die Alte, während sie zurücktrat und sich auf einem alten Stuhl niederließ, von wo aus sie der Armen gewisse schreckliche und zugleich neidische Blicke zuwarf. Dann schaute sie ihr Lager an, grollend, daß sie die ganze Nacht davon ausgeschlossen bleiben sollte, und murrte über die Kälte. Aber sie freute sich bei dem Gedanken an das Abendessen und hoffte, daß auch für sie etwas abfallen werde. Lucia spürte die Kälte nicht, fühlte keinen Hunger; sie war wie betäubt und hatte von ihren Leiden, ja selbst von ihrem Schrecken nur ein verworrenes Gefühl, wie es der Fieberkranke von seinen Traumbildern hat.

Sie schrak zusammen, als sie es klopfen hörte. Das verängstigte Gesicht hebend, schrie sie: „Wer ist es? Wer ist es? Es soll niemand kommen!"

„Nichts, nichts, gute Nachrichten", sagte die Alte, „es ist Marta, die das Essen bringt."

„Schließt zu, schließt zu!" rief Lucia.

„I! gleich, gleich", antwortete die Alte, und nachdem sie aus den Händen dieser Marta einen Korb genommen hatte, schickte sie sie fort, schloß wieder zu und stellte den Korb auf einen Tisch mitten in der Kammer. Dann forderte sie Lucia mehrmals auf, zu kommen und etwas von den guten Sachen zu genießen. Sie gebrauchte die nach ihrer Meinung wirksamsten Worte, um der Armen Appetit zu machen, und brach in Begeisterungsschreie über die Auserlesenheit der Speisen aus: „Leckerbissen, an die Leute wie wir noch lange zurückdenken, wenn wir sie einmal kosten können! Wein, wie ihn der Herr mit seinen Freunden trinkt... wenn einige von denen kommen, die...! Und wenn sie fröhlich sein wollen! Hm!" Als sie aber sah, daß ihre ganze beschwörende Redekunst nichts nützte, sagte sie: „Ihr seid es, die nicht will. Dann sagt ihm aber morgen nicht, ich hätte Euch nicht aufgemuntert. So werde ich essen, und es wird mehr als genug für Euch bleiben, wenn Ihr dann Vernunft annehmen und gehorchen wollt.“ Nach diesen Worten begann sie gierig zu essen. Als sie satt war, erhob sie sich, ging in jene Ecke, beugte sich über Lucia und forderte sie von neuem auf, zu essen und dann zu Bett zu gehen.

„Nein, nein, ich will nichts“, antwortete diese mit müder, schläfriger Stimme. Dann sagte sie mit mehr Entschlossenheit: „Ist die Tür fest zu? Ist sie gut verschlossen?“ Und nachdem sie sich in der Kammer umgeschaut hatte, erhob sie sich und ging mit vorgestreckten Händen voller Argwohn zur Tür.

Die Alte war schneller dort als sie, griff mit der Hand nach dem Riegel, rüttelte daran und sagte: „Hört Ihr? Seht Ihr? Ist er gut verschlossen? Seid Ihr jetzt zufrieden?“

„Oh, zufrieden! Ich hier zufrieden!“ sagte Lucia, indem sie sich von neuem in ihrem Winkel verkroch. „Aber der Herrgott weiß, daß ich hier bin!“

„Kommt ins Bett. Was wollt Ihr denn dort machen, zusammengekauert wie ein Hund? Hat man denn je gesehen, daß einer Bequemlichkeiten zurückweist, wenn er sie haben kann?“

„Nein, nein, laßt mich.“

„Ihr wollt es also selbst so. Seht, ich lasse Euch den guten Platz und lege mich hier ganz an den Rand. Euretwegen werde ich es unbequem haben. Wenn Ihr ins Bett kommen wollt, so wißt Ihr, was Ihr zu tun habt. Vergeßt nicht, daß ich Euch mehr als einmal darum gebeten habe.“ Mit diesen Worten kroch sie bekleidet unter die Decke, und alles lag in Schweigen.

Lucia blieb wie ein Knäuel unbeweglich in jener Ecke; sie hatte die Knie an sich gezogen und die Hände, in denen sie das Gesicht hielt, auf die Knie gestützt. Sie war in einem Zustand, der weder Schlafen noch Wachen war, es war ein rasches Aufeinanderfolgen, ein trüber Wechsel von Gedanken, Schrecknissen und Phantasiegebilden. Bald fügte sie sich bei klarerem Bewußtsein, sich der gesehenen und erduldeten Schrecken dieses Tages deutlicher erinnernd, schmerzlich in die Umstände der düsteren und furchtbaren Wirklichkeit, die sie umgab; bald kämpfte ihr in noch finsterere Bereiche versetzter Geist gegen die aus der Ungewißheit und dem Entsetzen entspringenden Truggebilde. Sie verharrte eine Weile in dieser Qual. Endlich streckte sie, müder und niedergeschlagener denn je, die erstarrten Glieder aus, legte sich oder fiel hin und blieb so einige Zeit in einem schlafähnlichen Zustand liegen. Aber plötzlich erwachte sie wie auf einen inneren Ruf und fühlte das Verlangen, vollständig zu erwachen, ihre Gedanken klar zu sammeln und zu erkennen, wo sie war, wieso und warum sie sich hier befand. Sie vernahm ein Geräusch: es war das langsame, röchelnde Schnarchen der Alten. Sie riß die Augen auf und sah einen schwachen Lichtschein abwechselnd erscheinen und verschwinden. Es war der Docht der Lampe, der, dem Verlöschen nahe, ein flackerndes Licht von sich gab und es sozusagen wieder an sich zog, so wie das Kommen und Gehen der Wellen am Ufer. Und dieses Licht, das die Gegenstände floh, bevor es ihre Form und Farbe deutlicher hervortreten ließ, zeigte dem Blick nur ein wirres Durcheinander. Aber sehr bald halfen ihr die neuen Eindrücke, die wieder vor ihrem Geist auftauchten, zu unterscheiden, was sich ihrem Sinn verworren darbot. Wieder erwacht, erkannte die Unglückliche ihr Gefängnis; alle Erinnerungen des verflossenen entsetzlichen Tages, alle Schrecken der Zukunft drangen mit einem Male auf sie ein. Selbst diese neue Ruhe nach so vielen Aufregungen, diese Art von Stille, diese Einsamkeit, der man sie überließ, flößten ihr neues Entsetzen ein, und sie wurde von einer solchen Betrübnis überwältigt, daß sie zu sterben wünschte. Aber in diesem Augenblick fiel ihr ein, daß sie wenigstens beten konnte, und zugleich mit diesem Gedanken brach in ihrem Herzen ein unerwarteter Hoffnungsstrahl hervor. Sie zog wieder ihren Rosenkranz heraus und begann ihn erneut zu beten. Und während das Gebet von ihren bebenden Lippen floß, fühlte sie allmählich, wie im Herzen ein unbestimmtes Vertrauen wuchs. Auf einmal fuhr ihr ein anderer Gedanke durch den Sinn: daß ihr Gebet willkommener sei und sicherer erhört werden würde, wenn sie in ihrer Trostlosigkeit auch ein Opfer brächte. Sie dachte an das Liebste, was sie hatte oder was ihr das Liebste gewesen war; denn in diesem Augenblick vermochte ihr Herz kein anderes Gefühl als das des Schreckens und kein anderes Verlangen als das nach Befreiung zu empfinden. Und sie erinnerte sich ihres Liebsten und entschloß sich sogleich, ihn als Opfer darzubringen. Sie stand auf, kniete nieder, faltete die Hände, von denen der Rosenkranz herabhing, vor der Brust und hob Gesicht und Augen zum Himmel und sagte: „O heiligste Jungfrau! Du, der ich mich so oft befohlen und die du mich so oft getröstet hast. Du, die du so viele Schmerzen gelitten hast und die du jetzt so glorreich bist und für die armen Bedrängten so viele Wunder gewirkt hast, hilf mir! Errette mich aus dieser Gefahr und führe mich zurück zu meiner Mutter, o du Mutter des Herrn. Ich gelobe dir, Jungfrau zu bleiben, und entsage für immer meinem armen Renzo, um niemandem sonst zu gehören als nur dir!"

Nachdem sie diese Worte gesprochen hatte, neigte sie den Kopf und hängte sich den Rosenkranz um den Hals, wie zum Zeichen der Weihe und zugleich zum Schutz, gleichsam als Harnisch der neuen Kampfbereitschaft, der sie sich verschrieben hatte. Sie setzte sich dann wieder auf den Boden und fühlte, wie eine gewisse Ruhe, ein größeres Vertrauen in ihre Seele drang. Ihr fiel dieses von dem mächtigen Unbekannten mehrmals wiederholte „morgen früh" ein, und dieses Wort erschien ihr jetzt wie ein Versprechen der Rettung. Die vom Kampf ermüdeten Sinne wurden nach und nach von diesem beruhigenden Gedanken eingewiegt, und endlich, als es schon zu tagen begann, sank Lucia, den Namen ihrer Schutzpatronin auf den Lippen, in einen tiefen, anhaltenden Schlaf.

Aber in dieser Burg befand sich noch jemand, der auch

gern so geschlafen hätte und es nicht konnte. Nachdem er von Lucia fortgegangen oder fast vor ihr geflohen war, das Essen für sie befohlen und nach seiner Gewohnheit verschiedene Punkte der Burg besucht hatte, das Bild des Mädchens immer lebhaft vor Augen und im Ohr den Klang ihrer Worte, war der Ungenannte in sein Zimmer gestürzt, hatte sich in Hast und Eile dort eingeschlossen, als ob er sich dort gegen eine Rotte von Feinden verschanzen müßte, und war, nachdem er sich eiligst entkleidet hatte, zu Bett gegangen. Aber jenes Bild, mehr als je vor seinem Geiste gegenwärtig, schien in diesem Augenblick zu sagen: Du wirst nicht schlafen. Was für eine dumme Weiberneugier, dachte er, mußte mich plagen, sie zu sehen! Dieses Vieh von einem Geier hat recht, man ist kein Mann mehr; es ist wahr, kein Mann! ... Ich! ... Ich bin kein Mann mehr, ich? Was gibt es da Neues? Wußte ich denn nicht auch früher, daß die Frauen schreien? Schreien doch auch manchmal die Männer, wenn sie sich nicht wehren können. Zum Teufel! habe ich denn noch nie Weiber winseln hören? –

Und ohne daß er sich sehr hätte anstrengen müssen, in seinem Gedächtnis nachzuforschen, bot es ihm von selbst mehr als einen Fall dar, wo ihn weder Bitten noch Klagen von der Ausführung seiner Beschlüsse hatten abbringen können. Aber statt daß ihm die Erinnerung an jene Unternehmungen die Entschlossenheit zurückgegeben hätte, die ihm jetzt fehlte, um diese zu vollenden, statt daß sie in seinem Herzen dieses lästige Mitleid zerstört hätte, weckte sie in ihm vielmehr eine Art Grauen und eine gewisse rasende Reue. Dermaßen, daß es ihm eine Erleichterung schien, zu jenem ersten Bild Lucias zurückzukehren, gegen das er seinen Mut zu wappnen gesucht hatte. Sie lebt ja, dachte er, und sie ist hier, es ist noch Zeit, ich kann ihr sagen: Geht, freut Euch! Ich kann sehen, wie sich ihr Gesichtsausdruck wandelt, ich kann auch zu ihr sagen: Verzeiht mir ... Verzeiht mir? ich um Verzeihung bitten? ein Weib? Ich! ... Ach, und doch, wenn ein Wort, ein solches Wort mir wohltun, mich ein wenig von diesem Teufelszauber befreien könnte, würde ich es sagen. Ja, ich fühle, ich würde es sagen. Wie weit ist es mit mir gekommen! Ich bin kein Mann mehr, ich bin kein Mann mehr! ... Weg! sagte er sich dann, während er sich auf dem hart gewordenen Bett, unter der so schwer gewordenen Decke wütend herumwarf. Weg! das sind Albernheiten, die mir schon früher manchmal in den Sinn gekommen sind. Das wird auch diesmal vorübergehen.

Und um sie zu verscheuchen, versuchte er an etwas Wichtiges zu denken, an eins jener Dinge, die ihn so stark zu beschäftigen pflegten, daß er seine ganze Mühe daran wenden mußte. Aber er fand nichts. Alles schien ihm verwandelt; was sonst seine Wünsche am meisten aufgestachelt hatte, besaß nichts Wünschenswertes mehr: die Leidenschaft war wie ein Pferd vor einem Schatten scheu geworden und wollte nicht mehr weiter. Wenn er an die begonnenen und nicht vollendeten Unternehmungen dachte, so fühlte er eine Traurigkeit und fast eine Bestürzung über die schon eingeleiteten Schritte, anstatt sich zur Durchführung zu ermutigen oder sich über die Hindernisse zu erzürnen (Zorn wäre ihm in diesem Augenblick süß gewesen). Die Zeit trat vor ihn hin, ohne Zweck, ohne Tat, ohne jeden Willen, erfüllt nur von unerträglichen Erinnerungen; alle Stunden glichen dieser, die so träge und so drückend schlich. Er sammelte im Geiste alle seine Banditen um sich, fand aber nichts, was er ihnen hätte befehlen können, woran ihm gelegen hätte. Der Gedanke vielmehr, sie wiederzusehen, sich unter ihnen zu befinden, war ihm eine neue Last, verursachte ihm Ekel und Abneigung. Und wenn er eine Beschäftigung, ein tunliches Werk für morgen finden wollte, so mußte er immer wieder daran denken, daß er morgen das arme Mädchen in Freiheit setzen konnte.

Ich werde sie freilassen, ja, sobald es Tag wird, will ich zu ihr eilen und ihr sagen: Geht, geht! Ich werde sie begleiten lassen ... Und das Versprechen? Und die Verpflichtung? Und Don Rodrigo? ... Wer ist Don Rodrigo?

Als wäre er von einem Vorgesetzten durch eine unerwartete und verwirrende Frage plötzlich überrascht worden, dachte der Ungenannte sofort darüber nach, diese Frage zu beantworten, die er sich selbst oder die vielmehr sein neues Ich ihm gestellt hatte, das auf einmal furchtbar gewachsen war und sich nun erhob, um das alte zu richten. Er begann also nach den Gründen zu forschen, aus denen er sich, fast noch ehe er darum gebeten worden war, dazu hatte entschließen können, eine unbekannte Unglückliche ohne Haß und ohne Scheu so vieles erdulden zu lassen, nur um diesem Manne einen Dienst zu erweisen. Aber geschweige denn, daß es ihm gelungen wäre, Gründe zu finden, die in diesem Augenblick hätten billig scheinen können, um die Tat zu entschuldigen – er wußte sich kaum selbst zu erklären, was ihn dazu bewogen hatte. Sein Wille, kaum ein fester Beschluß, war eine augenblickliche Regung der Seele gewesen, die den alten, gewohnten Gefühlen gehorchte, eine Folge von zahllosen vorangegangenen Taten. Und um sich über eine einzige Tat Rechenschaft zu geben, sah sich der gequälte Prüfer seiner selbst vor die Prüfung seines ganzen Lebens gestellt. Immer weiter zurück, von Jahr zu Jahr, von Verpflichtung zu Verpflichtung, von einer blutigen Tat zur anderen, von einer Ruchlosigkeit zur anderen: jede einzelne erschien wieder bewußt und neu vor seinem Geist, losgelöst von den Gefühlen, aus denen heraus die Taten geboren und vollbracht worden waren: sein Leben zeigte sich ihm in einer Ungeheuerlichkeit, welche jene Gefühle damals nicht hatten sichtbar werden lassen. Sie waren alle sein, jedes von ihnen war er selbst. Das bei jedem dieser Bilder wiederauflebende, ihnen allen innewohnende Entsetzen steigerte sich zur Verzweiflung. Er setzte sich hastig auf, fuhr mit den Händen wütend an die Wand neben dem Bett, ergriff eine Pistole, riß sie los und ... in dem Augenblick, wo er sein unerträglich gewordenes Leben beenden wollte, umfaßte sein erschrockener, von fast abergläubischer Unrast erfüllter Gedanke die Zeit, die auch nach seinem Tode in ihrem Lauf fortfahren würde. Schaudernd dachte er an seinen entstellten, unbeweglichen Leichnam, der dem Niedrigsten, der ihn überlebte, ausgeliefert wäre; er dachte an die Überraschung und die Verwirrung in der Burg am nächsten Tage: alles drunter und drüber, und er selbst machtlos und stumm, wer weiß wo hingeworfen. Er stellte sich die Gespräche vor, die man hier in der Umgebung und in der Ferne darüber führen würde, und das Frohlocken seiner Feinde. Auch die Finsternis und das Schweigen ließen ihm den Tod noch trauriger und schrecklicher erscheinen. Es dünkte ihn, am hellen Tage, im Freien, vor allen Leuten würde er nicht zögern, sich in einen Fluß zu stürzen und zu verschwinden. Und in diese qualvollen Betrachtungen versunken, spannte er immer wieder, den Daumen krampfhaft drückend, den Hahn der Pistole; da fuhr ihm plötzlich ein anderer Gedanke durch den Kopf. Dieses andere Leben, von dem sie mir immer gesprochen, als ich noch ein Knabe war, von dem sie immer sprechen, als sei es etwas Sicheres, wenn es dieses Leben gar nicht gibt, wenn es eine Erfindung der Pfaffen ist, was dann? Warum sterben? Was macht das schon, was ich getan habe? Was liegt daran? Es ist ja eine Narrheit... Und wenn es dieses andere Leben doch gibt...!

Bei diesem Zweifel, bei dieser Gefahr befiel ihn eine noch düsterere, noch drückendere Verzweiflung, der er auch durch den Tod nicht entrinnen konnte. Er ließ die Waffe sinken und raufte sich zähneklappernd, zitternd die Haare. Plötzlich kamen ihm die Worte in den Sinn, die er wenige Stunden vorher gehört und immer wieder gehört hatte: Gott verzeiht so viel für ein Werk der Barmherzigkeit! Und er vernahm sie nicht in jenem Ton demütigen Bittens, in dem sie ausgesprochen worden waren, sondern mit gebieterischem Klang, der zugleich eine ferne Hoffnung in sich barg. Das war ein Augenblick der Erleichterung. Er nahm die Hände von den Schläfen und richtete in würdigerer Haltung sein geistiges Auge auf die, von der er diese Worte gehört hatte.

Und er sah sie nicht als seine Gefangene, nicht als eine Bittende, sondern als eine Spenderin von Trost und Gnade. Sehnsüchtig erwartete er den Tag, um hinzueilen und sie zu befreien, um aus ihrem Mund noch mehr Worte der Erquikkung und des Lebens zu hören. Und er stellte sich vor, daß er selbst sie zu ihrer Mutter zurückführte. Und dann? was werde ich morgen den übrigen Tag tun? Was werde ich übermorgen tun? Was werde ich überübermorgen tun? Und in der Nacht? In der Nacht, die in zwölf Stunden wiederkehrt? Oh, die Nacht! Nur nicht die Nacht! – Und wieder in die quälende Leere der Zukunft gestoßen, suchte er vergebens nach einer Verwendung für die Zeit, nach einer Möglichkeit, die Tage und die Nächte zu verbringen. Bald nahm er sich vor, die Burg zu verlassen und in ferne Länder zu ziehen, wo ihn niemand kannte, nicht einmal dem Namen nach; aber er fühlte, daß er sich selbst doch nie entrinnen könnte. Bald lebte in ihm wieder eine schwermütige Hoffnung auf, daß er den alten Mut, die alte Lust wiedergewinnen könnte und daß dies alles nur ein vorübergehender Wahn sei. Bald fürchtete er den Tag, der ihn seinen Leuten so elendiglich verändert zeigen sollte, bald sehnte er ihn herbei, als ob er auch seinen Gedanken das Licht hätte bringen müssen. Und siehe da, als es eben dämmerte, wenige Augenblicke nachdem Lucia eingeschlafen war, da fühlte er, als er so reglos dasaß, wie eine Welle von Klängen an sein Ohr drang, die, obwohl kaum vernehmbar, etwas Freudiges an sich hatten. Er horchte auf und erkannte, daß es ein fernes Festgeläute war, und nach ein paar Augenblicken hörte er auch das Echo der Berge, das die Klänge matt wiederholte und mit ihnen verschmolz. Bald darauf hörte er ein anderes, näheres Geläut, gleicherweise festlich, dann noch ein anderes. Was ist das für eine Fröhlichkeit? Was widerfährt ihnen allen so Schönes? Er sprang von seinem Dornenlager auf; zur Hälfte angekleidet, öffnete er das Fenster und schaute hinaus. Die Berge waren halb vom Nebel umschleiert, der Himmel war nicht bewölkt, sondern eher eine einzige aschgraue Wolke; aber bei der Helligkeit, die doch allmählich zunahm, erkannte man unten auf der Straße im Tal Leute, die vorübergingen, andere, die aus den Häusern kamen und sich auf den Weg machten, alle in derselben Richtung, der rechts von der Burg gelegenen Talmündung zu, alle in festlicher Kleidung und mit einer außergewöhnlichen Munterkeit.

Was zum Teufel haben sie? Was gibt es Lustiges in diesem verwünschten Dorf? Wohin geht all das Gesindel? Und nachdem er einen vertrauten Bravo, der in einem Nebenzimmer schlief, gerufen hatte, fragte er ihn, was die Ursache dieser Unruhe sei. Dieser, der geradesoviel wußte wie er selbst, antwortete, daß er sich gleich erkundigen würde. Der Herr blieb an das Fenster gelehnt stehen und betrachtete aufmerksam das lebhafte Schauspiel. Es waren Männer, Frauen, Kinder, in Gruppen, paarweise und einzeln. Der eine holte einen vor ihm Gehenden ein und gesellte sich zu ihm; ein anderer, der aus dem Haus trat, schloß sich dem ersten besten an, dem er begegnete, und sie gingen zusammen wie Freunde auf eine vereinbarte Reise. Die Gebärden bekundeten offenbar eine gemeinsame Eile und Freude, und der nicht einstimmige, aber doch zusammenklingende Widerhall der verschiedenen Glocken von nah und fern schien ihm gleichsam die Stimme dieser Gebärden zu sein und die Ergänzung der Worte, die nicht zu ihm heraufdringen konnten. Er schaute und schaute, und in seinem Herzen wuchs ein Verlangen, das mehr als Neugier war, zu erfahren, was denn so einhellig das Gemüt jener verschiedenartigen Menschen bewegen könne.

22. Kapitel

Bald darauf kam der Bravo und berichtete, daß am vorhergehenden Tage der Kardinal Federigo Borromeo, Erzbischof von Mailand, in *** angekommen sei und dort den ganzen Tag bleiben werde und daß die Kunde von dieser

Ankunft, die sich am Abend in den Dörfern verbreitet hatte, alle begierig gemacht hätte, diesen Mann zu sehen; und geläutet habe man mehr aus Freude, als um die Leute zu verständigen. Als der Herr allein geblieben war, blickte er weiter ins Tal hinunter und tat es noch nachdenklicher als zuvor. Eines Mannes wegen! Alle begierig, alle freudig, einen Mann zu sehen! Und doch wird ein jeder von ihnen seinen Teufel haben, der ihn plagt. Aber keiner, keiner wird einen solchen wie ich haben, keiner wird eine Nacht wie ich verbracht haben! Was hat dieser Mann, um so viele Leute fröhlich zu stimmen? Ein paar Groschen, die er aufs Geratewohl unter sie verteilen wird ... Aber diese Menschen gehen doch nicht alle auf Almosen aus. Nun, einige Zeichen in die Luft, einige Worte ... O hätte er auch für mich die Worte, die trösten könnten! Wenn ... Warum gehe ich nicht auch hin? Warum nicht? Ich gehe, ich gehe, und ich will mit ihm sprechen, unter vier Augen will ich mit ihm sprechen. Was werde ich ihm sagen? Nun, das, was, das, was ... Ich werde hören, was er mir sagen kann, dieser Mann!

Nachdem er in seiner Verwirrung diesen Entschluß gefaßt hatte, kleidete er sich in Eile fertig an, zog einen seiner Röcke über, dessen Schnitt etwas Militärisches hatte, nahm die Pistole, die auf dem Bett liegengeblieben war, und befestigte sie auf der einen Seite am Gürtel; auf der anderen Seite eine zweite, die er von einem Nagel an der Wand nahm; steckte auch einen Dolch in den Gurt, nahm noch einen Karabiner, der fast ebenso berühmt war wie er selbst, von der Wand und hängte ihn um die Schulter, ergriff den Hut, verließ das Zimmer und ging zuerst zu der Kammer, wo er Lucia verlassen hatte. Er stellte den Karabiner draußen in einen Winkel neben der Tür und klopfte an, wobei er zugleich seine Stimme ertönen ließ. Die Alte sprang mit einem Satz aus dem Bett und lief, um zu öffnen. Der Herr trat ein, und als er sich in der Kammer umsah, bemerkte er, wie Lucia still in ihrer Ecke kauerte.

„Schläft sie?" fragte er leise die Alte. „Dort schläft sie? Waren das meine Befehle, unseliges Weib?"

„Ich habe alles getan", antwortete diese, „aber sie wollte nicht essen und wollte auch nicht ins Bett . . ."

„Laß sie ruhig schlafen. Hüte dich, sie zu stören, und wenn sie aufwacht . . . Marta wird nebenan im Zimmer bleiben, und du wirst sie nach allem schicken, was das Mädchen von dir verlangen kann. Wenn sie aufwacht . . . sagst du ihr, daß ich . . . daß der Herr für kurze Zeit fortgegangen ist, daß er zurückkommen und . . . alles tun wird, was sie will."

Die Alte war ganz verdutzt und dachte bei sich: Sollte sie irgendeine Prinzessin sein?

Der Herr ging hinaus, nahm den Karabiner wieder, befahl Marta, vor der Tür zu warten, und beauftragte den ersten Bravo, dem er begegnete, darüber zu wachen, daß niemand sonst als diese Frau den Fuß in die Kammer setze; dann verließ er die Burg und stieg eilig den Abhang hinunter.

Die Handschrift sagt nicht, wie weit es von der Burg zu dem Dorf war, wo sich der Kardinal befand; aber die Ereignisse, die wir schildern wollen, besagen, daß es wohl nicht viel mehr als ein längerer Spaziergang gewesen ist. Aus dem bloßen Herbeiströmen der Talbewohner und auch entfernter wohnender Leute in dieses Dorf dürfte man das aber nicht schließen, denn in den Aufzeichnungen jener Zeit lesen wir, daß das Volk aus einer Entfernung von zwanzig und noch mehr Meilen kam, um Federigo zu sehen.

Die Bravi, die dem Herrn auf ihrem Weg den Berg hinauf begegneten, blieben bei seinem Vorübergehen respektvoll stehen und warteten, ob er ihnen Befehle zu erteilen habe oder ob er sie zu irgendeinem Unternehmen mitführen wolle, und wußten nicht, was sie von seiner Miene halten sollten und von den Blicken, womit er ihre Verbeugungen erwiderte.

Als er auf die Landstraße kam, staunten die Vorübergehenden am meisten darüber, daß sie ihn ohne Gefolge sahen. Im übrigen machte ihm jeder Platz, indem er respektvoll den Hut abnahm und so weit auswich, daß es auch noch für das Gefolge gereicht hätte. Im Dorf fand er eine große Menschenmenge vor; aber sein Name flog schnell von Mund zu Mund, und die Menge trat auseinander. Er ging auf einen zu und fragte ihn, wo der Kardinal sei. „Im Pfarrhaus“, antwortete dieser, sich verneigend, und zeigte ihm, wo es war. Der Herr ging hin und trat in einen kleinen Hof, wo viele Priester standen, die ihn alle mit verwunderter und argwöhnischer Aufmerksamkeit betrachteten. Er sah gegenüber eine weit geöffnete Tür, die in einen kleinen Saal führte, wo viele andere Geistliche versammelt waren. Er nahm den Karabiner von der Schulter und lehnte ihn in einen Winkel des Hofes, dann trat er in den Saal; auch dort Blicke, Geflüster, sein immer wieder ausgesprochener Name und Schweigen. Er wandte sich an einen der Priester und fragte ihn, wo der Kardinal sei, er wolle ihn sprechen.

„Ich bin fremd“, antwortete der Gefragte, warf einen Blick umher und rief den Kaplan Kreuzträger, der in einer Ecke des Saales eben leise zu seinem Amtsbruder sagte: „Der? der berüchtigte? was hat er hier zu suchen? Gott behüte uns vor ihm!“ Immerhin mußte er auf den Ruf hin kommen, der durch die allgemeine Stille tönte. Er verneigte sich vor dem Ungenannten, vernahm dessen Wunsch, blieb eine Weile stehen, die Augen mit unruhiger Neugier zu diesem Gesicht erhebend und sie gleich wieder senkend, dann sagte er oder stammelte: „Ich weiß nicht, ob der erlauchte Herr ... in diesem Moment ... in der Lage ist ... ob er ... Genug, jedenfalls sehe ich nach.“ Und er ging, um seine Botschaft auszurichten, widerwillig in das Nebenzimmer, wo sich der Kardinal befand.

An dieser Stelle unserer Geschichte können wir nicht umhin, ein wenig zu verweilen, so wie der Wanderer, müde und erschöpft von einem langen Weg durch eine unfruchtbare, wilde Gegend, einige Zeit in dem Schatten eines Baumes im Gras neben einem Quell rastet. Wir sind auf eine Persönlichkeit gestoßen, deren Name und Gedächtnis den

Geist, wann immer sie an ihn herantreten, mit einer sanften Regung der Ehrfurcht und einem freudigen Gefühl der Sympathie erquicken; um wieviel mehr werden sie es jetzt tun nach so vielen Bildern des Leidens, nach der Betrachtung so vielfältiger und abscheulicher Verirrungen! Es ist durchaus vonnöten, daß wir über diese Persönlichkeit einige Worte verlieren. Sollte einem nichts daran liegen, sie zu hören, und sollte er doch den Wunsch hegen, in der Geschichte fortzufahren, so springe er kurzweg zum folgenden Kapitel über.

Federigo Borromeo, geboren 1564, war einer von den zu jeder Zeit seltenen Männern, die einen hervorragenden Verstand, alle Mittel eines großen Reichtums, alle Vorteile eines bevorzugten Standes und eine beharrliche Aufmerksamkeit auf die Suche und die Ausübung des Besten verwendet haben. Sein Leben war wie ein Bach, der klar aus dem Felsen entquillt und sich klar in den Strom ergießt, ohne in seinem langen Lauf jemals durch verschiedenartigen Boden gehemmt oder getrübt zu werden. Inmitten von Behaglichkeit und Prunk achtete er von Kindheit an auf jene Worte der Entsagung und Demut, auf jene Maximen über die Eitelkeit des Vergnügens, die Unbilligkeit des Stolzes, über die wahre Würde und die wahren Güter, jene Grundsätze, die, ob in den Herzen empfunden oder nicht, in den Grundlehren der Religion von einem Geschlecht zum anderen überliefert werden. Er achtete, sage ich, auf jene Worte, auf jene Maximen, nahm sie ernst, erprobte sie und fand sie wahr; er sah also, daß andere, entgegengesetzte Worte und Prinzipien nicht wahr sein konnten, obwohl auch sie von Geschlecht zu Geschlecht mit derselben Sicherheit und zuweilen von denselben Lippen überliefert werden, und er nahm sich vor, sich der wahren als Richtschnur für seine Handlungen und Gedanken zu bedienen. Überzeugt, daß das Leben nicht bestimmt ist zu einer Last für viele und zu einem Fest für einige, sondern allen als ein Amt auferlegt ist, von dem jeder Rechenschaft wird ablegen müssen, begann er schon als Kind darüber nachzudenken, wie er das seinige nützlich und heilig gestalten könne.

Im Jahre 1580 tat er seinen Entschluß kund, sich dem geistlichen Stand zu widmen, und er empfing das Priestergewand aus den Händen seines Vetters Carlo, den ein schon damals lange anhaltender verbreiteter Ruf als einen Heiligen bezeichnete. Er trat bald darauf in das von diesem gegründete Kloster in Pavia ein, das auch noch heute den Namen seines Hauses trägt; und während er sich dort eifrig der Betätigung hingab, die er vorgeschrieben fand, nahm er freiwillig noch zwei andere auf sich: nämlich die Rohesten und Verlassensten im Volk das Christentum zu lehren und die Kranken zu besuchen, zu bedienen, zu trösten und ihnen beizustehen. Er benutzte das Ansehen, das er an diesem Ort in vollem Umfang genoß, um seine Ordensbrüder zur Unterstützung bei diesen Werken heranzuziehen, und in allen ehrenwerten und nützlichen Dingen übte er gleichsam eine Obergewalt des Beispiels aus, ein Primat, das ihm zu verschaffen vielleicht auch seine persönlichen Gaben genügt hätten, selbst wenn er dem Stande nach der Geringste gewesen wäre. Die Vorteile anderer Art, zu denen ihm sein Stand hätte verhelfen können, strebte er nicht nur nicht an, sondern bemühte sich sogar, ihnen auszuweichen. Er wollte, daß sein Tisch eher ärmlich als einfach sei, und er trug eine Kleidung, die eher dürftig als schlicht zu nennen war; demgemäß war auch seine ganze Lebensführung und Haltung. Er dachte nie daran, sie zu ändern, sosehr auch einige Verwandte Geschrei erhoben und sich beklagten, daß er die Würde des Hauses verletze. Einen weiteren Kampf hatte er mit seinen Magistern zu bestehen, die ihn heimlich und wie zur Überraschung mit herrschaftlichem Hausrat zu umgeben suchten und mit Dingen, die ihn von den anderen unterscheiden und ihn als den Vornehmsten des Ortes hätten bezeichnen sollen. Entweder glaubten sie sich dadurch mit der Zeit beliebt zu machen; oder sie waren von jener servilen Hingabe dazu bewogen, die sich in fremdem Glanze sonnt und sich an ihm ergötzt; oder sie gehörten zu jenen Klugen, die sich vor den Tugenden wie vor den Lastern scheuen und immer predigen, daß die Vollkommenheit in der Mitte liege; und die Mitte setzen sie gerade an dem Punkt fest, wo sie angelangt sind und sich behaglich fühlen. Federigo widerstand diesen Versuchen nicht nur, sondern tadelte obendrein jene, die sie unternahmen, und dies tat er in der Zeit des Überganges vom Knaben zum Jüngling.

Daß der Knabe und Jüngling Federigo bei Lebzeiten des Kardinals Carlo, der sechsundzwanzig Jahre älter war als er, in Gegenwart dieser ernsten, feierlichen Erscheinung, die ein so lebendiger Ausdruck der Heiligkeit und ihrer Werke war, noch gesteigert, wäre dies nötig gewesen, durch die offenkundige und ungezwungene Ergebenheit seiner Umgebung – daß also Federigo trachtete, sein Betragen und sein Denken einem solchen Vorbild anzupassen, ist gewiß nicht verwunderlich. Wohl aber ist es etwas Merkwürdiges, daß nach dem Tode dieses Mannes niemand hätte wahrnehmen können, daß der damals zwanzigjährige Federigo eines Führers oder Zensors entbehrt hätte. Der wachsende Ruhm seines Geistes, seiner Gelehrsamkeit und seiner Frömmigkeit, die Verwandtschaft und die Verbindungen mit einem mehr als mächtigen Kardinal, das Ansehen seiner Familie, ja selbst der Name, mit dem Carlo in den Gemütern gleichsam eine Vorstellung von Heiligkeit und Überlegenheit verknüpft hatte, all das, was die Menschen zu kirchlichen Würden führen muß und kann, trug dazu bei, sie für ihn vorauszubestimmen. Er aber, innerlich von dem überzeugt, was niemand, der sich zum Christentum bekennt, mit dem Mund leugnen kann, daß nämlich die gerechte Überlegenheit eines Menschen über die anderen nur eine dienende sein soll, fürchtete die Würden und suchte ihnen auszuweichen, wohl gewiß nicht, um dem Dienst an anderen zu entgehen, denn selten wurde ein Leben so wie das seine darauf verwandt; sondern weil er sich eines so hohen und gefährlichen Amtes weder für würdig erachtete noch sich dazu für fähig hielt.

Als ihm daher Clemens VIII. im Jahre 1595 das Erzbistum Mailand antrug, war er darüber ganz bestürzt und lehnte es, ohne zu zögern, ab. Später gab er dem ausdrücklichen Befehl des Papstes nach.

Derlei Bekundungen sind, wer wüßte das nicht?, weder schwierig noch selten; und die Heuchelei bedarf, sie zu äußern, keinesfalls einer größeren Geistesanstrengung als die Spottlust, sie zu verhöhnen. Aber hören sie etwa deswegen auf, der natürliche Ausdruck einer tugendhaften und weisen Gesinnung zu sein? Das Leben ist der Prüfstein der Worte, und mögen die Worte, die diese Gesinnung ausdrükken, auch allen Betrügern und allen Spöttern der Welt über die Lippen geflossen sein, so werden sie doch immer schön bleiben, wenn ihnen ein Leben der Uneigennützigkeit und der Aufopferung vorangeht und nachfolgt.

In dem Erzbischof Federigo tat sich ein besonderer und anhaltender Eifer kund, von den Reichtümern, von der Zeit, von den Mühen, kurz, von all dem Seinigen nicht mehr für sich zu nehmen, als unbedingt nötig war. Er sagte, was alle sagen, daß die kirchlichen Einkünfte das Erbteil der Armen sind. Wie er einen solchen Grundsatz tatsächlich auffaßte, kann man aus dem folgenden ersehen: Er ließ abschätzen, wie hoch sich die Kosten für seinen Unterhalt und den seiner Dienerschaft belaufen könnten. Und da man ihm sechshundert Scudi angab (Scudo nannte man damals jene Goldmünze, die später mit demselben Gewicht und derselben Inschrift Zechine genannt wurde), befahl er, diesen Betrag alljährlich aus seiner besonderen Kasse an die des Bistums zu zahlen, weil er meinte, daß es ihm, der ungeheuer reich war, nicht erlaubt sei, von diesem Vermögen zu leben. Von dem Seinen maß er sich so knapp und sparsam zu, daß er darauf achtgab, ein Kleid nicht abzulegen, bevor es völlig abgetragen war, obwohl er, wie von zeitgenössischen Chronisten vermerkt wird, mit dem Hang zur Einfachheit auch den zur ausgesuchten Sauberkeit verband: zwei in der Tat bemerkenswerte Gewohnheiten in jener schmutzigen und prunkliebenden Zeit. Ebenso wies er, damit nichts von den Überbleibseln seiner einfachen Tafel verlorenging, diese einem Armenhaus zu, und so kam auf seinen Befehl jeden Tag einer von diesen Notleidenden in den Speisesaal, um alles einzusammeln, was übriggeblieben war. Eine Fürsorge, die vielleicht zu der Meinung verleiten könnte, daß seine Tugend eine berechnete, armselige, engherzige war und daß sein Geist in Kleinigkeiten befangen und höherer Gedanken unfähig gewesen sei, wenn nicht diese Ambrosianische Bibliothek vorhanden wäre, die Federigo so kühn und prächtig ersann und mit so großem Kostenaufwand errichtete. Um sie mit Büchern und Handschriften auszustatten, schenkte er ihr die von ihm mit großem Fleiß und großen Ausgaben gesammelten und sandte überdies acht der gelehrtesten und erfahrensten Männer, die er finden konnte, als Einkäufer durch Italien, Frankreich, Spanien, Deutschland, Flandern, nach Griechenland, dem Libanon und nach Jerusalem. So gelang es ihm, ungefähr dreißigtausend gedruckte Bände und vierzehntausend Handschriften zu sammeln. An die Bibliothek schloß er ein Kollegium von Doktoren an. (Es waren ihrer neun, die von ihm bezahlt wurden, solange er lebte; später wurden sie auf zwei beschränkt, weil die gewöhnlichen Einkünfte zu dieser Ausgabe nicht mehr ausreichten.) Ihr Amt war es, verschiedene Studien zu pflegen, das der Theologie, Geschichte, Literatur, der kirchlichen Altertümer, der orientalischen Sprachen; und jeder hatte die Verpflichtung, irgendeine Arbeit über den ihm zugewiesenen Gegenstand zu veröffentlichen. Überdies schloß er ihr noch ein Kollegium an, das er das dreisprachige nannte und dem das Studium der griechischen, lateinischen und italienischen Sprache oblag; sodann ein Kollegium von Zöglingen, die in diesen Wissenschaften und Sprachen unterrichtet werden sollten, um diese einst selbst zu lehren, und eine Druckerei für orientalische Sprachen, nämlich für die hebräische, chaldäische, arabische, persische und armenische, eine Bildergalerie, eine Skulpturensammlung und eine Schule für die drei wichtigsten Zeichenkünste. Für diese konnte er schon ausgebildete Lehrer finden; was das übrige anbelangt, haben wir gesehen, was ihm die Sammlung der Bücher und Handschriften zu schaffen gemacht hat. Noch viel schwieriger muß es gewesen sein, die Typen für den Druck dieser Sprachen zu finden, die damals in Europa viel weniger gepflegt wurden als heutzutage; und noch schwieriger, die geeigneten Männer zu finden. Es genügt wohl, zu sagen, daß er von den neun Doktoren acht aus den jungen Zöglingen des Seminars nahm; und daraus kann man schließen, wie sein Urteil über die in Verfall geratene Wissenschaft jener Zeit und die damaligen Berühmtheiten lautete: ein Urteil, das dem entsprach, das die Nachwelt gefällt zu haben scheint, indem sie die einen und die anderen in Vergessenheit geraten ließ. In den Vorschriften, die er für die Benutzung und für die Verwaltung der Bibliothek festlegte, erkennt man den Plan einer dauernden Zweckmäßigkeit, der nicht nur an sich gut war, sondern in vielen Teilen die allgemeinen Begriffe und Gewohnheiten jener Zeit an Weisheit und Edelsinn übertraf. Er schrieb dem Bibliothekar vor, mit den gelehrtesten Männern Europas einen Briefwechsel zu führen, um von ihnen Nachrichten über den Stand der Wissenschaften und die Anzeigen der besten Bücher, die in jedem Fach herauskamen, zu erhalten und letztere zu erwerben. Er schrieb ihm vor, den Studierenden die Werke zu nennen, die sie nicht kannten und die ihnen nützlich sein konnten. Er ordnete an, daß allen, Einheimischen und Fremden, Bequemlichkeit und Zeit geboten werden solle, sich nach Bedarf der Bücher zu bedienen. Eine solche Absicht muß heute jedem nur zu natürlich und mit der Gründung einer Bibliothek verbunden erscheinen; damals aber war es nicht so. Und in einer Geschichte der Ambrosiana, die (in der dem Jahrhundert eigenen Satzgliederung und Eleganz) von einem Pierpaolo Bosca verfaßt wurde, der nach dem Tode Federigos dort Bibliothekar war, wird es ausdrücklich als etwas Besonderes vermerkt, daß in dieser von einem Privatmann fast ganz aus eigenen Mitteln errichteten Bibliothek die Bücher für die Allgemeinheit sichtbar waren; daß sie jedem, der sie verlangte, gegeben wurden; daß man ihm auch Platz zum Sitzen, Papier, Feder und Tinte gab, damit er sich die notwendigen Aufzeichnungen machen könne, während in mancher anderen berühmten öffentlichen Bibliothek Italiens die Bücher nicht nur den Blicken entzogen, sondern in Schränken verschlossen waren, aus denen sie nie herausgenommen wurden, außer wenn es der Gefälligkeit der Bibliothekare beliebte, sie für einen Augenblick zu zeigen. Den Besuchern die Gelegenheit zum Studium zu geben, davon hatte man nicht einmal einen Begriff. Derartige Bibliotheken zu bereichern bedeutete, die Bücher dem öffentlichen Gebrauch zu entziehen: eine jener Pflanzungen, wie es sie gab und immer noch gibt, die das Feld unfruchtbar machen.

Man frage nicht, welchen Einfluß diese Stiftung Borromeos auf die allgemeine Bildung ausgeübt habe. Es wäre leicht mit ein paar Worten darzustellen – je nachdem, wie man es demonstriert –, daß ihr Einfluß ein wunderbarer oder ein ganz unbedeutender gewesen sei. Zu erforschen und bis zu einem gewissen Grade zu erklären, welcher Art er wirklich gewesen ist, wäre sehr mühevoll, wenig nutzbringend und fehl am Platze. Aber man bedenke, was für ein großmütiger, verständiger, wohlwollender und beharrlicher Freund der menschlichen Vervollkommnung jener gewesen sein muß, der eine solche Sache wollte, sie in dieser Art wollte und sie durchführte, mitten in dieser Unwissenheit, in dieser Trägheit, in diesem allgemeinen Widerwillen gegen jede emsige Beflissenheit, mitten unter solchen Redensarten wie „Was liegt uns daran“ und „Gab es denn nichts anderes zu denken?“ und „Eine schöne Erfindung!“ oder „Das fehlte noch gerade“ und ähnlichen Aussprüchen, deren Zahl sicher größer war als die der vom Kardinal für diese Unternehmung ausgegebenen Scudi, deren es hundertfünftausend waren, größtenteils aus seinem eigenen Vermögen.

Um einen solchen Mann höchst wohltätig und freigebig zu

nennen, brauchte man wohl nicht zu wissen, ob er auch sonst viel für die unmittelbare Unterstützung der Notleidenden ausgegeben habe. Und es gibt vielleicht noch Leute, die meinen, daß der Aufwand jener Art und, fast möchte ich sagen, jeder wie auch immer geartete Aufwand das beste und nützlichste Almosen sei. Aber Federigo hielt das eigentliche Almosen für die vornehmste Pflicht, und auch hier, wie in allem übrigen, stimmten seine Handlungen mit seiner Absicht überein. Sein Leben war ein immerwährendes Verschwenden an die Armen, und anläßlich jener Teuerung, von der unsere Geschichte schon gesprochen hat, werden wir bald Gelegenheit haben, einige Züge zu berichten, aus denen man ersehen wird, wieviel Weisheit und Edelsinn er auch in diese Mildtätigkeit zu legen verstand. Von den vielen einzelnen Beispielen, die seine Biographen von dieser seiner Tugend aufgezeichnet haben, wollen wir hier nur ein einziges anführen. Als er in Erfahrung gebracht hatte, daß ein Edelmann allerlei List und Zwang anwandte, um eine seiner Töchter, die sich lieber verheiratet hätte, zur Nonne zu machen, ließ er den Vater kommen; und nachdem er herausgebracht hatte, daß der wahre Beweggrund dieser Bedrückung die fehlenden viertausend Scudi waren, die nach der Meinung des Vaters notwendig gewesen wären, um die Tochter standesgemäß zu verheiraten, stattete Federigo sie mit viertausend Scudi aus. Vielleicht wird mancher darin eine übertriebene, nicht wohlbedachte und gegen die törichten Launen eines Hochmütigen allzu nachsichtige Freigebigkeit erblicken und meinen, daß die viertausend Scudi für hundert andere Dinge hätten besser verwendet werden können. Darauf haben wir nichts zu erwidern, als daß es wünschenswert wäre, wenn man öfter Übertreibungen einer Tugend zu sehen bekäme, so frei von den herrschenden Meinungen (jede Zeit hat die ihrigen) und so unabhängig von der allgemeinen Tendenz wie diese hier, die einen Mann bewog, viertausend Scudi zu verschenken, damit ein junges Mädchen nicht Nonne zu werden brauche.

Die unerschöpfliche Wohltätigkeit dieses Mannes trat wie in seinem Geben auch in seinem ganzen Verhalten hervor. Leutselig gegen jedermann, glaubte er besonders denen, die man Leute geringen Standes nennt, ein heiteres Gesicht und eine freundliche Höflichkeit zu schulden, um so mehr, weil sie es in der Welt selten finden. Und auch hier hatte er mit den Ehrenmännern des *ne quid nimis* zu kämpfen, die ihn in allen Dingen gern in die Grenzen, das heißt in ihre Grenzen, gewiesen hätten. Einer von ihnen warnte ihn einmal, als Federigo beim Besuch eines einsamen Bergdorfes einige arme Kinder unterrichtete und sie während des Fragens und Lehrens liebevoll streichelte, er solle mit den Liebkosungen dieser Kinder vorsichtiger sein, weil sie zu schmutzig und abstoßend wären: als hätte der gute Mann vorausgesetzt, daß Federigo nicht genügend Verstand habe, so etwas zu bemerken, oder nicht genügend Scharfsinn, von selbst einen klugen Ausweg zu ersinnen. Das eben ist zu gewissen Zeiten das Unglück der zu hohen Würden bestellten Männer, daß es nie an dreisten Leuten fehlt, die ihre guten Werke tadeln, während sich selten jemand findet, der sie auf ihre Fehler aufmerksam macht. Aber der tüchtige Bischof antwortete, nicht ohne einen gewissen Unwillen: „Das sind meine Seelen, und vielleicht werden sie mein Gesicht nie wieder sehen, und da wollt Ihr, daß ich sie nicht umarme?"

Der Unwille war jedoch etwas sehr Seltenes bei ihm, und er wurde wegen seines sanften Wesens und wegen seiner unerschütterlichen Gelassenheit bewundert, die man einer ungemein glücklichen Veranlagung hätte zuschreiben können, die aber die Wirkung der beständigen Disziplin eines lebhaften, leicht erregbaren Gemütes waren. Wenn er sich zuweilen streng, ja sogar schroff zeigte, so war es mit den ihm untergegebenen Pfarrern, die er des Geizes, der Nachlässigkeit oder anderer Fehler schuldig fand, die dem Geist ihres edlen Amtes besonders widersprachen. Bei allem, was seine Belange oder seinen zeitlichen Ruhm betraf, gab er niemals weder ein Zeichen der Freude noch der Klage, des Eifers oder der Erregung kund: bewunderungswürdig, wenn diese Gefühle in seiner Seele nicht erwachten, aber noch bewundernswerter, wenn sie dennoch rege wurden. Aus den vielen Konklaven, denen er beiwohnte, brachte er nicht nur den Ruf heim, niemals nach jener Würde gestrebt zu haben, die für den Ehrgeiz so begehrenswert und für die Frömmigkeit so schrecklich war; sondern als ihm einmal ein Kollege, dessen Einfluß sehr gewichtig war, seine Stimme und die seiner Fraktion (ein häßliches Wort, aber man pflegte es zu gebrauchen) anbot, lehnte er diesen Vorschlag in einer Weise ab, daß der andere diesen Gedanken aufgab und sich anderswohin wandte. Diese gleiche Bescheidenheit, diese Abneigung gegen das Herrschen, zeigte sich in seinem Leben auch bei den gewöhnlichsten Anlässen. Unermüdlich darauf bedacht, anzuordnen und zu leiten, wo er es für seine Pflicht hielt, solches zu tun, vermied er es, sich in fremde Angelegenheiten zu mischen, und entschuldigte sich nach Kräften, wenn er darum ersucht wurde: eine Besonnenheit und Zurückhaltung, die, wie jeder weiß, bei Männern, die wie Federigo für das Gute eifern, nicht gewöhnlich ist.

Wenn wir uns dem Vergnügen hingeben wollten, die bemerkenswerten Züge seines Charakters aufzuzählen, so würde sich daraus sicherlich eine sonderbare Zusammenstellung von scheinbar entgegengesetzten und schwer zu vereinigenden Verdiensten ergeben. Immerhin wollen wir es nicht unterlassen, einer anderen Eigentümlichkeit dieses schönen Lebens zu gedenken: Sosehr es auch mit Tätigkeiten, Amtsgeschäften, Dienstobliegenheiten, Unterweisungen, Audienzen, Diözesenbesuchen, Reisen und Widrigkeiten ausgefüllt war, so blieb doch noch so viel Zeit für das Studium, daß es für einen Berufsgelehrten ausgereicht hätte. Und in der Tat genoß Federigo nebst vielen anderen mannigfachen Lobestiteln unter seinen Zeitgenossen auch den eines gelehrten Mannes.

Wir dürfen indessen nicht verhehlen, daß er mit fester Überzeugung Meinungen verfocht und sie in seiner Tätigkeit mit großer Beharrlichkeit aufrechterhielt, die heutzutage jedermann eher seltsam als schlecht begründet erscheinen dürften; auch denen, sage ich, die den besten Willen hätten, sie gerecht zu finden. Wer ihn darin verteidigen wollte, hätte die so geläufige und ausgemachte Entschuldigung, daß es eher die Irrtümer seiner Zeit als seine eigenen waren, eine Entschuldigung, die für gewisse Dinge und wenn sie aus der genauen Prüfung der Tatsachen hervorgeht, einige oder auch erhebliche Gültigkeit haben kann, die aber, so leer und blindlings angewandt, wie es gewöhnlich geschieht, wirklich gar nichts bedeutet. Und darum, weil wir verzwickte Fragen nicht mit einfachen Formeln lösen wollen, unterlassen wir es auch, sie zu erklären, indem wir uns damit begnügen, flüchtig angedeutet zu haben, daß wir nicht behaupten, ein im ganzen so bewundernswerter Mann sei es gleichermaßen in jeder Einzelheit gewesen, damit es nicht scheine, wir hätten eine Leichenrede schreiben wollen.

Wir tun unseren Lesern gewiß nicht unrecht, wenn wir voraussetzen, daß manche von ihnen fragen werden, ob dieser Mann von so ausgezeichnetem Geist und so tiefem Wissen nicht irgendein Denkmal hinterlassen habe. Und ob! Auf ungefähr hundert beläuft sich die Zahl der von ihm stammenden großen und kleinen, lateinischen und italienischen, gedruckten und handschriftlichen Werke, die in der von ihm begründeten Bibliothek aufbewahrt werden: Traktate über Moral, Predigten, Abhandlungen über Geschichte, kirchliche und weltliche Altertümer, Literatur, Kunst und anderes.

Und wie ist es möglich, wird dieser Leser fragen, daß so viele Werke in Vergessenheit geraten oder doch so wenig bekannt und so wenig gesucht sind? Wie ist es möglich, daß dieser Mann bei einem solchen Geist, bei solchem Fleiß, bei einer so tiefen Kenntnis der Menschen und der Dinge, bei so viel Überlegung, bei dieser Leidenschaft für das Gute und das Schöne, bei einer solchen Herzensreinheit, bei so vielen jener anderen Eigenschaften, die den großen Schriftsteller ausmachen, daß er unter hundert Werken nicht einmal ein einziges hinterlassen hat, das auch von dem für vortrefflich gehalten wird, der es nicht in allem gutheißt, und dessen Titel auch jenen bekannt ist, die es nicht lesen? Wie ist es möglich, daß alle zusammen nicht ausgereicht haben, wenigstens durch die Zahl seinem Namen bei uns Nachkommen einen literarischen Ruf zu verschaffen?

Die Frage ist ohne Zweifel berechtigt und sehr interessant; denn die Ursachen dieser auffallenden Erscheinung könnte man bei der Beobachtung vieler allgemeiner Tatsachen finden: und wenn sie gefunden sind, würden sie zur Erklärung anderer, ähnlicher Erscheinungen führen. Aber es würden ihrer sehr zahlreiche und weitschweifige sein; und dann, wenn sie Euch nicht gefielen? Wenn Ihr die Nase rümpftet? Daher wird es wohl besser sein, wenn wir den Faden unserer Geschichte wieder aufnehmen und wenn wir, anstatt noch länger über diesen Mann zu plaudern, unter der Führung unseres Autors ihn bei seinen Handlungen sehen.

23. Kapitel

Kardinal Federigo war eben, während er die Stunde erwartete, wo er in die Kirche gehen wollte, um den Gottesdienst zu halten, mit dem Studium beschäftigt, wie es in der freien Zeit stets seine Gewohnheit war, als der Kaplan Kreuzträger mit erregtem Gesicht eintrat.

„Ein seltsamer Besuch, ein wahrhaft seltsamer, erlauchter Monsignore!“

„Wer ist es?“ fragte der Kardinal.

„Kein geringerer als Herr ...“, fuhr der Kaplan fort, und er sprach die Silben des Namens, den wir unseren Lesern nicht nennen können, mit bedeutsamem Nachdruck einzeln aus. Dann fügte er hinzu: „Er ist in eigener Person draußen und verlangt nichts weniger, als bei Eurer erlauchten Herrlichkeit vorgelassen zu werden.“

„Er!“ sagte der Kardinal mit belebtem Gesicht, das Buch zuklappend und sich vom Sitz erhebend. „Er soll kommen, sogleich kommen!“

„Aber ...“, erwiderte der Kaplan, ohne sich zu rühren. „Euer Herrlichkeit müssen wissen, wer er ist: der verbannte, berüchtigte ...“

„Und ist es nicht ein Glück für einen Bischof, daß in einem solchen Menschen der Wunsch aufgekeimt ist, ihn aufzusuchen?“

„Aber ...“, beharrte der Kaplan, „wir dürfen nie über diese Dinge sprechen, weil Euer Gnaden sagen, es sei albernes Geschwätz; jedoch scheint es mir in diesem Fall Pflicht zu sein ... Der Eifer macht Feinde, Monsignore, und wir wissen bestimmt, daß sich mehr als ein Schurke zu rühmen gewagt hat, er werde früher oder später ...“

„Und was haben sie bis jetzt getan?“ unterbrach ihn der Kardinal.

„Ich sage nur, daß er ein berüchtigter Verbrecher ist, einer, der mit den gefährlichsten Schurken Gemeinschaft pflegt, und daß er geschickt sein könnte ...“

„Oh, was für eine Zucht ist das“, unterbrach ihn Federigo lächelnd, „daß die Soldaten ihren General zur Furcht überreden?“ Hierauf fuhr er ernst und nachdenklich fort: „Der heilige Carlo wäre nicht in die Lage gekommen, erörtern zu müssen, ob er einen solchen Mann empfangen solle; er hätte ihn selbst aufgesucht. Laßt ihn sogleich eintreten: er hat schon zu lange gewartet.“

Der Kaplan ging, während er bei sich sagte: Es hilft nichts, diese Heiligen sind alle starrköpfig.

Als er die Tür geöffnet hatte und in das Zimmer getreten war, wo sich der Herr und die versammelten Priester befanden, sah er, daß diese sich auf der einen Seite zusammengedrängt hatten und flüsternd heimlich zu jenem hinüberschauten, der allein in der Ecke stand. Er schritt auf ihn zu, und indem er ihn verstohlen, so gut es ging, von oben bis unten maß, dachte er, was für ein Teufelszeug von Waffen wohl unter diesem Rock versteckt sein mochte und daß er ihm eigentlich, bevor er ihn hineinführte, wenigstens hätte vorschlagen sollen... Aber er konnte sich nicht entschließen. Er näherte sich ihm und sagte: „Monsignore erwartet Euer Gnaden. Geruhen Sie, mit mir zu kommen." Und während er ihm durch die kleine Versammlung voranschritt, die sofort auseinandertrat, warf er nach rechts und links Blicke, die besagen sollten: Was wollt ihr? Wißt ihr nicht auch, daß er immer nach seinem Willen handelt?

Kaum war der Ungenannte eingetreten, so ging ihm Federigo mit zuvorkommendem, heiterem Gesicht und mit offenen Armen entgegen, wie bei einer ersehnten Person, und durch einen Wink bedeutete er dem Kaplan hinauszugehen. Dieser gehorchte.

Die beiden Zurückgebliebenen standen eine Weile wortlos und unschlüssig einander gegenüber. Der Ungenannte, der gleichsam eher von einer unerklärlichen Gewalt hierhergetrieben worden war, als daß ihn eine bestimmte Absicht geleitet hätte, stand auch jetzt wie unter einem Zwang da, gequält von zwei widerstrebenden Leidenschaften; jenem Verlangen und jener vagen Hoffnung, eine Linderung für seine innere Qual zu finden, und auf der anderen Seite dem Ärger und der Scham, hergekommen zu sein wie ein Reuiger, sich Unterwerfender, Elender, um seine Schuld zu bekennen, um einen Menschen anzuflehen: und er fand keine Worte und suchte sie auch gar nicht. Aber wie er so die Augen zu dem Gesicht dieses Mannes erhob, fühlte er sich immer mehr von einem gebieterischen und zugleich sanften Gefühl der Verehrung durchdrungen, das sein Vertrauen steigerte und den Ärger besänftigte und das den Stolz, ohne ihn zu verletzen, überwand und ihm gleichsam Schweigen gebot.

Federigos Erscheinung war in der Tat dazu angetan, eine Überlegenheit anzukündigen und sie liebenswert zu machen. Seine Haltung war von natürlicher Bescheidenheit und fast unwillkürlich majestätisch, durch die Jahre weder gebeugt noch geschwächt, das Auge ernst und lebhaft, die Stirn klar und gedankenvoll; in dem weißen Haar, in der Blässe, unter den Spuren der Enthaltsamkeit, des Nachdenkens, der Mühen lag eine Art von Unberührtheit. Die Züge seines Gesichts verrieten, daß ihnen einst zu eigen gewesen war, was man Schönheit nennt. Die Gewohnheit erhabener und gütiger Gedanken, der innere Friede eines langen Lebens, die Menschenliebe, die stete Freude einer unaussprechlichen Hoffnung hatten an deren Stelle eine, fast möchte ich sagen, Greisenschönheit treten lassen, die in jener prachtvollen Einfachheit des Purpurs noch deutlicher sichtbar wurde.

Auch er ließ einen Moment seinen durchdringenden Blick, der seit langem geübt war, in den Mienen die Gedanken zu lesen, auf dem Gesicht des Ungenannten ruhen; und da er in diesem düsteren und verstörten Ausdruck etwas zu entdecken glaubte, was der Hoffnung entspräche, die er gleich bei der ersten Ankündigung dieses Besuches gefaßt hatte, sagte er lebhaft: „Oh, was für ein unerwarteter Besuch! Und wie sehr muß ich Ihnen für einen solchen Entschluß dankbar sein, wenngleich für mich ein kleiner Vorwurf darin liegt!"

„Vorwurf!" rief der Herr verwundert aus, aber auch besänftigt von diesen Worten und dem Benehmen und froh, daß der Kardinal das Eis gebrochen und irgendein Gespräch in Gang gebracht hatte.

„Gewiß trifft mich ein Vorwurf", begann dieser von neuem, „daß ich Euch habe mir zuvorkommen lassen, während ich schon seit langer Zeit viele Male zu Euch hätte kommen sollen."

„Ihr zu mir! Wißt Ihr, wer ich bin? Hat man Euch meinen Namen richtig gesagt?"

„Und diese Freude, die ich empfinde und die sich Euch gewiß auch in meinem Äußeren kundtut, glaubt Ihr, daß ich sie bei der Meldung, bei dem Anblick eines Unbekannten empfinden würde? Ihr seid es, der sie mich fühlen läßt; Ihr, sage ich, den ich hätte aufsuchen sollen; Ihr, den ich ebenso geliebt wie beweint und für den ich soviel gebetet habe; Ihr, den ich unter meinen Kindern, die ich doch alle und von Herzen liebe, zu empfangen und zu umarmen am meisten mich gesehnt haben würde, wenn ich geglaubt hätte, es hoffen zu dürfen. Aber Gott allein weiß die Wunder zu wirken, er ergänzt die Schwäche und Saumseligkeit seiner armen Diener."

Der Ungenannte war betroffen von dieser entflammten Sprache, von diesen Worten, die so entschieden das beantworteten, was er noch gar nicht gesagt hatte, ja nicht einmal zu sagen entschlossen war; und bewegt, aber bestürzt, stand er schweigend da.

„Und nun?" fuhr Federigo noch herzlicher fort. „Ihr habt mir eine gute Nachricht zu bringen und laßt mich so lange danach seufzen?"

„Ich, eine gute Nachricht? Ich habe die Hölle im Herzen, und ich sollte Euch eine gute Nachricht bringen? Sagt Ihr mir, wenn Ihr es wißt, was für eine gute Nachricht das ist, die Ihr von meinesgleichen erwartet?"

„Daß Gott Euer Herz gerührt hat und sich Euch zu eigen machen will", erwiderte der Kardinal ruhig.

„Gott! Gott! Gott! Wenn ich ihn sehen könnte! Wenn ich ihn fühlen könnte! Wo ist dieser Gott?"

„Ihr fragt mich danach? Ihr? Und wem ist er näher als Euch? Fühlt Ihr nicht im Herzen, wie er Euch bedrängt, bewegt, nicht ruhen läßt und zugleich anzieht, wie er Euch eine Hoffnung auf Ruhe und Frieden ahnen läßt, auf eine Freude, die vollkommen, unermeßlich sein wird, sobald Ihr ihn erkennt, bekennt und anfleht?"

„Oh, gewiß, ich habe etwas in mir, was mich bedrängt und verzehrt! Aber Gott! Wenn dieser Gott wirklich ist, wenn er so ist, wie man sagt, was sollte er dann aus mir machen?"

Diese Worte wurden im Ton der Verzweiflung gesprochen, aber Federigo antwortete mit einer feierlichen Stimme, gleichsam in verhaltener Inbrunst. „Was Gott aus

Euch machen kann? Was er aus Euch machen will? Ein Zeichen seiner Macht und seiner Güte: Ihr sollt seinen Ruhm so verherrlichen, wie es kein anderer tun kann. Daß die Welt seit langer Zeit gegen Euch Geschrei erhebt, daß tausend und aber tausend Stimmen Eure Taten verwünschen ..." (Der Ungenannte fuhr zusammen und war einen Augenblick erstaunt, eine so ungewohnte Sprache zu vernehmen; noch mehr aber wunderte er sich, daß er dabei keinen Unwillen, sondern eher eine Erleichterung empfand.) „Was für eine Ehre bringt das Gott? Es sind Stimmen des Schrekkens, Stimmen des Eigennutzes, vielleicht auch Stimmen der Gerechtigkeit, aber einer so leichten, so natürlichen Gerechtigkeit. Einige vielleicht auch, leider, des Neides über diese Eure unselige Macht, über die bis heute so beklagenswerte Sicherheit des Mutes. Aber wenn Ihr selbst Euch erheben werdet, um Euer Leben zu verdammen, um Euch selbst anzuklagen, dann, dann wird Gott verherrlicht sein! Und Ihr fragt, was Gott aus Euch machen kann? Wer bin ich armer Mann, daß ich Euch jetzt schon sollte sagen können, was ein solcher Gott aus Euch zu machen vermag? Was er aus diesem ungestümen Willen, aus dieser unerschütterlichen Beharrlichkeit machen kann, wenn er sie mit Liebe, Hoffnung und Reue beseelt und entzündet hat? Wer seid Ihr, armer Mann, daß Ihr meint, Ihr hättet aus Euch selbst im Bösen größere Dinge ersinnen und ausführen können, als Gott Euch im Guten wollen und vollbringen lassen kann? Was kann Gott aus Euch machen? Vermag er nicht, Euch zu verzeihen? Euch zu retten? In Euch das Werk der Erlösung zu vollenden? Ist das nicht ein Wunder und seiner würdig? O bedenkt! wenn ich erbärmlicher, kleiner Mensch, und dennoch so erfüllt von mir selbst, ich, wie ich bin, mich um Euer Heil so verzehre, daß ich dafür mit Freuden (Gott ist mein Zeuge) diese wenigen Tage, die ich noch zu leben habe, hingeben möchte, o bedenkt, wie groß und welcher Art das Mitleid dessen sein muß, der mir diese so unvollkommene, aber so lebendige Liebe einflößt, wie der Euch lieben, wie der nach Euch verlangen muß, der mir eine Liebe zu Euch gebietet und eingibt, die mich verzehrt!"

Während diese Worte aus seinem Mund flossen, atmeten sein Antlitz, der Blick, jede Bewegung ihren Sinn. Auf dem Gesicht seines Zuhörers gingen die Verzerrtheit und das Zucken anfänglich in Staunen und Aufmerksamkeit über, dann nahmen seine Züge den Ausdruck einer tieferen und weniger angstvollen Bewegung an. Seine Augen, die seit der Kindheit keine Tränen mehr kannten, wurden feucht; und als die Worte verklungen waren, bedeckte er das Gesicht mit den Händen und brach in ein bitteres Weinen aus, das gewissermaßen die letzte und deutlichste Antwort war.

„Großer und guter Gott!" rief Federigo aus, Augen und Hände zum Himmel erhebend. „Was habe ich unnützer Knecht, ich schläfriger Hirte getan, daß du mich zu diesem Gastmahl der Gnade gerufen, daß du mich gewürdigt hast, einem so freudigen Wunder beizuwohnen!" Mit diesen Worten streckte er die Hand aus, um die des Ungenannten zu ergreifen.

„Nein!" rief dieser. „Nein! Bleibt mir fern, besudelt nicht diese unschuldige und wohltätige Hand! Ihr wißt nicht alles, was die, die Ihr drücken wollt, getan hat!"

„Laßt", sagte Federigo, sie mit liebevoller Gewalt ergreifend, „laßt sie mich drücken, diese Hand, die so viel Unrecht gutmachen, die so viele Wohltaten austeilen, die so viele Betrübte aufrichten, die sich unbewaffnet, friedfertig, demütig so vielen Feinden entgegenstrecken wird."

„Es ist zuviel!" sagte schluchzend der Ungenannte. „Laßt mich, Monsignore, guter Federigo, laßt mich. Ein zahlreich versammeltes Volk erwartet Euch, so viele gute, unschuldige Seelen, die von fern gekommen sind, um Euch einmal zu sehen, um Euch zu hören, und Ihr beschäftigt Euch ... mit wem!"

„Lassen wir die neunundneunzig Schafe", antwortete der Kardinal, „sie sind in Sicherheit auf dem Berg. Ich will jetzt bei dem einen bleiben, das verirrt war. Diese Seelen sind jetzt vielleicht viel glücklicher, als wenn sie diesen armen Bischof sähen. Vielleicht gießt Gott, der in Euch das Wunder der Barmherzigkeit bewirkt hat, eine Freude in sie aus, deren Ursache sie jetzt noch nicht ahnen. Dieses Volk ist vielleicht mit uns vereint, ohne es zu wissen. Vielleicht legt der Heilige Geist in ihre Herzen eine dunkle Inbrunst der Liebe, ein Gebet, das er für Euch erhört, eine Danksagung, deren noch unbekannter Gegenstand Ihr seid." Während er dies sagte, legte er die Arme um den Hals des Ungenannten, der endlich, nachdem er sich ihnen zu entziehen versucht und einen Augenblick widerstrebt hatte, nachgab und, von diesem Ungestüm der Liebe besiegt, ebenfalls den Kardinal umarmte und sein zitterndes, verwandeltes Gesicht auf dessen Schulter sinken ließ. Seine heißen Tränen fielen auf den unbefleckten Purpur Federigos, und die schuldlosen Hände des Greises strichen liebevoll über diese Glieder und drückten das Gewand, das gewohnt war, die Waffen der Gewalt und der Heimtücke zu tragen.

Der Ungenannte löste sich aus dieser Umarmung, bedeckte abermals die Augen mit der Hand, hob gleichzeitig das Gesicht und rief aus: „Wahrhaft großer Gott! Wahrhaft guter Gott! Jetzt erkenne ich mich und begreife, wer ich bin. Meine Bosheit steht vor mir, mir schaudert vor mir selbst, und dennoch ... und dennoch empfinde ich eine Erquickung, eine Freude, ja eine Freude, wie ich sie in meinem ganzen fürchterlichen Leben noch nie empfunden habe!"

„Das ist ein Vorgeschmack", sagte Federigo, „den Gott Euch gibt, um Euch an seinen Dienst zu fesseln, um Euch zu ermutigen, entschlossen in das neue Leben einzutreten, in dem Ihr so viel zu tilgen, so viel gutzumachen und so viel zu beweinen haben werdet!"

„Ich Unglückseliger!" rief der Herr aus, „wie viele, wie viele Dinge, die ich nur noch beweinen kann! Aber wenigstens gibt es auch solche, die ich erst unternommen und kaum eingeleitet habe; die ich, wenn nicht anders, mittendrin abbrechen kann. Eine Handlung ist darunter, die ich sofort abbrechen, zerstören, gutmachen kann."

Federigo wurde aufmerksam, und der Ungenannte erzählte kurz, aber mit noch stärkeren Ausdrücken des Abscheus, als wir sie gebraucht haben, von der an Lucia verübten Gewalt, von den Schrecken, von den Leiden der Ärmsten, wie sie ihn angefleht habe, von dem heftigen seelischen Aufruhr, den dieses Flehen in ihm hervorgerufen habe, und daß sie noch in der Burg sei ...

„Oh, so laßt uns keine Zeit verlieren!" rief Federigo atemlos vor Angst und Mitleid aus. „Ihr Glückseliger! Das ist das Unterpfand der göttlichen Vergebung, die aus Euch für die ein Werkzeug der Rettung macht, für die Ihr das des Verderbens werden wolltet. Gott segne Euch! Gott hat Euch gesegnet! Wißt Ihr, woher das arme gequälte Mädchen ist?"

Der Herr nannte Lucias Dorf.

„Es ist nicht weit von hier", sagte der Kardinal. „Gott sei gelobt, und wahrscheinlich ..." Mit diesen Worten lief er zu einem Tischchen und klingelte. Und sofort trat angsterfüllt der Kaplan Kreuzträger ein und warf zuerst einen Blick auf den Ungenannten. Als er dieses verwandelte Gesicht und diese vom Weinen geröteten Augen sah, schaute er auf den Kardinal; und da er auf seinem Antlitz unter dieser unwandelbaren Ruhe so etwas wie ernste Zufriedenheit und einen fast ungeduldigen Eifer wahrnahm, wäre er beinahe mit offenem Mund verzückt stehengeblieben, wenn ihn nicht der Kardinal gleich aus dieser Betrachtung geweckt hätte, indem er fragte, ob unter den dort versammelten Pfarrern sich der aus *** befände.

„Er ist hier, erlauchter Monsignore", erwiderte der Kaplan.

„Er soll gleich hereinkommen", sagte Federigo, „und mit ihm der Pfarrer der hiesigen Kirche."

Der Kaplan entfernte sich und ging in das Zimmer, wo diese Priester standen, und alle Blicke wandten sich ihm zu.

Er aber hob mit noch immer offenem Munde, mit einem Gesicht, auf dem sich noch die Verzückung malte, die Hände, bewegte sie in der Luft und sagte: „Meine Herren! Meine Herren! *Haec mutatio dexterae Excelsi.*" Und er verharrte einen Augenblick, ohne etwas zu sagen. Dann nahm er wieder Ton und Stimme seines Amtes an und fügte hinzu: „Seine erlauchte und hochwürdige Herrlichkeit wünscht den Herrn Pfarrer der hiesigen Kirche und den Herrn Pfarrer von ***."

Der zuerst Gerufene trat sogleich vor, und zugleich klang aus der Menge ein langgezogenes und im Ton der Verwunderung gesprochenes „Ich?".

„Sind Sie nicht der Herr Pfarrer von ***?" versetzte der Kaplan.

„Stimmt, aber..."

„Seine erlauchte und hochwürdige Herrlichkeit wünscht Sie zu sprechen."

„Mich?" sagte diese Stimme noch einmal, mit dieser einen Silbe klar andeutend: Was kann ich damit zu tun haben? Aber diesmal kam mit der Stimme zugleich der Mann heraus, Don Abbondio in eigener Person, zögernden Schrittes, mit einem Gesicht, auf dem sich Staunen und Verdrossenheit die Waage hielten. Der Kaplan gab ihm mit der Hand einen Wink, der bedeuten sollte: Gehen wir, fällt es Euch so schwer? Und den beiden Pfarrern voranschreitend, ging er zur Tür, öffnete sie und führte sie hinein.

Der Kardinal ließ die Hand des Ungenannten los, mit dem er unterdessen vereinbart hatte, was zu tun sei; er trat ein wenig zur Seite und winkte den Ortspfarrer heran. Er schilderte ihm kurz, um was es sich handelte, und ob er gleich eine brave Frau zu finden wüßte, die sich in einer Sänfte auf die Burg begeben wollte, um Lucia abzuholen: eine Frau von Herz und mit Verstand, die sich bei einer so ungewohnten Sendung zu betragen, die passendste Art anzuwenden und die geeignetsten Worte zu finden wisse, um die Ärmste zu ermutigen und zu beruhigen, denn nach soviel

Angst und Bestürzung könnte selbst die Befreiung ihr von neuem das Gemüt verwirren. Nachdem er einen Augenblick nachgedacht hatte, sagte der Pfarrer, er habe eine geeignete Person, und ging hinaus. Der Kardinal winkte den Kaplan herbei und befahl ihm, sofort die Sänfte und die Träger in Bereitschaft zu setzen und die Maultiere satteln zu lassen. Nachdem auch der Kaplan hinausgegangen war, wandte er sich an Don Abbondio.

Dieser war schon nahe herangetreten, um sich von dem anderen Herrn entfernt zu halten, und während er bald auf den einen und bald auf den anderen verstohlene Blicke warf und sich weiter Gedanken machte, was denn dieses ganze Treiben zu bedeuten habe, trat er noch näher heran und sagte: „Man hat mir bedeutet, daß Eure Herrlichkeit mich verlangt, aber ich glaube, man hat sich geirrt."

„Man hat sich nicht geirrt", antwortete Federigo, „ich habe Ihnen eine gute Nachricht und einen tröstlichen, wonnevollen Auftrag zu geben. Eines Eurer Pfarrkinder, das Ihr als verloren beweint haben werdet, Lucia Mondella, ist wiedergefunden. Sie ist hier in der Nähe, im Hause meines teuren Freundes, und Ihr werdet Euch jetzt mit ihm und mit einer Frau, die der hiesige Herr Pfarrer suchen gegangen ist, dorthin begeben, um dieses arme Geschöpf zu holen und es hierherzubegleiten."

Don Abbondio tat alles, um den Verdruß, was sage ich? den Kummer und die Bitterkeit zu verbergen, den ihm ein solcher Vorschlag oder Befehl, was immer es sein mochte, verursachte; und weil er nicht mehr Zeit hatte, den mürrischen Ausdruck auf seinem Gesicht zu glätten, verbarg er ihn, indem er sich zum Zeichen des Gehorsams tief verbeugte. Und er hob den Kopf nur, um auch vor dem Ungenannten eine tiefe Verbeugung zu machen und ihm einen flehenden Blick zuzuwerfen, der besagen sollte: Ich bin in Eurer Hand, habt Erbarmen mit mir: *parcere subjectis!*

Der Kardinal fragte ihn hierauf, was für Verwandte Lucia habe.

„Von nahen Verwandten, bei denen sie lebt oder gelebt hat, hat sie nur die Mutter“, erwiderte Don Abbondio.

„Und befindet sich diese in Ihrem Dorf?“

„Ja, Monsignore.“

„Da das arme Mädchen“, fuhr Federigo fort, „nicht so schnell wieder wird nach Hause gebracht werden können, so wird es ihr ein großer Trost sein, die Mutter gleich zu sehen. Wenn also der hiesige Herr Pfarrer nicht zurückkommt, bevor ich in die Kirche gehe, so tut mir den Gefallen, ihm zu sagen, er möge ein Fuhrwerk oder ein Reittier besorgen und einen verständigen Mann schicken, um diese Frau zu holen und sie hierherzugeleiten.“

„Und wenn ich ginge?“ sagte Don Abbondio.

„Nein, nein, Ihr nicht. Euch habe ich schon um etwas anderes gebeten“, antwortete der Kardinal.

„Ich meinte nur“, versetzte Don Abbondio, „um diese arme Mutter vorzubereiten. Sie ist eine sehr empfindliche Frau, und da gehört einer dazu, der sie kennt und es versteht, sie auf ihre Art zu behandeln, um ihr nicht weh zu tun, anstatt sie zu trösten.“

„Und darum bitte ich Euch, den Herrn Pfarrer aufmerksam zu machen, daß er einen geeigneten Mann wählen soll. Ihr seid anderswo viel nötiger“, entgegnete der Kardinal. Und er hätte noch gern gesagt: Dieses arme Mädchen hat es gewiß sehr nötig, in dieser Burg, nach so vielen Stunden der Betrübnis und der dunklen Angst vor der Zukunft, ein bekanntes Gesicht, eine vertrauenerweckende Person zu sehen. Aber diesen Grund konnte man vor jenem Dritten nicht so offen äußern. Immerhin befremdete es den Kardinal, daß Don Abbondio das nicht gleich gemerkt hatte, ja nicht von selbst darauf gekommen war. Und der Vorschlag und das Drängen schien ihm so gar nicht am Platze, daß er sich dachte, da müsse etwas dahinterstecken. Er schaute ihm ins Gesicht und entdeckte unschwer die Angst, mit diesem schrecklichen Mann zu reisen und dieses Haus, wenn auch nur für wenige Augenblicke, zu betreten. Da er nun diese feigen Bedenken zerstreuen wollte und es ihm aber doch nicht angebracht schien, den Pfarrer beiseite zu nehmen und mit ihm heimlich zu flüstern, während sein neuer Freund als Dritter dastand, dachte er, es werde am zweckmäßigsten sein, das zu tun, was er auch ohne diese Veranlassung getan hätte, nämlich mit dem Ungenannten selbst zu sprechen, und aus dessen Antworten würde Don Abbondio endlich begreifen, daß er kein Mann mehr war, den man zu fürchten brauchte. Er trat also zu dem Ungenannten und sagte in der gewissen Art ungezwungener Vertraulichkeit, die einer neuen und starken Zuneigung ebenso eigen ist wie einer alten innigen Freundschaft: „Glaubt ja nicht, daß ich mich für heute mit diesem Besuch begnüge. Ihr kommt doch zurück, nicht wahr? In Begleitung dieses trefflichen Geistlichen."

„Und ob ich zurückkomme!" erwiderte der Ungenannte. „Wenn Ihr mich abwieset, so würde ich hartnäckig wie ein Bettler vor Eurer Tür stehenbleiben. Ich muß mit Euch sprechen! Ich muß Euch hören, Euch sehen! Ich bedarf Eurer!"

Federigo ergriff seine Hand, drückte sie und sagte: „Erweist uns also die Gunst, beim Mittagessen dazubleiben und mit uns zu speisen! Ich erwarte Euch. Inzwischen gehe ich beten und mit dem Volk danken, und Ihr geht hin, um die ersten Früchte der Barmherzigkeit zu pflücken."

Don Abbondio stand bei diesen Erklärungen wie ein furchtsamer Knabe da, der zusieht, wie einer seinen großen, struppigen Köter streichelt, eine Bestie mit roten Augen und einem unheimlichen, durch Bisse und Schrecken schon berüchtigten Namen, und den Herrn sagen hört, sein Hund sei ein gutes, lammfrommes Tier; er schaut den Herrn an und widerspricht weder, noch stimmt er zu; er schaut den Hund an und wagt es nicht, sich ihm zu nähern, aus Angst, das gute Tier könnte ihm die Zähne zeigen, und wäre es nur aus Freude; er wagt nicht, sich zu entfernen, um sich nicht dem Gelächter auszusetzen, und sagt in seinem Herzen: Oh, wenn ich doch zu Hause wäre!

Als sich der Kardinal, der den Ungenannten noch immer an der Hand hielt und ihn mit sich zog, eben anschickte, das Zimmer zu verlassen, fiel sein Blick wieder auf den armen Mann, der betrübt und mißvergnügt zurückblieb und, ohne es zu wollen, ein verdrossenes Gesicht machte. Und da er dachte, sein Mißvergnügen könne auch davon herrühren, daß er sich vernachlässigt und sozusagen zurückgesetzt glaubte und dies besonders im Vergleich zu dem so freundlich aufgenommenen und umschmeichelten Verbrecher, so wandte er sich im Vorbeigehen nach ihm um, blieb einen Augenblick stehen und sagte mit einem liebevollen Lächeln: „Herr Pfarrer, Ihr seid in dem Hause unseres Vaters immer bei mir, dieser aber ... dieser *perierat, et inventus est.*"

„Oh, wie sehr freue ich mich!" sagte Don Abbondio, wobei er den beiden gemeinsam eine tiefe Verbeugung machte.

Der Erzbischof schritt voran, drückte gegen die Tür, die sogleich von außen von zwei Dienern weit aufgerissen wurde, die zu beiden Seiten standen, und das erstaunliche Paar erschien vor den begierigen Blicken der in dem Zimmer versammelten Geistlichkeit. Sie sahen die zwei Gesichter, auf denen der Ausdruck einer verschiedenartigen, aber gleich tiefen Bewegung lag: eine dankbare Zärtlichkeit, eine demütige Freude auf dem ehrwürdigen Gesicht Federigos; auf dem des Ungenannten eine durch Trost gemilderte Verwirrung, eine eben erwachte Scham, eine Zerknirschung, aus der jedoch noch immer die Kraft dieser wilden und heftigen Natur leuchtete. Und später erfuhr man, daß damals mehr als einem der Zuschauer jener Spruch Jesajas in den Sinn gekommen war: *Da werden die Wölfe bei den Lämmern wohnen; und Löwen werden Stroh fressen wie die Rinder.* Hinterdrein kam Don Abbondio, auf den niemand achtete.

Als sie in der Mitte des Zimmers waren, kam von der anderen Seite der Kammerdiener des Kardinals herein und ging auf ihn zu, um ihm zu sagen, daß er die ihm vom Kaplan mitgeteilten Befehle ausgeführt habe, daß die Sänfte und die zwei Maultiere bereitstünden und daß man nur noch die Frau erwarte, die der Pfarrer hierherführen werde. Der Kardinal sagte zu ihm, daß er den Pfarrer zu Don Abbondio bringen solle, sobald er eintreffe, der mit ihm zu sprechen habe, und alles solle dann geschehen, wie dieser und der Ungenannte es befehlen. Dann drückte er diesem abermals die Hand, indem er sagte: „Ich erwarte Euch." Er drehte sich um, um Don Abbondio zu grüßen, und ging in die Richtung, die zur Kirche führte. Die Geistlichen folgten ihm, teils in wirrem Gedränge, teils in geordneter Prozession; die zwei Reisegefährten blieben allein im Zimmer.

Der Ungenannte stand nachdenklich da, ganz in sich gekehrt, und sah mit Ungeduld dem Augenblick entgegen, wo er gehen und seine Lucia aus Pein und Gefängnis erlösen könne. Sein war sie nun in einem ganz anderen Sinne als am Tag vorher, und sein Gesicht drückte eine tiefe Bewegung aus, in der das argwöhnische Auge Don Abbondios leicht etwas Schlimmes vermuten konnte. Er schielte zu ihm hinüber und hätte gern ein freundschaftliches Gespräch angeknüpft, aber – was soll ich ihm sagen? dachte er, soll ich noch einmal sagen: ich freue mich? Worüber freue ich mich denn? Daß Ihr Euch, nachdem Ihr bis jetzt ein Teufel wart, endlich entschlossen habt, ein rechtschaffener Mensch zu werden wie die anderen? Ein schönes Kompliment! Wie ich die Glückwünsche auch immer wende und drehe, sie würden doch nichts anderes als das besagen. Und wenn es dann nur auch wahr ist, daß er plötzlich ein Ehrenmann geworden ist! Erklärungen werden auf dieser Welt so viele abgegeben, aus mancherlei Gründen. Was weiß ich? Und nun muß ich mit ihm gehen! In diese Burg! Oh, was für eine Geschichte ist das! Was für eine Geschichte! Wer mir das heute früh gesagt hätte! Ach, wenn ich da mit heiler Haut davonkomme, dann wird die Signora Perpetua etwas von mir zu hören kriegen, weil sie mich mit Gewalt aus meiner Pfarre hergetrieben hat, wo das doch gar nicht nötig war: Alle Pfarrer aus der Umgebung und auch aus noch weiterer

Entfernung kämen her, und man dürfe nicht zurückbleiben, und das und jenes, mich damit in so etwas zu verwickeln! Oh, ich Ärmster! Und doch werde ich etwas zu ihm sagen müssen. Und nachdem er hin und her gedacht, fand er endlich etwas, was er zu ihm hätte sagen können: Ich hätte mir nie dieses Glück erhofft, mich in einer so hochachtbaren Gesellschaft zu befinden. Und er wollte eben den Mund öffnen, als der Kammerdiener mit dem Pfarrer aus dem Ort eintrat, der meldete, daß sich die Frau bereits in der Sänfte befinde, und dann wandte er sich an Don Abbondio, um von ihm die weiteren Aufträge des Kardinals zu empfangen. Don Abbondio entledigte sich der Sache, so gut er es in seiner Verwirrung konnte; dann trat er zu dem Kammerdiener und sagte: „Geben Sie mir wenigstens ein ruhiges Tier, denn ich bin, um die Wahrheit zu sagen, ein armseliger Reiter."

„Aber natürlich", erwiderte der Kammerdiener schmunzelnd. „Sie bekommen das Maultier des Sekretärs, der ein Gelehrter ist."

„Das genügt", entgegnete Don Abbondio und fuhr in seinen Gedanken fort: Der Himmel füge mir alles gnädig.

Der Herr war auf die Meldung eilends aufgebrochen. An der Tür angelangt, bemerkte er, daß Don Abbondio zurückgeblieben war. Er blieb stehen, um auf ihn zu warten, und als dieser eilfertig ankam, mit einer Miene, als wolle er um Verzeihung bitten, verbeugte sich der Herr vor ihm und ließ ihn mit einer höflichen und demütigen Geste vorangehen, was dem armen Geplagten wieder etwas Mut einflößte. Aber kaum hatte er seinen Fuß in den Hof gesetzt, so sah er wieder etwas Neues, das ihm die kleine Genugtuung gründlich verdarb: er sah, wie der Ungenannte in einen Winkel ging, seinen Karabiner mit einer Hand am Lauf, mit der anderen am Riemen packte und sich ihn mit einer raschen Bewegung, als sei er beim Exerzieren, über die Schulter warf.

O weh, o weh! dachte Don Abbondio, was hat er mit diesem Werkzeug vor? Ein schöner Bußgürtel und eine nette Fügsamkeit für einen Bekehrten! Und wenn ihn plötzlich eine Laune befällt? Oh, was für ein Auftrag, was für ein Auftrag!

Wenn jener Herr auch nur im geringsten hätte ahnen können, welcherart Gedanken seinem Begleiter durch den Kopf gingen, so läßt sich gar nicht sagen, was er alles getan hätte, um ihn zu beruhigen; aber er war himmelweit entfernt von einer solchen Vermutung. Und Don Abbondio war darauf bedacht, jede Gebärde zu vermeiden, die offenkundig besagt hätte: Ich traue Euer Gnaden nicht. Bei der Haustür angelangt, fanden sie die beiden Maultiere schon bereit, und der Ungenannte schwang sich auf das eine, das ihm von einem Reitknecht vorgeführt wurde.

„Mucken hat es keine?" fragte Don Abbondio den Kammerdiener, während er den Fuß, den er schon zum Steigbügel gehoben hatte, wieder auf den Boden setzte.

„Steigen Sie nur getrost auf, es ist wie ein Lamm." Don Abbondio klammerte sich an den Sattel, und unterstützt von dem Kammerdiener, schwang er sich hinauf.

Die von zwei Maultieren getragene Sänfte, die einige Schritte voraus war, setzte sich auf einen Ruf des Sänftenführers in Bewegung, und der Zug brach auf.

Sie mußten an der Kirche vorüber, die berstend voll war, dann über einen kleinen Platz, auf dem es gleichfalls von Leuten aus dem Dorf und von Fremden wimmelte, die nicht mehr in die Kirche hineingingen. Schon hatte sich die große Neuigkeit verbreitet, und beim Erscheinen des Zuges, beim Erscheinen dieses Mannes, der noch vor wenigen Stunden ein Gegenstand des Schreckens und des Abscheus, nun aber einer des frohen Erstaunens war, erhob sich in der Menge fast ein beifälliges Gemurmel; und indem man Platz machte, drängte man sich gleichzeitig vor, um ihn aus der Nähe zu sehen. Die Sänfte zog vorüber, der Ungenannte zog vorüber, nahm vor der weit geöffneten Kirchentür den Hut ab und neigte die so gefürchtete Stirn bis zur Mähne des

Maultieres, unter dem Raunen von zahllosen Stimmen, die alle „Gott segne Sie“ sagten. Auch Don Abbondio nahm den Hut ab, beugte das Haupt und empfahl sich dem Himmel. Als er aber den feierlichen Gesang seiner Mitbrüder hörte, die ununterbrochen ihre Stimmen erschallen ließen, empfand er einen solchen Neid, eine so wehmütige Rührung und eine solche Betrübnis, daß er Mühe hatte, die Tränen zurückzuhalten.

Außerhalb der Wohnstätten, auf freiem Felde, auf den bisweilen völlig menschenleeren Biegungen der Straße, breitete sich ein noch dunklerer Schleier über seine Gedanken. Er hatte kein anderes Ziel, auf dem er seinen Blick vertrauensvoll hätte ruhen lassen können, als den Sänftenführer, der, da er im Dienst des Kardinals stand, sicher ein anständiger Mensch sein mußte und überdies nicht kampfuntüchtig aussah. Von Zeit zu Zeit tauchten Wanderer auf, auch in Gruppen, die herbeieilten, um den Kardinal zu sehen, und das war für Don Abbondio eine Erquickung, aber sie war nur flüchtig; doch man näherte sich dem gräßlichen Tal, wo man nur Untertanen des „Freundes“ begegnen würde, und was für Untertanen! Mit dem Freund hätte er jetzt lieber denn je ein Gespräch angeknüpft, sowohl um ihm auf den Zahn zu fühlen, als auch, um ihn in guter Stimmung zu erhalten. Aber da er ihn so in Gedanken versunken sah, verging ihm die Lust dazu. Er mußte also mit sich selbst reden, und hier folgt ein Teil von dem, was der arme Mann auf diesem Ritt zu sich sagte, denn alles niederzuschreiben wäre so viel, daß man ein Buch daraus machen könnte:

Es ist ein wahres Wort, daß die Heiligen wie die Schurken Quecksilber im Leib haben und sich nicht damit begnügen, selbst immerzu in Bewegung zu sein, sondern, wenn sie es könnten, die ganze Menschheit in ihre Angelegenheiten hineinziehen möchten. Und gerade die Unruhigsten müssen mich aufsuchen, der ich niemanden aufsuche, und mich an den Haaren in ihre Belange hineinziehen, mich, der ich nichts anderes verlange, als daß man mich leben läßt. Dieser verrückte Schurke von einem Don Rodrigo! Was würde ihm denn fehlen zum glücklichsten Menschen auf dieser Welt, wenn er nur ein ganz klein wenig Vernunft hätte? Er ist reich, er ist jung, er ist angesehen, er ist umschmeichelt. Es ist ihm einfach lästig, daß es ihm so gut geht, und er muß für sich und andere Unheil stiften. Er könnte ein wahres Fürstendasein führen! Nein, mein Herr, er muß das Gewerbe eines Schürzenjägers betreiben: das verrückteste, garstigste, tollste Gewerbe auf dieser Welt. Er könnte in einem Wagen in das Paradies fahren und will lieber hinkend in das Haus des Teufels gehen. Und dieser da! ... Und er schaute ihn an, als ob er befürchtet hätte, er könnte seinen Gedanken hören – dieser da, nachdem er die Welt mit seinen Ruchlosigkeiten durcheinandergebracht hat, stellt er sie jetzt mit seiner Bekehrung auf den Kopf ... wenn es überhaupt wahr ist. Und gerade ich soll das erproben! ... Es hilft nichts: wenn sie einmal mit dieser tollen Leidenschaft geboren sind, dann müssen sie immer Aufhebens machen. Ist es denn so schwer, sein ganzes Leben lang ein rechtschaffener Mann zu sein, wie ich es war? Nein, mein Herr, man muß alles in Stücke hauen, umbringen, den Teufel spielen ... o weh, ich Armer! ... Und dann Wirrwarr schaffen, um Buße zu tun. Die Buße kann man, wenn man guten Willens ist, auch zu Hause tun, ganz in der Stille, ohne viel Aufhebens und ohne seinem Nächsten soviel Ungelegenheiten zu bereiten. Und der hochwürdigste Herr, geschwind, geschwind, mit offenen Armen, lieber Freund hin und lieber Freund her, hört auf alles, was ihm dieser sagt, als hätte er ihn Wunder wirken sehen, und faßt gleich seinen Entschluß, springt mit Händen und Füßen hinein, rasch hierhin, rasch dorthin; bei mir daheim nennt man so etwas Unüberlegtheit. Und ohne daß man das geringste Pfand hat, ihm einen armen Priester in die Hände geben! Das bedeutet, um einen Menschen gerade und ungerade zu spielen. Ein heiliger Bischof wie er sollte seine Pfarrer wie seinen Augapfel hüten. Ein bißchen Bedacht, ein bißchen Vorsicht, ein bißchen

Mitleid, das, scheint mir, vertrüge sich doch auch mit der Heiligkeit... Und wenn alles nur Schein wäre? Wer kann alle Absichten der Menschen kennen? Und nun gar solcher Menschen wie dieser hier! Wenn ich bedenke, daß ich mit ihm gehen muß, in seine Burg! Es kann da irgendeine Teufelei dahinterstecken: ach, ich Armer! Es ist besser, nicht daran zu denken. Was ist das für ein Wirrwarr mit Lucia? Sollte es im Einverständnis mit Don Rodrigo sein? Was für Leute! Aber wenigstens wäre die Sache klar. Aber wie hat der da sie in seine Klauen bekommen? Wer weiß es? Es ist alles ein Geheimnis mit dem Bischof, und mir, den sie auf diese Weise in Trab setzen, mir sagt man nichts. Ich kümmere mich nicht darum, die Angelegenheiten anderer zu erfahren, aber wenn einer seine Haut zu Markte trägt, hat er auch das Recht, Bescheid zu wissen. Wenn es sich wirklich nur darum handelte, das arme Geschöpf abzuholen, dann Geduld! Obwohl er sie gleich selbst hätte mitbringen können. Und dann, wenn er so bekehrt ist, wenn er ein solcher Heiliger geworden ist, was brauchte man mich dazu? Ach, was für ein Wirrwarr! Nun gut, gebe der Himmel, daß es so sei; es wird eine sehr beschwerliche Sache sein, aber Geduld! Ich werde mich auch wegen dieser armen Lucia freuen. Sie muß einer schönen Gefahr entgangen sein. Weiß der Himmel, was sie ausgestanden hat! Sie tut mir ja leid, aber sie ist mir wirklich zum Verderben geboren... Könnte ich dem da wenigstens ins Herz blicken, wie er es meint. Wer kann ihn durchschauen? Man sehe ihn nur einmal an, bald mutet er wie der heilige Antonius in der Wüste an, bald wie der leibhaftige Holofernes. Oh, ich Ärmster! ich Ärmster! Genug, der Himmel ist verpflichtet, mir zu helfen, weil ich mich nicht wegen einer Laune da hineingemischt habe.

In der Tat sah man auf dem Antlitz des Ungenannten die Gedanken gleichsam vorüberziehen, wie zur Zeit eines Sturmwetters die Wolken über das Gesicht der Sonne eilen, so daß gleißendes Licht immer wieder mit kaltem Dunkel wechselt. Das Gemüt, noch ganz trunken von den sanften Worten Federigos und wie neugeboren und verjüngt in dem neuen Leben, erhob sich zu dem Gedanken an Barmherzigkeit, Vergebung und Liebe, dann wieder fiel es unter die Last der furchtbaren Vergangenheit. Ängstlich durchforschte er seine Erinnerung nach den noch gutzumachenden Missetaten, danach, was sich noch mittendrin abbrechen ließ, welche Mittel die ratsamsten und sichersten seien, wie man so viele Schwierigkeiten lösen und was man mit den vielen Spießgesellen anfangen solle. Es war betäubend, daran auch nur zu denken. Selbst an dieses Unternehmen, das das leichteste von allen und dem Ziel so nahe war, ging er mit banger Ungeduld heran, da er dachte, daß dieses Geschöpf inzwischen Gott weiß was litt und daß, wenngleich er sich danach sehnte, sie zu befreien, doch er es war, der sie inzwischen leiden ließ. Sooft man zu einer Abzweigung kam, wandte sich der Sänftenführer um, um zu erfahren, welchen Weg er einschlagen solle. Der Ungenannte zeigte ihn ihm mit der Hand und bedeutete ihm zugleich durch einen Wink, er solle sich beeilen.

Sie gelangten in das Tal. Wie war nun dem armen Don Abbondio zumute! Drinnen zu sein in diesem berüchtigten Tal, von dem er so viele schreckliche Geschichten hatte erzählen hören; diese verschrieenen Männer, die schlimmsten aller Bravi Italiens, diese Männer ohne Furcht und Erbarmen in leibhaftiger Gestalt zu sehen, bei jeder Straßenbiegung einem, zweien oder dreien zu begegnen. Sie verneigten sich untertänig vor dem Herrn; aber was für verwitterte Gesichter! was für borstige Schnurrbärte! was für grimmige Augen, die Don Abbondio zu sagen schienen: Sollen wir dem Pfaffen den Garaus machen? So daß er in einem Augenblick höchsten Entsetzens bei sich sagte: Hätte ich sie doch getraut! etwas Schlimmeres konnte mir nicht widerfahren. Unterdessen ging es auf einem steinigen Pfad längs des Sturzbaches immer weiter: jenseits der Anblick der wilden, düsteren, öden Felsen; hier dieses Volk, mit dem verglichen jede Wüste begehrenswert erschien: Dante war mitten im Höllenpfuhl nicht schlimmer dran.

Sie kamen an der „Bösen Nacht“ vorbei, wilde Bravi am Eingang, tiefe Bücklinge vor dem Herrn, Seitenblicke auf seinen Gefährten und die Sänfte. Sie wußten nicht, was sie denken sollten; schon der Aufbruch des Ungenannten allein am Morgen war etwas Ungewöhnliches, die Rückkehr nun war es nicht minder. War es eine Beute, die er mit sich führte? Und wie hatte er sie allein gewonnen? Und wieso eine fremde Sänfte? Und wessen Livree mochte das wohl sein? Sie schauten und schauten, aber keiner rührte sich, denn so befahl es ihnen der Herr mit seinen Blicken.

Sie unternahmen den Aufstieg, nun sind sie auf der Höhe. Die Bravi, die auf dem Platz vor der Burg und vor dem Tor stehen, ziehen sich zu beiden Seiten zurück, um den Weg frei zu lassen. Der Ungenannte gibt ihnen ein Zeichen, sich nicht weiter zu regen. Er spornt sein Tier an, reitet schnell der Sänfte voran, winkt dem Sänftenführer und Don Abbondio, ihm zu folgen, reitet in einen Hof, von diesem in einen zweiten, auf einen kleinen Eingang zu, weist mit einer Gebärde einen Bravo zurück, der herbeieilt, um ihm den Steigbügel zu halten, und sagt zu ihm: „Bleib dort stehen! Niemand soll kommen.“ Er steigt ab, bindet das Maultier eilends an ein eisernes Gitter, geht zur Sänfte, nähert sich der Frau, die den Vorhang zurückgezogen hat, und sagt leise zu ihr: „Tröstet sie sogleich, macht ihr gleich begreiflich, daß sie frei und in Freundeshänden ist! Gott wird es Euch vergelten.“ Dann winkt er dem Sänftenführer, zu öffnen, nähert sich Don Abbondio, und mit einer so heiteren Miene, wie dieser sie noch nie an ihm gesehen noch je für möglich gehalten hatte, mit einer Miene, in der sich die Freude an dem guten Werk, das er endlich vollenden sollte, spiegelte, sagte er gleichfalls leise zu ihm: „Herr Pfarrer, ich bitte Sie nicht um Entschuldigung für die Ungelegenheit, die Sie meinetwegen haben; Sie tun das, was Sie tun, für einen, der es Ihnen gut lohnt, und für sein armes Geschöpf.“

Nachdem er dies gesagt, faßte er mit der einen Hand den Zügel und mit der anderen den Steigbügel, um Don Abbondio beim Absteigen zu helfen.

Diese Miene, diese Worte, diese Gefälligkeit hatten Don Abbondio wieder Labsal gebracht. Er stieß einen Seufzer aus, der schon seit einer Stunde in ihm herumgeirrt war, ohne einen Ausgang zu finden, verneigte sich vor dem Ungenannten und antwortete, leise flüsternd: „Glauben Sie? Aber, aber, aber . . .!" Und er rutschte, so gut er konnte, von seinem Tier herunter. Der Ungenannte band auch dieses an, sagte zu dem Sänftenführer, er solle dort warten, zog einen Schlüssel aus der Tasche, öffnete die Tür, trat ein, ließ den Pfarrer und die Frau hinein und ging ihnen voran auf die kleine Treppe zu, und alle drei stiegen schweigend hinauf.

24. Kapitel

Lucia war seit kurzer Zeit erwacht und hatte eine Weile Mühe gehabt, völlig munter zu werden und die trüben Hirngespinste ihres Schlummers von den Erinnerungen und den Bildern dieser Wirklichkeit zu scheiden, die nur allzusehr dem traurigen Traumgesicht eines Kranken glich. Die Alte hatte sich ihr gleich genähert und mit dieser gezwungen demütigen Stimme zu ihr gesagt: „Ach, habt Ihr geschlafen? Ihr hättet im Bett schlafen können, ich habe es Euch gestern abend doch so oft gesagt." Und da sie keine Antwort erhielt, fuhr sie, immer im Tonfall gereizten Bittens, fort: „Eßt doch einmal! Nehmt Vernunft an. Hu, wie Ihr garstig seid! Ihr habt es nötig, zu essen. Und wenn er dann zurückkommt und mich dafür verantwortlich macht?"

„Nein, nein, ich will fort, ich will zu meiner Mutter gehen. Der Herr hat es mir versprochen, er hat gesagt: Morgen früh. Wo ist der Herr?"

„Er ist ausgegangen; er hat mir gesagt, daß er bald zurückkommen und daß er alles tun wird, was Ihr wollt."

„Hat er so gesagt? hat er so gesagt? Nun gut, ich will zu meiner Mutter gehen, sofort, sofort!"

Und siehe da, im Nebenzimmer waren Schritte zu vernehmen, dann ein Klopfen an der Tür. Die Alte lief hin und fragte: „Wer ist's?"

„Mach auf!" antwortete leise die bekannte Stimme. Die Alte schob den Riegel zurück, der Ungenannte drückte leicht gegen die Türflügel, und durch den Spalt befahl er der Alten herauszukommen und ließ sogleich Don Abbondio mit der guten Frau eintreten. Dann lehnte er die Tür wieder an, blieb davor stehen und schickte die Alte in einen entfernten Teil der Burg, so wie er zuvor auch die andere Frau, die draußen Wache stand, fortgeschickt hatte.

Dieses ganze Durcheinander, dieser Augenblick der Erwartung, das Auftauchen neuer Personen stürzten Lucia in einen plötzlichen Anfall von Erregung; denn wenngleich ihr gegenwärtiger Zustand unerträglich war, mußte doch jede Veränderung sie mit Furcht und neuem Schrecken erfüllen. Sie schaute hin, sah einen Geistlichen und eine Frau, faßte ein wenig Mut; dann sah sie genauer hin: Ist er's oder ist er's nicht? Sie erkannte Don Abbondio und verharrte, die Augen starr auf ihn gerichtet, wie unter einem Zauber. Die Frau ging zu ihr, beugte sich über sie, sah sie mitleidig an, faßte ihre Hände, wie um sie zu liebkosen und sie zugleich aufzurichten, sagte zu ihr: „O armes Mädchen! Kommt, kommt mit uns!"

„Wer seid Ihr?" fragte Lucia. Ohne jedoch die Antwort abzuwarten, wandte sie sich wieder Don Abbondio zu, der mit einem gleichfalls mitleidigen Gesicht zwei Schritte von ihr entfernt stand. Sie starrte ihn erneut an und rief: „Sie! sind Sie es? der Herr Pfarrer? Wo sind wir? ... Oh, ich Arme! Ich bin von Sinnen!"

„Nein, nein", erwiderte Don Abbondio, „ich bin es wirklich; faßt Mut. Seht Ihr? wir sind hier, um Euch abzuholen. Ich bin wirklich Euer Pfarrer, eigens hergekommen, hergeritten ..."

Lucia sprang hastig auf, als hätte sie mit einem Male alle ihre Kräfte wiedergewonnen; dann heftete sie erneut den Blick auf die zwei Gesichter und sagte: „So ist es also die Madonna, die Euch geschickt hat."

„Ich glaube, ja", sagte die gute Frau.

„Aber können wir fortgehen, können wir denn wirklich fortgehen?" begann Lucia wieder, ihre Stimme dämpfend, mit furchtsamen, argwöhnischen Blicken. „Und alle diese Leute...?" fuhr sie mit zusammengepreßten und vor Schrecken und Entsetzen bebenden Lippen fort. „Und dieser Herr...! dieser Mann...! Er hat es mir wohl versprochen..."

„Er ist auch hier, ebendeswegen mit uns hergekommen", sagte Don Abbondio. „Er wartet draußen. Gehen wir schnell, lassen wir einen solchen Mann nicht warten."

Nun stieß der, von dem die Rede war, die Tür auf und zeigte sich. Lucia, die ihn noch kurz zuvor herbeigesehnt, ja, da sie auf nichts anderes mehr in der Welt ihre Hoffnung setzte, nur ihn ersehnt hatte, konnte sich nun, da sie Gesichter von Freunden gesehen und ihre Stimme gehört hatte, eines plötzlichen Schauders nicht erwehren. Sie schrak zusammen, hielt den Atem an, klammerte sich an die gute Frau und barg das Gesicht an ihrem Busen. Bei dem Anblick dieses Gesichts, auf dem er schon am Abend vorher den Blick nicht hatte ruhen lassen können, beim Anblick dieses von dem langen Leiden und dem Fasten noch bleicher, eingefallener und kummervoller gewordenen Gesichts war der Ungenannte nahe der Tür stehengeblieben. Als er dann diese Gebärde des Schreckens sah, schlug er die Augen nieder und blieb noch einen Augenblick stumm und unbeweglich stehen. Dann rief er, auf das antwortend, was die Arme gar nicht gesagt hatte: „Es ist wahr, verzeiht mir!"

„Er kommt, um Euch zu befreien; er ist nicht mehr derselbe, er ist gut geworden; hört Ihr, daß er Euch um Verzeihung bittet?" flüsterte die gute Frau Lucia ins Ohr.

„Versteht Ihr nicht? Auf, den Kopf hoch! Seid doch nicht wie ein kleines Kind! Wir können ja gleich gehen", sagte Don Abbondio zu ihr. Lucia hob den Kopf, blickte den Ungenannten an, und als sie seine gesenkte Stirn und den niedergeschlagenen, verwirrten Blick sah, sagte sie, von einem aus Trost, Dankbarkeit und Mitleid gemischten Gefühl ergriffen: „O mein Herr! Gott vergelte Ihnen Ihr Erbarmen!"

„Und Euch tausendmal das Glück, das mir Eure Worte geben."

Nachdem er dies gesagt hatte, wandte er sich um, ging auf die Tür zu und schritt als erster hinaus. Neu belebt folgte ihm Lucia mit der Frau, die ihr den Arm reichte; Don Abbondio ging hinterdrein. Sie stiegen die Treppe hinab und gelangten an die Tür, die in den Hof führte. Der Ungenannte riß sie weit auf, schritt zu der Sänfte, öffnete den Schlag, und mit einer fast schüchternen Höflichkeit (zwei ganz neue Wesenszüge an ihm) stützte er Lucias Arm und half ihr hinein, dann der guten Frau. Darauf band er Don Abbondios Maultier los und half auch ihm beim Aufsteigen.

„Oh, wie zuvorkommend!" sagte dieser und erklomm das Tier viel leichter als das erstemal. Als auch der Ungenannte im Sattel saß, setzte sich der Zug in Bewegung. Er hatte wieder den Kopf erhoben, und sein Blick hatte wieder den gewohnten gebieterischen Ausdruck angenommen. Die Bravi, die ihm begegneten, sahen wohl an seinem Gesicht, daß ihn ein wichtiger Gedanke außerordentlich stark beschäftigte, aber darüber hinaus vermochten sie nichts zu begreifen. In der Burg wußte man noch nichts von der großen Wandlung dieses Mannes, und von sich aus wäre gewiß keiner von seinen Leuten darauf gekommen.

Die gute Frau hatte gleich die kleinen Vorhänge der Sänfte zugezogen, ergriff dann liebevoll Lucias Hände und ging daran, sie mit Worten des Mitleids, der Zärtlichkeit und der Beglückwünschung zu trösten. Und da sie sah, daß außer der Ermüdung durch so viel ausgestandene Not auch die Verworrenheit und Dunkelheit der Geschehnisse die Arme unfähig machten, das Glück über ihre Befreiung voll zu empfinden, sagte sie ihr, was sie nur Geeignetes ersinnen konnte, um ihre armen Gedanken zu entwirren und sozusagen wieder in das richtige Geleise zu bringen. Sie nannte ihr das Dorf, wohin sie sich begaben.

„Ja?“ sagte Lucia, die wußte, daß es von dem ihrigen nicht weit entfernt lag. „O heiligste Jungfrau, ich danke dir! Meine Mutter! Meine Mutter!“

„Wir werden sie gleich holen lassen“, sagte die gute Frau, die nicht wußte, daß dies bereits geschehen war.

„Ja, ja, möge Gott es Euch vergelten! ... Und Ihr, wer seid Ihr? Wie seid Ihr hierher ...“

„Unser Pfarrer hat mich geschickt“, erwiderte die gute Frau, „denn dieser Herr, dem Gott (gesegnet sei er) das Herz gerührt hat, ist in unser Dorf gekommen, um mit dem Herrn Kardinal Erzbischof zu sprechen (denn wir haben ihn gerade zu Besuch, den heiligen Mann), und er hat seine schweren Sünden bereut und will sein Leben ändern; und er hat dem Kardinal gesagt, daß er eine arme Unschuldige, das seid Ihr, habe rauben lassen, im Einverständnis mit einem anderen gottlosen Menschen, von dem mir aber der Pfarrer nicht gesagt hat, wer es sein könnte.“

Lucia hob die Augen zum Himmel.

„Ihr werdet es vielleicht wissen“, fuhr die gute Frau fort. „Genug, der Herr Kardinal hat gemeint, daß es einer Frau zur Begleitung bedürfe, da es sich um ein junges Mädchen handelt, und hat dem Pfarrer gesagt, er solle eine ausfindig machen, und der Pfarrer ist in seiner Güte zu mir gekommen ...“

„Oh, der Herr vergelte Euch Euer Mitleid!“

„O was sagt Ihr da, mein armes Kind! Und der Herr Pfarrer hat mir gesagt, daß ich Euch Mut machen und Euch ermuntern und Euch erklären soll, wie Gott Euch wunderbar gerettet hat ...“

„O ja, wahrhaft wunderbar, auf die Fürsprache der Madonna hin."

„Seid also guten Mutes und vergebt dem, der Euch Böses getan hat. Freut Euch, daß Gott ihm Barmherzigkeit hat widerfahren lassen, ja, betet für ihn, dann werdet Ihr Verdienste erwerben, und Euer Herz wird sich erleichtert fühlen!"

Lucia antwortete mit einem Blick, der so deutlich Zustimmung bekundete, wie es Worte getan hätten, und mit einer Sanftmut, die Worte nie hätten ausdrücken können.

„Tapferes Mädchen!" rief die Frau. „Und da sich in unserem Dorf gerade auch Euer Pfarrer befand (es sind ihrer viele da, aus der ganzen Umgebung, so daß man mit ihnen vier Hochämter zugleich abhalten könnte), hat der Kardinal gemeint, man solle ihn auch zur Begleitung mitschicken, aber er hat uns nicht viel geholfen. Ich habe schon öfter sagen hören, daß er ein untauglicher Mensch ist, aber heute habe ich selbst sehen müssen, daß er unbeholfen wie ein Hähnchen zwischen Stoppeln ist."

„Und dieser da...", fragte Lucia, „der sich bekehrt hat... Wer ist er?"

„Wie! das wißt Ihr nicht?" rief die gute Frau und nannte den Namen.

„O Barmherzigkeit!" rief Lucia aus. Diesen Namen, wie oft hatte sie ihn mit Entsetzen in mehr als einer Geschichte aussprechen hören, in denen er immer eine ähnliche Rolle spielte wie der Werwolf in anderen Erzählungen! Und bei dem Gedanken, daß sie in seiner schrecklichen Macht gewesen und nun unter seinem frommen Schutz war; bei der Vorstellung von einem so grauenhaften Unglück und von einer so unverhofften Rettung; wenn sie bedachte, wessen Gesicht es war, das sie zuerst so mürrisch, dann bewegt und demütig gesehen hatte, war sie wie verzückt und sagte nur von Zeit zu Zeit: „O Barmherzigkeit!"

„Ja, es ist wahrhaftig eine große Barmherzigkeit!" sagte die gute Frau. „Es muß eine Erleichterung für die halbe

Welt sein. Wenn man bedenkt, wie viele Leute er in Furcht und Schrecken hielt, und jetzt ist er, wie mir unser Pfarrer gesagt hat... und man braucht ihm nur ins Gesicht zu schauen, um es zu wissen, ein Heiliger geworden! Und dann sieht man ja auch gleich sein Werk."

Wenn wir behaupten wollten, diese gute Frau sei nicht sehr neugierig gewesen, das große Abenteuer, in dem sie eine Rolle spielte, ein wenig genauer zu kennen, so würde das der Wahrheit nicht entsprechen. Aber zu ihrer Ehre muß man sagen, daß sie von respektvollem Mitleid für Lucia ergriffen war, gewissermaßen den Ernst und die Würde ihres Auftrages fühlend, so daß sie nicht einmal daran dachte, eine indiskrete oder müßige Frage an sie zu richten. Alle ihre Worte auf diesem Wege waren für das arme Mädchen Worte des Trostes und der Anteilnahme.

„Weiß Gott, wie lange es her ist, daß Ihr nichts gegessen habt!"

„Ich erinnere mich nicht mehr... Es ist ziemlich lange her."

„Armes Kind! Ihr werdet es nötig haben, Euch zu stärken."

„Ja", antwortete Lucia mit schwacher Stimme.

„Gott sei Dank werden wir in unserem Haus gleich etwas finden. Faßt nur Mut, nun dauert es nicht mehr lange."

Lucia fiel kraftlos in die Sänfte zurück, als wäre sie eingeschlafen, und nun ließ die brave Frau sie in Ruhe.

Für Don Abbondio war dieser Rückweg gewiß nicht so beängstigend wie kurz zuvor der Hinweg, aber eine Vergnügungsreise war es auch nicht. Beim Nachlassen dieser gräßlichen Furcht hatte er sich anfänglich ganz sorglos gefühlt, aber bald begannen in seinem Herzen zahllose andere Kümmernisse zu wuchern, so wie da, wo ein großer Baum ausgerissen wurde, das Erdreich eine Zeitlang kahl bleibt, sich dann aber völlig mit Unkraut bedeckt. Er war für alles übrige empfindlicher geworden, und es fehlte ihm leider weder in der Gegenwart, noch wenn er an die Zukunft dachte, an Dingen, die ihn quälten. Er fühlte jetzt weit mehr als auf dem Hinweg die Unbequemlichkeit dieser Art des Reisens, an die er nicht gewöhnt war, und dies besonders am Anfang beim Abstieg von der Burg ins Tal. Der Sänftenführer ließ, angetrieben von den Winken des Ungenannten, seine Tiere tüchtig traben; die beiden Reittiere folgten im gleichen Schritt, weshalb es geschah, daß der arme Don Abbondio an gewissen abschüssigen Stellen vornüber fiel, als ob man ihn rückwärts in die Höhe gehoben hätte, und sich mit der Hand an den Sattelknopf klammern mußte, um sich aufrecht zu halten; und doch wagte er nicht zu bitten, daß man langsamer ritt, zumal er andererseits gewünscht hätte, so bald wie möglich aus dieser Gegend hinauszukommen. Verlief der Weg über eine Erhebung oder einen Wall, so schien sich das Maultier obendrein nach der Gewohnheit aller Tiere seiner Gattung wie zum Trotz immer an der äußeren Seite zu halten und die Hufe an den Rand zu setzen; und Don Abbondio sah fast senkrecht unter sich einen Sprung oder, wie er meinte, einen Abgrund. Auch du, sagte er bei sich zu dem Tier, hast diesen vermaledeiten Hang, Gefahren zu suchen, wo doch der Pfad so breit ist. Und er riß den Zügel nach der anderen Seite, aber es war vergebens, so daß er sich wie gewöhnlich nach fremdem Belieben leiten ließ, während er sich heimlich vor Ärger und Angst verzehrte. Die Bravi jagten ihm jetzt nicht mehr soviel Schrecken ein, seitdem er sicherer wußte, wie der Herr gesinnt war. Aber, überlegte er denn doch, wenn sich die Kunde von dieser großen Bekehrung hier unter ihnen verbreitet, während wir noch hier sind, wer weiß, wie sie sie aufnehmen werden! Wer weiß, was da entstehen kann! Ob sie sich nicht einbilden werden, ich sei gekommen, um den Missionar zu spielen? Weh mir Armem! Sie würden mir den Martertod bereiten! Das finstere Gesicht des Ungenannten war ihm nicht unangenehm. Um diese Fratzen da im Zaume zu halten, dachte er, ist es gewiß notwendig, das begreife auch ich. Aber wieso muß gerade ich unter all diese Leute geraten!

Genug, man erreichte den Fuß der Anhöhe und gelangte endlich auch zum Tal hinaus. Die Stirn des Ungenannten begann sich zu glätten. Auch Don Abbondios Gesicht nahm einen natürlicheren Ausdruck an, er hob wieder den Kopf, streckte Arme und Beine, richtete sich etwas gerader auf, was einen ganz anderen Anblick bot, holte tiefer Atem und begann gelasseneren Gemütes andere, noch entferntere Gefahren zu überdenken. Was wird denn diese Bestie von einem Don Rodrigo sagen? Auf diese Weise mit einer langen Nase abziehen zu müssen und zum Schaden noch den Spott zu haben: stellen wir uns vor, wie bitter ihm das schmecken wird. Jetzt wird er erst recht den Teufel spielen. Und es bleibt abzuwarten, ob er auch nicht mit mir anbinden wird, weil ich bei dieser Geschichte dabeigewesen bin. Wenn er schon damals den Mut gehabt hat, diese zwei Scheusale zu schicken, um mir auf der Straße so mitzuspielen, wer weiß, was er jetzt erst machen wird. Mit dem hochwürdigsten Herrn kann er sich nicht anlegen, gegen den kommt er nicht an, da muß er sich seine Wut verkneifen. Aber das Gift wird er schon im Leibe haben, und irgendwohin wird er es verspritzen wollen. Wie laufen solche Händel ab? Die Schläge fallen immer nach unten, und die Fetzen stieben in die Höhe. Lucia wird der erlauchte Monsignore mit Recht in Sicherheit zu bringen trachten. Der andere Pechvogel ist weit vom Schuß und hat schon sein Teil abbekommen; da hat man's also, der Fetzen, der bin ich. Es wäre aber doch grausam, wenn ich nach so vielen Ungelegenheiten, nach so vielen Aufregungen und ohne etwas davon zu haben, auch noch eine Strafe dafür erdulden müßte. Was wird der hochwürdigste Herr jetzt unternehmen, um mich zu verteidigen, nachdem er mich in diese Angelegenheit hineingezogen hat? Kann er sich dafür verbürgen, daß dieser verdammte Kerl mir nicht noch etwas Ärgeres antut als zuvor? Und dann, er hat doch so vieles im Kopf und nimmt sich so vieler Dinge an! Wie kann man denn auf alles achten? Die Dinge bleiben dann oft verworrener, als sie am Anfang waren. Die, die Gutes tun, tun es im großen, und wenn sie dann die Genugtuung empfunden haben, haben sie genug und wollen sich nicht auch mit den Folgen plagen. Wer aber seine Lust am Bösen hat, der wendet mehr Fleiß darauf, bleibt bis zum Ende dran und gönnt sich keine Ruhe, weil eben dieser Krebs an ihm nagt. Soll ich etwa selbst sagen, daß ich auf ausdrücklichen Befehl Seiner Herrlichkeit und nicht aus freien Stücken hierhergekommen bin? Das würde ja so aussehen, als wollte ich zu den Missetätern halten. O heiliger Himmel! Ich, zu den Übeltätern! Um des Vergnügens halber, das sie mir bereiten! Genug, das Beste wird sein, Perpetua die Sache zu erzählen, wie sie ist, und es dann ihr zu überlassen, sie in Umlauf zu bringen. Wenn der Erzbischof nur nicht darauf verfällt, die Sache ruchbar zu machen, irgendein unnützes Schauspiel in Szene zu setzen und mich da hineinzuziehen. Für alle Fälle will ich, sobald wir angelangt sind und wenn er schon aus der Kirche zurück ist, hingehen und mich in aller Eile empfehlen; wenn nicht, hinterlasse ich meine Entschuldigungen und gehe schnurstracks nach Hause. Lucia ist gut aufgehoben, ich bin hier nicht mehr nötig. Nach so vielen Beschwerlichkeiten habe ich auch Anspruch, mich auszuruhen. Und dann ... womöglich könnte den Erzbischof auch die Neugier ankommen, die ganze Geschichte zu erfahren, und ich müßte vielleicht noch Rechenschaft ablegen über die Sache mit der Trauung! Das fehlte mir gerade noch! Und wenn er gar meine Pfarre besucht! ... Ach, es komme, wie es wolle, ich will mich nicht vor der Zeit ängstigen, ich habe schon genug Ungemach. Zunächst will ich mich in meinem Haus einschließen. Solange der Erzbischof in dieser Gegend weilt, wird Don Rodrigo nicht die Stirn haben, Tollheiten zu begehen. Und dann ... Und dann? Ach, ich sehe schon, daß ich meine letzten Lebensjahre schlecht verbringen werde.

Der Zug kam an, als der Gottesdienst noch nicht zu Ende war, und wieder stand zu beiden Seiten dieselbe Menge, die nicht weniger bewegt war als das erstemal; dann teilte sich der Zug. Die beiden Reiter bogen auf einen seitwärts gelegenen kleinen Platz ein, an dessen Ende das Pfarrhaus stand. Die Sänfte zog weiter zum Haus der guten Frau.

Don Abbondio tat, was er sich vorgenommen hatte; kaum abgestiegen, versicherte er den Ungenannten ergebenst seiner Hochachtung und bat ihn, ihn bei dem Herrn Kardinal zu entschuldigen, denn er müsse in dringenden Angelegenheiten unverzüglich in seine Pfarre zurück. Er holte das, was er seinen Gaul nannte, nämlich den Stock, den er in einer Ecke des kleinen Saales gelassen hatte, und machte sich auf den Weg. Der Ungenannte wartete, bis der Kardinal aus der Kirche kam.

Nachdem die brave Frau Lucia geheißen hatte, auf dem besten Platz in ihrer Küche Platz zu nehmen, ging sie daran, ihr etwas zur Stärkung vorzubereiten, wobei sie mit einer gewissen herzlichen Derbheit die Danksagungen und Entschuldigungen zurückwies, die jene immer wieder erneuerte.

Während sie rasch Reisig unter einen Kessel legte, in dem ein ansehnlicher Kapaun schwamm, ließ sie die Brühe kochen, und nachdem sie sie in einen schon mit Brot bereitstehenden Napf gefüllt hatte, konnte sie sie Lucia endlich vorsetzen. Und als sie sah, wie sich die Ärmste bei jedem Löffel Suppe erholte, pries sie sich laut glücklich, daß sich die Sache nicht an einem Tag zugetragen habe, an dem, wie sie sagte, die Katze auf dem kalten Herd sitzt. „Jeder läßt sich's heute angelegen sein, eine Kleinigkeit zu machen", fügte sie hinzu, „außer den ganz armen Leuten, die sich kaum ihr Wickenbrot und ihren Hirsebrei beschaffen können; jedoch hoffen sie heute alle, daß ein so wohltätiger Herr ihnen etwas zukommen läßt. Wir sind, Gott sei Dank, nicht in einer solchen Lage; mit dem Handwerk meines Mannes und mit dem kleinen Stück Land, das wir haben, bringen wir uns schon durch. Darum eßt nur ohne Sorge, denn der Kapaun wird auch bald fertig sein, und dann könnt Ihr Euch noch etwas besser stärken." Mit diesen Worten wandte sie sich wieder der Zubereitung des Mittagessens und dem Decken des Tisches zu.

Als Lucia ihre Kräfte einigermaßen wiedergewonnen hatte und sich ihr Gemüt immer mehr beruhigte, ging sie daran, der Gewohnheit und einem natürlichen Hang zur Sauberkeit und Sittsamkeit folgend, ihr Äußeres in Ordnung zu bringen. Sie steckte die gelockerten, zerrauften Flechten wieder fest und zog ihr Tuch über dem Busen und um den Hals zurecht. Während sie das tat, verfingen sich ihre Finger in dem Rosenkranz, den sie sich in der Nacht vorher umgehängt hatte, und ihr Blick fiel darauf. Da wurde ihr Gemüt von einer plötzlichen Unruhe befallen. Die Erinnerung an das Gelübde, die bis dahin durch so viele andere Eindrücke verdrängt und erstickt worden war, lebte plötzlich wieder auf und stand klar und deutlich vor ihr. Da wurden alle ihre kaum wiedergewonnenen Seelenkräfte mit einem Male wieder erschüttert; und wäre diese Seele nicht durch ein Leben der Unschuld, der Ergebung und des Vertrauens so erprobt gewesen, hätte sich die Niedergeschlagenheit, die sie in diesem Augenblick empfand, in Verzweiflung gewandelt. Nach einem Aufruhr von Gedanken, die keine Worte zu finden pflegen, waren die ersten, die sich in ihrem Geist zu Worten formten: Oh, ich Ärmste, was habe ich getan!

Aber kaum hatte sie diese Worte gedacht, so empfand sie eine Art Schrecken darüber. Es fielen ihr wieder alle Umstände des Gelübdes ein, die unerträgliche Angst, das Verzweifeln an jeder Hilfe, die Inbrunst des Gebets, der Ansturm der Empfindungen, unter dem sie das Gelübde abgelegt hatte. Und es kam ihr wie eine schändliche Undankbarkeit, wie eine Treulosigkeit gegen Gott und die Madonna vor, das Versprechen zu bereuen, nachdem sie die Gnade erlangt hatte. Es schien ihr, als müsse ihr eine solche Untreue neues und noch schrecklicheres Unglück zuziehen, bei dem sie dann auch vom Gebet nichts mehr erhoffen könnte, und sie beeilte sich, diesen Augenblick der Reue zu verleugnen. Sie nahm mit Andacht den Rosenkranz vom Hals, hielt ihn in der zitternden Hand und bestätigte und erneuerte das Gelübde, indem sie zugleich mit bekümmertem Flehen bat, es möge ihr die Kraft gewährt sein, es zu halten, und die Gedanken und Gelegenheiten erspart bleiben, die ihr Gemüt, wenn auch nicht verändern, so doch allzusehr aufregen würden. Renzos Entfernung ohne die leiseste Wahrscheinlichkeit der Rückkehr, diese Entfernung, die ihr bis jetzt so schmerzlich gewesen war, schien ihr nun eine Fügung der Vorsehung zu sein, die die beiden Ereignisse zu einem einzigen Zwecke habe eintreten lassen, und sie bemühte sich, um des einen willen mit dem anderen zufrieden zu sein. Und in der Folge dieses Gedankens überließ sie sich auch der Vorstellung, dieselbe Vorsehung werde, um das Werk zu vollenden, das Mittel zu finden wissen, daß auch Renzo verzichte und nicht mehr daran denke... Aber kaum ist ein solcher Gedanke in Worte gekleidet, erschüttert er die Seele, die nach ihm gesucht hat. Da die arme Lucia fühlte, daß ihr Herz nahe daran war, zu bereuen, kehrte sie zu dem Gebet zurück, zu den Bekräftigungen, zu dem Kampf, und sie erhob sich, wenn der Ausdruck erlaubt ist, wie der müde und verwundete Sieger über dem geschlagenen, aber nicht getöteten Feind.

Mit einemmal war ein Getrappel und ein Lärm fröhlicher Stimmen zu vernehmen. Es war die Familie, die aus der Kirche nach Hause kam. Zwei kleine Mädchen und ein Knabe sprangen herein. Einen Augenblick blieben sie stehen, um einen neugierigen Blick auf Lucia zu werfen. Dann liefen sie zur Mutter und umringten sie. Das eine fragte, wie der unbekannte Gast heiße und wieso und warum, das andere wollte von den gesehenen Wunderdingen erzählen. Die gute Frau antwortete allen und auf alles mit einem „still, still". Dann trat mit ruhigerem Schritt, aber mit einem herzlichen Eifer, der sich auf seinen Zügen spiegelte, der Hausherr herein. Er war, wenn wir es noch nicht gesagt haben, der Schneider des Dorfes und der umliegenden Ortschaften, ein Mann, der lesen konnte, der tatsächlich mehrmals die Heiligenlegenden, den „Guerrin Meschino" und die „Reali di Francia" gelesen hatte und der in der dortigen Gegend als ein Mann von Begabung und Gelehrsamkeit galt, ein Lob, das er jedoch bescheiden zurückwies, indem er nur sagte, er habe den Beruf verfehlt und daß, wenn er sich, statt so vieler anderer Dinge, auf das Studieren verlegt hätte...! Bei alledem war er der beste Mensch von der Welt. Da er zugegen gewesen war, als der Pfarrer seine Frau gebeten hatte, diese barmherzige Reise zu unternehmen, hatte er nicht nur seine Zustimmung gegeben, sondern er hätte sie auch noch dazu ermutigt, wenn das notwendig gewesen wäre. Und nun, da der Gottesdienst, das Gepränge, der große Zulauf und vor allem die Predigt des Kardinals alle seine frommen Empfindungen gesteigert hatten, kam er voller Erwartung und mit dem sehnsüchtigen Wunsch zurück, die arme Unschuldige gerettet vorzufinden und zu erfahren, wie die Sache abgelaufen sei.

„Seht", sagte bei seinem Eintritt die gute Frau, auf Lucia deutend, die errötete, aufstand und eine Entschuldigung zu stammeln begann. Er aber unterbrach sie, nachdem er sich ihr genähert hatte, grüßte sie herzlich und rief: „Willkommen, willkommen! Ihr seid der Segen des Himmels in diesem Hause. Wie froh bin ich, Euch hier zu sehen! Freilich wußte ich wohl, daß Ihr glücklich ankommen würdet, denn ich habe noch nie gefunden, daß der Herr ein Wunder ins Werk gesetzt hätte, ohne es glücklich zu vollenden; aber ich bin froh, Euch hier zu sehen. Armes Mädchen! Aber es ist immerhin etwas Großes, wenn einem ein Wunder zuteil geworden ist."

Man glaube nicht, daß er als einziger dieses Ereignis deshalb als ein Wunder bezeichnete, weil er die Heiligenlegenden gelesen hatte. Im ganzen Dorf und in der ganzen Umgebung sprach man nur in diesen Worten davon, solange die Erinnerung daran lebendig blieb. Und um die Wahrheit zu sagen, konnte ihm mit den Schnörkeln und Beigaben der Leute auch keine andere Bezeichnung zukommen.

Dann trat er bedächtig auf seine Frau zu, die eben den Kessel von der Kette losmachte, und sagte ganz leise zu ihr: „Ist alles gut gegangen?"

„Sehr gut. Ich werde dir dann alles erzählen."

„Ja, ja, mit Muße."

Nachdem dann schnell aufgetragen war, holte die Hausfrau Lucia, geleitete sie an den Tisch, ließ sie Platz nehmen, schnitt einen Flügel von dem Kapaun ab und legte ihn ihr vor. Dann setzten auch sie und ihr Mann sich, wobei sie beide den niedergeschlagenen und schüchternen Gast zum Essen ermunterten. Der Schneider begann schon bei den ersten Bissen mit großer Begeisterung zu erzählen, während ihn die Kinder unterbrachen, die essend um den Tisch standen und die wahrhaft zuviel außergewöhnliche Dinge gesehen hatten, um auf die Dauer nur die Rolle der Zuhörer zu spielen. Er schilderte die feierlichen Zeremonien, dann sprang er auf die wunderbare Bekehrung über. Aber was den größten Eindruck auf ihn gemacht hatte und worauf er am häufigsten zurückkam, war die Predigt des Kardinals.

„Ihn dort so wie einen Pfarrer am Altar zu sehen", sagte er, „einen Herrn wie ihn ..."

„Und dieses goldene Ding, das er auf dem Kopf hatte ...", sagte eines der kleinen Mädchen.

„Sei still! Wenn man bedenkt, sage ich, daß ein solcher Herr und ein so gelehrter Mann, der nach dem, was die Leute sagen, alle Bücher gelesen hat, die es gibt, wozu es noch niemand gebracht hat, nicht einmal in Mailand; wenn man bedenkt, daß er sich so zu stellen und die Dinge in einer Art zu sagen weiß, daß alle verstehen ..."

„Ich habe auch verstanden", sagte das andere Plappermäulchen.

„Sei still! Was willst denn du verstanden haben?"

„Ich habe verstanden, daß er anstatt des Herrn Pfarrers das Evangelium erklärt hat."

„Still. Ich spreche nicht von denen, die etwas können, denn dann ist es ja ihre Schuldigkeit, zu verstehen; aber auch die ganz Begriffsstutzigen, die Unwissendsten konnten dem Faden der Predigt folgen. Geht sie jetzt fragen, ob sie die Worte, die er gesagt hat, wiederholen könnten. Sie würden freilich nicht eins herausfischen können, aber den Sinn, den haben sie da. Und ohne daß er diesen Herrn auch nur einmal genannt hätte, hat man doch verstanden, daß er ihn gemeint hat. Und dann hätte man, um das zu verstehen, nur hinzuschauen brauchen, als ihm die Tränen in die Augen traten. Da haben alle Leute zu weinen angefangen ..."

„Ja, das ist wirklich wahr", platzte der Kleine heraus. „Aber warum haben denn alle so geweint wie die kleinen Kinder?"

„Sei still. Und es gibt gewiß harte Herzen in diesem Dorf. Und dann hat er auch klar dargelegt, daß man trotz der Teuerung dem Herrn danken und zufrieden sein muß und alles tun soll, was man kann: fleißig sein, sich gegenseitig helfen und zufrieden sein. Denn das Unglück ist nicht, daß man leidet und daß man arm ist; das Unglück ist, daß man Böses tut. Und das sind nicht nur schöne Worte, denn man weiß ja, daß er selbst wie ein armer Mann lebt und daß er sich das Brot vom Munde abspart, um es den Hungrigen zu geben, obwohl er besser als jeder andere ein herrliches Leben führen könnte. Ja, so einen Mann reden zu hören, das stimmt einen zufrieden; es ist nicht wie mit so vielen anderen: Haltet euch an meine Worte, aber nicht an meine Taten. Und dann hat er klargemacht, daß auch die, die nicht zu den Herren gehören, verpflichtet sind, wenn sie mehr haben als das Nötige, den Notleidenden davon zu geben."

Hier unterbrach er sich selbst in seiner Rede, als ob er von einem Gedanken überrascht worden wäre. Er überlegte einen Augenblick, dann tat er etwas von den Speisen, die auf dem Tisch standen, in eine Schüssel, legte ein Brot dazu, stellte die Schüssel auf ein Tuch, nahm dieses bei den vier

Zipfeln und sagte zu dem größeren Mädchen: „Da, nimm!" In die andere Hand gab er ihr ein Fläschchen Wein und fügte hinzu: „Geh zu der Witwe Maria, laß die Sachen dort und sag ihr, es sei, damit sie mit ihren Kindern ein wenig fröhlich sein könne. Aber artig, weißt du, damit es nicht so aussieht, als ob du ihr ein Almosen brächtest. Und sag nichts, wenn dir jemand begegnet, und paß auf, daß du nichts zerbrichst."

Lucias Augen wurden rot, und sie fühlte in ihrem Herzen eine erquickende Rührung, so wie sie schon bei den vorigen Reden eine Erleichterung empfunden hatte, die ihr eine zu ihrem Trost bestimmte Rede niemals hätte geben können. Im Banne der Schilderungen des Gepränges und der von der Frömmigkeit und den geschehenen Wundern ausgelösten Erschütterungen, ergriffen von der Begeisterung des Erzählers, riß sich auch Lucias Gemüt von den schmerzlichen Gedanken los und war, auch wenn es sich ihnen wieder zuwandte, stärker gegen sie gewappnet. Selbst der Gedanke an das große Opfer hatte, wenngleich er seine Bitterkeit noch nicht verloren hatte, nun doch etwas von einer ernsten, feierlichen Freude.

Kurz darauf trat der Dorfpfarrer ein und sagte, daß er vom Kardinal geschickt sei, um sich nach Lucia zu erkundigen und ihr zu melden, daß der hochwürdigste Monsignore sie noch an diesem Tage sehen wolle, und um in seinem Namen dem Schneider und der Frau zu danken. Beide fanden, bewegt und verwirrt, keine Worte, auf diese Bekundungen einer solchen Persönlichkeit etwas zu erwidern.

„Und Eure Mutter ist noch nicht angekommen?" fragte der Pfarrer Lucia.

„Meine Mutter!" rief diese aus. Als ihr dann der Pfarrer sagte, daß er auf Befehl des Erzbischofs nach ihr geschickt habe, bedeckte sie die Augen mit der Schürze und brach in heftiges Weinen aus, das noch eine Weile anhielt, nachdem sich der Pfarrer entfernt hatte. Als dann die stürmischen Gefühle, die in ihr bei dieser Nachricht erwacht waren, ruhigeren Gedanken zu weichen begannen, erinnerte sich die Arme, daß dieser nun so nahe Trost, die Mutter wiederzusehen, wenige Stunden zuvor noch so unerwartet, in jenen schrecklichen Stunden von ihr ausdrücklich und gleichsam als Bedingung für das Gelübde erfleht worden war. „Führe mich unbehelligt zurück zu meiner Mutter", hatte sie gesagt, und diese Worte tauchten jetzt wieder deutlich vor ihrem Gedächtnis auf. Sie bestärkte sich mehr denn je in dem Vorsatz, das Versprechen zu halten, und machte sich neuerliche und noch bitterere Vorwürfe über dieses „Oh, ich Ärmste!", das ihr im ersten Augenblick entschlüpft war.

Agnese war in der Tat, als man von ihr sprach, nicht mehr weit entfernt. Man kann sich leicht vorstellen, wie der armen Frau zumute war bei dieser unerwarteten Aufforderung und bei dieser notgedrungen unvollständigen und unklaren Nachricht von einer, wie man sagen konnte, abgewendeten, aber doch schrecklichen Gefahr; von dem fürchterlichen Ereignis, das der Bote weder zu erzählen noch zu erklären vermochte und für das sie nichts fand, woran sie sich hätte klammern können, um es sich selbst zu erklären. Nachdem sie sich die Haare gerauft und mehrmals „O Herr! O Madonna!" geschrien und an den Boten verschiedene Fragen gestellt hatte, auf die dieser nichts zu antworten.wußte, war sie in höchster Eile in den Wagen gestiegen, wobei sie auch unterwegs noch ihr lautes Jammern und das Fragen fortsetzte, aber ohne Erfolg. An einer gewissen Stelle aber war sie Don Abbondio begegnet, der gemächlich daherkam, indem er bei jedem Schritt den Stock vor sich setzte. Nach einem „Oh!" von beiden Seiten war er stehengeblieben; sie hatte halten lassen und war abgestiegen, und dann hatten sie sich beide in ein Kastanienwäldchen, das an der Straße lag, zurückgezogen. Don Abbondio hatte ihr alles berichtet, was er erfahren und gesehen hatte. Die Sache war nicht klar, aber wenigstens war Agnese beruhigt, daß Lucia nun ganz in Sicherheit war, und sie atmete auf.

Danach hatte Don Abbondio ein anderes Gespräch anfangen wollen und ihr eine lange Belehrung erteilt über die Art, wie sie sich bei dem Erzbischof zu benehmen habe, wenn dieser, was wahrscheinlich war, mit ihr und der Tochter zu sprechen wünschte, und daß sie vor allem kein Wort über die Trauung fallenlassen dürfe ... Aber Agnese hatte ihn, als sie merkte, daß der gute Mann nur zu seinem eigenen Vorteil redete, stehenlassen, ohne etwas zu versprechen, ja ohne etwas zu beschließen, denn sie hatte ganz andere Sachen im Kopf. Und sie hatte sich wieder auf den Weg gemacht.

Endlich kam der Wagen an und blieb vor dem Haus des Schneiders stehen. Lucia springt vom Stuhl auf, Agnese steigt ab und stürzt hinein: sie liegen sich in den Armen. Die Frau des Schneiders, die allein zugegen war, spricht beiden Mut zu, beruhigt sie, freut sich mit ihnen und läßt sie dann, immer zartfühlend, allein und sagt, daß sie ein Bett für sie zurechtmachen gehe, denn sie habe diese Möglichkeit, ohne daß es ihr Ungelegenheiten mache; auf jeden Fall aber würden sowohl sie als auch ihr Mann lieber auf dem Boden schlafen als sie anderswo Zuflucht suchen lassen.

Als dieser erste Ausbruch von Schluchzen und Umarmungen vorüber war, wollte Agnese Lucias Erlebnisse erfahren, und diese ging bekümmert daran, sie ihr zu erzählen. Aber wie der Leser weiß, war es eine Geschichte, die niemand völlig kannte, und für Lucia selbst hatte sie dunkle, völlig unerklärliche Abschnitte. Besonders dieses verhängnisvolle Zusammentreffen, daß die schreckliche Kutsche sich gerade auf der Straße befand, als Lucia durch einen ungewöhnlichen Zufall dort vorüberging: worüber Mutter und Tochter hundert Vermutungen anstellten, ohne die Sache zu erraten oder ihr auch nur annähernd auf die Spur zu kommen.

Was den Hauptturheber des Anschlages betraf, so konnte weder die eine noch die andere umhin anzunehmen, daß es Don Rodrigo gewesen sein müsse.

„Oh, diese schwarze Seele! Oh, dieser Höllenbrand!" rief Agnese aus. „Aber auch seine Stunde wird kommen. Gott wird es ihm heimzahlen, wie er es verdient, und dann wird auch er fühlen ..."

„Nein, nein, Mutter, nein!" unterbrach Lucia sie. „Wünscht ihm keine Leiden, wünscht sie niemandem! Wenn Ihr wüßtet, was leiden heißt! Wenn Ihr es erlebt hättet! Nein, nein! Bitten wir lieber Gott und die Madonna für ihn, daß Gott ihm das Herz rühre, wie er es diesem anderen armen Herrn gerührt hat, der noch schlechter war und der jetzt ein Heiliger ist."

Der Schauder, den Lucia empfand, als sie zu diesen frischen und so grausamen Erinnerungen zurückkehrte, ließ sie mehr als einmal in der Erzählung innehalten. Mehr als einmal sagte sie, sie habe nicht mehr den Mut fortzufahren, und nach vielen Tränen nahm sie mühsam die Schilderung wieder auf. Ein anderes Gefühl aber ließ sie bei einer gewissen Stelle Einhalt tun: als sie nämlich bei dem Gelübde angekommen war. Die Angst, daß die Mutter sie unbesonnen und unüberlegt schelten und daß sie, wie bei der Sache mit der Trauung, irgendeine Regel, die ein weites Gewissen erforderte, ins Feld führen würde, die sie mit Gewalt von Lucia gebilligt wissen wollte; oder daß die arme Frau jemandem die Sache im Vertrauen erzählen, wenn auch nur, um sich Weisung und Rat zu holen, und sie dadurch bekannt machen könnte, was Lucia, wenn sie nur daran dachte, schon das Blut in die Wangen trieb; auch eine gewisse Scham vor der Mutter selbst und ein unerklärlicher Widerwille, auf diese Angelegenheit einzugehen: alle diese Dinge zusammen bewirkten, daß sie diesen wichtigen Umstand verschwieg, indem sie sich vornahm, ihn zuerst dem Pater Cristoforo im Vertrauen zu erzählen. Aber wie erschrak sie, als sie auf die Frage nach ihm die Antwort erhielt, daß er nicht mehr da sei, daß er an einen weitentfernten Ort geschickt worden sei, an einen Ort mit so einem seltsamen Namen!

„Und Renzo?" sagte Agnese.

„Ist in Sicherheit, nicht wahr?" fragte Lucia ängstlich.

„Das ist gewiß, denn das sagen alle. Man hält es für ausgemacht, daß er ins Bergamaskische geflüchtet ist. Aber den eigentlichen Ort weiß niemand anzugeben, und er hat bis jetzt noch nichts von sich hören lassen. Es wird sich noch keine Gelegenheit gefunden haben."

„Oh, wenn er in Sicherheit ist, dann sei dem Herrn dafür gedankt!" sagte Lucia, und sie suchte das Gespräch auf etwas anderes zu bringen, als es von einem unerwarteten neuen Ereignis unterbrochen wurde: dem Erscheinen des Kardinal Erzbischofs.

Dieser hatte sich, aus der Kirche zurückgekehrt, wo wir ihn verlassen haben, nachdem er von dem Ungenannten erfahren hatte, daß Lucia glücklich angekommen war, mit ihm zu Tisch begeben und hatte ihm den Platz zu seiner Rechten angeboten, mitten in einem Kreis von Priestern, die sich nicht genugtun konnten, diese Bezähmung ohne Schwäche, diese Demut ohne Erniedrigung auf seinem Antlitz zu betrachten und sie mit der Vorstellung zu vergleichen, die sie sich seit langem von der Persönlichkeit gebildet hatten.

Als das Mahl zu Ende war, hatten sie sich beide erneut zurückgezogen. Nach einer Unterredung, die viel länger währte als die erste, war der Ungenannte auf dem gleichen Maultier wie am Morgen in seine Burg zurückgeritten. Und der Kardinal hatte sich den Pfarrer rufen lassen und ihm gesagt, er wünsche zu dem Hause geleitet zu werden, wo Lucia untergebracht sei.

„Oh! Monsignore", hatte der Pfarrer geantwortet, „bemühen Sie sich nicht, ich werde gleich hinschicken, daß das Mädchen hierherkommen soll, die Mutter, wenn sie schon angelangt ist, und auch die Gastgeber, wenn Monsignore es will, und alle jene, die Euer erlauchte Herrlichkeit wünscht."

„Ich möchte sie selbst aufsuchen", hatte Federigo erwidert.

„Euer Herrlichkeit dürfen sich nicht bemühen. Ich werde sie gleich holen lassen, es ist Sache eines Augenblicks", beharrte der Pfarrer, ein Stümper in solchen Dingen (ein braver Mann übrigens), ohne zu begreifen, daß der Kardinal mit diesem Besuch dem Unglück, der Unschuld, der Gastfreundschaft und zugleich seinem eigenen Amt eine Ehre erweisen wollte. Da nun der Vorgesetzte noch einmal den gleichen Wunsch äußerte, verbeugte sich der Untergebene und schickte sich zum Gehen an.

Als die beiden Personen auf der Straße erschienen, liefen alle Leute, die sich dort befanden, zu ihnen hin, und in wenigen Augenblicken kamen sie von allen Seiten herbei. Wer es konnte, ging neben ihnen her, die anderen folgten in buntem Durcheinander. Der Pfarrer versuchte zu sagen: „Fort, zurück, entfernt euch, aber, aber!" Jedoch Federigo sagte zu ihm: „Laßt sie gewähren" und schritt weiter, bald die Hand erhebend, um das Volk zu segnen, dann sie wieder senkend, um die Kinder zu streicheln, die ihm in den Weg liefen. So gelangten sie zu dem Haus und gingen hinein. Die Menge blieb dicht gedrängt draußen stehen. Aber unter diesen Leuten befand sich auch der Schneider, der wie die anderen mit starrem Blick und offenem Mund nachgelaufen war, ohne zu wissen, wo man landen würde. Als er dann dieses unerwartete Ziel sah, ließ er sich Platz machen, indem er ein über das andere Mal schrie: „Laßt mich durch, ich muß durch!" Und er trat ein.

Agnese und Lucia vernahmen ein immer lauter werdendes Stimmengewirr auf der Straße, und während sie überlegten, was es sein könnte, sahen sie die Tür weit aufgehen und den Purpurträger mit dem Pfarrer erscheinen.

„Ist es diese?" fragte der erstere den anderen, und auf ein bejahendes Nicken ging er auf Lucia zu, die mit der Mutter sprachlos und unbeweglich vor Überraschung und Scham dastand. Aber der Ton dieser Stimme, das Gesicht, die Haltung und vor allem Federigos Worte hatten sie gleich wieder ermutigt. „Armes Mädchen", begann er. „Gott hat zugelassen, daß Ihr einer schweren Prüfung unterworfen wurdet. Er hat Euch aber auch gezeigt, daß er sein Auge nicht von

Euch gewendet, daß er Euch nicht vergessen hat. Er hat Euch gerettet und hat sich Euer zu einem großen Werk bedient, um einem einzelnen eine große Gnade zu erweisen und zugleich viele aufzurichten."

In diesem Augenblick erschien auch die Hausfrau in der Stube, die ebenfalls bei dem Lärm an das Fenster getreten und, als sie gesehen hatte, wer in ihr Haus kam, die Stiege heruntergelaufen war, nachdem sie sich zuvor noch rasch ein wenig zurechtgemacht hatte, und fast gleichzeitig trat der Schneider durch die andere Tür herein. Da sie sahen, daß das Gespräch im Gange war, wichen sie beide in eine Ecke zurück, wo sie ehrfürchtig stehenblieben. Nachdem der Kardinal sie höflich gegrüßt hatte, sprach er mit den Frauen weiter, indem er in die Tröstungen ab und zu eine Frage streute, um aus den Antworten einen Anhaltspunkt zu gewinnen, wie er der, die so viel gelitten hatte, Gutes tun könne.

„Alle Priester müßten so sein wie der gnädige Herr und ein bißchen zu den armen Leuten halten und nicht mithelfen, sie in verworrene Händel zu verwickeln, um sich selbst herauszuziehen", sagte Agnese, ermuntert durch das leutselige und liebevolle Gebaren Federigos und gereizt, wenn sie daran dachte, daß der Herr Don Abbondio, nachdem er stets die anderen geopfert hatte, sie noch an einer kleinen Herzenserleichterung hindern wollte, an einer Klage vor einem Höheren, wo ein seltener Zufall einmal die Gelegenheit dazu bot.

„Sagt nur alles, was Ihr denkt", versetzte der Kardinal, „sprecht freiheraus."

„Ich will nur sagen, wenn unser Herr Pfarrer seine Pflicht getan hätte, wäre die Sache nicht so gegangen."

Da jedoch der Kardinal von neuem in sie drang, damit sie sich deutlicher erklären möge, wurde sie langsam verlegen, eine Geschichte erzählen zu sollen, worin auch sie eine Rolle hatte, die einer solchen Persönlichkeit mitzuteilen ihr nicht gerade am Herzen lag. Sie fand aber doch einen Weg, die Sache mit einer kleinen Beschneidung zurechtzustutzen. Sie erzählte von der verabredeten Trauung, von der Weigerung Don Abbondios, ließ auch (ach Agnese!) den Vorwand von den Vorgesetzten nicht aus, den er ins Treffen geführt hatte, und sprang zu dem Anschlag Don Rodrigos über und wie sie, davor gewarnt, hätten entfliehen können. „Ja, aber", fügte sie hinzu, „entfliehen, um von neuem in Schwierigkeiten zu geraten. Wenn dagegen der Herr Pfarrer uns alles aufrichtig gesagt und meine beiden armen jungen Leute rasch getraut hätte, so wären wir alle miteinander gleich heimlich fortgezogen, weit weg, an einen Ort, von dem niemand etwas erfahren hätte. So hat man Zeit verloren, und es ist daraus entstanden, was entstanden ist."

„Der Herr Pfarrer wird mir über diesen Fall Rechenschaft ablegen", sagte der Kardinal.

„Nein, Herr, nein, Herr", sagte Agnese schnell, „ich habe nicht deswegen geredet. Schelten Sie ihn nicht, denn was nun einmal geschehen ist, ist geschehen, und dann hilft es ja auch nichts. Er ist halt so, und wenn der Fall noch einmal einträte, würde er wieder so handeln."

Lucia aber, die mit dieser Art, die Geschichte zu erzählen, nicht zufrieden war, fügte hinzu: „Auch wir haben unrecht getan; man sieht, es war nicht der Wille des Herrn, daß die Sache gelingen solle."

„Was für ein Unrecht hättet Ihr denn begehen können, armes Mädchen?" fragte Federigo.

Lucia erzählte trotz der finsteren Blicke, die ihr die Mutter heimlich zuzuwerfen suchte, die Geschichte von dem in Don Abbondios Haus unternommenen Versuch und schloß mit den Worten: „Wir haben unrecht getan, und Gott hat uns gestraft."

„Nehmt aus seiner Hand die Leiden, die Ihr erduldet habt, und seid guten Mutes", sagte Federigo, „denn wer hat Ursache, sich zu freuen und zu hoffen, wenn nicht der, der gelitten hat und darauf bedacht ist, sich selbst anzuklagen?"

Er fragte dann, wo der Bräutigam sei, und als er von

Agnese hörte (Lucia stand schweigend da, mit gesenktem Kopf und niedergeschlagenen Augen), daß er aus dem Dorf geflohen sei, zeigte der Kardinal Staunen und Mißfallen und wollte wissen, warum.

Agnese erzählte, so gut sie es konnte, das wenige, was sie von Renzos Geschichte wußte.

„Ich habe von diesem jungen Mann sprechen hören", sagte der Kardinal, „aber wie konnte einer, der sich in Händel dieser Art verwickelt, mit einem solchen Mädchen verlobt sein?"

„Er war ein braver Bursche", sagte Lucia errötend, aber mit fester Stimme.

„Er war ein ruhiger Bursche, fast zu ruhig", fügte Agnese hinzu, „und darüber können Sie jeden fragen, auch den Herrn Pfarrer. Wer weiß, was für Wirrsale das da unten waren und was für Ränke? Es gehört nicht viel dazu, arme Leute als Schurken hinzustellen."

„Das ist leider wahr", sagte der Kardinal. „Ich werde mich ganz bestimmt nach ihm erkundigen." Und nachdem er sich den Namen und Zunamen des Jünglings hatte nennen lassen, schrieb er ihn sich in einem Merkbüchlein auf. Dann fügte er noch hinzu, er gedenke, sich in wenigen Tagen in ihr Dorf zu begeben, dann könne Lucia ohne Furcht hinkommen; und unterdessen würde er auf einen sicheren Aufenthalt für sie bedacht sein, bis alles wieder aufs beste geordnet sei.

Dann wandte er sich an die Hausbesitzer, die sogleich vortraten. Er erneuerte die Danksagungen, die er schon durch den Pfarrer hatte überbringen lassen, und fragte, ob sie geneigt wären, die Gäste, die Gott ihnen geschickt habe, einige Tage zu beherbergen.

„O ja, Herr", antwortete die Frau in einem Ton und mit einem Gesicht, die viel mehr ausdrückten als diese trockene, von Scham erstickte Antwort. Ihr Gatte aber, begeistert von der Gegenwart eines solchen Fragers und von dem Wunsch, bei einer Gelegenheit von solcher Bedeutung Ehre einzulegen, überlegte sich begierig eine schöne Antwort. Er zog die Stirn in Falten, verdrehte die Augen, preßte die Lippen zusammen, spannte mit aller Macht den Bogen seines Verstandes, suchte, forschte, fühlte in seinem Kopf ein Durcheinander von verstümmelten Gedanken und halben Worten. Jedoch der Augenblick drängte, der Kardinal deutete schon durch einen Wink an, daß er das Schweigen richtig auszulegen wisse. Da öffnete der arme Mann den Mund und sagte: „Selbstverständlich!" Mehr wollte ihm nicht einfallen. Darüber war er nicht nur für den Augenblick niedergeschlagen, diese lästige Erinnerung vergällte ihm auch später stets die Freude an der ihm widerfahrenen hohen Ehre. Und wie oft, wenn er darauf zurückkam und sich in Gedanken wieder in diese Lage versetzte, fielen ihm, wie zum Hohn, Worte ein, die alle besser gewesen wären als dieses alberne „Selbstverständlich!". Aber ein altes Sprichwort sagt: Wenn mißlungen ist die Tat, wüßten hundert guten Rat.

Der Kardinal entfernte sich mit den Worten: „Der Segen des Herrn sei über diesem Haus."

Am Abend fragte er dann den Pfarrer, wie man diesen Mann, der doch nicht reich sein konnte, für die besonders in diesen Zeiten kostspielige Gastfreundschaft schicklich entlohnen könnte. Der Pfarrer antwortete, daß in Wahrheit weder der Verdienst des Handwerks noch der Ertrag der kleinen Felder, die der Schneider sein eigen nannte, in diesem Jahr hinreichen und ihn in den Stand versetzen würden, anderen gegenüber freigebig zu sein. Da er aber in den früheren Jahren etwas zurückgelegt habe, gehöre er zu den Wohlhabendsten in der Gegend und könne schon, ohne in Geldverlegenheit zu geraten, eine kleine Mehrausgabe wagen, wie er es in diesem Falle sicher gern tat; und im übrigen würde er gewiß nicht zu bewegen sein, eine Vergütung anzunehmen.

„Er wird wahrscheinlich", sagte der Kardinal, „bei Leuten, die nicht bezahlen können, Schuldforderungen haben."

„Denken Sie, erlauchter Monsignore, diese armen Leute zahlen mit dem, was ihnen von der Ernte übrigbleibt. Voriges Jahr blieb ihnen nichts, in diesem bleiben alle hinter dem Notwendigen zurück."

„Nun gut", sagte Federigo, „ich nehme alle diese Schulden auf mich, und Ihr werdet mir den Gefallen tun, von ihm das Verzeichnis der Posten zu verlangen und sie zu bezahlen."

„Es wird eine hübsche Summe sein."

„Um so besser, und es wird hier nur allzu viele noch Bedürftigere geben, die keine Schulden haben, weil sie keinen Kredit finden."

„Ach, nur allzu viele! Man tut, was man kann, aber wie soll man allem gerecht werden in Zeiten, wie es diese sind?"

„Laßt ihn auf meine Rechnung Kleider für die Leute machen und bezahlt ihn gut. Freilich kommt mir in diesem Jahr alles wie ein Raub vor, was nicht für Brot ausgegeben wird, aber dies ist ein besonderer Fall."

Wir wollen jedoch die Geschichte dieses Tages nicht beschließen, ohne kurz zu erzählen, wie ihn der Ungenannte beendet hat.

Diesmal war ihm die Kunde von seiner Bekehrung in das Tal vorausgeeilt. Sie hatte sich dort rasch verbreitet und überall Bestürzung, Angst, Unwillen und Murren hervorgerufen. Den ersten Bravi oder Dienern (es war alles ein und dasselbe), die er sah, winkte er, ihm zu folgen, und so der Reihe nach allen anderen. Sie folgten ihm zögernd, aber mit der gewohnten Unterwürfigkeit, bis er, mit einem immer wachsenden Gefolge, bei der Burg ankam. Er winkte denen, die am Tor standen, daß sie sich den anderen anschließen sollten. Er kam in den ersten Hof, ritt bis zur Mitte vor und ließ dort, noch immer auf dem Maultier sitzend, einen donnernden Ruf erschallen: es war das übliche Zeichen, worauf alle seine Leute, die es gehört hatten, herbeiliefen. In einem Augenblick eilten alle, die in der Burg verstreut waren, dem

Ruf nach und gesellten sich zu den schon Versammelten, wobei sie alle den Gebieter anschauten.

„Geht und erwartet mich im großen Saal", sagte er zu ihnen und sah ihnen von seinem Sattel nach, wie sie sich entfernten. Dann stieg er ab, führte das Tier selbst in den Stall und ging dorthin, wo er erwartet wurde. Bei seinem Erscheinen verstummte das laute Geflüster sofort, alle drängten sich auf der einen Seite zusammen und ließen für ihn einen großen Raum im Saal frei: es mochten ihrer ungefähr dreißig sein.

Der Ungenannte hob die Hand, wie um das plötzliche Schweigen andauern zu lassen, hob den Kopf, der alle in dieser Schar überragte, und sagte: „Hört alle zu, und keiner rede, wenn er nicht gefragt wird! Kinder! Der Weg, den wir bis jetzt gegangen sind, führt in den Abgrund der Hölle. Es ist kein Vorwurf, den ich euch machen will, ich, der ich allen vorangeschritten und der Schlechteste von allen bin; aber hört, was ich euch zu sagen habe. Der barmherzige Gott hat mich gerufen, damit ich mein Leben ändere, und ich werde es ändern und habe es bereits geändert; so möge er euch allen tun. Wisset also und haltet es für sicher, daß ich entschlossen bin, eher zu sterben, als noch einmal etwas gegen sein heiliges Gesetz zu tun. Ich entbinde jeden einzelnen von euch der ruchlosen Befehle, die ihr von mir erhalten habt. Ihr versteht mich: ja, ich befehle euch, nichts von dem zu tun, was euch befohlen war. Und seid auch dessen gewiß, daß von nun an niemand mit meiner Unterstützung und in meinem Dienst wird Übles tun können. Wer unter diesen Bedingungen bleiben will, soll von mir wie ein Sohn gehalten werden, und zufrieden würde ich an dem Ende des Tages sein, an dem ich nichts gegessen hätte, um mit dem letzten Bissen Brot im Hause den letzten von euch zu sättigen. Wer es nicht will, dem soll gegeben werden, was ihm an Sold gebührt, und ein Geschenk obendrein: er kann seines Weges gehen, aber niemals wieder setze er den Fuß hierher, es sei denn, um sein Leben zu ändern; denn in diesem Fall wird er immer mit offenen Armen aufgenommen werden. Überlegt es euch heute nacht; morgen früh werde ich euch einen nach dem anderen rufen, damit ihr mir die Antwort geben könnt, und dann will ich euch neue Befehle erteilen. Entfernt euch jetzt, jeder begebe sich auf seinen Posten. Und Gott, der an mir so große Barmherzigkeit geübt hat, sende euch die rechte Gesinnung."

Hier war er zu Ende, und alles schwieg. Wie mannigfach und stürmisch die Gedanken waren, die in diesen wunderlichen Köpfen gärten – äußerlich verrieten sie es durch kein Zeichen. Sie waren gewohnt, die Stimme ihres Herrn als Kundgebung eines Willens aufzufassen, mit dem sich nicht rechten ließ. Und diese Stimme, die verkündete, daß der Wille sich geändert habe, deutete keineswegs an, daß er etwa geschwächt sei. Keinem kam es auch nur in den Sinn, daß man ihm jetzt, wo er sich bekehrt habe, Trotz bieten und ihm wie einem anderen Menschen antworten könne. Sie sahen in ihm einen Heiligen, aber einen von den Heiligen, die man mit erhobenem Haupt und mit dem Schwert in der Faust abzubilden pflegt. Außer der Angst hatten sie (besonders die auf seinem Besitz Geborenen, von denen es eine große Zahl gab) eine Ergebenheit für ihn wie Vasallen, und alle waren ihm in Bewunderung zugetan. In seiner Gegenwart empfanden sie, ich kann wohl so sagen, eine Art von Scheu, wie sie auch die rohesten und übermütigsten Gemüter vor einer Überlegenheit empfinden, die sie anerkannt haben. Die Dinge nun, die sie jetzt aus seinem Munde vernommen hatten, waren ihren Ohren wohl verhaßt, aber weder falsch noch ihrem Begriffsvermögen gänzlich fremd: hatten sie auch tausendmal ihren Spott damit getrieben, so war es doch nicht geschehen, weil sie nicht daran glaubten, sondern um mit den Spöttereien der Angst zuvorzukommen, die sie beim ernsten Nachdenken beschlichen hätte. Und als sie jetzt die Wirkung dieser Furcht auf ein Gemüt wie das ihres Gebieters sahen, war keiner unter ihnen, der nicht mehr oder weniger eine Zeitlang davon erfaßt worden wäre. Zu alledem kam noch hinzu, daß jene von ihnen, die sich am Morgen außerhalb des Tales befanden und die große Neuigkeit zuerst erfahren hatten, zugleich auch die Freude, den Jubel der Bevölkerung, die Liebe und Verehrung für den Ungenannten, die an die Stelle des früheren Hasses und des früheren Schreckens getreten waren, mit angesehen und davon berichtet hatten. So daß sie in diesem Manne, zu dem sie stets emporgeblickt hatten, obwohl sie selbst zum großen Teil seine Macht bildeten, nun das Wunder und den Abgott der Menge sahen. Sie sahen ihn anders als früher, aber nicht weniger alle anderen überragen; immer stand er außerhalb des gemeinen Haufens, immer war er das Haupt.

Sie waren also bestürzt, einer des anderen und jeder seiner selbst noch nicht sicher. Der eine ärgerte sich heimlich, der andere machte Pläne, wohin er nun gehen würde, um Zuflucht und Beschäftigung zu suchen; jener prüfte sich, ob er sich wohl zum ehrlichen Mann eignen würde, und mancher fühlte, gerührt von diesen Worten, eine gewisse Neigung dazu. Andere nahmen sich vor, ohne etwas zu beschließen, alles aufs Geratewohl zu versprechen und unterdessen das ihnen angebotene und damals so karge Brot weiter zu essen und Zeit zu gewinnen; keiner sagte ein Wort. Und als der Ungenannte am Ende seiner Rede von neuem die gebieterische Hand erhob, um ihnen zu winken, daß sie gehen sollten, zogen sie alle ab, geduckt wie eine Herde Schafe. Auch er ging hinaus, ihnen nach; und nachdem er sich mitten in den Hof gestellt hatte, beobachtete er in der Dämmerung, wie sie auseinandergingen und sich jeder auf seinen Posten begab. Als er dann hinaufgestiegen war, um eine Laterne zu holen, machte er noch einmal die Runde durch die Höfe, die Gänge und die Säle, untersuchte alle Einlässe, und als er sah, daß alles ruhig war, ging er endlich schlafen. Wirklich schlafen, denn er hatte das Bedürfnis nach Schlaf.

Noch nie und in keiner Lage hatten so viele verwickelte

und zugleich dringende Geschäfte, sosehr er ihnen stets nachgejagt war, auf ihm wie jetzt gelastet, und dennoch suchte er den Schlaf. Die Gewissensbisse, die ihm diesen in der vergangenen Nacht geraubt hatten, waren nicht nur nicht beschwichtigt, sie mahnten vielmehr mit lauteren, fordernderen und gebieterischeren Rufen; und dennoch wollte er schlafen. Die Ordnung, diese Art von Herrschaft, die seit so vielen Jahren mit soviel Sorgfalt und mit einer so einzigartigen Vereinigung von Kühnheit und Beharrlichkeit von ihm hier drinnen eingeführt worden war, hatte er nun selbst mit wenigen Worten in Zweifel gesetzt. Die unbegrenzte Ergebenheit der Seinigen, ihre Bereitwilligkeit zu allem, diese Banditentreue, auf die zu bauen er seit so langer Zeit gewohnt gewesen war, hatte er nun selbst erschüttert; seine Stützen hatte er in einen Berg des Wirrwarrs umgewandelt; er hatte Verwirrung und Ungewißheit in das Haus gebracht, und dennoch wollte er schlafen.

Er begab sich also in sein Gemach und trat an das Bett, das in der Nacht zuvor für ihn so dornenvoll gewesen war; und er kniete nieder, um zu beten. Er fand tatsächlich in einem tiefen und versteckten Winkel seines Geistes die Gebete, die er als Kind zu verrichten unterwiesen worden war. Er begann sie aufzusagen; und diese Worte, die so lange Zeit dort verborgen gewesen waren, kamen nun nacheinander wie von einem Knäuel abgewickelt. Es befiel ihn dabei ein unbestimmtes Gemisch von Empfindungen; eine gewisse Wonne ob dieser greifbaren Rückkehr zu den Gewohnheiten der Unschuld; eine Steigerung seines Schmerzes bei dem Gedanken an die Kluft, die er zwischen der damaligen und der jetzigen Zeit hatte entstehen lassen; ein brennendes Verlangen, durch Werke der Sühne zu einem neuen Bewußtsein und in einen Zustand zu gelangen, der dem der Unschuld, zu der er nicht mehr zurückkehren konnte, am nächsten war; eine Dankbarkeit, ein Vertrauen in die Barmherzigkeit, die ihn zu diesem Zustand geleiten konnte und die ihm schon so viele Zeichen gegeben hatte, daß sie es wollte.

Dann erhob er sich, ging ins Bett und schlief unverzüglich ein.

So endete dieser Tag, der noch in aller Munde war, als unser Anonymus schrieb, und von dem man jetzt, wäre er nicht gewesen, nichts, wenigstens nichts von den Einzelheiten wissen würde, denn Ripamonti und Rivola, die wir oben anführten, sagen nur, daß dieser ungewöhnliche Tyrann nach einer Unterredung mit Federigo sein Leben auf wunderbare Weise und für immer geändert habe. Und wie viele werden denn die Bücher dieser beiden gelesen haben? Ihre Zahl wird noch geringer sein als die jener, die das unsrige lesen werden. Und wer weiß, ob sich in dem Tal selbst für den, der Lust hätte, danach zu forschen, und die Geschicklichkeit, es zu finden, irgendeine alte, verworrene Überlieferung der Begebenheit erhalten haben mag. Seit jener Zeit sind doch so viele Dinge geschehen.

25. Kapitel

Am folgenden Tage sprach man in Lucias Dörfchen und im ganzen Gebiet von Lecco nur von ihr, von dem Ungenannten, von dem Erzbischof und von einem gewissen anderen, der, obgleich er sonst Gefallen daran fand, wenn sein Name in aller Munde war, unter diesen Umständen gern darauf verzichtet hätte: wir meinen den Herrn Don Rodrigo.

Nicht, daß man vorher von seinen Handlungen nicht gesprochen hätte, aber man tat es nur in abgerissenen, heimlichen Gesprächen; es mußten sich zwei schon gegenseitig sehr gut kennen, um sich über einen solchen Gesprächsstoff zu eröffnen. Und auch dann legten sie nicht ihr ganzes Fühlen hinein, dessen sie fähig gewesen wären; denn wenn sich die Entrüstung nicht ohne große Gefahr Luft machen kann, so zeigen die Menschen im allgemeinen nicht nur weniger davon, als sie empfinden, oder verbergen sie ganz, sondern sie empfinden sie auch tatsächlich nicht in diesem Maße. Wer hätte sich aber jetzt enthalten können, sich zu erkundigen und ein so aufsehenerregendes Ereignis zu besprechen, worin die Hand des Himmels sichtbar gewaltet hatte und zwei solche Persönlichkeiten eine treffliche Rolle spielten? Die eine, in der sich eine so mutige Gerechtigkeitsliebe mit einer so hohen Würde verband; die andere, worin der Stolz eines Übermächtigen gedemütigt und der trotzige Übermut gleichsam gezwungen worden war, die Waffen zu strecken und Frieden zu erbitten. Mit ihnen verglichen, wurde der Herr Don Rodrigo doch ein bißchen klein. Nun begriffen alle, was es hieß, die Unschuld zu quälen, um sie entehren zu können; sie mit einer so unverschämten Hartnäckigkeit, mit einer so grausamen Gewalt und mit so abscheulichen Nachstellungen zu verfolgen. Nun ging man bei dieser Gelegenheit die vielen anderen Heldentaten dieses Herrn durch, und ermutigt durch die Übereinstimmung mit den anderen, sprach jeder über alles, was er dachte. Es war ein Gemurmel und ein allgemeines Aufbegehren, weit vom Schusse allerdings, wegen der vielen Bravi, die er um sich hatte.

Ein gut Teil dieses öffentlichen Hasses fiel auch auf seine Freunde und Schmeichler. Man tuschelte tüchtig über den Herrn Stadtvogt, der bei den Taten dieses Tyrannen immer taub und blind und stumm blieb; aber auch bei ihm nur aus der Ferne, denn hatte er keine Bravi, so hatte er doch seine Häscher. Mit dem Doktor Rechtsverdreher, der nichts als Geschwätz und Ränke kannte, und mit anderen Schmeichlern seinesgleichen verfuhr man nicht so rücksichtsvoll: man zeigte mit den Fingern auf sie, und sie wurden mit scheelen Blicken angesehen, so daß sie es eine Zeitlang für gut befanden, sich nicht auf der Straße zu zeigen.

Wie vom Blitz getroffen durch diese unvermutete Nachricht, die so verschieden war von der Meldung, die er von Tag zu Tag, von Augenblick zu Augenblick erwartete, hielt sich Don Rodrigo allein mit seinen Bravi in der Burg verkrochen, um zwei Tage lang seinen Zorn in sich hineinzufressen; am dritten reiste er nach Mailand ab. Wenn nichts weiter gewesen wäre als dieses Gerede der Leute, würde er vielleicht, da die Dinge nun einmal so weit gediehen waren, gerade geblieben sein, um dem Klatsch zu trotzen, ja um die Gelegenheit zu suchen, ein Exempel an einem der Frechsten zu statuieren. Aber was ihn vertrieb, war die sichere Kunde, daß der Kardinal auch in diese Gegend kommen werde. Der gräfliche Oheim, der von dieser ganzen Geschichte nicht mehr wußte, als was ihm Attilio mitgeteilt hatte, würde sicherlich verlangen, daß Don Rodrigo bei einer solchen Gelegenheit eine große Rolle spielen und vom Kardinal öffentlich mit großer Auszeichnung empfangen werden solle: nun sieht aber ein jeder, wie die Sache eingeleitet war. Er würde es verlangen und darüber genaue Rechenschaft fordern, denn es war eine wichtige Gelegenheit, zu zeigen, in welchem Ansehen die Familie bei einer der vornehmsten Obrigkeiten stehe. Um sich von einer so lästigen Verlegenheit zu befreien, setzte sich Don Rodrigo eines Morgens, nachdem er sich vor Sonnenaufgang erhoben hatte, in eine Kutsche, vorn und hinter sich Bravi, darunter den Grauen, hinterließ den Befehl, daß die übrige Dienerschaft nachzukommen habe, und zog wie ein Flüchtling fort, wie (es sei uns gestattet, unsere Personen durch einen erlauchten Vergleich emporzuheben), wie Catilina aus Rom, wutschnaubend und schwörend, er werde bald ganz anders wiederkehren und seine Rache nehmen.

Inzwischen kam der Kardinal und besuchte jeden Tag eine der Pfarren in dem Gebiet von Lecco. An dem Tage, an dem er in der Lucias eintreffen sollte, war ihm ein großer Teil der Bewohner auf der Straße entgegengezogen. Am Eingang des Dorfes, gerade neben dem Häuschen unserer zwei Frauen, stand ein aus Pfosten und Querbalken errichteter Triumphbogen, mit Stroh und Moos verkleidet und verziert mit grünen Zweigen von Mäusedorn und Stechpalmen, zwischen denen man rote Beeren unterschied. Die

Vorderseite der Kirche war mit Teppichen geschmückt, und vom Gesims eines jeden Fensters hingen Decken und ausgebreitete Leinentücher und Windeln als Behänge, die geringe notwendige Habe, die wohl oder übel geeignet war, einen Überfluß vorzustellen. Um die Abendstunde, zu der man den Kardinal erwartete, machten sich auch die, die zu Hause geblieben waren, Greise, Frauen und vorwiegend Kinder, teils in Reihen, teils in Haufen auf den Weg, um ihm entgegenzuziehen. Voran schritt Don Abbondio, umdüstert inmitten all der Festlichkeit und wegen des Lärms, der ihn betäubte, und wegen des Gewimmels vorn und hinten, das ihn, wie er immer wieder sagte, schwindlig machte, und wegen der heimlichen Angst, daß die Frauen geschwatzt haben könnten und er über die Trauung Rechenschaft ablegen müsse.

Da sah man auf einmal den Kardinal erscheinen, oder besser gesagt: die Schar, in deren Mitte er sich in seiner Sänfte befand, von seinem Gefolge umgeben; denn von dem Ganzen sah man nichts anderes als ein Zeichen in der Luft, über allen Köpfen ein Stück von dem Kreuz, das der Kaplan trug, der auf einem Maultier ritt. Die Menge, die mit Don Abbondio ging, eilte in wirrem Durcheinander vorwärts, um die anderen zu erreichen; und nachdem er drei- oder viermal gesagt hatte: „Langsam, bleibt in der Reihe, was macht Ihr?“, kehrte er verärgert um. Und während er weiterbrummte: „Das ist ein wahres Babylon“, trat er in die Kirche, die noch leer war, und blieb dort, um zu warten.

Der Kardinal kam näher, den Segen mit der Hand spendend und ihn aus dem Munde des Volkes empfangend, das nur mit Mühe von dem Gefolge ein wenig zurückgehalten wurde. Weil sie aus Lucias Dorf waren, hätten diese Leute dem Erzbischof gern außergewöhnliche Kundgebungen bereitet, aber die Sache war nicht leicht, weil es überall, wohin er kam, üblich war, daß alle ihr Bestes taten. Schon zu Beginn seiner bischöflichen Würde, bei dem ersten feierlichen Einzug in den Dom, war das Gedränge und Ungestüm der

Leute derart gewesen, daß man für sein Leben fürchtete; und einige Edelleute, die in seiner nächsten Nähe standen, hatten ihre Degen gezogen, um die Menge zu erschrecken und zurückzudrängen. Es lag damals so viel Ungeordnetes und Gewaltsames in den Sitten, daß man auch bei den Huldigungen für einen Bischof in der Kirche und bei dem Versuch, sie zu mäßigen, nahe daran war, zu töten. Und diese Verteidigung hätte vielleicht gar nicht genügt, wenn nicht der Zeremonienmeister und sein Amtsgehilfe, ein Clerici und ein Picozzi, zwei junge Priester, die Mut und Kraft bewiesen, den Bischof auf ihre Arme gehoben und ihn vom Eingang bis zum Hochaltar getragen hätten. Von nun an konnte man den ersten Einzug in die Kirche bei den vielen bischöflichen Besuchen, die er zu machen hatte, ohne Scherz zu den Mühen seines Hirtenamtes und zuweilen auch zu den von ihm überstandenen Gefahren zählen.

Auch in diese Kirche zog er ein, so gut es ging. Er schritt zum Altar, und nachdem er eine Weile im Gebet verharrt hatte, hielt er nach seiner Gewohnheit eine kleine Ansprache an das Volk und redete von seiner Liebe zu ihnen, von seinem Verlangen nach ihrem Heil und wie sie sich für den morgigen Gottesdienst vorbereiten sollten. Nachdem er sich dann in das Pfarrhaus begeben hatte, erkundigte er sich unter anderem nach Renzo. Don Abbondio sagte, daß er ein etwas lebhafter, eigensinniger, heftiger junger Mann sei. Aber auf eingehendere und bestimmtere Fragen mußte er erwidern, daß er ein anständiger Mensch sei und daß auch er nicht begreifen könne, wie er in Mailand alle diese Teufeleien, die man ihm nachsagte, habe verüben können.

„Was das junge Mädchen anbelangt", hob der Kardinal wieder an, „so glaubt Ihr also auch, daß sie jetzt kommen und sicher in ihrem Haus wohnen kann?"

„Vorläufig", erwiderte Don Abbondio, „kann sie kommen und nach Belieben bleiben, ich sage, vorläufig, aber", setzte er mit einem Seufzer hinzu, „dann müßten Euer Herrlichkeit immer hier oder wenigstens in der Nähe sein."

„Der Herr ist immer nahe", sagte der Kardinal. „Im übrigen werde ich Sorge tragen, sie in Sicherheit zu bringen." Und er gab sogleich den Befehl, daß man am folgenden Tage in aller Frühe die Sänfte mit einem Schutzgeleit schicke, um die zwei Frauen abzuholen.

Don Abbondio ging hinaus und war ganz vergnügt, daß der Kardinal von den zwei jungen Leuten gesprochen hatte, ohne über die verweigerte Trauung Rechenschaft zu fordern. Also weiß er nichts, sagte er bei sich, Agnese hat geschwiegen, ein wahres Wunder! Freilich werden sie sich noch einmal sehen, aber wir wollen ihr noch eine Belehrung erteilen, das wollen wir. Und er wußte nicht, der arme Mann, daß Federigo diese Angelegenheit ebendeswegen nicht berührt hatte, weil er beabsichtigte, zu gelegener Zeit darüber ausführlich mit ihm zu sprechen, und ehe er ihm auferlegte, was ihm gebührte, wollte er auch seine Gründe hören.

Aber die Absichten des guten Kirchenfürsten, Lucia in Sicherheit zu bringen, waren überflüssig geworden. Nachdem er sie verlassen hatte, waren Dinge geschehen, die wir erzählen müssen.

Die beiden Frauen hatten in den wenigen Tagen, die es in dem gastlichen Häuschen des Schneiders zu verbringen galt, ihre alte Lebensweise, so gut es ging, wieder aufgenommen. Lucia hatte sogleich Arbeit verlangt, und wie sie es im Kloster getan, so nähte sie und nähte auch hier, in ein Stübchen zurückgezogen, fern von den Augen der Leute. Agnese ging ein bißchen aus, und ein bißchen arbeitete sie in Gesellschaft der Tochter. Ihre Gespräche waren um so wehmütiger, je zärtlicher sie waren. Beide waren auf eine Trennung vorbereitet, denn das Lamm durfte nicht wieder so nahe bei der Höhle des Wolfes bleiben, und wann und wie würde diese Trennung ein Ende haben? Die Zukunft war dunkel und verworren, besonders für eine von ihnen. Agnese hegte noch immer ihre frohen Vermutungen: Renzo müsse ja, wenn ihm nichts Schlimmes zugestoßen sei, bald Nachricht von sich geben. Und wenn er Arbeit und ein Unterkommen gefunden habe, wenn er (wie konnte man daran zweifeln?) seine Versprechungen einhalten wolle, warum sollte man da nicht hinziehen und bei ihm bleiben können? Und von solchen Hoffnungen sprach sie und sprach immer wieder zu der Tochter, von der ich nicht zu sagen wüßte, ob es ihr größeren Schmerz bereitete, zuzuhören, oder eine größere Qual, zu antworten. Ihr großes Geheimnis hatte sie für sich behalten, und obwohl sie das Mißvergnügen beunruhigte, vor einer so guten Mutter und nicht zum erstenmal Heimlichkeiten zu haben, ließ sie doch, von der Scheu und von den erwähnten mannigfachen Befürchtungen fast unwiderstehlich zurückgehalten, einen Tag nach dem anderen vergehen, ohne etwas zu sagen. Ihre Pläne waren von denen der Mutter wohl sehr verschieden, besser gesagt, sie hatte gar keine; sie hatte sich auf die Vorsehung verlassen. Sie bemühte sich also, das Gespräch abzubrechen oder davon abzulenken, oder sie sagte in allgemeinen Ausdrücken, daß sie keine Hoffnung mehr habe noch irgend etwas auf dieser Erde wünsche, außer bald wieder mit ihrer Mutter vereint zu sein; meist stellten sich die Tränen im rechten Augenblick ein, um die Worte zu beenden.

„Weißt du, warum dir so zumute ist?" sagte Agnese. „Weil du soviel gelitten hast und weil es dir nicht möglich scheint, daß sich alles noch zum Guten wenden könnte. Aber laß den Herrn walten, und wenn ... Laß uns nur einen Schimmer, einen schwachen Hoffnungsschimmer sehen, und dann wirst du mir sagen können, ob du an nichts mehr denkst." Lucia küßte die Mutter und weinte.

Im übrigen war zwischen ihnen und ihren Gastgebern gleich eine große Freundschaft entstanden; und wo sollte sie auch sonst entstehen, wenn nicht zwischen denen, die Wohltaten empfangen, und denen, die Wohltaten spenden, wenn die einen und die anderen gute Menschen sind? Besonders Agnese hatte ausgiebige Plauderstündchen mit der Hausfrau. Und der Schneider bot ihnen ein wenig Zerstreuung mit Geschichten und erbaulichen Gesprächen, und vor allem bei Tisch wußte er stets etwas Schönes zu erzählen, von Bovo d'Antona oder von den Vätern der Wüste.

Nicht weit von diesem Dörfchen lebte auf einem Landgut ein vornehmes Ehepaar, Don Ferrante und Donna Prassede. Die Feder des Anonymus verschweigt wie gewöhnlich ihren Familiennamen. Donna Prassede war eine alte Edeldame, die eine starke Neigung zum Wohltun hatte: gewiß das würdigste Gewerbe, das ein Mensch betreiben, in dem er aber so wie bei allen anderen viel verderben kann. Um das Gute zu tun, muß man es kennen; und gleichwie alle anderen Dinge können wir es nur mitten in unseren Leidenschaften erkennen, durch unsere Urteilskraft und durch unsere Gedanken, um die es nicht immer zum besten bestellt ist. Mit den Gedanken machte es Donna Prassede so, wie man sagt, daß man es mit den Freunden tun soll: sie hatte deren wenige, aber von diesen wenigen war sie sehr eingenommen. Unter den wenigen befanden sich zum Unglück viele verkehrte, und es waren nicht diese, die ihr am wenigsten wert waren. Daher passierte ihr, daß sie sich als gut vorstellte, was nicht gut war, oder daß sie Mittel ergriff, die eher das Gegenteil bewirkten, oder daß sie solche für erlaubt hielt, die es nicht waren, was sie in der verworrenen Voraussetzung tat, daß jener größere Rechte habe, der mehr als seine Pflicht tue. Es passierte ihr auch, daß sie in einer Sache nicht das sah, was wirklich da war, oder daß sie etwas sah, was nicht da war; und es widerfuhren ihr viele andere, ähnliche Dinge, die allen, die Besten nicht ausgenommen, geschehen können und auch geschehen. Donna Prassede aber unterliefen sie zu oft und nicht selten alle auf einmal.

Als sie die bedeutsame Geschichte Lucias und all das vernahm, was man bei dieser Gelegenheit von dem jungen Mädchen erzählte, befiel sie die Neugier, Lucia zu sehen, und sie sandte eine Kutsche mit einem alten Diener, um Mutter und Tochter zu holen. Diese zuckte die Achseln und bat den Schneider, der ihnen die Botschaft überbracht hatte, sie in irgendeiner Weise zu entschuldigen. Solange es sich um einfache Leute gehandelt hatte, die das Wundermädchen kennenzulernen suchten, hatte ihnen der Schneider einen solchen Dienst gern geleistet, aber in diesem Fall kam ihm die Weigerung wie eine Rebellion vor. Er machte viele Geschichten, erhob ein großes Wehklagen und sagte viele Dinge: daß man das nicht tun dürfe, daß es ein vornehmes Haus sei, daß man solchen Herrschaften nichts abschlage, daß es ihr Glück sein könne und daß Donna Prassede, abgesehen von allem übrigen, auch eine Heilige sei, kurz, so viele Dinge, daß Lucia nachgeben mußte, um so mehr, als Agnese alle diese Gründe mit ebenso vielen „gewiß, gewiß" bekräftigte.

Als sie bei der Dame anlangten, wurden sie sehr freundlich und mit vielen Beglückwünschungen empfangen. Sie fragte und erteilte Ratschläge, alles mit einer gewissen fast angeborenen Überlegenheit, die aber durch viele bescheidene Äußerungen gemildert, durch eine so große Zuvorkommenheit gemäßigt und mit so viel Geist gewürzt war, daß Agnese fast unverzüglich und Lucia bald darauf sich von dem drückenden Respekt befreit fühlten, den ihnen diese vornehme Erscheinung anfangs eingeflößt hatte; ja sie fühlten sich sogar ein wenig zu ihr hingezogen. Und um die Sache kurz zu fassen: als Donna Prassede hörte, daß es der Kardinal auf sich genommen hatte, für Lucia einen Zufluchtsort zu finden, machte sie sich erbötig, angestachelt von dem Wunsch, die Sache zu fördern und ihr zugleich zuvorzukommen, das junge Mädchen in ihr Haus zu nehmen, wo sie, ohne einem besonderen Dienst zugewiesen zu sein, nach ihrem Belieben den anderen Frauen bei ihrer Arbeit würde helfen können. Und sie fügte hinzu, daß sie selbst dafür sorgen werde, den Erzbischof davon in Kenntnis zu setzen.

Außer der klar zutage liegenden und unmittelbaren Wohltat, die in einer solchen Handlung lag, erblickte

Donna Prassede darin noch eine andere, die nach ihrer Meinung vielleicht noch wichtiger war: sie nahm sich vor, einen Kopf zurechtzusetzen und jemanden, der es nötig hatte, auf den rechten Weg zu bringen. Denn als sie das erstemal von Lucia hatte sprechen hören, hatte sie sich sogleich eingebildet, daß an einem Mädchen, das sich mit einem Taugenichts, mit einem Aufwiegler, kurz, mit einem Galgenstrick hatte verloben können, irgendein Mangel, irgendein versteckter Fehler sein müsse. Sage mir, mit wem du umgehst, und ich sage dir, wer du bist. Der Besuch Lucias hatte sie in dieser Überzeugung bestärkt. Nicht, daß sie im Grunde, wie man sagt, nicht den Eindruck eines guten Mädchens auf sie gemacht hätte, aber es gab vieles auszusetzen. Dieses gesenkte Köpfchen mit dem in die Halsgrube gedrückten Kinn, dieses Nichtantworten oder die ganz trockenen, erzwungenen Erwiderungen konnten Verschämtheit bedeuten, sicher aber zeigten sie eine große Halsstarrigkeit an, und es gehörte nicht viel dazu, um zu erraten, daß dieses Köpfchen seine eigenen Gedanken hatte. Und dieses fortwährende Erröten und diese unterdrückten Seufzer... Dann die zwei großen Augen, die Donna Prassede gar nicht gefielen. Sie hielt es für sicher, als ob sie es aus bester Quelle wüßte, daß alles Unheil Lucias eine Strafe des Himmels für ihre Freundschaft mit diesem Nichtsnutz war und eine Warnung, daß sie sich ganz von ihm trennen solle; und deshalb nahm sie sich vor, an einem so guten Zweck mitzuwirken. Denn wie sie oft anderen und sich selbst sagte, war ihr ganzes Trachten die Förderung des himmlischen Willens; nur beging sie dabei oft den großen Fehler, ihr Hirn für den Himmel zu halten. Sie hütete sich aber wohl, von der zweiten Absicht, die wir erwähnt haben, auch nur im geringsten etwas merken zu lassen. Es war nämlich einer ihrer Grundsätze, daß, wenn es gelingen solle, den Leuten Gutes zu tun, es in den meisten Fällen die Hauptsache sei, ihnen von dem Plan nichts mitzuteilen.

Mutter und Tochter sahen einander an. Bei der schmerzlichen Notwendigkeit, sich zu trennen, schien ihnen beiden dieses Anerbieten annehmbar, allein schon deshalb, weil das Landhaus ihrem Dörfchen so nahe lag, daß sie im ungünstigsten Fall bei dem nächsten Landaufenthalt einander nahe sein und zusammenkommen würden. Nachdem die eine in den Augen der anderen die Zustimmung gelesen hatte, wandten sich beide Donna Prassede mit jener Art des Dankens zu, mit der man anzunehmen pflegt. Diese erneuerte ihre Liebenswürdigkeiten und Versprechungen und sagte, daß sie ihnen sogleich einen Brief schicken werde, den sie dem Kardinal übergeben sollten.

Als die Frauen fort waren, ließ sie sich den Brief von Don Ferrante aufsetzen, dessen sie sich, da er ein Gelehrter war, wie wir noch genauer berichten werden, bei wichtigen Anlässen als eines Sekretärs bediente. Da es sich um eine solche Gelegenheit handelte, bot Don Ferrante sein ganzes Können auf, und während er der Gemahlin den Entwurf zur Abschrift übergab, empfahl er ihr wärmstens die Rechtschreibung, denn die war eins der vielen Dinge, die er studiert, und eines der wenigen, worüber er im Hause zu befehlen hatte. Donna Prassede schrieb alles auf das sorgfältigste ab und sandte den Brief in das Haus des Schneiders. Dies geschah, zwei oder drei Tage bevor der Kardinal die Sänfte schickte, um die Frauen in ihr Dorf zurückzubringen.

Nach ihrer Ankunft stiegen sie bei dem Pfarrhaus aus, wo sich der Kardinal befand. Er hatte den Auftrag gegeben, sie sogleich zu ihm zu führen. Der Kaplan, der sie als erster erblickte, führte den Befehl aus und hielt sie nur so lange auf, wie nötig war, um sie noch auf die Schnelle über die in Gegenwart des Kardinals üblichen Förmlichkeiten und über die ihm zukommenden Titel zu belehren, etwas, was er stets zu tun pflegte, wenn es ohne Wissen des Kardinals geschehen konnte. Für den armen Mann war es eine ständige Qual, zu sehen, daß so wenig Ordnung in diesem Punkte in der Umgebung des Kardinals herrschte, „und das alles", sagte er zu der übrigen Dienerschaft, „wegen der allzu großen Güte dieses gesegneten Mannes, wegen seiner großen Leutseligkeit". Und er erzählte, sogar mehr als einmal mit eigenen Ohren gehört zu haben, daß man „ja, Herr" und „nein, Herr" geantwortet habe.

In diesem Augenblick besprach der Kardinal gerade mit Don Abbondio die Angelegenheiten der Pfarrgemeinde, so daß dieser keine Gelegenheit fand, den Frauen ebenfalls seine Weisungen zu geben, wie er es gewünscht hätte. Er konnte ihnen nur im Vorübergehen, während er hinaustrat und sie hereinkamen, einen Blick zuwerfen, um ihnen zu bedeuten, daß er mit ihnen zufrieden sei und daß sie nur brav fortfahren sollten, nichts zu sagen.

Nach den ersten freundlichen Begrüßungen von der einen und den ersten Verbeugungen von der anderen Seite zog Agnese den Brief aus dem Busen und überreichte ihn dem Kardinal, indem sie sagte: „Er ist von der Frau Donna Prassede, die behauptet, sie kenne Euer erlauchte Herrlichkeit, Monsignore, sehr gut, wie sich die hohen Herrschaften natürlich alle gegenseitig kennen müssen. Wenn Sie gelesen haben, werden Sie sehen."

„Gut", sagte Federigo, als er ihn überflogen und aus Don Ferrantes blumiger Redeweise den Sinn herausgezogen hatte. Er kannte dieses Haus zur Genüge und konnte die Gewißheit haben, daß Lucia in guter Absicht eingeladen worden sei und daß sie dort vor den Nachstellungen und der Gewalt ihres Verfolgers sicher sein würde. Was er für eine Meinung von Donna Prassedes Geist hatte, ist uns nicht genau bekannt. Wahrscheinlich war sie nicht die Person, die er zu einem solchen Zweck gewählt haben würde, aber wie wir schon gesagt oder an einer anderen Stelle zu verstehen gegeben haben, war es nicht seine Art, Dinge, die ihn nicht betrafen, aufzulösen, um sie besser zu machen.

„Nehmt auch diese Trennung und die Ungewißheit, in der Ihr Euch befindet, ruhig hin", fügte er hinzu, „vertraut, daß sie bald zu Ende sein wird und daß der Herr die Dinge zu dem Ziel lenken will, das er ihnen bestimmt zu haben scheint; aber glaubt fest, daß das, was er will, das Beste für Euch sein wird." Er gab Lucia noch im besonderen einige liebevolle Ermahnungen, sagte allen beiden noch etwas Tröstliches, segnete und entließ sie. Kaum waren sie draußen, fiel ein Schwarm von Freunden und Freundinnen über sie her, die ganze Gemeinde, kann man sagen, die sie erwartete und wie im Triumph nach Hause führte. Alle diese Frauen wetteiferten darin, sie zu beglückwünschen, zu bedauern und zu fragen, und alle beklagten es laut, als sie hörten, daß Lucia am nächsten Tag fortziehen werde. Die Männer überboten sich darin, ihre Dienste anzutragen, jeder wollte diese Nacht Wache vor dem Häuschen stehen. Hierzu hielt es unser Anonymus für gut, ein Sprichwort zu formulieren: Wenn ihr wollt, daß viele euch Hilfe bringen, seht, daß ihr es könnt allein vollbringen.

Ein so freundlicher Empfang verwirrte und betäubte Lucia. Agnese ließ sich nicht so leicht in Verlegenheit setzen. Aber im Grunde tat er auch Lucia wohl, weil er sie ein wenig von den Gedanken und Erinnerungen ablenkte, die selbst mitten in dem Trubel vor dieser Tür, in diesen Stübchen, beim Anblick eines jeden Gegenstandes in ihr rege wurden.

Bei dem Glockenschlag, der den nahen Beginn des Gottesdienstes ankündigte, gingen alle zur Kirche, und das war für unsere Frauen ein weiterer Triumphzug.

Nach dem Gottesdienst wurde Don Abbondio, der nach Hause gelaufen war, um nachzusehen, ob Perpetua gute Vorkehrungen für das Mittagessen getroffen habe, zu dem Kardinal gerufen. Er ging sogleich zu dem hohen Gast, der ihn näher treten ließ und seine Rede mit „Herr Pfarrer" begann. Und diese Worte wurden in einem Ton gesprochen, der zu verstehen gab, daß sie der Anfang einer langen und ernsten Unterredung seien. „Herr Pfarrer, warum habt Ihr diese arme Lucia und ihren Bräutigam nicht ehelich getraut?"

Die haben heute früh ihren Sack geleert, dachte Don Abbondio, und er erwiderte stammelnd: „Erlauchter Monsignore, Sie werden wohl von dem Durcheinander gehört haben, das in dieser Sache entstanden ist. Es war eine solche Verwirrung, daß man nicht einmal heute klarsehen kann, wie Euer erlauchte Herrlichkeit schon daraus schließen können, daß das junge Mädchen nach so vielen Vorfällen wie durch ein Wunder hier ist, während man von dem jungen Mann nach vielen anderen Ereignissen nicht weiß, wo er sich aufhält."

„Ich frage", begann der Kardinal von neuem, „ob es wahr ist, daß Ihr Euch vor allen diesen Geschehnissen geweigert habt, die Trauung vorzunehmen, als Ihr am festgesetzten Tag darum gebeten wurdet, und warum."

„Wahrhaftig ... wenn Eure erhabene Herrlichkeit wüßten ... was für Drohungen ... was für entsetzliche Befehle ich erhalten habe, nicht zu sprechen ..." Und hier brach er, ohne zu vollenden, mit einer gewissen Gebärde ab, die ehrfürchtig zu verstehen geben sollte, daß es nicht sehr rücksichtsvoll wäre, noch mehr davon wissen zu wollen.

„Aber!" sagte der Kardinal mit ungewöhnlich strenger Stimme und Miene, „es ist Euer Bischof, der seiner Pflicht gemäß und zu Eurer Rechtfertigung von Euch wissen will, warum Ihr das nicht getan habt, was zu tun ordnungsgemäß Eure Pflicht gewesen wäre."

„Monsignore", sagte Don Abbondio ganz kleinlaut, „ich habe ja nicht sagen wollen ... Aber ich meinte, es sei, da es sich um verzwickte alte, hoffnungslose Dinge handelt, unnütz, sie wieder aufzurühren ... Immerhin, immerhin, sage ich ... weiß ich, daß Euer Herrlichkeit Ihren armen Pfarrer nicht verraten wollen. Denn Sie sehen wohl, Monsignore: Euer Herrlichkeit können nicht überall sein, und ich bleibe hier, ausgeliefert ... Immerhin, wenn Sie befehlen, werde ich, werde ich alles sagen."

„Sprecht! ich wünsche nichts sehnlicher, als Euch schuldlos zu finden."

Nun ging Don Abbondio daran, die schmerzliche Geschichte zu erzählen, aber er verschwieg den wichtigsten Namen und setzte dafür: „ein hoher Herr“, indem er also der Vorsicht das wenige zugestand, was in einer solchen Klemme tunlich war.

„Und habt Ihr keinen anderen Beweggrund gehabt?“ fragte der Kardinal, als Don Abbondio geendet hatte.

„Aber vielleicht habe ich mich nicht deutlich genug ausgedrückt“, antwortete dieser, „man hat mir bei Todesstrafe verboten, die Trauung zu vollziehen.“

„Und scheint Euch das ein hinreichender Grund, eine genau vorgeschriebene Pflicht nicht zu erfüllen?“

„Ich habe mich immer bemüht, meine Pflicht zu erfüllen, auch wenn es mit großen Unbequemlichkeiten verbunden war, aber wenn es sich um das Leben handelt...“

„Und als Ihr Euch der Kirche angeboten habt“, sagte Federigo mit noch strengerem Nachdruck, „um dieses Amt auf Euch zu nehmen, hat sie Euch da die Sicherheit des Lebens verbürgt? Hat sie Euch gesagt, daß die mit dem Amt verbundenen Pflichten frei von allen Hindernissen und gegen jede Gefahr gefeit seien? Oder hat sie Euch vielleicht gesagt, daß dort, wo die Gefahr beginne, die Pflicht aufhöre? Oder hat sie Euch nicht ausdrücklich das Gegenteil gesagt? Hat sie Euch nicht verkündet, daß sie Euch wie ein Lamm unter Wölfe schicke? Wußtet Ihr nicht, daß es gewalttätige Menschen gibt, denen mißfallen könnte, was Euch befohlen wurde? Hat der, von dem wir die Lehre und das Beispiel haben, nach dessen Vorbild wir uns Hirten nennen und nennen lassen, hat er sich etwa, als er auf die Erde kam, um dieses Amt auszuüben, die Bedingung vorbehalten, daß sein Leben sicher sein soll? Und um es zu retten, um es, sage ich, auf Kosten der Nächstenliebe und der Pflicht einige Tage länger auf der Erde zu erhalten, bedurfte es dazu der heiligen Salbung, der Handauflegung, der Gnade des Priestertums? Solche Rettung kann auch die Welt Euch geben, diese Wissenschaft kann sie Euch lehren. Was sage ich? o Schande! sogar die Welt verschmäht sie: auch die Welt hat ihre Gesetze, die das Böse und das Gute bestimmen. Auch sie hat ihr Evangelium, ein Evangelium des Stolzes und des Hasses, und sie will nicht, daß man sage, die Liebe zum Leben sei ein Grund, die Gebote zu übertreten. Sie will es nicht, und sie findet Gehorsam. Und wir! wir Söhne und Verkünder der Verheißung! Was wäre die Kirche, wenn diese Eure Sprache die aller Eurer Mitbrüder wäre? Wo wäre sie, wenn sie mit solchen Lehren vor die Welt getreten wäre?"

Don Abbondio hielt den Kopf gesenkt. Seinem Geist war bei diesen Beweisgründen zumute wie einem Küken in den Klauen eines Falken, die es in unbekannte Gefilde, in eine noch nie geatmete Luft emportragen. Da er sah, daß er etwas antworten mußte, sagte er mit einer gewissen gezwungenen Unterwürfigkeit: „Erlauchter Monsignore, ich habe vielleicht unrecht. Wenn das Leben nichts zu gelten hat, so weiß ich nicht, was ich sagen soll. Aber wenn man mit gewissen Leuten zu tun hat, mit Leuten, die die Macht haben und keine Vernunftgründe hören wollen, so wüßte ich nicht, was man dabei gewinnen könnte, auch wenn man den Tapferen spielen wollte. Denn das ist ein Herr, den man nicht besiegen und mit dem man auch nicht übereinkommen kann."

„Und Ihr wißt nicht, daß um der Gerechtigkeit willen zu leiden unser Siegen ist? Und wenn Ihr das nicht wißt, was predigt Ihr? Welches ist die frohe Botschaft, die Ihr den Armen verkündet? Wer verlangt von Euch, daß Ihr die Gewalt mit Gewalt besiegt? Man wird Euch eines Tages gewiß nicht fragen, ob Ihr es verstanden habt, die Mächtigen im Zaum zu halten, denn dazu wurde Euch weder der Auftrag noch das Mittel gegeben. Wohl aber wird man Euch fragen, ob Ihr die Mittel angewandt habt, die in Eurer Hand lagen, um das zu tun, was Euch vorgeschrieben war, auch wenn andere so vermessen gewesen wären, es Euch zu untersagen."

Diese Heiligen sind doch auch wunderlich, dachte Don

Abbondio indessen. Wenn man der Sache auf den Grund geht, so ist ihm an der Liebe zweier junger Menschen mehr gelegen als an dem Leben eines Priesters. Und soweit es auf ihn ankam, so hätte er sich gern damit beschieden, wenn das Gespräch hier geendet hätte, aber er sah beim Kardinal in jeder Pause eine Miene, die auf Antwort harrte, auf ein Geständnis oder auf eine Verteidigung, kurz, auf irgend etwas.

„Ich wiederhole, Monsignore“, antwortete er also, „daß ich unrecht habe... Den Mut kann sich einer ja nicht selbst geben.“

„Und warum also, könnte ich Euch fragen, habt Ihr Euch einem Amt verpflichtet, das Euch auferlegt, gegen die Leidenschaften der Welt anzukämpfen? Wie aber, werde ich Euch lieber fragen, wie könnt Ihr nicht bedenken, daß, wenn Ihr in dem Amt, wie immer Ihr es auch auf Euch genommen habt, Mut braucht, um Eure Pflichten zu erfüllen, der Herr ihn Euch unfehlbar verleihen wird, wenn Ihr ihn darum bittet? Glaubt Ihr denn, daß alle die Millionen von Märtyrern den Mut von Natur aus hatten? Daß sie das Leben von Natur aus geringschätzten? So viele Jünglinge, die es erst zu genießen begannen, so viele Greise, die gewohnt waren, zu klagen, daß es bald zu Ende ginge, so viele Mädchen, so viele Gattinnen, so viele Mütter? Alle haben sie Mut gehabt, weil der Mut vonnöten war und weil sie Vertrauen hatten. Habt Ihr, da Ihr Eure Schwachheit und Eure Pflichten kanntet, daran gedacht, Euch auf die schweren Fälle vorzubereiten, die Euch begegnen konnten und die Euch wirklich begegnet sind? Oh, wenn Ihr in den langen Jahren Eures Hirtenamtes Eure Herde geliebt habt (und wie hättet Ihr sie nicht lieben sollen?), wenn Euer Herz, Eure Sorge, Eure Wonne bei ihr gewesen sind, so durfte Euch im Notfall der Mut nicht fehlen, denn die Liebe ist unerschrocken. Nun, wenn Ihr die liebtet, die Eurer geistlichen Obhut anvertraut sind, die Ihr Kinder nennt, und wenn Ihr zwei von ihnen zugleich mit Euch bedroht saht, so wird gewiß, wie die Schwachheit des Fleisches Euch für

Euch erzittern ließ, die Liebe Euch für sie haben erzittern lassen. Ihr werdet Euch gedemütigt haben ob dieser ersten Furcht, weil sie der Ausdruck Eurer Armseligkeit war; Ihr werdet um die Kraft gefleht haben, sie zu überwinden, sie zu verscheuchen, weil sie eine Versuchung war. Der heiligen und edlen Furcht für die anderen aber, für Eure Kinder, der werdet Ihr Gehör geschenkt haben, die wird Euch keine Ruhe gelassen, die wird Euch angetrieben und gezwungen haben, nachzudenken und Euer Möglichstes zu tun, um die Gefahr abzuwenden, die ihnen drohte ... Was hat Euch die Angst, die Liebe eingegeben? Was habt Ihr für sie getan? Was habt Ihr überlegt?"

Und er verstummte mit einem Ausdruck der Erwartung.

26. Kapitel

Auf eine solche Frage verharrte Don Abbondio, der sich doch bemüht hatte, auf weniger bestimmte etwas zu antworten, ohne ein Wort hervorzubringen. Und um die Wahrheit zu sagen, fühlen auch wir, die wir, mit diesem Manuskript vor uns, mit einer Feder in der Hand, nur mit der Formulierung der Sätze zu kämpfen und nichts anderes zu fürchten haben als die Kritik unserer Leser, auch wir, sage ich, fühlen eine gewisse Abneigung fortzufahren. Wir finden es gewissermaßen seltsam, mit so geringer Mühe so viele schöne Lehren der Standhaftigkeit und der Nächstenliebe, des wirkenden Eifers für andere, der grenzenlosen Selbstaufopferung ins Treffen zu führen. Doch wenn wir bedenken, daß diese Dinge von einem Mann gesagt wurden, der sie dann auch selber übte, fahren wir mutig fort.

„Ihr antwortet nicht", hob der Kardinal wieder an. „Ach, hättet Ihr Eurerseits getan, was die Liebe, was die Pflicht erheischte, so würde es Euch jetzt, wie immer sich die Dinge entwickelt hätten, an einer Antwort nicht fehlen. Ihr seht also selbst, was Ihr getan habt. Ihr habt der Gottlosigkeit Gehorsam geleistet, ohne zu beachten, was Euch die Pflicht vorschrieb. Ihr habt ihr pünktlich gehorcht, sie ist vor Euch getreten, um Euch ihre Wünsche kundzutun, aber sie wollte vor denen verborgen bleiben, die sich vor ihr hätten schützen und zur Wehr setzen können. Sie wollte kein Aufsehen, sie wollte die Heimlichkeit, um ihre Pläne der Hinterlist und Gewalt gemächlich ausführen zu können. Sie befahl Euch die Übertretung der Vorschrift und das Schweigen: Ihr habt die Vorschrift übertreten und geschwiegen. Jetzt frage ich Euch, ob Ihr nicht noch mehr getan habt? Ihr werdet mir sagen, ob es wahr ist, daß Ihr, um den Beweggrund nicht zu enthüllen, für Eure Weigerung Vorwände gesucht habt.“ Und er hielt ein paar Augenblicke inne, erneut auf eine Antwort wartend.

Auch das haben ihm die Schwätzerinnen erzählt, dachte Don Abbondio, aber kein Zeichen verriet, daß er etwas zu sagen habe, weshalb der Kardinal fortfuhr: „Wenn es wahr ist, daß Ihr den armen Leuten etwas gesagt habt, was sich nicht so verhielt, um sie in Unkenntnis und in Unwissenheit zu halten, wie die Ruchlosigkeit es haben wollte... Also muß ich es glauben, und mir bleibt nichts übrig, als mit Euch zu erröten und zu hoffen, daß Ihr mit mir darüber weinen werdet. Seht Ihr, wohin Euch (barmherziger Gott! eben habt Ihr es noch als Entschuldigung angeführt) dieses eifrige Sorgen für das vergängliche Leben gebracht hat? Es hat Euch... weist diese Worte frei und offen zurück, wenn sie Euch ungerecht dünken, nehmt sie als eine heilsame Demütigung hin, wenn sie es nicht sind... es hat Euch dahin geführt, die Schwachen zu betrügen und Eure Kinder zu belügen.“

Da sieht man, wie die Sache läuft, sagte Don Abbondio wieder bei sich. Umarmungen für diesen Satan, und er dachte an den Ungenannten, und bei mir wegen einer halben Lüge, die ich nur gebraucht habe, um meine Haut zu retten, soviel Getue. Aber sie sind die Vorgesetzten, sie haben immer recht. Es ist mein Unstern, daß alle über mich herfallen, selbst die Heiligen. Und er sagte laut: „Ich habe gefehlt, ich sehe ein, daß ich gefehlt habe, aber was hätte ich in einer solchen Bedrängnis tun sollen?"

„Und danach fragt Ihr noch? Habe ich es Euch nicht gesagt? Und mußte ich es Euch erst sagen? Lieben, mein Sohn, lieben und beten. Dann hättet Ihr erkannt, daß die Ruchlosigkeit zwar Drohungen ausstoßen und Streiche versetzen, aber nicht befehlen kann. Ihr hättet nach dem göttlichen Gesetz das miteinander verbunden, was der Mensch trennen wollte; Ihr hättet diesen unglücklichen Unschuldigen den Dienst geleistet, den sie von Euch zu fordern das Recht hatten; und für die Folgen hätte Gott die Sorge übernommen, weil Ihr seinen Weg gewandelt wäret; da Ihr einen anderen eingeschlagen habt, bleibt Euch die Sorge, und für welche Folgen! Hat Euch vielleicht jeder menschliche Ausweg gefehlt? Stand Euch denn keiner zur Rettung offen, wenn Ihr Euch hättet umsehen, nachdenken, suchen wollen? Jetzt könnt Ihr wissen, daß diese Eure armen Kinder, wenn sie verheiratet gewesen wären, selbst an ihre Rettung gedacht hätten; sie waren bereit, vor dem Mächtigen zu fliehen, sie hatten sich schon einen Zufluchtsort ausersehen. Aber auch wenn man davon absieht, ist Euch denn nicht eingefallen, daß Ihr schließlich einen Vorgesetzten habt? Wie sollte dieser befugt sein, Euch zu tadeln, weil Ihr Euer Amt vernachlässigt habt, wenn er nicht auch die Pflicht hätte, Euch beizustehen, damit Ihr es ausüben könnt? Warum habt Ihr nicht daran gedacht, Euren Bischof von der Behinderung zu verständigen, die eine niederträchtige Gewalt gegen die Ausübung Eures Amtes betrieb?"

Perpetuas Ratschläge! dachte Don Abbondio ärgerlich, dem mitten in dieser Unterredung das Bild der zwei Bravi am lebhaftesten vor Augen stand und der Gedanke, daß Don Rodrigo am Leben und gesund war und früher oder später ruhmvoll und triumphierend und wutentbrannt zurückkehren werde. Und obwohl ihn die Anwesenheit dieser Würde, ihr Anblick und die Sprache verwirrten und ihm eine gewisse Angst einjagten, so war es doch eine Angst, die ihn nicht gänzlich bezwang oder den Gedanken an Widersetzlichkeit verhinderte, denn jener Gedanke hatte die Gewißheit, daß der Kardinal am Ende weder mit Büchse noch mit Degen und auch nicht mit Bravi zu Werke ging.

„Wieso habt Ihr denn nicht daran gedacht", fuhr dieser fort, „daß, wenn diesen unschuldigen Verfolgten keine andere Zuflucht geblieben wäre, doch ich da war, um sie aufzunehmen, um sie in Sicherheit zu bringen, wenn Ihr sie an mich gewiesen hättet, Hilflose an einen Bischof gewiesen als das, was ihm zukam, als einen kostbaren Teil nicht seiner Bürde, sage ich, sondern seines Reichtums? Und was Euch betrifft, so hätte ich mich um Euch gekümmert. Ich hätte nicht schlafen können, bis ich nicht sicher gewesen wäre, daß Euch kein Haar gekrümmt wird. Hätte ich denn nicht Mittel und Wege und den Ort gefunden, Euer Leben zu sichern? Und glaubt Ihr denn nicht, daß diesem Mann, der so verwegen war, die Verwegenheit nicht doch geschwunden wäre, wenn er erfahren hätte, daß seine bösen Absichten anderswo, auch mir bekannt waren, daß ich wachte und entschlossen war, zu Eurer Verteidigung alle Mittel zu gebrauchen, die mir zu Gebote standen? Wußtet Ihr denn nicht, daß der Mensch, der nur zu oft mehr verspricht, als er zu halten vermag, auch nicht selten ärgere Drohungen ausstößt, als er auszuführen sich erkühnt? Wußtet Ihr nicht, daß sich die Ruchlosigkeit nicht nur auf ihre eigenen Kräfte stützt, sondern auch auf die Leichtgläubigkeit und die Furchtsamkeit der anderen?"

Genau das, was Perpetua gesagt hat, dachte auch hier Don Abbondio, ohne zu überlegen, daß diese Übereinstimmung zwischen seiner Wirtschafterin und Federigo Borromeo darin, was er hätte tun können und sollen, sehr gegen ihn sprach.

„Ihr aber", fuhr der Kardinal fort, zum Ende kommend, „Ihr habt nichts gesehen und nichts sehen wollen als Eure zeitliche Gefahr; es ist kein Wunder, daß sie Euch so groß erschien, wenn Ihr darüber alles andere vergessen konntet."

„Das kommt davon, weil ich jene Gesichter gesehen habe", entschlüpfte es Don Abbondio, „weil ich jene Worte gehört habe. Euer Herrlichkeit haben gut reden, aber man müßte in der Haut eines armen Priesters stecken und sich in dieser Lage befunden haben."

Kaum hatte er diese Worte ausgesprochen, biß er sich auf die Zunge. Er merkte, daß er sich vom Ärger hatte zu sehr hinreißen lassen, und sagte bei sich: Jetzt kommt das Donnerwetter. Als er aber ungewiß den Blick hob, war er ganz erstaunt, zu sehen, wie der gebieterische, tadelnde Ernst in dem Gesicht dieses Mannes, den er nie enträtseln und verstehen konnte, in einen zerknirschten und traurigen Ernst überging.

„Nur allzu wahr!" sagte Federigo. „So ist unser armseliger und schrecklicher Zustand. Wir müssen oft streng von den anderen etwas fordern, und nur Gott weiß, ob wir selbst bereit wären, es zu tun; wir müssen richten, tadeln, strafen, und Gott weiß, was wir selbst in dem gleichen Fall tun würden und was wir in ähnlichen Fällen getan haben! Aber wehe, wenn ich meine Schwäche zum Maßstab für die Pflichten anderer, zur Richtschnur meiner Lehre nehmen sollte! Und doch ist nicht daran zu zweifeln, daß ich den anderen mit der Lehre auch zugleich ein Beispiel geben und mich nicht dem Rechtsgelehrten gleichstellen soll, der den anderen Lasten aufbürdet, die sie nicht tragen können und die er selbst mit keinem Finger anrühren würde. Nun gut, mein Sohn und Bruder, da die Fehler der Vorgesetzten den anderen oft besser bekannt sind als ihnen selbst, wenn Ihr wißt, daß ich aus Kleinmütigkeit, aus irgendeinem Grunde meine Pflicht vernachlässigt habe, so sagt es mir freiheraus, haltet mir meine Fehler vor Augen, damit ich, wo das Beispiel mangelte, wenigstens das Bekenntnis nachtrage. Werft mir offen meine Schwächen vor. Dann werden die Worte in meinem Mund mehr Wirksamkeit erlangen, weil Ihr lebendiger fühlen werdet, daß sie nicht von mir kommen, sondern von dem, der Euch und mir die nötige Kraft verleihen kann, zu tun, was sie vorschreiben."

Oh, was für ein heiliger Mann! Aber was für eine Folter! dachte Don Abbondio bei sich: wenn er nur wühlen, aufrühren, kritisieren, untersuchen kann, und wäre es an sich selbst. Dann sagte er laut: „O Monsignore! treiben Sie Scherz mit mir? Wer kennt nicht das starke Herz, den unerschrockenen Eifer Eurer erhabenen Herrlichkeit?" Und bei sich fügte er hinzu: Beinahe allzu unerschrocken.

„Ich habe von Euch kein Lob verlangt, das mich zittern macht", sagte Federigo, „denn Gott kennt meine Unvollkommenheit, und was auch ich davon kenne, genügt, mich zu beschämen. Aber ich hätte gewünscht, ich möchte, daß wir uns gemeinsam vor ihm demütigen, um gemeinsam zu vertrauen. Ich wünschte aus Liebe zu Euch, daß Ihr einsehen möget, wie sehr Euer Betragen, wie sehr Eure Sprache dem Gesetz zuwiderläuft, das Ihr doch predigt und nach dem Ihr einst werdet gerichtet werden."

„Alles fällt über mich her", sagte Don Abbondio, „aber diese Leute, die Ihnen das berichtet haben, haben Ihnen doch nicht gesagt, daß sie sich heimtückisch in mein Haus geschlichen haben, um mich zu überraschen und eine Heirat gegen die Regel zu schließen."

„Sie haben es mir gesagt, mein Sohn: aber es betrübt mich, es erschreckt mich, daß Ihr Euch noch immer entschuldigen wollt; daß Ihr Euch zu entschuldigen gedenkt, indem Ihr anklagt; daß Ihr aus dem, was ein Teil Eurer Beichte bilden sollte, Stoff zur Anklage nehmt. Wer hat sie denn, ich sage nicht, in die Notwendigkeit versetzt, aber in die Versuchung geführt, das zu tun, was sie getan haben? Hätten sie diesen regelwidrigen Weg gesucht, wenn ihnen der rechtmäßige nicht versperrt gewesen wäre? Hätten sie daran gedacht, den Hirten zu hintergehen, wenn er sie in seine Arme aufgenommen, unterstützt und beraten hätte? Ihn zu überraschen, wenn er sich nicht versteckt hätte? Und ihnen gebt Ihr die Schuld? Und seid aufgebracht, weil sie nach so viel Unglück, was sage ich? mitten im Unglück vor ihrem und Eurem Hirten mit ein paar Worten ihr Herz erleichtert haben? Die Klage der Unterdrückten, der Jammer der Betrübten mag der Welt verhaßt sein, die Welt ist eben so; aber uns! Und was für einen Vorteil hätte es Euch gebracht, wenn sie geschwiegen hätten? Was für einen Nutzen, daß ihre Sache restlos dem göttlichen Gericht anheimgestellt wäre? Ist es nicht ein neuer Anlaß für Euch, diese Leute zu lieben (und Ihr habt schon so viele Beweggründe), daß sie Euch Gelegenheit verschafft haben, die aufrichtige Stimme Eures Bischofs zu vernehmen, daß sie Euch ein Mittel gegeben haben, die große Schuld, die Ihr bei ihnen habt, besser zu erkennen und zum Teil gutzumachen? Ja, wenn sie Euch herausgefordert, beleidigt, gequält hätten, würde ich Euch sagen (und müßte ich das Euch erst sagen?), daß Ihr sie gerade deswegen lieben sollt. Liebt sie, weil sie gelitten haben, weil sie leiden, weil sie die Euren sind, weil sie schwach sind, weil Ihr der Verzeihung bedürft, die Euch ihr Gebet erflehen kann; bedenkt, wie wirksam es sein mag."

Don Abbondio schwieg, aber es war nicht mehr jenes gezwungene und ungeduldige Schweigen: er schwieg wie einer, der mehr zu denken als zu sagen hat. Die Worte, die er vernahm, waren unerwartete Schlußfolgerungen, neue Anwendungen einer immerhin auch seinem Geist altvertrauten und unbestrittenen Lehre. Die Not der anderen, von deren Betrachtung ihn stets die Angst vor der eigenen abgelenkt hatte, machte jetzt einen neuen Eindruck auf ihn. Und wenn er auch nicht die volle Reue empfand, die die Predigt erzielen wollte (denn die besagte Angst war immer da, um das Amt des Verteidigers auszuüben), etwas fühlte er dennoch davon, er empfand einen gewissen Verdruß über sich selbst, ein Mitleid mit den anderen, eine Mischung von Rührung und Beschämung. Er war, wenn man uns diesen Vergleich gestattet, wie der feuchte, zusammengedrückte

Docht einer Kerze, der, an die Flamme einer großen Fackel gehalten, zuerst raucht, sprüht, knistert und nichts von ihr wissen will, sich aber endlich doch entzündet und wohl oder übel brennt. Er hätte sich freimütig angeklagt, er hätte geweint, wenn nicht der Gedanke an Don Rodrigo gewesen wäre. Aber er zeigte sich hinlänglich ergriffen, daß der Kardinal merken konnte, seine Worte seien nicht ganz wirkungslos geblieben.

„Jetzt", fuhr dieser fort, „da der Jüngling flüchtig und das Mädchen im Begriff ist, ihr Haus zu verlassen, und alle beide haben ja nur allzu triftige Gründe, fernzubleiben – ohne die Wahrscheinlichkeit, jemals wieder hier zusammenzukommen, und froh, hoffen zu dürfen, daß Gott sie anderswo vereinigen werde –, jetzt bedürfen sie Euer nicht, jetzt habt Ihr leider keine Gelegenheit, ihnen Gutes zu tun, und unsere unzulängliche Voraussicht kann auch in der Zukunft keine solche Gelegenheit entdecken. Aber wer weiß, ob der barmherzige Gott sie Euch nicht bereitet? Ach, laßt sie Euch nicht entgehen! Sucht sie, seid wachsam, bittet ihn, daß er sie herbeiführe."

„Ich werde es nicht versäumen, Monsignore, wirklich, ich werde es nicht versäumen", antwortete Don Abbondio mit einer Stimme, die in diesem Augenblick wahrhaft von Herzen kam.

„Ach ja, mein Sohn, ja!" rief Federigo aus, und mit liebevoller Würde schloß er: „Der Himmel weiß, ob ich nicht gewünscht hätte, ganz andere Gespräche mit Euch zu führen. Wir beide haben schon lange gelebt, der Himmel weiß, wie hart es mir geworden ist, Euer ergrautes Alter mit Vorwürfen betrüben zu müssen, und um wieviel lieber ich mich mit Euch über unsere gemeinsamen Sorgen, über unsere Not getröstet hätte, von der seligen Hoffnung sprechend, der wir schon so nahe gerückt sind. Möge es Gott gefallen, daß die Worte, die ich dennoch gegen Euch habe gebrauchen müssen, Euch und mir zum Heil gereichen! Laßt nicht zu, daß er dereinst von mir Rechenschaft verlange, weil ich Euch in einem Amt gelassen habe, das Ihr so unselig vernachlässigt habt. Laßt uns die Zeit wieder einbringen: Mitternacht ist nahe, der Bräutigam kann nicht mehr lange säumen, halten wir unsere Kerzen brennend. Bringen wir Gott unsere armseligen, leeren Herzen dar, auf daß es ihm gefalle, sie mit jener Liebe zu erfüllen, die Vergangenes wiedergutmacht, die Zukunft sichert, die voll Weisheit fürchtet und vertraut, weint und sich freut, die in allen Fällen die Tugend wird, deren wir bedürfen."

Nach diesen Worten brach er auf, und Don Abbondio folgte ihm.

Hier berichtet uns der Anonymus, daß dies nicht die einzige Besprechung dieser beiden Personen und daß Lucia nicht das einzige Gesprächsthema war, daß er sich aber auf dieses eine beschränkt habe, um sich nicht von dem Hauptgegenstand der Erzählung zu entfernen. Und daß er aus dem gleichen Grund auch anderer Denkwürdigkeiten nicht Erwähnung tun werde, die Federigo während seines Besuches gesagt habe, auch nicht seiner Freigebigkeit sowie der von ihm beigelegten Zwistigkeiten und alten Feindschaften zwischen einzelnen Personen, Familien und oft auch ganzen Dörfern, die getilgt oder zumindest gedämpft wurden (was leider häufiger war), oder daß er manchen Wüterich oder kleinen Tyrannen für das ganze Leben oder für einige Zeit gezähmt habe, alles Dinge, die sich mehr oder weniger an jedem Ort in der Diözese ereigneten, wo dieser hervorragende Mann sich aufhielt.

Er erzählt dann, daß am nächsten Morgen Donna Prassede kam, wie verabredet war, um Lucia zu holen und dem Kardinal ihre Aufwartung zu machen, der das Mädchen lobte und es ihr wärmstens empfahl. Lucia trennte sich von der Mutter, wie man sich vorstellen kann, mit herzzerreißendem Weinen und verließ ihr Häuschen. Sie sagte zum zweitenmal dem Dorf Lebewohl, mit einem doppelt bitteren Gefühl, das man beim Verlassen eines Ortes empfindet, der einem einzig teuer war und es nicht mehr sein kann. Der

Abschied von der Mutter war aber nicht der endgültige, denn Donna Prassede hatte gesagt, daß man sich noch einige Tage in ihrem Landhaus aufhalten würde, das nicht sehr weit entfernt war, und Agnese versprach der Tochter, hinzukommen und sie zu besuchen, um schmerzlicher voneinander Abschied zu nehmen.

Der Kardinal stand schon im Begriff, seine Sprengelvisitation fortzusetzen, als der Pfarrer der Gemeinde, in der die Burg des Ungenannten lag, eintraf und ihn zu sprechen wünschte. Vorgelassen, überreichte er ihm ein Päckchen und einen Brief von diesem Herrn, worin ihn dieser bat, Lucias Mutter zur Annahme der hundert Goldstücke zu bewegen, die in dem Päckchen waren und zur Aussteuer des Mädchens oder zu der ihr am besten dünkenden Verwendung dienen sollten. Zugleich bat er den Kardinal, ihnen zu sagen, daß, wenn sie jemals glaubten, er könnte ihnen einen Dienst erweisen, das arme Mädchen nur zu gut wüßte, wo er wohne, und für ihn würde das einer der ersehntesten Glücksfälle sein. Der Kardinal ließ unverzüglich Agnese rufen, übermittelte ihr den Auftrag, den sie mit ebensoviel Befriedigung wie Erstaunen vernahm, und übergab ihr die Rolle, die sie ohne viele Umstände entgegennahm. „Gott vergelte es diesem Herrn", sagte sie, „und Euer Herrlichkeit möge ihm vielmals, vielmals danken. Und sagen Sie niemandem etwas davon, denn dies ist eins von jenen Dörfern ... Sie müssen mich entschuldigen, sehen Sie, ich weiß wohl, daß ein Herr Ihresgleichen nicht über diese Dinge plaudern wird, aber ... Sie verstehen mich."

Sie ging ganz still nach Hause, schloß sich in ihre Stube ein, wickelte die Rolle auf, und obwohl sie vorbereitet war, sah sie voller Bewunderung dieses Häufchen, diese vielen Zechinen, die alle ihr gehörten und von denen sie vielleicht nie mehr als eine auf einmal und auch die nur selten gesehen hatte. Sie zählte sie, hatte einige Mühe, sie wieder zusammenzustellen und sie festzuhalten, weil sie alle Augenblicke auseinanderfielen und aus ihren ungeübten Fingern glitten. Als sie endlich wieder eine leidliche Rolle zusammengestellt hatte, wickelte sie sie in einen Lappen, machte ein Päckchen, ein Bündelchen daraus, verschnürte es sorgfältig mit einem Bindfaden und steckte es in eine Ecke ihres Strohsacks. Den übrigen Teil des Tages verbrachte sie grübelnd, machte Pläne für die Zukunft und sehnte den nächsten Tag herbei. Nachdem sie ins Bett gegangen war, blieb sie eine Zeitlang wach und dachte an die hundert Geldstücke, die sie unter sich hatte. Und als sie eingeschlafen war, sah sie sie im Traum. Im Morgengrauen erhob sie sich und machte sich sogleich auf den Weg zu dem Landhaus, wo sich Lucia aufhielt.

Diese war, obwohl sich ihr großer Widerwille, von dem Gelübde zu sprechen, noch nicht gemindert hatte, dennoch entschlossen, sich Gewalt anzutun und sich der Mutter in dieser Unterredung zu eröffnen, die für lange Zeit die letzte sein sollte.

Kaum konnten sie allein sein, so begann Agnese mit erregtem Gesicht und zugleich mit leiser Stimme, als ob jemand zugegen gewesen wäre, von dem sie nicht gehört werden wollte: „Ich habe dir etwas Wichtiges zu sagen." Und sie erzählte ihr von dem unverhofften Glück.

„Gott segne ihn, diesen Herrn", sagte Lucia. „So werdet Ihr gut zu leben haben und werdet auch manchem anderen Gutes tun können."

„Wie?" erwiderte Agnese. „Siehst du denn nicht, was wir mit soviel Geld alles machen können? Höre, ich habe niemanden außer dir, außer euch beiden, kann ich sagen, denn Renzo habe ich, seitdem er um dich zu freien begann, immer als meinen Sohn betrachtet. Die Hauptsache ist, daß ihm nicht irgendein Unglück zugestoßen ist, da er noch gar nichts hat von sich hören lassen. Aber was! Muß denn alles schlecht gehen? Hoffen wir, daß es nicht so ist, hoffen wir. Ich hätte freilich gern meine Gebeine in meinem Dorf gelassen, aber jetzt, wo du wegen dieses Schurken nicht mehr dort bleiben kannst, und schon allein bei dem Gedanken, ihn in der Nähe zu haben, ist mir mein Dorf verhaßt geworden, und so bleibe ich bei euch, wo immer es auch sei. Ich war schon immer bereit, mit euch zu ziehen, auch bis ans Ende der Welt, und ich bin immer bei dieser Meinung geblieben; aber ohne Geld, wie fängt man es da an? Verstehst du es jetzt? Die paar Groschen, die der Ärmste mit soviel Mühe erspart und auf die Seite gelegt hatte, die hat die Gerichtsbarkeit hinweggefegt, als sie gekommen war, und als Entschädigung hat der Herr uns das Glück geschickt. Sobald er also einen Weg gefunden hat, uns mitzuteilen, ob er am Leben ist, wo er sich befindet und was für Pläne er hat, komme ich selbst nach Mailand, dich zu holen, ich komme dich dann holen. Früher wäre mir das wie etwas Außergewöhnliches vorgekommen, aber das Unglück macht gewandt und unbefangen; bis Monza bin ich ja schon gekommen, und ich weiß, was reisen heißt. Ich nehme mir einen geeigneten Mann mit, einen Verwandten, so einen wie den Alessio aus Maggianico, denn in unserem Dorf haben wir eigentlich keinen, der dazu taugte; mit dem komme ich. Die Kosten bestreiten ja doch wir und ... verstehst du?"

Als sie aber sah, daß Lucia, anstatt Mut zu fassen, nur traurig wurde und Zärtlichkeit ohne Freude zeigte, brach sie das Gespräch ab und sagte: „Aber was hast du denn? Bist du nicht auch der Meinung?"

„Arme Mutter!" rief Lucia, einen Arm um ihren Hals schlingend und das Gesicht an ihrem Busen bergend.

„Was ist denn?" fragte erneut die Mutter ängstlich.

„Ich hätte es Euch schon früher sagen sollen", erwiderte Lucia, das Gesicht hebend und sich die Tränen trocknend, „aber ich habe nicht den Mut dazu gehabt. Übt Nachsicht mit mir."

„Aber so sprich doch endlich."

„Ich kann nicht mehr die Frau dieses Ärmsten sein!"

„Wie? Was?"

Mit gesenktem Kopf, schwer atmend, ohne zu weinen, jedoch mit Tränen im Gesicht, offenbarte sie wie jemand, der etwas erzählt, was sich nicht ändern läßt, wenn es auch mißfällt, ihr Gelübde; und zugleich bat sie, die Hände faltend, abermals ihre Mutter um Verzeihung, weil sie bis jetzt nicht gesprochen habe. Sie bat sie, keinem Menschen etwas davon mitzuteilen und ihr bei der Erfüllung dessen beizustehen, was sie versprochen hatte.

Agnese war bestürzt und fassungslos. Sie wollte sich über das Schweigen entrüsten, aber die ernsten Gedanken, die der Fall hervorrief, erstickten ihren Unwillen. Sie wollte sagen: Was hast du getan? Aber es wäre ihr vorgekommen, als hätte sie mit dem Himmel hadern wollen, um so mehr, als Lucia noch einmal in den lebhaftesten Farben jene Nacht schilderte, die düstere Trostlosigkeit und die unverhoffte Befreiung, alle die Umstände, unter denen das Gelübde so ausdrücklich, so feierlich abgelegt worden war. Und dabei fielen Agnese auch diese und jene Beispiele ein, die sie öfter hatte erzählen hören, ja die sie selbst der Tochter erzählt hatte, von seltsamen und schrecklichen Strafen, die auf die Verletzung von Gelübden erfolgt waren. Nachdem sie eine Weile wie betäubt dagestanden hatte, sagte sie: „Und was wirst du jetzt tun?"

„Jetzt", entgegnete Lucia, „steht es bei dem Herrn, dafür zu sorgen, bei dem Herrn und der Heiligen Jungfrau. Ich habe mich in ihre Hände gegeben, sie haben mich bis jetzt nicht verlassen, sie werden mich auch weiterhin nicht verlassen, da ... Die Gnade, die ich für mich vom Herrn erflehe, die einzige Gnade nach der Rettung meiner Seele ist, daß er mich zu Euch zurückführe. Und er wird sie mir gewähren, ja, er wird sie mir gewähren. An jenem Tage ... in dieser Kutsche ... o heiligste Jungfrau! ... Diese Männer! ... Wer hätte mir gesagt, daß sie mich zu dem Mann bringen würden, der mich am nächsten Tag zu Euch zurückführen sollte?"

„Aber es deiner Mutter nicht gleich zu sagen!" versetzte Agnese mit einer gewissen Gereiztheit, die von Liebe und von Mitleid gemildert war.

„Habt Nachsicht mit mir, ich hatte nicht den Mut ... und was hätte es auch geholfen, Euch ein paar Tage früher zu betrüben?“

„Und Renzo?“ sagte Agnese kopfschüttelnd.

„Ach!“ rief Lucia zusammenfahrend, „ich darf nicht mehr an den Ärmsten denken. Man sieht ja, daß es nicht bestimmt war ... Gott, scheint es, hat uns wirklich getrennt haben wollen. Und wer weiß ...? Aber nein, nein: er wird ihn vor Gefahren behütet haben und wird ihn ohne mich nur noch glücklicher machen.“

„Unterdessen aber“, begann die Mutter wieder, „würde ich, wenn du dich nicht für immer gebunden hättest und wenn Renzo nur nicht irgendein Unglück zugestoßen ist, mit diesem Geld allem übrigen abgeholfen haben.“

„Aber würde uns denn dieses Geld zugefallen sein“, entgegnete Lucia, „wenn ich nicht diese Nacht erlebt hätte? Der Herr ist's, der alles so gefügt hat, sein Wille geschehe.“ Und das Wort erstarb in ihren Tränen.

Bei diesem unerwarteten Einwurf wurde Agnese nachdenklich. Nach einigen Augenblicken begann Lucia, ihr Schluchzen unterdrückend, von neuem: „Nun, da die Sache geschehen ist, muß man sich guten Mutes hineinfinden, und Ihr, arme Mutter, Ihr könnt mir beistehen, indem Ihr erstens den Herrn für Eure arme Tochter bittet, und zweitens ... wird es der Ärmste wohl erfahren müssen. Sorgt Ihr dafür, tut es mir zuliebe, denn Ihr könnt daran denken. Wenn Ihr erfahren habt, wo er ist, so laßt ihm schreiben, sucht einen Mann ... gerade Euer Vetter Alessio ist ein kluger und gütiger Mensch, er hat uns immer gern gehabt, und er wird nicht aus der Schule plaudern. Laßt ihm schreiben, wie sich die Sache zugetragen hat, wo ich gewesen bin, wie ich gelitten habe, daß Gott es so gewollt hat und daß er sich abfinden soll, denn ich kann nie und nimmer jemandem angehören. Und er soll ihm die Sache schonend beibringen, ihm erklären, daß ich geschworen, daß ich ein wirkliches Gelübde getan habe. Wenn er erfahren wird, daß ich es der Madonna versprochen habe ... Er ist immer ein gottesfürchtiger Mensch gewesen. Und laßt mir schreiben, sobald Ihr Nachricht von ihm habt, laßt mich wissen, ob er gesund ist, und dann ... laßt mich weiter nichts mehr erfahren."

Ganz gerührt versicherte Agnese der Tochter, daß alles geschehen werde, wie sie es wünsche.

„Ich möchte Euch noch etwas sagen", begann Lucia wieder. „Wenn dieser Ärmste nicht das Unglück gehabt hätte, an mich zu denken, so wäre ihm nicht geschehen, was ihm passiert ist. Er ist draußen in der Welt, sie haben ihm sein Fortkommen zunichte gemacht, haben sein Hab und Gut weggenommen, die Ersparnisse, die der Arme zurückgelegt hat, Ihr wißt, wozu ... Und wir haben so viel Geld! O Mutter! weil uns der Herr so viel geschenkt hat und weil Ihr diesen armen jungen Mann, es ist wirklich wahr, als Euren ... ja, als Euren Sohn betrachtet habt, so teilt mit ihm, denn Gott wird uns gewiß nicht verlassen. Versucht eine zuverlässige Gelegenheit zu finden und schickt ihm das Geld, der Himmel weiß, wie nötig er es haben wird!"

„Nun, was glaubst du?" erwiderte Agnese. „Ich werde es ihm wirklich schicken. Armer Junge! was glaubst du denn, weshalb ich mich über dieses Geld so freute? Aber ... ich bin wirklich freudig hierhergekommen. Genug, ich werde es ihm schicken, dem armen Renzo! Aber auch er ... ich weiß, was ich sage: gewiß macht das Geld dem Freude, der es nötig hat, aber dieses wird ihm keine Freude machen."

Lucia dankte der Mutter für diese bereitwillige und freigebige Willfährigkeit mit einer Herzlichkeit und einer Wärme, die einem Beobachter verraten hätte, daß ihr Herz noch immer und vielleicht mehr, als sie selbst glaubte, an Renzo hing.

„Und was werde ich arme Frau ohne dich anfangen?" sagte Agnese, nun auch weinend.

„Und ich ohne Euch, arme Mutter? Im Hause von Fremden? Und da unten in diesem Mailand! ... Aber der Herr wird mit uns beiden sein und wird uns wieder zusammenführen. In acht oder neun Monaten werden wir uns wiedersehen, und bis dahin und noch früher, hoffe ich, wird er die Dinge gelenkt haben, um uns zu vereinen. Lassen wir ihn walten. Immer, immer werde ich die Madonna um diese Gnade bitten. Wenn ich ihr noch etwas anderes anzubieten hätte, würde ich es tun, aber sie ist so barmherzig, daß sie mir die Gnade auch so gewähren wird."

Mit diesen und ähnlichen, mehrmals wiederholten Worten der Klage und des Trostes, des Jammers und der Ergebung, mit vielen Mahnungen und Versprechungen zu schweigen, mit vielen Tränen, nach langen und erneuten Umarmungen trennten sich die Frauen, wobei sie sich gegenseitig versprachen, sich spätestens im nächsten Herbst wiederzusehen, als ob das Worthalten von ihnen abhinge, aber wie man es in ähnlichen Fällen stets zu tun pflegt.

Unterdessen verstrich eine lange Zeit, ohne daß Agnese von Renzo etwas erfahren konnte. Weder Briefe noch Botschaften kamen von ihm an. Von all den Leuten im Dorf und in der Umgebung, bei denen sie nachfragen konnte, wußte keiner mehr als sie.

Und sie war nicht die einzige, die vergeblich solche Nachforschungen anstellte. Der Kardinal Federigo, der den Frauen nicht etwa nur aus Förmlichkeit gesagt hatte, daß er nach dem armen jungen Mann Erkundigungen einziehen wolle, hatte wirklich sogleich zu diesem Zweck geschrieben. Von seiner Reise nach Mailand wieder zurückgekehrt, hatte er die Antwort bekommen, in der man ihm mitteilte, daß man den Zufluchtsort der genannten Person nicht habe finden können. Er sei zwar tatsächlich einige Zeit in dem Haus seines Verwandten in dem und dem Dorf gewesen, wo man ihm nichts habe nachsagen können. Eines Morgens aber sei er plötzlich verschwunden, und selbst sein Verwandter wisse nicht, was aus ihm geworden sei, und könne nur gewisse unbestimmte und einander widersprechende Gerüchte wiederholen: daß sich der junge Mann in die Levante habe anwerben lassen, daß er nach Deutschland ausgewandert, daß er beim Durchwaten eines Flusses umgekommen sei. Man werde aber nicht ermangeln, darauf achtzugeben, ob man nicht etwas Genaueres erfahren könne, um es Seiner hochwürdigen und erlauchten Herrlichkeit sofort mitzuteilen.

Später verbreiteten sich diese und andere Gerüchte auch in dem Gebiet von Lecco und kamen folglich auch Agnese zu Ohren. Die arme Frau tat alles, um zu ermitteln, welches das wahre sei, um diesem oder jenem auf den Grund zu kommen, aber es gelang ihr nicht, mehr als dieses „man sagt" herauszubringen, das auch noch heutzutage ausreicht, so viele Dinge zu beglaubigen. Zuweilen hatte man ihr kaum ein Gerücht erzählt, als schon ein anderes aufkam und ihr sagte, daß es nicht wahr sei, aber nur, um ihr dafür ein anderes, ebenso seltsames oder unheilvolles anzubieten. Es war lauter Geschwätz – hier folgt die Tatsache:

Der Statthalter von Mailand und Generalkapitän in Italien, Don Gonzalo Fernández de Córdoba, hatte bei dem Herrn Residenten von Venedig in Mailand schwere Klage erhoben, daß ein Straßenräuber, ein öffentlicher Dieb, ein Aufwiegler, der zu Plünderung und Mord anstiftete, der berüchtigte Lorenzo Tramaglino, der sogar noch in den Händen der Justiz einen Aufruhr angezettelt habe, um sich befreien zu lassen, auf bergamaskischem Gebiet Aufnahme und Unterkunft gefunden habe. Der Resident hatte geantwortet, die Sache sei ihm völlig neu und er werde nach Venedig schreiben, um Seiner Exzellenz eine Aufklärung geben zu können, wie sie der Fall erfordere.

In Venedig hatte man den Grundsatz, die Neigung der mailändischen Seidenspinner, in das Gebiet von Bergamo überzusiedeln, zu unterstützen und zu fördern und ihnen dort viele Vorteile und vor allem den, ohne den jeder andere nichtig ist, nämlich die Sicherheit, zu gewährleisten. Wie aber, wenn zwei heftig streiten, der dritte stets irgendeinen wenn auch noch so kleinen Nutzen daraus zieht, so wurde Bortolo im Vertrauen, man weiß nicht, von wem, gewarnt, daß dieser Ort für Renzo kein guter Aufenthalt sei und daß er besser tun würde, in eine andere Fabrik einzutreten und für einige Zeit auch einen anderen Namen anzunehmen. Bortolo verstand, was dieser Wink zu bedeuten hatte, fragte nicht weiter, erzählte die Sache schleunigst dem Vetter, nahm ihn mit in einer Kalesche, brachte ihn in eine andere Spinnerei, die etwa fünfzehn Meilen entfernt war, und stellte ihn unter dem Namen Antonio Rivolta dem Besitzer vor, der ebenfalls aus dem Mailändischen gebürtig und ein alter Bekannter von ihm war. Dieser ließ sich, obwohl die Zeiten kümmerlich waren, nicht lange bitten, einen Arbeiter aufzunehmen, der ihm von einem rechtschaffenen Mann, der sich darauf verstand, als ehrlich und tüchtig empfohlen wurde. Die Erfahrung zeigte dann, daß er allen Grund hatte, sich über die Errungenschaft zu freuen, nur war ihm anfangs vorgekommen, daß der junge Mann etwas gedankenlos sein müsse, weil er, wenn man Antonio rief, meist keine Antwort gab.

Bald darauf kam von Venedig der mild abgefaßte Befehl an den Stadthauptmann von Bergamo, Erkundigungen einzuziehen und zu berichten, ob sich in seinem Gerichtsbezirk, insonderheit in dem und dem Dorf, das und das Subjekt befinde. Nachdem der Stadthauptmann sich auf eine Art, die er für die gewünschte hielt, bemüht hatte, übersandte er eine verneinende Antwort, die dem Residenten in Mailand zugeschickt wurde, damit er sie Don Gonzalo Fernández de Córdoba übermittle.

Es fehlte auch nicht an Neugierigen, die von Bortolo wissen wollten, warum der Jüngling nicht mehr da sei und wohin er gegangen sei. Auf die erste Frage antwortete Bortolo: „Ja nun, er ist verschwunden." Um aber dann die Hartnäckigeren abzufertigen, ohne sie die Wahrheit vermuten zu lassen, hatte er es für gut gehalten, dem einen diese, dem anderen jene von den oben erwähnten Nachrichten aufzutischen, sie jedoch als unsichere Gerüchte zu bezeichnen, die auch er nur habe erzählen hören, ohne einen tatsächlichen Beweis dafür zu haben.

Als aber die Anfrage im Auftrag des Kardinals, ohne daß man dessen Namen nannte, und mit einem gewissen Aufwand an geheimnisvoller Wichtigkeit an ihn erging und man zu verstehen gab, daß es im Namen einer hohen Persönlichkeit geschehe, wurde Bortolo nur um so mißtrauischer und hielt es für notwendig, in der gewohnten Art zu antworten; ja er teilte sogar, da es sich um eine hohe Persönlichkeit handelte, alle Nachrichten auf einmal mit, die er sich in den verschiedenen Bedarfsfällen einzeln ausgedacht hatte.

Man glaube indes nicht, daß ein Herr wie Don Gonzalo es tatsächlich auf den armen Seidenspinner aus dem Gebirge abgesehen hatte; daß er, von der geringen Ehrfurcht vor seinem am Hals angeketteten Maurenkönig und von den beleidigenden Worten, die er ausgestoßen hatte, vielleicht in Kenntnis gesetzt, ihn nun dafür hätte büßen lassen wollen oder daß er ihn für einen so gefährlichen Menschen gehalten hätte, daß man ihn auch als Flüchtling hätte verfolgen müssen und, wie der römische Senat den Hannibal, selbst in der Ferne nicht lebend hätte dulden dürfen. Don Gonzalo hatte zu viele und zu wichtige Dinge im Kopf, um sich viele Gedanken über Renzos Angelegenheiten zu machen; und wenn es schien, daß er sich dennoch welche machte, so ergab sich das aus einem seltsamen Zusammentreffen von Umständen, durch die der Ärmste, ohne es zu wollen und ohne es weder damals noch jemals später zu erfahren, mit den feinsten unsichtbaren Fäden an diese nur zu vielen und nur zu gewichtigen Dinge geknüpft war.

27. *Kapitel*

Schon mehr als einmal hatten wir Gelegenheit, den Krieg zu erwähnen, der damals wegen der Nachfolge in den Staaten des Herzogs Vincenzo Gonzaga, des zweiten dieses Namens, tobte, doch ist es stets in Augenblicken großer Hast geschehen, so daß wir nie mehr als flüchtige Andeutungen zu geben vermochten. Nun aber ist zum Verständnis unserer Erzählung eigentlich eine genauere Angabe erforderlich. Es sind Dinge, die jeder wissen sollte, der die Geschichte kennt. Da wir aber in gerechter Selbsterkenntnis voraussetzen müssen, daß dieses Buch nur von Unkundigen gelesen werden wird, so kann es nicht schaden, wenn wir hier so viel berichten, als genügt, dem einen oberflächlichen Begriff zu vermitteln, der es etwa nötig hätte.

Wir haben gesagt, daß nach dem Tode dieses Herzogs der nächste zur Erbfolge Berufene, Carlo Gonzaga, das Haupt eines jüngeren, nach Frankreich verpflanzten Zweiges, der dort die Herzogtümer Nevers und Rhétel besaß, den Besitz von Mantua angetreten hatte; und jetzt fügen wir hinzu, auch den von Montferrat, was uns in der Eile in der Feder steckengeblieben war. Der Hof von Madrid, der den neuen Fürsten (auch das haben wir schon gesagt) um jeden Preis von diesen zwei Lehen ausschließen wollte und, um ihn auszuschließen, eines Rechtsgrundes bedurfte (denn Kriege, die ohne einen solchen geführt würden, wären ungerecht), hatte sich zum Verteidiger der Ansprüche erklärt, die auf Mantua ein anderer Gonzaga, nämlich Ferrante, Fürst von Guastalla, und auf Montferrat Carlo Emanuele I., Herzog von Savoyen, und Margherita Gonzaga, verwitwete Herzogin von Lothringen, zu haben behaupteten. Don Gonzalo, der aus dem Geschlecht des großen Feldherrn stammte, dessen Namen er trug, und der schon den Krieg in Flandern geführt hatte, war über alle Maßen darauf erpicht, einen in Italien zu führen. Er war vielleicht der, der das Feuer am meisten schürte, damit der Krieg erklärt werde, und inzwischen hatte er, die Absichten des besagten Hofes auf seine Art deutend und den Befehlen vorgreifend, mit dem Herzog von Savoyen einen Vertrag auf Besetzung und Teilung von Montferrat abgeschlossen. Die Bestätigung hatte er dann von dem Grafen-Herzog dadurch mühelos erlangt, daß er ihm die Eroberung von Casale, das der am stärksten befestigte Platz in dem für den Krieg von Spanien ausbedungenen Teil war, als eine sehr leichte Sache hinstellte. Er beteuerte jedoch im Namen des Königs, das Land nicht anders denn als anvertrautes Gut bis zum Urteilsspruch des Kaisers besetzen zu wollen, der mittlerweile teils auf fremde Ratschläge hin, teils aus eigenem Antrieb dem neuen Herzog die Belehnung verweigert und ihm angekündigt hatte, daß er die umstrittenen Staaten ihm zur Beschlagnahme zu überlassen habe: er würde sie dann, nachdem er die streitenden Parteien angehört, jenem übergeben, dem sie rechtlich zukämen. Diesem Befehl hatte sich der Herzog von Nevers nicht beugen wollen.

Auch er besaß gewichtige Freunde: den Kardinal von Richelieu, die Herren von Venedig und den Papst Urban VIII., wie wir schon gesagt haben. Der erstere jedoch, der damals in die Belagerung von La Rochelle und in einen Krieg mit England verwickelt war und von der Partei der Königinmutter, Maria de' Medici, behindert wurde, die aus gewissen Gründen dem Haus von Nevers feindlich gesinnt war, konnte nur mit Hoffnungen vertrösten. Die Venezianer wollten sich nicht rühren und sich nicht einmal erklären, ehe nicht ein französisches Heer in Italien einmarschiert wäre; und während sie den Herzog unterderhand, so gut sie konnten, unterstützten, schlugen sie gegen den Hof von Madrid und den Statthalter von Mailand den Weg der Proteste, Anträge und Vorhaltungen ein, die friedfertig oder drohend waren, je nachdem, wie es der Augenblick verlangte. Der Papst empfahl den Herzog von Nevers seinen Freunden und machte Vorschläge zu einem Vergleich; von einem Feldzug wollte er nichts wissen.

So konnten die zwei zum Angriff Verbündeten um so sicherer mit dem vereinbarten Unternehmen beginnen. Der Herzog von Savoyen war in Montferrat eingerückt. Don Gonzalo hatte mit großem Eifer die Belagerung von Casale ins Werk gesetzt, ohne dabei jedoch jene Befriedigung zu finden, die er sich vorgestellt hatte, denn man glaube nicht, daß man im Krieg auf Rosen wandle. Der Hof unterstützte ihn nicht nach seinen Wünschen, ja er ließ es ihm sogar an den notwendigen Mitteln fehlen. Der Verbündete unterstützte ihn zu sehr, das heißt, er ging daran, nachdem er sich seinen Teil genommen hatte, den dem König von Spanien zugewiesenen anzutasten. Don Gonzalo verzehrte sich darüber in heimlichem Grimm; da er aber fürchtete, dieser in Ränken ebenso emsige und in Verhandlungen ebenso wankelmütige wie im Kampf tapfere Carlo Emanuele könnte sich bei dem geringsten Lärm an Frankreich wenden, mußte er ein Auge zudrücken, sich alles verbeißen und sich ruhig verhalten. Mit der Belagerung ging es auch schlecht, sie zog sich in die Länge, es gab Rückschläge, sowohl wegen der standhaften, wachsamen und entschlossenen Haltung der Belagerten als auch, weil er zuwenig Truppen hatte und weil er, wie manche Geschichtsschreiber sagen, viele grobe Fehler beging. In diesem Punkt wollen wir die Wahrheit dahingestellt sein lassen, denn wir sind geneigt, die Sache, auch wenn sie sich wirklich so verhielte, wunderschön zu finden, sofern sie bewirkte, daß bei diesem Unternehmen ein paar Menschen weniger getötet, verstümmelt und zu Krüppeln gemacht worden sind und *ceteris paribus* auch die Ziegeldächer von Casale etwas weniger gelitten haben. In dieser Bedrängnis erhielt er die Nachricht von dem Aufstand in Mailand und eilte persönlich dorthin.

In dem Bericht, den man ihm hier erstattete, wurde auch der rebellischen und aufsehenerregenden Flucht Renzos Erwähnung getan sowie der wahren und unterschobenen Handlungen, die der Grund für seine Verhaftung waren; man wußte ihm auch zu sagen, daß sich der Betreffende in das Gebiet von Bergamo geflüchtet habe. Dieser Umstand fesselte Don Gonzalos Aufmerksamkeit. Er war von anderer Seite unterrichtet, daß den Venezianern wegen des Aufstandes in Mailand der Kamm geschwollen war; daß sie anfänglich geglaubt hatten, er werde gezwungen sein, die Belagerung von Casale abzubrechen, und daß man dort noch jetzt der Meinung sei, er sei darob über alle Maßen bestürzt und in großer Sorge, um so mehr, als gleich nach diesen Ereignissen die von diesen Herren ersehnte und von ihm gefürchtete Nachricht von der Übergabe La Rochelles eingetroffen war. Und da es ihn als Menschen sowohl wie als Staatsmann sehr ärgerte, daß sich diese Herren eine solche Vorstellung von seinem Verhalten machten, lauerte er auf jede Gelegenheit, sie durch Tatsachen zu überzeugen, daß er nichts von seiner alten Sicherheit eingebüßt habe, denn mit den ausdrücklichen Worten: Ich habe keine Angst – ist soviel wie nichts gesagt. Ein gutes Mittel ist es, den Überdrüssigen zu spielen, Klage zu führen, sich zu beschweren. Als daher der Resident von Venedig kam, um ihm seine Aufwartung zu machen und zugleich aus seinem Gesicht und aus seinem Benehmen zu erforschen, wie er innerlich gesinnt sei (man beachte das, denn dies ist Politik von der alten, feinen Art), erhob Don Gonzalo, nachdem er so obenhin und wie einer, der dem Übel bereits Einhalt getan, von dem Aufruhr gesprochen hatte, das große Gezeter wegen Renzo, von dem der Leser schon weiß, ebenso wie er weiß, was dann daraus wurde. Danach kümmerte er sich nicht mehr um eine so geringfügige und für ihn erledigte Sache; und als er dann nach einer Weile im Lager bei Casale, wohin er zurückgekehrt war und wo er ganz andere Sorgen hatte, die Antwort erhielt, hob und bewegte er den Kopf wie eine Seidenraupe, die das Blatt sucht. Er überlegte einen Augenblick, um sich den Fall, von dem ihm kaum ein Schatten verblieben war, ins Gedächtnis zu rufen, erinnerte sich der Sache, hatte eine flüchtige, verschwommene Vorstellung von der Person, ging zu anderen Dingen über und dachte nicht mehr daran.

Renzo indes, der nach den wenigen Andeutungen, die man ihm gemacht hatte, alles eher als eine für ihn so günstige Sorglosigkeit voraussetzen mußte, hatte eine Zeitlang keinen anderen Gedanken oder, besser gesagt, kein anderes Bestreben, als im verborgenen zu leben. Man bedenke, wie er sich danach sehnte, den Frauen Nachricht zu geben und von ihnen zu hören, aber es bestanden zwei Schwierigkeiten: die eine, daß auch er sich einem Schreiber hätte anvertrauen müssen, weil er selbst nicht schreiben und im umfassenden Sinne des Wortes auch nicht lesen konnte. Und wenn er, wie man sich vielleicht erinnern wird, dem Doktor Rechtsverdreher, darüber befragt, bejahend geantwortet hatte, so war es nicht Prahlerei, Großtuerei, wie man sagt, sondern die Wahrheit, daß er Gedrucktes lesen konnte, wenn er die gehörige Zeit darauf verwandte; mit dem Geschriebenen war es etwas anderes. Er war also gezwungen, einen Dritten in seine Angelegenheiten, ein so bedenkliches Geheimnis, einzuweihen. Und ein Mann, der die Feder zu führen wußte und dem man vertrauen konnte, war in jenen Zeiten nicht so leicht aufzutreiben, obendrein in einem Dorf, wo er keine einzige alte Bekanntschaft hatte. Die andere Schwierigkeit war, auch einen Boten zu finden, einen Mann, der gerade in diese Gegend ging, den Brief übernehmen und sich wirklich die Mühe geben wollte, ihn zuzustellen; lauter Dinge, die ebenfalls schwer bei ein und demselben Menschen vereint zu finden waren.

Endlich, nach langem Suchen, fand er einen, der für ihn schrieb. Da er aber nicht wußte, ob die Frauen noch in Monza oder sonstwo waren, hielt er es für gut, den Brief an Agnese in einen anderen zu legen, der an Pater Cristoforo adressiert war. Der Schreiber übernahm es auch, das Päckchen übermitteln zu lassen. Er übergab es einem, der in der Nähe von Pescarenico vorüberkam, und dieser ließ es mit vielen Empfehlungen in einem Wirtshaus an der Straße, das am nächsten lag. Da der Brief an ein Kloster gerichtet war, kam er dort auch an; aber was dann damit geschah, hat man nie erfahren. Als Renzo sah, daß keine Antwort eintraf, ließ er einen anderen Brief, ähnlich wie den ersten, aufsetzen und legte ihn einem bei, der an einen Freund oder Verwandten in Lecco gerichtet war. Man suchte einen anderen Überbringer und fand ihn. Diesmal gelangte der Brief auch wirklich an seinen Bestimmungsort. Agnese begab sich schleunigst nach Maggianico und ließ ihn sich von ihrem Vetter

Alessio vorlesen und erklären. Sie vereinbarte mit ihm eine Antwort, die dieser zu Papier brachte, und man fand Mittel und Wege, sie Antonio Rivolta an seinen Aufenthaltsort zu schicken, alles jedoch nicht so rasch, wie wir es erzählen. Renzo erhielt die Antwort und ließ wieder schreiben. Kurz, es entspann sich zwischen beiden Teilen ein Briefwechsel, zwar weder rasch noch regelmäßig, der aber doch in Abständen und mit Pausen fortgeführt wurde.

Um jedoch von dieser Korrespondenz eine Vorstellung zu haben, muß man wissen, wie es damals mit solchen Dingen zu gehen pflegte und noch heute zu gehen pflegt; denn in dieser Hinsicht hat sich, so glaube ich, wenig oder gar nichts geändert.

Der Bauer, der nicht schreiben kann und schreiben will, wendet sich an einen, der sich auf diese Kunst versteht, und er wählt ihn nach Möglichkeit unter den Leuten seines Standes, weil er sich an andere nicht heranwagt oder ihnen wenig traut; er belehrt ihn mehr oder weniger klar und zusammenhängend über das Vorhergegangene und setzt ihm auf diese Weise auseinander, was er zu Papier bringen soll. Der Schreibkundige, der ihn zum Teil versteht, zum Teil mißversteht, erteilt Rat, schlägt Änderungen vor, sagt: Laßt das nur mich machen, nimmt die Feder, bringt, so gut er es kann, die Gedanken des anderen in schriftliche Form, berichtigt sie, feilt daran, verstärkt oder mildert sie, läßt auch weg, je nachdem, wie es ihm für die Sache am schicklichsten scheint, denn da hilft nun einmal nichts: wer mehr weiß als die anderen, will kein willenloses Werkzeug in ihren Händen sein, und wenn er sich auf fremde Angelegenheiten einläßt, möchte er sie auch ein wenig nach seiner Weise lenken. Bei alledem gelingt es dem besagten Schriftkundigen nicht immer, alles das zu sagen, was er möchte. Manchmal kommt es vor, daß er etwas ganz anderes sagt, wie es ja zuweilen auch uns passiert, die wir für den Druck schreiben. Wenn der so verfaßte Brief in die Hände des Empfängers gelangt und auch dieser im Abc nicht recht Bescheid weiß, so trägt er ihn zu einem anderen Gelehrten dieses Schlages, der ihn dann vorliest und erklärt. Es entstehen Meinungsverschiedenheiten über die Art der Auffassung, denn der Adressat, der sich auf die Kenntnis des Vorausgegangenen stützt, behauptet, daß die und die Worte das und das besagen wollen. Der Leser, der sich auf seine Übung im schriftlichen Aufsatz beruft, behauptet, daß sie etwas anderes besagen. Schließlich muß sich der Unkundige in die Hände eines Kundigen begeben und ihn mit der Antwort betrauen, die dann, in dem Sinne der vorgeschlagenen abgefaßt, einer ähnlichen Auslegung unterworfen wird. Wenn dann überdies der Gegenstand des Briefwechsels etwas bedenklich ist, wenn dabei geheime Angelegenheiten im Spiel sind, die man, etwa wenn der Brief verlorengehen sollte, einen Dritten nicht wissen lassen möchte; wenn also in Anbetracht dieses Umstandes noch die Absicht vorlag, die Dinge nicht vollständig klar zu sagen, so gelangten die beiden Parteien am Ende dahin, sich so zu verstehen wie einstmals zwei Scholastiker, die vier Stunden lang über die Entelechie gestritten hätten: um nicht ein Beispiel aus der Gegenwart zu nehmen, da wir sonst ein paar Kopfnüsse zu gewärtigen hätten.

Nun war das, was wir geschildert haben, eben der Fall unserer beiden Briefschreiber. Der erste in Renzos Auftrag verfaßte Brief enthielt sehr viel. Zu Beginn, außer einer Schilderung der Flucht, die viel kürzer, aber auch viel verworrener war als die, die Ihr gelesen habt, einen Bericht über seine gegenwärtige Lage, aus dem Agnese ebensowenig wie ihr Dolmetsch sich einen klaren und vollständigen Begriff bilden konnten: heimliche Warnung, Namensänderung, in Sicherheit sein, aber verborgen bleiben müssen, Dinge, die an sich ihrem Begriffsvermögen nicht sehr vertraut und in dem Brief außerdem etwas dunkel gesagt waren. Dann bekümmerte, leidenschaftliche Fragen über die Erlebnisse Lucias mit unklaren, schmerzlichen Andeutungen über die Gerüchte, die zu ihm gelangt seien. Endlich waren da ungewisse, ferne Hoffnungen, Zukunftspläne und inzwischen Versprechungen und Bitten, die gelobte Treue zu halten, weder die Geduld noch den Mut zu verlieren und bessere Umstände abzuwarten.

Nach kurzer Zeit fand Agnese ein zuverlässiges Mittel, um mit den fünfzig ihm von Lucia zugedachten Scudi eine Antwort an Renzo gelangen zu lassen. Als Renzo das viele Gold sah, wußte er nicht, was er denken sollte, und erregt vor Staunen und Spannung, die keine Freude aufkommen ließen, suchte er schleunigst seinen Schreiber auf, um sich den Brief verdolmetschen zu lassen und den Schlüssel zu einem so seltsamen Geheimnis zu erhalten.

In dem Brief ging der Schreiber Agneses nach einigen Klagen über die geringe Klarheit des Berichts dazu über, mit ungefähr der gleichen Klarheit die entsetzliche Geschichte dieser Person (so sagte er) zu beschreiben. Und hier gab er Auskunft über die fünfzig Scudi, dann kam er auf das Gelübde zu sprechen, aber in Umschreibungen, und fügte mit mehr oder weniger unumwundenen und offenen Worten den Rat hinzu, Renzo möge sein Herz besänftigen und nicht mehr daran denken.

Es fehlte nicht viel, so wäre Renzo über den dolmetschenden Leser hergefallen: er zitterte, erschrak, tobte über das, was er verstanden hatte, und über das, was er nicht hatte verstehen können. Drei- oder viermal ließ er sich das fürchterliche Schreiben vorlesen, und bald glaubte er, es besser zu begreifen, bald wurde ihm dunkel, was ihm vorher klar geschienen hatte. Und in diesem Fieber der Leidenschaft wollte er, daß der Schreiber gleich die Feder zur Hand nehmen und antworten solle. Nach den denkbar stärksten Ausdrücken des Mitleids und des Entsetzens über Lucias Erlebnisse fuhr er fort zu diktieren, „schreibt, daß ich mich in meinem Herzen nicht zufriedengeben will und es nie tun werde und daß das keine Ratschläge sind, die man einem Burschen wie mir geben kann, daß ich das Geld nicht anrühren werde, daß ich es hinterlege und für die Aussteuer des jungen Mädchens in Verwahrung nehme, daß das Mädchen mein werden muß, daß ich nichts von einem Gelübde weiß und noch immer habe sagen hören, daß die Madonna sich herbeiläßt, den Bedrängten beizustehen und für sie Gnaden zu erlangen, nicht aber, um Verdruß und Wortbruch anzustiften, und daß es nicht so bleiben kann, daß wir mit diesem Geld hier einen Hausstand gründen können und daß, wenn ich jetzt auch ein bißchen in der Patsche sitze, dies eine Gefahr ist, die bald behoben sein wird", und ähnliche Dinge mehr.

Agnese erhielt dann diesen Brief und ließ wieder schreiben, und die Korrespondenz ging in der Art, wie wir geschildert haben, weiter.

Lucia fühlte, als es der Mutter durch ich weiß nicht wessen Vermittlung geglückt war, ihr mitzuteilen, daß der Betreffende am Leben, in Sicherheit und von allem benachrichtigt sei, eine große Erleichterung und wünschte nichts sonst, als daß er sie vergesse oder, um es ganz genau zu sagen, daß er versuchen solle, sie zu vergessen. Ihrerseits faßte sie wohl hundertmal am Tage einen ähnlichen ihn betreffenden Entschluß, und sie benutzte auch jedes Mittel, um ihn wirklich auszuführen. Sie war emsig bei der Arbeit und bemühte sich, sich nur damit zu beschäftigen. Wenn sich Renzos Bild ihr aufdrängte, so sprach oder sang sie Gebete, die sie auswendig kannte. Aber dieses Bild trat, als ob es wirklich aus Bosheit geschah, meist nicht so offen vor sie hin, es schlich sich verstohlen hinter anderen ein, so daß die Seele es erst merkte, wenn es schon einige Zeit da war. Lucias Gedanken waren oft bei der Mutter, wie hätten sie auch nicht bei ihr sein sollen? Und da gesellte sich Renzo in der Vorstellung ganz sachte zu ihnen, wie er es in Wirklichkeit so oft getan hatte. So drängte er sich mit allen Personen, an allen Orten, bei allen Erinnerungen der Vergangenheit mit ein. Und wenn sich die Arme manchmal Zukunftsträumen überließ, so tauchte er auch da auf, wenn auch nur, um zu sagen: Ich werde jedenfalls nicht dabeisein. Aber wenn es auch ein verzweifeltes Unterfangen war, gar nicht oder seltener und weniger lebhaft an ihn zu denken, als es das Herz gewünscht hätte, so gelang es Lucia doch bis zu einem gewissen Grade; und es wäre ihr noch besser gelungen, wenn sie allein es gewünscht hätte. Aber da war Donna Prassede, die in ihrem Eifer, ihr jenen aus der Seele zu reißen, kein besseres Mittel dazu gefunden hatte, als recht oft von ihm zu sprechen. „Nun", sagte sie zu ihr, „denken wir nicht mehr an ihn?"

„Ich denke an niemanden", antwortete Lucia.

Donna Prassede begnügte sich mit einer solchen Antwort nicht; sie wendete ein, es käme auf Taten an und nicht auf Worte. Sie erging sich über die Gewohnheit der jungen Mädchen, „die", so sagte sie, „wenn sie einmal einen zügellosen Kerl ins Herz geschlossen haben (und dazu neigen sie immer), sich nicht mehr von ihm trennen wollen. Zerschlägt sich aber durch irgendeinen Zufall eine anständige, vernünftige Partie mit einem rechtschaffenen, ordentlichen Mann, so fügen sie sich gleich in ihr Schicksal. Bei einem halsbrecherischen Patron aber ist die Wunde unheilbar." Und nun begann der Lobgesang auf den armen Abwesenden, den Schurken, der nach Mailand gekommen sei, um zu rauben und zu morden, und sie wollte Lucia zum Geständnis der Spitzbübereien bringen, die er gewiß auch in seinem Dorf begangen haben müsse.

Mit einer Stimme, die vor Schmerz und Scham und auch vor Unwillen – soweit ihr sanftes Gemüt und ihr niedriger Stand Unwillen zuließen – zitterte, versicherte und beteuerte Lucia, daß man dem Ärmsten in seinem Dorf nie etwas anderes als Gutes nachgesagt habe. Sie wünschte nur, sagte sie, daß jemand von dort zugegen wäre, der ihr dies bezeugen könnte. Auch bezüglich der Abenteuer in Mailand, über die sie nicht gut unterrichtet war, verteidigte sie ihn, eben weil sie ihn und sein Betragen von Kindheit auf kannte. Sie verteidigte ihn oder wollte ihn wenigstens aus pflichtbewußter Liebe und aus Liebe zur Wahrheit verteidigen oder, um das richtige Wort zu gebrauchen, womit sie sich selbst ihr Gefühl erklärte, aus Nächstenliebe. Aus diesen Verteidigungsreden schöpfte Donna Prassede neue Argumente, um Lucia zu überzeugen, daß ihr Herz noch immer an ihm hänge. Und ich wüßte wahrhaftig nicht zu sagen, wie es in solchen Augenblicken um die Sache stand. Das unwürdige Bild, das die Alte von dem armen Burschen entwarf, weckte als Gegensatz in dem Gemüt des Mädchens lebendiger und klarer als je die Vorstellung, die sie sich in langer Gewohnheit von ihm gebildet hatte. Die gewaltsam zurückgedrängten Erinnerungen erstanden in ganzen Scharen, die Abneigung und Verachtung riefen viele alte Gründe der Wertschätzung hervor. Der blinde und gewaltige Haß ließ das Mitleid um so stärker erwachen; und wer weiß, wieviel sich in diese Gefühle von dem anderen mischte, das sich hinter ihnen so leicht in die Gemüter einschleicht. Stellen wir uns vor, was es erst in jenem Herzen bewirken mag, aus dem man es mit Gewalt vertreiben will. Wie dem auch sei, von Lucias Seite würde sich das Gespräch nie besonders in die Länge gezogen haben, denn ihre Worte erstickten immer gleich in Tränen.

Wenn Donna Prassede durch irgendeinen eingewurzelten Haß dazu getrieben worden wäre, sie so zu behandeln, so würden diese Tränen sie vielleicht gerührt und dazu bewogen haben, aufzuhören. Aber da sie Gutes bezweckte, fuhr sie darin fort, ohne sich abbringen zu lassen, so wie das Wehklagen und die flehentlichen Schreie wohl die Waffen eines Feindes, aber nicht das Messer eines Chirurgen abwenden können. Da sie jedoch diesmal ihre Pflicht gründlich getan hatte, ging sie von den Seitenhieben und harten Verweisen zu Ermahnungen und Ratschlägen über, die auch mit etwas Lob gewürzt waren, um so das Strenge mit dem Süßen zu mildern und, indem man mit allen Mitteln auf das Gemüt wirkte, den Zweck besser zu erreichen. Gewiß blieb von diesen Zänkereien (deren Anfang, Mitte und Ende sich ungefähr glichen) der guten Lucia kein eigentlicher Groll gegen die scharfe Sittenpredigerin zurück, die sie im übrigen mit großer Sanftmut behandelte, und auch darin war eine gute Absicht zu erkennen. Es blieb ihr dennoch ein solcher Aufruhr, eine solche Aufwallung von Gedanken und Gefühlen zurück, daß es langer Zeit und vieler Mühe bedurfte, um zu der gewissen früheren Ruhe zurückzufinden.

Ein Glück für sie, daß sie nicht die einzige war, der Donna Prassede Gutes zu tun hatte, so daß es nicht häufig zu Streitereien kommen konnte. Außer der übrigen Dienerschaft, die aus lauter Köpfen bestand, die es mehr oder weniger nötig hatten, zurechtgerückt und geleitet zu werden; außer allen Angelegenheiten, die es ihr ermöglichten, diesen gleichen Dienst freudigen Herzens vielen zu erweisen, denen sie zu nichts verpflichtet war – Gelegenheiten, die sie suchte, wenn sie sich nicht von selbst darboten –, hatte sie auch noch fünf Töchter, von denen zwar keine im Haus war, die ihr aber mehr zu denken gaben, als wenn sie zu Hause gewesen wären. Drei waren Nonnen, zwei verheiratet, und Donna Prassede hatte also natürlich über drei Klöster und zwei Haushaltungen die Aufsicht zu führen; ein ausgedehntes und verwickeltes und um so mühevolleres Unterfangen, als zwei Ehemänner, unterstützt von Vätern, Müttern und Brüdern, und drei Äbtissinnen, denen andere Würden und viele Nonnen zur Seite standen, ihre Oberaufsicht nicht anerkennen wollten. Es war ein Krieg, vielmehr waren es fünf Kriege, die bis zu einem gewissen Grade verdeckt und höflich, aber lebhaft und ohne Stillstand geführt wurden. Man war an allen diesen Orten stets darauf bedacht, ihrem Eifer auszuweichen, ihren Meinungen den Zugang zu versperren, sich ihren Fragen zu entziehen und sie nach Möglichkeit über alle Angelegenheiten im dunkeln zu lassen. Ganz zu schweigen von den Widerständen und Schwierigkeiten, auf die sie beim Betreiben anderer, noch wesensfremderer Bemühungen stieß: man weiß ja, daß man den Menschen das Gute meistens aufzwingen muß. Ganz frei konnte sich ihr Eifer nur zu Hause entfalten; dort war jedermann in allem und jederzeit ihrer Macht unterworfen, außer Don Ferrante, mit dem sich die Dinge ganz eigenartig verhielten.

Als Mann der Wissenschaft liebte er weder zu befehlen noch zu gehorchen. Mochte in Gottes Namen die Gemahlin in allen häuslichen Dingen Herrin sein, er aber Sklave? nein! Und wenn er ihr, darum gebeten, bei Gelegenheit Schreibdienste leistete, so tat er es, weil das seiner angeborenen Neigung entsprach. Übrigens verstand er es auch hierin, nein zu sagen, wenn ihm das, was sie ihn schreiben lassen wollte, nicht einleuchtete. „Geben Sie sich ein bißchen Mühe", sagte er in solchen Fällen, „machen Sie es doch selbst, wenn Ihnen die Sache so klar erscheint." Nachdem sich Donna Prassede eine Zeitlang vergeblich bemüht hatte, ihn aus seiner Gleichgültigkeit zu ziehen, beschränkte sie sich darauf, häufig gegen ihn zu murren, ihn einen Faulpelz, einen in seine Anschauungen verbohrten Menschen, einen Gelehrten zu nennen; eine Bezeichnung, bei der sich in den Ärger auch etwas Wohlgefallen mischte.

Don Ferrante brachte lange Stunden in seinem Arbeitszimmer zu, wo er eine ansehnliche Büchersammlung hatte, nicht viel weniger als dreihundert Bände, lauter auserlesene Sachen, lauter Werke, die in den verschiedenen Fächern, in denen er mehr oder weniger bewandert war, zu den berühmtesten gehörten. In der Astrologie hielt man ihn mit Recht für mehr als einen bloßen Laien; denn er besaß nicht nur jene allgemeinen Kenntnisse und den gewöhnlichen Wortschatz von Einflüssen, Aspekten und Konjunktionen, sondern er verstand auch zielbewußt und wie von der Lehrkanzel aus über die zwölf Himmelsgewölbe, über die größten Kreise, über die lichten und dunklen Grade, über den höchsten und tiefsten Stand der Sonne, über Transite und Umläufe, kurz, über die zuverlässigsten und geheimsten Grundlagen der Wissenschaft zu sprechen. Und seit ungefähr zwanzig Jahren verfocht er in zahlreichen und langen

Disputationen die Gewölbeeinteilung des Cardano gegen einen anderen Gelehrten, der heftig in das System des Alchabitius verbissen war, aus reiner Halsstarrigkeit, wie Don Ferrante sagte; der zwar die Überlegenheit der Alten gern anerkannte, es aber doch nicht leiden konnte, wenn man die Neueren, auch wo das Recht klar auf ihrer Seite war, nie gelten lassen wollte, wo es doch jeder einsehen müßte. Er kannte auch mehr als oberflächlich die Geschichte dieser Wissenschaft und wußte nötigenfalls die berühmtesten eingetroffenen Voraussagen anzuführen und ebenso scharfsinnig wie gelehrt über andere berühmte nicht eingetroffene Voraussagen zu sprechen, um zu beweisen, daß die Schuld nicht an der Wissenschaft lag, sondern an dem, der sie nicht gut anzuwenden verstanden hatte.

Von der alten Philosophie hatte er sich hinreichend Kenntnisse erworben, und er vermehrte sie noch immer durch das Studium des Diogenes Laertius. Da man sich aber diese Systeme, wenn sie auch noch so schön sind, nicht alle zu eigen machen kann und man sich, wenn man ein Philosoph sein will, einen Autor wählen muß, so hatte sich Don Ferrante den Aristoteles auserkoren, der, wie er sagte, weder ein alter noch ein neuer, sondern der Philosoph ist. Er besaß auch verschiedene Werke der gelehrtesten und scharfsinnigsten seiner Anhänger unter den Modernen; die seiner Gegner hatte er nie lesen wollen, sagte er, um keine Zeit zu vergeuden, und nicht kaufen wollen, um das Geld nicht wegzuwerfen. Ausnahmsweise gönnte er jedoch in seiner Bibliothek jenen berühmten zweiundzwanzig Bänden *De subtilitate* und einigen anderen antiperipatetischen Werken des Cardano einen Platz, und das wegen seiner Verdienste in der Astrologie, indem er sagte, wer die Abhandlung *De restitutione temporum et motuum coelestium* und das Buch *Duodecim geniturarum* habe schreiben können, verdiene es, gehört zu werden, selbst wenn er ungereimtes Zeug rede; und der große Fehler dieses Mannes sei es gewesen, daß er zu viel Geist besessen habe, und niemand könne wissen, wie weit er es in der Philosophie gebracht hätte, wenn er immer auf dem rechten Wege geblieben wäre. Obgleich im übrigen Don Ferrante im Urteil der Gelehrten als ein erfahrener Peripatetiker galt, meinte er dessenungeachtet nicht genug davon zu verstehen. Und mehr als einmal sagte er mit großer Bescheidenheit, daß die Wesenheit, die Universalgesetze, die Weltenseele und die Natur der Dinge nicht so klar seien, wie man glauben könnte.

Die Naturphilosophie hatte er mehr zum Zeitvertreib als zum Studium betrieben; selbst die Werke des Aristoteles über diese Materie und die des Plinius hatte er mehr gelesen als studiert. Nichtsdestoweniger verstand er durch die Lektüre dieser Werke und mit den aus Abhandlungen über allgemeine Philosophie gelegentlich gesammelten Kenntnissen nach einer flüchtigen Durchsicht der *Magia naturale* des Porta, der drei Geschichten *lapidum*, *animalium*, *plantarum* des Cardano, der Abhandlung über Kräuter, Pflanzen und Tiere des Albertus Magnus und einiger anderer Werke von geringerer Bedeutung zu rechter Zeit eine Unterhaltung zu führen, indem er über die wunderbarsten Kräfte und über die seltsamsten Merkwürdigkeiten vieler Heilkräuter sprach; indem er die Gestalt und die Gewohnheiten der Sirenen und des einzigartigen Phönix auf das genaueste beschrieb; indem er erklärte, wie sich der Salamander im Feuer aufhalten kann, ohne zu verbrennen; wie der winzige Schellfisch die Kraft und Geschicklichkeit hat, jedes noch so große Schiff mitten auf hoher See plötzlich anzuhalten; wie die Tautropfen im Inneren der Muscheln zu Perlen werden; wie das Chamäleon von der Luft lebt; wie sich aus dem sich langsam verhärtenden Eis im Laufe der Jahrhunderte das Kristall bilde, und andere der wunderbarsten Geheimnisse der Natur.

In die der Zauberkunst und der Magie war er tiefer eingedrungen, da es sich hierbei, sagt unser Anonymus, um eine weit beliebtere und notwendigere Wissenschaft handelte, deren Gegebenheiten von viel größerer Wichtigkeit sind und wo mehr dazu erforderlich ist, sie beweisen zu können. Es braucht nicht erst gesagt zu werden, daß er bei einem solchen Studium nie ein anderes Ziel im Auge gehabt hatte, als sich zu unterrichten und die teuflischen Künste der Zauberer gründlich kennenzulernen, um sich davor schützen und bewahren zu können. Und hauptsächlich unter der Führung des großen Martino Delrio (eines Mannes dieser Wissenschaft) war er imstande, *ex professo* über den Liebes-, Einschläferungs- und Hasseszauber zu sprechen und über die unzähligen Abarten dieser drei Hauptgattungen von Verzauberungen, deren unliebsame Wirkungen man heutzutage nur allzuoft, so sagt wieder der Anonymus, im Leben sieht. Ebenso umfassend und gründlich waren Don Ferrantes Kenntnisse in der Geschichte, besonders der Weltgeschichte, worin Tarcagnota, Dolce, Bugatti, Campana, Guazzo, kurz, die Berühmtesten, seine bevorzugten Autoren waren.

Aber was ist die Geschichte, sagt Don Ferrante oft, ohne die Politik? Eine Führerin, die immerfort geht und geht, ohne daß ihr jemand folgt, um den Weg kennenzulernen, weshalb ihre Schritte vergeblich sind, genauso wie die Politik ohne Geschichte jemandem gleicht, der ohne Führer geht. Er hatte also in seinen Bücherschränken den Staatsmännern ein Bord angewiesen, wo unter vielen weniger umfangreichen Schriften zweiten Ranges Bodino, Cavalcanti, Sansovino, Paruta und Boccalini hervorragten. Zwei Bücher aber waren es, die Don Ferrante lange Zeit allen anderen auf diesem Gebiete vorzog; zwei, die er bis zu einem gewissen Zeitpunkt die ersten zu nennen pflegte, ohne je entscheiden zu können, welchem von beiden dieser Rang einzig und allein zukomme: dem einen, dem „Fürsten“ und den „Discorsi“ des berühmten florentinischen Staatssekretärs, der zwar ein Gauner, wie Don Ferrante sagte, aber sehr profund sei; oder dem anderen, der „Vernunft des Staates“ des nicht weniger berühmten Giovanni Botero, eines Ehrenmannes, wie er diesen nannte, aber eines scharfsinnigen. Kurz vor der Zeit jedoch, in der unsere Begebenheit angesiedelt ist, war das Buch herausgekommen, das die strittige Frage über den Vorrang entschied, da es auch die Werke dieser beiden Matadore übertraf, wie Don Ferrante sagte: das Buch, worin sich, gleichsam destilliert, alle Bosheiten befinden, damit man sie erkennen, und alle Tugenden, damit man sie üben kann, dieses winzige, aber goldene Buch, mit einem Wort, „Der regierende Staatsmann“ des Don Valeriano Castiglione, dieses hochberühmten Mannes, von dem man sagen kann, daß die größten Gelehrten darin wetteiferten, ihn zu preisen, und die höchsten Persönlichkeiten ihn an sich zu ziehen versuchten; dieses Mannes, den Papst Urban VIII. bekanntlich mit reichem Lob ehrte, den der Kardinal Borghese zur Beschreibung der Taten Papst Pauls V. und der Vizekönig von Neapel, Pedro de Toledo, zu jener der Kriege des katholischen Königs in Italien zu bewegen versuchten, beide jedoch vergeblich. Es war das Buch jenes Mannes, den König Ludwig XIII. von Frankreich auf Anraten des Kardinals von Richelieu zu seinem Geschichtsschreiber ernannte; dem der Herzog Carlo Emanuele von Savoyen dasselbe Amt übertrug; zu dessen Lob die Herzogin Christine, Tochter des allerchristlichsten Königs Heinrich IV., in einem Diplom mit vielen anderen Titeln auch den der „Unbestrittenheit des Ruhmes, den er in Italien genießt, der erste Schriftsteller unserer Zeiten zu sein“ anführen konnte; ganz zu schweigen von vielen anderen ruhmvollen Zeugnissen seiner Person.

Wenn aber Don Ferrante sich in allen den besagten Wissenschaften gelehrt nennen konnte, so gab es eine, in der er den Titel eines Professors verdiente und genoß: die Wissenschaft der Ritterlichkeit. Nicht nur, daß er mit Kennerschaft darüber sprach; er ließ sich auch, da er häufig darum gebeten wurde, in Ehrenaffären zu vermitteln, stets zu irgendeiner Entscheidung bewegen. Er hatte in seiner Bibliothek, ja, man kann sagen, in seinem Kopf die Werke der auf diesem Gebiet berühmtesten Schriftsteller: Paride dal Pozzo, Fausto da Longiano, Urrea, Muzio, Romei, Albergato, den ersten und zweiten „Forno“ des Torquato Tasso, von dem er auch alle Stellen aus dem „Befreiten Jerusalem“ und aus dem „Eroberten Jerusalem“, die in Angelegenheiten des Rittertums als Richtschnur dienten, gegenwärtig hatte und sie gegebenenfalls auswendig anzuführen wußte. Der Dichter aller Dichter aber war nach seiner Meinung unser berühmter Francesco Birago, mit dem er auch mehr als einmal zusammenkam, um über Ehrensachen ein Urteil abzugeben, und der seinerseits von Don Ferrante mit dem Ausdruck besonderer Hochachtung sprach. Und als die „Ritterlichen Gespräche“ dieses ausgezeichneten Schriftstellers erschienen, sagte Don Ferrante, ohne zu zögern, voraus, diese Arbeit werde das Ansehen Olevanos untergraben und nebst ihren anderen edlen Schwestern für die Nachwelt immer ein Kodex höchster Autorität bleiben; eine Prophezeiung, sagt der Anonymus, von der jedermann sehen kann, wie sie sich bewahrheitet hat.

Von diesen Dingen geht der Anonymus dann zu der schönen Literatur über. Wir jedoch beginnen zu zweifeln, ob der Leser wirklich große Lust haben wird, ihn bei dieser Revue weiter zu begleiten, ja wir fürchten sogar, uns den Titel eines sklavischen Abschreibers und gemeinsam mit dem gepriesenen Anonymus den eines langweiligen Erzählers zugezogen zu haben, weil wir ihm bisher gutmütig in einer Sache gefolgt sind, die nichts mit der Hauptgeschichte zu tun hat und über die er sich vermutlich nur deswegen so verbreitet hat, um mit Gelehrsamkeit zu prunken und zu zeigen, daß er nicht hinter seiner Zeit zurückgeblieben sei. Indem wir jedoch stehenlassen, was geschrieben ist, damit unsere Mühe nicht ganz vergeblich war, lassen wir das übrige weg, um unseren Weg fortzusetzen, um so mehr, als wir noch ein hübsches Stück zu durchlaufen haben, ehe wir unseren handelnden Personen wieder begegnen, und ein noch beträchtlicheres, ehe wir die treffen werden, an deren Erlebnissen der Leser den größten Anteil nimmt, wenn überhaupt etwas in diesem Buch seine Aufmerksamkeit gefesselt hat.

Bis zum Herbst des folgenden Jahres 1629 blieben alle, die einen freiwillig, die anderen gezwungenermaßen, ungefähr in der Lage, in der wir sie verlassen haben, ohne daß irgendeinem etwas widerfahren wäre und ohne daß irgendeiner etwas hätte unternehmen können, was der Mitteilung wert gewesen wäre. Es kam der Herbst, in dem Agnese und Lucia gehofft hatten zusammenzukommen, jedoch ein großes öffentliches Ereignis machte diese Berechnung zunichte, und sicherlich war dies nur eine seiner geringsten Wirkungen. Es folgten dann andere große Geschehnisse, die jedoch keine nennenswerte Änderung im Geschick unserer Personen herbeiführten. Schließlich drangen die Auswirkungen neuer, allgemeinerer, schlimmerer und schonungsloser Begebenheiten auch zu ihnen, bis zu den geringsten von ihnen, wie es die Stufenfolge in dieser Welt mit sich bringt, gleich einem mächtigen, heranbrausenden, umherirrenden Wirbelsturm, der Bäume zersplittert und entwurzelt, Dächer zerstört, Türme abdeckt, Mauern niederreißt und die Trümmer überall herumschleudert, auch die im Gras versteckten Hälmchen emporhebt, die welken, leichten Blätter, die ein schwächerer Wind in den Winkeln zusammengeweht hat, herausholt und sie als Beute in kreisendem Wirbel mit sich fortträgt.

Damit nun aber die privaten Begebenheiten, die wir noch zu erzählen haben, möglichst klarwerden, müssen wir unbedingt, so gut es uns gelingt, eine Schilderung der öffentlichen Geschehnisse vorausschicken, selbst wenn wir dazu etwas weit ausholen sollten.

28. Kapitel

Nach dem Aufruhr am Sankt-Martins-Tag und dem des darauffolgenden Tages schien der Überfluß wie durch ein Wunder nach Mailand zurückgekehrt zu sein. Brot bei allen Bäckern in Hülle und Fülle, der Preis wie in den besten

Zeiten, und ebenso verhielt es sich mit dem Mehl. Jene, die es sich an diesen beiden Tagen angelegen sein ließen, zu brüllen oder auch nur etwas mehr zu tun, konnten jetzt (außer einigen wenigen, die erwischt worden waren) zufrieden sein. Und man glaube nicht, daß sie es unterließen, sobald nur einmal der erste Schrecken über die Verhaftungen vorüber war. Auf den Plätzen, an den Straßenecken, in den Schenken herrschte unverhohlener Jubel; man raunte sich Glückwünsche zu und rühmte sich, das Mittel gefunden zu haben, welches das Brot billig macht. Doch inmitten der Freude und des Übermuts überkam sie (und wie hätte es denn nicht sein sollen?) eine Unruhe, eine Ahnung, daß die Sache nicht von Dauer sein werde. Sie belagerten die Bäkker und die Mehlhändler, wie sie es schon bei dem künstlich erzeugten und vorübergehenden Überfluß getan hatten, der durch die erste Preisfestsetzung Antonio Ferrers hervorgerufen worden war. Alle verzehrten ohne jede Sparsamkeit; wer ein paar Groschen auf die Seite gelegt hatte, gab sie für Brot und Mehl aus; in Kisten, Fässern, Kesseln speicherten sie ihre Vorräte. Während sie so wetteiferten, den gegenwärtigen guten Markt zu nützen, machten sie nicht nur sein Fortdauern unmöglich, sage ich, denn das war es ohnehin, sondern sie gefährdeten auch seinen augenblicklichen Bestand. Und siehe da, am 15. November veröffentlichte Antonio Ferrer *de orden de Su Excelencia* einen Erlaß, der jedem, der Korn oder Mehl im Haus hatte, untersagte, auch nur das Geringste von diesen Lebensmitteln oder mehr Brot als für den Bedarf zweier Tage zu kaufen, *bei Geld- und Leibesstrafen nach dem Ermessen Seiner Exzellenz;* dazu eine Ankündigung, daß die, denen es von Amts wegen zukam, und auch sonst jedermann die Übertreter anzuzeigen habe. Den Richtern wurde befohlen, in den Häusern, die man ihnen angeben würde, Nachforschungen anzustellen. Zugleich aber erging ein neuer Befehl an die Bäcker, ihre Läden stets mit Brot versehen zu halten, *bei Strafe, im Falle der Verfehlung, von fünf Jahren Galeere und länger nach dem Ermessen Seiner Exzellenz.* Wer sich die Durchführung eines solchen Erlasses denken kann, muß eine schöne Vorstellungskraft besitzen; und gewiß, wenn alle Aufrufe, die man in jener Zeit veröffentlichte, durchgeführt worden wären, so hätte das Herzogtum Mailand wenigstens ebensoviel Leute auf der See haben müssen, wie jetzt Großbritannien haben mag.

Sei dem, wie ihm wolle, wenn man den Bäckern so viel Brot zu backen befahl, so mußte man auch dafür sorgen, daß ihnen das Mehl dazu nicht fehle. Man war auf den Gedanken gekommen (wie ja in den Zeiten der Teuerung und Not immer wieder das Bestreben besteht, Erzeugnisse zu Brot zu verarbeiten, die man sonst in anderer Form zu verbrauchen pflegt), man war also, sage ich, auf den Gedanken gekommen, Reis in den Teig des Brotes zu mischen, das man *Mischbrot* nannte. Am 23. November erließ man eine Bekanntmachung, der zufolge die Hälfte des ungeschälten Reises, den jemand besaß, zur Verfügung des Proviantverwesers und seiner zwölf Beamten mit Beschlag belegt wurde. Jedem, der ohne Erlaubnis dieser Herren darüber verfügte, wurde der Verlust dieses Lebensmittels und eine Geldbuße von drei Scudi für den Scheffel angedroht. Das ist, wie jedermann sieht, nur recht und billig.

Aber diesen Reis mußte man bezahlen, und zwar zu einem Preis, der in gar keinem Verhältnis zu dem des Brotes stand. Die Last, für den gewaltigen Fehlbetrag aufzukommen, war der Stadt auferlegt worden. Aber der Rat der Dekurionen, der diese Last für sie übernommen hatte, beschloß an demselben Tage, am 23. November, dem Statthalter die Unmöglichkeit vorzustellen, sie noch länger zu tragen. Und der Statthalter setzte in einem Erlaß vom 7. Dezember den Preis des erwähnten Reises auf zwölf Lire für den Scheffel fest. Wer mehr dafür verlangte oder zu verkaufen sich weigerte, dem kündigte er den Verlust der Ware und eine Geldstrafe in Höhe des gleichen Wertes an *und noch schärfere Geld- und sogar Leibesstrafen bis zur Galeere nach dem*

Ermessen Seiner Exzellenz, nach Maßgabe der Umstände und Personen.

Für den ausgehülsten Reis war der Preis schon vor dem Aufruhr festgesetzt worden, wie vermutlich auch der Preissatz oder, um die geläufige Bezeichnung unserer Zeiten zu gebrauchen, der Höchstpreis für den Weizen und die anderen, gewöhnlicheren Getreidearten in anderen Verordnungen festgesetzt worden war, die wir nicht zu sehen bekamen.

Da auf diese Weise Brot- und Mehlpreise in Mailand niedrig gehalten wurden, folgte daraus, daß die Leute vom Lande in Scharen kamen, um zu kaufen. Don Gonzalo verbot, wie er sagte, um diesem Übelstand abzuhelfen, in einer anderen Verfügung vom 15. Dezember, Brot für mehr als zwanzig Soldi aus der Stadt mitzunehmen, bei Verlust des Brotes und einer Geldbuße von fünfundzwanzig Scudi, *im Falle der Zahlungsunfähigkeit zweimal öffentlich die Wippe und bei noch schwererer Strafe,* wie gewöhnlich *nach dem Ermessen Seiner Exzellenz.* Am 22. des gleichen Monats (warum so spät, ist nicht einzusehen) veröffentlichte er einen ähnlichen Befehl bezüglich des Mehls und des Getreides.

Die Menge hatte den Überfluß durch Plünderung und Brandstiftung herbeiführen wollen, die Regierung wollte ihn mit Galeere und Folter erhalten. Die Mittel paßten zueinander; was sie bezweckten, sieht der Leser, und wie dienlich sie waren, den Zweck zu erreichen, wird er gleich sehen. Es ist auch leicht zu erkennen und nützlich, zu beobachten, wie zwischen diesen seltsamen Vorkehrungen immerhin ein notwendiger Zusammenhang bestand: jede war die unvermeidliche Folge der vorhergegangenen und alle zusammen der ersten, die für das Brot einen Preis bestimmte, der von dem tatsächlichen, wie er sich aus dem Verhältnis zwischen Bedarf und Vorrat auf natürliche Weise ergeben haben würde, so verschieden war. Die Menge hat immer geglaubt und glauben müssen, daß diese Maßnahme, da sie doch der Gerechtigkeit entspreche, einfach und leicht durchzuführen sei.

Es ist daher natürlich, daß sie sie in den Nöten und Leiden des Hungers ersehnt, erfleht und, wenn sie kann, erzwingt. Wenn sich dann die Folgen fühlbar machen, müssen die, deren Sache das ist, jeder einzelnen durch ein Gesetz abzuhelfen suchen, das den Leuten zu tun verbietet, wozu sie durch das vorhergehende getrieben worden sind. Es sei uns erlaubt, hier flüchtig ein einzigartiges Zusammentreffen zu beobachten. Vor nicht allzu ferner Zeit und in dem unruhigsten und denkwürdigsten Zeitabschnitt der neueren Geschichte nahm man in einem benachbarten Land unter ähnlichen Umständen zu ähnlichen Hilfsmitteln Zuflucht (im wesentlichen zu denselben, könnte man fast sagen, und ungefähr in der gleichen Reihenfolge, mit dem einzigen Unterschied der Proportion) – man griff zu ihnen ungeachtet der veränderten Zeiten und ungeachtet der in Europa und in diesem Land vielleicht mehr als anderswo gewachsenen Erkenntnisse, und das geschah hauptsächlich, weil die Volksmassen, zu denen diese Erkenntnisse nicht gedrungen waren, ihre Meinung auf lange Zeit behaupten und, wie man dort sagt, auf die Gesetzgeber einen Zwang ausüben konnten.

So waren also, um auf unser Land zurückzukommen, zwei hauptsächliche Ergebnisse des Aufruhrs zu verzeichnen gewesen: Verwüstung und tatsächlicher Verlust von Lebensmitteln während der Unruhen selbst und reichlicher, unbekümmerter, maßloser Verbrauch, solange der festgesetzte Preis währte, obwohl der geringe Getreidevorrat bis zur neuen Ernte hätte reichen sollen. Zu diesen allgemeinen Ergebnissen füge man noch die Verurteilung der vier Unglücklichen, die als Häupter der Empörung gehängt wurden: zwei vor der Krücken-Bäckerei, zwei an dem Ende der Straße, in der das Haus des Proviantverwesers stand.

Im übrigen sind die historischen Berichte jener Zeit so zufällig abgefaßt, daß man darin nicht einmal eine Notiz findet, wie und wann diese gewaltsame Preisbestimmung aufgehört hatte. Wenn es in Ermangelung bestimmter Angaben erlaubt ist, Vermutungen vorzubringen, so neigen wir zu der Annahme, daß sie kurz vor oder kurz nach dem 24. Dezember, dem Tage jener Hinrichtungen, aufgehoben worden ist. Und was die Verfügungen anbelangt, so finden wir nach der letzten von uns erwähnten vom 22. des gleichen Monats keine weitere mehr, die sich auf Viktualien bezogen hätte; sei es nun, daß sie in Vergessenheit geraten oder unseren Nachforschungen entgangen sein möge, oder sei es endlich, daß die Regierung, wenn auch nicht durch die Wirkungslosigkeit ihrer Maßregeln belehrt, so doch entmutigt und von den Ereignissen überrumpelt, den Dingen einfach ihren Lauf ließ. Wohl aber finden wir in den Berichten mehrerer Geschichtsschreiber (sie neigten alle mehr dazu, große Geschehnisse zu schildern, als deren Ursachen und den Fortgang zu vermerken) ein Abbild des Landes und vor allem der Stadt im vorgeschrittenen Winter und im Frühling, als die Ursache des Übels, nämlich das Mißverhältnis zwischen dem Bedarf und den Lebensmittelvorräten, nicht beseitigt, sondern durch die Maßnahmen, die zeitweilig seine Wirkung aufhoben, nur verschlimmert und auch durch eine ausreichende Einfuhr von ausländischem Getreide nicht gebessert worden war, weil dieser die Unzulänglichkeit der öffentlichen und privaten Mittel entgegenstand sowie die Not in den angrenzenden Ländern, Mangel, Trägheit und Drosselung des Handels – und wohl auch die Gesetze selbst, die niedrige Preise bezweckten und zu erhalten suchten; ein Abbild des Landes also, als die wahre Ursache der Hungersnot oder, besser, die Hungersnot selbst ohne Widerstand und mit ihrer ganzen Gewalt wirken konnte. Hier nun die Abschrift dieses traurigen Bildes.

Auf Schritt und Tritt geschlossene Läden, die Werkstätten größtenteils verödet, die Straßen ein unbeschreiblicher Anblick, ein immerwährender Schauplatz des Elends, eine ewige Stätte des Leidens. Die in die Minderheit gedrängten Berufsbettler verloren sich in der neuen Menge und waren gezwungen, denen das Almosen streitig zu machen, von denen sie es einst empfangen hatten. Lehrjungen und Burschen, von den Kaufleuten entlassen, die kümmerlich von dem erübrigten Gewinn und dem Vermögen lebten, weil der tägliche Verdienst nachgelassen oder gänzlich aufgehört hatte; Geschäftsleute selbst, für die das Stocken der Geschäfte den Bankrott und den Ruin bedeutete; Handwerker, auch Meister jeder Art von Manufaktur und Gewerbe, von dem gewöhnlichsten bis zu dem feinsten, von dem unentbehrlichsten bis zu dem dem Luxus dienenden, von Tür zu Tür, von Straße zu Straße ziehend, an den Ecken lehnend, längs der Häuser und Kirchen auf dem Pflaster kauernd, flehentlich um ein Almosen bittend oder noch zwischen der Not und der noch nicht bezwungenen Scham schwankend, abgezehrt, kraftlos, erschauernd vor Kälte in den abgenützten, dünnen Kleidern, die jedoch bei vielen noch die Spuren eines früheren Wohlstandes aufwiesen; und auch in der Untätigkeit und Erniedrigung traten noch gewisse Merkmale tätiger und freier Gewohnheiten in Erscheinung. In der bejammernswerten Menge befanden sich zu nicht geringem Teil entlassene Diener, deren Herren entweder aus mittelmäßigem Wohlstand in dürftige Verhältnisse geraten oder, obwohl noch vermögend, in einem solchen Jahr nicht in der Lage waren, den gewohnten Prunk des Gefolges aufrechtzuerhalten. Zu allen diesen Notleidenden gesellte sich noch eine Anzahl anderer, die zum Teil von deren Erwerb zu leben gewohnt waren: Kinder, Frauen, Greise, um ihre einstigen Ernährer geschart oder anderswo zerstreut, um zu betteln.

Man sah auch viele von dem Gezücht der Bravi, und man erkannte sie an den zerzausten Schöpfen, an den Lumpen einst prächtiger Kleider und an einem gewissen Zug in Haltung und Gebärden, an jenem Stempel, den die Gewohnheiten dem Gesicht um so bildhafter und deutlicher aufprägen, je seltsamer sie sind – die nun, nachdem sie infolge der allgemeinen Umstände das Brot ihrer Missetaten eingebüßt hatten, es von der Barmherzigkeit erflehten. Durch den

Hunger gebändigt, mit den anderen nur im Bitten wetteifernd, schleppten sie sich verängstigt und benommen durch die Straßen, die sie so lange erhobenen Hauptes, wilden, argwöhnischen Blickes, in reichen, wunderlichen Livreen, geschmückt mit langen Federn, mit teuren Waffen ausgestattet, geschniegelt und parfümiert durchschritten hatten, und streckten demütig die Hand aus, die sie so oft frech zur Drohung oder tückisch zum Schlage erhoben hatten.

Doch vielleicht das häßlichste und zugleich erbarmungswürdigste Schauspiel boten die Bauern, die einzeln, paarweise und in ganzen Familien herumzogen; Ehemänner und ihre Frauen, mit Kindern auf dem Arm oder auf dem Rükken, größere an der Hand führend, während ihnen Greise nachfolgten. Einige, in deren Häuser die einquartierte oder durchziehende Soldateska plündernd eingefallen war, waren in Verzweiflung geflohen, und unter diesen gab es solche, die, um größeres Mitleid zu erregen und gleichsam zur Verdeutlichung ihres Elends, die blauen Flecke und Narben der Schläge zeigten, die sie beim Verteidigen ihrer letzten geringen Vorräte oder fliehend vor der rohen, blinden Zügellosigkeit erhalten hatten. Andere, die von dieser besonderen Geißel verschont geblieben, aber von jenen zwei anderen Plagen vertrieben worden waren, vor denen kein Winkel sicher schien, von der Unfruchtbarkeit und von den Steuern, die zur Deckung der sogenannten Kriegsbedürfnisse übermäßiger denn je waren, kamen in die Stadt, die sie als Sitz und letzte Freistätte des Reichtums und der frommen Freigebigkeit empfanden. Mehr noch als an dem unsicheren Gang und dem fremdartigen Aussehen konnte man die Neuankömmlinge an dem Staunen und Mißvergnügen erkennen, einen solchen Zulauf, einen solchen Wettstreit des Elends an dem Ziel vorzufinden, wo sie als besonderer Gegenstand des Mitleids die Blicke und den Beistand auf sich zu lenken gedacht hatten. Eine noch tiefere und müdere Niedergeschlagenheit spielte sich in den Gesichtern und in den Gebärden der anderen, die seit längerer oder kürzerer

Zeit in den Straßen der Stadt hausten und umherzogen und von den Unterstützungen lebten, die ihnen bei diesem Mißverhältnis zwischen Hilfe und Bedürfnis wie rein zufällig zugefallen waren. Auffällig andere Kleidung bei denen, die man noch bekleidet nennen konnte, und anders auch ihr Aussehen: bleiche Gesichter aus der Tiefebene, gebräunte aus dem Hochland und dem Hügelland, gerötete aus dem Gebirge, aber alle hager und verzerrt; alle mit tiefen Augenhöhlen, mit starren, finsteren und halb wahnsinnigen Blicken; die Haare zerrauft, die Bärte lang und struppig; die Körper, zu schwerer Arbeit erzogen und abgehärtet, jetzt von Entbehrungen erschöpft; runzlig die Haut an den dürren Armen, an den Beinen und an der mageren Brust, die unter den unordentlich sitzenden Lumpen sichtbar war. Und anders, aber nicht minder schmerzlich als dieser Anblick gebrochener Kraft der einer schneller unterlegenen Natur, einer hilfloseren Ermattung und Ohnmacht bei dem schwächeren Geschlecht und dem Alter.

Da und dort auf den Straßen entlang der Häusermauern einige Häufchen von zertretenem gedroschenem Stroh, das mit allerlei schmutzigem Plunder vermengt war. Und ein solcher Elendshaufen war noch eine Gabe und eine Bemühung der Barmherzigkeit; es war das Lager, das irgendeinem dieser Unglücklichen bereitet worden war, damit er dort in der Nacht sein Haupt zur Ruhe legen konnte. Hin und wieder sah man auch am Tage einen dort ausgestreckt liegen, dem die Erschöpfung oder das Fasten die Kräfte geraubt und die Beine gelähmt hatte. Bisweilen ruhte auf dieser armseligen Streu ein Toter, und manchmal sah man plötzlich einen kraftlos niedersinken und als Leiche auf dem Pflaster liegenbleiben.

Neben einigen dieser Lagerstätten sah man auch einen von plötzlichem Mitleid ergriffenen Fußgänger oder einen Nachbarn sich niederbeugen. An manchen Stellen erschien geregelte Hilfe, mit weitblickender Voraussicht, betrieben von einer Hand, die über reiche Mittel verfügte und an ein

Wohltun im großen gewöhnt war; es war die Hand des guten Federigo. Er hatte sechs Priester ausgewählt, deren lebendiger und beharrlicher Nächstenliebe ein kräftiger Körper zustatten kam; er hatte sie zu zweien eingeteilt und jedem Paar ein Drittel der Stadt zugewiesen, das sie, gefolgt von Lastträgern, die mit verschiedenen Nahrungsmitteln, leichteren und rascher wirkenden Stärkungsmitteln und mit Kleidern beladen waren, zu durchwandern hatten. Jeden Morgen machten sich die drei Paare in verschiedenen Richtungen auf den Weg, näherten sich denen, die sie verlassen auf der Erde liegen sahen, und brachten jedem die Hilfe, deren er bedurfte. Manch einer, der im Sterben lag und keine Nahrung mehr zu sich nehmen konnte, empfing den letzten Beistand und die Tröstungen der Religion. An die Hungrigen verteilten sie Suppe, Eier, Brot, Wein; anderen, die ein längeres Fasten entkräftet hatte, reichten sie Kraftbrühe und Kraftsuppen und stärkeren Wein, nachdem sie sie zuerst, wenn es not tat, mit Essenzen zur Besinnung gebracht hatten. Gleichzeitig verteilten sie Kleidungsstücke, um die unschicklichsten und empfindlichsten Blößen zu bedecken.

Aber hiermit endete die Hilfeleistung noch nicht: der gute Seelenhirt hatte, wenigstens wo es möglich war, eine wirksame und nicht nur eine augenblickliche Erleichterung gewünscht. Den Armen, die durch diese erste Stärkung wieder hinlänglich Kräfte erlangt hatten, um sich aufrecht zu halten und zu gehen, gaben sie etwas Geld, damit erneute Not und der Mangel an weiterem Beistand sie nicht gleich wieder in den früheren Zustand zurückfallen lassen möge; für andere suchten sie in einem der nächsten Häuser Zuflucht und Unterhalt. In den Häusern der Wohlhabenden wurden sie meistens aus Barmherzigkeit aufgenommen und weil der Kardinal sie empfohlen hatte; in anderen, wo es dem guten Willen an Mitteln fehlte, baten die Priester, daß der Arme gegen ein Kostgeld aufgenommen werde, setzten den Preis fest und bezahlten gleich einen Teil des Betrages.

Von den auf diese Weise Untergebrachten gaben sie dann den Pfarrern ein Verzeichnis, damit diese sie besuchten, und sie kamen auch selbst wieder, nach ihnen zu sehen.

Es braucht wohl nicht gesagt zu werden, daß Federigo seine Fürsorge nicht auf diese äußerste Not und dieses Leid beschränkte und es auch nicht abgewartet hatte, um in Rührung zu geraten. Diese glühende und vielseitige Barmherzigkeit mußte alles mitfühlen, für alles sich bemühen, zu Hilfe eilen, wo sie nicht hatte zuvorkommen können; mußte sozusagen ebenso viele Formen annehmen, in denen die Not vorhanden war. Er faßte alle seine Mittel zusammen, handhabte die Sparsamkeit strenger und griff die für andere, nun nebensächlich gewordene Mildtätigkeit bestimmten Ersparnisse an und versuchte auf jede Art und Weise Geld zu beschaffen, um alles den Hungernden zuzuwenden. Er hatte viel Getreide angekauft und einen großen Teil davon an die Orte seiner Diözese geschickt, die am meisten Mangel litten; und da die Hilfe für die Not zu gering war, sandte er auch Salz hin, „womit", sagt Ripamonti, der die Sache erzählt, „das Gras der Wiesen und die Rinde der Bäume sich in Nahrungsmittel verwandeln". Getreide und Geld hatte er auch an die Pfarrer der Stadt verteilt. Er selbst besuchte, Almosen spendend, ein Stadtviertel nach dem anderen, unterstützte heimlich viele arme Familien, und im erzbischöflichen Palast verteilte man, wie ein zeitgenössischer Schriftsteller, der Arzt Alessandro Tadino, in seinen „Auskünften" bestätigt, die wir häufig anzuführen Gelegenheit haben werden, jeden Morgen zweitausend Teller Reissuppe.

Jedoch diese Werke der Barmherzigkeit, die wir gewiß als großartig bezeichnen können, wenn wir bedenken, daß sie von einem einzigen Mann und nur aus seinen Mitteln stammten (denn Federigo lehnte es grundsätzlich ab, der Verteiler fremder Freigebigkeit zu sein), diese Werke der Barmherzigkeit, zusammen mit den wenn auch nicht so bedeutenden, aber immerhin zahlreichen Gaben anderer, zusammen mit den Subventionen, die der Rat der Dekurionen anordnete, den Provianthof mit der Verteilung beauftragend, waren im Vergleich zu der Not noch immer gering. Während einigen Gebirgsbewohnern, die nahe daran waren, Hungers zu sterben, durch die Mildtätigkeit des Kardinals das Leben verlängert wurde, waren andere beim Äußersten angelangt, und die ersten verfielen wieder dem Elend, sobald die karg bemessene Hilfe zu Ende war. An anderen, zwar nicht vergessenen, aber von einer zur Auswahl gezwungenen Barmherzigkeit als weniger dringend vernachlässigten Orten führte die Bedrängnis zum tödlichen Ende; überall starben sie, von allen Seiten strömten sie in die Stadt. Hier hatten, nehmen wir an, zweitausend Hungernde, kräftiger und gewandter, um die Konkurrenten zu überwinden und sich Platz zu schaffen, eine Suppe erobert, um nicht noch am selben Tag zu sterben; aber viele andere Tausende blieben zurück, jene Glücklicheren, sagen wir, beneidend, wobei häufig deren Frauen, Kinder und Väter unter den Zurückgebliebenen waren. Und während an manchen Stellen der Stadt einige der Verlassensten und beim Äußersten Angelangten vom Boden aufgehoben, erquickt, untergebracht und für einige Zeit versorgt wurden, brachen an hundert anderen Punkten andere zusammen, verschmachteten und starben ohne Hilfe, ohne Tröstung.

Den ganzen Tag hörte man auf der Straße ein verworrenes Raunen von flehenden Stimmen, nachts ein Stöhnen, hin und wieder unterbrochen von plötzlich ertönenden lauten Klagen oder von Geheul, von dumpfen Hilferufen, die in gellendem Geschrei endeten.

Es ist merkwürdig, daß man bei einem solchen Übermaß an Elend, bei einer solchen Vielfalt an Jammer nie einen Versuch zum Aufruhr sah, nie einen Ruf der Empörung vernahm; wenigstens findet sich darüber nicht die leiseste Andeutung. Und doch befand sich unter denen, die auf diese Weise lebten und starben, eine große Anzahl von Menschen, die zu ganz anderem als zum Dulden erzogen waren, Hunderte von denen, die sich am Sankt-Martins-Tage so laut

Gehör verschafft hatten. Es ist wohl nicht denkbar, daß es das Beispiel der vier Unglücklichen war, die für alle gebüßt hatten, das sie nun im Zaum hielt. Denn was für eine Gewalt hätte nicht der Anblick, sondern die bloße Erinnerung der Todesqualen auf die Gemüter einer umherirrenden, zusammengerotteten Menge ausüben sollen, die sich zu einem langsamen Tod verurteilt sah, die ihn schon erlitt? Aber so sind wir Menschen im allgemeinen beschaffen, wir lehnen uns unwillig und wütend gegen die mittelmäßigen Übel auf und beugen uns schweigend unter die größten; wir ertragen nicht ergeben, sondern stumpfsinnig den höchsten Grad dessen, was wir anfangs unerträglich genannt hatten.

Die Lücke, die die Sterblichkeit täglich in diese beklagenswerte Menge riß, wurde jeden Tag wieder mehr als aufgefüllt: es war ein unaufhörlicher Zulauf, zuerst aus den benachbarten Dörfern, dann aus der ganzen Gegend, dann aus den Städten des Landes und schließlich auch aus anderen. Und inzwischen zogen auch täglich alteingesessene Einwohner aus der Stadt fort; einige, um dem Anblick so großer Trübsal zu entfliehen; andere, denen sozusagen der Platz von neuen Bettelkonkurrenten streitig gemacht wurde, schwangen sich zu einem letzten verzweifelten Versuch auf, anderswo Hilfe zu erflehen, wo immer es auch sei, irgendwo, wo wenigstens der Ansturm und die Rivalität nicht so groß und so stürmisch wären. Bei dieser entgegengesetzten Wanderung begegneten sich die einen und die anderen Pilger, ein schauderhafter Anblick für beide Teile, ein schmerzliches Bild, ein schlimmes Vorzeichen für das Ziel, dem die einen und die anderen entgegengingen. Aber alle setzten ihren Weg fort, wenn schon nicht mehr in der Hoffnung, ihr Schicksal zu ändern, so doch wenigstens, um nicht wieder unter den verhaßt gewordenen Himmel zurückzukehren und um nicht die Stätten ihrer Verzweiflung wiederzusehen. Es sei denn, es brach einer, seiner Kräfte völlig beraubt, auf der Straße zusammen und blieb tot liegen: ein noch unheilvollerer Anblick für seine Leidensgefährten, ein Gegenstand des Entsetzens, vielleicht auch des Vorwurfs für die anderen Wanderer. „Ich sah“, schreibt Ripamonti, „auf der Straße an einer Mauer den Leichnam einer Frau liegen ... Halbzerkautes Gras hing ihr aus dem Mund, und die Lippen schienen noch in einer wütenden Anstrengung begriffen zu sein ... Sie hatte ein Bündel auf dem Rücken und ein kleines Kind mit Windeln am Hals festgebunden, das weinend nach der Brust verlangte ... Und es waren mitleidige Menschen dazugekommen, die das armselige Ding von der Erde aufhoben und es forttrugen, so die erste Mutterpflicht erfüllend.“

Jener Gegensatz von Prachtkleidern und von Lumpen, von Überfluß und Elend, ein alltägliches Schauspiel gewöhnlicher Zeiten, hatte nun gänzlich aufgehört. Lumpen und Elend gab es fast überall, und was sich davon unterschied, war kaum der Schein kargen Mittelmaßes. Man sah die Adligen in einfacher, bescheidener oder sogar abgenutzter und ärmlicher Kleidung einhergehen; einige deshalb, weil die allgemeinen Ursachen des Elends auch ihre Verhältnisse so verändert oder einen schon zerrütteten Besitzstand in den Ruin gestürzt hatten; die anderen, weil sie entweder fürchteten, mit dem Prunk die öffentliche Verzweiflung herauszufordern, oder weil sie sich schämten, das allgemeine Unglück zu verhöhnen. Jene verhaßten und gefürchteten Gewalttätigen, die sonst mit einem großen Gefolge von Bravi einherzugehen pflegten, wandelten nun fast allein, hielten den Kopf gesenkt, mit einer Miene, die Frieden anzubieten und zu erwarten schien. Andere, die auch im Wohlstand menschlicher gefühlt und bescheidener aufgetreten waren, schienen ebenfalls verwirrt, bestürzt und gleichsam überwältigt von dem ständigen Anblick eines Elends, das nicht nur jede Hilfsmöglichkeit, sondern, man möchte fast sagen, die Kraft des Mitleids überstieg. Wer die Mittel besaß, einige Almosen zu spenden, mußte immerhin eine schmerzliche Wahl zwischen Hunger und Hunger, zwischen einer dringenden Not und der anderen treffen. Und kaum sah man eine mitleidige Hand sich der Hand eines Unglücklichen nähern, so entstand ringsum ein Wettstreit anderer Unglücklicher. Wer noch mehr Kraft übrig hatte, der drängte sich vor, um ungestümer zu bitten; die Entkräfteten, die Greise, die Kinder hoben die abgezehrten Hände, die Mütter zeigten von weitem ihre Säuglinge und hoben sie empor, die notdürftig in zerlumpte Windeln gewikkelt waren und sich vor Schwäche in ihren Händen krümmten.

So vergingen der Winter und der Frühling, und schon seit einiger Zeit machte die Gesundheitsbehörde die Proviantverwaltung auf die Seuchengefahr aufmerksam, die der Stadt von dem in allen ihren Teilen angehäuften Elend drohte, und man schlug vor, die Bettler in verschiedenen Hospizen unterzubringen. Während dieser Vorschlag beraten und geprüft wurde, während man die Mittel, Wege und Orte besprach, ihn durchzuführen, wuchs mit jedem Tag die Zahl der Leichen auf den Straßen, stieg entsprechend auch das übrige Ausmaß von Elend. Im Provianthof wurde ein anderer Ausweg als leichter und durchführbarer vorgeschlagen, nämlich alle Bettler, gesunde und kranke, an einem einzigen Ort, im Lazarett, zu vereinigen, wo sie auf öffentliche Kosten erhalten und gepflegt werden sollten. Und dies wurde gegen die Auffassung der Gesundheitsbehörde beschlossen, die dagegen einwandte, daß bei einer so großen Ansammlung von Menschen die Gefahr, der man Einhalt gebieten wollte, nur noch zunehmen würde.

Das Lazarett von Mailand (das sei für den Fall bemerkt, daß diese Geschichte jemandem in die Hände fällt, der es weder aus eigener Anschauung noch nach der Beschreibung kennt) ist ein vierseitiges, fast quadratisches Gebäude außerhalb der Stadt, zur Linken der sogenannten Porta Orientale, von der Stadtmauer durch die Breite des Grabens, durch einen Schanzenweg und durch einen um das Gebäude laufenden Abflußkanal getrennt. Die zwei längeren Seiten sind ungefähr fünfhundert Schritt lang, die anderen beiden vielleicht um fünfzehn Schritt kürzer, alle vier sind an der Außenseite in ebenerdige Räume eingeteilt; innen läuft an drei Seiten ein gewölbter Gang, der von kleinen dünnen Säulen gestützt wird.

Der Zimmerchen waren zweihundertachtundachtzig oder noch mehr. In unseren Tagen sind durch eine große Öffnung in der Mitte und eine kleine, an einer Ecke der Straßenfassade angebrachte mehrere weggenommen worden. Zu der Zeit, da unsere Geschichte handelt, waren nur zwei Eingänge; der eine in der Mitte der Seite, die der Stadtmauer zugekehrt ist, der andere auf der entgegengesetzten Seite. Im Zentrum des inneren Raumes befand sich und befindet sich noch heute eine kleine achteckige Kirche.

Die erste Bestimmung des ganzen Gebäudes, dessen Bau im Jahre 1489 mit dem Geld eines Privatvermächtnisses begonnen, dann mit öffentlichen Mitteln und mit dem Geld anderer Erblassungen und Schenkungen fortgesetzt wurde, war, wie der Name selbst andeutet, gegebenenfalls die an der Pest Erkrankten aufzunehmen; denn diese Seuche pflegte schon lange vor jenem Zeitabschnitt und noch lange nachher zwei-, vier-, sechs-, achtmal in einem Jahrhundert bald in diesem und bald in jenem Land Europas aufzutauchen, zuweilen ausgedehnte Gebiete heimzusuchen oder auch kreuz und quer auf dem ganzen Kontinent zu grassieren. In der Zeit, von der wir sprechen, diente das Lazarett nur als Depot für die der Quarantäne unterworfenen Waren.

Um es nun zu räumen, übertrat man die strengen sanitären Vorschriften; und nachdem man in höchster Eile die Reinigung und die vorgeschriebenen Proben vorgenommen hatte, gab man alle Waren auf einmal frei. Man ließ Stroh in alle Räume legen, besorgte Lebensmittelvorräte von der Beschaffenheit und Menge, die man auftreiben konnte, und man forderte durch einen öffentlichen Aufruf alle Bettler auf, dort Zuflucht zu suchen.

Viele kamen aus freien Stücken hin; alle jene, die auf den Straßen und Plätzen krank herumlagen, wurden hingetragen. In wenigen Tagen waren es von den einen und den anderen mehr als dreitausend. Aber weit größer war die Zahl derer, die draußen blieben. Hoffte vielleicht jeder von ihnen, daß die anderen hineingehen würden und er mit wenigen zurückbliebe, um die Almosen der Stadt zu genießen; oder war es jener natürliche Widerwille gegen die Einsperrung oder jenes Mißtrauen der Armen gegen jeden Vorschlag, der ihnen von denen gemacht wird, die den Reichtum und die Macht besitzen (ein Mißtrauen, das stets der allgemeinen Unwissenheit dessen entspricht, der es empfindet, und dessen, der es einflößt, ebenso der Zahl der Armen und der Unvernunft der Gesetze); oder wußten sie, wie die angebotene Wohltat in Wirklichkeit beschaffen war; oder war es dies alles zusammen oder etwas anderes – Tatsache ist jedenfalls, daß die meisten die Aufforderung nicht beachteten und fortfuhren, sich mühsam durch die Straßen zu schleppen. Als man das sah, hielt man es für geboten, von der Aufforderung zur Gewalt zu schreiten. Man schickte Häscher aus, die Bettler ins Lazarett zu jagen und jene, die Widerstand leisteten, gefesselt hinzubringen; für jeden von diesen wurde ihnen eine Belohnung von zehn Soldi zugesprochen, woraus zu ersehen ist, daß man auch in der größten Not noch immer öffentliche Gelder zu unsinniger Verwendung hat. Und obwohl, wie es die Proviantverwaltung vermutet, ja sogar ausdrücklich beabsichtigt hatte, eine gewisse Anzahl von Bettlern aus der Stadt entwischte, um anderswo, aber wenigstens in Freiheit zu leben oder zu sterben, so war die Jagd doch so erfolgreich, daß sich die Zahl der untergebrachten Gäste und Gefangenen beinahe auf zehntausend belief.

Die Frauen und Kinder werden wahrscheinlich in abgesonderte Zellen gebracht worden sein, obwohl die Aufzeichnungen aus jener Zeit nichts darüber sagen. An Regeln und an Vorsorge für eine straffe Ordnung hatte es sicher nicht gefehlt. Aber man stelle sich vor, was für eine Ordnung besonders in diesen Zeiten und unter solchen Umständen in einer so ungeheuren und verschiedenartigen Menschenansammlung hergestellt und aufrechterhalten werden konnte, wo Gezwungene und Freiwillige beisammen waren; jene, für die das Betteln eine Notwendigkeit, ein Schmerz, eine Schande war, zusammen mit denen, die es gewerbsmäßig betrieben; jene, die bei ehrsamer Tätigkeit auf dem Acker und in den Werkstätten groß geworden waren, zusammen mit vielen anderen, die auf der Straße, in den Schenken, in den Palästen der Unterdrücker zum Müßiggang, zum Betrug, zum Schmähen und zur Gewalttätigkeit erzogen worden waren.

Wie es dann bei allen gemeinsam mit der Unterbringung und der Verpflegung stand, könnten wir uns traurig ausmalen, wenn wir nicht bestimmte Nachrichten darüber besäßen; aber solche besitzen wir. Sie schliefen in jeder dieser Zellen zusammengepfercht zu zwanzig oder dreißig, oder sie kauerten in den Säulengängen auf verfaultem und stinkendem Stroh oder auf der nackten Erde; denn man hatte zwar befohlen, daß das Stroh frisch und in genügender Menge vorhanden sein und öfter gewechselt werden müsse, aber in Wirklichkeit war es schlecht und spärlich und wurde nicht gewechselt. Man hatte gleicherweise angeordnet, daß das Brot von guter Beschaffenheit sein solle; aber welcher Verwalter hätte je gesagt, daß man schlechte Produkte zu erzeugen und zu verteilen habe? Was jedoch unter gewöhnlichen Umständen, selbst bei einem geringeren Bedarf, nicht zu erreichen gewesen wäre, wie hätte man das in diesem Fall und bei einer solchen Menge erreichen sollen? Man sagte damals, wie wir in den Berichten finden, daß das Lazarettbrot mit schwerverdaulichen, keinen Nährwert enthaltenden Stoffen verfälscht gewesen sei, und es ist nur zu glaubhaft, daß diese Klage nicht aus der Luft gegriffen war. Sogar an Wasser herrschte Mangel, das heißt an frischem, gesundem Wasser. Der gemeinsame Brunnen war wohl der seichte, träge, zum Teil auch schlammige Wassergraben, der um die Mauern des Gebäudes lief und dann zu dem geworden war, was er durch die Benutzung und die Nähe einer derartig großen Menge werden mußte.

Zu allen diesen Ursachen der Sterblichkeit, die um so wirksamer waren, als sie kranke oder sieche Körper befielen, denke man sich noch eine äußerst bösartige Jahreszeit: anhaltende Regengüsse, auf die noch anhaltendere Trockenheit folgte und mit dieser eine vorzeitige große Hitze. Zu den Übeln füge man die Empfindung der Übel hinzu, den Verdruß und die Wut über die Gefangenschaft, die Erinnerung an die alten Gewohnheiten, den Schmerz über den Verlust der Lieben, die beunruhigten Gedanken an teure Abwesende, die Qual und den gegenseitigen Abscheu, so viele andere mitgebrachte oder erst drinnen entstandene Leidenschaften, Niedergeschlagenheit und Zorn, dann die Angst vor dem Tod und das fortwährende Schauspiel des Todes, der durch so viele Ursachen zu einer häufigen Erscheinung und selbst eine neue und mächtige Ursache geworden war. Es wird nicht verwundern, daß die Sterblichkeit in diesem Gebäude in einer Weise zunahm, als ob es die Pest wäre, wie sie auch von vielen genannt wurde. Sei es nun, daß das Zusammenwirken und die Vermehrung aller dieser Ursachen die Wirksamkeit der rein epidemischen Seuche steigerte; sei es (wie das auch bei einer weniger schweren und sich nicht so lange hinziehenden Hungersnot vorzukommen scheint), daß eine gewisse Ansteckung stattfand, die in den von der Dürftigkeit und schlechten Beschaffenheit der Nahrungsmittel, von der elenden Witterung, von dem Schmutz, von Kummer und Mutlosigkeit angegriffenen und mitgenommenen Körpern sozusagen die rechte Voraussetzung, kurz, die notwendigen Bedingungen fand, um zu entstehen, sich zu nähren und zu vermehren (wenn es einem Laien gestattet ist, diese Worte nach der von einigen Ärzten aufgestellten Hypothese zu gebrauchen, die zuletzt von einem ebenso fleißigen wie geistreichen Naturkundler mit vielen Begründungen und mit vielen Vorbehalten vorgebracht worden ist); sei es schließlich, daß die Seuche zunächst in dem Lazarett selbst ausgebrochen ist, wie nach einem unklaren und ungenauen Bericht die Ärzte der Gesundheitsbehörde geglaubt zu haben scheinen; oder sei es, daß sie schon früher im verborgenen existierte (was vielleicht das wahrscheinlichste ist, wenn man bedenkt, daß die Not schon alt und allgemein und die Sterblichkeit schon erheblich war) und daß sie sich, in diese ständig zusammen lebende Masse hineingetragen, mit neuer und furchtbarer Geschwindigkeit verbreitete: Welche von diesen Vermutungen auch die richtige sein mag, die Zahl der täglichen Todesfälle im Lazarett stieg jedenfalls in kurzer Zeit auf über hundert.

Während an diesem Ort nur Mattigkeit, Angst, Schrekken, Jammer, Murren zu finden waren, herrschte im Proviantho̊f Scham, Bestürzung, Ungewißheit. Man beriet und hörte sich das Gutachten der Gesundheitsbehörde an, und man fand keinen anderen Ausweg, als das aufzuheben, was mit soviel Aufwand, mit solchen Kosten und mit soviel Drangsal ins Werk gesetzt worden war. Man öffnete das Lazarett und entließ alle Gesunden, die noch verblieben waren, und die machten sich mit toller Freude davon. Die Stadt hallte abermals wider von den alten, aber schwächeren und unterbrochenen Klagerufen; sie sah jenen Haufen wieder, jedoch gelichtet und noch erbarmungswürdiger, wenn man bedenkt, wodurch er so zusammengeschmolzen war, sagt Ripamonti. Die Kranken wurden nach Santa Maria della Stella, in das damalige Armenhospiz, gebracht, wo die meisten starben.

Inzwischen begannen aber die Felder gelb zu werden. Die vom Land gekommenen Bettler zogen fort, jeder in seine Gegend, zu der so ersehnten Mahd. Der gute Federigo entließ sie mit einer letzten Bemühung und einem neuen Einfall von Barmherzigkeit: er ließ jedem Bauern, der sich im erzbischöflichen Palast einstellte, einen Giulio und eine Sichel schenken.

Mit dem Beginn der Ernte hörte endlich die Hungersnot auf, die epidemische oder ansteckende Sterblichkeit nahm von Tag zu Tag ab, währte aber dennoch bis zum Herbst. Sie war im Abflauen, da erhob sich eine neue Geißel.

Viele wichtige Ereignisse, die man im engeren Sinn als geschichtlich bezeichnet, waren in der Zwischenzeit geschehen. Nachdem der Kardinal Richelieu, wie gesagt, La Rochelle eingenommen und mit dem König von England schlecht und recht Frieden geschlossen hatte, schlug er im Rat des Königs von Frankreich vor, daß man den Herzog von Nevers wirksam unterstützen solle, und setzte es mit seinem mächtigen Wort durch; zugleich hatte er den König bestimmt, das Unternehmen in eigener Person zu leiten. Während man die Vorbereitungen dazu traf, kündigte der Graf von Nassau, Bevollmächtigter des Kaisers, dem neuen Herzog in Mantua an, daß er die Länder an Ferdinand zu übergeben habe, da dieser sonst ein Heer senden würde, um sie zu besetzen. Der Herzog, der sich unter viel verzweifelteren Umständen gesträubt hatte, auf eine so harte und zweifelhafte Bedingung einzugehen, wehrte sich jetzt, durch die nahe Hilfe Frankreichs ermutigt, um so mehr, jedoch in Ausdrücken, die die Absage, so gut es ging, umschrieben und hinausschoben, und mit Vorschlägen für eine Unterwerfung, die zwar aufsehenerregend, sogar offenkundiger, aber weniger kostspielig war. Der Bevollmächtigte beteuerte, daß man zur Gewalt schreiten würde, und entfernte sich. Im März war dann der Kardinal Richelieu wirklich mit dem König an der Spitze eines Heeres eingefallen. Er hatte vom Herzog von Savoyen den Durchzug verlangt, man hatte verhandelt, war aber zu keinem Schluß gekommen. Nach einem für die Franzosen günstigen bewaffneten Zusammenstoß verhandelte man von neuem und kam überein, daß der Herzog unter anderem fordern sollte, Córdoba möge die Belagerung von Casale aufheben. Falls sich dieser weigerte, so verpflichtete sich der Herzog, sich mit den Franzosen zu vereinigen und in das Herzogtum Mailand einzufallen. Don

Gonzalo, der noch günstig davonzukommen meinte, hatte daraufhin die Belagerung von Casale aufgegeben, wo sofort französische Truppen zur Verstärkung einrückten.

Aus diesem Anlaß sandte Achillini dem König Ludwig das berühmte Sonett:

Glühet, Flammen, Erz zu schmelzen

und ein anderes, worin er ihn ermahnte, sich sofort zur Befreiung des Heiligen Landes aufzumachen. Aber es ist nun einmal Schicksal, daß die Meinungen der Dichter nie gehört werden, und findet Ihr in der Geschichte Taten, die mit ihren Vorschlägen übereinstimmen, so sagt nur freiheraus, daß es schon vorher abgemachte Dinge waren. Der Kardinal Richelieu hatte statt dessen beschlossen, wegen Angelegenheiten, die ihm dringender schienen, nach Frankreich zurückzukehren. Girolamo Soranzo, der Gesandte Venedigs, mochte was immer für Gründe anführen, um gegen diesen Entschluß anzukämpfen: der Kardinal und der König schenkten seiner Prosa ebensowenig Gehör wie den Versen Achillinis und kehrten mit dem Gros des Heeres zurück, wobei sie nur sechstausend Mann als Unterpfand des Vertrages und um den Paß zu besetzen, in Susa zurückließen.

Während dieses Heer auf der einen Seite fortzog, näherte sich das Heer Ferdinands von der anderen. Es war in Graubünden und ins Veltlin eingefallen und schickte sich an, ins Mailändische zu marschieren. Außer all den Schäden, die man von einem solchen Durchzug befürchten mußte, waren auch ausdrückliche Warnungen bei der Gesundheitsbehörde eingelaufen, daß in diesem Heer die Pest grassiere, von der damals bei den deutschen Truppen immer einige Spuren zu finden waren, wie Varchi dort erwähnt, wo er von der Pest spricht, die ein Jahrhundert vorher nach Florenz eingeschleppt worden war. Alessandro Tadino, einer der Verwalter der Gesundheitsbehörde (es waren sechs außer dem Vorsitzenden: vier Ratsherren und zwei Ärzte), wurde, wie er selbst in seinem von uns angeführten Bericht erzählt, von der Behörde beauftragt, dem Statthalter die schreckliche Gefahr vorzustellen, die dem Lande drohe, wenn diese Truppen durchzögen, um, wie das Gerücht ging, zur Belagerung von Mantua zu schreiten. Das Verhalten Don Gonzalos scheint darauf hinzudeuten, daß er ein großes Verlangen empfand, sich einen Platz in der Geschichte zu erobern, die tatsächlich nicht umhinkonnte, sich mit ihm zu beschäftigen. Aber (wie es ihr des öfteren ergeht) sie kannte seine des Andenkens würdigste Handlung nicht oder kümmerte sich nicht darum, sie zu verzeichnen, nämlich die Antwort, die er Tadino bei dieser Gelegenheit erteilte. Er erwiderte, er wisse nicht, was zu tun sei; die Gründe wie Gewinn und Ruhm, um derentwillen dieses Heer ausgezogen sei, fielen schwerer ins Gewicht als die geschilderte Gefahr. Trotz allem würde man ihr nach Möglichkeit vorzubeugen trachten und auch auf die Vorsehung hoffen.

Um ihr also auf die bestmögliche Art zu steuern, schlugen die zwei Ärzte des Gesundheitsamtes (der erwähnte Tadino und der Senator Settala, Sohn des berühmten Lodovico) ihrer Behörde vor, daß man unter Androhung allerschwerster Strafen verbieten solle, Gegenstände jeglicher Art von den durchziehenden Soldaten zu kaufen. Jedoch war es unmöglich, die Notwendigkeit eines solchen Befehls dem Vorsitzenden begreiflich zu machen, „einem herzensguten Mann", sagt Tadino, „der nicht glauben wollte, daß aus dem Umgang mit diesen Leuten und ihren Sachen so vielen Tausenden Menschen Todesgefahr erwachsen könnte". Wir geben diese Bekundung als eine der sonderbarsten aus jener Zeit wieder, denn seitdem es Gesundheitsbehörden gibt, ist es gewiß keinem zweiten Präsidenten einer solchen Körperschaft unterlaufen, einen ähnlichen Vernunftschluß zu ziehen, falls man das überhaupt einen Vernunftschluß nennen kann.

Was Don Gonzalo anbelangt, so verließ er bald nach dieser Antwort Mailand, und das Scheiden war für ihn traurig, wie es auch die Ursache war. Er wurde wegen der Mißerfolge des Krieges abberufen, dessen Anstifter und Feldherr er gewesen, und das Volk sah in ihm den Schuldigen an der Hungersnot, die es unter seiner Regierung hatte ertragen müssen. (Was er für die Pest getan hatte, wußte man entweder nicht, oder es beunruhigte, wie wir später sehen werden, außer der Gesundheitsbehörde und besonders den beiden Ärzten niemanden.) Als er nun in seiner Reisekutsche aus dem königlichen Palast fuhr, inmitten einer Eskorte von Hellebardieren, mit zwei berittenen Trompetern vor sich und gefolgt von mehreren anderen Karossen mit Adligen, empfingen ihn die Gassenjungen, die auf dem Domplatz versammelt waren, mit Pfiffen und liefen johlend hinter ihm her. Als der Zug in die Straße einbog, die zur Porta Ticinese führte, durch die man hinauswollte, befand er sich mit einemmal inmitten einer Menschenmenge, die ihn dort schon erwartete oder gleich herbeiströmte, um so mehr, als die Trompeter, Männer der Förmlichkeit, vom Hofpalast bis zum Tor nicht zu blasen aufhörten. Und als bei dem Prozeß, der dann wegen dieses Aufruhrs stattfand, einer von ihnen getadelt wurde, weil er mit dem Blasen die Zunahme des Auflaufs verursacht hätte, erwiderte er: „Mein lieber Herr, das ist unser Beruf, und wenn Seine Exzellenz nicht gewünscht hätte, daß wir blasen sollen, hätte er uns befehlen müssen, still zu sein." Don Gonzalo aber gab jenen, weil es ihm widerstrebte, Angst zu zeigen, oder weil er fürchtete, die Menge dadurch noch dreister zu machen, oder weil er tatsächlich etwas bestürzt war, keine Befehle. Die Menge, die die Eskorte vergeblich zurückzudrängen versuchte, schob sich vor, umzingelte die Karossen, lief hinter ihnen her und schrie: „Jetzt geht sie fort, die Teuerung, jetzt zieht er ab, der Blutsauger der Armen!" Und Schlimmeres. Als sie in die Nähe des Tores gelangt waren, begannen sie Steine, Ziegel, Abfälle, Schalen jeder Art, kurz, den üblichen Schießvorrat bei derlei Expeditionen zu werfen. Ein Teil erstieg rasch die Mauer und feuerte von dort die letzte Salve auf die hinausfahrenden Wagen. Gleich darauf zerstreute man sich.

Mit Don Gonzalos Posten wurde der Marchese Ambrogio Spinola betraut, dessen Name schon in den flandrischen Kriegen jene militärische Berühmtheit erlangt hatte, die ihm noch heute geblieben ist.

Inzwischen hatte das deutsche Heer unter dem Oberbefehl des Grafen Rambaldo di Collalto, eines anderen italienischen Condottiere von geringerem, aber nicht unbedeutendem Ruhm, den endgültigen Befehl erhalten, nach Mantua aufzubrechen, und im September rückte es im Herzogtum Mailand ein.

Das Heer bestand in jenen Zeiten noch zum größten Teil aus Landsknechten, die gewerbsmäßige Condottieri im Auftrage dieses oder jenes Fürsten und zuweilen auch auf eigene Rechnung anwarben, um sich dann zusammen mit ihnen zu verkaufen. Mehr als von dem Sold wurden die Männer von der Hoffnung auf Plünderung und von all den Verlockungen der Zügellosigkeit zu diesem Beruf hingezogen. Eine straffe, allgemeine Disziplin gab es nicht, sie hätte sich auch nicht so leicht mit der zum Teil unabhängigen Gewalt der verschiedenen Condottieri vertragen. Insbesondere diese waren weder auf Verbesserung der Zucht sehr erpicht, noch wäre es ihnen, wie man sieht, auch wenn sie gewollt hätten, gelungen, sie zu festigen und aufrechtzuerhalten; denn Soldaten dieses Schlages würden sich gegen einen Condottiere, der Neuerungen einführen und die Plünderungen abschaffen wollte, entweder empört haben, oder sie hätten ihn zumindest bei der Fahne allein gelassen. Da außerdem die Fürsten, wenn sie diese Banden sozusagen pachteten, mehr darauf sahen, eine große Anzahl von Leuten zur Sicherstellung der Unternehmungen zu bekommen, als die Zahl ihrer gewöhnlich sehr geringen Zahlungsfähigkeit anzupassen, wurde der Sold meistens spät, auf Abschlag und in Raten gezahlt, und der Raub in den betroffenen Ländern galt als eine stillschweigend vereinbarte Ergänzung. Nicht viel weniger berühmt als Wallensteins Name ist sein Ausspruch, es sei leichter, ein Heer von hunderttausend als eins von zwölftausend Mann zu unterhalten. Und das, von dem wir sprechen, bestand zum großen Teil aus Leuten, die unter seinem Befehl Deutschland in jenem berühmtesten aller Kriege, sowohl was ihn selbst als auch was seine Folgen betraf, verwüstet hatten; in jenem Krieg, der später nach seiner Dauer der Dreißigjährige genannt wurde und damals das elfte Jahr währte. Es war sogar sein eigenes Regiment dabei, geführt von seinem Oberstleutnant. Von den übrigen Condottieri hatten die meisten unter ihm gedient, und unter ihnen befand sich mehr als einer von denen, die vier Jahre später sein schlimmes Ende herbeiführen halfen, das jeder kennt.

Es waren achtundzwanzigtausend Infanteristen und siebentausend Berittene; vom Veltlin herabsteigend, mußten sie, um sich ins Gebiet von Mantua zu begeben, dem ganzen Lauf der Adda folgen, den diese durch zwei Arme des Sees und dann wieder als Fluß bis zu ihrer Mündung in den Po zurücklegt. Dann mußten sie noch eine gute Strecke am Ufer dieses Flusses entlangziehen, im ganzen acht Tagesmärsche im Herzogtum Mailand.

Ein großer Teil der Einwohner flüchtete sich in die Berge und nahm die beste Habe mit, das Vieh vor sich her treibend. Andere blieben zurück, um einen Kranken nicht zu verlassen oder um das Haus vor einem Brand zu bewahren oder um die versteckten, vergrabenen Kostbarkeiten im Auge zu behalten; wieder andere, weil sie nichts zu verlieren hatten oder auch damit rechneten, etwas zu erobern. Wenn der erste Trupp in dem Rastort ankam, verstreute er sich über diesen und die umliegenden Dörfer und plünderte sie aus. Was zu gebrauchen war und sich forttragen ließ, verschwand; das übrige wurde zerstört und verwüstet; die Möbel wurden zu Holz, die Häuser zu Ställen gemacht; ganz zu schweigen von den Schlägen, Verwundungen und Schändungen. Alle Einfälle und schlauen Vorkehrungen, das Eigentum zu retten, erwiesen sich meist als nutzlos und brachten manchmal nur noch größeren Schaden. Die Soldaten, die auch in diesen Kriegslisten weit erfahrener waren, durchstöberten alle Winkel der Häuser, rissen Wände und Mauern ein und entdeckten leicht die in den Gärten frisch aufgeworfene Erde. Sie stiegen sogar bis in die Berge hinauf, um das Vieh zu rauben; suchten, geführt von irgendeinem Schurken des Dorfes, die Höhlen nach etwaigen Reichen ab, die sich dort versteckt haben mochten; fanden sie einen, so schleppten sie ihn in sein Haus und zwangen ihn durch eine Marter von Drohungen und Schlägen, den verborgenen Schatz anzugeben.

Am Ende zogen sie ab; waren sie fort, hörte man das Dröhnen der Trommeln oder den Schall der Trompeten in der Ferne verhallen. Es folgten einige Stunden erschrockener Ruhe, und dann kündigte ein neues vermaledeites Trommelschlagen, ein neuer vermaledeiter Trompetenschall einen anderen Trupp an. Wenn diese Soldaten keine Beute mehr fanden, verwüsteten sie mit um so größerer Raserei alles übrige, verbrannten die von den ersteren geleerten Fässer, die Türen der Zimmer, in denen sich nichts mehr befand, legten auch an die Häuser Feuer und mißhandelten selbstverständlich mit um so größerer Wut die Menschen. Und so wurde es von Mal zu Mal schlimmer, zwanzig Tage hindurch, denn in so viele Verbände war das Heer eingeteilt.

Colico war das erste Dorf des Herzogtums, über das diese Dämonen herfielen; sie stürzten sich dann auf Bellano und ergossen sich von da in die Valsassina, von wo sie in das Gebiet von Lecco einrückten.

29. Kapitel

Hier finden wir unter den Bedauernswerten die Leute, die wir schon kennen.

Wer nicht Don Abbondio an dem Tage gesehen hat, an dem sich gleichzeitig die Nachrichten von dem Heranrücken des Heeres und von dem Verhalten der Soldaten verbreiteten, der weiß nicht, was Entsetzen und Verwirrung ist. Sie kommen, es sind dreißig-, es sind vierzig-, es sind fünfzigtausend; sie sind Teufel, Ketzer, Antichristen. Sie haben Cortenuova geplündert, Primaluna in Brand gesteckt; sie verwüsten Introbbio, Pasturo, Barsio; sie sind schon in Balabbio eingetroffen, morgen sind sie hier: dies waren die Gerüchte, die von Mund zu Mund gingen, und dazu gab es ein Umherrennen, ein gegenseitiges Aufhalten, ein erregtes Beraten, ein Schwanken zwischen Fliehen und Bleiben, ein Beisammenstehen der Frauen, ein Haareraufen. Don Abbondio, der entschlossen war zu fliehen, der vor allen anderen und fester als alle anderen dazu entschlossen war, sah jedoch auf jedem einzuschlagenden Weg, an jedem Ort, wo Zuflucht gesucht werden konnte, unüberwindliche Hindernisse und furchtbare Gefahren. „Was tun?" rief er aus. „Wohin soll ich gehen?" Die Berge waren, abgesehen von der Mühsal des Weges, nicht sicher. Schon hatte man erfahren, daß die Landsknechte wie die Katzen überall dort umherkletterten, wo nur ein Anhaltspunkt Hoffnung auf Beute zuließ. Der See war stürmisch bewegt, es blies ein heftiger Wind; überdies waren die meisten Schiffer mit ihren Booten an das andere Ufer geflohen, da sie fürchteten, daß man sie zwingen werde, Soldaten oder Gepäck überzusetzen. Die wenigen zurückgebliebenen Kähne waren dann mit Personen überladen abgefahren, und man sagte, daß sie, mit der schweren Last und gegen den Sturm ankämpfend, jeden Augenblick in Gefahr schwebten. Es war nicht möglich, eine Kalesche, ein Pferd oder ein anderes Beförderungsmittel aufzutreiben, um seinen Weg in die weite Ferne und abseits von der Straße zu nehmen, auf der das Heer marschierte. Zu Fuß hätte Don Abbondio keine allzu große Strecke zurücklegen können, und er fürchtete auch, unterwegs eingeholt zu werden. Das Gebiet von Bergamo war nicht so weit entfernt, daß seine Beine ihn nicht ohnc Zwischenaufenthalt hätten hintragen können; aber man wußte, daß von Bergamo schleunigst eine Abteilung Panzerreiter abgeschickt worden war, die die Grenze entlangziehen und die Landsknechte im Zaum halten sollten, und das waren genauso wie die Landsknechte leibhaftige Teufel, die ihrerseits das Ärgste verübten, dessen sie fähig waren. Der arme Mann lief verstört und halb von Sinnen im Haus herum, rannte Perpetua nach, um mit ihr eine Vereinbarung zu treffen; Perpetua jedoch, die damit beschäftigt war, das Beste im Haus zusammenzuraffen und auf dem Dachboden oder in den Schlupfwinkeln zu verstecken, lief bekümmert und besorgt mit vollen Händen und Armen an ihm vorüber und erwiderte: „Jetzt bringe ich erst einmal diese Sachen in Sicherheit, und dann werden wir tun, was die anderen machen." Don Abbondio wollte sie zurückhalten und mit ihr die verschiedenen Möglichkeiten besprechen, aber da sie zu tun hatte und in Eile war, obendrein den Schrecken im Leib und die Wut, die ihr die Angst ihres Herrn verursachte, war sie unter solchen Umständen weniger umgänglich denn je zuvor. „Die anderen wissen sich zu helfen, wir werden uns auch zu helfen wissen. Entschuldigen Sie mich, aber Sie können einen wirklich nur behindern. Glauben Sie denn, daß die anderen nicht auch ihre Haut zu retten haben? Daß die Soldaten kommen, um mit Ihnen allein Krieg zu führen? Sie könnten in solchen Augenblicken auch ein bißchen mithelfen, anstatt einem zwischen die Füße zu laufen, um zu jammern und einen zu beirren." Mit diesen und ähnlichen Antworten schaffte sie ihn sich vom Halse, und sie hatte sich schon vorgenommen, sobald sie ihr aufgeregtes Tun leidlich beendet haben würde, ihn wie einen Knaben am Arm zu fassen und ihn auf einen Berg hinaufzuschleppen. Solchermaßen allein gelassen, trat er an das Fenster, spähte hinaus, spitzte die Ohren; und da er jemand vorüberkommen sah, rief er mit einer halb weinerlichen, halb vorwurfsvollen Stimme: „Tut doch Eurem armen Pfarrer den Gefallen, ihm irgendein Pferd, ein Maultier oder einen Esel zu beschaffen. Ist es möglich, daß mir niemand helfen will! O was für Leute! Wartet wenigstens, damit ich mit Euch gehen kann; wartet, bis Ihr Euer fünfzehn oder zwanzig seid, damit Ihr mich miteinander wegbringen könnt und ich nicht verlassen bin. Wollt Ihr mich in den Händen dieser Hunde lassen? Wißt Ihr nicht, daß die meisten von ihnen Lutheraner sind, die es für ein verdienstvolles Werk halten, einen Priester umzubringen? Wollt Ihr mich hier dem Martyrium preisgeben? O was für Leute! O was für Leute!"

Aber zu wem sagte er diese Dinge? Zu Menschen, die gebeugt unter der Last ihrer armseligen Habe vorübergingen, an das denkend, was sie zu Hause zurückließen, ihre jungen Kühe vor sich her treibend, ihre Kinder mit sich führend, die gleichfalls bepackt waren, und die Frauen, die die Kleinen auf dem Arm trugen, die noch nicht laufen konnten. Einige zogen weiter, ohne zu antworten oder hinaufzublikken; manch einer sagte: „Ei, Herr, tun auch Sie, was Sie können, seien Sie glücklich, daß Sie für keine Familie zu sorgen haben. Helfen Sie sich, bemühen Sie sich."

„O ich Armer!" rief Don Abbondio aus. „O was für Leute! Was für Herzen! Es gibt kein Mitleid mehr, jeder denkt an sich! Und an mich will keiner denken." Und er ging auf die Suche nach Perpetua.

„Sie kommen gerade recht!" sagte sie zu ihm. „Und das Geld?"

„Was machen wir damit?"

„Geben Sie es mir, ich werde es hier im Garten beim Haus zusammen mit dem Besteck vergraben."

„Aber ..."

„Aber, aber! Geben Sie her. Behalten Sie einige Soldi für den Notfall, und dann lassen Sie mich machen."

Don Abbondio gehorchte, ging zum Schrein, nahm seinen kleinen Schatz heraus und übergab ihn Perpetua. „Ich gehe ihn im Garten unterm Feigenbaum vergraben", sagte sie und entfernte sich. Bald darauf erschien sie wieder mit einem Handkorb, worin sich der Mundvorrat befand, und mit einem kleinen leeren Tragkorb, und hastig begann sie ein wenig Wäsche für sich und ihren Herrn hineinzulegen, wobei sie sagte: „Das Brevier wenigstens werden doch Sie tragen."

„Aber wohin gehen wir?"

„Wohin gehen denn die anderen alle? Zuerst gehen wir einmal auf die Straße, und dort werden wir schon hören und sehen, was zu tun ist."

In diesem Augenblick trat Agnese mit einem kleinen Tragkorb auf dem Rücken herein und mit einer Miene, als ob sie einen wichtigen Vorschlag zu machen hätte.

Agnese war gleichfalls entschlossen, Gäste solcher Art nicht zu erwarten, allein im Haus, wie sie war, und mit dem restlichen Gold des Ungenannten; aber eine Zeitlang war sie unschlüssig, wohin sie sich begeben solle. Gerade der Rest dieser Scudi, die ihr in den Monaten der Hungersnot so nützlich gewesen waren, war die Hauptursache ihrer Bangigkeit und Unentschlossenheit, denn sie hatte gehört, daß in den schon heimgesuchten Dörfern die Leute, die Geld besaßen, sich in der allerschrecklichsten Lage befunden hatten, weil sie der Gewalttätigkeit der Fremden und zugleich den Nachstellungen der einheimischen Bevölkerung ausgesetzt waren. Wohl hatte sie das mit dem Geld, das ihr, wie man zu sagen pflegt, in den Schoß gefallen war, niemandem außer Don Abbondio anvertraut, zu dem sie jedesmal kam, sooft sie einen Scudo zu wechseln hatte, wobei sie ihm stets etwas für irgendeinen zurückließ, der ärmer war als sie. Aber verborgenes Geld hält den Besitzer, besonders wenn er nicht gewohnt ist, eine große Summe zu verwalten, in ständigem Argwohn vor dem Argwohn anderer. Während nun auch sie, so gut es ging, da und dort alles versteckte, was sie nicht mit sich tragen konnte, und während sie an die Scudi dachte, die sie im Mieder eingenäht trug, erinnerte sie sich, daß der Ungenannte ihr zugleich mit dem Geschenk großzügig seine Dienste angeboten hatte. Sie erinnerte sich all dessen, was sie von seiner an so sicherem Ort liegenden Burg hatte erzählen hören, wohin gegen den Willen des Herrn niemand sonst als die Vögel gelangen könnte; und sie beschloß, dort oben um Zuflucht zu bitten. Sie dachte darüber nach, wie sie sich diesem Herrn zu erkennen geben könnte, und es fiel ihr gleich Don Abbondio ein, der ihr nach dieser Unterredung mit dem Erzbischof immer freundlich entgegengekommen war, was ihm um so mehr von Herzen kam, als er es tun konnte, ohne sich bei irgend jemand zu kompromittieren, zumal da mit den beiden jungen Leuten auch die Gefahr eines an ihn heranzutragenden Begehrens fern war, das sein Wohlwollen auf eine harte Probe gestellt hätte. Sie nahm an, daß der arme Mann in einem solchen Wirrwarr noch hilfloser und bestürzter sein müsse als sie selbst und daß ihr Entschluß auch ihm sehr gut erscheinen werde. So kam sie also, um ihm diesen Vorschlag zu machen. Da sie ihn mit Perpetua traf, brachte sie die Sache beiden vor.

„Was meint Ihr dazu, Perpetua?" fragte Don Abbondio.

„Ich sage, daß es eine Eingebung des Himmels ist und daß man keine Zeit verlieren und sich auf den Weg machen soll."

„Und dann ..."

„Und dann und dann, wenn wir dort sind, werden wir glücklich sein. Man weiß doch jetzt von diesem Herrn, daß er nichts anderes möchte, als dem Nächsten zu dienen. Und er wird auch froh sein, uns aufzunehmen. Dort an der Grenze und so hoch hinauf werden gewiß keine Soldaten kommen. Und dann, und dann werden wir dort auch zu essen bekommen, denn im Gebirge, wenn das bißchen Gottesgabe verzehrt ist", und während sie so sprach, legte sie die Wegzehrung in den Tragkorb auf die Wäsche, „wären wir übel dran."

„Bekehrt, bekehrt ist er doch wirklich, nicht?"

„Was gibt es da noch zu zweifeln nach alledem, was man weiß, und nach allem, was auch Sie gesehen haben?"

„Und wenn wir nun in eine Falle geraten?"

„Was für Falle? Mit allen diesen Wenn und Aber, entschuldigen Sie, würde man nie zu einer Entscheidung kommen. Brav, Agnese, Ihr habt wirklich einen guten Einfall gehabt." Und nachdem sie den Tragkorb auf ein Tischchen gestellt hatte, steckte sie die Arme durch die Riemen und nahm den Korb auf den Rücken.

„Könnte man denn nicht", sagte Don Abbondio, „irgendeinen Mann auftreiben, der mit uns als Begleitschutz für seinen Pfarrer ginge? Wenn wir einem Schurken begegnen, und deren gibt es nur zu viele hierherum, was für einen Beistand könnt Ihr beide mir schon bieten?"

„Wieder etwas Neues, um Zeit zu verlieren!" rief Perpetua. „Jetzt einen Mann suchen gehen, wo jeder an seine eigenen Angelegenheiten zu denken hat. Vorwärts! Holen Sie Ihr Brevier und Ihren Hut, und wir gehen."

Don Abbondio entfernte sich und kam nach einem Augenblick mit dem Brevier unterm Arm, mit dem Hut auf dem Kopf und mit seinem Stock in der Hand zurück. Sie gingen alle drei durch ein Pförtchen hinaus, das auf den kleinen Platz führte. Perpetua schloß es wieder zu, mehr um eine Formalität nicht zu vernachlässigen, denn weil sie diesem Schloß und dieser Tür getraut hätte, und steckte den Schlüssel in die Tasche. Don Abbondio warf im Vorbeigehen einen Blick auf die Kirche und murmelte zwischen den Zähnen: „Es ist Sache des Volkes, sie zu bewachen, denn ihm dient sie ja. Wenn sie ein bißchen Herz für ihre Kirche haben, werden sie dafür sorgen; wenn sie es nicht haben, ist es ihre Sache."

Sie nahmen den Weg durch die Felder, ganz still, während jeder von ihnen an sein eigenes Schicksal dachte, wobei sie um sich blickten, insbesondere Don Abbondio, ob nicht irgendeine verdächtige Gestalt, irgend etwas Außergewöhnliches auftauche. Sie begegneten niemandem. Die Leute waren entweder in den Häusern, um sie zu bewachen oder ihr Bündel zu packen oder etwas zu verstecken, oder sie befanden sich auf den Straßen, die geradewegs auf die Höhen führten.

Nachdem Don Abbondio geseufzt und wieder geseufzt

und sich dann manchen Ausruf hatte entschlüpfen lassen, begann er nun ohne Unterlaß zu brummen. Er regte sich über den Herzog von Nevers auf, der in Frankreich bleiben und es sich dort als Fürst hätte wohl sein lassen können, nun aber der Welt zum Trotz Herzog von Mantua werden wollte; über den Kaiser, der für die anderen hätte Vernunft haben und die Dinge gehen lassen sollen, wie sie gehen, und nicht auf jede Kleinigkeit pochen; denn schließlich wäre er doch immer Kaiser, ganz gleich, ob nun Hinz oder Kunz Herzog von Mantua geworden wäre. Besonders fiel er über den Statthalter her, dessen Sache es gewesen wäre, alles zu tun, um die Geißel vom Lande abzuwenden, und der es gerade war, der sie ihm zugezogen habe, alles nur um der Lust willen, Krieg zu führen. „Diese Herren müßten einmal hier sein", sagte er, „um zu sehen und zu fühlen, was für eine Lust das ist. Sie werden schön Rechenschaft ablegen müssen! Inzwischen aber leidet der darunter, der keine Schuld hat."

„Lassen Sie doch diese Leute einmal in Ruhe, die sind es nicht, die uns helfen werden", sagte Perpetua. „Das ist, entschuldigen Sie, Ihr übliches Geschwätz, das zu nichts führt. Was mir aber viel mehr Verdruß bereitet, ist . . ."

„Was denn?"

Perpetua, die unterwegs mit Muße an das hastige Verstecken dachte, begann zu klagen, daß sie dies und jenes vergessen, hier etwas schlecht verwahrt, dort eine Spur zurückgelassen habe, die den Dieben den Weg weisen könnte . . .

„Fein!" meinte Don Abbondio, der sich nunmehr seines Lebens sicher genug fühlte, um sich wegen seiner Habe zu ängstigen. „Fein! So habt Ihr es gemacht! Wo habt Ihr denn den Kopf gehabt?"

„Wie!" rief Perpetua aus, blieb einen Augenblick stehen, um die Fäuste, soweit es der Korb zuließ, in die Hüften zu stemmen. „Wie! Wollen Sie mir jetzt solche Vorwürfe machen, wo Sie es doch waren, der mir die Gedanken verscheuchte, anstatt mir zu helfen und mir Mut zu machen? Ich habe vielleicht mehr an die Sachen des Hauses als an meine eigenen gedacht; ich habe niemanden gehabt, der mir einen Handgriff getan hätte; ich habe Martha und Magdalena zugleich sein müssen. Wenn etwas schiefgeht, so weiß ich nicht, was ich sagen soll: ich habe sogar mehr als meine Pflicht getan."

Agnese unterbrach diese Zänkereien, indem auch sie von ihrem Unglück zu sprechen begann, und sie klagte nicht so sehr über die Unbequemlichkeit und den Schaden als über die geschwundene Hoffnung, ihre Lucia bald wieder umarmen zu können, denn, wenn Ihr Euch erinnert, so war es gerade dieser Herbst, den sie zu ihrer Begegnung ausersehen hatten. Auch war nicht anzunehmen, daß Donna Prassede unter solchen Umständen in diese Gegend zum Landaufenthalt kommen würde; sie wäre eher abgereist, hätte sie sich dort befunden, wie es auch alle anderen Sommerfrischler taten.

Der Anblick der Orte machte Agneses Sorgen nur noch lebhafter und ihre Verdrossenheit noch quälender. Sie hatten sich von den Pfaden entfernt und waren auf die Landstraße gelangt, dieselbe, auf der die arme Frau ihre Tochter für so kurze Zeit heimgebracht hatte, nachdem sie miteinander im Haus des Schneiders geweilt hatten. Und schon war auch jenes Dorf zu sehen.

„Wir werden wohl doch diese braven Leute begrüßen gehen", meinte Agnese.

„Und auch ein wenig rasten", sagte Perpetua, „denn von diesem Korb habe ich langsam genug, und dann wollen wir ja auch eine Kleinigkeit essen."

„Unter der Bedingung, daß wir keine Zeit verlieren, denn wir sind ja nicht zum Vergnügen auf der Reise", schloß Don Abbondio.

Sie wurden mit offenen Armen aufgenommen und mit großer Freude gesehen: sie erinnerten ja an eine gute Tat. Tut Gutes, so vielen Ihr nur könnt, sagt hier unser Autor, dann werdet Ihr um so häufiger Gesichtern begegnen, die Euch Freude machen.

Als Agnese die gute Frau umarmte, brach sie in bitteres Weinen aus, das ihr eine große Erleichterung brachte; und unter Schluchzen beantwortete sie die Fragen nach Lucia, die die Frau und ihr Mann an sie richteten.

„Es geht ihr besser als uns", sagte Don Abbondio, „sie ist in Mailand, außerhalb der Gefahren, fern von diesen Teufeleien."

„Der Herr Pfarrer und die Gesellschaft sind wohl auf der Flucht?" bemerkte der Schneider.

„Gewiß", erwiderten gleichzeitig der Herr und die Haushälterin.

„Ich bedauere Sie."

„Wir sind auf dem Weg zur Burg von ***", sagte Don Abbondio.

„Das ist ein guter Einfall. Dort sind Sie sicher wie in der Kirche."

„Und hat man hier keine Angst?" fragte Don Abbondio.

„Ich sage, Herr Pfarrer: als wirkliche Gäste, wie man, wie Sie wissen, in wohlgesetzten Worten zu sagen pflegt, werden sie wohl nicht herkommen, wir sind zu weit abseits von ihrer Straße, dem Himmel sei Dank. Höchstens, daß sie hin und wieder einen Abstecher machen, was Gott verhüten möge. Aber jedenfalls haben wir noch Zeit, und man wird vorher noch weitere Nachrichten aus den armen Dörfern hören, wo sie haltmachen werden."

Man beschloß, ein wenig dort zu bleiben, um sich zu erholen, und da es Zeit zum Mittagessen war, sagte der Schneider: „Die Herrschaften müssen meiner armseligen Tafel die Ehre erweisen; es ist alles einfach, es wird ein aus freundlichem Herzen dargebotenes Gericht sein."

Perpetua sagte, sie hätte auch etwas bei sich, um den Hunger zu stillen. Nach einigen Ziererereien auf beiden Seiten kam man überein, alles zusammenzutun und gemeinsam zu essen.

Die Kinder umringten jubelnd ihre alte Freundin Agnese. Sogleich beauftragte der Schneider das eine Mädchen (das jenen Imbiß zu der Witwe Maria getragen hatte, wenn sich der Leser vielleicht noch erinnert), ein paar frühgereifte Kastanien, die in einer Ecke lagen, zu entschalen und zu rösten.

„Und du", sagte er zu einem Knaben, „du gehst in den Garten und schüttelst den Pfirsichbaum, damit einige Früchte herunterfallen, und bringst sie her, aber alle, verstehst du? Und du", sagte er zu dem anderen, „du kletterst auf den Feigenbaum, um einige von den reifsten Feigen zu pflücken. Dieses Handwerk versteht ihr nur zu gut." Er ging eins seiner Fäßchen anzapfen, seine Frau holte Tischtücher. Perpetua packte den Proviant aus, man deckte den Tisch und legte auf den Ehrenplatz für Don Abbondio eine Serviette und einen Steingutteller und ein Besteck, das Perpetua in dem Korb hatte. Sie setzten sich an den Tisch und aßen, wenn auch nicht sehr fröhlich, so doch in einer heitereren Stimmung, als irgendeiner der Tischgenossen sie an diesem Tag erwartet hätte.

„Was sagen Sie denn, Herr Pfarrer, zu einem so schrecklichen Durcheinander?" fragte der Schneider. „Mir scheint, als läse ich die Geschichte von den Mauren in Frankreich."

„Was soll ich sagen? Daß mir auch das noch zustoßen mußte!"

„Aber Sie haben eine gute Zuflucht gewählt", bemerkte jener. „Wer zum Teufel sollte mit Gewalt dort hinaufkommen? Und Sie werden Gesellschaft finden, denn es heißt, daß viele Leute dorthin geflüchtet sind und daß immer noch welche ankommen."

„Ich will hoffen", sagte Don Abbondio, „daß wir gut aufgenommen werden. Ich kenne diesen wackeren Herrn, und als ich damals die Ehre hatte, mit ihm zusammen zu sein, war er äußerst höflich."

„Und mir", sagte Agnese, „hat er durch den hochwürdigen Monsignore sagen lassen, daß ich nur zu ihm kommen solle, wenn ich etwas brauchte."

„Eine großartige Bekehrung!" hob Don Abbondio von neuem an. „Und sie ist von Dauer, nicht wahr? Sie ist von Dauer?"

Der Schneider begann ausführlich von dem heiligen Leben des Ungenannten zu sprechen und wie er aus einer Geißel der Umgebung nun das Vorbild und der Wohltäter für sie geworden sei.

„Und diese Leute, die er sich hielt? ... Diese ganze Dienerschaft? ..." fing Don Abbondio erneut an, der zwar wiederholt etwas darüber hatte sagen hören, aber nie ganz beruhigt war.

„Die meisten sind weggegangen", erwiderte der Schneider, „und die, die geblieben sind, haben ihre Lebensweise geändert, und wie! Kurz, es ist aus der Burg eine Thebaïs geworden; Sie kennen ja diese Dinge."

Dann begann er mit Agnese über den Besuch des Kardinals zu sprechen. „Ein großer Mann!" sagte er. „Ein großer Mann! Schade, daß er hier so schnell durchgereist ist, so daß ich ihm nicht einmal ein wenig Ehre erweisen konnte. Wie glücklich wäre ich, ihn noch einmal und mit etwas mehr Muße sprechen zu können."

Als sie sich dann vom Tisch erhoben hatten, zeigte er ihnen ein den Kardinal darstellendes gedrucktes Bild, das er an einem Türflügel befestigt hatte, aus Verehrung für die Person des Kardinals, aber auch, um jedem, der zu ihm kam, sagen zu können, daß es ihm nicht ähnlich sei, denn er habe den Kardinal in eigener Person in diesem Zimmer ganz aus der Nähe und mit Muße genau betrachten können.

„Soll er das sein auf diesem Bild da?" fragte Agnese. „In der Kleidung ähnelt es ihm ja, aber ..."

„Nicht wahr, es ist ihm gar nicht ähnlich?" sagte der Schneider. „Ich sage es auch immer, uns kann man ja nicht täuschen, was? Aber wenigstens steht sein Name darunter: es ist ein Andenken."

Don Abbondio drängte zur Eile. Der Schneider erbot sich, einen Karren zu besorgen, der sie bis zum Fuß der Anhöhe fahren werde. Er ging gleich auf die Suche und kam bald darauf mit der Nachricht zurück, daß er gleich eintreffe. Er wandte sich dann an Don Abbondio und sagte: „Herr Pfarrer, wenn Sie etwa zum Zeitvertreib ein Buch mit hinaufzunehmen wünschten, so kann ich Ihnen als armer Mann damit dienen, denn auch ich vergnüge mich ein wenig mit dem Lesen. Zwar sind es nicht Sachen für Ihresgleichen, sondern Bücher in unserer gewöhnlichen Sprache, aber immerhin ..."

„Danke, danke", erwiderte Don Abbondio, „augenblicklich sind wir in einer Lage, wo einem kaum die Gedanken reichen, um sich mit dem Vorgeschriebenen zu beschäftigen."

Während sie sich in Danksagungen ergingen, die bescheiden zurückgewiesen wurden, während sie Grüße und Glückwünsche, Einladungen und Versprechungen austauschten, bei der Rückkehr wieder vorbeizukommen, war der Karren vor der Haustür angelangt. Sie stellten die Körbe hinein, stiegen auf und begannen mit etwas mehr Bequemlichkeit und ruhigeren Gemütes die zweite Hälfte der Reise.

Der Schneider hatte Don Abbondio die Wahrheit über den Ungenannten gesagt. Dieser hatte seit dem Tage, da wir ihn verlassen haben, unablässig das getan, was er sich vorgenommen hatte, nämlich Schäden gutzumachen, Frieden anzubieten, den Armen beizustehen, kurz, immer Gutes zu tun, wenn sich die Gelegenheit dazu ergab. Den Mut, den er früher bewiesen hatte, wenn er beleidigte oder sich zur Wehr setzte, bewies er jetzt, indem er weder das eine noch das andere tat. Stets ging er allein und ohne Waffen, bereit, alles hinzunehmen, was ihm nach so vielen begangenen Gewalttätigkeiten widerfahren könnte, und überzeugt, daß er eine neue begehen würde, wenn er Gewalt gebrauchte, um sich zu verteidigen, da er an so vielen so viel verschuldet hatte;

überzeugt auch, daß alles Böse, das man ihm antun wollte, zwar eine Beleidigung Gottes, ihm gegenüber aber eine gerechte Vergeltung wäre und daß er zum Bestrafen der Beleidigung weniger als jeder andere das Recht hätte. Trotz alledem war er nicht weniger schutzlos geblieben als einst, da er zu seiner Sicherheit so viele Arme und auch den seinen unter Waffen gehalten hatte. Die Erinnerung an seine frühere Grausamkeit, die so viele Wünsche nach Rache zurückgelassen haben mußte, und der Anblick seiner jetzigen Sanftmut, die die Rache so leicht gemacht hätte, trugen vielmehr dazu bei, ihm eine Bewunderung einzubringen und zu erhalten, die ihm als hauptsächlicher Schutz diente. Er war der Mann, den niemand zu demütigen vermocht hätte und der sich selbst gedemütigt hatte. Der Haß, den früher seine Verachtung und die Angst der anderen auslösten, schwand nun vor dieser neuen Demut. Die Beleidigten hatten wider alles Erwarten und ohne Gefahr eine Genugtuung erhalten, die sie sich selbst von der gelungensten Rache nicht hätten versprechen können: die Genugtuung, einen solchen Mann sein Unrecht bereuen und ihre Entrüstung gewissermaßen teilen zu sehen. Viele, deren bitterster und tiefster Kummer es lange Jahre hindurch gewesen war, daß sie keine Wahrscheinlichkeit vor sich sahen, jemals stärker zu sein als er, um sich für irgendein großes Unrecht zu rächen, fühlten nun, da sie ihm allein, ohne Waffen, in der Haltung eines Menschen begegneten, der keinen Widerstand leisten würde, kein anderes Bestreben als das, ihm Ehre zu erweisen. In dieser freiwilligen Erniedrigung hatten seine Erscheinung und sein Verhalten, ihm selbst unbewußt, etwas Erhabenes und Edles angenommen, denn man entdeckte darin noch deutlicher als früher die Mißachtung jeder Gefahr. Selbst der roheste und wütendste Haß fühlte sich durch die allgemeine Verehrung für den reuigen und wohltätigen Mann gebunden und in Respekt gehalten. Diese Verehrung war so groß, daß er oft in Verlegenheit geriet, sich der Kundgebungen zu erwehren, und sich davor hüten mußte, in Miene und Gebärden die innere Zerknirschung zu offen zu zeigen und sich zu sehr zu demütigen, um nicht zu sehr gepriesen zu werden. In der Kirche hatte er sich den letzten Platz ausgesucht, und es bestand nicht die Gefahr, daß jemand ihn ihm wegnahm, was einer widerrechtlichen Aneignung eines Ehrenplatzes gleichgekommen wäre. Diesen Mann nun zu beleidigen oder mit wenig Rücksicht zu behandeln hätte nicht so sehr als eine Unverschämtheit und eine Gemeinheit denn vielmehr als ein Frevel gegolten, und sogar die, denen dieses Gefühl der anderen Zurückhaltung auferlegte, teilten es schließlich mehr oder weniger.

Diese und andere Gründe hielten auch die Ahndung durch die öffentliche Gewalt fern und verschafften ihm auch von dieser Seite die Sicherheit, hinsichtlich deren er sich keine Sorgen machte. Sein Rang und die Verwandtschaft, die zu jeder Zeit eine Schutzwehr für ihn gewesen waren, hatten für ihn eine um so größere Geltung, da sich zu diesem schon berühmten und berüchtigten Namen noch das Lob eines vorbildlichen Lebenswandels und der Ruhm der Bekehrung gesellten. Die Behörden und die Vornehmen hatten sich über diese ebenso offenkundig gefreut wie das Volk, und es wäre seltsam gewesen, gegen einen Mann einzuschreiten, der Gegenstand solcher allgemeinen Zustimmung war. Überdies konnte eine Macht, die sich mit stetem und häufig wiederkehrendem Einschreiten gegen ungebrochene und immer wiederkehrende Empörungen befaßte, mehr als zufrieden sein, daß sie von der unbezähmbarsten und lästigsten Auflehnung befreit war, um so mehr, als diese Bekehrung Wiedergutmachungen im Gefolge hatte, die jene Macht nicht zu erlangen, ja nicht einmal zu fordern gewohnt war. Einen Heiligen zu quälen schien kein geeignetes Mittel, die Schande zu verwischen, daß man einen Ruchlosen nicht zu bändigen vermocht hatte; und das Beispiel, das man durch seine Bestrafung gegeben hätte, würde keine andere Wirkung gehabt haben, als seinesgleichen davon abzuhalten, harmlos zu werden. Wahrscheinlich diente auch der Anteil, den der Kardinal Federigo an seiner Bekehrung gehabt hatte, und die Verbindung des großen Namens mit dem des Bekehrten diesem als ein geheiligter Schild. Und bei diesem Stand der Dinge und Meinungen, bei diesen einzigartigen Beziehungen zwischen der geistlichen und der weltlichen Macht, die sich so oft bekämpften, ohne jemals darauf abzuzielen, sich zu vernichten, indem sie vielmehr immer Beweise der Anerkennung und Ergebenheitsbeteuerungen in die Feindseligkeiten mischten, ja sogar oft in Übereinstimmung einem gemeinsamen Ziel zusteuerten, ohne jedoch jemals Frieden zu schließen – bei diesen Beziehungen konnte es gewissermaßen scheinen, daß die Versöhnung mit der Kirche das Vergessen, wenn nicht die Absolution des Staates mit sich bringe, während jene sich allein bemüht hatte, eine von beiden gewünschte Wirkung hervorzubringen.

So kam es, daß dieser Mann, über den, wäre er unterlegen, groß und klein wetteifernd hergefallen wäre, um ihn mit Füßen zu treten, nun, da er sich freiwillig gebeugt hatte, von allen verschont und von vielen mit Ehrfurcht behandelt wurde.

Wohl gab es auch viele, denen diese aufsehenerregende Wandlung alles andere als Vergnügen bereiten mußte: so viele besoldete Vollstrecker der Verbrechen, so viele Spießgesellen, die eine so mächtige Stütze verloren, auf die sie zu zählen gewohnt waren, und die nun auf einmal die Fäden der seit langem gesponnenen Komplotte vielleicht in dem Augenblick zerrissen sahen, da sie die Kunde der Vollstrekkung erwarteten. Aber wir haben bereits gesehen, was für verschiedene Gefühle diese Bekehrung unter den Schergen hervorrief, die sich damals bei ihm befanden und sie aus seinem Munde verkünden hörten: Verwunderung, Schmerz, Niedergeschlagenheit, Ärger, etwas von allem, außer Verachtung und Haß. Dasselbe widerfuhr den anderen, die er auf verschiedene Posten verteilt hatte; dasselbe auch den Komplizen höheren Ranges, als sie die schreckliche Neuigkeit vernahmen, und allen aus denselben Gründen. Viel Haß erntete hingegen, wie ich an einer anderswo angeführten Stelle bei Ripamonti finde, der Kardinal Federigo. Sie betrachteten ihn als einen, der sich in ihre Angelegenheiten gemischt hatte, um sie zu schädigen. Der Ungenannte hatte seine Seele retten wollen, niemand hatte das Recht, sich darüber zu beklagen.

Nach und nach war dann der größte Teil der Bravi des Hauses fortgezogen, denn sie konnten sich weder an die neue Ordnung gewöhnen, noch vermochten sie eine Wahrscheinlichkeit abzusehen, daß sich etwas ändern werde. Einige werden sich einen anderen Herrn gesucht haben und vielleicht sogar unter den alten Freunden dessen, den sie verließen; andere werden sich unter dem Fähnlein Spaniens oder Mantuas oder einer anderen kriegführenden Partei haben anwerben lassen; mancher wird sich auf die Straße begeben haben, um auf eigene Faust einen Krieg im kleinen zu führen; und einige werden sich auch damit begnügt haben, in Freiheit Landstreicherei zu betreiben. Und Ähnliches werden auch die anderen gemacht haben, die ihm früher in verschiedenen Dörfern zur Verfügung standen. Von denen schließlich, die sich an die neue Lebensweise hatten gewöhnen können oder die sich gern zu ihr bekannt hatten, waren die meisten, die aus dem Tal stammten, auf die Felder oder zu dem in der Jugend erlernten und dann verlassenen Handwerk zurückgekehrt; die nicht Einheimischen waren als Diener in der Burg geblieben. Die einen wie die anderen richteten sich ihr Leben nach dem ihres Gebieters ein, als wären sie gleichsam mit ihm begnadet worden, ohne Unrecht zu tun oder welches zu erleiden, wehrlos und geachtet.

Als aber die deutschen Truppen hereinbrachen und einige Flüchtlinge aus überfallenen und bedrohten Ortschaften in die Burg gelangten und um Aufnahme flehten, war der Ungenannte glücklich, daß seine Mauern als Zufluchtsort von den Schwachen aufgesucht wurden, die sie so lange von fern wie ein ungeheures Schreckensbild angeschaut hatten. Er empfing die Vertriebenen eher mit Ausdrücken der Dankbarkeit als der Höflichkeit. Er ließ die Kunde verbreiten, daß sein Haus jedem, der sich dorthin flüchten wolle, offenstehe, und dachte sofort daran, nicht nur dieses, sondern auch das Tal in Verteidigungszustand zu setzen, wenn etwa Landsknechte oder berittene Mannschaften es sich einfallen lassen sollten, dort ihr Unwesen zu treiben. Er versammelte die ihm verbliebenen Diener, die gering an Zahl, aber tüchtig und trefflich wie Tortis Verse waren, hielt ihnen eine Rede über die gute Gelegenheit, die Gott ihnen und ihm biete, einmal dem Nächsten helfend beizustehen, den sie so sehr unterdrückt und in Schrecken versetzt hätten; und mit dem ihm natürlichen gebieterischen Ton, der des Gehorsams gewiß ist, verkündete er ihnen im allgemeinen, was sie nach seiner Meinung tun sollten, und schrieb ihnen vor allem vor, wie sie sich zu verhalten hätten, damit die Leute, die hier oben Zuflucht suchten, in ihnen nur Freunde und Verteidiger erblickten. Er ließ dann aus einer Dachkammer Feuerwaffen, Degen und Spieße holen, die seit geraumer Zeit dort angehäuft lagen, und verteilte sie, ließ seinen Bauern und Pächtern im Tal sagen, daß jeder, der Lust dazu habe, bewaffnet in die Burg kommen solle. Wer keine Waffen hatte, der bekam welche, und er wählte einige, die gewissermaßen Offiziere sein und andere unter ihrem Befehl haben sollten. Er wies ihnen die Posten an den Eingängen und an anderen Punkten des Tales zu, am Anstieg zur Burg und vor ihren Toren, setzte die Stunden und die Art der Ablösung fest, wie in einem Lager oder wie es in dieser selben Burg zur Zeit seines verzweifelten Lebens üblich gewesen war.

In einem Winkel jener Dachkammer lagen abseits auf dem Boden oder an die Wand gelehnt die Waffen, die er allein getragen hatte: sein berühmter Karabiner, Musketen, Degen, Schwerter, Pistolen, Messer, Dolche. Keiner der Diener rührte sie an, aber sie beschlossen, den Herrn zu fragen, welche man ihm bringen solle. „Keine", antwortete er, und war es nun ein Gelübde oder ein fester Vorsatz, er blieb stets unbewaffnet, auch an der Spitze dieser Art von Garnison.

Gleichzeitig hatte er auch andere Männer und Frauen seiner Dienerschaft oder seiner Untertanen in Bewegung gesetzt, um in der Burg für so viele Menschen wie nur möglich eine Unterkunft zu bereiten und in den Sälen, die nun Schlafstätten wurden, Betten aufzustellen und Strohsäcke und Matratzen auszulegen. Und er hatte angeordnet, reichliche Vorräte herbeizuschaffen, um die Gäste zu beköstigen, die Gott ihm schicken würde und die sich in der Tat von Tag zu Tag vermehrten. Er war unterdessen auch nie müßig, in die Burg hinein und wieder heraus, den Anstieg hinauf und herunter, überall im Tal, um Posten anzuweisen, zu verstärken, zu besichtigen, um zu sehen, um sich selbst sehen zu lassen, um durch Worte, Blicke und durch seine Gegenwart alles zu regeln und in Ordnung zu halten. Im Haus und auf der Straße empfing er die Ankommenden, und alle schauten ihn verzückt an, ganz gleich, ob sie ihn schon gesehen hatten oder ihn zum erstenmal sahen, vergaßen einen Augenblick das Unheil und die Angst, die sie dort hinaufgetrieben hatte, und wandten sich noch um, ihm nachzuschauen, wenn er sich von ihnen getrennt hatte und seinen Weg fortsetzte.

30. Kapitel

Obwohl der stärkste Zulauf nicht aus der Richtung kam, wo sich unsere drei Flüchtlinge dem Tal näherten, sondern von dem gegenüberliegenden Zugang, begannen sie doch auf Reise- und Unglücksgefährten zu stoßen, die von den Querpfaden und Fußsteigen auf die Straße gekommen waren oder dorthin gelangten. Bei derlei Gelegenheiten scheinen sich alle, die einander begegnen, zu kennen. Jedesmal, wenn der Karren einen Fußgänger eingeholt hatte, wurden Fragen und Antworten getauscht. Der eine war, wie die Unsrigen, geflohen, ohne die Ankunft der Soldaten abzuwarten. Der andere hatte schon die Trommeln und die Trompeten gehört, jener hatte sie gesehen und schilderte sie, wie Erschreckte zu schildern pflegen.

„Wir können uns noch glücklich preisen", sagten die beiden Frauen. „Danken wir dem Himmel. Möge Hab und Gut verlorengehen, aber wenigstens sind wir in Sicherheit."

Don Abbondio jedoch fand nicht, daß man Anlaß hätte, sich so sehr zu freuen. Vielmehr begann ihn dieser Zulauf, der, wie er hörte, von der anderen Seite noch größer sein sollte, zu verstimmen. „Schlimm genug!" murmelte er den Frauen in einem Augenblick zu, als gerade niemand in der Nähe war, „schlimm genug! Begreift Ihr nicht, daß, wenn so viele Leute an einem Ort zusammenkommen, das geradeso ist, als wollte man die Soldaten mit Gewalt anlocken? Alle verstecken alles, alle schleppen alles fort, in den Häusern bleibt nichts. Sie werden meinen, daß dort oben Schätze sind. Sie kommen sicher. O ich Armer! Worauf habe ich mich eingelassen!"

„Ach, die haben etwas anderes im Sinn, als da hinaufzukommen", sagte Perpetua, „auch sie müssen ihres Weges gehen. Und dann habe ich immer sagen hören, bei Gefahren sei es besser, mit vielen zusammen zu sein."

„Mit vielen? Mit vielen?" erwiderte Don Abbondio. „Armes Weib! Wißt Ihr nicht, daß ein einziger Landsknecht hundert solche frißt? Und dann, wenn sie etwa Dummheiten machen sollten, wäre das ein schönes Vergnügen, mitten in einer Schlacht zu sein, was? O ich Armer. Es wäre weniger arg gewesen, auf die Berge zu flüchten. Daß sich aber auch alle in einen Ort drängen müssen! . . . Lästiges Volk!" brummte er dann leiser. „Alle hierher, immer zu, einer nach dem anderen, wie Schafe ohne jeden Verstand."

„Auf diese Weise könnten auch sie das gleiche von uns sagen", meinte Agnese.

„Seid ein bißchen still", sagte Don Abbondio, „denn das Geschwätz hilft gar nichts. Was geschehen ist, ist geschehen, wir sind hier und müssen hier bleiben. Es wird sein, was die Vorsehung will, der Himmel füge alles gnädig."

Aber es war noch ärger, als er beim Taleingang einen starken Posten Bewaffneter sah, teils vor der Tür eines Hauses, teils in den ebenerdigen Zimmern: es wirkte wie eine Kaserne. Er schaute heimlich zu ihnen hinüber; es waren nicht jene Gesichter, die er schon auf seinem früheren traurigen Ausflug hatte sehen müssen, oder wenn welche von denen darunter waren, so hatten sie sich sehr verändert; aber trotzdem läßt sich kaum beschreiben, wie verdrießlich ihm dieser Anblick war. O ich Ärmster! dachte er. Es sind Umstände, wo man sich am liebsten unter die Erde verkriechen möchte, und der sucht jede Gelegenheit, um sich bemerkbar zu machen und aufzufallen; es ist, als wollte er sie herlocken!

„Sehen Sie jetzt, Herr", sagte Perpetua zu ihm, „daß tapfere Leute da sind, die uns zu verteidigen wissen werden. Mögen die Soldaten jetzt nur kommen, hier sind sie nicht so wie unsere Angsthasen, die nur dazu taugen, sich aus dem Staub zu machen."

„Still!" antwortete Don Abbondio mit leiser, aber zorniger Stimme. „Still! Ihr wißt nicht, was Ihr sagt. Fleht zum Himmel, daß die Soldaten Eile haben oder nicht erfahren mögen, was sich hier abspielt und daß man den Ort wie eine Festung einrichtet. Wißt Ihr nicht, daß es das Handwerk der Soldaten ist, Festungen zu erobern? Sie suchen nichts anderes, für sie ist ein Sturmangriff wie zur Hochzeit gehen, denn alles, was sie finden, gehört ihnen, und die Menschen müssen über die Klinge springen. O ich Ärmster! Genug, ich werde schon sehen, ob es eine Möglichkeit gibt, mich auf diesen steilen Felsen in Sicherheit zu bringen. In eine Schlacht lasse ich mich nicht verwickeln. Oh, in eine Schlacht kriegen die mich nicht."

„Wenn Sie sogar Angst haben, verteidigt und beschützt zu werden ...", hob Perpetua wieder an, aber Don Abbondio unterbrach sie streng, jedoch immer noch mit leiser Stimme.

„Still! Und hütet Euch, dieses Gespräch weiterzutragen. Denkt daran, daß man hier immer ein fröhliches Gesicht machen und alles billigen muß, was man sieht."

Bei der „Bösen Nacht" trafen sie wieder eine Abteilung Bewaffneter an, vor der Don Abbondio den Hut zog, während er bei sich sagte: Weh mir, weh mir, ich bin wirklich in ein Feldlager hineingeraten! Hier hielt der Karren; sie stiegen ab. Don Abbondio bezahlte rasch und entließ den Fuhrmann. Dann begann er mit seinen beiden Gefährtinnen den Aufstieg. Der Anblick dieser Gegend weckte in seiner Phantasie die Erinnerung an die Ängste, die er damals hier ausgestanden hatte, und vermischte sie mit den gegenwärtigen. Und Agnese, die diese Orte nie gesehen und sich im Geist ein seltsames Bild entworfen hatte, das ihr jedesmal erschien, wenn sie an Lucias furchtbare Reise dachte, fühlte jetzt, da sie alles in Wirklichkeit vor sich sah, diese grausige Erinnerung von neuem und noch lebhafter als zuvor. „O Herr Pfarrer!" rief sie aus. „Wenn ich daran denke, daß meine arme Lucia diesem Weg folgen mußte!"

„Wollt Ihr still sein, unvernünftige Frau!" schrie ihr Don Abbondio ins Ohr. „Sind das Reden, die man hier führen kann? Wißt Ihr nicht, daß wir auf seinem Boden sind? Ein Glück, daß Euch jetzt niemand hört, aber wenn Ihr so sprechen werdet ..."

„Oh!" sagte Agnese, „jetzt, wo er ein Heiliger ist! ..."

„Seid still", entgegnete Don Abbondio, „glaubt Ihr, man könne den Heiligen ohne Rücksicht alles sagen, was einem in den Sinn kommt? Denkt lieber daran, ihm für das Gute zu danken, das er Euch getan hat."

„Oh, was das betrifft, so habe ich schon daran gedacht. Glauben Sie etwa, ich hätte nicht auch ein bißchen Lebensart?"

„Die Lebensart besteht darin, nicht Dinge zu sagen, die mißfallen können, besonders nicht zu jemandem, der nicht gewohnt ist, sie zu hören. Und merkt es Euch gut, Ihr beiden, daß hier nicht der Ort ist, um zu klatschen und alles zu sagen, was Euch in den Sinn kommt. Es ist das Haus eines großen Herrn, Ihr wißt es ja, Ihr seht, was für eine Gesellschaft hierherum ist. Darum seid vernünftig, wenn Ihr könnt: die Worte wägen und vor allem wenig sprechen und nur, wenn die Notwendigkeit es erfordert. Wenn man nämlich still ist, geht man nie fehl."

„Sie machen es noch ärger mit all Ihrem Getue", versetzte Perpetua.

Jedoch Don Abbondio rief leise: „Still!", zog gleichzeitig rasch den Hut und verbeugte sich tief, denn als er nach oben blickte, hatte er den Ungenannten herunterkommen sehen. Auch dieser hatte Don Abbondio bemerkt und erkannt, und er beschleunigte den Schritt, um ihm entgegenzugehen.

„Herr Pfarrer", sagte er, als er ihm nahe war, „ich hätte Ihnen mein Haus gern bei einer besseren Gelegenheit angeboten, aber auf jeden Fall bin ich glücklich, Ihnen auf irgendeine Weise nützlich sein zu können."

„Im Vertrauen auf die große Güte Euer Erlaucht", antwortete Don Abbondio, „habe ich mich erkühnt, unter diesen traurigen Umständen hierherzukommen und Sie zu belästigen, und wie Euer Gnaden sehen, habe ich mir auch die Freiheit genommen, Gesellschaft mitzubringen. Dies ist meine Haushälterin ..."

„Willkommen", sagte der Ungenannte.

„Und das ist eine Frau", fuhr Don Abbondio fort, „der Euer Gnaden bereits Gutes getan hat: die Mutter jener ... jener ..."

„Lucia", sagte Agnese.

„Lucia!" rief der Ungenannte aus, wobei er sich mit gesenktem Haupt Agnese zuwandte. „Gutes ... ich! Unsterblicher Gott! Ihr tut mir Gutes, herzukommen ... zu mir ... in dieses Haus. Seid willkommen. Ihr bringt uns Segen."

„Gerechter Himmel!" sagte Agnese. „Ich werde Ihnen nur zur Last fallen. Im Gegenteil", fuhr sie fort und näherte sich seinem Ohr, „ich habe Ihnen noch zu danken ..."

Der Ungenannte unterbrach diese Worte, indem er sich

eifrig nach Lucia erkundigte, und nachdem er Auskunft erhalten hatte, machte er kehrt, um die neuen Gäste in die Burg zu begleiten, was er tat, obwohl sie sich sträubten. Agnese warf dem Pfarrer einen Blick zu, der besagen sollte: Sehen Sie, ob es notwendig ist, daß Sie bei uns beiden den Mittler und den Ratgeber spielen.

„Sind sie schon in Ihre Pfarre gekommen?“ fragte ihn der Ungenannte.

„Nein, Herr, ich habe diese Teufel nicht abwarten wollen“, erwiderte Don Abbondio. „Weiß der Himmel, ob ich ihren Händen lebendig hätte entwischen und hierherkommen können, um Euer Erlaucht zu inkommodieren.“

„Nun, so fassen Sie Mut“, versetzte der Ungenannte, „denn jetzt sind Sie in Sicherheit. Hierherauf werden sie nicht kommen, und wenn sie es versuchen sollten, sind wir bereit, sie zu empfangen.“

„Wollen wir hoffen, daß sie nicht kommen“, meinte Don Abbondio. „Und ich höre“, fügte er hinzu, während er auf die dem Tal gegenüberliegenden Berge deutete, „ich höre, daß sich auch dort drüben noch ein Schwarm herumtreibt, aber ... aber ...“

„Das stimmt“, entgegnete der Ungenannte, „aber seien Sie unbesorgt, wir sind auch für sie bereit.“

Zwischen zwei Feuern, sagte Don Abbondio bei sich, wirklich zwischen zwei Feuern. Wohin habe ich mich nur locken lassen! Und das von zwei Klatschbasen! Und der scheint wirklich noch darin zu schwelgen! Ach, was für Leute gibt es doch auf dieser Welt!

In der Burg ließ der Herr Agnese und Perpetua in ein Zimmer der für die Frauen bestimmten Unterkunft führen, die drei Seiten des zweiten Hofes in dem hinteren Teil des Gebäudes einnahm, der auf einem einzeln vorspringenden Felsblock über einem Abgrund gelegen war. Die Männer wohnten in dem rechten und linken Flügel des anderen Hofes und in jenem Teil, der auf den ebenen Vorplatz hinausging. Der Mittelbau, der die beiden Höfe trennte und in dem ein dem Haupttor gegenüberliegender breiter Gang von dem einen in den anderen führte, war teilweise mit Lebensmittelvorräten angefüllt, teilweise mußte er als Lagerraum für die Sachen dienen, die die Flüchtlinge hier oben in Sicherheit bringen wollten. In dem Männerquartier waren einige Zimmer für die Geistlichen bestimmt, die noch eintreffen könnten. Der Ungenannte begleitete persönlich Don Abbondio hin, der als erster davon Besitz ergriff.

Dreiundzwanzig oder vierundzwanzig Tage blieben unsere Flüchtlinge in der Burg, inmitten einer ständigen Bewegung und in einer großen Gesellschaft, die in der ersten Zeit immer noch zunahm. Außergewöhnliche Dinge geschahen jedoch nicht. Es verging fast kein Tag, an dem man nicht zu den Waffen gegriffen hätte. Es kommen Landsknechte von da, dort hat man berittene Truppen gesehen. Bei jeder Nachricht schickte der Ungenannte Kundschafter aus, und wenn es not tat, nahm er Leute mit sich, die er stets dafür bereithielt, und zog mit ihnen zum Tal hinaus in die Richtung, aus der die Gefahr angezeigt worden war. Und es war recht seltsam, eine Schar von Kopf bis Fuß bewaffneter Männer in Reih und Glied wie einen Trupp Soldaten zu sehen, die von einem Mann ohne Waffen befehligt wurden. Meist waren es Furagierer und einzelne Plünderer, die sich aus dem Staube machten, ehe sie angegriffen wurden. Einmal jedoch vernahm der Ungenannte, als er einigen von ihnen nachsetzte, um ihnen die Lust auszutreiben, in diese Gegend zu kommen, daß ein Dörfchen in der Nähe überfallen und geplündert worden sei. Es waren Landsknechte verschiedener Truppenteile, die zum Rauben zurückgeblieben waren und sich zusammengerottet hatten, um sich unversehens auf die Dörfer zu werfen, die in der Nähe des einquartierten Heeres lagen. Sie raubten die Einwohner aus und verübten allerhand Greuel an ihnen. Der Ungenannte hielt seinen Männern eine kurze Ansprache und führte sie in das Dörfchen. Sie kamen unerwartet an. Die Schurken, die nur auf Beute auszugehen gedacht hatten, ließen von der Plünderung ab, als sie eine kampfbereite Schar auf sich zukommen sahen, und nahmen dorthin Reißaus, woher sie erschienen waren, ohne daß einer auf den anderen gewartet hätte. Der Ungenannte verfolgte sie noch eine Strecke, dann ließ er haltmachen, verweilte eine Zeitlang und lauerte, ob etwas Neues zu beobachten sei; schließlich kehrte er um. Und es läßt sich nicht beschreiben, mit welchem Beifall und mit was für Segnungen das Fähnlein der Befreier und sein Führer begleitet wurden, als sie wieder durch das gerettete Dörfchen zogen.

In der Burg entstand in dieser zufällig zusammengewürfelten Menge von Personen, wie verschieden sie auch an Stand, Sitten, Geschlecht und Alter waren, nie irgendein Verstoß gegen die Ordnung, der von Bedeutung gewesen wäre. Der Ungenannte hatte an verschiedenen Stellen Hüter aufgestellt, die alle mit dem Eifer, den jeder auf die Dinge verwandte, die er zu verantworten hatte, darüber wachten, daß sich nichts Ungebührliches ereignete.

Er hatte außerdem die Geistlichen und die angesehensten Männer unter den Flüchtlingen gebeten, auch selbst umherzugehen und ein wachsames Auge auf alles zu werfen. Und sooft er nur konnte, machte er selbst Rundgänge und ließ sich überall blicken. Doch auch in seiner Abwesenheit wirkte der bloße Gedanke daran, in wessen Haus man sich befand, als ein Zügel für den, der ihn nötig hatte. Und im übrigen waren es lauter Leute, die geflohen und somit eher zur Ruhe geneigt waren. Die Sorge um Haus und Habe, bei einigen auch um Verwandte oder Freunde, die in der Gefahr zurückgeblieben waren; die Nachrichten, die von draußen kamen und die Gemüter bedrückten, förderten und verstärkten immer mehr diese Neigung.

Immerhin waren auch Sorglosere darunter, Männer von standhafterer Art und frischerem Mut, die sich bemühten, diese Tage fröhlich zu verbringen. Sie hatten ihre Häuser verlassen, weil sie nicht stark genug gewesen waren, sie zu verteidigen. Aber sie fanden keinen Gefallen daran, über etwas zu weinen und zu seufzen, wofür es keine Hilfe gab, und sich im Geiste die Zerstörung auszumalen, die sie ja mit eigenen Augen sehen würden. Befreundete Familien waren verabredetermaßen hierhergekommen oder hatten sich hier oben getroffen; neue Freundschaften entstanden, und die Menge hatte sich nach Stimmung und Gewohnheiten in Gruppen geteilt. Wer Geld und etwas Takt besaß, ging hinunter ins Tal essen, wo unter solchen Umständen eilig Wirtshäuser eingerichtet worden waren. In einigen wurden die Bissen mit Seufzern gewürzt, und man durfte von nichts anderem als vom Unglück sprechen; in anderen erinnerte man sich des Unglücks nur, um zu sagen, daß man nicht daran denken solle. Jenen, die sich die Ausgabe nicht leisten konnten oder wollten, wurde in der Burg Brot, Suppe und Wein zugeteilt. Außerdem wurden täglich einige Tische für die gedeckt, die der Hausherr ausdrücklich eingeladen hatte, und die Unsrigen gehörten auch dazu.

Um ihr Brot nicht umsonst zu essen, hatten Agnese und Perpetua verlangt, daß man sie zu den Diensten heranziehe, die eine so umfassende Gastlichkeit erforderte, und damit brachten sie einen guten Teil des Tages zu. Der Rest verging beim Plaudern mit Freundinnen, die sie gewonnen hatten, oder mit dem armen Don Abbondio. Dieser hatte nichts zu tun, langweilte sich aber doch nicht; die Angst leistete ihm Gesellschaft. Die Angst vor einem richtigen Überfall war ihm, wie ich glaube, vergangen, oder wenn ihm doch etwas davon zurückgeblieben war, so verursachte sie ihm jedenfalls den geringsten Verdruß, denn wenn er nur ein bißchen überlegte, so mußte er einsehen, wie wenig sie begründet war. Aber die Vorstellung, daß das Land auf beiden Seiten von wilder Soldateska überschwemmt war, dann die Waffen, die Bewaffneten, die er stets umhergehen sah, eine Burg, diese Burg, der Gedanke an so viele Dinge, die unter solchen Umständen jeden Augenblick geschehen konnten, alles das hielt ihn in einem unbestimmten, allgemeinen ständigen Schrecken, abgesehen von dem Ärger, den ihm der Gedanke an sein armes Haus verursachte. In der ganzen Zeit, die er an diesem Zufluchtsort verbrachte, entfernte er sich nicht einmal einen Büchsenschuß weit davon und setzte nie den Fuß auf den Weg, der hinabführte. Sein einziger Spaziergang war der auf dem ebenen Vorplatz, von wo er bald an die eine, bald an die andere Seite der Burg ging, um an den steilen Felsen und jähen Abstürzen hinunterzublicken und zu erkunden, ob nicht irgendeine passierbare Stelle, irgendein Pfad da wäre, wo er im Falle eines Gefechts einen Schlupfwinkel finden könnte. Allen seinen Fluchtgenossen machte er tiefe Verbeugungen oder grüßte sie sehr freundlich, aber er verkehrte mit den wenigsten; seine häufigsten Gesprächspartner waren die beiden Frauen, wie wir schon sagten. Vor ihnen machte er sich Luft, auch auf die Gefahr hin, daß ihm Perpetua manchmal ins Wort fiel und auch Agnese ihn beschämte. Bei Tisch dann, wo er nur immer kurze Zeit blieb und äußerst wenig sprach, hörte er die Berichte von dem schrecklichen Durchzug, die täglich eintrafen oder von Dorf zu Dorf und von Mund zu Mund gingen oder auch von einem hinaufgebracht wurden, der anfangs hatte zu Hause bleiben wollen und zuletzt doch geflohen war, ohne das geringste zu retten, und wohl noch übel zugerichtet wurde. Jeder Tag brachte eine neue Unheilsbotschaft. Einige berufsmäßige Neuigkeitskrämer sammelten eifrig alle Gerüchte, siebten die Nachrichten und gaben die Auslese an die anderen weiter. Man erörterte, welche Regimenter die teuflischsten seien, ob das Fußvolk ärger sei oder die Reiterei; man wiederholte, so gut man konnte, die Namen gewisser Condottieri. Von einigen erzählte man die früheren Unternehmungen, gab die Standorte und die Märsche an: Heute hat sich das und das Regiment über die und die Dörfer ergossen, morgen wird es über die und die herfallen, wo inzwischen jenes andere schlimmer als der Teufel haust. Vor allem bemühte man sich, Nachrichten zu bekommen und die Regimenter im Auge zu behalten, die nach und nach die Brücke in Lecco überschritten, denn diese Regimenter konnte man wirklich als fortgezogen, als außerhalb des Landes betrachten. Wallensteins Reiter waren hinübergezogen, Merodes Infanterie, die anhaltischen Reiter, das Fußvolk von Brandenburg, dann Montecuccolis und Ferraris Kavallerie, Altringer, Fürstenberg und Colloredo setzten hinüber, dann die Kroaten, Torquato Conti und wieder andere und andere. Als es dem Himmel gefiel, marschierte auch Galasso hinüber, der der letzte war. Die fliegende Schwadron der Venezianer entfernte sich allmählich, und das ganze Land zur Rechten und zur Linken war auch endlich frei. Schon hatten die aus den zuerst überfluteten und geräumten Dörfern die Burg verlassen, und täglich entfernten sich andere, so wie man nach einem Herbstgewitter aus den dicht belaubten Ästen eines großen Baumes die Vögel, die sich dorthin geflüchtet haben, überallhin davonfliegen sieht. Ich glaube, daß unsere drei die letzten waren, die schieden, und das, weil es Don Abbondio so wollte, da er fürchtete, bei einer raschen Heimkehr noch auf herumstreichende Landsknechte zu stoßen, die als versprengte Nachzügler hinter dem Heer zurückgeblieben sein mochten. Perpetua hatte gut reden, daß man durch das lange Wegbleiben den Spitzbuben im Dorf um so mehr Muße gebe, in das Haus einzudringen und wegzuschleppen, was noch da war. Wenn es die Haut zu retten galt, so war es immer Don Abbondio, der den Sieg davontrug, wenn er nicht gar durch unmittelbar drohende Gefahr den Kopf ganz verlor.

An dem für die Abreise festgesetzten Tag ließ der Ungenannte bei der „Bösen Nacht“ eine Kutsche bereitstellen, in der er schon für Agnese eine Wäscheausstattung hatte hinterlegen lassen. Und nachdem er sie beiseite genommen hatte, bat er sie auch noch, ein Päckchen Scudi anzunehmen, um dem Schaden abzuhelfen, den sie zu Hause vorfinden würde, obwohl Agnese immer wieder versicherte, wobei sie mit der Hand auf die Brust schlug, daß sie hier noch welche von den früheren habe.

„Wenn Ihr Eure gute, arme Lucia sehen werdet...“,

sagte er zuletzt zu ihr, „ich bin sicher, daß sie für mich betet, da ich ihr soviel Leid zugefügt habe ... sagt ihr also, daß ich ihr danke und auf Gott vertraue, daß sich ihr Gebet auch für sie zum Segen wandle."

Darauf wünschte er, alle drei Gäste bis zur Kutsche zu begleiten. Die demütigen, herzlichen Danksagungen Don Abbondios und die artigen Komplimente Perpetuas kann sich der Leser selbst ausmalen. Sie reisten ab. Wie es abgemacht war, hielten sie sich kurze Zeit, jedoch ohne sich zu setzen, im Haus des Schneiders auf, wo sie tausend Dinge über den Durchmarsch erzählen hörten: die gewöhnliche Geschichte von Raub, Prügeln, Verwüstung und Unzucht. Hier aber hatte man zum Glück keine Landsknechte zu sehen bekommen.

„Ach, Herr Pfarrer!" sagte der Schneider, während er ihm beim Einsteigen in die Kutsche den Arm reichte. „Gedruckte Bücher müßte man herausgeben über eine solche Verheerung."

Nach einem weiteren kurzen Stück Weges begannen unsere Reisenden mit eigenen Augen etwas von dem zu sehen, was sie oft hatten schildern hören: geplünderte Weingärten, aber nicht wie nach der Weinlese, sondern als ob Hagel und Sturm zugleich über sie gekommen wären: Rebschößlinge auf der Erde, entlaubt und wüst verstreut; die Pfähle ausgerissen, der Boden zerstampft und mit Splittern, Laub und Zweigen übersät; die Bäume gespalten und gekappt; die Hecken durchbrochen; die Gitter fortgeschleppt. In den Dörfern dann eingeschlagene Türen, zerrissene Papierfenster, Scherben aller Art, Lumpen in Haufen oder in den Straßen verstreut. Eine drückende Luft, heftiger Gestank, der aus den Häusern drang. Leute, die Unrat aus den Wohnungen warfen; andere damit beschäftigt, die Fenster auszubessern, so gut es ging; wieder andere standen in Scharen beisammen und klagten. Und während die Kutsche vorüberfuhr, wurden hier und da Hände zum Wagenschlag emporgestreckt, die um Almosen flehten.

Mit diesen Bildern vor den Augen und im Geist und in der Befürchtung, zu Hause das gleiche anzutreffen, langten sie dort an und fanden in der Tat das, was sie erwarteten.

Agnese ließ die Bündel in einen Winkel des kleinen Hofes legen, der noch der reinlichste Ort des ganzen Hauses war, und ging daran, dieses auszufegen und das wenige, was man ihr gelassen hatte, zusammenzusuchen und in Ordnung zu bringen. Sie ließ einen Tischler und einen Schmied kommen, die gröbsten Schäden auszubessern, und als sie dann Stück für Stück die geschenkte Wäsche besah und die neuen Zechinen zählte, sagte sie bei sich: Ich bin noch glücklich auf die Füße gefallen. Gedankt sei Gott und der Madonna und diesem guten Herrn. Ich kann wirklich sagen, daß ich auf die Füße gefallen bin.

Don Abbondio und Perpetua betraten ihr Haus ohne Hilfe eines Schlüssels. Bei jedem Schritt, den sie in dem Flur taten, fühlten sie einen wachsenden Modergeruch, giftigen, pestilenzialischen Gestank entgegenschlagen, der sie zurücktrieb. Mit der Hand vor der Nase gingen sie zur Küchentür, traten auf Zehenspitzen ein, achteten sorgfältig, wohin sie die Füße setzten, um möglichst dem Unrat auszuweichen, der den Boden bedeckte, und warfen einen Blick umher. Nichts war mehr ganz, doch Reste und Trümmer von dem, was dort und anderswo gewesen war, sah man in jedem Winkel: Federn von Perpetuas Hühnern, Fetzen von Wäsche, Blätter aus Don Abbondios Kalendern, Scherben von Töpfen und Tellern, alles zuhauf oder verstreut. Nur auf dem Herd konnte man die Spuren einer großen Plünderung beisammen sehen, so wie ein gewandter Redner in einem einzigen langen Satz vielerlei Gedanken anzudeuten weiß. Da lagen, sage ich, Überreste verloschener großer und kleiner angebrannter Holzscheite, die verrieten, was sie gewesen waren: die Armlehne eines Stuhles, ein Tischbein, eine Schranktür, ein Bettbrett, die Daube eines Fäßchens, worin der Wein gewesen war, der Don Abbondios Magen zu stärken pflegte. Das übrige war Asche und Kohle, und mit dieser Kohle hatten die Verwüster, um sich zu ergötzen, die Wände mit garstigen Figuren beschmiert, die mit Käppchen und Tonsuren und mit breiten Beffchen Priester darstellen sollten, wobei sie sich viel Mühe gegeben hatten, sie abscheulich und lächerlich zu machen: eine Absicht, die wahrhaftig solchen Künstlern nicht mißglücken konnte.

„Ha, diese Schweine!“ rief Perpetua. „Ha, diese Schurken!“ rief Don Abbondio aus, und fluchtartig liefen sie durch eine andere Tür hinaus, die in den Garten führte. Sie atmeten auf, gingen unverzüglich zum Feigenbaum, aber bereits bevor sie ankamen, sahen sie, daß die Erde aufgeworfen war, und beide stießen gleichzeitig einen Schrei aus. Am Baum angelangt, fanden sie wirklich statt des Geldes ein offenes Loch. Hier entstand ein lautes Wehgeschrei. Don Abbondio schalt Perpetua, daß sie es schlecht versteckt habe, und ob die schwieg, kann man sich denken. Nachdem sie beide genug geschrien hatten, alle beide mit ausgestrecktem Arm, den Zeigefinger auf das Loch gerichtet, kehrten sie brummend miteinander zurück. Und man kann sich vorstellen, daß sie überall ungefähr das gleiche fanden. Sie mühten sich wer weiß wie ab, das Haus zu putzen und zu reinigen, um so mehr, als es in diesen Tagen schwierig war, Hilfe zu finden. Und ich weiß nicht, wie lange sie so wohnen und sich, so gut oder so schlecht es ging, behelfen mußten, und erst nach und nach konnten sie mit dem von Agnese geborgten Geld Türen, Möbel und den Hausrat ersetzen.

Zu alledem wurde dieses Unheil der Samen für andere höchst verdrießliche Streitigkeiten, denn durch Fragen und Herumforschen, durch Spähen und Herumspüren brachte Perpetua mit einiger Sicherheit in Erfahrung, daß sich mancher Hausrat ihres Herrn, den man von den Soldaten erbeutet oder verwüstet glaubte, statt dessen wohlerhalten bei Leuten im Dorf befand, und sie bestürmte ihren Herrn, daß er vorstellig werden und das Seinige zurückverlangen solle. Eine verhaßtere Saite konnte man bei Don Abbondio nicht anschlagen, denn seine Habe war in den Händen von

Schurken, das heißt also bei einer Gattung von Menschen, mit denen Frieden zu halten ihm viel mehr am Herzen lag.

„Aber wenn ich nun einmal nichts wissen will von diesen Dingen“, sagte er. „Wie oft soll ich es Euch denn wiederholen, daß hin ist, was eben hin ist? Soll ich auch noch gepeinigt werden, weil man mir das Haus ausgeraubt hat?“

„Ich sage es ja“, erwiderte Perpetua, „daß Sie sich auch noch die Augen aus dem Kopf nehmen lassen würden. Bei anderen Leuten zu stehlen ist Sünde, aber bei Ihnen ist es Sünde, nicht zu stehlen.“

„Aber seht doch einmal, was Ihr für Unsinn schwatzt“, entgegnete Don Abbondio. „Wollt Ihr endlich schweigen?“

Perpetua beruhigte sich, aber nicht sogleich, und nahm alles zum Vorwand, um wieder von vorn anzufangen, so daß am Ende der arme Mann so weit gekommen war, nicht mehr zu klagen, wenn er etwas in dem Augenblick vermißte, wo er es gebraucht hätte; denn mehr als einmal hatte er sich sagen lassen müssen: „Verlangen Sie es von dem, der es hat und der es nicht bis jetzt behalten haben würde, wenn er es nicht mit einem so nachsichtigen Mann zu tun hätte.“

Eine andere und viel lebhaftere Unruhe bereitete es ihm, zu hören, daß noch täglich einzelne Soldaten durchzogen, wie er es nur allzusehr vermutet hatte. Daher lebte er in ständiger Angst, es könnte einer oder eine ganze Kumpanei an seine Tür kommen, die er vor allem anderen schleunigst hatte reparieren lassen und die er sorgfältig verschlossen hielt. Aber das, dem Himmel sei Dank, ereignete sich nie. Jedoch waren diese Schrecken noch nicht vorüber, als ein neuer hinzukam.

Aber hier lassen wir den armen Mann beiseite: es handelt sich um ganz anderes als um seine privaten Befürchtungen oder um die Not einiger Dörfer und um vorübergehendes Ungemach.

Die Pest, deren Einschleppung durch die deutschen Truppen ins Mailändische die Gesundheitsbehörde befürchtet hatte, war bekanntermaßen wirklich eingedrungen. Und es ist ebenfalls bekannt, daß sie hier nicht stehenblieb, sondern einen großen Teil Italiens überflutete und entvölkerte. Dem Faden unserer Geschichte folgend, gehen wir dazu über, die wichtigsten Begebenheiten dieses Unheils zu erzählen, selbstverständlich jene, die sich im Mailändischen, ja sogar fast ausschließlich in Mailand zugetragen haben. Denn die Chroniken jener Zeit handeln nahezu ausschließlich von der Stadt, wie es aus guten und schlechten Gründen beinahe immer und überall der Fall ist. Und in dieser Erzählung ist, um die Wahrheit zu sagen, unser Ziel nicht nur, die Lage zu schildern, in der sich unsere Personen befinden, sondern zugleich auch, soweit dies in einer Zusammenfassung möglich ist und soweit wir es vermögen, einen mehr berühmten als bekannten Abschnitt unserer vaterländischen Geschichte vorzustellen.

Unter den vielen zeitgenössischen Berichten ist nicht einer, der an sich genügte, um einen einigermaßen klaren und richtigen Begriff davon zu geben, wie auch nicht einer darunter ist, der nicht dazu beitragen könnte, sich ihn zu bilden. In jedem dieser Berichte, auch der Ripamontis nicht ausgenommen, der doch alle anderen durch die Fülle und die Auswahl der Tatsachen und noch mehr durch die Art, sie zu betrachten, überragt, in jedem sind wesentliche Tatsachen ausgelassen, die die anderen wiederum vermerken. In jedem findet man grobe Irrtümer, die sich mit Hilfe eines anderen oder auch der wenigen noch vorhandenen gedruckten und ungedruckten öffentlichen Urkunden erkennen und berichtigen lassen. Oft entdeckt man in dem einen die Ursachen, deren Wirkungen in dem anderen gleichsam in der Luft schwebten. In allen herrscht schließlich eine seltsame Verwirrung von Zeiten und Dingen; es ist ein ständiges Hin und Her aufs Geratewohl, ohne allgemeinen Plan, ohne Plan in den Einzelheiten: ein Wesenszug übrigens, der zu den gewöhnlichsten und offensichtlichsten der Bücher dieser Zeit gehört und besonders jener, die in der Landessprache geschrieben sind, wenigstens in Italien. Ob sich das auch im übrigen Europa so verhält, werden die Gelehrten wissen, wir vermuten es. Kein Schriftsteller eines späteren Zeitalters hat sich vorgenommen, diese Chroniken zu prüfen und zu vergleichen, um darauf eine zusammenhängende Reihe von Begebenheiten, eine Geschichte dieser Pest aufzubauen, so daß die Vorstellung, die man im allgemeinen von ihr hat, notgedrungen sehr unzuverlässig und ein wenig verworren sein muß: eine vage Vorstellung von großen Übeln und von schweren Fehlern (und in Wahrheit gab es mehr von beiden, als man glauben möchte), eine Vorstellung, die mehr auf Urteilen als auf Tatsachen begründet ist, auf etlichen vereinzelten Tatsachen, die nicht selten ihrer wesentlichsten Umstände beraubt sind, ohne Unterscheidung der Zeit, das heißt ohne Verständnis für Ursache und Wirkung, Verlauf und Steigerung. Wir haben mit großem Fleiß alle gedruckten und so manchen ungedruckten Bericht, viele sogenannte amtliche Urkunden (im Verhältnis zu den wenigen erhaltenen) geprüft, verglichen und etwas daraus zu machen versucht, nicht, wie es sein sollte, aber wie es noch nicht gemacht worden ist. Wir beabsichtigen durchaus nicht, alle öffentlichen Vorgänge und nicht einmal alle irgendwie denkwürdigen Geschehnisse zu berichten. Noch weniger bezwecken wir, dem, der sich eine vollständigere Idee von der Sache bilden will, das Lesen der Berichte im Originaltext zu ersparen: nur zu sehr spüren wir, was für eine lebendige, eigentümliche und sozusagen unmittelbare Kraft in den Werken dieser Art stets enthalten ist, wie immer sie auch konzipiert und ausgeführt sein mögen. Nur haben wir versucht, die allgemeinsten und wichtigsten Begebenheiten zu erkennen und zu überprüfen, sie in ihre wirkliche, geordnete Reihenfolge zu bringen, soweit ihre Art und ihr Wesen es zulassen, ihre wechselseitige Wirksamkeit zu beobachten und so vorläufig, bis es ein anderer besser macht, eine kurzgefaßte, aber getreue und fortlaufende Chronik jenes Unheils zu geben.

In dem ganzen Landstrich also, den das Heer durchzogen hatte, wurden hin und wieder in den Häusern und zuweilen auch auf der Straße Leichen gefunden. Bald darauf begannen in dem und in jenem Dorf einzelne Personen und ganze Familien an heftigen seltsamen Übeln, deren Kennzeichen den meisten lebenden Menschen unbekannt waren, zu erkranken und zu sterben. Nur einigen Leuten waren diese Erkrankungen nicht neu, und zwar den wenigen, die sich der Pest erinnern konnten, die dreiundfünfzig Jahre zuvor einen großen Teil Italiens und insbesondere das mailändische Gebiet verheert hatte, wo sie die Pest des heiligen Carlo genannt wurde und noch heute genannt wird. So stark ist die menschliche Liebe! Unter den so mannigfaltigen und so feierlich-ernsten Erinnerungen an ein allgemeines Unglück hebt sie die an einen einzelnen Mann hervor, weil sie ihm Gefühle und Handlungen eingegeben hat, die noch denkwürdiger sind als die Übel. Sie prägt den Gemütern die Erinnerung an diesen Mann gleichsam als die Essenz aller dieser Leiden ein, denn sie hat ihn dazu getrieben, Führer, Helfer, Vorbild, freiwilliges Opfer zu sein. Aus einer Not aller macht sie gleichsam eine Heldentat dieses einzelnen Mannes und benennt sie nach ihm wie eine Eroberung oder eine Entdeckung.

Der leitende Arzt Lodovico Settala, der diese Pest nicht nur gesehen hat, sondern auch einer ihrer tätigsten und unerschrockensten und, obgleich damals noch sehr jung, einer ihrer angesehensten Heilkünstler gewesen war und der nun in großer Besorgnis schwebte und Informationen sammelte, berichtete am 20. Oktober in der Gesundheitsbehörde, daß im Dorf Chiuso (dem letzten im Gebiet von Lecco, an der Grenze zum Bergamaskischen) zweifellos die Seuche ausgebrochen sei. Es wurde aber deswegen keinerlei Beschluß gefaßt, wie wir aus den „Auskünften" Tadinos wissen.

Und da liefen nun ähnliche Berichte aus Lecco und aus Bellano ein. Die Gesundheitsbehörde entschloß sich und begnügte sich, einen Bevollmächtigten auszuschicken, der unterwegs in Como einen Arzt mitnehmen und mit ihm die bezeichneten Orte besuchen sollte. Alle beide ließen sich, ob aus Unkenntnis oder sonst einem Grunde, von einem alten und unwissenden Barbier aus Bellano einreden, daß diese Art von Übeln nicht die Pest sei, sondern an einigen Orten die gewöhnliche Wirkung der herbstlichen Ausdünstungen der Sümpfe und an anderen die Folge der beim Durchzug der Deutschen ausgestandenen Beschwerden und Strapazen. Diese Versicherung wurde der Behörde überbracht, die sich damit beruhigt zu haben schien.

Weil aber unaufhörlich von verschiedenen Seiten immer wieder neue Todesnachrichten eintrafen, wurden zwei Bevollmächtigte abgeschickt, um nachzusehen und Vorkehrungen zu treffen: der besagte Tadino und ein Beisitzer der Behörde. Als diese am Ort anlangten, war die Seuche schon so verbreitet, daß sich die Beweise darboten, ohne daß man sie zu suchen brauchte. Sie bereisten das Gebiet von Lecco, die Valsassina, die Ufer des Comer Sees, die nach dem Monte di Brianza benannten Bezirke und die Gera d'Adda, und überall fanden sie die Zugänge zu den Dörfern mit Gittern abgesperrt, andere nahezu menschenleer und die Einwohner geflohen und auf freiem Feld in Zelten lagernd oder zerstreut. „Und sie sahen aus", sagt Tadino, „wie wilde Geschöpfe; die einen hielten Minze, die anderen Raute, einige Rosmarin und manche ein Fläschchen Essig in den Händen." Sie erkundigten sich nach der Zahl der Toten, sie war erschreckend. Sie untersuchten Kranke und Leichen und fanden überall die scheußlichen, grauenhaften Merkmale der Pest. Sie meldeten diese unheilvollen Nachrichten schriftlich der Gesundheitsbehörde, die, als sie sie am 30. Oktober erhielt, „es sich angelegen sein ließ", sagt der gleiche Tadino, Pässe vorzuschreiben, um Personen, die aus Dörfern kamen, wo die Seuche aufgetreten war, von der

Stadt fernzuhalten. „Und während man den Erlaß ausfertigte“, gab man vorläufig den Zollbeamten einige summarische Weisungen.

Mittlerweile trafen die beiden Bevollmächtigten in höchster Eile die Maßnahmen, die ihnen die besten zu sein schienen, und kehrten mit der traurigen Überzeugung heim, daß diese nicht ausreichen würden, um einem bereits so fortgeschrittenen und verbreiteten Übel abzuhelfen und Einhalt zu gebieten.

Nachdem sie am 14. November eingetroffen waren und der Behörde mündlich und von neuem schriftlich Auskunft erstattet hatten, erhielten sie von ihr den Auftrag, sich dem Statthalter vorzustellen und ihm den Stand der Dinge darzulegen. Sie gingen hin und kamen wieder mit der Nachricht, die besagten Neuigkeiten hätten ihm viel Verdruß bereitet und er habe ein großes Mitgefühl bekundet, aber die Sorge um den Krieg sei viel dringender: *sed belli graviores esse curas.* So Ripamonti, der die Register der Gesundheitsbehörde ausgebeutet und sich mit Tadino beraten hat, welcher besonders mit der Mission betraut war. Es war, wenn sich der Leser erinnert, die zweite in dieser Sache und mit diesem Ausgang. Zwei oder drei Tage danach, am 18. November, erließ der Statthalter eine Verordnung, in der er anläßlich der Geburt des Prinzen Carlos, des Erstgeborenen des Königs Philipp IV., öffentliche Festlichkeiten anordnete, ohne die Gefahr, die ein so großes Zusammenströmen unter solchen Umständen mit sich brachte, zu erkennen oder zu berücksichtigen: alles wie in gewöhnlichen Zeiten, als ob man ihm von nichts gesprochen hätte.

Dieser Mann war, wie gesagt, der berühmte Ambrogio Spinola, den man gesandt hatte, den Krieg wieder in Gang zu bringen und die Fehler Don Gonzalos gutzumachen und nebenbei den Statthalterposten auszufüllen. Und wir können hier nebenbei erwähnen, daß er nach wenigen Monaten in demselben Krieg starb, der ihm so am Herzen lag, und er starb nicht etwa an Wunden auf dem Schlachtfeld, sondern im Bett vor Kummer und Herzeleid über die Vorwürfe, Kränkungen und Unannehmlichkeiten jeder Art, die er von denen zu erdulden hatte, denen er diente. Die Geschichte hat sein Schicksal beklagt und die Undankbarkeit der anderen getadelt; sie hat mit vielem Fleiß seine kriegerischen und politischen Unternehmungen geschildert und seine Voraussicht, seine Tatkraft und Beharrlichkeit gepriesen – sie hätte auch erforschen können, was er mit allen diesen Eigenschaften getan hat, als die Pest eine Bevölkerung bedrohte und überfiel, die in seine Obhut oder vielmehr in seine Gewalt gegeben war.

Was aber ungeachtet des begründeten Tadels die Verwunderung über sein Verhalten mildert, was ein anderes, noch größeres Staunen hervorruft, ist das Verhalten der Bevölkerung selbst, jener, will ich sagen, die von der Pest noch nicht befallen war und so viel Ursache hatte, sie zu fürchten. Wer sollte nicht glauben, daß beim Eintreffen dieser Nachrichten aus den so arg verseuchten Dörfern, die fast einen Halbkreis um die Stadt bilden, an einigen Punkten nicht mehr als achtzehn oder zwanzig Meilen von ihr entfernt, daß solche Nachrichten eine allgemeine Bewegung, ein Verlangen nach gut oder schlecht verstandenen Vorsichtsmaßregeln oder wenigstens eine nichts bewirkende Unruhe ausgelöst hätten? Und dennoch, wenn die Erinnerungen aus jener Zeit in irgendeinem Punkt übereinstimmen, so in dem Zeugnis, daß nichts dergleichen geschah. Die Not des vergangenen Jahres, die Bedrückung durch die Soldateska, die Betrübnis der Gemüter schienen mehr als ausreichende Gründe zu sein, um die Sterblichkeit zu erklären. Wer auf den Plätzen, in den Läden, in den Häusern ein Wort über die Gefahr äußerte, wer die Pest erwähnte, wurde mit ungläubigem Spott, mit zorniger Verachtung bedacht. Dieselbe Ungläubigkeit oder vielmehr dieselbe Verblendung und Halsstarrigkeit herrschte auch im Senat, im Rat der Dekurionen, bei jeder Behörde vor.

Ich stoße darauf, daß Kardinal Federigo, sobald man von

den ersten Fällen der ansteckenden Krankheit erfuhr, den Pfarrern in einem Hirtenbrief unter anderen Dingen vorschrieb, daß sie die Gemeinden immer wieder an die Wichtigkeit und strenge Verpflichtung erinnern sollten, jeden derartigen Vorfall zu melden und die verseuchten oder verdächtigen Sachen abzuliefern; und auch dies kann zu seinen lobenswerten Eigentümlichkeiten gezählt werden.

Die Gesundheitsbehörde bat, flehte um Zusammenarbeit, erreichte aber wenig oder gar nichts. Und in dem Amt selbst war der Eifer weit davon entfernt, der dringenden Not zu entsprechen. Wie Tadino mehrmals versichert und wie noch klarer aus dem gesamten Zusammenhang seines Berichts hervorgeht, waren es die beiden Ärzte, die, vom Ernst der unmittelbar drohenden Gefahr überzeugt, jene Körperschaft anspornten, die dann die anderen anzuspornen hatte.

Wir haben bereits gesehen, wie gleichgültig sie bei der ersten Anzeige der Pest in ihrem Handeln und sogar im Einziehen von Erkundigungen zu Werke ging. Hier nun ein anderer Fall von nicht minder wundersamer Trägheit, wenn diese nicht durch Hindernisse erzwungen war, die ihr von höheren Beamten in den Weg gelegt wurden. Jene Verordnung wegen der Pässe, die am 30. Oktober beschlossen worden war, wurde erst am 23. des folgenden Monats aufgesetzt und erst am 29. veröffentlicht. Die Pest war schon in Mailand eingedrungen.

Tadino und Ripamonti wollten den Namen dessen, der sie als erster einschleppte, und andere seine Person und den Fall betreffende Umstände festhalten. Und in der Tat, bei der Betrachtung der Anfänge einer so ungeheuren Sterblichkeit, deren Opfer sich kaum nach Tausenden bestimmen lassen, geschweige denn, daß sie namentlich unterschieden werden könnten, entsteht eine gewisse Neugier, jene ersten und wenigen Namen kennenzulernen, die aufgezeichnet und bewahrt werden konnten. Diese Art von Auszeichnung, der Vorrang bei dem Massensterben, scheint ihnen und anderen, sonst gleichgültigen Einzelheiten etwas Verhängnisvolles und Denkwürdiges zu verleihen.

Der eine wie der andere Historiker sagt, daß es ein in spanischen Diensten stehender italienischer Soldat gewesen sei; was das übrige betrifft, sogar hinsichtlich des Namens, stimmen sie nicht recht überein. Tadino zufolge war es ein gewisser Pietro Antonio Lovato, der im Gebiet von Lecco Quartier hatte, nach Ripamonti aber ein gewisser Pier Paolo Locati aus dem Quartier von Chiavenna. Ihre Meldungen gehen auch hinsichtlich des Tages seiner Ankunft in Mailand auseinander: der erste verlegt ihn auf den 22. Oktober, der zweite auf den 22. des folgenden Monats, und man kann sich weder an den einen noch an den anderen halten. Beide Zeitangaben stehen im Widerspruch mit anderen, die genauer überprüft wurden. Und doch müssen Ripamonti, der ja im Auftrag des allgemeinen Rats der Dekurionen schrieb, viele Mittel zu Gebote gestanden haben, die nötigen Informationen einzuziehen. Und Tadino hätte auf Grund seines Amtes besser als jeder andere über eine solche Tatsache unterrichtet sein müssen. Im übrigen ergibt sich aus der Gegenüberstellung anderer Zeitangaben, die uns, wie gesagt, genauer erscheinen, daß es noch vor der Veröffentlichung der Verordnung über die Pässe geschah. Und wenn es sich lohnte, könnte man auch beweisen oder nahezu beweisen, daß es in den ersten Tagen jenes Monats geschehen sein muß, doch der Leser möge uns das erlassen.

Wie dem auch sei, dieser unglückliche und unglückbringende Soldat kam mit einem großen Bündel von Kleidern an, die er deutschen Soldaten abgekauft oder geraubt hatte. Er begab sich in das Haus seiner Verwandten in der Vorstadt an der Porta Orientale, in der Nähe der Kapuziner. Kaum angekommen, erkrankte er und wurde in das Krankenhaus gebracht, wo eine Beule, die unter einer Achsel entdeckt wurde, bei seinem Arzt den Verdacht erregte, daß es das sein könnte, was es wirklich war. Am vierten Tag starb er.

Die Gesundheitsbehörde ließ seine Familie absondern und im Haus einsperren. Seine Kleider und das Bett, worin er im Krankenhaus gelegen, wurden verbrannt. Zwei Wärter, die ihn gepflegt hatten, und ein guter Mönch, der ihm Beistand geleistet hatte, erkrankten gleichfalls nach wenigen Tagen alle drei an der Pest. Der Verdacht, den man an diesem Ort gleich von Anfang an über die Art der Krankheit gehabt hatte, und die infolgedessen angewandten Vorsichtsmaßnahmen bewirkten, daß sich die Ansteckung dort nicht weiterverbreitete.

Aber der Soldat hatte außerhalb des Krankenhauses eine Saat hinterlassen, die nicht zu keimen zögerte. Der erste, bei dem sie aufging, war der Besitzer des Hauses, in dem er gewohnt hatte, ein gewisser Carlo Colonna, ein Lautenspieler. Nun wurden alle Mieter dieses Hauses auf Befehl der Gesundheitsbehörde in das Lazarett geschafft, wo die meisten erkrankten; einige starben kurz darauf, offenbar an der Seuche.

Was in der Stadt durch diese Leute schon ausgestreut worden war, durch ihre Kleider und durch ihren Hausrat, die von Verwandten, Mietern, Dienstboten den Untersuchungen der Behörde und der vorgeschriebenen Verbrennung entzogen wurden, und mehr noch, was durch die Unvollkommenheit der Erlasse, durch die Fahrlässigkeit in ihrer Durchführung und durch geschickte Umgehung an neuen Keimen hinzukam, das sproß während des ganzen übrigen Jahres und in den ersten Monaten des folgenden, 1630, und griff weiter um sich. Hin und wieder befiel es bald in diesem, bald in jenem Viertel einen, und manche starben. Aber gerade die Seltenheit der Fälle hielt den Verdacht von der Wahrheit fern und bestärkte die Öffentlichkeit immer mehr in der törichten und selbstmörderischen Zuversicht, daß keine Pest im Lande sei, daß sie nicht einmal einen Augenblick dagewesen war. Noch verlachten viele Ärzte im Gleichklang mit der Stimme des Volkes (war sie auch in diesem Fall Gottes Stimme?) die schlimmen

Vorzeichen, die drohenden Warnungen der wenigen und hatten stets den Namen einer gewöhnlichen Krankheit bereit, um jeden Pestfall zu bezeichnen, zu dessen Behandlung sie gerufen wurden, mit welchen Symptomen und Merkmalen er auch aufgetreten sein mochte.

Wenn die Berichte über diese Krankheitsfälle überhaupt bis zur Gesundheitsbehörde gelangten, so kamen sie meist spät und unzuverlässig. Die Angst vor der Quarantäne und vor dem Lazarett schärfte allen die Erfindungsgabe: man zeigte die Kranken nicht an, man bestach die Totengräber und ihre Aufseher. Selbst von den niederen Beamten der Gesundheitsbehörde, die von ihr zur Besichtigung der Toten gesandt wurden, konnte man für Geld falsche Bescheinigungen erhalten.

Da nun aber das Amt bei jeder solchen Entdeckung, die ihm gelang, die Sachen zu verbrennen befahl, die Häuser beschlagnahmte, die Familien ins Lazarett schickte, so kann man leicht daraus folgern, wie heftig der Zorn und das Murren der Bevölkerung gewesen sein muß, „des Adels, der Kaufmannschaft und des gemeinen Volkes", wie Tadino sagt, da sie alle überzeugt waren, dies seien grund- und sinnlose Schikanen. Der meiste Haß fiel auf die beiden Ärzte, auf den erwähnten Tadino und auf den Senator Settala, den Sohn des obersten Arztes. Es kam so weit, daß sie keinen Platz mehr überqueren konnten, ohne mit Schimpfworten, wenn nicht gar mit Steinen angegriffen zu werden. Und es war gewiß seltsam und verdient erwähnt zu werden, in welcher Lage sich einige Monate hindurch diese Männer befanden. Sie sahen eine furchtbare Geißel herannahen, mühten sich nach Kräften, sie abzuwenden, und stießen auf Hindernisse, wo sie Hilfe und guten Willen suchten, waren zugleich die Zielscheibe des Geschreis und wurden Feinde des Vaterlandes genannt: *pro patriæ hostibus,* wie Ripamonti sagt.

Von diesem Haß fiel ein Teil auch auf die anderen Ärzte, die gleich ihnen von dem wirklichen Vorhandensein einer

Seuche überzeugt waren, Vorsichtsmaßregeln empfahlen und allen ihre traurige Gewißheit mitzuteilen suchten. Von den Zurückhaltenderen wurden sie der Leichtgläubigkeit und des Starrsinns beschuldigt, für alle anderen war es ein offenkundiger Betrug, eine Intrige, ausgeheckt, um den allgemeinen Schrecken auszubeuten.

Der damals fast achtzigjährige oberste Arzt Lodovico Settala, ehemaliger Professor der Medizin an der Universität Pavia, dann der Moralphilosophie in Mailand, Verfasser vieler damals sehr angesehener Werke, berühmt durch Berufungen an Lehrstühle anderer Universitäten: Ingolstadt, Pisa, Bologna, Padua, und durch die Ablehnung all dieser Berufungen, war sicher einer der einflußreichsten Männer seiner Zeit. Zu seinem wissenschaftlichen Ruhm gesellte sich der seines Lebenswandels und zur Bewunderung das Wohlwollen, weil er die Armen mit soviel Liebe behandelte und ihnen Wohltaten erwies. Was in uns jedoch das Gefühl der Hochachtung trübt, das diese Verdienste einflößen, während es damals dadurch nur noch allgemeiner und stärker geweckt wurde, ist der Umstand, daß der arme Mann die verbreiteten und verhängnisvollen Vorurteile seiner Zeitgenossen teilte. Er war ihnen voraus, aber ohne sich von dem großen Haufen zu entfernen, und eben das ist es, was das Unheil anlockt und häufig die Menschen ihr auf andere Weise erworbenes Ansehen einbüßen läßt. Dennoch reichte dieses enorme Ansehen, das er genoß, in diesem Fall nicht hin, die Meinung jener Menge zu besiegen, die die Poeten gemeines Volk und die Theaterdirektoren verehrtes Publikum zu nennen pflegen. Es konnte ihn auch nicht vor der Gehässigkeit und den Schmähungen jenes Teils der Bevölkerung retten, der am leichtesten vom Urteil zu Kundgebungen und zu Taten schreitet.

Als er sich eines Tages in der Sänfte zu seinen Kranken begab, begann sich Volk um ihn anzusammeln, und es schrie, er sei das Haupt jener, die mit Gewalt wollten, daß die Pest im Lande sei; er sei es, der mit seinem finsteren

Gesicht und mit seinem langen Bart die Stadt in Schrecken versetze: alles nur, um die Ärzte zu beschäftigen. Das Gedränge und die Wut steigerten sich. Die Sänftenträger retteten, als sie die Gefahr erkannten, ihren Herrn in ein Haus von Freunden, das zufällig in der Nähe lag. Das erlebte er, weil er klar gesehen, weil er gesagt hatte, was war, und den Wunsch hegte, viele Tausende vor der Pest zu retten. Als er aber mit seinem beklagenswerten Gutachten dazu beitrug, daß eine arme Unglückliche als Hexe gefoltert, mit Zangen gezwickt und verbrannt wurde, weil ihr Herr an eigenartigen Magenschmerzen litt und ihr früherer Herr heftig in sie verliebt gewesen war, da wird er bei der Allgemeinheit ein neues Lob seiner Weisheit geerntet und, woran zu denken unerträglich ist, einen neuen Verdiensttitel erworben haben.

Ende März jedoch traten zuerst in der Vorstadt an der Porta Orientale, dann in allen Stadtvierteln die Erkrankungen und die Todesfälle häufiger auf, mit seltsamen Erscheinungen von Krämpfen, Zittern, Lethargie und Delirium, mit jenen verhängnisvollen Kennzeichen schwarzblauer Flecke und Beulen. Der Tod trat meist schnell und gewaltsam ein, nicht selten auch ganz plötzlich ohne ein vorhergehendes Anzeichen der Erkrankung. Die Ärzte, die bisher der Meinung von einer bestehenden Seuche widersprochen hatten und nun nicht zugeben wollten, was sie verspottet hatten, mußten der neuen Krankheit, die zu allgemein und zu offenkundig geworden war, um unbenannt zu bleiben, einen Namen geben und erfanden die Bezeichnung vom bösartigen Pestilenzfieber: ein armseliger Vergleich, eigentlich ein betrügerisches Wortspiel, das aber großen Schaden anrichtete, denn unter dem Schein, die Wahrheit erkannt zu haben, gelang es noch, nicht daran glauben zu lassen, was zu glauben und zu sehen am wichtigsten gewesen wäre, daß sich nämlich die Krankheit durch Ansteckung verbreitete. Die Behörden begannen endlich, wie aus tiefem Schlaf erwacht, den Warnungen und Vorschlägen des Gesundheitsamtes mehr Gehör zu schenken, seine Erlasse, die befohlenen Absonderungen und die vorgeschriebene Quarantäne durchzuführen. Die Gesundheitsbehörde verlangte auch fortwährend Geld, um die täglich wachsenden Ausgaben für das Lazarett und viele andere Dienstleistungen bestreiten zu können. Und sie verlangte das Geld von den Dekurionen, bis entschieden wurde (was, wie ich glaube, niemals anders als durch die Tat geschah), ob solche Ausgaben die Stadt oder die königliche Staatskasse beträfen. Auch der Großkanzler ersuchte die Dekurionen dringend, und zwar auf Befehl des Statthalters, der das arme Casale von neuem belagerte. Der Senat ersuchte sie dringend, daß sie dafür sorgen sollten, die Stadt mit Lebensmitteln zu versehen, ehe sie durch die zu befürchtende Verbreitung der Seuche vom Verkehr mit anderen Orten abgeschnitten würde, und daß sie die Mittel finden müßten, einen großen Teil der Bevölkerung, dem es an Arbeit fehlte, zu unterhalten. Die Dekurionen versuchten, Geld durch Anleihen und Steuern zu beschaffen, und gaben von den Einnahmen etwas der Gesundheitsbehörde, etwas auch den Armen, kauften Korn und halfen zum Teil dem Mangel ab. Und die Tage der großen Ängste waren noch nicht gekommen.

Im Lazarett, wo die Bevölkerung, obschon täglich dezimiert, mit jedem Tag zunahm, bereitete es eine weitere Schwierigkeit, den Dienst und den Gehorsam zu sichern, über die vorgeschriebene Isolierung zu wachen, kurz, die von der Gesundheitsbehörde angeordnete Verwaltung aufrechtzuerhalten oder, besser gesagt, erst einzuführen, denn vom ersten Augenblick an herrschte dort wegen der Zügellosigkeit vieler Eingeschlossener und wegen der Nachlässigkeit und des stillschweigenden Einverständnisses der Wärter in allen Dingen ein großes Durcheinander. Die Behörde und die Dekurionen, die nicht wußten, wo ihnen der Kopf stand, dachten daran, sich an die Kapuziner zu wenden, und baten den Pater Kommissär der Provinz, der die Stelle des kurz zuvor verstorbenen Provinzials vertrat, er möge ihnen fähige Leute zuteilen, dieses trostlose Reich zu regieren. Der

Kommissär schlug ihnen als Leiter einen Pater Felice Casati vor, einen Mann in reiferen Jahren, der sich eines besonderen und, wie die Folge zeigte, wohlverdienten Rufes der Nächstenliebe, der Tatkraft, der Sanftmut und zugleich der Seelenstärke erfreute, und als Gefährten und gleichsam seinen Bevollmächtigten einen Pater Michele Pozzobonelli, der zwar noch jung, aber in Gesinnung wie Aussehen ernst und streng war. Sie wurden mit großer Freude angenommen und kamen am 30. März in das Lazarett. Der Vorsitzende der Gesundheitsbehörde führte sie herum, um sie gleichsam in ihr Amt einzusetzen. Er rief die Wärter und die Angestellten jeden Grades zusammen und erklärte vor ihnen, daß Pater Felice das Haupt dieses Ortes mit oberster und unumschränkter Gewalt sei. Als der elende Haufen immer größer wurde, kamen andere Kapuziner herbei, und sie wurden dort Aufseher, Beichtväter, Verwalter, Krankenpfleger, Köche, Kleiderverwahrer, Wäscher, alles, was nötig war. Der unermüdliche und stets besorgte Pater Felice lief Tag und Nacht durch die Gänge, durch die Zellen und den weiten inneren Hofraum, manchmal mit einem Stab in der Hand, manchmal nur mit seiner Büßerkette bewaffnet. Er spornte alle an und regelte alles, beschwichtigte lärmende Auftritte, hörte Klagen an, drohte, strafte, erteilte Verweise, tröstete, trocknete und vergoß Tränen. Er wurde gleich am Anfang von der Pest befallen, genas und widmete sich mit neuer Kraft den früheren Sorgen. Seine Mitbrüder ließen dabei zum großen Teil und alle frohgemut ihr Leben.

Gewiß, eine solche unumschränkte Herrschaft war ein ungewöhnliches Hilfsmittel, ungewöhnlich wie die Notlage, ungewöhnlich wie die Zeiten. Und wüßten wir nichts sonst darüber, so würde zum Beweis und als Beispiel für die Roheit und Ungeordnetheit der damaligen Gesellschaft der Hinweis genügen, daß jene, denen ein so wichtiges Verwalteramt zukam, nichts anderes zu tun wußten, als es abzutreten, und keine anderen Männer dafür fanden als solche, die durch ihren Orden dem am meisten fremd waren. Aber es ist zugleich kein geringes Beispiel der Kraft und Fähigkeit, die die Nächstenliebe jederzeit und in jeder Lage zu verleihen vermag, zu sehen, daß diese Männer ihre Bürde so tapfer trugen. Und es war schön, daß sie sie ohne einen anderen Beweggrund auf sich genommen hatten als den, daß niemand da war, der dazu bereit gewesen wäre; ohne einen anderen Zweck als den, zu dienen; ohne eine andere Hoffnung auf dieser Welt als die auf einen viel mehr beneidenswürdigen als beneideten Tod. Ebenso schön war es auch, daß man ihnen diese Bürde angeboten hatte, nur weil sie schwierig und gefährlich war und weil man bei ihnen die in solchen Augenblicken so notwendige Kraft und Kaltblütigkeit voraussetzte. Und deshalb verdienen es das Werk und der Mut dieser Mönche, daß man ihrer mit Bewunderung, Rührung und mit jener Art von Dankbarkeit gedenke, die man stellvertretend allen großen Diensten schuldet, welche Menschen für ihresgleichen leisten, vor allem jene, die es nicht um der Belohnung willen tun. „Hätten sich diese Mönche nicht gefunden", sagt Tadino, „so wäre gewißlich die ganze Stadt zugrunde gegangen, denn es kam einem Wunder gleich, daß diese Patres in einem so kurzen Zeitraum so viel für das öffentliche Wohl getan haben, da sie, ohne jede Hilfe oder nur mit geringem Beistand der Stadt, mit ihrer Betriebsamkeit und ihrer Umsicht viele Tausende von Armen im Lazarett unterhalten haben." Ripamonti zufolge betrug die Zahl der dort aufgenommenen Personen in den sieben Monaten, in denen Pater Felice die Leitung hatte, etwa fünfzigtausend; mit Recht fügt Ripamonti hinzu, daß man von einem solchen Mann auch sprechen müßte, wenn es anstatt des Elends einer Stadt die Dinge zu beschreiben gälte, die ihr Ehre machen.

Auch im Volk schwand selbstverständlich die Starrköpfigkeit, die Pest zu leugnen, und verlor sich allmählich in dem Maße, wie sich die Seuche durch Ansteckung und Umgang ausbreitete. Die Krankheit befiel jetzt auch bekanntere Personen, nachdem sie sich eine Zeitlang nur auf die Armen beschränkt hatte. Und unter jenen verdient der damals am häufigsten genannte oberste Arzt Settala eine ausdrückliche Erwähnung. Wird man wenigstens bekannt haben, daß der arme Greis recht gehabt hatte? Wer weiß. Er selbst, seine Frau, zwei Söhne und sieben Bedienstete erkrankten an der Pest. Er und einer der Söhne kamen davon, die übrigen starben. „Diese Fälle", sagt Tadino, „die sich in den adligen Häusern der Stadt ereigneten, machten den Adel und das Volk nachdenklich, und die ungläubigen Ärzte sowie der unwissende, unbesonnene Pöbel begannen die Lippen zusammenzupressen, die Zähne zusammenzubeißen und die Stirn zu runzeln."

Aber die Einfälle, die Ausflüchte und sozusagen die Rache der überführten Halsstarrigkeit sind zuweilen derart, daß sie wünschen lassen, sie hätte sich bis zuletzt gegen die Vernunft und die Augenscheinlichkeit behauptet; und dies war ein solcher Fall. Jene, die so entschieden und so lange bestritten hatten, daß in ihrer Nähe und unter ihnen Krankheitskeime seien, die sich durch natürliche Mittel fortpflanzen und sich verheerend auswirken können, waren, da sie nunmehr ihre Verbreitung nicht leugnen konnten, sie aber diesen natürlichen Mitteln nicht zuschreiben wollten (denn damit hätten sie zugleich einen großen Irrtum und eine große Schuld bekannt), um so geneigter, eine andere Ursache dafür zu finden und die erste beste gutzuheißen, die ins Treffen geführt wurde. Unglücklicherweise hatte man eine solche damals nicht nur hier, sondern in allen Teilen Europas in den Anschauungen und allgemeinen Überlieferungen bereit: Giftmischerkünste, Teufelswerk, Leute, die sich verschworen hatten, die Pest durch ansteckende Gifte und durch Behexungen zu verbreiten. Solche oder ähnliche Dinge wurden bereits bei vielen anderen Pestseuchen vermutet und geglaubt und insbesondere bei der vor einem halben Jahrhundert. Dem muß hinzugefügt werden, daß im vorhergehenden Jahr eine von König Philipp IV. unterzeichnete Depesche an den Statthalter eingegangen war, worin er verständigt wurde, daß vier Franzosen aus Madrid entwischt seien, die wegen des Verdachts, giftige, pesterzeugende Salben zu verbreiten, überall gesucht würden: er möge auf der Hut sein, falls sie je nach Mailand kämen. Der Statthalter hatte den Inhalt der Depesche dem Senat und der Gesundheitsbehörde mitgeteilt, und zunächst scheint man sich darum nicht gekümmert zu haben. Als jedoch die Pest ausgebrochen und erkannt war, konnte die Erinnerung an jene Botschaft dazu dienen, den unbestimmten Verdacht eines ruchlosen Betruges zu bestätigen, oder auch der erste Anlaß zum Entstehen dieses Verdachts sein.

Zwei Vorfälle jedoch, deren einer sich infolge blinder, zügelloser Angst ergab, der andere dagegen auf unvorstellbare Schlechtigkeit zurückzuführen war, zwei Vorfälle also waren es, die den unbestimmten Verdacht eines möglichen Anschlags in einen bestimmten Verdacht und in Gewißheit über einen tatsächlichen Anschlag und ein wirkliches Komplott verwandelten. Einige, die am Abend des 17. Mai gesehen haben wollten, wie Leute im Dom eine Bretterwand mit Salbe beschmierten, die dazu diente, die den beiden Geschlechtern zugewiesenen Räume voneinander zu trennen, ließen in der Nacht diese Wand und eine Anzahl von im Raum befindlichen Bänken aus der Kirche schaffen. Obwohl der Vorsitzende der Gesundheitsbehörde mit vier Beamten zur Untersuchung herbeieilte, die Bretterwand, die Bänke, die Weihwasserbecken überprüfte und nichts fand, was den dummen Verdacht eines Giftanschlags hätte bestätigen können, entschied er, um den Einbildungen nachzugeben, *mehr aus übermäßiger Vorsicht als aus Notwendigkeit*, daß es genüge, die Wand abzuwaschen. Die Masse der aufeinandergestapelten Sachen übte einen Eindruck des Schrekkens auf die Menge aus, die in allem gleich einen Beweis sieht. Man sagte und glaubte allgemein, im Dom seien alle Bänke, die Wände und sogar die Glockenstränge eingeschmiert. Und das sagte man nicht nur damals; alle Erinnerungen der Zeitgenossen, die diesen Vorfall erwähnen (einige wurden viele Jahre später verfaßt), sprechen mit der gleichen Gewißheit davon, und seine wahre Geschichte müßte man erraten, befände sie sich nicht in einem Schreiben der Gesundheitsbehörde an den Statthalter, das im Archiv von San Fedele aufbewahrt wird, woraus wir sie entnommen haben und woraus die Worte sind, die wir in Kursiv gesetzt haben.

Am folgenden Morgen stach ein neues und noch seltsameres, noch bezeichnenderes Schauspiel den Bürgern in die Augen. In allen Teilen der Stadt sah man auf weiten Strekken die Haustüren und die Mauern mit einer gelblich-weißlichen Sudelei beschmutzt, als hätten sich Schwämme festgesetzt. Ob es nun ein alberner Schabernack gewesen war, um einen noch schlimmeren, allgemeineren Schrecken hervorzurufen, oder die verbrecherische Absicht, die öffentliche Verwirrung zu steigern, oder sonst etwas, was ich nicht weiß, jedenfalls ist die Sache dermaßen beglaubigt, daß es uns weniger vernünftig erscheinen würde, sie für einen Traum vieler als für die Tat einiger zu halten, eine Tat, die übrigens nicht die erste und nicht die letzte dieser Art gewesen sein soll. Ripamonti, der oft die Leichtgläubigkeit des Volkes verspottet und sie noch häufiger beklagt, wenn er die Salbenschmierereien erwähnt, bestätigt, jene Sudelei gesehen zu haben, und beschreibt sie. In dem oben angeführten Brief erzählen die Herren von der Gesundheitsbehörde die Sache mit denselben Worten, sie sprechen von Besichtigungen, von Versuchen, die man ohne schlimme Wirkung mit dieser Schmiere an Hunden angestellt habe; sie fügen hinzu, daß nach ihrer Meinung *eine solche Unbesonnenheit eher aus Mutwillen denn aus verbrecherischer Absicht hervorgegangen sei,* ein Gedanke, der beweist, daß sie bis zu jenem Zeitpunkt noch genug Seelenruhe besaßen, um nicht Dinge zu sehen, die gar nicht vorhanden waren. Andere zeitgenössische Aufzeichnungen, die die Sache schildern, deuten gleichfalls darauf hin, daß es zu Anfang die Meinung vieler war, dies sei ein Spaß, ein Streich gewesen. Keine erwähnt jemanden, der das geleugnet hätte, und sie hätten sicher davon gesprochen, wenn es solche gegeben hätte, und wäre es nur, um sie überspannt zu nennen. Ich hielt es nicht für unzweckmäßig, diese teils wenig bekannten, teils völlig unbekannten Einzelheiten eines berühmten Wahns zu berichten und zusammenzustellen, denn bei den Irrtümern, und vornehmlich bei den Irrtümern vieler, scheint mir am interessantesten und nützlichsten gerade die Beobachtung zu sein, was für einen Weg sie genommen haben, unter welchem Anschein und auf welche Weise sie in die Gemüter eindringen und diese beherrschen konnten.

Die ohnehin schon beunruhigte Stadt geriet in große Aufregung. Die Eigentümer der Häuser brannten die beschmierten Stellen mit angezündetem Stroh aus, die Vorübergehenden blieben stehen, schauten zu, erschraken, schauderten. Die Fremden, allein schon darum verdächtig und leicht an ihrer Kleidung zu erkennen, wurden vom Volk auf den Straßen ergriffen und ins Gerichtsgebäude gebracht. Man stellte Verhöre an, vernahm die Arretierten und die Ergreifer, die Zeugen, niemand wurde für schuldig befunden: die Köpfe waren noch fähig, zu zweifeln, zu prüfen, zu begreifen. Die Gesundheitsbehörde veröffentlichte einen Aufruf, worin sie demjenigen Belohnung und Straflosigkeit zusicherte, der über den oder die Urheber Aufschluß gab. *Da es uns in keiner Weise angemessen erscheint*, sagen diese Herren in dem zitierten Schreiben, das vom 21. Mai datiert, aber offenbar am 19., dem in dem gedruckten Aufruf bezeichneten Tag, geschrieben wurde, *daß dieses Verbrechen besonders in einer so gefährlichen und bedenklichen Zeit irgendwie ungestraft bleibe, haben wir heute zum Trost und zur Beruhigung des Volkes und um Anhaltspunkte hinsichtlich der Tat zu erlangen, einen Aufruf erlassen* usw. Der Aufruf selbst enthält nicht die geringste erkennbare Andeutung jener vernünftigen und beruhigenden Vermutung, die die Herren dem Statthalter mitteilten: ein Schweigen, das zugleich beweist, wie wütend die Besorgnis im

Volk war, und von einer Nachgiebigkeit zeugt, die um so tadelnswerter war, je verderblicher sie werden konnte.

Während die Behörde noch suchte, hatten, wie so oft, viele im Volk schon gefunden. Von denen, die an eine giftige Einsalbung glaubten, behaupteten manche, es sei eine Rache des Don Gonzalo Fernández de Córdoba für die bei seiner Abreise erlittenen Schmähungen gewesen; andere hielten sie für eine Erfindung des Kardinals Richelieu, um Mailand zu entvölkern und sich mühelos der Stadt zu bemächtigen; wieder andere sahen, und man weiß nicht, aus welchen Gründen, den Urheber in dem Grafen von Collalto, in Wallenstein, in diesem und in jenem mailändischen Edelmann. Es fehlte auch nicht, wie wir gesagt haben, an solchen, die in dieser Tat nichts anderes als einen dummen Streich erblickten und ihn Studenten, Herren oder Offizieren zuschrieben, die sich bei der Belagerung von Casale langweilten. Daß man dann nicht, wie befürchtet, sofort eine Verseuchung, ein allgemeines Massensterben folgen sah, war vermutlich der Grund, daß sich jener erste Schrekken legte und die Sache in Vergessenheit geriet oder zu geraten schien.

Es gab übrigens eine gewisse Anzahl von Leuten, die noch immer nicht überzeugt waren, daß die Pest im Lande sei. Und weil sowohl im Lazarett wie in der Stadt immerhin einige genasen, „so sagten" (die letzten Argumente einer vom Augenschein besiegten Meinung sind immer interessant), „so sagten das Volk und auch noch viele parteiische Ärzte, es sei keine richtige Pest, denn sonst wären alle daran gestorben". Um jeden Zweifel zu beheben, fand die Gesundheitsbehörde ein der Not entsprechendes Mittel, um dem Augenschein zu genügen, ein Mittel, wie nur jene Zeiten es erfordern und eingeben konnten. An einem der Pfingstfeiertage pflegten die Bürger auf dem Friedhof von San Gregorio, draußen vor der Porta Orientale, zusammenzukommen, um für die an der früheren Seuche Gestorbenen zu beten, die dort begraben waren. Und da sie die fromme

Andacht als Anlaß zu Belustigung und Schauspiel nahmen, gingen sie alle in ihrer festlichsten Kleidung hin. Es war an diesem Tag unter anderen eine ganze Familie an der Pest gestorben. Zur Zeit des größten Auflaufs wurden nun auf Befehl der Gesundheitsbehörde mitten unter den Kutschen, Reitern und Fußgängern die Leichen dieser Familie nackt auf einem Karren auf den erwähnten Friedhof gebracht, damit die Menge die offenkundigen Merkmale der Pestilenz an ihnen sehen könne. Ein Schrei des Abscheus und des Entsetzens erhob sich überall, wo der Karren vorüberkam, ein nicht enden wollendes Gemurmel herrschte, wo er durchgefahren war, und ein Raunen ging ihm voraus.

Die Pest wurde nunmehr geglaubt, im übrigen erwarb sie sich den Glauben selbst, und zwar mit jedem Tage mehr; jene Versammlung auf dem Friedhof sollte ihrer Verbreitung nicht wenig dienen.

Am Anfang also keine Pest, durchaus keine, um keinen Preis, sogar das Wort auszusprechen war verboten. Dann pestartige Fieber: der Begriff wird als Beiwort durch die Hintertür eingeführt. Dann keine richtige Pest, das heißt Pest allerdings, aber in einem gewissen Sinne; nicht eigentliche Pest, sondern etwas, wofür man keinen anderen Namen zu finden weiß. Endlich Pest ohne Zweifel und ohne Widerspruch, doch schon hängt sich ein anderer Begriff daran, der Begriff der Vergiftung und der Hexerei, wodurch das nicht mehr zurückzudrängende Wort verfälscht und verwirrt wird.

Man braucht, glaube ich, in der Geschichte der Begriffe und Worte nicht sonderlich bewandert zu sein, um zu sehen, daß es mit vielen ähnlich verlaufen ist. Dem Himmel sei gedankt, daß es nicht viele von solcher Art und solcher Bedeutung gibt, die ihre Augenscheinlichkeit um einen solchen Preis erkämpfen müssen und an die man Zusätze solcher Art anhängen kann. Man könnte jedoch sowohl bei den kleinen als auch bei den großen Dingen diesen langen und so unsinnigen Lauf größtenteils vermeiden, wenn man die schon seit geraumer Zeit vorgeschlagene Methode befolgte: zu beobachten, zu hören, zu vergleichen, zu denken, bevor man spricht.

Aber das Sprechen, diese einzige Sache, ist soviel leichter als alle jene anderen Dinge zusammen, daß auch wir, ich meine, wir Menschen im allgemeinen, ein wenig zu beklagen sind.

32. Kapitel

Da es immer schwieriger wurde, den schmerzlichen Erfordernissen der Lage gewachsen zu sein, beschloß man am 4. Mai im Rat der Dekurionen, sich an den Statthalter um Hilfe zu wenden. Und am 22. wurden zwei vom Rat in das Lager abgesandt, die über das Unheil und die Not der Stadt berichten sollten: die ungeheuren Ausgaben, die leeren Kassen, die schon verpfändeten Einnahmen der kommenden Jahre, die laufenden Abgaben, die ungezahlt blieben wegen des allgemeinen Elends, das durch so viele Ursachen und besonders durch die Verheerungen des Krieges entstanden war. Sie sollten zu erwägen geben, daß durch Gesetz und ununterbrochene Gewohnheit und auch durch ein besonderes Dekret Karls V. die Kosten der Pest zu Lasten der Staatskasse gehen müßten. So habe bei der Pest des Jahres 1576 der Statthalter, Marquis von Ayamonte, nicht nur alle Kammersteuern erlassen, sondern der Stadt aus derselben Kammer auch noch eine Subvention von vierzigtausend Scudi gewährt. Und schließlich forderten sie vier Dinge: daß die Abgaben wie damals erlassen würden, daß die Kammer Geld gebe, daß der Statthalter den König über das Elend der Stadt und der Provinz unterrichte und daß er das Land mit neuen militärischen Einquartierungen verschone, weil es bereits durch die vorhergehenden zugrunde gerichtet worden sei. Der Statthalter schrieb als Antwort seine Beileidsversicherungen und neue Ermahnungen: es tue ihm leid daß er nicht in der Stadt sein könne, um seine ganze Sorge der Erleichterung ihrer Not widmen zu können; er hoffe aber, daß der Eifer dieser Herren allem abhelfen werde, denn dies sei eine Zeit, wo man nichts sparen und sich in jeder Weise anstrengen müsse. Was die geäußerten Forderungen beträfe, *proveeré en el mejor modo que el tiempo y necesidades presentes permitieren.* Und darunter ein Gekritzel, das Ambrogio Spinola heißen sollte, ebenso deutlich wie seine Versprechungen. Der Großkanzler Ferrer schrieb ihm, daß die Dekurionen diese Antwort *con gran desconsuelo* gelesen hätten. Es gab ein weiteres Kommen und Gehen, Gesuche und Antworten, aber ich finde nirgends, daß es zu genaueren Beschlüssen gekommen wäre. Einige Zeit danach, als die Pest ihren Höhepunkt erreicht hatte, übertrug der Statthalter durch ein Bestallungsschreiben seine Befugnisse an den gleichen Ferrer, da er selbst, wie er schrieb, an den Krieg zu denken habe. Nachdem dieser Krieg, beiläufig erwähnt, ohne von den Soldaten zu sprechen, nach geringster Schätzung allein durch die Seuche eine Million Menschen in der Lombardei, in Venetien, in Piemont, in der Toscana und in einem Teil der Romagna dahingerafft, nachdem er, wie wir oben gesehen haben, die Orte, durch die seine Heere gezogen waren, verwüstet hatte, und man stelle sich jene vor, wo er sich abspielte, nach alledem und nach der Einnahme und grausamen Plünderung Mantuas endete er damit, daß alle den neuen Herzog anerkannten, dessen Vertreibung der eigentliche Zweck des Krieges gewesen war. Es muß jedoch vermerkt werden, daß er verpflichtet wurde, an den Herzog von Savoyen ein Stück von Montferrat mit den Einkünften von fünfzehntausend Scudi und an Ferrante, Herzog von Guastalla, andere Gebiete mit Einkünften von sechstausend Scudi abzutreten, und daß noch ein anderer, ganz geheimer Teilvertrag abgeschlossen wurde, dem zufolge der besagte Herzog von Savoyen den Franzosen Pinerolo überließ, ein Vertrag, der einige Zeit danach unter anderen Vorwänden und mit vielen Listen in die Tat umgesetzt wurde.

Zugleich mit jenem Beschluß hatten die Dekurionen einen anderen gefaßt: den Kardinal Erzbischof zu bitten, er möge eine feierliche Prozession veranstalten, bei der der Leichnam des heiligen Carlo durch die Stadt getragen werden solle.

Der gute Kirchenfürst weigerte sich, aus vielen Gründen. Ihm mißfiel dieses Vertrauen in ein willkürliches Mittel, und er befürchtete, daß sich das Vertrauen in ein öffentliches Ärgernis verwandeln könne, wenn der Erfolg ausblieb, was er ebenfalls befürchtete. Er hegte überdies die Besorgnis, daß, *wenn es doch solche Salber gebe,* die Prozession eine allzu bequeme Gelegenheit für das Verbrechen wäre und daß, *wenn es keine gebe,* eine Versammlung von so vielen Menschen die Seuche nur noch mehr verbreiten müßte, *was eine wohl viel drohendere Gefahr sei.* Denn der bereits eingeschlafene Verdacht von Salbungen hatte inzwischen von neuem, viel umfassender und heftiger als zuvor Fuß gefaßt.

Man hatte erneut gesehen oder diesmal nur zu sehen geglaubt, daß Mauern, Tore von öffentlichen Gebäuden, Haustüren, Türklopfer beschmiert waren. Die Kunde von solchen Entdeckungen flog von Mund zu Mund, und wie es nur zu oft geschieht, wenn die Gemüter voreingenommen sind, tat das Hören die Wirkung des Sehens. Die durch die Gegenwart der Übel immer mehr erbitterten und durch die Beharrlichkeit der Gefahr gereizten Gemüter klammerten sich williger denn je an diesen Glauben, denn der Zorn ist bestrebt zu strafen; und, wie bei dieser Gelegenheit ein geistreicher Mann scharfsinnig bemerkte, er ist mehr geneigt, die Übel einer menschlichen Bosheit zuzuschreiben, an der er sich rächen kann, als sie aus einer Ursache abzuleiten, gegen die sich nichts anderes tun läßt, als sich zu fügen. Ein ausgesuchtes, augenblicklich wirkendes, durchdringendes Gift, diese Worte genügten, um die Heftigkeit und die unerklärlichen und unerwarteten Nebenerscheinungen der Seuche zu erklären. Es hieß, jenes Gift sei aus Kröten und Schlangen, aus dem Speichel und dem Eiter von Pestkranken, ja aus noch Schlimmerem zusammengesetzt, aus allem, was eine wilde und verderbte Phantasie an Schmutzigem und Gräßlichem ersinnen konnte. Hinzu kamen noch die Hexenkünste, durch die jede Wirkung möglich, jeder Einwand entkräftet, jedes Hindernis überwunden wurde. Wenn sich die Wirkung nicht gleich nach der ersten Salbung eingestellt hatte, so begriff man den Grund: es war eben ein mißlungener Versuch von Neulingen in der Giftmischerei. Jetzt war die Kunst vervollkommnet und der Wille zu dem infernalischen Vorsatz noch verbissener. Wer jetzt noch behauptet hätte, daß es ein Streich gewesen sei, wer das Vorhandensein eines Anschlags geleugnet hätte, der würde für blind, für verbohrt gegolten haben, wenn er nicht gar in den Verdacht geriet, daran interessiert zu sein, die Aufmerksamkeit der Öffentlichkeit von der Wahrheit abzulenken, und selbst ein Komplize, ein *Salber* zu sein: dieses Wort war bald gang und gäbe, in aller Munde und furchteinflößend. Bei einer solchen Überzeugung, daß es wirklich Salber gebe, mußte man fast unfehlbar welche entdecken: alle waren auf der Hut, jede Handlung konnte Argwohn erregen. Und der Argwohn wurde leicht zur Gewißheit, und die Gewißheit steigerte sich zur Wut.

Zwei Fälle führt Ripamonti als Beweis an, wobei er bemerkt, daß er sie nicht als die gräßlichsten unter den täglich vorkommenden gewählt habe, sondern weil er bei dem einen und bei dem anderen Augenzeuge war.

In der Kirche San Antonio wollte sich an einem Tage, anläßlich irgendeiner Feierlichkeit, ein mehr als achtzigjähriger Greis hinsetzen, nachdem er eine Weile kniend gebetet hatte, und staubte zuvor mit seinem Mantel die Bank ab. „Der Alte salbt die Bänke!" schrien wie aus einem Mund mehrere Frauen, als sie seine Bewegungen sahen. Die Leute, die sich in der Kirche befanden (in der Kirche!), stürzten sich auf den Greis; sie zerrten ihn an den weißen Haaren, mißhandelten ihn mit Faustschlägen und mit Fußtritten; halb zogen sie ihn, halb stießen sie ihn hinaus; und wenn sie ihn nicht vollends kaltmachten, so nur, um ihn halbtot ins Gefängnis vor die Richter zur Folter zu schleppen. „Ich sah ihn, während sie ihn hinausschleiften", sagt Ripamonti, „und weiter erfuhr ich von ihm nichts mehr; ich glaube wohl, daß er das nur einige Augenblicke hat überleben können."

Der andere Fall (er ereignete sich am folgenden Tage) war ebenso seltsam, aber nicht ebenso verhängnisvoll. Drei junge Franzosen, ein Gelehrter, ein Maler und ein Ingenieur, die nach Italien gekommen waren, um das Land zu sehen, seine Kulturdenkmäler zu studieren und dort Verdienstmöglichkeiten zu suchen, hatten sich einer Außenseite des Domes genähert und betrachteten sie aufmerksam. Ein Passant sah sie und blieb stehen, winkte einem und dann einigen anderen, die gerade kamen. Es bildete sich eine Gruppe, und sie beobachteten und behielten jene im Auge, die sich durch Kleidung, Haartracht und Reisesäcke als Fremde und, was noch schlimmer war, als Franzosen verrieten. Wie um sich zu vergewissern, daß es Marmor war, streckten sie die Hand aus, um ihn zu berühren. Das genügte. Sie wurden umringt, ergriffen, mißhandelt und mit Schlägen ins Gefängnis getrieben. Zum Glück ist der Gerichtshof nicht weit weg vom Dom und zum noch größeren Glück wurden sie für unschuldig befunden und freigelassen.

Solche Dinge geschahen nicht nur in der Stadt: die Raserei hatte sich ebenso verbreitet wie die Seuche. Der Wanderer, den Bauern abseits von der Hauptstraße trafen oder der auf ihr müßig schweifend da- und dorthin blickte oder der sich niederlegte, um sich auszuruhen, der Unbekannte, in dessen Mienenspiel und Kleidern man etwas Seltsames, Verdächtiges entdeckte, waren Salber. Auf die erste Warnung, von wem auch immer, auf den Schrei eines Knaben läutete man Sturm und lief zusammen. Die Unglücklichen wurden mit Steinen beworfen oder, wenn man sie ergriffen hatte, vom Volk ins Gefängnis geschleppt. So Ripamonti. Und das Gefängnis war bis zu einer gewissen Zeit ein rettender Hafen.

Aber die Dekurionen, die die Weigerung des weisen Kirchenfürsten nicht entmutigt hatte, wiederholten ihre dringenden Bitten, die die öffentliche Meinung lärmend unterstützte. Federigo widerstand noch eine Zeitlang und versuchte sie zu überzeugen. Das war das einzige, was der Verstand eines Mannes gegen die Macht der Zeiten und das Drängen vieler vermochte. Bei diesem Stand der Meinungen und bei der damals so verworrenen, bestrittenen Auffassung von der Gefahr, die von der Augenscheinlichkeit, die sie heute für uns hat, weit entfernt war, ist es leicht zu verstehen, daß auch in seinem Kopf seine guten Gründe von den schlechten der anderen besiegt werden konnten. Ob dann, als er nachgab, etwas Willensschwäche daran Anteil hatte oder nicht, ist ein Geheimnis des menschlichen Herzens. Gewiß, wenn es in irgendeinem Falle scheint, daß man den Irrtum allein dem Intellekt zuschreiben und das Gewissen entschuldigen kann, so trifft das bei den wenigen zu (und Federigo gehörte sehr wohl zu ihrer Zahl), in deren ganzem Leben ein entschlossener Gehorsam vor dem Gewissen zutage tritt, ohne Rücksicht auf vorübergehende Vorteile jedweder Art. Als man das inständige Ersuchen wiederholte, gab er also nach, stimmte zu, daß man die Prozession veranstalte, und stimmte auch dem Wunsch und dem allgemeinen dringenden Verlangen zu, daß der Sarg, in dem die Reliquien des heiligen Carlo ruhten, hinterher acht Tage auf dem Hochaltar des Domes ausgestellt bleibe.

Ich finde nirgends, daß die Gesundheitsbehörde oder ein anderes Amt irgendwelche Vorstellungen vorgebracht oder Widerspruch erhoben hätten. Nur ordnete die besagte Behörde einige Vorsichtsmaßregeln an, die, ohne der Gefahr vorzubeugen, die Furcht vor ihr verrieten. Sie schrieb für den Einlaß von Personen in die Stadt strikte Regeln vor und ließ, um ihre Durchführung zu sichern, die Tore verschließen, wie sie auch, um die Angesteckten und Verdächtigen von der Ansammlung nach Möglichkeit fernzuhalten, die Türen der abgesperrten Häuser vernageln ließ, deren es ungefähr fünfhundert gab, soweit in einem solchen Fall die einfache Behauptung eines Schriftstellers, und zwar eines Schriftstellers aus jener Zeit, gültig sein kann.

Drei Tage wurden auf die Vorbereitungen verwandt. Am 11. Juni, dem Tag, der dafür festgesetzt war, bewegte sich die Prozession in der Morgendämmerung aus dem Dom. Vornweg ging eine dichte Volksmenge, meist Frauen, die Gesichter mit weiten feinen Tüchern verhüllt, viele barfuß und mit Bußgewändern angetan. Dann kamen die Zünfte mit ihren vorangetragenen Bannern, die Bruderschaften in ihren an Form und Farbe mannigfaltigen Kleidern, dann die Mönche, dann die weltlichen Geistlichen, jeder mit dem Zeichen seines Ranges und mit einer Kerze oder einer Fakkel in der Hand. In der Mitte wurde, erhellt von dem Glanz noch zahlreicherer Lichter, bei einem noch lauteren Lärm von Gesängen, unter einem reichen Baldachin der Sarg von vier Domherren in vollem Ornat getragen, die sich von Zeit zu Zeit abwechselten. Durch die Kristallwände schimmerte der verehrte Leichnam, in bischöfliche Prachtgewänder gehüllt, mit der Mitra auf dem Kopf; und in den verstümmelten, entstellten Formen konnte man noch Spuren des früheren Aussehens erkennen, wie es die Bilder darstellen und wie sich einige erinnerten, ihn im Leben gesehen und verehrt zu haben. Hinter der Hülle des toten Hirten (sagt Ripamonti, dem wir diese Beschreibung hauptsächlich entnehmen) und ihm am nächsten, wohl auch an Verdienst, Geblüt und Würden, kam der Erzbischof Federigo. Es folgte der übrige Teil der Geistlichkeit, dann die Behörden in feinster Galakleidung, dann die Adligen, die einen in prunkvollen Gewändern wie zu einem feierlichen Gottesdienst, die anderen zum Zeichen der Buße in Trauerkleidern oder barfuß und in Mänteln, die Kapuze im Gesicht, alle mit Fackeln. Endlich ein Nachtrab aus gemischtem Volk.

Die ganze Straße war festlich geschmückt; die Reichen hatten ihre kostbarsten Ausstattungen hervorgeholt; die Fassaden der armen Häuser waren von wohlhabenden

Nachbarn oder auf öffentliche Kosten geschmückt worden; anderswo waren statt des Zierats oder über dem Zierat belaubte Zweige; überall hingen Gemälde, Inschriften, Sinnbilder, auf den Fensterbrettern waren Vasen, alte Wertgegenstände, verschiedene Sehenswürdigkeiten ausgestellt, und überall sah man Lichter. Von vielen dieser Fenster aus betrachteten eingesperrte Kranke die Prozession und begleiteten sie mit ihren Gebeten. Die anderen Straßen waren still und menschenleer, es sei denn, daß einige Leute aus den Fenstern nach dem umherziehenden Geräusch horchten; andere, und unter ihnen sah man sogar Nonnen, waren auf die Dächer gestiegen, um von dort aus der Ferne diesen Sarg, den Zug oder sonst etwas sehen zu können.

Die Prozession ging durch alle Stadtviertel. An jedem Kreuzweg oder kleinen Platz, wo die Hauptstraßen in die Vororte münden, die damals noch den alten Namen „Carrobi“ hatten, der jetzt nur noch einem einzigen verblieben ist, machte man halt und stellte den Sarg neben das Kreuz nieder, das der heilige Carlo in einem jeden hatte errichten lassen, von denen noch heute einige stehen, so daß man auf diese Weise in den Dom erst zurückkehrte, als der Mittag schon längst vorüber war.

Und siehe da, am folgenden Tag nahm, während diese vermessene Zuversicht, ja bei vielen eine fanatische Gewißheit herrschte, daß die Prozession die Pest zum Stillstand gebracht haben müsse, die Zahl der Todesfälle in allen Ständen und in allen Stadtteilen in einem solchen Übermaß und so sprunghaft zu, daß es niemanden mehr gab, der die Ursache oder den Anlaß nicht in der Prozession selbst gesehen hätte. Aber, o wundersame und traurige Macht eines allgemeinen Vorurteils! Nicht etwa dem langen Beisammensein so vieler Menschen, nicht der unendlichen Zahl zufälliger Berührungen schrieben die meisten diese Wirkung zu, sondern der Leichtigkeit, mit der die Salber dabei ihren ruchlosen Plan hätten ausführen können. Man behauptete, sie hätten sich unter die Menge gemischt und mit ihrer Salbe so viele angesteckt, wie sie nur konnten. Da aber auch dies kein ausreichendes und das Ausmaß einer so ungeheuren und über alle Stände verbreiteten Sterblichkeit rechtfertigendes Mittel zu sein schien, da offenbar selbst das so aufmerksame und doch so verblendete Auge des Argwohns nicht imstande gewesen war, beschmierte Stellen oder Flekken irgendwelcher Art an den Mauern oder sonstwo zu bemerken, so griff man zur Erklärung des Falles auf jene andere, schon alte und in die allgemeine Wissenschaft Europas eingegangene Erfindung von den verhexten Giftpulvern zurück. Man sagte, daß sich solche auf den Straßen und besonders auf den Halteplätzen verstreuten Pulver an die Schleppen der Kleider und um so mehr an die Füße geklebt hätten, die an jenem Tag in großer Zahl bloß gewesen seien. „So daß", sagt ein zeitgenössischer Schriftsteller, „derselbe Tag der Prozession die Frömmigkeit mit der Gottlosigkeit, die Unredlichkeit mit der Aufrichtigkeit, den Schaden mit dem Gewinn im Streit liegen sah." Doch es war vielmehr der arme menschliche Verstand, der mit Hirngespinsten im Streit lag, die er sich selbst geschaffen hatte.

Seit diesem Tag wütete die Seuche immer mehr: in kurzer Zeit gab es fast kein Haus, das nicht von ihr erfaßt worden wäre; in kurzer Zeit stieg nach der Aussage Somaglias die Zahl der Kranken im Lazarett von zweitausend auf zwölftausend, und später erreichte sie nach fast einmütigen Angaben sogar sechzehntausend. Am 4. Juli stieg, wie ich in einem anderen Schreiben der Gesundheitsbehörde an den Statthalter finde, die tägliche Sterblichkeitsziffer auf über fünfhundert. Später, und auf ihrem Höhepunkt, belief sie sich nach der verbreiteten Berechnung auf eintausendzweihundert bis eintausendfünfhundert, ja sogar auf über dreitausendfünfhundert, wenn wir Tadino glauben wollen. Dieser behauptet auch, daß „nach genauen Erhebungen" die Bevölkerung Mailands nach der Pest auf etwas über vierundsechzigtausend Seelen zusammengeschmolzen war, während sie zuvor zweihundertfünfzigtausend betragen habe. Nach Ripamonti waren es allerdings nur zweihunderttausend; an Toten, sagt er, ergaben sich aus den städtischen Verzeichnissen hundertvierzigtausend, außer denen, die man nicht eintragen konnte. Andere geben mehr oder weniger an, doch sind ihre Schätzungen noch zufälliger.

Man bedenke nun, in welchen Nöten sich die Dekurionen befinden mußten, denen die Bürde auferlegt war, für die öffentlichen Bedürfnisse zu sorgen und zu retten, was bei einem solchen Unglück zu retten war. Jeden Tag mußten die öffentlichen Angestellten aller Art, die Monatti, die Apparitori, die Kommissäre, ersetzt und vermehrt werden. Den Monatti waren die mühseligsten und gefährlichsten Dienste während der Pestilenz zugewiesen: die Leichen aus den Häusern, von den Straßen, aus dem Lazarett wegzuschaffen, sie auf Karren zu den Gruben zu bringen und sie zu verscharren; die Kranken ins Lazarett zu tragen oder zu führen und sie zu versorgen; die verseuchten und verdächtigen Sachen zu verbrennen, zu reinigen. Ihr Name, behauptet Ripamonti, komme von dem griechischen *monos*; Gaspare Bugatti meint (in einer Schilderung der früheren Pest), er stamme von dem lateinischen *monere*, aber zugleich und mit Recht vermutet er, daß es ein deutsches Wort sei, weil diese Männer meist in der Schweiz und in Graubünden angeworben wurden. Es wäre tatsächlich nicht widersinnig, es für eine Verballhornung des Wortes „monatlich" zu halten, denn bei der Ungewißheit, wie lange der Bedarf anhalten könne, ist es wahrscheinlich, daß die Verträge von einem Monat zum anderen abgeschlossen wurden. Die besondere Aufgabe der Apparitori war es, den Karren voranzugehen und durch das Läuten eines Glöckchens die Passanten zu warnen, damit sie sich zurückzögen. Die Kommissäre unschließlich leiteten die einen wie die anderen unter den unmittelbaren Befehlen der Gesundheitsbehörde an. Man mußte das Lazarett mit Ärzten und Wundärzten versorgen und mit Arzneien, Lebensmitteln und allem Krankenhausgerät beliefern; man mußte für die Kranken, die täglich hinzukamen, neue Unterkunft suchen und vorbereiten. Man ließ zu diesem Zweck in dem inneren Hofraum des Lazaretts schleunigst Hütten aus Holz und Stroh errichten; man schlug ein neues Lazarett auf, das ganz aus Hütten bestand, von einer einfachen Bretterwand umgeben war und viertausend Personen fassen konnte. Und da es nicht genügte, wurde die Errichtung von zwei weiteren beschlossen; man nahm sie auch in Angriff, aber aus Mangel an Mitteln aller Art blieben sie unvollendet. Die Mittel, die Personen und der Mut verringerten sich nach und nach, während die Not wuchs.

Und die Ausführung blieb nicht nur stets hinter den Absichten und den Verordnungen zurück; nicht nur wurde für viele allzu gut erkannte Notwendigkeiten schlecht gesorgt, auch in Worten; man gelangte zu einem solchen Übermaß von Ohnmacht und Verzweiflung, daß man für viele der erbarmungswürdigsten und dringendsten Notwendigkeiten in überhaupt keiner Weise mehr sorgte. Es starb zum Beispiel eine große Anzahl von Säuglingen, deren Mütter von der Pest dahingerafft wurden, in völliger Verlassenheit. Die Gesundheitsbehörde schlug vor, es solle eine Zufluchtsstätte für sie und für die bedürftigen Wöchnerinnen geschaffen und etwas für sie getan werden; sie konnte nichts erreichen. „Nicht minder waren", sagt Tadino, „die Dekurionen der Stadt zu bedauern, die ihren Kummer und ihre Not mit der zucht- und respektlosen Soldateska hatten; obendrein konnte das unglückliche Herzogtum vom Statthalter weder Geld noch sonstige Hilfe erwarten, weil Kriegszeiten waren und die Soldaten gut behandelt werden mußten." So wichtig war die Einnahme von Casale! So herrlich erscheint der Siegesruhm, unabhängig von der Ursache und dem Zweck, für den man kämpft!

So sahen sich denn, als die große, aber einzige, in der Nähe des Lazaretts ausgehobene Grube mit Leichen gefüllt war und nicht nur im Lazarett, sondern auch in jedem Stadtteil sich die neuen, unbeerdigten Leichen täglich mehr anhäuften, die Behörden zu erklären gezwungen, daß sie keinen Rat mehr wüßten, nachdem sie vergeblich für die traurige Arbeit Leute gesucht hatten. Und es ist nicht abzusehen, wie es geendet hätte, wäre nicht außerordentliche Hilfe gekommen. Der Vorsitzende der Gesundheitsbehörde wandte sich verzweifelt, mit Tränen in den Augen, an jene zwei wackeren Mönche, die dem Lazarett vorstanden. Und der Pater Michele verpflichtete sich, die Stadt innerhalb von vier Tagen von den Leichen zu befreien und binnen acht Tagen genügend viele Gruben ausheben zu lassen, daß sie nicht nur für den gegenwärtigen Bedarf, sondern auch für einen schlimmeren der Zukunft ausreichen würden. Mit einem ihn begleitenden Mönch und mit Vertretern der Gesundheitsbehörde, die der Vorsitzende ihm zuwies, verließ er auf der Suche nach Bauern die Stadt. Und teils durch die Autorität der Behörde, teils durch die seines Ordensgewandes und seiner Worte brachte er ungefähr zweihundert zusammen, von denen er drei gewaltige Gruben ausheben ließ. Dann sandte er vom Lazarett Monatti aus, welche die Toten einsammelten, so daß am festgesetzten Tag sein Versprechen erfüllt war.

Einmal blieb das Lazarett ohne Ärzte, und nur durch das Angebot hoher Gehälter und Ehren bekam man welche, aber mit vieler Mühe und nicht gleich, zudem weniger, als man brauchte. Oft drohte auch ein völliger Mangel an Lebensmitteln, so daß man auch noch den Hungertod befürchtete, und mehr als einmal, wenn man keinen Rat mehr wußte, wie das Notwendige zu beschaffen sei, kamen zur rechten Zeit Unterstützungen in reicher Fülle als ein unerwartetes Geschenk der Mildtätigkeit von einzelnen, denn inmitten der allgemeinen Bestürzung, inmitten der Gleichgültigkeit für andere, die aus der beständigen Angst um sich selbst erwuchs, gab es doch Gemüter, die für die barmherzige Liebe stets empfänglich waren; gab es auch andere, in denen sie erwachte, wenn alle irdische Freude zunichte gemacht war, so wie es angesichts dieser Verheerung und der vielen Fliehenden, die zur Aufsicht und Vorsorge berufen gewesen wären, einige gab, die stets, körperlich gesund und mit standhaftem Mut, auf ihrem Platz ausharrten; und es gab noch andere, die das Mitleid dazu trieb, tapfer Mühen auf sich zu nehmen und zu ertragen, zu denen sie durch kein Amt berufen waren.

Jene, die eine allumfassende, überaus bereitwillige und standhafte Treue gegenüber den schwierigen, von den Umständen erheischten Pflichten erkennen ließen, waren die Geistlichen. In den Lazaretten, in der Stadt fehlte es nie an ihrer Hilfe: wo es Leiden gab, waren sie zu finden. Immer sah man sie unter den Siechen und Sterbenden, zuweilen selbst siech und sterbend. Mit dem geistlichen Beistand leisteten sie, so gut sie konnten, den zeitlichen; sie taten jeden Dienst, den die Umstände erforderten. Mehr als sechzig Pfarrer starben allein in der Stadt an der Seuche, ungefähr acht Neuntel von allen.

Federigo bot, wie zu erwarten war, allen Ansporn und Beispiel. Nachdem um ihn herum fast die ganze erzbischöfliche Dienerschaft gestorben war, drangen Verwandte, hohe Beamte, benachbarte Fürsten in ihn, daß er der Gefahr entfliehen und sich auf irgendein Landgut zurückziehen solle; er wies jedoch einen solchen Rat zurück und widerstand den inständigen Bitten mit demselben Mut, der ihn an die Pfarrer schreiben ließ: „Seid bereit, eher dieses sterbliche Leben als diese unsere Familie, diese unsere Kinder zu verlassen; geht der Pest mit Liebe wie einer Belohnung, wie einem Leben entgegen, wenn eine Seele für Christus zu gewinnen ist." Er vernachlässigte keine Vorsichtsmaßregeln, die ihn jedoch nicht an der Ausübung seiner Pflicht hinderten (worüber er auch dem Klerus Belehrungen und Vorschriften gab), zugleich mißachtete er die Gefahr und schien sie gar nicht zu bemerken, wenn er sich ihr aussetzen mußte, um Gutes zu tun. Abgesehen von den Geistlichen, mit denen er immer zusammen war, um ihren Eifer zu loben und zu leiten, um jeden anzuspornen, der lau zu Werke ging, um sie auf die Posten zu schicken, wo andere gestorben waren, wollte er, daß jedem der Zutritt zu ihm offenstände, der seiner bedürfe. Er besuchte die Lazarette, um den Kranken Trost zu bringen und die Wärter zu ermutigen, durchstreifte die Stadt und brachte den armen, in den Häusern eingesperrten Kranken Hilfe, blieb an den Türen und unter den Fenstern stehen, um ihr Klagen anzuhören und ihnen dafür Worte des Trostes und der Ermunterung zu sagen. Kurz, er stürzte sich mitten in die Pest und lebte darin, so daß er am Ende selbst verwundert war, heil herausgekommen zu sein.

So gewahrt man im allgemeinen Unglück, bei lange währenden Störungen einer gewohnten Ordnung immer eine Steigerung, eine Sublimierung der Tugend, aber leider zeigt sich zugleich, und gewöhnlich viel verbreiteter, eine Steigerung der Verderbtheit. Und dies war in beträchtlichem Maße der Fall. Die Schurken, die die Pest verschonte und denen sie keine Angst einjagte, fanden in der allgemeinen Verwirrung, in der Zerrüttung der öffentlichen Gewalt eine neue Gelegenheit für ihre Tätigkeit und zugleich eine Gewähr der Straflosigkeit. Ja sogar der Gebrauch der öffentlichen Gewalt selbst lag schließlich größtenteils in den Händen der Schlimmsten unter ihnen. Zur Anstellung als Monatti und Apparitori ließen sich im allgemeinen nur Menschen herbei, bei denen die Verlockung des Raubens und der Zügellosigkeit stärker war als die Furcht vor der Ansteckung und jeder natürliche Abscheu. Ihnen waren die genauesten Regeln vorgeschrieben, die strengsten Strafen angedroht, die Dienstposten zugewiesen, und als Vorgesetzte hatte man ihnen Kommissäre gegeben, denen, wie bereits gesagt, in jedem Stadtviertel Beamte und Edelleute vorstanden, und die waren berechtigt, zur Wahrung der Ordnung nötigenfalls summarisch vorzugehen. Ein solcher Zustand der Dinge bewährte sich und tat seine Wirkung bis zu einem gewissen Zeitpunkt; da aber täglich die Zahl derer, die starben, derer, die weggingen, derer, die den Kopf verloren, immer größer wurde, hatten diese fast niemanden mehr, der sie im Zaum hielt, und so schalteten sie und walteten, hauptsächlich die Monatti, nach Belieben. Sie drangen wie Herren, wie Feinde in die Häuser ein, und abgesehen von den Diebstählen und der Art, wie sie die Unglücklichen behandelten, die durch die Pest solchen Händen ausgeliefert waren, berührten sie mit diesen verseuchten, verbrecherischen Händen die Gesunden, die Kinder, Eltern, Gattinnen und Gatten und drohten, sie ins Lazarett zu schleppen, wenn sie sich nicht loskauften oder durch Geld loskaufen ließen. Ein andermal verlangten sie Bezahlung für ihre Dienstleistungen, indem sie sich weigerten, die bereits verwesenden Leichen für weniger als soundso viel Scudi wegzuschaffen. Man sagte (und bei dem Leichtsinn der einen und der Schlechtigkeit der anderen ist es gleichermaßen unsicher, es zu glauben oder nicht zu glauben), man sagte, und auch Tadino bestätigt es, daß Monatti und Apparitori absichtlich verseuchte Sachen von den Karren fallen ließen, um die Pest zu verbreiten und zu erhalten, die für sie ein einträgliches Einkommen, ein Reich, ein Freudenfest geworden war. Andere Unselige, die sich für Monatti ausgaben und ein Glöckchen am Fuß trugen, das als Erkennungszeichen und zur Warnung, daß sie sich näherten, vorgeschrieben war, drangen in die Häuser ein und trieben dort alles nur Erdenkliche. In einige, die offenstanden und unbewohnt waren, oder in solche, die nur von einem Siechen, von einem Sterbenden belegt waren, schlichen sich ungehindert Diebe ein, um zu plündern; andere wurden von Häschern überfallen, die dasselbe und noch Schlimmeres taten. Zugleich mit der Verderbnis wuchs der Wahnsinn. Alle schon mehr oder minder herrschenden Irrungen schöpften aus der Bestürzung und der Aufregung der Gemüter eine außergewöhnliche Kraft, hatten raschere und umfassendere Wirkungen zur Folge. Und alle dienten dazu, jene besondere Angst vor den Salbungen zu verstärken und zu steigern, die in ihren Ergebnissen und Ausbrüchen oft eine weitere Verderbtheit war, wie wir gesehen haben. Das Bild dieser vermeintlichen

Gefahr bedrängte und quälte die Gemüter weit mehr als die wirkliche und gegenwärtige Gefahr. „Und während die verstreut oder zuhauf liegenden Leichen", sagt Ripamonti, „die man immer vor Augen, immer vor den Füßen hatte, aus der Stadt gleichsam einen einzigen Totenacker machten, war in jener gegenseitigen Verbissenheit, in jenem zügellosen und ungeheuerlichen Argwohn etwas noch viel Häßlicheres und Unheilvolleres ... Nicht nur den Nachbarn, den Freund, den Gast verdächtigte man, selbst die Namen und Bande der menschlichen Liebe, Mann und Frau, Vater und Sohn, Bruder und Bruder, flößten Entsetzen ein. Grauenhaft und unwürdig, es auszusprechen: den häuslichen Tisch, das eheliche Bett fürchtete man wie einen Hinterhalt, wie einen Schlupfwinkel der Giftmischerei."

Die eingebildete Ausdehnung, die Absonderlichkeit des Komplotts trübten jedes Urteil, verdarben alle Argumente des gegenseitigen Vertrauens. Anfangs glaubte man nur, daß diese vermeintlichen Salber von Ehrgeiz und Habsucht getrieben würden, dann ging man weiter und bildete sich ein, glaubte, daß in diesem Einsalben eine teuflische Wollust und eine den Willen beherrschende Anziehungskraft liege. Die Wahnvorstellungen der Kranken, die sich selbst dessen anklagten, was sie von den anderen gefürchtet hatten, hielt man für Enthüllungen, und sie ließen sozusagen von jedem alles glaubhaft erscheinen. Noch eindringlicher als Worte wirkten die Zeichen, wenn es geschah, daß Pestkranke im Delirium Bewegungen ausführten, wie sie sich diese bei den Salbern vorgestellt hatten: etwas sehr Wahrscheinliches und zugleich geeignet, die allgemeine Überzeugung und die Behauptungen vieler Schriftsteller besser zu begründen. So dienten auch in dem langen und traurigen Zeitraum der Hexenprozesse die ja nicht immer erpreßten Bekenntnisse der Beschuldigten nicht wenig dazu, die über sie herrschende Meinung zu fördern und zu erhalten, denn wenn eine Ansicht schon lange und in einem großen Teil der Welt herrscht, so drückt sie sich schließlich auf jede Weise aus, versucht, überall durchzudringen, durchwandert alle Stufen der Überzeugung; und es wird schwerlich geschehen, daß alle oder sehr viele auf die Dauer glauben, daß man etwas Absonderliches tue, ohne daß einer käme, der es zu tun glaubt.

Von den Geschichten, die dieser Wahn von den Salbungen hervorbrachte, verdient eine, wegen des Glaubens und wegen der Verbreitung, die sie fand, erwähnt zu werden. Man erzählte, und nicht alle taten es auf dieselbe Weise (denn das wäre ein zu seltsames Vorrecht der Fabeln), aber doch ungefähr, nämlich daß der und der an dem und dem Tage einen Sechsspänner auf dem Domplatz habe ankommen sehen und darin habe neben anderen ein vornehmer Herr gesessen mit einem düsteren, glühenden Gesicht, mit flammenden Augen, zu Berge stehendem Haar und drohend verzerrtem Mund. Während derjenige, dem jenes zustieß, aufmerksam hinschaute, hielt der Wagen an, und der Kutscher forderte ihn auf einzusteigen, er aber vermochte nicht nein zu sagen. Nach verschiedenen Umwegen stiegen sie vor dem Tor eines gewissen Palastes ab, den er mit seinen Begleitern betrat und wo er angenehme und schauderhafte Dinge fand, Wüsten und Gärten, Höhlen und Säle, und darin Gespenster, die zu Rate saßen. Endlich wurden ihm große Truhen mit Gold gezeigt, und er wurde gebeten, davon so viel zu nehmen, wie er Lust habe, zugleich müsse er aber ein kleines Gefäß mit Salbe annehmen und damit schmierend durch die Stadt gehen. Weil er aber nicht einwilligen wollte, war er im Handumdrehen an denselben Ort versetzt, von wo er abgeholt worden war. Diese hier vom Volk allgemein geglaubte und nach Ripamonti von Männern mit einigem Gewicht nicht genügend verlachte Geschichte machte in ganz Italien und außerhalb die Runde. In Deutschland stellte man sie in einem Kupferstich dar, und der Kurfürst und Erzbischof von Mainz schrieb an den Kardinal Federigo, um ihn zu fragen, was man von den wunderlichen Geschehnissen glauben könne, die man von

Mailand erzählte, und er erhielt die Antwort, es seien Träume.

Von gleichem Wert, wenn auch nicht in allem von gleicher Art, jedoch in ihren Wirkungen gleich unheilvoll waren die Träume der Gelehrten. Die meisten von ihnen erblickten die Ankündigung und zugleich die Ursache des Unglücks in einem im Jahr 1628 erschienenen Kometen und in einer Konjunktion des Saturns mit dem Jupiter, „da ja die besagte Konjunktion", schreibt Tadino, „so deutlich das Jahr 1630 beherrschte, daß jedermann sie erkennen konnte. *Mortales parat morbos, miranda videntur.*" Diese Vorhersage, die, wie behauptet, aus einem 1623 in Turin gedruckten Buch entnommen war, das den Titel hatte: „Spiegel der unübertrefflichen Almanache", ging von Mund zu Mund. Einen anderen Kometen, der im Juni des Pestjahres selbst erschienen war, hielt man für eine neue Warnung, ja sogar für einen offenkundigen Beweis der Salbungen. Sie durchforschten die Bücher und fanden leider eine Menge Beispiele, wo, wie sie sagten, die Pest gemacht worden sei. Sie führten Livius, Tacitus, Dionysios, was sage ich?, Homer und Ovid an und die vielen anderen alten Schriftsteller, die ähnliche Ereignisse erzählt oder angedeutet haben, und die modernen hatten sie in noch reicherer Auswahl. Sie führten zahlreiche andere Autoren an, die über Gifte, Hexereien, Salben und Pulver wissenschaftliche Abhandlungen geschrieben oder gelegentlich davon gesprochen haben: Cesalpino, Cardano, Grévin, Salio, Paré, Schenck, Zachia und schließlich den unseligen Delrio, der einer der berühmtesten sein müßte, wenn der Ruhm der Schriftsteller nach dem Guten und Bösen bemessen würde, das ihre Werke gestiftet haben; jenen Delrio, dessen durchwachte Nächte mehr Menschen das Leben gekostet haben als die Unternehmungen eines Eroberers; jenen Delrio, dessen „Untersuchungen der Magie" (das Kompendium all dessen, was die Menschen bis zu seiner Zeit auf diesem Gebiet ersonnen hatten) als eine maßgebliche und unangefochtene Schrift länger als ein

Jahrhundert Richtschnur und mächtiger Antrieb für gesetzliche, schaurige, ununterbrochene Grausamkeiten waren.

Von den Erfindungen des Volkes nahmen die Gebildeten, was sich ihren Vorstellungen anpassen ließ; das Volk nahm von den Erfindungen der Gebildeten, was es verstehen konnte, und aus allem bildete sich ein ungeheurer und verworrener Wust allgemeinen Wahnsinns.

Was jedoch die meiste Verwunderung erregt, ist das Verhalten der Ärzte, ich meine der Ärzte, die von Anfang an an die Pest geglaubt hatten, insbesondere Tadino, der sie vorausgesagt, kommen sehen und ihr Umsichgreifen sozusagen im Auge behalten hatte, der gesagt und gepredigt hatte, daß es die Pest sei, daß sie sich durch Berührung übertrage, daß bald das ganze Land verseucht sein werde, wenn man sie nicht abwehre, wie dieser Tadino dann aus diesen nämlichen Wirkungen einen sicheren Beweis für verbrecherische giftige Salbungen ableitet; er, der an jenem Carlo Colonna, dem zweiten, der in Mailand an der Pest gestorben war, das Delirium als eine Nebenerscheinung der Krankheit bezeichnet hatte, führt später als Beweis für die Salbungen und die teuflische Verschwörung einen Fall dieser Art an: Zwei Zeugen hätten ausgesagt, sie hätten von ihrem kranken Freund erzählen hören, wie eines Nachts Leute in sein Zimmer gekommen seien, um ihm Heilung und Geld anzubieten, wenn er die Häuser in der Umgebung salben wolle, und wie sie, als er es abschlug, weggingen und an ihrer Statt ein Wolf unter dem Bett und drei Riesenkatzen auf dem Bett geblieben seien, „die sich bis zum Tagesanbruch dort aufgehalten hätten".

Wäre es nur ein einziger gewesen, der so wirres Zeug redete, so müßte man sagen, er sei ein wunderlicher Kauz gewesen, oder vielmehr, es bestände kein Grund, davon zu sprechen. Da aber viele, ja fast alle so waren, so gehört es zur Geschichte des menschlichen Geistes und bietet uns die Gelegenheit, zu beobachten, wie sehr eine geordnete und vernünftige Gedankenfolge von einer anderen, die sich ihr entgegenwirft, verwirrt werden kann. Im übrigen war dieser Tadino einer der angesehensten Männer seiner Zeit.

Zwei berühmte und wohlverdiente Schriftsteller haben behauptet, daß der Kardinal Federigo die Tatsache der Salbungen bezweifelt habe. Wir möchten gern dieses vortreffliche und freundliche Gedenken mit einem noch vollständigeren Lob ergänzen und den guten Kirchenfürsten in diesen wie in vielen anderen Dingen als über den meisten seiner Zeitgenossen stehend darstellen; statt dessen sind wir aber genötigt, in ihm erneut ein Beispiel für die Macht zu erkennen, die eine allgemein vorherrschende Meinung auch auf die edelsten Gemüter auszuüben vermag. Man kann, wenigstens aus dem, was Ripamonti darüber sagt, ersehen, daß er anfangs wirklich daran zweifelte. Später vertrat er die Auffassung, daß an dieser Ansicht die Leichtgläubigkeit, die Unwissenheit, die Angst viel Anteil habe und auch der Wunsch, sich zu rechtfertigen, daß man die Seuche so spät erkannt und so spät daran gedacht habe, ihr Einhalt zu tun; obendrein sei wohl vieles übertrieben, aber zugleich auch etwas Wahres daran. In der Ambrosianischen Bibliothek wird ein von seiner Hand geschriebenes kleines Werk über diese Pest aufbewahrt, worin er diese Meinung öfter andeutet, ja einmal sogar ausdrücklich ausspricht. „Es war eine allgemein verbreitete Ansicht", sagt er ungefähr, „daß man diese Salben an verschiedenen Orten herstellte und daß es vielerlei Künste gegeben habe, sie anzuwenden, wovon uns einige wahr, andere erfunden zu sein scheinen." Hier seine Worte: *Unguenta vero hoec aiebant componi conficique multifariam, fraudisque vias fuisse complures; quarum sane fraudum, et artium, aliis quidem assentimur, alias vero fictas fuisse commentitiasque arbitramur.*

Es gab immerhin auch solche, die bis zuletzt und solange sie lebten, der Auffassung waren, daß alles Einbildung sei. Und wir wissen es nicht durch sie selbst, denn niemand wäre so kühn gewesen, eine der Allgemeinheit so entgegengesetzte Gesinnung zu bekunden; wir wissen es aber von den Schriftstellern, die es als ein Vorurteil einiger, als einen die öffentliche Erörterung scheuenden, aber dennoch bestehenden Irrtum verspotten, tadeln und zurückweisen; wir wissen es ferner von einem, der überlieferte Kenntnis davon hatte. „Ich habe in Mailand kluge Menschen gekannt", sagt der treffliche Muratori, „die von übergeordneten Leuten gute Berichte besaßen und die nicht sehr überzeugt waren, daß die Sache mit diesen giftigen Salben auf Wahrheit beruhte." Man sieht, die Wahrheit machte sich im geheimen Luft, in häuslicher Vertraulichkeit: die gesunde Einsicht war da, aber sie hielt sich aus Angst vor der allgemeinen Gesinnung verborgen.

Die Beamten, deren Zahl mit jedem Tag schrumpfte und die immer bestürzter und verwirrter wurden, verwandten gleichsam die ganze geringe Entschlossenheit, deren sie fähig waren, auf die Suche nach diesen Salbern. Unter den Handschriften aus der Pestzeit, die in dem oben erwähnten Archiv aufbewahrt werden, befindet sich ein Schreiben (ohne irgendein anderes darauf bezügliches Dokument), worin der Großkanzler dem Statthalter voller Ernst und mit großer Dringlichkeit berichtet, er habe eine Warnung erhalten, daß in einem Landhaus der Brüder Girolamo und Giulio Monti, zweier mailändischer Edelleute, Gift in solcher Menge bereitet werde, daß vierzig Männer *en este exercicio* unter Beihilfe von vier Edelleuten aus Brescia beschäftigt seien, wobei die letzteren die erforderlichen Stoffe aus dem venezianischen Gebiet kommen ließen, *para la fábrica del veneno*. Er fügt hinzu, er habe im geheimen die nötigen Vereinbarungen getroffen, um den Stadtrichter von Mailand und den Auditor der Gesundheitsbehörde mit dreißig berittenen Soldaten hinzuschicken. Leider sei aber einer der Brüder rechtzeitig gewarnt worden, um die Indizien des Delikts verschwinden lassen zu können, und wahrscheinlich sei er von dem Auditor selbst, seinem Freund, informiert worden; und dieser habe Ausreden gebraucht, um nicht hingeschickt zu werden. Dessenungeachtet sei der Stadtrichter mit den

Soldaten ausgerückt *a reconocer la casa, y a ver si hallará algunos vestigios* und um Erkundungen einzuziehen und alle Beschuldigten zu verhaften.

Die Sache muß sich in nichts aufgelöst haben, denn die Schriften jener Zeit, die von dem auf jenen Edelleuten lastenden Verdacht sprechen, führen keine einzige Tatsache an. Leider glaubte man bei einer anderen Gelegenheit, etwas gefunden zu haben.

Die Prozesse, die in der Folge entstanden, waren sicher nicht die ersten dieser Art, und man kann sie auch nicht als eine Seltenheit in der Geschichte der Jurisprudenz betrachten. Denn, um vom Altertum zu schweigen und nur auf einiges aus den Zeiten hinzuweisen, die der unserer Erzählung näher liegen, wurden 1526 in Palermo, 1530, dann 1545 und noch 1574 in Genf, 1536 in Casale Montferrat, 1555 in Padua, 1599 und neuerdings im selben Jahr 1630 in Turin mancherorts einige, in anderen Städten viele Unglückliche gerichtlich verfolgt und zu meist höchst grausamen Todesstrafen verurteilt, weil sie sich des Verbrechens schuldig gemacht hätten, die Pest durch Pulver oder durch Salben oder durch Hexenkunst oder durch all das zusammengenommen verbreitet zu haben. Aber wie die Vorfälle mit diesen sogenannten Salbungen in Mailand die berühmtesten waren, so sind sie vielleicht auch am anschaulichsten oder bieten wenigstens mehr Stoff zu Betrachtungen, weil von ihnen ausführlichere und zuverlässigere Belege erhalten sind. Und obwohl ein eben erst von uns lobend erwähnter Schriftsteller sich damit beschäftigt, sich aber nicht so sehr vorgenommen hat, wirklich ihre Geschichte zu schreiben, als vielmehr daraus unterstützende Beweise für eine Aufgabe von größerer und unmittelbarer Bedeutung zu gewinnen, so schien es uns, daß ihre Geschichte durchaus Gegenstand eines neuen Werkes sein könnte. Aber das ist keine Sache, die sich mit wenigen Worten abtun läßt, und hier ist nicht der Ort, sie mit der Ausführlichkeit zu behandeln, die sie verdient. Überdies würde dem Leser, wenn er bei diesen Fällen verweilt hätte, gewiß nichts mehr daran gelegen sein, den Rest unserer Erzählung zu erfahren. Indem wir uns also die Geschichte und die Untersuchung jener Dinge für ein anderes Werk vorbehalten, kehren wir endlich zu unseren Personen zurück, um sie bis zum Ende nicht mehr zu verlassen.

33. Kapitel

Eines Nachts, gegen Ende August, als die Pest gerade auf ihrem Höhepunkt war, kehrte Don Rodrigo, begleitet von seinem getreuen Grauen, einem von den drei oder vieren, die ihm von der ganzen Dienerschaft am Leben geblieben waren, in Mailand nach Hause. Er kam von einer Zusammenkunft von Freunden, die miteinander ausschweifend zu tafeln pflegten, um die Trübseligkeit der Zeit zu vergessen: und jedesmal waren neue Freunde da, und es fehlten alte. An diesem Tag war Don Rodrigo einer der lustigsten gewesen; und unter anderem hatte er mit einer Art Trauerrede auf den Grafen Attilio, der zwei Tage zuvor von der Pest dahingerafft worden war, die Gesellschaft zum Lachen gebracht.

Beim Gehen empfand er jedoch ein Unbehagen, eine Entkräftung, eine Mattigkeit in den Beinen, Atembeschwerden, einen inneren Brand, und gern hätte er das nur dem Wein, dem langen Aufbleiben, der Jahreszeit zugeschrieben. Er tat auf dem ganzen Weg den Mund nicht auf, und zu Hause angelangt, war sein erstes Wort, dem Grauen zu befehlen, er solle ihm leuchten, weil er in sein Zimmer gehen wolle. Als sie es betreten hatten, beobachtete der Graue das verzerrte, glühende Gesicht seines Herrn mit den hervorquellenden, fiebrig glänzenden Augen, und er hielt sich fern von ihm, denn unter jenen Bedingungen hatte sich jeder Schurke gewissermaßen das Auge eines Arztes aneignen müssen.

„Ich fühle mich wohl, weißt du“, sagte Don Rodrigo, der aus dem Gehabe des Grauen den Gedanken erriet, der ihm durch den Sinn ging. „Ich fühle mich ausgezeichnet, aber ich habe getrunken, vielleicht etwas zuviel getrunken. Es gab da einen süßen Weißwein! ... Aber mit einem ordentlichen Schlaf geht alles vorüber. Ich bin furchtbar schläfrig ... Stell dieses Licht da etwas weg, es blendet mich ... es stört mich ..."

„Das sind die Tücken des Weißweins", sagte der Graue, der sich immer in einiger Entfernung hielt. „Aber gehen Sie gleich zu Bett, der Schlaf wird Ihnen guttun."

„Du hast recht: wenn ich nur schlafen kann ... Im übrigen fühle ich mich wohl. Leg hier die Glocke neben mich, für alle Fälle, wenn ich zufällig heute nacht etwas brauchen sollte, und paß auf, verstehst du, wenn du klingeln hörst. Aber ich werde nichts brauchen ... Trag gleich dieses verdammte Licht da weg", fuhr er fort, während der Graue den Befehl ausführte, bemüht, ihm sowenig wie möglich nahe zu kommen. „Teufel! daß es mir so lästig ist!"

Der Graue nahm das Licht und entfernte sich eilig, nachdem er dem Herrn eine gute Nacht gewünscht hatte, während jener unter die Decken kroch.

Aber die Decken lasteten auf ihm wie ein Berg. Er warf sie weg und kauerte sich zusammen, um einzuschlafen, denn er war wirklich todmüde. Aber kaum war er eingenickt, schrak er wieder auf, als habe ihn jemand gerüttelt, und er fühlte, daß die Hitze, daß die Unrast zugenommen hatte. Er dachte wieder an den Sommermonat August, an den Weißwein, an die Ausschweifung, und er hätte gewünscht, ihnen die ganze Schuld geben zu können. Aber an die Stelle dieser Vorstellungen trat immer von selbst die damals allgegenwärtige, die sozusagen durch alle Sinne eindrang, die sich in alle Gespräche des Gelages eingeschlichen hatte, weil es eben leichter war, sie mit einem Scherz abzutun, als sie mit Schweigen zu übergehen: die Vorstellung von der Pest.

Nach langem Herumwälzen schlief er endlich ein und begann die schauerlichsten und verworrensten Träume von der Welt zu träumen. In jedem davon war es ihm, als befinde er sich in einer großen Kirche, inmitten einer Menge, von ihr vorwärts geschoben, als sei er dort, ohne zu wissen, wie er hineingeraten sei und wieso ihm, zumal in dieser Zeit, ein solcher Gedanke gekommen sei, und das versetzte ihn in Wut. Er betrachtete die Umstehenden, es waren lauter gelbliche, abgezehrte Gesichter mit starren, trüben Augen und mit hängenden Lippen, lauter Menschen in Kleidern, die in Fetzen herabfielen, und zwischen den Lumpen sah man Flecken und Beulen. „Platz da, Gesindel!“ glaubte er zu rufen, während er nach der Tür sah, die weit, sehr weit weg war, wobei er den Ruf mit einer drohenden Miene begleitete, ohne sich jedoch zu bewegen, ja eher von den anderen abrückend, um nicht diese schmutzigen Körper zu berühren, die ihm schon von allen Seiten nur allzu nahe waren. Aber keiner von diesen Leuten ließ erkennen, daß er ihm ausweichen wolle oder ihn auch nur verstanden habe. Im Gegenteil, sie drängten noch näher heran, und vor allem schien einer von ihnen ihm den Ellenbogen oder sonst etwas zwischen Herz und Achselhöhle in die linke Seite zu drücken, wo er einen stechenden, heftigen Schmerz empfand. Und er wand sich, um ihn loszuwerden, doch sofort kam etwas Neues und bohrte sich in dieselbe Stelle. Wütend wollte er zum Degen greifen, und gerade da hatte er den Eindruck, als ob sich dieser im Gedränge hinaufgeschoben hätte und als ob es sein Knauf wäre, der ihn dort so drückte. Aber als er mit der Hand danach griff, fand er den Degen nicht und fühlte statt dessen einen um so heftigeren Stich. Er tobte, war ganz atemlos und wollte lauter schreien, da war ihm, als ob alle die Gesichter sich nach einer Seite wandten. Auch er sah hin, erblickte eine Kanzel und über deren Brüstung etwas Rundes, Glattes, Glänzendes, dann erhob sich da ganz deutlich ein kahler Kopf und kam zum Vorschein, dann zwei Augen, ein Gesicht, ein langer weißer Bart, ein Mönch, hoch aufgerichtet, bis zum Gürtel über der Brüstung: Pater Cristoforo. Nachdem dieser einen flammenden Blick über die ganze Zuhörerschaft geschleudert hatte, schien es Don Rodrigo, als hefte er ihn auf sein Gesicht und erhebe zugleich die Hand, genau in der Haltung, die er in dem Saal im Erdgeschoß seiner Burg angenommen hatte. Nun reckte auch er wütend die Hand und vollführte eine angestrengte Bewegung, als wolle er sich hinaufstürzen und diesen emporgestreckten Arm ergreifen. Ein Laut, der sich in seiner Kehle staute, entlud sich in einen mächtigen Schrei; er wachte auf. Er ließ den Arm sinken, den er tatsächlich erhoben hatte, und er hatte einige Mühe, sich zurechtzufinden und die Augen ganz zu öffnen, denn das Licht des bereits vorgerückten Tages war ihm lästig wie das der Kerze am Abend zuvor. Er erkannte sein Bett, sein Zimmer, reimte sich alles zusammen, daß alles ein Traum gewesen war: die Kirche, das Volk, der Mönch, alles war verschwunden, alles, nur das eine nicht, jener Schmerz in der linken Seite. Zugleich fühlte er ein heftiges, beängstigendes Herzklopfen, ein beständiges Sausen und Zischen in den Ohren, ein inneres Brennen, eine Schwere in allen Gliedern, schlimmer als sie beim Zubettgehen gewesen war. Er zögerte einen Moment, bevor er die schmerzende Stelle anschaute; endlich deckte er sie ab und warf einen angstvollen Blick darauf. Er sah eine ekelerregende Beule von schwärzlichvioletter Färbung.

Der Mann sah sich verloren: Todesangst befiel ihn, und vielleicht noch fühlbarer war die Angst, den Monatti als Beute in die Hände zu fallen, fortgetragen und ins Lazarett geworfen zu werden. Und während er auf ein Mittel sann, wie er diesem furchtbaren Schicksal entgehen könnte, fühlte er, wie sich seine Gedanken verwirrten und trübten, fühlte, wie der Augenblick nahte, wo er nur noch so viel Bewußtsein haben würde, wie nötig war, um sich der Verzweiflung hinzugeben. Er ergriff die Glocke und schüttelte sie heftig. Der Graue, der gewacht hatte, erschien sogleich. Er blieb in einer gewissen Entfernung vom Bett stehen, schaute seinen Herrn aufmerksam an, und es wurde ihm zur Gewißheit, was er am Abend vermutet hatte.

„Grauer!“ sagte Don Rodrigo und richtete sich mühsam zum Sitzen auf, „du bist immer mein Vertrauter gewesen.“

„Ja, Herr.“

„Ich habe dir immer Gutes getan.“

„In Ihrer Güte.“

„Auf dich kann ich mich verlassen . . .!“

„Teufel!“

„Ich fühle mich schlecht, Grauer.“

„Ich habe es bemerkt.“

„Wenn ich genesen sollte, so werde ich dir noch mehr Gutes tun, als ich dir jemals früher getan habe.“

Der Graue erwiderte nichts und wartete, worauf jener mit dieser Vorrede hinauswollte.

„Ich möchte niemandem außer dir vertrauen“, hob Don Rodrigo wieder an. „Tu mir einen Gefallen, Grauer.“

„Befehlen Sie“, sagte dieser, die ungewohnte Formel mit der gewohnten beantwortend.

„Weißt du, wo der Wundarzt Chiodo wohnt?“

„Ich weiß es sehr wohl.“

„Er ist ein Biedermann, der Kranke verheimlicht, wenn man ihn gut bezahlt. Geh ihn holen und sage ihm, daß ich ihm vier, sechs Scudi für den Besuch gebe und noch mehr, wenn er dafür mehr verlangt. Aber er soll sofort kommen, und mach deine Sache gut, daß niemand etwas davon merkt.“

„Ein guter Gedanke“, sagte der Graue, „ich gehe und komme gleich zurück.“

„Hör zu, Grauer, gib mir vorher noch etwas Wasser. Ich habe einen Brand in mir, daß ich es nicht mehr aushalten kann.“

„Nein, Herr“, erwiderte der Graue, „nichts ohne den Rat des Arztes. Das sind launische Krankheiten, da ist keine Zeit zu verlieren. Seien Sie ruhig, im Handumdrehen bin ich mit Chiodo hier.“

Nach diesen Worten ging er hinaus und schloß die Tür.

Don Rodrigo, der wieder unter die Decke gekrochen war,

begleitete ihn in Gedanken in Chiodos Haus, zählte die Schritte, berechnete die Zeit. Hin und wieder sah er auf seine Beule, aber gleich wandte er den Kopf voller Abscheu nach der anderen Seite. Nach einiger Zeit begann er die Ohren zu spitzen, um zu hören, ob der Chirurg nicht komme, und diese angestrengte Aufmerksamkeit hob das Empfinden des Übels auf, und sein Denken wurde geordneter. Mit einemmal hörte er einen fernen Klang, der ihm jedoch aus den Zimmern und nicht von der Straße zu kommen schien. Er lauschte erregt, hörte ihn lauter und öfter hintereinander und zugleich ein Getrappel: ein entsetzlicher Verdacht durchfuhr ihn. Er richtete sich auf und lauschte noch angespannter. Er vernahm ein dumpfes Geräusch im Nebenzimmer, wie von einer Last, die mit Vorsicht abgestellt wird. Er warf die Beine aus dem Bett, als wollte er aufstehen, schaute zur Tür, sah sie sich öffnen, erkannte zwei zerrissene, schmierige rote Kittel, die näher kamen, und zwei abscheuliche Gesichter, zwei Monatti, mit einem Wort. Er sah zur Hälfte das Gesicht des Grauen, der hinter dem halb geschlossenen Türflügel verborgen war und spähte.

„Ha, niederträchtiger Verräter! ... Fort, Gesindel! Biondino! Carlotto! Hilfe! Mörder!“ schrie Don Rodrigo, fuhr mit der Hand unter das Kissen, um eine Pistole zu suchen, ergriff sie, riß sie heraus. Aber bei seinem ersten Schrei waren die Monatti ans Bett gesprungen, der schnellere von ihnen fiel über ihn her, bevor er etwas tun konnte, riß ihm die Pistole aus der Hand, schleuderte sie weg, zwang ihn auf das Bett nieder und hielt ihn dort fest, wobei er mit einer wütenden und zugleich höhnischen Grimasse rief: „Ha, Schurke! Gegen die Monatti! Gegen die Diener der Behörde! Gegen die, die Werke der Barmherzigkeit tun!“

„Halt ihn fest, bis wir ihn wegtragen“, sagte sein Gefährte, während er auf eine Schatulle zuging. Hier nun kam der Graue herein und machte sich mit ihm daran, das Schloß aufzubrechen.

„Verruchter Halunke!" brüllte Don Rodrigo, während er unter dem anderen, der ihn festhielt und unter dessen kräftigen Armen er sich wand, hinüberschaute. „Laßt mich diesen niederträchtigen Kerl totschlagen", sagte er darauf zu den Monatti, „dann könnt ihr mit mir machen, was ihr wollt." Danach rief er wieder, so laut er konnte, nach seinen anderen Dienern, aber es war vergeblich, weil der abscheuliche Graue sie mit vorgespiegelten Befehlen des Herrn weit weggeschickt hatte, bevor er zu den Monatti gegangen war, um ihnen dieses Unternehmen und die Teilung der Beute vorzuschlagen.

„Sei ruhig, sei ruhig", sagte der Peiniger zu dem unglücklichen Rodrigo, den er auf das Bett preßte. Dann drehte er das Gesicht den beiden zu, die plünderten, und rief: „Geht wie ehrliche Leute zu Werke!"

„Du! Du!" brüllte Don Rodrigo zum Grauen hinüber, den er damit beschäftigt sah, Behältnisse aufzubrechen, Geld und Sachen herauszunehmen und zu teilen. „Du! Hinterher ... Ha, du Höllenteufel! Ich kann noch gesund werden! Ich kann gesund werden!" Der Graue gab keinen Laut von sich und wandte sich auch nach Möglichkeit nicht nach der Seite um, woher diese Worte kamen.

„Halt ihn fest", sagte der andere Monatto, „er ist außer sich."

Und er war es nunmehr in der Tat. Nach einem furchtbaren Schrei, nach einem letzten, noch gewaltsameren Versuch, sich zu befreien, brach er mit einemmal kraftlos und benommen zusammen, doch blickte er noch immer wie abwesend um sich, fuhr hin und wieder auf oder jammerte.

Die Monatti packten ihn, der eine an den Füßen, der andere an den Schultern, und legten ihn auf eine Bahre, die sie im Zimmer nebenan gelassen hatten. Dann ging einer zurück, um die Beute zu holen, und danach hoben sie die elende Last und trugen sie fort.

Der Graue blieb zurück, um hastig noch mehr von dem

auszusuchen, was ihm brauchbar erschien, machte dann aus dem Ganzen ein Bündel und entfernte sich. Er war wohl sorgfältig darauf bedacht gewesen, die Monatti nicht zu berühren und sich auch von ihnen nicht berühren zu lassen, jedoch hatte er zuletzt bei dieser Eile, mit der er die Sachen durchwühlte, auch neben dem Bett die Kleidung des Herrn angefaßt und sie, ohne an anderes zu denken, geschüttelt, um zu sehen, ob Geld darin sei. Am nächsten Tag mußte er aber daran denken, denn während er in einer Schenke praßte, überliefen ihn auf einmal Kälteschauer, seine Augen trübten sich, die Kräfte verließen ihn, und er fiel hin. Von seinen Gefährten verlassen, geriet er den Monatti in die Hände, die ihn all dessen beraubten, was er an Wertvollem bei sich hatte, und ihn auf einen Karren warfen, auf dem er starb, bevor er im Lazarett ankam, wohin sein Herr gebracht worden war.

Wir lassen diesen jetzt an der Unglücksstätte zurück und müssen uns auf die Suche nach einem anderen begeben, dessen Geschichte niemals mit der seinen verflochten worden wäre, wenn er es nicht durch Gewalt so gewollt hätte; ja man kann sogar mit Gewißheit behaupten, daß dann weder der eine noch der andere eine Geschichte gehabt hätte: ich meine Renzo, den wir unter dem Namen Antonio Rivolta in der neuen Spinnerei verlassen haben.

Er hatte dort fünf oder sechs Monate zugebracht, wenn ich mich nicht irre, und als nach diesem Zeitraum die Feindschaft zwischen der Republik und dem König von Spanien erklärt und daher jede Angst vor Nachforschungen und Verbindlichkeiten von dieser Seite aufgehört hatte, ließ Bortolo es sich angelegen sein, ihn zu holen und ihn wieder zu sich zu nehmen, weil er ihn gut leiden mochte und weil Renzo als ein begabter und in seinem Handwerk fähiger Bursche dem Faktotum einer Manufaktur eine große Hilfe war, ohne je danach streben zu können, es selbst zu werden, weil er eben dieses verwünschte Pech hatte und nicht mit der Feder umzugehen wußte. Da auch solche Überlegungen bei Bortolo ein wenig mitspielten, so haben wir sie andeuten müssen. Vielleicht hättet Ihr einen idealeren Bortolo lieber gesehen; ich weiß nicht, was ich dazu sagen soll: Macht Euch einen. Dieser war so.

Renzo war dann immer bei ihm geblieben, um zu arbeiten. Mehr als einmal und vor allem, wenn er einen dieser absonderlichen Briefe von Agnese erhalten hatte, war ihm in den Sinn gekommen, Soldat zu werden und der Sache ein Ende zu machen: an Gelegenheiten fehlte es nicht, denn gerade in diesem Zeitraum hatte die Republik Leute anwerben müssen. Die Versuchung war für Renzo manchmal um so stärker gewesen, als man auch von einem Einfall ins Mailändische gesprochen hatte, und ihn dünkte es natürlich schön, als Sieger in sein Haus zurückzukehren, Lucia wiederzusehen und sich einmal mit ihr auszusprechen. Aber Bortolo hatte es stets verstanden, ihn auf vernünftige Art von diesem Entschluß abzubringen.

„Wenn sie dort einrücken müssen", sagte er, „werden sie es auch ohne dich tun, und du kannst ihnen dann in aller Ruhe folgen; und wenn sie mit blutigen Köpfen zurückkehren, wird es da nicht besser sein, daß du daheim geblieben bist? An Verzweifelten, die vorausgehen, wird es nicht fehlen. Und ehe sie einen Fuß dort hinsetzen können ...! Ich für mein Teil bin ein Zweifler. Sie kläffen zwar, aber der mailändische Staat ist kein Bissen, der sich so leicht verschlingen läßt. Es handelt sich um Spanien, mein Lieber, weißt du, was das heißt, Spanien? San Marco ist mächtig in seinem Land, aber da gehört mehr dazu. Hab Geduld, geht es dir denn hier nicht gut? ... Ich weiß, was du sagen willst, aber wenn es dort oben bestimmt ist, daß aus der Sache etwas werden soll, so kannst du sicher sein, daß alles nur noch besser gelingen wird, wenn du keine Dummheiten machst. Irgendein Heiliger wird dir schon beistehen. Glaub mir nur, das ist kein Beruf für dich. Meinst du denn, es schicke sich, das Seidenspulen aufzugeben und dafür morden zu gehen? Was willst du denn bei dieser Sorte von Menschen machen? Dazu bedarf es eigens dafür geschaffener Männer."

Ein andermal beschloß Renzo, heimlich, verkleidet und unter einem falschen Namen hinzugehen. Aber auch davon wußte Bortolo ihn jedesmal mit leicht einzusehenden Gründen abzubringen.

Als dann die Pest im Mailändischen ausgebrochen war, und zwar, wie wir berichtet haben, genau an der bergamaskischen Grenze, währte es nicht lange, bis sie die Grenze überschritt und ... erschreckt nicht, denn ich will Euch keineswegs auch die Geschichte dieser Pest erzählen. Wenn einer sie kennenlernen möchte, so ist sie schon geschrieben, im öffentlichen Auftrag, von einem gewissen Lorenzo Ghirardelli. Es ist jedoch ein seltenes und unbekanntes Buch, obwohl es vielleicht mehr enthält als die berühmtesten Pestschilderungen zusammengenommen. Die Berühmtheit der Bücher hängt von so vielen Dingen ab! Was ich sagen wollte, ist, daß auch Renzo die Pest bekam und sich selbst behandelte, das heißt, gar nichts machte. Die Krankheit brachte ihn an den Rand des Todes, aber seine starke Natur überwand die Gewalt des Übels: in wenigen Tagen war er außer Gefahr. Mit der Wiederkehr des Lebens erwachten in seiner Seele die Erinnerungen, die Wünsche, die Hoffnungen und Pläne kraftvoller denn je, das heißt, er dachte mehr denn je an Lucia. Was mochte in dieser Zeit, da es eine Ausnahme war, zu leben, aus ihr geworden sein? Und bei einer so geringen Entfernung nichts von ihr erfahren zu können! Und Gott weiß wie lange in einer solchen Ungewißheit bleiben zu müssen! Und wenn auch diese zerstreut wäre, wenn er erführe, nachdem alle Gefahr vorüber war, daß Lucia lebte, so blieb doch immer noch jenes andere Geheimnis, dieses verwirrende Gelübde. Ich gehe, ich gehe selbst, um mich von allem auf einmal zu überzeugen, sagte er bei sich, und er sagte es, ehe er sich noch recht auf den Beinen halten konnte. Wenn sie nur am Leben ist! Finden, finden werde ich sie schon; dann werde ich einmal von ihr selbst hören, was dieses Gelübde eigentlich ist, werde ihr begreiflich machen, daß das nicht so bleiben kann, werde sie mit mir fortführen, sie und diese arme Agnese, wenn sie am Leben ist. Die hat mich immer gern gehabt, und ich bin sicher, daß sie mich noch mag. Der Haftbefehl? Oh, jetzt haben die, die noch am Leben sind, an anderes zu denken. Es gehen auch hier Leute ganz sicher herum, die genug auf dem Kerbholz haben... Sollen denn nur die Schurken einen Freibrief haben? Und in Mailand, sagen alle, soll ein noch ärgeres Durcheinander sein. Wenn ich mir eine so schöne Gelegenheit entgehen lasse (Die Pest! Seht einmal, wie dieser verwünschte Instinkt, alles auf uns selbst zu beziehen und uns unterzuordnen, einem die Worte eingibt!), so kommt eine ähnliche nicht wieder!

Wollen wir es hoffen, mein lieber Renzo.

Kaum konnte er sich fortbewegen, suchte er Bortolo auf, der bis dahin von der Pest verschont worden war und große Vorsicht gebrauchte. Er ging nicht zu ihm ins Haus, sondern rief ihm von der Straße aus zu, er möge ans Fenster treten.

„Sieh da!" sagte Bortolo, „du bist glücklich davongekommen. Kannst froh sein."

„Ich bin noch etwas schwach auf den Beinen, wie du siehst, aber aus der Gefahr, da bin ich heraus."

„Ach, ich möchte gern in deiner Haut stecken. Wenn man früher sagte: es geht mir gut, so glaubte man alles gesagt zu haben, aber jetzt ist das gar nichts. Wenn es einer so weit bringen kann, zu sagen: es geht mir besser, so ist das ein schönes Wort."

Renzo wünschte dem Vetter das Beste und teilte ihm seinen Entschluß mit.

„So geh diesmal, und der Himmel segne dich", erwiderte dieser. „Versuche, der Justiz zu entkommen, wie ich der Ansteckung zu entgehen trachte, und wenn Gott will, daß es uns beiden gut geht, werden wir uns wiedersehen."

„Oh, ich komme bestimmt wieder, und wenn ich nur

nicht allein wiederzukommen brauchte! Genug, ich habe Hoffnung."

„Komm in Gesellschaft wieder; so Gott will, gibt es für alle Arbeit, und wir werden gut zusammen leben. Wenn du mich nur wiederfindest und diese Teufelsseuche vorüber ist!"

„Wir sehen uns wieder, wir sehen uns wieder, wir müssen uns wiedersehen!"

„Ich sage noch einmal: Geb's Gott!"

Einige Tage hindurch hielt sich Renzo in Übung, um seine Kräfte zu stählen und zu steigern, und kaum glaubte er, den Weg wagen zu können, traf er Anstalten zum Aufbruch. Er legte sich einen Gürtel unter der Kleidung an, worin er die fünfzig Scudi verbarg, die er niemals angetastet und von denen er noch nie zu jemand gesprochen hatte, nicht einmal zu Bortolo. Er nahm auch das wenige andere Geld mit, das er Tag für Tag, in allen Dingen sparend, beiseite gelegt hatte, nahm ein Bündel Kleider unter den Arm, steckte ein Entlassungszeugnis in die Tasche, das er sich von seinem zweiten Herrn auf den Namen Antonio Rivolta für alle Fälle hatte ausstellen lassen, schob ein großes Messer in die Hosentasche, das Geringste, was ein rechtschaffener Mann damals bei sich tragen konnte, und brach Ende August auf, drei Tage nachdem Don Rodrigo ins Lazarett gebracht worden war. Er schlug die Straße nach Lecco ein, weil er, um nicht blindlings nach Mailand zu gehen, erst in sein Dorf wollte, wo er hoffte, Agnese am Leben zu finden und von ihr endlich einige der vielen Dinge zu erfahren, die er so sehnlichst zu wissen begehrte.

Die wenigen von der Pest Genesenen waren inmitten der übrigen Bevölkerung tatsächlich so etwas wie ein privilegierter Stand. Ein großer Teil der anderen Leute lag darnieder oder starb, und die, die bis dahin von der Pest verschont geblieben waren, lebten in ständiger Angst. Sie gingen zurückhaltend, vorsichtig, mit gemessenen Schritten umher, mit mißtrauischen Gesichtern, hastig und zögernd zugleich, denn alles konnte für sie zu einer tödlich verwundenden Waffe werden. Jene anderen hingegen, die ihrer Sache fast sicher waren (denn zweimal die Pest zu haben wäre schon eher ein Wunder als eine Seltenheit gewesen), bewegten sich frei und entschlossen inmitten der Seuche, wie die Ritter des Mittelalters, in Eisenrüstung, wo Eisen nur anzubringen war, auf Pferden, die ebenso ausgestattet waren, wo das nur möglich war, und umherschweifend (daher die ruhmvolle Bezeichnung fahrender Ritter), ohne Ziel und auf gut Glück mitten durch ein armseliges Fußgängergesindel von Bürgern und Bauern, die, um Böses abzuwehren und abzuschwächen, nichts als Lumpen auf dem Leibe hatten. Ein schönes, kluges und nützliches Handwerk! Ein Handwerk, das wirklich dazu geeignet scheint, in einer Abhandlung über politische Ökonomie die erste Rolle zu spielen.

Mit einer solchen Zuversicht, die jedoch durch die Besorgnisse, die der Leser kennt, gedämpft und durch den häufigen Anblick des allgemeinen Elends und die unaufhörlichen Gedanken daran getrübt wurde, wanderte Renzo unter einem schönen Himmel und durch ein schönes Land auf seine Heimat zu. Doch begegnete er nach langen Strekken traurigster Einsamkeit niemandem sonst als einigen umherirrenden Schatten, denn als lebendige Menschen konnte man sie kaum bezeichnen. Oder er sah Leichen, die ohne ehrenvolles Begängnis, ohne Gesang, ohne Geleit zu Grabe getragen wurden. Ungefähr zur Mittagsstunde machte er in einem Wäldchen Rast, um ein wenig Brot und Zukost zu verzehren, die er mitgenommen. Obst hatte er am ganzen Weg entlang zur Verfügung, mehr als nötig; Feigen, Pfirsiche, Pflaumen, Äpfel, soviel er nur wollte; er brauchte nur auf die Felder zu gehen, um die Früchte zu pflücken oder um sie unter den Bäumen aufzulesen, wo so viele lagen, als hätte es gehagelt, denn das Jahr war außergewöhnlich ertragreich, besonders an Obst, und es war fast niemand mehr da, der sich darum kümmerte. Auch die Trauben verdeckten gleichsam die Weinblätter und standen dem ersten besten, der sie haben wollte, zu Gebot.

Gegen Abend erkannte er von weitem sein Dorf. Und obwohl er auf diesen Anblick vorbereitet sein mußte, fühlte er, wie sich sein Herz zusammenkrampfte. Schmerzliche Erinnerungen und schmerzliche Ahnungen bedrängten ihn mit einemmal heftig. In seinem Ohr schienen noch jene unheilvollen Glockenschläge zu tönen, die ihn begleitet und verfolgt hatten, als er aus dieser Gegend floh, und zugleich hörte er sozusagen die Totenstille, die in diesem Augenblick hier herrschte. Eine noch heftigere Unruhe überkam ihn, als er auf den kleinen Platz vor der Kirche gelangte, und noch Schlimmeres erwartete er am Ziel seiner Wanderung, denn das Haus, in dem er Aufenthalt zu nehmen gedachte, war jenes, das er einst Lucias Haus zu nennen gewohnt war. Nun konnte es im besten Fall Agneses Haus sein, und die einzige Gnade, die er vom Himmel erhoffte, war, sie am Leben und gesund zu finden. In diesem Haus wollte er um Unterkunft bitten, denn er vermutete mit Recht, daß das seinige nur noch eine Wohnung für Mäuse und Marder sein müsse.

Da er sich nicht sehen lassen wollte, schlug er den Fußweg außerhalb des Dorfes ein, denselben, auf dem er in jener Nacht in trauter Gesellschaft gekommen war, um den Pfarrer zu überrumpeln. Auf halbem Wege etwa lag auf der einen Seite der Weinberg, auf der anderen Renzos Häuschen, so daß er im Vorübergehen für einen Augenblick hier und dort hätte eintreten können, um ein wenig nachzusehen, wie es um seine Sachen stand.

Während er so einherschritt, schaute er vor sich hin, begierig darauf und zugleich fürchtend, jemanden zu entdekken. Und nach wenigen Schritten sah er in der Tat einen Mann im Hemd auf der Erde sitzen, der sich mit dem Rükken an eine Jasminhecke lehnte; seine Haltung war die eines Irrsinnigen. Daran und dann auch an den Gesichtszügen glaubte er jenen halb schwachköpfigen Gervaso zu erkennen, der bei dem unseligen Unternehmen als zweiter Zeuge mitgegangen war. Als er sich ihm aber genähert hatte, mußte er sich überzeugen, daß es statt dessen der so muntere Tonio war, der den anderen damals mitgeführt hatte. Die Pest hatte ihm die Kräfte des Körpers und zugleich die des Verstandes geraubt und in seinem Gesicht sowie in allen seinen Bewegungen den schwachen, verborgenen Keim der Ähnlichkeit entwickelt, die er mit seinem Bruder hatte.

„He, Tonio!" sagte Renzo und blieb vor ihm stehen, „bist du's?"

Tonio hob den Blick, ohne den Kopf zu bewegen.

„Tonio! erkennst du mich nicht?"

„Wen's trifft, den trifft es", entgegnete Tonio und verharrte mit offenem Mund.

„Hat's dich erwischt, wie? Armer Tonio, aber kennst du mich nicht mehr?"

„Wen's trifft, den trifft es", erwiderte jener mit einem blöden Lächeln. Da Renzo sah, daß er nichts anderes aus ihm herausbringen würde, setzte er seinen Weg noch trübseliger fort. Und plötzlich tauchte an einer Ecke etwas Schwarzes auf, das näher kam, und er erkannte sogleich Don Abbondio. Jener schritt ganz langsam dahin und trug den Stock wie einer, der vom Stock getragen wird. Und wie er sich nach und nach näherte, konnte man immer deutlicher aus seinem bleichen, abgezehrten Gesicht und aus jeder Bewegung erkennen, daß auch er sein Unglück überstanden haben mußte. Auch er schaute: er schien sicher zu sein und auch nicht. Er sah etwas Fremdartiges in der Kleidung, aber eben das Fremdartige, das aus Bergamo stammte.

Er ist es ohne Zweifel! sagte er bei sich und hob mit einer Geste mißvergnügten Staunens die Hände zum Himmel, wobei der Stock, den er in der Rechten hielt, in der Luft schweben blieb und man die dürren Arme in den Ärmeln schlottern sah, wo sie einst kaum Platz gehabt hatten. Renzo ging ihm entgegen, während er den Schritt beschleunigte, und vollführte eine Verbeugung, denn obwohl sie, wie Ihr wißt, nicht im guten geschieden waren, so war er immerhin sein Pfarrer.

„Ihr seid hier, Ihr?“ rief Don Abbondio.

„Ich bin hier, wie Sie sehen. Weiß man nichts von Lucia?“

„Was soll man von ihr wissen? Man weiß nichts von ihr. Sie ist in Mailand, wenn sie überhaupt noch auf dieser Welt ist. Aber Ihr ...“

„Und Agnese, lebt sie noch?“

„Kann sein, aber wer soll es wissen? Sie ist nicht hier. Aber ...“

„Wo ist sie?“

„Sie ist in die Valsassina gegangen, zu ihren Verwandten in Pasturo, Ihr wißt ja. Es heißt, dort soll die Pest nicht so höllisch wüten wie hier. Aber Ihr, sage ich ...“

„Das tut mir leid. Und Pater Cristoforo ...?“

„Der ist schon seit langem fort. Aber ...“

„Ich wußte es, sie haben es mir schreiben lassen. Ich frage nur, ob er nicht zufällig in diese Gegend zurückgekommen ist.“

„Gerechter Himmel! Man hat nie wieder von ihm gehört. Aber Ihr? ...“

„Das tut mir auch leid.“

„Aber Ihr, sage ich, was wollt Ihr denn um Himmels willen in dieser Gegend? Wißt Ihr denn nicht, was für ein netter Haftbefehl ...?“

„Was liegt mir schon daran. Die haben an etwas anderes zu denken. Ich habe auch einmal kommen und nach meinen Sachen sehen wollen. Und weiß man eigentlich nicht ...?“

„Was wollt Ihr sehen? Jetzt, wo doch niemand mehr, wo nichts mehr hier ist. Und ich sage, bei diesem feinen Haftbefehl herzukommen, ausgerechnet in das Dorf, dem Wolf in den Rachen, ist das vernünftig? Folgt dem Rat eines alten Mannes, der mehr Vernunft haben muß als Ihr und der aus Liebe zu Euch spricht. Bindet Euch die Schuhe fest und kehrt zurück, woher Ihr gekommen seid, bevor Euch jemand sieht, und seid Ihr schon gesehen worden, so kehrt um so eiliger zurück. Glaubt Ihr denn, das sei die rechte Luft für Euch hier? Wißt Ihr nicht, daß sie hergekommen sind, um Euch zu suchen, daß sie alles durchstöbert, durchwühlt und von unten nach oben gekehrt haben ...?"

„Ich weiß es nur zu gut, diese Schufte!"

„Na also ..."

„Aber wenn ich Ihnen sage, daß ich nicht daran denke. Und er, lebt er noch? Ist er hier?"

„Ich sage Euch, daß niemand hier ist. Ich sage Euch, daß Ihr Euch um die Dinge hier nicht kümmern sollt. Ich sage Euch ..."

„Ich frage, ob er hier ist."

„O heiliger Himmel! sprecht vernünftiger. Ist es möglich, daß Ihr nach so vielen Dingen noch all das Feuer im Leibe habt!"

„Ist er hier, oder ist er nicht hier?"

„Er ist nicht hier, laßt es gut sein. Aber die Pest, mein Sohn, die Pest! Wer wird denn in solchen Zeiten umherwandern?"

„Wenn es auf dieser Welt nichts weiter als die Pest gäbe ... für mich, meine ich: ich habe sie gehabt und bin frei davon."

„Nun also! nun also! ist das keine Warnung? Wenn einer so einer Sache entronnen ist, so glaube ich, sollte er dem Himmel danken und ..."

„Ich danke ihm doch."

„Und nicht anderes Unheil suchen, sage ich. Befolgt meinen Rat ..."

„Sie haben sie auch gehabt, Herr Pfarrer, wenn ich mich nicht täusche."

„Und ob ich sie gehabt habe! Tückisch und schändlich ging sie mit mir um, nur durch ein Wunder bin ich hier. Es genügt, wenn ich sage, daß sie mich so zugerichtet hat, wie Ihr seht. Jetzt hatte ich gerade etwas Ruhe nötig, um mich zu erholen, ja ich fing schon an, mich etwas besser zu fühlen ... In des Himmels Namen, was wollt Ihr hier tun? Kehrt zurück ..."

„Immer haben Sie es mit diesem Zurückkehren. Um zurückzukehren, hätte ich mich ja erst gar nicht zu rühren brauchen. Sie sagen: Was sucht Ihr? Was wollt Ihr? Das ist aber schön! Auch ich komme, um nach meinem Haus zu sehen."

„Euer Haus ..."

„Sagen Sie, sind hier viele gestorben?"

„Ach!" rief Don Abbondio, und mit Perpetua beginnend, zählte er eine lange Reihe von Personen und ganzen Familien auf. Renzo hatte zwar Ähnliches erwartet, als er aber so viele Namen von Bekannten, Freunden und Verwandten hörte, stand er betrübt, mit gesenktem Kopf da und rief immer wieder: „Der Arme! Die Ärmste! Die Armen!"

„Da seht Ihr!" fuhr Don Abbondio fort, „und es ist noch nicht zu Ende. Wenn die, die übrigbleiben, diesmal nicht Vernunft annehmen und sich alle Grillen aus dem Kopf schlagen, so bleibt nur noch das Ende der Welt."

„Fürchten Sie nichts, ich beabsichtige gar nicht, hier zu bleiben."

„Ach! dem Himmel sei Dank, daß Ihr das begriffen habt. Und natürlich gedenkt Ihr ins Bergamaskische zurückzukehren?"

„Darüber machen Sie sich keine Sorgen."

„Was! Ihr werdet mir doch nicht noch eine ärgere Dummheit als diese begehen?"

„Sorgen Sie sich nicht, sage ich, das ist meine Sache. Ich bin kein kleines Kind mehr und gebrauche meine Vernunft. Ich hoffe immerhin, Sie werden niemandem sagen, daß Sie mich gesehen haben. Sie sind Priester, ich bin eins Ihrer Schafe: Sie werden mich nicht verraten wollen."

„Ich verstehe", sagte Don Abbondio, voller Unmut seufzend, „ich verstehe. Ihr wollt Euch und mich ins Verderben stürzen. Ihr habt nicht genug an dem, was Ihr durchgemacht habt, und Euch genügt nicht, was ich ausgestanden habe. Ich verstehe, ich verstehe." Und er nahm seine Wanderung wieder auf, während er diese letzten Worte noch zwischen den Zähnen murmelte.

Renzo blieb traurig und mißvergnügt stehen und überlegte, wo er Unterkunft suchen solle. Unter den Toten, die Don Abbondio ihm aufgezählt hatte, war eine Bauernfamilie, die bis auf einen jungen Burschen gänzlich von der Seuche hinweggerafft worden war. Der Jüngling war ungefähr in Renzos Alter und von klein auf sein Gefährte. Das Haus lag wenige Schritte außerhalb des Dorfes. Dorthin gedachte er zu gehen.

Während er seine Schritte dahin lenkte, kam er an seinem Weinberg vorüber; und schon von außen konnte er erkennen, in welchem Zustand er sich befand. Kein Wipfelchen, kein Blatt von den Bäumen und Sträuchern, die er zurückgelassen hatte, ragte über die Mauer. Alles, was man sah, war während seiner Abwesenheit gewachsen. Er trat an den Eingang (von dem Gitter waren nicht einmal die Angeln zu sehen) und warf einen Blick umher: armer Weinberg! Zwei Winter hindurch waren die Leute aus dem Dorf hingegangen, um „auf dem Anwesen jenes Ärmsten", wie sie sagten, Holz zu machen. Reben, Maulbeerbäume, Obstbäume jeder Art, alles war rücksichtslos ausgerissen oder an der Wurzel abgeschnitten. Man sah jedoch noch die Spuren des früheren Anbaus: junge Rebschößlinge in unterbrochenen Reihen, die aber noch den alten Standort der verwüsteten Pflanzreihen andeuteten; hier und da Nachtriebe oder Sprößlinge von Maulbeer-, Feigen-, Pfirsich-, Kirsch- und Pflaumenbäumen, aber auch diese nur verstreut, erstickt inmitten einer neuen, mannigfaltigen, dichten Vegetation, die ohne Hilfe der menschlichen Hand entstanden und emporgewuchert war. Es war ein Dickicht von Brennesseln, Farnkraut, Lolch, Quecken, Melde, wildem Hafer, grünem Amarant, Zichorien, Sauerklee, Hirsegras und anderen Kräutern, nämlich von solchen, wie sie der Bauer in jedem Land auf seine Weise einer großen Klasse zuordnet, die er mit dem

Namen Unkraut oder ähnlich bezeichnet. Es war ein Gewirr von Stengeln, die einander zu überwuchern oder, am Boden kriechend, einander zu verdrängen trachteten, bemüht, auf jede Weise Platz zu erobern; eine Wirrnis von Blättern, Blumen, Früchten, in zahllosen Farben, zahllosen Formen, zahllosen Größen. Kleine Ähren, Kolben, Büschel, Dolden, Köpfchen, weiß, rot, gelb, blau. In dieser Pflanzenwildnis gab es einige, die höher und hübscher aussahen, wenn sie auch zum größten Teil nicht edler waren: alle anderen überragend, die türkische Rebe mit ihren ausgebreiteten rötlichen Zweigen, mit ihren prächtigen dunkelgrünen Blättern, von denen sich einige schon mit Purpur säumten, mit ihren sich biegenden Trauben, unten mit violetten, weiter oben mit purpurroten, dann mit grünen Beeren und an der Spitze mit weißlichen Blüten besetzt; die Königskerze mit ihren großen wolligen Blättern am Boden, dem geraden, in die Höhe strebenden Stiel und den langen, mit leuchtend gelben Blüten bestreuten und gestirnten Ähren; Disteln mit stacheligen Stengeln, Blättern und Kelchen, aus denen sich Büschel weißer oder purpurner Blüten entfalteten oder sich silberfarbene leichte Federbüsche lösten, die der Wind entführte. Hier hatten Zaunwinden die neuen Schößlinge eines Maulbeerbaumes emporrankend umschlungen und ganz mit ihren herabhängenden Blättern bedeckt und ließen von ihren Spitzen herab ihre weißen, weichen Glöckchen baumeln; dort hatte sich eine Zaunrübe mit ihren roten Beeren um die jungen Reben eines Weinstocks gewunden, dessen Triebe, vergebens nach einem festeren Halt suchend, sich gleichfalls an sie geklammert hatten, und während sich ihre dünnen Stengel und Blätter ineinander verflochten, zogen sie sich gegenseitig nieder, wie es oft bei Schwachen geschieht, wenn sie sich gegenseitig stützen wollen. Brombeersträucher waren überall, reichten von einer Pflanze zur anderen, kletterten hinauf und hinunter, drängten ihre Zweige zusammen oder streckten sie aus, wie es ihnen gerade gelang, und da sie sogar ihre Ranken quer vor dem Eingang ausgebreitet hatten, schien es, als wollten sie auch dem Herrn den Schritt verwehren.

Aber dem stand nicht der Sinn danach, einen solchen Weinberg zu betreten, und vielleicht brauchte er nicht so viel Zeit, um ihn zu betrachten, wie wir, um diese kleine Skizze zu entwerfen. Er ging weiter, in der Nähe stand sein Haus, er durchquerte den Garten, schritt dabei bis zu den Waden im Unkraut, das auch hier wie im Weingarten wucherte und alles bedeckte. Er setzte den Fuß auf die Schwelle einer der beiden Stuben, die im Erdgeschoß lagen. Bei dem Geräusch seiner Schritte, bei seinem Erscheinen eine Panik unter den feisten Mäusen, die kreuz und quer davonliefen und sich im Unrat verkrochen, der den ganzen Fußboden bedeckte: es war noch das Lager der Landsknechte. Er warf einen Blick auf die Wände: sie waren abgesplittert, besudelt, rauchgeschwärzt. Er hob die Augen zur Decke: behangen mit Spinnweben. Sonst war nichts da. Er raufte sich die Haare, entfernte sich auch von dort, kehrte auf den Pfad zurück, den er vor einigen Augenblicken entlanggekommen war. Nach wenigen Schritten schlug er einen anderen schmalen Weg zur Linken ein, der in die Felder führte, und ohne eine lebende Seele zu sehen oder zu hören, gelangte er zu dem Häuschen, wo er rasten wollte. Es fing schon an, dunkel zu werden. Der Freund saß mit verschränkten Armen vor der Tür auf einer kleinen hölzernen Bank, die Augen starr zum Himmel gerichtet, wie einer, den das Unglück betäubt und die Einsamkeit verwildert hat. Als er das Geräusch von Schritten vernahm, wandte er sich um, um zu erkennen, wer es sei, und sagte laut zu dem, den er im Dämmerlicht zwischen Laub und Zweigen zu sehen glaubte, während er aufstand und die Hände erhob: „Ist denn sonst keiner da als ich? Habe ich gestern nicht genug getan? Laßt mich doch ein wenig allein, das wäre auch ein Werk der Barmherzigkeit."

Renzo, der nicht wußte, was das zu bedeuten habe, antwortete, indem er ihn beim Namen rief.

„Renzo ...!“ rief der andere, zugleich fragend.

„Wirklich, der bin ich“, sagte Renzo, und sie liefen aufeinander zu.

„Bist du es wirklich!“ sagte der Freund, als sie sich nahe waren. „Oh, wie ich mich freue, dich zu sehen! Wer hätte das gedacht? Ich hielt dich für Paolin, den Totengräber, der immer kommt, um mich zu quälen, ich solle ihm beim Begraben helfen. Weißt du, daß ich allein übriggeblieben bin? Allein! Allein, wie ein Einsiedler!“

„Ich weiß es nur zu gut“, sagte Renzo. Und während sie so hastig Begrüßungen, Fragen, Antworten tauschten und durcheinanderwarfen, betraten sie zusammen das Häuschen. Ohne das Gespräch zu unterbrechen, machte sich der Freund hier gleich zu schaffen, um Renzo zu bewirten, so gut er es eben unvorbereitet und in dieser Zeit konnte. Er setzte Wasser aufs Feuer und begann Polenta zu kochen. Dann gab er Renzo das Rührholz in die Hand, damit er sie rühre, und entfernte sich, wobei er vor sich hin sprach: „Ich bin allein geblieben, ach, ich bin allein!“

Er kam mit einem kleinen Eimer voll Milch zurück, mit etwas geräuchertem Fleisch und frischem Ziegenkäse, mit Feigen und Pfirsichen. Nachdem alles hingestellt und die Polenta in die flache Holzschüssel gefüllt war, setzten sie sich zusammen an den Tisch und dankten sich gegenseitig, der eine für den Besuch, der andere für die Aufnahme. Und nach einer fast zweijährigen Trennung fand sich mit einemmal, daß sie viel engere Freunde waren, als sie es in der Zeit, da sie sich beinahe täglich sahen, gewußt hatten, denn dem einen wie dem anderen, sagt hier die Handschrift, waren Dinge widerfahren, die erkennen lassen, was für ein Balsam für die Seele freundliches Wohlwollen ist, sowohl, wenn man es selbst fühlt, als auch, wenn man ihm bei anderen begegnet.

Gewiß, niemand konnte bei Renzo Agneses Stelle einnehmen oder ihn über ihre Abwesenheit trösten, nicht nur wegen jener alten und besonderen Zuneigung, sondern auch, weil unter den Dingen, die zu enträtseln ihm am Herzen lag, eines war, wozu nur sie den Schlüssel hatte. Einen Augenblick schwankte er, ob er seine Reise fortsetzen oder zuerst Agnese aufsuchen solle, da sie sich ja nicht so weit entfernt aufhielt. Da er aber überlegte, daß auch Agnese nichts über Lucias Befinden wissen würde, blieb er bei seinem ersten Vorsatz, sich geradewegs dorthin zu begeben, wo er sich Gewißheit verschaffen und Lucias Meinung hören konnte, um dann der Mutter die Nachricht selbst zu bringen. Doch auch von dem Freund erfuhr er viele Dinge, die ihm unbekannt waren; und er gewann nun Klarheit über vieles, was er nicht genau gewußt hatte, über Lucias Erlebnisse und über seine Verfolgung und auch darüber, wie Don Rodrigo kleinlaut abgezogen war und sich in dieser Gegend nicht mehr sehen ließ, kurz, über all die verwickelten Geschehnisse. Er erfuhr auch (und diese Kenntnis war für Renzo von nicht geringer Bedeutung), wie der Familienname Don Ferrantes eigentlich lautete. Agnese hatte ihn zwar durch ihren Briefschreiber mitteilen lassen, aber weiß der Himmel, wie er geschrieben worden war, und der bergamaskische Dolmetsch hatte beim Vorlesen des Briefes ein solches Wort daraus gemacht, daß Renzo, hätte er damit in Mailand die Adresse des Hauses gesucht, wahrscheinlich niemanden gefunden haben würde, der erriete, wen er meinte. Und doch war das der einzige Faden, den er besaß, um auf die Suche nach Lucia gehen zu können. Was die Justiz betraf, so konnte er sich darin bestätigt finden, daß diese Gefahr fern genug liege und ihm keine großen Sorgen bereiten werde: der Herr Stadtvogt war an der Pest gestorben, wer weiß, wann man einen anderen für ihn schicken würde. Auch die Häscherschar war zum größten Teil weg, und jene, die geblieben waren, hatten an ganz anderes als an diese alten Geschichten zu denken.

Auch er erzählte dem Freund seine Erlebnisse und hörte dafür von ihm zahllose Geschichten über den Durchzug des Heeres, über die Pest, über die Salber und über Wunder.

„Es sind schlimme Dinge“, sagte der Freund, während er Renzo in eine Stube geleitete, die durch die Seuche verödet war, „Dinge, die man nie zu sehen geglaubt hätte, Dinge, die einen für das ganze Leben um den Frohsinn bringen könnten. Dennoch ist es eine Erleichterung, mit Freunden darüber zu sprechen.“

Bei Tagesanbruch befanden sich beide in der Küche, Renzo zur Reise gerüstet, den Gürtel unter dem Wams verborgen, das große Messer in der Hosentasche. Das Bündel ließ er, um flinker gehen zu können, bei seinem Wirt in Verwahrung. „Wenn es gut ausgeht“, sagte er zu ihm, „wenn ich sie am Leben finde, wenn ... genug ... komme ich hier vorbei, dann laufe ich nach Pasturo, um der armen Agnese die gute Nachricht zu bringen, und dann, und dann ... Wenn aber das Unglück, das Unglück, das Gott verhüten möge ... Dann weiß ich nicht, was ich tun, wohin ich gehen werde: in dieser Gegend seht ihr mich gewiß nicht mehr.“ Und während er dies sprach, stand er auf der Schwelle der Haustür, den Kopf hochgereckt, und betrachtete mit gemischten Gefühlen der Rührung und Trübsal die Morgenröte in seinem Dorf, die er schon so lange nicht mehr gesehen hatte. Der Freund sagte ihm, wie man es eben tut, daß er hoffen solle, nötigte ihm etwas Mundvorrat auf, begleitete ihn ein Stück Weges und trennte sich von ihm mit weiteren guten Wünschen.

Renzo schritt recht gemächlich einher, denn es genügte ihm, wenn er an diesem Tag in die Nähe Mailands gelangte, um die Stadt frühmorgens am folgenden zu betreten und die Suche sogleich aufzunehmen. Die Wanderung verlief ohne besondere Vorfälle, und außer dem gewohnten Anblick von Elend und Schwermut gab es nichts, was Renzo von seinen Gedanken hätte ablenken können. Wie am Tag zuvor hielt er in einem Wäldchen Rast, um ein paar Bissen zu essen und sich auszuruhen. Als er in Monza an einem offenen Laden vorüberkam, wo Brote ausgestellt waren, verlangte er zwei, um damit für alle Fälle versehen zu sein. Der Bäkker bedeutete ihm, nicht einzutreten, und reichte ihm auf einer kleinen Schaufel einen mit Wasser und Essig gefüllten Napf, in den er ihn das Geld hineinzuwerfen bat. Nachdem dies geschehen, reichte er ihm mit einer Zange die zwei Brote, eins nach dem anderen, die sich Renzo in die Tasche steckte.

Gegen Abend kam er in Greco an, ohne jedoch den Namen des Ortes zu wissen. Da ihm von der früheren Wanderung noch eine verschwommene Erinnerung an die Gegend geblieben war und er nach der Berechnung des von Monza zurückgelegten Weges schloß, daß er nicht weit von der Stadt entfernt sein müsse, verließ er die Landstraße, um in den Feldern eine jener Hütten zu finden und dort die Nacht zu verbringen, denn mit Wirtshäusern wollte er sich auf nichts mehr einlassen. Er fand etwas Besseres, als er gesucht hatte. Er erblickte ein Loch in einem Zaun, der den Hof einer Meierei umgab, und kroch vorsichtig hindurch. Es war niemand da; auf der einen Seite sah er einen großen Schuppen, in dem Heu aufgehäuft lag, und daran gelehnt eine Leiter. Er warf einen Blick umher und stieg dann auf gut Glück hinauf, machte sich's zum Schlafen bequem und schlief auch wirklich gleich ein, um erst im Morgengrauen aufzuwachen. Dann kroch er auf allen vieren an den Rand seines großen Lagers, steckte den Kopf hinaus, und da er niemanden sah, stieg er hinunter, ging hinaus, wo er hereingekommen war, und schlug schmale Fußwege ein, den Dom als Leitstern wählend. Nach einer ganz kurzen Wanderung gelangte er vor die Mauern Mailands, nahe der Porta Nuova, zwischen dieser und der Porta Orientale.

34. Kapitel

Was die Art und Weise betrifft, wie man in die Stadt hineinkommen könnte, so hatte Renzo im allgemeinen gehört, daß sehr strenge Befehle bestünden, niemanden ohne Gesundheitspaß durchzulassen, daß man aber sehr leicht hineingelange, wenn man sich nur ein bißchen zu helfen und den rechten Augenblick abzupassen wisse. So war es in der Tat. Abgesehen von den allgemeinen Ursachen, die bewirkten, daß in jenen Zeiten jeder Befehl nur lau ausgeführt wurde, und abgesehen von den besonderen, die eine strikte Durchführung des Befohlenen erschwerten, befand sich Mailand damals in einem solchen Zustand, daß nicht einzusehen war, was es denn nützen solle, die Stadt zu schützen und wovor eigentlich. Wer hinkam, mochte wohl eher mit seiner eigenen Gesundheit sorglos verfahren als für die der Bürger gefährlich erscheinen.

Auf diese Nachrichten hin hatte sich Renzo vorgenommen, den Eintritt am ersten Tor zu versuchen, an das er zufällig geriet. Gäbe es dort irgendein Hindernis, so wollte er den Weg außen an der Mauer fortsetzen, bis er ein anderes mit leichterem Zugang fände. Und weiß der Himmel, wie viele Tore Mailand in seiner Einbildung haben mochte. Als er nun an der Mauer angelangt war, blieb er stehen und schaute sich um wie einer, der nicht weiß, welche Richtung er einschlagen soll, und von allem ein Zeichen zu erwarten und zu fordern scheint. Aber zur Rechten wie zur Linken sah er nichts als eine krumme Straße und vor sich ein Stück Mauer, nirgends eine Spur von lebenden Menschen. Nur an einer bestimmten Stelle des Erdwalls quoll eine dichte schwarze Rauchsäule empor, die sich beim Höhersteigen verbreiterte und in großen Kugeln emporwälzte, um sich schließlich in der reglosen grauen Luft zu verlieren. Es waren Kleider, Betten und anderer verseuchter Hausrat, der verbrannt wurde. Solche traurigen Feuer zündete man unaufhörlich an, nicht nur hier, sondern an verschiedenen Stellen der Mauer.

Das Wetter war trübe, die Luft drückend, der Himmel ganz bewölkt oder von einem gleichmäßigen, trägen Nebel bedeckt, der die Sonne zu verneinen schien, ohne Regen zu verheißen; das Land ringsum war zum Teil unbestellt und völlig ausgedörrt, alles Grün verblaßt und kein Tröpfchen Tau auf den welken, abfallenden Blättern. Obendrein fügten diese Einsamkeit, dieses Schweigen in der Nähe einer großen Stadt zu Renzos Unruhe eine neue Bestürzung hinzu und machten alle seine Gedanken noch trübsinniger.

Nachdem er eine Weile dort gestanden hatte, wählte er aufs Geratewohl den Weg zur Rechten und ging, ohne es zu wissen, auf die Porta Nuova zu, die er, obwohl sie ganz nahe war, wegen eines Bollwerks, hinter dem sie damals verborgen war, nicht sehen konnte. Nach wenigen Schritten vernahm er ein Glöckchengeklingel, das ab und zu verstummte und wieder von neuem ertönte, und dann auch menschliche Stimmen. Er ging weiter, und als er an der Ecke des Bollwerks vorbeigekommen war, erblickte er zuerst eine Bretterbude und vor deren Tür eine Schildwache, die sich mit einer gewissen müden und nachlässigen Haltung auf die Muskete stützte. Dahinter war ein Lattenzaun und hinter diesem das Tor, das heißt zwei Mauerpfeiler mit einem Dach darüber, die Torflügel zu schützen, die ebenso wie das Gitter des Lattenzauns offenstanden. Doch gerade vor dem Eingang war auf dem Boden ein trauriges Hindernis: eine Bahre, auf der zwei Monatti einen armen Unglücklichen zurechtlegten, um ihn wegzutragen. Es war der Oberzöllner, an dem man kurz zuvor die Pest entdeckt hatte. Renzo blieb stehen und wartete das Ende ab. Als sich der Zug entfernt hatte und niemand kam, um das Gitter zu schließen, schien ihm der rechte Augenblick gekommen zu sein, und er schritt eilig darauf zu. Die Wache jedoch schrie ihm ein unfreundliches „Holla!" entgegen. Renzo hielt erneut inne und zog, während er dem Mann zuzwinkerte, einen halben Dukaten aus der Tasche, den er ihm zeigte. Ob dieser die Pest schon gehabt hatte oder ob er sie weniger fürchtete, als er die halben Dukaten liebte, jedenfalls winkte er Renzo, ihm das Geldstück zuzuwerfen. Als er es gleich vor die Füße fliegen sah, murmelte er: „Schnell weiter." Renzo ließ es sich nicht zweimal sagen, passierte den

Lattenzaun, ging durch das Tor, schritt weiter, ohne daß ihn jemand bemerkte oder ihn beachtete. Nachdem er aber etwa vierzig Schritte zurückgelegt hatte, vernahm er ein zweites „Holla!“, das ihm ein Zöllner nachrief. Diesmal tat er, als ob er nicht hörte, und beschleunigte die Gangart, ohne sich auch nur umzuwenden. „Heda!“ schrie von neuem der Zöllner, jedoch mit einer Stimme, die mehr Ungeduld verriet als Entschlossenheit, sich Gehorsam zu verschaffen. Und da man ihm nicht gehorchte, zuckte er mit den Schultern und kehrte in seine Hütte zurück wie einer, dem mehr daran lag, den Reisenden nicht allzu nahe zu kommen, als nach ihren Angelegenheiten zu fragen.

Die Straße, die Renzo gewählt hatte, führte damals wie heute geradeaus bis zum Navigliokanal. Zu beiden Seiten waren Hecken oder Gartenmauern, Kirchen und Klöster und nur wenige Häuser. Am Ende dieses Weges mitten auf der am Kanal entlanglaufenden Straße war eine Säule mit einem Kreuz, das man das Kreuz des heiligen Eusebius nannte. Und so weit auch Renzo vor sich blicken mochte, er sah nichts anderes als dieses Kreuz. An der Kreuzung angelangt, die die Straße ungefähr in der Mitte teilt, bemerkte er, als er in beide Richtungen schaute, zur Rechten in der Straße, die die Allee der heiligen Teresa heißt, einen Bürger, der gerade auf ihn zukam. Endlich ein Mensch, sagte er sich, und er wandte sich sogleich jenem mit der Absicht zu, sich von ihm den Weg zeigen zu lassen. Der hatte den näher kommenden Fremden auch gesehen und maß ihn von fern mit argwöhnischen Blicken, um so mehr, als er erkannte, daß jener gerade auf ihn zusteuerte, anstatt seines Weges zu gehen. Als Renzo nicht mehr weit entfernt von ihm war, zog er seinen Hut als höflicher Bergbewohner, der er war, hielt ihn in der Linken, legte die andere Hand hinein und ging nun schnurstracks auf ihn zu. Dieser jedoch verdrehte die Augen und wich einen Schritt zurück, hob seinen knorrigen Stock, kehrte die Eisenspitze gegen Renzos Taille und schrie: „Weg da! Weg! Weg!“

„Oh, oh!“ rief auch unser junger Mann, setzte seinen Hut wieder auf, und da er alles andere als Lust hatte, in diesem Augenblick Streit anzufangen, wie er später sagte, wenn er die Sache erzählte, drehte er dem wunderlichen Kauz den Rücken und ging seiner Wege oder, besser gesagt, den Weg, den er einmal eingeschlagen hatte, weiter.

Der andere setzte ebenfalls seinen Weg fort, schnaubte erregt und wandte sich alle Augenblicke um. Zu Hause angelangt, erzählte er, ein Salber habe sich ihm genähert, mit einem demütigen, sanften Gehabe, aber mit dem Gesicht eines niederträchtigen Betrügers, das Salbenschächtelchen oder das Pulverpäckchen (er war sich nicht sicher, welches von beiden) in der Hand, die er im Hut versteckt hielt, um ihm den Streich zu spielen, wenn er ihn nicht fernzuhalten verstanden hätte. „Hätte er sich mir noch einen Schritt genähert“, fügte er hinzu, „so hätte ich ihn ohne weiteres aufgespießt, bevor er Zeit gehabt hätte, mich so zuzurichten, der Schurke. Das Unglück war nur, daß wir uns an einem so einsamen Ort befanden; denn wäre es mitten in Mailand gewesen, hätte ich Leute gerufen und mir helfen lassen, um ihn festzunehmen. Sicher hätte man die verruchte Schweinerei in seinem Hut gefunden. Aber so, ganz allein, habe ich mich damit begnügen müssen, ihm Angst einzujagen, ohne es zu wagen, mir ein Unglück zuzuziehen, denn ein bißchen Pulver ist bald verstreut, und sie haben darin eine besondere Geschicklichkeit, und dann haben sie ja noch den Teufel auf ihrer Seite. Jetzt wird er sich in Mailand herumtreiben, wer weiß, was für Unheil er anrichtet!“ Und solange er lebte, und das war viele Jahre, wiederholte er seine Geschichte, sooft von Salbern die Rede war, und fügte hinzu: „Wer noch behauptet, daß nichts Wahres daran sei, der soll mir nur nicht damit kommen, denn die Dinge muß man gesehen haben.“

Weit entfernt, zu ahnen, wie glücklich er davongekommen war, und mehr durch Wut als durch Angst erregt, dachte Renzo, während er weiterging, über diesen Empfang nach und erriet wohl ungefähr, was der Unbekannte von ihm angenommen haben mochte; aber die Sache erschien ihm so unvernünftig, daß er zu der Überzeugung kam, jener müsse ein halber Narr gewesen sein. Das fängt schlecht an, überlegte er, in diesem Mailand scheint ein Unstern über mir zu walten. Um hereinzukommen, geht mir alles nach Wunsch; wenn ich aber dann drinnen bin, finde ich nur Unannehmlichkeiten. Genug... mit Gottes Hilfe... wenn ich sie finde... wenn es mir gelingt, sie zu finden... Nun, dann ist das alles nichts.

An der Brücke angelangt, bog er, ohne zu zögern, links in die Straße von San Marco ein, denn er vermutete mit Recht, daß sie in das Stadtinnere führen müsse. Er schritt weiter und blickte hierhin und dorthin, um zu sehen, ob er ein menschliches Wesen entdecken könne, aber er bemerkte nichts außer einer entstellten Leiche in dem kleinen Graben, der zwischen den wenigen Häusern (damals waren es noch weniger) und einem Stück der Straße verläuft. Als er diese Strecke hinter sich hatte, hörte er schreien: „Sie da, Mann!", und als er in jene Richtung schaute, sah er nicht weit entfernt auf dem Balkon eines allein stehenden Häuschens eine arme Frau inmitten einer Schar kleiner Kinder, die ihn beständig rief und ihm auch mit der Hand winkte. Er lief hin, und als er in der Nähe war, sagte diese Frau: „Ach, junger Mann, tut mir um Eurer armen Toten willen den Gefallen und geht zu dem Kommissär und benachrichtigt ihn, daß man uns hier vergessen hat. Sie haben uns im Haus als verdächtig eingeschlossen, weil mein armer Mann gestorben ist. Sie haben uns die Tür vernagelt, wie Ihr seht, und seit gestern früh hat uns niemand etwas zu essen gebracht. Seit wir hier sind, ist in den vielen Stunden noch kein Mensch vorbeigekommen, der mir diese Barmherzigkeit getan hätte, und diese armen Unschuldigen sterben vor Hunger."

„Vor Hunger!" rief Renzo, fuhr mit den Händen in die Taschen, zog die zwei Brote heraus und sagte: „Da, da, laßt mir etwas herunter, damit ich sie hineinlegen kann."

„Gott vergelte es Euch, wartet einen Augenblick“, sagte die Frau und ging einen Korb holen sowie einen Strick, an dem sie ihn hinabließ. Renzo fielen inzwischen die Brote ein, die er bei seiner damaligen Ankunft in Mailand neben dem Kreuz gefunden hatte, und er dachte: Sieh da, jetzt sind sie zurückgegeben und vielleicht besser, als wenn ich sie dem wirklichen Besitzer wiedererstattet hätte, denn hier ist es tatsächlich ein Werk der Barmherzigkeit.

„Was den Kommissär betrifft, von dem Ihr sprecht, liebe Frau“, sagte er dann, während er die Brote in den Korb legte, „so kann ich Euch in keiner Weise dienen, denn, um Euch die Wahrheit zu sagen, ich bin fremd und kenne mich an diesem Ort nicht aus. Wenn ich jedoch irgendeinem Menschen begegne, der hier ein bißchen vertraut und auch gefällig ist, so daß man mit ihm reden kann, werde ich es ihm sagen.“

Die Frau bat ihn, es so zu machen, und nannte ihm den Namen der Straße, damit er ihn angeben könne.

„Auch Ihr, glaube ich“, bemerkte Renzo, „könntet mir einen Gefallen tun, eine wahre Wohltat, ohne daß es Euch Ungelegenheit bereitete. Könntet Ihr mir vielleicht sagen, wo sich das adlige Haus dieser großen vornehmen Herrschaften hier in Mailand, das Haus ***, befindet?“

„Ich weiß, daß es dieses Haus hier gibt“, erwiderte die Frau, „aber wo es liegt, weiß ich wirklich nicht. Wenn Ihr jedoch hier weitergeht, werdet Ihr schon jemanden treffen, der es Euch zeigt. Und vergeßt nicht, ihm auch von uns zu sagen.“

„Verlaßt Euch darauf“, entgegnete Renzo und entfernte sich.

Bei jedem Schritt hörte er wachsenden Lärm näher kommen, den er schon vernommen hatte, als er noch in das Gespräch verwickelt war, ein Geräusch von Rädern und Pferden mit einem Glöckchengeklingel und hin und wieder Peitschenknallen, begleitet von Geschrei. Er schaute nach vorn, sah aber nichts. An der Mündung der Straße zum Sankt-

Markus-Platz angelangt, war das erste, was ihm ins Auge fiel, zwei aufgerichtete Pfosten mit einem Seil und mit Zugrollen, und er erkannte sogleich (denn es war in jener Zeit etwas Vertrautes) das abscheuliche Foltergerüst. Es stand an dieser Stelle und nicht nur an dieser, sondern auf allen Plätzen und in den geräumigeren Straßen, damit die dazu mit unumschränkter Vollmacht ausgestatteten Beauftragten eines jeden Stadtviertels es unverzüglich an jedem anwenden konnten, der ihnen die Strafe zu verdienen schien, ob es nun Abgesperrte waren, die ihr Haus verließen, oder untergeordnete Angestellte, die ihre Pflicht nicht taten, oder sonst jemand. Es war eines jener übertriebenen und unwirksamen Mittel, von denen man damals und besonders in solchen Augenblicken verschwenderisch Gebrauch machte.

Während nun Renzo dieses Instrument betrachtete und darüber nachdachte, warum es wohl an diesem Ort aufgestellt sein mochte, hörte er den Lärm immer näher und sah um die Ecke der Kirche einen Mann auftauchen, der ein Glöckchen läutete; es war ein Apparitore, ihm folgten zwei Pferde, die mit vorgestrecktem Hals, schwer stampfend mühsam vorwärts kamen, und von ihnen gezogen ein Totenkarren, nach diesem ein anderer, dann noch einer und noch einer, und zu beiden Seiten Monatti neben den Pferden, die sie mit Peitschenhieben, Faustschlägen und Flüchen antrieben. Die Leichen waren meist nackt, einige notdürftig in Lumpen gehüllt, übereinandergestapelt, ineinander verschlungen wie ein Haufen Schlangen, die sich in der Frühlingswärme langsam auseinanderwickeln. Denn bei jedem Hindernis, bei jedem Ruck sah man die elende Ladung gräßlich in Erschütterung und Unordnung geraten, die Köpfe baumelten herab, jungfräuliches Haar schwappte umher, Arme hingen herunter und schlugen gegen die Räder, so dem bereits entsetzten Auge offenbarend, wie ein solches Schauspiel noch trostloser und grauenhafter werden könne.

Der junge Mann war an der Ecke des Platzes nicht weit vom Geländer des Kanals stehengeblieben und betete unterdessen für diese unbekannten Toten. Ein grausamer Gedanke durchfuhr ihn plötzlich: Vielleicht ist dort, zusammen mit denen, darunter ... Oh, Herr! Gib, daß es nicht wahr ist! Gib, daß ich nicht mehr daran denke!

Als der Leichenzug vorüber war, machte sich Renzo auf, überquerte den Platz, schlug den Weg zur Linken am Kanal ein, ohne einen anderen Grund für seine Wahl zu haben, als daß der Zug in die andere Richtung gefahren war. Nachdem er die wenigen Schritte zwischen der Kirche und dem Kanal zurückgelegt hatte, erblickte er zur Rechten die Marcellino-Brücke. Er ging hinüber und gelangte nach Borgo Nuovo; immer noch nach einem Ausschau haltend, der ihm den Weg zeigen könnte, sah er am Ende der Straße einen Priester im Wams, mit einem Stöckchen in der Hand, neben einer angelehnten Tür stehen, den Kopf gesenkt und das Ohr am Spalt; gleich darauf sah er ihn die Hand heben und den Segen spenden. Er vermutete, wie es auch wirklich war, daß jener eine Beichte gehört habe, und sagte bei sich: Das ist der geeignete Mann für mich. Wenn ein Priester in Ausübung seines Amtes nicht ein wenig Barmherzigkeit, Liebe und Gefälligkeit übrig hat, so müßte man sagen, daß es dergleichen auf der ganzen Welt nicht mehr gibt.

Unterdessen kam der Priester, der sich von der Tür entfernt hatte, Renzo entgegen, wobei er sich mit großer Vorsicht mitten auf der Straße hielt. Als Renzo ihm nahe war, zog er den Hut und bedeutete ihm durch einen Wink, daß er mit ihm zu sprechen wünsche, indem er zugleich stehenblieb, um ihm auf diese Weise zu verstehen zu geben, daß er sich ihm nicht nähern würde. Jener blieb nun ebenfalls stehen, in einer Haltung, die die Bereitwilligkeit, ihn anzuhören, verriet, stemmte jedoch den Stock vor sich in die Erde, als wollte er sich daraus ein Bollwerk machen. Renzo brachte seine Frage vor, und der Priester beantwortete sie, wobei er ihm nicht nur den Namen der Straße nannte, wo das Haus gelegen war, sondern ihm auch den Weg dorthin ein wenig beschrieb, da er sah, daß es der Ärmste nötig hatte; das heißt, er bezeichnete ihm die vielen Rechts und Links, die Kirchen und Kreuze, die sechs oder sieben Straßen, die er durchschreiten mußte, um hinzugelangen.

„Gott erhalte Sie gesund in diesen Zeiten und immerdar“, sagte Renzo, und während sich jener zum Gehen anschickte, fügte er hinzu: „Noch einen Gefallen“, und er erzählte ihm von der armen, vergessenen Frau. Der gute Priester dankte, daß er ihm Gelegenheit verschafft habe, ein so notwendiges Werk der Liebe zu tun, versprach, es an geeigneter Stelle zu melden, und ging weiter. Auch Renzo brach auf und versuchte im Gehen, sich die Wegbeschreibung zu wiederholen, um nicht wieder an jeder Ecke fragen zu müssen. Aber man kann sich kaum vorstellen, wie beschwerlich ihm das wurde, und zwar nicht so sehr, weil die Sache an sich so schwierig war, sondern weil sich eine neue Unruhe seiner Seele bemächtigt hatte. Dieser Name der Straße, diese Spur des Weges hatten ihn so durcheinandergebracht. Es war der Anhaltspunkt, den er gewünscht und verlangt hatte und ohne den er nichts unternehmen konnte, und es war ihm nichts gesagt worden, woraus er auf eine schlimme Vorbedeutung hätte schließen können. Aber was wollt Ihr? Dieser etwas deutlichere Gedanke an ein nahes Ziel, das ihn aus einer schweren Ungewißheit befreien würde, wo er die Worte vernehmen würde: sie lebt, oder – sie ist tot, dieser Gedanke hatte ihn so stark gepackt, daß es ihm in diesem Augenblick lieber gewesen wäre, über alles noch im unklaren zu sein und am Anfang seiner Reise zu stehen, von der er nun schon das Ende vor sich hatte. Er nahm jedoch seine Kräfte zusammen und sagte zu sich selbst: „Ha, wenn ich jetzt anfange, mich wie ein dummer Junge zu benehmen, wie wird das dann ausgehen?“ Nachdem er so neuen Mut geschöpft hatte, setzte er seinen Weg in das Stadtinnere fort.

Welch eine Stadt! Was bedeutete, verglichen damit, jener Zustand, in dem sie ein Jahr zuvor bei der Hungersnot gewesen war!

Renzo durchquerte gerade einen der elendsten und trostlosesten Teile, nämlich die Straßenkreuzung, die man den Carrobio di Porta Nuova nannte. (Damals stand ein Kreuz in der Mitte, und diesem gegenüber neben der jetzigen Kirche San Francesco di Paola eine alte Kirche, benannt nach der heiligen Anastasia.) So arg wütete in den umliegenden Bezirken die Seuche, und so heftig war der Gestank der dort liegengebliebenen Leichen, daß die wenigen Überlebenden gezwungen waren, dieses Gebiet zu räumen, so daß zur Traurigkeit, die dieser Anblick der Ödnis und Verlassenheit dem Passanten einflößte, sich noch das Entsetzen und der Ekel vor den Spuren und Abfällen der früheren Bewohner hinzugesellte. Renzo beschleunigte den Schritt, während er sich mit dem Gedanken und der Hoffnung ermunterte, daß sein Ziel noch nicht so nahe sei und sich das Bild wenigstens zum Teil verändert haben würde, bevor er dort ankam. Und wirklich gelangte er bald darauf an einen Ort, den man noch eine Stadt der Lebenden nennen konnte. Aber was für eine Stadt auch hier und was für Lebende! Aus Furcht und Argwohn hielt man alle Haustüren geschlossen, und nur solche von unbewohnten oder geplünderten Häusern standen offen; manche waren zugenagelt und versiegelt, weil im Haus Leute an der Pest gestorben oder erkrankt waren, andere durch ein mit Kohle gemaltes Kreuz gekennzeichnet, als Hinweis für die Monatti, daß hier Tote wegzutragen seien. Jedoch schien alles mehr aufs Geratewohl gemacht, je nachdem sich hier eher als dort ein Kommissär oder ein anderer Beamter der Gesundheitsbehörde eingefunden hatte, um die Verordnungen durchzuführen oder einen Mißbrauch zu begehen. Überall Lumpen und, noch widerwärtiger als diese, eitrige Verbände, verseuchtes Stroh oder aus den Fenstern geworfene Bettücher, zuweilen menschliche Körper, entweder von Leuten, die plötzlich auf der Straße gestorben waren und nun liegengelassen wurden, bis ein Karren vorbeikam, der sie mitnahm, oder solche, die von den Karren heruntergefallen oder auch aus den Fenstern geworfen worden waren. So sehr hatte die Hartnäckigkeit und das Wüten des Unglücks die Gemüter verwildert und jede ehrfurchtsvolle Sorge, jede gemeinschaftliche Rücksicht vergessen gemacht! Da jedes Geräusch in den Läden, jedes Wagengerassel, jedes Ausrufen der Verkäufer, jedes Gespräch der Passanten aufgehört hatte, geschah es nur selten, daß diese Totenstille von etwas anderem unterbrochen wurde als von dem Lärm der Leichenkarren, von dem Gejammer der Bettler, von dem Klagen der Kranken, von dem Geheul der Wahnsinnigen, von dem Geschrei der Monatti. Bei Tagesanbruch, mittags und am Abend gab eine Glocke vom Dom das Zeichen, daß gewisse vom Erzbischof festgesetzte Gebete zu sprechen seien. Auf dieses Geläut antworteten die Glocken der anderen Kirchen, und dann hättet Ihr die Leute an das Fenster treten und gemeinsam beten sehen, hättet ein Geflüster von Stimmen und Seufzer hören können, in deren Traurigkeit sich doch ein wenig Trost mischte.

Da zu jener Zeit vielleicht zwei Drittel der Bürger gestorben waren, ein großer Teil der übrigen fortgezogen oder erkrankt, der Zuzug von außen aber fast auf ein Nichts zusammengeschmolzen war, so wäre es wohl nur ein Zufall gewesen, wenn man von den wenigen, die auf der Straße gingen, im weiten Umkreis einem einzigen begegnet wäre, an dem man nicht etwas Seltsames entdeckt hätte, das auf die unselige Veränderung der Dinge hinwies. Man sah die vornehmsten Männer ohne Mantel oder Kapuze, dem damals wesentlichsten Teil der bürgerlichen Kleidung, die Priester ohne Soutane und auch Geistliche im Wams, kurz, jedes Kleidungsstück war abgelegt, das durch Umherflattern mit Dingen in Berührung kommen konnte oder (was man mehr als alles andere fürchtete) es den Salbern hätte bequem machen können. Aber abgesehen davon, daß man diese Vorsicht übte, möglichst hochgeschürzt und in enganliegenden Kleidern zu gehen, war jedermann vernachlässigt und ungepflegt. Der Bart war lang bei denen, die ihn zu tragen pflegten, und gewachsen bei denen, die ihn sonst schoren, lang auch und zerrauft das Haar, nicht nur infolge jener Nachlässigkeit, die aus einer lang anhaltenden Mutlosigkeit resultiert, sondern weil die Barbiere verdächtig waren, seitdem einer von ihnen, Giangiacomo Mora, als berüchtigter Salber ergriffen und verurteilt worden war. Der Name behielt noch lange den Ruf stadtbekannter Schändlichkeit, und er hätte doch eher ein weitläufiges und immerwährendes Mitleid verdient. Die meisten trugen in der einen Hand einen Stock, einige auch eine Pistole zur drohenden Warnung für den, der ihnen hätte zu nahe kommen wollen, in der anderen wohlriechende Pastillen oder durchlöcherte Kugeln aus Metall oder Holz und darin Schwämme, die mit Arzneiessig getränkt waren und die sie von Zeit zu Zeit an die Nase führten oder auch ständig daran hielten. Einige hatten am Hals ein Fläschchen mit Quecksilber, in der Gewißheit, daß es die Kraft habe, jede Pestausdünstung aufzusaugen und zurückzuhalten, und sie sorgten dafür, daß es alle paar Tage erneuert wurde. Die Edelleute gingen nicht nur ohne das gewohnte Gefolge aus, sondern man sah sie mit einem Korb am Arm die zum Unterhalt notwendigen Dinge kaufen gehen. Begegneten sich zwei Freunde auf der Straße, so grüßten sie sich hastig mit stummen Winken aus der Ferne. Jeder hatte im Gehen genug zu tun, um den ekelhaften, todbringenden Hindernissen auszuweichen, die auf dem Boden verstreut waren und an manchen Stellen gänzlich den Weg versperrten. Jeder bemühte sich, die Mitte der Straße einzuhalten, aus Angst vor weiterem Unrat oder vor einer unheilbringenden Last, die aus den Fenstern geworfen werden konnte; aus Furcht vor vergifteten Pulvern, die angeblich oft von diesen aus auf die Vorübergehenden gestreut wurden; aus Angst vor den Mauern, die gesalbt sein konnten. So fügte die Unwissenheit, die auf verkehrte Weise mutig und vorsichtig ist, eine bange Sorge zur anderen und flößte unbegründete Schrecken ein als Ersatz für vernünftige und heilsame, die sie anfänglich unterdrückt hatte.

So stand es um das, was sich an minder Abstoßendem und weniger Mitleiderregendem ringsum den Blicken zeigte, nämlich um die Gesunden und um die Wohlhabenden, denn nach so vielen Bildern des Elends und eingedenk des noch weit größeren, durch das wir den Leser geleiten müssen, wollen wir uns jetzt nicht damit aufhalten, das Schauspiel zu schildern, das die von der Pest Befallenen, die sich durch die Straßen schleppten oder dort herumlagen, und die Bettler, die Kinder, die Frauen boten. Es war derart, daß der Betrachter fast einen verzweifelten Trost darin finden konnte, was den Fernstehenden und den Nachkommen den stärksten und schmerzlichsten Eindruck macht, ich meine, in dem Gedanken, in der Beobachtung, wie sehr die Reihen der Lebenden gelichtet waren.

Inmitten dieser Trostlosigkeit hatte Renzo bereits eine gute Strecke seines Weges zurückgelegt, als auf einer Straße, von der er noch ein ziemliches Stück entfernt war und in die er hätte einbiegen sollen, ein mannigfaches Getöse an sein Ohr drang, in dem sich das gewohnte entsetzliche Geklingel unterscheiden ließ.

Als er an der Ecke der Straße anlangte, die eine der breitesten war, sah er in der Mitte vier Karren stehen. Und wie man auf einem Getreidemarkt die Leute kommen und gehen, Säcke aufladen und umstürzen sieht, so war auch an diesem Ort die Bewegung genauso: Monatti, die in die Häuser traten, Monatti, die mit einer Last auf den Schultern herauskamen und sie auf den einen oder anderen Karren legten. Einige waren in der roten Dienstkleidung, einige ohne dieses Unterscheidungsmerkmal, viele mit einem noch widerwärtigeren: mit bunten Federbüschen und Quasten, die diese Ruchlosen gleichsam zum Zeichen der Fröhlichkeit inmitten der allgemeinen Trauer trugen. Bald rief aus dem einen, bald aus dem anderen Fenster eine leidvolle Stimme: „Hierher, Monatti!“ Und mit noch unheilvollerem Klang tönte aus dem traurigen Gewimmel die rauhe Antwort: „Gleich, gleich!“ Oder es waren Mieter, die murrten und zur Eile antrieben, und ihnen antworteten die Monatti mit Flüchen.

Als Renzo in die Straße einbog, beschleunigte er den Schritt und bemühte sich, jene Hindernisse nur so weit zu beachten, als es nötig war, um ihnen auszuweichen. Da fiel sein Blick auf einen Gegenstand, der besonderes Mitleid erheischte, ein Erbarmen, das sein Gemüt bewog, ihn zu betrachten, so daß er stehenblieb, fast ohne es zu wollen.

Eine Frau trat über die Schwelle einer dieser Türen und schritt dem Zug entgegen. Ihr Äußeres verriet eine vorgeschrittene Jugendlichkeit, die jedoch noch nicht verblüht war, aus der eine durch großes Leid und tödliche Erschöpfung verhüllte und getrübte, aber nicht zerstörte Schönheit schimmerte: jene sanfte und zugleich majestätische Schönheit des lombardischen Schlages. Ihr Gang war müde, aber nicht schleppend, die Augen hatten keine Tränen, aber Spuren, daß sie deren viele vergossen hatten. Es lag in ihrem Schmerz etwas von Gelassenheit und Tiefe, das von einer Seele zeugte, die ihn bewußt und gegenwärtig empfand. Aber es war nicht nur ihr Aussehen, das inmitten des großen Elends besonderes Mitleid mit ihr erweckte und dieses in den Herzen schon ermattete und erstorbene Gefühl für sie von neuem aufleben ließ. Sie trug auf ihrem Arm ein ungefähr neunjähriges Mädchen, das tot war, aber sehr schön zurechtgemacht, mit über der Stirn gescheiteltem Haar und einem schneeweißen Kleid, als ob diese Hände es zu einem seit langem versprochenen und zur Belohnung gewährten Fest geschmückt hätten. Sie hielt es auch nicht liegend, sondern aufrecht, auf einem Arm sitzend, die Brust an ihre Brust gelehnt, als ob es noch am Leben wäre; nur hing an einer Seite mit einer gewissen leblosen Schwere das weiße, wachsähnliche Händchen herab, und der Kopf ruhte hilfloser als im Schlaf auf der Schulter der Mutter; daß sie die Mutter war, hätte, wenn nicht die Ähnlichkeit der Züge, gewiß das Gefühl klar bewiesen, das das eine der Gesichter noch ausdrückte.

Ein garstiger Monatto ging auf sie zu, um ihr das Mädchen aus den Armen zu nehmen, jedoch mit einer Art ungewohnter Ehrfurcht und unwillkürlich zögernd. Sie aber wich zurück und sagte, ohne jedoch Unwillen oder Verachtung zu zeigen: „Nein, rührt sie mir jetzt nicht an, ich muß sie selbst auf diesen Karren legen. Nehmt.“ Während sie dies sagte, öffnete sie eine Hand, ließ einen Geldbeutel erkennen und ihn in die ausgestreckte Hand des Monatto gleiten. Dann fuhr sie fort: „Versprecht mir, ihr nicht einen Faden wegzunehmen oder zuzulassen, daß sich ein anderer erkühne, es zu tun, und legt sie mir so in die Erde.“

Der Monatto führte eine Hand an die Brust, dann beeilte er sich zuvorkommend und fast dienstbeflissen, für die kleine Tote ein wenig Platz auf dem Karren zu machen, mehr um des neuen Gefühls willen, das ihn gleichsam überwältigt hatte, als des unverhofften Lohnes wegen. Die Mutter gab dem Mädchen einen Kuß auf die Stirn, legte sie hin wie auf ein Bett, breitete ein weißes Tuch darüber und sagte die letzten Worte: „Leb wohl, Cecilia! Ruhe in Frieden! Heute abend werden auch wir kommen, um dann immer zusammen zu bleiben. Bitte unterdessen für uns, ich werde für dich und für die anderen beten.“ Dann wandte sie sich wieder an den Monatto und sagte: „Wenn Ihr hier gegen Abend wieder vorbeifahrt, so kommt herauf, um auch mich zu holen und nicht nur mich allein.“

Nachdem sie dies gesagt hatte, ging sie ins Haus zurück, und einen Augenblick später erschien sie am Fenster, ein anderes Mädchen in den Armen haltend. Es war kleiner und lebte, aber die Zeichen des Todes lagen auf seinem Gesicht. So stand sie da und betrachtete das unwürdige Begräbnis des ersten Kindes, bis sich der Karren in Bewegung setzte und solange sie ihn sehen konnte; dann verschwand sie. Und was konnte sie anderes tun, als das einzige Kind, das ihr noch blieb, auf das Bett zu legen und sich danebenzuwerfen, um zusammen zu sterben, so wie die üppig blühende Blume gemeinsam mit der zarten Knospe fällt, wenn die

Sense über sie hinweggeht und alles Gras der Wiese gleichmacht.

„O Herr!" rief Renzo aus, „erhöre sie! Nimm sie zu dir, sie und ihr Kind, sie haben genug gelitten, sie haben genug gelitten!"

Nachdem er sich von dieser außergewöhnlichen Erschütterung erholt hatte und sich die Wegbeschreibung ins Gedächtnis zu rufen trachtete, um festzustellen, ob er sich bei der nächsten Straße nach rechts oder nach links wenden solle, hörte er auch aus dieser einen neuen Lärm dringen, der sich von dem früheren unterschied, verworrene Laute gebieterischen Schreiens und heiseren Wehklagens, das Weinen von Frauen, das Gewimmer von Kindern.

Er ging weiter, die gewohnte traurige und bange Erwartung im Herzen. An der Kreuzung angelangt, sah er von der einen Seite eine wirre Menge näher kommen, und er hielt inne, um sie vorbeizulassen. Es waren Kranke, die ins Lazarett geführt wurden. Einige, die mit Gewalt vorwärts gestoßen wurden, leisteten vergeblich Widerstand, schrien umsonst, daß sie in ihrem Bett sterben wollten, und antworteten mit nutzlosen Verwünschungen auf die Flüche und die Befehle der Monatti, die sie begleiteten; andere schritten schweigend, ohne Schmerz oder ein anderes Gefühl zu zeigen, als wären sie von Sinnen; Frauen mit kleinen Kindern auf dem Arm; größere Kinder, mehr durch das Geschrei, durch diese Befehle, durch diese Begleitung als durch den unklaren Gedanken an den Tod erschreckt, schrien laut nach der Mutter und ihren vertrauten Armen und verlangten nach ihrem Heim. Ach! und vielleicht hatte sich die Mutter, die sie in ihrem Bett schlafend verlassen zu haben glaubten, plötzlich von der Pest befallen hingestreckt und lag besinnungslos da, um dann auf einem Karren ins Lazarett geschleppt zu werden oder in die Grube, wenn der Karren zu spät kam. Vielleicht, o Unglück, noch bittererer Tränen würdig, hatte die Mutter, durch die eigenen Leiden völlig in Anspruch genommen, alles andere vergessen, auch die

Kinder, und hatte nur noch den einen Gedanken: in Frieden zu sterben. Immerhin sah man auch in diesem Wirrwarr noch manches Beispiel der Festigkeit und des Mitleids: Väter, Mütter, Geschwister, Kinder, Gatten, die ihren Lieben beistanden und sie mit Worten des Trostes begleiteten, und nicht nur Erwachsene, sondern kleine Knaben, kleine Mädchen, die ihre zarteren Geschwister führten und sie verständig und mitfühlend wie Erwachsene mahnten, folgsam zu sein, und ihnen versicherten, daß man sie an einen Ort bringe, wo es Menschen gibt, die Sorge für sie tragen und sie gesund machen würden.

Mitten in diesem bedrückenden, mitleiderregenden Anblick bewegte und erregte etwas unseren Wanderer besonders lebhaft. Das Haus mußte hier in der Nähe sein, und wer weiß, ob unter diesen Leuten ... Aber als der ganze Zug vorüber und dieser Zweifel gewichen war, wandte er sich an einen Monatto, der hinterdreinging, und fragte ihn nach der Straße und dem Haus Don Ferrantes. „Scher dich zum Teufel, du Tölpel", war die Antwort, die er erhielt. Es lag ihm nichts daran, jenem zu erwidern, wie er es verdiente; da er aber ein paar Schritte weiter einen Kommissär sah, der den Zug beschloß und ein etwas menschlicheres Gesicht hatte, stellte er ihm die gleiche Frage. Dieser sagte, mit einem Stock in die Richtung weisend, aus der er kam: „Die erste Straße rechts, das letzte große Haus links."

Mit einer neuen und noch stärkeren Bangigkeit im Herzen schlug der Jüngling diese Richtung ein. Nun war er in der Straße, erkannte sogleich das Haus unter all den anderen, die niedriger und armseliger waren. Er näherte sich dem Tor, das geschlossen war, legte die Hand auf den Klopfer und ließ sie darauf ruhen wie auf einer Urne, aus der er den Zettel herausnehmen sollte, worauf sein Leben oder sein Tod geschrieben stand. Endlich hob er den Klopfer und schlug damit entschlossen an.

Nach einigen Augenblicken öffnete sich ein Fenster ein wenig. Eine Frau steckte den Kopf heraus, um zu sehen, wer es sei, mit einem mißtrauischen Gesicht, das zu sagen schien: Monatti? Landstreicher? Kommissäre? Salber? Teufel?

„Gnädige Frau", sagte Renzo, der hinaufschaute, in einem nicht allzu beherzten Ton, „dient hier ein junges Bauernmädchen, das Lucia heißt?"

„Sie ist nicht mehr hier, schert Euch fort", antwortete die Frau und machte Miene, das Fenster zu schließen.

„Einen Augenblick, aus Barmherzigkeit! Sie ist nicht mehr hier? Wo ist sie?"

„Im Lazarett", und wieder wollte sie schließen.

„Nur einen Augenblick, um Himmels willen! Ist sie an der Pest erkrankt?"

„Sicher! Etwas Neues, was? Verschwindet."

„Oh, ich Ärmster! Warten Sie, war sie schwerkrank? Wie lange ist es her? ..."

Aber inzwischen war das Fenster wirklich geschlossen worden.

„Gnädige Frau! Gnädige Frau! Ein Wort noch, haben Sie Erbarmen! Um Ihrer armen Toten willen! Ich bitte Sie ja um nichts, heda!" Doch es war, als ob er zur Mauer redete.

Betrübt über die Nachricht und erzürnt über die Behandlung, ergriff Renzo erneut den Klopfer und drückte und drehte ihn, während er so an der Tür lehnte, und hob ihn, um noch einmal verzweifelt zu klopfen, und hielt ihn dann zögernd in die Höhe. In dieser Erregung wandte er sich um, um zu sehen, ob nicht etwa ein Nachbar in der Nähe sei, von dem er vielleicht eine genauere Auskunft, irgendeinen Anhaltspunkt, irgendeinen Lichtblick erfahren könnte. Aber die erste, die einzige Person, die er in einer Entfernung von etwa zwanzig Schritten erblickte, war eine zweite Frau, deren Gesicht Schrecken, Haß, Ungeduld und Bosheit ausdrückte, deren verdrehte Augen zugleich ihn beobachten und weiter weg schauen wollten und die den Mund wie zu lautem Schreien aufriß, aber doch wieder den Atem anhielt, die dürren Arme hochhob und die runzligen, krallenartig gekrümmten Hände ausstreckte und wieder einzog, als ob sie etwas zu ergreifen trachtete, so daß deutlich zu sehen war, wie sie Leute rufen wollte, ohne daß es ein gewisser Jemand merken sollte. Als sich die Blicke der beiden begegneten, fuhr sie zusammen, noch häßlicher werdend, wie jemand, der ertappt wird.

„Was zum Teufel...?" fing Renzo an, nun auch die Hände gegen die Frau erhebend; doch diese, die jetzt die Hoffnung verloren hatte, ihn unversehens festnehmen lassen zu können, stieß den Schrei aus, den sie bis dahin zurückgehalten hatte: „Der Salber! Packt ihn! Packt ihn! Packt den Salber!"

„Wer? Ich! Ha, du lügnerische Hexe! Schweig still!" schrie er und sprang mit einem Satz auf sie zu, um sie einzuschüchtern und zum Schweigen zu bringen. Aber sogleich merkte er, daß er es eher nötig hatte, an sich zu denken. Auf das Gezeter der Alten liefen Leute von da und dort herbei, nicht die Menge, die in einem solchen Fall vor drei Monaten zur Stelle gewesen wäre, aber mehr als genug, um mit einem einzigen Menschen nach Belieben verfahren zu können. Gleichzeitig öffnete sich von neuem das Fenster, und die gleiche unhöfliche Person von vorhin kam diesmal ganz zum Vorschein und schrie ebenfalls: „Greift ihn, greift ihn. Er ist gewiß einer von den Schurken, die herumgehen, um die Türen rechtschaffener Leute zu salben."

Renzo überlegte nicht lange, es schien ihm sogar klüger zu sein, sich davonzumachen, als dazubleiben und sein Recht zu behaupten. Er warf einen Blick nach rechts und nach links, um zu sehen, wo weniger Leute waren, und suchte das Weite. Er warf mit einem mächtigen Stoß einen zurück, der ihm den Weg versperrte; mit einem Schlag vor die Brust schleuderte er einen anderen, der ihm entgegenrannte, acht oder zehn Schritte zurück; und fort sauste er im Galopp mit geballter, knorriger, erhobener Faust, die er für jeden bereithielt, der ihm vor die Füße laufen wollte. Die Straße vor ihm war noch immer frei, aber im Rücken hörte er das Getrappel und noch lauter als das Getrappel dieses grausame Schreien: „Packt ihn! Packt ihn, den Salber!" Er wußte nicht, wann sie ablassen würden, und er sah nichts, wohin er sich retten könnte. Sein Zorn wurde zur Wut, die Angst verwandelte sich in Verzweiflung, er war wie von Sinnen und griff nach seinem Messer, zog es aus der Scheide, blieb plötzlich stehen, wandte sein Gesicht, das finsterer und grimmiger war, als man es je in seinem Leben bei ihm gesehen hatte, und schrie, mit ausgestrecktem Arm die blitzende Klinge in der Luft schwingend: „Heran, wer Mut hat, Gesindel! Damit ich ihn mit dem da wirklich salbe."

Mit Staunen und einem verschwommenen Gefühl der Beruhigung merkte er, daß seine Verfolger schon gehalten hatten und unschlüssig dastanden, daß sie aber in ihrem Geschrei fortfuhren und wie Besessene mit den Händen in der Luft gewisse Zeichen machten, als gelte dies Leuten, die weit hinter ihm kämen. Er drehte sich erneut um und sah (die große Verwirrung hatte ihn das einen Augenblick zuvor nicht erkennen lassen) einen näher kommenden Karren, ja vielmehr eine ganze Reihe dieser üblichen Leichenkarren mit der gewohnten Begleitung und dahinter, in einiger Entfernung, ein anderes Häuflein Leute, die sich ebenfalls auf den Salber stürzen und ihn in die Mitte hätten nehmen wollen; aber sie wurden durch ebendieses Hindernis aufgehalten. Als er sich so zwischen zwei Feuern sah, fiel ihm ein, daß das, was für die anderen ein Schrecken war, ihm zur Rettung dienen konnte. Er überlegte, daß es nicht der Augenblick war, den Zimperlichen zu spielen, steckte das Messer in die Scheide, wich etwas zurück und nahm Anlauf auf die Karren, rannte am ersten vorbei und bemerkte auf dem zweiten einen geräumigen leeren Platz. Er faßte ihn fest ins Auge, tat einen Satz und war oben, stand auf dem rechten Bein, während das linke in der Luft schwebte und seine Arme erhoben waren.

„Bravo! Bravo!" riefen wie aus einem Munde die Monatti, von denen einige dem Zug zu Fuß folgten, während andere auf dem Karren saßen und manche, um die schreckliche Wahrheit zu sagen, auf den Leichen hockten und aus einer großen Flasche tranken, die sie herumgehen ließen. „Bravo, ein glänzender Streich!"

„Du hast dich unter den Schutz der Monatti gestellt, du kannst darauf zählen, so sicher wie in der Kirche zu sein", sagte einer von den zweien, die auf dem Karren waren, den er bestiegen hatte.

Die meisten seiner Feinde hatten beim Näherkommen des Zuges kehrtgemacht und gingen fort, hörten aber nicht auf zu schreien: „Packt ihn! Packt ihn, den Salber!" Einige zogen sich langsamer zurück, blieben alle Augenblicke stehen und wandten sich mit drohenden Mienen und Gebärden Renzo zu, der ihnen vom Karren mit geballten Fäusten antwortete.

„Laß mich machen", sagte ein Monatto zu ihm, riß einem Leichnam ein paar schmutzige Lumpen vom Leibe, knüpfte sie rasch zusammen, faßte sie an einem Zipfel, hob sie wie eine Schleuder gegen die hartnäckigen Verfolger und tat, als wollte er sie auf sie werfen, wobei er schrie: „Warte, Gesindel!" Bei dieser Gebärde flüchteten alle entsetzt, und Renzo sah nur noch die Rücken seiner Feinde und ihre Fersen, die wie die Hämmer einer Walkmühle durch die Luft tanzten.

Die Monatti erhoben ein Triumphgeheul, brachen in ein schallendes, stürmisches Gelächter aus, in ein langgedehntes „Hu!", wie um diese Flucht zu begleiten.

„Haha! Siehst du, daß wir es verstehen, Ehrenmänner zu beschützen?" sagte zu Renzo jener Monatto. „Einer von uns ist mehr wert als hundert von diesen Angsthasen."

„Gewiß, ich kann nur sagen, daß ich Euch das Leben verdanke", erwiderte Renzo, „und ich danke Euch von ganzem Herzen."

„Wofür?" fragte der Monatto. „Du verdienst es, man sieht, daß du ein braver Bursche bist. Du tust recht daran, dieses Gesindel zu salben: Salbe sie, rotte sie aus, sie taugen nichts, bevor sie nicht tot sind; denn zum Dank für das Leben, das wir führen, verwünschen sie uns und sagen, daß sie uns alle hängen lassen werden, wenn die Seuche einmal aufgehört hat. Mit ihnen soll es aber eher zu Ende gehen als mit der Seuche, und die Monatti sollen allein übrigbleiben, um Viktoria zu singen und in Mailand zu prassen."

„Es lebe die Pest, nieder mit dem Lumpengesindel!" rief der andere und setzte mit diesem hübschen Trinkspruch die Flasche an den Mund, hielt sie bei dem Rütteln des Karrens mit beiden Händen fest, tat einen tüchtigen Zug und reichte sie dann Renzo, wobei er sagte: „Trink auf unsere Gesundheit."

„Ich wünsche sie Euch allen von ganzem Herzen", versetzte Renzo, „aber ich habe keinen Durst, ich habe in diesem Augenblick wirklich keine Lust zu trinken."

„Du hast eine schöne Angst ausgestanden, wie mir scheint", sagte der Monatto. „Du siehst mir wie ein armer Schelm aus. Um den Salber zu machen, bedarf es anderer Gesichter."

„Jeder tut, was er kann", bemerkte der andere.

„Gib sie mir her", sagte einer von denen, die neben dem Karren zu Fuß gingen, „ich will auch noch einen Schluck tun auf das Wohl ihres Besitzers, der sich hier in dieser schönen Gesellschaft befindet... Dort, dort, glaube ich, in dieser prachtvollen Karosse."

Und er deutete mit einem grausamen, ruchlosen Grinsen auf den Karren, der vor dem fuhr, auf dem der arme Renzo stand. Dann verzog er sein Gesicht zu einem noch bösartigeren und tückischeren Ernst, vollführte eine Verbeugung in die Richtung und fuhr fort: „Mit Verlaub, mein Herr, gefällt's Ihnen, daß ein armer, elender Monatto den Tropfen aus Ihrem Keller versucht? Sie sehen recht, so ist nun mal das Leben; wir sind die, die Sie in die Karosse gesetzt haben, um Sie auf Ihren Landsitz zu fahren. Schließlich bekommt Euch Herren der Wein immer gleich schlecht, die armen Monatti haben einen guten Magen."

Und er hob unter dem Gelächter der Gefährten die Flasche, doch bevor er trank, wandte er sich an Renzo, starrte ihm ins Gesicht und sagte mit einer Miene verächtlichen Mitleids zu ihm: „Der Teufel, mit dem du deinen Pakt geschlossen hast, muß wohl noch ziemlich jung sein, denn wären wir nicht dagewesen, um dich zu retten, so hätte er dir aber schön geholfen." Unter neuerlichem schallendem Gelächter setzte er die Flasche an den Mund.

„Und wir? He! und wir?" schrien mehrere Stimmen auf dem vorderen Karren. Der Schurke reichte, nachdem er nach Herzenslust getrunken hatte, mit beiden Händen die große Flasche seinen Kumpanen hin, die sie von einem zum anderen herumgehen ließen, bis sie einer gänzlich leerte, sie am Hals packte, sie einige Male in der Luft schwenkte und sie mit dem Ruf „Es lebe die Pest!" wegschleuderte, so daß sie auf dem Pflaster zerschellte. Nach diesen Worten stimmte er eins ihrer wilden Lieder an, und sogleich fielen alle übrigen Stimmen dieses unflätigen Chores mit ein. Der höllische Gesang, vermischt mit dem Glöckchengeklingel, mit dem Quietschen der Karren, mit dem Pferdegetrappel, tönte durch die schweigende Leere der Straßen, hallte in den Häusern wider und zog den wenigen, die sie noch bewohnten, das Herz bitter zusammen.

Aber was kann manchmal einem nicht alles gelegen kommen? Was kann in manchen Fällen nicht alles Freude bereiten? Die drohende Gefahr von vorhin hatte Renzo die Gesellschaft dieser Toten und dieser Lebenden mehr als erträglich gemacht; und jetzt war seinen Ohren diese Musik durchaus willkommen, weil sie ihm aus der Verlegenheit half, ein solches Gespräch zu führen. Noch halb außer Atem und ganz durcheinander, dankte er inzwischen der Vorsehung in seinem Herzen, daß er einer solchen Bedrängnis entgangen war, ohne Schaden genommen oder zugefügt zu haben. Er bat sie, daß sie ihm jetzt helfen möge, sich auch von seinen Befreiern zu befreien, und war seinerseits auf der Hut, beobachtete die Monatti, beobachtete die

Straße, um den rechten Zeitpunkt abzupassen, wo er heimlich herabgleiten konnte, ohne ihnen Veranlassung zu einem Lärm oder zu einer häßlichen Szene zu geben, die die Vorübergehenden hätte aufstacheln können.

Mit einemmal glaubte er an einer Straßenecke die Gegend zu kennen. Er sah aufmerksamer hin und war seiner Sache sicher. Wißt Ihr, wo er war? Auf dem Corso vor der Porta Orientale, in jener Straße, durch die er vor ungefähr zwanzig Monaten gemächlich hergekommen und eilig wieder abgezogen war. Es fiel ihm sofort ein, daß man von dort geradewegs zum Lazarett kam. Und daß er sich nun ohne Forschen und Fragen auf dem richtigen Wege befand, betrachtete er als besondere Fügung der Vorsehung und gutes Omen für alles übrige. In diesem Moment kam dem Karren ein Kommissär entgegen und befahl den Monatti laut, zu halten, und anderes mehr. Der Zug blieb tatsächlich stehen, und die Musik verwandelte sich in einen lärmenden Wortwechsel. Einer der Monatti, die auf Renzos Karren waren, sprang herunter. Renzo sagte zu dem anderen: „Ich danke Euch für Eure Gefälligkeit, Gott vergelte sie Euch" und sprang gleichfalls auf der anderen Seite herunter.

„Geh, geh nur, armes Salberlein", erwiderte jener, „du wirst es wohl nicht sein, der Mailand zugrunde richtet."

Zum Glück war niemand da, der es hätte hören können. Der Zug hatte auf der linken Seite des Corso gehalten, Renzo lief schnell auf die andere hinüber und eilte dicht an der Mauer entlang auf die Brücke zu, überquerte sie und ging die Vorstadtstraße weiter, erkannte das Kapuzinerkloster, war in der Nähe des Stadttores, erblickte die Ecke des Lazaretts, durchschritt das Gitter, und nun entfaltete sich vor seinen Augen die äußere Szene dieses eingefriedeten Raumes: kaum eine Andeutung und ein Vorgeschmack und doch schon ein überwältigender, mannigfaltiger, unbeschreiblicher Anblick.

Längs der beiden Seiten, die von dieser Stelle aus sichtbar waren, herrschte ein einziges Gewimmel. Da waren

Kranke, die in Scharen ins Lazarett zogen; andere, die am Rande des Grabens, der am Gebäude entlangläuft, saßen oder lagen – sei es, weil ihre Kräfte nicht ausgereicht hatten, um sie bis in das Asyl zu tragen, sei es, daß sie aus Verzweiflung von dort geflohen waren und ihnen nun ebenfalls die Kräfte fehlten, um weiterzukommen. Andere Elende irrten allein umher wie Blödsinnige, und nicht wenige waren tatsächlich von Sinnen. Hier erzählte einer voller Eifer seine Hirngespinste einem Unglücklichen, der von der Krankheit niedergeworfen dalag; dort tobte einer; ein anderer blickte mit lächelndem Gesicht umher, als wohnte er einem frohen Schauspiel bei. Doch die seltsamste und lärmendste Art dieser traurigen Fröhlichkeit war ein lauter, anhaltender Gesang, der nicht aus dieser beklagenswerten Menge zu kommen schien und doch deutlicher zu hören war als alle anderen Stimmen: ein ländliches Liebeslied, heiter und scherzhaft, eines von denen, die man Villanelle nannte. Und ging man dem Klang mit dem Blick nach, um zu entdecken, wer denn in dieser Zeit an diesem Ort glücklich sein könne, so sah man einen Elenden, der friedlich in dem Graben saß und mit hocherhobenem Kopf aus voller Kehle sang.

Renzo war kaum einige Schritte an der Südseite des Gebäudes entlanggegangen, als in dieser Menge ein außerordentlicher Lärm entstand und aus der Ferne Geschrei laut wurde: „Achtung. Fangt ihn!“ Er stellte sich auf die Zehenspitzen und sah eine Mähre in vollem Lauf, angetrieben von einem noch wunderlicheren Reiter. Ein Tobsüchtiger hatte das Tier unbewacht neben einem Karren ausgespannt stehen sehen, hatte sich schnell auf seinen Rücken geschwungen und jagte nun, mit den Fäusten auf seinen Hals trommelnd und die Fersen als Sporen gebrauchend, wie rasend dahin, verfolgt von brüllenden Monatti; und alles hüllte sich in eine weithin aufwirbelnde Staubwolke.

Bereits betäubt und müde von dem Anblick des Jammers, gelangte der junge Mann also an den Eingang dieses Ortes, wo vielleicht mehr Menschen versammelt waren als in dem ganzen Raum, den er schon hatte durchschreiten müssen. Er begab sich zum Tor, trat unter das Gewölbe und verharrte einen Augenblick unbeweglich mitten in dem Säulengang.

35. Kapitel

Der Leser stelle sich den als Lazarett eingefriedeten Raum von sechzehntausend Pestkranken bevölkert vor; diesen ganzen Platz hier von Hütten und Baracken eingenommen, dort von Karren, da von Menschen; diese zwei endlosen Säulengänge rechts und links voll von Siechen oder Leichen auf Strohsäcken oder nur auf Stroh, und auf dieser ganzen, fast unermeßlichen Lagerstätte ein auf und ab wogendes Gewimmel, ein Gehen und Kommen, ein Stehenbleiben, ein Laufen, ein Sichbücken, ein Sicherheben von Genesenden, von Rasenden, von Wärtern. Solcher Art war das Schauspiel, das sich mit einemmal Renzos Blicken darbot, der wie gebannt stehenblieb. Wir haben gewiß nicht vor, dieses Schauspiel in allen Einzelheiten zu beschreiben, und der Leser wird das auch nicht wünschen, wir werden lediglich unserem jungen Mann auf seinem qualvollen Rundgang folgen und dort innehalten, wo er stehenbleibt, und von dem, was er zu sehen bekam, nur so viel sagen, wie notwendig ist, um zu erzählen, was er tat und was ihm widerfuhr.

Von dem Eingang, bei dem er stehengeblieben war, bis zu der Kapelle in der Mitte und von dort bis zu dem anderen, gegenüberliegenden Tor ein Gang, frei von Hütten und anderen feststehenden Hindernissen; und schon auf den zweiten Blick bemerkte Renzo darin ein Hin und Her von Karren, ein Wegtragen von Sachen, um Platz zu machen. Er sah Kapuziner und Weltliche, die diese Unternehmung leiteten und zugleich jeden fortschickten, der dort nichts zu schaffen hatte. Und da er befürchtete, gleichfalls auf diese Weise hinausgewiesen zu werden, drängte er sich geradewegs zwischen die Hütten, und zwar auf der rechten Seite, wohin er zufällig gelangt war.

Er ging weiter, wo er einen Platz für seine Füße erspähte, von Hütte zu Hütte, schaute in jede hinein, besah die Betten, die draußen im Freien standen, musterte die vom Leid erschlafften oder vom Kampf verzerrten oder im Tod erstarrten Gesichter, ob er nicht das eine fände, das er zu finden fürchtete. Aber er hatte schon ein ziemliches Stück Weges zurückgelegt und diese schmerzliche Untersuchung oft wiederholt, ohne je eine Frau gesehen zu haben, weshalb er annahm, sie müßten wohl an einem gesonderten Ort sein. Und er hatte es erraten, aber wo der war, dafür fand er keinen Anhaltspunkt und konnte es sich auch nicht denken. Alle Augenblicke begegnete er Wärtern, deren Aussehen, Benehmen und Kleidung ebenso verschieden waren wie die Gründe verschieden und entgegengesetzt waren, die dem einen wie dem anderen gleiche Kraft verliehen, in einem solchen Dienst zu leben: bei den einen war es das erloschene Mitgefühl, bei den anderen übermenschliches Mitleid. Aber er wollte weder an die einen noch an die anderen eine Frage richten, um sich nicht womöglich dadurch Schwierigkeiten zu schaffen, und so beschloß er, zu gehen und immer nur zu gehen, bis er endlich Frauen finden würde. Und unterwegs unterließ er es nicht, umherzuspähen, doch von Zeit zu Zeit sah er sich genötigt, den betrübten Blick abzuwenden, als wäre er gleichsam geblendet von soviel Unglück. Aber wohin sollte er ihn richten, worauf ihn ruhen lassen, wenn nicht auf anderem Unglück?

Selbst die Luft und der Himmel steigerten den Schrecken dieser Bilder, wenn überhaupt etwas ihn steigern konnte. Der Nebel hatte sich allmählich verdichtet und sich zu Wolken geballt, die sich immer mehr verdunkelten und die Stimmung eines heraufziehenden, unheilvollen Gewitters hervorriefen; nur zur Mitte dieses schwarzen, herabhängenden Himmels hin leuchtete wie durch einen dichten Schleier die bleiche Sonnenscheibe, die um sich herum einen matten, dunstigen Schein verbreitete und eine drückende, lähmende Schwüle ausstrahlte. Von Zeit zu Zeit vernahm man mitten in dem unaufhörlichen Stimmengewirr dieses Menschenhaufens ein dumpfes, gleichsam abgehacktes, unbestimmbares Grollen, und würde man noch so aufmerksam gelauscht haben, hätte man doch nicht unterscheiden können, von welcher Seite es kam, oder man hätte es vielleicht für ein fernes Rollen und plötzliches Stehenbleiben von Karren gehalten. Auf den Feldern ringsum sah man keinen Zweig eines Baumes sich regen, keinen Vogel sich darauf niederlassen und von dort auffliegen; nur die Schwalbe, die sich plötzlich über dem Dach des großen Gebäudes zeigte, glitt mit aufgespannten Flügeln herab, als wollte sie über den Erdboden des Lagers streifen, stieg jedoch, erschreckt von dem Gewimmel, pfeilschnell wieder in die Lüfte und entfloh. Es war ein Wetter, bei dem in einer Gesellschaft von Wanderern nicht ein einziger das Schweigen bricht, bei dem der Jäger mit gesenktem Blick nachdenklich schreitet und die Bäuerin beim Graben des Feldes zu singen aufhört, ohne es zu merken; ein Wetter, das dem Sturm voranzugehen pflegt, bei dem die Natur, äußerlich gleichsam reglos und von einer inneren Qual erregt, alles Lebende zu unterdrücken scheint und allem Tun, dem Müßiggang, dem Dasein selbst eine unbestimmte Schwere aufprägt. Aber an diesem ohnehin dem Sterben und Leiden geweihten Ort sah man die mit der Krankheit ringenden Menschen der neuen Bedrängnis unterliegen, sah man Hunderte und aber Hunderte, deren Zustand sich jäh verschlimmerte, und zugleich wurde der letzte Kampf angstvoller und das Stöhnen bei den sich verschlimmernden Schmerzen erstickter. Vielleicht war über diesen Ort des Elends noch nie eine so qualvolle Stunde wie diese hinweggegangen.

Der junge Mann war bereits eine geraume Weile vergeblich durch dieses Gewirr von Hütten gewandert, als er in der Vielfalt des Wehklagens und in dem verworrenen Gemurmel ein eigenartiges Gemisch von Kindergeschrei und

Ziegengemecker zu unterscheiden begann, bis er an eine zersplitterte, gelockerte Bretterwand gelangte, hinter der diese ungewöhnlichen Töne laut wurden. Er preßte ein Auge an eine breite Lücke zwischen zwei Brettern und erblickte einen eingefriedeten Platz, auf dem verstreut Hütten standen, und weder in diesen noch auf dem kleinen Platz das gewohnte Krankenlager, sondern Säuglinge, die auf kleinen Matratzen oder auf Kissen, auf ausgebreiteten Bettüchern oder auf Kleiderfetzen lagen, und Ammen sowie andere Frauen in geschäftiger Tätigkeit. Was den Blick am meisten anzog und fesselte: Ziegen unter ihnen als Gehilfinnen – ein Hospital der Unschuldigen, wie es Ort und Zeit bieten konnten. Es war, sage ich, etwas ganz Einzigartiges, zu sehen, wie einige dieser Tiere ruhig über diesem oder jenem Säugling standen und ihm die Zitzen überließen und wie manch andere auf ein Kindergeschrei herbeiliefen, als hätten sie mütterliche Gefühle, neben dem kleinen Zögling stehenblieben, sich über ihm zurechtzustellen bemühten und sich meckernd hin und her wandten, als wollten sie jemand rufen, der ihnen beiden zu Hilfe käme.

Hier und dort saßen Ammen mit Säuglingen an der Brust, einige mit so liebevoller Hingabe, daß sie in einem Beobachter Zweifel erwecken konnten, ob sie durch den Lohn an diesen Ort gelockt worden waren oder durch jene spontane Nächstenliebe, die sich auf die Suche nach Not und Schmerzen begibt. Eine von ihnen nahm bekümmert ein weinendes Würmchen von ihrer leer gesaugten Brust und suchte traurig das Tier, das ihre Stelle vertreten könnte. Eine andere betrachtete wohlgefällig das an ihrer Brust eingeschlafene Kind, küßte es sanft und trug es in eine Hütte, um es auf eine Matratze zu legen. Eine dritte indes, die ihre Brust dem fremden Säugling überließ, starrte, zwar nicht unachtsam, aber doch von anderen Gedanken bewegt, zum Himmel; an wen dachte sie in dieser Stellung, mit diesem Blick, wenn nicht an ein Kind, das aus ihrem Leib geboren war und vielleicht noch kurz zuvor an dieser Brust gesaugt, ja vielleicht daran seinen letzten Atemzug getan hatte? Andere, bejahrtere Frauen leisteten andere Dienste. Die eine eilte auf das Geschrei eines hungrigen Säuglings herbei, nahm ihn und trug ihn zu einer Ziege, die von einem Haufen frischen Grases fraß, und legte ihn ihr ans Euter, wobei sie das unerfahrene Tier schalt und zugleich liebkoste, damit es sich sanft dieser Verrichtung hingebe. Hier lief eine hinzu, um so ein armes Ding aufzuheben, das von einer Ziege getreten wurde, die damit beschäftigt war, ein anderes zu säugen. Dort trug eine Frau eines wiegend herum und suchte es bald durch Gesang einzuschläfern, bald mit zärtlichen Worten zu beruhigen und rief es mit einem Namen, den sie ihm selbst gegeben hatte. In diesem Augenblick kam ein Kapuziner mit einem schneeweißen Bart, auf jedem Arm ein schreiendes Kind tragend, die er beide gerade neben ihren gestorbenen Müttern aufgelesen hatte, und eine Frau lief herbei, um sie in Empfang zu nehmen, und suchte unter den Frauen und in der Herde umher, um gleich eine zu finden, die die Mutterstelle vertreten könnte.

Mehr als einmal hatte sich der junge Mann von dem Spalt losgerissen, um weiterzugehen, getrieben von der wichtigsten und stärksten seiner Sorgen, aber dann hielt er sein Auge wieder an den Zaun, um noch einen Augenblick zuzuschauen.

Nachdem er sich endlich von dort entfernt hatte, ging er an der Bretterwand weiter, bis ihn eine Ansammlung daran gebauter Hütten zwang, sich davon abzuwenden. Nun schritt er an den Hütten entlang, in der Absicht, wieder an die Bretterwand heranzukommen, bis an deren Ende zu gehen und dort neues Land zu entdecken. Während er nun so vor sich hin blickte, um den Weg zu erkunden, stach ihm plötzlich sekundenlang eine flüchtige Erscheinung ins Auge und versetzte seine Seele in Aufruhr. Er sah in einer Entfernung von hundert Schritten einen Kapuziner vorübergehen und sich sogleich zwischen den Baracken verlieren, einen Kapuziner, der selbst von so fern und so flüchtig ganz den

Gang, die Haltung und die Gestalt des Paters Cristoforo hatte. Mit einem nicht aufzuhaltenden Ungestüm lief er in diese Richtung und streifte dort umher und suchte vorne, hinten, innen und außen in diesen Irrgängen so lange, bis er mit großer Freude diese Gestalt, den gleichen Mönch wiederfand. Er sah ihn in geringer Entfernung, wie er mit einem Napf in der Hand von einem großen Kessel zurücktrat und auf eine Hütte zuging; dann sah er ihn sich dort vor der Tür hinsetzen, ein Kreuz über dem Napf schlagen, den er vor sich hielt, und in die Runde schauen, wie einer, der auf alles achtgeben muß, worauf er zu essen anfing. Es war wirklich der Pater Cristoforo.

Seine Geschichte läßt sich von dem Moment an, da wir ihn aus den Augen verloren haben, bis zu dieser Begegnung in wenigen Worten erzählen. Er hatte sich nie von Rimini fortbegeben und hätte auch nie daran gedacht, wenn ihm nicht die in Mailand ausgebrochene Pest Gelegenheit geboten hätte, das zu tun, was er von jeher so sehr begehrt hatte, nämlich sein Leben für die anderen hinzugeben. Er bat inständig, abberufen zu werden, um den Pestkranken beizustehen und zu dienen. Der gräfliche Oheim war gestorben, und im übrigen hatte man jetzt Krankenpfleger nötiger als Politiker, so daß er ohne Schwierigkeit erhört wurde. Er kam sofort nach Mailand und trat ins Lazarett ein, wo er sich seit etwa drei Monaten befand.

Doch Renzos Freude, seinen guten Mönch wiedergefunden zu haben, war nicht einen einzigen Augenblick ganz ungetrübt, denn als er sich vergewisserte, daß jener es wirklich war, mußte er zugleich sehen, wie sehr er sich verändert hatte. Die Haltung gebeugt und schwerfällig, das Gesicht hager und bleich. Alles verriet eine erschöpfte Natur, einen gebrochenen und hinfälligen Leib, dem die sich mühende Kraft des Geistes jeden Augenblick zu Hilfe kam, ihn zu stützen.

Auch er heftete den Blick auf den jungen Mann, der auf ihn zukam und sich mit Gebärden erkennbar zu machen suchte, da er es mit der Stimme nicht wagte. „O Pater Cristoforo!“ sagte er dann, als er nahe genug war, um gehört zu werden, ohne laut rufen zu müssen.

„Du hier!“ sagte der Mönch, setzte den Napf auf die Erde und erhob sich.

„Wie geht es Ihnen, Pater? Wie geht es Ihnen?“

„Besser als den vielen Armen, die du hier siehst“, erwiderte der Mönch, und seine Stimme war schwach, düster, verändert wie alles übrige. Nur das Auge war noch wie früher und war irgendwie noch lebhafter und noch leuchtender, als hätte die Liebe, am Ende des Werkes geläutert und frohlockend, weil sie sich ihrem Ursprung nahe fühlte, ein glühenderes und reineres Feuer an die Stelle des in der Gebrechlichkeit allmählich verlöschenden gesetzt.

„Aber du“, fuhr er fort, „wieso bist du hier? Warum gehst du so der Pest entgegen?“

„Ich habe sie schon gehabt, Gott sei Dank. Ich komme ... um ... Lucia zu suchen.“

„Lucia! Ist Lucia hier?“

„Sie ist hier. Wenigstens vertraue ich auf Gott, daß sie noch hier sein möge.“

„Ist sie deine Frau?“

„Ach, lieber Pater! nein, sie ist nicht meine Frau. Wissen Sie denn nichts von alledem, was vorgefallen ist?“

„Nein, mein Sohn. Seitdem Gott mich von euch entfernt hat, habe ich nichts mehr erfahren; doch nun, wo er dich mir schickt, sage ich ehrlich, daß es mich sehr danach verlangt, etwas zu erfahren. Aber ... der gerichtliche Haftbefehl?“

„Sie wissen also, was man mir getan hat?“

„Aber du, was hattest du getan?“

„Hören Sie, wenn ich sagen wollte, daß ich an jenem Tag in Mailand vernünftig gewesen bin, so würde ich lügen; aber etwas Schlechtes habe ich nicht getan.“

„Ich glaube es dir und habe es auch schon vorher geglaubt.“

„Nun kann ich Ihnen also alles sagen."

„Warte", sagte der Mönch, ging einige Schritte vor die Hütte und rief: „Pater Vittore!" Nach einigen Augenblicken erschien ein junger Kapuziner, zu dem er sagte: „Tut mir den Gefallen, Pater Vittore, auch für mich ein wenig nach unseren Armen zu sehen, solange ich mich etwas zurückziehe. Wenn jedoch einer nach mir verlangt, so ruft mich. Der dort vor allen Dingen! Wenn er das geringste Zeichen gibt, daß er zu sich kommt, so verständigt mich um Himmels willen gleich."

„Ihr könnt unbesorgt sein", erwiderte der junge Mönch. Und der alte Pater sagte von neuem zu Renzo: „Gehen wir hier hinein. Aber...", fügte er gleich hinzu und blieb stehen, „du scheinst mir sehr erschöpft zu sein, du müßtest wohl etwas essen."

„Es ist wahr", antwortete Renzo, „da Sie mich jetzt daran erinnern, fällt es mir ein, daß ich noch nichts gegessen habe."

„Warte", sagte der Mönch, holte einen zweiten Napf, ging zum Kessel und füllte ihn. Zurückgekehrt, reichte er ihn mit einem Löffel Renzo, forderte ihn auf, sich auf den Strohsack zu setzen, der ihm als Bett diente, ging dann zu einem Faß, das in einem Winkel stand, und zapfte einen Becher Wein ab, den er auf ein Tischchen vor den Gast stellte. Dann nahm er wieder seinen Napf und ließ sich an Renzos Seite nieder.

„O Pater Cristoforo!" sagte Renzo, „kommt es denn Ihnen zu, solche Dinge zu tun? Aber Sie sind immer der gleiche. Ich danke Ihnen von ganzem Herzen."

„Nicht mir sollst du danken", entgegnete der Mönch, „es ist das Gut der Armen; aber auch du bist augenblicklich ein Armer. Nun sage mir, was ich nicht weiß, erzähle mir von unserer armen Lucia und versuche, dich kurz zu fassen, denn die Zeit ist knapp, und es gibt viel zu tun, wie du siehst."

Renzo begann nun zwischen einem Löffel Suppe und dem

anderen Lucias Geschichte zu erzählen: wie sie in dem Kloster von Monza Aufnahme gefunden hatte, wie sie geraubt worden war ... Bei der Vorstellung von solchen Leiden und Gefahren, bei dem Gedanken, daß er es gewesen war, der die arme Unschuldige an diesen Ort verwiesen hatte, stockte dem guten Mönch der Atem. Aber er faßte sich gleich wieder, als er vernahm, wie wunderbar sie befreit, zu ihrer Mutter gebracht und von dieser zu Donna Prassede in Stellung gegeben worden war.

„Jetzt werde ich Ihnen von mir erzählen", fuhr Renzo fort, und er schilderte kurz jenen Tag in Mailand und die Flucht und wie er immer von Zuhause fern gewesen sei, es aber jetzt bei diesem Wirrwarr gewagt habe, hinzugehen. Er erzählte, daß er Agnese dort nicht angetroffen und wie er in Mailand erfahren habe, daß Lucia im Lazarett sei. „Und so bin ich hier", schloß er, „bin hier, um sie zu suchen, um zu sehen, ob sie am Leben ist und ob sie ... mich noch will ... denn ... zuweilen ..."

„Aber hast du denn einen Anhaltspunkt", fragte der Mönch, „wo man sie untergebracht hat, wann sie hergekommen ist?"

„Nichts, lieber Pater, ich weiß nichts, außer daß sie hier ist, wenn sie noch hier ist, was Gott gebe!"

„Oh, du Ärmster! Aber was für Nachforschungen hast du bis jetzt hier angestellt?"

„Ich bin umhergestreift und umhergewandert, doch habe ich fast ausschließlich Männer gesehen. Ich habe schon gedacht, die Frauen müßten an einem abgesonderten Ort sein, aber ich habe ihn nicht finden können. Wenn es so ist, so werden Sie ihn mir jetzt zeigen."

„Weißt du nicht, daß es den Männern verboten ist, dort einzutreten, wenn sie nicht irgendeinen Auftrag haben?"

„Nun wohl, was kann mir denn geschehen?"

„Die Vorschrift ist richtig und heilig, mein Sohn. Und ist es für einen rechtschaffenen Menschen ein Grund, sie zu übertreten, wenn der Umfang und die Schwere des Unglücks nicht zulassen, daß man sie mit aller Strenge befolgt?"

„Aber Pater Cristoforo!" sagte Renzo. „Lucia sollte meine Frau werden. Sie wissen, auf welche Weise wir getrennt wurden. Nun sind es zwanzig Monate, daß ich leide und mich gedulde. Ich bin bis hierher gekommen, habe Gefahren auf mich genommen, eine schlimmer als die andere, und nun..."

„Ich weiß nicht, was ich sagen soll", versetzte der Mönch, mehr den eigenen Gedanken antwortend als den Worten des jungen Mannes. „Du gehst in guter Absicht, und wollte Gott, daß alle jene, die freien Zutritt zu diesem Ort haben, sich so betragen, wie ich es von dir vertrauensvoll erwarten kann. Gott, der gewiß die Beharrlichkeit deiner Liebe und Treue segnet, mit der du die begehrst und suchst, die er dir gegeben hat; Gott, der strenger, aber auch nachsichtiger als die Menschen ist, wird das Regelwidrige nicht anschauen wollen, das in deiner Art liegt, sie zu suchen. Sei nur dessen eingedenk, daß wir über dein Betragen an diesem Ort alle beide werden Rechenschaft geben müssen. Vielleicht nicht den Menschen, aber Gott ohne jeden Zweifel. Komm her." Während er das sagte, erhob er sich, und gleichzeitig stand auch Renzo auf, der zwar ohne Unterlaß seinen Worten Gehör schenkte, aber inzwischen bei sich beschlossen hatte, von Lucias Gelübde nicht zu sprechen, obwohl er sich das anfangs vorgenommen hatte. Wenn er auch das noch hört, dachte er, wird er mir ganz sicher noch weitere Schwierigkeiten machen. Entweder finde ich sie, und dann werden wir noch immer Zeit haben, uns darüber zu unterhalten, oder... und dann! Was nützt es dann?

Nachdem der Mönch Renzo vor die Tür der nach Norden gelegenen Hütte gezogen hatte, versetzte er: „Hör zu! Unser Pater Felice, der Vorsteher des Lazaretts, bringt heute die wenigen Genesenen, die hier sind, anderswohin, wo sie in der Quarantäne bleiben. Siehst du dort diese Kirche in der Mitte?..." Er hob die abgezehrte, zitternde Hand, wies zur

Linken auf die Kuppel der Kapelle, die über den armseligen Zelten in die trübe Luft ragte, und fuhr fort: „Dortherum versammeln sie sich jetzt, um in feierlicher Prozession durch das Tor zu ziehen, durch das du hereingekommen sein mußt."

„Ach, deshalb haben sie also so gearbeitet, um den Weg frei zu machen."

„Ganz richtig, und du mußt auch einige Glockenschläge gehört haben."

„Einen habe ich gehört."

„Das war der zweite, beim dritten werden sie alle versammelt sein. Pater Felice wird eine kleine Ansprache an sie halten und dann mit ihnen aufbrechen. Du begibst dich bei diesem Glockenschlage hin; versuche, dich hinter diese Leute zu stellen auf einer Seite des Weges, wo du sie vorübergehen sehen kannst, ohne zu stören oder aufzufallen, und sieh ... sieh nach, ob sie dabei ist. Wenn Gott nicht gewollt hat, daß sie dabei ist, so ist dieser Teil", und er hob erneut die Hand, indem er auf die Seite des Gebäudes wies, die ihnen gegenüberlag, „so ist dieser Teil des Gebäudes und ein Teil des Raumes davor den Frauen zugeteilt. Du wirst einen Lattenzaun sehen, der dieses Lager von jenem trennt, der aber an gewissen Stellen unterbrochen und an anderen sogar offen ist, so daß du keine Schwierigkeit haben wirst, hineinzugelangen. Drinnen wird wahrscheinlich niemand etwas zu dir sagen, vorausgesetzt, daß du nichts tust, was Verdacht erregen könnte. Sollte man dir jedoch irgendein Hindernis in den Weg legen, so sage nur, daß Pater Cristoforo aus *** dich kennt und über dich Rechenschaft geben wird. Suche sie dort, suche sie mit Zuversicht und ... mit Ergebung! Denn bedenke, daß es nichts Geringes ist, was du zu suchen hergekommen bist: du forderst eine Lebende vom Lazarett! Weißt du, wie oft ich diese meine arme Gemeinde sich erneuern gesehen habe? wie viele ich habe wegtragen sehen? wie wenige hinausgehen ... Geh und sei gefaßt, ein Opfer zu bringen ..."

„Ja, auch ich begreife es", unterbrach ihn Renzo, die Augen verdrehend, während sich sein Gesicht verfärbte. „Ich verstehe! Ich gehe, ich werde schauen, ich werde suchen, an diesem, an einem anderen Ort und dann überall im Lazarett, kreuz und quer ... und wenn ich sie nicht finde ..."

„Wenn du sie nicht findest?" fragte der Mönch mit ernster, erwartungsvoller Miene und mit einem Blick, der mahnte.

Aber Renzo, den der Grimm über diese Ungewißheit außer sich gebracht hatte, wiederholte und fuhr fort: „Wenn ich sie nicht finde, so werde ich einen anderen zu finden trachten. Ob in Mailand oder in seiner verruchten Burg, ob am Ende der Welt oder in der Hölle, finden werde ich ihn, diesen Schurken, der uns getrennt hat, diesen Schuft, ohne den Lucia seit zwanzig Monaten mein wäre; und wenn es uns bestimmt war, zu sterben, wären wir wenigstens miteinander gestorben. Wenn er noch lebt, werde ich ihn finden ..."

„Renzo!" sagte der Mönch, ergriff ihn am Arm und schaute ihn strenger an.

„Und wenn ich ihn finde", fuhr Renzo in blindem Zorn fort, „wenn die Pest nicht schon Gericht gehalten hat ... Die Zeit ist vorüber, wo ein Nichtstuer mit seinen Bravi um sich herum die Leute in Verzweiflung stürzen und sie verhöhnen kann. Es ist eine Zeit gekommen, wo sich die Männer Aug in Auge gegenüberstehen: und ... ich werde Gericht halten!"

„Unseliger!" rief Pater Cristoforo mit einer Stimme, die den alten vollen Klang wiedergewonnen hatte. „Unseliger!" Er hatte sein gebeugtes Haupt wieder erhoben, seine Wangen färbten sich wie in früherer Zeit, und das Feuer seiner Augen hatte etwas Fürchterliches. „Da, schau, Unseliger!" Und während er mit einer Hand Renzos Arm preßte und schüttelte, deutete er mit der anderen, so weit er konnte, auf den traurigen Schauplatz ringsum. „Da, schau, wer es ist, der züchtigt! Wer richtet und nicht gerichtet wird! Wer geißelt und verzeiht! Aber du Erdenwurm, du willst Gericht halten! Du willst wissen, du, was Gerechtigkeit ist! Geh, Unseliger, geh! Ich hoffte ... ja, ich hatte gehofft, daß Gott mir vor meinem Tode noch den Trost gewähren würde, zu hören, daß meine arme Lucia am Leben ist, vielleicht auch den Trost, sie zu sehen und aus ihrem Mund das Versprechen zu vernehmen, daß sie ein Gebet über meinem Grab sprechen werde. Geh, du hast mich um meine Hoffnung gebracht. Gott hat sie deinetwegen nicht auf der Erde gelassen, und du wirst gewiß nicht so vermessen sein, dich für würdig zu halten, daß Gott dich tröstet. Er wird ihrer gedacht haben, denn sie ist eine von den Seelen, denen die ewigen Tröstungen vorbehalten sind. Geh! ich habe keine Zeit mehr, dir Gehör zu schenken."

Mit diesen Worten stieß er Renzos Arm weg und schritt auf eine Krankenhütte zu.

„Ach, Pater!" rief Renzo und folgte ihm mit flehender Gebärde. „Wollen Sie mich so fortschicken?"

„Wie?" hob der Kapuziner in nicht weniger strengem Ton wieder an. „Erkühnst du dich, zu verlangen, daß ich diesen Unglücklichen die Zeit raube, die erwarten, daß ich zu ihnen von Gottes Verzeihung spreche, und mir deine Wutausbrüche, deine Rachepläne anhöre? Ich habe dich angehört, als du um Trost und Hilfe batest, ich habe die Barmherzigkeit um der Barmherzigkeit willen verabsäumt, aber jetzt trägst du Rache im Herzen: was willst du von mir? geh! Ich habe hier Beleidigte sterben sehen, die verziehen haben; Beleidiger, die wehklagten, weil sie sich nicht vor dem Beleidigten erniedrigen konnten. Ich habe mit den einen geweint und mit den anderen, aber mit dir, was habe ich mit dir zu schaffen?"

„Ach, ich verzeihe ihm! Ich verzeihe ihm wirklich, ich verzeihe ihm für immer!" rief der junge Mann aus.

„Renzo!" sagte der Mönch mit ruhigerem Ernst, „überlege und sag mir einmal, wie oft du ihm schon verziehen hast?"

Und da er eine Weile verharrte und keine Antwort erhielt, senkte er mit einemmal das Haupt und begann langsam mit düsterer Stimme: „Du weißt, warum ich dieses Gewand trage."

Renzo zögerte.

„Du weißt es!" wiederholte der Greis.

„Ich weiß es", erwiderte Renzo.

„Auch ich habe gehaßt, ich, der ich dich wegen eines Gedankens, wegen eines Wortes getadelt habe. Ich habe den Mann, den ich aus ganzer Seele haßte, den ich seit langem haßte, getötet."

„Ja, aber einen Gewalttätigen, einen von denen ..."

„Still!" unterbrach ihn der Mönch. „Glaubst du, ich hätte in den dreißig Jahren nicht einen Grund gefunden, wenn es ihn gäbe? Ach, könnte ich jetzt in dein Herz das Gefühl legen, das ich hinterher für den Mann, den ich haßte, gehabt habe und noch immer habe! Könnte ich es! ich? aber Gott kann es! Möge er es tun! ... Höre, Renzo: er liebt dich mehr, als du dich selbst liebst. Du hast zwar die Rache ersinnen können, er aber hat Kraft und Erbarmen genug, um dich daran zu hindern; er gibt dir eine Gnade, deren ein anderer allzu unwürdig war. Du weißt es, du hast es oft gesagt, daß er der Hand eines Gewalttätigen Einhalt gebieten kann; wisse aber, daß er auch der eines Rachsüchtigen ins Werk fallen kann. Und du glaubst, weil du arm bist, weil du beleidigt wurdest, könne er einen Menschen, den er nach seinem Bild geschaffen hat, nicht vor dir beschützen? Glaubst du, daß er dich alles tun lassen würde, was du willst? Nein! Aber weißt du, was du tun kannst? Du kannst hassen und dich ins Verderben stürzen, du kannst mit einem solchen Gefühl jeden Segen von dir fernhalten. Denn wie immer sich die Dinge für dich gestalten mögen, was immer für ein Schicksal du auch haben magst, halte es für gewiß, daß alles Strafe sein wird, bis du ihm nicht so verziehen hast, daß du nie mehr zu sagen brauchst: Ich verzeihe ihm."

„Ja, ja", sagte Renzo, ganz erschüttert und verwirrt, „ich

sehe ein, daß ich ihm nie wahrhaft verziehen hatte; ich begreife, daß ich wie ein Unmensch und nicht wie ein Christ gesprochen habe; aber jetzt, mit der Gnade des Herrn, verzeihe ich ihm von ganzem Herzen."

„Und wenn du ihn zu sehen bekämest?"

„Würde ich den Herrn bitten, mir Geduld zu schenken und sein Herz zu rühren."

„Würdest du nicht vergessen, daß der Herr uns nicht befahl, unseren Feinden zu verzeihen, sondern sie zu lieben? Würdest du daran denken, daß er deinen Feind so sehr geliebt hat, daß er für ihn gestorben ist?"

„Ja, mit seiner Hilfe."

„Gut, so komm mit mir. Du hast gesagt: ich werde ihn finden. Du wirst ihn finden. Komm und sieh, wen du hassen konntest, wem du Böses wünschen konntest, wem du es zufügen, über wessen Leben du dich zum Gebieter aufwerfen wolltest."

Und nachdem er Renzos Hand ergriffen und sie wie ein gesunder Jüngling gedrückt hatte, erhob er sich. Der andere folgte ihm, ohne eine weitere Frage zu wagen.

Nach wenigen Schritten hielt der Mönch neben dem Eingang einer Hütte an, sah Renzo mit einem Gemisch von Strenge und Rührung fest ins Gesicht und führte ihn hinein.

Das erste, was man beim Eintritt erblickte, war ein Kranker, der im Hintergrund auf dem Stroh lag, jedoch kein Schwerkranker, sondern einer, der vielmehr der Genesung nahe sein mochte und der verneinend den Kopf schüttelte, als er den Pater sah. Der Pater senkte den seinen mit einem Ausdruck der Traurigkeit und Ergebung. Renzo, der unterdessen mit unruhiger Neugier den Blick umherschweifen ließ, sah drei oder vier Kranke und unter ihnen einen auf einer Matratze, der in ein Bettuch gehüllt und mit einem herrschaftlichen Mantel zugedeckt war. Er blickte ihn prüfend an, erkannte Don Rodrigo und wich einen Schritt zurück. Der Mönch jedoch, der ihn von neuem seinen Händedruck kräftig fühlen ließ, zog ihn an das Fußende des Lagers, streckte die andere Hand darüber aus und deutete mit dem Finger auf den Mann, der dort lag.

Der Unglückliche rührte sich nicht; seine Augen waren weit aufgerissen, ohne daß sie etwas sahen; das Gesicht war bleich und mit schwarzen Flecken besät, die Lippen schwarz und angeschwollen. Man hätte es für das Antlitz eines Toten halten können, wenn nicht ein heftiges Zucken in seinem Gesicht von zähem Leben gezeugt hätte. Die Brust hob sich von Zeit zu Zeit schweratmend. In der Nähe des Herzens verkrampfte sich die unbedeckte Rechte mit ihren blauen Fingern, die an den Spitzen schwarz waren, in den Mantel.

„Siehst du!" sagte der Mönch mit leiser, ernster Stimme. „Es kann Strafe, es kann Barmherzigkeit sein. Dasselbe Gefühl, das du jetzt für diesen Mann empfinden wirst, der dich beleidigt hat, wird Gott, den du beleidigt hast, an jenem Tage für dich haben. Segne ihn, und du wirst gesegnet werden. Seit vier Tagen liegt er hier, wie du ihn siehst, ohne ein Zeichen des Bewußtseins. Vielleicht ist der Herr bereit, ihm eine Stunde der Erkenntnis zu gewähren, wollte aber erst von dir darum gebeten werden. Vielleicht will er, daß du ihn mit jener Unschuldigen darum bittest; vielleicht behält er seine Gnade deinem Gebet, dem Gebet eines betrübten und ergebenen Herzens, vor. Vielleicht hängt die Rettung dieses Mannes und die deinige jetzt von dir ab, von deinem Gefühl der Verzeihung, des Mitleids ... der Liebe!"

Er schwieg, dann faltete er die Hände, neigte das Gesicht darüber und betete. Renzo tat das gleiche.

Sie hatten erst wenige Augenblicke in dieser Stellung verharrt, als der Glockenschlag ertönte. Sie setzten sich beide wie verabredet in Bewegung und gingen hinaus. Keine Fragen, keine Beteuerungen mehr: ihre Mienen sprachen deutlich genug.

„Geh jetzt", versetzte der Mönch. „Geh und sei bereit, entweder die Gnade zu empfangen oder das Opfer darzubringen und Gott zu loben, wie immer auch der Ausgang deiner Nachforschungen sein mag. Und bringe mir in jedem Fall Nachricht, wir werden Gott gemeinsam loben."

Damit schieden sie, ohne noch etwas zu sagen. Der eine ging zurück, woher er gekommen war; der andere machte sich auf den Weg zur Kapelle, die nicht weiter als etwa hundert Schritte entfernt war.

36. Kapitel

Wer hätte wohl noch vor ein paar Stunden Renzo gesagt, daß sein Herz mitten im eifrigsten Bemühen seiner Suche, beim Beginn der bangesten und entscheidendsten Augenblicke, zwischen Lucia und Don Rodrigo geteilt sein würde? Und doch war es so: jene Gestalt mischte sich in alle teuren oder schrecklichen Bilder, die die Hoffnung und die Angst ihm abwechselnd auf diesem Gang vor das innere Auge gaukelten. Die Worte, die er zu Füßen jenes Lagers gehört hatte, drängten sich zwischen jedes Ja und Nein, die sein Gemüt bestürmten, und er konnte nicht ein Gebet für den glücklichen Ausgang seines waghalsigen Versuches beenden, ohne jenes daran zu knüpfen, das er dort begonnen und das der Glockenschlag jäh abgebrochen hatte.

Die achteckige Kapelle, die, durch einige Stufen erhöht, aus der Mitte des Lazaretts ragte, war in ihrer ursprünglichen Anlage nach allen Seiten offen, ohne von anderen Stützen als von Pfeilern und Säulen getragen zu sein, sozusagen ein durchbrochener Bau: an jeder Seite zwischen zwei Säulen ein Bogen. Innen lief ein Hallengang um das, was man die eigentliche Kirche nennen könnte, die nur aus acht Bogen bestand, die denen an der Außenseite entsprachen und von einer Kuppel gekrönt waren, so daß der in der Mitte errichtete Altar von jedem Zimmerfenster des Gebäudes und nahezu von jedem Punkt des Lagers gesehen werden konnte. Jetzt, wo das Gebäude einem anderen Zweck dient, sind die Zwischenräume der Außenseiten vermauert, jedoch das alte, unversehrt gebliebene Gerippe weist deutlich auf den früheren Zustand und die einstige Bestimmung hin.

Renzo hatte sich kaum auf den Weg gemacht, da sah er Pater Felice im Gang der Kapelle erscheinen und unter den mittleren Bogen treten, der der Stadt zugekehrt war. Auf dem Platz davor, auf dem mittleren Weg, war der Zug versammelt, und Renzo merkte an der Haltung der Menschen, daß die Predigt begonnen hatte.

Er folgte den schmalen Durchgängen, um hinter die letzten Zuhörer zu gelangen, wie ihm geraten worden war. Dort angekommen, blieb er ruhig stehen und überflog die Schar mit einem Blick, aber er sah von dort nichts anderes als ein Dickicht, gleichsam ein Straßenpflaster aus lauter Köpfen. In der Mitte war eine Anzahl davon mit Tüchern oder Schleiern bedeckt, und dorthin schaute er aufmerksamer. Weil es ihm aber nicht gelang, mehr zu entdecken, richtete er seine Augen dorthin, wohin alle sie wandten. Er war beeindruckt und betroffen von der ehrwürdigen Gestalt des Predigers, und er hörte mit der Aufmerksamkeit, die ihm in einem solchen Augenblick der Erwartung verblieb, diesen Teil der feierlichen Rede.

„Gedenken wir der Tausende und aber Tausende, die dort hinausgetragen wurden", und er wies mit dem über die Schulter erhobenen Finger hinter sich auf das Tor, das zum Friedhof San Gregorio führte, der damals, kann man sagen, eine einzige große Grube war. „Werfen wir ringsum einen Blick auf die Tausende und aber Tausende, die hier bleiben und nur allzu unsicher sind, wo sie hinausgehen werden. Werfen wir einen Blick auf uns wenige, die gerettet hinausziehen. Gepriesen sei der Herr! Gepriesen in seiner Gerechtigkeit, gepriesen in seiner Barmherzigkeit! Gepriesen im Tode, gepriesen im Heil! Gepriesen in dieser Wahl, die er unter uns hat treffen wollen! Oh, warum, meine Kinder, hat er sie so gewollt, wenn nicht, um sich ein kleines Häuflein zu erhalten, das durch Schmerz gebessert und in der Dankbarkeit inbrünstiger geworden ist? Wenn nicht, damit wir, jetzt lebhafter fühlend, daß das Leben sein Geschenk ist, es so hochschätzen, wie alles von ihm Gegebene geschätzt zu werden verdient, damit wir es solchen Werken widmen, die ihm dargebracht werden können? Wenn nicht, damit die Erinnerung an unser Leiden uns barmherzig und hilfreich gegenüber unseren Nächsten mache? Jene indessen, in deren Gesellschaft wir gelitten, gehofft und gefürchtet haben, unter denen wir Freunde und Verwandte zurücklassen und die schließlich alle unsere Brüder sind; jene unter ihnen, die uns aus ihrer Mitte werden ziehen sehen, mögen mit der Erleichterung, die sie vielleicht bei dem Gedanken empfinden, daß doch manch einer geheilt hier herauskommt, eine Erbauung aus unserem Betragen empfangen. Möge Gott verhüten, daß sie an uns eine lärmende, eine weltliche Freude darüber bemerken, daß wir diesem Tod entgangen sind, mit dem sie noch ringen. Mögen sie sehen, daß wir für uns dankend und für sie bittend scheiden, so daß sie sagen können: Auch draußen werden sie unser gedenken und fortfahren, für uns Armselige zu beten. Beginnen wir mit diesem Gang, mit den ersten Schritten, die wir im Begriff sind zu tun, ein Leben der Liebe. Jene, die wieder ihre alte Kraft fühlen, mögen den Schwachen einen brüderlichen Arm leihen; Jünglinge, unterstützt die Greise; Ihr, die Ihr keine Kinder mehr habt, seht Euch um, wie viele Kinder nun keinen Vater mehr haben! Seid Ihr es ihnen! Und diese Liebe wird, indem sie Eure Sünden deckt, auch Eure Schmerzen lindern."

Hier wurde das dumpfe Gemurmel von Seufzern bei den Versammelten, ein wachsendes Schluchzen mit einemmal still, als man sah, wie der Prediger sich einen Strick um den Hals legte und sich auf die Knie warf; und man verharrte in tiefem Schweigen und wartete, was er sagen würde.

„Für mich", sagte er, „und für alle meine Mitbrüder, die wir ohne eigenes Dazutun zu dem hohen Verdienst auserwählt worden sind, Christus in Euch zu dienen, bitte ich

Euch demütig um Verzeihung, wenn wir einen so erhabenen Dienst nicht würdig erfüllt haben. Wenn die Trägheit und die Unfolgsamkeit des Fleisches uns minder achtsam für Eure Bedürfnisse, minder bereitwillig für Euer Rufen gemacht hat; wenn eine unbillige Ungeduld, ein schuldvoller Überdruß uns zuweilen mit einem strengen und verdrießlichen Gesicht vor Euch hat erscheinen lassen; wenn der erbärmliche Gedanke, daß Ihr unser bedürftet, uns mitunter verleitet hat, Euch nicht mit der gebührenden Demut zu behandeln; wenn unsere Gebrechlichkeit uns hat zu Handlungen hinreißen lassen, die Euch ein Ärgernis waren, so verzeiht uns! Also vergebe Gott auch Euch all Eure Schuld und segne Euch!" Dann schlug er ein großes Kreuzzeichen über die Zuhörer und erhob sich.

Wir haben, wenn auch nicht den genauen Wortlaut, so doch wenigstens den Sinn, das Anliegen jener Worte berichten können, die er wirklich sprach; die Art und Weise indes, wie sie vorgetragen wurden, läßt sich nicht beschreiben. Es war die Art eines Menschen, der es ein Verdienst nannte, den Pestkranken zu dienen, weil er darin ein solches sah; eines Mannes, der bekannte, diesem Verdienst nicht würdig entsprochen zu haben, weil er fühlte, daß es an dem war; der um Vergebung bat, weil er überzeugt war, dieser Vergebung zu bedürfen. Man denke aber, wie die Leute, die diese Kapuziner nie anders als dienend um sich gesehen hatten, die so viele von ihnen sterben sahen und den, der für alle sprach, immer als ersten bei der Mühsal und der Verantwortung beobachtet hatten, außer zu der Zeit, wo auch er dem Tode nahe war – man stelle sich vor, wie sie mit Schluchzen und mit Tränen auf solche Worte antworteten. Der bewundernswerte Mönch nahm dann ein großes Kreuz, das an einem Pfeiler lehnte, pflanzte es vor sich auf, ließ am Rande des äußeren Hallengangs seine Sandalen zurück, stieg die Stufen hinab, schritt durch die Menge, die ihm ehrerbietig Platz machte, und begab sich an ihre Spitze.

Renzo, nicht weniger in Tränen aufgelöst, als wenn er

einer von denen gewesen wäre, an die diese sonderbare Bitte um Verzeihung gerichtet worden war, zog sich gleichfalls zurück und stellte sich seitlich neben eine Hütte. Dort wartete er halb verborgen, den Kopf vorgebeugt, die Augen weit geöffnet, mit heftigem Herzklopfen und zugleich mit einem neuen, eigenartigen Vertrauen, das, glaube ich, der Rührung entsprungen war, die die Predigt und der Anblick der allgemeinen Rührung in ihm erweckt hatten.

Und nun sah man den Pater Felice kommen, barfuß, den Strick um den Hals, das lange, schwere Kreuz aufrecht tragend, bleich und abgezehrt im Gesicht – einem Gesicht, das Mut und Zerknirschung zugleich ausdrückte –, langsamen, aber entschlossenen Schrittes, wie einer, der nur darauf bedacht ist, die Schwäche der anderen zu schonen; in allem wie ein Mann, dem ein Übermaß an Mühen und Entbehrungen die Kraft zu verleihen scheint, jene vielen zu ertragen, die so notwendig und von seinem Amt untrennbar waren. Gleich nach ihm kamen die größeren Kinder, zumeist barfuß, nur wenige vollständig bekleidet, manche nur im Hemd. Dann kamen die Frauen, fast alle ein kleines Mädchen an der Hand, und sangen abwechselnd das Miserere. Der müde Klang dieser Stimmen, die Blässe und die Mattigkeit der Gesichter hätten wohl die Seele eines jeden, der als einfacher Zuschauer dort stünde, mit tiefem Mitleid erfüllt. Renzo aber betrachtete und prüfte Reihe um Reihe, Gesicht um Gesicht, ohne auch nur ein einziges zu übersehen, denn der Zug bewegte sich so langsam, daß er es in aller Gemächlichkeit tun konnte. Sie gingen und gingen, er schaute und schaute, stets vergeblich. Er warf einen flüchtigen Blick auf die Reihen, die noch zurückblieben: es waren ihrer nur mehr wenige; da war die letzte; nun waren sie alle vorbei; lauter unbekannte Gesichter. Mit herabhängenden Armen, den Kopf auf die Schulter geneigt, folgte er mit den Blicken jener Schar, während nun die der Männer an ihm vorüberzog. Eine neue Spannung, eine neue Hoffnung wurde in ihm wach, als er hinter diesen einige Karren kommen sah, auf denen sich die Genesenden befanden, die noch nicht gehen konnten. Hier kamen die Frauen zuletzt, und sie fuhren so langsam, daß Renzo sie gleichfalls alle prüfen konnte, ohne daß ihm eine entging. Aber was nun? Er musterte den ersten Karren, den zweiten, den dritten und so fort, immer mit dem gleichen Erfolg, bis zu dem letzten, hinter dem nichts weiter kam als ein zweiter Kapuziner, der mit ernster Miene und mit einem Stock in der Hand als Ordner des Zuges einherschritt. Es war jener Pater Michele, von dem wir erzählt haben, daß er dem Pater Felice als Gehilfe beigegeben war.

So schwand diese teure Hoffnung dahin und nahm ihm im Schwinden nicht nur den Trost, den sie gewährt hatte, sondern ließ den jungen Mann, wie es häufig geschieht, in einer noch schlimmeren Verfassung zurück. Das Beste, das es nun noch geben konnte, war, Lucia krank zu finden. Obwohl sich in die Inbrunst einer vorhandenen Hoffnung die Qual der gesteigerten Furcht einschlich, klammerte er sich dennoch mit allen Kräften seiner Seele an diesen traurigen und schwachen Faden. Er trat auf den freien Platz hinaus und schlug die Richtung ein, aus der der Zug gekommen war. Als er am Fuß der Kapelle anlangte, kniete er auf der untersten Stufe nieder, und dort richtete er ein Gebet an Gott, besser gesagt: ein Durcheinander an wirren Worten, abgerissenen Sätzen, Ausrufen, inständigen Bitten, Klagen, Versprechungen; eine jener Reden, die man nicht an Menschen richtet, weil diese weder genug Scharfsinn haben, sie zu verstehen, noch genug Geduld, sie anzuhören, denn sie sind nicht groß genug, um dabei Mitleid ohne Geringschätzung zu empfinden.

Ein wenig gefestigt erhob er sich, ging um die Kapelle herum und befand sich auf dem anderen Weg, den er noch nicht gesehen hatte und der zu dem anderen Tor führte. Nach wenigen Schritten erblickte er den Lattenzaun, von dem ihm der Pater gesprochen hatte, und er war in der Tat hier und da unterbrochen, wie jener es ihm gesagt hatte. Er trat durch eine der Öffnungen und befand sich im Quartier der Frauen. Geradezu beim ersten Schritt, den er tat, sah er am Boden eines jener Glöckchen, wie sie die Monatti am Fuß trugen. Es fiel ihm ein, daß ein solches Gerät ihm hier drinnen als Paß dienen könnte. Er hob es auf, schaute sich um, ob ihn niemand beobachtete, und band es sich um, wie jene zu tun pflegten. Und sogleich begab er sich auf die Suche, auf eine Suche, die schon allein wegen der Menge äußerst schwierig gewesen wäre, selbst wenn es sich um eine ganz andere Menge gehandelt hätte. Sein Blick überflog, ja er betrachtete neue Bilder des Elends, die den bereits gesehenen zum Teil sehr ähnlich, zum Teil aber auch von ihnen sehr verschieden waren, denn bei der gleichen Not war hier sozusagen ein anderes Leiden, ein anderes Siechtum, ein anderes Klagen, ein anderes Erdulden, eine andere Art, einander zu bemitleiden und beizustehen. Und in dem Betrachter erweckte es ein anderes Mitgefühl und ein anderes Schaudern.

Er hatte bereits ein ziemliches Stück Weges ergebnislos und ohne Zwischenfälle zurückgelegt, als er ein „Heda!" hinter sich hörte, ein Rufen, das ihm zu gelten schien. Er wandte sich um und sah in einer gewissen Entfernung einen Kommissär, der eine Hand hob, mit der er ihm zuwinkte, und dabei rief: „Dorthin in die Kammern, da ist Hilfe nötig, hier hat man gerade aufgeräumt."

Renzo merkte sogleich, für wen er gehalten wurde, daß nämlich das Glöckchen die Ursache des Mißverständnisses war. Er schalt sich einen Esel, daß er nur an die Verlegenheiten gedacht hatte, denen er mit diesem Abzeichen ausweichen konnte, und nicht an die, die es ihm auf den Hals ziehen würde. Gleichzeitig jedoch überlegte er, wie er von dem Kommissär loskommen könnte. Er nickte wiederholt und hastig, wie um zu sagen, daß er verstanden habe und gehorche, und entzog sich seinen Blicken, indem er sich seitlich zwischen die Hütten schlich.

Als er weit genug entfernt zu sein glaubte, vergaß er

nicht, sich von der Ursache des Ärgernisses zu befreien, und um diese Verrichtung unbeobachtet vorzunehmen, stellte er sich auf einen engen Platz zwischen zwei Hütten, die sich sozusagen den Rücken zukehrten. Er bückte sich, um das Glöckchen abzunehmen, und wie er so den Kopf an die Strohwand der einen Hütte lehnte, drang aus dieser eine Stimme an sein Ohr ... O Himmel! war es möglich? Seine ganze Seele lauschte, er hielt den Atem an ... Ja! ja! das war die Stimme! ... „Angst wovor?" sagte diese sanfte Stimme. „Wir haben ganz andere Dinge überstanden als ein Gewitter. Der uns bisher umsorgt hat, wird uns auch jetzt beschützen."

Wenn Renzo keinen Schrei ausstieß, so geschah es nicht aus Furcht, er könnte auffallen, sondern weil ihm der Atem stockte. Die Knie wankten ihm, sein Blick trübte sich, aber nur im ersten Augenblick; im zweiten stand er fest da, war munterer und kräftiger als zuvor. In drei Sätzen lief er um die Hütte, war am Eingang, sah sie, die gesprochen hatte, sah sie über ein schmales Lager gebeugt. Bei dem Geräusch wandte sie sich um, schaute, glaubte nicht richtig zu sehen, glaubte zu träumen, blickte genauer hin und rief: „O allmächtiger Gott!"

„Lucia! Ich habe Euch gefunden! Ich finde Euch! Ihr seid es wirklich! Seid am Leben!" rief Renzo und trat zitternd näher.

„O allmächtiger Gott!" wiederholte Lucia mit noch heftigerem Zittern. „Ihr? Was soll das heißen! Wieso? Warum? Die Pest!"

„Ich habe sie gehabt. Und Ihr ..."

„Ach ... ich auch. Und meine Mutter?"

„Ich habe sie nicht gesehen, denn sie ist in Pasturo. Aber ich glaube, daß es ihr gut geht. Doch Ihr ... wie blaß Ihr noch seid! Wie schwach seht Ihr aus! Aber geheilt, nicht wahr, Ihr seid geheilt?"

„Es war der Wille des Herrn, mich noch auf Erden zu lassen. Ach, Renzo! warum seid Ihr hier?"

„Warum?“ sagte Renzo und näherte sich ihr immer mehr. „Mich fragt Ihr, warum? Warum ich kommen mußte? Muß ich Euch das erst sagen? An wen habe ich denn zu denken? Heiße ich denn nicht mehr Renzo? Seid Ihr denn nicht mehr Lucia?“

„Ach, was sagt Ihr! Was sagt Ihr! Aber hat Euch denn meine Mutter nicht schreiben lassen?“

„O doch, nur zu viel hat sie mir schreiben lassen. Hübsche Sachen, um sie einem armen unglücklichen, bedrängten, vertriebenen Burschen mitzuteilen, einem Burschen, der zumindest Euch nie einen Verdruß gemacht hat.“

„Aber Renzo! Renzo! Da Ihr doch wußtet... warum dann kommen? Warum?“

„Warum ich komme? O Lucia! Warum ich komme, sagt Ihr? Nach so vielen Versprechungen! Sind wir denn nicht mehr wir? Erinnert Ihr Euch nicht mehr? Was fehlte uns denn noch?“

„O Herr!“ rief Lucia traurig aus, faltete die Hände und hob die Augen zum Himmel. „Warum hast du mir nicht die Gnade erwiesen, mich zu dir zu nehmen!... O Renzo! was habt Ihr getan? Seht, ich begann zu hoffen, daß ich... mit der Zeit... vergessen würde...“

„Eine schöne Hoffnung! Schöne Sachen, um sie mir offen ins Gesicht zu sagen!“

„Ach, was habt Ihr getan! Und an diesem Ort! In diesem Elend! Beim Anblick dieser Not! Hier, wo nur gestorben wird, habt Ihr...“

„Für die Sterbenden muß man zu Gott beten und hoffen, daß sie an einen guten Ort gelangen; aber es ist nicht recht, auch in diesem Fall nicht recht, daß die, die leben, in Verzweiflung leben sollen...“

„Aber Renzo! Renzo! Ihr bedenkt nicht, was Ihr sagt. Ein der Madonna gemachtes Versprechen!... Ein Gelübde!“

„Und ich sage Euch, daß das Versprechungen sind, die nicht gelten.“

„O Herr! Was sagt Ihr da? Wo seid Ihr in dieser Zeit gewesen? Mit wem seid Ihr umgegangen? Wie sprecht Ihr?"

„Ich spreche wie ein guter Christ, und von der Madonna denke ich besser als Ihr, denn ich glaube, daß sie gar keine Versprechungen zum Nachteil des Nächsten will. Wenn die Madonna gesprochen hätte, ja dann! Aber was ist es denn gewesen? So ein Einfall von Euch. Wißt Ihr, was Ihr der Madonna versprechen müßt? Versprecht ihr, daß wir die erste Tochter, die wir haben werden, Maria nennen wollen, denn das will auch ich versprechen. Das sind Dinge, die der Madonna mehr Ehre bringen, das ist eine Ergebenheit, die mehr Sinn hat und niemandem Schaden zufügt."

„Nein, nein, sprecht nicht so, Ihr wißt nicht, was Ihr sagt, Ihr wißt nicht, was es heißt, ein Gelübde zu tun, Ihr seid nicht in dieser Lage gewesen, Ihr habt es nicht erlebt. Geht, geht um Himmels willen!"

Und sie wich ungestüm von ihm zurück und wandte sich wieder dem Bett zu.

„Lucia!" sagte Renzo, ohne sich zu rühren, „sagt mir wenigstens, sagt mir: Wenn dieser Grund nicht wäre ... wärt Ihr dann für mich dieselbe?"

„Herzloser Mensch!" antwortete Lucia, während sie sich umdrehte und nur mit Mühe die Tränen zurückhalten konnte. „Wenn Ihr mich dazu brächtet, nutzlose Worte zu sagen, Worte, die mir weh tun würden, Worte, die vielleicht Sünde wären, würdet Ihr dann zufrieden sein? Geht, o geht! Vergeßt mich. Man sieht, daß wir nicht füreinander bestimmt waren! Wir werden uns dort oben wiedersehen, auf dieser Welt bleibt man ja nicht lang. Geht, versucht meiner Mutter mitzuteilen, daß ich geheilt bin, daß Gott mir auch hier immer beigestanden hat, daß ich eine gute Seele gefunden habe, diese tüchtige Frau hier, die wie eine Mutter zu mir ist. Sagt ihr, ich hoffe, daß sie von dieser Krankheit verschont bleiben möge und wir uns wiedersehen werden, wann und wie Gott es will ... Geht um des Himmels willen und denkt nicht an mich ... es sei denn, wenn Ihr zu dem Herrn betet."

Und sie trat zurück, wie jemand, der nichts mehr zu sagen hat und auch nichts mehr hören will, wie jemand, der einer Gefahr entrinnen will, und näherte sich noch mehr dem Bett, in dem die Frau lag, von der sie gesprochen hatte.

„Hört, Lucia, hört!" sagte Renzo, ohne jedoch näher heranzutreten.

„Nein, nein, geht um Gottes willen!"

„Hört: der Pater Cristoforo ..."

„Was?"

„Ist hier."

„Hier? Wo? Woher wißt Ihr es?"

„Ich habe kurz zuvor mit ihm gesprochen, ich war eine Weile mit ihm zusammen, und ein Geistlicher wie er, glaube ich ..."

„Er ist hier! Sicher, um den armen Pestkranken beizustehen. Aber er? Hat er die Pest gehabt?"

„Ach, Lucia! Ich fürchte, ich fürchte leider ..." Und während Renzo zögerte, das für ihn so schmerzliche Wort auszusprechen, das für Lucia ebenso schmerzlich sein mußte, hatte sich diese wieder von dem Bett entfernt und näherte sich ihm. „Ich fürchte, daß er sie jetzt hat!"

„O der arme heilige Mann! Aber was sage ich, der arme Mann? Arm sind wir! Liegt er im Bett? Hat er Hilfe?"

„Er ist auf, geht herum, steht den anderen bei. Aber wenn Ihr sehen könntet, wie bleich er ist, mit wieviel Mühe er sich aufrecht hält! Ich habe ja so viele gesehen, so viele, daß ich mich leider ... nicht täusche!"

„Ach, wir Armen! Und er ist wirklich hier!"

„Hier, und nicht weit weg: kaum weiter als von Eurem Haus zu meinem ... wenn Ihr Euch erinnert ...!"

„O heiligste Jungfrau!"

„Wirklich, nur wenig weiter. Und Ihr könnt Euch denken, ob wir von Euch gesprochen haben! Er hat mir Dinge gesagt ... Und wenn Ihr wüßtet, was er mir gezeigt hat! Ihr werdet hören, aber jetzt will ich anfangen, Euch zu erzählen, was er mir zuerst gesagt hat, er, mit seinem eigenen Munde. Er hat mir gesagt, daß ich gut daran getan habe, herzukommen und Euch zu suchen, und daß es dem Herrn gefällt, wenn ein junger Mann so handelt, und daß er mir behilflich sein werde, Euch zu finden, wie es auch in Wahrheit geschehen ist: aber er ist ja ein Heiliger. Ihr seht also!"

„Aber wenn er so gesprochen hat, dann nur, weil er nicht weiß ..."

„Was soll er denn von den Dingen wissen, die Ihr nach Eurem eigenen Sinn gemacht habt, ohne Vorschrift und ohne den Ratschlag eines anderen? Ein braver Mann, ein Mann mit Verstand, wie er es ist, verfällt doch nicht auf solche Gedanken. Aber was er mir gezeigt hat!" Und nun erzählte er ihr von seinem Besuch in jener Hütte. Obwohl sich Lucias Sinne und ihr Gemüt durch ihren Aufenthalt hier an die stärksten Eindrücke hatten gewöhnen müssen, war sie doch ganz von Entsetzen und Mitleid ergriffen.

„Und auch dort", fuhr Renzo fort, „hat er wie ein Heiliger gesprochen. Er hat gesagt, daß der Herr vielleicht diesem armseligen Menschen ... (jetzt könnte ich ihn wirklich nicht anders nennen) seine Gnade zugedacht hat und er einen lichten Augenblick für ihn erhoffe. Er will jedoch, daß wir zusammen für ihn beten ... Zusammen! Habt Ihr verstanden?"

„Ja, ja, wir werden für ihn beten, jeder dort, wo der Herr uns haben will; die Gebete wird er schon zu vereinigen wissen."

„Aber wenn ich Euch doch seine Worte sage ...!"

„Aber Renzo, er weiß nicht ..."

„Aber begreift Ihr nicht, daß, wenn ein Heiliger spricht, der Herr es ist, der ihm die Worte eingibt? Und daß er nicht so gesprochen hätte, wenn es nicht wirklich so sein sollte ... Und die Seele dieses Armen? Ich habe wohl für ihn gebetet und werde für ihn beten, habe es von Herzen getan, wirklich, als ob es für meinen Bruder gewesen wäre.

Aber wie soll es ihm denn im Jenseits gehen, wenn hier nicht diese Sache berichtigt wird, wenn das Böse, das er getan, nicht ausgelöscht wird? Denn dann ist, wenn Ihr mit Vernunft denkt, alles wie vorher: was gewesen ist, ist gewesen, er hat seine Buße hier getan ..."

„Nein, Renzo, nein. Der Herr will nicht, daß wir Böses tun, damit er Barmherzigkeit übe. Laßt ihn walten, was das anbelangt; unsere Pflicht ist es, zu ihm zu beten. Wenn ich in jener Nacht gestorben wäre, hätte er ihm also nicht verzeihen können? Und da ich nicht gestorben, da ich gerettet bin ..."

„Und Eure Mutter, diese arme Agnese, die mich immer so liebgehabt und sich so gewünscht hat, uns als Mann und Frau zu sehen, hat sie es Euch nicht auch gesagt, daß das ein verschrobener Einfall ist? Sie, die Euch auch sonst zur Vernunft gebracht hat, denn in gewissen Dingen denkt sie richtiger als Ihr ..."

„Meine Mutter! Soll meine Mutter mir raten, ein Gelübde zu brechen? Aber Renzo! Ihr seid nicht bei Sinnen!"

„Oh, soll ich es Euch sagen? Ihr Frauen könnt diese Dinge nicht verstehen. Pater Cristoforo hat mir gesagt, ich soll zurückkommen, um ihm zu erzählen, ob ich Euch gefunden habe. Ich gehe, wir werden hören, was er dazu meint ..."

„Ja, ja, geht zu diesem heiligen Mann, sagt ihm, daß ich für ihn bete und daß er für mich beten soll, denn ich bedarf dessen so sehr! Aber, um Himmels willen, um Eurer Seele willen, um meiner Seele willen, kommt nicht mehr hierher, um mir weh zu tun, um ... mich in Versuchung zu führen. Pater Cristoforo wird Euch die Dinge erklären und Euch zur Vernunft zu bringen wissen; er wird Eurem Herzen den Frieden bringen."

„Meinem Herzen den Frieden? Oh, das schlagt Euch aus dem Kopf. Ihr habt mir dieses häßliche Wort sogar schon schreiben lassen, und ich weiß, wie es mir weh getan hat; und jetzt habt Ihr noch den Mut, es mir zu sagen. Und ich sage Euch dafür klar und offen, daß sich mein Herz nie zufriedengeben wird. Ihr wollt mich vergessen, aber ich will Euch nicht vergessen. Und ich verspreche Euch, seht Ihr, daß, wenn Ihr mich um den Verstand bringt, ich ihn nie mehr wiedererlange. Zum Teufel mit dem Handwerk, zum Teufel mit dem guten Betragen! Ihr wollt mich dazu verdammen, mein ganzes Leben lang toll zu sein. So werde ich eben wie ein Toller leben ... Und dieser Unglückselige! Gott weiß, ob ich ihm von Herzen verziehen habe. Ihr aber ... Ihr wollt also, daß ich mein ganzes Leben lang daran denken soll, daß, wenn er nicht gewesen wäre ...? Lucia! Ihr habt gesagt, ich soll Euch vergessen! Euch vergessen! Wie soll ich das machen? An wen, glaubt Ihr wohl, habe ich diese ganze Zeit gedacht? ... Und nach so vielen Geschehnissen! Nach so vielen Beteuerungen! Was habe ich Euch getan, seitdem wir getrennt voneinander sind? Weil ich gelitten habe, behandelt Ihr mich so? Weil ich Unglück gehabt habe? Weil mich die Welt verfolgt hat? Weil ich so lange fern von Zuhause, fern von Euch traurig gelebt habe? Weil ich sogleich gekommen bin, um Euch zu suchen, sobald ich es nur konnte?"

Als das Schluchzen Lucia erlaubte, einige Worte hervorzubringen, rief sie, die Hände von neuem faltend und die tränenerfüllten Augen zum Himmel erhebend: „O heiligste Jungfrau, hilf du mir! Du weißt, daß ich seit jener Nacht noch keinen solchen Augenblick erlebt habe wie diesen. Du hast mir damals beigestanden, steh mir auch jetzt bei!"

„Ja, Lucia, Ihr tut gut daran, die Madonna anzurufen. Aber warum wollt Ihr glauben, daß sie, die so gut ist, die Mutter der Barmherzigkeit, Gefallen daran finden könnte, uns ... mich wenigstens ... wegen eines Wortes leiden zu lassen, das Euch in einem Augenblick entschlüpft ist, wo Ihr nicht gewußt habt, was Ihr sagtet? Glaubt Ihr denn, sie habe Euch damals geholfen, um uns danach in Wirrnissen zurückzulassen? ... Wenn das aber nur eine Ausrede sein sollte, wenn ich Euch verhaßt geworden bin... sagt es mir... redet klar."

„Erbarmen, Renzo, Erbarmen, um Eurer armen Toten willen, macht ein Ende, macht ein Ende, bringt mich nicht um... Es wäre kein guter Augenblick. Geht zum Pater Cristoforo, empfehlt mich ihm, doch kommt nicht mehr her, kommt nicht wieder hierher."

„Ich gehe, aber merkt Euch, ich komme wieder! Ich würde kommen, und wenn es am Ende der Welt wäre, ich würde kommen." Und er verschwand.

Lucia setzte sich oder ließ sich vielmehr zu Boden fallen, neben das Bett, lehnte den Kopf daran und fuhr fort, herzzerbrechend zu weinen. Die Frau, die bis dahin mit offenen Augen und Ohren, ohne sich zu rühren, dagelegen hatte, fragte, was diese Erscheinung, dieser Streit, dieses Weinen zu bedeuten habe. Aber vielleicht fragt der Leser seinerseits, wer sie war. Um ihn zu befriedigen, wird es auch hier nicht allzu vieler Worte bedürfen.

Sie war eine wohlhabende Kaufmannsfrau von etwa dreißig Jahren. In einem Zeitraum von wenigen Tagen hatte sie daheim ihren Mann und alle Kinder sterben sehen. Kurz darauf war sie, ebenfalls von der Pest befallen, in das Lazarett gebracht und in diese Hütte gelegt worden, zu dem Zeitpunkt, als Lucia, ohne es zu merken, die Krise der Krankheit überwunden hatte und nun, ebenfalls ohne es zu merken, daß ihre Gefährtinnen mehrmals gewechselt hatten, sich allmählich zu erholen und zu sich zu kommen begann: denn seit dem Beginn der Krankheit, als sie sich noch in Don Ferrantes Haus befand, war sie ohne Bewußtsein gewesen. Die Hütte konnte nicht mehr als zwei Personen aufnehmen, und zwischen diesen zwei betrübten, verlassenen, entmutigten, in dieser Menge so einsamen Frauen war bald eine Vertrautheit, eine Zuneigung entstanden, wie sie sich sonst kaum durch ein langes Zusammenleben hätte bilden können. Bald konnte Lucia der anderen helfen, deren Zustand äußerst schlimm war. Nun, da sich auch diese außer

Gefahr befand, leisteten sie sich gegenseitig Gesellschaft und Pflegedienste und sprachen sich Mut zu. Sie hatten einander gelobt, das Lazarett nicht anders als gemeinsam zu verlassen, und sie hatten auch noch verabredet, sich nachher nicht zu trennen. Die Kaufmannsfrau, die Haus, Warenlager und Kasse, alles wohl ausgestattet, unter der Obhut eines Bruders zurückgelassen hatte, der Kommissär bei der Gesundheitsbehörde war, sah sich nun auf einmal als alleinige, traurige Besitzerin eines viel größeren Vermögens, als sie zu einem bequemen Leben brauchte, und wollte Lucia wie eine Tochter oder wie eine Schwester bei sich behalten. Lucia hatte – man kann sich denken, mit welcher Dankbarkeit für sie und für die Vorsehung – dem Vorschlag zugestimmt, doch nur für so lange, bis sie von ihrer Mutter Nachricht erhalten und ihren Willen, wie sie hoffte, erfahren werde. Im übrigen hatte sie, verschwiegen wie sie war, weder von dem Ehegelöbnis noch von ihren anderen außergewöhnlichen Abenteuern je ein Wort gesagt. Nun aber, in einem solchen Aufruhr der Gefühle, war ihr Bedürfnis, ihrem Herzen Luft zu machen, mindestens ebenso stark wie der Wunsch der anderen, zu hören. So drückte sie mit beiden Händen ihre Rechte und ging gleich daran, den Fragen der Kaufmannsfrau rückhaltlos Genüge zu tun, und nur ihr Schluchzen verzögerte den Bericht.

Unterdessen schritt Renzo zu dem guten Mönch in das Männerquartier. Mit einiger Mühe und nicht ohne manches Stückchen Weges zweimal tun zu müssen, gelang es ihm endlich, dort anzukommen. Er fand die Hütte, traf den Pater aber nicht an. Als er sich jedoch in der Umgebung umsah und ihn suchte, erblickte er ihn in einer Baracke, wo er, zur Erde gebeugt, fast am Boden liegend, einen Sterbenden tröstete. Renzo blieb stehen und wartete schweigend. Bald darauf sah er, wie jener dem Armen die Augen schloß, dann niederkniete, einen Augenblick betete und sich erhob. Nun ging er auf ihn zu.

„Oh!“ sagte der Pater, als er ihn kommen sah. „Nun?“

„Sie ist da, ich habe sie gefunden!"

„In welchem Zustand?"

„Geheilt, oder wenigstens nicht im Bett."

„Dem Herrn sei gedankt!"

„Aber...", sagte Renzo, als er nahe genug war, um sich leise mit ihm zu unterhalten, „da ist eine andere Schwierigkeit."

„Was ist es denn?"

„Ich will sagen, daß... Sie wissen ja selbst, wie gut das arme Mädchen ist, aber manchmal ist sie ein bißchen in ihren Ansichten verbohrt. Nach so vielen Versprechungen, nach alledem, was auch Sie wissen, erklärt sie jetzt, sie könne mich nicht heiraten, weil sie sich in jener Nacht der Angst, sagt sie – was weiß ich? –, in ihrem Eifer sozusagen der Madonna geweiht hatte. Das sind Dinge ohne Sinn, nicht wahr? Dinge, gut für den, der das Wissen und die Grundlagen dazu hat, aber für uns gewöhnliche Leute, die wir nicht recht wissen, wie man sie zu machen hat... sind es doch Dinge, die nicht gelten, nicht wahr?"

„Sag mir, ist sie sehr weit weg von hier?"

„Ach nein, nur ein paar Schritte hinter der Kirche."

„Warte hier einen Augenblick auf mich", sagte der Mönch, „und dann gehen wir zusammen hin."

„Das heißt also, Sie wollen ihr begreiflich machen..."

„Ich weiß nichts, mein Sohn, ich muß sie erst hören."

„Ich verstehe", sagte Renzo und blieb mit verschränkten Armen stehen, die Augen zu Boden gesenkt, während er seiner Unruhe, die fortdauerte, Herr zu werden suchte. Der Mönch ging erneut zu diesem Pater Vittore, den er bat, ihn noch einmal zu vertreten, schaute in seine Hütte hinein und kam mit einem Korb am Arm heraus, kehrte zu Renzo zurück und sagte: „Gehen wir", schritt dann voran, auf jene Hütte zu, in die sie kurz zuvor miteinander eingetreten waren. Diesmal ging er allein hinein, erschien einen Augenblick später wieder und sagte: „Nichts! Beten wir, beten wir." Dann versetzte er: „Nun führe du mich."

Wortlos machten sie sich auf den Weg.

Der Himmel hatte sich inzwischen immer mehr verdüstert und kündigte jetzt mit Gewißheit den nicht mehr fernen Sturm an. Dicht aufeinanderfolgende Blitze durchbrachen die noch drohender gewordene Dunkelheit und erhellten mit jähem Schein die langen Dächer und die Bogen der Säulengänge, die Kuppel der Kapelle, die niedrigen Giebel der Hütten, und der mit plötzlichem Krachen grollende Donner rollte von einer Himmelsgegend zur anderen. Auf den Weg achtend, schritt der junge Mann voller Ungeduld dem Ziel entgegen, dennoch verlangsamte er den Schritt, um ihn den Kräften seines Begleiters anzupassen, der, von der Arbeit erschöpft, von der Krankheit und von der Schwüle ermattet, nur mühsam vorwärts kam und immer wieder sein abgezehrtes Gesicht zum Himmel hob, um freier atmen zu können.

Als Renzo die Hütte sah, blieb er stehen, drehte sich um und sagte mit zitternder Stimme: „Hier ist sie."

Sie gingen hinein. „Da sind sie!" rief die bettlägerige Frau. Lucia wandte sich um, sprang hastig auf, trat dem Greis entgegen und rief: „Oh, wen sehe ich! O Pater Cristoforo!"

„Nun, Lucia! aus wie vielen Nöten hat der Herr Euch befreit! Ihr müßt sehr glücklich sein, immer auf ihn gehofft zu haben!"

„O ja! Aber Sie, Pater? Ach, ich Arme, wie verändert Sie sind! Wie geht es Ihnen? Sagen Sie, wie geht es Ihnen?"

„Wie Gott will und wie durch seine Gnade auch ich will", erwiderte der Mönch mit heiterem Gesicht. Und nachdem er sie beiseite gezogen hatte, fügte er hinzu: „Hört, ich kann nur wenige Augenblicke hierbleiben. Seid Ihr bereit, Euch mir wie sonst anzuvertrauen?"

„Oh, sind Sie nicht immer mein Vater?"

„Also, meine Tochter, was für ein Gelübde ist das, wovon Renzo mir erzählt hat?"

„Es ist ein Gelübde, das ich der Madonna getan habe... in einer großen Bedrängnis ... niemals zu heiraten."

„Armes Kind! habt Ihr denn damals daran gedacht, daß Ihr durch ein Versprechen gebunden wart?“

„Da es den Herrn und die Madonna betraf ... habe ich nicht daran gedacht.“

„Dem Herrn, meine Tochter, sind Opfer und milde Gaben wohlgefällig, wenn wir sie von dem darbringen, was unser ist. Er will das Herz und den Willen, aber den Willen eines anderen, dem Ihr bereits verpflichtet wart, konntet Ihr ihm nicht opfern.“

„Habe ich schlecht gehandelt?“

„Nein, armes Kind, denkt nicht daran; ich glaube sogar, daß die Absicht Eures betrübten Herzens der Heiligen Jungfrau willkommen war und daß sie diese an Eurer Statt Gott dargebracht haben wird. Aber sagt mir, habt Ihr darüber nie jemanden zu Rate gezogen?“

„Ich dachte nicht, daß es etwas Böses wäre, um es beichten zu müssen. Ansonsten weiß man ja, daß das wenige Gute, das man tun kann, nicht unter die Leute gebracht werden soll.“

„Habt Ihr keinen anderen Beweggrund, der Euch von der Erfüllung des Versprechens abhält, das Ihr Renzo gegeben habt?“

„Was das betrifft ... für mich ... einen Beweggrund? Nein, ich könnte wirklich nicht sagen ...“, entgegnete Lucia mit einigem Zögern, das etwas ganz anderes als etwa unentschlossene Absicht verriet, und ihr noch von der Krankheit bleiches Gesicht verfärbte sich auf einmal mit der lebhaftesten Röte.

„Glaubt Ihr“, hob der Greis wieder an, die Augen senkend, „daß Gott seiner Kirche die Macht gegeben hat, die Verpflichtungen und Verbindlichkeiten, die die Menschen vor ihm eingegangen sind, zu erlassen und aufzuheben, sofern dies zum größeren Heil gereicht?“

„Ja, ich glaube es.“

„So mögt Ihr denn wissen, daß wir, die wir an diesem Ort zur Seelsorge bestimmt sind, für alle, die sich an uns wenden, von der Kirche die weitestgehende Vollmacht haben und daß ich Euch demzufolge auf Euer Verlangen von jeder Pflicht entbinden kann, was immer es für eine sei, die Ihr auf Grund dieses Gelübdes eingegangen sein könnt."

„Aber ist es nicht eine Sünde, zurückzuweichen und ein der Madonna gegebenes Versprechen zu bereuen? Ich hatte damals das Versprechen wirklich von Herzen gegeben ...", sagte Lucia, heftig bewegt von dem Ansturm einer immerhin so unerwarteten Hoffnung und von einem sich dagegen auflehnenden Schrecken, der durch alle ihre Gedanken bestärkt wurde, mit denen sich ihr Gemüt seit langer Zeit vorwiegend beschäftigt hatte.

„Eine Sünde, Tochter?" sagte der Pater, „eine Sünde, sich an die Kirche zu wenden und ihren Diener zu bitten, daß er Gebrauch mache von der Macht, die er von ihr erhalten und die sie von Gott empfangen hat? Ich habe mit angesehen, wie Ihr beide zusammengeführt worden seid, und fürwahr, wenn ich je glaubte, daß Gott zwei Menschen vereint habe, so wart Ihr es; nun vermag ich nicht einzusehen, warum Gott Euch trennen sollte. Und ich preise ihn, daß er mir Unwürdigem die Macht gegeben hat, in seinem Namen zu sprechen und Euch Euer Wort zurückzugeben. Und wenn Ihr mich bittet, daß ich Euch von diesem Gelübde für entbunden erklären soll, werde ich nicht zögern, es zu tun, ja ich wünsche sogar, daß Ihr mich darum bittet."

„Dann ...! Dann ...! bitte ich darum", sagte Lucia mit einem Gesicht, das nur noch die Scham verwirrte.

Der Mönch winkte den jungen Mann herbei, der in der entferntesten Ecke stand und (da er nichts anderes tun konnte) das Zwiegespräch, an dem ihm so viel lag, scharf beobachtete. Und als jener hinzugetreten war, sagte er mit erhobener Stimme zu Lucia: „Kraft der Befugnis, die ich von der Kirche habe, erkläre ich Euch des Gelübdes der Jungfräulichkeit entbunden, indem ich alles aufhebe, was darin Unüberlegtes gewesen sein mag, und Euch von jeder Verpflichtung befreie, die Ihr eingegangen sein mögt."

Man stelle sich vor, wie diese Worte in Renzos Ohren geklungen haben. Lebhaft dankte er dem, der sie ausgesprochen, mit den Augen und suchte gleich, aber vergeblich Lucias Blick.

„Kehrt zurück zu den Gedanken von einst, in Sicherheit und Frieden“, sagte der Kapuziner zu ihr, „erbittet vom Herrn aufs neue die Gnade, die Ihr erflehtet, um eine fromme Gattin zu werden, und vertraut darauf, daß er sie Euch nach soviel Unglück reichlicher gewähren wird. Und du“, sprach er, an Renzo gewandt, „sei dessen eingedenk, mein Sohn, daß, wenn die Kirche dir diese Gefährtin zurückgibt, sie es nicht tut, um dir eine zeitliche und weltliche Freude zu verschaffen, die, selbst wenn sie vollkommen und nicht mit Widrigkeiten vermischt sein könnte, doch in dem Augenblick in einem großen Schmerz enden würde, wo Ihr Euch verlassen müßt; sondern sie tut es, um Euch beide auf den Weg der Freude zu geleiten, die kein Ende haben wird. Liebt Euch wie Reisegefährten, mit diesem Gedanken, daß Ihr Euch einst werdet verlassen müssen, und mit der Hoffnung, daß Ihr Euch für immer wiederfinden werdet. Dankt dem Himmel, daß er Euch nicht durch stürmische, vergängliche Freuden zu diesem Zustand geführt hat, sondern durch Kummer und Not, um Euch für eine gesammelte und ruhige Heiterkeit vorzubereiten. Wenn Gott Euch Kinder schenkt, so sei Euer Trachten, sie für ihn zu erziehen und ihnen die Liebe zu ihm und zu allen Menschen einzuflößen, und dann werdet Ihr sie auch in allem übrigen trefflich leiten. Lucia, hat er Euch gesagt“, und er deutete auf Renzo, „wen er hier gesehen hat?“

„O Pater, er hat es mir gesagt.“

„Betet für ihn! Werdet dessen nicht müde. Und betet auch für mich! . . . Kinder! ich will, daß Ihr ein Andenken an den armen Pater habt.“ Und hier nahm er aus dem Korb ein Kästchen aus gewöhnlichem Holz, aber mit einer gewissen Vollendung gedrechselt und poliert, wie man sie von den Kapuzinern kennt, und er fuhr fort: „Hier drin ist der

Rest jenes Brotes ... des ersten, das ich als Almosen erbeten habe, jenes Brotes, von dem Ihr gehört habt! Ich hinterlasse es Euch, bewahrt es auf, zeigt es Euren Kindern. Sie werden in eine traurige Welt kommen und in eine traurige Zeit, mitten unter die Hochmütigen und die Aufwiegler. Sagt ihnen, daß sie immer verzeihen sollen, immer! Alles, alles! Und daß auch sie für den armen Mönch beten sollen!"

Er überreichte Lucia das Kästchen, die es mit Ehrfurcht nahm, als handelte es sich um eine Reliquie. Dann hob er wieder mit ruhigerer Stimme an: „Nun sagt mir, was für eine Stütze habt Ihr hier in Mailand? Wo gedenkt Ihr hier in Mailand unterzukommen, sobald Ihr von hier weggeht? Und wer wird Euch zu Eurer Mutter führen, der Gott die Gesundheit bewahrt haben möge?"

„Diese freundliche Dame ist wie eine Mutter zu mir. Wir werden zusammen von hier weggehen, und dann wird sie für alles sorgen."

„Gott segne sie", sagte der Mönch und näherte sich dem Krankenlager.

„Auch ich danke Ihnen für die Freude, die Sie diesen armen Geschöpfen bereitet haben", sagte die Witwe, „obwohl ich damit gerechnet hatte, diese liebe Lucia immer bei mir zu behalten. Aber einstweilen bleibt sie bei mir, dann begleite ich sie in ihr Dorf, werde sie ihrer Mutter übergeben und", fügte sie leise hinzu, „will ihr auch die Aussteuer schenken. Ich habe zuviel Hab und Gut und niemanden mehr von denen, die es mit mir hätten genießen sollen!"

„So können Sie", antwortete der Mönch, „dem Herrn ein großes Opfer darbringen und dem Nächsten Gutes tun. Ich brauche Ihnen dieses junge Mädchen nicht zu empfehlen, denn ich sehe schon, daß sie wie Ihre Tochter ist. So haben wir nur den Herrn zu preisen, der sich auch im Unglück als Vater erweist, und als er Sie einander finden ließ, gab er jeder von Ihnen ein offenkundiges Zeichen seiner Liebe. Nun denn", fuhr er fort, wobei er sich an Renzo wandte, den er bei der Hand nahm, „wir beide haben hier nichts mehr zu schaffen und sind schon lange genug hier gewesen. Gehen wir."

„O Pater!" sagte Lucia, „werde ich Sie wiedersehen? Ich, die ich nichts Gutes auf dieser Welt tue, bin genesen, und Sie ...!"

„Schon seit langer Zeit", entgegnete der Greis in ernstem, sanftem Ton, „bitte ich den Herrn um eine Gnade, um eine sehr große Gnade: meine Tage im Dienste der Nächsten beschließen zu können. Wenn er sie mir jetzt gewähren sollte, so müssen mir alle, die Liebe für mich empfinden, danken helfen. Nun aber weg, gebt Renzo Eure Aufträge für die Mutter!"

„Erzählt ihr, was Ihr gesehen habt", sagte Lucia zu ihrem Verlobten, „daß ich hier eine zweite Mutter gefunden habe, daß ich mit dieser kommen werde, sobald ich es nur kann, und daß ich hoffe, sie gesund zu finden."

„Wenn Ihr Geld braucht", warf Renzo ein, „ich habe alles, was Ihr mir geschickt habt, bei mir und ..."

„Nein, nein", unterbrach ihn die Witwe, „Geld habe ich nur allzuviel."

„Gehen wir", wiederholte der Pater.

„Auf Wiedersehen, Lucia ...! Und auch Sie, gute Dame", sagte Renzo, nach Worten ringend, die ausgedrückt hätten, was er fühlte.

„Wer weiß, ob uns der Herr die Gnade erweisen wird, daß wir uns alle wiedersehen!" rief Lucia aus.

„Er sei immer mit Euch und segne Euch", sagte Pater Cristoforo zu den zwei Gefährtinnen und verließ mit Renzo die Hütte.

Der Abend war nicht mehr fern, und das Gewitter schien im Begriff, sich entladen zu wollen. Der Kapuziner bot dem jungen Mann von neuem an, ihn diese Nacht in seiner Baracke zu beherbergen. „Gesellschaft werde ich dir nicht leisten können", fügte er hinzu, „aber du hättest wenigstens ein Dach über dem Kopf."

Renzo jedoch fühlte in sich den Drang fortzugehen, und

es lag ihm nichts mehr daran, noch länger an einem solchen Ort zu bleiben, wenn er nicht einmal den Vorteil hatte, Lucia zu sehen, und wo er nicht einmal mit dem guten Mönch hätte ein wenig zusammen sein können. Was die späte Stunde und das Wetter betraf, so kann man sagen, daß ihm Nacht oder Tag, Sonnenschein oder Regen, Westwind oder Nordwind in diesem Augenblick gänzlich einerlei waren. Er dankte daher dem Mönch und sagte, er wolle sich so rasch wie möglich auf die Suche nach Agnese begeben.

Als sie auf dem Mittelweg waren, drückte der Mönch ihm die Hand und sagte: „Wenn du sie findest, diese gute Agnese, was Gott gebe, grüße sie auch von mir und sag ihr und allen, die noch geblieben sind und sich des Paters Cristoforo erinnern, daß sie für ihn beten sollen. Gott sei mit dir und segne dich immer."

„Ach, teurer Pater ...! Werden wir uns wiedersehen? Werden wir uns wiedersehen?"

„Dort oben, hoffe ich." Und mit diesen Worten trennte er sich von Renzo; der schaute ihm so lange nach, bis er ihn aus den Augen verlor, und schritt dann eilig zum Tor, während er die letzten mitleidigen Blicke auf diesen Ort der Leiden rechts und links warf. Es herrschte ein äußerst emsiges Treiben, Monatti liefen auf und ab, Sachen wurden getragen, die Zeltvorhänge der Baracken wurden in Ordnung gebracht, Genesende schleppten sich dorthin und in die Säulengänge, um sich vor dem bevorstehenden Gewitter zu schützen.

37. Kapitel

In der Tat hatte Renzo kaum die Schwelle des Lazaretts überschritten und den Weg zur Rechten eingeschlagen, um wieder auf den schmalen Fußweg zu gelangen, auf dem er am Morgen vor den Mauern angekommen war, als eine Art Hagel in einzelnen schweren Tropfen niederging, die beim

Aufschlagen auf die weiße, trockene Straße und beim Zurückspringen einen feinen Staub aufwirbelten; im Nu fielen die Tropfen dichter, und bevor er noch auf den Fußweg gelangte, goß es wie aus Eimern. Anstatt sich darüber zu ärgern, watete Renzo darin und erfreute sich an dieser Erfrischung, an diesem Rauschen, an diesem Aufleben der zitternden, tropfenden, wieder ergrünenden, glänzenden Gräser und Blätter. Er atmete mit tiefen, vollen Zügen und fühlte in dieser Entfesselung der Natur auch freier und lebhafter das, was sich in seinem Geschick vollzogen hatte.

Aber dieses Gefühl wäre noch reiner und vollkommener gewesen, wenn Renzo hätte ahnen können, was sich wenige Tage später zeigte: daß dieses Wasser die Seuche wegschwemmte; daß danach das Lazarett, wenngleich es nicht alle Lebenden, die es enthielt, den Lebenden zurückgab, so doch wenigstens keine neuen mehr verschlang; daß man nach einer Woche Haustüren und Läden wieder offen sehen konnte und von fast nichts anderem als von der Quarantäne reden hörte und daß von der Pest nur noch hier und dort ein paar Restchen blieben, jener Nachtrab, den eine solche Geißel stets für einige Zeit zurückzulassen pflegt.

So schritt also unser Wanderer fröhlich dahin, ohne überlegt zu haben, wo, wie, wann und ob er für die Nacht einen Aufenthalt in einer Herberge nehmen werde, einzig nur bestrebt, weiterzukommen, bald in seinem Dorf einzutreffen, jemanden zu finden, mit dem er sprechen, dem er erzählen könnte, und vor allem, sich rasch wieder nach Pasturo aufzumachen, um Agnese zu suchen. Er wanderte, die Seele noch in Aufruhr von den Erlebnissen dieses Tages; aber unter den Trübseligkeiten, unter den Schrecknissen und Gefahren tauchte immer ein lieber Gedanke auf: Ich habe sie gefunden, sie ist genesen, sie ist mein! Und dann tat er einen Sprung und spritzte dabei wie ein Pudel um sich, der aus dem Wasser kommt. Manchmal begnügte er sich damit, sich die Hände zu reiben, und vorwärts ging's, eifriger als vorher. Er blickte auf dem Wege vor sich hin und hob gleichsam die Gedanken auf, die er am Morgen und tags zuvor beim Kommen hiergelassen hatte, und mit der größten Lust gerade die, die er am meisten zu verscheuchen versucht hatte, die Zweifel, die Schwierigkeiten – sie finden, sie unter so vielen Toten und Sterbenden am Leben finden! Und ich habe sie am Leben gefunden, schloß er. Er versetzte sich in Gedanken in die schrecklichsten Situationen dieses Tages, er sah sich mit dem Türklopfer in der Hand: Wird sie da sein oder wird sie nicht da sein? Und dann die so wenig erfreuliche Antwort. Und nicht einmal die Zeit zu haben, sie herunterzuschlucken, weil er gleich die Raserei der verrückten Schurken auf dem Hals hatte. Und dieses Lazarett, dieses Meer! Dort wollte ich sie finden! Aber ich habe sie gefunden! Er kehrte im Geist zu dem Augenblick zurück, als die Prozession der Genesenden vorbeigezogen war. Was für ein Augenblick! Welch ein Kummer, sie nicht unter ihnen gefunden zu haben! Und jetzt hatte dies für ihn keine Bedeutung mehr. Und diese Frauenabteilung! Und dort hinter der Hütte, als er es am wenigsten vermutete, diese Stimme, wirklich diese Stimme! Und sie zu sehen, vom Krankenlager aufgestanden! Aber was? Da war ja noch diese Schwierigkeit mit dem Gelübde, verwickelter denn je. Auch die gelöst. Und dieser Haß gegen Don Rodrigo, diese fortwährende verzehrende Wut, die alles Unheil noch bitterer machte und alle Freuden vergiftete, auch das verschwunden. So hätte ich mir keine lebhaftere Zufriedenheit vorstellen können, wäre nicht diese Ungewißheit bezüglich Agnese, die traurige Ahnung um Pater Cristoforo und der Gedanke, noch mitten in der Pest zu sein.

Er kam in Sesto an, als es Abend wurde, und noch immer schien der Regen nicht aufhören zu wollen. Da er sich aber munterer denn je fühlte und es sehr schwierig gewesen wäre, Unterkunft zu finden, und er außerdem so durchnäßt war, dachte er nicht einmal daran, zu rasten. Das einzige, was ihm zusetzte, war ein großer Appetit, denn eine solche Freude wie diese hätte ihn ganz anderes als das bißchen

Suppe des Kapuziners verdauen lassen. Er schaute umher, ob er nicht auch hier einen Bäckerladen fände, und er sah einen. Er erhielt zwei Brote mit der Zange und mit den anderen Umständlichkeiten, steckte eins in die Tasche und das andere in den Mund, und weiter ging's.

Als er durch Monza kam, war es tiefe Nacht; dennoch gelang es ihm, das Tor zu finden, das auf die richtige Straße führte. Das war zwar, um die Wahrheit zu sagen, ein großer Gewinn, aber Ihr könnt Euch vorstellen, wie die Straße beschaffen war und wie sie von Minute zu Minute schlimmer wurde. Eingesenkt (wie sie alle waren, und das haben wir wohl schon anderswo gesagt) zwischen zwei Böschungen, fast wie ein Flußbett, hätte man sie zu dieser Stunde, wenn nicht einen Fluß, so doch einen richtigen Wassergraben nennen können. Und auf Schritt und Tritt Löcher, so daß man Mühe hatte, die Füße, geschweige denn die Schuhe herauszubekommen. Aber Renzo half sich heraus, wie er nur konnte, ohne Zeichen der Ungeduld, ohne Schimpfworte, ohne Reue, daran denkend, daß jeder Schritt, was immer er auch kostete, ihn weiterbrachte und daß der Regen aufhören werde, wann es Gott gefalle, daß auch der Tag zu seiner Zeit anbrechen und daß der inzwischen beschrittene Weg dann zurückgelegt sein werde.

Und ich will auch noch sagen, daß er eigentlich daran nur dachte, wenn er gar nicht anders konnte. Dies waren Ablenkungen; die wichtige Arbeit seines Geistes war, die Geschichte dieser vergangenen traurigen Jahre durchzugehen. So viele Wirrnisse, so viele Widrigkeiten, so viele Augenblicke, wo er nahe daran gewesen war, auch die Hoffnung zu verlieren und alles seinen Gang gehen zu lassen; und alledem nun die Vorstellung einer so ganz anderen Zukunft entgegenzusetzen: die Ankunft Lucias, die Hochzeit, die Gründung des Hausstandes, das Erzählen der verflossenen Begebenheiten und das ganze Leben.

Wie er es machte, wenn er auf zwei Wege stieß: ob es seine geringe Ortskenntnis zusammen mit dem schwachen

Lichtschein war, die ihm stets den richtigen finden halfen, oder ob er ihn immer aufs Geratewohl erriet, wüßte ich nicht zu sagen. Denn er selbst, der seine Geschichte sehr ausführlich zu erzählen pflegte, ja sogar etwas zu ausführlich (und das bringt uns zu der Vermutung, daß unser Anonymus sie mehr als einmal von ihm gehört habe), er selbst sagte an dieser Stelle der Geschichte, daß er sich jener Nacht nicht anders erinnere, als ob er sie träumend im Bett verbracht hätte. Fest steht, daß er sich am Ufer der Adda befand, als die Nacht zu Ende ging.

Es hatte keinen Augenblick zu regnen aufgehört, doch nach einer gewissen Zeit war aus der Wasserflut ein Regen und dann ein feines, stilles, gleichmäßiges Nieseln geworden. Die fernen, dünnen Wolken breiteten einen lückenlosen, aber leichten und durchsichtigen Schleier aus, und das Dämmerlicht ließ Renzo die Gegend ringsum erkennen. Mittendrin lag sein Dorf. Und was er bei diesem Anblick fühlte, läßt sich nicht erklären. Ich vermag nur das zu sagen, daß diese Berge, dieser nahe Resegone, das Gebiet von Lecco ganz wie sein eigen geworden waren. Er warf auch auf sich selbst einen Blick und kam sich etwas sonderbar vor, denn nach dem, was er an sich bemerkte, um die Wahrheit zu sagen, konnte er sich vorstellen, wie er aussah: alles, was er anhatte, klebte am Leibe und war verdorben; vom Kopf bis zu den Hüften alles triefend naß, eine wahre Traufe; von den Hüften bis zu den Fußspitzen Schlamm und Kot, und dort, wo keiner war, lauter Tropfen und Spritzer. Und wenn er sich ganz im Spiegel gesehen hätte, mit der schlaffen, herabfallenden Hutkrempe, mit den ins Gesicht hängenden, festklebenden Haaren, so wäre er sich noch wunderlicher vorgekommen. Was die Müdigkeit betraf, so mochte er wohl müde sein, aber er wußte nichts davon, und die Frische des Morgens, die der nächtlichen und dem kleinen Regenbad folgte, bewirkte nichts als ein ungestümes Verlangen, schneller zu gehen.

Er war in Pescate, schritt diese letzte Strecke an der

Adda entlang, wobei er einen schwermütigen Blick auf Pescarenico warf, ging über die Brücke; und über Wege und Felder gelangte er im Nu zum Haus des gastlichen Freundes. Dieser hatte sich gerade erst vom Schlafe erhoben und stand vor der Tür, um nach dem Wetter zu schauen, da fiel sein Blick auf diese so durchnäßte, kotbeschmutzte, sagen wir es nur: so dreckige und dabei doch so muntere und heitere Gestalt. Sein Lebtag hatte er noch keinen übler zugerichteten und vergnügteren Menschen gesehen.

„Oh", sagte er, „schon hier? Und bei diesem Wetter? Wie ist es gegangen?"

„Sie ist da", sagte Renzo, „sie ist da, sie ist da!"

„Gesund?"

„Genesen, was noch besser ist. Ich muß dem Herrn und der Madonna danken, solange ich lebe. Aber große Dinge, Wunderdinge! Ich werde dir dann alles erzählen."

„Aber wie bist du zugerichtet!"

„Schön, was?"

„Um die Wahrheit zu sagen, könntest du das Obere benutzen, um das Untere abzuwaschen. Aber warte, warte, ich mache dir ein gutes Feuer."

„Ich sage nicht nein. Weißt du, wo es mich erwischt hat? Gleich hinter dem Lazarettor. Aber das macht nichts! Das Wetter geht seiner Wege, und ich gehe meiner Wege."

Der Freund entfernte sich und kam mit zwei Armvoll Reisig zurück, den einen legte er auf den Boden, den anderen auf den Herd, und mit einem bißchen Glut, die noch vom Abend geblieben war, fachte er schnell ein prasselndes Feuer an. Renzo hatte unterdessen den Hut abgenommen, ihn zwei- oder dreimal geschüttelt und auf den Boden geworfen, und auch das Wams hatte er, aber nicht ganz so leicht, ausgezogen. Er nahm dann aus der Hosentasche das Messer mit der Scheide, die so naß war, als ob sie eingeweicht worden wäre, legte es auf eine Bank und sagte: „Auch das ist ordentlich zugerichtet, aber es ist Wasser! Es ist Wasser! Dem Herrn sei gedankt... Ich bin nahe daran gewesen ...! Ich erzähle es dir dann." Und er rieb sich die Hände. „Jetzt tu mir noch einen Gefallen", fügte er hinzu, „und hole mir das Bündel, das ich oben in der Kammer gelassen habe, denn bis dieses Zeug da trocknet, das ich anhabe ...!"

Mit dem Bündel zurückgekehrt, sagte der Freund: „Ich denke, du wirst auch Hunger haben. Zu trinken wird es dir unterwegs wohl nicht gefehlt haben, aber zu essen ..."

„Ich habe gestern spätabends zwei Brote gekauft, aber um die Wahrheit zu sagen, ich habe sie kaum zwischen den Zähnen gespürt."

„Laß mich nur machen", sagte der Freund, goß Wasser in einen Kessel, den er dann an die Kette hängte, und fügte hinzu: „Ich gehe melken; wenn ich mit der Milch zurückkomme, wird das Wasser soweit sein, und wir kochen uns eine gute Polenta. Unterdessen mach es dir bequem."

Als Renzo allein geblieben war, zog er nicht ohne Mühe seine übrigen Kleidungsstücke aus, die ihm am Leibe klebten, trocknete sich ab und kleidete sich vom Kopf bis zu den Füßen um. Der Freund kam zurück und ging zu seinem Kessel. Renzo setzte sich inzwischen hin und wartete.

„Jetzt fühle ich, daß ich müde bin", sagte er. „Es war aber auch eine tüchtige Strecke! Doch das tut nichts. Ich habe dir für den ganzen Tag zu erzählen. Wie Mailand zugerichtet ist! Was man da alles sehen muß! Womit man da in Berührung kommt! Mit Dingen, daß man sich dann vor sich selbst ekelt. Ich möchte sagen, daß es notwendig war für mich, so gründlich gewaschen zu werden. Und was mir diese Herren da unten antun wollten! Du wirst hören. Aber wenn du das Lazarett sähest! Man könnte mutlos werden bei all dem Elend. Genug, ich werde dir alles erzählen ... Und sie ist dort, sie wird herkommen, und sie wird meine Frau, und du mußt unser Trauzeuge sein, und Pest oder nicht Pest, ein paar Stunden wenigstens wollen wir fröhlich sein."

Im übrigen hielt er, was er dem Freund versprochen hatte, nämlich ihm den ganzen Tag erzählen zu wollen. Er tat es um so eifriger, als dieser, weil ständig ein feiner Regen nieselte, den ganzen Tag zu Hause verbrachte, teils neben dem Freund sitzend, teils an einer kleinen Kufe und an einem Fäßchen sowie mit anderen Arbeiten zur Vorbereitung der Weinlese beschäftigt, wobei Renzo es nicht unterließ, ihm zur Hand zu gehen. Er war nämlich, wie er zu sagen pflegte, einer von denen, die beim Nichtstun müder werden als bei der Arbeit. Er konnte sich jedoch nicht enthalten, einen Sprung zu Agneses Haus zu machen, um ein gewisses Fenster wiederzusehen und sich auch dort ein bißchen die Hände zu reiben. Er kehrte zurück, ohne von jemandem gesehen worden zu sein, und ging gleich zu Bett. Vor Tagesanbruch erhob er sich, und da er sah, daß der Regen aufgehört hatte, obwohl der Himmel noch immer nicht ganz klar war, machte er sich auf den Weg nach Pasturo.

Es war noch früh, als er dort ankam, denn er hatte nicht weniger Eile und Verlangen, ans Ende zu kommen, als unser Leser haben mag. Er suchte Agnese, hörte, daß sie sich wohl befand, und man zeigte ihm ein einsames Häuschen, wo sie wohnte. Er ging hin und rief sie von der Straße aus. Als sie seine Stimme vernahm, eilte sie ans Fenster, und während sie mit offenem Munde dastand, um irgendein Wort, irgendeinen Laut hervorzubringen, kam Renzo ihr zuvor, indem er sagte: „Lucia ist genesen, ich habe sie vorgestern gesehen. Sie schickt Euch Grüße und wird bald kommen. Und dann habe ich Euch noch viele, viele Dinge zu erzählen."

Erstaunt über diese Erscheinung und erfreut über die Nachricht, begann Agnese, bewegt von dem Verlangen, mehr zu erfahren, bald einen Ausruf und bald eine Frage, ohne sie zu vollenden. Dann sagte sie, die Vorsicht vergessend, die sie seit langem zu üben pflegte: „Ich komme Euch öffnen."

„Wartet! Und die Pest?“ warf Renzo ein. „Ihr habt sie, glaube ich, noch nicht gehabt.“

„Ich nicht, und Ihr?“

„Ich ja, aber Ihr müßt vernünftig sein. Ich komme aus Mailand, und Ihr werdet hören, daß ich wirklich bis über die Ohren mitten in der Seuche gesteckt habe. Ich habe mich zwar vom Kopf bis zu den Füßen umgezogen, aber sie ist so unflätig, daß sie zuweilen wie eine Hexerei anhaftet. Und da Euch der Herr bis jetzt behütet hat, möchte ich, daß Ihr Euch in acht nehmt, bis diese Epidemie vorüber ist, denn Ihr seid unsere Mutter, und ich will, daß wir noch lange Zeit fröhlich miteinander leben, in Anbetracht der großen Leiden, die wir ausgestanden haben, ich wenigstens.“

„Aber ...“, begann Agnese.

„Ach!“ unterbrach Renzo sie. „Hier gibt es kein Aber mehr, das standhielte. Ich weiß, was Ihr sagen wollt, aber Ihr werdet hören, Ihr werdet hören, daß es keine Aber mehr gibt. Gehen wir irgendwohin ins Freie, wo man bequem und ohne Gefahr sprechen kann, und Ihr werdet hören.“

Agnese bezeichnete ihm einen Garten, der sich hinter dem Haus befand, und fügte hinzu: „Geht hinein, und Ihr werdet zwei Bänke sehen, die einander gegenüberstehen, als wären sie zu diesem Zweck hingestellt. Ich komme gleich.“

Renzo ging und setzte sich auf eine dieser Bänke, einen Augenblick später fand sich Agnese bei der anderen ein, und ich bin überzeugt, daß der Leser, hätte er sich bei all seiner Kenntnis des Vorhergegangenen als dritter eingefunden, um mit eigenen Augen diese lebhafte Unterhaltung zu sehen und mit eigenen Ohren diese Erzählungen zu hören, alle diese Fragen, Erklärungen, Ausrufe, dieses Bedauern, diese Glückwünsche, das über Don Rodrigo und über Pater Cristoforo und alles übrige, und diese Schilderungen der Zukunft, so klar und so sicher wie die der Vergangenheit – ich bin überzeugt, sage ich, daß er seine Freude daran gehabt hätte und beim Weggehen der letzte gewesen wäre. Jedoch die ganze Unterredung auf dem Papier zu haben, in stummen Worten als Tintenzeichen, ohne eine einzige neue Tatsache darin zu finden, daran wird ihm nicht viel liegen, glaube ich, und es wird ihm mehr gefallen, sie selbst zu erraten. Es wurde der Beschluß gefaßt, daß sie alle zusammen in jenes Dorf im Bergamaskischen ziehen würden, wo Renzo sich schon so gut eingeführt hatte, um sich dort niederzulassen. Was den Zeitpunkt betraf, so konnte man noch nichts entscheiden, weil er von der Pest und von anderen Umständen abhing. Sobald die Gefahr vorüber war, würde Agnese nach Hause zurückkehren und dort Lucia erwarten, oder Lucia würde sie erwarten. Renzo würde unterdessen häufig nach Pasturo kommen, um ihre Mutter zu sehen und sie über alles in Kenntnis zu setzen, was sich ereignen könnte.

Bevor er wegging, bot er ihr noch Geld an, mit den Worten: „Ich habe sie alle hier, seht Ihr sie? Auch ich habe ein Gelübde getan, sie nicht anzurühren, bis die Sache geklärt ist. Wenn Ihr sie jetzt braucht, so bringt eine Schüssel mit Wasser und Essig her, und ich werfe Euch die fünfzig schönen blanken Scudi hinein."

„Nein, nein", sagte Agnese, „ich habe für mich mehr, als ich brauche; bewahrt Eure Scudi auf, denn sie werden bei der Gründung des Hausstandes von Nutzen sein."

Um den Trost reicher, eine so teure Person heil und gesund gefunden zu haben, kehrte Renzo in sein Dorf zurück. Den Rest des Tages und die Nacht verbrachte er im Haus des Freundes, tags darauf begab er sich erneut auf Wanderschaft, jedoch in eine andere Richtung, nämlich in seine Wahlheimat.

Er traf auch Bortolo bei guter Gesundheit an und keineswegs mehr so besorgt, sie zu verlieren. In diesen wenigen Tagen hatten die Dinge auch dort rasch eine gute Wendung genommen. Nur wenige erkrankten noch, und die Krankheit war nicht mehr dieselbe: nicht mehr die todbringenden schwarzen Flecken und die Heftigkeit der Symptome, sondern leichtes, meist zeitweise aussetzendes Fieber und höchstens hin und wieder kleine, farblose Beulen, die man wie gewöhnliche Geschwüre behandelte. Das Dorf schien bereits verändert. Wer am Leben geblieben war, begann herauszukommen; man zählte einander, bezeigte sich gegenseitig Beileid oder beglückwünschte sich. Man sprach bereits davon, die Arbeit wiederaufzunehmen; die Herren dachten schon daran, Arbeiter zu suchen und zu dingen, und das vor allem in den Gewerben, wo ihre Zahl schon vor der Seuche gering gewesen war, wie etwa in der Seidenspinnerei. Renzo zierte sich nicht lange und versprach dem Vetter (jedoch unter dem Vorbehalt der nötigen Einwilligungen), die Arbeit wiederaufzunehmen, sobald er in Begleitung der Frauen kommen werde, um sich im Dorf niederzulassen. Inzwischen befaßte er sich mit den notwendigsten Vorbereitungen. Er fand ein geräumiges Haus; das war jetzt nur zu leicht geworden und nicht sehr kostspielig; er stattete es mit Möbeln und Zubehör aus, indem er diesmal den Schatz angriff, ohne jedoch ein großes Loch hineinzureißen, da alles billig zu haben war, denn es gab viel mehr Ware als Käufer.

Nach mehreren Tagen kehrte er in sein Heimatdorf zurück, das er noch auffälliger zu seinem Vorteil verändert fand. Er eilte gleich nach Pasturo, traf Agnese voll neuen Mutes an und bereit, heimzukehren, wann immer es sei, so daß er sie gleich selbst mitnahm. Wir wollen nicht schildern, welches ihre Empfindungen, welches ihre Worte waren, als sie miteinander diese Orte wiedersahen.

Agnese fand jedes Ding, wie sie es verlassen hatte, so daß sie nicht umhinkonnte zu sagen, diesmal seien die Engel die Hüter gewesen, da es sich um eine arme Witwe und um ein armes Mädchen gehandelt habe. „Und das vorige Mal", fügte sie hinzu, „wo man hätte glauben können, der Herr habe anderswo hingeschaut und nicht an uns gedacht, da er zuließ, daß unsere armselige Habe weggenommen wurde, siehe, da hat er uns das Gegenteil bewiesen, weil er mir von einer anderen Seite die schönen Scudi geschickt hat, mit denen ich alles wieder ersetzen konnte. Ich sage: alles, aber das ist nicht so, denn Lucias Aussteuer, die sie schön und nagelneu samt allem übrigen weggeschleppt haben, die fehlte noch, und siehe, nun kommt sie von einer anderen Seite. Wenn mir das einer gesagt hätte, als ich mich abplagte, die andere herzurichten: Du glaubst für Lucia zu arbeiten, ach, du arme Frau! Du arbeitest für jemanden, den du nicht kennst. Weiß der Himmel, was für Geschöpfe diese Wäsche, diese Kleider tragen werden. An Lucias Aussteuer, die wirklich für sie bestimmt ist, an die wird eine gute Seele denken, von der du nicht einmal weißt, daß sie auf dieser Welt ist."

Agneses erste Sorge war, für diese gute Seele in ihrem ärmlichen Häuschen eine möglichst anständige Unterkunft vorzubereiten. Dann suchte sie sich Seide zum Haspeln, und so verging ihr beim Arbeiten unversehens die Zeit.

Auch Renzo verbrachte diese an sich schon so langen Tage nicht müßig. Er verstand sich zum Glück auf zwei Gewerbe und verlegte sich jetzt auf das des Bauern. Zum Teil half er seinem Gastgeber, für den es ein großes Glück war, in einer solchen Zeit des öfteren einen Arbeiter zu Gebote zu haben, und noch dazu einen Arbeiter von dieser Geschicklichkeit; zum Teil bebaute er Agneses Gärtchen, vielmehr er machte es urbar, denn es war in ihrer Abwesenheit gänzlich verwildert. Was seinen eigenen Weinberg betraf, so kümmerte er sich gar nicht darum; er sagte, es sei eine zu sehr zerzauste Perücke und es seien mehr als zwei Arme nötig, um sie wieder in Ordnung zu bringen. Und er setzte nicht einmal einen Fuß darauf, ebensowenig wie in sein Haus, denn es hätte ihm weh getan, diese Verwüstung zu sehen, und er hatte auch schon den Entschluß gefaßt, sich des Ganzen um jeden Preis zu entledigen, und was er dabei herausschlagen würde, wollte er in seiner neuen Heimat anlegen.

Waren jene, die am Leben geblieben waren, füreinander wie vom Tode auferstanden, so war Renzo das für die Leute in seinem Dorf sozusagen doppelt. Jeder bereitete ihm einen freundlichen Empfang und beglückwünschte ihn, jeder wollte von ihm selbst seine Geschichte hören. Man könnte vielleicht fragen: Wie war es denn mit dem Haftbefehl? Damit ging es ganz ausgezeichnet: Renzo dachte fast gar nicht mehr daran und nahm an, daß jene, die ihn hätten durchführen können, ebensowenig daran dachten. Und er täuschte sich nicht. Und das war nicht nur eine Folge der Pest, die so vieles zunichte werden ließ, sondern es war, wie man ja auch an verschiedenen Stellen dieser Geschichte sehen konnte, in jenen Zeiten etwas ganz Gewöhnliches, daß sowohl allgemeine wie besondere, gegen bestimmte Personen gerichtete Erlasse, wenn sie nicht gerade durch den Haß eines einzelnen und Mächtigen aufrechterhalten und geltend gemacht wurden, häufig ohne Wirkung blieben, sofern sie diese Wirkung nicht gleich im ersten Augenblick erzielt hatten; wie Flintenkugeln, die nicht treffen, auf der Erde liegenbleiben und niemandem mehr Verdruß bereiten. Das war eine unumgängliche Folge der hemmungslosen Leichtigkeit, mit der man damals diese Erlasse herausgab. Die Tätigkeit des Menschen ist begrenzt, und all das, was man beim Befehlen zuviel tat, mußte dafür beim Vollstrecken wegfallen.

Wer auch noch wissen möchte, wie Renzo in dieser Zeit der Erwartung mit Don Abbondio auskam, dem will ich sagen, daß sie einander aus dem Wege gingen. Don Abbondio aus Angst, jener werde wieder das Lied von der Trauung anstimmen. Und bei dem bloßen Gedanken daran hatte er auf der einen Seite Don Rodrigo mit seinen Bravi vor Augen, auf der anderen den Kardinal mit seinen Argumenten. Renzo wiederum, weil er sich fest vorgenommen hatte, nicht vor dem Augenblick, da es beschlossen war, mit ihm davon zu reden, denn er wollte nicht riskieren, ihn vor der Zeit zur Auflehnung zu reizen, und wer weiß was für Schwierigkeiten heraufbeschwören und die Dinge mit unnützem Geschwätz verwirren. Plaudern, das tat er mit Agnese. „Glaubt Ihr, daß sie bald kommen wird?“ fragte die eine. „Ich hoffe es“, antwortete der andere, und oft stellte, wer geantwortet hatte, bald darauf die gleiche

Frage. Und mit solchen und ähnlichen Schelmereien suchten sie sich gegenseitig die Zeit zu vertreiben, die ihnen immer länger schien, je mehr davon vergangen war.

Vor dem Leser wollen wir diese Zeit in einem Augenblick vorüberziehen lassen, indem wir kurz erwähnen, daß ein paar Tage nach Renzos Besuch Lucia mit der guten Witwe das Lazarett verließ, daß sie sich im Haus der Witwe der Quarantäne unterzogen, die allgemein angeordnet worden war, daß ein Teil der Zeit auf das Herrichten von Lucias Aussteuer verwendet wurde, wobei auch sie selbst mithelfen mußte, nachdem sie anfangs einige Umstände gemacht hatte; daß die Witwe, nachdem die Quarantäne abgelaufen war, den Laden und das Haus ihrem Bruder, dem Kommissär, zur Verwaltung übergab und daß sie die Vorbereitungen für die Reise trafen. Wir könnten auch noch gleich hinzufügen: sie reisten ab, kamen an, und was dann noch weiter folgt. Sosehr wir jedoch wünschen, uns der Eile des Lesers anzupassen, gibt es da noch drei Dinge, die in diesen Zeitraum hineingehören und die wir nicht mit Stillschweigen übergehen möchten. Und wenigstens bei zweien glauben wir, daß der Leser selbst sagen wird, wir hätten unrecht getan, sie ihm vorzuenthalten.

Das erste ist, daß, als Lucia der Witwe noch einmal ihre Abenteuer ausführlicher und geordneter erzählte, als sie es in der Aufregung der ersten Vertraulichkeit gekonnt hatte, und die Signora, die ihr in dem Kloster von Monza Zuflucht gewährt hatte, ausdrücklicher erwähnte, sie von der Witwe Dinge erfuhr, die ihr den Schlüssel zu manchen Geheimnissen gaben und ihr Gemüt mit einem schmerzlichen und furchtsamen Staunen erfüllten. Sie erfuhr, daß die Unselige gräßlicher Handlungen verdächtigt wurde und auf Befehl des Kardinals in ein Kloster nach Mailand gebracht worden war; daß sie hier nach vielem Toben und Sichsträuben ihr Unrecht eingesehen und sich schuldig erklärt hatte und daß ihr gegenwärtiges Leben eine freiwillige Strafe von solcher Art war, daß niemand eine strengere hätte erfinden können, es sei denn, er hätte ihr das Leben genommen. Wer diese traurige Geschichte etwas eingehender kennenlernen möchte, der findet sie in dem Buch und an der Stelle, die wir schon anderswo angeführt haben, als von der gleichen Person die Rede war.

Das zweite ist, daß Lucia, als sie bei sämtlichen Kapuzinern, die sie im Lazarett sah, nach Pater Cristoforo fragte, mit mehr Schmerz als Verwunderung erfuhr, daß er an der Pest gestorben war.

Und schließlich hätte sie auch gern vor ihrer Abreise noch etwas von ihren früheren Herrschaften erfahren, um, wie sie sagte, ihre Pflicht zu tun, wenn von ihnen einer am Leben geblieben sein sollte. Die Witwe begleitete sie zu dem Haus, wo sie herausbekamen, daß beide den Weg der vielen gegangen waren. Von Donna Prassede ist, wenn man sagt, daß sie starb, alles gesagt; über Don Ferrante, der ein Gelehrter war, glaubte sich der Anonymus etwas mehr verbreiten zu müssen. Und auf eigene Gefahr wollen wir hier ungefähr übernehmen, was er Schriftliches darüber hinterließ.

Er sagte also, daß Don Ferrante bei den ersten Nachrichten von der Pest einer ihrer entschiedensten Leugner war und daß er seine Meinung beharrlich bis zum Schluß aufrechterhielt, nicht mit lautem Lärm wie das Volk, sondern mit Überlegungen, von denen wenigstens niemand wird sagen können, daß sie des Zusammenhangs entbehrten.

„In rerum natura“, sagte er, „gibt es nur zwei Arten von Dingen: die Substanzen und die Akzidenzien, und wenn ich beweise, daß die Seuche weder das eine noch das andere sein kann, so werde ich bewiesen haben, daß sie nicht besteht, daß sie ein Hirngespinst ist. Und ich stehe auf diesem Standpunkt. Die Substanzen sind entweder geistig oder materiell. Daß die Seuche eine geistige Substanz sei, ist eine Ungereimtheit, die niemand würde behaupten wollen, so daß es unnütz ist, davon zu sprechen. Die materiellen Substanzen sind entweder einfach oder zusammengesetzt. Nun

ist die Seuche keine einfache Substanz, was sich mit wenigen Worten beweisen läßt. Sie ist keine luftige Substanz, denn wäre sie das, so würde sie sich, statt von einem Körper auf den anderen überzugehen, sofort in ihre Sphäre verflüchtigen. Sie ist keine wäßrige Substanz, denn sonst würde sie naß machen und von den Winden getrocknet werden. Sie ist keine feurige, denn sonst würde sie brennen. Sie ist keine erdige, denn sonst würde sie sichtbar sein. Eine zusammengesetzte ist sie ebensowenig, weil sie sonst auf jeden Fall für das Auge oder für den Tastsinn wahrnehmbar sein müßte. Und wer hat diese Seuche gesehen? Wer hat sie befühlt? Es bleibt noch zu betrachten, ob sie ein Akzidens sein kann. Damit steht es noch schlimmer. Diese Herren Doktoren sagen uns, daß sie sich von einem Körper auf den anderen übertrage; denn das ist ihr stärkster Trumpf, das ist der Vorwand, weswegen sie so viele sinnlose Vorschriften herausgeben. Wenn man sie also für ein Akzidens hält, müßte sie ein übertragenes Akzidens sein: zwei Wörter, die sich miteinander nicht vertragen, da es in der ganzen Philosophie nichts Klareres und Unbestritteneres gibt, als daß ein Akzidens nicht von einem Subjekt auf das andere übergehen kann. Denn wenn sie, um die Scylla zu vermeiden, sich auf die Behauptung beschränken, sie sei ein erzeugtes Akzidens, so geraten sie in die Charybdis: wenn sie nämlich erzeugt wird, so teilt sie sich also nicht mit, verbreitet sich also nicht, wie sie faseln. Stehen diese Grundlagen einmal fest, was soll dann dieses Geschwätz von Flecken, Ausschlägen, Pestbeulen ...?“

„Alles Unsinn“, entfuhr es einmal jemandem.

„Nein, nein“, versetzte Don Ferrante, „das sage ich nicht: Wissenschaft ist Wissenschaft, nur muß man sie anzuwenden verstehen. Flecken, Ausschläge, Karbunkel, Speicheldrüsenmumps, violette Beulen, schwärzliche Furunkel, das sind alles schätzenswerte Wörter, die ihre schöne und gute Bedeutung haben. Aber ich sage nur, daß sie mit dem Problem nichts zu tun haben. Wer leugnet denn, daß es solche Dinge geben könne, ja daß es sie wirklich gibt? Die Frage ist nur, zu sehen, woher sie kommen."

Hier begann das Unheil auch für Don Ferrante. Solange er nichts tat, als gegen die Ansicht von der Ansteckung zu wettern, fand er überall aufmerksames, williges Gehör. Denn es läßt sich kaum erklären, wie groß der Einfluß eines Berufsgelehrten ist, wenn er den anderen Dinge beweisen will, von denen sie schon überzeugt sind. Als er aber auseinandersetzen und beweisen wollte, daß der Irrtum dieser Ärzte nicht in der Behauptung von der Existenz einer schrecklichen und allgemeinen Krankheit liege, sondern in der Bestimmung der Ursachen, da fand er (ich spreche von der ersten Zeit, wo man von der Pest nichts hören wollte) – da fand er statt der willigen Ohren widersetzliche Zungen, da war es vorbei mit dem ausführlichen Predigen, und er konnte seine Wissenschaft nur noch stückweise auskramen.

„Die wahre Ursache ist gar wohl vorhanden", sagte er, „und auch die sind gezwungen, sie anzuerkennen, die das Bestehen dieser anderen, aus der Luft gegriffenen behaupten ... Sie sollen sie nur einmal leugnen, wenn sie können, diese verhängnisvolle Konjunktion des Saturns mit dem Jupiter. Und wann hat man je gehört, daß sich die Einflüsse verbreiten ...? Und wollen die Herren vielleicht die Einflüsse leugnen? Mir leugnen, daß es Gestirne gibt? Oder wollen sie mir sagen, daß sie zu rein gar nichts dort oben stehen so wie Stecknadelköpfe in einem Nadelkissen? ... Was ich aber gar nicht begreifen kann, das sind diese Herren Ärzte! Zuzugeben, daß wir unter einer so tückischen Konjunktion stehen, und uns dann mit dreister Stirn zu sagen: rührt das nicht an, rührt jenes nicht an, und Ihr werdet ganz sicher sein. Als ob dieses Vermeiden der materiellen Berührung irdischer Körper die potentielle Einwirkung der Himmelskörper verhindern könnte! Und dieses Getue mit dem Verbrennen der Lumpen! Armes Volk! Werdet Ihr den Jupiter verbrennen? Werdet Ihr den Saturn verbrennen?"

His fretus, das heißt, auf diese schönen Grundlagen gestützt, gebrauchte er keine Vorsichtsmaßregeln gegen die Pest; er wurde von ihr befallen und legte sich zu Bett, um zu sterben wie ein Held Metastasios, mit den Sternen hadernd.

Und seine berühmte Bibliothek? Vielleicht ist sie noch irgendwo zwischen dem Gemäuer verstreut.

38. Kapitel

Eines Abends hörte Agnese eine Kutsche vor der Tür halten. „Sie ist es, ganz bestimmt!" Sie war es wirklich, mit der guten Witwe. Die gegenseitige Begrüßung mag sich der Leser selbst ausmalen.

Am nächsten Morgen in aller Frühe kam Renzo vorbei, der von nichts wußte und nur erschien, um bei Agnese seinem Herzen etwas Luft zu machen, weil Lucia so lange säumte. Wie er sich gebärdete und was er sagte, als er sie vor sich stehen sah, wollen wir gleichfalls der Einbildungskraft des Lesers überlassen. Lucias Bekundungen der Freude waren hingegen derart, daß nicht viel dazu gehört, sie zu beschreiben. „Seid gegrüßt, wie geht es Euch?" sagte sie mit gesenktem Blick und ohne ihre Miene zu verändern. Und glaubt nicht, daß Renzo dieses Gebaren zu trocken befunden und es ihr übelgenommen hätte. Er faßte die Sache ganz richtig auf, und wie man unter wohlerzogenen Menschen weiß, welcher Zoll der Höflichkeit gebührt, so begriff auch er recht gut, daß diese Worte nicht alles ausdrückten, was in Lucias Herzen vorging. Im übrigen war es leicht zu merken, daß sie zwei Arten hatte, der Höflichkeit Ausdruck zu geben: eine für Renzo und eine andere für alle übrigen Leute, die sie kennen mochte.

„Es geht mir gut, wenn ich Euch sehe", antwortete der junge Mann mit einer alten Redensart, die er aber ebensogut in diesem Augenblick erfunden haben könnte.

„Unser armer Pater Cristoforo ...!" sagte Lucia. „Betet

für seine Seele, obwohl wir fast sicher sein können, daß er zu dieser Stunde dort oben für uns betet."

„Ich erwartete es leider nicht anders", sagte Renzo. Und das war nicht die einzige traurige Saite, die in diesem Gespräch anklang. Aber was tat es? Wovon immer sie auch sprachen, für ihn war die Unterhaltung stets eine Wonne. Wie die launischen Pferde, die sich auf einmal sträuben und sich hinstellen und bald einen Fuß heben und bald den anderen, ihn immer wieder auf dieselbe Stelle setzen und tausend Umstände machen, ehe sie einen Schritt tun, dann aber mit einemmal lostraben, als ob der Wind sie trüge, so war für ihn die Zeit geworden. Zuerst waren ihm die Minuten wie Stunden vorgekommen, dann kamen ihm die Stunden wie Minuten vor.

Die Witwe störte nicht nur die Gesellschaft nicht, sondern sie paßte aufs beste hinein, und niemals hätte Renzo, als er sie auf jenem Lager in der Hütte sah, sie sich in einer so geselligen und frohen Laune vorstellen können. Aber Lazarett und das Landleben, Tod und Hochzeit sind gar zu verschiedene Dinge. Mit Agnese hatte sie Freundschaft geschlossen, und es war ein Vergnügen, zu sehen, wie sie mit Lucia umging, zärtlich und scherzend zugleich, wie sie sie liebenswürdig neckte, ohne sie allzusehr zu reizen, kaum so viel, wie es bedurfte, um sie all die Heiterkeit entfalten zu lassen, die sie im Herzen hatte.

Renzo sagte endlich, er gehe zu Don Abbondio, um mit ihm die Trauung zu verabreden. Er ging hin und sagte halb schelmisch und halb respektvoll: „Herr Pfarrer, ist Ihnen jetzt das Kopfweh vergangen, weswegen Sie uns nicht trauen konnten, wie Sie mir gesagt haben? Jetzt ist die Zeit gekommen, die Braut ist da, und ich bin hier, um zu hören, wann es Ihnen paßt. Aber diesmal möchte ich bitten, schnell zu machen. Don Abbondio sagte nicht nein, aber er begann zu schwanken, neue Ausreden zu erfinden und neue Verdächtigungen zu ersinnen: Warum denn ein solches Aufsehen machen und, von einem solchen Steckbrief bedroht, seinen Namen ausrufen lassen? Und die Sache könne ebensogut anderswo erledigt werden und dies und jenes.

„Ich verstehe", sagte Renzo, „Sie haben immer noch ein bißchen Kopfweh. Aber hören Sie, hören Sie." Und er begann zu schildern, in welchem Zustand er diesen armen Don Rodrigo gesehen hatte und daß er zu dieser Stunde wohl schon gestorben sein müsse. „Hoffen wir", schloß er, „daß der Herr Barmherzigkeit an ihm geübt hat."

„Das hat damit nichts zu tun", sagte Don Abbondio, „habe ich Euch etwa nein gesagt? Ich sagte nicht nein, ich spreche ... ich spreche aus guten Gründen. Im übrigen, seht Ihr, solange noch ein Atemzug da ist ... Schaut mich an, ich bin eine kränkliche Person und bin auch schon mehr drüben als auf dieser Welt gewesen und bin noch hier ... und ... wenn mich kein Unglück trifft ... genug ... so kann ich hoffen, noch ein Weilchen dazubleiben. Und nun stellt Euch erst gewisse Naturen vor. Aber wie gesagt, das hat damit nichts zu tun."

Nach mehreren weiteren, nicht weniger und nicht mehr entscheidenden Reden und Antworten machte Renzo eine schöne Reverenz, kehrte zu seiner Gesellschaft zurück, erstattete Bericht und schloß mit den Worten: „Ich bin weggegangen, denn ich hatte es satt und wollte nicht Gefahr laufen, die Geduld zu verlieren und den Respekt zu vergessen. In gewissen Augenblicken schien er wirklich der von damals zu sein, die gleiche säuerliche Miene, dieselben Ausreden. Ich bin überzeugt, hätte es noch ein bißchen länger gedauert, so wäre er auch noch mit lateinischen Wörtern herausgerückt. Ich sehe schon, das wird wieder eine langwierige Geschichte werden. Es ist besser, es geradewegs so zu machen, wie er sagt, und dort zu heiraten, wo wir uns niederlassen."

„Wißt Ihr, was wir tun?" sagte die Witwe. „Ich meine, wir Frauen gehen hin und unternehmen noch einen Versuch, um zu sehen, ob es uns besser glückt. So werde auch ich das Vergnügen haben, diesen Mann kennenzulernen, um mich zu überzeugen, ob er wirklich so ist, wie Ihr sagt. Aber ich möchte, daß wir erst nach dem Mittagessen hingehen, damit wir ihm nicht gleich wieder ins Haus fallen. Jetzt, Herr Bräutigam, führt uns beide ein wenig spazieren, während Agnese beschäftigt ist. Lucia werde ich bemuttern, und ich habe wirklich Lust, diese Berge, diesen See, von dem ich soviel erzählen hörte, ein wenig näher zu betrachten. Das wenige, das ich bereits davon gesehen habe, scheint wundervoll zu sein."

Renzo führte sie vor allem zum Haus seines Gastgebers, wo es neuen Jubel gab. Und sie nahmen ihm das Versprechen ab, daß er nicht nur an diesem Tage, sondern täglich, wenn er es könne, zu ihnen Mittag essen kommen werde.

Nach dem Spaziergang und dem Essen ging Renzo fort, ohne zu sagen, wohin. Die Frauen blieben noch ein Weilchen, um zu plaudern und um zu verabreden, wie sie Don Abbondio beikommen könnten, und endlich brachen sie zum Angriff auf.

Sie sind da, sagte dieser bei sich, machte aber ein unbekümmertes Gesicht, beglückwünschte Lucia, begrüßte Agnese, verbeugte sich vor der Fremden. Er ließ sie Platz nehmen und fing sofort an, von der Pest zu sprechen. Von Lucia wollte er hören, wie sie dieses Unheil überstanden habe. Das Lazarett bot Gelegenheit, auch jene sprechen zu lassen, die dort ihre Gefährtin gewesen war. Darauf erzählte Don Abbondio, wie es recht und billig war, auch von seinem Unglück, und dann beglückwünschte er auch Agnese, die glatt davongekommen war. Die Sache zog sich in die Länge. Schon vom ersten Augenblick an hatten die beiden älteren Frauen auf eine Gelegenheit gelauert, das Gespräch auf die Hauptsache zu lenken, und endlich brach eine von ihnen das Eis, welche, weiß ich nicht mehr. Aber was wollt Ihr? Don Abbondio war taub auf diesem Ohr. Nicht, daß er nein gesagt hätte, aber er versuchte schon wieder, sich zu drehen und zu winden und vom Hundertsten ins Tausendste zu fallen. „Man müßte", sagte er, „diesen häßlichen Haftbefehl aufheben lassen. Sie, verehrte Frau, werden, da Sie aus Mailand sind, den Gang dieser Dinge mehr oder weniger kennen; Sie werden vielleicht gute Beziehungen haben, irgendeinen angesehenen Adligen: mit solchen Mitteln nämlich heilt man jede Wunde. Wenn man aber den kürzesten Weg einschlagen wollte, ohne sich auf so viele Geschichten einzulassen, und da diese jungen Leute und unsere Agnese hier nun schon einmal die Absicht haben auszuwandern (und dagegen wüßte ich nichts zu sagen, das Vaterland ist, wo es einem gut geht), so glaube ich, daß man alles dort machen könnte, wo kein Haftbefehl im Wege steht. Ich kann es wirklich kaum erwarten, diese Heirat geschlossen zu sehen, aber ich möchte, daß sie gut, in Ruhe geschlossen wird. Ich sage aufrichtig: Hier am Altar den Namen Lorenzo Tramaglino frei herauszusagen, solange der Steckbrief besteht, das könnte ich nicht mit ruhigem Herzen, dazu will ich ihm viel zu wohl. Ich hätte Angst, ihm einen schlechten Dienst zu erweisen. Sehen Sie zu, ja, seht zu."

Hier nun versuchte teils Agnese, teils die Witwe, diese Argumente zu bekämpfen, und Don Abbondio führte sie immer wieder in neuer Gestalt ins Feld: man begann immer wieder von vorn. Da trat auf einmal Renzo festen Schrittes und mit einer ihm ins Gesicht geschriebenen Neuigkeit herein und sagte: „Der Herr Marchese *** ist angekommen."

„Was soll das heißen? Wo angekommen?" fragte Don Abbondio und erhob sich.

„Er ist in seiner Burg angekommen, die früher Don Rodrigo gehörte; dieser Herr Marchese ist nämlich der Fideikommißerbe, wie sie sagen, so daß kein Zweifel mehr besteht. Ich für mein Teil würde mich freuen, wenn ich erfahren könnte, daß der arme Mann gut gestorben ist. Immerhin habe ich bis jetzt mehrere Vaterunser für ihn gebetet, jetzt werde ich das *De profundis* für ihn sprechen. Und dieser Herr Marchese ist ein ausgezeichneter Mann."

„Gewiß", sagte Don Abbondio, „ich habe ihn mehr als einmal als einen wirklich braven Herrn, als einen Mann vom guten alten Schlag nennen hören. Aber ob es wirklich wahr ist...?"

„Glauben Sie dem Küster?"

„Warum?"

„Weil er ihn mit eigenen Augen gesehen hat. Ich bin dort nur in der Gegend gewesen, und um die Wahrheit zu sagen: ich bin hingegangen, weil ich mir gedacht habe, dort würde man sicher etwas wissen. Und mehr als einer hat mir das gleiche gesagt. Ich bin dann Ambrogio begegnet, der gerade von da oben kam und ihn, wie gesagt, als Herrn und Gebieter gesehen hat. Wollen Sie Ambrogio hören? Ich habe ihn absichtlich hier draußen warten lassen."

„So laßt ihn hören", sagte Don Abbondio. Renzo holte den Küster. Der bestätigte die Sache in allem und jedem, fügte noch andere Einzelheiten hinzu, zerstreute alle Zweifel und entfernte sich dann.

„Ah! er ist also tot! er ist wirklich gestorben!" rief Don Abbondio aus. „Seht Ihr, Kinder, wie die Vorsehung am Ende gewisse Leute erreicht. Wißt Ihr, daß das etwas Großes ist, ein Aufatmen für diese arme Gegend. Denn mit ihm konnte man nicht leben. Sie ist eine arge Geißel gewesen, diese Pest, aber sie ist auch ein Besen gewesen. Sie hat gewisse Subjekte weggefegt, meine Kinder, die wir sonst nicht losgeworden wären: junge, frische, muntere, so daß man wohl sagen müßte, wer dazu bestimmt war, ihnen die Totenfeier zu halten, der sitze noch im Seminar und büffle sein Latein. Und im Handumdrehen sind sie verschwunden, Hunderte auf einmal. Jetzt werden wir ihn nicht mehr herumgehen sehen, mit diesen Schergen hinter sich, mit diesem Dünkel, mit dieser Miene, mit diesem Stock im Leibe, mit diesem Herabschauen auf die Leute, als ob alle nur durch seine herablassende Gnade auf der Welt wären. Doch nun ist er nicht mehr, und wir sind noch hier. Jetzt wird er anständigen Leuten keine solchen Botschaften mehr schicken. Er hat uns allen viel Verdruß bereitet, seht Ihr: jetzt können wir es ja sagen."

„Ich habe ihm von Herzen verziehen", bemerkte Renzo.

„Damit tust du deine Pflicht", erwiderte Don Abbondio, „aber man kann auch dem Himmel danken, daß er uns von ihm befreit hat. Um nun wieder auf uns zu kommen, wiederhole ich Euch: Tut, was Ihr für richtig haltet. Wenn Ihr wollt, daß ich Euch traue, so bin ich bereit; wenn es Euch anderswo besser paßt, so tut, wie Ihr meint. Was den Steckbrief betrifft, so sehe ich selbst ein, daß es jetzt, wo niemand mehr da ist, der es auf Euch abgesehen hätte und Euch Schaden tun wollte, keine Sache ist, über die man sich ernste Sorgen machen müßte, zumal ja auch inzwischen der huldvolle Erlaß wegen der Geburt des durchlauchtigsten Infanten herausgekommen ist. Und dann die Pest! Die Pest! Die hat große Dinge weggewischt, die Pest! Wenn Ihr also wollt... heute ist Donnerstag... Sonntag biete ich Euch in der Kirche auf; denn das frühere Aufgebot gilt nach so langer Zeit nicht mehr, und dann habe ich die Freude, Euch selbst trauen zu können."

„Sie wissen ja, daß wir eben deswegen hergekommen sind", sagte Renzo.

„Gut, und ich werde Euch dienen; und ich will es auch gleich Seiner Eminenz mitteilen."

„Wer ist Seine Eminenz?" fragte Agnese.

„Seine Eminenz", erwiderte Don Abbondio, „ist unser Kardinal Erzbischof, den Gott erhalte."

„Oh, was das betrifft, da müssen Sie entschuldigen", entgegnete Agnese, „denn wenn ich auch nur eine arme, unwissende Frau bin, so kann ich Ihnen doch versichern, daß man ihn nicht so nennt. Als wir nämlich das zweitemal dort gewesen sind, um mit ihm zu sprechen, so wie ich jetzt mit Ihnen rede, da nahm mich einer von den Herren Geistlichen dort beiseite und belehrte mich, wie man mit diesem Herrn umzugehen habe und daß man zu ihm Euer Erlaucht und Monsignore sagen müsse."

„Und wenn er Euch jetzt wieder belehren müßte, so würde er Euch sagen, daß man ihn Eminenz zu nennen hat, habt Ihr verstanden? Denn der Papst, den Gott gleichfalls erhalten wolle, hat im Juni vorgeschrieben, daß den Kardinälen dieser Titel zu geben ist. Und wißt Ihr, warum er zu diesem Entschluß gekommen sein wird? Weil das Erlaucht, das ihnen und gewissen Fürsten vorbehalten war, jetzt so vielen gegeben wird. Ihr seht ja selbst, was daraus geworden ist, wie viele man so nennt und wie sie es alle gern hören! Und was hätte er denn tun sollen, der Papst? Es allen wegnehmen? Da hätte es Klagen, Berufungen, Verdrießlichkeiten und Gejammer gegeben, und obendrein wäre alles weitergegangen wie zuvor. Er hat also einen vortrefflichen Ausweg gefunden. Nach und nach wird man dann anfangen, auch die Bischöfe Eminenz zu nennen, dann werden es die Äbte haben wollen, dann die Pröpste; denn die Menschen sind halt so: sie wollen immer höher steigen, immer höher; dann die Domherren ..."

„Dann die Pfarrer", sagte die Witwe.

„Nein, nein", versetzte Don Abbondio, „die Pfarrer sind da, um den Karren zu ziehen. Habt nur keine Angst, daß man sie verwöhnt, die Pfarrer, die haben ihr Hochwürden bis zum Ende der Welt. Dagegen würde ich mich gar nicht wundern, wenn die Adligen, die gewohnt sind, sich Euer Erlaucht nennen zu hören und wie Kardinäle behandelt zu werden, eines Tages auch die Eminenz verlangten. Und wenn sie sie beanspruchen, seht Ihr, so werden sie Leute finden, die sie ihnen geben. Und dann wird der Papst, der dann sein wird, für die Kardinäle etwas anderes erfinden. Doch kehren wir zu unseren Angelegenheiten zurück: Sonntag werde ich Euch aufbieten, und inzwischen, wißt Ihr, was ich mir ausgedacht habe, um Euch noch besser zu dienen? Inzwischen ersuchen wir um Dispens für die anderen zwei Aufgebote. Sie müssen schön zu tun haben dort unten in der Kurie mit dem Dispenserteilen, wenn es überall so zugeht wie hier. Für Sonntag habe ich schon ... eins ... zwei ... drei, ohne Euch mitzuzählen, und es können noch welche dazukommen. Und Ihr werdet sehen, wie das noch werden wird, wenn das so weitergeht: es wird kein einziger ledig bleiben. Perpetua hat wirklich eine Unbesonnenheit begangen, jetzt zu sterben, denn nun wäre der Augenblick, wo auch sie noch einen Anwärter gefunden hätte. Und in Mailand, verehrte Frau, stelle ich mir vor, wird es dasselbe sein?"

„Und wie! Stellen Sie sich vor, daß am vergangenen Sonntag allein in meiner Pfarre fünfzig Aufgebote stattgefunden haben."

„Ich sage es ja: die Welt stirbt nicht aus. Und Sie, liebe Frau, hat man nicht auch schon angefangen, Sie zu umschwärmen?"

„Nein, nein, ich denke nicht daran, und ich will auch gar nicht daran denken."

„Ja, ja, Sie werden die einzige sein wollen. Auch Agnese, sehen Sie, auch Agnese ..."

„Uh! Sie sind wohl zum Scherzen aufgelegt", entgegnete diese.

„Gewiß bin ich zum Scherzen aufgelegt, und mir scheint, daß es endlich an der Zeit ist. Wir haben Übles mitgemacht, nicht wahr, Ihr jungen Leute? Übles haben wir durchgestanden: von diesen paar Tagen, die wir noch auf dieser Welt zu verbringen haben, kann man wohl hoffen, daß sie ein wenig besser sein werden. Aber Ihr seid glücklich, denn wenn Euch kein Unglück trifft, könnt Ihr noch eine Zeitlang von den vergangenen Nöten sprechen. Mir hingegen hat schon die elfte Stunde geschlagen, und ... die Schurken können sterben, von der Pest kann man genesen, aber gegen das Alter gibt es kein Mittel, und wie es heißt: *senectus ipsa est morbus.*"

„Jetzt können Sie Ihr Latein sprechen, soviel Sie wollen", sagte Renzo, „mir macht das nichts mehr aus."

„Du haderst noch immer mit dem Latein, du: gut, gut, ich werde dir schon helfen. Wenn du dann mit dieser da vor mich hintrittst, um ebendie gewissen lateinischen Wörtchen zu hören, dann werde ich dir sagen: Du willst ja kein Latein, geh in Frieden. Wird dir das gefallen?"

„Oh, ich weiß schon, was ich sage", hob Renzo wieder an, „es ist nicht dieses Latein, das mir angst macht; das ist ein aufrichtiges, heiliges Latein wie das in der Messe; dort müssen Sie ja auch lesen, was in dem Buche steht. Ich spreche von dem schurkischen Latein außerhalb der Kirche, das einen im besten Gespräch heimtückisch überfällt. Übersetzen Sie mir doch einmal in italienisch, da wir doch jetzt hier sind und alles vorüber ist, zum Beispiel jenes Latein, das Sie damals eben dort in diesem Winkel ausgekramt hatten, um mir zu verstehen zu geben, daß Sie nicht könnten und daß dazu noch andere Dinge nötig seien und was weiß ich."

„Sei still, du Narr, sei still! Diese Dinge sollst du nicht aufrühren, denn wenn wir jetzt abrechnen wollten, so weiß ich nicht, wer besser wegkäme. Ich habe alles verziehen, sprechen wir nicht mehr davon, aber Ihr habt mir schön mitgespielt. Bei dir wundert mich das nicht, denn du bist ein großer Spitzbube, aber vor diesem stillen Wasser, vor dieser kleinen Heiligen, dieser bildhaften kleinen Madonna sich zu hüten wäre einem ja als Sünde vorgekommen. Aber ich weiß es ja, wer sie unterrichtet hat, ich weiß es ja, ich weiß es ja." Dabei deutete er mit dem Finger, den er erst gegen Lucia gerichtet hatte, auf Agnese, und es läßt sich nicht ausdrücken, mit welcher Gutmütigkeit und Freundlichkeit er diese Vorwürfe machte. Die Neuigkeit hatte in ihm eine Ungezwungenheit und Gesprächigkeit hervorgerufen, wie man sie seit langer Zeit an ihm nicht gewohnt war. Und wir wären noch weit vom Ende entfernt, wenn wir den ganzen übrigen Teil dieser Unterhaltung berichten wollten, die er in die Länge zog, indem er die Gesellschaft mehr als einmal zurückhielt und dann noch vor der Haustür ein bißchen mit ihr stehenblieb, um noch weiter schalkhaftes Zeug zu schwatzen.

Am folgenden Tage erschien ein ebenso unerwarteter wie angenehmer Besuch bei ihm: der erwähnte Herr Marchese, ein Mann zwischen dem Mannes- und dem Greisenalter, dessen Äußeres gleichsam seinen Ruf bestätigte: offen, höflich, sanft, bescheiden, würdevoll und mit einem gewissen Ausdruck von ergebener Traurigkeit.

„Ich komme“, sagte er, „um Ihnen die Grüße des Kardinal Erzbischofs zu überbringen.“

„Oh, welche Herablassung von Ihnen beiden!“

„Als ich von diesem unvergleichlichen Mann, der mich mit seiner Freundschaft beehrt, Abschied nahm, sprach er mir von zwei jungen Leuten aus dieser Pfarre, die verlobt waren und durch die Schuld dieses armen Don Rodrigo viel Unglück erlitten haben. Monsignore wünscht Nachricht über sie zu erhalten. Sind sie am Leben? Und ist ihre Angelegenheit in Ordnung gebracht?“

„Alles in Ordnung. Ich hatte mir sogar vorgenommen, an Seine Eminenz darüber zu schreiben, aber jetzt, wo ich die Ehre habe ...“

„Sind sie hier?“

„Ja, und sie werden, sobald es sich machen läßt, Mann und Frau sein.“

„Und ich bitte Sie, mir sagen zu wollen, ob man ihnen irgendeine Freundlichkeit erweisen kann und wie es auf die schicklichste Art geschehen könnte. Bei diesem schrecklichen Unglück habe ich meine zwei einzigen Söhne und ihre Mutter verloren und habe drei beträchtliche Erbschaften gemacht. Überflüssiges Vermögen hatte ich auch schon vorher. Sie sehen also, es heißt mir wahrhaftig einen Dienst zu erweisen, wenn Sie mir eine Gelegenheit und zumal eine solche bieten.“

„Der Himmel segne Sie! Warum sind nicht alle wie Sie ...? Genug, auch ich danke Ihnen von Herzen für diese meine Kinder. Und da Euer Erlaucht mir schon soviel Mut machen, so könnte ich Ihnen, mein Herr, ein Mittel verraten, das Ihnen vielleicht nicht mißfallen wird. Sie müssen also wissen, daß diese guten Leute entschlossen sind, ihren Hausstand anderswo zu gründen und das wenige, was sie hier an Grund und Boden besitzen, zu verkaufen: der junge Mann einen Weinberg von neun oder zehn Ruten, wenn es genau stimmt, aber gänzlich verwildert, man kann nur den Boden rechnen, sonst nichts; und dann noch ein Häuschen, das ihm gehört, und eins, das die Braut besitzt: zwei Mäuselöcher, sehen Sie. Ein Herr wie Euer Gnaden kann nicht wissen, wie es den Armen geht, wenn sie ihr Eigentum veräußern wollen. Das Ende ist immer, daß es einem Erzschelm in den Rachen fällt, der vielleicht schon lange mit den paar Ruten Grundbesitz liebäugelt und sich dann, wenn er weiß, daß der andere verkaufen muß, zurückzieht und tut, als hätte er keine Lust darauf; dann muß man ihm nachlaufen und es ihm für einen Bissen Brot abtreten, und besonders unter Umständen, wie es diese sind. Der Herr Marchese wird schon gemerkt haben, worauf meine Rede hinauswill. Ein wahrhaft gutes Werk, das Euer Erlaucht diesen Leuten erweisen können, ist, daß Sie ihnen aus dieser Verlegenheit helfen, indem Sie ihnen das bißchen Hab und Gut abkaufen. Ich gebe, um es aufrichtig zu sagen, einen eigennützigen Rat, weil ich dadurch für meine Pfarre einen Besitzer wie den Herrn Marchese gewinne, aber Euer Gnaden werden entscheiden, wie es Ihnen am besten scheint. Ich habe nur gesprochen, um zu gehorchen."

Der Marchese lobte diesen Rat sehr, dankte Don Abbondio und bat ihn, Schiedsrichter für den Preis zu sein und diesen möglichst hoch anzusetzen. Und als er ihm dann vorschlug, daß sie gleich zusammen zum Haus der Braut gehen wollten, wo sich wahrscheinlich auch der Bräutigam aufhalten werde, war Don Abbondio starr vor Staunen.

Unterwegs ersann und sagte Don Abbondio, der, wie Ihr Euch denken könnt, innerlich frohlockte, noch etwas anderes. „Da Euer Erlaucht schon so geneigt sind, diesen Leuten Gutes zu tun, so gäbe es noch einen anderen Dienst, den man ihnen erweisen könnte. Der junge Mann hat einen Haftbefehl, eine Art Landesverweisung, auf dem Hals, für ein paar Unbedachtheiten, die er vor zwei Jahren in Mailand an jenem Tag des großen Aufruhrs begangen hat, wo er ohne jede Bösartigkeit, als Dummkopf hineingeraten ist wie eine Maus in eine Falle, nichts Ernstes, sehen Sie, Kindereien, Unbesonnenheiten, denn wirklicher Schlechtigkeit ist er gar nicht fähig, das kann ich wohl sagen, denn ich habe ihn getauft und habe ihn aufwachsen sehen. Und wenn sich Euer Gnaden das Vergnügen machen wollen, diese armen Leute einmal reden zu hören, wie ihnen der Schnabel gewachsen ist, so können Sie sich die Geschichte von ihm selbst erzählen lassen, und Sie werden es hören. Da es sich nun um alte Sachen handelt, so belästigt ihn jetzt niemand; und wie ich Ihnen gesagt habe, gedenkt er ja auszuwandern. Auf die Dauer jedoch, ob er nun hierher zurückkommt oder ob sich etwas anderes ereignet, man weiß ja nie, werden Sie mir zugeben, daß es immer besser ist, nicht in diesen Büchern zu stehen. Der Herr Marchese gilt in Mailand, wie es nur billig ist, als der vornehme Edelmann und der große Herr, der er ist ... Nein, nein, lassen Sie mich reden, denn die Wahrheit will gesagt sein. Eine Empfehlung, ein Wörtchen von Ihresgleichen ist mehr, als es bedarf, um eine günstige Freisprechung zu erlangen."

„Bestehen keine schweren Beschuldigungen gegen diesen jungen Mann?"

„Nein, nein, das glaube ich nicht. Im ersten Augenblick hatten sie es sehr auf ihn abgesehen, aber jetzt ist es, glaube ich, nur noch eine bloße Förmlichkeit."

„Da es so ist, wird die Sache ganz leicht sein, und ich nehme sie gern auf mich."

„Und da wollen Sie nicht, daß man sagt, Sie sind ein großer Mann. Ich sage es und werde es sagen, Ihnen zum Trotz werde ich es sagen. Und wenn ich auch schwiege, so würde es doch nichts nützen, weil alle so reden, und *vox populi, vox Dei.*"

Sie trafen die drei Frauen und Renzo tatsächlich an. Wie die staunten, das überlasse ich dem Leser zu betrachten. Ich glaube, daß auch die nackten, rauhen Wände, die Papierfenster, die Bänke und das Geschirr verwundert waren, einen so außergewöhnlichen Besuch zu empfangen. Er selbst brachte das Gespräch in Gang, indem er mit offener Herzlichkeit und zugleich mit zarter Rücksicht von dem Kardinal und von anderen Dingen erzählte. Dann ging er auf den Vorschlag ein, weswegen er hergekommen war. Don Abbondio, der von ihm gebeten wurde, den Preis zu bestimmen, trat vor, und nach einigen feierlichen Umständlichkeiten und Entschuldigungen, daß dergleichen eigentlich nicht in sein Fach gehöre und daß er dabei nur im dunkeln tappen könne und nur aus Gehorsam spreche und daß er sich darein schicke, nannte er eine nach seiner Meinung übertriebene Summe. Der Käufer sagte, daß er seinerseits mit diesem Preis äußerst zufrieden sei, und wiederholte, als ob er es nicht gut gehört hätte, den doppelten Betrag. Von Berichtigungen wollte er nichts hören und schnitt jedes Gespräch ab und machte ihm damit ein Ende, daß er die Gesellschaft für den Tag nach der Hochzeit zum Mittagessen in seine Burg einlud, wo man das Dokument richtig aufsetzen würde.

Ah! sagte Don Abbondio bei sich, als er zu Hause war, wenn die Pest immer und überall alles so regelte, so wäre es wirklich eine Sünde, übel von ihr zu reden. Beinahe täte für jede Generation eine not, und so könnte man sie schon in Kauf nehmen, aber überstehen muß man sie.

Es kam der Dispens, es kam die Freisprechung, es kam der gesegnete Tag: die beiden Verlobten gingen mit triumphierender Zuversicht just in diese Kirche, wo sie just durch Don Abbondio getraut wurden. Ein anderer und noch einzigartigerer Siegeszug war der Gang in diese Burg, und ich überlasse Euch, das auszudenken, was in ihrem Gemüt vorging, als sie dort hinaufstiegen, als sie durch dieses Tor traten, und was für Gespräche sie dabei, jedes nach seiner Eigenart, führten. Ich will nur andeuten, daß inmitten der Fröhlichkeit bald der eine, bald der andere mehr als einmal erwähnte, daß zur Krönung des Festes nur noch der arme Pater Cristoforo fehle. „Aber ihm“, sagten sie dann, „geht es sicher noch viel besser als uns.“

Der Marchese bereitete ihnen ein großes Fest, führte sie in eine schöne Stube, ließ das junge Paar mit Agnese und der Kaufmannsfrau an der Tafel Platz nehmen, und ehe er sich zurückzog, um mit Don Abbondio anderswo zu speisen, wollte er noch ein wenig dabeibleiben, um den Geladenen Gesellschaft zu leisten, ja er half sogar, sie zu bedienen. Es wird, hoffe ich, niemandem in den Sinn kommen, zu sagen, daß es einfacher gewesen wäre, kurzweg eine einzige Tafel anzurichten. Ich habe den Marchese als einen wackeren Mann geschildert, aber nicht als ein Original, wie man heute dazu sagen würde. Ich habe gesagt, daß er bescheiden, aber nicht, daß er ein Wunder an Bescheidenheit war. Er besaß von dieser Eigenschaft so viel, wie nötig war, um sich unter diese guten Leute zu stellen, aber nicht genügend, um sich ihnen gleichzustellen.

Nach den zwei Gastmählern wurde der Vertrag von einem Doktor, der aber nicht der Doktor Rechtsverdreher war, aufgesetzt. Dieser, das heißt seine sterbliche Hülle war und ist noch immer in Canterelli. Und ich sehe ein, daß es für den, der nicht aus dieser Gegend ist, einer Erklärung bedarf.

Etwa eine halbe Meile oberhalb von Lecco und fast neben dem anderen Dorf, das Castello heißt, liegt ein Ort mit Namen Canterelli, wo sich zwei Straßen kreuzen, und auf der einen Seite der Kreuzung sieht man eine Erhöhung, eine Art künstlichen Hügel, mit einem Kreuz oben, und dieser Hügel ist nichts anderes als ein großer Haufen von Toten, die bei dieser Pest umgekommen sind. Die Überlieferung spricht, um die Wahrheit zu sagen, einfach nur von an der Seuche Gestorbenen, aber es ist ohne Zweifel diese Seuche, die die letzte und mörderischste war, deren man sich erinnert. Und man weiß ja, daß die Überlieferungen an sich stets zuwenig sagen, wenn man ihnen nicht nachhilft.

Auf dem Rückweg gab es keine andere Unannehmlichkeit als die, daß Renzo von dem Gewicht des Geldes, das er wegtrug, ein wenig behindert wurde. Aber der Mann hatte, wie Ihr wißt, schon ganz andere Dinge in seinem Leben ertragen. Ich spreche nicht von dem keineswegs geringen Kopfzerbrechen, das es ihm bereitete, zu überlegen, auf welche Art das Geld am meisten Nutzen bringen könne. Die Pläne zu betrachten, die durch seinen Kopf gingen, die Erwägungen, die Vorstellungen, das Für und Wider bezüglich des Ackerbaus und der Industrie zu hören, das war, als ob zwei Akademien des verflossenen Jahrhunderts aufeinandergestoßen wären. Und für ihn war die Verlegenheit viel wirklicher, weil man zu ihm als einzelnem nicht sagen konnte: Was braucht es da eine Wahl? Das eine und das andere, wenn ich bitten darf. Die Mittel sind im wesentlichen dieselben und es sind zwei Dinge wie die Beine, man geht auf zweien besser als auf einem.

Man dachte an nichts anderes mehr, als einzupacken und sich auf die Reise zu begeben: die Familie Tramaglino in die neue Heimat und die Witwe nach Mailand. Tränen, Danksagungen, Versprechungen, sich zu besuchen, gab es viele. Nicht weniger zärtlich, aber ohne Tränen war der Abschied Renzos und der Familie von dem gastlichen Freund, und glaubt ja nicht, daß der von Don Abbondio kühl gewesen wäre. Diese guten Leute hatten sich stets eine gewisse respektvolle Anhänglichkeit für ihren Pfarrer bewahrt, und dieser hatte ihnen im Grunde immer wohlgewollt. Es sind nur die armseligen Geschäfte, die die Gefühle verwirren.

Wer fragen wollte, ob es ihnen nicht auch weh tat, von dem Geburtsort, von diesen Bergen zu scheiden, dem wäre zu antworten: Gewiß war es ihnen schmerzlich, denn ich sage: Schmerz gibt es in allem ein wenig. Doch muß er wohl nicht sehr heftig gewesen sein, denn sie hätten ihn sich ja ersparen und zu Hause bleiben können, da jetzt die beiden Hindernisse, Don Rodrigo und die Landesverweisung, beseitigt waren. Jedoch schon seit geraumer Zeit waren sie alle drei gewohnt, das Land, wohin sie ziehen wollten, als das ihrige zu betrachten. Renzo hatte die Frauen dafür einzunehmen gewußt, indem er ihnen von den Bequemlichkeiten, die die Arbeiter dort fänden, und hundert Dinge von dem schönen Leben erzählte, das man dort führen könne. Im übrigen hatten sie alle in dem Land, dem sie jetzt den Rücken kehrten, recht bittere Augenblicke erlebt, und traurige Erinnerungen trüben auf die Dauer stets das Bild jener Orte, von denen sie hervorgerufen werden. Und sind diese Orte die, wo wir geboren sind, so liegt in solchen Erinnerungen vielleicht noch etwas Herberes und Quälenderes. Auch das kleine Kind, sagt die Handschrift, ruht gern am Busen der Amme, sucht mit Gier und Vertrauen die Brust, die es bisher süß genährt hat. Wenn aber die Amme, um es zu entwöhnen, sie mit Wermut benetzt, zieht das Kind den Mund zurück, versucht es dann noch einmal, löst sich aber endlich davon, weinend zwar, aber immerhin löst es sich davon.

Was werdet Ihr nun sagen, wenn Ihr hört, daß Renzo schon die schönsten Unannehmlichkeiten erwarteten, als sie kaum in dem neuen Dorf angekommen und eingerichtet waren! Kleinigkeiten zwar, aber es braucht ja so wenig, um ein Glück zu stören! Die Sache ist in wenigen Worten erzählt:

Das Gerede, das in diesem Dorf über Lucia schon lange, bevor sie dort ankam, in Umlauf war, die Kunde davon, daß Renzo um sie soviel zu leiden gehabt hatte und immer standhaft, immer treu geblieben war, vielleicht auch das Wörtchen eines Freundes, der ihm und allen seinen Dingen gewogen war, hatten eine gewisse Neugier hervorgerufen, das Mädchen zu sehen, und hatten eine gewisse Erwartung hinsichtlich ihrer Schönheit geweckt. Nun wißt Ihr ja, wie die Erwartung ist: phantasiereich, leichtgläubig, unumstößlich, bei der Prüfung dann schwierig und wählerisch; sie findet nie so viel, daß es sie befriedigen würde, weil sie im Grunde gar nicht weiß, was sie will, und bringt ohne Mitleid das Liebliche in Abzug, womit sie grundlos so freigebig war. Als diese Lucia erschien, begannen viele, die vielleicht glaubten, sie müsse wahrhaft goldenes Haar, wirkliche Rosenwangen und Augen, eins schöner als das andere, und was weiß ich noch alles haben, die Achseln zu zucken, die Nase zu rümpfen und zu sagen: „Wie? Ist's die? Nach so langer

Zeit, nach so vielem Gerede hätte man etwas Besseres erwartet. Was ist sie schließlich? Eine Bäuerin wie so viele andere. Nun, solche und bessere gibt es überall." Als sie dann noch die Einzelheiten prüften, bemerkten sie hier eine Unvollkommenheit und dort eine, und es gab sogar welche, die sie ganz und gar häßlich fanden.

Da nun aber keiner diese Dinge Renzo ins Gesicht sagte, war das Übel bis dahin nicht groß. Wer das Übel anrichtete, das waren gewisse Leute, die sie ihm hinterbrachten, und Renzo, was wollt Ihr? er war schmerzlich berührt. Er begann darüber nachzusinnen und denen, die mit ihm darüber sprachen, noch mehr aber sich selbst vorzuklagen: Und was geht Euch das an? Wer hat gesagt, daß Ihr etwas erwarten sollt? Habe ich je davon gesprochen? Euch je gesagt, daß sie schön sei? Und wenn Ihr mir es sagtet, habe ich Euch je etwas anderes erwidert, als daß sie ein gutes Mädchen sei? Eine Bäuerin! Habe ich Euch je gesagt, daß ich eine Prinzessin herbringen werde? Gefällt sie Euch nicht? Dann schaut sie nicht an. Habt Ihr schöne Frauen, so schaut diese an.

Und seht einmal, wie zuweilen eine Dummheit genügt, um über den Zustand eines Menschen für sein ganzes Leben zu entscheiden. Wenn Renzo nach seinem ersten Plan das seinige in diesem Dorf hätte zubringen müssen, so wäre das ein wenig heiteres Leben gewesen. Weil man ihm so viele Widerwärtigkeiten bereitete, wurde er nun selbst widerwärtig. Er war unhöflich gegen alle, denn jeder von ihnen konnte einer von Lucias Kritikern sein. Nicht daß er gerade gegen den Anstand verstieß, aber Ihr wißt, was für schöne Dinge man tun kann, ohne die Regeln des guten Benehmens zu verletzen: bis hin zum Bauchaufschlitzen. Es lag so etwas Höhnisches in allen seinen Worten, an allem fand auch er etwas zu tadeln, und es kam so weit, daß er gleich sagte, wenn es nur einmal zwei Tage hintereinander regnete: „Natürlich, in diesem Dorf!" Ich kann Euch sagen, daß es nicht wenige von denen gab, denen er zuwider geworden war, und unter ihnen waren auch solche, die ihn zuerst gut leiden mochten. Und mit der Zeit, von einem ins andere, würde er sozusagen fast mit der ganzen Bevölkerung auf Kriegsfuß gestanden haben, ohne daß er vielleicht selbst die erste Ursache eines so großen Übels hätte erkennen können.

Aber man könnte geradezu behaupten, die Pest habe es übernommen, alle seine Fehler wettzumachen. Sie hatte den Besitzer einer anderen Spinnerei hinweggerafft, die fast an den Toren Bergamos lag, und der Erbe, ein junger Luftikus, der in dem ganzen Unternehmen nichts für sich Vergnügliches entdecken konnte, war entschlossen oder vielmehr sehnlichst bemüht zu verkaufen, selbst um den halben Preis. Aber er wollte das Geld auf die Hand haben, um es sofort für unfruchtbare Genüsse verwenden zu können. Als die Sache Bortolo zu Ohren gelangt war, eilte er hin, um es sich anzusehen, und er verhandelte. Günstigere Bedingungen hätte man gar nicht erhoffen können, jedoch der eine Punkt mit dem bar auszuzahlenden Geld verdarb alles; denn das, was Bortolo sich nach und nach durch fleißiges Sparen zurückgelegt hatte, kam nicht annähernd an diese Summe heran. Er hielt den Verkäufer mit halber Zusage hin, kehrte schleunigst zurück, teilte die Sache seinem Vetter mit und schlug ihm vor, in das Geschäft mit einzusteigen. Ein so schöner Vorschlag machte Renzos haushälterischen Zweifeln ein Ende, er entschied sich sogleich für die Industrie und sagte ja. Sie gingen miteinander hin und schlossen den Vertrag ab. Als dann die neuen Herren kamen, um sich auf ihrem Besitztum einzurichten, rief Lucia, von der man sich dort nichts erwartet hatte, nicht nur keine tadelnde Bemerkung hervor, sondern man kann sogar sagen, daß sie nicht mißfiel; und Renzo kam zu Ohren, daß mehr als einer gesagt hatte: „Habt Ihr die schöne ‚Baggiana‘ gesehen, die hergekommen ist?“ Das schmückende Beiwort machte das Hauptwort, das sich auf „Grünschnabel“ bezog, erträglich.

Und auch von den Unannehmlichkeiten, die er in dem anderen Dorf erfahren hatte, blieb ihm eine nützliche Lehre zurück. Früher war er ein wenig rasch im Urteil gewesen und ließ sich leicht hinreißen, die Frau eines anderen und auch sonst alles zu bemängeln. Jetzt merkte er, daß die Worte in den Ohren eine andere Wirkung haben als im Mund, und er gewöhnte sich etwas mehr daran, in die seinigen hineinzuhören, bevor er sie aussprach.

Glaubt indes ja nicht, daß es nicht auch dort kleine Verdrießlichkeiten gegeben hätte. Der Mensch (sagt unser Anonymus, und Ihr wißt bereits aus Erfahrung, daß er einen etwas absonderlichen Geschmack in bezug auf Gleichnisse hat, aber laßt ihm dies noch durchgehen, es soll das letzte sein), der Mensch ist, solange er auf dieser Welt lebt, ein Kranker, der auf einem mehr oder weniger unbequemen Bett liegt und um sich herum andere, äußerlich schön zurechtgemachte, glattgestrichene Betten sieht und sich einbildet, man müsse darauf vortrefflich liegen. Gelingt es ihm aber, zu wechseln, so beginnt er, kaum daß er sich in das neue hineingelegt hat, hier eine Spelze zu fühlen, die ihn sticht, dort eine Beule, die ihn drückt, kurz, es ist ungefähr alles wie vorher. Und deswegen, fügt der Anonymus hinzu, sollte man mehr darauf bedacht sein, gut zu handeln, als gut zu leben; so würde man schließlich auch zufriedener sein und besser leben. Es ist ein bißchen an den Haaren herbeigezogen und dem 17. Jahrhundert auf den Leib geschrieben, aber im Grunde hat er recht. Übrigens, fährt er fort, gab es für unsere guten Leute Schmerz und Wirrsale von der Art und Schwere, wie wir sie geschildert haben, nicht mehr. Ihr Leben war von nun an eins der friedlichsten, glücklichsten und beneidenswertesten, so daß Ihr Euch zu Tode langweilen würdet, wenn ich es Euch erzählen wollte.

Die Geschäfte gingen wunderbar; am Anfang gab es eine kleine Stockung wegen des Mangels an Arbeitern und weil die wenigen Übriggebliebenen irregeleitet und anspruchsvoll geworden waren. Es wurden Erlasse herausgegeben, die die Löhne der Arbeiter festlegten. Trotz dieser Hilfe nahmen die Dinge wieder ihren alten Lauf, weil sie schließlich dahin kommen mußten. Ein neuer, etwas vernünftigerer Erlaß traf aus Venedig ein: Befreiung auf zehn Jahre von allen Sach- und Personensteuern für die Ausländer, die sich in diesem Staat niederließen. Für die Unsrigen war das ein neues Glück.

Bevor noch das erste Jahr der Ehe abgelaufen war, kam ein schönes Kind zur Welt, und als ob es sich just so gefügt hätte, um Renzo gleich Gelegenheit zu geben, sein großmütiges Versprechen zu erfüllen, war es ein Mädchen, und Ihr könnt mir glauben, daß es den Namen Maria erhielt. Es kamen dann mit der Zeit noch wer weiß wie viele andere beiderlei Geschlechts, und Agnese war vollauf damit beschäftigt, eines nach dem anderen herumzutragen, wobei sie sie kleine Schelme nannte und ihnen so feste Küsse ins Gesicht drückte, daß eine Zeitlang weiße Flecke davon blieben. Und alle hatten sie gute Anlagen, und Renzo wollte, daß sie alle lesen und schreiben lernten, denn er sagte, da es diese Spitzbüberei nun einmal gäbe, so sollten wenigstens auch sie ihren Vorteil daraus ziehen.

Das Schönste war, ihn seine Abenteuer erzählen zu hören, und er endete stets damit, die großen Dinge aufzuzählen, die er dabei gelernt habe, um sich in Zukunft besser zu verhalten. „Ich habe gelernt“, sagte er, „den Aufruhr zu meiden; ich habe gelernt, nicht auf dem Platz Reden zu halten; ich habe gelernt, nicht über den Durst zu trinken; ich habe gelernt, den Türklopfer nicht in der Hand zu halten, wenn Hitzköpfe in der Nähe sind; ich habe gelernt, mir kein Glöckchen an den Fuß zu binden, ohne vorher zu bedenken, was daraus entstehen kann.“ Und hundert andere Dinge mehr.

Lucia indes fand zwar diese Lehren an sich nicht falsch, war aber davon doch nicht befriedigt. Ihr deuchte irgendwie, daß daran etwas fehlte. Da sie nun immer wieder dasselbe Lied hörte und jedesmal darüber nachgrübelte, sagte sie eines Tages zu ihrem Moralisten: „Und was soll ich daraus gelernt haben? Ich bin das Unglück nicht suchen gegangen, es hat mich selbst aufgesucht. Wenn du nicht etwa sagen wolltest“, fügte sie lieblich lächelnd hinzu, „mein Fehler sei gewesen, daß ich dich liebgehabt und mich dir versprochen habe.“

Renzo war zunächst verlegen. Nach langem Streiten und nach langem gemeinsamem Suchen gelangten sie zu dem Schluß, daß das Unglück wohl häufig komme, weil man es verursacht hat, daß aber das vorsichtigste und schuldloseste Betragen nicht genüge, es fernzuhalten, und daß es, wenn es verschuldet oder unverschuldet kommt, durch Gottvertrauen gemildert und für ein besseres Leben nutzbar gemacht werden kann. Diese Folgerung ist uns, obschon sie von armen Leuten erdacht wurde, so richtig erschienen, daß wir sie gleichsam als den Kern der ganzen Geschichte hierherzusetzen beschlossen haben.

Wenn diese Euch nun nicht ganz und gar mißfallen hat, so bleibt dem, der sie schrieb, gewogen und ein wenig auch dem, der sie bearbeitet hat. Sollten wir Euch indessen nur gelangweilt haben, dann glaubt uns, daß es nicht mit Absicht geschehen ist.

Nachwort

Als die Nachricht vom Tode Napoleons nach Europa gelangte, verfaßte der sechsunddreißigjährige Alessandro Manzoni (1785–1873) auf dieses für ihn weltgeschichtliche Ereignis eine Hymne, die von Goethe und von Paul Heyse auch ins Deutsche übersetzt worden ist. Den Italiener bewegte angesichts eines ungewöhnlichen menschlichen Schicksals die Frage nach dem Sinn der Geschichte und nach der Rolle der Völker, die seit dem Sturm auf die Bastille so gewaltige Dimensionen angenommen hatte. Als ein Nachfolger der Aufklärung suchte er den moralischen Grund der Empfindungen und Erfahrungen seiner Zeitgenossen im Brennpunkt einer historischen Gelegenheit zu erfassen. Er sah im Geist alle Protagonisten der letzten zwei Jahrzehnte um sich versammelt und wollte ihrem Chor eine ergreifende Stimme verleihen. Goethe hat diesen Erneuerer der italienischen Poesie in den Tag- und Jahresheften einen „wahrhaften, klar auffassenden, innig durchdringenden, menschlich fühlenden" Dichter genannt, und er widmete ihm eine Reihe von Abhandlungen, die sich besonders mit der Rolle des Chors in den historischen Tragödien befaßte. In dieser „Teilnahme Goethes an Manzoni" ging es um Poesie und Geschichte und zuletzt auch um den Begriff der schönen Gelegenheit, die nach Goethe jeder großen Dichtung zum Anlaß dient. Er erkannte in dem bis dahin vorliegenden lyrischen und dramatischen Werk Manzonis das vom Dichter reflektierte Gefühl der bewegten Menge, die Übereinstimmung mit einem großen Publikum und die Beschäftigung mit den Schicksalsfragen der Nation. Die Hymnen und Tragödien erschienen ihm unter diesem politischen Gesichtspunkt mit Pindar und den tragischen Chören der Griechen vergleichbar. Manzonis Dichtung betrachtete er als klassisch im Gegensatz zum Klassizismus und dessen abstrakten mythologischen Verkleidungen.

Die „Teilnahme“ erwies Goethe als den bedeutsamsten unter den zeitgenössischen Kritikern Manzonis, der im vorigen Jahrhundert nur noch durch Francesco De Sanctis eine vergleichbar tiefreichende Beurteilung erfuhr. Über hundert Jahre später sollte er zum zweitenmal die besondere Aufmerksamkeit eines Klassikers deutscher Literatur finden: Anna Seghers, in der Emigration in Frankreich lebend, wurde auf den Roman „Die Verlobten“ hingewiesen, als sie gerade am „Siebten Kreuz“ arbeitete. Beide Schriftsteller, der Italiener um 1821 und die Deutsche um 1938, stimmten darin überein, daß sie jeweils ein dichterisches Gesamtbild ihrer Nation in einer historischen Epoche schaffen wollten. Wie Goethe entdeckte Anna Seghers bei Manzoni eine Einheit von Dichtung und Politik, die von vielen bürgerlichen Kritikern übersehen worden war. Ihr kamen dabei neue historische Einsichten und Positionen zugute, die sie zwar weltanschaulich weit von den Ansichten des romantischen Liberalen trennten, aber ihr künstlerisches Verständnis für den Vorgänger vertieften. Die Oktoberrevolution und ihre internationale Ausstrahlung, die gescheiterten Räterepubliken in Deutschland und die Erfahrungen mit der faschistischen Reaktion hatten ein Geschichtsbewußtsein bereichert, das in der Französischen Revolution, in der napoleonischen Epoche, in den ephemeren Jakobinerrepubliken in Italien und in der österreichischen Restauration in der Lombardei die historischen Vorläufer fand. Das aus dieser Sicht sich ergebende Ringen um die Gestaltung einer ganzen Gesellschaft brachte die sozialistische Schriftstellerin einem Dichter nahe, der lange vor ihr in die Tiefen eines historischen Zusammenhangs einzutauchen versucht und sich dazu eines hervorstechenden Ereignisses bedient hatte. Anna Seghers erkannte in der Flucht des Renzo ein Modell der Verbindung von individuellem Schicksal mit der gesellschaftlichen Wirklichkeit. Sie nahm diesen Teil des italienischen Romans zum Vorwurf für ihr deutsches Werk.

„Es wird nämlich in diesem Roman", sagte Anna Seghers in einem mit Wilhelm Girnus geführten Gespräch, „an einem Ereignis die ganze Struktur eines Volkes aufgerollt, und da habe ich mir gedacht, diese Flucht ist das Ereignis, an dem ich die Struktur des Volkes aufrollen kann." Die Flucht aus dem Lager sollte Georg Heisler mit allen Klassen in Berührung bringen, den Zustand des Volkes und sein moralisches Verhalten zeigen und durch ihr Gelingen die Legende von der Allmacht der Unterdrücker zerstören. Als Anna Seghers das „Siebte Kreuz" beendet hatte, faßte sie die für sie wesentlichen Charakterzüge der „Verlobten" mit den folgenden Worten zusammen: „Auch das Werk eines Manzoni, klassisch im hergebrachten Sinn, maßvoll im Aufbau, in jedem Satzgefüge, gibt das italienische Volk innen und außen als Ganzes. Keine politische Leidenschaft, eine kleine, beinah banale, zivile Begebenheit, die Liebe irgendeines Edelmanns für ein Bauernmädchen auf seinem Territorium, genügt dem Dichter, an dieser Begebenheit alle Konflikte seines Volkes in allen Schichten, in allen Individuen zu zeigen."

Anna Seghers hat den künstlerischen Aspekt, der sie mit Manzoni verbindet, besonders hervorgehoben. Vom Aufbau, von der Struktur der Erzählung ausgehend, gelangte sie zu einer mit ihm übereinstimmenden Bewertung des gesellschaftlichen Zusammenhangs für die Handlung. Hinter der künstlerischen Struktur stand die ästhetische Einsicht in den realen Beziehungsreichtum zwischen Individuum und Gesellschaft, der sich in ein überschaubares Verhältnis von Klassen und Schichten aufgliederte. Weder bei Anna Seghers noch bei Manzoni gibt es die romantische Konfrontation zwischen dem Individuum und der Gesellschaft, die zur Aufhebung der historischen Zusammenhänge führt. Ihre Konflikte sollen die widersprüchliche Einheit von persönlichem Schicksal und öffentlichen Verhältnissen in bestimmter Historizität darstellen. Über alles Trennende ihrer weltanschaulichen Positionen hinweg sind sie in der von Goethe angeführten Art des Dichtens verbunden, „wahrhaft“ zu schreiben und eine „schöne Gelegenheit“ zu schaffen, in der das Volk zum eigentlichen Helden wird.

Die Veröffentlichung der „Verlobten“ im Jahre 1827 bildete den Höhepunkt in der literarischen Laufbahn Manzonis. Der damals Zweiundvierzigjährige war in der aufgeklärten, liberalen Mailänder Gesellschaft groß geworden, die in der rationalistischen Kritik am alten feudalabsolutistischen Regime wurzelte und den Idealen bürgerlicher Vernunft und Moral huldigte. Manzonis Großvater Cesare Beccaria hatte den berühmtesten Traktat der Aufklärung über Rechtsreformen verfaßt, „Über die Verbrechen und die Strafen“. Recht sollte vom Allgemeininteresse her bestimmt werden und nicht von der Willkür der Herrschenden. Als Manzoni mit zwanzig Jahren seiner freisinnigen Mutter in das napoleonische Paris nachfolgte, traf er dort wie in einem Brennpunkt mit den Überresten der Aufklärung und den kritischen Reaktionen auf das Scheitern ihrer optimistischen Vernunftkonstruktionen zusammen. Er erlebte eine weltanschauliche Krise, in der er sich unter Berufung auf das Christentum von dem bürgerlichen Glauben an die allgemeine Vernunft abwandte und eine tiefere Erklärung für die Geschichte suchte. Er schrieb seinem Pariser Freund Fauriel nach seiner Rückkehr in die Heimatstadt Mailand, daß man wie Walter Scott die Geschichte gewissermaßen von innen beschreiben müsse, vom Gesichtspunkt der Sitten und Erfahrungen der Menschen und der vielfältigen Beziehungen zwischen ihnen. Man dürfe nicht von abstrakten Voraussetzungen ausgehen, sondern müsse jene Kräfte aufdecken, die in ihrem gegensätzlichen Verhältnis das wirkliche Leben der

Gesellschaft ausmachen: die Gefühle der Menge, die Taten der einzelnen, die Institutionen des Volkes, das Verhältnis zwischen oben und unten. Manzoni hatte die politischen Ereignisse der letzten zwanzig Jahre im benachbarten Frankreich und in den italienischen Staaten vor Augen. Zum erstenmal waren die Massen als die Träger großer Umwälzungen hervorgetreten und hatten mit dem Sieg über jahrhundertealte Monarchien eine neue Epoche eröffnet. Wenngleich er sich nicht mit den revolutionären Konsequenzen des geschichtlichen Handelns der Massen einverstanden erklären konnte – denn sie bedrohten das bürgerliche Eigentum, das er für den Garanten der Freiheit hielt –, lehnte er doch konsequent die Restauration ab, die die umwälzende Entwicklung überhaupt nicht wahrhaben wollte. Ohne eine tiefe Beziehung zum Volk sollte für ihn die Suche nach Wahrheit ihren Sinn verlieren.

Manzoni hat diese Beziehung zuerst als Künstler und später als Historiker gesucht. Er ging von seinem persönlichen Empfinden aus und endete in einem isolierten Gelehrtendasein, in dem die demokratischen Impulse seiner Jugend- und Mannesjahre verloschen. An dem Punkt jedoch, wo der emotional bestimmte Dichter dem unbestechlichen Historiker begegnete und das subjektive Moment mit dem objektiven der Suche nach Wahrheit besonders eng zusammentraf, entstand der historische Roman. Zuvor hatte sich Manzoni von der klassizistischen Manier eines Vincenzo Monti lösen müssen, der allzu glatt die widersprüchlichen politischen Ereignisse seiner Zeit jeweils als vernünftig darstellte. Damit war die Abwendung vom Rationalismus und der Rückgriff auf das religiöse Gefühl verbunden, das eine tiefere Übereinstimmung mit dem Volk hervorrufen sollte. Nach den Bemerkungen Goethes gab es in den „Heiligen Hymnen“ (1815–1822) kein Wort und keine Wendung, „die nicht jedem Italiener von Jugend auf bekannt wären“. Indem Manzoni an religiöse Feste des ganzen Volkes anknüpfte, wollte er dem Innern der Geschichte näher kommen, als dies einem Monti mit Hilfe von glorifizierenden Allegorien abstrakter Ideale möglich war. Die Feiern der einfachen, uneigennützigen Menschen waren die gesuchte „schöne Gelegenheit". Es ging Manzoni um einen „wahren" und „bewegenden" Gegenstand, um die Ersetzung der intellektuellen antikisierenden durch die emotionale christliche Mythologie. Wenn De Sanctis und spätere Kritiker behaupteten, daß der Dichter in den „Heiligen Hymnen" den Gleichheitsforderungen des 18. Jahrhunderts nur ein christliches Gewand gegeben habe, so ist diese über den gemäßigt liberalen Standpunkt hinausgehende Interpretation nicht ganz ohne historische Berechtigung. Auch die aus aktuellem Anlaß entstandenen Gelegenheitshymnen „März 1821" und „Der fünfte Mai" zeigen die enge Verbundenheit mit dem Empfinden eines ganzen Volkes, ja vieler Völker, die für die Poetik Manzonis charakteristisch ist.

Schöne Gelegenheit für den Ausdruck der tiefen Erfahrung vom Widerspruch zwischen den Herrschenden und Beherrschten boten die geschichtlichen Tragödien, in denen Manzoni die Aktionen der Großen mit den Reaktionen einer zum erstenmal zu Wort kommenden Menge konfrontierte. Im „Carmagnola" (1816–1820) und mehr noch im „Adelchi" (1820–1822) werden die Schicksale der Völker zum Rahmen der Handlung, und an entscheidender Stelle treten sie in Gestalt der Chöre lyrisch hervor. Hatte auf der Bühne des Klassizismus eine ideale Ordnung zu herrschen, die sich in schematisch geregeltem Aufbau und gehobener Sprache, in der hierarchischen Auswahl der Helden und der Enthistorisierung des Ereignisses manifestierte, so befreite sich Manzoni nicht nur formal von dem Zwang der Regeln und der Enge des Stils, sondern vertiefte auch den historischen Gehalt seiner Stücke und kehrte die aristokratischen Wertmaßstäbe um. Seine Stücke vermengten Dramatik und Lyrik, spiegelten im vergangenen Ereignis den sozialen Antagonismus der Gegenwart und stellten Tugend und Wahrheit als das Erbteil der Gedemütigten und Unterworfenen dar: „Nichts bleibt, als Unrecht zu üben – oder es zu erleiden." Die wahre Geschichte, will Manzoni in seinen Versen sagen, ist die der Unterdrückung des Volkes, die seiner Leiden und seines Unglücks. Der unaufhebbare Gegensatz zwischen Arm und Reich, zwischen Herrschenden und Beherrschten wurde für Manzoni zum bestimmenden Eindruck. Er vergrub sich in die Chroniken der Vergangenheit, um mit diesem unabänderlichen Ergebnis ans Licht zu kommen. Was zuerst als Empfindung lyrisch erfaßt und gestaltet worden war, verwandelte sich nun in die epische Begebenheit und verschmolz mit dem inneren Leben seiner volkstümlichen Helden. Dabei hielt sich in diesen Jahren der Enttäuschung liberaler Hoffnungen und des Aufflammens der demokratisch-nationalen Bewegung seine Neigung, das Volk gewissermaßen bei der Hand zu nehmen, mit der Einsicht in dessen historische Rolle die Waage. Noch war die Restauration der Hauptgegner und die kleinbürgerlich-radikale Bewegung nicht so weit fortgeschritten, daß sie Manzoni erschreckte. Aber gerade weil das Volk bei ihm zum Helden der Geschichte geworden war, sollte es sich einer übergeschichtlichen Bestimmung unterwerfen, die er aus einem geläuterten, sozial verpflichteten Christentum ableitete.

Der historische Roman ist zunächst in einer unvollkommenen episodischen Fassung entstanden, die den Titel „Fermo und Lucia" trug. In ihr hatte der Gedanke von dem durchgehenden Antagonismus zwischen Adel und Volk die Handlung noch nicht in dem Maße durchdrungen, daß sich daraus die notwendigen Konsequenzen für die Moral ableiten ließen. Der Dienst für das Volk sollte zum Prüfstein letzter Tugenden und Wahrheiten werden, wenn nicht im Sinne der Jakobiner und ihrer sozialistisch-utopischen Nachfolger, so doch in dem der christlichen Demokraten des Risorgimento. Christentum hatte keinen Wert, wenn es sich nicht in der Sorge um die Armen aufzehrte. Das Recht wurde verworfen, wenn es den Bedrängten nicht half. In der weltlichen Macht gab es nur Anmaßung, solange sie ihre eigenen Interessen verfolgte. Die das Volk unterdrückende feudalaristokratische und feudalkirchliche spanische Herrschaft reflektierte die Aktualität der Geschichte von Renzo und Lucia. Das moralische Urteil über den restaurativen Absolutismus konnte erst gesprochen werden, nachdem ihm in seiner besonders traurigen Vergangenheit der Prozeß gemacht worden war. Im Lichte der Gegenwart erwies sich das Beispiel der Vergangenheit als besonders bedeutungsvoll. Es zeigte, daß es im Leben der Menschen nicht allein auf ihr Verhältnis zu Gott ankam, wie die Theologen lehrten, sondern auch auf die gesellschaftlichen Verhältnisse. Erst der Gegensatz zwischen den verschiedenen Schichten des Volkes ließ erkennen, nach welcher moralischen Ordnung die bestehende Anarchie aufgehoben werden konnte. In der Geschichte selbst sollten die Triebkräfte für jene ewige Moral aufgezeigt werden, an die Manzoni glaubte. Je getreuer er den Spuren eines authentischen Ereignisses folgte, desto sicherer war er seiner Sache. Er hat sich deshalb von seinem historischen Roman auch nicht abbringen lassen, als Freunde ihn dazu bewegen wollten, zur Lyrik zurückzukehren.

Erwin Strittmatter läßt in der satirischen Geschichte vom lesewütigen Onkel Phile seinen tragikomischen Helden behaupten, Manzonis Roman sei eine Liebesgeschichte, in welcher der Buchschreiber immer etwas zwischen Verlobung und Heirat kommen ließ, damit er das Buch „vollkriegte“. Diese ironische Einordnung in ein konventionelles Romanschema widerspricht dem Bemühen Manzonis, mit dem Dazwischenkommen den geschichtsphilosophischen Gehalt des Ereignisses auszuschöpfen und der alltäglichen Liebesgeschichte eine universelle Bedeutung zu geben. Sie steht aber auch im Widerspruch zu der literarischen Rolle, die „Die Verlobten“ auf dem Gebiet des Romans von der weitverbreiteten seichten Unterhaltungsliteratur unterscheidet, bei der das Happy-End der Ehe durch eine Fülle rührseliger

Geschichten mit hartherzigen Eltern, blindem Spiel des Zufalls, bösem Zauber oder unschuldigem Leiden hinausgezögert wird, bis umfangreiche Bände gefüllt sind. Bei Manzoni geht es in jeder Phase der Unterbrechung um eine neue Schicht in dem Zusammenhang des Ganzen, um die geschichtliche Struktur seines Themas. So wird bereits in der verweigerten Ehe die soziale Motivierung des herrschenden Unrechts hervorgehoben. Elementare bürgerliche Institutionen wie die Familie galten schon dem Humanisten Vico im 18. Jahrhundert und dem demokratischen Romantiker Foscolo in der napoleonischen Epoche als grundlegende und unantastbare Rechte des ganzen Volkes. Manzoni hat bewußt die Ehe und nicht die Liebe in den Vordergrund seines Romans gestellt. Die Flucht der getrennten Verlobten, die als Paar in ihrer Polarität zugleich eine moralische Einheit bilden, ist die kühnste Aktion zur Verteidigung dieser Rechte, die Manzoni sich denken konnte. Die sowjetische Literaturwissenschaftlerin E. Saprykina sieht in der Odyssee des Renzo den lebendigsten und konsequentesten Beweis für die Geschichtlichkeit des Romans, und gerade dieses aktivste Moment des „Dazwischenkommens" ist von Anna Seghers als strukturelles Vorbild rezipiert worden.

Es gibt mehrere Umstände, die die Vorliebe der Verfasserin des „Siebten Kreuzes" für die Flucht des Webers Renzo aus der gedemütigten und tyrannisierten Lombardei erklären. Während Lucia eine ideale Gestalt ist, die nach den Worten von De Sanctis ihre ganze Umgebung mit ihrem inneren Licht erhellt, bildet Renzo den realistischen Gegenpol, der an den Leidenschaften seiner Epoche Anteil nimmt und in den Strudel heftiger Bewegungen hineingezogen wird. Lucia siegt durch ergebene Großherzigkeit, Renzo durch energische Selbsthilfe. Am Anfang seiner Erfahrungen mit den Mächtigen der Zeit stehen ein ängstlicher, serviler Landpfarrer, ein rechtsverdrehender Jurist und die Regierung einer großen Stadt, die das Volk zur Revolte treibt, um sie dann blutig zu unterdrücken. Lucia wird in ein Kloster gebracht und von dort gegen ihren Willen entführt. Renzo erlebt eine Revolution und rettet sein Leben durch eine kühne Flucht. Vielleicht ist es kein Zufall, daß sich Ähnlichkeiten zwischen Renzo und Georg bis ins Detail hinein finden lassen: beide werden nur auf Steckbriefen mit ihrem vollen Namen genannt, beide hören von Maßnahmen der Regierung gegen sie durch gelegentliche Bekanntschaften, und beide werden schließlich durch einen Schiffer von verdächtigem Aussehen über die Grenze gebracht. Aus der vergleichbaren Situation ergibt sich eine Übereinstimmung in der spannungsgeladenen Atmosphäre der Flucht, in der Darstellung der Gefahr und Einsamkeit, in der Aufdeckung der politischen Hintergründe von scheinbar alltäglichen Umständen.

Auch außerhalb der Flucht ergeben sich zwischen beiden Romanen Vergleichpunkte, die Übereinstimmung und Unterschied deutlich erkennen lassen. So beginnen Manzoni und Anna Seghers jeweils mit der Schilderung einer Landschaft, die ihnen um der epischen Perspektive willen wichtig ist. Manzoni beschreibt von einer überragenden Warte aus die Gipfel und Höhen des umrahmenden Gebirges und steigt von dort allmählich in die Täler herab. In dem Maße, wie sein Blick sich den bewohnten Orten nähert, verändern sich die Dimensionen. Die Spitzen der Berge treten zurück, die kleinen Erhebungen füllen das Auge aus. Das Unbedeutende zeigt sich erhaben, das Hochgestellte verblaßt. Ferne wird in Nähe verwandelt, Vergangenheit in Gegenwart, ohne daß der Betrachter seinen Standort über den Dingen aufgibt. Anna Seghers hat dagegen die unmittelbare Verflechtung des Beobachters mit der Geschichte ihrer Landschaft beabsichtigt und verwendet dabei eine ähnliche Struktur wie Manzoni. Sie entwickelt auf den ersten Seiten des „Siebten Kreuzes" ein weites Panorama und verbindet es mit historischen Durchblicken, die in ihrer Perspektive unaufhaltsam auf die Gegenwart zueilen. „Jetzt sind wir hier. Was jetzt geschieht, geschieht uns", endet diese eröffnende Landschaftsschilderung, die Christa Wolf in einem Nachwort wohl mit Recht als unerreicht in der zeitgenössischen Literatur bezeichnet.

Die bürgerliche Literaturgeschichtsschreibung hat immer wieder die metaphysischen Komponenten von Manzonis „Verlobten" hervorgehoben, ohne sie in ihrem dialektischen Verhältnis zur Geschichtlichkeit des Werkes zu sehen. Sie machte aus einem Roman über den Antagonismus von Unterdrückern und Unterdrückten ein Symbol für die Vorsehung in der Geschichte, eine unergründliche apokalyptische Vision, einen Spiegel existentialistischer Absurdität und Groteske. In flacherer Form zeigte sich die unhistorische Verfälschung des „Epos der Unterdrückten und Gedemütigten" (N. Sapegno) bei einer Fernsehverfilmung aus dem Jahre 1967, die von 18 Millionen Italienern gesehen wurde. Die Regie hatte Renzo und Lucia in ein ergebenes Paar verwandelt, das sich fromm der göttlichen Vorsehung anvertraut und jede Unruhestiftung im Volk als eitles Unterfangen ansieht. Sie konnte sich dabei auf Manzoni selbst berufen, der am Ende seines Werkes mit paternalistischen Ermahnungen bemüht ist, allzu demokratische Folgerungen aus seiner Geschichte einzudämmen. Aber Anna Seghers hat sich nicht einen Augenblick bei den konservativen Vorurteilen und Einschüben des Autors der „Verlobten" aufgehalten. Sie hat über die Ironie hinweggesehen, mit der der Aristokrat seine Anteilnahme am Volk überfärbt. Auch der allwissende Erzählerstandpunkt, von dem aus Manzoni gelassen und würdevoll die Ereignisse aneinanderreiht, wurde von ihr aufgegeben. Sie führte keine Polemik gegen die Rolle der Vorsehung im Schicksal der Verlobten, sondern überließ die Bewertung dem Urteil der Geschichte. Auf diese Weise hat sie das Lebendigste, bis heute Fortwirkende dieses Erbes übernommen. Renzo kann in Georg zu neuem Leben erweckt werden. Aus dem Kampf gegen Unterdrükkung und Verfolgung des Volkes erwächst ein gestärktes

Gefühl der Solidarität. Manzoni hat diesen Kampf mit dem moralischen Sieg seiner Helden auf utopische Weise zu einem Ende geführt. Bei Anna Seghers ist er den realen Auseinandersetzungen der Geschichte entsprechend noch immer nicht abgeschlossen.

Horst Heintze

Anmerkungen

6 *pro tempore* – (lat.) vorläufig.

Argusaugen und Briareosarme – Der griechischen Mythologie zufolge hatte der Wächter Argus hundert Augen und der Riese Briareos hundert Arme.

15 *Bravi* – gedungene Mörder im Dienst eines Gewalttätigen.

Seine Katholische Majestät – Titel der Könige von Spanien.

29 *kanonisches Alter* – Das Konzil von Trient hatte vorgeschrieben, daß die Geistlichen keine Haushälterinnen einstellen durften, die jünger als vierzig Jahre waren.

33 *Prinz von Condé* – Ludwig II. von Bourbon, Herzog von Enghien (1621–1686), der „große Condé" genannt; besiegte die Spanier 1643 in der Schlacht von Rocroi.

die Zeit ... da Heiraten verboten war – Die erste Periode, während der Hochzeiten verboten waren, erstreckte sich vom ersten Adventssonntag bis zur Epiphanie (6. Januar), die zweite vom ersten Fastentag bis zum achten Sonntag nach Ostern.

36 *Ehehindernisse* – Ehehindernisse, die eine bereits vollzogene Ehe ungültig machten oder die Trauung verhinderten, waren *error*: Fehler in der wesentlichen Beschaffenheit des Vertrages; *conditio*: Unklarheit über den Stand der Person, d. h. ob Freier oder Knecht; *votum*: religiöses Gelübde; *cognatio*: enge Verwandtschaft zwischen den Ehegatten; *crimen*: Verbrechen an einem Ehegatten, um einen anderen heiraten zu können; *cultus disparitas*: Verschiedenheit der Konfession; *vis*: Gewaltanwendung eines Ehegatten, um vom anderen die Zustimmung zu erzwingen; *ordo*: kirchliche Weihe; *ligamen*: bereits einem anderen gegebenes Versprechen; *honestas*: mit einem anderen bereits eingegangene Ehe; *si sis affinis*: Verwandtschaft eines Ehegatten mit den Angehörigen des anderen.

37 *antequam matrimonium denunciet* – (lat.) bevor (der Pfarrer) das Aufgebot bestellt.

54 *zwölf Cäsaren* – die ersten zwölf römischen Kaiser.

57 *Vidit Ferrer* – (lat.) Gesehen Ferrer.

62 *Deo gratias* – (lat.) Gott sei gedankt!

94 *Tassos Autorität* – In allen Fragen des Rittertums, der Herausforderungen und der Duelle war Torquato Tassos (1544–1595) Epos „Das Befreite Jerusalem" richtungweisend.

96 *Fetiale* – eine Art Herold, der Legende nach vom zweiten König von Rom, Numa Pompilius (7. Jh. v. u. Z.), eingesetzt. Da der Graf diesen Namen nicht kennt, macht er Offizialen daraus.

97 *atqui* – (lat.) nun; *de quo* – erwähnte, zur Debatte stehende; *ergo* – also.

99 *Graf-Herzog* – Gaspar de Guzmán, Graf von Olivárez und Herzog von San Lucar, von 1621 bis 1643 erster Minister Philipps IV. von Spanien.

102 *Heinrich IV.* – von 1589 bis 1610 König von Frankreich. Ursprünglich Protestant, trat er 1594 zum katholischen Glauben über. Mit dem Edikt von Nantes (1598) gewährte er Frankreich Religionsfreiheit.

censui ... – (lat.) der Sprache der Juristen entnommen: ich meine und bin der Ansicht.

103 *Heliogabalus* – spätrömischer Kaiser (218–222).

108 *das Herz des Pharao war verhärtet* – vgl. 2. Mose 7 ff.

138 *Mora* – ein in Italien beliebtes Spiel, ähnlich unserem Knobeln mit Streichhölzern. Beide Partner strecken gleichzeitig eine beliebige Anzahl Finger einer Hand aus und rufen dabei eine Zahl von null bis zehn. Wer die richtige Zahl, d. h. die Summe der ausgestreckten Finger beider Partner errät, ist Sieger.

142 *hat ein einfallsreicher Barbar gesagt* – William Shakespeare in seinem „Julius Cäsar" (II, 1).

144 *Berlingen* – mailändische Silbermünze zu zwanzig Soldi.

Karneades – für seine Beredsamkeit bekannter griechischer Philosoph (213–129 v. u. Z.).

165 *Omnia munda mundis* – (lat.) Dem Reinen ist alles rein.

170 *einer ... mächtigen Familie* – die spanische Familie de Leyva. Don Martino de Leyva war Fürst von Monza. Die Episode der Nonne von Monza beruht auf Tatsachen, doch sind alle Einzelheiten von Manzoni erfunden.

171 *ein mailändischer Geschichtsschreiber* – Giuseppe Ripamonti in seiner „Historiæ patriæ" (Vaterländische Geschichte), 5. Dekade, 6. Buch, 3. Kapitel, S. 358 ff.

202 *die Überreichung der Toga* – erfolgte mit achtzehn Jahren zum Zeichen der Volljährigkeit.

234 *ungedrucktes Teufelszeug* – das Gedicht „Die Lombarden auf dem ersten Kreuzzug" von Tommaso Grossi (1791–1853), einem engen Freund Manzonis.

237 *der Mantel vor dem Wams* – die Herren vor dem Volk.

243 *jenes großartigen Krieges* – vgl. S. 99.

251 *auf die linksseitige Protuberanz des metaphysischen Tiefsinns* – Damit ist ein beliebiger Punkt auf der linken Stirnseite gemeint. Manzoni hat sich mit diesem Ausdruck über die neuen phrenologischen Theorien von Franz Josef Gall (1758–1828) lustig machen wollen, die dieser Anfang des 19. Jahrhunderts aufstellte. Gall hatte behauptet, daß die verschiedenen Neigungen und Tätigkeiten des Menschen ihren Sitz in bestimmten Gehirnwindungen hätten, die ebenso vielen Knochenvorsprüngen des Schädels entsprächen.

258 *Etwa einhundertsiebzig Jahre nach ...* – d. h. als sich die Ideen der Französischen Revolution in Italien verbreiteten.

Marcus Brutus – der Mörder Julius Cäsars.

269 *Por mi vida, que de gente!* – (span.) Um Himmels willen, wie viele Menschen!

Si es culpable – (span.) Wenn er schuldig ist.

Adelante, Pedro, si puedes – (span.) Vorwärts, Pedro, wenn 's möglich ist.

270 *Adelante, presto, con juicio* – (span.) Vorwärts, schnell, seid vernünftig.

271 *guardaos* – (span.) paßt auf!

274 *Venga usted conmigo* – (span.) Kommen Sie mit mir.

Aquí está ... – (span.) Das ist des Pudels Kern; Gott steh uns bei!

275 *Por ablandarlos* – (span.) Um sie zu besänftigen.

Esto lo digo por su bien – (span.) Das sage ich zu Ihrem Besten.

Perdone usted – (span.) Euer Gnaden entschuldigen mich.

Animo, estamos ya casi fuera – (span.) Mut, wir sind ja fast heraus.

276 *Beso a usted las manos* – (span.) Küß die Hand, Euer Gnaden.

276 *Cedant arma togae* – (lat.) Die Waffen unterwerfen sich der Toga, d. h. der Politik. Ausspruch Ciceros, als er durch seine Beredsamkeit die Verschwörung Catilinas 63 v. u. Z. ohne Waffengewalt niedergeschlagen hatte.

Levántese ... – (span.) Erheben Sie sich, wir sind schon heraus.

Ah, que dirà de esto su excelencia – (span.) Ah, was wird Seine Exzellenz dazu sagen.

277 *Que dirà el conde duque* – (span.) Was wird der Graf-Herzog sagen.

Que dirà el rey nuestro señor – (span.) Was wird der König, unser Herr, sagen.

Dios lo sabe – (span.) Das weiß Gott allein.

Usted ... por el servicio ... – (span.) Euer Gnaden ... für den Dienst Seiner Majestät ...

283 *Realen, Parpagliolen* – spanische bzw. italienische Münzen.

285 *Gratis et amore* – (lat.) Für nichts als Freundlichkeit.

289 *Pindus* – Berg in Thessalien; dem Apoll und den Musen und damit der Poesie geweiht.

295 *siés baraòs trapolorum* – Von Renzo selbst erfundenes Kauderwelsch mit Anklang an lateinische und spanische Wörter. Obwohl sie insgesamt keinen Sinn ergeben, sind die Wörter *barare* – schummeln, betrügen und *trappola* – Falle, Hinterlist zu erkennen.

296 *salomonischer Knoten* – unauflösbare Verflechtung.

299 *Psyche* – Geliebte des Eros, die er nachts besuchte, ohne sich zu erkennen zu geben. Von ihren neidischen Schwestern aufgestachelt, beugte sie sich eines Nachts mit einer Lampe über den Geliebten, um ihm ins Gesicht zu sehen; daraufhin wurde sie von ihm verlassen.

309 *extra formam* – (lat.) formlos, ohne viel Umstände.

323 *an der zweiten Quelle* – bei Lecco, wo die Adda den Comer See verläßt.

345 *Gebiet von San Marco* – venezianisches Gebiet; San Marco ist der Schutzpatron Venedigs.

353 *praedicti* ... – (lat.) des vorgenannten geehrten Herrn Hauptmannes entkommen, offen oder heimlich in sein Dorf, welches zwar unbekannt, aber im Gebiet von Lecco liegen müsse, zurückgekehrt sei; und falls festgestellt worden ist, daß es sich so verhält, sollte der besagte Herr Vogt trachten, ihn mit der größtmöglichen Sorgfalt in seine Gewalt zu bekommen.

videlicet – (lat.) das heißt.

354 *accedatis ...* – (lat.) begebt Euch zum Hause des vorgenannten Lorenzo Tramaglino und schafft, nachdem Ihr mit der gebührenden Sorgfalt vorgegangen seid, alles fort, was Ihr zur Sache gehörend vorfinden werdet; und erkundigt Euch über seine schlechten Gewohnheiten, über seinen Lebenswandel und seine Komplizen.

diligenter referatis – (lat.) berichtet sorgfältig.

373 *Nach Rom gelangt man auf mehreren Wegen* – Das bekannte Sprichwort „Alle Wege führen nach Rom" ist hier absichtlich abgewandelt.

Escorial – Palast in der Nähe Madrids, den Philipp II. zur Erinnerung an die Schlacht von Saint-Quentin (1557) erbauen ließ.

383 *weder den Vornamen noch den Zunamen* – Es handelt sich um einen gewissen Francesco Bernardino Visconti, Feudalherr aus Brignano Geradadda, der wegen seiner Grausamkeit und seiner Verbrechen im Mailändischen berüchtigt war. Seine Unterredung mit Federigo Borromeo (s. Anm. zu S. 423) und seine Bekehrung beruhen auf Tatsachen.

423 *Federigo Borromeo* – (1564–1631), im Jahre 1587 Kardinal und von 1595 bis zu seinem Tode Erzbischof von Mailand. Neffe des heiligen Carlo Borromeo (1538–1584), Kardinal und Erzbischof von Mailand.

435 *ne quid nimis* – (lat.) nicht zuviel; gemeint ist: hüte dich vor Übertreibungen in allen Dingen, auch wenn du Gutes tust.

436 *Wir dürfen indessen nicht verhehlen ...* Dieser Absatz wurde von Manzoni eingeschoben, weil auch Kardinal Federigo sich in mancher Hinsicht nicht anders als seine Zeitgenossen verhielt. So ließ er z. B. einige alte Frauen als Hexen verbrennen und widersetzte sich der Sanierung der Reisfelder vor den Toren Mailands.

444 *Lassen wir die neunundneunzig Schafe* – Anspielung auf das Gleichnis vom guten Hirten (Matthäus 18, 12–13).

447 *Haec mutatio dexterae Excelsi* – (lat.) Diese Wandlung der rechten Hand des Höchsten; vgl. Psalm 77, 11.

448 *parcere subjectis!* – (lat.) den Unterwürfigen verzeihen (Vergil, Aeneis, VI. 853).

451 *perierat, et inventus est* – (lat.) er war verloren und ist gefunden worden; Worte aus dem Gleichnis vom verlorenen Sohn (Lukas 15, 24).

451 *Da werden die Wölfe ...* – Jesaja 11, 6–7.

473 *„Guerrin Meschino", „Reali di Francia"* – zwei volkstümliche Ritterromane von Andrea Barberino (14. Jh.).

474 *die essend um den Tisch standen* – Üblicherweise saßen bei den armen Leuten, insbesondere bei den Bergbewohnern, nur die Männer am Tisch. Die übrigen Familienmitglieder hockten entweder am Herd oder in den Stubenecken.

493 *wie Catilina* – Als Cicero 63 v. u. Z. die Verschwörung gegen die römische Republik aufgedeckt hatte, mußte Catilina, deren Anstifter, aus Rom fliehen.

498 *Bovo d'Antona* – Held aus dem Ritterroman „Reali di Francia".

516 *Mitternacht ist nahe* – Anspielung auf das Gleichnis von den klugen und törichten Jungfrauen (Matthäus 25, 1–13).

525 *Antonio Rivolta* – Der Name entbehrt nicht der Ironie, da Rivolta Aufruhr, Revolte bedeutet.

526 *Hannibal* – Nachdem die Römer Karthago erobert hatten, floh Hannibal zuerst zu Antiochus, König von Syrien, und dann zu Prusias, König von Bithynien. Der römische Senat forderte beide Könige mehrmals auf, den Erzfeind auszuliefern, und ließ nicht eher nach, bis sich dieser aus Verzweiflung vergiftete.

528 *Urban VIII.* – Maffeo Barberini; Papst von 1623 bis 1644.

La Rochelle – In der zweiten Hälfte des 16. Jahrhunderts hatten sich die Hugenotten in diese Festung und Hafenstadt geflüchtet. Im englisch-französischen Krieg verbündete sich die Stadt mit England. Nach dreizehnmonatiger Belagerung wurde sie im Jahre 1628 von Kardinal Richelieu eingenommen.

529 *ceteris paribus* – (lat.) bei gleichen Bedingungen.

533 *Entelechie* – nach Aristoteles eine im Stoff (besonders im Organismus) angenommene zielstrebige Kraft oder Fähigkeit, die seine Entwicklung bewirkt und lenkt.

540 *Cardano* – Gerolamo Cardano (1501–1576), berühmter Arzt, Astronom und Mathematiker; Autor von mehr als fünfzig Werken, in denen neben scharfsinnigen Beobachtungen grobe Fehler und Aberglaube enthalten sind.

Alchabitius – arabischer Astrologe aus dem 10. Jahrhundert.

Diogenes Laertius – griechischer Historiker des 3. Jahrhunderts, Autor von „Das Leben der berühmten Philosophen", eines oberflächlichen Buches, das aber voller Anekdoten und Notizen und daher gerade das richtige für Don Ferrante war.

540 *De subtilitate* – (lat.) Über die Feinheit (Spitzfindigkeit).
antiperipatetisch – gegen den „Peripatetiker" Aristoteles gerichtet, der seine Schüler in einem Wandelgang (Peripatos) unterrichtete.
De restitutione ... – (lat.) Über die Berichtigung der Zeiten und der Himmelsbewegungen.
Duodecim geniturarum – (lat.) Die zwölf Geburtsstunden; astrologisches Werk.
541 *Plinius* – (23–79), römischer Naturforscher; beim Ausbruch des Vesuvs ums Leben gekommen, als er dessen Phänomene untersuchen wollte. Autor einer bekannten „Naturgeschichte".
Porta – Giovanni Battista Porta (1530–1615), neapolitanischer Physiker; Erfinder der Camera obscura.
lapidum, animalium, plantarum – (lat.) über die Steine, die Tiere, die Pflanzen.
Albertus Magnus – (1193–1280), schwedischer Physiker, Philosoph und Theologe, Lehrmeister des heiligen Thomas von Aquin.
542 *Martino Delrio* – (1551–1608), gelehrter Jesuit; Verfasser eines Werkes über die Magie, das als Richtschnur bei Hexenprozessen diente.
ex professo – (lat.) mit Sachkenntnis.
Tarcagnota ... – drittrangige, unbedeutende Autoren.
florentinischer Staatssekretär – Niccolò Machiavelli (1469 bis 1527), entwickelte in „Der Fürst" eine Staatstheorie.
Giovanni Botero – (1540–1617), ein Piemonteser; bekämpfte in seiner „Vernunft des Staates" Machiavellis Theorien.
543 *Don Valeriano Castiglione* – lebte von 1593 bis 1668 in Mailand; heute fast unbekannt.
Paride dal Pozzo ... – außer Tasso unbedeutende Autoren des 16. Jahrhunderts.
544 *„Forno"* – Der erste und der zweite „Forno" sind Dialoge Tassos über den Adel.
Francesco Birago – lebte von 1562 bis 1640 in Mailand.
546 *de orden de Su Excelencia* – (span.) auf Befehl Seiner Exzellenz.
549 *in einem benachbarten Land* – während der Französischen Revolution (1789).
555 *Alessandro Tadino* (1580–1661), Mailänder Arzt. Während der Pest war er Mitglied des Gesundheitsamtes. Das von Man-

zoni zitierte Werk lautet: „Bericht über die Ursache und den täglichen Verlauf der großen ansteckenden, giftmischerischen und verzauberten Pest, die die Stadt Mailand heimsuchte...", Mailand 1648.

563 *der rein epidemischen Seuche* – Manzoni unterscheidet hier zwischen Epidemie und Seuche. Unter Epidemie versteht er eine Krankheit, die schnell weite Kreise befällt, unter Seuche dagegen eine Krankheit, die sich durch Ansteckung verbreitet. Letztere könne, wie er weiter unten andeutet, auch durch Fleckfieber erfolgt sein. Die Pestbakterien wurden erst 1894 entdeckt.

von einem ... Naturkundler – von Enrico Acerbi (1735–1827) in seinem Buch „Über die Fleckenpest und andere Seuchen im allgemeinen".

566 *Achillini* – Claudio Achillini (1574–1640), Barockdichter. Die beiden erwähnten Sonette bauen auf überspannten Bildern und Vergleichen auf.

Varchi – Benedetto Varchi (1503–1565), Autor einer „Florentiner Geschichte von 1527 bis 1538".

567 *Lodovico Settala* – (1552–1634), angesehener Arzt seiner Zeit; vgl. auch 31. Kapitel.

582 *Thebaïs* – Ort der Buße und der Heiligsprechung. In der Wüste Thebaïs, in Ägypten in der Nähe Thebens gelegen, lebten im 3. Jahrhundert Einsiedler: der heilige Antonius, der heilige Makarius u. a. Der Schneider hatte es in der Heiligenlegende gelesen.

588 *Torti* – Giovanni Torti (1774–1852), ein Freund Manzonis.

604 *der Bericht Ripamontis* – Das in lateinischer Sprache geschriebene Buch hatte den Titel „De peste quae fuit anno 1630" (Über die Pest im Jahre 1630).

626 *proveeré ...* – (span.) so werde er aufs beste Vorsorge treffen, wie es ihm die Zeit und die gegenwärtigen Erfordernisse gestatteten.

con gran desconsuelo – (span.) mit großer Niedergeschlagenheit.

627 *ein geistreicher Mann* – Pietro Verri (1728–1797) in seinen „Bemerkungen über die Folter" (1777).

631 *die einfache Behauptung eines Schriftstellers* – C. G. Cavatio della Somaglia in seinem Buch „Das Lager im Mailänder Staat", Mailand 1653.

632 *Carrobi* – Carrobio ist eine Verstümmelung des lateinischen Wortes *quadrivio* (vier Straßen, d. h. Kreuzung).

633 *ein zeitgenössischer Schriftsteller* – Agostino Lampugnano in seinem Buch „Der Verlauf der Pest in Mailand im Jahre 1630", Mailand 1634.

634 *monos* – (griech.) allein, einzig.

monere – (lat.) warnen, strafen. Das Wort *Monatti* wurde aller Wahrscheinlichkeit nach von dem Mailänder Dialektwort *monát* abgeleitet, das soviel bedeutet wie Straßenjunge, der alles aufhebt, was er auf der Straße findet.

642 *Mortales* . . . – (lat.) Sie bringt tödliche Krankheiten mit sich.

Cesalpino . . . – Ärzte und Naturforscher des 16. und 17. Jahrhunderts: Andrea Cesalpino aus Arezzo (1524–1603); Jacques Grévin (1539–1570), französischer Arzt und Dichter; Pietro Salio aus Faenza, schrieb eine Abhandlung über die Pest; Ambroise Paré (1517–1590), berühmter Chirurg am französischen Hof; Johann Schenck aus Freiburg (1531–1598), Verfasser bekannter medizinischer Werke; Paolo Zachia (1584–1659), Arzt von Papst Innozenz X.

645 *en este exercicio* – (span.) bei dieser Tätigkeit.

para la fábrica del veneno – (span.) zur Herstellung des Gifts.

646 *a reconocer* . . . – um das Haus zu durchsuchen und zu sehen, ob sich irgendeine Spur fände.

ein . . . lobend erwähnter Schriftsteller – Pietro Verri.

eines neuen Werkes – Manzoni schrieb anschließend an die „Verlobten" eine geschichtliche Abhandlung über die Salberprozesse während der Pest im Jahre 1630, „Geschichte der infamen Kolonne".

750 *in dem Buch und an der Stelle* – in Ripamontis „Historiae patriae" (vgl. Anm. zu S. 171).

In rerum natura – (lat.) In der Natur der Dinge.

751 *Scylla . . . Charybdis* – nach der griechischen Sage zwei gefährliche Klippen in der Straße von Messina.

753 *wie ein Held Metastasios* – Die Helden in den Melodramen Pietro Bonaventura Metastasios (1698–1782) flehen häufig die Götter, den Himmel und die Sterne an.

757 *der Fideikommißerbe* – Der Erbe war verpflichtet, die Vermögensmasse nicht zu veräußern, sondern sie dem eigenen Nachfolger zu übertragen. Dieses Erbfolgegesetz war bis zur Französischen Revolution allgemein üblich.

757 *De profundis* – (lat.) Aus der Tiefe (rufe ich, o Herr, zu dir); Anfang des Bußpsalms 130.

761 *senectus ipsa est morbus* – (lat.) Das Alter ist an sich schon eine Krankheit.

765 *vox populi, vox Dei* – (lat.) Volkes Stimme ist Gottes Stimme.

Ein faszinierender Roman, verbunden mit einer ergreifenden Liebesgeschichte

Als Band mit der Bestellnummer 10655 erschien:

Palästina, 2. Jahrtausend v. Chr. Jerusalem im Lande Kanaan wird von den anstürmenden Israeliten belagert. Tari, ein junger Arzt, versucht das unsägliche Elend der eingeschlossenen Jebusiter zu lindern. Dabei begegnet er eines Tages der schönen Zula. Die Israelitin ist in die Festung geflohen, um der Steinigung zu entgehen. Aber auch die Jebusiter fordern das Leben der angeblichen Spionin.

Gelingt es Tari, sie vor dem grausamen Schicksal zu bewahren?

BASTEI
LÜBBE

Ein grandioses Epos über den amerikanischen Bürgerkrieg

Als Band mit der Bestellnummer 10867 erschien:

Im Mittelpunkt stehen zwei Familien: die Hazards, ein Industriellenclan in Pennsylvania, und die Mains, Plantagenbesitzer und Sklavenhalter in South Carolina. Ihre Söhne begegnen sich auf der Militärakademie von West Point. Sie werden Freunde und sind wie Brüder zueinander. Noch ahnen sie nicht, daß ein mörderischer Krieg sie bald zu Todfeinden machen wird . . .

BASTEI LÜBBE